本书为国家社会科学基金重大项目（17ZDA242）
“《中国女性文学大系》（先秦至今）及女性文学史研究”阶段性成果

女性文学作品导读

主　　编　乔以钢　林丹娅
编委会委员　（以姓氏拼音为序）
董丽敏　郭冰茹　黄晓丹　李润霞　林丹娅
刘　堃　刘　钊　吕若涵　马春花　马勤勤
潘超青　乔以钢　宋声泉　苏　琼　孙春青
许　航　张　静　周文晓

高等教育出版社·北京

内容简介

《女性文学作品导读》是国家社会科学基金重大项目“《中国女性文学大系》（先秦至今）及女性文学史研究”（项目号17ZDA242）的阶段性成果。

本书精选古今中外女作家创作的代表性文学作品，配以简明扼要的导读文字；另附有二维码，内容包括作者简介和拓展阅读。所选中外女性文学作品均按文体编排，包含诗歌、散文、小说、戏剧四部分，从多方面生动呈现女性创作的实绩。作品的导读借鉴性别视角，注重文学品质。为便于读者对女性创作的历史脉络和基本风貌有所了解，书中对各文体的女性创作情况作了概括介绍。作品编排以作者出生时间为序。限于篇幅，部分入选作品采用节选或存目的方式。

本书与普通高等教育“十一五”国家级规划教材《女性文学教程》（高等教育出版社2017年版）相配套，既可作为高等学校相关课程的教材，也有助于普通读者鉴赏女性文学创作，同时对关注性别问题的研究者亦有参考价值。

图书在版编目（CIP）数据

女性文学作品导读 / 乔以钢，林丹娅主编. -- 北京：高等教育出版社，2021.1

ISBN 978-7-04-054102-1

Ⅰ. ①女… Ⅱ. ①乔… ②林… Ⅲ. ①世界文学-作品综合集-高等学校-教材 Ⅳ. ①I11

中国版本图书馆CIP数据核字(2020)第085120号

女性文学作品导读
Nüxing Wenxue Zuopin Daodu

策划编辑 胡蔓妮 梅 咏　责任编辑 胡蔓妮　封面设计 于文燕　版式设计 徐艳妮
责任校对 张 薇　责任印制 刘思涵

出版发行 高等教育出版社
社　　址 北京市西城区德外大街4号
邮政编码 100120
印　　刷 佳兴达印刷（天津）有限公司
开　　本 787 mm×1092 mm 1/16
印　　张 25.5
字　　数 800千字
购书热线 010-58581118
咨询电话 400-810-0598
网　　址 http://www.hep.edu.cn
　　　　 http://www.hep.com.cn
网上订购 http://www.hepmall.com.cn
　　　　 http://www.hepmall.com
　　　　 http://www.hepmall.cn
版　　次 2021年1月第1版
印　　次 2021年1月第1次印刷
定　　价 49.30元

物 料 号 54102-00

前　　言

《女性文学作品导读》选取出自女作家之手的文学代表作，配以简明扼要的导读，为读者的鉴赏提供参考。

本书是国家社会科学基金重大项目“《中国女性文学大系》（先秦至今）及女性文学史研究”（项目号 17ZDA242）的阶段性成果之一，编委会主要由课题组成员构成。以下就编写的内容及体例作一说明。

一、入选作品以先秦至今的中国女性创作为主，兼及国外女性文学经典。全书依据文学体裁（诗歌、散文、小说、戏剧）编排，篇幅较长的作品采用节选或存目的方式。

二、导读适当借鉴性别理论，文本分析与审美鉴赏相结合。对各文体的女性创作历史脉络和基本情况分别作了介绍。

三、同一文体的作品以作者出生时间为序排列。每篇作品的导读后均附有二维码，提供入选作者简介及拓展阅读信息。

四、全书各部分负责人分别为（依内容的编排顺序排列）——诗歌：张静、李润霞；散文：刘钊、吕若涵；小说：马勤勤、刘堃、董丽敏、郭冰茹；戏剧：苏琼；国外部分：林丹娅。女性创作情况简介及导读文字的撰稿人姓名，随文标注。

五、本书部分内容涉及作品使用权，为此编者千方百计通过多种渠道与大部分相关著作权人取得联系，得到了宝贵的支持。我们对此深表感谢！同时还将继续寻求与尚未能取得联系的著作权人沟通。

2017 年，在高等教育出版社的大力支持下，我们编写的普通高等教育“十一五”国家级规划教材《女性文学教程》顺利出版，并在使用中获得良好反响。此次出版的《女性文学作品导读》与之呼应，既可作为高校教材配套使用，也可为社会上的广大读者鉴赏女性文学作品提供便利，同时对关注性别问题的研究者亦有参考价值。

目　录

诗　歌

散　　文

小　说

戏　剧

国外女性文学

诗　　歌

女性诗歌创作简介

女性的诗歌创作自先秦时期便有记载，千百年来绵延不绝，绽放出独特的光彩。

一

陆机《文赋》云：“诗缘情而绮靡。”在种类繁多的古代文学体裁中，诗词（词可算作广义上的“诗”）的抒情功能是最强的。受古代社会分工、宗法制度等因素的影响，女性长期处于从属地位，她们不像男性一样被赋予“立言”的使命，执笔为文用以载道，但有文字留下者，多出于一时遭际所感或一己之情意的抒发。抒情功能最强的诗词成为她们吐露心声的最佳体裁。

我国最早的诗歌总集《诗经》中已有女性诗人的身影，如许穆夫人、庄姜等。她们的《载驰》《泉水》《竹竿》《燕燕》《日月》等作或思念母国，或感慨婚姻，以质朴感人的文字表现出女子面临各种处境时的心态。《诗经》中作者可考的作品不多，但流露出女性意识的作品则并不少见。自诉婚姻悲剧的《氓》、抒写思念远人的《君子于役》等诗篇流传千载，古代女性在欢爱、婚变、战争、离别之中的行为和情感得到了真实的表现。

唐代以前，女诗人尚少专意创作的自觉，留下诗篇的多是受过良好教育的社会上层女子。她们受情势遭际之感发，心中所思发为文字，往往真切动人。例如，大汉公主刘细君在诗中抒写了远嫁异国的悲苦，汉成帝后妃班婕妤借诗作倾诉了见弃于君王的凄凉，东汉末年的蔡琰更是以自己的切身经历和深厚学养，留下了“诗史”般的《悲愤诗》，成为东汉战乱中蝼蚁生民不幸遭际的缩影。

魏晋南北朝时期，知名度最高的女诗人当属“咏絮才女”谢道韫，她以一句“未若柳絮因风起”传为美谈，但其诗作留存极少。她出身名门，家风俨然，作品多有玄言诗的味道。徐淑、左芬、鲍令晖、刘令娴等人或感离，或拟古，承袭两汉五言诗的发展，所作均以五言为主。汉魏六朝的乐府民歌有很多反映女性生活、情感的诗篇，其中一部分可能出自女子之手。不过，如同《诗经》中那些虽流露女性意识但作者渺不可考的作品一样，于此暂不论列。

唐代是诗歌空前繁荣发展的时代，女性诗人的身份不再限于上层贵族。她们之中，有武则天、上官婉儿那样的女皇、女官，也有李季兰、薛涛、鱼玄机那样的官妓、女冠。唐代风气开放，女性的生活空间和交往对象均有扩大。除了传统的闺怨题材，国家大事、历史兴亡、人生哲理同样纳入她们的笔下。与男性诗人的赠答唱酬，扩大了她们的视野，丰富了诗作的内容。薛涛等人的创作技巧达到很高的水平，不少佳作在形式和内容上可以无愧地进入优秀唐诗之林。除去这些身份特殊、才华卓异的女性诗人，也有像杜秋娘、崔仲容等存诗极少，却以一时之深切感慨或真挚情意名垂诗史的普通女子。

词体晚出，至赵宋而大成。生活在南北宋之交的李清照以清婉晓畅的“易安体”在词坛大放异彩。身为女子，李清照的相思怨别之作比起“男子作闺音”更加敏锐细腻，可谓本色当行。李清照亦能诗，优裕的出身、良好的教育以及跌宕的人生，使她得以拥有了超越那个时代一般女子的心胸和见识。李清照对自身的认识、对国事的关注及其行事姿态，更近于一个“士人”。

宋元时期在诗词创作上留下名字的女性还有孙道绚、朱淑真、严蕊、韩希孟、张玉娘、王清惠、管道昇等人。她们的诗词多写自身遭际、日常生活，或记录娇痴无邪的少女时光，或抒写对真挚爱情的渴慕，或寄托良人远别的孤苦，或表现家国巨变对自身命运的影响，展现了人世的沧桑和历史的悲剧留在女性身上的烙印，以有别于男性创作的视角留下了对时代和情感的记录。

明清时期，女性诗词的创作呈现出家族化、地域化的特点。江南地区是文化的中心，一些文化氛围浓厚的家庭特别重视对女子的教育，在家中设有闺塾。那些生活优裕、情感细腻的女子自幼受到诗书的熏陶，与亲友结社唱和，有更多的机会激发创作的灵感。吴江叶氏一门堪为代表。她们用性灵优美的诗词记录自己的少女时光、婚姻家庭。这些深情锐感的女子充满对善美和真情的渴望，现实生活的差强人意在她们心底留下深深的痕迹，其作多凄恻柔美。随着文化教育的进步和出版行业的发展，明清女性诗词别集的数量大增，远远超过了此前留存的女性诗词创作的总和。

除了个人的情感生活，明清易代、清末动乱留下的创伤，也反映在一些女子的诗词作品中。明末女诗人商景兰在丈夫殉国后选择活下来支撑门户、教养子女，写下“存亡虽异路，贞白本相成”的诗句。晚清女诗人郑兰孙在太平天国之乱中携婆母、子女逃难，乱离中吟出“任尔霜风欺瘦骨，寸心一点自怀丹”。她们在家国剧变中所表现出的勇气和担当不让须眉，在诗词创作中呈现了女性的坚韧和柔美，令人动容。

总的来说，受制于特定的历史文化，古代女性往往依附于家庭，多数女作者的生活空间较为狭窄，人生寄托多是情爱与家庭，忧生之叹与日常之乐成为她们诗意书写的主题，少有属于自己的理想和事业。由于社会伦理对女性情感表达的限制，她们的抒写方式更加幽微隐曲，所作诗词多婉约内敛，常在感性的抒发中流溢着天真稚拙之美。不过，部分女性由于家庭教育、社会地位和交往对象的特殊性，眼光见识别具一种超逸韵致，如席佩兰在《喜外竟归》一诗中“纵怜面目风尘瘦，犹睹襟怀水月清”的欣喜之言，表现出超然于科第功名的态度。李清照《渔家傲》（天接云涛连晓雾）中“殷勤问我归何处”之句，更是流露出少见的自我反省与终极追问的意识。尽管由于历史的原因，女性创作在中国古典文学宝库中所占比例很小，但其文化史意义弥足珍贵。（张静）

二

讨论女性现代诗歌，必须把它置于历史性的“现代语境”中重新看待其在中华诗歌进程中所发生的颠覆性变革，这就不仅要面对诗歌语体与文体的现代转型，也要全面考量这种“性别”叠加“现代”之后，百余年来文学生长、翻转、定型的历史化成就，从而仔细甄别“性别成为一个问题”或“性别不成为一个问题”究竟发生在人心与文心的何种层面，并以何种文学方式呈现。

礼教与诗教规约之下的中国女性诗歌写作的现代之路，带着深刻的历史印痕在各个历史关节点曲折演进。在古代向近代、现代的线性递进中，中国文学史上经典悠久的诗歌创作与诗教传统经历了一次最为深刻的文学转型：从文言到白话、从格律诗到自由诗，语体与文体之异变使得中国诗歌逐渐从古典诗词、近代旧体诗词过渡、发展到“五四”白话新诗。胡适所倡导的“八事”① 成为挑战文学经典与权威的历史新宣言，与时代同声共振，女性在诗教解放中也发现了礼教解放的可能性，亦同步转向带有现代性意味的新女性诗歌书写。相比胡适当年反传统中温和谦逊的“改良刍议”口吻，后来者挑战传统的姿态和行动更为极端和粗暴。比如，20 世纪 50 到 70 年代充满“战争硝烟”的“文化革命”运动，80 年代充斥着各类诗派群体江湖气息的叛逆宣言，90 年代末把“骂战”引入“论战”的诗坛论争……对前代文学的埋葬式出新在百年新诗领域尤为激进，无论是绝端自由的诗体放纵对白话诗、格律诗的抛弃，还是“新民歌”对传统正统民歌的颠覆，抑或喊出“打倒舒婷，Pass 北岛”的新生代实验诗人，甚至是以卧室、流产等女性私密生活对抗男权社会书写的女性主义呼声，都带着某种试图推陈出新、挑战传统的激进运动气息，这就使得现代诗歌领域成为变数最多、论争频繁、更具话题性的文学试验场。

就女性诗歌历史而言，尽管历朝历代女性地位不尽相同，但古代女性诗歌与古代女性地位是处于同步状态的。古典诗歌情感与书写视角的内倾性体现在女诗人那里尤为突出，这一点到了近现代女性诗人笔下渐被打破。秋瑾的雄豪诗情匹配着她激越外向的社会情怀，其旧体诗词《对酒》《满江红·小住京华》并不仅仅是字面与修辞层面的那一声声女性呐喊：“不惜千金买宝刀”　“身不得，男儿列。心却比，男儿烈！”其内涵显然已经超越了古典诗词的情思浸淫，而是历史大转折时代“女士”身份与“志士”身份的完美合一。因此，女性现代诗歌从书写旧体诗词的秋瑾开篇才更具有意味深长的意义。

到了革命性的白话新诗转折时代，与女性诗歌相关的几个历史关节点尤其值得注意：1917 年 1 月 1 日，《新青年》第 2 卷第 5 号上刊出胡适的《文学改良刍议》，其中“八事”的主张和实践直接带来古典诗歌创作在后续近百年中国文坛的退场。2 月 1 日《新青年》第 2

① 1917 年，胡适在《新青年》第 2 卷第 5 号发表《文学改良刍议》，提出文学改良须从“八事”入手，即：“一曰，须言之有物。二曰，不摹仿古人。三曰，须讲求文法。四曰，不作无病之呻吟。五曰，务去烂调套语。六曰，不用典。七曰，不讲对仗。八曰，不避俗字俗语。”

卷第6号刊出胡适的《白话诗八首》。次年的9月15日，陈衡哲即在《新青年》第5卷第3号上刊出了自己的白话诗作《人家说我发了痴》。这是发表现代白话新诗的第一位女诗人和现代新诗史上的第一首女性诗歌。

相比古典诗史中的女性存在，现代女性在新文学和新诗创作上的反应要迅速和灵敏得多。白话新诗实践中紧跟当时这种“另类”潮流的是诗文全能女作家冰心。她于1918年开始发表第一首作品，到1923年1月，已经由商务印书馆出版了她的第一本诗集《繁星》。不过，具有讽刺意味和令女性抱憾的历史事实是：1920—1922这三年间出版的18部“新诗集”中，冰心却未能获一席之地，她的诗歌甚至还被评价为“闺阁的气味太重，终不是大方之家”①。在男性中心的社会语境下，冰心作为女诗人的命运几乎成了现当代女诗人们的一个久久难以摆脱的符咒：只要是一个女诗人开始写作，就无不在“大方”与“闺阁”之间自我摇摆，并被论者审问。在文学与女性的关系评价中，“大方之家”与“闺阁气味”似乎成了一种不可调和的刻板印象，甚或是一种女性自身左右摇摆后必须作出写作合法路径的二选一抉择。如果倒回900年前的文学历史，就会发现这样的抉择似乎并不成为女性诗风取舍的问题：当年李清照不正是一人执两套笔墨，既写出了闺阁气味浓重的《声声慢》，又写出了“至今思项羽，不肯过江东”这样颇具豪侠气概的大方之作？而当我们面对20世纪80年代之后的女性诗歌创作时，这样的幽灵之问再一次现身，从朦胧诗到女性主义，从黑夜意识到底层书写……诸多“固化”的强调和质疑成为女性诗歌解读的路障。但是，20世纪80年代之后的女性诗人已经有了新的标准和追求，开始一点点学会反击、学会应对、学会用诗歌书写女性自身“作为诗人”和“作为女诗人”的新历史——这种新的历史昭示了女性诗歌在诗学、性别双重意义上的重生。

在当代诗歌经历三十多年曲折变故的进程中，自70年代中后期开始，女性诗歌写作在诗学内涵的容量、优秀诗人的数量、性别意识的自觉、女性题材的深广度，以及对90年代之后至今的多重影响等方面，真正全方位地彰显了女性诗歌写作的成就和成熟，并确立了具有现代意味的性别观和诗歌观。以今天的标准，女性从家庭、闺阁的私人空间走向职场、社会等公共空间所自如切换的身份、能力与话语，早已构成女性诗歌书写的多种色彩和多重交响。可以说，女性诗歌在当代文学史上划出了一个新的起跑线。

换言之，在革命与民主成为主流话语的现当代社会，女性受教育权的平等对女性智力、诗学创造力是一种极大的开发。在漫长的诗教传统之下，女性诗人的有无或多少、创作技艺的优劣高下，成为一个时代的女性受教育多寡、社会地位高低的直接或间接体现。就这一点而言，“五四”之后的现代女诗人还或多或少延续、彰显了这种诗教传统，如陈衡哲、冰心、陆晶清、方令孺、曾平澜、梅痕、石评梅、白薇、林徽因、郑敏、安娥、关露、陈敬容、沈祖棻、叶嘉莹等。她们往往有条件接受新的文学教育和新的女性观念，写诗作文开始走向公众，直面读者。“女诗人”与女性诗歌写作不再被“无才有德”的焦虑所捆绑，反而在新的文学世界里重新确立了新的现代女诗人形象。而进入当代诗歌领域的女性诗人更是在诗歌内容、文化版图和个体诗歌极限中“扩张”为一个不容忽视的女性文学共同体，诸如林子、张烨、舒婷、傅天琳、伊蕾、唐亚平、王小妮、翟永明、陆忆敏、海南、张真、潇潇、蓝蓝、娜夜、周瓒、郑小琼等。无法一一罗列的女诗人们带着各自醒目的或诗学或性别的路标，走出了各自风格独特的诗歌之路。无论在“女儿列”还是在“男儿列”，无论从哪个角度，用哪种评判标准，她们都显示了挣脱陈词滥调和刻板印象的努力。从19世纪末到21世纪初，女性诗歌的现代之旅经历百年的生命困厄与自我释放，终于在文学自我与文字表达之间靠近了“她们”的现实。

为此，对女性现代诗歌的导读也从女性的历史和现实展开。首先，从时间线索的“历史化”角度把近代女性旧体诗歌、现代女性白话新诗直至进入21世纪的当下女性诗歌写作纳入文学史，兼顾文学史与女性文学史两个维度，尤其对于那些长期被诗歌史忽视的女诗人给予关注，如陈衡哲、关露、安娥等。有些诗歌或许在今天看来有某种历史理解的隔膜，但它们真实体现了一个时代女性的处境和心境；有些诗歌经历了历史的变迁，仍然值得反复品味，

① 颂平：《新诗之将来》，《京报·文学周刊》14号，1923年11月17日。

这些作品无疑具有超越具体时代的审美价值。其次，在坚守历史化的原则下，对女性写作的性别表达给予较为重要的观照。尽管关于女性诗歌和女性主义诗歌有各种歧义丛生的理解和阐释，但是从晚清革命女杰诗人秋瑾到进入21世纪之后的打工诗人郑小琼，这样的历史过渡和转换或许已经能够部分说明女性诗歌写作在性别与社会巨变中的承续与变化特征。最后，在诗人分布的地域与空间层面，也纳入了大陆之外的女性诗歌。其中，我国台湾女性诗歌在历史延续性、诗歌创新意识以及诗风观念的推进等方面都属上乘之列，彭捷、张秀亚、蓉子、林泠、夏宇、颜艾琳等老中青数代女诗人的不懈努力，成就了海外华文女性诗歌的荣耀。

总之，作为女性文学的一部分，现代女性诗歌之变与现代中国社会之变、现代中国文学之变始终同步发生，甚至与世界文化视野中的女性解放运动、女性文学变革亦遥相呼应，这也促使中国女性诗歌写作从近现代绵延至今的短短百年里，即具备了一些不同于古代女性诗歌的精神内涵和诗学气质。百年来，女性诗歌创作的数量与质量，不仅是男女平权运动之文化成果的证明，而且构成了中国社会与世界文明接轨的文学标记之一。它显示出，在性别这一话题上，我们与世界文明获得了同步的抗争效果：不仅是意志与权力的胜利，亦是文化与诗学的胜利，这是女性诗歌写作的最大意义。

“文学者，随时代而变迁者也。一时代有一时代之文学。”胡适在《文学改良刍议》中的这句以新诗挑战旧诗的进化论名言，如果放诸当下的女性诗歌界，似乎令人既有欣慰，亦不无遗憾。从古代到现代，文学史中的女性诗歌往往处于边缘中的“性别点缀”，很少能被确认为可以代表一个时代的文学成就或文学观念。经历了现代诗歌对古典诗歌的革命和实践，进入当代中国的女性诗歌再一次处于新时代的转折点。如何承续现代女性已完成和未完成的诗性言说与女性言说？在不断更新的历史语境和空间沟通之中，在国家民族、日常生活与性别之间，如何缝合或分离出她们的诗歌观念与女性观念？这些问题仍然是女性诗歌写作者和评论者需要共同面对的。（李润霞）

鄘风·载驰

〔春秋〕许穆夫人

载驰载驱，归唁卫侯。驱马悠悠，言至于漕。大夫跋涉，我心则忧。

既不我嘉，不能旋反。视尔不臧，我思不远。既不我嘉，不能旋济。视尔不臧，我思不閟。

陟彼阿丘，言采其蝱。女子善怀，亦各有行。许人尤之，众稚且狂。

我行其野，芃芃其麦。控于大邦，谁因谁极。大夫君子，无我有尤。百尔所思，不如我所之。

（选自〔宋〕朱熹：《诗集传》，上海古籍出版社1980年版）

【导读】

鲁闵公二年（前660），卫懿公以好鹤失政，卫国为狄人所灭。卫国的遗民在漕邑立了戴公，戴公即位一月而亡，又立文公。他们的妹妹许穆夫人从许国回去吊唁并欲求援，但遭到许人的阻挠。许穆夫人在忧伤和愤慨的心情下赋《载驰》。

这首诗分为四章。首章言明境况与心情。载，发语词。唁，向死者家属表示慰问，此处不仅是哀悼卫侯，还有凭吊宗国危亡之意。许穆夫人得知母国遭难，归心似箭，她身为贵族女子，竟至骑马奔驰，对母国和兄长的关切可知。然而他的丈夫许穆公却派了许国的大夫跋山涉水前来阻止她，她心中自然忧愁。

第二章，嘉，意为赞同。视，表示比较。臧，善。济、閟，都是“止”的意思。这里使用重章叠句，强调自己“不能旋反”（反，同“返”）、“不能旋济”，表现了不肯返回许国的坚定决心。即便许国人都不赞成，她的行为也不会改变。

第三章写途中所为所思。蝱（méng），药名，即贝母。行，道理、准则。尤，怨恨，归咎。女主人公在山岗上采摘可疗郁结之病的贝母草，暗示了自己忧伤沉重的心情。她认为自己对母国的怀思有道理的，许国大夫们的责备幼稚、狂妄。

第四章写途中所见所思。芃（péng），茂盛的样子。控，往告。因，依靠。极，至，指来援者的到达。无，同“毋”，不要。首章

"载驰载驱"的画面给人以迅捷之感，几如"万里赴戎机，关山度若飞"的木兰。然而据此章描述，她既有暇注目野外茂盛的麦田，行程必已放缓，可以想见许人的阻止到底使她纠结顾虑。她一面想着向大国奔诉求援，尚不知结果如何，一面又因许人的责难而背负沉重的压力，可谓忧虑重重。但结尾一句掷地有声的"百尔所思，不如我所之"（之，往），直截痛快，表现出不让须眉的气概。

《载驰》展现了许穆夫人作为卫侯之女、许侯之妻，在特定情境下复杂而真实的心理状态，她的爱国之心和坚毅果敢在诗中得到生动的记录。（于家慧）

▶ 许穆夫人《鄘风·载驰》拓展阅读

悲　愁　歌

〔西汉〕刘细君

吾家嫁我兮天一方，远托异国兮乌孙王。
穹庐为室兮毡为墙，以肉为食兮酪为浆。
居常土思兮心内伤，愿为黄鹄兮归故乡。

（选自余冠英选注：《汉魏六朝诗选》，人民文学出版社1978年版）

【导读】

和亲是历史上一种常见的外交手段，这位细君公主在《汉书》中留下了自己远嫁异国、怀念故土的悲歌。诗的一、二句直陈其事，言明汉家将自己嫁与西域的乌孙王。汉武帝与乌孙国联姻是为了共同对抗匈奴，但对于刘细君来说，无论出于什么原因，她都要在举目无亲的环境中面对奇风异俗。三、四句写她在乌孙国的住所、饮食。住的是毡帐，吃的是腥膻的牛羊肉和乳制品，这些与过去的生活习惯大异。陌生的环境带来的距离感给这个女子造成极大的痛苦，诗的最后两句写她迫切地思念家乡，想要化作飞鸟飞回故土。土思，思念故乡之意。

据《汉书·西域传》记载，刘细君所嫁的乌孙王昆莫年纪老迈，她在异域语言不通，心中悲愁，遂作此歌。汉武帝闻而怜之，派使者持帷帐锦绣前往慰问。昆莫死后，按照乌孙国的风俗，她被要求嫁给昆莫的孙子岑陬。作为汉女的刘细君无法接受这种乱伦式的安排，给武帝上书，但得到的回应却是"从其国俗"。她只得嫁给自己名义上的孙子，并与其生下一女。

这位汉家公主留下的事迹不多，她的故事更不像昭君出塞那样美名远扬。然而这首诗悲怆朴拙，直抒胸臆，记下了一个不幸女子的孤独和痛苦。（于家慧）

▶ 刘细君《悲愁歌》拓展阅读

怨　歌　行

〔西汉〕班婕妤

新裂齐纨素，鲜洁如霜雪。
裁为合欢扇，团团似明月。
出入君怀袖，动摇微风发。
常恐秋节至，凉飚夺炎热。
弃捐箧笥中，恩情中道绝。

（选自逯钦立辑校：《先秦汉魏晋南北朝诗》，中华书局1988年版）

【导读】

这首诗托团扇自喻，抒写作者见弃于君王的怨情。齐地出产精细的白绢，色如霜雪，将新裁的白绢制成团扇，皎洁如满月。团扇的形状、纹绣左右成双，是为"合欢扇"。开篇四句极言团扇之美，象征着诗人自身的美好。前二句言素绢如雪，是材质之美，如屈原《离骚》中的"纷吾既有此内美兮"，次二句言制为团扇，有器用之佳，便如《离骚》中的下一句"又重之以修能"。这样一来，此数句便具有了深美的意蕴，诗人的形象呼之欲出。

这样既美且佳的团扇自然深得主人的喜爱。

主人将其带在身边，寸步不离，轻轻摇动，便是阵阵凉风。“出入君怀袖”是十分亲密的状态，恰如两相爱悦、如胶似漆的伴侣。陶渊明《闲情赋》云：“愿在竹而为扇，含凄飙于柔握。”喻托的对象与此诗相反，可以对观。

到了寒凉的秋季，主人不再需要团扇带来的清风，团扇便也被丢进箱子里。弃捐，即弃置不用。箧笥（qièsì），指竹编的箱子。诗中的“恐”与“夺”是极富人情色彩的字眼。团扇原是无知无识之物，这显然是人心才会产生的忧惧之情。班婕妤初入汉宫之时也曾承宠，但由于汉成帝的移情和赵飞燕的谮言，她只能避居清冷的长信宫。从“出入君怀袖”到“恩情中道绝”，正如同这个女子的不幸遭遇。

这首诗比喻贴切，文辞绮丽，怨情深厚。前半首的团圆合欢之意温柔旖旎，后半首的恐惧含怨之情凄恻决绝，鲜明的对比给人以深刻的印象。同时，这首诗创造了宫怨诗中的一个典型意象，“秋扇见捐”由此成为中国文学史上的著名典故。（于家慧）

▶ 班婕妤《怨歌行》
拓展阅读

悲 愤 诗

〔东汉〕蔡琰

汉季失权柄，董卓乱天常。志欲图篡弑，先害诸贤良。逼迫迁旧邦，拥主以自强。海内兴义师，欲共讨不祥。卓众来东下，金甲耀日光。平土人脆弱，来兵皆胡羌。猎野围城邑，所向悉破亡。斩截无孑遗，尸骸相撑拒。马边悬男头，马后载妇女。长驱西入关，迥路险且阻。还顾邈冥冥，肝脾为烂腐。所略有万计，不得令屯聚。或有骨肉俱，欲言不敢语。失意几微间，辄言弊降虏。要当以亭刃，我曹不活汝。岂敢惜性命，不堪其詈骂。或便加棰杖，毒痛参并下。旦则号泣行，夜则悲吟坐。欲死不能得，欲生无一可。彼苍者何辜？乃遭此厄祸。

边荒与华异，人俗少义理。处所多霜雪，胡风春夏起。翩翩吹我衣，肃肃入我耳。感时念父母，哀叹无穷已。有客从外来，闻之常欢喜。迎问其消息，辄复非乡里。邂逅徼时愿，骨肉来迎己。己得自解免，当复弃儿子。天属缀人心，念别无会期。存亡永乖隔，不忍与之辞。儿前抱我颈，问母欲何之。人言母当去，岂复有还时？阿母常仁恻，今何更不慈？我尚未成人，奈何不顾思！见此崩五内，恍惚生狂痴。号泣手抚摩，当发复回疑。兼有同时辈，相送告离别。慕我独得归，哀叫声摧裂。马为立踟蹰，车为不转辙。观者皆歔欷，行路亦呜咽。

去去割情恋，遄征日遐迈。悠悠三千里，何时复交会？念我出腹子，胸臆为摧败。既至家人尽，又复无中外。城郭为山林，庭宇生荆艾。白骨不知谁，纵横莫覆盖。出门无人声，豺狼号且吠。茕茕对孤景，怛咤糜肝肺。登高远眺望，魂神忽飞逝。奄若寿命尽，旁人相宽大。为复强视息，虽生何聊赖。托命于新人，竭心自勖厉。流离成鄙贱，常恐复捐废。人生几何时，怀忧终年岁。

（选自余冠英选注：《汉魏六朝诗选》，人民文学出版社 1978 年版）

【导读】

东汉末年，中原屡遭兵燹，生民涂炭。蔡琰虽是贵族女子也不得幸免。这首长篇叙事诗回顾了她被匈奴掳去，十二年方得赎归的经历和心态，生动写实，情意真切。第一段介绍了中原遭祸的背景和被掳途中的经历；第二段叙述身在匈奴的生活以及被赎归前与儿子分离的惨痛；第三段写回乡途中的心境和回乡后的见闻感受。

诗人善于选取典型画面，细节描写生动真实。比如，写到董卓所部羌胡兵祸乱中原的惨状，先是总写城邑破亡，尸横遍野，接着一句“马边悬男头，马后载妇女”，冷森森的恐怖之感扑面而来。又如，写到被掳往匈奴的途中饱受摧残，以“失意几微间，辄言弊降虏。要当以亭刃，我曹不活汝”来描述胡兵的语言，胡兵凶横暴虐的形象跃然而出，痛切地道出了在此等暴力的摧折下，被掳的一行人陷入求生不得、求死不能的境地。亭刃，“亭”同“停”，停刃即加刃。詈（lì），骂。彼苍者，指上天。

由于来自亲身经历，诗歌的情感分外真切动人。被掳至匈奴以后，一个弱质女子的遭际可想而知。那些和亲的公主尚且悲愁难解，蔡琰身为俘虏受到的侮辱和蹂躏更不待言。在异域想起父母亲人，又是何等的辛酸！当她可以归国的时候，却要面临与二子分离的痛苦。以慈母之心写骨肉分离，“别子”一段疾痛惨怛，催人泪下。孩子抱着母亲依依顾恋的情景令诗人五内俱焚，如痴如狂，这种剜心之痛，没有人比身为母亲的女性体会更深。儌（jiǎo），同“侥”，侥幸。天属，指血亲。遄（chuán）征，疾行。景，同“影”。怛咤（dázhà），惊痛悲恻。勖（xù），勉励。捐废，抛弃。

蔡琰不仅出身名门，博学多才，更是一位坚韧的女子。在经历了旁人难以想象的痛苦以后，她也要“为复强视息”，艰难地活下去。但人世的沧桑和历史的悲剧带来的惨痛，犹如利刃般在她生命中留下了不可磨灭的痕迹。纵使勉强活着，也只能是“怀忧终年岁”。诗人切身感受的痛苦是东汉末年蝼蚁生民的一个缩影。这首《悲愤诗》像杜甫的《北征》《兵车行》一样，有“诗史”的意义。（于家慧）

▶ 蔡琰《悲愤诗》
拓展阅读

拟嵇中散咏松

〔东晋〕谢道韫

遥望山上松，隆冬不能凋。
愿想游下憩，瞻彼万仞条。
腾跃未能升，顿足俟王乔。
时哉不我与，大运所飘摇。

（选自逯钦立辑校：《先秦汉魏晋南北朝诗》，中华书局1988年版）

【导读】

谢道韫以“咏絮之才”成为千古才女的代表。不过她留存下来的诗极少，最著名的那句“未若柳絮因风起”也并无全篇，所以我们难以见到这位才女创作的全貌。这里收入的诗篇是拟嵇康的《游仙诗》而作。嵇诗如下：

遥望山上松，隆谷郁青葱。自遇一何高，独立迥无双。

愿想游其下，蹊路绝不通。王乔弃我去，乘云驾六龙。

飘飖戏玄圃，黄老路相逢。授我自然道，旷若发童蒙。

采药钟山隅，服食改姿容。蝉蜕弃秽累，结友家板桐。

临觞奏九韶，雅歌何邕邕。长与俗人别，谁能睹其踪？

谢诗的内容与嵇诗相近，都有思慕高洁、与世长违的意思。独立高山、凌风傲寒的青松恰是诗人的人格象征。《晋书·列女传》记载谢道韫“有林下风气”，而嵇康正是林下风气的典型代表。作者仰慕嵇康的人品，于是追摹嵇康的诗作，可谓在情理之中。但晋朝政治黑暗，他们身处白沙在涅的时代，想保全高洁的品行并不容易，嵇康便因遭受迫害而死。

二诗不同的地方在于，谢道韫对现实有着更清醒的认识；嵇康尚且希冀“长与俗人别”，谢道韫却明白，那位能够带她超越人世、飘摇飞升的仙人王子乔是等不来的，“时哉不我与，大运所飘摇”便是她无奈的喟叹。

婚姻是古代女性生活最重要的内容，谢道韫的婚姻并不幸福，因而对人世缺少热心。她在东晋末年的战乱之中，做了一个女子所能做出的最大努力。她晚年寡居，支撑门户，教养后辈，言行不愧名门之女。这些都体现了她清醒之下的冷静和持守。（于家慧）

▶ 谢道韫《拟嵇中散咏松》
拓展阅读

拟客从远方来

〔南朝宋〕鲍令晖

客从远方来，赠我漆鸣琴。
木有相思文，弦有别离音。

终身执此调，岁寒不改心。
愿作阳春曲，宫商长相寻。

（选自逯钦立辑校：《先秦汉魏晋南北朝诗》，中华书局 1988 年版）

【导读】

这是一首拟古之作。汉诗《客从远方来》云：

客从远方来，遗我一端绮。
相去万余里，故人心尚尔。
文彩双鸳鸯，裁为合欢被。
著以长相思，缘以结不解。
以胶投漆中，谁能别离此。

鲍令晖此诗的体格与汉诗相同，造意措语无不妥帖，表现的内容也都是坚贞深厚的感情。客赠鸣琴，琴身上有“相思文”，琴弦上是“别离音”，这便将情致赋予了物品。“终身执此调，岁寒不改心”既是对琴的珍重，更是对夫妻之间感情的珍重，口吻像一句郑重的承诺。古诗中常有“当户理清曲”的形象，又说“清商随风发，中曲正徘徊。一弹再三叹，慷慨有余哀。不惜歌者苦，但伤知音稀”。弹琴欲有知音见赏，《阳春》是曲高和寡的曲子，“宫商长相寻”暗示着两方能互通心曲，不以曲高而无和也。互为知音是感情中难得的状态，这首诗借琴的形象将这种状态表现了出来。诗歌带有汉魏古诗质朴深情的特点，虽曰“拟古”，却毫无滞涩勉强之处，是一首难得的佳作。鲍令晖的拟古诗尚存《拟青青河畔草》一篇，亦佳。（于家慧）

▶ 鲍令晖《拟客从远方来》
拓展阅读

如　意　娘

〔唐〕武则天

看朱成碧思纷纷，憔悴支离为忆君。
不信比来长下泪，开箱验取石榴裙。

（选自〔清〕彭定求等编：《全唐诗》增订本，中华书局 1999 年版）

【导读】

这首诗写相思，传说是武则天在感业寺时为高宗李治而作。首句语本南朝梁王僧孺诗“谁知心眼乱，看朱忽成碧”，言神情恍惚，眼神错乱，竟将红色看成了绿色。“看朱成碧”语意本奇，武则天此诗没有“谁知心眼乱”这个背景，反而给诗句增添了更丰富的意蕴，也可以使人联想到时光流逝，红花飘零，只余一树青碧。这种时间感就给下句“憔悴支离为忆君”做好了铺垫——“憔悴支离”自然应该是在漫长的相思之中呈现出的状态。

诗的后两句情意凄切，语气却直爽：如若不信我近来为了思念你总是流泪，就打开箱子看看那泪痕斑斑的石榴裙吧！如果说“看朱成碧”是对相思之情的含蓄表述，这两句便是直抒胸臆，有北朝乐府明白爽利的风格，非常符合则天女皇刚毅劲直的为人。李白《长相思》之“不信妾肠断，归来看取明镜前”用其意，口吻远不及武后有力。

魏征在《隋书·文学传序》中说：“江左宫商发越，贵于清绮，河朔词义贞刚，重乎气质。气质则理胜其词，清绮则文过其意。理深者便于时用，文华者宜于咏歌。此其南北词人得失之大较也。若能掇彼清音，简兹累句，各去所短，合其两长，则文质彬彬，尽善尽美矣。”这是对南北朝文学特质的经典概括。武则天此诗可说是“各去所短，合其两长”的成功典范。（于家慧）

▶ 武则天《如意娘》
拓展阅读

彩　书　怨

〔唐〕上官婉儿

叶下洞庭初，思君万里余。
露浓香被冷，月落锦屏虚。

欲奏江南曲，贪封蓟北书。
书中无别意，惟怅久离居。

（选自〔清〕彭定求等编：《全唐诗》增订本，中华书局 1999 年版）

【导读】

《彩书怨》一名《彩毫怨》，彩书即书信。这是一首闺怨诗。

诗的体裁为五言律诗。首联营造了一个空阔辽远的境界。洞庭的早秋，刚飘落叶的时候，所思念的人远在万里之外。洞庭湖是一个意蕴丰富的所在，首句让人联想到《九歌》中的“袅袅兮秋风，洞庭波兮木叶下”，那种男女之间互相恋慕的缠绵之感蕴藏其中。“初”字清微要眇，又给人以“洞庭始波，木叶微脱”那样淡雅细腻的感觉。古诗云：“相去万余里，各在天一涯。”遥远的距离为下文极写相思之意作了铺垫。

颔联对仗工稳，文辞典丽。香被、锦屏本是富贵锦绣的物事，但在这露华浓重的月夜，香被不敌清寒，锦屏形象模糊。“冷”和“虚”既是天气带给人的真实感受，也与诗人冷寂空虚的内心世界相贴合，景与情实现了完美的融合。

颈联透露了所思之人乃在“蓟北”，照应了首联的“万里余”。以“江南曲”对“蓟北书”，字面轻灵飘逸。江南温暖，蓟北苦寒，如此难眠的深夜，想要弹琴遣怀终是无绪，更想给远方的人写一封书信，倾诉自己的孤独。“贪”字很生动地表现了诗人寄书远人的心情之迫切。尾联写书信的内容，用笔朴拙质直，道出眼下最想表达的心情乃是独居之惆怅。

上官婉儿的祖父上官仪诗风绮错婉媚，对近体诗的定型起过一定的作用，这首诗从格律和风调上看已经是很成熟的五律作品了。最为难得的是，它克服了宫体诗贫乏空洞的缺点，含有非常深挚的感情。上官婉儿一生局囿于宫廷之中，身为唐中宗的妃嫔，只怕并未尝过真爱的滋味。这首诗于她自身而言不算写实，却透露了心中的寂寞和深情。（于家慧）

▶ 上官婉儿《彩书怨》拓展阅读

寄校书七兄

〔唐〕李季兰

无事乌程县，差池岁月余。
不知芸阁吏，寂寞竟何如？
远水浮仙棹，寒星伴使车。
因过大雷岸，莫忘几行书。

（选自陈文华校注：《唐女诗人集三种》，上海古籍出版社 1984 年版）

【导读】

李季兰有一位做校书郎的兄长。兄长奉使在外，她作了这首五言律诗寄上。

首联说自己在家中端居无事，有怀远人。乌程县是李季兰的家乡，差池在唐诗中解作“几乎”。颔联写对方。因芸香可辟书虫，汉代的秘书省亦称芸台、芸阁，“芸阁吏”贴合兄长作为校书郎的身份，又有清贵之气。此联未用对句，但神韵自远。

颈联最为人称道，妙在使用典故而浑化无迹。《汉书》中记载，博望侯张骞奉使西行，去探查黄河的源头。张华《博物志》又有一则关于仙槎的描述：旧说天河与海相通，有居住在海边的人，每年八月见海上浮槎来去，他乘槎而去，见到了牛郎织女。《汉书》中本无天河、仙槎之说，大约后人将此二事牵合在一起，遂有张骞泛槎至天河，得织女赠支机石一说。杜甫的“奉使虚随八月槎”便是二事合用，与李季兰的“远水浮仙棹”俱各佳妙。旧说天上有使星，帝王所派的使者去到哪里，使星便向哪个方向移动，“寒星伴使车”来源于此。这两句不过说兄长奉使外出的事实，却因巧妙用典而具有了丰美的意蕴。“远水”与“寒星”相对更是工炼造极。

尾联又说到自己。大雷岸在安徽望江县，南朝宋鲍照有《登大雷岸与妹书》，其妹鲍令晖亦有诗名，李季兰于此以鲍令晖自比，盼望兄长如鲍照一般在旅途中寄书与己，措语亦得体。

这首诗并无一丝闺阁气，精华秀朗有盛唐气韵；布局呼应，章法宛然，堪为唐律的典范。（于家慧）

寓　兴

〔唐〕李季兰

心与浮云去不还，心云并在有无间。
狂风何事相摇荡，吹向南山又北山。

（选自《俄罗斯科学院东方研究所圣彼得堡分所藏敦煌文献》第11册所录《瑶池新咏》残卷，上海古籍出版社1999年版）

【导读】

人的心绪正如浮云一般，捉摸不定，摇荡无端。李季兰曾经做过女道士，出家修持之人讲究心如止水，神思空明，而心猿意马，最难控制。“心云并在有无间”，心绪和浮云都有说来就来、说去就去的特点，这首诗很可能是记录某种毫无来由的心绪波动。

李季兰的一生，无论看她的交游还是她的诗作，都与“心如止水”四个字毫无干系。她五岁的时候，面对庭院里的蔷薇便能吟出“经时未架却，心绪乱纵横”这样的句子。五岁尚且心绪纵横，何况后来年长知事。这首诗一题作《偶居》，第一句是“心远浮云知不还”，不如“心与浮云去不还”直接自然。此时的李季兰不知想起了什么，心绪便如被狂风摇荡的浮云，忽南忽北。

在女诗人中，李季兰的女性色彩显得十分淡薄。《唐才子传》中说她“神情萧散”，又说她“形气既雄，诗意亦荡”，可以想见是个极有个性的女子。这种特殊性不仅体现在她大胆多思、不拘成法上，还体现在她对感情的看法上。她的闺怨诗也写得极好，但最有名的却是那首《八至》：“至近至远东西，至深至浅清溪。至高至明日月，至亲至疏夫妻。”如此清醒老辣的“情语”，也只有这个心似浮云、狂荡不羁的李季兰说得出来。（于家慧）

▶ 李季兰《寄校书七兄》《寓兴》拓展阅读

谒巫山庙

〔唐〕薛涛

乱猿啼处访高唐，路入烟霞草木香。
山色未能忘宋玉，水声犹是哭襄王。
朝朝夜夜阳台下，为雨为云楚国亡。
惆怅庙前多少柳，春来空斗画眉长。

（选自陈文华校注：《唐女诗人集三种》，上海古籍出版社1984年版）

【导读】

相传此诗是薛涛在韦皋幕中即席所赋。果若如此，薛涛不仅有才，更属捷才。诗题是《谒巫山庙》，当为咏史之作，韦皋时为剑南西川节度使，巫山正在其境内，选题很是应景。

此诗虽是咏史，写景亦佳。首联有声有色，还有草木之香，游踪宛然，令人恍若置身于清丽幽深的高唐胜境之中。此处最著名的典故出于宋玉《高唐赋》：“妾在巫山之阳，高丘之阻，旦为朝云，暮为行雨，朝朝暮暮，阳台之下。”颔联与颈联便以楚国事为吟咏对象。观巫山山色，自然联想到宋玉；听水声潺潺，犹如为楚王一哭。水声千载不绝，则此伤悼之情亦千载不绝。水声山色之中嵌入“宋玉”“襄王”字眼顺理成章，丝毫不嫌笨拙。颈联化用《高唐赋》中的句子，虽不是工整的对偶，但有一份逸宕之气，并把楚亡的缘故和事实交代得干净利落。尾联回到现实，把目光落在巫山庙前的柳树上。柳叶如眉，曼舞春风。然而一“空”字与“惆怅”相应，物是人非之感自出。且柳眉是女子之眉，女子斗眉便是比拼美貌，薛涛此刻在韦皋面前当有自矜才华之意。此联非常贴合作者的身份和情境。明代的钟惺评价尾联云：“不但幽媚动人，觉修约宛退中，多少矜荡不尽意。”可以感受到作者在咏史的同时流露出的自矜才华却不知能否托付的心思。

这首诗情景俱佳，余味不尽，且笔力清刚，见识不凡，体现了薛涛诗雍容大方的一面。（于家慧）

柳　　絮

〔唐〕薛涛

二月杨花轻复微，春风摇荡惹人衣。
他家本是无情物，一向南飞又北飞。

（选自陈文华校注：《唐女诗人集三种》，上海古籍出版社 1984 年版）

【导读】

此诗咏柳絮，体物极细。前两句言柳絮微小轻飘，在春风中摇摇荡荡，牵惹行人的衣裳。后两句道出柳絮的不由自主。它牵惹行人并不是因为多情缱绻，而不过是因为春风把它吹到了这里。春风之于柳絮，就像不可控制的命运之于薛涛。柳絮的形象恰如诗人自身。《红楼梦》里的林黛玉咏柳絮云"飘泊亦如人命薄"，和薛涛诗意相同。

薛涛本是良家女，父亲早亡，母亲孀居，她沦为官妓。在蜀中，她出入幕府，历事十一镇。她在韦皋幕下长袖善舞，以诗才受知，博得"女校书"的美号，又与当时的诸多名士唱和往来。这种风流光鲜并不能带给她安全感，她清楚地知道自己得以立身完全依靠那些大人先生的青眼。观其《罚赴边上韦相公二首》及《十离诗》，便可体会薛涛的处境。前者是她因事得罪韦皋，被贬往松州的时候所写，表达幽怨悔过之情。《十离诗》更是用犬离主、笔离手、马离厩、鹦鹉离笼、燕离巢、珠离掌、鱼离池、鹰离鞲、竹离亭、镜离台表现微物因小事遭到主人的厌弃。作为现代人，我们看了这等示弱乞怜之语不免气闷。然而对于薛涛来说，那却是她真实的处境。她之于那些高官名士，不过如犬马玩物之于主人，高兴的时候可以亲近把玩，不高兴的时候是可以随意丢弃的。

与这些诗对观，我们更能体会到《柳絮》一诗是薛涛辛酸无奈的自况。这也是与《谒巫山庙》那一类风格的作品相比，薛涛诗的另一特点：敏锐细微、幽约含蓄。（于家慧）

▶ 薛涛《谒巫山庙》《柳絮》
拓展阅读

金　缕　衣

〔唐〕杜秋娘

劝君莫惜金缕衣，劝君惜取少年时。
花开堪折直须折，莫待无花空折枝。

（选自〔清〕彭定求等编：《全唐诗》，中华书局 1979 年版）

【导读】

这首诗劝人珍惜时光，一说是唐代金陵女子杜秋娘所作。一、二句用金缕衣作比，少年的时光比金缕衣还要珍贵，金缕衣可以失而复得，但美好的少年时光却不能再来。两个"劝君"足见其言辞恳切。三、四句用枝头的花作比，树上的花美丽可爱，但要趁着花还在枝头折下来；若花谢了，就只能对着空落落的枝头暗自神伤。所以，该努力时便要及时努力，不要等年老力衰、繁花谢去之后再后悔。一个"须"字，一个"莫"字，丰富了诗歌表达方式，且赋予诗歌哲理性。

据杜牧《杜秋娘诗》记载，杜秋娘十五岁时为镇海军节度使李琦的妾，"秋持玉斝醉，与唱《金缕衣》"。杜秋娘拿着酒杯，对着李琦唱这首《金缕衣》，寓意珍惜时间，及时努力。此诗与李琦之意相合，因此赢得了李琦的宠幸。后李琦反叛被杀，杜秋娘受到牵连入宫，成为唐宪宗宠妃。

诗作出自女子之口，写得平白易懂，恳切真诚，媚而不俗，奔放热情。此诗被选入清代蘅塘退士编选的《唐诗三百首》中。（陈晓耘）

▶ 杜秋娘《金缕衣》
拓展阅读

赠 邻 女

〔唐〕鱼玄机

羞日遮罗袖，愁春懒起妆。
易求无价宝，难得有心郎。
枕上潜垂泪，花间暗断肠。
自能窥宋玉，何必恨王昌。

（选自陈文华校注：《唐女诗人集三种》，上海古籍出版社 1984 年版）

【导读】

这首诗一题作《寄李亿员外》，无论是赠邻女还是寄李亿，诗人的感受必然以自己的人生经验为出发点。

首联意如温庭筠的“懒起画蛾眉，弄妆梳洗迟”，日高耀目，闺中女子举起罗袖遮住面庞，春愁正懒，不欲起来梳妆。

颔联用坦率热情的语言直接陈述对美好爱情的向往以及真情难得的事实，道出了千古无数女子的心声，传诵最广。谈论这两句诗不能绕开鱼玄机的感情经历。《北梦琐言》记载她“适李亿补阙，后爱衰下山，隶咸宜观为道士”。相传李亿的夫人妒不能容，她才出家做了女冠。她与李亿两相爱悦的时候，曾一起游历山水，有过一段自由平静的生活。可惜李亿未能给她以长久的爱和守护，这段感情的失意给鱼玄机带来巨大的打击。“易求无价宝，难得有心郎”绝非凭空发出，而是发自内心的感叹。

颈联言伤心之状，不必多作解释。尾联的用意则颇有争议。宋玉的《登徒子好色赋》中，言有东家绝色女子“登墙窥臣三年”，王昌也是“姿仪俊美，为时所共赏”的美男子，两者均可用作情郎的代名词。如果这两者指的都是李亿，那么这一联可以解作，既然有过缱绻美好的过往，便也可以无憾无恨了。如果这两者不是一人，那么这一联的意思便是，我自能结识新的伴侣，何必沉浸于对薄情郎的怨恨。黄周星《唐诗快》评此诗云“鱼老师可谓教猱升木，诱人犯法矣”，便是从这个思路理解。实际上她未必真能结识新的知心爱侣，“自能窥宋玉”更像一种受到伤害之后的愤激之语。（于家慧）

▶ 鱼玄机《赠邻女》
拓展阅读

赠 所 思

〔唐〕崔仲容

所居幸接邻，相见不相亲。
一似云间月，何殊镜里人。
丹诚空有梦，肠断不禁春。
愿作梁间燕，无由变此身。

（选自〔清〕彭定求等编：《全唐诗》增订本，中华书局 1999 年版）

【导读】

这首诗表现的是女子对男子的思慕。虽是五言律诗的格式，但措语用意都颇有乐府民歌的风味。首句言明背景：他们的住处很近，应该是邻居，但不知出于什么原因，无法亲近。《诗经·郑风·东门之墠》云“其室则迩，其人甚远”，说的就是这种情形。

在古代，当一个女子有了爱慕的对象，她不可能大大方方地向对方表明心迹。如果没有什么途径可以暗传鱼雁，也只能在心里默默思念，那是一种说不出口又无能为力的感觉。诗的颔联以下，是这名女子在“相思相望不相亲”的情形下心中辗转的念头。先是用“云间月”和“镜里人”来形容这种状态，一个高远朦胧，一个冷不可触，形象地表现出女子与所思之人的距离。“丹诚空有梦，肠断不禁春”，她怀有一片赤诚，却只能托之于梦想。春女怀思，空将肠断。古诗中有“思为双飞燕，衔泥巢君屋”之句，面对可望而不可即的心中思慕之人，女子只好幻想自己能够化为一只燕子自由飞去，在那人的屋檐下筑巢，以求日日相见。

这首诗声口甚痴，自然晓畅，将一个陷入相思的女子的情态表现得生动而真实。（于家慧）

▶ 崔仲容《赠所思》拓展阅读

述国亡诗

〔五代〕花蕊夫人

君王城上竖降旗，妾在深宫那得知。
十四万人齐解甲，更无一个是男儿。

（选自〔宋〕陈师道：《后山诗话》，〔清〕何文焕辑：《历代诗话》，中华书局 2004 年版）

【导读】

花蕊夫人是五代后蜀皇帝孟昶的妃子。孟昶颇为奢靡，北宋赵匡胤下诏伐后蜀，后蜀不堪一击，最终投降。《后山诗话》载："费氏，蜀之青城人，以才色入蜀宫，后主嬖之，号花蕊夫人，效王建作宫词百首。国亡，入备后宫，太祖闻之，召使陈诗。诵其《国亡诗》云：'君王城上竖降旗，妾在深宫那得知。十四万人齐解甲，更无一个是男儿。'太祖悦。盖蜀兵十四万，而王师数万尔。"

花蕊夫人在诗中向赵匡胤辩解，后蜀并非是女色亡国，而是因为兵力孱弱，阵前十四万男儿没有一个人能够站出来抵抗敌人，都直接投降了。此诗写得慷慨激昂，不卑不亢。诗歌用意巧妙，既剖白自己并没有迷惑君主导致后蜀灭亡，将亡国之恨抒写得淋漓尽致；又巧妙地点出后蜀十四万兵力，宋朝只有几万兵力，但宋朝却能以少胜多、屈人之兵，委婉赞扬了宋太祖赵匡胤军队的英武。

花蕊夫人作为柔弱女子，在宋太祖面前有这般勇气和智慧说出这样的话，可谓难得，但她的下场颇为凄凉。一说赵匡胤爱其才，但花蕊夫人不忘故君孟昶，最终因罪被赐死；一说赵匡胤宠爱花蕊夫人，但因弟弟晋王赵匡义担心其魅惑君主，于是在行猎时将其射死。（陈晓耘）

▶ 花蕊夫人《述国亡诗》拓展阅读

送　　外

〔宋〕谢氏

此去唯宜早早还，休教重起望夫山。
君看湘水祠前竹，不是男儿泪染斑。

（选自北京大学古文献研究所编：《全宋诗》，北京大学出版社 1995 年版）

【导读】

这首诗是作者送丈夫外出时所作。首句便交代了临别时最要紧的一句话：此去唯宜早早还。做妻子的只盼远行的丈夫能早早归来，不要让自己像传说中那些苦命女子一样，久久伫立变成了望夫石。关于望夫石、望夫山的传说有很多种，大致都是丈夫远行，女子痴痴悬望，竟至于在所站立的地方化作了石头。这些传说表现了夫妻间坚贞的感情，也揭示了古代许多留守家园的思妇共同的命运。

在古代社会，往往是男性外出谋生，女性打理家庭。在交通和通信都极为不便的条件下，一朝离别不知何时才能团聚，令人伤心断肠，"荡子思妇"也便成了古诗中常见的题材。

此诗的后两句使用了一个熟典：相传舜帝南巡，死于苍梧之野，他的二妃娥皇、女英伤悼痛哭，泪水将竹子沾染得斑斑点点，从此这些竹子便称"泪竹"或"湘妃竹"。作者是想要丈夫记挂着留在家中苦苦相思的妻子，早日归来，口吻类似韦庄的"劝我早还家，绿窗人似花"。但谢氏身为女子，她更清楚离别这件事对于男性和女性完全不同：自古以来，为了离别而伤心落泪的，就只是多情的女子啊！

在古代，属于女性的天地非常狭小。出嫁以后，丈夫往往是她们最主要的寄托。面对离别之苦，投身功名的男性别有所思，而独守家中的女性在寂寥中只有空怀思念。《西厢记·长亭送别》中，张生与莺莺相别，张生念的是“青霄有路终须到，金榜无名誓不归”，莺莺想的却是“但得一个并头莲，煞强如状元及第”。谢氏此诗以口语融入熟典，把离别时的女子心态表现得入木三分。(于家慧)

▶ 谢氏《送外》
拓展阅读

如梦令

〔宋〕李清照

昨夜雨疏风骤，浓睡不消残酒。试问卷帘人，却道海棠依旧。知否，知否？应是绿肥红瘦。

(选自徐培均笺注：《李清照集笺注》，上海古籍出版社 2002 年版)

【导读】

这首词作于南渡以前，词中一派天真少女的声口，娇憨可爱。词人昨夜饮酒，醒来犹有余酲，想到夜间的风雨之声，便问侍女帘外的海棠如何。此问是一片惜花怜花的心肠，卷帘人却淡漠地答曰“依旧”。侍女远没有词人那样细腻多情的心地，这个回答逼出了下句“知否”之问。依据〔如梦令〕词牌，此处需下二叠语，安顿稍有不当，便觉板滞。而词中的“知否，知否”口气宛然，仿佛词人急于对侍女的淡漠表示不满，并引出末句自己的判断：应是绿肥红瘦。

海棠花在风雨中飘落，叶子经过雨洗却更加青翠鲜明了，用“绿肥红瘦”形容如此情景自然妥帖，是未经人道的好言语。此词虽有伤春之意，但更多的表现了闺阁少女闲雅的生活，清新可喜。短短三十余字的小令却藏有许多曲折，层次井然，含蓄无穷，是易安独到之处。唐人韩偓有诗云：“昨夜三更雨，今朝一阵寒。海棠花在否，侧卧卷帘看。”情景差似，但委曲精工远不及此词。清人王士禛以原韵和之，词云：“帘额落花风骤，春思慵如中酒。久待不归来，解识相思如旧。堪否，堪否？坐尽宝炉香瘦。”更不及易安灵秀婉媚。(于家慧)

声声慢

〔宋〕李清照

寻寻觅觅，冷冷清清，凄凄惨惨戚戚。乍暖还寒时候，最难将息。三杯两盏淡酒，怎敌他、晓来风急。雁过也，正伤心，却是旧时相识。　满地黄花堆积。憔悴损，如今有谁忺摘。守著窗儿，独自怎生得黑。梧桐更兼细雨，到黄昏、点点滴滴。这次第，怎一个、愁字了得。

(选自唐圭璋编纂：《全宋词》简体增订本，中华书局 1999 年版)

【导读】

这首词作于南渡以后，当时的李清照流落江湖，家国两失，词多凄婉沉郁。开篇连下十四个叠字，前人极为称道。论词者夸赞这几句如“公孙大娘舞剑手”，如“大珠小珠落玉盘”，所言不虚。易安《感怀》诗序中有“独坐一室，平生所见，皆不在目前”之语。南渡之后，她丈夫既逝，两人共同收藏的金石文物又在战乱中辗转丢失，往昔欢爱已成云烟，繁华安乐俱各消亡，触目皆是凄凉景象，“皆不在目前”便是她“寻寻觅觅”的根由。“冷冷清清”是寻觅所见，“凄凄惨惨戚戚”是所见之感。这十四个叠字脉络分明，非独新奇自然而已。

天气不佳，已不利于保养，但词人并无保养自身的意思，她临风饮酒，但觉酒味太淡，无法抵消无穷无尽的愁苦。“晓来”，一作“晚来”。前篇《如梦令》中亦有饮酒浓睡的描写，但香梦沉酣与借酒浇愁，一天一地，境况判然。秋季北雁南飞，流寓南方的词人看到过雁，不免想起北方旧都人事。北方对词人而言象征着无忧无虑的少女时光与甜蜜幸福的婚姻时光，然而这一切已经渺不可追，如何不令人伤心肠断！

词的下片先写菊花，憔悴零落之状亦花亦人。忺（xiān），高兴，适意。一作“堪”。无聊凄怨的心境下，词人坐在窗边，不知怎样捱过漫漫长日。秋季白日本短，她却问“怎生得黑”。贺铸词云“争奈愁来一日却为长”，生活于她而言真是度日如年了。黄昏时候，雨打梧桐，更助凄凉。触目无非哀景，感怀无非愁情，这已经不是无关紧要的闲愁，不是可以期待重见的生离，而是毫无希望、看不到尽头的哀痛，所以说“怎一个、愁字了得”。

这首词描述了词人一天之中的所见所感，情真语真，不假雕饰，感人至深。（于家慧）

乌　江

〔宋〕李清照

生当作人杰，死亦为鬼雄。

至今思项羽，不肯过江东。

（选自徐培均笺注：《李清照集笺注》，上海古籍出版社2002年版）

【导读】

这是一首咏史诗，吟咏的对象是乌江自刎的西楚霸王项羽。乌江在今安徽和县东北四十里，位于建康（今南京）与姑孰（今当涂）之间的长江北岸，建炎三年（1129），李清照随丈夫赵明诚乘舟经过此地，遂有《乌江》之作。

汉高祖刘邦称赞他的开国功臣张良、萧何与韩信为“人杰”，屈原在《国殇》中称赞为国捐躯的战士“身既死兮神以灵，魂魄毅兮为鬼雄”。诗的前两句借用以上典故，从整体上称赞项羽生时能奋发有为，死时不失大丈夫气概。后两句以项羽兵败后“不肯过江东”的行为，印证前两句的赞语。

项羽乌江自刎事，历代诗文有赞之者，有诋之者。李清照在这里用笃定的口吻对他给予了极高的赞誉。项羽羞见父老，有廉耻之心，不惜一死，有勇者之气。时金兵入侵，徽钦二帝被虏，朝廷不断南逃，诗人吟咏项羽，显然有讽喻现实的用意，即对统治者抛弃山河、苟且偷安的懦弱无耻行径表示愤慨与无奈。

李清照存诗不多，内容以感时咏史为主，诗笔雄俊，磊落嵚崎，全无脂粉气。优裕的出身、良好的教育以及跌宕的人生，使李清照得以拥有超越那个时代一般女子的心胸和见识。她对自身的认识和对国事的关注，更接近于一个“士人”。（于家慧）

▶ 李清照《如梦令》《声声慢》《乌江》拓展阅读

醉思仙·寓居妙湛悼亡作此

〔宋〕孙道绚

晚霞红。看山迷暮霭，烟暗孤松。动翩翩风袂，轻若惊鸿。心似鉴，鬓如云，弄清影，月明中。谩悲凉，岁冉冉，蕣华潜改衰容。　　前事销凝久，十年光景匆匆。念云轩一梦，回首春空。彩凤远，玉箫寒，夜悄悄，恨无穷。叹黄尘久埋玉，断肠挥泪东风。

（选自唐圭璋编纂：《全宋词》简体增订本，中华书局1999年版）

【导读】

这是词人为悼念亡夫而作，情景兼备，婉丽凄清。开篇以景起，傍晚霞光满天，远山笼罩在一片迷蒙的烟霭之中，其间隐约有孤松独立。古诗云“我心如松柏，君情复何似”。这几句除了渲染出凄迷黯淡的气氛，还以“孤松”的形象暗示词人贞心不改。接着由写景转向写人，词中的女子飘飘轻举，心如明镜，鬓似乌云，在月下翩然弄影。孙道绚号“冲虚居士”，这样的形象确实有凌云之致。“谩悲凉，岁冉冉”二句言时光缓缓流逝，给人以平静而残酷的感觉。《诗经》中以“颜如舜华”来形容女子娇美的容颜，孙道绚写作这首词的时候已经四十岁上下，芳华已临秋暮，自然是“蕣华潜改衰容”。蕣（shùn），即木槿，亦作舜。

十年生死两茫茫，模糊而短暂的梦境不足以抚慰未亡人哀苦的心情。吹箫引凤、双宿双飞的好时光已经一去不回，只有漫漫长夜、离恨无穷。“玉箫寒”的“寒”字极妙，久不调弄故曰“寒”，暗示人去已久。白居易《梦微之》诗云：“君埋泉下泥销骨，我寄人间雪满头。”生人作死别，是最无奈也最长久的伤痛，活着的人必须独自面对无穷岁月的沧桑。词的结句“断肠挥泪”下字极重，与这种深重的痛苦是相适宜的。

回观全词，有一条非常明晰的时间线索。从傍晚远望到月下弄影，再到深夜怀想，折映出断肠人伫立之久，深厚的情意尽现其间。（于家慧）

▶ 孙道绚《醉思仙·寓居妙湛悼亡作此》拓展阅读

清平乐·夏日游湖

〔宋〕朱淑真

恼烟撩露，留我须臾住。携手藕花湖上路。一霎黄梅细雨。　娇痴不怕人猜，随群暂遣愁怀。最是分携时候，归来懒傍妆台。

（选自张璋、黄畬校注：《朱淑真集》，上海古籍出版社1986年版）

【导读】

此词写的是女子真挚的爱情体验。

上片写与爱人在西湖游览时突然遇雨，只能被迫找个地方躲雨。此四句用了倒装句式。在开满荷花的西湖堤岸上和情人一起走着，忽然间下起了“黄梅细雨”，所以有“留我须臾住”之说。

下片写与情人在一起时的主动热情以及与情人分别后的苦闷难言。“随群暂遣愁怀”一句四印斋本注“别作‘和衣睡倒人怀’”。“和衣睡倒人怀”更能凸显女子天真烂漫、大胆行事的个性。因西湖遇雨无人在旁，所以大胆地“和衣睡倒人怀”，倚在情人怀中，并不怕旁人猜疑自己。卓人月的《古今词统》卷五中载古歌：“枕郎左臂，随郎转侧，摩捋郎须，看郎颜色。”想来朱淑真的娇痴情态或近于此。然而，两人在一起的时光有多美好，回到家中就有多苦闷。与情人分手后，女子百无聊赖地倚在妆台上，无心打扮。

吴衡照《莲子居词话》卷二云：“易安‘眼波才动被人猜’，矜持得妙。淑真‘娇痴不怕人猜’，放诞得妙。均善于言情。言情以雅为宗，语丰则意尚巧，意亵则语贵曲。”朱淑真生活在礼教严明的南宋时代，作为女子能够不惧世人眼光，如此大胆行事、大胆作词，其勇气、魄力非同一般。（陈晓耘）

▶ 朱淑真《清平乐·夏日游湖》拓展阅读

卜　算　子

〔宋〕严蕊

不是爱风尘，似被前身误。花落花开自有时，总是东君主。　去也终须去。住也如何住。若得山花插满头，莫问奴归处。

（选自唐圭璋编纂：《全宋词》简体增订本，中华书局1999年版）

【导读】

据周密《齐东野语》记载，此为严蕊自述身世之作。严蕊是天台营妓，知州唐仲友赏其才。后朱熹巡行台州，弹劾唐仲友，谓其与严蕊有染。严蕊被关进狱中，受到严刑拷打，宁死不肯招认。朱熹调任后，岳霖继任，怜严蕊憔悴，命她作词自陈，严蕊即口占此词。

按词中所述，严蕊身陷风尘绝非出于自愿，乃有不得已的缘故在。东君是司春之神，花落花开都由东君做主。严蕊身世一如落花，那么她身寄何方自然也由不可抵抗的命运做主。此意接近薛涛的“他家本是无情物，一向南飞又北飞”。古时女子常处弱势地位，命运不得自主。按此词背景，岳霖主理严蕊一案，也便是严蕊此时命运的主宰者，严蕊既在岳霖的要求下作词，则“东君”有可能指代岳霖。

“去也终须去。住也如何住。”此两句表现了词人对自己未知命运的茫然。最后两句则道出了词人心中的向往：若能脱此枷锁，重得自由，去到哪里都是好的啊！严蕊又有《如梦令》咏红白桃花一首：“道是梨花不是。道是杏花不是。白白与红红，别是东风情味。曾记。曾记。人在武陵微醉。”作为深陷泥淖的妓女，她心中一直有一片清洁自在的桃花源。流露于词，体现出清丽与风骨并存的美感。

严蕊系狱填词一事，近人或考其为伪，然此词反映了一个受到侮辱和损害的女子之无奈和渴望，神情酷肖，不失为难得的佳作。（于家慧）

▶ 严蕊《卜算子》拓展阅读

沁 园 春

〔宋〕陈彦章妻

记得爷爷，说与奴奴，陈郎俊哉。笑世人无眼，老夫得法，官人易聘，国士难媒。印信乘龙，夤缘叶凤，选似扬鞭选得来。果然是，西雍人物，京样官坯。

送郎上马三杯。莫把离愁恼别怀。那孤灯只砚，郎君珍重，离愁别恨，奴自推排。白发夫妻，青衫事业，两句微吟当折梅。彦章去，早归则个，免待相催。

（选自唐圭璋编：《全宋词》，中华书局1965年版）

【导读】

这首词是陈彦章之妻在陈彦章赴太学之前写给他的。《湖海新闻夷坚续志》后集载：“宋嘉熙戊戌，兴化陈彦章混补试中，次年正月往参大学，时方新娶，其妻作《沁园春》以壮其行。……一时传播，以为佳话。”

词的上片写自己对夫婿的欣赏。“记得爷爷，说与奴奴，陈郎俊哉。”开篇即见女儿家的娇媚情态。“笑世人无眼”以下七句回忆爷爷当初选婿的自信情形：与世人相比，我老夫才是真有好眼力！找个丈夫容易，可是要找一位令人敬仰的国士却很难。他将来一定是持着印信的乘龙快婿，能够青云直上飞黄腾达，这是我为你再三挑选的好夫婿。印信，政府机关使用的印章，代指做官的人。乘龙，比喻得到好女婿。夤（yín）缘，意为攀援上升。叶（xié）凤，附凤。“果然是”三句，是词人婚后的感受，意为丈夫果然是国家栋梁人才。西雍，咸阳西。《宋史·乐志》云：“多士济济，于彼西雍。”上片从对夫婿的爱赏可以看出女方对婚后美好生活的期许。

下片写送丈夫出行时的嘱托。首句“送郎上马三杯”便切换到离愁别绪的情境之中。“莫把离愁恼别怀”五句，一是劝慰丈夫莫要因离别伤感，出门在外好生珍重，二是自我劝慰。“白发夫妻”三句将两人之间的情感升华到一个高度。其意为：我们是会白头偕老的结发夫妻，将来总会有时间相聚。眼下你要以学业、事业为重，“两情若是久长时，又岂在朝朝暮暮”（秦观《鹊桥仙》）。要是你思念我，就折一枝梅花寄给我吧。“折梅”典出南朝陆凯《赠范晔》诗：“折梅逢驿使，寄与陇头人。江南无所有，聊赠一枝春。”用陆凯和范晔作比，表明词人心中的情感不是仅限于小儿女间的温柔情愫，而是知己好友。最后“彦章去”三句，是嘱托丈夫要早些归来。整首词铺排严整，循序渐进，彰显了端庄大气的女子形象。（陈晓耘）

▶ 陈彦章妻《沁园春》拓展阅读

祝英台近

〔宋〕戴复古妻

惜多才，怜薄命，无计可留汝。揉碎花笺，忍写断肠句。道傍杨柳依依，千丝万缕，抵不住、一分愁绪。　　如何诉。便教缘尽今生，此身已轻许。捉月盟言，不是梦中语。后回君若重来，不相忘处，把杯酒、浇奴坟土。

（选自唐圭璋编：《全宋词》，中华书局1965年版）

【导读】

这是戴复古的妻子写下的一首饯别词。陶宗仪《南村辍耕录》卷四载："戴石屏先生复古未遇时，流寓江右。武宁有富家翁爱其才，以女妻之。居二三年，忽欲作归计。妻问其故，告以曾娶。妻白之父，父怒，妻宛曲解释，尽以奁具赠夫，乃饯以词云：……夫既别，遂赴水死。可谓贤烈也已。"

上片"惜多才"三句，开篇即写尽内心愁苦无奈。"惜多才"指父亲爱戴复古之才，把女儿嫁给他，然而他竟已有婚配。"怜薄命"是写自怜命苦，与深爱之人有缘无分，因此"无计可留汝"，没有办法把你留下来。"揉碎花笺"二句，揉碎的不仅是带着花纹的信纸，更是词人的心，于是"忍写断肠句"，强忍痛苦写下了这首绝命词。"道傍杨柳依依"三句写心中愁绪万千。《诗经·小雅·采薇》中有"昔我往矣，杨柳依依"，此时词人心中满是惆怅与悲哀。

下片是诀别之语。"如何诉"三句十四字，《全宋词》注云："此十四字、各本皆脱，惟《古今词选》卷四有，未必可信。""如何诉"紧承上片，写无处倾诉这满心的愁绪，因为丈夫和父亲都不肯倾听和理解。我当初许身于你，奈何缘分已尽。"捉月盟言"二句回忆婚后生活：咱们曾在月下共同起誓，也是实实在在发生过的啊！想到这里，已是悲哀至极，决定赴死。"后回君若重来"三句，痛切诉说对丈夫最后的一点期待：今后你如果回来的话，把酒浇洒在我的坟头吧！全词明白如话，情意深切，哀婉凄恻。（陈晓耘）

▶ 戴复古妻《祝英台近》
拓展阅读

练裙带中诗

〔宋〕韩希孟

我质本瑚琏，宗庙供蘋蘩。
一朝婴祸难，失身戎马间。
宁当血刃死，不作衽席完。
汉上有王猛，江南无谢安。
长号赴洪水，激烈摧心肝。

（选自北京大学古文献研究所编：《全宋诗》，北京大学出版社1998年版）

【导读】

韩希孟是北宋宰相韩琦裔孙，此诗是作者临终绝笔。宋理宗开庆元年（1259），元兵攻陷岳阳，韩希孟被掳，她不甘受辱于敌，在押解途中乘隙赴水而死。三日后尸体浮出，于练裙带中见此诗。"练"可解释为白绢，这首绝命诗很可能是她在身陷敌手的严酷环境下仓促写就，暗藏于身的。

"瑚琏"是宗庙里盛黍稷的祭器。首句自比国之重器，凛然名门贵女之风。蘋蘩是祭品，主祀奉蘩者，大家之宗妇也。如此女子，本当堂堂正正出嫁，主持家族宗庙祭祀，然而山河沦陷，大祸临头，名门娇女受辱于铁蹄之下。她慷慨激烈地表示"宁当血刃死，不作衽席完"，决不在敌人手下承欢苟活。

"汉上有王猛，江南无谢安。"王猛是前秦丞相，辅佐苻坚统一北方。苻坚是氐族人，王猛在此处当指那些助敌为虐的汉人。谢安是东晋名相，淝水之战力保江山。"有"和"无"的对比，揭示出当时已处于大厦将倾、无人能挽的境地。以一女子之身纵论天下大事，流露出对奴颜事敌者的鄙夷和对山河沦陷的痛惜。

韩希孟的胸襟见地令人敬佩，更令人敬佩的是她面临生死考验时大义凛然的选择。长歌当哭，赴水而死，英风慷慨，不输男儿。

此诗苍凉劲直，颇有汉魏古风。（于家慧）

▶ 韩希孟《练裙带中诗》拓展阅读

山之高三章

〔宋〕张玉娘

山之高，月出小。月之小，何皎皎。我有所思在远道，一日不见兮我心悄悄。

采苦采苦，于山之南。忡忡忧心，其何以堪。

汝心金石坚，我操冰雪洁。拟结百岁盟，忽成一朝别。朝云暮雨心去来，千里相思共明月。

（选自北京大学古文献研究所编：《全宋诗》，北京大学出版社1998年版）

【导读】

这是一首杂言古诗，借鉴了《诗经》中的比兴手法，韵致灵动，情意凄苦。

首章化用《诗经·陈风·月出》中的“月出皎兮，佼人僚兮。舒窈纠兮，劳心悄兮”、《诗经·王风·采葛》中的“一日不见，如三秋兮”和古诗中的“所思在远道”。明月寄相思，以山高月小的形象起兴，更添一份寂寞高寒，继而道出心中的离别之苦。

次章化用《诗经·唐风·采苓》中的“采苦采苦，首阳之下”和《诗经·召南·草虫》中的“喓喓草虫，趯趯阜螽。未见君子，忧心忡忡”。苦即苦菜，野生可食，苦菜之苦即是人心之苦。

末章的“拟结百岁盟，忽成一朝别”与诗人之感情经历甚为相符。张玉娘少与沈佺定亲，却遭家中长辈悔婚。二人两情相悦，不忍相负，不幸沈佺又因病早亡，玉娘茕茕独思。据“千里相思共明月”一句，沈佺此时应尚在人世，或游宦京师，与玉娘两地分离。“汝心金石坚，我操冰雪洁”表现了两人之间坚贞的爱情，如同《孔雀东南飞》中的“君当作磐石，妾当作蒲苇。蒲苇纫如丝，磐石无转移”一般，对彼此的心意确信而笃定。后来沈佺亡故，玉娘自誓不嫁。从她情意殷殷的诗作中可以看出，此举并非为了恪守旧礼教，而是基于两人之间的深厚感情。

宋玉《高唐赋》云：“妾在巫山之阳，高丘之阻，旦为朝云，暮为行雨，朝朝暮暮，阳台之下。”谢庄《月赋》云：“美人迈兮音尘阙，隔千里兮共明月。”这首诗隐括多篇诗赋而能贯之以自己的感受，情致动人。（于家慧）

暮春夜思

〔宋〕张玉娘

夜凉春寂寞，淑气浸虚堂。
花外钟初转，江南梦更长。
野春鸣涧水，山月照罗裳。
此景谁相问，飞萤入绣床。

（选自北京大学古文献研究所编：《全宋诗》，北京大学出版社1998年版）

【导读】

张玉娘出身仕宦家庭，受过良好的教育。即便在爱侣沈佺去世以后，也从未流露过生计之忧，可见一直过着较为优裕的生活。她有很多写闲居光景的诗作，或赏花，或纳凉，或望月，或昼寝，思致细腻圆融，这首《暮春夜思》便是其中代表。

首句点题，暮春夜凉，乃有寂寞之思。次句“浸”字佳妙，恍若一室尽皆笼罩在融融春气之中。《庄子》云“虚室生白”，玉娘的《春睡》诗亦有“虚室绝尘埃”之句，如此写来，女子闺阁便有清澈爽朗之气。

颔联和颈联写春夜见闻，而以“江南梦更长”点染悠远的情思。远处传来夜间的钟声，春季繁花盛开，钟声既从“花外”传来，也如花香一般柔和隐约了。野外有涧水潺潺，月上清宵，月光淡淡地洒在女子的罗衣之上。言

“野春”，言“山月”，诗人所处应在郊外，景致颇饶野趣。

尾联以“谁相问”照应首句的“春寂寞”，再次点明题中的“思”字。“飞萤入绣床”透露出女儿本色，轻灵含蓄，趣味横生。元代的虞集读到此句拍案赞赏，良有以也。（于家慧）

▶ 张玉娘《山之高三章》《暮春夜思》拓展阅读

满　江　红

〔宋〕王清惠

太液芙蓉，浑不似、旧时颜色。曾记得、春风雨露，玉楼金阙。名播兰簪妃后里，晕潮莲脸君王侧。忽一声、鼙鼓揭天来，繁华歇。

龙虎散，风云灭。千古恨，凭谁说。对山河百二，泪盈襟血。客馆夜惊尘土梦，宫车晓碾关山月。问嫦娥、于我肯从容，同圆缺。

（选自唐圭璋编纂：《全宋词》简体增订本，中华书局1999年版）

【导读】

王清惠是宋度宗的昭仪，元兵攻破临安城后，她被掳入燕，途中经过汴京夷山驿站，在驿站的墙壁上题下此词。作为亡国遗民，又作为帝王后妃，王清惠以俘虏的身份经过故都，自然感慨万千。

太液，即太液池。太液池是皇家池苑，首句以此代指北宋旧都。太液池荷花憔悴，暗指山河沦陷，宗庙播迁，过旧都则有黍离之感。以下用白居易《长恨歌》诗意，“芙蓉如面柳如眉”，而此际芙蓉憔悴，当年玉楼承恩、艳冠群芳的岁月一去不返。“渔阳鼙鼓动地来，惊破霓裳羽衣曲。”鼙鼓是军中的战鼓，元兵攻来，富贵繁华毁于一旦。南宋一百五十余年，无日不在异族狼顾之下，此处却用一“忽”字。一方面有深宫女子乍临大难时的晴天霹雳之感，另一方面当含有对南宋君臣不思恢复、浑噩度日的批判。“门外韩擒虎，楼头张丽华”，沉浸于临安风月的南宋朝廷对国家大事处于一种迟钝、麻木的状态，以致临难失措。

下片先写对山河破碎的感慨。从“龙虎散”到“泪盈襟血”，如天骥下坡，一气贯注，表现出痛切惋惜之意。接下来转入对个人身世的感慨。“客馆”二句写眼下情景，昔日锦绣堆中的深宫娇女沦为俘虏，辗转流离，难以安枕，心中凄凉可知。末二句乃词人自明心迹：在家国两失的情境下，唯愿如月中嫦娥般过着清冷枯寂的日子了此残生。王清惠后出家为女道士，她的选择与此二句的用意可以相互印证。

此词一出即引起当时许多遗民的共鸣，文天祥、汪元量等人均有和作。王清惠的经历和感慨比较典型地代表了宋末大难留下的伤痕，加上她的特殊身份，尤适于将国家命运与个人命运牵系一处。此词流传甚广，文学价值与史料价值并存。（于家慧）

▶ 王清惠《满江红》拓展阅读

渔父图　题辞（其一）

〔元〕管道昇

遥想山堂数树梅。凌寒玉蕊发南枝。山月照，晓风吹。只为清香苦欲归。

（选自〔明〕张丑：《清河书画舫外四种》，上海古籍出版社1991年版）

【导读】

渔父图的题辞共四首，也称《渔父词》，是元代著名女书法家、画家管道昇所作。管道昇的丈夫是元代著名书法家、画家、诗人赵孟頫。管道昇在这一词中表达了劝夫归隐之意。

开篇清丽，“遥想”故乡庭院里的数株梅花此时都已绽放，冒着严寒在风中挺立着，南面的花枝因为朝着阳光所以开得早一些。“玉蕊”指花苞。“山月照，晓风吹”，继续写梅花。晚上山间的月亮照在这一株株的梅花上，笼上一层明亮的光；清晨的风吹着花枝，在风中轻轻地摇曳着。管道昇写梅花写得传神，此情此景，令人神往。最后一句把思绪从想象拉到现实中来：因为想念着故乡梅花的清香，我苦苦地想要回到故乡啊！

“梅花”在此处不仅象征故乡，也象征着精神的追求。词人渴望自己和丈夫能够像梅花一样遗世独立，凌寒开放。赵孟頫受元世祖忽必烈的礼敬，官位颇高，其妻也被加封魏国夫人。然而身为宋代宗室后裔，赵孟頫出仕元朝，内心情感五味杂陈。明代张丑《清河书画舫》云：“此《渔父词》皆相劝以归之意，无贪荣苟进之心。其与老妻强颜道：‘双鬓未全斑，何苦行吟泽畔？不近长安者异矣。’”同书也记载了赵孟頫和管夫人的《渔父词》：“渺渺烟波一叶舟，西风木落五湖秋。盟鸥鹭，傲王侯，管甚鲈鱼不上钩。”从赵孟頫摇摆的态度中，可以看出他内心的纠结。（陈晓耘）

▶ 管道昇《渔父图　题辞》（其一）
拓展阅读

偶　　成

〔元〕孙淑

庭院深深早闭门，停针无语对黄昏。
碧纱窗外初生月，照见梅花欲断魂。

（选自〔元〕陶宗仪撰，李梦生校点：《南村辍耕录》，上海古籍出版社 2012 年版）

【导读】

这首诗写闺中女子的孤独和寂寞。

开头一句“庭院深深”为全诗定下了凄清寂寞的基调。欧阳修《蝶恋花》有“庭院深深深几许”写闺中少妇寂寞伤春之情。《偶成》一诗中女子生活的地方是深宅大院，还未到黄昏便早早关上了院门。她停下手中的针线怔怔地对着夕阳之下院落的风景，就这样呆呆地坐着，直到月亮升上来。女子透过碧色的窗纱，看到外面冷峻的月亮。月光照在梅花上那样凄楚动人，让她感到无限悲伤。欧阳修的“庭院深深”写女子伤春，其时已有“杨柳堆烟”（欧阳修《蝶恋花》）的绿色，而孙淑的“庭院深深”写的是寒梅绽放的早春时节，春寒料峭，更显凄冷。

全诗以女子视角描绘自己的观感。空间上从深深的庭院到手中的针线，从窗前的月光再到院中的梅花，时间上则是从黄昏到深夜。诗人静坐屋中，被局限在一院一室之内。她低下头做针线，抬起头望庭院、月光和梅花，胸中纵有对外界生活的无限向往和美好的诗情画意，也都被这“庭院深深”局限起来了。虽然诗中描写的都是恬静动人的景致，却有闺阁哀怨流淌其间。（陈晓耘）

▶ 孙淑《偶成》
拓展阅读

空　　闺

〔明〕王凤娴

壁网蛛丝镜网尘，花钿委地不知春。
伤心怕见呢喃燕，犹在雕梁觅主人。

（选自〔清〕钱谦益辑：《列朝诗集》，《四库禁毁书丛刊》影印本，北京出版社 2000 年版）

【导读】

此为诗人悼念亡女之作。王凤娴二女张引元、张引庆在母亲的教导下皆能诗词，母女间常有唱和。不幸二女早亡，做母亲的肝肠寸断，睹物思人，以诗志哀。诗人有《悲感二女遗物》四首，此为其中之一。

首句应题目“空闺”之“空”。墙壁上布满蛛丝，镜子上覆满尘土，昔日女儿闺阁，今已人去楼空。《长恨歌》言杨贵妃死状有“花钿委地无人收”之语，次句即以“花钿委地”

暗示女儿香消玉殒。“不知春”是典型的哀乐互衬：春天象征着欢乐与生机，女儿还在的时候，月夕花朝，多少娇痴可爱。（诗人另有《闲针》一首：“少年工制独称奇，绝似灵芸夜绣时。笑语楼前争乞巧，伤心无复见穿丝。”）然而此际天人永隔，女儿当年的笑语再不可见，任何欢欣热闹的景物都只能触痛诗人脆弱的心。后二句从“不知春”三字引出。燕子春来，绕梁低语，仿佛在寻找旧日的主人。但诗人见此情景，只有更加伤感，故曰“怕”。此与“春风不相识，何事入罗帏”“莫开帘，怕见飞花，怕听啼鹃”等语同一用意。

《玉镜阳秋》评王凤娴之作曰：“《哭女》诸绝，最真挚可诵。”诗人痛失爱女，锥心泣血，发自肺腑的情感却是借景物描写道出，颇富感染力。（于家慧）

▶ 王凤娴《空闺》拓展阅读

悼　　亡

〔明〕商景兰

公自垂千古，吾犹恋一生。
君臣原大节，儿女亦人情。
折槛生前事，遗碑死后名。
存亡虽异路，贞白本相成。

（选自〔清〕沈德潜、周准编：《明诗别裁集》，上海古籍出版社 2013 年版）

【导读】

这是商景兰悼念亡夫祁彪佳的诗。祁彪佳为明朝天启二年（1622）进士，曾以右佥都御史巡抚江南。南都失守后，清人欲聘他为官，祁彪佳投水殉国。其遗诗有句云：“图功何其难，殉节何其易。我为其易者，聊尽洁身志。含笑入九泉，浩然留天地。”丈夫死后，悲痛欲绝的商景兰选择活下来抚育子女。

这首五言律诗端整凝重，每一联以对照的结构呈现出来。首联写诗人与丈夫所选择的截然不同的两条道路：丈夫殉国，名垂千古；景兰独生，犹有所恋。颔联对丈夫与自己的选择作出评价：殉国是君臣大节，独生是儿女人情。大义人伦，各存其理。颈联是丈夫生前与死后之对照：活着的时候，他就像汉代直谏成帝、攀殿槛以至槛折的朱云，事君以忠。死去以后，他就像晋朝的贤臣羊祜，人们望其碑而堕泪。尾联言夫妇二人的选择乃殊途同归之大道，都是守正清白。

祁彪佳在《别妻室书》中对妻子说道：“贤妻需万分节哀忍痛，勉自调理，使身体强健，可以区处家事，训诲子孙，不堕祁氏一门。则我虽死犹生矣。”商景兰没有辜负丈夫的嘱托，一肩担荷作为妻子和母亲的责任，她善抚儿女，保住了诗书传家的门风。这首悼亡诗堂堂正气，其中体现的坚韧风骨令人钦佩动容。（于家慧）

▶ 商景兰《悼亡》拓展阅读

踏莎行·初春

〔明〕徐灿

芳草才芽，梨花未雨，春魂已作天涯絮。晶帘宛转为谁垂？金衣飞上樱桃树。　　故国茫茫，扁舟何许，夕阳一片江流去。碧云犹叠旧河山，月痕休到深深处。

（选自陈之遴、徐灿：《浮云集·拙政园诗馀·拙政园诗集》，黑龙江大学出版社 2010 年版）

【导读】

徐灿亲历明清易代，其作品中多隐含家国之思，而此词是《拙政园诗馀》中最能够体现徐灿“黍离之悲”的作品之一，历来被后世称道，谭献曾以“兴亡之感，相国愧之”评价此词。

词作上片明写初春之景，但同时借助“芳草才芽，梨花未雨”暗指了清初顺治帝幼年登基之事，随后又用“春魂已作天涯絮”代指明崇祯帝离世后南明王朝的飘零无依。这几句直接将对比强烈的物事新旧更替融于初春景致当中。“晶帘”“金衣”二句则隐含了对于丈夫陈之遴再仕新朝行为的批评，讽刺意味较为明显。下片重在抒情，“故国茫茫”直接点明了对前朝的怀念，但可惜扁舟不知归处，江上空留残阳，纵使碧云仍叠照于旧时山河之上，词人仍希望月影也不要洒落在山河深处，因为当破碎的山河清晰可见，词人就不得不直视令人伤痛不已的亡国之悲。

词作语言典雅，情感真挚，其中更是蕴含着徐灿本人的气节情操。在国家覆灭与丈夫降清的双重打击之下，郁郁不平之气只能在压抑中自我消解，这使得徐灿的作品时常流露出浓郁哀婉的“黍离之悲”。（张思梦）

▶ 徐灿《踏莎行·初春》
拓展阅读

春日看花有感

〔明〕叶纨纨

春去几人愁，春来共娱悦。
来去总无关，予怀空郁结。
愁心难问花，阶前自凄咽。
烂漫任东君，东君情太热。
独有看花人，冷念共冰雪。

（选自〔明〕叶绍袁编，冀勤辑校：《午梦堂集·愁言》，中华书局 1998 年版）

【导读】

叶纨纨的父亲叶绍袁说：“我女自十七结缡，今二十有三岁而殁，七年之中，愁城为家。”这首诗便是叶纨纨婚后所作。不幸的婚姻对敏感多情的才女而言是无可排遣的愁苦，春日看花本是乐事，但在诗人眼中却无不堪愁。

这是一首五言古诗，不加追琢，口吻自然。一般而言，春来令人喜，春去令人愁，但在诗人心中，春来春去皆与她无关，她自有一份挥之不去的郁郁愁怀。在春花烂漫的时节，她却“愁心难问花”，独自流泪。她嫌弃“东君情太热”，酝酿了这色彩缤纷的世界。因为任凭春花如何繁盛，看花之人心肠冷如冰雪，与那热情欢悦之景实在不相匹配。作为年轻少妇的作者而有此槁木死灰般的内心，可见叶纨纨对婚姻已失望透顶，对人世已毫无眷恋。

叶绍袁翻检女儿遗稿的时候看到这一首，感叹道：“即此一诗，一字一泪，大概已见。无限愁思，不必更说矣。”《春日看花有感》是叶纨纨诗集中的第一首，基本代表了她创作的基调。其《秋日偶题》云：“一番摇落一番嗟，咫尺天涯梦里家。莫道秋来不憔悴，满庭都是断肠花。”可见春去秋来花开花落，于叶纨纨而言，都是一般的伤心肠断。

包办婚姻与封建礼教使女子的人生变成一场豪赌，她们不知道即将共度一生的是何等样人，若是婚姻不谐，也极难另寻出路，只有在愁城之中日日消磨。这是包括叶纨纨在内的许多古代女子的共同命运。（于家慧）

▶ 叶纨纨《春日看花有感》
拓展阅读

临江仙·经东园故居

〔明〕叶小纨

旧日园林残梦里，空庭闲步徘徊。雨干新绿遍苍苔。落花惊鸟去，飞絮滚愁来。　探得春回春已暮，枝头累累青梅。年光一瞬最堪哀。浮云随逝水，残照上荒台。

（选自徐乃昌辑：《小檀栾室闺秀词钞》，宣统元年小檀栾室刻本）

【导读】

吴江叶氏一门，叶绍袁进士及第，沈宜修素有才名，家中儿女均能文翰，可谓满门风雅。叶纨纨、叶小纨、叶小鸾三姊妹幼承庭训，在闺秀文坛上大放异彩。然叶纨纨婚姻不幸，二十三岁郁郁而终，叶小鸾更是年仅十七便夭折于婚前，母亲沈宜修哀痛亡女，三年后亦终。叶小纨享寿略长，也是丧乱贫病，交相逼迫。这母女几人直是“红颜薄命”四字的凄凉注脚。

三姊妹承欢慈亲膝下的时候，曾有过一段自由快乐的生活。她们在闺中唱和，尽享天伦之乐与诗词中丰美细腻的精神世界。这首词正是叶小纨经过故居东园所作。那里有她无忧无虑的女儿时光，更有她关于母女姊妹之情的珍贵记忆。然而旧日佳期，只能在“残梦里”回味一二。她写作这首词的时候，家中亲人相继过世，国破家亡，生计堪忧。漫步旧园，昔日充满欢声笑语的地方只剩空庭寂寂，满地苍苔，阒无人迹。“落花惊鸟去，飞絮滚愁来”，此应是暮春时候，节物堪悲。“滚”字下得生动，飞絮之状，愁情扑面而来之感，一一写出。

下片承“落花”“飞絮”，言暮春青梅结子，暗示闺中女儿年华流逝，已为人妇。“年光一瞬最堪哀”是诗词中常见的对时光的感慨，然而念及叶小纨的深悲巨痛，应知此句不是泛泛而言。夫妇相得，手足友爱，志趣相投，叶氏一门曾经拥有过许多人难以企及的精神享受。过往越是美好，失去时就越是伤痛，叶小纨笔下的“年光一瞬”，实在蕴含着对时光之残酷的深切喟叹。末二句结得含蓄，情景黯淡，余味不尽。(于家慧)

▶ 叶小纨《临江仙·经东园故居》
拓展阅读

玉蝴蝶·春愁

〔明〕叶小鸾

梦破晓风庭院，粉墙花影，睡起恹恹。几日双蛾愁损，镜里春尖。看尽他莺梭柳线，都织就雾锦云缣。最难忺催花小雨，依旧廉纤。

堪怜。韶光淑景，芊芊芳草，寂寂钩帘。燕子归来，花香都向绿琴添。散闲愁流红泛去，消酒困湿翠飞粘。怯春衫。香烘袅袅，袖护掺掺。

(选自〔明〕叶绍袁编，冀勤辑校：《午梦堂集·返生香》，中华书局1998年版)

【导读】

此篇具有女性闺情词独有的细美幽约的特点。词以“春愁”为题，篇中景物不外乎庭院闺阁与风雨花鸟，以此构织出少女春日里的闲愁。

上片流露情绪的字眼极多，从清晨醒来的“恹恹”，到对镜画眉的“愁”，再到观看春景时的“难忺”，晓风细雨，花柳飞莺，尽皆笼罩在一怀愁绪之中。“柳线”形容春柳之细，娇嫩青涩之感跃然而出。又将黄莺穿梭其中的形象比为织锦，更见女儿巧思。下片以景为主，芳草、钩帘、燕子、绿琴、流红、湿翠，灵动轻柔，设色秾丽，而总以“堪怜”二字，见脉脉情思。“怯春衫”以下，托出一位香烟袅袅中的女子形象，如昆山良玉，朦胧婉约。句末以“掺掺”二字状写手纤细貌。

这首词多用叠字，又有圆融流美的对句。如“看尽他莺梭柳线，都织就雾锦云缣”“散闲愁流红泛去，消酒困湿翠飞粘”者，颇似娇女步春，尽态极妍。其中的深情锐感，很能代表词人叶小鸾娇怯多思的内心。小鸾作品中常常流露出超世之想。佳期临近，她却愀然不乐，毫无对婚姻的热情和向往。长姐的婚姻悲剧固然在她生活中留下了阴影，娇养在琴书中的心灵本能地抵触世俗化的婚姻生活，也是她对未来心怀畏惧的重要缘由。朱淑真《自责》诗云：“闷无消遣只看诗，不见诗中话别离。添得情怀转萧索，始知伶俐不如痴。”“始知伶俐不如痴”真是道出了这位多愁善感的才女矛盾的悲剧，倘若她不曾窥见琴书中那片超世脱俗的世界，不因多思善感而情怀郁结，固然不会留下如许灵慧的词章，但或者能够减去很多萧索情怀，在人间烟火中更好地活下去。(于家慧)

▶ 叶小鸾《玉蝴蝶·春愁》
拓展阅读

金明池·咏寒柳

〔明〕柳如是

有怅寒潮，无情残照，正是萧萧南浦。更吹起，霜条孤影，还记得旧时飞絮。况晚来烟浪斜阳，见行客特地瘦腰如舞。总一种凄凉，十分憔悴，尚有燕台佳句。　　春日酿成秋日雨。念畴昔风流，暗伤如许。纵饶有绕堤画舸，冷落尽水云犹故。忆从前一点东风，几隔着重帘，眉儿愁苦。待约个梅魂，黄昏月淡，与伊深怜低语。

（选自周书田校辑：《柳如是集》，辽宁教育出版社2001年版）

【导读】

据陈寅恪《柳如是别传》考证，柳如是一度与明兵科给事中、云间派诗人陈子龙相恋，但由于陈子龙的妻子不能相容，被迫分离。这首咏柳词作，行文用意与这段情事十分贴合。

起三句从虚处着笔，南浦是送别之处，古人折柳赠别，不直写柳而点出柳来。“寒潮”“残照”亦渲染出衰飒气氛。后四句托出柳的形象，题云“寒柳”，“霜条孤影”正与秋后之柳状貌相合。“旧时飞絮”是对比，柳絮曼舞是春色正浓之时，尚存活泼的生机。此际柳条经霜，已无絮可飞。昔日繁华，今朝憔悴，昭然而见。“况晚来烟浪斜阳”两句再以环境相衬，烟浪斜阳，行色堪伤，寒柳却如“拂水飘绵送行色”的春柳一般殷勤致意。“瘦腰如舞”，执着深情之意，如冯延巳句“不辞镜里朱颜瘦”。相传唐女子柳枝见李商隐《燕台》诗而倾心，但终于别嫁。上片后三句用此典，暗示欢爱不谐，同时以“柳枝”再点“柳”字，可谓妙笔。

“春日酿成秋日雨”，既有时节如流之意，又有因缘难测之感。秋日有雨，这与春日并无因果之关系，但此际凄凉确能追溯至当年欢娱，无情命运酿成苦果，以时节变换言之，更见无从抵抗。次二句感旧伤今之语。“纵饶有绕堤画舸”两句，如柳永之“此去经年，应是良辰好景虚设。便纵有千种风情，更与何人说”。柳如是为秦淮八艳之首，门庭热闹，自不待言。但纵然是画舸连绵，水云深处一株寒柳也不免冷落之感。自陆游写下“东风恶，欢情薄”以后，“东风”便可代指家人长辈对儿女欢爱的阻隔。“忆从前一点东风”两句既出现“东风”“隔”等字眼，当是用此意无疑。柳叶如眉，“眉儿愁苦”既言情，又点柳。咏物之词，处处见物，以情贯之，方是佳构。末三句化用“月上柳梢头，人约黄昏后”，虽然东风间阻，欢娱已远，凄苦难当，仍然一心不泯，盼有后约佳期再共相怜，与前文“特地瘦腰如舞”暗合，真是缠绵不尽。

此词咏物含情，处处妥帖巧妙，更以“正是”“更”“还”“况”“总”“尚”“纵”等虚字构出拗折排宕之气。陈寅恪以之为晚明词压卷之作，确是眼光独到。（于家慧）

▶ 柳如是《金明池·咏寒柳》拓展阅读

乙丑岁底雪窗感拈

〔明〕龚静照

谢庭咏絮记承欢，极目沉湘付逝湍。
去国事存翻野史，孤臣魂断返遥滩。
摊书读映晴光异，煮茗尝嫌水味寒。
高卧未妨衾独拥，小鬟惊报雪漫漫。

（选自胡晓明主编：《历代女性诗词鉴赏辞典》，上海辞书出版社2016年版）

【导读】

龚静照的父亲龚廷祥为南明中书舍人，明亡后投水殉难。这首诗乃是诗人在岁末大雪中想起了父亲而作，以怀念亲人，感慨世运，亦复自伤。

首句“谢庭咏絮记承欢”已令人鼻酸。风流儒雅的谢氏一门有道韫咏絮的佳话，父亲在世的时候，龚静照承欢膝下，想必如谢道韫一般，能吟诗作赋，博得父亲的夸赞。然而国破家亡，温暖和乐的家庭生活一去不返。龚静照的婚姻并不如意，此刻想起父亲，不免有“谢公最小偏怜女，自嫁黔娄百事乖”的辛酸委屈。父亲投水殉国，一如屈子沉湘，故而颔联全是对父亲高洁志行的追念。

颈联和尾联均写眼下情景。“摊书读映晴光异”，雪后转霁，晴光明朗，应题目“雪窗”。“煮茗尝嫌水味寒”，茶水煮开，正是滚烫，“水味寒”透出诗人心底的冰冷。读书饮茶都是高人雅事，此处写来，毫无一点安闲享受之意，只觉清寂寒苦。尾联言拥衾独卧，小鬟来报，雪又漫天匝地下了起来。这笼罩天地的大雪便如笼罩心头的愁情，挥之不去。杜甫《佳人》诗云：“绝代有佳人，幽居在空谷。自云良家子，零落依草木。关中昔丧乱，兄弟遭杀戮。官高何足论，不得收骨肉。……在山泉水清，出山泉水浊。侍婢卖珠回，牵萝补茅屋。摘花不插发，采柏动盈掬。天寒翠袖薄，日暮倚修竹。”大雪之中拥衾高卧的形象极似杜甫笔下冷清自持的佳人，令人既同情又敬佩。（于家慧）

▶ 龚静照《乙丑岁底雪窗感拈》
拓展阅读

村　　居

〔清〕毕著

席门闲傍水之涯，夫婿安贫不作家。
明日断炊何暇问，且携鸦嘴种梅花。

（选自〔清〕沈德潜编：《清诗别裁集》，中华书局 1975 年版）

【导读】

此诗作于毕著与丈夫王圣开隐居吴门之时。江南水乡风景宜人，是高士栖隐极好的所在。“席门”语出《史记·陈丞相世家》：“家乃负郭穷巷，以弊席为门，然门外多有长者车辙。”以弊席为门，当然是清贫之家。虽然清贫，往来者却都是有德之人。此句一则表明夫妇二人的家境，一则隐然有自高身份之意。

下句的“作家”指治家营生。夫婿不善治家，做妻子的却毫无怨怼，反而流露出安然自得之情。夫妇以恬然相守为乐，不以功名富贵为高，是极为难得的生活状态。清代的恽珠在《国朝闺秀正始集》中说毕著“室中椎髻，何殊孺仲之妻，陇上携锄，可并庞公之偶”，将她与隐士王孺仲、庞德公的妻子并列。安贫乐道的毕著当得起这一评语。

诗的后两句潇洒且有趣。夫婿不善治家，乃至于明日家里都要断粮了。可是诗人并未焦急忧愁，她毫不萦怀，“且携鸦嘴种梅花”，尚可拿着小巧的鸦嘴锄做种梅这等雅事。“短褐穿结，箪瓢屡空，晏如也。”当真是这对夫妻的写照。

毕著能文能武。她的父亲死于抗清之战，尸陷于敌，她夜间率领精锐入敌营，手刃敌首，抢回父亲的尸体，还葬金陵。她的《纪事》诗记录了此事：“父仇不能报，有愧秦女休。乘贼不及防，夜进千貔貅。杀贼血漉漉，手握仇人头。”如此豪侠风度的女子，无论生活将她抛到怎样的境地，她总能坚强乐观地活下去。（于家慧）

▶ 毕著《村居》
拓展阅读

九月十四日舟由丹徒夜半与薇隐乘月登岸行三里作

〔清〕王采薇

幽行已三里，村落半掩扉。
只鸟时依树，孤萤不上衣。
月平人影小，潮定橹声稀。
沿水星星火，归惊宿鹭飞。

（选自〔清〕王采薇：《长离阁集》，中华书局 1985 年版）

【导读】

这首诗是诗人在九月十四日乘舟经过丹徒（今属江苏镇江）时，夜半与丈夫孙星衍（别名薇隐）乘月上岸行走了三里路，由事触景生情而作。

首联从整体环境出发，描写了当时自己与丈夫在河岸行走所见的情景。摛，又作“关”。夜半在幽暗的岸边行走，附近的村落大多是关着门的。诗人首先运用一个“幽”字形容自己的路途，“幽”既形容黑夜的昏暗，又突出环境的幽静。“幽”字奠定了全诗清冷的基调。颔联的景物描写从整体转移到局部。“只鸟”对“孤萤”，“依树”对“上衣”，对仗工整，音律谐和。视角从宏观转换为微观，关注到鸟儿和萤火虫。但这“鸟”形单影只，这“萤”孤独无依，它们都依居在自己熟悉的小圈里，一片清幽静谧。颈联的视点又移到人的身上。“月平人影小”一句，营造出人在大自然中空旷而又渺小的氛围。“潮定橹声稀”也带给人一份幽远恬静。这一联既写月和潮水又写人和橹声，由自然及人、由远及近，层次分明，视野开阔。

尾联写的是诗人在岸上行走了三里路后准备回到小船的情景。“归惊宿鹭飞”是此诗中唯一写“动”的句子。大概是因为沿岸船舱的星星灯火惊起了夜宿的鹭鸟。全诗幽静清远，结尾以动写静，愈加反衬出环境的清幽。（鄢敉君）

▶ 王采薇《九月十四日舟由丹徒夜半与薇隐乘月登岸行三里作》拓展阅读

蝶恋花·写怀

〔清〕熊琏

湖海作风天作雪，浩浩茫茫，何处逃磨劫？薄幸一生真百折，无家燕子秋风叶。　稽首遥空先惨咽，欲述嫦娥，花外云遮月。偏是深情无可说，冤魂都迸啼鹃血。

（选自〔清〕熊琏：《澹仙词》卷一，〔清〕徐乃昌辑：《小檀栾室汇刻闺秀词》第六集，光绪二十二年南陵徐氏刻本。）

【导读】

这是一首述怀之作。开篇一句“湖海作风天作雪”是作者的想象之辞，意境弘大，笔力刚健，渲染出铺天盖地的寒冷之感。这浩浩茫茫充塞天地的风雪严寒，正如熊琏所要面对的无处可逃的人生。熊琏幼年失父，婚姻不幸，后嗣无望，家境贫寒，一生坎坷百折。她禀赋卓绝却命途多舛，故常有“薄幸”（薄命）之恨。“无家燕子秋风叶”是作者自喻，写出了一生无可归依的飘零凄凉之感。

稽首，古时一种跪拜礼，叩头至地，是九拜中最恭敬者。啼鹃血，传说杜鹃啼声凄苦，昼夜不止，甚至口中流出血来，常用以形容悲怨之深。既然人间没有相知，作者便将目光投向遥远的夜空。她稽首行礼，想要将这满腔幽怨向想象中与她同样孤寂的月中仙子嫦娥倾诉，然而如此微小的愿望竟也无法得到满足，因为花外的云层遮住了月亮。这样磨劫重重的生活压抑得令人透不过气来！最后两句“偏是深情无可说，冤魂都迸啼鹃血”是作者深情久抑后情感的喷薄与爆发，一个“迸”字悲怨凄厉，写出了对不幸命运的怨愤与抗争。

这首词的内容与以往的女性闺怨词并无太大的区别，但其情感力度之强，对自我生命体切之深，在女性词作中是比较罕见的。（金芳萍）

▶ 熊琏《蝶恋花·写怀》拓展阅读

喜外竟归

〔清〕席佩兰

晓窗幽梦忽然惊，破例今朝雀噪晴。　指上正轮归路日，耳边已听入门声。

纵怜面目风尘瘦，犹睹襟怀水月清。

好向高堂勤慰问，敢先儿女说离情。

（选自〔清〕袁枚辑：《随园女弟子诗选》，清嘉庆道光年间坊刻巾箱本）

【导读】

清代女性写作的特点之一就是家族性。大部分清代闺秀作家是在家族群体的支持下进行写作的，她们以母女、姐妹、姻亲等亲缘关系结成唱和群体，组织文学活动，甚至出版作品。其中才媛与夫婿之间的“闺房唱和”是重要的文学活动形式之一。而席佩兰、孙原湘夫妇则更以长期、深入的唱和，被视为清代新兴的“友伴婚姻”的典型。

“外归”是清代闺秀诗中常见的主题，表达对丈夫的思念和团圆的欢喜。这首诗首联以“灵鹊兆喜”开端，敦煌曲子词有“叵耐灵鹊多谩语，送喜何曾有凭据”“欲他征夫早归来，腾身却放我向青云里”之辞，表达思夫之意，但敦煌词中盼望落空，此处却是心想事成。颔联妻子还在掐指盘算归期，丈夫却已步入门中。这一情景，恰与诗题中的“竟”字相应，写出了超出寻常的欣喜。

颈联以“面目风尘瘦”与“襟怀水月清”对比，转折中含有一层提升之意。问慰旅途风尘，怜惜面目消瘦，原是夫妻本分，但识得襟怀水月，喜其清澄如昔，则表达了精神层面的知己关系。不过这种知己关系依然是从属于家族架构之下的。在家人父子的关系中，父子一伦依然优于夫妻一伦，因此尾联言及丈夫入门先向父母禀告，再叙儿女之情。

这首《喜外竟归》所展现的婚姻形态既非浪漫化的“才子佳人”，亦非刻板印象中全无情感、精神交流的“礼教婚姻”，而是完美地表达了清代文士家庭理想化的夫妻关系中情感、知识、礼制三者间的约束和平衡。（黄晓丹）

▶ 席佩兰《喜外竟归》拓展阅读

烛影摇红·雨夜感怀

〔清〕江珠

夜雨潇潇，残灯点滴光如豆。文章何处哭西风，真不堪回首。忆月夕花朝候，淋漓泼墨黏襟袖。酒酣说剑，耳热谈天，争无作有。　　是事休休，狂怀磨尽浑非旧。不须制恨与笺愁，命也还知否。放却眉间叠皱，脱尘缘，蒲团坐守。千声古佛，一炷清香，好生消受。

（选自〔清〕江珠：《青藜阁集》，胡晓明、彭国忠主编：《江南女性别集·二编》，黄山书社2010年版）

【导读】

江珠一生多病，常有年华不永、生世不谐之叹。她在《自叙诗稿简呈心斋先生》一文中道：“珠善病人也，生世不谐，痴顽弥甚。”这首《烛影摇红》虽未直接写病愁之叹，但可以看出是她感怀生命的作品。

首二句从听觉和视觉的角度描写雨夜景象，渲染出凄凉悲伤的氛围。“夜雨潇潇”引发词人感怀，但见残灯如豆，恰如生命飘忽不定，脆弱不堪。“文章何处哭秋风”取自李贺《南园》（其六）“文章何处哭秋风”诗句，表达“文章无用，与时不谐”之意味，感叹自己以往吟诗作词的岁月不堪回首。“忆”字领起对往昔的回忆。月夕花朝，指农历八月十五中秋节与二月十五花朝节，词中指代一年中美好的时节。词人记起过往良辰美景之时，诗兴盎然，淋漓泼墨，以致墨汁沾染了襟袖。“酒酣说剑，耳热谈天，争无作有”当指清溪吟社欢聚酬唱之雅事。而回忆中的热闹欢悦与现实境况形成对比，更凸显了现实的愁苦凄凉。

下片回到现实。“是事休休”言往昔岁月早已逝去。曾经潇洒挥毫、饮酒舞剑的少年轻狂也因常年多病而消磨殆尽，不复旧时模样。但这满腔愁怀不需诉诸纸笺，因为生命已然如此，不如坦然接受。词人说自己要暂且舒展紧锁的眉头，脱离俗尘，坐守蒲团，皈依佛门，享受念佛、焚香之平和，于其中寻得身心之解脱。

全词跌宕起伏，回环往复。上片先描绘现景之凄凉，继而追忆往昔之欢乐，形成鲜明对比。下片回归现实之无奈，最后寄托于宗教，以佛门之平静收束生命中的愁苦与欢乐。全词看似在潇洒出尘中结束，但字里行间无不流淌

着词人对过往时光的怀念，愁病生涯的悲怆以及年华不永的无奈流淌其间。（金芳萍）

▶ 江珠《烛影摇红·雨夜感怀》拓展阅读

闺中杂咏（其二）

〔清〕金逸

小庭雨线约风丝，织得新愁薄暮时。
隔着帘栊天样远，那教人不说相思。

（选自〔清〕袁枚辑：《随园女弟子诗选》，清嘉庆道光年间坊刻巾箱本）

【导读】

《闺中杂咏》共有八首，这是其中第二首。此诗是金逸婚后的作品。金逸与丈夫陈竹士婚姻美满，二人形影不离。一日，金逸午后小憩，梦见丈夫飘然远去，惊醒后果然不见丈夫，便失声呼唤，丈夫应声赶来。金逸虽知虚惊一场，心中仍隐隐作痛，故而写下此诗。

这首诗共有四句。第一句"小庭雨线约风丝"描写了闺房之外的环境，庭院是小的，雨是细的，而风竟然是像丝一般。一个"约"字，将景物拟人化。"风丝"一词，将"风"形容为"丝"，新巧别致。汤显祖《牡丹亭》中有"袅晴丝吹来闲庭院"之语，这里的"风丝"与"晴丝"颇有异曲同工之妙。"丝"又与"思"谐音，加之朦胧细雨的渲染，使得诗歌首句便充满浓浓的愁思。第二句"织得新愁薄暮时"，将"风丝"织成"新愁"，诗人运用了一个"织"字，足够新奇巧妙，若要让丝成形，确实是需要通过"织"。而"织"的时间从午后到傍晚时分，可见愁思之长、愁思之细。第三句"隔着帘栊天样远"，诗人的视角从闺房外转向了闺房内。"帘栊"指门窗的帘子。帘子阻隔内外又连接内外，隐隐约约之间容易给人模糊朦胧之感。句中又还包含了近与远的对比，"隔着帘栊"说明实际距离很近，然而诗人心里却是觉得像天那样遥远。第四句"那教人不说相思"，语言直白明朗，直接点明"相思"主题。"那教人"是反问的语气，怎能不叫人相思呢？表达了诗人对丈夫强烈的依赖和深厚的情感。

反映相思主题，抒发闺中相思的诗歌在清代闺秀诗中颇为常见。这首诗用语新奇脱俗，情致别具。（鄢敉君）

▶ 金逸《闺中杂咏》（其二）拓展阅读

钱塘渡江

〔清〕恽珠

潮头不怕险，飞棹逐潮行。
风力一帆饱，山光两岸明。
南来出涧壑，东望达蓬瀛。
直破怒涛去，壮怀无限情。

（选自〔清〕恽珠《红香馆诗草》，咸丰十一年刻本）

【导读】

这首诗是恽珠经过钱塘江时所作。正如蔡之定在为恽珠《红香馆诗草》写的序中提到的，其诗"一洗脂粉之习"。

诗歌开头便展现出一种壮烈的气势，"棹"并不畏惧钱塘江大潮之险，反而追逐着潮水飞速前行（棹，划船的一种工具，或代指舟船）。首联描绘了一幅"舟"与"潮"相斗争的画面，表现出乘舟之人无所畏惧的气概。颔联"风力一帆饱"写小舟凭借风力渡江，一个"饱"字映现出小舟渡江时那种饱满的斗志和气势。接着诗人将视角从小舟移到自己所处之景。小舟飞速前行，两岸山色一闪而过，显得格外通明。诗人置身于舟中，视野和胸襟却更加开阔。诗人将自己的理想寄托于行舟，期盼着小舟能够从涧壑向东直至蓬瀛（蓬瀛，蓬莱和瀛洲，神山名，泛指仙境），实现高远的志向。尾联更是气势雄浑，一句"直破怒涛去"激荡着壮志情怀，将诗人饱满的气概展露无遗。

这首五言律诗笔力健朗，境界高远。沈善宝在《名媛诗话》中评论恽珠诗作时，言其“情深于文，意味隽永”。（鄢敉君）

恽珠《钱塘渡江》
拓展阅读

读史杂咏三十首（其二）

〔清〕赵棻

昔年左相领藩封，岭海销兵罢置烽。
马援未嫌讥白帝，田畴竟忍卖卢龙。
请盟南诏窥无备，起舞完颜渐不恭。
可惜前筹饶胜算，边防一旦坏凡庸。

（选自〔清〕赵棻：《滤月轩集》，《清代诗文集汇编》五六一，上海古籍出版社2010年版）

【导读】

赵棻是清中期以善文史闻名且咏史诗创作水平很高的女诗人之一。单士厘曾评论赵棻的作品“多含道光季年时事”，褒扬的便是《滤月轩集》中一组名为《读史杂咏三十首》的七言律诗。此处所选为组诗中的第二首。

诗人先以虚笔反用马援讥讽公孙术、田畴推辞封赏的典故，引导读者想象历史不同的发展方向；但随后笔锋一转，以“可惜前筹饶胜算，边防一旦坏凡庸”批评边防的失职。明为读史，实际上映衬了鸦片战争时期东南沿海的危机。诗歌中既有借古喻今的历史回溯与印证，实也隐含强烈的朝代盛衰对比，康乾盛世之景与道光世道衰微之势的对照借由对汉史的吟咏流露出来。

在《读史杂咏三十首》中，赵棻以史为镜，从多个角度提出了经世治国的建议及讽喻，充满了对历史的反思。在这组诗歌中，诗人以经世之心对传统女性话语有比较明显的突破，创作特色上与单纯的历史吟咏有所不同。（张思梦）

赵棻《读史杂咏三十首》（其二）
拓展阅读

念奴娇

〔清〕张缃英、沈善宝

良辰易误，尽风风雨雨，送将春去。兰蕙忍教摧折尽，剩有漫空飞絮。塞雁惊弦，蜀鹃啼血，总是伤心处。已悲衰谢，那堪更听鼙鼓。

闻说照海妖氛，沿江毒雾，战舰横瓜步。铜炮铁轮虽猛捷，岂少水犀强弩？壮士冲冠，书生投笔，谈笑擒夷虏。妙高台畔，蛾眉曾佐神武。

（选自《清代闺秀诗话丛刊》，凤凰出版社2010年版）

【导读】

这首《念奴娇》为张缃英与沈善宝合作而成，作于道光壬寅年（1842）农历六月二十四日。其时英军军舰进犯长江口，陈化成殉国，吴淞失陷，英舰进逼镇江、南京。沈善宝《名媛诗话》中记载：“孟缇词笔秀逸，真得碧山白云之神。壬寅荷花生日，余过澹菊轩，时孟缇初病起，因论夷务未平，养痈成患，相对扼腕。出其近作《念奴娇》半阕，云后半未成，属余足之。余即续就，孟缇笑云：‘卿词雄壮不减坡仙，余前半章太弱，恐不相称。’余觉虽出两手，气颇贯串。惟孟缇细腻之致，予卤莽之状，相形之下，令人一望而知为合作也。”

上阕为张缃英所作。起句化用辛弃疾《摸鱼儿》“更能消几番风雨，匆匆春又归去”，有时光流逝、社稷飘摇之感。接着以兰蕙与飞絮作比，借用屈原“美人芳草”之意，表达了美质摧残、空落无成的哀恸。“塞雁”“蜀鹃”点出边疆战事与失国之悲。当此春末之时，更听鼙鼓动地，倍增凄凉之感。

下阕为沈善宝作。一改哀婉之调，而变为激昂慷慨。“水犀强弩”语出苏轼《八月十五日看潮》“安得夫差水犀手，三千强弩射潮低”，此处用以寄予清军大败敌军的愿景。“壮士冲冠”指蔺相如“怒发冲冠”事，“书生投笔”指班超投笔从戎，“谈笑擒夷虏”指周瑜指挥水战时的风采。但“壮士冲冠”“谈笑擒夷虏”二语又是从岳飞《满江红》、苏轼《念奴娇·赤壁怀古》中化出，表达了沈善宝对于诗人角色的自我认同以及对英雄的向往。末句用梁红玉擂鼓助战击败金兵水军事，将英雄形象落实于女性身上。

此词上下两片格调不同，但心怀社稷甚至甘愿以身许国之意一以贯之，表达了清后期闺秀诗人的关注视点已出乎闺阁之外，是为日后秋瑾等人爱国词作的先声。（黄晓丹）

▶ 张缙英、沈善宝《念奴娇》
拓展阅读

宫闱诗十三首和高湘筠女史（其五、其六）

〔清〕汪端

其　五

摩诃池上万花开，
百首宫词绝世才。
可惜当年艰一死，
题诗甘入宋宫来。

其　六

一恸天荒地老时，
江流浩浩葬峨眉。
平生不诵胡笳曲，
三复巴陵节妇诗。

（选自〔清〕汪端：《自然好学斋诗钞》，《清代诗文集汇编》五七八，上海古籍出版社2010年版）

【导读】

汪端的《宫闱诗十三首和高湘筠女史》，通过十三首诗歌分别对唐山夫人、昭君、花蕊夫人、韩希孟等十七位女性进行了评价。评价的着眼点基本都集中于这些女性的贞洁与才名之上，其中第五首对于花蕊夫人“可惜当年艰一死，题诗甘入宋宫来”的评价与第六首对宋代烈女韩希孟“平生不诵胡笳曲，三复巴陵节妇诗”的评价形成了最为鲜明的对比。

汪端对于女性忠孝气节的推崇，已然超越了对女性文学造诣的追求。汪端认为花蕊夫人纵使宫词百首才冠当世，都难以洗刷她于宋宫偷生这一结局所带来的污点。而与之相反，在评价韩希孟的诗作中还存有“宋韩希孟，巴陵人，北兵渡江，被掳不屈，题诗衣帛，赴水死”的背景解释，为不曾闻名于世的烈女扬名。两相对比之下更体现出了汪端对女性德行道义的态度与要求。（张思梦）

▶ 汪端《宫闱诗十三首和高湘筠女史》（其五、其六）
拓展阅读

闻道十首

〔清〕袁绶

闻道夷烽警，江南已戒严。不知天下士，智勇是谁兼。

战守无长策，攻心乏将才。如何赵充国，此日欲怀来。

胆大君恩厚，才疏远虑忘。相持谋未定，何遽撤边防。

谬忝金张位，难分宵旰忧。爱财兼惜死，何以慰宸旒。

海禁无宽弛，谁能济米豚。悬军敢深入，向导有怀恩。

夷情同鬼蜮，妖草惑黔黎。不凛冰渊惧，能无悔噬脐。

将帅安危系，无私识鉴明。太平时已久，列阃不知兵。

物岂无相制，神机贵出奇。工师无利器，尸素愧男儿。

炯戒垂青史，忠谋仰李公。偷安主和议，不战叙军功。

昊天最仁爱，劫数定人心。莫逞侵凌志，当思蝉雀箴。

（选自〔清〕袁绶：《瑶华阁诗钞》同治六年版）

【导读】

袁绶《瑶华阁诗钞》中，关于时事的记录都没有注释，这使得她诗歌中所描绘的战事更显隐晦。《闻道》十首诗歌都没有提及具体哪一场战役，加之五言诗句所能承载的内容本就有限，战争的起源与结果也并没有被记录下来。诗歌主要是袁绶从个人角度出发，吟咏对鸦片战争的感受。

这组诗歌的前三首，围绕“才”这一主题，提出了战争中的参战将守缺乏领兵之才及先见之明的观点，从批评者的角度冷静分析战争中将领的不称职所造成的影响。第二首诗中提及的“攻心”，更是将批评视角转向战争的决策者，这种心态及口吻此前很少出现在女性所作的诗歌当中。前三首诗对于战争中的“远见”也进行了探讨。“相持谋未定，何遽撤边防”直指战争统帅，对其部署提出质疑。

第四、五、六首诗，暗含了战争中的“勇”这一主题。“爱财兼惜死，何以慰宸旒”一句，以反问的形式质疑尸位素餐的将领过分珍惜个人的性命；但并非所有参战的人都缺才乏勇，诗人用“悬军敢深入，向导有怀恩”一句对勇士给予赞许。

第七、八首诗，则是从参战人员与武器制造等方面评判战争。长期处于太平时期，将士缺乏应敌的能力，自诩长于器，却在武器装备方面不堪一击。第九首诗讽刺一边主张议和一边却又夸誉战功的官员。第十首诗则在诗歌的结尾劝戒敌军不要怀有侵犯欺凌之心，不要忘记“螳螂捕蝉，黄雀在后”的道理，间接抒发了对己方获胜的希望。

袁绶提及战争的诗歌在兼具纪实与存史的同时，表达了个人对战争的看法。诗歌并未刻意地避讳战败，也没有通过对战争情况的具体描述来增加诗歌的可信程度，但战争过程中的各个环节几乎都被提及。由此展开对战事不利之因的探讨，其眼光具有全局性。（张思梦）

▶ 袁绶《闻道十首》
拓展阅读

金缕曲

〔清〕吴藻

闷欲呼天说。问苍苍、生人在世，忍偏磨灭？从古难消豪士气，也只书空咄咄。正自检、断肠诗阅。看到伤心翻失笑，笑公然、愁是吾家物。都并入，笔端结。　英雄儿女原无别。叹千秋、收场一例，泪皆成血。待把柔情轻放下，不唱柳边风月。且整顿、铁琶铜拨。读罢《离骚》还酹酒，向大江、东去歌残阕。声早遏，碧云裂！

（选自邓红梅：《梅花如雪悟香禅——吴藻词注评》，上海古籍出版社 2004 年版）

【导读】

此词收录于《花帘词》中，为吴藻 30 岁前所作。对《离骚》的认同贯穿吴藻人生始终。她于 20 多岁时作杂剧《乔影》，叙才女谢絮才自画小影《饮酒读骚图》，并着男装与画中人对饮、读《离骚》，哀叹才高运蹇，与世不谐。其《浣溪沙》亦有“一卷离骚一卷经，十年心事十年灯”之语。此首《金缕曲》表达的主题与《乔影》《浣溪沙》类似，只是情感更为愤懑激越。

这首词中的愤懑不是单就女性身份而言的。上片中“从古难消豪士气，也只书空咄咄”语出《世说新语》：“殷中军被废，在信安，终日恒书空作字。扬州吏民寻义逐之，窃视，唯作‘咄咄怪事’四字而已。”讲的是东晋扬州刺史殷浩心怀北伐之志，却被废为平民，志向不得实现。下片中“且整顿、铁琶铜拨。读罢《离骚》还酹酒，向大江、东去歌残阕”语出宋俞文豹《吹剑录》“学士词，须关西大汉，铜琵琶，铁绰板，唱大江东去”，本指苏轼词豪放的风格，在这里借指苏轼在《念奴娇·赤壁怀古》中对功业难成、人生虚幻的感慨。“声早遏，碧云裂”化用晏殊《山亭柳·赠歌者》“偶学念奴声调，有时高遏行云”语，原是晏殊本人“若有知音见采，不辞遍唱阳春”之劳苦孤独之情的寓托。吴藻以此三事入词，表达了对人生中英雄失路、独行无侣、人生虚幻这三个层次悲哀的深层思考。

因为认识到人生无分性别的普遍困境，所以这首词超越了一般闺秀词中的情之愁、家之悲。但吴藻的写作又并非是全然抽空了性别立场的。“英雄儿女原无别”与“待把柔情轻放下”的细微冲突，表达的是在人生的根本困境之上，女性因其性别而叠加的拘束和无奈。（黄晓丹）

吴藻《金缕曲》
拓展阅读

早春怨·春夜

〔清〕顾太清

杨柳风斜，黄昏人静，睡稳栖鸦。短烛烧残，长更坐尽，小篆添些。　　红楼不闭窗纱，被一缕春痕暗遮。澹澹轻烟，溶溶院落，月在梨花。

（选自金启孮、金适校笺：《顾太清集校笺》，中华书局2012年版）

【导读】

“早春怨”这一词牌更常用的名称是“柳梢青”。这里作者取“早春怨”，是想取其字面意义，与词作内容相契。

上片前三句描写春日暮色，点明时间。杨柳依依，随着和暖的春风微微斜摆。夜幕降临，白昼的喧嚣纷闹散去，人们渐渐安静下来。树上的栖鸦已在巢中安然睡去。“斜”“静”“稳”等字写出了春夜的静谧安宁。“短烛烧残，长更坐尽，小篆添些”，是写一位女子在幽静的春夜里独坐不寐。长更，长夜。烛已烧残，夜将坐尽，幽长的情思在春夜里弥漫。小篆，比喻盘香。因为盘香的环纹好似篆字，故又称“篆香”。古人常以“香”暗喻“相思”，此刻香已成灰，女子却还要“小篆添些”，在情之极尽处续起情思，则其情思之深长幽惘可见。

下片“红楼不闭窗纱”，既承接上片，再次强调女子长夜不眠，又引出下文的窗外景象。红楼，富贵人家女子的住房。月光之下，窗外美好的春景消褪，景物参差，一缕淡影遮掩在红楼、窗纱上。“澹澹轻烟，溶溶院落，月在梨花”化用北宋晏殊的诗句“梨花院落溶溶月，柳絮池塘淡淡风”，却写出了一种更为和静幽微的景象。春夜的大地泛起澹澹的轻烟，明净洁白的月光似水一般流动，洒满庭院，洒落在同样洁白纯净的梨花上。

整首词幽静清明，景中含情，情思深长又不失和雅，得“温柔敦厚”之旨。（金芳萍）

顾太清《早春怨·春夜》
拓展阅读

癸丑二月，扬城告警，予仓皇奉姑慈出避，感而赋此（其一）

〔清〕郑兰孙

金钗钿盒皆抛残，遁迹幽居魄也寒。
疾病每求医药苦，辛劳欲乞米盐难。
囚容蓬首形成鬼，夜黑朝饥梦怎安。
任尔霜风欺瘦骨，寸心一点自怀丹。

（选自〔清〕郑兰孙：《莲因室诗词集》，胡晓明、彭国忠主编：《江南女性别集·二编》，黄山书社2010年版）

【导读】

咸丰三年（1853，癸丑年），太平军攻入扬州。当时郑兰孙的丈夫徐鸿谟奉檄文在淮地请援，急难之中，郑兰孙携姑（婆母）孙太孺人与子女往如皋避难，途中因惧兵匪抄掠，尽弃行囊，只随身携带乾隆皇帝所赐诗卷、先人遗像与族谱等物。这首诗就是记叙当时经历的。

首联通过对比，写出战乱前后生活的剧烈

变化。社会动乱使得像诗人这样的闺阁才媛被迫从“闺阁”走到“家外”，象征着富闲美好的“金钗钿盒”（镶嵌着金、银、玉、贝等装饰品的首饰盒子）尽被抛弃。出逃在外的诗人遁迹幽居，魂魄也觉寒冷。颔联写避难生活的困苦艰辛。诗人身患疾病却难求医药，辛劳奔波，就连米盐也要向人乞讨。颈联写身心遭受的挫折。诗人容颜凄惨似囚犯，头发散乱如飞蓬，整个人如同鬼魂一般。夜晚漆黑寒冷，早起腹中饥饿，就连睡梦都无法安宁。以上三联都是写兵乱中经历的艰苦磨难，言辞中充满悲苦忧惧。尾联突转，抒发心志：“任尔霜风欺瘦骨，寸心一点自怀丹。”诗人以柔弱之躯突遭兵乱动荡，乱离中侍奉长辈、看顾子女，“奉高庙赐先相国诗卷及先人遗像、家乘，敬不敢失”，尽到了自己的责任。

这是一首女性写乱离的诗作。言辞质朴，情感真切，不仅表现出女诗人在战乱中对家族责任的坚守，也从“个人历史”的角度展现了太平天国战争对晚清女性生活造成的巨大影响。（金芳萍）

▶ 郑兰孙《癸丑二月，扬城告警，予仓皇奉姑慈出避，感而赋此》（其一）
拓展阅读

满庭芳·江楼晚眺

〔清〕黄婉璚

云拥遥青，山拖残碧，暝色飞上层楼。柳丝摇梦，分绿挂帘钩。何处书传锦字，南来雁，声断苹洲。萧疏甚，烟凄岸树，苍染半江秋。

凝眸。天渺渺，帆摇楚尾，心远吴头。算多少征魂，空载扁舟。怕听湘骚写怨，销不尽，香草风流。苍茫里，愁痕界破，飞起一汀鸥。

（选自〔清〕黄婉璚：《茶香阁遗草》，清道光十年刻本）

【导读】

这是一首闺怨词。上片写景，从“眺”字入手，描绘了一幅秋景图。开头三句便扣住“江楼晚眺”，描写了晚眺的整体环境：青色的天空簇拥着片片浮云，山峰像是拖着“残碧”，暮色已上江楼。接着描摹“柳丝摇梦”，“摇梦”带有一种朦胧模糊之感。而“摇”的又是谁的梦呢？“分绿挂帘钩”说明是一位女子。“帘钩”是闺房之物，柳丝的“绿”像是分给了“帘钩”。接下来从景写到了人。锦字，指书信。闺中女子自问“何处书传锦字”，大雁飞来却没有带来消息。上片末尾的景物描写凄冷萧条，“苍染半江秋”渲染了凄冷悲凉的环境，烘托了闺中女子的愁情相思。

下片从闺中女子的视角写相思之情。“凝眸天渺渺”写女子在江楼远望的情景，船帆远去，女子的心追随到心上人所在处。楚尾、吴头，春秋时吴楚接界处，位于现江西省北部。“算多少征魂”说明女子思念的远行者是征夫。词作由此联想到游子：不只是女子思念征夫，征夫也在梦想乘舟归来。“怕听湘骚写怨，销不尽，香草风流”一句，借用屈原典故写人物的心理活动。屈原《九歌》有《湘夫人》和《湘君》，表现相互怨慕之情；“香草”则是屈原赋中经常运用的意象。结尾处“苍茫里，愁痕界破，飞起一汀鸥”又回到了景物描写：但见汀鸥飞起，划破水面融入苍茫暮色之中，由闺中女子的所思所想重回现实之景。

这首词以闺中女子的视角描写了一幅凄冷苍茫的秋景图，融情于景、情景交融，环境景物描写和人物心理描写相结合，用语巧妙，风格感伤幽怨，表达了闺中女子的相思之愁。（鄢敉君）

▶ 黄婉璚《满庭芳·江楼晚眺》
拓展阅读

赴潍县

〔清〕李长霞

昨发胶水涘，遥遥去黔陬。
村落少人烟，天寒路途修。
板扉当昼闭，余烬痕尚留。
两三老寡妻，相语双涕流。
往春殖二麦，贼众来南州。
麦田为战场，麦苗饲马牛。
无麦犹尚可，秋复遇虔刘。
少壮为贼役，老弱死道周。
有魂不可招，无骨将安收。
官死有余荣，令名垂千秋。
兵死有厚恤，皇恩一何优。
维此农民死，灭若浮水沤。
下有子冲幼，上有母白头。
业失未能复，官赋未能休。
死者长已矣，生者恒殷忧。

（选自〔清〕李长霞：《锜斋诗选》，同治年间刻本）

【导读】

咸丰辛酉年（1861），捻军攻入胶州，李长霞家园被毁，不得已避难潍坊，这首诗便是她避难途中的创作。

诗的开篇写明人在途中。随之描绘了一片凄凉景象：人烟稀少的村落，白日里紧闭的房门。随处可见的灼痕，无声地控诉着兵燹带来的伤害。难得遇到“两三老寡妻”，却是将言谈都化为了涕流。这一段描写不禁让人记起杜甫《无家别》中写到的相似情景：“四邻何所有，一二老寡妻。”随后诗人的目光从村庄转向了麦田。战乱使农民赖以生存的麦田沦为战场，刚刚发芽的麦苗白白地成了牲畜的口粮，但无麦果腹还不是农民遇到的最惨的情况，战乱中贼寇对百姓的征役更令人绝望。杜甫《石壕吏》中提及的征兵场景，恰可作为此处“少壮为贼役”的补充。

前半段纪实，描绘经历了战乱的村庄。而后半段的议论进一步体现出诗人对百姓遭际的悲悯之情。诗人分别假想了官员、士兵、农民死于战乱的场景。与那些死于战场的官员享有余荣、士兵或可得到厚恤不同，农民死后无人过问，甚至连像样的棺椁都没有。壮丁死后家中徒留老母和幼子，荒芜的田地无人耕种还要面对无休止的赋税。

从败落的村庄到荒芜的麦田，再到无足轻重的百姓生命，李长霞此诗逐步揭示了战火中最底层的农民的悲惨遭际，表达了悲愤和控诉之情：乱军至时未能保护村民，乱军走后仍然强征赋税。面对农民这样的境况，她心有悲悯却无力改变现状，最后只能化用杜甫的“存者且偷生，死者长已矣”，使全诗在“死者长已矣，生者恒殷忧”中结束，将她的无奈与对百姓的痛惜展露无余。

全诗最后化用杜甫“存者且偷生，死者长已矣”诗句，在“死者长已矣，生者恒殷忧”的叹息中结束。（张思梦）

▶ 李长霞《赴潍县》
拓展阅读

对　　酒

秋　瑾

不惜千金买宝刀，
貂裘换酒也堪豪。
一腔热血勤珍重，
洒去犹能化碧涛。

（选自《秋瑾集》，上海古籍出版社1979年版）

【导读】

在《对酒》中，秋瑾以高亢的志士精神，从个体自我与女性群体两个维度，于闺阁话语充塞的女子诗歌中，开拓出一块英雄女性的话语空间。带着源自个体生命的思考，秋瑾构筑了一个自我指涉的精神世界；怀着“英雄亦有雌”的信念和实现自我价值的愿望，她以豪侠之气在社会上闯荡。与此同时，诗作亦可看成一个突破传统常规的女诗人对女性生命与历史的清醒认识和省思。千金貂裘的抛掷和宝刀美酒的拥怀，这表层器物下是冲出沉默压抑的生命状态进而打破旧秩序约束的激扬。女性由此不再是历史舞台上难以辨认的过客，而是可凭“热血化碧涛”的现实行为，在风云激荡的时代成为空前醒目的存在。

秋瑾打破颔首低眉的女性雌伏情态，以非凡的气度表达了对生命意义的追求。这首弥漫着豪迈诗情与开阔境界的诗作以及诗中充满英雄气概的女志士形象，为后世留下了时代的文化印记，回荡着妇女解放先驱的呐喊之声。(王园园)

▶ 秋瑾《对酒》拓展阅读

鸟

陈衡哲

狂风急雨，
打得我好苦！
　打翻了我的破巢，
　淋湿了我美丽的毛羽。
我扑折了翅翮，
　睁破了眼珠，
也找不到一个栖身的场所！

窗里一只笼鸟，
倚靠着金漆的栏杆，
侧着眼只是对我看。
我不知道他还是忧愁，还是喜欢？

明天一早，
风雨停了。
煦煦的阳光，
　照着那鲜嫩的绿草。
我和我的同心朋友，
　双双的随意飞去；
忽见那笼里的同胞，
　正扑着双翼在那里昏昏的飞绕：——
要想撞破那雕笼，
好出来重做一个自由的飞鸟。

他见了我们，
　忽然止了飞，
　对着我们不住的悲啼。
他好像是说：
“我若出了牢笼，
不管他天西地东，
也不管他恶雨狂风，
我定要飞他一个海阔天空！
直飞到精疲力竭，水尽山穷，
我便请那狂风，
把我的羽毛肌骨，
一丝丝的都吹散在自由的空气中！”

(选自《新青年》1919年第六卷第五号)

【导读】

1919年5月15日，陈衡哲的白话诗作《鸟》在《新青年》上发表。它可以说是一首为刚刚发生的五四运动高唱的赞歌。整首诗主题鲜明，充满了对自由的渴望与向往。作为一名觉醒的知识女性，陈衡哲所描摹的鸟可以理解为是以女性为主体的自由精神与遭受“囚禁”之命运抗争的形象。“笼内”与“笼外”是两种大不相同的生活样态。在传统社会，女性深受封建礼教的束缚，没有独立的人格和自由，如同被强行关入笼中的鸟儿。五四新文化运动的狂风暴雨，催醒了女性中的一批先驱者，她们对于自由的渴望与追求，在陈衡哲写下的这首新诗《鸟》中得到奔放恣肆的表达。诗中渴望撞破雕笼飞向蓝天的笼中鸟形象十分鲜明，飞鸟与笼中鸟的不同处境和心理形成对比，更衬托出笼中鸟对自由的热切期盼。诗中以鸟喻人的写法，既有中国古诗传统中托物抒情的影子，又与西方象征主义暗合。全诗以第一人称“我”为抒情主人公，节奏不断上升，情感激昂袒露，与时代背景契合。诗句字数不定，不强求押韵，表达明朗而率真，清新中透着刚劲，彰显了狂飙突进的时代精神。(李曼)

▶ 陈衡哲《鸟》拓展阅读

石　匠

白　薇

举着祖宗留下的锤，
握着祖宗留下的凿，
一天到晚，
辛辛苦苦来干活！
汗一滴滴的流，
日子一天天地过，
呃，
这一柄锤，这一把凿，
把祖宗的年华消磨！
现在啊，
又整日地伴着我。

满天星星，
我就翻下床来，
提着锤，拿着凿，
踢着朝露，爬上山坡，
粗黑的胳膊，
一起一落，
不管筋骨痛，
不管肢体乏，
只是叮当叮当吃力地凿。
锤和凿，
配成劳动的歌，
把太阳唤起，
又把太阳送落！

山花多少次开了又凋谢，
叶儿无数次青青又萎落！
我顾不得这些，
头不抬，
汗也不揩，
只是眼瞪着竖在石上的凿。
挥动着铁锤，
叮当叮当地铲着，
我的汗，
我的血，
把我青春的年华，
一锤一锤地敲进石头的心窝！
这血汗做成的石头块，
拿去给富人们垫大楼，
筑高阁！
俺不知道哪是任务，
哪是快乐！
粗黑的皮肤任烈日晒，
筋骨任风沙磨！
整天地忙碌，
整天地流汗，
一天挣得七八角，
孩子嚷着饿，
老婆要米下锅！
生活被穷困的鞭子抽着，
哪年才挣得脱？

（选自《白薇作品选》，湖南人民出版社 1985 年版）

【导读】

白薇在 20 世纪 30 年代创作了很多反映劳动人民生活、生产疾苦的诗歌，如《摇渡歌》《难民曲》《农家苦》等，《石匠》是其中的代表作。这首诗以一个石匠的口吻，叙述了日出日落、花开花谢，无论风吹日晒都不停忙碌的生活。诗歌以“举着祖宗留下的锤，/握着祖宗留下的凿”开篇，揭示了石匠祖辈都是靠凿石为生，没有办法改变生存的现状和命运。最后两句“生活被穷困的鞭子抽着，/哪年才挣得脱？”道出生活艰难贫困，仿佛没有尽头。尽管这样，石匠依旧辛苦劳作，将青春年华敲进自己“石头的心窝”，去给富人“垫大楼，筑高阁”，生动形象地表现了劳动者辛苦而乐观、坚忍而执着、无奈而坚强的生活态度。

诗作充满现实主义色彩。虽是写石匠这一群体，实则暗示了那个年代众多劳动者的生活处境，反映了战争时期劳动者的艰难状况和坚强的生活态度，同时也折映了作者自身生活面临的困境。在特定的时代环境里，作者不再如她早期创作那样专注于女性自我发现的感伤和忧思，而是走出“小我”，以高度的社会责任感和鲜明的抗争意识，展现出坚定、豪迈、激昂的女性意识新内涵。（张璐瑶）

▶ 白薇《石匠》
拓展阅读

诗一首

方令孺

爱，只把我当一块石头，
不要再献给我：
百合花的温柔，
香火的热，
长河一道的泪流。

看，那山冈上一匹小犊
临着白的世界；
不要说它愚碌，
它只默然
严守着它的静穆。

（选自《诗刊》1931年第1期）

【导读】

《诗一首》是具有现代主义特质的爱情诗。首节第一句“爱，只把我当一块石头”流露出诗人对爱有一种避之不及的忧惧心理。这与一般的爱情诗的写法大不相同，既不同于诗作中常可见到的对恋爱自由的追求，亦不同于那些深切表白自己坚贞爱情观的抒情言志。这里，相对有些“反常”的表达，展现出女诗人独特的爱情观。接下来，“百合花的温柔，/香火的热，/长河一道的泪流”具体说明“不要再献给我”的内容，百合花、香火都是传统诗词的典型意象，有百年好合、白头偕老之意，但终究还是如织女牛郎长河两相隔般的伤悲。简短的三句诗，意象串联的背后充满戏剧性，给人以丰富的想象空间。更重要的是，诗人对这些是拒绝的，她要予以解构、反讽，而非肯定。第二节第一句“看，那山冈上一匹小犊”似乎一下子出离第一节低沉的情绪，给人一种眼前一亮之感。关于“小犊”，《礼记·郊特牲》中说“用犊，贵诚也”，意思是小犊的“爱”是真诚隽永的。第二节表面上在描绘一幅关于小犊的画面，诗人实则在借小犊言自己心中之爱。

整体来看，诗人心中并非无爱，并非决绝地否定爱、抗拒爱，只不过诗人之爱是有节制的，理性而又静穆。情感与理智的相生相克，使诗歌充满张力。全诗隔行押韵，富有节奏感。石头、百合花、香火、长河、山冈、小犊、白的世界等意象与词藻，精心营造串联起一幅幅色彩感丰富的画面，某种程度上体现了新月诗派的“三美”原则。（李曼）

▶ 方令孺《诗一首》
拓展阅读

祭献之词

石评梅

醒来醒来我们的爱情之梦，
惠馨的春风悄悄把我唤醒！
时光在梦中滔滔逝去无踪，
生命之星照临着你的坟茔。

溪水似丝带绕着你的玉颈，
往日冰雪曾埋过多少温情？
你的墓草青了黄黄了又青，
如我心化作春水又冻成冰。

啊坟墓你是我的生命深潭，
恍惚的梦中如浓醴般甘甜；
我的泪珠滴在你僵冷胸前，
丛丛青草植在你毋忘心田。

世界已捣碎毁灭不像从前，
我依然戴青春不朽的花冠；
我们虽则幽明只隔了一线，
爱的灵魂永远在怀中睡眠。

天空轻轻颤荡着哀悼之曲。
比晚祷钟声更幽怨更凄切；

为了你我卸去翱翔的双翼，
不管天何年何日叫我归去。

我虔诚献给你这百合花圈，
惨惨的素采中灵魂在回环；
不要问她命运将来受摧残，
只珍藏这颗心千古在人间。

十六年三月五日君宇二周忌日。

（选自《语丝》第123期，1927年3月19日，署名评梅）

【导读】

《祭献之词》是石评梅于恋人高君宇逝世两周年之际所作。诗人采用与逝者对话的口吻，使得整首诗笼罩在一种浓厚的伤感与悲情之中。斯人已逝，天人两隔，如泣如诉的诗句倾诉了诗人真挚浓郁的思念和沉痛的哀伤。

该诗注重意象的营造，“溪水”“冰雪”“墓草”“春水”“青草”“泪珠”等是石评梅诗中惯用的一类富有自然色彩的意象，它们在古典诗词中较为常见，但在五四时代的女诗人笔下，这些意象被重新赋予了新的语境和诗意，它们看似写实，实则暗藏着时间的流动、岁月的周而复始以及韧如蒲苇的深挚情感，表现出作者对早逝恋人的沉痛哀悼和对灵魂爱侣坚如磐石的相守，在展示诗人个人生命经验的同时，也凸显了新时代女性的爱情观。

在抒发个体生命的感慨与情怀时，诗人常以丰富的联想、精致的词语以及拟人化的手法，既让有灵的世界为整首诗注入真实可感的“灵魂”，又在超越死生中与逝者两相对应、两心相契。诗中频密使用“悄悄”“滔滔”“丛丛”“轻轻”“惨惨”等多组叠字，且句式整齐，每节用韵，赋予整首诗一种舒缓、哀婉的节奏感和韵律感。（李曼）

▶ 石评梅《祭献之词》
拓展阅读

别丢掉

林徽因

别丢掉
这一把过往的热情，
现在流水似的，
轻轻
在幽冷的山泉底，
在黑夜，在松林，
你仍要保存着那真！
一样是月明，
一样是隔山灯火，
满天的星，
只使人不见，
梦似的挂起，
你向黑夜要回
那一句话——你仍得相信
山谷中留着
有那回音！

二十一年夏

（选自《林徽因全集》，新世界出版社2013年版）

【导读】

林徽因自1931年开始在《诗刊》《新月》等刊物上发表新诗、散文、短篇小说和剧本等，以她特有的恬淡、清新、隽美的风格和笔法而令人惊艳。这首《别丢掉》发表于1936年3月15日的天津《大公报》副刊《文艺》第110期。1931年，徐志摩因飞机失事而英年早逝，文坛吊唁纷纷，而与徐志摩感情深厚的林徽因所写的这首诗于数年后发表。全诗既可以理解为诗人的自言自语、自我规劝，也可以理解为在冥冥之中与逝者的对话。抒情主人公隐藏的“我”和字面的“你”，是林徽因诗中惯用的手法。此诗旨在表达别丢掉“你”（逝者）“我”（作者）曾经拥有的美好过往与回忆，别丢掉“你”活着之时率真、洒脱的生活态度。在规劝自己的同时也是对逝者灵魂的一种告慰。

诗人开篇呼吁“别丢掉/这一把过往的热情”，表达的是于隐曲寂寞情怀中固守的一份坚持，一种执着，流露出女性诗歌中比较少见的内在强度。诗人善用暗示与象征，情感抒发隐蔽而含蓄，具有现代主义风格。流水、山泉、黑夜、松林、明月、灯火、星斗、山谷的回音等古典诗歌意象背后，始终流动着诗人潜在的情思变化。情思流动的过程中，借助意象抛洒愁绪又表现坚定，意绪缠绵而丰富，增加了诗思的层次感，也使诗人的情感变得可触可感，真挚动人。（李曼）

林徽因《别丢掉》
拓展阅读

渔光曲

安　娥

云儿飘在海空，
鱼儿藏在水中；
早晨太阳里晒渔网，
迎面吹过来大海风。
潮水升，浪花涌，
渔船儿飘飘各西东；
轻撒网，紧拉绳，
烟雾里辛苦等鱼踪。
鱼儿难捕租税重，
捕鱼人儿世世穷，
爷爷留下破渔网，
小心再靠它过一冬！

东方现出微明，
星儿藏入天空；
早晨渔船儿返回程，
迎面吹过来送潮风。
天已明，力已尽，
眼望着渔村路万重；
腰已酸，手也肿，
捕得了鱼儿腹内空。
鱼儿捕得不满筐，
又是东方太阳红，
爷爷留下的破渔网，
小心再靠它过一冬！

1934 年

（选自钟立民编：《渔光曲——安娥作词歌曲集》，中国电影出版社 2006 年版）

【导读】

《渔光曲》是电影《渔光曲》的主题曲，由安娥作词，任光谱曲。1934 年 6 月 14 日影片首映后，这首歌迅速传播开来。电影在上海公映时创下了连映 84 天的纪录，在影片中多次出现的主题歌也随之传唱全国，家喻户晓。第二年，影片因获得莫斯科展出汇演荣誉奖而蜚声海外。聂耳曾提到，《渔光曲》一出，其轰动的影响甚至形成了后来的影片要配上音乐才能够卖座的一个潮流。

《渔光曲》是安娥根据自己在大连渔村的生活经历创作而成，她在海边亲眼目睹了渔民的艰辛生活。诗中用朴素的语言描绘了渔民在大海里摇船撒网捕鱼的情景，勾画出渔民辛勤劳作却前景堪忧的惨状。由自然景色到人物遭遇，生动表现出 20 世纪二三十年代常年漂泊在海上的穷苦渔民的艰辛劳动生活，反映出渔民们愁苦困顿的心情。

《渔光曲》是一首能“歌”的诗，也是一首“诗”性的歌。全诗句尾押“ong”韵，“空”“中”“涌”“东”“踪”“重”“穷”“冬”等，使诗歌读起来朗朗上口，易于传诵。在艺术手法上，诗歌采用由景及情、情景交融的方法，从海边景色写到渔民的生活遭遇，感情真挚，具有感染力。诗人在遣词炼句方面具有深厚功力，歌词既渗透着古典诗词的传统风貌，又糅合了现代生活语言的质朴清新，至今仍然富有艺术生命力。（张璐瑶）

安娥《渔光曲》
拓展阅读

我送你

陈学昭

没有一句惜别的言辞，
没有叮咛，
也没有嘱咐，
让那些浮华的词藻，

给蛀虫去慢慢地啃食罢！
它们都不适合于
赠送给一个布尔塞维克的战士；
抑或由于我的笨拙的嘴？
我送你，
只是默默地，
但是，请相信，
并非出于我的吝啬，
我要把最好听的话，
留在将来再见的时候和你说！

什么风把你突然吹到我跟前？
听！
窗外是什么响声？
呵！是我的心，
它在重温着
那好像有韵节的
你那关切的话语！

难道我们不应该长相聚？
偏要一个东，一个西？
但更不该的是尽管厮守着（倒像囚犯一样），
见不到世界——
人类正为幸福和胜利而战斗呵！
好像天空的飞鸟，
你走了，
突然飞向辽远的彼方。

留住！
我不爱听这句：
“假使不死于敌人之手……”
你不会，也不能死于敌人之手，
当我们的敌人还没有完全消灭的时候。
你将如我的意愿，
如你所意愿的一样——
愉快地工作着，
愉快地生活着！
是的，
生活着是美丽的，
为祖国的解放而战斗着的生活是美丽的。
为人民而战斗着的生活是千百倍地美丽的。

当人们还不自知是爱了的时候，
他们便要咬文嚼字，
从正面的话里去找反意思，
他们更要猜疑，
还要呕气；
这等于自己在制造诽谤，
给仇人去好笑！
让我们在革命事业里去竞赛，
在别离中去考验；
为此我将长久的沉默，
好把许多许多的话——
最好听的话，
留在将来再见的时候和你说！

一九四五年四月二十八日，延安。

（选自陈学昭：《纪念的日子》，文化生活出版社 1954 年版）

【导读】

陈学昭走的是一条从知识分子到革命者的道路。到延安后，作为学历最高的女博士，她积极参与组织生活、学习，将个人命运与党和人民的命运紧紧联系在一起。

这首诗写于 1945 年 4 月 28 日，是一首送战士上前线战斗的赠别诗。

全诗分为五节，第一节奠定了感情基调，没有“浮华的词藻”，它们只配“给蛀虫去慢慢地啃食罢”，根本不适合送给“布尔赛维克的战士”，铿锵有力；第二节紧承第一节，表明虽然没有赠别的叮咛和嘱咐，但时刻关心、时刻牵挂着战士们；第三、四节叙述送别的背景和目的，战士们要奔赴前线去战斗，为了祖国和人民的幸福而战，“为人民而战斗着的生活是千百倍地美丽的”；第五节与第一节首尾呼应，“我”和战士间不能像相爱的男女，咬文嚼字舍不得分离，“让我们在革命事业里去竞赛”，风格爽朗果断，节奏铿锵，充满力量。

诗歌表现了革命者的感情观，无产阶级的革命战士不是不懂人与人之间的关怀，而是把它建立在服从革命利益的基础上，为革命事业奉献自己的满腔热情。诗歌字里行间流露着诗人对革命战士的关心。全诗句式自由，感情充沛，情绪高亢，一定程度上显示出西方诗歌的影响。（张璐瑶）

▶ 陈学昭《我送你》
拓展阅读

故乡，我不能让你沦亡

关　露

故乡，忆起你，
掀起我祖国的惆怅！

以往，我时常梦见你，
梦见你苍绿的原野，
梦见你壮丽的祠堂；
梦见我幼年居住的屋顶上，
闪耀着雨后的艳色的阳光。
梦见那一百顷青翠的稻田
在秋天的明月里
青蛙歌唱。

梦见你清净的池塘。
梦见你二月的冰山
在院落里喜抗着阳光。
梦见你千百万华工筑起的
重楼绮殿，
梦见你古东方贵胄的遗邸
画栋雕梁。
梦见你飘弄着晚秋风的
西山的古槐，
梦见你早春天的北戴河
流水沧沧。

故乡，已往，
我梦见你这一切：
梦见我在你的怀中成长；
梦见你的太阳和星星
照耀着我的童年，
你的山岗，原野，宫殿，河梁，
作我健壮的营养。

故乡，忆起你，
掀起我祖国的惆怅！

现在，我时常梦见你，
在和你离别了的十年以往，
你是“沧海桑田”。
你古旧的城堡，
飘过敌人的旗帜，
你苍绿的原野
卷过战地的烽烟。
画栋雕梁的建筑者
洒过殉难者的鲜血，
歌馆与青楼的艺女，
让亡家的衰老
代替了朱颜！

我梦见你，
梦见你将要向我道别的模样：
你说你的外患无疆；
你说你历受异族的侵辱，
无人替你报仇和抵抗；
你将要死去昔日的
言语，文章，
孩提，少壮，
换一个统制你的异种的新王。

故乡，忆起你，
掀起我祖国的惆怅！

我梦见你，
梦见你的如今，
也梦见你以往。
看吧，那失去的邻地，
在敌人旗帜的飘展下边，
有多少我们同胞，
流离，饥饿，奴隶，死伤；
在敌人的走马灰尘里
已象征了祖国的垂亡！

但是，在我的梦中，
我也看见你挣扎的情况；
你待救的呼声
已经把四万万同胞振响。
故乡，
我曾在你怀中长成，
我爱你，好像爱我的
父母，兄弟，忠实的朋友；
我愿意以我的热血和体温

作你战斗的刀枪，
我不能在这破碎的河山里，
重听那
“后庭花”隔江歌唱！

故乡，忆起你，
掀起我祖国的惆怅。
故乡，
我不能让你沦亡！

（选自关露：《太平洋上的歌声》，上海书店 1984 年版）

【导读】

关露是以革命战士的姿态登上文坛的。在民族矛盾与阶级矛盾十分尖锐的 20 世纪 30 年代，她以文学作为武器，以高昂的格调描写血与火的斗争，表达人民心声，为革命斗争服务。《故乡，我不能让你沦亡》就创作于这样的时代背景之下。

诗歌在内容上层层递进，从回忆故乡的美景开始，苍绿的原野、壮丽的祠堂、青翠的稻田……到描述被侵略和殖民的现状，殉难战士的鲜血、流离失所的民众、被侵略蚕食的领土……最后，诗人发出呼喊，表达自己捍卫故乡、为国家战斗的志愿，“我愿意以我的热血和体温/作你战斗的刀枪，/我不能在这破碎的河山里，/重听那/‘后庭花’隔江歌唱！”“故乡，/我不能让你沦亡！”全诗表达了诗人对国家故土的热爱，表达出一位女战士的心声。丁玲曾经评论说：“关露的诗，听来这么感动人，因为她的诗是用心作出来的，她是用心在朗诵！”

在艺术上，这首诗最大的特点是直抒胸臆。形式上属于自由体，不注重字数、韵脚、行数等的整齐划一，不拘泥于外部形式的束缚，一切服从抒发感情的需要。全诗共 11 节，多则一节 13 行、一行 12 字，少则一节 2 行、一行 2 字。诗人紧紧围绕“故乡”两字，写故乡过去的美丽、现在的战乱，直抒胸臆地喊出“故乡，我不能让你沦亡”，感情炽热，悲壮激昂。（张璐瑶）

关露《故乡，我不能让你沦亡》
拓展阅读

今　宵

陆晶清

今宵，又是岁暮天寒，
疏星抖颤冷月无光。
我仰首抹泪凄然北望——
山茫茫，树茫茫，路也茫茫。

花开花落断送着时光，
逝去的岁月永不回还。
无须清风抚慰明月相伴，
这杯苦酒我决誓独自喝完。

愿有只南来雁传些消息，
那龙门故迹原是旧游地。
问：黄沙古道上可还留有我们的并步足迹？
当年殷勤春风曾代转播过我们的欢声笑语。

这万千哀思苦忆从何寄？
悠悠生死是这般无凭据！
今宵，月暗风凄荒烟衰草里，
孤冢何处？纵有梦也难寻觅。

一九四四年九月于重庆。

（选自潘颂德、王效祖编：《陆晶清诗文集》，四川大学出版社 1997 年版）

【导读】

陆晶清从小在父亲的影响下涉猎了很多唐诗和古文，深受古典文学的熏陶。《今宵》受婉约词的影响，有密集的古典意象，具有强烈的古典意韵。诗中的意象“疏星”“冷月”“山”“树”“路”“花”“苦酒”“雁”“龙门故迹”“黄沙古道”“荒烟衰草”等无不透露出孤冷萧瑟之感，营造出伤感落寞的氛围。诗中所写虽是九月初秋，诗人却觉得“岁暮天寒”。全诗句尾押韵，带有古典诗歌的节奏，却又不完全遵照古典押韵规则，每一节有一句不带韵脚，规则中富于变化，有音乐的美感。

陆晶清的诗歌创作主要集中在20世纪20年代中后期，作品中往往渗透着或浓或淡的感伤情绪。创作于1944年的《今宵》依然延续了这一风格，这与诗人的成长经历有关。她幼年丧母，青年丧父，初恋挫折，挚友早亡，爱人王礼锡病逝，长期的动荡生活和一连串的生离死别，使她的内心充满了沉重的创伤。故地重游，往日的“并步足迹”“欢声笑语”早已不再，只剩下今宵的“月暗风凄”“荒烟衰草”。此诗表达了诗人单身一人的孤独无助和对爱人的无比思念。（张璐瑶）

▶ 陆晶清《今宵》
拓展阅读

一萼红·乱笳鸣

沈祖棻

甲申八月，倭寇陷衡阳。守土将士誓以身殉，有来生再见之语。南服英灵，锦城丝管，怆怏相对，不可为怀！因赋此阕，亦长歌当哭之意也。

乱笳鸣。叹衡阳去雁，惊认晚烽明。伊洛愁新，潇湘泪满，孤戍还失严城。忍凝想、残旗折戟，践巷陌、胡骑自纵横。浴血雄心，断肠芳字，相见来生。　　谁信锦官欢事，遍灯街酒市，翠盖朱缨。银幕清歌，红氍艳舞，浑似当日承平。几曾念、平芜尽处，夕阳外、犹有楚山青。欲待悲吟国殇，古调难赓。

（选自《沈祖棻诗词集》，江苏古籍出版社1994年版）

【导读】

女性词作虽多描写个人遭际，但这并不意味着其一成不变地书写闺阁况味。事实上，在世变的冲击下，一些女词人自觉不自觉地把女性的生命体验和对时代的认知付诸笔端。例如，怀着对宋王朝自毁长城的忧思，李清照在精严雅致的词体中表露迥异流俗的遒逸之气；卷入时代浪潮的秋瑾，以昂扬豪放的审美表达，赋予笔端挟剑撞击的力量。而生于20世纪初的沈祖棻，同样以直面社会时事的目光，蘸着风雨尘沙的笔触，在词作中彰显了郁勃深挚的情感厚度和勾勒时代曲线的历史广度。

沈祖棻有着“以词写史”“包括宇宙”的创作理想，她怀揣忧患意识，词作多有感而发，切中时弊。1944年衡阳陷落，她特地以旧体词记之，于是有了这篇被汪东先生赞为“千古一叹”的《一萼红》。爱国将士在衡阳一役中喋血奋战、以身殉国，是烽火遍地的岁月不能被忘记的一笔，“相见来生”之誓更是令人哀痛沉郁，肝肠寸断，恸彻肺腑。而当此之时，大后方却照旧歌舞升平，上演着一幕幕醉生梦死的场景。两相映衬，令人悲愤交集，沈祖棻用“典雅而犀利，隐蔚而真切”的俊健之笔，在这首词作中揭示了社会面相的善恶美丑，寄托了深沉的家国情怀。学者舒芜为此发出了“女词人登场第一声，便把政治、社会意识同女性意识结合得这样好”的赞叹。（王园园）

▶ 沈祖棻《一萼红·乱笳鸣》
拓展阅读

珠和觅珠人

陈敬容

珠在蚌里，它有一个等待
它知道最高的幸福是
给予，不是苦苦的沉埋
许多天的阳光，许多夜的月光
还有不时的风雨掀起白浪
这一切它早已收受
在它的成长中，变作了它的
所有。在密合的蚌壳里
它倾听四方的脚步
有的急促、有的踌躇，

纷纷杳杳的那些脚步
走过了，它紧敛住自己的
光，不在不适当的时候闪露
然而它有一个等待
它知道觅珠人正从哪一个方向
带着怎样的真挚和热望
向它走来；那时它将要揭起
隐蔽的纱网，庄严地向生命
展开，投进一个全新的世界。

1948 年夏于上海

（选自杜运燮、蓝棣之编：《新鲜的焦渴：陈敬容诗选》，人民文学出版社 2000 年版）

【导读】

《珠和觅珠人》是一首带有哲理意味的诗歌。诗人选取了看似陈旧的题材，却赋予“珠”以全新的追求。诗中的珠在蚌中积聚力量，既不甘于苦苦地沉埋，也不急于匆忙地显露，而是在等待懂得它的价值、理解它的感情的觅珠人。一旦得遇这样的觅珠人，它便会毫不犹豫地“向生命展开”，“投进一个全新的世界”。诗歌用词平常，语调克制，避免了毫无节制的滥情与感伤，也摆脱了晦涩与生硬。“珠”这一客观事物的叙写，表现出富于哲理的思想。

总体而言，“九叶”诗人往往长于表现个人内心复杂的人生沉思与玄想，现实生活中激烈斗争的浪涛冲击着这群知识分子的心岸，引起他们的激动、思索和苦闷。此时，诗人的哲思并未与社会现实绝缘，他们的忧伤、失望抑或痛苦曲折地联系着大时代。此诗就具有这样的特点。全诗结构谨严，意象清新，看似表达人生哲理，实则与社会现实密切相关。“珠”和“觅珠人”暗示了一种个人与时代的关系。诗人采用比喻和暗示的手法，隐含了知识分子苦闷不得志的社会现实，抒发了对获得新生的渴望和追求，表达了热切期盼将生命投入新世界的美好愿望，具有象征主义色彩。（张璐瑶）

▶ 陈敬容《珠和觅珠人》
拓展阅读

夜正年轻

张秀亚

夜正年轻
而记忆却非常古老了
我看见
一朵朵苦笑自你的唇边消失
有如灯花在落

夜正年轻
夜正寒
还拨那小炉中的灰烬吗
鬓已星星
更怕见梦也星星
回忆中的江干有残灯无数

哎，收拾起你的叹息
可曾听见
一个声音泄露出来
自那一扇虚掩的心门
像颤动的光线
我将这琴遗忘在灰尘下太久了
则济利亚
如果这声音能悦乐你
就坐下来吧，静静的
我将呼你为：
最初的也是最后的知音

当弦索为你而断
生命的曲调乃化为永恒
弦上，清泪斑斑
如同梦里
回忆中的
江干残灯无数

（选自张默编：《现代女诗人选集（新编）：一九五二—二〇一一》，台北尔雅出版社 2011 年版）

【导读】

20 世纪 50 年代，台湾现代诗坛涌现了一批优秀的女诗人，她们在新的历史机遇和文化选择中，把中国文学传统和西方文化思潮融入诗歌创作中，呈现了一种新的女性诗美。张秀亚是其中的代表诗人之一，张默称她为“诗坛最傲骨的苍松”。1948 年 9 月 1 日，《夜正年轻》发表于台北出版的《文星》第 23 期，之后常被视为她的诗歌代表作。

张秀亚的诗歌意境淡雅，语言澄澈，情感往往带着或浓或淡的忧伤，但又没有陷于感伤主义的滥情，而是从生活和情绪中辗转升华为某种生命的感悟。这首诗开篇是积极温婉的一句“夜正年轻”，之后立即转折为“而记忆却非常古老了”，为全诗奠定了某种追忆性和沉思性的感伤情调。写作此诗时女诗人虽然尚不到而立之年，但其想象丰富，造语奇特，一个“鬓已星星”的新奇譬喻营造了一种曾经沧海、饱经沧桑的中老年心绪，带出的是如梦似幻的惘然回忆，是“我”和“你”的围炉夜话。只是，夜色中触动的往日情怀是无奈的，人物的“苦笑”“叹息”“清泪”，搭配着“灰烬”“残灯”“灰尘”的风物，诗情哀感低徊，“更怕见梦也星星”复沓着“鬓也星星”，道出的是一种知音相遇相离和时间转瞬流逝的无奈与无情。

这首诗的新意在于，写回忆但并不止于此，而是在追忆与遗忘的省思中，再度打开“心门”，把心绪调整为“静静的”，把“琴弦”与琴弦之断对应在“情思”和“知音绝弦”中，古典与现代得以自然融合。全诗第二个突然转折为：“静静的”一变而为突兀奇崛的“呼”——“最初的也是最后的知音”可谓掷地有声、感天动地，有此一句，回忆中的所有失落和叹惋得以重新找到生命的支点：生命的曲调乃化为永恒。

全诗穿插着现在与过去、短暂与永恒、时间与空间、年轻与古老等的对比呼应，有苍凉感，更有彻悟感，自始至终以情动人，哀而不伤。（李润霞）

▶ 张秀亚《夜正年轻》拓展阅读

金黄的稻束

郑　敏

金黄的稻束站在
割过的秋天的田里，
我想起无数个疲倦的母亲
黄昏的路上我看见那皱了的美丽的脸。
收获日的满月在
高耸的树巅上
暮色里，远山是
围着我们的心边
没有一个雕像能比这更静默。
肩荷着那伟大的疲倦，你们
在这伸向远远的一片
秋天的田里低首沉思
静默。静默。历史也不过是
脚下一条流去的小河
而你们，站在哪儿
　　将成了人类的一个思想。

（选自郑敏：《心象》，人民文学出版社 1991 年版）

【导读】

“九叶派”诗人郑敏作为中国现代诗歌史上知性写作的代表，常以个体感悟阐发生命的理趣。她的诗往往从人生的种种情景转向深远的幽思。这首诗，由秋天割过的“金黄的稻束”联想到无数个“疲倦的母亲”，新颖而又耐人深思，引发的是对生命的形而上思考。表面看，稻束与母亲之间并无关联，仔细想来则同样具有因疲倦、劳累而弯曲的形象。更有深意的是，二者都与生命构成连结。意象背后的象征意义正如意象本身一样凝重。诗人以树巅上收获日的满月、暮色中的远山等静默的空间，营造出一种颇具意味的意境，丰富了诗歌的层次感、画面感。最后，诗人将这首诗推向更深的思维空间，完成了由感性体验到理性深思的升华，使诗意、哲学、生命融为一体。

《金黄的稻束》最初发表于《明日文艺》1943 年第 1 期。全诗意韵深沉绵远，有情绪的流动，但更多的是思想的凝结。诗人将个人的情思隐藏在静默的物象之下，没有情绪的直接宣泄抒发，而是层层深入的知性审视，使诗歌具有思想的厚度。无论是意象的选取组织还是情思的表达体验，此诗都具备现代主义特质，以沉思、静默的诗美展示了女性诗歌的另一路径。（李曼）

▶ 郑敏《金黄的稻束》
拓展阅读

瑶　华

叶嘉莹

戊辰荷月初吉，赵朴初丈于广济寺以素斋折简相招，此地适为四十余年前嘉莹听讲《妙法莲华经》之地，而此日又适值贱辰初度之日，以兹巧合，枨触前尘，因赋此阕。

当年此刹，妙法初聆，有梦尘仍记。风铃微动，细听取、花落菩提真谛。相招一简，唤辽鹤、归来前地。回首处红衣凋尽，点检青房余儿。　因思叶叶生时，有多少田田，绰约临水。犹存翠盖，剩贮得月夜一盘清泪。西风几度，已换了微尘人世。忽闻道九品莲开，顿觉痴魂惊起。

注：是日座中有一杨姓青年，极具善根，临别为我诵其所作五律一首，有“待到功成日，花开九品莲”之句，故末语及之。

（选自叶嘉莹：《多面折射的光影：叶嘉莹自选集》，南开大学出版社2013年版）

【导读】

叶嘉莹认为自己本质上是一个诗人，然后才是教师、学者。她品读古人诗词时常常指出：“真正伟大的诗人是用自己的生命来写作自己的诗篇，是用自己的生活来实践自己的诗篇的。”作为一位饱经坎坷的女性，一位中西合璧的学者型诗人，叶嘉莹的旧体诗词创作也正具有如此特征。无论她的诗词选取怎样的意象，对于人生意义与终极价值的探寻始终是一个重要的主题。

生于荷月的叶嘉莹对于“荷花”一直有着特殊的感情，“荷花”也是其诗词中出现最多的意象。《瑶华》作于1987年，词中对荷花的书写不止于李后主“菡萏香销翠叶残”的伤怜之意。花之凋零恰好似人之终老，在这消逝的年华之中能够做出什么？又究竟完成了什么呢？从40多年前在沦陷的北平初闻妙法，到历经死生离别、忧苦患难后重返故乡，自己的一生是不是没有结出什么果实就结束了？是不是什么理想都落空了？故地重游之际，数十年“梦尘”翻涌心头，而自己却如鹤归华表，眼见物是人非，不免有“红衣凋尽”之叹。“青房”就是莲蓬，荷花凋零后能否结出莲子？“点检青房余几”就是自省有没有结出一颗莲蓬，自己的人生能否终究有所完成。自其变者而言，荷花自不必执着于“红衣”“翠盖”，任何人的容貌、财富、地位都终将逝去；而自其不变者来说，莲之“红衣”凋后“青房”犹在，青房内即裹藏着千春不朽的莲实，将生命信息永远传递下去；对于有更高境界追求的人来说，亦有不生不灭“不逐四时凋”者存焉，这就是文化的传承、思想的延续。所以，当座中某青年在临别之际诵其“待到功成日，花开九品莲”之句时，作者“顿觉痴魂惊起”——悲耶？喜耶？似乎都不够确切，可能是在“西风几度”换尽少年心之后一种生命的警觉与顿悟，也可能是对日后修为的一种期许与砥砺。（张静）

▶ 叶嘉莹《瑶华》
拓展阅读

一朵青莲

蓉　子

有一种低低的回响也成过往　仰瞻
只有沉寒的星光　照亮天边
有一朵青莲　在水之田
在星月之下独自思吟。

可观赏的是本体
可传诵的是芬芳　一朵青莲
有一种月色的朦胧　有一种星沉荷池的古典
越过这儿那儿的潮湿和泥泞而如此馨美！

幽思辽阔　面纱面纱
陌生而不能相望
影中有形　水中有影
一朵静观天宇而不事喧嚷的莲。

紫色向晚　向夕阳的长窗
尽管荷盖上承满了水珠　但你从不哭泣
仍旧有蓊郁的青翠　仍旧有妍婉的红焰
从澹澹的寒波　擎起。

1968 年 5 月 25 日

（选自《蓉子自选集》，黎明文化事业股份有限公司 1978 年版）

【导读】

蓉子被称为台湾女诗人中的“常青树”，她的诗歌在意象选择与情感表达方面都有浓厚的古典意蕴，她用现代诗的形式和语言，与旧体诗有很多相似之处的意象，营造出一幅低吟浅唱、淡泊宁静、幽深婉转的画面。《一朵青莲》带着蓉子自己的自况和写照，甚至成为诗人的自我形象。从题目可知诗人所写的是咏物诗，她从各个角度写出一朵青莲的不同身姿、不同芬芳和不同馨美，语言并不高深，意绪并不跳脱，但青莲之美却在这种诗歌晕染中一点点呈现。同时，诗人又像一个设色写意的高手，她用诗笔画出了一幅幽雅的青莲水墨画，与这幅画相配的是天边星月的朦胧背景和星沉荷池的古典风韵，有形有色，有光有影，但通篇没有一个“我”字，似乎诗人在纯然的咏物写景中已经进入了一个忘我的赏莲境界。

正因为诗人是青莲的欣赏者和知己，所以能用饱含深情却又澄澈的心态写出青莲的内在精神和品质——这是一朵静观天宇而不事喧嚷的莲。诗歌前两节不断切近青莲，在整幅画面中静静地显现出青莲的高洁。后两节意境逐渐扩大，借青莲的孤洁表现淡泊的品格。最后一句“从澹澹的寒波　擎起”把整首诗推向更高的境界，在与世无争的淡泊中有一种自信自强的力量也被“擎起”。全诗形式整饬，节奏舒缓，情感由浅入深，色调清雅而富于画面感，充满古典美。（宋雨娟）

▶ 蓉子《一朵青莲》
拓展阅读

给他（节选）

林　子

2

所有羞涩和胆怯的诗篇，
对他，都不适合；
他掠夺去了我的爱情，
像一个天生的主人，一把烈火！
从我们相识的那天起，
他的眼睛就笔直地望着我，
那样深深地留在我的心里，
宣告了他永久的占领。

他说：世界为我准备了你，
而我却无法对他说一个“不”字，
除非存心撕裂了自己的心……
我们从来用不着海誓山盟，
如果谁竟想得起来怀疑我们的爱情，
那么，就再没有什么能够使人相信！

10

只要你要，我爱，我就全给，
给你——我的灵魂。我的身体。
常春藤般柔软的手臂，
百合花般纯洁的嘴唇，
都在等待着你……
爱，膨胀了它的主人的心；
温柔的渴望，像海潮寻找着沙滩，
要把你淹没……
再明亮的眼睛又有什么用，
如果里面没有映出你的存在；
就像没有星星的晚上，
幽静的池塘也黯然无光。
深夜，我只能派遣有翅膀的使者，
带去珍重的许诺和苦苦的思念，
它忧伤地回来了——你的窗户已经睡熟。

（选自林子：《诗心不了情》，沈阳出版社 1992 年版）

【导读】

《给他》组诗一共 11 首，以女性的口吻表达对爱人的热烈感情。组诗是林子 1958 年写给爱人的，是她个人情感生活的一段真实记录，当初并不曾期望发表。“文化大革命”结束之后，当人们重新思考爱情时，在朋友和爱人的鼓舞下，她拿出来发表在 1980 年的《诗刊》上。诗歌以大胆直率、热切深挚的情感倾诉，引起人们的广泛关注。此处节选的是这组诗的第 2 首和第 10 首。

第 2 首诗是对火热爱情的直接描写。“他掠夺去了我的爱情，/像一个天生的主人，一把烈火！”“他的眼睛就笔直地望着我，/那样深深地留在我的心里，/宣告了他永久的占领。”“而我却无法对他说一个‘不’字，/除非存心撕裂了自己的心……”他对“我”的爱无比坚定，情意浓烈，“我”也深爱着他。诗句写出了两人心心相印的珍贵感情，他们深深为对方所吸引。

第 10 首则将女主人公因爱而生的情欲直接而明朗地表达出来：“只要你要，我爱，我就全给，/给你——我的灵魂。我的身体。”进而以“常春藤般柔软的手臂”“百合花般纯洁的嘴唇”，将女性躯体的描写与美好的植物联系在一起，热烈而不失温婉，坦诚而不流于鄙俗，将情与爱、性与灵表达得纯真而美好。

诗歌的可贵之处还在于，在作者描写的爱情中，男女双方相互吸引、相互尊重，在人格上是完全平等的。独立而温柔的女性主体精神，相爱双方的平等意识，锻造了林子爱情诗歌的内在气质，赋予它浓郁的现代气息。（**张璐瑶**）

▶ 林子《给他》拓展阅读

不系之舟

林　泠

没有什么使我停留
——除了目的
纵然岸旁有玫瑰，有绿荫，有宁静的港湾
我是不系之舟

也许有一天
太空的遨游使我疲倦
在一个五月燃着火焰的黄昏
我醒了
　海也醒了
人间与我又重新有了关连

我将悄悄自无涯返回有涯，然后
再悄悄离去

啊，也许有一天——
意志是我，不系之舟是我
纵然没有智慧
没有绳索和帆桅

一九五五

（选自《与顽石铸情：林泠诗选》，生活·读书·新知三联书店 2005 年版）

【导读】

林泠是台湾诗坛彗星式的女诗人，她成名早，却不为诗名所累，其后十数年搁置诗笔，远离诗坛；同时，她的专业、职业与日常生活似乎都离诗歌甚远，但是自 17 岁初登诗坛始，她即以明快的语言、多变的节奏、清新而大气的诗风、抒情与哲思兼容的风格，成为台湾诗坛颇受瞩目的女诗人。直至 2011 年，《现代女诗人选集》的编者张默在为林泠所写的按语中仍然认为：“林泠所掌握的童话般的语言，轻快的节奏，以及明澄如结晶体的构成，迄今仍无出其右者。”

林泠在 17 岁时创作的《不系之舟》是一首思考作为个体生命的“我”与大千世界之间关系的现代诗，诗中的“我”有着天马行空的自由意志，在无涯宇宙中或“停留”或“遨游”，自始至终都是不受羁绊也不愿受羁绊的“不系之舟”。诗人以第一人称“我”发出对世界的青春宣告，表明有限生命活在无限世界的心声：“我是不系之舟”“不系之舟是我”，这是诗人通过象征与拟人的方式对“我是谁”的身份确立。并且，诗中两次以“纵然”的句式强化这种自我身份的自由自在与恒久不变——若为意志自由故，既可绝然放弃人间的美好如玫瑰、绿荫和港湾，亦不为丧失或错过人间的智慧、甜蜜的情缠爱锁而哀矜。

此诗从头至尾贯穿着一种宏大的生命哲思，诗句却多以可触可感的修辞见长，用语感性，在日常经验里发挥自然的想象力，为内在省思注入动感和韵律，如“在一个五月燃着火焰的黄昏”“我醒了/海也醒了”。可以说，以诗质取胜的林泠，在女性的温婉中别有一番理趣和豪情，对于现代派的艰涩诗风不啻为一种积极的调和。（李润霞）

▶ 林泠《不系之舟》
拓展阅读

记　　得

夐　虹

1

你如果
如果你对我说过
一句一句
真纯的话
我早晨醒来
我便记得它

年少的岁月
简单的事
如果你说了
一句一句
浅浅深深
云飞雪落的话

2

关切是问
而有时
关切
是
不问
倘或一无消息
如沉船后静静的
海面，其实也是
静静的记得

3

倘或在夏季之末
秋季之初
写过一两次
隐晦的字
影射那偶然
像是偶然的
落雨

——也是记得

（选自张默编：《现代女诗人选集（新编）：一九五二—二〇一一》，台北尔雅出版社 2011 年版）

【导读】

夐虹擅长以清词丽句写出或浓或淡的人生际遇与生命感悟。《记得》是一首追忆逝水年华式的小情诗，句式简短，意境空灵，结构整齐流畅，清新自然地表达了一种朦胧恬淡的恋情。全诗语言节制而富有韵味，如同一个美丽少女的呢喃之语，读后令人仿佛回到年少时初尝爱情滋味的岁月。第一节采用倾诉的口吻，写“我”会记得“你”所说的每一句真纯的话，暗合着诗题“记得”，“一句一句”的句式反复，强调了年少岁月里的言浅意深，“你”说的那些让我心动、浅浅深深的话，都让“我”的世界感受到了云飞雪落。第二节围绕着“关切”的藏爱于心，把“关切是不问”拆句成行，句式以极简的一二字构成三行诗，恋人之间的关切在“不问”中表达得更为深沉，“沉船”的比喻则把静静的海面和静静的记得再一次联系在一起，思念已经如沉船般沉静不移。这种以简写繁、以淡笔写浓情的方式在最后一节更为突出，夏末或秋初之际写出的是季候的变化与感情的流转，两个“偶然”与“一两次”看上去是“隐晦的字”，其实是刻骨铭心的“记得”。

全诗在恬静中带给人一种伤感和落寞，深切的相思通过不断的猜测与想象才能获得安慰，浓浓的情愫也经历了由“浅浅深深”“云飞雪落”到“静静的海面”，再到“偶然的落雨”种种变化，看似是一个逐渐淡忘的过程，实际是“记得”不断强化与加深的过程。这种无言却难忘的思绪是青春独有的色彩，伴随着美丽

而又挥之不去的淡淡忧伤，写出了少年情怀所特有的多愁善感。(宋雨娟)

▶ 夐虹《记得》
拓展阅读

一棵开花的树

席慕蓉

如何让你遇见我
在我最美丽的时刻　为这
我已在佛前　求了五百年
求它让我们结一段尘缘

佛于是把我化作一棵树
长在你必经的路旁
阳光下慎重地开满了花
朵朵都是我前世的盼望

当你走近　请你细听
那颤抖的叶是我等待的热情
而当你终于无视地走过
在你身后落了一地的
朋友啊　那不是花瓣
是我凋零的心

1980 年 10 月 4 日

(选自席慕蓉：《七里香》，花城出版社 1987 年版)

【导读】

曾经在 1981 年因出版诗集《七里香》引发台湾诗坛“七里香热”的席慕蓉，以精致的语言、流畅的节奏、淡淡的哀愁和并不复杂的意象构建了一个以情为中心、以抒情为主的青春小世界，正如她自己所言：“纪念一段远去的岁月，纪念那一个只曾在我心中存在过的小小世界。”《一颗开花的树》集中体现了这种青春纪念册式的诗歌风格。诗中以一个痴心少女想象、等待意中人的炽烈情怀写出了前生今世的爱情表白，既有等待的执着，又有错过的痛楚。台湾诗人痖弦认为这种畅销大众的爱情诗是因为“现代人对爱情开始怀疑了，席慕蓉的爱情观似乎在给现代人重新建立起信仰”。

从情诗写作的角度来看，这首诗超越了一般意义上的少女怀春意境，把对爱情的“等”与“求”、“遇见”与“无视”放置在超越时空的想象中，用“佛”成就“尘缘”的借意和化身为树的意象，诗风优雅，意境浪漫，带着一点哀而不伤的美感，颇使人动情动心。全诗运用象征和拟人的修辞手法，以“一棵开花的树”具象化地写出相思少女“开花”的虔诚盼望、“颤抖”的等待热情和“凋零”的内心失落，营造了一种视觉形象极强的画面感，很有韵味。这也是席慕蓉大多数诗歌的抒情方式与修辞偏好，以女性化的主观视角进行爱的独白或对白，描摹一些情感经历或爱情想象的轻愁淡怨，诗中往往贯穿着“我”(女性)的痴情与“你”(男性恋人)的完美，成为少年情愁在青春岁月的诗意注解。(李润霞)

▶ 席慕蓉《一棵开花的树》
拓展阅读

疏　勒　河

傅天琳

日月往西
日月的方向是男子的方向
水流往东
水流的方向是女子的方向

而我要追随你径直往西去
许多年许多年
风为你狂野山为你雄壮
但我还是要弄一支羌笛
缠缠绵绵吹过嘉峪关去
还是要弄一船月牙
剔剔透透撑到鸣沙山去

一直到你的驼队与马队

驻足不前。到你干渴的双眼
只能畅饮蜃景
到你迷路、昏厥
四处寻找铜钱、瓦罐与白骨

夕阳埋进沙堆
又一早一早地站起来
那是我用我温柔的带血的手指
从坟墓抠出来的生命
但是九色鹿不是我
摘取火种的英雄不是我
护佑你巍峨健壮的女神也不是我
我只是穿着土布衣衫的疏勒河

随你西去，要说话更淡，走路更轻
在鲜明的反差中与你和谐
当呼吸下沉到你的沙底
会有沙枣花开在我的床上
我就这样一步一步滋润你
一个冬天孵一窝卵石
一个夏天生一片绿洲

这世界如若没有温柔
一切生动的脸都将枯萎
日月往西，日月的方向是你的方向
而我要追随你径直往西去

（选自《傅天琳诗集》，重庆出版社 2015 年版）

【导读】

作为河西地域曾经的母亲河之一，又名冥水的疏勒河是一个带有悲剧色彩的意象。曾经孕育了丝路文明与敦煌艺术、回荡过玉门箫声和阳关三叠的河流，今天相当长的一段已经干涸，只留存着河道遗迹。诗人选择这样的意象作为中国传统女性的化身，使全诗的意境染上了哀婉伤感的情调。

诗歌开篇一组抒情意味浓厚的对句奠定了全诗的基调。诗人想象奇特，从疏勒河与中国多数河流相反的流向中提取诗意，以“追随”二字将一条逆流之河的命运与女性的命运同化在一起。与最终的归处大海渐行渐远的河流，结局注定是在荒漠中逐渐干涸；而放弃了自己的幸福将一切奉献给爱人与子女的女人，最终也必然会枯萎。然而，疏勒河般的女性是带着九死不悔的信念踏上这条不归路的。她欣赏爱人征途中的狂野、巍峨、雄壮，追求相伴相随的缠缠绵绵与剔剔透透。爱情的忠贞、母性的伟大、温柔的力量，在这里得到了最庄严的彰显和最深沉的赞美，甚至被赋予了一丝英雄主义的色彩。

疏勒河哺育的文明中也曾有浪漫的神话和美丽的爱情故事，但那种浪漫和美丽是添加过道德滤镜后的颂歌，是出自男性本位的臆想，它往往遮蔽了女性无声的鲜血和真实的痛苦，更还有在苦难中消逝的结局。女性的痴情与牺牲无疑有着无私而可敬的一面，但当其处于不对等的关系中，女性仅仅作为男性的附庸存在，而没有自身的尊严和价值，又有其可悲可叹之处。傅天琳的女性意识不似翟永明、唐亚平们那般激烈尖锐，相对比较温和包容。这首诗在诸多“是”“不是”“只是”的句式中透露出对男权社会玩味式赞美、对女性失去自我式追随的拒绝，“径直往西去”的重复强调了走自己的路的价值观，这些表达均呈现出诗人隐含的某种温和却不乏坚定的女性意志。（薛媛元）

▶ 傅天琳《疏勒河》
拓展阅读

外白渡桥

张　烨

月光潺潺流淌在外白渡桥

“我永远爱你
除非你哪天不再爱我。”

这就是你爱的深度了
我的神情蓦然黯淡，为自己的魅力
不能将你的心儿永久占有
你下半句话不说出该有多好
你下半句话不说出我会感到幸福
幸福有时候是瞬间的满足

但我发觉自己在愈加爱你
由于你的坦率　诚实

由于你音色温存、深沉如桥下的波澜
是的，即便你哪天不爱我
我还是爱你的
不然世上就不存在痛楚的
无望的爱了
这情感我必须深藏，必须深藏
只有岁月才能证实
但我不愿这样的一天降临在
夜深人寂的外白渡桥

你甜柔的眼神漾开了我的微笑
可你不知道，不知道
月光像淡黄微酸的

柠檬汁缓缓流注我心头

1985 年 6 月

（选自张烨：《诗人之恋》，花城出版社 1986 年版）

【导读】

作为一位上海诗人，张烨对外白渡桥这一风景意象情有独钟，创作于 1985 年的《外白渡桥》是诗人极具代表性的作品。除本诗外，她还有一首《和诗人帕迪经过外白渡桥》。作为中国第一座全钢结构铆接桥梁，外白渡桥与传统爱情诗歌中浪漫的断桥、二十四桥不同，经历了百余年风雨洗礼，见证过历史的波澜起伏，天然地带有了刚直、伟岸、沧桑、冷静甚至冷情等所谓的男性特征。而出现于诗歌开篇的潺潺月光，又暗合着女性的温婉与柔情。可以说，月光与外白渡桥的交融，就是女性与男性爱意的交流。

然而在诗中，男方表白的耿直坦诚与女主人公的缠绵痴情有着无法对接的矛盾，有过太多沉重记忆的男友没有勇气给予女子绝对的承诺，而不无保留的表白则难免破坏女子瞬间的满足。在幸福感被打破的时刻，女子奔逸出的丰富内心活动真实地表现出了她的敏感柔韧和坚强执着。虽然她立刻洞悉了男方承诺的不完满，却又在不无遗憾之余义无返顾地投身于这一爱情中。男方的犹疑不曾改变女子的九死不悔，她对未来依然心怀期待，希望岁月能够见证爱情的历久弥坚。只是这期待中隐藏了令人不安的阴影，一如桥下的苏州河，既可成为爱情的见证也可成为爱情的坟墓。这种复杂的情绪使女主人公在当下的甜柔与幸福中，感受到柠檬汁般的酸楚与惆怅。

诗歌情绪把握精准，抒情到位，细腻敏锐地捕捉到女主人公恋爱过程中患得患失的微妙心理，带给读者全新的体验。全诗语言明白晓畅，没有过多的矫饰，大气与柔婉并存，艺术上成熟豁达。（薛媛元）

▶ 张烨《外白渡桥》
拓展阅读

独身女人的卧室（节选）

伊　蕾

1. 镜子的魔术

你猜我认识的是谁
她是一个，又是许多个
在各个方向突然出现
又瞬间消隐
她目光直视
没有幸福的痕迹
她自言自语，没有声音
她肌肉健美，没有热气
她是立体，又是平面
她给你什么你也无法接受
她不能属于任何人
——她就是镜子中的我
整个世界除以二
剩下的一个单数
一个自由运动的独立的单子
一个具有创造力的精神实体
——她就是镜子中的我
我的木框镜子就在床头
它一天做一百次这样的魔术
　　你不来与我同居

2. 土耳其浴室

这小屋裸体的素描太多
一个男同胞偶然推门
高叫“土耳其浴室”
他不知道在夏天我紧锁房门

我是这浴室名副其实的顾客
顾影自怜——
四肢很长，身材窈窕
臀部紧凑，肩膀斜削
碗状的乳房轻轻颤动
每一块肌肉都充满激情
我是我自己的模特
我创造了艺术，艺术创造了我
床上堆满了画册
袜子和短裤在桌子上
玻璃瓶里迎春花枯萎了
地上乱开着暗淡的金黄
软垫和靠背四面都是
每个角落都可以安然入睡
　　你不来与我同居

3. 窗帘的秘密

白天我总是拉着窗帘
以便想象阳光下的罪恶
或者进入感情王国
心理空前安全
心理空前自由
然后幽灵一样的灵感纷纷出笼
我结交他们达到快感高潮
新生儿立即出世
智力空前良好
如果需要幸福我就拉上窗帘
痛苦立即变成享受
如果我想自杀我就拉上窗帘
生存欲望油然而生
拉上窗帘听一段交响曲
爱情就充满各个角落
　　你不来与我同居

4. 自　画　像

所有的照片都把我丑化
我在自画像上表达理想
我把十二种油彩合在一起
我给它起名叫 P 色
我最喜欢神秘的头发
蓬松的刘海像我侄女
整个脸部我只画了眉毛
敬祝我像眉毛一辈子长不大
眉毛真伟大充满了哲学
既不认为是，也不认为非
既不光荣，也不可耻
既不贞洁，也不淫秽
既不是生，也不是死
我把自画像挂在低矮的墙壁
每日朝见这唯一偶像
　　你不来与我同居

5. 小 小 聚 会

小小餐桌铺一块彩色台布
迷离的灯光泄在模糊的头顶
喝一口红红的酒
我和几位老兄起来跳舞
像舞厅的少男少女一样
我们不微笑，沉默着
显得昏昏欲醉
独身女人的时间像一块猪排
你却不来分食
我在偷偷念一个咒语——
让我的高跟鞋跳掉后跟
噢！这个世界已不是我的
我好像出生了一个世纪
面容腐朽，脚上也长了皱纹
独身女人没有好名声
只是因为她不再年轻
　　你不来与我同居

6. 一 封 请 柬

一封请柬使我如释重负
坐在藤椅上我若有所失
曾为了他那篇论文我同意约会
我们是知音，知音，只是知音
为什么他不问我点儿什么
每次他大谈现代派、黑色幽默
可他一点也不学以致用
他才思敏捷，卓有见识
可他毕竟是孩子
他温存多情，单纯可爱
他只能是孩子
他文雅庄重，彬彬有礼
他永远是孩子，是孩子
——我不能证明自己是女人
这一次婚礼是否具有转折意义
人是否可以自救或者互救
　　你不来与我同居

7. 星期日独唱

星期日没有人陪我去野游
公园最可怕，我不敢问津
我翻出现存的全体歌本

在土耳其浴室里流浪
从早饭后唱到黄昏
头发唱成1
眼睛唱成2
耳朵唱成3
鼻子唱成4
脸蛋唱成5
嘴巴唱成6
全身上下唱成7
表哥的名言万岁——
歌声是心灵的呻吟
音乐使痛苦可以忍受
孤独是伟大的
(我不要伟大)
疲乏的眼睛憩息在四壁
头发在屋顶下飞像黑色蝙蝠
　　你不来与我同居

（选自《人民文学》1987年1—2期合刊）

【导读】

伊蕾是中国女性主义诗歌的重要创作者和女性主义精神的践行者。其诗歌中的女性形象独立自由，恣意奔放，对于当代女性意识的确立和自我认同具有重要贡献。《独身女人的卧室》由14首短诗组成。1987年这组诗甫一发表，即以“浴室”“乳房”等密集的私密意象以及每首诗末那句叛逆的“你不来和我同居”震惊文坛，引发争议，乃至形成炙手可热的“伊蕾现象”。

“独身女人的卧室”这一中心意象，作为独立女性挑战男权、蔑视传统之时的退守之地，无疑带有伍尔夫“一间自己的屋子”之投影。卧室中的独身女人肆无忌惮地展示女性的身体之美与才华之盛，毫不避讳的自恋自赏中透露着对男性的轻蔑与挑逗，女性的魅力在诗歌中第一次如此肆意地绽放，给读者带来震撼体验。诗作昭示了女性自我意识之觉醒与个体生命尊严的发现，同时也对传统的泛道德文化进行了嘲弄，成为20世纪80年代中期以后女性主义诗歌的代表作之一。

不过，诗歌也在一定程度上体现了女性自身的局限性。诗人所设置的14个空间中，种种女性隐私场景和心绪均被对象化，女性的自娱自审带有很大的表演成分，形成另一种意义上的大胆邀请。诗人不愿走出卧室而又召唤同居者的行为方式，正是在享受孤独与隔绝的同时又渴望交流与沟通的芬兰式社交恐惧之表现。这难免使诗歌试图表现的女性独立意识打了折扣。这样一种不成熟状态，正是20世纪80年代女性主义思潮在国内初兴之际部分女作家大胆探索的真实写照。《独身女人的卧室》上承翟永明的《女人》组诗，下启20世纪90年代的女性私人写作，注定成为当代女性主义文学创作中浓墨重彩的一笔。（薛媛元）

▶ 伊蕾《独身女人的卧室》
拓展阅读

致　橡　树

舒　婷

我如果爱你——
绝不像攀援的凌霄花，
借你的高枝炫耀自己；
我如果爱你——
绝不学痴情的鸟儿，
为绿荫重复单纯的歌曲；
也不止像泉源，
常年送来清凉的慰藉；
也不止像险峰，
增加你的高度，衬托你的威仪。
甚至日光。
甚至春雨。
不，这些都还不够！
我必须是你近旁的一株木棉，
作为树的形象和你站在一起。
根，紧握在地下，
叶，相触在云里。
每一阵风过，
我们都互相致意，
但没有人
听懂我们的言语。
你有你的铜枝铁干
像刀，像剑，
也像戟；
我有我红硕的花朵，
像沉重的叹息，

又像英勇的火炬。
我们分担寒潮、风雷、霹雳；
我们共享雾霭、流岚、虹霓，
仿佛永远分离，
却又终身相依。
这才是伟大的爱情，
坚贞就在这里：
爱——
不仅爱你伟岸的身躯，
也爱你坚持的位置，足下的土地。

1977 年 3 月 27 日

（选自《舒婷的诗》，人民文学出版社 1994 年版）

【导读】

舒婷是朦胧诗潮中独创了一种女性话语特色的代表诗人，她以女性诗人特有的委婉细腻，展示了全新的两性情感话语与人格确立方式。她的诗歌既有“沉迷的痛苦，也有苏醒的欢欣”，充满着对女性独立价值与独立人格的关切和追求，反映了处于历史转折时期一代青年面对爱情的复杂体验。写于 1977 年 3 月的《致橡树》是她的成名作和代表作，也是当代爱情诗的名篇。传统爱情中，由于受到所处时代的各种外在物质因素的制约干扰，爱的结合往往不是以感情和人格的平等为基础，结合的双方也往往形成主导和从属、依附和被依附的关系，从而失去了真爱的本质，这首诗所摒弃的正是这种陈腐的观念习俗。诗人以橡树和木棉这两种同样高大挺拔的乔木来象征男性和女性，以它们邻近生长、并肩站立的关系来象征男女之间相依相偎却又彼此独立的新型恋情关系。诗人通过“我”的真诚坦率、个性鲜明的自白，表现了对独立平等、互依互助、坚贞热烈的爱情理想的执着追求，体现了一种既尊重对方存在，又珍视自身价值的崭新的爱情观，以及要求人与人之间应该独立平等的理想人际观。此诗将情感巧妙地寄寓在新颖生动的意象中，以独特的意象作为象征的核心，传递出细腻丰富的感情。诗歌的章法与句法的精心安排，也使抒情与议论自然融合，使丰富细腻的感情带有了某种理性的色彩。（李润霞）

▶ 舒婷《致橡树》
拓展阅读

闪电之夜

王小妮

闪电之夜让人着迷。

有些异象跟着雷来
跟着光来
很可能还跟着几只鬼。

我或有或无
一会儿消失，一会儿又出现。
谋杀的闪光里藏着飞快缝合的手。

人坐在黑暗中
消失的时间很长
出现只是一眨眼。

所有的黑夜人，所有的忍者。
没见匕首，没见受伤的
只有突然深的裂缝
突然出声的一条惨白。
天啊，伤口合拢得太快了
它不可能被看清。
说谎的少年最快地闭紧没血色的嘴唇。

我知道，这会儿我还存在。
可是我完全不知道
在我以外的全部。

2005

（选自《天涯》2005 年第 4 期）

【导读】

《闪电之夜》是王小妮创作于 21 世纪初的短诗。此诗秉承了她平白、晓畅、深刻的一贯风格，体现了诗人对日常生活的敏锐感受能力和超强表达能力。诗歌标题“闪电”与“夜”这两个核心意象的冲突，为诗歌构筑了凌厉尖锐的第一印象。其中包含了短暂与漫长、光明与黑暗两组矛盾，既是全诗理解的基点，也是诗歌张力之来源。

首句中的“着迷”二字，为诗歌的开场带

来了诡谲、迷幻与暧昧的暗示，作为序幕引出了一系列意象的出场，构筑了第二节的紧凑喧嚣场面。诗歌第三节则切入叙述者内心的主观体验，定格在个人视角，着眼于忽明忽暗的世界带给人的焦虑感、虚无感以及对自身存在的怀疑。随后，诗人进行了第二次视角切换，承接“一会儿消失，一会儿又出现”，在明暗交错中对人在黑暗中的姿态加以审视。在审视中，“很长”与“一眨眼”的不断冲突，加强了诗歌的张力；光与暗的象征意义开始多元化，正负性指向开始与我们的日常认知背道而驰。第五节镜头拉远，视野扩大，独戏变成群戏，矛盾张力也随着连续画面的快速切换达到顶点，然而镜头又在最后的瞬间聚拢，归于人物身上，戛然而止。此诗画面处理和场景把握技巧堪称完美，是一首戏剧化诗歌的典范之作。（薛媛元）

▶ 王小妮《闪电之夜》
拓展阅读

独　白

翟永明

我，一个狂想，充满深渊的魅力
偶然被你诞生。泥土和天空
二者合一，你把我叫作女人
并强化了我的身体

我是软得像水的白色羽毛体
你把我捧在手上，我就容纳这个世界
穿着肉体凡胎，在阳光下
我是如此眩目，是你难以置信

我是最温柔最懂事的女人
看穿一切却愿分担一切
渴望一个冬天，一个巨大的黑夜
以心为界，我想握住你的手
但在你的面前我的姿态就是一种惨败

当你走时，我的痛苦
要把我的心从口中呕出
用爱杀死你，这是谁的禁忌？
太阳为全世界升起！我只为了你
以最仇恨的柔情蜜意贯注你全身
从脚至顶，我有我的方式

一片呼救声，灵魂也能伸出手？
大海作为我的血液就能把我
高举到落日脚下，有谁记得我？
但我所记得的，绝不仅仅是一生

（选自翟永明：《女人》，作家出版社2008年版）

【导读】

翟永明是“女性主义诗歌”写作中的一个关键人物，其“独白体”和“黑夜意识”构成20世纪80年代以来女性意识的重要内容。创作于1983年的组诗《女人》共包含20首抒情诗。《独白》作为组诗的开篇，可以说是理解整个《女人》组诗的钥匙。

《独白》要表达的是以“自我”为中心的女人面对世界、面对男人、面对自我的一份独白。诗中的独白就是“我”作为一个女人的自白，但这首诗的张力却在于以独白之名既自设了一个自言自语的时空，同时却又隐含了一个“我”与“你”之间“我”说“你”听的对话场域，或者说是“我”这个“女人”说给“你”这个“男人”的一些自白。只不过，女性始终是游走于前景的“出场者”，男性始终是虚置于后台的“在场者”。所以“独白”既是女性在自我发现自我观赏中的狂想呓语，同时这种看似自说自话的独语却又自始至终暗含着一个倾听着的隐身“他者”或是沉默的对话者。这样，内心独白就不仅是一个女人单纯的孤芳自赏式的自恋，而是在与男性世界的共存共处、相爱相离中重新发现的女性自我。

全诗首句可谓惊艳开篇，“我”奠定了饱满强烈的女性主体意识和主观化视角，前三节以“我”“我是……”开头的自叙句式实际是对女性自我的追问与回答：我是谁？女人是谁？“狂想”二字，点明了全诗不同寻常的话语方式和抒情风格。诗人在“狂想”和“呓语”中进行自我审视和自我发现，并重新认识和定义了作为女人的“我”，将女性的诞生颇有气势地与宇宙洪荒的创世联系在一起。女人“被创造”和“被命名”的历史不但重新定义了女性的性别身份和女人的生命来源，而且再一次赋予男女性别以别样的价值与情感意义。

诗中大量的句子都是关于女性对自我身体、性情、价值、爱情的独白，充满主观感性的自白诗句如同一个女性在揽镜自照，带来一种独特的“镜像”效果。同时，一些极致性的修饰词汇似乎不仅“强化”了女人的身体，更“强化”了女人的精神，塑造出一个柔情似水却也充满刻骨爱恨，无畏大胆却又不乏痛苦激情的女人形象。第三节成为全诗情绪和语调的转折点，第四节是全诗情感的爆裂点，也是最具复杂性的爱情自白，女性的多愁善感与爱恨怨念交织在一起，自白式絮语转变为自白式愤叹，既是痛苦决绝的情绪放纵，又有矛盾极端的感性修辞，女性“惨败”的感情体验在诗人快意情仇的激烈抒情中，开始扭转抗争的方向。最后一节最终完成了这种抗争的转向，把女性的惨败困境和抗争化为更具自救精神和生命体悟的自我觉醒。

翟永明写出了女性情感的多面与生命流转的多向，也把女性经验形而下的身体思考与形而上的生命思考联系在一起，勾画了一幅女人从被男性诞生、命名到自我命名、抗争的速写图像。（李润霞）

▶ 翟永明《独白》
拓展阅读

甜蜜的复仇

夏　宇

把你的影子加点盐
腌起来
风干

老的时候
下酒

（选自张默、萧萧编：《新诗三百首（1917—1995）》，台北九歌出版社 1995 年版）

【导读】

自古以来，爱情都是令人可歌可泣、常写常新的题材。许多诗人常饱含深情、以冷静或甜蜜的笔调书写爱情的苦与乐，思索爱情带来的美好回忆或苦涩成长。夏宇的这首《甜蜜的复仇》与一般的爱情诗有所不同。全诗仅 19 个字，5 行，是一首标准的短诗，题目中“复仇”前加上的“甜蜜”二字传达出一种“自相矛盾”的多重深意，给人的感觉变得复杂难解，这首诗究竟是爱而不得继而发声呼喊的恨意袒露，还是某种爱人之间撒娇嬉戏的甜蜜文字游戏？总之，短短几行，不足 20 字的简洁凝练中暗含着强烈的爱恨情仇，却又表达得可触可感，丰富多义。

与诗题的有意矛盾相对应的是诗中的理性自嘲，令人惊骇的意象是令人称奇的情感表达，日常生活中颇具女性气息的厨房语词在这里焕发了别样的诗意，加点盐、腌起来、风干、下酒……以这样充满烟火气的世俗语言入诗，只因其始于“你的影子”所以才能超凡脱俗。处于爱情中的人，有时可能因着种种原因互相埋怨乃至分分合合，其间带给人千般滋味。诗人将相思之情表达得极端而新奇，待到“下酒”两字一出，所谓“复仇”之“仇”所包含的无限情愫与怅惘，也便尽在其中了。

夏宇以反抒情的诗歌语言和游戏式的智性思维划清了自己和一般“女诗人”的界限，诗意表达上有一种出其不意和令人惊骇的美感，甚至被认为是一种“后现代主义”的诗歌写作。（宋雨娟）

▶ 夏宇《甜蜜的复仇》
拓展阅读

美国妇女杂志

陆忆敏

从此窗望出去
你知道，应有尽有
无花的树下，你看看
那群生动的人

把头发绕上右鬓的
把头发披覆脸颊的
目光板直的，或讥诮的女士
你认认那群人，一个一个

谁曾经是我
谁是我的一天，一个秋天的日子
谁是我的一个春天和几个春天
谁？谁曾经是我

我们不时地倒向尘埃或奔来奔去
挟着词典，翻到死亡这一页
我们剪贴这个词，刺绣这个字眼
拆开它的九个笔画又装上

人们看着这场忙碌
看了几个世纪了
他们夸我们干得好，勇敢，镇定
他们就这样描述

你认认那群人
谁曾经是我
我站在你眼前
已洗手不干

（选自陆忆敏：《出梅入夏：陆忆敏诗集1981—2010》，北岳文艺出版社2015年版）

【导读】

陆忆敏的成名作《美国妇女杂志》写于1984年。其背景是20世纪80年代中期美国女诗人西尔维亚·普拉斯所挟带的痛苦的死亡书写风暴，恢复和建立了女性的主体意识。在这股潮流之下，陆忆敏写下了这首诗，以女性视角和诗性方式回答了“谁曾经是我”的自我追问。但是，陆忆敏不像普拉斯一样用“血”“骨头”“创口”“杀人”等心惊肉跳的刺激性字眼渲染死亡，而是将死亡放在一个令人比较能够接受的位置上，侧重表现死亡伤痛过后的理性和超然。《美国妇女杂志》表现了诗人在沉思死亡之后强烈的生命意识，显示了女性的自我意识。

全诗在形式上比较接近中国古典诗歌中的长短句，也就是词。诗歌行数、字数参差不一，段落划分比较随意，语言有较强的节奏感，能吟能诵。整首诗连续出现“你”“我”“我们”“他们”之间的语调转换，营造了一种节奏上的张力。从主题上看，诗作反映了诗人对待死亡的淡然态度。“我”是窗外人群中的一个，我们或屈从于世俗，或不甘心地同世俗斗争，最后都逃不过死亡这一关，这样的情况已经持续了几个世纪。在另一个群体“他们”看来，我们“干得好，勇敢，镇定”，但我却要“洗手不干”了。“我”要独立出来，不再忙碌于生死之间，不再徒劳地“拆解”“剪切”“刺绣”死亡，而是看透生死，超越这一切。怎样才能“洗手不干”，诗人并没有回答，但是读者可以感受到诗人对生存和死亡的冷静超然的态度。（张璐瑶）

▶ 陆忆敏《美国妇女杂志》
拓展阅读

女人（节选）

海　男

1

午夜，退潮的声音过去后
剩下你回避的目光
我在什么地方伤害了你，伤害了你
最红的那件衣服，最轻微的那歌曲

世界更加寂寞起来
我伤害了你的眼睛，再继续伤害脚趾
伤害了公路、田园，以及你的第一辆私车
像伤害你的婴儿和情侣
因为我是婴儿的母亲和情侣
世界更加孤单起来
我仍在伤害你在防波堤上高高的房屋
我的情人，我仍在增加力量
伤害你眼前的影子，活到明天的影子
静静的，从开始的第一个黑暗
拥抱你时就学会了要伤害你的嘴唇
噢，情人，你的嘴唇
是我看见过的堕落，比一个天使更加堕落

启示了我用一生的智慧
寻找机会去伤害你的声音
八月要结束了，九月的秋天
第一片树叶会令人恐怖
因此，我使用了武器或头发
用黑暗的咒语伤害你的面容
我听见手臂刚一伸出
钟声带来的夜晚，伤害你之后
我的牙齿出奇的洁白
整个下半夜，我在爱你，我要爱你

我爱你，在这难忘的八月
当我们看见了公路上的棺材和稻谷之后
死亡遥远的驱来之前
我说我爱你
我爱你，我爱你
在缤纷的黑暗降临之后
圣母拥抱着圣子，教堂正飘着树叶

通红的早晨
山冈上隐隐闪现的马匹和季节
我伤害你，我伤害了你
他们的目光是我们的祭奠之日
缓缓张开的双唇找到你后
我死之后，活起来之前
我伤害你后又努力裹着衣襟
赎罪的傍晚啊，我记不清的蜡烛呵
河流中的第十三根草叶
为什么看不见了
我们的住宅涌满了水的颜色
波浪的响声太迷人了
我仍然像昨天一样
集中力量，伤害你

我害怕见到的情人啊
我的嘴唇张开了
我的羞涩、眼睛，以及爱情
正伤害着你

2

郊外是皇帝从前建设殿宇的地方
无数的空间和缤纷的砖瓦
他们都死去了。死亡是那样无声
淹没了殿宇和草尖上的雪
如今，我们住在这样的房屋中
北京郊外，北京郊外正降临夏天

午夜，燕子们已经南迁，雨水已经南去
连一滴水也没有，一滴雨也缺乏
镜子中我们的绿衬衫啊，没有袖子
远在旷野的马匹，在哪里，我们的幸福
幻想却不会停止，它那放肆的鞭子
啊，诗歌在黑夜，牧神在眼底

死亡离镜子是那样近
房屋的倒塌啊，在农民们接近午夜的时辰
我们看见上帝
高贵，前程远大的帝国
在我们忧伤的手臂中沉没

往哪里去，遍地闪烁的金子
闪开后，我们看见河流
我那广大的诗歌和赞美
赞美者叙述我们被死亡抛弃的那一午后
你是谁，被帷幕挡住，被我看见

大地如此微薄
那张嘴，张开了饥饿，张开了美
收留了忧郁
上帝，上帝
像一个国家那样杰出，集中了智慧
在我们的国家里，夏天啊，水中的诗啊
眼前的桑园和丝绸
从一根女人的头发中，发现了谁
白昼和黑夜，用嘴喊醒了谁

镜子中我们的圣经呵
从绿衬衫中掏出来，捧在手中
没有听到碎片的声音
没有听到冬天积雪的音乐
这座花园除了我们，惟有我们

3

典型的南方人
激动起来，上帝，上帝
会不会丢下十字架，找回那部诗歌
爱人，爱人
你是看见我还是幻想我

除了你眼底忧郁的母语
我还知道什么？拂晓的鞭子呵
抽空了肋骨被我们慢慢珍藏的麦秸
躺下去，躺下去
帝王躺下去，英雄躺下去，诗人躺下去
我们就唱着、跳着、幻想着
　　不可企及的城堡呵、黑暗中的躯体啊

掬米时候的响声多么温柔
母亲多么像我，父亲多么像你
世界的欢乐，啊，欢乐压迫了我
北京郊外，北京郊外
这座农庄，消除了玫瑰的矛盾
辽阔的农庄啊，在我们的房屋中
却只有一滴血。爱人，起来

欢乐，欢乐，世界的欢乐
啊，欢乐让我死去

1988

（选自海男：《是什么在背后》，春风文艺出版社1997年版）

【导读】

在女性主义评论范畴内，海男的争议性表现在她的作品充满了神秘与巫性色彩。她以大胆前卫的风格和执着的女性主义写作态度行进在文学的路上，从20世纪80年代一直延续到现在，创作了80余部作品，形成了自己的写作体系和文学风格，诗作多表现乡村的神秘、都市的欲望，关注黑暗、孤独，富于地域色彩和神话元素。以《女人》命名的组诗是海男20世纪80年代中后期的作品，与舒婷的《致橡树》、翟永明的《女人》组诗等体现出鲜明女性意识的作品的表达方式不同，海男选取了一个特殊的角度呈现女性生命内部的冲突、搏斗与狂欢，揭示女人内心的缤纷多姿和错综复杂，集中表现了女性在两性情感世界中的激情、迷惘、彷徨和追寻的重任。

诗中的爱情不再是诗意和完美的体现，而是与死亡、伤害紧密相连。诗人描写与情人的相处时，用了10个“伤害”：“伤害了你”“伤害了你的眼睛”“再继续伤害脚趾”……抒情主人公被死亡的恐惧笼罩，穿梭于她对世界的追寻、思辨之中。她写到收获的八月，想到棺材和死亡，“死亡遥远的驱来之前/我说我爱你”；她写到郊外，想到那是皇帝死去的地方，“死亡是那样无声/淹没了殿宇和草尖上的雪”；她最后写到世界的欢乐，想到的是死去……这些诗句传达出诗人对世界的某种情绪，在追寻爱情的过程中无法冲淡对死亡的绝望。诗人在诗歌中肆意地表现爱和死亡，以致情感缺少节制。读者在被其气势震撼的同时，作品的主旋律和思想层次有时会被冲淡。（张璐瑶）

▶ 海男《女人》拓展阅读

黑色沙漠（节选）

——我的眼睛不由自主地流出黑夜 流出黑夜使我无家可归

唐亚平

黑夜　序诗

我的眼睛不由自主地流出黑夜
流出黑夜使我无家可归
在一片漆黑之中我成为夜游之神
夜雾中的光环蜂拥而至
那丰富而含混的色彩使我心领神会
所有色彩归宿于黑夜相安无事
游夜之神是凄惶的尤物
长着有肉垫的猫脚和蛇的躯体
怀着鬼鬼祟祟的幽默回避着鸡叫
我到底想干什么　我走进庞大的夜
我是想把自己变成有血有肉的影子
我是想似睡似醒地在一切影子里玩游

真是个尤物是个尤物是个尤物

我似乎披着黑纱煽起夜风
我是这样潇洒　轻松　飘飘荡荡
在夜晚一切都会成为虚幻的影子
甚至皮肤　血肉和骨骼都是黑色
莫名其妙莫名其妙　莫名其妙
天空和大海的影子成就了黑夜

黑色沼泽

傍晚是模糊不清的时刻
这蒙昧的天气最容易引起狗的怀疑
我总是疑神疑鬼我总是坐立不安
我披散长发飞扬黑夜的征服欲望
我的欲望是无边无际的漆黑
我长久地抚摸那最黑暗的地方
看那里成为黑色的漩涡
并且以漩涡的力量诱惑太阳和月亮
恐怖由此产生夜一样无处逃脱
那一夜我的隐秘在惊惶中暴露无遗
唯一的勇气诞生于沮丧
最后的胆量诞生于死亡
要么就放弃一切要么就占有一切
我非要走进黑色沼泽
我天生的多疑天生的轻信
我在出生之前就使母亲的预感痉挛
噩梦在今晚将透过薄冰
把回忆陷落并且淹没
我要淹没的东西已经淹没
只剩下一束古老的阳光没有征服
我的沉默堵塞了黑夜的喉咙

黑色洞穴

洞穴之黑暗笼罩昼夜
蝙蝠成群盘旋于拱壁
翅膀煽动阴森淫秽的魅力
女人在某一辉煌的瞬间隐入失明的宇宙
是谁伸出手来指引没有天空的出路
那支手瘦骨嶙峋
要把女性的浑圆捏成棱角
覆手为云翻手为雨
把女人拉出来
让她有眼睛有嘴唇
让她有洞穴
是谁伸出手来
扩展没有出路的天空
那只手瘦骨嶙峋
要把阳光聚于五指
在女人乳房上烙下烧焦的指纹
在女人的洞穴里浇铸钟乳石
转手为乾扭手为坤

黑色石头

找一个男人来折磨
长虎牙的美女在微笑
要跟踪自杀的脚印活下去
信心十足地走向绝望
虚无的土地和虚无的天空
要多伟大就有多伟大
死去的石头活着也是石头
无所恨无所爱
无所忠贞无所背叛
越是伤心越是痛快
让不可捉摸的意念操纵一切
毛烘烘的小鸟啄空了卑鄙的责任感
一个脑袋拒绝收容一个梦想
活动着的血液弥漫着灾难的气息
即使禁果已经熟透
不需要任何诱惑也会抢劫一空
这里到处是孕妇的面孔
蝴蝶斑跃跃欲飞
恶梦的神秘充满刺激
活着要痉挛一生

（选自《唐亚平诗集》，上海人民出版社2016年版）

【导读】

唐亚平的组诗《黑色沙漠》创作于1985年，有多个版本，初版包括11首诗，常被视为20世纪80年代女性主义诗歌的代表作之一。它与翟永明1984年的组诗《女人》共同为20世纪80年代的女性诗歌奠定了黑色意象群与女性意识的勾连模式。黑色与女性的关联并非20世纪80年代的创造，而是与中国原始文化的集体无意识之间存在一定关系，属于“坤—阴—水—黑”阴阳五行体系的当代延伸。

相较于翟永明，唐亚平的诗风更为主观、荒诞、孤绝，也更富于攻击性。《黑色洞穴》是这组以欲望为主题的诗中生殖隐喻最明显的一首，“性别”与“性”的思考成为一种书写自觉。在自然与身体的言说语境中，洞穴成为女性阴道的象征，它承载了男性与女性的身体交流，同时也是新生命临世的通道；既是欲望的中心，也是创造的源起，这就使得女性与性的表达带上了有如创世纪的生命意义。在诗歌中，身体交流的快感藉由蝙蝠振翼、辉煌黑暗交替等场景实体化；而神秘的“覆手为云翻手为雨”“转手为乾扭手为坤”的手，既左右了女性的身体和欲望，也如上帝造人一般将生气吹入，唤醒了女性的意识，使她意识到自己的棱角、伟大与力量，发现自己身上孕育的无尽可能。而觉醒之后的女人，对这只手的态度却又是复杂的，有眼睛明亮的欣喜，也有被操纵的不甘，一种反抗的意识在悄然酝酿。（薛媛元）

▶ 唐亚平《黑色沙漠》
拓展阅读

流　产

张　真

天光晃着晃着
你在那边美丽地形成
唯唯诺诺像一只小鸡
我的小鸡
你幸免灭顶之灾
不将存在的那根脐带
转而使我悲戚

在已臆想好的关系里
母与子
我与你
我已磨好了刀
血在天花板上喷出斑斓花纹
一双细足提捉着

那就是我的爱
你该是金黄色的
辉煌像一只鼎
但也难说你会是漆黑一片
把我的窗户涂没
谢天谢地
为这一次和解我要喝醉

那也是我的恨
我长久地内望子宫
你莫须有的存在
我艰辛地翻山越岭
在睡眠中与你竞走
最终是我得救

如今我为你招魂
用怎样一种语言
你跪伏我膝头聆听
而我没有任何寓言
你的母亲只有很多秘密
你就是其中一个

现在走在这葬仪的队首
我一身鲜红
为你而执一捧罂粟花如火
你的兄弟姐妹都会被告知
你是长子你先于一切
而且你比谁都美
因此我为你骄傲

回到家中一如既往
蹒跚在窗帘帷幔之间
我思念你不可知的形象
烛火弥漫你奇异的气味
你生来不属于我
出门前对着镜子整装时
却见到你与我同在

1986.3.24　北京

（选自张真：《梦中楼阁》，春风文艺出版社 1998 年版）

【导读】

张真最初学习朦胧诗，受舒婷、何其芳影响颇大。她自认诗歌风格是朗诵诗与年轻的、女性的内容之结合，有敏感、温暖等特征。《流产》创作于 1986 年，是“现代诗群体大展”时期的一首作品。张真以这首诗自觉地加入了 20 世纪 80 年代中期的女性主义诗歌写作大潮。流产是女性诗人在身体发现阶段经常选择的题材，唐亚平、赵琼、巫昂、翔翎等人都有过对它的书写，因为它是女性所独有的生命体验中最痛苦的一种，有分娩的痛楚却无新生的喜悦，反会将女性陷入刽子手般的罪恶感之中无法自拔。

本诗即记述了一位母亲在这种无法言说的痛苦之下产生的恍惚呓语，这些呓语中包含了母亲对已经破灭的未来无法控制的畅想，有对自己的无限谴责和心理凌迟，也有母亲与胎儿彼此交融的通感。流产决定于瞬息之间，而给予母亲的则是一生的阴影，脐带断裂的失落感无法消退，失去的孩子肉体即使消散，灵魂也永远会在母亲的子宫中、内心里、灵魂中占据一席之地，即使后来的孩子也无法弥补这种空虚，反而会与母亲一同停滞在这种阴影之下。杀子的罪恶感母亲将一生背负、无人分担，然而身为母亲的女性对这种痛苦和罪恶感却并非全然拒斥和厌恶，反倒会飞蛾扑火般地沉溺其中无法自拔，以维系与逝去的孩子虚幻的联系。这种悲哀的母性被张真以意识流般的魔幻笔法一唱三叹，书写得哀婉凄厉，女性隐秘的痛苦得到了刻骨铭心的凸显。（薛媛元）

▶ 张真《流产》
拓展阅读

初熟之祭

施　玮

我没有所罗门的智慧
你却将我栽在雅歌中
仿佛一颗秋麦，被不经意地抛下
百合花的香气，令我惊慌羞愧
你用一瞥回眸安顿我

歌声纷繁的羽翼
撩扰着这一刻的存在
你走向我所不能去的地方
背影，越离越远，我被吩咐留在这里
孤独地成长、结出子粒

必须信任你的承诺，信任
你去预备我们的婚床——
你就这样去了天上，我就这样呆在地下
当土壤碰痛脆弱的根须
不敢哭泣，更不敢唤你回来
为了那场婚礼，向下扎根，向上生长
拚命地成熟。直到有一天，可以举起新禾召唤你

你我间的语言，在秋收的日子发出声音
沉重、饱满的子粒们，一团团颤动在空中
向天，摇动——摇动——
这是古老的祭礼
哑口千年的情话，
在成熟的果实中哭泣

这是歌中的雅歌，天地都在我的歌声中无语
那金色的辉煌是你所喜悦的吗？
也许，你会痴立在收割后的麦地
看着齐齐的麦碴
体会，我等待嫁你的艰辛

2003 年 7 月 9 日

（选自施玮主编：《琴与炉》，中国广播电视出版社 2008 年版）

【导读】

《初熟之祭》创作于 2003 年，是施玮灵性组诗《歌中雅歌》5 首中的第 1 首。作为中国灵性诗人的代表，施玮诗歌创作的基础是《圣经》，因此她的诗中取自《圣经》的典故和意象非常密集。

组诗标题“歌中雅歌”寓示了爱情与信仰交融的主题，而本诗标题“初熟之祭”，本义为在初熟节（犹太教第一大节逾越节后的一个节日，基督教认为它预表了主的复活）奉上的供物，象征了人们对上帝丰富恩赐的感恩以及对上帝预言终将实现的盼望。诗中包含了“智慧之王所罗门最荣华时的穿戴还不如百合花一朵”（《马太福音》6 章 28—29 节，寓意众生平等、生命宝贵）、“一粒麦种只有死亡才能结出许多子粒”（《约翰福音》12 章 24—25 节，寓意人们要勇于为真理而死、经历痛苦的蜕变获得新生）、“童女等待自己的新郎”（《马太福音》25 章 1—13 节，寓意人们应时刻警醒预备）、“栽种有时，拔出所栽种的也有时”（《传道书》3 章 2 节，寓意万事都有定期）等四个典故。可以说，诗歌通篇使用《圣经》符号系统，使整首诗形成一个双关体，而在这双关体之外，又有麦子与新妇的映射，构成了三个隐喻层次。因此，被播下的麦种，既是爱情之种，

也是信仰之种；麦子成长的抽痛，既是女子等待爱人时的身体之痛和情感之殇，也是信徒成长中的灵性之痛；麦子对收割的期待，既是女性对爱情的忠贞，也是信徒对信仰的坚守。诗人没有回避这一漫长过程中的软弱与哀怨，但更令人动容的则是如同约伯一般对看不见的上帝和未来的坚贞信念。这种灵性与女性细腻情感的交融，加之信徒特有的谦卑和乐观，使施玮诗歌在人本主义思想膨胀的时代呈现出特殊的魅力。（薛媛元）

▶ 施玮《初熟之祭》
拓展阅读

我的姐妹们

蓝　蓝

"一个女人，"她说，"我的姐妹们
难道不是同一个？

你们苍白的嘴唇，被爱情
撑起的骄傲的乳房
你们被男人爱过的悲伤的大腿
种植了多少春天的树林？而那衰老
干瘪的胸腹里，岁月的河流正通过沉沉黄昏

当孩子长大，男人们也离开
你们向着死亡和深夜行走
当年轻的白杨腰肢弯成朽木
你们在伤害和宽恕中将爱完成。

啊，娇嫩的嘴唇，黄金的皮肤！
愿你们诅咒那石头里的永生——
和一个从未松开的怀抱相比，碑上的铭文
难道不比头发间的泥土更黑、更冰冷？"

（选自蓝蓝：《从这里，到这里》，河南文艺出版社2010年版）

【导读】

蓝蓝的诗歌通常充满温暖和博爱，但《我的姐妹们》却是一个特例。这首诗通篇均为女性的愤懑控诉。开篇处的"她"是泛指，与"我的姐妹们"一样，都是全体女性的化身。因此，此诗是以代言者的身份替同命运的女性发声。这一点在之后"我的姐妹们/难道不是同一个？"一句中得到了佐证。诗中大胆使用了嘴唇、乳房、大腿、胸腹等身体意象，概括了女性一生在岁月的流逝和男权的压榨下逐步失却青春美丽、走向迟暮的悲剧历程。女性的牺牲成就了孩子与男人，得到的回报却只是道德墓碑和贞节牌坊上无关痛痒的颂词。而给予女人伤害的是爱的享受者，而付出宽恕的永远是爱的给予者。但随着女性的觉醒，她们意识到"娇嫩的嘴唇，黄金的皮肤"的可贵，开始渴求"从未松开的怀抱"所蕴含的真正的关切与尊重，于是发出了对传统道德枷锁的反诘。

这首诗与舒婷的《神女峰》、傅天琳的《疏勒河》等可形成互文关系。比起舒婷与傅天琳的谨慎与节制，蓝蓝诗作中的控诉与反抗要更为勇敢和彻底。（薛媛元）

▶ 蓝蓝《我的姐妹们》
拓展阅读

妻　母

颜艾琳

以你，更强大的爱
把我囚禁起来
否则我会太自由，
太狂野，像
一只母暴龙。
不爱你的温柔、
破坏你给我的巢穴

在你的世界，我将统驭你
在我们的世界，我是君主。
强大的母性自私自利
有名字的　都是我的孩子；

老的少的强的弱的病的残的美的丑的
一切皈依在我眼里——
无限慈爱的凶光　和
巨大如穹苍的乳房。

你说　你有力量解脱我，
以伦理的爱驯我为妻子。
但不仅如此
我还是你亦君亦母的守护者，
在你生命的牢里。

你已经太晚壮大，
而我早松开了道德的铁铐，
败坏成庞然巨兽，
索性
躺平为　生死的土地，
完全包容你、
并放肆地
生殖众生。

二〇〇〇、二、一三初稿
二〇〇〇、六、一一定稿

（选自颜艾琳：《她方》，台北联经出版事业股份有限公司 2004 年版）

【导读】

颜艾琳是女性意识和性别话语表达颇具辨识度的一位台湾新生代女诗人，诗风在前卫、现代与抒情之间游走。《妻母》一诗是对女性在婚恋生活中妻子、母亲身份的自我诠释，把婚姻中女性和男性的职责、地位、关系等通过直白大胆的语言作了个人化与经验性的角色定位，但此诗并非是对婚恋观的决绝挑战，而是作为现代女性在接受婚姻生活时重新回归妻母传统角色的告白。

全诗并未对女性身份中的妻母选择进行否定，相反，对这两种角色的坦然认同始自开篇的凌厉之语，东奔西突的自由女性如果缺失强大的爱，可能会成为“狂野的母暴龙”。“囚禁”二字很容易让人误解，但其内涵却是“真爱的包围”，女性不再想狂野不再想做母暴龙，而是想做与母暴龙相对的被爱包围的女人：妻与母。诗中关于相爱男女中的妻与母是一种霸气和强悍的接受和认同——既是伦理爱中的妻子，亦是君王般的母者。换句话说，由于母性与母者身份的强大与包容众生，妻子之职更多地转化为亦君亦母的男性守护者，甚至生命的守护者。对于女性意识在诗学意义上和生活层面上的冲突与调和，颜艾琳的夫子自道中有着明确的立场：“男女平等、女性自觉、新好男人、自我觉醒这些口号喊起来容易，但台面上的性别主义标的人物，很多人皆失败在最平凡的婚姻生活，或连恋爱也谈得乱七八糟；这样的性别自觉是在伤人自残，我宁可不要。”全诗的思想霸气还体现在语言的霸气与尖锐上，她有意扭转、放弃一些正面、肯定性的软性语词，而使用“囚禁”“自私自利”“凶光”“败坏”等反义和否定性表达，对女性母者身份的确认和放大呈现出一种陌生化的震惊效果，表现了新一代女诗人在女性写作上的风格创新。（李润霞）

▶ 颜艾琳《妻母》
拓展阅读

阿尔莫多瓦：《高跟鞋》

周　瓒

奇异地相似，两个女人，被称为母女俩
她们爱恨交织的一生，互为成长的镜像
把生之虚妄推向令人绝望的时刻、需要
忍受的时刻：但谁在制造这人生的空洞

譬如说高跟鞋敲击街道，从地下室窗内
窥听者，迭化出女歌星那张迷人的脸庞
弥散异装癖的虚假笑容。哦我所理解的
后现代神话，慢慢张开它吞噬温情的嘴

母爱、成长中必然的谎言，似乎在警告
看客们：关于来自古老寓言的洞穴神话
光从何处来？眼睛被怎样的黑暗所左右

而整个故事都在坦白地说着，以那一种
父亲的口吻：把她卖给我！由我处理她
于是她的此生堕入了憎恨和复仇的渔网

（选自周瓒：《哪吒的另一重生活》，广西人民出版社 2017 年版）

【导读】

《阿尔莫多瓦：〈高跟鞋〉》是《影片精读十四行组诗》中的一首，该组诗写于诗人选修北京大学戴锦华教授“电影精读”课期间，每首诗都是一部电影的观后感。诗人所选的电影大部分带有女性主义色彩，曾被戴锦华从性别角度进行过影片解读。

《高跟鞋》（又译《情迷高跟鞋》）是西班牙导演佩德罗·阿莫多瓦的电影作品，影片讲述了少女丽贝卡对母亲贝姬的憧憬与嫉恨，以及由此衍生出的仇杀和救赎的故事。自1991年电影上映以来，影评家们从女性、亲情、成长、俄狄浦斯情结等不同角度，对该电影作出了解读。周瓒的着眼点则越过了影片中的几位主要角色，停驻于一个缺位的人物——丽贝卡的父亲身上，对影片触及的女性问题之社会成因进行了更为深刻的探索。

诗歌第一节就提出问题：“谁在制造这人生的空洞”？第三节再次反复追问一切悲剧的传统根由以及悲剧累积的过程：敏感的少女陷入俄狄浦斯而非厄勒克拉塔情结，本身就标示了父亲的失职。父爱缺失，母亲在替代父亲角色的同时，无法胜任母亲这一角色，温情失却之后，既要承担女儿的依恋也要承担她的仇视。而在父权社会之中，母亲永远无法真正起到父亲的作用，间接导致女儿无法收获真正的爱情。女儿扭曲一切的根源，是父亲的缺席及其挥之不去的阴影，而最终救赎的完成乃是因为母亲的归位。诗情积蓄到最后一节，完成了愤怒的爆发，强化了对父权的控诉。作品以诗评影，思路新颖；形式上采用了十四行诗体式，严整典雅；内在逻辑完整严谨，意象选择准确而富有概括力，信息量大；语言节制，具有学院派诗人理性与感性相融的特征。（薛媛元）

▶ 周瓒《阿尔莫多瓦：〈高跟鞋〉》拓展阅读

钉

郑小琼

有多少爱，有多少疼，多少枚铁钉
把我钉在机台，图纸，订单，
早晨的露水，中午的血液

需要一枚铁钉，把加班，职业病
和莫名的忧伤钉起，把打工者的日子
钉在楼群，摊开一个时代的幸与不幸

有多少暗淡灯火中闪动的疲倦的影子
多少赢弱、瘦小的打工妹在麻木中的笑意
她们的爱与回忆像绿阴下苔藓，安静而脆弱

多少沉默的钉子穿越她们从容的肉体
她们年龄里流淌的善良与纯净，隔着利润，欠薪
劳动法，乡愁与一场不明所以的爱情

淡蓝色的流水线上悬垂着的卡座
一枚枚疼痛的钉子，停留的片刻
窗外，秋天正过，有人正靠着它活着

（选自《郑小琼诗选》，花城出版社2008年版）

【导读】

这首诗的灵感来源于郑小琼在五金厂打工的真实体验与感触。在喧闹的都市、巨大的厂房、长长的流水线和轰鸣的机械面前，位于工业文明最底层的打工妹身影格外渺小。工业时代的宏观命题与她们无关，她们的身份资格注定只能接触流水线上的铁钉，命运也如铁钉。

“钉”是一种象征，它具有两重内涵，第一层是名词“铁钉”，暗示了现代都市钢铁般的冷漠、机械时代的獠牙与来自男性文明赤裸欲望的威胁；第二层是动词“钉入”，可引发侵略、牺牲、流血、痛苦等联想。在机械逐渐取代人工的时代，打工妹的价值在逐步被机械、钢铁所侵害剥离，她们如生产线上的铁钉毫无自由、任人摆弄，没有忧伤、病痛的权利，承受着欠薪、加班等压榨。然而铁钉之无情冷硬与打工妹的柔美鲜活又形成鲜明的对比，她们的美丽、善良、爱情、希望、乡愁、记忆都是鲜活的，依然在残酷的间隙悄然绽放，虽然绽放得岌岌可危、无人关注，甚至随时会被碾压粉碎。

诗歌中的“幸与不幸”构成了一对冲突。幸的是时代，打工者的牺牲成就了经济的腾飞

与资本的积累；而不幸的是打工妹，她们的生命价值、理想希望像钉子一样卑微，被淹没于物质的汪洋之中默默无闻。但生活的压力又让她们无力摆脱这种命运，只能任由自己被钉在生产线上。全诗对打工妹的处境给予了真实深刻的书写，也充满了对她们命运的同情与悲悯，同时还包含了隐秘的希望：钉痕中流出的鲜血意味着救赎与重生，这些流水线中挣扎生存的打工妹们，有没有可能拥有属于她们的新生？（薛媛元）

▶ 郑小琼《钉》
拓展阅读

散　　文

女性散文创作简介

女性的散文写作自古有之，但长期以来极少为人关注。事实上，许多女作家正是借助这一文体的写作实践，在历史的长河中留下了自己的生命印痕。

一

中国古代散文的文体界定较为复杂。清代古文家姚鼐《古文辞类纂》将古文文体总括为13类：论辩、序跋、奏议、书说、赠序、诏令、传状、碑志、杂记、箴铭、颂赞、辞赋、哀祭，这种分类方法兼顾题材与体裁，既有写作内容的要求，又有体例的规范，古代女性散文创作遵循了这些文体分类。

从现有的文献看，古代女性散文现存数量最多的是赋、序跋和书简。西汉班婕妤的《自悼赋》是现存最早的成熟的女性散文作品，继承了骚体赋抒发人生失意这一主题，开启了女性抒情小赋自伤自怜的抒情传统。东汉班昭的《东征赋》是东汉纪行类抒情小赋的典范作品，被后世视为东汉述行赋的创体之作，为女性在散文史上赢得了一席之地。明后期沈宜修是有明一代赋作成就最高的女性作家。

明前序跋较少，李清照的《金石录后序》最为著名，其语言骈散相间、流畅古雅，风格平易自然，体现了作者磊落不凡的个性特点，既是宋代杰出的散文代表作之一，也是古代女性作者中最优秀的散文代表作之一。元代郑允端有《肃雍集》，前有郑氏题词，是女性文集自序的开始。自明代始，随着女性作者和女性文集的增多，各种序作翕然而生，自序、他序不一而足，而序跋之作清代又多于明季，仅胡文楷、王秀琴编订的《历代名媛文苑简编》即收录清代女性序作48篇。这也是明清两季女性文学创作进入自觉的表现。

女性书简是特别具有性别特点的一类散文文体。胡文楷、王秀琴编订的另一部《历代名媛书简》收录书、启、寄等290篇。最早的女性书简作者是东汉班昭、徐淑等，尤以徐淑的《答夫秦嘉书》为著。徐淑生平家世不详，因两封书简得以因文存人，二书简也被后世奉为夫妇鹣鲽情深的典范文本。明末至清季，以女性身份从事文学创作、结社翕然成风，她们之间的书信往来也十分频繁，这些书信既记录了她们的文学活动、闺中友情，也为她们提供了展示自己文学才华和人生况味的绝佳载体。

除了以上几种文类外，古代女性散文创作尚有一定数量的论、记、传、颂、赞、祭文、诔等文类，也有不少的经典作品。西晋左棻对表、赞、诔、赋等文体掌握得十分娴熟，她的《元皇后诔》《万年公主诔》文体规范，文笔典雅，洋洋千言，皇皇巨著，能够代表此类文体的创作水平。李清照的《论词》在词学理论史上的意义也十分重要，她对词史的梳理，对词的音乐性及文体特点的强调，以及词“别是一家”的理论判断，具有正本清源的意义。明徐德英存文14篇，其中政论文和史论文就有13篇，被誉为“巾帼中之吴兢、刘知几矣”。

清代女性之文，在文体选择上与前代并无大异，仍以赋、序、传、论、书信、杂记等为主，但在内容和风格上，则又因时、因人而异。如明末清初之柳如是，因其身处明清异代的大变局中，而又有传奇之经历，具备异禀之天赋，故其无论诗、词、文，皆能超越流俗，成一时之冠。其尺牍，格调清雅，情味悠长，“有六朝江鲍遗风”（《神释堂诗话》）；其赋，如《秋思赋》《男洛神赋》等，规模汉魏，或拟或反，无不敷陈博丽，婉恻弥深，深得骚人之致。

顺、康以后，社会渐趋稳定而闺防日谨，女性再不能如柳如是般在社会上随意出入。其时，作家多出身于仕宦之族或是文化世家，受其身份以及所接受的教育的影响，文风渐趋保守，创作内容亦多回归到家庭框架之内。其祭人、记传之文如高景芳之《祭母夫人文》、徐叶昭之《夫子鹤汀先生述》、王照圆之《记从表妹林氏遗事》等，书信应答之文如贺双卿之《与舅氏书》、甘立媃之《慰次女书》，沈彩之《与汪映辉夫人论诗书》等，序跋之文如骆绮兰之《听秋轩闺中同人集诗序》、曹贞秀之《从妹琼娟诗序》、王贞仪之《周夫人诗集序》等，杂记之文如张令仪之《蠹窗小记》、梁德绳之《乙未纪事》、赵棻之《先司农椰子数珠记》等，虽文体各异，但几乎无不以家庭为核心而展开。

这些文字，在向外界展现闺房生活不同的文化侧面的同时，也反映出了既有的社会角色定位对于女性的种种限制。由于无法参与社会政治生活，同时又受到自身阅历的限制，女作家很难写出那种真正的“宏深博雅”的“古文”，即使偶尔写出《介之推不受禄》（陈尔士）这类史论文章，其论点也不大可能脱出“君贤臣忠”之类的俗套。于是，既能“铺采摛华”又能“兼比兴之义”的赋，便成为不少女作家在诗、词之外驰骋才情、寄托遐思的文体选择。赋体之文，虽然容易受到题目的牵制，但因其重点本在铺陈比事、引喻推类，故使得作者可以利用真“知识”来弥补生活经验的不足；又因其允许在一定程度上进行虚构，故而为作者借助虚拟的情境表达个人深隐的情感创造了条件。如高景芳的《美人临镜赋》便是通过对一个虚构的华贵美人的描写，表现了闺阁生活中的一段“绮思”。又如程芙亭的《贾宝玉祭芙蓉女儿赋》《林黛玉葬花赋》，借助对小说情节的敷衍，表达了一种生命无凭、真情难久的幽怨。虽然这种绮思或是幽怨本身亦可能是“为文而文”，但至少可以使女作家暂时性地摆脱其道德身份。在清代女性的诸体文学创作中，除诗、词之外，以赋体文学成就为高，这之中不是没有道理的。

同、光以后，民智日开，女性散文亦出现了一些新的变化。其中最为突出的一点，便是世界意识、国家意识和女权意识开始兴起。譬如裘凌仙以一女子之身，先后作《海参崴形势考》《重申海参崴形势说》，反复申论东部边疆之国际形势，薛绍徽作《外国列女传序》《八十日环游记序》，在传统的知识框架内对东西世界作出想象和描述，骆树英作《女主治国论》《弥勒约翰倡女权论》《论女子装饰之害》倡男女平等之说，此皆为以往的女性散文中不曾有者。这些文章，虽然在形式上还带着很多传统论说文的痕迹，但在思想上则已可与女性散文下一阶段的发展相衔接了。

二

戊戌维新至民国时期，蓬勃发展的报刊杂志促使“报章体”大行其道，加之梁启超倡导的“文界革命”大力推崇“欧西文思”、通俗浅白、俚语入文，女性的散文写作在“论说”方面卓有成绩，诞生了“女性政论文创作群体”（郭延礼语）。在清末民初女权思想日盛、女学渐兴的形势下，陈撷芬、何震、秋瑾、何香凝、吕碧城、胡彬夏、燕斌、唐群英、张昭汉等女界精英宣传女权、倡导女学的政论文创作，开一时之风气。吕碧城在天津《大公报》上发表《论提倡女学之宗旨》《教育为立国之本》《兴女学议》等一系列文章鼓动女学，产生了相当大的社会影响。秋瑾尤为注重通过白话创作启蒙妇女大众，她的《敬告中国二万万女同胞》《敬告姊妹们》等文以唤醒女子争得男女平权为宗旨，思想进步、艺术精湛，在清末白话散文创作中堪称典范，被载入文学史册。

民国政府成立初期，大量兴起的妇女报刊杂志承袭清末女界政论之风，广设“论说”“论著”等专栏。教育部制定的中小学教学大纲把“国文习作”作为学生必修之课，女子中学、女子师范学校自办校刊校报，这些报刊为在校女学生的论辩性散文习作提供了发表的园地。在多方面因素的推动下，半文半白的散文逐渐取代了文言文。

早期现代女作家散文写作的抒情色彩，更多地体现在生活随感与游记类创作之中。古代女子少有出外畅游的条件，游记创作必然受限。19 世纪末 20 世纪初，随着中外交流日益增多，部分女性获得旅外的机会，打开了女子通向外部世界的视野。她们创作的游记既是历史的记录，也是文学写作的一种尝试。比如，19 世纪末单士厘借外交官夫人的身份先后到日本和欧洲居住和学习，她出版于 1903 年的《癸卯旅行记》写下了居日、旅俄见闻，是迄今所知最早的一部中国女子出国游记。此后，单士厘又写有《归潜记》，记述在英、法、德、荷、意等国的游历。这些作品问世于中西文化激烈碰撞的特定历史时期，为清末民初的女性游记散文增加了国外记游的视角，具有特殊的史料价值和文学价值。

杂记、传记、自传是与游记并列的传统记传类散文文体，出自女性之手的这些记传类作品散见于各大报刊杂志的“杂文”“杂说”“文苑”等栏目中。其中的记人、记事之作，以反映女性在家庭和学校的日常生活者居多。与清末大量出现的外国女杰为国捐躯的传记相比，这些作品的题材没有那么重大，但仍在一定程度上显示了与五四女性散文之间的转承暗合。此类文章篇幅不长，大多来自女学生的习作，普遍以接受新学教育的女子学校生活为记叙对象，表现她们的人生体验和社会经历。这样的写作摒弃了旧时代的闺阁之言，敞开了女子的社会生活空间。新文化运动发生前的五六年，时代话语已由晚清的革命中心转向现代文化的建构，女权概念在女性“文苑”和“习作”中不时出现，体现了与清末女权思想一脉相承的女性意识不断觉醒与深化。女性创作在运用白话的实践中日臻成熟，现代女性散文的雏形由此生成。

行至五四，新文学倡导者们借鉴西方文学理论，确立了文学的四大体裁。傅斯年在《怎样做白话文》一文中说："散文在文学上，没甚高的位置，不比小说，诗歌，戏剧。但是日用必需，整年到头的做他：小则一篇文，大则做一部书，都是他。所以他的做法的研究，虽然是比较的容易，可也是比较的要紧哩。"一方面，取材于日常生活的文体偏好，加上"白话入文"的时代要求，方便了女性的散文创作；另一方面，当时广泛使用的"美文""絮语""小品文"等概念，强调了现代散文闲适冲淡、文字优美、篇幅短小等审美特质，也极易得到具有新思想、接受新式教育的女性写作群体的呼应。

1917年，留学美国的陈衡哲在《留美学生季报》上发表白话文《一日》，写的是美国女子大学新生在寄宿学校一天中琐屑的生活。该文因为"无结构，亦无目的，所以只能算是一种白描，不能算为小说"（陈衡哲《一日》"前言"）。全篇以人物对话构成，有人物而无性格，的确不符合现代小说的特点，或可称之为现代女性白话散文的开篇之作。与清末民初至五四的"女性政论文创作群体"相比，五四以后女作者的职业身份更为多样化。前者多为呼吁女权的政治家、致力于女学的教育家以及从事翻译、办报、报刊主笔的知识女性；而后者则既有陈衡哲、苏雪林、冯沅君、陆晶清等高校教师，冰心、庐隐、石评梅、丁玲、谢冰莹、白朗、杨刚等准职业化作家，也有张爱玲、萧红等自由作家，还有陈学昭、苏青、梅娘、赵清阁等办刊人或报刊主笔人。她们的创作均涉及小说、诗歌、戏剧及散文等多种文体，几乎不曾专门从事散文创作。

五四以后女作家散文在文体特征上与当时的新文学主潮一致，即认同现代散文标准，以"纯文学"和"杂文学"对新、旧散文加以区分。古典文章被认为是"杂文学"，现代散文的本质则应是"纯文学"。这意味着，"新文学"剔除了古代散文中的非文学部分（政论文被排除便是典型的例证）。书信、日记、报告文学等文类则因可以展示"文学性"和"真实性"而仍被保留在广义的散文范畴中。于是，包括女性之作在内的现代散文成为发现"个人"、表达现代人情感的载体。

20世纪20年代是现代女性散文的萌发阶段。冰心、石评梅、陆晶清、苏雪林等人的散文作品均有一定的名气，而创作量最为丰富者为陈学昭。她有《倦旅》《寸草心》《烟霞伴侣》《如梦》《忆巴黎》等散文集出版。此时的女性散文抒情色彩浓郁，总体上呈现"美文"风格。冰心的《笑》及连载的《寄小读者》系列，表达了对于"爱的哲学"的探讨和追寻；庐隐、石评梅的散文以自我苦涩、悲凉的情感体验为书写中心，弥漫着悲剧意蕴，彰显了五四文学的"立人"诉求。

30年代出现了一大批女性散文专集，如陆晶清的《素笺》、石评梅的《偶然草》、萧红的《商市街》、袁昌英的《山居散墨》、苏雪林的《青鸟集》、杨刚的《沸腾的梦》、罗洪的《流浪的一年》等。此外，还有大量的女作家将小说与散文合集出版，散见于报刊杂志的作品更是不计其数。除了以抒情、叙事为主体的散文创作外，写实性作品丰富了女性散文的创作类型，例如：《庐隐自传》、谢冰莹的《一个女兵的自传》等自传体写作，庐隐与李唯建的《云鸥情书集》、白薇与杨骚的《昨夜》等书信写作，谢冰莹的《新从军日记》等日记体写作，胡兰畦的《在德国女牢中》等报告文学写作，陈衡哲的《川行琐记》、陈学昭的《陕北访问记》、王莹的《长征拾掇》等通讯特写写作。这些纪实性文体更有利于透视人物的精神世界。她们以自我的成长为素材，展示了自己的人生历程，包括其出身、求学、恋爱、结婚、育儿、谋职，也包括她们对情感、道德和社会的体验、认知和评价。五四新文化孕育出来的追求独立、自由和平等的一个个鲜活的现代女性形象展现在散文作品的画廊中。

40年代，由于国统区、沦陷区和解放区多种政治环境、文化形态并存，女性的散文写作呈现出多种精神指向。在上海沦陷区，张爱玲的散文集《流言》和苏青的散文集《浣锦集》同年出版。她们关注妇女的生存现实，探讨两性差异与平等问题，散文的思辨色彩浓郁，颇具清末知识女性热衷于妇女问题的遗风。在武汉、成都、长沙、重庆一带的抗战大后方，各地聚集而来的女作家出版的散文集主要有冰心的《关于女人》，以"男士"署名，叙写了14名女性，字里行间充满了对女性的爱和幽默。萧红的《回忆鲁迅先生》从日常生活的视角，展现了鲁迅为父、为夫鲜为人知的另一面。白朗的散文集《西行散记》记述了自己从上海一路西行到达延安的过程。丁玲在解放区创作了散文名篇《三八节有感》《风雨中忆萧红》，此外她还有散文特写集《陕北风光》等作品，表现了对陕北革命根据地的热爱。从她们的创作中可以看到，当民族国家陷入危亡时刻，知识女性一方面戎装上阵，将自己的热血和生命投入到民族国家的解放斗争中，一方面在创作中思考国家的未来和民族的命运。以丁玲为代表的知识女性，正是在投身社会革命中完成了从个人主义向集体主义的思想转变，女性的散文创作随之表现出强烈的历史责任感，拓宽了散文创作的社会空间。(刘钊)

三

20世纪40年代后期，随着国内战争的结束和国民党的溃败迁台，作家们或南渡北归或向台港和海外迁移，随后至少在中国大陆和港澳台地区的文学空间里，各自发展出迥然有别的创作格局。

在中国大陆，随着中华人民共和国的建立和社会主义建设高潮的来临，妇女在政治、经济、社会地位方面虽然发生了前所未有的巨大变化，但由于当时全社会处于“以阶级斗争为纲”的年代，在近30年间，“人性”主题、自我表现、“儿女情，家务事”等为女性所擅长的散文创作十分冷僻，仅有冰心、宗璞、菡子、黄宗英等为数不多的女作家创作了《樱花赞》《西湖漫笔》《小丫扛大旗》等散文和报告文学名篇，文笔不脱女性特有的温情和细致气息。1978年新时期开始，在文学春风的吹拂下散文得以蓬勃复苏，作家作品层出不穷，出版物数不胜数，而女性散文则以“四代同堂”的写作盛景持续了十数年之久，出现了从古至今文学史上难得一见的女性创作现象。

女性散文宿将及其创作以冰心的《记事珠》、杨绛的《干校六记》《将饮茶》《杂忆与杂写》、丁玲的《“牛棚”小品》、梅志的《胡风沉冤录》、韦君宜的《思痛录》等为代表。这些写作以创伤和回忆渗透世纪的历史沧桑，具有极高的史料价值和深厚的文化意味；与此同时，她们的创作洗尽铅华，返璞归真，达到了很高的散文美学境界。稍年轻些的宗璞、张洁、丁宁、菡子、新凤霞、叶文玲等的散文侧重于表现生活美、自然美、人情美，面对苦痛保持端庄、浪漫与理想主义。相应的，她们的散文以情见长，文采斐然，意境清雅，多可归为传统的女性抒情美学一脉。然而不久之后，张洁的《世界上最疼我的那个人去了》以鲜明的性别意识叙写母女间富有女性内涵的特殊亲情，令人耳目一新，意味着女性主义思潮带来女性散文写作的别开生面。

女性主义思潮与现代主义文艺思潮的融合，为90年代女性散文创出新格局提供了理论资源和表现手法上的启示。以“知青”一代女作家为主的散文群体，包括铁凝、张抗抗、韩小蕙、唐敏、苏叶、叶梦、王英琦、张爱华、斯妤、马丽华等，其散文主题、题材、情感表现方式，与她们在特定时代的独特体验密切相关。由于“身份意识”涵容着社会身份与性别身份，因此，她们的散文一方面急切地要在主流文学书写中证明自己的社会角色；另一方面又敏感于性别在日常生活和政治中的复杂和暧昧。分裂、紧张、焦虑构成了这一散文群体的创作者彼时的共同面相，女性想象成为这批散文家迎风高扬的醒目旗帜。

90年代中后期，商业文化的兴起使散文创作走向多元。“小女人散文”的活跃，是都市文化与大众文化的产物；受过良好的高等教育、文化视野趋于开阔的大陆女性散文作者开始与港澳台都市女性散文家并肩同行。大陆出版业为女性散文推波助澜，“90年代女性散文11家”“风头正健才女丛书”“红辣椒女性文丛”“都市女性随笔（两种）”“她们文学丛书·散文卷”“野蔷薇文丛”“金蜘蛛文丛”等一系列散文丛书的涌现，既是对女性散文经历的一个黄金时代的总结，也预告了这一写作盛景的退潮。进入21世纪后，女性散文作者中的章诒和、李银河、残雪、周晓枫、王小妮、潘向黎、李娟、毛尖、梁鸿等人，不成群体，不守陈规，文体自由，在题材领域以及写作风貌上各成一家。

台湾女性散文方面，20世纪下半叶以来经历了如下发展阶段：50年代“闺秀散文”盛极一时。此类散文以母性的柔美、强韧为特征，以日常生活为内容，以婉约、柔美、清丽的抒情为格调。代表性作家有苏雪林、琦君、林海音、张秀亚、罗兰、徐钟佩、钟梅音和艾雯等。60、70年代，台湾散文既有林文月、张晓风、李黎、陈幸蕙、喻丽清、吕大明等以承继中国诗学传统见长的散文家，也有如三毛、席慕蓉、杏林子等因其各自独特的人生阅历和行文表达而广受大众喜爱的散文家，同时女性散文写作中的乡土题材和“乡愁”情怀也越发引人注目。20世纪最后20年，后现代文化与女性主义理论强势撞击，中国古典文学传统、五四新文学传统与台湾写实传统同生共存，由生活、旅行、知识、传记、成长回忆、读书札记等构成的散文世界，文体花样翻新，佳作迭出。周芬伶、简媜、钟文音、柯裕棻、钟怡雯、苏伟贞等女作家的散文，几乎构成了台湾散文的半壁江山。

港澳的女性散文创作随着20世纪70年代的经济腾飞而由冷变热。尤其是香港所经历的殖民统治时代、冷战年代、国际金融中心形成以及空间的边缘化等，酿造出都市女性散文这一有别于同期大陆女性散文和台湾女性散文的文学风景。香港的女性散文多以报刊专栏为谈天说地的园地，以都市各种女性生存话题为内容，篇幅短小，内容无所不涉，雅俗共赏。小思、西西、钟玲玲、钟晓阳、胡晴舫、胡燕青、李碧华、亦舒、邓小桦、吴煦斌、黄碧云、钟玲、林中英（澳门）等女作家，多为文学的多面手，其作品颇为内地读者熟悉和喜爱。

随着香港、澳门的回归以及大陆与台湾的文化交流越来越频繁，随着互联网的飞速发展，21世纪以来，原在各自区域发展的女性散文主题、文体风格乃至语言修辞等开始互相影响、互相呼应。杨绛的《我们仨》《走在人生边上》等自传体散文，章诒和的《往事并不如烟》《伶人往事》，齐邦媛的《巨流河》等历史散文以及梁鸿的《中国在梁庄》等非虚构叙事散文，在华人世界引发阅读热潮。史诗般的文体架构、真实的人物故事、关注现实又重返历史的探求、文学笔法与史料征引的结合等，使这批作品成为21世纪散文中优秀的鸿篇巨著。（吕若涵）

自悼赋

〔西汉〕班婕妤

承祖考之遗德兮，何性命之淑灵。登薄躯于宫阙兮，充下陈于后庭。蒙圣皇之渥惠兮，当日月之盛明。扬光烈之翕赫兮，奉隆宠于增成。既过幸于非位兮，窃庶几乎嘉时。每寤寐而累息兮，申佩离以自思。陈女图以镜鉴兮，顾女史而问诗。悲晨妇之作戒兮，哀褒阎之为邮。美皇英之女虞兮，荣任姒之母周。虽愚陋其靡及兮，敢舍心而忘兹。

历年岁而悼惧兮，闵蕃华之不滋。痛阳禄与柘馆兮，仍襁褓而离灾。岂妾人之殃咎兮，将天命之不可求。白日忽已移光兮，遂晻莫而昧幽。犹被覆载之厚德兮，不废捐于罪邮。奉共养于东宫兮，托长信之末流。共洒扫于帷幄兮，永终死以为期。愿归骨于山足兮，依松柏之余休。

重曰：潜玄宫兮幽以清，应门闭兮禁闼扃。华殿尘兮玉阶落，中庭萋兮绿草生。广室阴兮帷幄暗，房栊虚兮风泠泠。感帷裳兮发红罗，纷綷縩兮纨素声。神眇眇兮密靓处，君不御兮谁为荣。俯视兮丹墀，思君兮履綦。仰视兮云屋，双涕兮横流。顾左右兮和颜，酌羽觞兮销忧。惟人生兮一世，忽一过兮若浮。已独享兮高明，处生民兮极休。勉虞精兮极乐，与福禄兮无期。绿衣兮白华，自古兮有之。

（选自〔宋〕郑樵《通志》卷十九，文渊阁四库全书影印本）

【导读】

班婕妤的这篇《自悼赋》写于她独居长信宫之后。从文学史的角度看，这是现存第一篇成熟的女性散文作品，从文体上看，属骚体赋。西汉骚体赋因屈原《离骚》而得名，继承了楚辞的抒情性、铺陈的表现方法及典型的楚语“兮”之标识，近于传统的抒情之“辞”而不是体物之“赋”。此赋承继了屈赋抒发人生失意这一主题，首先叙写因先祖荫德自己得以进宫成为天子宠妃，光耀门楣，因此一直谨慎自持，牢记入宫前父亲的嘱托，以前代贤后为榜样，以祸国嫔妃为鉴戒；再之叙写自己所生两子不幸夭折，圣恩衰驰，自请奉养长信宫至终老；最后抒发自己在长信宫的寂寞和凄凉。前半部分侧重叙事，带有鲜明的铺陈痕迹，最后则偏重抒情。值得注意的是，它虽然也使用了“兮”字，但从句尾移至句中，七言、五言、六言相间，隔行押韵，自由换韵，已有七言诗摇曳的风姿。作者反复渲染环境的清冷荒僻，使用了以景衬情、情景交融的艺术手法。这种手法在后世女性的抒情作品中得到发扬光大。另外，虽是自伤身世之作，但因受到儒家文学创作观念的影响，有温和敦厚含蓄蕴藉的特点。朱熹评价该篇“其情虽出于幽怨，而能引分以自安，援古以自慰，和平中正，终不过于惨伤；又其德性之美，学问之力有过人者，则论者有

不及也。呜呼贤哉，柏舟绿衣见录于经，其词义之美殆不过此云”。虽有道德家色彩，亦是公允之言。（孙春青）

班婕妤《自悼赋》
拓展阅读

东征赋

〔东汉〕班昭

惟永初之有七兮，余随子兮东征。时孟春之吉日兮，撰良辰而将行。乃举趾而升舆兮，夕余宿乎偃师。遂去故而就新兮，志怆悢而怀悲。明发曙而不寐兮，心迟迟而有违。酌樽酒以弛念兮，喟抑情而自非。谅不登巢而琢蠡兮，得不陈力而相追。且从众而就列兮，听天命之所归。遵通衢之大道兮，求捷径欲从谁。乃遂往而徂逝兮，聊游目而遨魂。历七邑而观览兮，遭巩县之多艰。望河洛之交流兮，看成皋之旋门。既免脱于峻崄兮，历荥阳而过武卷。食原武以息足，宿阳武之桑间。涉封丘而践路，慕京师而窃叹。小人性之怀土兮，自书传而有焉。

遂进道而少前兮，得平丘之北边。入匡郭而追远兮，念夫子之厄勤。彼衰乱之无道兮，乃困畏乎圣人。怅容与而久驻兮，忘日夕而将昏。到长垣之境界，察农野之居民。睹蒲城之丘墟兮，生荆棘之榛榛。惕觉悟而顾问兮，想子路之威神。卫人嘉其勇义兮，迄于今而称云。蘧氏在城之东南兮，民亦尚其丘坟。唯令德为不朽兮，身既殁而名存。惟经典之所美兮，贵道德与仁贤。吴札称多君子兮，其言信而有征。后衰微而遭患兮，遂陵迟而不兴。知性命之在天，由力行而近仁。勉仰高而蹈景，尽忠恕而与人。好正直而不回兮，精诚通于明神。庶灵祇之鉴照兮，祐贞良而辅信。

乱曰：君子之思，必成文兮，盍各言志，慕古人兮。先君行止，则有作兮。虽其不敏，敢不法兮。贵贱贫富，不可求兮。正身履道，以俟时兮。修短之运，愚智同兮。靖恭委命，唯吉凶兮。敬慎无怠，思谦约兮。清静少欲，师公绰兮。

（选自《御定历代赋汇外集》卷九，文渊阁四库全书影印本）

【导读】

班昭此篇《东征赋》，作于汉安帝永初七年（113）。后世称为述行赋，是梁萧统收入《文选》中唯一的女作家辞赋。唐李善注引《大家集》说：“子谷，为陈留长，大家随至官，作《东征赋》。”全篇历述作者随儿子离开洛阳，东赴陈留所经之地：偃师、巩县、河洛、成皋、荥阳、武卷、原武、阳武、封丘、平丘、长垣、蒲城，得见沿途的名物古迹，也记录了乱后百姓的苦难；既写了离开京城的悲伤和长途跋涉的劳苦，又睹物思人，针砭时弊，缅怀先贤；最后教导人们洁身自好、坚守正道，敬业慎行。本文虽然也是骚体赋，但是其主题却并非抒写人生失意，最大的特点是采用叙述、议论、抒情相结合的手法，哀民生之多艰，发思古之幽情，抒高山仰止景行行止的决心，表达自己在乱世之中知天命、守正道的信念。从创作内容上看，突破了女性作家自伤身世的旧有题材，立意高远，视野开阔，思想深邃。从风格上看，感情深沉，文辞古朴，情理兼具，开创了述行赋借行迹以怀古言志的创作模式，在文学史上具有重要意义。（孙春青）

班昭《东征赋》
拓展阅读

答夫秦嘉书

〔东汉〕徐淑

知屈珪璋，应奉岁使。策名王府，观国之光。虽失高素皓然之业，亦是仲尼执鞭之操也。自初承问，心愿东还，迫疾未宜，抱叹而已。日月已尽，行有伴列。想严装已办，发迈在近，谁谓宋远，企予望之，室迩人遐，我劳何如。深谷逶迤，而君是涉，高山岩岩，而君是越，斯亦难矣。长路悠悠，而君是践，冰雪惨烈，而君是履。身非形影，何得动而辄俱；体非比目，何得同而不离？于是咏萱草之喻以消两家之思，割今者之恨以待将来之欢。今适乐土，优游京邑，观王都之壮丽，察天下之珍妙，得无目玩意移，往而不能出耶。

（选自〔明〕梅鼎祚编《东汉文纪》卷二十七，文渊阁四库全书影印本）

【导读】

徐淑写给丈夫秦嘉的书信，流传下来的除此篇外还有另外一篇，即《妻又报嘉书》。两文均为后世所称道。

秦嘉初为陇西郡小掾，因公事赴京被擢为黄门郎，临行前，徐淑正在娘家养病，二人未得相见，故秦嘉遣车相约："想念悒悒，劳心无已，当涉远路，趋走风尘，非志所慕，惨惨少乐。"徐淑因病未能同行，回信开导丈夫：去京城任职"虽失高素皓然之业，亦是仲尼执鞭之操也"（高素，指处境贫寒但品行高洁），清高自持固然重要，追求功业亦是圣人之志，鼓励丈夫接受吏职。信中体念丈夫将翻越深谷高山，跋涉泥泞长路；自己虽希望能泥途共度，然而为情势所迫不能成行，只有借往返书信销忧，忍一时之痛以待未来相聚的欢乐。京城壮丽，多珍奇玩好，想来丈夫定能大开眼界淡忘忧愁。

秦嘉复信"车还空反，甚失所望，兼叙远别，恨恨之情，顾有怅然"，并随信赠明镜、好香、宝钗、素琴，希望妻子在家中能鉴形、耀首、馥身、娱耳。徐淑再次复信云："既惠令音，兼赐诸物，厚顾殷勤，出于非望。镜有文彩之丽，钗有殊异之观，芳香既珍，素琴益好，惠异物于鄙陋，割所珍以相赐，非丰恩之厚，孰肯若斯。览镜执钗，情想髣髴，操琴咏诗，思心成结，敕以芳香馥身，喻以明镜鉴形，此言过矣，未获我心也。昔诗人有飞蓬之感，班婕妤有谁荣之叹，素琴之作当须君归，明镜之鉴当待君还，未奉光仪则宝钗不列也，未侍帷帐则芳香不发也。"（《妻又报嘉书》）其中"览镜执钗，情想髣髴，操琴咏诗，思心成结"，是说因为见到这些赠物而更加想念丈夫，只是赠物虽好却"未获我心"。此处妙用《诗经·卫风·伯兮》"自伯之东，首如飞蓬，岂无膏沐，谁适为容"以及班婕妤《自悼赋》"神眇眇兮密靓处，君不御兮谁为荣"二典，含蓄、贴切地传达了"为悦己者容"、企盼夫归的相思深情。

书之为体"本在尽言"，"亦心声之献酬也"（刘勰《文心雕龙·书记》）。读此二书，作者音容神情跃然纸上。徐书语词精整，文中多处运用对仗和典故，并有骈俪之句，给人一唱三叹之感。梁乙真在《中国妇女文学史纲》中就这两篇书信评论说："文辞婉娈多姿，已开六朝秾丽柔靡之习。"

徐淑另有《为誓书与兄弟》（见《太平御览》），其中有"烈士有不移之志，贞女无回二之行。淑虽妇人，窃慕杀身成义，死而后已"句。刘知几《史通》评价其"动合礼仪，言成规矩""才德兼美"，认为范晔《列女传》录蔡琰而不列徐淑，很难让人理解。可见在史学家和道学家眼中，徐淑书信之所以可取，与其被视为符合儒家对女性尊礼守节的妇德要求相关。（孙春青）

▶ 徐淑《答夫秦嘉书》
拓展阅读

金石录后序

〔宋〕李清照

右金石录三十卷者何？赵侯德父所著书也。取上自三代，下讫五季，钟、鼎、甗、鬲、盘、匜、尊、敦之款识，丰碑大碣显人晦士之事迹，凡见于金石刻者二千卷，皆是正讹谬，去取褒贬，上足以合圣人之道，下足以订史氏之失者，皆载之，可谓多矣。呜呼！自王播元载之祸，书画与胡椒无异，长舆元凯之病，钱癖与传癖何殊？名虽不同，其惑一也。

余建中辛巳始归赵氏，时先君作礼部员外郎，丞相时作吏部侍郎。侯年二十一，在太学作学生。赵李族寒，素贫俭，每朔望谒告出，质衣取半千钱，步入相国寺，市碑文果实，归，相对展玩咀嚼，自谓葛天氏之民也。后二年，出仕宦，便有饭蔬衣綀，穷遐方绝域尽天下古文奇字之志。日就月将，渐益堆积。丞相居政府，亲旧或在馆阁，多有亡诗、逸史、鲁壁、汲冢所未见之书，遂力传写，浸觉有味，不能自已。后或见古今名人书画，三代奇器，亦复脱衣市易。尝记崇宁间，有人持徐熙《牡丹图》，求钱二十万，当时虽贵家子弟，求二十万钱，岂易得耶？留信宿，计无所出而还之，夫妇相向惋怅者数日。

后屏居乡里十年，仰取俯拾，衣食有余，连守两郡，竭其俸入以事铅椠，每获一书，即同共勘校正集签题，得书画彝鼎，亦摩玩舒卷，指摘疵病，夜尽一烛为率。故能纸札精致，字画完整，冠诸收书家。余性偶强记，每饭罢，坐归来堂烹茶，指堆积书史，言某事在某书某卷第几页第几行，以中否角胜负，为饮茶先后。中即举杯大笑，至茶倾覆怀中，反不得饮而起。甘心老是乡矣。故虽处忧患困穷而志不屈。收书既成，归来堂起书库大厨，簿甲乙，置书册，如要讲读，即请钥上簿关出，卷帙或少损污，必惩责揩完涂改，不复向时之坦夷也。是欲求适意，而反取憀慄。余性不耐，始谋食去重肉，衣去重采，首无明珠翡翠之饰，室无涂金刺绣之具，遇书史百家字不刓缺、本不讹谬者，辄市之储作副本。自来家传《周易》《左氏传》，故两家者流文字最备。于是几案罗列，枕席枕籍，意会心谋，目往神授，乐在声色狗马之上。

至靖康丙午岁，侯守淄川，闻金人犯京师，四顾茫然，盈箱溢箧。且恋恋，且怅怅，知其必不为己物矣。建炎丁未春三月，奔太夫人丧南来，既长物不能尽载，乃先去书之重大印本者，又去画之多幅者，又去古器之无款识者；后又去书之监本者，画之平常者，器之重大者，凡屡减去，尚载书十五车。至东海连舻渡淮，又渡江至建康，青州故第尚锁书册什物用屋十余间，期明年春再具舟载之。十二月，金人陷青州，凡所谓十余屋者，已皆为煨烬矣。

建炎戊申秋九月，侯起复知建康府，己酉春三月罢，具舟上芜湖、入姑孰，将卜居赣水上。夏五月至池阳，被旨知湖州，过阙上殿，遂驻池阳，独赴召。六月十三日，始负担舍舟，坐岸上，葛衣岸巾，精神如虎，目光烂烂射人，望舟中告别。余意甚恶，呼曰：“如传闻城中缓急奈何？”戟手遥应曰：“从众。必不得已，先弃辎重，次衣被，次书册卷轴，次古器，独所谓宗器者，可自负抱，与身俱存亡，勿忘也。”遂驰马去。涂中奔驰冒大暑感疾，至行在病痁，七月末，书报卧病。余惊怛，念侯性素急，奈何病痁，或热必服寒药，疾可忧。遂解舟下，一日夜行三百里，比至，果大服柴胡、黄芩，药疟且痢，病危在膏肓。余悲泣，仓皇不忍问后事。八月十八日，遂不起。取笔作诗，绝笔而终，殊无分香卖屦之意。

葬毕，余无所之，朝廷已分遣六宫，又传江当禁渡，时犹有书二万卷，金石刻二千卷，器皿茵褥可待百客，他长物称是。余又大病，仅存喘息，事势日迫，念侯有妹婿任兵部侍郎，从卫在洪州，遂遣二故吏先部送行李往投之。冬十二月，金人陷洪州，遂尽委弃，所谓连舻渡江之书，又散为云烟矣。独余少轻小卷轴书帖写本，李杜韩柳集、世说、盐铁论、汉唐石刻副本数十轴，三代鼎鼐十数事，南唐写本书数箧，偶病中抱玩，搬在卧内者，岿然独存。上江既不可往，又敌势叵测，有弟迒任敕局删定官，遂往依之。到台台守已遁，之剡出睦又弃衣被，走黄岩，雇舟入海奔行在，时驻跸章安，从御舟海道之温，又之越。庚戌十二月，放散百官，遂之衢，绍兴辛亥春三月，复赴越，壬子又赴杭。先侯疾亟时，有张飞卿学士携玉壶过视侯，便携去，其实珉也，不知何人传道，遂妄言有颁金之语，或传亦有密论列者。余大惶怖，不敢言，遂尽将家中所有铜器等物欲赴外廷投进。到越已移幸四明，不敢留家中，并写本书寄剡。后官军收叛卒取去，闻尽入故李将军家，所谓岿然独存者，无虑十去五六矣。惟有书画砚墨可五七簏，更不忍置他所，常在卧榻下，手自开阖。在会稽卜居土民钟氏舍，忽一夕穴壁，负五簏去，予悲恸不已，重立赏收赎。后二日，邻人钟复皓出十八轴求赏，故知其盗不远矣。万计求之其余，遂不可出，今知尽为吴说运使贱价得之。所谓岿然独存者，乃十去其七八，所有一二残零，不成部帙，书册三数种，平平书帖犹复爱惜如护头目，何愚也耶。

今日忽阅此书，如见故人，因忆侯在东莱静治堂，装卷初就，芸签缥带，束十卷作一帙，每日晚吏散，辄校勘二卷、跋题一卷。此二千卷有题跋者五百二卷耳。今手泽如新，而墓木已拱。

悲夫！昔萧绎江陵陷殁，不惜国亡而毁裂书画，杨广江都倾覆，不悲身死而复取图书，岂人性之所著，死生不能忘之欤？或者天意以余菲薄不足以享此尤物耶？抑亦死者有知，犹斤斤爱惜不肯留在人间耶？何得之艰而失之易也。呜呼！余自少陆机作赋之二年，至过蘧瑗知非之两岁，三十四年之间，忧患得失何其多也，然有有必有无，有聚必有散，乃理之常。

人亡弓，人得之，又胡足道。所以区区记其终始者，亦欲为后世好古博雅者之戒云。

绍兴二年玄黓岁壮月朔甲寅易安室题。

（选自〔宋〕赵明诚：《金石录·后序》，文渊阁四库全书影印本）

【导读】

序，是古代散文最常见的文体之一，一般写在全书正文之前，列于书后或文后的称为“跋”或“后序”。本文属于后者，是李清照为其夫赵明诚所著《金石录》所作，是宋代杰出的散文代表作之一，既有宋文风格平易自然、语言骈散相间流畅古雅的时代特色，又凸现出文辞清婉、磊落不凡的个性特点。

该文结构“姿态横生”。围绕《金石录》的编撰，作者回忆了自己与赵明诚结为夫妇之后，共同搜集、品鉴和整理金石书画的全过程，同时又用极细的笔墨追叙了靖康之难中藏品尽皆流失的具体经过。叙述虽事无巨细，但毫无冗赘之感。写甜蜜回忆则令读者唇角含笑，写沉痛往事则使观者尤觉痛惜，苦乐冷暖，起伏跌宕。这得益于其纵横结合、明暗交织的文法，即以时间为主要线索勾连往事，同时，情随事发，理寓事中，熔叙事、抒情、议论于一炉，呈现出针脚严密、灵活多变的结构方法。

尤为值得关注的是，本文自然呈现了女作家空前高致的精神世界。如其回忆二人早年“质衣”、“市碑文果实”的往事，对无力购买徐熙牡丹图而“相向惋怅者数日”、“每获一书，即同共勘校正集签题，得书画彝鼎，亦摩玩舒卷，指摘疵病，夜尽一烛为率”的追叙，对归来堂赌书泼茶的精彩描绘，写自己“始谋食去重肉，衣去重采，首无明珠翡翠之饰，室无涂金刺绣之具……于是几案罗列，枕席枕籍，意会心谋，目往神授，乐在声色狗马之上”的沉浸学术的生活方式、高尚的志趣、潇洒的性情，都体现了女性精神理想和文化人格的新气象。再如“王播元载之祸，书画与胡椒无异；长舆元凯之病，钱癖与传癖何殊？名虽不同，其惑一也”、“昔萧绎江陵陷殁，不惜国亡而毁裂书画，杨广江都倾覆，不悲身死而复取图书……三十四年之间，忧患得失何其多也，然有有必有无，有聚必有散，乃理之常。人亡弓，人得之，又胡足道”，用典颇多，又用得十分准确妥帖，表现了作者博赡的学力和对金石收藏乃至人生得失的旷达识见，明祝枝山曾谓其“有此文才，有此智识，亦闺阁之杰也”，毛晋更赞其“《金石录后序》略见易安居士文妙，非止雄于一代才媛，直说南渡后诸儒腐气，上返魏晋矣”。（孙春青）

▶ 李清照《金石录后序》
拓展阅读

张母王太孺人六十寿序

〔清〕赵棻

夫衍曼龄者，匪假猩豹之供；享洪算者，无取丹石之饵。其必贞操独抱，德性坚持，靡丽不易其心，艰难弗渝其节，凌霄之干，视秾艳而皆空，款冬之花，历冰霜而愈茂，如张母王太孺人者，尤可见其静以葆真，厚能载福焉。太孺人系出明沅江令鹿柴公后，而寒香先生之长女也。即其绮岁，早著芳型，绸直表躬，婉娩听教，容不施膏泽，体不被纨罗，尽屏华鋊之饰，自守茹藘之表，固已人羡闾娵，诗歌尹吉矣。迨归于瘦峰先生，偕隐风高，如宾敬起，百城坐拥，可辞执珪之荣，一镫宵寒，无忘辟纻之业，嘻嗃不闻于户外，篢翿自乐于房中。尸祭必斋，孝养尤谨。湘之釜锜，萍藻流馨；调以滑甘，羹汤谙性。每值莺含果熟，鱼鲙鲜烹，笾豆致其静嘉，色容将以愉婉，洞洞乎敬，罳罳其诚。即至馔讲开筵，留宾具馔，而情殷维絷，剉荐能甘，耻及瓶罍，拔钗无吝，虽古贤媛，何以加兹。洎乎黄鹄歌成，青鸾镜揜，悯孤子之当室，为健妇之持门。量鼓亲操，嫠纬自恤。奴耕婢织，同分晓夜之勤；女布男钱，取办咄嗟之顷。娣媵交赞，族鄙咸称。其教子家肃，启楹授书，折蓤著戒，择仁而处，邻无惮于三迁，见贤思齐，游不远于百里，卒能英华焕发，文藻滂流，学有师承，时无侪偶。著述甚富，逾于簪缨之华；婴娩为欢，胜于鼎俎之养。推其儒术之所自，实本母训之义方。至若宽以待人，俭以处己，笑言哑哑，一室生春，燔炙纷纷，百钱慎费，而邪蒿缺衽，必严非礼之防，仁粟义浆，无倦好施之意，大节细行，俱靡间焉。今年九月，为太孺人六十生辰，家鼒将称鞠跽之觞，以介萱闱之寿。太孺人恐多杀生物，坚执不允，而独远通绮札，下索徽言。嫔则素钦，颂辞无忝。遥忆登高节近，舞彩衣新，盘饤狮糕，弦调凤轸，人因祝嘏，聚九日之冠裳，天为开樽，歇满城之风雨，更必身膺蕃祉，箓注长生。色醉丹枫，浓映恒春之树；英餐黄菊，香添益寿之杯。

（选自赵棻：《滤月轩文续集》，肖亚男主编：《清代闺秀集丛刊》第29卷，国家图书馆出版社2014年版）

【导读】

祝寿之文，自宋后盛行。至明代陶安，始将寿文收入文集，此为寿文入个人文集之始。至归有光，而其文益多。对于女性作家来说，由于这种文体贴近日常生活，且有助于拓宽交际的范围，故创作的亦不少。明清之际的女性文集中，很多都收有此类文字。

寿序之文，多用传记之法，以借祝寿之机，对被祝者一生的行为和功业作出总结和揄扬。但始写之时，又不可直接入传。文章之首，常引贤圣之言，又或牵依经史，要之，总要为自己的陈述建立起一种宏大的叙事背景。唯其如此，方能增重其言，提升命意。本文之首，紧扣“曼龄”与“德性”之间的关系展开论述，指出长寿与否与锦衣玉食以及炼丹服药无关，而唯有“静”方能“葆真”，唯有“厚”方能“载福”。由此写入一种宏观价值，既不违寿序写作的一般原则，又能脱寻常之窠臼，赋中带比，述中夹赞，显得颇具匠心。其下“即其绮岁”等，是写王太孺人身处闺中时，绸直温顺，不慕虚荣，而能清洁自守；“迨归于瘦峰先生”以下，是写王太孺人婚后敬夫孝亲，勤劳谦逊，待人真诚慷慨；“洎乎黄鹄歌成”之下，是写王太孺人丧夫孀居之后，立志坚贞，勤勉教子，而终有所成。“至若宽以待人”以下数句，既是对上文的拓展，又是对上文内容的总结。从渲染铺叙，又回到祝寿的主题。就笔法上论，是终上而启下。文章最终以对祝嘏活动的想象作结，既写到了家鼒对母之孝，又写到了王太孺人不忍伤生的善良。因时在九月，又穿插了对于重九风俗的描写，在借节日渲染气氛的同时，又延长了文章的余味。

由待字闺中到嫁为人妻，再到身为人母，即使其中有一些属于个人的爱恨悲欢，但王太孺人的生命历程和大多数的女性并无太大不同。或许是因王太孺人的人生本来就乏精彩可陈，也或许是因赵棻跟王太孺人本就不太熟悉，这篇寿序中缺少一种对于具体生活事件的细节化描写，故难免显得有些空洞。作者的挽救之法，是用文辞丽藻和历史典故来对其进行充实和掩饰。作者在寿序中使用了大量的骈偶句，其精美的形式，多少削弱了读者对于文章内容的关注；与此同时，又使用了大量的典故，做到了几乎句句用典，这就在现实和历史之间建立起了一对多的类拟关系。通过这种类拟，作者用历史的多意性取代了现实的贫瘠性。作者所用之典，多出自《诗经》《周礼》《列女传》等书，这基本上说明了古代女性主要的知识来源。这些典故多出于唐宋之前，故用起来可使文章颇显古雅。太古则易板滞，作者又用骈句和散句对其进行调剂，使之复带灵动之气。清何雍南有言：“寿言非古也，文章家每鄙夷之。不知志铭传记，皆古体也。不善为之，胥成俗下文字。善为之，安见寿序之不可为古文乎？必力汰其谀美之词而后可。”（参见吴肃公《街南文集》卷十三《佘翁八十序》评，清康熙二十八年吴承励刻本）本文虽非绝对意义上的“古文”，却用对社会公认价值的歌颂，取代了对某一“个人”的“谀美”。从这一点论，作者亦可谓善为寿序者了。（刘竞飞）

▶ 赵棻《张母王太孺人六十寿序》拓展阅读

美人临镜赋

〔清〕高景芳

若夫金屋深沉，绮窗闲雅，香烬鸭炉，霜销鸳瓦。黼帐低垂，帘衣密下。梦迷离而半醒，灯明灭以将灺。晓钟已停，玉漏罢泻。于是绣被不温，晨光渐暾。星星倦眼，渺渺春魂。衣将披而未起，声欲发而还吞。架上裙拖，命双鬟之徐整；枕函钗坠，令小玉以潜扪。发晞膏沐，脸余睡痕。眉山蹙翠，鞋弓褪跟。爰搴帏以下床，亦拥髻而临轩。则有青衣捧盆，绿珠执帨。口脂面药，以供澡頮；理玉进金，以献环珮。妆阁既启，侍御成队。乃奉簪珥，乃陈粉黛。扰扰绿云，煌煌珠翠。匣镜初开，月光露朏；清辉忽满，魄圆水汇。有美一人，俨然相对。爰见眸澄点漆，腕现凝酥，青丝理发，白雪呈肤。先之以犀篦，继之以牙梳。载掠载刷，不疾不徐。妆成回顾，容华烨如。芳心未慊，引镜躇蹰。乍窥鬓影，旋拭唇朱。既上整乎花钿，复中饰其衣襦。背照才明，鉴看双举。肩斜似軃，袖或单舒。夷光之坐映耶溪，未归吴国；甄后之行来洛浦，独怆陈思。藉不律之采藻，为临镜之瑰词。乃为之歌曰：镜中人兮台畔姝，外与内兮无殊形。对影而欲呼兮，口将言而嗫嚅。恐无情之不我应兮，终以礼而自持。

（选自高景芳：《红雪轩稿》，肖亚男主编：《清代闺秀集丛刊》第 6 册，国家图书馆出版社 2014 年版）

【导读】

高景芳是清代前期重要的女作家。《名媛诗话》曾称赞高景芳："古诗闺阁擅场者虽不甚少，而畅论时事恍如目睹者甚难多得。……夫人工骈体文，兼善词赋……笔力雄健，巾帼中巨擘也。"又举其《输租行》诗，谓"高夫人写官吏之横暴"，"不失忠厚之旨"。然而事实上，作为一个出身高贵的宦门女性，高景芳创作的此类作品实属少数，其诗文最多的，还是思亲感怀、咏史咏物、分题应制等反映上层妇女闺阁生活的作品。这篇《美人临镜赋》，记述的就是闺阁生活中的一段遐思。

此赋开篇从外部环境写起。"金屋深沉，绮窗闲雅"，处于金屋绮窗之内的人，其身份如何，不言自明。然后再进一步推进，"黼帐低垂，帘衣密下"，由金屋鸳瓦聚焦到睡帐，再由此写到帐中将醒未醒之人。其写法，恰如电影中远景、中景与近景的切换。"绣被不温"写的是体感，也暗寓了一种孤独之意。其下"星星倦眼""脸余睡痕"等，是对帐中人物神情样貌的具体刻画。或许是因为早起，血脉未舒，故脸上还印着枕痕。这种描写很容易令人联想到梁简文帝的《咏内人昼眠》："簟文生玉腕，香汗浸红纱。"（吴兆宜《玉台新咏笺注》）所不同者，一写脸一写腕而已。

"爰搴帷以下床"以下，是写帐中人出帐梳妆之情形。帐中人终于走出了帐外，青衣双鬟罗列而进，捧盆执帨，理玉进金，所绘人物虽然众多，但因其均是为服侍主人公而来，故无喧宾夺主之虞，而有众星捧月之效。

"匣镜初开，月光露朏；清辉忽满，魄圆水汇。"用两对句写开镜之情形。"露朏"句是写镜半开，形如新月。而"魄圆"句，则是写妆镜开圆。作者对光线的捕捉十分到位，极富视觉感。至此以下，是扣标题中的"临镜"二字。美人对镜梳妆，不疾不徐，颇具雍容之态。而整个化妆过程，亦是分成两个阶段：先是"妆成回顾，荣华烨如"，但忽又"芳心未慊"，觉得哪里有些不妥，故又对镜细看，上整花钿，中饰衣襦。以下"夷光之坐映耶溪""甄后之行来洛浦"云云，是写妆成后整体之态。无论是夷光（即西施）还是甄后，无论其爱情最终是喜剧还是悲剧，她们都有着爱慕之人。藉此，作者又转而写到"美人"内心之隐思。对镜之人，颜色如花，内外兼美，但惜无其匹，故作者又为其设计了一位追求者："对影而欲呼兮，口将言而嗫嚅。"这位追求者虽对美人有爱慕之意，但其又是怯弱的。"恐无情之不我应"，故也只好"终以礼而自持"。最后的这首歌虽是模拟第三者而作，但其实却是"美人"自身情感的外化。

《文心雕龙·诠赋》有云："赋者，铺也。铺采摛文，体物写志也。"又云："赋自诗出，分歧异派。写物图貌，蔚似雕画。"女性细腻的心思，以及更易感的性格，使得她们很适合创作这类"体物写志"的文字。而女性作家的诗歌和辞赋，在审美上确实也体现了"写物图貌，蔚似雕画"的特点。这或许从另一侧面印证了"赋自诗出"这一命题。高景芳的这篇《美人临镜赋》，无论是在描写的方式上，还是在使用的词汇上，都带着南朝文学的印迹。所谓"丽藻瑰词，络绎奔赴"（景芳弟高钦评语），确乎如是。（刘竞飞）

▶ 高景芳《美人临镜赋》
拓展阅读

卧月轩稿自序

〔清〕顾若璞

尝读《诗》，知妇人之职，惟酒食是议耳，其敢弄笔墨以与文士争长乎？然物有不平则鸣，自古在昔，如班、左诸淑媛，颇著文章自娱，则彤管与箴管并陈，或亦非分外事也。璞也不才，少不若于母训。笄而执箕帚名门，所惧增羞父母，酒浆组纴，勤不告劳，盖数十年如一日矣。归于东生之岁，君舅谢钟陵令，待命京师。父母故怜爱余，不欲令远方，甥乃就贰室，余得无废膝下欢。而夫子蚤失恃，体羸弱不胜衣。君舅廉吏，既不事家人生产作业，室中之藏，止书数卷。余脱簪珥，佐鸡窗读，又连不得志于棘闱，愤懑喷血，遂渐不可止。而夫子以罔极恩未报，先得沉疴，益伊壹不乐，日夜攻苦，而神气愈索矣。呜呼，余事夫子，十有三年，强半与药炉为伍。后子女渐长，食费渐繁，未暇覃精文苑，或稍有所诵，钞略不全。闲事咏歌，大抵与东生相对忧苦之所为作也。夫溘云逝，骨铄魂销，帷殡而哭，不如死之久矣，岂能视息人世，复有所谓缘情靡丽之作耶？徒以死节易，守节难，有藐诸孤在，不敢不学古丸熊画荻者，以俟其成。当是时，君舅方督学西江，余复远我父母兄弟，念不稍涉经史，奚以课藐诸孤而俟之成？余日惴惴，惧终负初志，以不得从夫子于九京也。于是酒浆组纴之暇，陈发所藏书，自四子经传，以及《古史鉴》《皇明通纪》《大政记》之属，日夜披览，如不及。二子者，从外传入，辄令篝灯坐隅，为陈说吾所明。更相率咿吾，至丙夜方罢。顾复乐之，诚不自知其瘁也。日月渐多，闻见与积。圣贤经传，育德洗心，旁及《骚》《雅》词赋，遊焉息焉，冀以自发其哀思，舒其愤闷，幸不底于幽忧之疾。而春鸟秋虫，感时流响，率尔操觚，藏诸笥箧，虽然，亦不平鸣耳，讵敢方古班、左诸淑媛，取邯郸学步之诮耶？年来君舅归老寓林，时令孙辈呈览，蒙赐郢削。余即不慧，异日者，其有一言之几于道乎？题曰《卧月轩稿》，卧月轩者，夫子所尝憩息志思也。天启丙寅春暮，武林未亡人黄顾若璞识。

（选自顾若璞：《卧月轩稿·自序》，肖亚男主编：《清代闺秀集丛刊》第1册，国家图书馆出版社2014年版）

【导读】

此篇为顾若璞《卧月轩稿》自序。《名媛诗话》曾云："若璞文多经济大篇，有西京气格。"（据徐乃昌《闺秀词钞》卷四引）盖谓其喜言屯田、河漕、边备等大事，有丈夫气。这篇序言，正道出作者这种性格和文风形成的原因："念不稍涉经史，奚以课藐诸孤而俟之成？"在顾氏最初的理解里，诗文不过是"不平则鸣"的个人化的产物，至多亦不过是"彤管与箴管并陈"的理想闺阁生活的一个组成部分。但命运的安排以及母亲的职责，却逐渐促使她放弃了这种想法。她读圣贤子史之文，以求育德洗心、经世致用，以教其子；她读诗骚词赋之文，以求发其哀思、抒其愤闷，用以息养身心。诗文变成了她生活中不可或缺的一个部分，人与文学之间，建立起了一种新的关系。

本篇虽只是文集之序言，然带有自传性质。凡初婚时之恩爱，佐读鸡窗时之柔情，丧夫时之悲酸痛楚，侍亲教子时之劳苦辛勤，乃至学诗习文时的心路历程，细细读之，无不历历如在目前，令人感同身受。若璞集中虽有一些类似《草创宗谱置祭田示灿炜两儿》的文字，谈论的虽是传统上该由男性处理的现实事务，但并不代表她在意识上超越了其女性身份。她写作这些文字的基本出发点，仍是传统的"女德"。顾若璞还为其他女性写过一些传记、寿序、圹志、诔文之类的文字，无不以阐扬女德为要务。这些文字，可以和本篇序言相参看。（刘竞飞）

▶ 顾若璞《卧月轩稿自序》
拓展阅读

论女子装饰之害

〔清〕骆树英

中国女子，或施脂傅粉，或穿耳缠足，或着华丽之衣服，或御贵重之钗环，无不以装身饰容，为时俗观瞻，不知形态之美丑，固不在装饰不装饰也。美者，不装饰亦美，丑者，虽装饰亦丑，则装饰者何如不装饰者之为愈也。不有脂粉赤白之污，不有刑耳刖足之苦，不有珠珥重坠之患，并不有衣服宽窄修短之憎，天然出真相，秋水出芙蓉，岂不便甚，岂不快甚！谁知世俗女子，积习难返，以为非装吾身，不足以增吾之妍，非饰吾容，不足以眩人之目，遂至费心尽力，挖云镂月，“花样翻新”，为无所不至之设想。试思无所不至之设想，果有益于身心，有益于卫生否乎？兹则本为求荣者，而反以致辱，本为求媚者，而反以滋丑焉。抑何必也！曷若保此父母之遗体，无为此美观之情状，致令秽臭其血肉、残缺其肢体者胥脱此无量苦海哉！今观泰西各国女子，均无甚装饰，逍遥自在，得与男子并立、并权。吾中国二百余兆同胞之女子，苟去故辙，而亦效法泰西，虽迩日为男子降服，事事听命于男子，异日安知不蒸蒸日上，化野蛮之时代而为文明之时代哉？若是，不特一世之女子可以脱此害，即万世之女子亦可以脱此害矣，不几为女子极乐之世界也哉？吾为女子幸，吾尤为女子望矣！

（选自骆树英：《飘香室文诗遗稿》，肖亚男主编：《清代闺秀集丛刊》第65册，国家图书馆出版社2014年版）

【导读】

在中国的文化传统中，对于女性的服饰，始终包含着两种相反的态度：一种认为服饰体现了女子的道德与修养，故不能简单应付；一种则认为服饰恰是淫佚之源，故不可过分追求。前者如《礼记·檀弓下》：“敬姜曰：‘妇人不饰，不敢见舅姑。’”后者如傅玄《傅子·校工》：“天下害莫甚于女饰。上之人不节其耳目之欲……以有尽之力逞无穷之欲，此汉灵之所以失其民也。”不饰则无礼，无礼则不立；饰则骄奢淫佚，淫佚则失天下。这样的论述，谈论的多半还是一种“服饰与社会”的宏观关系。而有时，这种谈论也会被引向一种个人化的道德性关系。意大利传教士高一志（1566—1640）曾撰《齐家西学》，中有《妇箴》一章：“又有智士曰：‘贤妇专于内饰，不暇外饰，正以无饰为饰也。’或问于贤妇曰：‘贵室之妇，多佩珍香，汝独否，何也？’答曰：‘无香，正为贞妇之香。’……盖凡妇女饰于外，必荒于内也。”“外饰”的对立物变成了“内德”，“圣贤”们因此完成了对于女性心灵的“规训”。从高一志所举的例子看，西方的文化中同样也面临着一个该如何处理“外饰”与“内德”的问题。或许他们也同样感觉到尺度不好掌握，故提出了一种“取其宜，存其体，顺其夫”的权宜之计。

对于服饰的规训，虽与身体相关，但总体而言，对身体的伤害还不算大。缠足，则直接涉及对身体的操控。有清一代，屡有令禁缠足，然成效不显。直至清末，缠足陋俗才在诸多维新人士的共同推动下，渐临瓦解。戊戌前后，维新党人曾在多地组织不缠足会。梁启超就曾为广东顺德的不缠足会写有一篇《戒缠足会叙》，大论“非洲、印度以石压首，使成扁形，其刑若黥；欧洲好细腰，其形若关木；中国缠足，其刑若斮胫。三刑行而地球之妇女无完人矣”。与以往的反缠足不同，此时的反缠足是建立在男女平权的基础上的，而同时又兼具了一种“世界眼光”。而伴随着西学的传入，国人也渐有了一种“卫生”的意识。到了光绪末年，学部奏请成立女子师范学堂和女子小学，就明确将其写进了立学章程里面：“女子必身体强健，斯勉学持家，能耐劳瘁。凡司女子教育者，须常使留意卫生，勉习体操，以强固其精力。至女子缠足，尤为残害肢体，有乖体育之道，务劝令逐渐解除，一洗积习。”

明了了这样的文化背景，就不难理解骆树英此篇文章的意义了。其斥女子装饰、缠足无益于“身心”、无益于“健康”，言语看似简单，但其实均包含着新的时代因素。其论“泰西各国女子”“逍遥自在”，“得与男子并立、并权”，体现了强烈的男女平等意识，这一点，正是对梁启超等人思想的直接继承。高一志等人入华，虽亦为国人带来了一种西方参照，但因其彼时亦处于男权强盛的时代，故不能给中国固有的文化以动摇。及至骆树英的时代，无论东西，民智均已大开，这些对于服饰以及身体的讨论，才真正具有了新的话语背景。

对于骆树英这样的女学生来说，改变服饰，或许具有某种革命性的意义。而对于世俗百姓来说，其理解未必如是之深。但无论如何，这些新潮的女学生们的举动，终究还是产生了广泛的世俗影响。徐珂《清稗类钞·服饰类·江浙人之服饰》就有记载：“光绪时，沪妓喜施极浓之胭脂，因而大家闺秀纷纷效尤……自女学堂大兴，而女学生无不淡妆雅服，洗尽铅华，无复当年涂粉抹脂之恶态，北里亦效之。故女子服饰，初由北里而传至良家，后则由良家而传至北里，此其变迁之迹，极端相反者也。”其言虽类小说，但也足以使我们见到当时世俗服饰文化演变的一个侧面。（刘竞飞）

▶ 骆树英《论女子装饰之害》
拓展阅读

敬告姊妹们

〔清〕秋瑾

我的最亲爱的诸位姊姊妹妹呀，我虽是个没有大学问的人，却是个最热心、最爱国、爱同胞的人。如今中国不是说道有四万万同胞吗？但是那二万万男子，已渐渐进了文明新世界了，智识也长了，见闻也广了，学问也高了，身名是一日一日进了：这都亏了从前书报的功效呀。今日到了这地步，你说可羡不可羡呢？所以人说书报是最容易开通人的智识的呢！唉！二万万的男子，是入了文明新世界，我的二万万女同胞，还依然黑暗，沉沦在十八层地狱，一层也不想爬上来。足儿缠得小小的，头儿梳得光光的，花儿、朵儿，札的、镶的，戴着；绸儿、缎儿，滚的、盘的，穿着；粉儿白白、脂儿红红的，搽抹着。一生只晓得依傍男子，穿的、吃的全靠着男子。身儿是柔柔顺顺的媚着，气虐儿是闷闷的受着，泪珠儿是常常的滴着，生活儿是巴巴结结的做着：一世的囚徒，半生的牛马。试问诸位姊妹，为人一世，曾受着些自由自在的幸福未曾呢？还有那安富尊荣、家资广有的女同胞，一呼百诺，奴仆成群，一出门，真个是前呼后拥，荣耀得了不得；在家时，颐指气使，威阔得了不得，自己以为我的命好，前生修到，竟靠着好丈夫，有此尊享的日子。外人也就啧啧称羡：“某太太好命”“某太太好福气”“好荣耀”“好尊贵”的赞美。却不晓得他在家里何尝不是受气受苦的！这些花儿、朵儿，好比玉的锁，金的枷，那些绸缎好比锦的绳，绣的带，将你束缚得紧紧的。那些奴仆，直是牢头、禁子看守着。那丈夫不必说，就是问官、狱吏了。凡百命令皆要听他一人喜怒了。试问这些富贵的太太奶奶们，虽然安享，也没有一毫自主的权柄罢咧。总是男的占了主人的位子，女的处了奴隶的地位，为着要依靠别人，自己没有一毫独立的性质。这个幽禁闺中的囚犯，也就自己都不觉得苦了。

阿呀，诸位姊妹，天下这奴隶的名儿，是全球万国没有一个人肯受的，为什么我姊妹却受得恬不为辱呢？诸姊妹必说：“我们女子不能自己挣钱，又没有本事，一生荣辱，皆要靠之夫子，任受诸般苦恼，也就无可奈何！”安之曰“命也”这句没志气的话了。唉！但凡一个人，只怕自己没有志气，如有志气，何尝不可求一个自立的基础，自活的艺业呢？如今女学堂也多了，女工艺也兴了，但学得科学工艺，做教习，开工厂，何尝不可自己养活自己吗？也不致坐食，累及父兄夫子了。一来呢，可使家业兴隆。二来呢，可使男子敬重。洗了无用的名，收了自由的福。归来得家族的欢迎，在外有朋友的教益。夫妻携手同游，姊妹联袂而语。反目口角的事，都没有的。如再志趣高的，思想好的，或受高等的名誉，或为伟大的功业，中外称扬，通国敬慕。这样美丽文明的世界，你说好不好？难道我诸姊妹，真个安于牛马奴隶的生涯，不思自拔么？无非僻处深闺，不能知道外事，又没有书报，足以开化知识思想的。就是有个《女学报》，只出了三四期，就因事停止了。如今虽然有个《女子世界》，然而文法又太深了。我姊妹不懂文字又十居八九，若是粗浅的报，尚可同白话的念念。若太深了，简直不能明白呢。所以我办这个《中国女报》，就是有鉴于此。内中文字都是文俗并用的，以便姊妹的浏览，却也就算为同胞的一片苦心了。惟是凡办一个报，如经费多的，自然是好办了。如没有钱，未免就有种种为难。所以前头想集个万金股本（二十元做一股），租座房子，置个机器，印报编书，请撰述、编辑、执事各员，像像样样、长长久久的办一办。也不枉是《中国女报》为二万万女同胞生一生色。也算我们不落人后，自己也能立个基础，后来诸事要便利得多呢。就将章程登了《中外日报》，并将另印的章程，分送各女学堂，想诸位姊妹，必已有看过的了。然而日子是过得不少了，入股的除四五人外，连问都没人问起。我们女界的情形，也就可想而知了，想起来实在痛心的呢！我说到这里，泪也来了，心也痛了，笔也写不下去了。但这《中国女报》不就是这样，不办吗，却又不忍使我最亲爱的姊妹，长埋在这样地狱中，只得勉强凑点经费，和血和泪的做点报出来，供诸姊妹的赏阅。今日虽然出了首册，下期再勉力的做去，但是经费很为难呢。天下凡百事，独力难成，众擎易举。如有热心的姊妹，肯来协助，则《中国女报》幸甚，中国女界幸甚。

（选自《中国女报》1907 年第 1 期）

【导读】

“休言女子非英物，夜夜龙泉壁上鸣。”这是近代杰出的女革命家秋瑾的诗句。作为革命先觉者，秋瑾将生命奉献给了反封建主义和争取民族解放的崇高事业，同时她又是近代妇女运动的先驱，终其一生都在为妇女解放事业奔走呼号。其散文代表作如《中国女报发刊词》《敬告姊妹们》《警告我同胞》等，皆鲜明地体现出她为之鼓与呼的主张，即废缠足、兴女学，倡导妇女习手艺，要自立，摆脱男性附庸地位。学者林丹娅就指出：近代著名女革命家、诗人秋瑾是第一位在中国主流散文史中出现的女散文家，她的革命生涯与文学写作转型之历程，集中、鲜明、典型地体现了近代女性与散文写作之间的特殊关系。从擅长古典闺阁诗词到介入政治散文的转型，意味中国女性写作的历史性变化，秋瑾的散文写作从而具有女性散文史“标志物”特色。

《敬告姊妹们》初刊于《中国女报》第 1 期（1907 年 1 月），带有明显的近代散文过渡特征。这篇散文属于白话散文创作，韵白结合，语言通顺流畅，韵律和谐有节奏；在句式上，长句短句结合灵活；在描写上，细腻生动。生动的比喻和用典结合，四字词的创造使用，都增加了语言的新鲜度，堪称近代白话文的典范。

秋瑾的散文往往具有演说词特征，这符合世纪之交激烈变动社会思潮中人们的心理状态。演说词一重对象性，二重可说性，秋瑾的散文写作时时抓住听者心声，常使用呼告体，运用“试问二万万女子”“是何心哉？”这类短句，而众多语气词的使用，更增强了作者直抒胸臆、激发情绪、嫉恶如仇、爱憎分明的个性特征。徐自华《秋瑾轶事》记载“女士擅辩才，口角不肯让人。遇顽固者，常当面讪诮”。可见这种文字风格体式，是秋瑾文如其人的生动体现。由秋瑾散文入手，我们既可领略近代社会大变革的风云际会，亦可体察一代知识女性介入政治生活的文学姿态。（杜若松）

▶ 秋瑾《敬告姊妹们》
拓展阅读

论提倡女学之宗旨

〔清〕吕碧城

女学之倡，其宗旨总不外普助国家之公益，激发个人之权利二端。国家之公益者，合群也；个人之权利者，独立也。然非具独立之气，无以收合群之效；非借合群之力，无以保独立之权。其意似离而实合也，因分别详言以解明之。

有世界必有竞争，有竞争而智慧之激发焉，优劣之种判焉，强弱之国别焉。竞争之道，惟合群乃能取胜，盖万事莫不成于合群，而败于解体也。上智之士，合群力以争于全球；下智者，积私力以争于同族；而顽谬之鄙夫，则以一身之力，争于同室焉。今顽谬之鄙夫，闻兴女学、倡女权、破夫纲等说，必蹙额而相告曰：“是殆欲放荡踰驰，脱我之羁轭，而争我之权利也。”殊不知女权之兴，归宿爱国，非释放于礼法之范围，实欲释放其幽囚束缚之虐权。且非欲其势力胜过男子，实欲使平等自由，得与男子同趋于文明教化之途，同习有用之学，同具强毅之气。使四百兆人合为一大群，合力以争于列强，合力以保全我四百兆之种族，合力以保全我二万里之疆土。使四百兆人，无一非完全之人；合完全之人，以成完全之家；合完全之家，以成完全之国。其志固在与全球争也，非与同族同室之男子争也。

或曰：中国之自强，在二百兆之男子足矣，奚用女子为？而不知国之有男女，犹人体之有左右臂也，虽一切举动操作，右臂之力居多，然苟将左臂束缚之，斫断之，尚得为活泼之躯乎？尚得为完全之体乎？假使此一臂之人，穴居野处，与人无争，虽缺一臂之力，尚可勉强支持。若驱之入人群争竞之场，其有不颠而踣者鲜矣！在昔日以半强半弱之国众，闭关自守，尚不至骤形其颓坏。今则门户洞辟，万国往来，以半强半弱之国，与彼男女均强之国敌，其败也，不待智者而知。

近日日本盲哑儿童之入学者，约万余人；英国妇人复有聋瞽学堂之设。彼本残疾之人，尚不舍为弃材，岂中国二百兆完体之人，反舍之为弃材乎？中国自嬴秦立专制之政，行愚弱黔首之术，但以民为供其奴隶之用，孰知竟造成委靡不振之国，转而受异族之压制，且至国势岌岌存亡莫保。吁！可畏哉！而男之于女也，复行专制之权，愚弱之术，但以女为供其玩弄之具，其家道之不克振兴也可知矣。

夫君之于民，男之于女，有如辅车唇齿之相依。君之愚弱其民，即以自弱其国也；男之愚弱其女，即以自弱其家也。自剪其爪牙，自断其羽翼，故强者虎视眈眈，欲肆其擒搏手段焉。国势至此，再不觉悟，更待何时？惟愿此后合君民男女，皆发深省，协力以图自强。自强之道，须以开女智兴女权为根本。盖欲强国者，必以教育人材为首务。岂知生才之权，实握乎女子之手乎？缘儿童教育之入手，必以母教为基。若女学不兴，虽通国遍立学堂，如无根之木，卒鲜实效。故外国婴儿学塾，多以妇人为师也。欲求强种者，必讲求体育，中国女子，不惟不知体育为何事，且紧缠其足，生性戕伐，气血枯衰，安望其育强健之儿？固无怪我中国民种之以劣闻也。由是观之，女学之兴，有协力合群之效，有强国强种之益，有助于国家，无损于男子。故近世豁达之士，每发其爱力，倾其热诚，以提倡之。其不明此理者，则每以分己权利，脱己羁轭为忧。

吾闻李文忠对德相毕司麦，自夸其平粤寇之功，毕司麦犹以杀戮同种讥之。今男子以本国女子受己压制为荣，岂不大谬乎？既无权术压制敌国，徒施其野蛮之手段，压制同室无能为力之人，存一己之私见，忘国家之公益，吾故目之为顽谬鄙夫也！

右论国家之公益

今欲激发个人之权利，姑先从个人之形体上论起。夫此身者，为天所赋，完全自由之身也。与以支体，使能运动；与以耳目，使能见闻；与以唇舌，使能语言；与以精神，使能发思想，运智机。天之生人，未尝不各与一完全之形体也。既得形体以生于世间，犹未得求生之道，必待大圣鸿哲出而为之筹划，使各遂其生。故上古之民茹毛饮血，穴居野处，乃有有巢氏出，教民架木为屋，以蔽风雨；神农氏教民稼穑，以养其身；黄帝元妃教民蚕桑，以暖其体。为日愈久，而筹画愈精，乃得成一雍容和煦之世界，俾人民优游其间，各遂其生焉。故圣王之治天下，不令一夫失所；欲不令一夫失所，必不夺个人之权利。

权利者，遂其生之要素也，视己之资格能为何等之人，即为何等之人；视己之才干能为何等之业，即为何等之业。士农工商种种生业，随己之所欲而趋之，此即应有之权，无甚羁勒之苦也。乃中国之民，同生于公众之世界，同具个人之形体，忽严划为两界。男子得享人类之权利，女子则否，只为男子之附庸。抑之制之，为玩弄之具，为奴隶之用。荀奉倩曰：“女子以色为主”太史公曰：“女为悦己者容。”是指为玩弄之具明矣。诗曰：“乃生女子，载寝之地。”又日：“惟酒食是议。”则甫出母胎，便寝地以卑之，以酒食为责任，是指为奴隶之用明矣。造其驯伏之性，夺其自主之权。权者，人身运动之大机关也。无权，则身为木偶，虽有肢体以资运动，然压制之，排叱之，即不得运动；虽有耳目以资见闻，然幽闭之，不许出户，即不得见闻；虽有精神以利思想，然不许读书以开心智，即难发思想。是天赋之形体，已不能为己有焉。

夫奴隶乞丐，虽无一长物，而一身尚可为己有，女子乃竟奴隶乞丐之不若，更何言乎女学？更何言乎女权？至于事业，为官为吏，固不可得矣。以至于为士不能，为农不能，为工不能，为商不能。下至欲为奴隶，亦不克自主，只有仰面求人给衣食，幽闭深闺如囚犯而已。囚犯犹有开赦之日，此则老死无释放之期。嗟嗟！是何乾坤，而有此惨淡昏黑之地狱耶？昔白傅诗云：“为人莫作妇人身，百年苦乐由他人。”盖古人已知其隐痛矣。然今试举一女子问之曰：“尔苦耶乐耶？”必曰：“吾乐也，无所苦也。”此皆由性质之腐败，思想之壅塞，脑力之消亡，奴隶之性造成习惯，不以为苦，只求得衣食之资，花粉之费，便相安而自足矣。“哀莫大于心死。”吾二万万同胞，诚可谓身未亡而心已死之人也。

呜呼！一枕黑甜，沉沉千载，哀我同胞，何日是鸡鸣兴起时耶？惟愿此后，各唤醒酣梦，振刷精神，讲求学问，开通心智，以复自主之权利，完天赋之原理而后已。夫夺人自主之权，即阻人运动之机；阻人运动之机，即断人求生之道。人生于世，孰不求生？今日之言自主，乃环球最当之公理，绝无可讳者也。凡我同志，其慎重以图之，勿畏难而退败，则幸甚。

右论个人之权利

结论民者，国之本也；女者，家之本也。凡人娶妇以成家，即积家以成国。故欲固其本，宜先树个人独立之权，然后振合群之力。盖无量境界，无量思想，无量事业，莫不由此一身而造，此身为合群之原质。若此身无独立之气，虽使合群，设遇攻敌，终不免有解散败坏之虞。故独立者，犹根核也；合群者，犹枝叶也。有根核，方能发其枝叶，藉枝叶以庇其根核。二者固有密接之关系，而其间复有标本之判别，窃冀览者毋河汉焉。已完。

（选自《大公报》1904 年 5 月 20、21 日）

【导读】

吕碧城，与秋瑾并称近代“女子双侠”，为词为文都带有觉醒的女性意识，对于女性争取平权、争取自由更是形成了自己的话语系统。其散文风格壮怀激越、博大雄壮，这些特质都体现在 1904 年其初任《大公报》编辑的文章《论提倡女学之宗旨》中。

吕碧城从近代严复《天演论》及达尔文进化论中汲取理论滋养，以此立论：“有世界必有竞争，有竞争而智慧之激发焉，优劣之种判焉，强弱之国别焉。”在此基础上，“女权”的问题就不仅是女性与男性的问题，而是“归宿爱国”，“使四百兆人合为一大群，合力以争于列强，合力以保全我四百兆之种族，合力以保全我二万里之疆土”。因此，“志固在与全球争也，非与同族同室之男子争也”。将女权的争取，从小格局的性别之争、内外之争拔高，从种族生存、与外强抗衡的维度去论述，这也可见吕碧城在近代思想格局大变革时代的思考。其家国抱负是建立在东西两大文明系统的比较中的，因而站位高、格局大。

同时，吕碧城还强调女性受教育的重要性在于：“民者，国之本也；女者，家之本也”，女子并不是“只为男子之附庸”，不可以抑之、制之、玩弄之，广大女性一样需要教育，只有大力兴办女学，才能“普助国家之公益，激发个人之权利”，才能使“男女均强之，国敌其败也”，呼声振聋发聩。正如初我在《女子世界》中评价的，文章“以沉郁恳挚之情，发其激昂之声，阐其精确之理。从哲理上，从社会上，反复剖陈，洞若观火”。

本文表达雄奇、辞章华美，属于近代女性政论文中的佼佼者。有学者研究指出：女性政论文在近代到达了高潮，甚至出现了近代女性政论文学家群。由于政论文能针砭时弊、刺世疾邪，宣传效果好，《大公报》采取累进推出的方式，就女学问题的论说连续刊发，以增强传播效果。如在吕碧城《论提倡女学之宗旨》连续刊登之后，又发《碧城女史论提倡女学之宗旨书后》，使读者不仅赞叹吕碧城精彩的文章，也从作者的渊博学识见识了女子教育的成功。同时，本文还被《萃新报》1904 年第 6 期、《东方杂志》1904 年第 5 期、《教育杂志》（天津）1905 年第 3 期、《女子世界》1907 年第 2 卷第 4—5 期接连转载，可见在当时的影响之广。（杜若松）

▶ 吕碧城《论提倡女学之宗旨》拓展阅读

笑

冰　心

雨声渐渐的住了，窗帘后隐隐的透进清光来。推开窗户一看，呀！凉云散了，树叶上的残滴，映着月儿，好似萤光千点，闪闪烁烁的动着。——真没想到苦雨孤灯之后，会有这么一幅清美的图画！

凭窗站了一会儿，微微的觉得凉意侵人。

转过身来，忽然眼花缭乱，屋子里的别的东西，都隐在光云里；一片幽辉，只浸着墙上画中的安琪儿。——这白衣的安琪儿，抱着花儿，扬着翅儿，向着我微微的笑。

“这笑容仿佛在哪儿看见过似的，什么时候，我曾……”我不知不觉的便坐在窗口下想，——默默的想。

严闭的心幕，慢慢的拉开了，涌出五年前的一个印象。——一条很长的古道。驴脚下的泥，兀自滑滑的。田沟里的水，潺潺的流着。近村的绿树，都笼在湿烟里。弓儿似的新月，挂在树梢。一边走着，似乎道旁有一个孩子，抱着一堆灿白的东西。驴儿过去了，无意中回头一看。——他抱着花儿，赤着脚儿，向着我微微的笑。

“这笑容又仿佛是哪儿看见过似的!”我仍是想——默默的想。

又现出一重心幕来，也慢慢的拉开了，涌出十年前的一个印象。——茅檐下的雨水，一滴一滴的落到衣上来。土阶边的水泡儿，泛来泛去的乱转。门前的麦垅和葡萄架子，都濯得新黄嫩绿的非常鲜丽。——一会儿好容易雨晴了，连忙走下坡儿去。迎头看见月儿从海面上来了，猛然记得有件东西忘下了，站住了，回过头来。这茅屋里的老妇人——她倚着门儿，抱着花儿，向着我微微的笑。

这同样微妙的神情，好似游丝一般，飘飘漾漾的合了拢来，绾在一起。

这时心下光明澄静，如登仙界，如归故乡。眼前浮现的三个笑容，一时融化在爱的调和里看不分明了。

一九二〇年

（选自《冰心全集》第一册，海峡文艺出版社2012年版）

【导读】

《笑》是冰心写于1920年的散文诗，1921年发表，后收入小说散文集《超人》。

这篇散文诗以“我”的思绪将三个笑容连结在一起，一个是画中白衣安琪儿的微笑，一个是道旁赤脚孩子的微笑，还有一个是茅屋里倚门老妇的微笑。在“我”“光明澄静”的心怀中，“三个笑容，一时融化在爱的调和里看不分明”，这让“我”的心灵获得了“如登仙界”的超越感和“如归故乡”的安宁感。

本文诗意地表达了冰心的“爱的哲学”。冰心所倡导爱的思想在本文中呈现出如下三个特点。第一个特点是，白衣安琪儿所代表的上帝之爱，与孩子、老妇所代表的人间之爱融为一体。这既展示了基督教对青年冰心的影响，也说明青年冰心是从温暖此岸人生的角度接纳上帝之爱的。第二个特点是，以孩子、老妇代表凡间之爱，呼应了五四时期“妇女的发现”“儿童的发现”的文化思潮，体现了冰心推崇弱者的现代人道精神。第三个特点是，将有着天使一般笑容的孩子设置在泥泞的道旁，将同样有着天使一般笑容的老妇设置在茅屋中，并没有给他们配置华屋美服，这既契合基督教尊重穷苦人的平等精神，也呼应了五四时期的平民文学倾向，展示了冰心超越等级观念的现代平等思想。

构思方面，让安琪儿、孩子、老妇都捧着花儿，且置身于月光与雨滴交相辉映的清美景致中，这生成了本文光辉澄澈、清新脱俗的艺术境界。语言方面，通过“白话文言化”和“中文西文化”的实践，创造出了优美、灵动、典雅的现代白话美文。

《笑》是“冰心体”散文的代表作。它展示了青年冰心灵魂的优美和高洁。（李玲）

▶ 冰心《笑》
拓展阅读

风雨中忆萧红

丁　玲

本来就没有什么地方可去，一下雨便更觉得闷在窑洞里的日子太长。要是有更大的风雨也好，要是有更汹涌的河水也好，可是仿佛要来一阵骇人的风雨似的那么一块肮脏的云成天盖在头上，水声也是那么不断地哗啦哗啦在耳旁响，微微地下着一点看不见的细雨，打湿了地面，那轻柔的柳絮和蒲公英都飘舞不起而沾在泥土上了。这会使人有遐想，想到随风而倒的桃李，在风雨中更迅速迸出的苞芽。即使是很小的风雨或浪潮，都更能显出百物的凋谢和生长，丑陋或美丽。

世界上什么是最可怕的呢，绝不是艰难险阻，绝不是洪水猛兽，也绝不是荒凉寂寞。而难于忍耐的却是阴沉和絮聒；人的伟大也不只是能乘风而起，青云直上，也不只是能抵抗横逆之来，而是能在阴霾的气压下，打开局面，指示光明。

时代已经非复少年时代了，谁还有悠闲的心情在闷人的风雨中煮酒烹茶与琴诗为侣呢？或者是温习着一些细腻的情致，重读着那些曾经被迷醉过被感动过的小说，或者低回冥思那些天涯的故人？流着一点温柔的泪，那些天真、那些纯洁、那些无疵的赤子之心，那些轻微的感伤，那些精神上的享受都飞逝了，早已飞逝得找不到影子了。这个飞逝得很好，但现在是什么呢？是听着不断的水的絮聒，看着脏布也似的云块，痛感着阴霾，连寂寞的宁静也没有，然而却需要阿底拉斯的力背负着宇宙的时代所给予的创伤，毫不动摇地存在着，存在便是一种大声疾呼，便是一种骄傲，便是给絮聒以回答。

然而我绝不会麻木的，我的头成天膨胀着要爆炸，它装得太多，需要呕吐。于是我写着，在白天，在夜晚，有关节炎的手臂因为放在桌子上太久而疼痛，患沙眼的眼睛因为在微小的灯光下而模糊。但幸好并没有激动，也没有感慨，我不缺乏冷静，而且很富有宽恕，我很愉快，因为我感到我身体内有东西在冲撞；它支持了我的疲倦，它使我会看到将来，它使我跨过现在，它会使我更冷静，它包括了真理和智慧，它是我生命中的力量，比少年时代的那种无愁的青春更可爱啊！

但我仍会想起天涯的故人的，那些死去的或是正受着难的。前天我想起了雪峰，在我的知友中他是最没有自己的了。他工作着，他一切为了党，他受埋怨过，然而他没有感伤，他对名誉和地位是那样地无睹，那样不会趋炎附势，培植党羽，装腔作势，投机取巧。昨天我又苦苦地想起秋白，在政治生活中过了那么久，却还不能彻底地变更自己，他那种二重的生活使他在临死时还不能免于有所申诉。我常常责怪他申诉的“多余”，然而当我去体味他内心的战斗历史时，却也不能不感动，哪怕那在整体中，是很渺小的。今天我想起了刚逝世不久的萧红，明天，我也许会想到更多的谁，人人都与这社会关系，因为这社会我更不能忘怀于一切了。

萧红和我认识的时候，是在一九三八年春初。那时山西还很冷，很久生活在军旅之中，习惯于粗犷的我，骤睹着她的苍白的脸，紧紧闭着的嘴唇，敏捷的动作和神经质的笑声，使我觉得很特别，而唤起许多回忆，但她的说话是很自然而真率的。我很奇怪作为一个作家的她，为什么会那样少于世故，大概女人都容易保有纯洁和幻想，或者也就同时显得有些稚嫩和软弱的缘故吧。但我们都很亲切，彼此并不感觉到有什么孤僻的性格。我们尽情地在一块儿唱歌，每夜谈到很晚才睡觉。当然我们之中在思想上，在感情上，在性格上都不是没有差异，然而彼此都能理解，并不会因为不同意见或不同嗜好而争吵，而揶揄。接着是她随同我们一道去西安，我们在西安住完了一个春天。我们痛饮过，我们也同度过风雨之夕，我们也互相倾诉。然而现在想来，我们谈得是多么的少啊！我们似乎从没有一次谈到过自己，尤其是我。然而我却以为她从没有一句话是失去了自己的，因为我们实在都太真实、太爱在朋友的面前赤裸自己的精神，因为我们又实在觉得是很亲近的。但我仍会觉得我们是谈得太少的，因为，像这样的能无妨嫌、无拘束、不须警惕着谈话的对手是太少了啊！

那时候我很希望她能来延安，平静地住一时期之后而致全力于著作。抗战开始后，短时期的劳累奔波似乎使她感到不知在什么地方能安排生活。她或许比我适于幽美平静。延安虽不够作为一个写作的百年长计之处，然在抗战中，的确可以使一个人少顾虑于日常琐碎，而策划于较远大的。并且这里有一种朝气，或者会使她能更健康些。但萧红却南去了。至今我还很后悔那时我对于她生活方式所参预的意见是太少了，这或许由于我们相交太浅，和我的生活方式离她太远的缘故，徒劳的热情虽然常常于事无补，然在个人仍可得到一种心安。

我们分手后，就没有通过一封信。端木曾来过几次信，在最后的一封信上（香港失陷约一星期前收到）告诉我，萧红因病始由皇后医院迁出。不知为什么我就有一种预感，觉得有种可怕的东西会来似的。有一次我同白朗说：“萧红绝不会长寿的。”当我说这话的时候，我是曾把眼睛扫遍了中国我所认识的或知道的女性朋友，而感到一种无言的寂寞。能够耐苦的，不依赖于别的力量，有才智、有气节而从事于写作的女友，是如此其寥寥啊！

不幸的是我的杞忧竟成了现实，当我昂头望着天的那边，或低头细数脚底的泥沙，我都不能压制我丧失一个真实的同伴的叹息。在这样的世界中生活下去，多一个真实的同伴，便多一份力量，我们的责任还不只于打开局面，指示光明，而还要创造光明和美丽；人的灵魂假如只能拘泥于个体的褊狭之中，便只能陶醉于自我的小小成就。我们要使所有的人都能有崇高的享受，和为这享受而做出伟大牺牲。

生在现在的这世界上，要顽强地活着，给整个事业添一份力量，而死，对人对己都是莫大的损失。因为这世界上有的是戮尸的遗法，从此你的话语和文学将更被歪曲，被侮辱；听说连未死的胡风都有人证明他是汉奸，那么对于已死的人，当然更不必贿买这种无耻的人证了。鲁迅先生的《阿Q正传》曾被那批御用文人歪曲地诠释，那么《生死场》的命运也就难免于这种灾难。在活着的时候，你不能不被逼走到香港；死去，却还有各种污蔑在等着，而你还不会知道；那些与你一起的脱险回国的朋友们还将有被监视和被处分的前途。我完全不懂得到底要把这批人逼到什么地步才算够？猫在吃老鼠之前，必先玩弄它以娱乐自己的得意。这种残酷是比一切屠戮都更恶毒，更需要毁灭的。

只要我活着，朋友的死耗一定将陆续地压住我沉闷的呼吸。尤其是在这风雨的日子里，我会更感到我的重荷。我的工作已经够消磨我的一生，何况再加上你们的屈死，和你们未完的事业，但我一定可以支持下去的。我要借这风雨，寄语你们，死去的，未死的朋友们，我将压榨我生命所有的余剩，为着你们的安慰和光荣。哪怕就仅仅为着你们也好，因为你们是受苦难的劳动者，你们的理想就是真理。

风雨已停，朦朦的月亮浮在西边的山头上，明天将有一个晴天。我为着明天的胜利而微笑，为着永生而休息。我吹熄了灯，平静地躺到床上。

一九四二年四月二十五日

（选自乔以钢主编：《百年美文　女性情感卷》，百花文艺出版社2008年版）

【导读】

《风雨中忆萧红》是丁玲散文创作中的名篇。1935年，萧红出版了《生死场》，“力透纸背”地反映了沦陷前后东北人民“对于生的坚强，对于死的挣扎”（鲁迅《生死场·序》），在文坛赢得声誉。1938年，丁玲与萧红在山西临汾相遇。1942年1月，萧红在香港逝世。三个月后，消息传到延安，丁玲以此文作为悼念。

全文12个自然段，作者在第6—9段，用占据全文一半以上的篇幅，记述了自己与萧红的相见。她们曾在西安一同度过了一个春天。出于对萧红写作环境的考虑，丁玲建议她留在延安安稳下来，萧红却执意南下，所以当丁玲得知萧红命殒香港时，不禁对自己那时没有更多地挽留萧红而有些许的自责。“大概女人都容易保有纯洁和幻想，或者也就同时显得有些稚嫩和软弱的缘故吧”，又“因为我们实在都太真实、太爱在朋友的面前赤裸自己的精神，因为我们又实在觉得是很亲近的”。这既是作者对萧红的评价，也是对自我的认识。然而，她也深知自己的生活方式离萧红太远，徒劳的热情是于事无补的。丁玲感喟道：“能够耐苦的，不依赖于别的力量，有才智、有气节而从事于写作的女友，是如此其寥寥啊！”这暗示了与萧红同时代女作家的艰难境遇。

现代散文崇尚的真实贵在揭示作者自我的灵魂，在这方面《风雨中忆萧红》堪称佳作。文章开篇描绘了陕北春天“肮脏的云”“阴霾的气压”和“哗啦哗啦”的风雨声等自然景观，为衬托作者的心绪打下伏笔。接着，作者从“阴沉和絮聒”的自然环境过渡到自己的政治生活环境，表明自己要以“毫不动摇”“大声疾呼”的方式回应“絮聒”压抑的现实。1942年3月9日，丁玲在《解放日报》上发表《三八节有感》一文，因指出男女不平等的问题而招致误解，同时，有人旧事重提，怀疑丁玲在南京软禁时曾发表过脱党声明，使丁玲有“风雨欲来”的感觉。全文以“风雨”贯穿，起到创造意境、烘托气氛的作用，并与作者一波三折的命运暗合。作者以胡风的处境、鲁迅《阿Q正传》所遭遇的歪曲为例证，预测萧红本人及其《生死场》也难免陷入被人误解的“灾难”，后来的事实被她言中了。

这篇散文写景状物、笔致细腻、结构紧致、首尾呼应、以情动人，饱含了作者对瞿秋白、冯雪峰、萧红等作家的敬佩和深厚感情。当读到“我丧失一个真实的同伴”，“我将压榨我生命所有的余剩，为着你们的安慰和光荣”，“我们要使所有的人都能有崇高的享受，和为这享受而做出伟大牺牲”等句子时，谁能不为之动容、动情、动心？她发誓要以他们为楷模鼓励自己坚持下去。文章结尾，作者以“风雨已停”与开篇之风雨描述相呼应，隐喻内心的“风雨”已经平静。“明天将有一个晴天”，映照出作者对未来满怀憧憬和信心。也许，正是当初的这些信念支持着丁玲度过了后来几十年的岁月。（刘钊）

▶ 丁玲《风雨中忆萧红》
拓展阅读

女子装饰的心理

萧　红

装饰本来不仅限于女子一方面的，古代氏族的社会，男子的装饰不但极讲究，且更较女子而过之。古代一切狩猎氏族，他们的装饰较衣服更为华丽，他们甘愿裸体，但对于装饰不肯忽视。所以装饰之于原始人，正如现在衣服之于我们一样重要。现在我们先讲讲原始人的装饰，然后由此推知女子装饰之由来。

原始人的装饰有两种，一种是固定的为黥创文身，穿耳，穿鼻，穿唇等；一种是活动的，就是连系在身体上暂时应用的，如带缨，钮子这类，他们装饰的颜色主要的是红色，他们身上的涂彩多半以赤色条绘饰，因为血是红的，红色表示热烈，具有高度的兴奋力。就是很多的动物，对于赤色，也和人类一样容易感觉。原始人的生活大多是狩猎和战争，于猎事及战争极兴奋的时候，往往可见到血，这足以使红色有直接感觉，有强烈的情绪的联系。其次是黄色，也有相当的美感，也为原始人所采用，再是白色和黑色，但较少采用，他们装饰所选用的颜色，颇受他们的皮肤的颜色所影响，如白色和赤色对于黑色的澳洲人颇为采用，他们所采用的颜色是要与他们的皮肤的颜色有截然分别的。

至于原始人对于装饰的观念怎样呢？他们究竟为什么要装饰？又为什么要这样装饰呢？这就谈到了他们装饰的心理问题了。

我们大概会惊异于他们这种重视装饰的心理罢，如黥身是他们身体装饰中最痛苦的，用刀或铁箭在身上刺成各种花纹，有的且刺满全身，他们竟于忍受痛苦而为其人的勇敢毅力的表示。而这种忍受，大都是为了装饰美观，极少含有其他作用。少年男女到了相当年龄，便执行着这种苦刑，而以为荣。以为假如身上没能刺刻的花纹，则将来很难找到爱侣。至于活动的装饰，如各种环缨之类的佩戴物，则一方表示他们勇敢善战，不懦怯，一方面是引起异性的爱悦，因为他们都以勇敢善斗为荣。身上所佩戴的许多珍贵的装饰物，表示他们的富有，是以勇敢夺得或猎取来的。总之，原始人装饰的用意，一方是引起异性爱悦，一方是引起他人的敬畏。事实上，各种装饰是兼具此两种意义的，这实在是生存竞争中不可少和有效的工具。由这些情形看来，在原始社会中男子的装饰较女子讲究，也是因为原始社会的人民，没有确定的婚姻制度，无恒久的配偶，而女子在任何情形中都有结婚的机会，男子要得到伴侣，比较困难，故必须用种种手段以满足其欲望。

但在文明社会中，男女关系与此完全相反，男子处处站在优越地位，社会上一切法律权利都握在男子手中，女子全居于被动地位。虽然近年来有男女平等的法律，但在父权制度之下，女子仍然是受动的。因此，男子可以行动自由，女子至少要受相当的约制。这样一来，女子为达到其获得伴侣的欲望，因此也要藉种种手段以取悦异性了。这种手段，便是装饰。

装饰主要的用意，大都是一方以取悦于男性，一方足以表示自己的高贵。脸上敷着白粉，红脂，口红，蔻丹等。刚才说过红色是原始人用作装饰的主要颜色，红白相称特别鲜明，不独引人注目，亦以表示其不亲劳动的身份。故牙齿既然是白的，口唇必须涂红。西洋妇女脸上涂桔黄色的粉，这是表示他们的富有，因为夏天海滨避暑为海风吹拂脸颊成黄色。白色最能显示脸部和身体的轮廓，原始人跳舞往往在夜间昏昏的灯光和月色之下，用白色把身体上涂成条纹，使身体轮廓显明，易为人注目。妇女用红白二色饰脸部，也是利用其颜色鲜明，且红色其热烈性，易使人感动。中国少女结婚时多穿红衣红裙，大概不外这个意义。

女子装饰亦随社会习惯而变迁。昔人的观念，以柔弱娇小为美，故女子束腰裹脚之风盛行，有“楚王好细腰，宫中多饿死”者的惨事。近来体育发达，国人观念改变，重健康，好运动，女子以体格壮健肤色红黑为美。现在一班新进的女子，大都不饰脂粉，以太阳光下的红黑色肤色的天然风致为美了。黑色太阳镜之盛行，不外表示其常常外出的习惯而已。

（选自《萧红全集》第 4 卷，黑龙江大学出版社 2011 年版）

【导读】

鲁迅在为萧红的成名作《生死场》作序时，以“越轨的笔致”概括了她这篇小说的写作特点，也成为对萧红一生创作风格的评判。萧红在小说、散文、诗歌的文体边界间自由穿行，使她的散文呈现诗意的自叙传色彩，透露出一位知识女性忧郁、寂寞、无奈的情感历程。她的散文和小说一样，擅长以景物描摹衬托自我的主观感知，人物心理描述细腻。然而，她的《女子装饰的心理》却是一篇少有的客观冷静的论说文。

文中的“装饰”一词，按今天的现代汉语习惯应为“修饰”，泛指通过服饰、妆饰、配饰等手段美化人物外在形象的行为。全文可分为两个部分，即“原始人的装饰”和“女子装饰之由来”。原始人身上装饰的涂彩以红色和黄色为多，十分醒目。特别是红色，是血液的颜色，与他们狩猎与战争的生活有较多关联，容易引起人们的感官刺激。白色和红色与澳洲原住民黑色的皮肤形成鲜明对比，产生色彩美学的功效。与之相比，萧红更重视“装饰”的社会心理分析。纹身虽然要忍受极大的痛苦，除了美观之外，“一方表示他们勇敢善战，不懦怯，一方面是引起异性的爱悦，因为他们都以勇敢善斗为荣”，引起他人的敬畏。原始社会男子的装饰比女子讲究，原因在于没有确定的婚姻制度，换句话说，两性中居于弱势地位的一方才是更加善于“装饰”自己以求得对方的爱慕的。然而，进入父权制社会后，女子与男子的地位出现了置换，“男子处处站在优越地位，社会上一切法律权利都握在男子手中，女子全居于被动地位”。如果与萧红对于婚姻的看法联系起来，不难见出，她认为婚姻制度束缚了女性的自由。

现代一夫一妻婚姻制度在表面上保障了夫妻双方平等的经济利益和人格地位，五四以来结婚与离婚权利的获得也是对女性自由的一种诠释。但不幸的是，萧红自从被作为人质抵押在旅馆，到萧军背叛于她，她始终缺乏婚姻生活中的两性平等和应有的安全感。“父权”一词在萧红的创作中不止一次出现。从小，暴戾的父亲不仅使她惧怕，也使她看到了长工，甚至爷爷在父亲权威下的恐惧。她也曾反抗过父亲的专制，到城里上中学是获胜了，但最终没有逃脱父亲给她安排的婚姻。在写作《女子装饰的心理》一文时，她已经深刻地感受到了丈夫与父亲一样给自己施加着压力，丈夫在情感上施加的压力比父亲在经济上施加的压力更沉重，她一直试图挣脱却又摆脱不了父权制社会带给自己的伤害。

但是，从根本上说，萧红还不是自觉的女性主义者，如她所说：“我是个女性。女性的天空是低的，羽翼是稀薄的，而身边的累赘又是笨重的！而且多么讨厌啊，女性有着过多的自我牺牲精神。这不是勇敢，倒是怯懦，是在长期的无助的牺牲状态中养成的自甘牺牲的惰性。”萧红对自己以及女性的反思是足够深刻的了。然而，她毅然与萧军决裂，将情感寄托于端木蕻良，最终也没有逃脱“栽到‘奴隶的死所’上”的命运。（聂绀弩《在西安》）

尽管如此，我们不能否认，萧红是一位对于社会现实有着清醒、深入认识的作家。正如她所写：“装饰主要的用意，大都是一方以取悦于男性，一方足以表示自己的高贵。”其用意在于表明，女子修饰自己既是屈从于父权社会中奴隶身份的需要，又是阶级社会中权力者的欲望表达。可见，以《生死场》为开端，萧红的创作一直在阶级与性别的双重视角下描写着女性艰难生存的现实。（刘钊）

▶ 萧红《女子装饰的心理》拓展阅读

回忆我的姑母（存目）

杨　绛

【导读】

杨绛在《杂忆与杂写·自序》中谈到怀人忆旧之作时说：“怀念的人，从极亲到极疏；追忆的事，从感我至深到漠不关心”，“都是兴来便写，不循先后”。她擅长组织千头万绪的材料，将记忆中的人物事件娓娓道来，把严谨沉重与别致幽默整合为一，传神地复活和还原历史人物的生动面目。读者既能从中了解到当时的历史氛围、生活场景和众相世态，又可以领略杨绛世事洞明、人情练达、幽默节制的散文笔调。正如洪子诚在《中国当代文学史》中指出的：“杨绛的文字简约含蓄，语气温婉，对历史事件多少保持适度距离，作平静审视的态度。她将笔触专注于大时代事件中的小插曲，在对个人的见闻、感受的记述中，也能见到时代的光景。”最有代表性的，是收入《将饮茶》中的《回忆我的父亲》《回忆我的姑母》《记钱锺书与〈围城〉》诸篇。

《回忆我的姑母》之所以特别，在于回忆的对象是在1925年间发生的北京女子师范大学学潮中受到学生驱逐的校长杨荫榆。当时支持女学生“逐杨”的鲁迅曾撰文对这位校长进行讥讽、批判，由此广为人知。杨绛说：“她很不喜欢我，我也很不喜欢她。”那么，要用什么样的笔墨去“回忆”这位历史身份特别的女性知识分子呢？

杨绛以尊重历史为前提。她说：“也许正因为我和她感情冷漠，我对她的了解倒比较客观。”力求还原这位在历史叙事中被丑化的近现代教育界女性精英的真实面相。人们对历史往往知其一而不知其二，比如只知道杨荫榆在现代教育史的某个阶段有压迫女学生的封建“婆婆”作风，却不知当日寇占领苏州后，杨荫榆凭借自己曾留学日本，熟谙日文，“不止一次跑去见日本军官，责备他纵容部下奸淫掳掠”，因而招来日本兵忌恨，后被无辜杀害。她曾经做出的正义之举当然不该被遗忘，杨绛在散文中如实记录了姑母的“晚节彪炳”。

但杨绛不是为了翻案而回忆。这篇散文有真实性，还有趣味性、可读性。作者描摹细节，叙事生动，活现了三姑母日常生活中的行为和心理状态，且将其一生命运放在个人、时代、环境的多重关系中加以考察。在婚姻上，三姑母是父母之命、“门户相当”观念的受害者，所嫁非人：“那位少爷老嘻着嘴，露出一颗颗紫红的牙肉，嘴角流着哈拉子。”她不得不在周围人的议论和婆婆的谩骂中逃回娘家，并与夫家断绝关系。杨绛认为：“即使她是个丑女儿，也不该把她嫁给一个低能的‘大少爷’。”循守传统礼教的家庭无视女性作为一个人的存在价值。这场既是悲剧又像闹剧一样的婚姻给当事人带来的恐惧感、挫败感和自卑心理，也隐约成为三姑母别扭古怪的性格的源头。

受益于日渐开明的时代氛围和现代女性的解放思潮，挣脱婚姻束缚的三姑母不仅得以进新学堂受教育，而且赴日留学，赴美攻读硕士，归国后出任了女师大校长，很是春风得意。杨绛从三姑母年轻时“还很幽默”“细酒涡儿一隐一显”的单纯，写到她出国留学时“许多喜欢她的人为她依依惜别”；从三姑母令人钦佩的“个人奋斗”，写到她渐渐成为“只顾自己，从不理会旁人”的“多心眼儿”。她做不成传统的贤妻良母，却在时代风气与社会转型的夹缝中显示出性格缺陷和以自我为中心的人格：“她好像不知道人世间有同情，有原谅，只觉得人人都盯着责备她，人人都嫌弃她。”真可谓性格决定命运，一个挣脱封建婚姻、开一时风气之先的女性，日常生活里却成了“孤独的人，脾气又坏”。杨绛以同情的立场和历史的眼光，为一个现代女教育家的失意和悲剧作了史料翔实、持论公允的小传。

杨绛的散文，笔墨简洁，笔意深长。倘若有议论，也多是对历史事件和人物命运的“点评”或“注解”，而这些评点正体现了杨绛的“知人论世”：

> 我母亲曾说“三伯伯其实是贤妻良母。”我父亲只说：“申官如果嫁了一个好丈夫，她是个贤妻良母。”我觉得父亲下面半句话没说出来。她脱离蒋家的时候还很年轻，尽可以再嫁人。可是据我所见，她挣脱了封建家庭的桎梏，就不屑做什么贤妻良母。她好像忘了自己是女人，对恋爱和结婚全不在念。她跳出家庭，就一心投身社会，指望有所作为。她留学回国，做了女师大的校长，大约也自信能有所作为。可是她多年在国外埋头苦读，没看见国内的革命潮流；她不能理解当前的时势，她也没看清自己所处的地位。如今她已作古人；提及她而骂她的人还不少，记得她而知道她的人已不多了。

实际上，我们今天还可以进一步反思：尝到了个性解放甜头的现代女性未必都有机会像杨绛那样遇到自己的真命天子，走进一段美好的婚姻，而是大多数更有可能近乎出走的“娜拉”，不得不辗转于各种新与旧之间的冲突和夹缝中；不仅没有足够的“后继资源”支撑，还因袭了许多旧的负担，甚至免不了被世人“巫婆化”，这又进一步加剧了这些女性内心深处的重重阴影，使她们随时处于纠结、失落与不知所措之中。杨绛感叹姑母杨荫榆的人生终结于一副如此模样的棺材：“那些木板是仓卒间合上的，来不及刨光，也不能上漆。那具棺材，好像象征了三姑母坎坷别扭的一辈子。”可见现代女性追求自我实现是多么不易！（吕若涵）

▶ 杨绛《回忆我的姑母》
拓展阅读

燕园墓寻

宗　璞

提起燕园的墓，最先就会想到埃德加·斯诺安眠的所在。那里原是花神庙的旧址，前临未名湖，后倚一小山，风水绝佳。岸边山下，还有花神庙旧山门。在燕园居住近四十年，见这山门的颜色从未变过，也不见哪一天刷新，也不见哪一天剥落，总是一种很旧的淡红色。映着清波，映着绿柳。

斯诺下葬在 1972 年。那天来了许多要人，是一大盛事。据说斯诺遗嘱葬他一部分骨灰在此，另一部分撒进了纽约附近的赫德孙河，以示他一半属于美国，一半属于中国。分得这样遥远，我总觉得不大舒服。当然这是多虑。一块天然的大石头盖住了墓穴，矮长的墓碑上简单地刻着名字和生卒年月，金色的字，不久便有几处剥落了。周围的冬青，十几年也不见长高，真是奇怪。

斯诺的名著《西行漫记》曾风行全世界。三四十年代在沦陷区的青年因看这书被捕入狱，大后方的青年读这书而更坚定追求的信心。他们追求理想社会，没有人剥削人，没有人压迫人，献身的热情十分可贵，只是太简单了。斯诺后来有一部著作《大河那边》我未得见。如果他活到现在，不知会不会再写一部比较曲折复杂的书。

另一位美国人葛立普（1870—1946）1920 年应聘担任北京大学地质系教授和农商部地质调查所古生物室主任，为中国地质学会创立者之一。他去世后先葬在沙滩北大地质馆内。1982 年迁在燕园西门内。这里南临荷池，北望石桥，东面是重楼飞檐的建筑，西面是一条小路。来往的人很容易看见他的名字，知道有这样一位朋友。这大概是墓的作用。

还有一位英国朋友的墓可真得寻一寻了，不仔细寻找是看不见的。前两年，经一位燕京校友指点，我们在临湖轩下靠湖的小山边走来走去许多遍，终于在长草披拂中找到一块石头，和其他石头毫无区别，只上面写着 Lapwood 几个英文字和 1909—1984 几个数字。只此而已，没有别的记载。

赖朴吾曾是燕京大学数学系教授，北平沦陷时曾越过封锁线到过平西游击区，和我游击队有联系。解放后他回英国任剑桥大学数学系主任。1984 年来华讲学，在北京病逝。遗愿“把骨灰撒在未名湖边的一个小小的花坛里”。大概原是不打算留下名字的，所以葬在草丛中大石下，让人寻找。

这几天在未名湖边散步，忽然发现临湖轩下小山脚的草少了许多。赖朴吾的名字赫然分明，再没有草丛遮掩。旁边一块较小的石上，又添了一个外国名字和数字 1898—1981。因照签名镌刻，认辨不出是哪一位。经过多方打听，才知道这不是墓，而是纪念碑。那名字是 Sailor，即故燕京大学心理系教授夏仁德，美国人。

据说夏仁德是虔诚的基督徒，但三十年代的青年学生，在他指定的参考书中第一次接触了《共产党宣言》。在北平沦陷时进步学生常在他家中集会。他曾通过各种关系，将许多医药器材送进解放区。解放后返回美国。后来人们渐渐不知道他了。现在燕京校友将他的名字刻在石上，以示不忘。

这几个朋友的墓使我感到一种志在四方的胸怀。我们总希望叶落归根，异域孤魂是非常凄惨的联想。而他们愿意永远留在这未名湖边，傍着旧石，望着荷田，依着花神庙。也许他们的家乡观念淡泊些？也许他们认为，自己所爱的，便是超乎一切的选择？

离葛立普不远，在原燕京图书馆南面小坡旁，有两座碑，纪念四位青年学子。我一直以为那是墓，所以列入“墓寻”篇，这次仔细观察，始知是纪念碑。两座碑都是方形柱，高约两米，顶端是尖的，使人想起“刺破青天锷未残”的诗句。

四位同学都是 1926 年三·一八事件中的遇

难者。北面的一座纪念三位北京大学学生。四方柱上三面刻三·一八遇难烈士名字。他们是：张仲超，陕西三原人氏，23岁；黄克仁，湖南长沙人氏，19岁；李家珍，湖南醴陵人氏，21岁。背面刻“中华民国十有八年五月卅日立石”，下有铭文，曰：“死者烈士之身，不死者烈士之神。愤八国之通牒兮，竟杀身以成仁。唯烈士之碧血兮，共北大而长新。踏着三·一八血迹兮，雪国耻以敌强邻。繄后死之责任兮，誓尝胆以卧薪。北大教授黄右昌撰。”黄右昌不知何许人。立碑时这里还是燕京大学。倒是巧得很，以后北大迁来了。

南面一座纪念燕京大学二年级女学生魏士毅。有说明本来同学们打算把她葬在这里，因家属不同意，乃立碑“用申景慕”。碑文和铭文都简练而有感染力。碑文如下：“劬学励志，性不容恶，尝慨然以改革习俗为己任。民国15年3月18日北京各学校学生为八国通牒事参加国民大会至国务院请愿，女士与焉，遂罹于难。年二十有三岁。”铭曰：“国有巨蠹政不纲，城狐社鼠争跳梁，公门喋血歼我良，牺牲小己终取偿。北斗无酒南箕扬，民心向背关兴亡。愿后死者勿相忘。”碑最下方书：燕大男女两校及女附中学生会全体会员立。

这一带环境变迁很大，实际上人的忘性也很大。有多少人记得这里原来的那一片树林，那一片稻田？记得那林中的幽僻和那田间的舒展？我曾在震耳的蛙声中，在林间小路上险些踩上一条赤练蛇。现在树林稻田都已消失，代之而起的是留学生楼——勺园，蛙声则理所当然的为出租车声代替了。

幸好这两座烈士纪念碑依旧。碑座上还不时会出现一两束新摘的野花，在绿荫中让人眼前一亮。

长勿相忘。

燕园居民中传着一种说法，说是园中还有许多无形的、根本寻不出的墓。那是未经任何手续，悄悄埋在这风景佳胜处的。对于外人来说，就无可寻考了。只亡人的亲人，会在只有自己知道的角落，在心里说些悄悄话。也许在风前月下，在悄无人迹的清晨与黄昏，还会有小小的祭奠。

祭奠与否亡灵并不知道，实在是生者安慰自己的心罢了。墓其实也是为活人设的。在燕园寻墓迹的同时，也在为已去世十三年的母亲在燕园外安排一个永栖之所。要它像个样儿，不过是活人看着像样而已。也许潜意识里更为的是让以后有这等雅兴的人寻上一寻。

1990年4月15日

（选自《随笔》1990年第6期）

【导读】

宗璞散文以文字优美蕴意深厚著称，尤以忆人、咏物、写景最具艺术匠心。忆人散文主要是怀念父亲冯友兰、母亲、弟弟及挚友的文字，以《心的嘱托》《三松堂断忆》《三松堂岁暮二三事》《水仙辞》等为代表，写得既平易又蕴含深情。写景或咏物散文，情味深沉，体物言志，如《紫藤萝瀑布》《丁香结》《好一朵木槿花》等。而她以燕园之“霞”“桥”“墓”“石”“碑”“树”等为状物抒情对象的散文，将山水陈迹与人文荟萃融于一体。她写到的石的坚固、桥的贯通、碑的铭记、霞的满天、树的生命，均是近现代学者大师们精神品性的象征、余泽披世的见证。细微体察、以物喻人是她散文写作重要的思维方式。

《燕园墓寻》呼应了其他的燕园之景。桥、石、树等是人们一眼就能看见的风景，而燕园的墓却少有人留意。宗璞首先探到的墓，墓的主人均为长眠于此，在中国革命史、现代科学史、教育史上作出贡献的外籍教师，如埃德加·斯诺，“他们愿意永远留在这未名湖边，傍着旧石，望着荷田，依着花神庙”，令人生出对“志在四方”“自己所爱的，便是超乎一切的选择”的感佩之心。接着，又发现数块碑，其中两块是北大学生和燕大学生的纪念碑，他们代表逝去的年轻生命。面对燕园的沧海桑田，宗璞一面疑惑究竟“有多少人记得”，一面又在“碑座上还不时会出现一两束新摘的野花，在绿荫中让人眼前一亮”的发现中获得些许慰藉。

《燕园墓寻》结构简单，述写、感怀很节制，文字里似乎有作者轻慢的脚步，散淡的情绪，怅然的眼光，但活着的人“长勿相忘”的意旨却很显豁。原来彼时宗璞“在燕园寻墓迹的同时，也在为已去世十三年的母亲在燕园外安排一个永栖之所”，写花神庙旧山门、长草披拂的墓地，想象不为人知的小小祭奠，还是为了“安慰自己的心罢了”。（吕若涵）

▶ 宗璞《燕园墓寻》拓展阅读

捡 麦 穗[①]

张 洁

在农村长大的姑娘，谁不熟悉捡麦穗这回事呢？

或许可以这样说，捡麦穗的时节，是最能引动姑娘们幻想的时节。

在那月残星稀的清晨，挎着一个空篮子，顺着田埂上的小路，走去捡麦穗的时候，她想的是什么呢？

等到田野上腾起一层薄雾，月亮，像是偷偷睡过一觉，重又悄悄回到天边。方才挎着装满麦穗的篮子，走回自家破窑的时候，她想的又是什么呢？

唉，她还能想什么。

假如你没在那种日子里生活过，你永远不能想象，从这一颗颗丢在地里的麦穗上，会生出什么样的幻想。

她拼命地捡哪，捡哪，一个麦收时节，能捡上一斗？她把这捡来的麦子换成钱，又一分一分地攒起来，等到赶集的时候，扯上花布、买上花线，然后她剪呀、缝呀、绣呀……也不见她穿，也不见她戴，谁也没和谁合计过，她们全会把这些东西，偷偷地装进新嫁娘的包裹里。

不过，真到了该把那些东西从包裹里掏出来的时候，她们会不会感到，曾经的幻想变了味儿？她们要嫁的那个男人，是她们在捡麦穗、扯花布、绣花鞋时幻想的那个男人吗……多少年来，她们捡呀、缝呀、绣呀，是不是有点傻？但她们还是依依顺顺地嫁了出去，只不过在穿戴那些衣物的时候，再也找不到做它、缝它时的心情了。

这算得了什么，谁也不会为她们叹一口气，谁也不会关心她们曾经的幻想。顶多不过像是丢失一个美丽的梦。有谁见过哪个人，会死乞白赖地寻找一个失去的梦？

当我刚能歪歪咧咧提着一个篮子跑路的时候，就跟在大姐姐身后捡麦穗了。

对我来说，那篮子太大，老是磕碰着我的腿和地面，闹得我老是跌跤。我也很少有捡满一篮子，因为我看不见田里的麦穗，却总是看见蚂蚱和蝴蝶，而当我追赶它们的时候，篮子里的麦穗，便重新掉进地里。

有一天，二姨看着我那盛着稀稀拉拉几个麦穗的篮子说："看看，我家大雁也会捡麦穗了。"然后她又戏谑地问我，"大雁，告诉二姨，你捡麦穗做啥？"

我大言不惭地说："我要备嫁妆哩！"

二姨贼眉贼眼地笑了，还向在我们周围的姑娘、婆婆们，挤了挤她那双不大的眼睛："你要嫁谁嘛？"

是呀，我要嫁谁呢？我想起那个卖灶糖的老汉。我说："我要嫁给那个卖灶糖的老汉。"

她们全都放声大笑，像一群鸭子嘎嘎地叫着。笑啥嘛！我生气了，难道做我的男人，他有什么不体面的吗？

卖灶糖的老汉有多大年纪了？我不知道。他额上的皱纹，一道挨着一道，顺着眉毛弯向两个太阳穴，又顺着腮帮弯向嘴角。那些皱纹，给他的脸增添了许多慈祥的笑意。

当他挑着担子赶路的时候，他那长长的白发，在他剃成半个葫芦样的后脑勺上，随着颤悠悠的扁担一同忽闪着……

我的话，很快就传进了他的耳朵。

那天，他挑着担子来到我们村，见到我就乐了。说："娃呀，你要给我做媳妇吗？"

"对呀！"

他张着大嘴笑了，露出一嘴的黄牙。后脑勺上的白发，也随着他的笑声一起抖动着。

"你为啥要给我做媳妇呢？"

"我要天天吃灶糖哩。"

他把旱烟锅子朝鞋底上磕了磕："娃呀，你太小哩。"

"你等我长大嘛。"

他摸着我的头顶说："不等你长大，我可该进土啦。"

听了他的话，我着急了。他要是死了，那可咋办？我那淡淡的眉毛，在满是金黄色绒毛的脑门儿上，拧成了疙瘩。我的脸，也皱巴得像是个核桃。

他赶紧拿块灶糖，塞进了我的手里。看着那块灶糖，我咧开嘴笑了："你莫死啊，等着我

① 本文最早发表于《光明日报》1979年12月16日，原标题为《拣麦穗》。

长大。”

他又乐了。答应着我：“莫愁，我等你长大。”

“你家住啊哒？”

“这担子就是我的家，走到啊哒，就歇在啊哒！”

我犯愁了：“等我长大，去啊哒寻你呀？”

“你莫愁，等你长大，我来接你。”

这以后，每逢经过我们村，他总是带些小礼物给我。一块灶糖、一个甜瓜、一把红枣……还乐呵呵地说：“来看看我的小媳妇呀！”

我呢，也学着大姑娘的样子——我偷见过——让我娘给我找块碎布，给我剪了个烟荷包，还让我娘在布上描了花。我缝呀，绣呀……烟荷包缝好了，我娘笑得个前仰后合，说那不是烟荷包，皱皱巴巴，倒像个猪肚子。我让我娘给我收了起来，我说了，等我出嫁的时候，我要送给我的男人。

我渐渐长大了，到了认真捡麦穗的年龄。懂得了我说过的那些个话。都是让人害臊的话。卖灶糖的老汉也不再开那玩笑，叫我是他的小媳妇了。不过他还是常常带些小礼物给我，我知道，他真的疼我呢。

我不明白为什么，我倒是越来越依恋他，每逢他经过我们村子，我都会送他好远。我站在土坎坎上，看着他的背影，渐渐消失在山坳坳里。

年复一年，我看得出来，他的背更弯了，步履也更加蹒跚。这时，我真有点担心了，担心他早晚有一天会死去。

有一年，过腊八的前一天，我估摸着卖灶糖的老汉，那一天该会经过我们村。我站在村口一棵已经落尽叶子的柿子树下，朝沟底那条大路上望着，等着。

那棵柿子树的顶梢梢上，还挂着一个小火柿子，让冬日的太阳一照，更是红得透亮。那个柿子，多半是因为长在太高的树梢上，才没有让人摘下来。真怪，可它也没有被风刮下来、雨打下来、雪压下来。

路上来了一个挑担的人，走近一看，担子上挑的也是灶糖，人可不是那个卖灶糖的老汉。我向他打听卖灶糖的老汉，他告诉我，卖灶糖的老汉老去了。

我仍旧站在那棵柿子树下，望着树梢上那个孤零零的小火柿子。它那红得透亮的色泽，依然给人一种喜盈盈的感觉，可是我却哭了，哭得很伤心。哭那陌生的、但却疼爱我的、卖灶糖的老汉。

等我长大以后，我总感到除了母亲以外，再没有谁像他那样朴素地疼爱过我——没有任何希求，没有任何企望的疼爱。

真的，我常常想念他，也常常想要找到我那个皱皱巴巴、像猪肚子一样的烟荷包。可是，它早已不知被我丢到哪里去了。

1979 年 12 月

（选自《张洁文集·散文随笔卷》，人民文学出版社 2012 年版）

【导读】

《捡麦穗》以第一人称的视角，记叙了名为大雁的“我”从幼年开始与走村串户卖灶糖老汉的忘年之交。作品首先描绘了一幅明朗纯净充满温情的乡村情景：女孩儿们怀揣着对未来生活的想象在田野里捡啊捡，把捡来的麦穗攒成一份份自己成人后的嫁妆。大雁年龄尚小，拙稚可爱，也学着姐姐们去捡麦穗，自言要嫁给那位卖灶糖的老汉，只是为了能够“天天吃灶糖”。童言的天真无邪，童心的自然朴质，让善良的老汉对大雁心生怜爱，给她带来“没有任何希求，没有任何企望的疼爱”。然而，岁月蹉跎，老汉终究还是老去了，大雁也失去了那份朴素的疼爱。文末树梢上高挂的“孤零零的小火柿子”喻指这些乡村少女对美好人生的“曾经的幻想”是那么的遥不可及。

张洁一面以自己的生命体验和艺术悟性构筑了一个至真至纯至美的女性世界，赞赏乡村女子淳朴热诚的“女儿心”，赞美那些平凡普通却良善一生的乡村人；一面慨叹这些乡村女性最终为现实为命运所任意摆布的无力感，对她们的人生遭际和悲剧命运表达了深切的悲悯和无尽的同情。这是作家从人性的角度来反思和探索女性的出路，也是作家女性意识的自然流露。（庄萱）

▶ 张洁《捡麦穗》
拓展阅读

话说湾仔

小　思

我搬离湾仔二十多年，可是，她仍令我牵肠挂肚，说起来话就多了。

“七千美国水兵涌港”！湾仔，这个弥漫着蛊惑、肉欲联想的名字，又涌现在七千个兵哥心头了。而我只能说，这就是命——湾仔的命中注定，带了桃花邪运。也许，那是一笔孽债，延绵一个世纪。

那是十九世纪中叶，站在船街朝北街头，就会面对维多利亚港的海傍。叫船街，就因为可以看见船。回过头向南山边望，洪圣庙里，渔民上岸供奉的香火鼎盛。应该还有一座大王庙，如果不是，怎会有大王东街大王西街？靠近海，来自四海的浪荡儿，就会上岸脚踏实地，除了酬神感恩的心灵慰藉之外，还得证明肉体的果然存在。船街、石水渠街一带，女人干着最古老的行业，跟西环石塘咀的阿姑不一样，他们享不了十二少的挥金与情义，贫穷的一宵交易，只有肮脏，没有记忆。

船街在海傍的光景，我没赶上。以上一切，都单凭文献纪录，再添想象得来，但却足够证实，湾仔的孽债由来已久。

我出生于湾仔，从懂事开始，看见的海傍，就在告士打道，填海改变了湾仔的地貌，但命，却没多大改变。

父亲爱到海傍散步，晚饭后，穿上布鞋，“去海皮啦”，父女二人便下楼去闲逛一回。自轩尼诗道转出柯布连道或菲林明道，总得经过洛克道、谢斐道两个街口，那一带都是宁静民居。到了海傍，店铺没开几家，湾仔差馆重门庄重，右边几户是小型货栈，没人气。父亲会拐向左边，路过金城戏院、六国饭店。这样走，必然经卢押道或分域街走回轩尼诗道。这样走，经过的谢斐道和洛克道，气氛就很不一样。舞厅、酒吧、卖些不明所以东西的小店，辉煌不辉煌的开着，纹身店在二楼，溪钱张张自楼上飘下，老女人蹲在坑渠边烧金银衣纸，纸灰飞舞如幽魂。几个年轻妖冶女子站在店前或者梯口，自顾自地谈笑。这时候，父亲脸上总会泛起奇异的笑容，而我早就懂得紧紧握住父亲的手，快走几步，把他拉离色欲视野。四十年代末，我只是个小学一二年级学生，很乖很纯，但父亲从不忌讳什么，在逛街时告诉我许多故事，包括塘西风月和湾仔花事——花事，是男人想出来，做坏事做得心安理得的雅词，我怎也不能接受。父亲还描叙过三年零八个月日占时代，在洛克道慰安所里，香港女人的悲惨遭遇。为什么慰安所又要设在湾仔呢？父亲说九龙也有。为什么香港区要设在湾仔呢？大概因为靠近“铎也”，那个海军基地吧。父亲最怕我刨根究底，他必须找个令我信服的答案。

五十年代，国际风云正紧，香港在远东地位不寻常，说是水深港阔，各种船舰补给服务周全，英美舰队到来，原因大方正常。但还有众不周知的其他原因，美国舰只来得最多。穿雪白夏服或海军蓝冬服的兵哥，在分域码头上岸，就像蝗祸蜂阵，穿插湾仔街头。他们买醉，醉得昏昏然，他们寻欢，欢得七颠八倒。都该多得那个塑造苏丝黄的 Richard Mason 唔少，再加上电影里关南施的外国人心目中的“中国女人”相，兵哥揽住个中国女人，就以为自己是威廉荷顿，还一生情债。

虾球在这一带绕了十几转，然后走出告士打道海边，六姑一手拉住他，教他一句湾仔通行英语，央他帮帮忙，叫他到海边跟那个半醉的水兵说：“标蒂夫格尔·温那，端蒂法夫打拉，奥茄？”

我们没有 Richard Mason，却有黄谷柳。他在《虾球传》里，把湾仔春园街、修顿球场、告士打道一圈风月地细加描绘了。你试猜猜六姑教虾球的那几句湾仔通行英语是什么意思？真可惜黄谷柳不用广东话记音，写下来只是洋泾浜，失去本地风味。

五六十年代住在湾仔的良家妇女，确实无奈也无辜，半醉或大醉兵哥，情急性急，不知就里，不懂门路，往往在路上乱颠狂闯，有时候更会到良家来拍门吵闹，吓得女人小孩东躲西避。受过惊恐，到今天，我对水兵仍存反感。奇怪的是记忆中，只有穿雪白夏服还有黑亮皮靴的水兵，却不记起海军蓝。

不必考究从什么年代开始，不再看见穿军服的兵哥在路上走。湾仔又从海夺地，地图上多添港湾道、会议道、博览道。政府大楼、各种商厦、酒店、会议展览中心，都建起来了。政治行政商务进驻湾仔，反过来可以这样说，中环的行政商务地位给湾仔抢去、有点不服气，建在湾仔的“中环广场”命名，很有些醋味的象征意义。金紫荆、回归碑，都安放在湾仔海傍，移交大典在那儿举行，升旗礼在那儿举行，我还有什么不放心的？湾仔要脱胎换骨了。

七千没穿军服的美国水兵上岸，报上照片，都见他们在湾仔作乐狂欢的样子。今回，等待着他们的还多了菲籍女人。黄昏时分，湾仔的某些层楼上，还有溪钱飘飞吗？

在智慧型高科技设计的大厦外，在电脑控制玻璃幕墙闪灯的光华背后，湾仔竟然仍没法摆脱命中之孽，Vice Returns to Wan Chai！一九七七年有人在西报上慨叹，今日，我也许是过虑了。但谁叫我生于湾仔？

再加一笔：我没忘记解开谜语，那几句湾仔通行英语是：漂亮女子，一晚，二十五元，OK？

想深入了解湾仔身世，请读施其乐著宋鸿耀译的《历史的觉醒——香港社会史论》中的《湾仔：寻求认同》。

二〇〇〇年三月

（选自小思：《翠拂行人首》，中华书局2015年版）

【导读】

小思是香港知名的现代文学研究专家，又是当代香港文学界的重要作家。无论是研究还是写作，她多以“香港”为圆心向外辐射。小思散文的特点，一是多走知性清雅理性一路，情感起伏的幅度不大；二是多为短章，这也是香港多数散文的特点。湾仔是小思少时生活的场域，写湾仔就是写香港，因为湾仔斑驳的底色暗合着香港受殖民统治的暧昧前身。

小思这篇散文有两条情感线索。一条是湾仔的前尘旧影，由湾仔出现“七千美国水兵涌港”之事而引发。作者记忆中的20世纪的湾仔是屈辱的，它因傍海而成为海上浪荡儿的寻欢之地、日占时代日本兵的慰安所、50年代南来者的买醉之处，到处有着“女人干着最古老的行业”的痕迹。湾仔的“孽债”延绵一世纪，身为湾仔人，“而我只能说，这就是命——湾仔的命中注定，带了桃花邪运”。湾仔的命运隐喻香港的命运，如一个烟花女子，年轻妖冶的另一面是被损害的真相。于此，小思的笔调隐含悲情。

另一条线索是她少时在湾仔的记忆，生于斯长于斯，父女情深，怀旧之情溢于纸面。“父亲爱到海傍散步”一段，街道、街口、拐弯处，必经的戏院、饭店、舞厅、酒吧，湾仔的风情中夹杂着被父亲牵引着的快乐以及对声色光影的不安。不过，作家笔调节制，当她说“今日，我也许是过虑了。但谁叫我生于湾仔”时，看似是对湾仔“命中之孽”的忧虑，实际上是放不下对香港明天（未来）的“牵肠挂肚”。（吕若涵）

▶ 小思《话说湾仔》
拓展阅读

走在城市的皱褶

林中英

挤出时间，背上相机，游走在澳门的老街巷上。

若说看城市的风采，在繁盛之区登高俯瞰，便能把时尚的高楼商厦、地标性建筑、蜿蜒的车流收进眼底；若说感触城市里人的细致实在的生存，还是走进城市的皱褶去好。因为大街上的人生景象都是惯见了的，程式化了的，一览无余的；皱褶里的，却有我们忽略了的和个性化的东西。

城市的皱褶么，在上海是它的弄堂，在北京是它的胡同，在澳门，便是上上落落弯弯曲曲的横街窄巷了。

我从龙嵩街高楼街到妈阁街，再从龙头左巷走进街巷分布密如蛛网的下环区……龙嵩街连接着城市大动脉，是敞开的，它不算皱褶。从常年寄售西洋牛油糕、西洋豆捞的架深洋行开始，从洋行古朴的木百叶窗和牛油糕凝滞的油光，开始嗅到星星点点南欧味。这味道在进入高楼街便浓重起来，一直到阿婆井前地形成一个高峰。曾经是古老的葡国人居住区的阿婆井，因从前这里有一口甜水井而得名，据说，住在这里的西洋人喝了阿婆井井水后，长住澳门都不思乡了。这里，优雅的西洋平房、小别墅髹了粉红嫩绿鹅黄的灰水，这儿曾经热闹过。

飞历奇的《爱情与小脚趾》里，沦落了的葡人土生臭脚丫西科，在当年的一个寒夜里跌跌撞撞走过高楼街，竟被曾遭他羞辱过的老姑娘维克托利娜救起。她把他扶进阿婆井的别墅中，并住下来。她亲手脱去他脓血黏连、臭气熏天的破鞋，为他清洗、敷药，终于用中药治好了恶疾。这位叛逆女神，顶住全社会的误解和诬蔑，成就了奇迹般的姻缘。阿婆井别墅原本是一位悲悲切切的老姑娘的栖身之地，现在变得宾客满堂，充满孩子们的欢叫声。

可是，眼前的阿婆井别墅依然翠竹青青，但铁门缠上了锁，花圃与小径积了被风吹到一处的垃圾，刻着“1898”的妈阁街4号平房，大信箱塞满废报纸和宣传单张，深褐色的古老门环多久没来人拈起敲响过了？那座外貌完好的小平房，从落满尘土的窗台窥进去，楼顶坍塌处露出一片天光，侧门贴上一纸警告：此处曾放灭鼠药！阿婆井前地的浓树荫下，设置了一个绿色咖啡亭，颇有情调的样子，但人去楼空，谁来喝这杯咖啡？亭子便如一件用不着的道具，落寞着。

人去楼空，这儿的生活已抽空了，在斜阳下飘忽着荒凉。新髹上灰水的空楼只是一座座城市化石，虽精心装扮，还是弥漫着被追忆的气氛。每个城市都在挖掘着文化潜力，但缺少生气的地方，文化潜力显得那般薄弱。

抄一条叫龙头左巷的近便小路走去，立即会有从梦幻回到活生生的现实中去的反差感。

绕过南巫围，走进幻觉围，往回折返太和街，出三巴仔斜巷，从太和斜巷走近六屋围，便堕入下环区的街巷蛛网中。分布在斜坡上的短窄街巷拐扭穿插，似断仍续，楼房挨挨挤挤，维持着从前留下来不讲究合理布局的居住格局。稠密的环境，使这儿像经过压缩一样，超负荷地藏了许多东西，一切都是浓稠的，充盈着声息相闻，无遮无挡，贴身贴肉的街坊街里的感性。

不能行走机动车的小路上，摆上可丢可不丢的家杂。一堆张家李家的孩子在追逐叫喊，玩出小游乐场的气氛。简陋的小食店不少，仅做附近人家的生意，买卖小再加上彼此熟络，吃的和干的都意态松弛。稍宽街巷的铺子做了小工场，打铁声、锯木声尖锐地交响，噪音常规化了，软化成一种絮絮叨叨。

这个古老居民区，不少老房子早已拆建成几层高的大厦了，黄昏，在阳光投不进的城市皱褶里，已有年月的大厦更加黯旧。好几处空空的待建地盘，是老年人嘴巴里的缺齿，尽是风霜。街头巷尾密集地摆置了大型垃圾桶，一天未完，垃圾已经满载溢泻了。走不通的短浅街道叫作“围”——幻觉围、凤仙围、六屋围，当年人在角角落落处建起几幢青砖楼房，自成小天地。幻觉围因何唤幻觉？凤仙围的闺阁里曾否风流？这类颇有个性与特色的街名使人生起追寻之念。幻觉围里颤巍巍的楼房保留着趟栊大门，是南粤风格建筑，值得保存下去，有一天会成为旅游资源。几户人家都迁离了，余下的一户，缺玻璃的残窗用纸皮糊上，作挨一天算一天的打算。屋前晾着几件因舍不得多用洗衣粉、所有花色都呈现泥黄的衣裳，即使干了也似潮潮的，仿佛嗅到一股股汗味。

往下走，是下环街市了。黄熟的暮色中，人往人来，都统一着节奏，忙忙碌碌的营生，各有各的操持，都急手快脚。急得天一下子疲惫下来。真实自然的生态，固定的生存模式，平常得叫人熟视无睹，但只要有心，便看到峥嵘的生存欲望。

阿婆井的夜会是很长的，这儿的明天却在人们还未睡够便很快到来。

（选自林中英：《头上彩虹》，作家出版社2014年版）

【导读】

每一座风格独特的城市都值得深度细描，建筑、街巷便是它们的绝佳入口，因为一座城市的身世与精神品格都细致入微地渗透在建筑、街巷的空间细节中。澳门，这座饱含沧桑的城市，既有层叠错杂的殖民经验与异域风情，又有古今交叠映照的人世沧桑与俗世况味，非常适合观察敏锐又心思绵密的作家细细品咂。林中英便是一位身居澳门并深知澳门三昧的阅读者和书写者。

任何一次的城市行走，都是一次或深或浅的城市阅读。行走敞开了城市空间的细部和深度。林中英的澳门行走，直抵“城市的皱褶”——“在澳门，便是上上落落弯弯曲曲的横街窄巷”；于是，密如蛛网的街巷如折纸般展开皱褶——“从常年寄售西洋牛油糕、西洋豆捞的架深洋行开始，从洋行古朴的木百叶窗和牛油糕凝滞的油光，开始嗅到星星点点南欧味。这味道在进入高楼街便浓重起来，一直到阿婆井前地形成一个高峰”。随着逦逦的空间，日常生活物象、视觉与味觉都具有了人世的活气。这看似简单的细描，却是作者从无数次的身体感知中对城市底色的回味与提炼，这也体现出一位优秀散文家的功力。

空间阅读与文本阅读，是阅读城市的双重经验。它们共同构建城市的前世今生。借着一部中篇小说有关土生葡人的爱情传奇，阿婆井别墅蒙上了绚丽的异域情调；但现实的落寞与荒凉的场景，却让人惊愕以致产生梦幻感。双重的阅读经验构成了澳门街巷的景深，而林中英挽住的是街坊邻里的日常生活气息。似乎唯有如此，才能在风云变幻的历史中锚定当下的存在感。（林强）

▶ 林中英《走在城市的皱褶》
拓展阅读

女儿湖隐喻

张抗抗

泸沽湖，在崇山峻岭之巅苍郁的松林缝隙中，悄然撩开了她的面纱。

我盼这一刻，盼了很多年，从北方，几千公里，翻山越岭，为这个湖而来。人们说那是一个女人国中的女儿湖——我期待在这清澈的湖水中，隐匿着有关女性的奥秘。

远远望去，湖面呈银白色，宁静平滑，像是结了一层薄冰。太阳隐没于云层，冰面发出冷冷的光，感觉却是柔软的，纱裙一般铺撒开去，微微颤动，闪烁着不易察觉的波纹，像一个温柔的陷阱。这是一个矜持而含蓄的冰美人，千年万年地离群索居，只与高原雪山为伴。她本是不喜欢被打扰的，所以从不以微笑迎接远方的客人。

落水村，落落大方的水么？村寨依山临水，高瓴厚墙的木楼，亦是落落大方。

水就在眼前，水就在脚下；进村的路，紧贴着湖岸，好像是从水里走进村子里去。我从未见过那样丰沛的一湖清水，满得从湖中漫到湖边，轻轻拍打着无需围堰的湖沿。我从未见过如此浅显的岸，湿润的泥土与湖水在同一平面上，岸与湖连成了一体。水波随意地撩拨着湖边的芦苇，路面有浅浅的水坑，水来了又退去，也是没有定规的；湖水荡漾着波动着，只是有节制地与湖岸调情亲热，却从不恣意汪洋泛滥溢淌；湖的四周是逶迤的山，冷峻的蓝灰色，臂膀一般环绕着、呵护着湖。山有一角伸入水中呈半岛状，湖心另有两座玲珑的小岛，将泸沽湖分隔成几个弯曲的水域，由此显出了湖的窈窕曲线——这是一个不受束缚的湖、一个不设防的湖、一个浑然天成、没有任何人工痕迹的湖、一个自由自在、冷暖自知的湖。

那晚下了一夜的雨，急骤而细密。落水村果然时时落水，却是说停就停了。天亮去湖边，湖水却不见涨溢，依然满满盈盈、温情脉脉的样子。雾气渐重，乳白如烟，弥漫开去，好似冷美人忽然兴致所致，变得热情奔放起来，整个湖成了升腾着热气的巨大温泉。阳光在云层中忽隐忽现，泄出一小块瓦蓝瓦蓝的天空，水天一色，女儿湖迅速换上了一条蓝色的缎袍，在风中飘起大摆的群裾。雾气在湖的上空聚集，变成了重重叠叠的浓云。云团白得发亮，天女散花似的一朵一朵抛撒下来，落在水中，铺满了一湖的白云，湖水膨胀而饱满。从湖边码头坐船去湖心小岛，头戴天大的白色绒帽，水中拖曳着雪花长裙；船在云海中悠悠行走，人在云层之上徜徉，竟有些飘飘然的眩晕；木桨落水处，船下的白云裂成了碎片，一片片沉入水底去了；船一过，云朵重新浮上来，悄然合拢天衣无缝，人又在云里。船工是高挑健美的摩梭姑娘，说是纳西族，身材脸庞更像藏民。有风吹来，湖面渐渐开朗，狮子山巨大的山影投在水中，黝黑而雄壮。金色的阳光浸润在水中，泸沽湖忽又变了颜色，波光粼粼的金灰色，冷色暖色交融辉映。原来，这是一个变幻莫测的湖、一个丰满质朴的湖、一个生动鲜活的湖。泸沽湖两昼夜，几度在湖边漫步，见她变脸无数，每一刻的景象都与前一时不同，每分钟的风光都不重复——恰似充满新鲜感的魅力女人。

风轻云淡，湖水归于平静。近岛的浅水处，忽见水面浮漾着星星点点的亮光，初始疑为云中的光斑，船近了，伸手可触，掌心传来温润的质感，薄如锡纸，滑若丝绸，柔软无骨。犹如走进了童话世界，一朵一朵洁白的小花，形似菡萏，樱花般大小，回眸浅浅一笑，像一个个水淋淋的白色妖姬，自湖中破水而出。那是真真切切的新鲜花朵呵，四瓣紧合，包拢成一个精致的银碗，荷灯般浮在水上，淡黄色的花芯散发着甘甜的水气，花蒂上滴嗒着清澈的水珠。自以为走过许多湖，却从未见过水上如此轻盈灵巧的小花。那个瞬间我怦然心动——这是女儿湖特有的花么？女儿湖的精灵？

小花无叶，一朵朵浮萍似的漂在湖上，显得有些落寂孤独，像是支撑着大家庭却“无父无夫”的摩梭女人。穿过清澈的湖水，可见花蒂下连着一根长茎，细如未发芽吐叶的柳丝，柔软而韧性，弯出几个弧度，在水里随波漂来荡去，直往水底探伸。泸沽湖水如此透明，视线可及水下数尺——目光顺着花茎下潜，再下潜，见水底有一团模糊的暗影，定睛细察，竟然是一株半米高的植物，深绿色的阔叶，如同芭蕉一般在水中悄然伸展绽放。那个时刻我屏住了呼吸，我看见“荷灯”细长的根须，是从那一大丛植物的叶片中心抽抻出来的。绿叶像一个隐形底座，稳稳地托住了小花的细茎，并伸出宽阔的手掌，穿过冰凉的湖水，一直将她送到温暖的阳光中去。她浮出水面的那一刻，还是一粒珍珠般的苞蕾，一个来自泸沽湖深处的睡美人。然后在清风中渐渐苏醒，一瓣一瓣地抖开自己的衣裙，开始了水上轻盈的舞蹈。就像泸沽湖女人生命中蓬勃自由的爱——只是，人们在湖面上看不见男人的双手，所有的支撑和依托，挚爱与呵护，都像海菜花的叶片，藏匿隐身于水下了。

船工库姆骄傲地说：这叫做“菠叶海菜花”，只有丽江这边的高原湖里才有。这种花，一般只开在没有污染的水中，水清花白，若是水质差，花就会变黄……

船往回走，这才发现，近岸湖面上，竟然漂着一大片一大片“菠叶海菜花”。灰蓝色的湖面上，一朵朵洁白的小花跃出水面，若隐若现，若有若无；泸沽湖像一座巨大的水上舞台，白袍水妖踮着足尖从波涛上走来，随着水浪敲击的音乐而翩翩舞蹈。也许它更像一幅神秘的水上织锦，图案底版因天空和阳光的颜色不断地变幻。在岸边久久地伫立、凝视，心如水波轻微颤动，聆听大自然无言的教诲，渐渐开朗却又越发地茫然混沌。

最后一眼回望泸沽湖：蓝冰薄纱，静卧于群山之间；她已收起娇媚的云雨之态，一如初识之时，冰清玉洁、冷静平和。人世间，究竟哪一种生活方式，更接近自然本相和生命原色呢？女儿湖，像一个无岸无底的隐喻，等待女人用心灵去破解参悟。

（选自张抗抗：《女儿湖隐喻》，上海三联书店 2006 年版）

【导读】

女儿湖到底隐喻什么？散文开头描绘传说中的女儿湖：她有着“不易察觉的波纹”，她“像一个温柔的陷阱”，她“矜持而含蓄”，她“离群索居”等，正是她的疏离、防备、神秘，使她与一般的作为城市公园一部分的温柔近人的“湖”完全不一样，由此无数人慕名而来，来者却不得不接受她“不喜欢被打扰”的冷傲一面。这是散文的“抑”，它留给读者某种揭秘的期待。

进入湖区后的作者，得以近距离亲炙女儿湖，才发现与传说中的“冷”很不一样。在这一部分里，作者看到的湖，有时是“不设防”的、“浑然天成”的、“没有人工痕迹”的，有时是自由的任性的，随着阳光、云团、风、山影的作用，她的面目会由冷变热，她是“一个变幻莫测的湖、一个丰满质朴的湖、一个生动鲜活的湖”，这里暗示出女儿湖多变的诱人魅力。

接着作家探究起女儿湖的美所由何处。在她看来，女儿湖的自在天然，源于她有着坚实的支撑和依托：岸，护着她；湖底的土地，托着她。湖上那些仿佛无根的朵朵小花，就是她们的象征，她们是有底有岸的湖的精灵。

作者似乎还不满足，结尾抛出新的感悟：“女儿湖，像一个无岸无底的隐喻，等待女人用心灵去破解参悟。”来自“远方的女人”，是否由此忆起自己曾有受尽呵护的自在时光？是否因为有了出走远方的经历，才进一步思索岸与底的边界，赞美女性的自然本色和生命原色？又或许，她了悟到，无岸无底，也是女性包容之广与内蕴之无穷的一种隐喻？（吕若涵）

▶ 张抗抗《女儿湖隐喻》
拓展阅读

紫色暖巢

——关于我出生时的浪漫回想

叶　梦

“天地浑沌如鸡子”，我们的祖先在描述盘古开天时的情景时，完全借助于丰富的想象，把这些想象变成一篇篇美丽的神话。

人的生命形成，同样也是一篇妙不可言的神话。在两个细胞合成的那一瞬，一切皆成定局。所有生命的密码暗合其中，毛发、肤色、五官形态甚至血型和遗传病统统不可变更了。

你没有办法逃避不成为一个人，能够成为一个人已是一种幸运一种机遇。

浑沌伊始，天地初开的景象当然是无比辉煌的了，然而那种原始形态的最初的辉煌无人能够描述。

只在那一瞬，我才成为独一无二的这一个。

只在那一瞬，我便得到了父亲的肤色和酒涡，我便得到了母亲的头颅和黑发。我身上的每一个零件都是有蓝本的，决不是凭空制造出来的。

关于我在天地初开的那一瞬，只有我的父母知道，也许他们根本不介意，他们早已忘却在某个时辰，他们所领略到的快乐。

天知道我便成了这个快乐的果子。

我真是一个奇妙无比的东西，一个简单的受精卵细胞马上开始了一场成番增值的数学游戏。没有人指点，浑沌之物居然会从弯弯曲曲的巷道里游出来，我已经是一颗发了芽的种子，一沾土便会长出蓬蓬勃勃的根来。

我一游进那座倒梨状的宫殿，我便自然而然地吸附于温厚柔软的宫壁上，我初级的生命从此有了根，此乃真正的生命之根。

宫中的岁月是我人生的伊甸园，然而对于如此美妙的去处，我全然一点印象也没有了。

生命是神奇的，我由一个简单的生命细胞，发育成一个复杂完整的人，这只是280多天的工夫，这280天的过程，却演示了人类数万年走过的生命进化过程。

只是一个浑沌之物，只是一个一闪一搏的肉团儿，像宇宙海里一团不着边际的星云。这个时候，我便是个“有心”的物件儿了，那一闪一跳的便是我最初的心，不成人形，首先便有了心，“心”是我这个生命朝廷的真正君主。

那一条令人羞怯的尾巴公然长出来又毫无痕迹地消失了。如今，我怎么也找不着那一条尾巴了。

我总想象我蜷缩在子宫里的样子一定十分可笑，我吞噬羊水和用拳头撞击宫壁的样子一定滑稽而又无赖。

我曾在那个封闭的宇宙里，与我的母亲融在一起，我早已熟悉了母亲的心跳，肠鸣，以及血液流动时丝丝的声响。母亲的声音总是从遥远的地方传过来，她急躁、果断的语言常常影响着我的情绪，我一烦，便用脚踹子宫壁。我相信母亲的秉性便是这样传导给了我。

那个子宫，曾经属于我的宫殿是我真正的温柔之乡啊！

280天的日子，使我长成了一个十足的人形，溜圆的胳膊和腿，一颗沉甸甸的头颅。我将要举着这颗沉甸甸的头颅来到人世。

阴历十一月初六，那是一个寒冷的日子。子宫里的宇宙被震怒了，羊水像风暴中的海水一样翻腾，子宫一阵紧一阵地收缩，柔软丰厚的子宫在收缩中变得残酷无比，它像一柄坚硬的钳子使我产生一种窒息的感觉。子宫一把又一把地收缩要把我挤压出去。子宫里的羊水哗哗地往一个地方流去。我闭着眼睛挣扎，我第一次感觉光，有一丝寒冷的风从透光的地方吹来。

那个寒冷的有光的世界在向我招手，我若不抓紧时间冲出去，我就不会有生的希望。

这是我面临的最初的灾难，在奔生的路上，我所经历的痛苦超过了常人。结实的躯干算不了什么，困难在于头，突出的前额和后脑使整个头围超过了正常值。

惊心动魄的抗争在那条狭窄的巷道里展开。柔嫩的由新鲜软骨长成的头颅被挤压得变形，丑陋不堪。我母亲的骨盆和肌肉组织被我撑到了几乎撕裂的境地。我感到窒息，我的眼球几乎要暴突出来。子宫在竭尽全力地推我，我拼死地努力只是为了逃脱窒息和压迫。这一切疼痛的感觉，通过变形的头颅传入大脑皮层，深深植入我的记忆，留下一道模糊的记忆之痕。

在那个生死关头，我和我母亲若是半途而废，若是还差那么一点力量，那么我便会永远尴尬地卡在那儿，走不出那座神圣之门，我便无权领略作为人所经历的各种劫数的生命之苦。

这无疑是我与母亲最早最成功的默契，我在母亲的呼与吸之间张弛进退，眼看我的长满黑发的头颅已经数次抵达门边，然而，冲出门这一步是多么地艰难。反复进退之间，我感到了母亲年轻结实的身体对我的逼迫。当我的前额艰难地冲出的时候，哗啦一声，我的身躯带着一团湿漉漉的血腥气一刹那间便冲了出来。

我哇哇大叫，不知是兴奋还是委屈。

我依然闭着眼睛，但是强烈的光线透过我透明的眼皮进入我的瞳孔——哦，这是一个灿烂的世界。

当我第一次睁开湿淋淋的眼睛，我最早看见的是接生婆那双骨节粗大的手。她一头剪得短短的白发，她的头和手发出一种奇异的莹光，母亲白色的大腿莹光环绕更加绚目。罩在神圣光环里的接生婆一双大手铁钳一样地抓住我。一把黑剪在我头上飞舞。

咔嚓一声，清脆别致的一声响，脐带剪成两段，我终于剪断对于那只尚在母腹中的胎盘的依恋。我吞饮空气用自己的呼吸正式宣告脱离母体。

关于那只胎盘，那个紫色的暖巢，它给我终生享用不尽的安全和暖意。那些紫色的海绵组织、那些纵横交错的粗粗细细密如蛛网的绿色血管，组成一块柔软富有弹力的荷叶状的托盘，在那上面我像哪吒三太子一样曾经美滋滋地享用过人生最美好的时刻。

胎盘在入药时，中医给了它一个美妙的诗意的名字——紫河车。可是当它一旦完成一个人孕育的过程，人们便会把对于紫河车的记忆通通忘却，现代艺术家们因为忘性才忽略了那些紫绿的色彩，那些复杂的线条和脉络构成，才会忽略对于一个神奇美妙的物件的描绘。

我历经磨难，终于完整地来到这个世界。可是遗憾的是：临世之初所见的人体的神圣光环是永远地再也看不见了，这些特异的禀赋是怎样丧失的呢？

临世的哇哇大叫已属轻松无比，这博大的空间，充满了光明与寒意。

关于生命之初的记忆，据生命科学家们说，它已植入记忆深层，要到人走完一个生命圆环，临到终了才会复活，我还没走入过真正的临终感受，无法唤醒最初的记忆。只是，我打幼童时起，便对给我接生的那个产婆存有一种恐惧和敬畏，我一看见她那双手，便会有一种浑身疼痛的感觉。

我没有想到，我在出生时所经历的窒息和痛苦，会影响到我的整个一生。

我对于痛，特别敏感，一生中，身体任何一处的痛感，都会令我惊惶不已，难以自制。

总之，从脐带剪断的那一瞬开始，我的人生的圆环便从母亲腿间的那一处空间开始了。

人生圆环从痛苦伊始，时光的利刃开始一点一点地切割生命。

我在一刀一刃的切割中无师自通地领略了生命的哲学。

（选自《月亮·女人：叶梦新潮散文选》，漓江出版社 1993 年版）

【导读】

散文的性别写作一向偏于保守，但 20 世纪 90 年代一批受女性主义思潮影响的散文作者突破前辈的温柔敦厚或典雅抒情，对长期隐蔽不宣的女性身体经验如发育、初潮、怀孕、生育等带来的身体和心理上的震荡，产生了言说的欲望，叶梦即是这批散文作者中颇为突出的一位，她的散文揭开女性潜意识深海中沉默如孤岛的欲望一角，并在虚实掩映中透出纯静的美感。

由女性身体意识延伸至女性的生命意识，顺理成章。《紫色暖巢》的副标题是“关于我出生时的浪漫回想”，“我”如何从一个简单的受精卵细胞到“历经磨难，终于完整地来到这个世界”。这是个别致的角度，如果世上的人们千百年来一直在寻求“人生”的各种意义和答案的话，那么叶梦以此表明，“人生”之前不是虚空，而是“领略了生命的哲学”的最重要阶段，小生命在女性身体的小小隐秘空间中孕育和生长，这个“紫色暖巢”才是“人生的伊甸园”“真正的温柔之乡”“一个神奇美妙的物件”“柔软丰厚的子宫”。这种感悟真正富于女性主义哲思意味。作家极尽赞美之辞，以暗示和象征的诗化语言突破一般日常的叙事语言，从生命哲学和语言美学上赋予女性生命圆满的象征意义。“暖巢”与月亮、水、镜子、水果、井等意象一样，都可视为女性文学中的意味深长的符号，女作家借此出实入虚，感悟升发，凸显女性主义人类学的深刻意蕴。（吕若涵）

▶ 叶梦《紫色暖巢》
拓展阅读

金合欢

陈幸蕙

无名之夜

仰卧在赤道非洲热带雨林的边缘，当晚风掀动层层碧叶，新月森冷的光，便趁隙闪射进来。

森冷的、刺痛人瞳孔的光——她不禁想起那柄开山刀高高举起时，薄刃处所亮起的寒芒……

如果，日子延续着日子，今天继承着昨天，那么明日，当太阳自印度洋海面升起，又开始梳洗着草原上她所喜爱的金合欢时，艳艳晴光，是否也仍将一如往日，继续投影在她灰碧的眼眸深处？

其实，这是一个非常宁静美丽的夜晚，与死亡无关。尤其从她所躺卧的方位揣想，啊，维多利亚湖在北，肯亚大裂谷在东，更远处是吉力马札罗火山，和终年弥漫着热带香料芬芳的尚西巴岛——而此刻，岛上伊斯兰教寺院的廊荫里，那些身穿长袍、头戴绣帽的长者，还在殷殷祈祷吗？市场上赤足裸臂、披鲜艳印花布块的非洲妇女，是否已扶住头顶装满绿香蕉的篓筐，各自归家了？马口铁皮屋檐下，近乎露天的简单晚餐，想必正包括了木薯和花生捣碎所合煮的稀汤吧！——赤道非洲的夜，若无瓢泼阵雨，总格外晴朗安详。而每一个像今晚这样无名的夜，都正如十八年前她漂洋越海，初临这陌生土地时，所度过的第一个深受撼动的夜晚一样。

当然，晴朗安详的表层底下，在藤蔓纠葛的林间，在隐密错综的灌木丛里，甚至在平坦辽阔的稀树草原，或一望无际的野地之上，最凶险不测的杀机也随时不假辞色地隐伏着。但十八年冷静的学术生涯，她岂不早就学会了去面对大自然铁硬无情的律法，去面对弱肉强食最残酷血腥的现实，同时也学会了说服自己——生命，便是一连串爱与受苦与希望交织纠缠的历程？

因此，每一个做完田野工作的日子，傍晚时分，当她回到研究营地的简陋小屋，独留身后一整片沉默的旷野与清寂的夜空对话，看星星纷纷悬垂如欲落的宇宙泪滴，她便从来不曾也不愿去思索内心的伤口，或此刻——背脊的伤口——有多深？诸如此类的问题。在坚强而独立的少女时代，她便已经认定疗伤的行为，不能以自怜这样短暂的精神麻醉来速成；不，她拒绝那种会上瘾又于事无补的吗啡——人间渗血的部分，难道不该以积极有效的作法去缝合？而这其实便是十八年前她自故乡加利福尼亚州起飞，横越美州本土以及一整片大西洋，来到赤道非洲后始终不曾离去的信念和缘由。

而十八年前！啊，生命中恍若上古史的一段岁月啊！她不禁微笑起来。

十八年前，她还是一名青春尚未见底的美洲女子，身材高挑健朗，披一肩棕栗色的光洁长发，在晴暖且洋溢果香的加州，拥有安定而收入丰裕的医疗事业。生活，是一道甜蜜如酒、平滑如镜的溪流，直奔向可预见的幸福的海口，那样沁软愉悦、视野明亮的日子！但是，三十七岁那年，只不过为了回应非洲大陆在遥远遥远之处神秘的邀请，为了寻找学术研究上的一点秘密，她便郑重但也极其潇洒地放弃了可羡的专业医师生涯，放弃了物质文明种种舒适的享受，来到赤道原始丛林。

她生命中最精采、最有意义的一段岁月，便这样奉献给了非洲，给了学术领域中尚待开发的一小块园地，也给了原始密林里一种完全为人所误解的稀有动物。

然而，她是不是也被误解了呢？

当那柄开山刀高高举起，薄刃闪亮如冰如鞭，一次又一次落在她背脊、腿股与足踝的同时，她便知道，自己必须宿命地在野蛮自私的利益与贪婪残暴的人性下，成为诸多献祭者中的一个。

明日，太阳仍将自海面冉冉升起，照耀在中部赤道非洲带状绵延的绿色林冠之上，照耀她时时凝望沉思的金合欢，照耀着万里之外她始终不曾归返的滨海故乡，照耀着她经年守护照拂的大猩猩，也将照耀在她温柔灰碧的眼眸深处吧？

鲜花织冠

旅行家的回忆录常把它们形容为嗜杀成性的恶魔化身，科学家的文献报告却又说它们是“与人类生理结构极为近似，在进化亲缘关系上亦最为密切的灵长类动物”——那么，在人与恶魔之间，它们是谁？它们究竟是什么？——也许，她对非洲中部山地大猩猩（Gorilla）的兴趣，便是从这样一种认知上的差距开始的。

那时，在加州，她只是一名业余的灵长类动物学的爱好者，很偶然地从书上读到有关大猩猩的记载，对于这种直立时身高近两公尺、体重等于三个足球后卫总和、喜欢以巨掌捶击自己胸膛的动物，有着不弱的兴趣。每日自医疗中心下班返家，回到那舒适且饶具小品风味的寓所，她惯于以松弛身心的热水浴和可口简便的晚餐犒赏自己，然后便闲倚在小几上那只圆圆的灯球畔，继续前晚未竟的有关大猩猩的文献阅读。

那是她独居生活中，使漂泊的情感有所倚托的一个重心，也是她工作了一整个白昼之余，别饶兴味的一种自我款待。灯下课读的情境、气氛，竟都十分有趣地与情人幽会相类，不时有新鲜的进展。

然而长期追索大猩猩资料后，她忽然发现，由于认知的匮乏，人类对于这支近亲族类，总充满疑惧，和太多臆想揣测的成分。探险者常开枪格毙林中邂逅的大猩猩，反指称它们是凶残的怪物。一八九二年，探险家加纳到非洲研究大猩猩时，为了担心遭到它们的攻击，竟坐在自制的铁笼内进行观察……

一个初夏夜晚，当她自扉页间读到如此滑稽而又真实的记述时，不免失笑起来。但随即，她严肃地捻熄桌灯，把自己嵌入黑暗里沉思——在自负的人类与无辜遭致格杀的恶魔之间，她想，究竟谁，才更接近恶魔的本质呢？

然后，她也开始读到威斯康辛大学动物学家沙勒，在一九五九年到非洲刚果西部，实地考察大猩猩分布情况的报告。沙勒在妻子凯伊陪伴下，曾对这种体型最庞大的灵长类动物，有许多新的、有趣的发现。可是，沙勒之后呢？她常想，沙勒之后，谁会是远赴非洲去和大猩猩生活在一块，去揭开人类对大猩猩迷思的人？

系统化的阅读最终，她发现自己竟已一步一步走到大猩猩文献的尽头了，尽头以下空白部分，正等待一个热情而又勇敢谨慎的人去执笔。

她三十七岁那年初夏的夜一直很清凉，她也一直喜欢坐在晚风里沉思。恍惚中偶一失神，便仿佛听见遥远的非洲在呼唤她，大猩猩在呼唤她，呼唤的声音一波一波，如夜深人静她伏在枕上耳边所涨落的加州海滨潮汐——她微感茫然，但也不免兴奋——一个三十七岁像她这样只是业余探究大猩猩的女子，难道文献上未竟的章节，真该由她接续著写下去？而大猩猩，真的在那块土地上等她？等她去赴她与它们的约？一场人类与大猩猩之间最长久、最特殊、最亲密，或者最后的约会？

一九六七年，当她终于在刚果一个小机场降落时，她并不能确知自己在这赤道非洲的心脏地带，究竟能停留多久？热带雨林温暖潮湿的气息，如一只看不见的章鱼，自四面八方伸出热情的手来缠裹她。蓬勃丰沛的生命元气与力量，是如此淋漓酣畅地四处流布，强烈浓厚得几乎可以看见，可以触摸；这莽莽苍苍的陌生大陆啊，她知道，在她生命中的意义，已不下于几万公里之外的家园故乡。于是，从刚果、乌干达到卢安达，非洲十八年的时光，她便极细致地以一寸一寸无悔的青春，一座一座碧森森的原始密林把它贯穿起来，纫缀起来，成为人类纪录上一段空前的岁月，她自己生命中一段史诗一样的年光。

为了便于研究观察的进行，起初，她不断模仿大猩猩的肢体语言，学习它们呼叫联络甚至打响嗝的声音，很有节奏地咚咚捶拍自己的胸部，并且不时抓一把嫩叶或一截脆碧的野芹茎，放在嘴里大模大样咀嚼……所有这些企图把自己从动物进化的时间表上，由人逆拨至猿的作法，只不过为了获取大猩猩对她的信任，证明她的友善无害罢了。而在付出极大的耐心与无伪的诚意后，她所获致的报偿，便是取得大猩猩的“许可”，开始加入它们起居行列，直接深入地去了解它们。

她发现大猩猩完全不是传说中那种凶猛可怖的野兽，相反地，它们是非常温顺而又安分守己的素食动物，性格宁静，不容易激动，日常生活也很从容悠闲。成年的大猩猩对年幼的大猩猩常表现出非常容忍慈爱的态度。它们的眼睛是柔和的深棕色，表情达意的方式很含蓄，捶胸示警只是生命遭到威胁时才有的自卫举动。但由于人类的无知、武断、自以为是，以及不当的优越感，这种内向、和平的蔬食者，长久以来一直被严重地误解着。

她从来不曾听过大猩猩攻击人的事件，但濒临绝种危机的大猩猩，却不断遭人类捕捉、屠杀、迫害，或生存空间被侵占的困扰。在她研究营地四周，盗猎者和当地土著，常绑走年幼的大猩猩卖给各地动物园，获取暴利，并杀害成年大猩猩，斩下它们手掌当烟灰缸，头颅则制成标本悬挂起来，做为炫耀勇敢、卖弄虚荣的战利品。

目睹这些血腥四溢的行为，一次又一次就在她身边不断上演，伤痛的感觉日复一日快速累积，终于如利刃般，在她心底划下一道很深的口子。那不仅因为这种遭人诽谤最多的一种动物，从来不曾被公平地对待过，更重要的是在种种惨酷杀戮的事件里，她看见了人性最凶戾、自私与野蛮的成分，因而由内心深处对身居灵长类动物中最高等级的人类，彻底感到失望！

为了保护日益锐减的大猩猩，她不得不时常放下野外研究的工作，在母猩猩遭人射杀后，担任猩猩代母的角色；不得不像救火员般，四处奔波，去解下倒悬在圈套中达数日之久的年幼大猩猩。而到最后，她发现自己竟无可选择地必需站在第一线，与盗猎者进行正面的颉抗了。她怀着滴血的心情，毁坏了数以千计由他们设计的陷阱，破获了好几处盗猎者私藏弹药的据点，并且说服了当地官员对这些非法之徒提出告诉。

"——因为一九一七年，这里约有一千只左右的大猩猩，一九七六年，只剩下不到五百只，而现在，还不到十年的时间内，这个数字已降到两百四十左右，若再不有效保护，"她沉痛地说："本世纪末以前，这一群稀有动物就会完全灭种！"

在这一场挺身保卫大猩猩的战役中，她知道哪些盗猎者恨她，扬言要取她性命，这美丽浩瀚而又残酷的原始森林啊，她想，对她而言，难道竟也充满了致命的危险吗？但是为了挽救大猩猩的命运——不是为了学术，而是站在人道的立场——她不得不悲剧性地坚持下去。

在研究营地附近，她开辟了一座青苍的墓园。每一天薄暮时分，亲手埋葬被盗猎者杀害的大猩猩后，她常独自站在密林边缘，眺望远处日落大地的景象，看金合欢在赤道夕阳的投影下闪闪发光。

这种生就属于非洲的植物，能够忍耐极长极强的风沙干旱，它们总是以巨大根系在地底牢牢抓住棕红色的非洲土壤。每一株孤独的金合欢，都是以内在的湿润，自己滋养自己，夜间闭合叶片，白昼展开维持生命意义的工作，像极了恬淡而又坚忍的哲学家，在非洲稀树草原上自成朴素的一景，常不知为什么地感动她。

而大猩猩与她之间——凝视着在晚风中逐渐苍茫的金合欢，她常想——这十余年来的岁月，她和它们之间，究竟已培养出一种怎样的生死与共的感情？建立起一种如何不寻常的伦理关系？

"尼罗玛莎比勒！"——当地的土著常如此称她，意思是"独居在森林之中，不需男人陪伴的年老女士"。她总微笑接受，并且觉得那是以鲜花织缀的冠冕，戴在她不需装饰的头上，而她生命中最菁华、最有意义的部分，也由这土语生动地凸显出来。

"尼罗玛莎比勒！"她一直非常喜欢如此的称谓。赤道非洲十八年孤独之旅之后，她认为那是她唯一的名字。

碧蓬下的新丘

"在我的感觉里，大猩猩是体贴而充满绅士风度的，人类远不及它们。"

曾经，在野外札记中，她如此写着。

"我宁愿由这些大猩猩陪伴生活，不愿意与人类共处。"

"若我死了，"一个暮霭四起的黄昏，她告诉前来探望她的朋友：

"请把我葬在那座大猩猩墓园里，墓碑上就刻着简单的尼罗玛莎比勒吧！"

她仍然记得那个黄昏，当朋友远离，吉普车蜿蜒的辙痕，迤逦至远方地平线时，她一直立在旷野里，遥遥相送。……

而后白昼陨落，夜色来临。

正如今夜，当白昼陨落，不测的夜色便迅即汹涌掩至。

而此刻仰卧在原始森林翠绿的天蓬下，当身上、心底的伤口都正如小喷泉般，汩汩涌动着鲜纯的血液时，这赤道非洲属于大猩猩的黎明曙色，何时到来？

亲爱的大猩猩，和平善良的族类啊，但愿继起的守护者，能很快来到你们中间！

一颗晶莹的泪珠缓缓自她眼角滑下，跌落在浓密的发茨深处。

旷野里一株疲惫的金合欢，并未如往日般在阳光下张开她的叶子……

坡地的墓园又新添了一座青色小丘，长方形石碑上，清晰的字迹不是她的名字——黛安·芙西，却正是朴素的——

尼罗玛莎比勒！

（选自陈幸蕙：《爱自己的方法》，台北尔雅出版社 1996 年版）

【导读】

著名作家齐邦媛评价陈幸蕙是一位总是活在阳光里的“生活诗人”，“把每一天当作绝无仅有，独一无二的‘绝句’来经营”（《回到阳光的肩上》）。余光中评价陈幸蕙是“银匙勺海的世间女子”，意指她散文轻倩深情，纤弱浪漫。

《金合欢》是陈幸蕙对个人“安乐椅”式纤巧风格有所突破的一篇散文。她以美国女子黛安·芙西赴非洲研究和保护大猩猩，最后不幸被当地猎人杀害的过程为材料，由作者对黛安的凝视、想象来叙写黛安传奇的一生。开篇为“新月森冷”的现场，流血死亡与女科学家对非洲丛林的留恋和无悔形成对比；接着回溯黛安中青年时期与星月、猩猩、合欢树为伴，对事业的执着与专注，无处不流露出作家的崇敬之情。当地人称黛安为“尼罗玛莎比勒”，意思是“独居在森林之中，不需男人陪伴的年老女士”，黛安“觉得那是以鲜花织缀的冠冕”；反复出现的“金合欢”树，带有明显象征：“这种生就属于非洲的植物，能够忍耐极长极强的风沙干旱，它们总是以巨大根系在地底牢牢抓住棕红色的非洲土壤。每一株孤独的金合欢，都是以内在的湿润，自己滋养自己，夜间闭合叶片，白昼展开维持生命意义的工作，像极了恬淡而又坚忍的哲学家”，比喻精到。

陈幸蕙属于台湾“中文系古典派”散文作家，文字优美，情思隽永。如文中咏叹黛安在非洲的17年，是“以一寸一寸无悔的青春，一座一座碧森森的原始密林把它贯穿起来，纫缀起来，成为人类纪录上一段空前的岁月，她自己生命中一段史诗一样的年光”，这就淡化了死亡、残害与血腥带来的恐怖与愤怒，代之以女性对人类野蛮行径的悲悯和宽恕。（吕若涵）

▶ 陈幸蕙《金合欢》拓展阅读

河之女

铁凝

我是来这里寻找山桃花的。二十年前一位老乡就告诉过我：“看山桃开花，那得等清明。”于是我记住了清明，脑子里常浮现着一个山桃的世界。那是一山的火吧，一山的粉红吧？

谁知我已耽误了十九个清明。十九个清明虽然都有被耽误的理由，然而每逢这天，我都坐立不安着。

我决定不再耽误第二十个清明。

我踏着今年的节令来到这里，却没有看见山桃开花。在四周被浮云缠绕的山峦里，只有山正在悄悄地变绿。绿像是被云雾染成，又像是绿正染着云雾。有人告诉我，今年春寒，山桃还未开花；又有人告诉我，山桃花早已开过，是因了常有来自山外的暖风。和山里人相处，你会发现，他们常常说不准他们要说的事。对同一件事，十个人或许有十种说法。就连对你的问路，他们回答起来都各有差异。那差异仿佛来自他们的叙述方式，就好比春寒花哪能开；风暖，花哪能不开。至于花到底开过与否倒无人注意了。

于是就因了这叙述的差异，我坚信自己总能看见山桃花。于是，每天当晨光洒遍这山和谷时，我便沿一条绕山的河走起来，这河便是绕山而行的拒马河。这河不知到底绕过了多少山的阻拦，谢绝了多少山的挽留，只在一路欢唱向前。它唱得欢乐而坚韧，不达目的决不回头。只有展开一张山区地图，你才能看清，这河像是谁的手任意画出来的一团乱线。黄河才有九十九道弯，谁报告过拒马河有多少弯？这山地里流传着多少关于这河这山的故事，惟独没有关于这河弯的记载。

一条散漫的河，一条多弯的河。每过一个弯，你眼前都是一个新奇的世界。那是浩瀚的鹅卵石滩，拳头大的鸡蛋大的鹅卵石，从地铺上了天，河水在这里变作无数条涓涓细流漫石而过；那是白沙的岸，有白沙作衬，本来明澄的河水忽而变得艳蓝，宛若一河颜色正在书写这沙滩；那是草和蒿的原，草和蒿以这水滋养着自己，难怪它们茂密得使你不见地面，是绿的绒吧，是绿的毡吧。总有你再也绕不过去的时候，那是山的峡谷。峡谷把水兜起来，水才变得深不可测。然而河的歌喑哑了，河实在受不住这山的大包大揽。河与石壁冲撞着，石壁上翻卷起浪花。那是河的哭嚎吧，那是河的呐喊吧。只有这时你才不得不另辟蹊径，或是翻过一条本来无路的山，或是走出十里八里的迂回路，重新去寻找河的踪迹。你终于找到了，你面前终于又是一个新的天地。

这当是一个全新的天地。它不似滩，不似岸，不似原，是一河的女人，千姿百态，裸着自己，有的将脚和头潜入沙中，露出沙面的仅是一个臀；有的反剪双手将自己倒弓着身子埋进沙里，露着的是小腹。侧着的肩，侧着的髋，朝天的乳，朝天的脸。更有自在者，曲起双腿，再把双腿无顾忌地叉开来，挺着一处宽阔的阴阜，一片浓密的茅草，正覆盖住羞处。有的在那羞处却连茅草也无须有，是无色的丘，无色的壑。你不能不为眼前这风景所惊呆，呆立半天你才会明白，这原本是一河石头，哪有什么女人。那突起的俱是石：白的石，黄的石，粉的石。那凹陷的俱是沙：成窝儿的沙，流成皱褶的沙，平缓的沙。那茅草就是茅草，它怎能去遮盖什么人的羞处？然而这实在又是人，是一河的女人，不然惊呆你的为什么是一河柔韧？肌腱的柔韧，线条的柔韧，胸大肌，臀大肌，腹直肌，背直肌……连髋和腰的衔接，分明都清晰可见。你实在想伸过手去轻缓地沿这腰弯抚摸，然而你又不得不却步。

当你认定这是一河巨石时，你的灵魂就要脱壳而出，你觉得你正在萌生一种信奉感，不然你为什么会面对一河巨石肃然起敬。

当你认定这是一河女人时，你就会六神无主，因为你再也逃脱不了自己的龌龊。一切都是因了女人的丰腴，女人的浑圆，女人的力。

这一河的石头，一河的女人，你们是同年同月和着一个天时一起降生，你们还是有着无言的默契，你等她，她等你，从盘古开天地直等到今天。

我想起了，就是二十年前，就是有人告诉我清明山桃花开的那次，也有人告诉我一件事。他们说，这里有句俗话叫作“河里没规矩”，说的是，先前，姑娘、媳妇们每逢夏季中午，便成群结队，到拒马河洗澡。她们边下河，边把衣服脱光，高高抛向河岸，一丝不挂地追逐着潜入水中。而这时，就在不远处，兴许恰有一丝不挂的男人也正享受着这水。你不犯我，我不犯你。或许偶有飘过来的笑骂，那只是笑骂，既是男人把脸朝向女人而招来的骂，也是笑着的骂，只因为“河里没规矩”。

是这一河石头一河女人，使我又想起了二十年前这一句话。我怀着强烈的欲望，想去证实一下我的记忆。于是在河的高处，大山的皱褶里，我来到一个先前曾经住过的村子。一位熟悉的大嫂把我引进她的家中，我记起了那时她分明还有一位婆婆。一个家里只有这两个女人。那时的我尚是一个风华正茂的青年，一个刚出校门不久的年轻画家（虽然也胡子拉碴），连在炕上盘腿吃饭都不会。这位婆婆在饭桌前却把腿盘个满圆，她给我盛粥，再把指头粗的咸菜条一筷子一筷子地挟入我碗中。我嚼着咸菜，学着她们婆媳的样子，拿嘴勾着碗边呼呼喝着灰黄色的稠粥。这粥里有玉米渣子，有豆。婆婆告诉我，这豆叫豇豆，平时鲜红，一遇铁锅，自己和粥就一起变成灰色。然而味是鲜的，有一股鱼腥味。晚上我便坐在炕上，就着油灯给她们婆媳画像。她们的眼睛使劲盯着前方，不敢看我。该媳妇时，媳妇的两腮绯红；该婆婆时，婆婆脸上的皱纹便立刻僵起来。夜深了，我就着炕席睡在炕的这头，婆媳俩就睡在炕的那头。她们或许是怕我和两个女人同睡一席不习惯吧，婆婆才不由己地讲起了那个“河里没规矩”的故事。但我注意到，那个年纪稍长我的媳妇，还是睡在婆婆的那一边，让婆婆作为我和她的分界线，作为人性的证明。夜里我睡不着，但不敢翻身。

现在媳妇脸上也爬满了皱褶，婆婆的脸简直变成了一张皱纹捏成的脸。她不能再盘腿了，在被窝里，露着青黄的肩胛骨。炕席上一只旧碗还在，边沿只多了几个小豁口，婆媳的嘴又把它们摩挲得显出光滑。但媳妇告诉我，现时盛在碗里的已不再是灰的豆粥，而是拿麦子换来的面条。村里有电磨，也有轧面机。媳妇还懂得用“八五粉”“七二粉”这些名词来解释这面的成色，说，现在每逢来客人都要用上好的“六〇粉”招待。她们真的招待我吃了“六〇粉”面条。“六〇粉”，这当在富强粉以上吧。

我吃着“六〇粉”，还是记着那个河里没规矩的故事。我对婆婆说——差不多是凑近她的耳朵喊：“您是说过河里没规矩这句话吧？”

婆婆一下就听懂了，用被头把裸着的肩胛骨盖盖，把脸转向我说：“那是我们年幼那工夫。”

“您也下过河？”我迫不及待地问。

“怎么没有？”她说：“看见那个匣子了吗？”

婆婆的头在枕头上活动了一下，示意我去注意一只摆在迎门桌上的梳妆匣子。这是个一部线装书大小的木匣子，当年，外面显然涂过红漆，现在被灶膛的烟熏得漆黑，只有两朵牡丹花，边缘还清晰可鉴。二十年前那花本还透着粉色。我知道这是婆婆出嫁时的嫁妆，我把这匣子抱到婆婆眼前，说：“上次我来，就见过它。”

婆婆说：“那时候我十六。是我爹从龙门集上挑的，龙门逢五排十大集。”

“您是说十六岁过的门？”我问。

“可不，过门后就和姐妹下河。我娘家在山那边……没河。那阵子……谁没打年幼时过过？打，闹，疯着哪！”

婆婆说着，拿眼盯住漆黑的房梁，房梁上有个挂篮子的木钩，和房梁一样黑。我记着那钩子上有时有篮子，有时没篮子。现在钩子空着，倒显得婆婆的回忆更加真切、悠远。莫不是她只相信把一个年轻的自己留在了河里？莫不是她只相信留在河里的那个自己才是自己？年幼，疯着……如今这个裸露着肩胛骨的老女人，有哪点能与河里的女人相比？

婆婆闭起双眼不再和我说话，我只和媳妇作了告别。临出门，我没忘记把婆婆的梳妆匣放回原处，并告诉媳妇只要我进山，一定来看她们。

走出她们的家，我深作着自己的呼吸，觉得身上流动的净是自己的血液。我为着婆婆终于给我证实了河里的事而庆幸。其实婆婆为我证实的并非只那句老话，她使我明白了为什么面对一河石头，人非要肃然起敬不可；为什么面对一河石头，人会感到自己的龌龊。因为那里留住的是女人的青春，是女人那“疯”。有了这河里的自己，她们就不再惧怕暮年这个蜷曲着的自己，裸露着肩胛骨的自己。因为她们在河里“疯”过也值了。

二十年后的今天，我知道这里正盛传着一个新名词：旅游。城市的女人和男人都为着旅游而来到这里。他们打着太阳伞，穿着“耐克”，面对这无尽的山，多弯的河，唱着“不管是西北风还是东南风都是我的歌”。也有发现这一河石头的，有时你站在山之巅遥望这河，石头上尽是红的衣绿的伞。也有女人在河里“疯”，但那是五颜六色的斑斑点点，人实在无法面对这五颜六色的斑斑点点肃然起敬。有人喝完可乐把易拉罐狠命向远处投，石头上泛着尖厉的回响。

一九九〇年五月一日

（选自《青年文学》1990 年第 8 期）

【导读】

作为铁凝的散文代表作，《河之女》和其小说“三垛一门”一样，折射出她对女性灵魂与原始欲望的探索和追寻。

开篇，“我”于清明时节到山里寻找山桃花未果，却沿着山边一条迂回多弯、散漫多姿的河来来回回。河滩上的卵石形态各异、色彩纷呈，在“我”的眼里幻化成千姿百态的曼妙女人。这是乡间女子在河里洗澡的传闻带来的视觉幻象。在温婉明澄的河水里，这些女人挣脱了往日的身心束缚，“没规矩”地疯啊，闹啊，享受着正当年的青春与快乐。一河的石头被作家赋予了女人的姿态、形体、声色，同时石头亘古不变、坚韧的特性也与山里女子的特质达到所指能指的一致。她们所象征的自然生命力是如此质朴、原始却直叩人心，让人联想到集体无意识中的地母原型。

女作家以现代语言的编码抒写对原始自然的赞美之情以及对自然生命力极致状态的赞赏之感，同时又映照出女性思想意识上的逐渐觉醒和执着追求。如铁凝自言：“散文于我，是对心灵和精神的终生修炼。”（《〈铁凝文集〉自序五章》）她从自身体验出发，走向开阔的天地，凭借对女性心灵和心理状态的细微却又深致的触摸，传达出有关女性生命意识和生存状态的深沉思索。同时，铁凝赞美乡村文明的淳朴自然、返璞归真，质疑和反思工业文明带来的商业化、世俗化潮流，表达了主体对人性自然状态的热切向往与追求。（庄萱）

▶ 铁凝《河之女》拓展阅读

烟 波 蓝

——给少女与梦

简　媜

我们已各自就位，在自己的天涯种植
　　幸福；

曾经失去的被找回，残破的获得补偿。
时间，会一寸寸地把凡人的身躯烘成

枯草色，
但我们望向远方的眼睛内，
那抹因梦想的力量而持续荡漾的烟波蓝将永远存在。

海洋在我体内骚动，以纯情少女的姿态。

那姿态从忸怩渐渐转为固执，不准备跟任何人妥协，仿佛从地心边界向上速冲的一股势力，野蛮地粉碎古老的珊瑚礁聚落，驱赶繁殖中之鲸群，向上窜升，再窜升，欲掴天空的脸。却在冲破海平面时忽然回身向广袤的四方散去，骄纵地将自己掼向瘦骨嶙峋的砾岸。浪，因而有哭泣的声音。

我闭眼，感受海洋在胸臆之间喧腾，那澎湃的力量让我紧闭双唇不敢张口，只要一丝缝，我感觉我会吐出一万朵蓝色桔梗，在庸俗的世间上。

暮秋之夜，坐在地板上读你的字，凉意从脚趾缝升起。空气中穿插细沙般的摩挲声，像两座大洋跋涉万里后在耳鬓厮磨。我被吸引，倾听，又不像了，倒像三五只蓝色小蜻蜓互搓薄翅。于是，那声音遂自行搭配油绿的山峦印象、呜咽小溪、柔软阳光及果实甜味，悠悠然在我的想象里漫游。我忽然想喝一点红酒，这原本寻常的夜因你的字而丰饶、繁丽起来，适于以酒句读。

你的信寄到旧址，经三个月才由旧邻托转，路途曲折。你大约对这信不抱太多希望，首句写着："不知道你会不会看到这封信，你太常给别人废弃的地址。"

废了的，又何止一块门牌。

你一定记得，出了从北投开往新北投的单厢小火车，只有两条路可走：一条是油腻腻的大街，大多数学生走这儿到学校；路较短但人车熙攘，活生生是一条食物大道。捏饭团的胖妇永远捧着她的木桶杵在火车站出口，烙烧饼的外省老爹在第一个红绿灯边，蒸馒头的南部老板在大转弯处，加上摊葱油饼的、开面馆的、卖豆浆的，沿路招呼永远睡不够的高中生。走这条路是酷刑，让人错觉青春身躯是一尾远洋鲜鱼，路两旁皆是磨刀霍霍的大厨，等着削你的肉做生鱼片。

另一条是山路，铺了柏油，迂回爬升之后通往半山腰的学校后门，人虽少但多了一倍脚程。我们愿意走这儿。清早的山峦是潮湿的绿色，远近笼着晨雾，自成一场凄迷氛围，好像在这路上弄丢的东西将永远找不回。空气比市区薄了些，但随着季节不同飘浮各种野地花草的香气，山素英、木樨、七里香或是不知从哪里荡出的混合草味。跟着路走的，是山溪，经年搂着大小岩石洗浴，水声忽缓忽急，耸立的岩块背面被洗出青苔，仿佛这也是一种爱的方式，只要勤劳地爱下去，终会被记忆。鸟，总有几只，不时跃至路面，或莫名地跳换枝桠，惊动了亘古不移的宁谧，却也扩大了寂静的版图。

离山路几步之遥有一幢废屋，你也一定记得。从柏油小路岔入庭院的石径被野草嚼得只剩几口，废得日月皆断，恩义俱绝。站在路上，面朝废屋，可以清楚地追踪在它之后山峦起伏的弧线。虽属低海拔暖湿矮山，看起来也有一份壮势。你或许同意，台湾的山峦藏有繁复的人世兴味，构成山色的相思树、笔筒树、麻竹、梧桐、菅芒……只要有些岁数，那山看起来就有一份苍茫，好像见多了沧海桑田，尝尽了炎凉世情之后，有点累，想要坐下来，槌一槌膝头，顺道原谅几个名字，想念几个人，因而那苍茫是带着微笑的。单独一屋，靠着这样的山，不免也有飘泊的性格。

约略记得院墙一侧站着一群相思树，应是从山脚斜坡延伸而来未遭屋主砍伐的，既然续了山势，树自是高大蓊郁，然而那种绿有着时间的铁锈味，以至于树群看久了，也有伤兵面目。

院墙另侧，爬满复杂的蔓藤与野地植物，通泉草、蟛蜞菊、藿香蓟，间杂郊野常见的软枝黄蝉、紫花槭叶牵牛。再怎样的乱世，都有人可以手脸干净地过日子；那些花开得缤纷，像随手倒贴在鼠灰色墓域的一张"春"字。院门是两扇矮木栅，斑驳的蓝漆接近惨白，门都脱臼了，有一扇被野蔓缠住，刺了一身花花绿绿的七情六欲。

那宽阔的院庭留给我忧伤印象，像渴爱的冤魂积在那儿，等人喊他们的名字。因有说不出口的苦，以致终年瘀着散不去的冷。掩在乱草杂木之后，是日式木造屋，被时间蛀得只剩半副骨架。屋顶塌去大半，几根交错的木头上勉强扣着黑瓦，像十几只集体自尽的乌鸦尸体。四壁已面目模糊，然而朝向院庭处却兀自站着半面墙，想必是地震、强台没带走的。墙中间嵌一扇窗棂，髹成酒红色，在雨水中浸久了，呕出败坏气息，似毫无商量余地的幻灭。墙后，在那原应是清雅闲适、有娟秀女子与她的夫婿坐在明式桌椅上品茗谈心的客厅位置，姑婆芋大手大脚地开着，肢体横陈，几乎要吃掉那墙。从未看过喜阴湿的植物像它那样，开得有狗吠声。

就这么僵在那里，仿佛没人理会也可以跟自己天荒地老。有时，觉得这荒园静得接近失忆，时而又有一两阵微风吹过，树群咳出几声蝉。

这房屋适宜养鬼，或收留我们那埋在青春身躯的忧郁眼睛。

我相信你不会忘记它，在全校美术比赛中，你以此为题材，摘下写生组第一名。

原本报名参赛的我，那日却放弃了，独自躲在操场边榕树荫，读《恶之华》。风，闲闲地吹动书页以及齐耳的头发。大屯山的天空总有几朵闲云，在淡水河口与山城之间回旋。我凝视遥远的山棱，仿佛看见你背着画架到那儿，一个人静静地参悟废屋的意义。我们从未谈过对荒芜庭园的感觉，但我确信自己对同质者有一份灵犀，如揽镜自照，知道你与我一样，灵魂常在那儿栖息。颓废、幻灭绝对具有蛊惑力，煽动每一个现世体制亟欲将之推向光明轨道的青涩灵魂。我一度认为颓废里含有高度的忠诚，而幻灭，无疑是一种痛快的自虐，不屑与笑眯眯的世俗体制多费唇舌，遂转过头去，不言不语，调自己的酒，把生命调成只有自己才喝得出来的具有甜酒味的死亡。

获奖作品在图书馆展出。我们念的那所学校一向缺乏像样的升学率，但在音乐、美术方面却有沛然成绩。你的画在同时展示的各幅书法、水彩中是那么特殊，仿佛成熟大人与唱儿歌的小孩同台。我十分惊讶你出手大胆，！用靛蓝色系语言铺排废园的神秘、衰颓与汩汩渗出的森冷气息。蓝，是难以驾驭的一支色裔，像色彩中的游牧民族，自由隐没于晴空、沙丘、草原、瀚海与深渊之间，在它们身上，既看得到死亡的荫谷，也反映出稚儿无邪的蓝瞳。但你并未耽溺在蓝色系的魅影里，亦细腻地掌握草花的喧闹，给它们轻得像烟的蜜黄、薄紫色层，仿佛雨后新晴，花叶上光影玓瓅，有一种浮升的活泼感，晃动画面，使它不致因墨绿、暗蓝的大块吞吐而产生压迫与坠落。你让秋阳在那扇苍老的红窗棂上游移，几近抚慰，遂有苏醒的暗示。你的画让人停下脚步，思绪澄净，静静聆听色彩与光影的对话而让思维渐次获得转折、攀越。你题为“时间”。

时间，让盟誓过的情爱灰飞烟灭，也让颤抖的小草花拥有它自己的笑。你的画如是叙述。

不久，我们将沉入冷冷的幽暗里，
别矣！我们夏日太短的强光！
我已听到悲伤碰撞的落地声，
响亮的木头落在庭院石板上。

我抄下波特莱尔的诗《秋歌》首段，趁老师回身写黑板时传纸条给你。我相信你从这张没头没脑的字条中可以理解，我不赞成你借轻盈的草花色彩、明亮的光影试图释放死亡的压迫力道。那时的我无疑地向往一种骄奢的毁灭，好像要天地俱焚才行。

从一开始，我们即是同等质地却色泽殊异的两个人。然而，不管我多老、离纯真岁月多远，我都愿意以欢愉的心情跨越时光门槛重回青春年代，再次欣赏你的亮度、暖泽以及很难在少女身上发现的优雅。即使是现在，行走于烟尘世间多年之后，我看到的大多是活得饥渴、狼狈的人，勤于把自己的怨怼削成尖牙利爪伺机抓破他人颜面的嫉世者，鲜有如你一般雍容大度。你笑起来真像好天气，白皙素净的脸上总是闪着光辉，似一种累世方能修得的智慧，完整地带到这世，你有一双修长的手，相较于娇小身量，那十根手指绝对是为了艺术而来。

你的眼睛里有海，烟波蓝，两颗黑瞳是害羞的，泅泳的小鲸。

起初，我并不欣赏你。正由于你太晴朗了，而我情愿把自己缩至孤傲地步，如一枚蚕茧化石，埋入永不见天日的冰原底层。因为同属瘦小，使我们毗邻而坐，这意味交谈的机会比他人多；有时，一方忘了带课本便并桌同看。我总是不自觉地瞄向你的手，观察你无意间转换的手势，如驯睡的白鸽、高崖上等待为明月拨云的松枝，如款款而舞的水草，或五条岔路之迷宫。我揣测有着这般纤手的主人该配何种命运？浪迹天涯的钢琴师、拥有一亩私人苗圃的园艺家、习惯把皮尺绕在脖子上的服装设计师？这手会用一生的气力去抓住什么？最后又是谁握住了它？

如今想来，对你的好感是从嫉妒开始的。

我们遇到一位霸气但显然怀才不遇的美术老师，她绝不允许美术课变成英、数老师用来补课、考试的公共时段，更以严厉的口吻批评那些叫学生回家画苹果、香蕉而上课时漫谈罗曼史或坐在讲台上打毛线的同侪们。一辈子至少要画一张像样的画，她说。

石膏像素描、静物写生、户外练习捕捉光

影，她玩真的。我们当中虽然不乏躲在画架后附耳聊天，爱馒头超过爱炭笔的，但也有如你我，期待每周一次到那间挂着红绒窗幔、画架环立的美术教室。

我以为我是最好的，直到素描课告一段落进入水彩阶段，她在画室中央高台上摆了瓶花要我们临摹，我才知道从小到大积存的绘画信心竟是那么不堪一击。

玫瑰、百合、向日葵搭配龟背芋叶，失序地插在青瓷阔腹瓶内。大约摆太久了，花垂叶败；多雨的冬季午后，光，垂垂老矣，眼睁睁看着艳丽花朵被时间凌虐而无法给出一点安慰。我一定在那间画室感应到生命中有一股恣意蹂躏灵魂，啮咬青春、梦想、情爱，把种种昂贵事物摔得粉碎的暴力，才有鬼魇之感，以致完全修改那瓶花的摆设，跳脱写生框架。我只画玫瑰，枯萎的玫瑰田一隅；仿佛被激怒般大量选用红、黑、褐，层层涂抹，砌出立体感，暗影笼罩下的红玫瑰，看来像一群醉酒骷髅。

画尚未完成，劣质画纸因承受过量颜色而起皱。她站在背后，我知道她已站了一会儿。我以为她会理解压在年轻胸膛上的苦闷而给予一两句暖语。但她似乎对我的“不守规定”恼火，以失去理智的尖锐声调批评：“你这是什么画？”然后，轻蔑地“哼”了一声。

她要我看看你的，她说你画得非常之好。

必须等到数年之后，有人发疯似的在大学社团活动中心一再播放唐·麦克林的“*Vicent*”，坐在窗边推敲一篇文章的我被音乐吸引、坠入记忆中大屯山城的“starry, starry night”而重新回到使我放弃绘画的那堂美术课，我才消弭余怨并且承认，那日是生命中险峻的大弯道，促使我毁弃那幅枯玫瑰的不是美术老师的讥讽，而是看到你的才华那般亮丽耀眼，遂自行折断画笔，以憾恨的手势。

遗憾像什么？像身上一颗小小的痣，只有自己才知道位置及浮现的过程。

青春是神秘且炽烈的，凡我们在那年岁起身追寻、衷心赞叹之事，皆会成为一生所珍藏。我终于知道画笔会是你的第十一只手指，你要去朝圣的地方，布有梵谷、塞尚足印。而我，约达一年之久将自己锁入孤绝冰冷的洞窟，日复日提问生命意义而不可解。我的脸上一定充满敌意与抑郁，多年后你才会说当时的我看起来像莫迪里亚尼笔下的《蓝眼女人》。青春是这么难熬，尤其不知自己欲往何处的惨绿岁月，每一步都是茫茫然。就这么积压着，直到困惑夹杂愤怒如沸腾的泥浆即将封喉，我求援似的在纸上写下第一个句子，仿佛触到出口，接着第二个句子敲掉巨锁，理所当然第三个句子出现，将门踹开。

星空下，牧羊人指认他的羊，天地悠然而醒。

才华既是一种恩赐亦是魔咒，常要求以己身为炼炉，于熊熊烈焰中淬砺其锋芒。然而锻铸之后，江湖已是破败之江湖，知音不耐久候，流落他方。彼时，才赋反成手铐脚镣，遂无罪而一生飘零。

首先，你的家庭遭逢变故，一夜之间变成无家可归的人；接着是情变。毕业多年后，在一家咖啡馆享受下午茶时，同校女友一面用小银叉挑起蛋糕一面透露辗转听来的关于你的消息，我以为你的一生应该像姣好的容颜般风和日丽，至少，不应有那么多根鞭子，四面八方折磨你。

她说，没有人知道你还画不画。这让我忧虑。当时，与你同期的美术社团社员已有数位崭露头角，以新锐之姿受到画坛瞩目。然而在我心目中，你是最亮的，命运可以欺负人，但才华骗不了人。我祈求你不要溃倒，一旦崩溃，人生这场棋局便全盘皆输。

活着，就要活到袒胸露背迎接万箭攒心，犹能举头对苍天一笑的境地。因为美，容不下一点狼狈，不允许掰一块尊严，只为了妥协。

人的一生大多以缺憾为主轴，在时光中延展、牵连而形成乱麻。常常，我们愈渴慕、企求之人事，愈不可得。在他人身上俯拾皆是的禀赋、智慧、美貌、真爱、家庭、财富、机运……对自己而言却像稀世珍宝不可求。年轻时，我们自以为有大气力与本领搜罗奇花异卉，饱经风霜后才懂得舍，专心护持自己院子里的树种，至于花团锦簇、莺啼燕啭，那是别人花园里的事，不必过问。

收到你寄来的结婚照，依稀是夏天刚过完时。摆脱一般婚纱摄影的俗套，你们选择南台湾礁石林立的海边为背景，架起三角架自动拍摄。在一座高耸的黑岩上，你们完全颠覆新郎新娘的角色扮演；身着无袖及地白纱礼服的你，笑眯眯地抱起西装革履的新郎——他一手高举捧花另一手惊险地勾住你的脖子，表情如即将坠海的幸福男人。约是清晨光线最柔美的时刻，在你们背后的海，蓝得如烟如雾。

照片背面，你说“终于有个家了”，一笔一画都抖着幸福。

当我们寻觅家，其实是追求恒久真爱，用以抵御变幻无常的人生，让个我生命的种子找到土壤，把根须长出来。情爱，是最美的炼狱，也最残酷。毕竟，两情相悦容易，与子偕老难。愿意将所有的情爱能量交予对方，相互承诺、践行的情偶，乃累世修得之福报。多数恋人，这生才相逢、相识，缠缚、嗔恨的课业正当开始，或虽积了一些，尚差一截痛、几行泪水，也就无法于今生成全。对带着宿世之爱来合符的两人而言，真爱无需学习，乃天生自然如水合水、似空应空。只有在炼狱中的人，才需耗费心神去熔铸、焊接，成形之后，还是一块冷铁。

冷铁无处丢，要用牙齿一口一口嚼烂，成灰成土了，才还你自由。

梵谷《星夜》明信片背面，你写着：巴黎的冬季冷得无情无义，但比伤心的婚姻还暖些。星夜，有着诡异的笔法，形成旋涡、潮骚，似不可违逆的力量，把人卷至高空，获得俯瞰的视界，但也从此囚禁在无边际的虚无之中。你淡淡下笔，生命里好多东西都废了，来这儿看能不能找回什么。冬天实在太冰，把颜料冻裂。

废了的，又何止一块门牌。

绕行半个地球，你回到画布前。才华禀赋果真是涵藏“孤寂之旅”与“圣美殿堂”的一则预言，必须不断被铁耙犁心，犁到见肉见骨，连十八层地底的孤独种子都露脸了，前往圣美之殿的地图才会浮现。这样苦苦地追寻有何意义？也许，对他人毫无价值，却是甘愿苦行者一生中最尊贵的一件事。这世间多的是庸俗之人、便宜之事，总要找一桩贵一点的吧！

你没留地址，想必是居所不定。巴黎，被称为艺术心灵的故乡，但我相信对一个娇弱的东方女子而言，现实比铜墙铁壁还重。唯一能给你热的，不是家人、朋友或前夫、情侣，是你自身对艺术的梦——从少女时代，你那闪动着烟波蓝的眼睛便痴痴凝睇的一个梦。

泅游于南极冰海的巨鲸，被捕鲜之后，捕鲸人以尖长的剥鱼刀自头至尾剖开鲸体，清除内脏，再将鲸的尾翼绑在船头，航行时，让海水可以彻底冲洗它。即便如此，若航行时间太长，置身冰冷海水中的鲸，骨头也会因内部所产生的高热而焚烧起来。我想象，当异国风雪拍击赁居公寓的窗户，唯一能给你热的，只有梦。

数年，失去消息，无人知晓你在世界的哪一个角落？

生命的秋季就这么来了。白发像敌国间谍，暗夜潜入，悄悄鼓动黑发变色。起初还会愤愤地对镜扑灭，随后也懒了，天下本是黑白不分，又何况小小头颅。中年的好处是懂得清仓，扔戏服般将过期梦想、浮夸人事剔除，心甘情愿迁入自己的象牙小塔，把仅剩的梦孵出来。

浮世若不扰攘，恩恩怨怨就荡不开了。然而江湖终究是一场华丽泡影，生灭荣枯转眼即为他人遗忘。孵出来的一粒粒小梦，也不见得要运到市集求售，喊得力竭声嘶才算数。中岁以后的领悟：知音就是熠熠星空中那看不见的牧神，知音往往只是自己。

忽然，暮秋时分，老邻居转来你的信。

是张画卡，打开后一边是法文写的画展消息，另一边是你的字迹。第一次个展，与老朋友分享喜悦，你写着。

是啊！时间过去了，梦留下来，老朋友也还在。

印在正面的那幅画令我心情激越。画面上，宝蓝、淡紫的桔梗花以自由、逍遥的姿态散布着、幽浮着，占去二分之一空间，你挥洒虚笔实线，游走于抽象与实相边缘。画面下半部，晕黄、月牙白的颜色回旋，如暴雪山坡，更似破晓时分微亮的天色。如此，桔梗之后幽黑深邃的背景暗示着星空，黎明将至，星子幻变成盛放的桔梗，纷纷然而来。

蓝，在你手上更丰富了。令我感动的是，这些年的辛苦并未消磨你的雍容与优雅，文学、艺术工作者一旦弄酸了，作品就有匠气。也许，你也学会山归山、水归水，现实与艺术分身经历。艺术难以改变现实，但在创作意志的导航下，现实常常壮大了艺术。

你留下地址。

不需回信了，我们已各自就位，在自己的天涯种植幸福；曾经失去的被找回，残破的获得补偿。时间，会一寸寸地把凡人的身躯烘成枯草色，但我们望向远方的眼睛内，那抹因梦想的力量而持续荡漾的烟波蓝将永远存在。

就这么望着吧，直到把浮世望成眼睫上的尘埃。

（选自简媜：《天涯海角》，九州出版社 2014 年版）

【导读】

简媜自诩为“不可救药的散文爱好者”，

她“自认为写作性格混合着猎人的冷静与猎犬的躁动，对拓展多样化题材、经营殊异的写作策略、冶炼不同质感的文字，具有高度兴趣。三十多年来坚持用自己的步调走散文马拉松之路，长途跋涉、孤独一人，仍然觉得是个好奇的学徒”。研究者也说，简媜的散文具有“绝世独立的壮美，颇有横槊赋诗的霸主气象”。也正因为在多种题材、多种风格上的开疆辟土和独领风骚，简媜的诸多散文篇什进入了台湾散文经典的行列。

这篇散文以宏阔的气象、精审的洞察、决绝的气势、繁密细腻的情思、丰饶明快的语言以及庞沛卓异的想象力等诸多特点享誉文坛，正印证了她所说的对散文“不同质感的文字”的好奇和实践。

《烟波蓝——给少女与梦》是层叠展开的记忆之书，也是谱写少女情思、才华、梦以及女性命运的咏叹调。该篇有着多重情感线索，既以忧伤、怅恨与苍凉为咏叹主调，又以惊叹、相知与希冀为复调，将青春少女的颓废情思与中年女性的幻灭和坚执层层烘染，明暗交织，绘制出一部波澜曲折的女性心曲。情思的繁密，不以喃喃自语出之，而以奇异的想象和奇诡的意象呈现，使得这篇散文色彩斑斓而又情深意长。比如，烟波蓝到底是一种怎样的颜色？既有梦幻少女忧郁的纯净之蓝，又有阅尽沧桑后游走于抽象和实相的丰富之蓝，多种色调和人生况味以自由与回旋的姿态呈现其中。烟波蓝的多重意指，实是女性生命层次的象征。其他如荒芜庭园、水彩画以及人生意象的描写，奇境迭出，令人惊叹。如此丰沛的想象力，伴以明快的语言节奏，形成一股强大的裹挟力量，让读者优游于意象和情绪的洪流中，直到明悟“相濡以沫，不如相忘于江湖”的生命境界。（林强）

▶ 简媜《烟波蓝——给少女与梦》
拓展阅读

焦虑空间（存目）

柯裕棻

【导读】

作为一名女性学者和女性散文家，柯裕棻的散文兼具清明的知性之美和丰饶细腻的感性之趣。她以知性为经，感性为纬，作品中洞见与体验相互辉映，迤逦铺展，呈现出知与趣交叠映衬螺旋上升的审美景观。

散文《焦虑空间》从衣柜作为逃避压力的场所写起，转到衣柜也是“焦虑的开始”，历数《简爱》《蝴蝶梦》《乱世佳人》《安娜·卡列尼娜》《包法利夫人》《红楼梦》等名作中女性人物与衣服的挣扎史，以及张爱玲、日本文学对衣服的偏执，写出由衣服衍生出来的焦虑——“对衣服的渴望折磨着这些女人，而社会惩罚她们过度的渴望”。

丰富的衣服阅读史照见女性的内在焦虑。衣柜中的衣服，自然是女性认识自我的独特媒介。柯裕棻由“青春期对自己的焦虑厌弃，全反映在无衣可穿的恐慌中了，那感觉是，‘人生即将开始了，我难道要如此窘迫地出场吗’。那时候的衣柜也是空乏而难堪的”，延伸出这样的命题——“狭长的空间里的确挂叠着自己的许多相貌，隐藏着自己的渴望”。女性心灵世界的多重影像折叠在文字背后。而作者的智性分明就是一把解构主义的手术刀。“人人在衣柜之前都成了变装芭比娃娃，努力依照自己或社会的期盼包装自己。衣柜是挂在私人空间的社会镜子，从这里可以看出一个人如何看待自己，及如何被社会看待。衣柜展现（隐藏）己身想占有（逃离）的社会位置，以及社会给予（褫夺）己身的位置。”对衣柜的分析和对自我意识与社会关系的剖析，颇有政论文的犀利气势。

然而，在智性的烛照之下，感性的细节却也在记忆的斑斓色调中展现幽光。“衣柜还有一些和时间相关的面向，像是除湿盒似的点滴累积，说来令人怅惘。又像缝在白色蕾丝细棉布里的芳香干燥花，幽幽的，还残存阳光的灿烂，然而那气味却是凉冷的，封存的，迢遥的，没有光阴可言。原因在于有些衣服有特别的历史。”由此看来，《焦虑空间》不仅照亮了作为身体—意识—社会的衣柜空间，也弹奏出一首相忘于江湖的隐秘心曲。于是，“每天我打开衣柜，不假思索地穿越层层叠叠的自己、他人和社会，像翻阅一本虚幻的书，无视于夹在其

中的过往花瓣，无意识地穿着自己买或别人给的戏服，扮演自己，活着自己”。（林强）

▶ 柯裕棻《焦虑空间》拓展阅读

麻雀树，与梦

钟怡雯

夜里醒来，仿佛听到鸟叫。凝神一听，又没了。鸟不会失眠，不会半夜起床，是我睡得浅，老疑心天快亮，才会一醒就幻听。社区的麻雀愈来愈多，它们话多又长气，特别喜欢呼朋引伴，一只抵得上十只叫声秀气的绿绣眼，一整天听下来，日日月月听下来，它们的声音住进我耳膜，就在耳里形成自动播放的背景音，没叫也像在叫。

大前年的事了，社区入门口那四棵高及二楼的棕榈还健在时，麻雀分批夜宿棕榈和小叶榄仁。棕榈最后被锯了，只剩树墩。失去树和树影的掩映，红砖墙在阳光下亮得刺眼，树墩的年轮对着蓝天无语。

好端端的干嘛锯树？

问了几个邻居，说是隔几间的邻居嫌麻雀吵，推说棕榈的根会破坏地基，逮到机会便把树杀了。这是个藉口。真正的祸首是住在棕榈树上的麻雀。棕榈是被误杀，殃及池鱼。谁叫棕榈长在他家正对面，还让麻雀夜宿，就更该命绝。不止一次，我在四楼阳台撞见邻居挥着竹竿像起乩。他在打空气吗？起初我总像撞见别人的隐私般心虚立刻缩回屋里，仿佛我该为那意外负责。次数多了，终于忍不住好奇。

赶麻雀，他说，麻雀很吵。啊？我一下没辞。原来天籁也有被嫌的时候，跟雨声太大风声太猛，或者鸡啼太早扰人清梦的理由一样。麻雀在入夜前返回树梢，一只麻雀的话就够多了，超过五十只以上的麻雀此起彼落的发声，那分贝，或许真是接近噪音了。

但是挥竿老兄未免太歇斯底里。他的竹竿对准自家阳台上方，赶的是盘旋的黑蚊吧怎么赶得了麻雀？何况，不也就黄昏前的短暂时光，上了阳台不看天光云影，却独独对麻雀抓狂？连我家小家伙上了阳台都会赏花赏鸟赏蝙蝠，闻一闻晚风捎来的神秘讯息，观望天空极远处准备降落或刚起飞的飞机。猫都懂得往好处看哪。我始终觉得麻雀和棕榈都是替代品，真正的祸首，恐怕是他心里那只让他什么都看不顺眼的魔。他该杀的是自己的心魔，不是无辜的棕榈。

何况是黄昏。一天的结束，夜的开始，身心松软的时刻。回到自己的窝，做饭打扫睡小觉，散步拔草看夕阳。或者什么都不做，在沙发上赖着。夜晚之前，那么一段短暂模糊的时间，适合做些不花脑力的事。当然，最好不做事，等着雀鸟叫来夜色。

钟太太最常在这时间按门铃，送来自己种的，或是亲人种的菜，偶尔也有朋友做的馒头包子之类。一年四季她总是季季有余，产季到了什么都过量，我要少一些还会挨骂，不要就更不得了。她常常让我想起祖母。客家女人。黑皮肤。成天在劳动，好像脚底上了陀螺。我高她半个头，可是她天生劳作的骨架竟比我宽大，只是没肉，风鼓起她宽大的衣衫，像挂在架子上行走。我祖母够固执了，跟她比，还得甘拜下风。这女人可硬颈的，大小病都撑着，什么痛都能忍。牙痛痛上七天，胃痛个把月。有一回脚板肿成两个大，就干脆不出门。我从中医那儿领来药布纱巾裹脚带上门。从落地窗看见她靠在沙发打毛线，笔电开着，电视新闻播着。一心三用，大概在分散脚的痛感。隔天再去，一夜消肿。新鲜草药效果好，第二片她二话不说就收了。

我也是客家女人，有得拼的。

有时我在楼上，她按完门铃把东西放门口，用手机吩咐，门口有东西记得下来拿。不废话，说完收线，也不留时间给我问那东西是什么。我从三楼阳台抛下谢谢，揣着问号下楼，反正是礼物，别啰唆，收便是。一楼的灯如果亮着，她会进来闲聊。黄昏小觉睡过，偶尔也一起在中庭散散步。她是包打听，社区的大件事问她，蝇头事也问她，即便不问，她也会翻出几笔琐碎新闻，陈年旧事。那一家啊，她指着长满杂草的院子，儿子半夜离家，他妈还怪警卫放他出门。这妈有理吗？什么时候啊？怕有几个月啰。

那时，垃圾车的声音远远近近，雀鸟的黄昏大合唱正兴头。

我从不觉得麻雀吵，顶多，算是聒噪吧。聒噪淘气些，吵可不是个好词。

砍掉棕榈，麻雀也不抗争，认命的投靠六棵小叶榄仁。社区是鸟类的大游乐场，依体型分，有大的鸽子斑鸠喜鹊，中的八哥白头翁，或者小的绿绣眼，可听可看的真多，常常让我分心。小叶榄仁是交谊厅，要说吵，我家大概是全社区最吵的。

麻雀最爱讲话，从日出讲到日落讲个不停。老实说，它们真是比社区爱聊天的太太们长舌。都聊些什么呢能那么起劲？麻雀如果有生命哲学，大概是“活着，就是要讲”吧，连飞行时也能喳喳喳。我家刚好正对四棵小叶榄仁，麻雀的私语成了我的耳语成了幻听。还好我听不懂，它们讲它们的，我做我的睡我的。听懂了我就没办法在这儿住下去了，成天听鸟的流言，我还能过人的日子吗？

鸟族醒得早，随着天光和季节调整作息。春末夏初时，清晨四点多五点吧，鸟声开始起落，这起床号隔了个中庭倒像音量恰如其分的时钟，报时的声音不远不近，一听心里有谱，喔，天色快亮了。

去年春天，从怡保回来隔天清晨，我到三楼洒水，咦，有什么不太对？

砖墙。眼前这砖墙怎么特别显眼？停了几秒，突然醒过来，喔，小叶榄仁。小叶榄仁被腰斩了。四楼高的大树剩不到两楼，树干笔直朝天，无枝无叶，红墙因此在天光中显得特别醒目。受伤的残树木讷讷地，有苦说不出。麻雀失去了栖息之地，我的视觉彷佛也顿失依靠。不论从哪一楼望出去，都觉得很空洞，一如我的心情。

怎么老是拿树开刀？

我不忍心说它们丑，一照面，却仍然无法遏止这树好丑的直觉。好歹给树留点枝吧？都把树砍成没树的样子了。没有枝桠，麻雀要住哪？冬天它们住屋檐，整个社区凡有瓦片之处，都有它们的巢。夏天就不行了，它们得在树上挂单。

每天望着光秃秃的小叶榄仁发呆。八重樱一如往常，稀落开过便冒绿叶，交差似的，好像长叶子才是它的正事。大概小名取坏了，我们都叫它小樱。叫久了连开个花也小家子气。吉野樱倒是满树灿烂。大樱名字取得好，花开得争气，叶子也长得气派。

几番风雨花开花落，大小樱什么时候绿叶成荫了竟没察觉。人回来了，心还挂着母亲。离家二十几年，第一次清明节返马，不是扫墓或祭祖，而是忧心母亲有什么闪失。手术后剩下一个不会走不能讲话的母亲，这半条命可不能再丢了。清明节是大节日，我担心她熬不过，步步为营，提防死神再下手，回去守着。然而，五天后，在返台的飞机上，我决定放手。母亲用各种方式告诉我，她得走了。

回来后便看见被腰斩的小叶榄仁。

有一天我在二楼整理旧衣物，突然发现，吉野樱的枝叶在二楼窗户外摇曳，社区中庭，社区外的竹丛，远处的大楼，以及更远处的天空云影，被它茂密的枝叶扫呀扫。搬进社区隔年种的，十年花树竟然高及三楼，成了社区最有气势的大树。

树在摇曳，风在叶与叶，枝与枝之间的舞动千变万化，我看得入神，发起呆来了，满脑子母亲有苦说不出的表情，像那些遭横祸的树。

看树跟发呆，就成了母亲过世前过世后，我最常做的事。

发呆时多半也在看树看麻雀，脑子千百种念头和想法在转。这世界仍然正常运作，我的却有一个角落开始塌陷了。常常我在三楼阳台站着。钟太太坐门口整理成堆的菜，有时她会来喊我去选，或者就干脆用报纸包好，整大个塑料袋拎着，面无表情朝着我家走来。不到六十，她已背微驼，走路有点老人样了。

等我再次从怡保回来，八重樱和吉野樱的绿荫愈浓，小叶榄仁挣扎着从腰斩之处冒出新枝。大别母亲之后，这世界仿佛失去重力，走起路来脚底没办法着地似的，跟钟太太被地心引力拖着走不动的样子，全然相反。母亲一放手，我成了断线风筝在空中飘浮游荡，不知什么时候能够降落，落点又该在哪。

就看树。看树枝树叶，也看看不见的根。有根多好啊。

一天黄昏在社区散步，忽然发现灯光下的吉野樱长满一粒一粒的什么，走近一看，喔，麻雀。

吉野樱长了一树麻雀。

不只开花散叶长樱花果，夜里，这树还长得出麻雀，隔天太阳出来，像雾水一样消散无痕，枝归枝，叶归叶，让人怀疑昨夜的麻雀树是个梦。真希望半夜帮母亲穿殓服的场景也是个梦，日出之后，还能打电话叫妈。

麻雀树之梦竟然持续了一个多月。如果真是梦，这梦也太长了些。四月底到六月初，我夜夜倚在二楼的窗口，简直看痴了。这树，怕长了上百只麻雀吧?

难怪近黄昏时叫得特别起劲，原来麻雀变成吉野樱的住户了。这些麻雀，啧啧啧。等垃圾车的邻居说，我们早就发现了。隔壁的太太说，我一大早就被鸟吵醒了。她睡三楼开落地窗，正对我家吉野樱。很好，那就早睡早起吧，反正晚睡也得早起。吉野樱开花时，她家视野最好，窗口一站，整株花树入眼。她家春天，是社区最美的春天。吉野樱给了美的，也给了吵的，这很公平。人生嘛。

最吵的不是早上，而是黄昏。

麻雀占位子时总是三心两意。上下左右东挑西选，位子换了又换，有时七八次了还无法定位。挑位子时碎碎念，抢位打架时更不得了，又气又急像开骂，懂鸟语恐怕会发疯。小家伙可不这么想，麻雀一来它总是很激动，发出一长串频率奇怪的类鸟叫节奏。我学法语，猫学鸟语。它学成我的生活可要大乱了。

麻雀一安静，夜，便真正来了。

白天的麻雀很神经质，一点声光都让它们起疑。夜宿的麻雀神经大条，或许因着夜色的掩护，对人类完全无动于衷。从前它们住小叶榄仁时，只闻声不见鸟，小叶太高了，树叶又密。如今它们在昏黄的灯光下现形，邻居纷纷跑来观赏“睡觉的麻雀”，指指点点，不停说，好可爱好可爱。

麻雀把头埋胸口睡得圆滚滚，那么安详，那么自在，如果真是梦，也是让人微笑的温暖美梦。或者，借用邻居的措辞，好可爱的梦。

麻雀不只可爱，还很聪明。它们千挑万选的好位子，都在吉野樱中段的叶子底下，下雨时，层层天然屏障帮它们挡雨。我从二楼看出去，夜雨中的麻雀动也不动，雨从它们头上的绿伞滴落，顺势往下滑。

干嘛担心麻雀淋雨？它们比我睡得还沉哪。

夜雨麻雀。我把大发现告诉钟太太，顺便问，奇怪麻雀怎么不住这棵？我指着茂密的八重樱，它的花期比吉野樱早一个月，绿叶挤挨着，像把大绿伞。那树枝是斜的，爪子不好抓。哪，看到没有，这斜斜的怎么睡？八重樱的枝桠果然呈伞骨的放射状。你当过麻雀啊？我转过头。也可能八重樱只有一层楼高，麻雀没安全感？

她对麻雀没兴趣，反问，你妈过世啦？你都没有跟我讲。仿佛忍了很久，一脸严肃。讲了我妈也不会活过来，我笑。她却笑不出来。

麻雀叫声淹没整个社区，它们又在抢位子了。她说，很多年前见过我母亲一次。刚搬来的第一年，父母亲跟团来台湾玩，在女儿买下的房子里，沉沉地睡了一晚。大概，也在社区散步过吧。那时，吉野樱还没来，社区才住进七八户。

母亲应该无法想象十年之后，这绿叶成荫的庭院，满树的麻雀。她听过钟太太，是越洋电话里最常提到的邻居。同样客家人，老是送菜给我。逢过年还特地炖一大锅肥滋滋的三层肉送来，屋檐下的两个人天天吃，吃到年假放完，冷冻库还有存粮。买点东西给人家。每回母亲都这样叮嘱。

入夏之后，麻雀回到开枝散叶的小叶榄仁。麻雀树，就更像梦了，跟母亲离世一样。

有一天在三楼洒水，侧身，却见葫芦竹停了只麻雀。它在看我。把手伸过去，没想到它竟跳上掌心，愣头愣脑地打量我，眼神那么单纯那么干净，一下看进了我的心。不知人间险恶啊，小东西。麻雀的头好小好滑。比猫头小多了。

它没走。偏着头，还是看我。我也偏着头，看它。人鸟相望。那一刻，整个世界退得很远很远。

母亲过世后，第一次，我流下眼泪。

这不是梦，我很肯定。

还是天天看树，天天煮饭。脚底渐渐有了重量。我得回到日常生活。我家在这里。

定稿于二〇一三年五月

（选自钟怡雯：《麻雀树》，九歌出版社2014年版）

【导读】

钟怡雯的散文历来以细腻笔触、奇特想象和曲尽情致见长。散文《麻雀树，与梦》更是匠心独运、寄托遥深之作。此文有着独特的双重叙述结构，实写树与鸟，虚写梦与思。实写小叶榄仁之被恶意腰斩与吉野樱之满树灿烂，以及麻雀择树而栖与酣然入梦，自然生物命运之波折可见一斑。虚写母亲因病而后放手长逝，以及作者之失重心绪，恍兮惚兮，明昧难辨。

在双重结构中，人与鸟，树与人，气息相通，命运相似，彼此绾结，互相隐喻。最后在人与麻雀的单纯凝视中，物我相忘。现实与幻梦，冥冥之中，达意传情，也最终完成作者对生命的深度理解。钟怡雯往往于日常生活的精彩描写中见出人性的暗角和情思。此篇一面从容地描写俗世生活的人与事，寥寥数笔写尽人物神采与品物盛衰，于曲折宛转中谱写似真亦幻的世俗人情；一面却机杼独运，在人世声色的捕风中，穿透俗世人心的迷障，直达最软弱最疼痛的心灵创伤。区区篇什，容纳得人世与自然之纷繁万象，而丧亲之痛和对生命的理解一以贯之，可谓满树繁花却又根脉灌注，正如庄子所言“鱼相忘于江湖，人相忘于道术”。（林强）

▶ 钟怡雯《麻雀树，与梦》
拓展阅读

小　　说

女性小说创作简介

“小说”文体的形成和发展源远流长。一般认为，中国的文言小说起源于先秦的街谈巷语，历经魏晋南北朝及隋唐时期，形成了笔记小说和传奇小说两种不同的类型；白话小说则起源于唐宋时期说话人的话本，故事取材于民间。以往的文学史叙事言及小说创作，极少留下女作者的身影。时至今日，这种状况已经发生了很大的变化。

一

在中国古代，“小说”特别是章回体的白话小说，对女性而言是存在创作禁忌的文类。这一点，中西文化之间存在很大的差异。20世纪之初，著名英国女作家维吉尼亚·沃尔夫(Virginia Woolf)曾在《一间自己的房间》中指出，在18世纪到19世纪的英国文学里，多数的女作家以小说为主要的创作文类，女诗人则很少出现。如果把眼光放在同一时期的中国文学，我们会看到一幅倒置的图景。1930年，谭正璧在其《中国女性的文学生活》里指出中国历史上女作家“专长的是诗、是词、是曲、是弹词，她们对于散文的小说几乎绝对无缘”。

小说在中国长期被视为“君子弗为”的“小道”，许多作品的作者至今不详，立言传世与小道末流的冲突概为重要成因。身为女性还要承受儒家传统妇德的规塑，更不得不对小说避而远之。特别是元明清三代，无论是官方法令、社会舆论，还是家规家训，中国女性都是不被允许翻阅小说的。女性阅读小说的禁忌尚且如此严苛，更勿论亲自去创作小说了。

然而，韵文体的“弹词”则不在此列。“弹词”这一文类在古人的观念中与“小说”有着明晰的界限。晚近学者或视之为诗，如陈寅恪认为“弹词之文体即是七言排律，而间以三言之长篇巨制”；或以之为词，刘毓盘谓弹词之体“亦词家之外编也”。事实上，只有将“小说”与“弹词”同时置于“通俗文学”或“叙事文学”这一大的概念之下，二者才会在一定程度上被统摄起来。

可以断言，中国女性小说并不完全由弹词发展而来，它们之间的差异性明显大于相似性；不过，作为有一定亲缘关系的文类，弹词的思想内容与形式体制对于今人理解中国女性小说的发生仍有正向参照或反向对比的价值。明末以降直至嘉道年间，弹词创作蔚然成风。在数以百计的弹词作品中，女性弹词数量最多、成就最大、影响最巨，被誉为“弹词三大”的《天雨花》《再生缘》《笔生花》皆出于女性之手。女性弹词广泛地反映了明清两代妇女的生活与心路历程。

目前已知的出版于梁启超“小说界革命”之前并且留存于世的女性小说只有一部，即清代著名女词人顾太清的《红楼梦影》，但作者当时未敢以真实身份付梓，只署“云槎外史”。1988年，北京大学出版社影印《红楼梦影》时，还不知“云槎外史”为何人。一年后，赵伯陶依据藏于日本的海外孤本顾太清之《天游阁集》，方才考证出作者身份。《天游阁集》的初期抄本，很早就流入日本，中国本土早已失传。可见，顾太清在中国小说史上得以“浮出”，具有很强的偶然性。

在中国，女性小说作者短时间内群落性的出现、成批量地公开发表作品，并为男性主导的文坛所接受，是迟至清末民初才出现的新现象。署名为女性的作者或可多达百人以上，其中通过考证能够基本确认作者性别身份的也至少有数十人。较之冰心、庐隐这些被文学史经典化了的五四女作家，她们无疑是“失语”的一群。长期以来，勿论诸多“中国文学史”著作，即便在几部“中国女性文学史”中，也都难以觅得她们的踪影。

清末时期，真正意义上的女性小说创作尚不算多，且仍以传统长篇章回体为主，最具代表性的是王妙如的《女狱花》(1904)和邵振华的《侠义佳人》(1909)。与顾太清的《红楼梦影》相比，尽管艺术体式相近，但它们在思想层面已经明显地分属于两个不同的世代。《红楼梦影》尚未带有女权思想或女性觉醒的内涵，《女狱花》与《侠义佳人》则鲜明地体现出两位作者振兴女界、倡导女权的创作意图。这三部小说虽然创作宗旨有所不同，但同样展现了“妇女本位”的发声立场，映射出女性基于其生理性别与现实际遇所特有的身心经验和价值取向。

民国初年特别是在1915、1916年这两年间，出自女性之手的小说作品数量达到清末民初时期的最高点。这与《眉语》的创刊密不可分。作为女性报刊，《眉语》署高剑华女士主编、夫婿许啸天协助编辑，其余女编辑还有马嗣梅等9人；它以“闺秀说部”相标榜，是清末民初罕见的容纳大量女作者小说作品的杂志。《眉语》中的代表作家是高剑华，与同期女作家相比，高剑华的小说不仅产量高、速度快，而且“商品化”特征也最为典型。

《眉语》一经问世，便大受欢迎，创刊号仅仅面世20多天就已经再版，随后又不断重印。《眉语》第三号出版时，创刊号重印至第三版，第七号出版时，前出六册均“一律重印万册”，发行至第十六号时，第一、二号已重印五版。作为一种新兴文类，女性小说受时人追捧的情形可见一斑。因应此一创作热潮，广益书局1919年还出版了波罗奢馆主人（胡寄尘）编辑的《中国女子小说》，这是中国文学史上第一部女性短篇小说集。

民国初年是中国女性小说创作兴起的关键时期。这些女性小说作者既有士绅家庭出身的闺秀，也有“卖文为生”的职业作家，还有女校的教员和学生，以及留学归来的新式女性。而她们的小说文本，则是章回短篇、文白杂作、庄谐并行，思想倾向更是千差万别，呈现出了一幅相当复杂的文学图景。

这一时期的女性小说创作的意义和功能并非仅仅是五四女作家登台的“前史”。民初女性小说创作自身是一种多元化的存在，至少可以梳理出4种迥然有异的创作面向，即以陈翠娜为代表的闺秀传统、以刘韵琴为典型的革命取向、以高剑华为核心的市场诉求、以直隶第一女师学生为例的学校风范。尽管民初与五四在时间序列上前后相接，但不能将前者整齐划一，统统视为后者的“前史”。在中国女性小说发生的脉络里看，无论是抒发闺情的陈翠娜、倾向启蒙的刘韵琴，还是投身市场的高剑华，都难以与五四一代女作家建立起直接的承续关系，只有最后一种可以有效地解释五四新文学女作家的“浮出”。

就清末民初女性小说创作而言，清末民初与五四之间既不是前后的接轨，也不是突然的断裂，需要突破时间轴上“取代”与“被取代”的线性解释逻辑，同时避免“转折/前史”之类的话语惯性，重新认识“近代”自身新旧杂陈、多声复义的精彩纷呈。（马勤勤）

二

五四新文化运动前后，20世纪第一代女性作家“浮出历史地表”，她们大多是第一批接受高等教育的女学生，也是第一批走出家门，走向社会的现代女性。她们的创作既是女性解放的文化实践，也是新文化运动的重要成果。

以冰心、庐隐、冯沅君为代表的五四女作家，她们的创作主题、文学形态与思想情态，直观地反映了时代风潮的瞬息变化，乃至被评论家称为“五四的产儿”（茅盾语）。同时，她们的小说作品有一种强烈的“女儿性”：冰心多以小女儿的口吻叙事，表达娇憨的女儿情态以及对母亲的依恋；庐隐书写的女儿形象较之冰心笔下的女儿更为大胆、叛逆，但对人生世事的感受仍有着少女的懵懂与偏颇。凌叔华、冯沅君、苏雪林等人也在作品中流露出一种女儿性的纯洁与天真。实际上，五四女性文学创作主题与创作内涵的“女儿性”，是历史上第一次女性集体发声，借助文学突出和强调女性具有的特质，从性别角色上要求社会的承认。

从表现内容和形式来看，五四前后至40年代的女性小说构成了这一时期女作家创作的主要部分，大体具有如下特征：

第一，传统与现代之间的审美融合。

处于社会转型期的现代女作家，其思想情感也处于传统与现代、东方与西方的矛盾之中。一方面，她们是受到传统文化影响的一代，有着良好的旧学基础，同时也生活在传统的阴影下；另一方面，新文化运动浪潮与部分女子留学国外的实际经验，使她们产生了“开眼看世界”的文化震撼，生发出不同于传统的现代性追求，她们笔下的人物也往往呈现出类似的内心冲突，如冰心的《斯人独憔悴》《两个家庭》、凌叔华的《绣枕》《酒后》、丁玲的《莎菲女士的日记》《梦珂》等。这些作品传达出女性人物内心世界的复杂形态，也传达着对由传统向现代过渡的特定时代的思考与认同。

庐隐、林徽因、苏青、张爱玲等人的文学世界同样呈现古典文学审美风格的留痕。刘大杰曾说庐隐的作品“呈现着中国旧诗词旧小说的情调”（《黄庐隐》），其笔下的女性人物经常手握一卷旧诗词，慢步低吟；但从小说形态来看，庐隐已经打破了传统小说讲故事的全知叙事模式，注重人物内心世界的揭示，以及书信体、日记体的创新运用。同样，张爱玲作品既深受《红楼梦》等传统小说的影响，又创造出一系列独属上海现代都市的语象与意境，她的时空观念与叙事艺术吸收了西方小说的诸多经验。

第二，恋爱婚姻与“人”的诉求之间的价值融合。

作为妇女解放、个人解放的突破口以及女性自主人格的体现，“爱情”一直是现代女性文学的重要表现对象。从陈衡哲、庐隐、石评梅到丁玲、白薇、苏青、张爱玲、沉樱，几乎所有的女作家都无法绕开爱情这个题目。作为打出封建主义包办婚姻之“幽灵塔”的现代女性，描写爱情、表现爱情、将爱情作为某种人生追求，可以说是承载了时代赋予现代女作家的独特命题。

以“女儿”与“父母”的对立关系表现恋爱自由、婚姻自主的个性解放思想，构成了现代女性小说的程式化叙事模式。冯沅君的小说《隔绝》《隔绝之后》中，主人公为了自由恋爱而被母亲幽禁，以生命为代价进行抗争。虽然作品的情节处理简单稚拙，但其中人物决绝的态度直观地传达了那一代觉醒青年的心声。这一叙事模式将爱情置于公共话语空间，将个人事件进行了社会化的展演，青年一代对爱情的向往因此有了反抗封建传统的社会内涵。由此而来的问题是，主题先行容易导致架空人物塑造，恋爱故事里的男主角往往是缺席或模糊的，而女主角与其说是一个完整的人物，不如说更近于一种“决绝态度”的化身。

丁玲的《梦珂》《莎菲女士的日记》等作品打破了这一模式，将“父母”与“女儿”的冲突重心转移到女性自身，写出了新女性在追求爱情过程中灵与肉的矛盾。梅娘的小说《鱼》描写了自由恋爱理想的破灭。女主人公发现自己对爱情的追求不过是落入了男性情欲的罗网，所谓人生价值沦为空虚的精神悲剧。归根结底，女性在“女”之价值外，还须寻求为“人”的价值。

苏青与张爱玲的出现，将女性与家庭问题提到了一个新的高度。苏青意识到女性在寻求个人价值/社会承认方面所遇到的艰难困阻。她说：“职业生活比家庭生活更苦，而且现在大多数的职业妇女也并不能完全养活自己，更不用说全家了。”（《苏青、张爱玲对谈录》）她实际上指出了现代妇女解放运动兴起背景下的女性生存状况与现实处境问题。苏青的《结婚十年》叙述了平凡琐碎的婚姻生活，描写了一个职业女性在家庭关系中陷入尴尬和不堪，反映出即使女性接受了教育、拥有了职业，仍旧无法逃离传统女性的人生悲喜剧。张爱玲的作品则以冷峻悲凉的笔调，犀利地揭示女性“为谋生而谋爱”的本质，激发读者对现代女性真正的人生归宿发出叩问。

第三，超越性别意识的家国忧思与人文关怀。

如果女性文学将表现领域仅仅局限于恋爱婚姻，其视野必定限于狭窄。现代女作家努力拓展表现题材，在此过程中体现了性别意识的超越。丁玲在着力于短暂的爱情叙事后走向宏阔的社会主题叙事，她的《田家冲》《水》《在医院中》《太阳照在桑干河上》等作品在表现20世纪30到40年代尖锐的社会矛盾、社会问题的同时，也在尝试有关革命的宏大叙事，而女性自我的声音并没有在主流话语中完全消失。她笔下陆萍（《在医院中》）式的女性知识分子对革命政权内部问题的审视与批评，恰恰体现了“丁玲的逻辑”（贺桂梅语）。这一逻辑“就是她始终以强烈的主体意识面对、认知外在世界，并在行动和实践过程中重新构造自他、主客关系，以形成新的自我”。

如果说丁玲代表了通过参与宏大叙事超越性别意识的一种路径，那么萧红则代表着另一种路径，即以细腻的笔调抚触草木万物和民间众生，对普遍的现实人生寄予同情与关怀。她在《生死场》里写牲畜的产仔也写女人的生产，写蝇蚁的生死也写女人毫无价值的死，仿佛分不清笔墨的重心，却是贴着30年代东北农民的视线写作。在这片黑土地上，文明是受阻的，农民眼中只有“物”（牲畜、有用的家什和财产）而没有“人”，没有生命的尊严。表面上看，萧红是用轻描淡写甚至草率的方式来写人，实质上她是用反笔来强调大写的“人”。她对农民愚昧、麻木乃至“非人”精神状态的揭示，达到了相当深刻和成熟的地步。萧红在精神上继承了鲁迅式的国民性批判和思想启蒙，也超越了作为时代主旋律的“救亡”主题。

总之，五四新文化运动前后至40年代末的女性小说创作，承载了女性恋爱婚姻和宏大叙事的时代主题，也体现了传统与现代的审美融合，是现代女性文学史的重要组成部分。（刘堃）

三

伴随新中国的建立，以女性小说为主要形态的女性文学创作获得了新的发展契机。这一点主要体现在两个方面：

其一，女性小说家群体的成长背景、个人经历以及知识构成发生了深刻的变化。如果说，现代文学阶段女性小说家大多出身于书香门第或名门望族，普遍接受过良好的文化教育的话，那么此一时期除了像宗璞这样少数接续闺秀型写作传统的女性小说家之外，更多涌现出来的，或是像陈学昭、草明、杨沫、韦君宜等这样经历了知识分子改造洗礼的女性作家，或是像茹志鹃、菡子、刘真等这样未接受过完整教育而在革命战争的硝烟中成长起来的女性小说家。独特的成长经历，使她们的创作在题材选择、思想情感、叙事形态等方面呈现出迥异于20世纪上半叶女性小说的鲜明特点。

其二，新中国建立后在政治、经济、社会、文化等方面所进行的前所未有的社会主义探索，特别是在社会生活中所开展的广泛而深入的妇女解放运动，赋予了女性小说全新的书写内容：妇女识字运动，妇女大规模就业，婚姻家庭改造，社会化的托幼机构大量出现……在女性小说中，这些事件得到了充分的关注和呈现。

概括而言，1949至1979年间的女性小说创作呈现出以下几个方面的追求：

首先，在人物形象塑造上，这一时期的女性小说更注重将女性的人生际遇搁置在革命—社会主义实践框架中，讨论女性作为历史主体生成的时代性与特殊性。袁静等的《新儿女英雄传》、陈学昭的《工作着是美丽的》、杨沫的《青春之歌》、茹志鹃的《三走严庄》等作品，将女主人公的成长与特定的时代社会风云变幻紧密勾连在一起，通过描写其曲折前行的经历，勾勒了革命女性成长的特殊人生轨迹；而茹志鹃的《如愿》、草明的《姑娘的心事》、江帆的《女厂长》、韦君宜的《女人》等作品，则将新中国建立之后女性主体的生成与生产劳动勾连在了一起，通过肯定劳动的意义和劳动者的尊严，尝试在公共空间中探寻妇女解放的新路。

其次，在故事演绎上，这一时期的女性小说往往通过对女性情感世界的挖掘，展现世事人情的变迁以及日常伦理的变革。宗璞的《红豆》、李纳的《女婿》、菡子的《万妞》、柳溪的《我的爱人》、茹志鹃的《百合花》、刘真的《长长的流水》等作品，以女性视角书写了爱情、亲情、夫妇之情等私人情感向同志情、战友情、阶级情等新型社会情感转化的复杂过程，反映了在急剧动荡的历史发展进程中一个时代的情感结构以及人与人之间关系的变化；张洁的《爱，是不能忘记的》、竹林的《生活的路》等作品，则通过返回个人情感世界，宣告了“拨乱反正”的历史转折点的到来。

再次，在创作手法上，这一时期的女性小说主要采用现实主义手法，较为强调现实世界与叙事世界的同一性，现实真实与艺术真实之间的界限比较模糊。尽管如此，女作家的小说仍通过细腻的笔触、自觉不自觉的内倾化追求以及“清新俊逸”的风格，流露出具有内在张力的女性气质，为那个崇尚壮丽阳刚之美的时代留下了值得进一步讨论的文本。

20世纪80年代的女性文学在整个现当代文学史上具有特别的意义和风貌。一是女作家群涌现。她们之中，既包括五六十年代甚至更早成名的丁玲、杨绛、宗璞、郑敏、陈敬容、黄宗英、茹志鹃、刘真、韦君宜、柳溪、柯岩等重新焕发创作青春的老作家，也有70年代开始创作的张洁、谌容、戴厚英、戴晴、陈祖芬、航鹰、李惠新、凌力、霍达等中年作家，还有经历过上山下乡运动的遇罗锦、张抗抗、张辛欣、竹林、乔雪竹、陆星儿、舒婷、徐小斌、王安忆、铁凝等知青一代以及方方、残雪、蒋子丹、刘索拉、刘西鸿等。二是在女性创作热潮兴起的基础上，“女性文学”作为概念范畴被重新提出并得到热烈的讨论与回应，“女性意识”“女性主体”成为评论女性文学的关键词。三是题材广泛。女作家的创作，既有情感、婚姻、家庭等传统上被认为是妇女题材的作品，也有涉及工业改革、农村经济、社会心理、知青生活、个人发展、军旅题材的创作，还有性、身体、婚外恋等敏感题材的作品。四是写作风格迥异。这既包括作家与作家之间风格的不同，也包括作家自身风格与题材的多变。积极进行叙事形式等方面的实验是80年代女作家创作中比较普遍的现象。

总之，与以往相比，80年代的女性文学更加开放、多样，也更为暧昧、芜杂，带有那个时代特有的稚嫩与生气。这既是“文化大革命”结束后思想与文化活跃所促成的结果，也离不开社会主义建设阶段男女平等的妇女解放实践。

这一时期女作家的创作，内在于整个80年代从“伤痕”到“新写实”的文学思潮，并成为其中相当重要的组成，如《人啊，人》《我是谁》《洗礼》《剪辑错了的故事》《一个冬天的童话》等之于历史创伤书写与人道主义话语，《沉重的翅膀》《人到中年》《在同一地平线上》等之于改革或发展的渴望，王安忆等之于文化寻根，残雪、刘索拉等之于先锋文学，方方、池莉等之于新写实文学等。可以说，女作家的创作参与并促成了“新时期”文学与历史意识的生成。

这么说并不意味着女作家创作主体性的丧失。相反，男女平等的理念与个体意识的凸显，使福柯意义上的女性“作者”在80年代成为可能。女作家参与整个社会文化与文学思潮形成的过程，也是与其对话、协商的过程。通过对文学规范的引用/挪用，女性创作使“新时期”文学在对历史记忆、发展诉求、文化中国认同以及现代主义的渴望等议题上，呈现出更具有开放性与多元性的面貌。

同时，最重要的是，强调差异性的性别意识重新“浮出历史地表”。面对新的历史机遇，作为知识女性的作家们更为深刻地体悟到情爱的苦闷与纠葛、自强的愿望与发展的艰难、双重角色的困扰与“女性气质”的要求等妇女问题。“解放”的妇女重新作为一个关涉政治/社会的问题出现，并贯穿于80年代几乎所有的女性创作之中。这也正是“女性文学”这一概念出现的重要引燃点。而性别问题与社会政治经济议题的交叉重叠，使80年代的女性文学在深刻介入历史转折进程的同时，也将这历史性别化了。（董丽敏、马春花）

四

在新时期女性文学发展的基础上，20世纪90年代的女性文学尤其是小说创作出现了繁荣的局面。此阶段的女性写作与女性主义理论的不断译介关系紧密。带有鲜明女性主义色彩的小说创作在两个向度上成为女性主义理论的文本实践者，一是对“同性情谊”的探讨，二是对“身体写作”的文本实践。

陈染、林白、徐小斌的小说创作，将“同性情谊”作为一个不断重复的主题，并赋予其女性主义理论所倡导的革命性，如陈染的《与往事干杯》《无处告别》《饥饿的口袋》《破开》，林白的《瓶中之水》、蒋韵的《栎树的囚徒》、徐小斌的《迷幻花园》《羽蛇》等。在这些文本中，女主人公们彼此连结成一个个自足的精神共同体，并藉此营建自己的精神家园，调节女性与现实社会、与男性的矛盾。但是，与五四时期“海滨故人”（庐隐《海滨故人》）所认同的“你就是我自己”的姐妹之邦不同，在90年代的女性书写中，“同性情谊”的建构是以欣赏、尊重并认可彼此的个性为前提的，成为女性建构自身主体性和性别认同的必要途径。

80年代中期的“小说革命”重新处理了“个人”进入历史的方式，“个人”不再是集体的一员，而成为独立的个体。随着小说叙事的主旨不断回到原生态，回到日常生活，“个人”也从精英、英雄摇身一变，成了市民和小人物。“个人”不再充当社会问题的代言人，而是自觉地处于边缘位置，由此，性别身份，特别是个人心理和生理经验的重要性得以凸显。这种思潮在90年代蔚然成风，并与西方女性主义理论不谋而合。被命名为“个人化写作”或“私人写作”的女性文本，成为一些女性主义理论家所倡导的“身体写作”的文本实践者。这种实践比较鲜明地体现在林白的《一个人的战争》、陈染的《私人生活》等作品中。

除此之外，90年代的女性小说继续讨论女性在现实生活和历史叙述中的位置，这些创作拓展了女性写作的表达空间。王安忆、池莉、方方、徐坤、张欣等作家非常注重描摹日常生活的凡俗性，将女性人物放置在具体的日常生活空间中，考察家庭、婚姻、职业之于现实改写的力量以及对女性性别形象的塑造。比如王安忆的《长恨歌》、池莉的《不谈爱情》、方方的《万箭穿心》、徐坤的《厨房》、张欣的《伴你到黎明》等。在这些文本中，女作家对女性在社会生活中的位置和女性的性别认同有着不同的思考。例如，王安忆让笔下的女性人物归位于传统的“主内”角色，并深谙两性间的游戏规则，从而以合谋于历史的方式实现自己的功利性目的；池莉看重婚姻生活中夫妻一起经历了现实的无奈、琐碎和平庸之后获得平静幸福的能力；张欣则把主人公们放置在实用和利己弥漫的现代都市，在呈现女性为社会的商品化进程所遭受的挤压的同时，也在努力寻找一份诗意的生存。

这个时期，不少女作家开始尝试书写母系家族的历史，探究长久以来沉淀在历史长河中的女性传统。王安忆在《纪实与虚构》中，以“虚构”为名，从母亲的姓氏“茹”进入母亲家族的历史，一定程度上呈现出女作家某种僭越历史传统的文化企图。到了蒋韵的《栎树的囚徒》和徐小斌的《羽蛇》，女作家则开始有意识地构建“her-story”，以呈现以女性为历史主体的“历史真实”，使女性文本摆脱“history”的限定和干扰，借助想象抵达“母系历史”的深层，在重构创世神话的过程中，实践着女性主义理论中对“女性美学”的建构。

突出性别意识、强调性别视角是90年代女性写作的一个鲜明特点，但随着中国社会的文化语境不断向多元化深化，以及西方女性主义理论一直以来所进行的多元化建设和对性别本质论的警惕，进入21世纪以后的女性写作，其“去性别化”的倾向也日渐显露。

事实上，早在80年代，王安忆、张洁等作家已经在文本中表达出对性别本质论的质疑，比如《弟兄们》《逐鹿中街》《红蘑菇》等，这些文本从不同的角度说明，过于强调性别冲突并不能建构出适合本土语境的性别意识。而铁凝、方方等人的许多文本也无法按照狭义的女性主义理论被归纳进女性写作的范围。又如铁凝的小说世界，常被批评家认为并不具有特别显著的性别特征，她的写作甚至也在有意回避单一的性别视角，从而描绘出人类的某种普遍性。进入21世纪以后，女性写作中这种“去性别化”的倾向主要表现在以下几个方面：

首先，在题材的选择上，女性写作不再强调直接或明确地反映女性的社会角色，也不再强调将女性的生活经验作为中心事件，而是倾向于表达具有某种“共识性”的普遍经验。比如迟子建的《额尔古纳河右岸》反映的是万物有灵的宇宙观，王安忆的《天香》主要表现世俗社会与民间的生命力，铁凝的《笨花》更像是历史碎片式的地方志，方方的《武昌城》则从人性和人道主义的角度重新解读战争和军人。

其次，在对女性角色的处理上，抛开了既定的文化偏见，改变了二元对立的思维模式，重新调整两性主体之间的关系，以生活细节而非价值判断来呈现性别的本质问题。换言之，她们不再将女性作为历史或者表述的客体，而是将其作为建构和参与历史的能动性主体来呈现。比如王安忆的《天香》在凸显由“民间”和“市井”建构起来的世俗历史的同时，于其中融入了飞扬的人生姿态，这包括男子们的隐逸和各种“出格”举动以及女子们对造物的兴致和对技艺的推陈出新。迟子建的《额尔古纳河右岸》描述了采集狩猎部落中的日常生活，打猎、迁徙、放养驯鹿、熟皮子、贮藏食物等，这之中基于自然生理的劳动分工并不存在价值判断。

第三，在写作理念上，不以迎合或者佐证女性主义理论作为出发点，不再构建一个与所谓父权相分离的、对立的女性世界，而是更多地从感受、体验和思考出发来表达自己、表达世界。这一点在以“70后”女作家为代表的女性写作中表现得更为鲜明。比如魏微的《父亲来访》《寻父记》，在对父亲的寻找中触摸自己的存在。这其中的人情世故，生老病死，微妙的情感和利益关系，既是呈现世界（乡村），也是在呈现自己。又如乔叶、鲁敏、黄咏梅、金仁顺等也主要书写自己的青春故事，而这些青春故事往往以个人经验置换了以往女性写作中的女性经验。

90年代以来女性写作的这种变化说明，随着时代语境的转变，对于性别问题的关注和讨论逐渐从聚焦于性别本质过渡到在性别前提下对个体独特生命体验的推崇。性别问题因此不再限于被放置在阶级、民族、国家，甚至性别群体的集体经验内进行考察，而是有了比“女性主义”更为广阔的内涵和外延。（郭冰茹）

天雨花（节选）

陶贞怀

第七回　怪夫人左御史戏妻　信术士周爱卿害女

按下闲文都不说，单言浙省左军门。为官三载思亲甚，拜本陈情告养亲。君王以孝治天下，准其终养转回程。另差巡抚来接任，维明交代起身行，百姓香花遮道路，家家牌位供长生。一月程期方到楚，家中且说老夫人，此时闻报回家转，喜杀夫人苏氏身，忙叫左书人一个，并同公子去相迎。维明一见心欢喜，开言便叫左书身：八年在外不见你，看来还是有精神，合家大小平安否？左书告禀大爷听：前岁寒冬十一月，夫人分娩一千金，至今大小平安好，二爷常有信回程。维明登岸忙上马，永正跟了进城门，匆匆来至中堂上，参拜萱堂把礼行。夫人好不心欢悦，扶住孩儿叫几声：为我误你功名事，少年辞职住山林。维明答道：儿在外，此心无刻不思亲，功名富贵非儿志，愿归侍奉母亲身。老夫人听心甚喜，又见夫人桓氏身。夫妻两下俱问慰，两位千金把礼行，仪贞年已交五岁，次女年交三岁春。一般生得颜如玉，维明问女唤何名？回言尚未题名字，你今回转自题名。维明听说便笑道：与姊排行叫德贞，题她之号为静婉。说完又问母亲身，永正今已年七岁，可请先生训学文？回言今岁方上学，请个生员陈姓人，陈瑶乃是他名字，现今住在外书厅。维明听说言甚好，老夫人命备筵樽。左书押得行囊进，夫人查点尽分明。诸事已完天又暮，家宴团圆喜气盈，各谈两地多少事，夫妻送母致安宁。早听谯楼交二鼓，佳人才子转房门，相思两地三年久，此日相逢无限情。天明梳洗忙出外，拜望乡中亲友身，择日上坟来祭祖，诸亲拜望日纷纷。忙了两月方清静，闲住家庭实称心，或交朋友游山水，或览群书玩古今。闲情一概多不管，真是高明旷达人，赒贫济困如时雨，凡是同乡尽感恩。一日偶然来想着，便问夫人桓氏身：

回家两月，桂香之事，母亲倒不提了。夫人笑道：桂香说，此身已嫁大爷，再不嫁别个的了。老夫人苦苦相劝，她反挺撞道：既然爱我，何不强逼大爷称了我心，方为真爱，何必要嫁他人？因此老夫人恼了，凭她守节，绝不提及。

桂香果是多情种，你今不合负她心！应该收纳为姬妾，误了终身怎理论？维明听了便笑道：你反将言取笑人。要我收纳她为妾，须照从前一样行。你到内房来回避，让她当夕正房门。夫人肯否当明让，勿像前番倒醋瓶。

夫人笑道：都像我这般妒妻，也够你便宜了。维明笑道：似我这般义夫，方是难得。你的便宜，真说不尽。

取笑一回俱罢了，十月初冬又到临。晚间御史归房内，夫人身倦卧床心。近前便把夫人叫：莫非有甚不安宁？低言说与夫君道：相公今且听缘因。你自七月中回转，至今两月有余零，天癸不来身倦甚，算来有孕在其身。胎教须当循古礼，生子聪明胜过人。相公须去书房歇，晚间莫进内房门。维明听了微微笑：夫人语不近人情！在杭孤旷三年久，今始回家两月零。如何教我循古礼，又入梅花纸帐衾？前番并未皆循礼，聪明之子有三人。夫人听了微微笑：君不遵来妾要遵，速宜早向书房去，从今不许进房门。维明又笑开言道：夫人不必这般论，既然你要遵胎教，我身自住在房门，算来却也无妨碍，决不前来犯你身。

夫人笑道：此言不确，想你未必是个柳下惠鲁男子也。维明道：何以见得？若是好色之徒，怎在杭州独处三载？夫人笑道：谁见独处，安知不叫过几个妇女陶情？

维明笑道：真冤屈，我在杭州三载春，爱我之人多不少，妙莲庵内众尼僧，荀家献尽殷勤意，妖狐变作美人身；我身若是心不正，安能性命转回程？如何做得官声好。夫人听了又言论：既然这等存心正，如今也合正其心。

维明笑道：夫人差矣！遇了外邪，方可如是；若在家庭亦然，便是一木人了。夫人道：若嫌寂寞，何不到桂香房内去住？维明道：休得胡说！夜深了，且过今宵，明日到书房去如何？

言罢挽了夫人起，我代夫人解绣裙。夫人道言休如此，忙把菱花叫一声。侍儿闻命齐来到，照常左右接衣衾。维明屏退诸侍女，方始宽衣入锦衾。夫人不脱衣裳睡，枕畔低言说事因：夫人何乃无情甚？虽然胎教这般云，算来日浅无妨碍，不须固执要通情。夫人道言：休胡说！言行相违岂是人。方才自己亲口道，决不前来干犯人；如今又复言如此，安能胜过古人身！

维明笑道：你原说我做不得柳下惠鲁男子的，应了夫人之口，却不是好？

夫人听了心烦恼，回身朝内不开声。御史笑拍香肩道：夫人还要做新人。言罢便将金扣解，夫人柔弱力难禁。明早大爷中院去，夫人妆罢出房门，堂前候问多恭敬，少爷小姐尽来亲，各攻所事休细说，看看不觉又黄昏。维明看母回房内，桓氏夫人说事因：相公昨夜曾言过，今宵住须内书厅。

维明道：我自不出，其奈我何！夫人道：你若在房，我便回避开了。维明笑道：原来夫人竟执定此意，牢不可破。罢了！既如此，我只得权且从命；但从今以后，你须要着实留心，不可有甚劣迹被我拿住方好。

夫人笑道：真胡说：难道房中有别情？说完便着丫鬟女，掌灯照出大爷身。维明只得抬身起，小童服侍睡安身，连住书房三五夜，孤枕寒衾梦不成。思想夫人桓氏女，这般固执不通情，妇人守礼虽然好，但须略顺丈夫心。与她争论言难出，傍观不雅怎开声。只今小小施一计，且要裙钗浅见人，使她啼不得来笑不得，实犯真赃做在身。想完一笑抬身起，便入中堂看母亲。老夫人便道：传闻得，你身连日睡书厅，因何不到房中歇？莫不夫妻有话论。御史道言：无他故，只因媳妇孕临身，她遵胎教循古礼，拒绝孩儿不近情。儿在杭州三载久，今始回家两月零，她便如此来固执，母亲何不谕她身。老夫人听心欢喜：原来又可望生孙，受胎守礼应如此，如何你反怪她身！孕时若不遵胎教，安能出得好儿孙？维明听了难开口，又将他话共言论，闲坐一回辞母出，东院之中到来临。夫人立在回廊下，身倚雕栏待月明，永正兄妹人三个，一同顽耍在中厅。维明移步来相近，挽定香肩低语云：连宵撇我书房内，夫人心下可安宁？今宵决不孤眠了，定然要到上房门。夫人道言：休如此，又来缠扰乱谈论。御史一笑回身转，来到中堂坐定身。谯楼早又初更起，中堂晚膳已排成：三儿自去陪祖母，夫妻入位坐安身。侍儿进上金杯酒，维明有意劝佳人，举杯只让夫人饮，不觉三巡又五巡。夫人面泛桃红色，檀郎愈觉暗销魂，开言笑谓夫人道：明月良宵真爱人，饮当尽量休推托，偶思一令甚相应，说来不好当罚酒，满饮三杯定要行。夫人听了便笑道：酒令无三不可行，相公乃是高才学，妾身岂可与争衡！

维明笑道：休得太谦，夫人乃女中才子，况此并不难，不过用几个曲牌名，凑合成话。遂说令道：

红娘子折得一枝花，便去傍妆台，簪上巫山一段云，招引粉蝶儿，采得花心动。

夫人亦照此意说来便了。夫人见说，颇觉容易，也说令道：

三学士带了刘泼帽，着了皂罗袍，待漏五更转，便去谒金门，以待朝天子。

维明听了大笑道：随口乱道，全不思索！三学士着了皂罗袍，则可矣；不知道刘泼帽是那代衣冠，可以带去朝天子么？夫人笑道：只说个冠便了，那里有这些扳驳！维明道：你不详透令意，只用曲牌名凑合，却有何难？你可知末句要照会首句。我所说花心动，合着一枝花。你这朝天子，可合刘泼帽么？

今已说差无他辩，满饮三杯罚要行！夫人无奈来斟饮，颜色熏然酒七分，停杯说与维明道：酒令艰难不可行。

我说一谜与你，若猜不着，罚酒三杯。维明笑道：夫人说来便了。夫人道：

闭朱扉才郎远去，闲庭坐月落长空。

阁虚悬各人去了，问消息口信无踪！

请猜一字。维明笑道：此乃门字，夫人是否？夫人笑而不语。维明道：我亦说一谜与夫人，如猜不着，也罚三杯。遂说谜云：

颠倒不自由，哄鱼儿上钩。两人便把一人丢，可惜心儿不应口。要成就终难成就，一点儿巴不到心头。欲向平康把八字推求，薄幸人藏头十分露丑。任他人去恨悠悠，兴发时抛却了弓鞋懒绣。

每句一字，夫人速速猜来！

夫人默默沉思想：奥妙深微十二分，此谜却是难猜着，但只无言不则声。维明含笑连催促：再若延挨罚酒行。

夫人笑道：谜也猜不出，酒也不吃了。

维明笑道：休混帐，吃了三杯说你听。我若不能猜你谜，你又安能饶我身？言罢便命将酒至，起身立起奉佳人；夫人难却檀郎意，脸泛红霞醉十分。维明方始来说道：方才所说谜中情，乃是天干十个字，夫人何乃不分明！

夫人仔细一想：果然不错。笑道：此谜可是相公自作否？维明道：此本现成，非自撰也。

膳罢谯楼已二鼓，侍儿奉上好香茗。维明低把夫人叫：今夜良宵略叙情。夫人推却亲夫主：休得胡言不正经。维明笑道：休胡说！抛却亲夫似路人，莫非在浙三年久，你在家中变了心。此身既是归于我，怎许偷闲楚岫云！夫人听了心中怒：口骂狂徒嚼舌根！分明今日欺我醉，理合将伊打面门。维明听了微微笑：休出狂言放肆论，看你今夜多沉醉，弱柳临风不自禁。不须犯颜并斗口，我今扶你进房门。夫人甚觉腰肢软，任郎扶衬步同行，进房倒在牙床上，杏眼朦胧不则声。维明手拍香肩道：我今别去到书厅，夫人沉醉须留意，独宿鸳帏要小心！夫人潦倒难回话，御史抽身便出门，临行吩咐丫鬟女：夫人醉卧不须惊。尔等事完皆去睡，此房虚掩莫关门，或者我身还入内，不须说晓与夫人。一辈丫鬟都窃笑：捉弄夫人不正经。侍儿收拾都已毕，虚掩房门尽转身。且言御史来中院，上房来看母亲身，老夫人已眠床上，维明启帐叫娘亲。夫人便问孩儿道：此时还不睡安身？维明答道：将眠矣，略坐抬身别母行。独行回入东院内，上房人尽睡沉沉，廊前独立观明月，玉漏频频三鼓深。心中自笑：真奇异，我身今夜作何情？夫妻做了八九载，反效偷香窃玉行。当时移步来入内，轻轻推进上房门。近床剔得银灯亮，宽袍解带上床门。轻轻揭起红绫被，侧身就枕近夫人。温香软玉郎怀抱，低言耳畔叫卿卿。夫人梦里魂颠倒，不知身畔是何人，芳心沉醉难开眼，意中料道是夫君。被他软款情千种，荡漾春心不自禁，良宵中了才郎计，似梦如真心不明。可笑东君太轻薄，天色黎明方起身。绣衾覆好开鸳帐，整了衣冠自出门，走入书房天尚早，和衣入帐且安宁。且表夫人身睡醒，纱窗红日放光明，披衣起坐牙床上，自觉身躯懒十分。分明有个人同卧，似假如真疑十分，定是那人施诡计，这般捉弄我当身。开言便问丫鬟女：大爷昨夜在房门？侍儿答道：都不晓。夫人难以再开声。妆完便向中院去，堂前候过老夫人。回转东厅身坐定，秉衡自去学堂门。只见小童来廊下，大爷传说请夫人。夫人听说心疑惑，良久中堂移步行。回廊转过来书院，步进斋头举目睁，见维明端坐身不动，面上形容似怒嗔。一见夫人来到了，喝退书房左右人。夫人不觉吃一吓，为何今日这般形？维明说道：你且坐，我今唤你到书厅。

只因有一可疑之事，要问个分晓。我因你昨夜中酒，故天明便起身入内看你。却见房门虚掩，一男子自内怆惶而出，却是谁人？你与我说个明白！

夫人蓦地听此语，不觉红潮满面生：那有这等跷蹊事？何来男子到房门！除了相公无别个，我身不晓半毫分，你今既见男儿面，何不拿他问个明？维明听说哈哈笑，岂无男子进房门。

纵然不真，难道好梦也不曾做一个？我所见或是你梦中人，也未可知。你不须瞒隐，好生说了。夫人大怒，立起身来，劈面一啐道：左维明那！

分明昨夜施奸计，将人灌得醉沉沉，夜来偷入香房内，欺我昏沉潦倒人。今朝倒要来嚼舌，做势妆威吓我身，说甚支吾并直告，你今倒像审奸情。若还要我从直说，先把奸夫用极刑！

维明大笑道：问官还不曾把犯人动刑，谁知犯人倒把问官刑讯起来。但问你：便算夜来是我，你却是个遵守胎教之人，为何全无一毫推拒？将机就计一般，这是甚么缘故？

百般迁就殷勤意，任从蜂蝶戏花心。幸而昨夜乃是我，若是他人却怎生？与其被人来捉弄，不如还是你夫君。便作羞云并怯雨，檀郎怜爱不欺凌，不似那人多狂暴，那有怜香惜玉心？还须待我来入内，深护花房作锦屏。我劝夫人休固执，胎教从今守不成。夫人劈面连连啐：只知嚼烂舌头根！

谁与你斗此佞口，左居垣那！

你今方得廿五岁，不要太使尽心机！一言说罢回身转，飘然移步出书厅。佳人烦恼归房内，笑坏风流御史身，逐日常规不必说，晚来月又照东厅。左公不走书房路，竟赴瑶台月下门。夫人卸妆临宝镜，一见维明立起身：各人自有安身处，何劳君子进房门？维明进前笑说道：逐出亲夫太不情！你思昨夜高唐梦，须知我即梦中人。今宵又复来入梦，定然不减昨宵情。如何拒我来推托，不必重重假撇清！夫人听了心中怒：你还提起昨宵情，越思越想真可恨，算作讹头拿定人。偏偏不肯从伊愿，越行诡计越离心！维明听了便笑道：此等言词奇杀人！夫妻自合同房歇，何为捉弄你当身。

夫人道：既是你，为何又说别人？维明笑道：争奈说是我，你便千般推拒，故只得假充别人，方得你殷勤相待。但看如今，说明是我，你又不肯容纳了。夫人道：此等言语，我实不能复赘一词。

惟有待我来回避，君今既住在房门，我到内房来安歇。言罢之时便转身。御史扯住香罗袖：夫人真个不回心？夫人回说：难道假？只恨奸心捉弄人。

御史笑道：原来夫人如此执见，罢了。既是这等，你亦不须回避，待我出去便了。用强制你，也觉无味，必待夫人自来请我进房，方觉有趣。

夫人听了微冷哂：谁来请你进房门？听来满口皆梦话，果然是个梦中人。维明举袖称别去，回身一径外边行。可恼夫人多性拗，她偏拒绝这般形。一夜无眠直到晓，方才觉得困沉沉，直到饭时抽身起，梳洗完时往内行。堂前安候生身母，夫人便问：为何因？我儿这等身迟起，莫非身体欠安宁？回道：孩儿无其事，只因长夜梦难成。言罢目视桓小姐，夫人低首不开声。老夫人便笑说道：既是书房睡不宁，不如仍自归房罢，年少难教便老成。御史听了回言道：孩儿做甚老成人！只为母亲连姻错，与儿娶个古时人，到房步步皆古礼，自然只得睡书厅。

老夫人笑道：既是我儿不愿，媳妇也便和光混俗些罢。夫人道：媳妇也不知甚么古礼，只怪他过于诡谲，欺人太甚耳！左御史笑道：我如何欺你，自对母亲说便了。

孩儿自与为夫妇，相敬如宾直到今，从来无甚相欺处，有时取笑是真情。

他自取笑不过孩儿，便说是欺了。这等欺人，或者还要欺她，亦未可料。

老夫人一笑来和解，各攻所事不须论。日斜御史回家转，一程来到自房门。夫人窗下将鞋绣，案头一只已完成；御史取过拿在手，反复观之赞不停：比将荀氏犹还小，岂可无诗记此情。一面看玩花鞋子，一面新诗口内吟。

诗曰：

凤头弓样染轻红，两瓣秋莲堕晓风。

却笑檀郎太轻薄，樽前行酒胜荷筩。

吟罢，便道：这鞋见惠了罢。夫人道：你要他何用？将去送与谁人，又说是我赠的表记。维明笑道：真是奇谈！

不过明辰来请客，凤鞋行酒劝诸宾。夫人听了心中怒：想来做了失心人。维明笑道：伊不肯，便将纳入袖中存。夫人急欲前来夺，见他已是出房门。正逢永正公子到，便把爹爹叫一声。御史便叫儿同去：书房与你讲书文。父子二人出去了，恼煞夫人桓氏身。暗想：他身行得出，我鞋怎可示他人。夫人思想多烦恼，恰逢公子进房门。

便问孩儿：唤去讲甚么书？永正道：爹爹自向书房睡了，并未讲书。夫人道：你可见拿着一只鞋子么？永正道：爹爹袖中取出，藏在床上了。

言罢告退书堂去，夫人心下自思寻：问他取讨必不肯，待他且自睡沉沉，晚间便唤菱花女，可到书房里面行。大爷睡着休惊动，轻轻悄悄到床门，一只鞋儿他藏了，寻取前来还我身。菱花答应忙去了，中厅早已掌银灯。侍儿回转来复命：大爷正在睡沉沉，床头两边都寻到，鞋儿不见影和形！想必里床来藏下，大爷睡着怎搜寻？

夫人暗想：趁他睡着，待我自去寻来。

掌灯来到书房内，小童看守外间门，便问：大爷曾起否？回言：睡在内房门。夫人移步来走进，窗前小案有明灯，上前揭起秋罗帐，果见夫君睡未醒。轻轻枕下来探摸，床中御史忽翻身。开言便问谁来到？桓氏夫人吃一惊！急欲退时他已起，一把衣裳扯定身，挂起帐子只一看，不禁大笑问夫人：黄昏暮夜来何事？轻轻悄悄到床门，可是亲身来请我，不然何故到书厅？夫人听了劈面唾：想来做梦未苏醒，为取鞋儿来到此，快快将来还我身！

维明笑道：原来如此。

鞋儿在我床儿上，料不今宵着上身，何须自己来寻取，天遣佳人送上门。夫人笑道：休嚼舌，我今只为绣鞋寻。

御史道：寻他做甚？夫人道：你要去行酒，如何使得？维明笑道：我又不说是你的，何伤于事！既是不肯，自向被中寻去便了。

夫人道：你来床下，待我床中四处寻。维明笑而称使得，整衣即便下床门。夫人各处来寻取，果然不见绣鞋形。跨身便到牙床上，翻开锦被要搜寻。维明早已前来到，轻轻按住枕边人。桓氏夫人吃一吓，急欲抬身难起身，问言：此是何道理？御史低言说事因：连宵独卧书房内，枕冷衾寒梦不成，就此宽衣并解带，今宵同寝此书厅。夫人好不心焦躁：你今莫不病痴心？书房岂可来同住，笑杀合家男妇们。我非姬妾私情女，肯向书房凑你身。御史笑道：伊休想，既然落我套中存，来时有路归无路，要出书房万不能！夫人两手来推拒，如何敌得半毫分？浑身香汗如淋雨，看看松到里衣衾。无奈只得开言道：你今这是不饶人，还须自己房中去，书房岂可乱胡行？

维明笑道：若一进房，你又要行起古礼来了。夫人道：放我起身，就不行古礼便了。

御史见她言恳切，暗暗心中笑杀人，方把夫人来扶起，亲与披衣定了心。如今与你同入内，夫人不便再开声。夫人移步来出外，侍儿秉烛照行程。早来到了中堂上，维明入内候娘亲。闲谈数语来出外，厨中晚膳已来临。夫人心下多不乐：此等奸人世少寻！我偏烦躁他偏笑，玩于掌上太欺人。低头不饮樽中酒，御史观之笑说因：亲身请我来入内，如何又作这般形？还须解却眉间绉，举案齐眉敬似宾。

夫人道：举案齐眉，乃是古礼。你是不行古礼之人，如何又道此语？维明笑道：既是这等不乐，我却进房做甚？不如仍到外边去罢。夫人道：如此，足感盛情。御史道：这等就劳你一送。

是伊请我来入内，解铃还仗系铃人。言罢之时来离坐，上前携手挽佳人：与你同到书房去，这回决不内中行。饶你满身都是口，乱坠天花我不听。夫人被他来扯起，只得开言说事因：不过要我来饮酒，何须你要用强横？御史笑道：真奇事，好言再不肯依听，既然不到书房去，展却愁容欢笑生。言罢亲举金杯酒，奉与皇封诰命人。夫人不觉来失笑：相公虽则是能人，只怕过于奸恶难延寿，还该忠厚两三分。

御史笑道：奸恶容或有之；但夫人忠厚，却不应遇着我。

彼此劝酬来细酌，夫人无奈顺郎心。袖里鞋儿方取出，递与夫人手内存。

夫人道：你要将去行酒，何又取了出来？维明笑道：岂有此理，不过要赚夫人到书房内来耳。

夫人听了方知道，原来都是计来行。明宵待我行一计，也来玩要此人身！一夜同眠天又晓，各攻所事慢谈论，大爷房内诸般事，侍儿传说后轩门。桂香听了多羡慕：这样风流爱杀人，算来桓氏多轻贱，如何这样拗他身？此情若肯加之我，百顺千依诺诺应。自是大爷不识货，辜负奴奴无限情。既是夫人多执拗，自家独睡内书厅，为何不唤奴家去？共住书房不冷清；只怕同床三四日，夫人要做眼中钉。不说桂香胡思想，一日无辞天又昏。

唤膳已毕，夫人先回到房中，就把两个绣枕，放在锦被当中，下了帐子，急急卸妆，内房安寝。吩咐侍儿：大爷问起，只说我已睡了；你们也速进内房，将门牢闭。

侍儿几个皆偷笑，二人守候在房门。少刻大爷来到了，进房不见左夫人。便问侍儿回言道：夫人倦怠早安身。维明便把夫人叫，不见床中答应声。

菱花道：夫人睡着了，御史暗想：她回东院不多时，如何就这等沉睡？低头看处，床前不见绣鞋。

不禁暗想心中笑，她今顽要我当身，可见要把仇来报，必然躲入内房门。我且将机来就计，使她进后出无门。

便道：夫人既睡，你等都到内房去罢。

二人答应齐入内，夫人暗笑便关门。维明揭帐来观看，锦被之中似有人。轻轻翻起娇红浪，一双鸳枕内中存。暗道：夫人真可笑，这般顽要我当身。回身便向厨中取，双簧金锁手中存，便把内门轻下锁，回身自掩外房门。宽衣解带忙就寝，夫人不晓半毫分：外房寂寂无声息，大抵无能奈我身。暗笑一回俱熟睡，五更尽处又天明。内房侍女身早起，抽拴去闩欲开门，用手一推全不动，扯来扯去半时辰。好似外边来上锁，这便如何怎理论？

必是大爷怪着夫人，所以锁了。少停，大爷已起，唤取水进房。

小桃只得开言叫：大爷开了这房门。外面侍儿吃一吓，抬头见有锁来横。左御史便开言道：你等房中几贱人，附和夫人行诡计，夜来躲入内房门。如何又想来出外，大惊小怪是何人？二人听了难开口，惊醒夫人桓氏身。问知缘故吃一吓，便把居垣叫一声。维明在外亦不答，忙整衣冠往外行。清闺小姐心如火：世间那有这刁人！如今反上他的当，锁了门儿是怎生？

便叫外面侍儿：快去问大爷取钥匙到来开锁！侍儿去了，转来复命：大爷不在内堂，寻到书房，说是外边去了。夫人无奈，整束衣裳，不得去取汤水进门，又叫外面侍儿寻几个钥匙抻开了罢。众人领命。

你也抻来我也抻，莫能动得半毫分！开言此锁无从抻，向锁珍珠箱上存。

夫人道：原来是那锁，果然难抻。快去寻着大爷，问他要钥匙到来。

侍儿几个忙忙出，须臾复命到房门：大爷却在书房内，着回传语禀夫人，既然爱在房中住，正堪安坐内房门。大爷凑趣来锁了，如何又要外边行？外边有物床中卧，一双绣枕当夫人。夫人若是来出外，绣枕推他何处存？钥匙决不来取出，一年半载始开门。内房食物多不少，夫人尽可过光阴，就不一年并半载，也待临盆始放行。安身静养休焦躁，胎教须知如此遵。夫人听了一席话，恨杀刁钻促狭人。喝叫丫鬟重去讨，外边答应又行程。

去了一回，转来道：大爷说，既是夫人定要出来，从今以后，可要再入内房，认定不去，方来开锁。

夫人好不心火冒：我今便坐内房门，看他锁到何时刻，这样狂徒不是人！说与侍儿人一众：切休再去理他身！不表夫人房内事，且言御史到中庭。堂前安问生身母，老夫人便问儿身：孙儿女辈都来过，媳妇为何不出门？维明听了微微笑：只因媳妇太欺人，昨宵如此将儿要，被儿锁闭内房门。老夫人听了微微笑：可知媳妇恼伊身，将她这等来欺侮，成何体统快开门。身怀六甲非小可，气坏她时了不成！维明一笑来告退：母亲爱惜胜亲生。

到东院把钥匙付与侍儿，传语夫人：若非老人说情，休想轻轻放出，以后再不可班门弄斧了。

侍儿传语方才话，气得夫人难出声，取水到房来盥嗽，堂前安候老夫人。笑问媳妇昨宵事，夫人难以告婆听，只得一笑无言语，候安已罢转东厅。御史已在中堂坐，一见夫人来到临——

便着左右唤菱花、小桃两个来。夫人初意要与他理论，今见变了颜色，要唤侍儿，不觉倒呆了。

两个侍儿来走出，维明喝令跪埃尘！

问道：昨夜夫人既睡内房，汝二人何故回我睡在床上？二人答道：是夫人着这般回话，怎敢不遵？御史道：夫人骗我也罢了，尔等亦可通同一路，诓骗家主么？今就着你替代夫人，各责二十！

菱花、小桃魂不在，哭望夫人说个情。夫

人只得开言道：是我叫她如此行。二人是我桓家婢，主命如何敢不遵？你若可以来打我，竟然请你也施刑，何消借此来说彼，将此丫鬟作替身。

维明道：只因正身怀孕，不便施刑，所以把丫鬟代责。你既与二人遮饰过了，且行饶恕。只打你的真真替身便了。

叱起侍儿人两个：速将绣枕到中厅。昨替夫人床上睡，今替夫人受杖刑。中堂一众无不笑，气得夫人无法行，便道：从今来说过，万般都使枕头身。

维明道：枕头是你着他做替身的，你只诸事教会了枕头，我便不用你了。

若是夫人无法教，不免还须用正身。夫人道言：难答话，口辩谁如你这人。我无才智难相配，将来再不与言论。左公一笑称言重，自此和谐无话论。且将略按家中事，单言致德在扬城：大兄告准回终养，已到家中数月春。……

（选自〔清〕陶贞怀著、李平编校：《天雨花》，中州古籍出版社1984年版）

【导读】

《天雨花》是清代中期颇为风行的弹词。时人将它与《红楼梦》相提并论，有“南‘花’北‘梦’”之誉。今存最早刊本为嘉庆九年（1804）遗音斋刻本。刻本卷首附载有署名“陶贞怀”写于顺治八年（1651）的《原序》，简要自叙其身世与创作动机，称“余生长乱离，遭时患难，每读英雄之传，慨然忠孝之才”，故“悯伦纪之棼乱，思得其人以扶伦立纪”。

《天雨花》全书30回，近百万字，带有浓厚的演史性质。故事历经万历、泰昌、天启、崇祯四朝，站在东林党人的立场上，讲述了忠臣左维明及其长女左仪贞等与权相、外戚、宦官中祸国殃民之流的复杂斗争。作者或因亲历了明清易代的沧亡之痛与生灵涂炭之苦，在弹词中深含总结前朝败亡教训的意味。

在书写治乱兴衰的宏大叙事之外，《天雨花》主要将左府女性的闺阁生活作为了叙事的重心，塑造了左维明妻子桓清闺、御史黄持正女儿黄静英等众多熟读诗书的才女形象，其中对左仪贞的刻画尤为成功。她幼谙书史，13岁即可代父草拟，琴棋书画，无所不能，又谈锋犀利，极富机变。左仪贞与其父左维明均为作者浓墨重彩刻画的理想人物，都是德才兼备、文武双全、品貌皆优的完美形象，但二人之间竟然经常发生冲突，父讲理而女讲情，作者虽然总是安排笃于伦理纲常的左维明最终胜出，却也很袒护站在人情物理一面的左仪贞，使其赢得充分同情。

《天雨花》所体现的性别意识，大不同于古代男性作家所创作的作品，如贯穿于文本的反抗男权统治的描写、对于婢妾的敌视、在情节安排中流露出的衡量男性的价值尺度以及描写家庭生活时不写性只写情等。这在同类作品中，甚至在整个文学史上，都是十分突出且富于典型意义的。

此处选取《天雨花》第七回“怪夫人左御史戏妻”中的一节。故事的主要冲突是：御史左维明以在外久旷为理由，坚持要与夫人同寝；而夫人则以怀孕须注意“胎教”为说，拒绝其要求。围绕“胎教”之是非，写出了夫妻对性生活的不同态度，以及在性生活中的主导权问题。这个话题在中国古代男作家的笔下似未曾见，而作者站在女性的立场，表现了孕妇自我保护的意识，更在通俗文学中绝无仅有。（马勤勤）

▶ 陶贞怀《天雨花》
拓展阅读

红楼梦影（节选）

顾太清

第九回　劝扶正凤姐怜夫　因积德平儿生子

话说宝玉带着麝月、莺儿回到自己房中，见宝钗正在窗下临镜，袭人站在背后篦头。袭人说：“回来了。”宝钗回头问道：“见着花神了？花神可好哇？”宝玉笑着坐在旁边，说：“什么好不好，不过是心到神知罢了。”宝钗笑问莺、月二人：“你们瞧见花神没有？”宝玉只怕他们说出昨夜的话来，忙着说道：“信他们胡说呢。”麝月笑道：“没见着花神，倒遇着雨神了。”莺儿说：“这一夜下的还了得，对着那竹子更响的利害。”麝月忙着伏侍宝玉梳洗毕，又吃了一碗莲子桂元汤，便往上房请安去了。这里二人便将昨晚如何上祭，如何哭，今早又谆谆盘问他们的话，细细说了一遍。宝钗对袭人笑道：“不这么样，他也不依。倘或再发起呆性来，倒不好。”麝月说：“这一夜又冷又怕，他躺下就着了。只听后院里不知什么响，吓的我蒙上头才睡着了。今日二爷起来，我们还不知道呢。”

此时宝钗晓妆已毕，穿了衣服到王夫人处请安。只见李嬷嬷跟了巧姐儿过来请安，王夫人问嬷嬷：“平儿这几日怎么样？”嬷嬷说：“怀都下去了。”王夫人又问：“你们太太张罗了些什么？”嬷嬷说：“昨日赏了五两银子，教他自己制办。”王夫人道：“也可怜见的，头生末下的知道用什么呢？我业经都作出来了，明日是个好日子，叫人送过去，那个叫他留着零碎使罢。我派了老赵嬷嬷跟着，他进来了没有？”嬷嬷说：“进来三四天了。”於是大家吃了饭。

李纨约了宝钗同了巧姐儿去看平儿。进了院门，嬷嬷说：“大奶奶、二奶奶瞧平姑娘来了。”只见平儿、丰儿笑着迎了出来。彼此问了好，进房坐下，丰儿倒了两碗茶来。平儿笑道：“怎么劳动二位奶奶来瞧我。”宝钗说：“太太很惦着你呢！”嬷嬷就把王夫人的话说了一遍，平儿说：“太太这样恩典，叫我怎么报答呢！”说着眼圈红了，又说：“若是有我们奶奶也好哇。”说到这里更伤起心来。巧姐听见提起他娘来，也就滴下泪来。李纨说：“这倒不是看你来，倒是招你伤心来了！你好好的给太太养个孙子，更疼你了。”说了一回散话，都往巧姐房里来。宝钗问：“巧姑娘做什么活呢？”巧姐拿出个红缎褡裢，上面是福缘善庆的花样。宝钗问：“拉锁子跟着谁学的？”巧姐说：“平姐姐教的。”李纨问平儿：“姑娘的东西也得代着手儿作了。”平儿说：“作出三十双鞋来了。”李纨说：“我们也都作出几双来了。”巧姐见说他的嫁妆，就进里间去找出几篇仿来给他二人看。宝钗说：“字写的更长了。”李纨笑道：“你那天给我瞧的那跳格儿呢？”巧姐说：“那一天我拿去给二叔叔瞧，兰哥哥说写的不好，我就烧了。”李纨笑道：“那是怄你呢，我瞧着很好。”又坐了一回，李纨说：“走罢，到你们家看看芝儿去。”说着就同着宝钗起身，巧姐、平儿等送出院门回去。无话可提。

到了次日，王夫人差人送来产妇婴儿可用之物，平儿看了十分感激。到了晚上，贾琏进来，平儿将那些东西给贾琏看了，也是感激，说：“明日我替你给太太磕头去。”说了回闲话，喝了几盅酒，就叫丰儿伏侍睡下。原来平儿自从受孕后，便不与贾琏同房，自在东里间。近日王夫人又派了贾琏的赵嬷嬷与他作伴，贾琏带着丰儿在西里间住。刚然睡着，只见凤姐笑嘻嘻的同着尤二姐进来，坐在炕沿上说：“我们给你道喜来了。”贾琏问：“什么喜事？”凤姐笑道：“咱们有了儿子了。”贾琏笑道：“平儿虽然怀孕，尚未分娩，还不知是男是女呢。”凤姐指着尤二姐说：“那不是！”贾琏一看，果然尤二姐怀里抱着个孩子。那尤二姐满眼含泪，望着贾琏点头。此时贾琏并不记得他二人已死，便问凤姐：“这孩子到底是谁养的？”凤姐叹了口气说道：“老太太告诉我的，说你我的行为断不能有后。皆因平儿素日为人恤老怜贫，处处积阴功、存口德，到后来还要受诰封呢。所以我来劝你从今以后，把那酒色财气都检点检点。酒是最能乱性，喝高了兴，竟会把礼义纲常撇之脑后。色之一字，更是要紧。只图一时之乐，坏了他人的名节，坏了自己的行止。还有那嘴角儿上的阴骘，更是要紧，断不可谈论人家闺阁暧昧。见人升官，就起嫉心；见人有钱，就生妒心，不可不慎。你已是三十多岁的人了，老爷、太太年老，你有几个亲人？依我说，就把平儿正了位，于你也有帮手，于孩子也有照应。如今虽然都是他经手，到底众人不服，他未免掣肘。你们好好的过罢，我再来瞧你！”回头向尤二姐道：“咱们给他送去吧。”说着起身同去。贾琏此时又像知道他们已死，从梦中哭醒，见残灯尚在，看了看丰儿蒙头沉睡。贾琏叹了口气，又朦胧睡去。

且说平儿睡醒一觉下了地，打开灯罩拨了拨灯。小解了，用凉水洗了手，重新上炕。躺下才一合眼，见凤姐带着尤二姐进来，尤二姐怀里抱着个孩子。平儿就请安问好，说：“奶奶回来了？怎么这么巧，都一同来了？”凤姐说：“因你在孩子跟前用心，我来谢谢你。”平儿说：“奶奶这是怎么说呢！”凤姐说：“告诉你罢，我们来给你送儿子来了。皆因你暗中有多少阴骘，携带的二爷也不致绝后。将来你受子之荣，也有人称你太夫人呢！”便向尤二姐说：“你不用舍不得，将来也要沾光呢！”只见尤二姐就把那孩子塞在他被窝儿里。平儿急的说：“这是怎么说。”只觉心头突突乱跳，及至醒来，觉得身子底下精湿一大团，吓的说：“赵奶奶快起来罢，可不好了！”赵嬷嬷从梦中惊醒，听见儿啼。偏是灯又灭了，鞋又找不着，就光着脚下地摸火纸点灯，口里说道："我的小奶奶，你倒是早些言语呀。"平儿说："我还不知道呢！"贾琏原未睡实，听见婴儿啼哭，又是他们两个人说话，就把丰儿叫起，对了个灯，看了看表，正是子正。自己也披衣过来，见赵嬷嬷还在那里找火纸，见拿了灯来，说："丰姑娘你把他抽起来，我好招拂孩子。"丰儿跳上炕来抽平儿，平儿说："你慢着些，我还起不来呢。"赵嬷嬷掀开被一看，才忙着把平儿的小衣褪下，见胎胞婴儿搅在一处，伸手就抱。贾琏见他赤着脚，抓了来把血，又是着急，又是好笑，说："妈妈，你把袜子穿上罢，看着了凉。"便叫丰儿扶平儿坐起。自己到厢房窗外把巧姐儿的李嬷嬷叫来。李嬷嬷上了炕，把胎胞合孩子理清。此时老婆子们也都起来，烧通条熬定心汤。李嬷嬷把脐带剪断，包好孩子交给平儿抱着，又把炕上的血迹收拾干净。贾琏见是个男子，想起将才的梦来，要告诉平儿，又怕他伤心害怕。这平儿喝了定心汤，慢慢的把梦中之事告诉贾琏。贾琏说："你奶奶可是穿着那在日常穿的那件月白棉袄吗？"平儿问："爷怎么知道？"贾琏就把夜间的梦说了一遍，大家都觉诧异。

此时天已闪亮，贾琏看着平儿喝了粥，自己也喝了一碗粥，就往贾赦、贾政各处道喜回话，又到祠堂各处磕头。不一时，就有王夫人、邢夫人送过粥米、糖蛋等物。又见李纨、宝钗都来看视。平儿又把昨夜两梦告诉他们，二人亦觉稀奇。看那孩子，发长额宽，雪白粉嫩。李纨问："过了月了吗？"平儿笑道："我还不知道呢？大奶奶瞧我这肚子里挺硬，只是疼，别是还有一个罢？"大家都笑了。李纨说："那是儿枕疼，不要紧，揉揉就好了。"宝钗说："我那里有宁坤丸，回去找了给你送来。"平儿笑道："上次二奶奶给的那药吃得吃不得？"李纨问："什么药？"宝钗说："胎产金丹。"李纨说："正吃么！"二人坐了一回，同去到王夫人处回话。说平儿给太太磕头，又把他们的梦告诉了一遍。王夫人想起凤姐不由伤心说："平儿那孩子实在可疼，虽有本事，却不张道。为巧姐儿的事，琏哥就有这意思。皆因大老爷回来竟闹气，也不敢说。又搭着他有了喜，索性等养了再说。那也是定了的事了，倒是你们俩给他挑挑嬷嬷。可比不得兰儿、芝儿的嬷嬷，这可得留点儿心，咱们那位琏二爷是出名的淘气，别又弄出事来。"说的大家都笑了。只见贾珍父子过来道喜，李纨、宝钗便往稻香村来，叫人传给林之孝家的，把仆妇册子查查，有奶的传几个来挑嬷嬷。

至午后见林家的带进三个媳妇来，都请了安，一排站着。林家的指着回道："这个高身量的，是东角门的买办王德的媳妇。"李纨问："孩子多大了？"媳妇回道："四个月了。"又问："你多大了？"媳妇说："二十六。"李纨又问那两个。林家的说："这白些的是跟三爷的常寿儿的媳妇，二十一岁，孩子八个月。这个黑些的是茶房汤铭的媳妇，三十二岁，孩子才满月。"宝钗问："咱们家这些人，怎么才有三个有奶的？"林家的回道："奴才查了原是五个人，那两个一个是老宋妈的孙子兴儿媳妇，现长奶疮；一个是鲍二的小姨子，乌贵媳妇，住娘家去了。"李纨看了奶，就合宝钗商量留下王德家的、汤铭家的，带过来请王夫人看。王夫人就留下汤铭媳妇，着林家的带去交给平儿，又说："照芝哥的小李嬷嬷例，每月也是一两五钱银的月费。"林家的教给太太、奶奶们磕了头，跟着林家的去了。

晚饭后，贾政进内，王夫人把贾琏、平儿的梦说了一遍。贾政道："天道悠且远，鬼神茫昧然。那也没什么凭据。倒是合大老爷、大太太商量，把平儿扶了正，于琏哥好些。算了媳妇，他也好谏劝，我看那丫头还明白。他父母还是你们家的家生啊？还是外买的？"王夫人说："他就是跟我大哥的韦善的女儿，自幼儿就跟凤姑娘，所以就陪了过来。"贾政笑道："原来是他的女儿，这就怪不得了。那一年我扈驾北狩，还借过他几天，是很朴实，官事也明白，比周瑞好多了。"王夫人笑道："那是他们老爷的总钥匙，他那儿子就不中用了。"贾政道："有个好女儿就是了。等满了月，就把这件事办了。今日大老爷命名叫苓哥儿，十分欢喜，说要大办呢！"王夫人说："七十岁得头一个孙子，花几个钱也是乐的。"

有事便长，无事便短，不觉已到三月初三，王夫人的生日。唱了两天戏，自然来些高亲贵友，不必细说。到了宝玉、贾兰进场之时，王夫人合贾政商量，不必赁小寓，就从家里走，无非早些动身就是了。李纨自去料理贾兰的考具，不提。且说宝玉看着宝钗、袭人与他打点，又说带这个，又说带那个。袭人说："你别跟着搅了，让奶奶打点出来，你过了目，一装就得。"宝玉笑道："你们怕搅，我可又走了。"袭人听见这话，一阵心酸，滴下泪来。宝玉说：

“在家又嫌搅的荒，出家又舍不得，不然你就跟了我去。”说的袭人噗哧的笑了。收拾完，次日四更就起来。叔侄两个来见贾政、王夫人。贾政嘱咐了些进场的话，二人一一答应。王夫人想起乡场的事来，就说：“兰儿你合叔叔拉着走罢。”贾政笑道：“太太不必乱想，这一回断不能走失了。”就叫人出去看车齐了没有。宝玉说：“程师爷还要送呢！”贾政说：“这妥当极了，就去罢。”二人请了安，各人又见过母、妻。宝玉又与李纨请安，兰哥给婶娘也请了安。各人又嘱咐了几句，送他叔侄出去。

这里王夫人合宝钗盼了一日又一日的，把这九天熬过。见他叔侄二人笑嘻嘻的进来请安问好，这婆媳才都把心放下。原来王夫人许下心愿，背着贾政买了口猪祭天。

过了两日，十九正是苓儿的满月。贾赦教趁着这日摆酒唱戏，就推平儿登了琏二奶奶的宝位。平儿到祠堂行礼，长辈磕头。那玉字旁比贾琏小的都来拜见，平儿还了半礼。草字头的都给他磕了头。众下人都来参见琏二奶奶已毕，王夫人便向平儿说道：“明日咱们商量喜事。”不知王夫人商量何事？且听下回分解。

（选自〔清〕云槎外史：《红楼梦影》，北京大学出版社 1988 年版）

【导读】

《红楼梦影》是现存第一部出自女性作家之手的散体小说。全书二十四回，是诸多《红楼梦》续书中较晚的一部。它接续《红楼梦》第一百二十回撰写，甚至逐字逐句地照录《红楼梦》之结尾三百余字，以为接榫之处。全书内容大致为：中了妖术的宝玉随一僧一道于毗陵驿巧遇贾政，被贾政救回，并除掉僧、道。与此同时，贾政又接到家书，得知贾赦被赦罪、贾珍复职。返京之后，袭人因不从蒋玉函，又被送归宝玉；平儿也成为贾琏嫡妻。随后，宝钗生子名为贾芝，贾家复兴。宝玉于花朝之夕至潇湘馆祭花神，与黛玉幽魂重叙旧好。不久，贾家家产被赏还，贾政袭了荣国公、升了吏部尚书，平儿产下一子贾苓。宝玉和贾兰同举进士，又同入翰林院为庶吉士，贾政以功擢授东阁大学士，拜了相，一家花团锦簇。尽管好事连连，但宝玉仍然情绪低落、心烦意乱。在最后一回，宝玉又神游太虚幻境，在此，钗、黛、云、琴诸人在红楼上凭栏谈笑、冲他挥手；然而，宝玉却始终无法走近她们。一阵狂风过后，红楼碧户化作一片荒凉，只见“许多白骨骷髅在那里跳舞”。

此处选取《红楼梦影》第九回“劝扶正凤姐怜夫，因积德平儿生子”，细致地描写了平儿生产的全过程，包括胎动、破水、清理胎胞、剪断脐带、收拾血迹、熬定心汤、吃胎产金丹，以及为新生儿挑选奶妈等一系列生产、育儿活动。顾太清一生育有五个子女，应该说对生产有着深切体验，将这种体验融入小说中，成就了作者对书中女性人物生产感受与情节的传神刻画，这在男作家笔下显然是难于出现的。（马勤勤）

▶ 顾太清《红楼梦影》
拓展阅读

女狱花（节选）

王妙如

第十二回　论进化欧洲幼稚，讲平等震旦文明

话说许平权开了一个女学堂。那日演说一番，心中很是爽快。从此尽心教育，女学上很有进步。一日正常功课完后，坐在书房内，心里忽然道：我们二万万女子大都无知无识，蠢如鹿豕一般。区区这个女学校，教育安能遍及？则师范学堂今日亦很要紧的。即刻命工人将里边坍败的房屋修理起来，作为讲堂、卧室。立了一个详细章程，额招师范女学生六十名。那日来考者竟有六百余人之多。平权即将各种普通学与各学生当面问答。又出一个论题，令学生各做一篇。

待至学生去后，已是傍晚时候。平权吃了膳，夜即在书房内将那些论说阅着。则见各人论中，皆有：男人不得压制女人，女人不可受男人压制；女人须用强力夺权利，男人决不肯轻将权利给女人；非我族类，其心必异，女子对男人，须用对异族之法的各种话头。

平权心中思量，前时我们女子皆守“以顺为正”之道，决无有与男子抗抵的。今日女权

如此发达，岂非由沙雪梅破坏手段酝酿所成吗？欢喜了一会，忽又感慨道：照这样子看来，只知强权，不知义务，必使祥云袅袅的家庭神圣园变为惨雾沉沉的家庭修罗场。那时男女争权，恐世界非但不能进化，将要退化了。心中闷闷不乐，即走出书房阶前散步。

不知不觉，走到花园里来。那夜正是积雪初晴，皎洁洁的一片月光照在白梅花上，好比琉璃世界一般。赏玩了好一会，觉得几阵松风冷人心髓，一连打了几个寒噤，即忙回到书房里来。见案前坐着浑身通红的一位男子，心内很是惊讶。急走几步，子细将他一看，原来是那个宗祥，低着头看那些论说。身上披着一件大红的雪衣。

宗祥见平权进来，即立起身来问候。二人坐谈了一息，宗祥问平权道："我闻天的生人，无分男女，则男女是应该平等的。我们国中素来重男轻女，国家上的权利女人一些没有，倒也说得过去。但在欧洲各国号为平等，何以女子无犹参政权呢？"

平权道："昔时的欧洲与今日的中国真是一样。我记得西人有一个笑话，说前时亚拉伯有一个人，叫他第一妻挑水，第二妻磨谷，第三妻煮饭，惟第四妻容貌甚美，故现不叫他做下等事情。照此看来，欧人前时亦很野蛮的，惟近来力求进步，稍稍发文明的光辉。但今日犹在幼稚时代，一切制度尚未完备，不必说女子没有参政权很是不公平，就是细腰的这件事，何曾异小脚的陋习么？若后来文明日进，细腰的陋习自必竭力除去。参政权亦男女共有的。"

宗祥听了，很是佩服，说了几句赞美平权的话。平权又说道："妹妹近日心内思想，有一件事，实男女间之大不平等。但那件事平等的时候，即人类灭绝的时候了。你想男女交媾，共享欢娱，何以生育子女的苦痛要女子独受呢？文明极顶的时候，做女子的定创出各种避孕之法，决不必等地球的灭日，人类已是没有的。自此以后，必有比人高等的动物管理世界。其生育子女，雌的决不受一些苦痛。另有神妙的方法，但这个方法，即问今日有名的哲学家，也不能说出来。因其身体构造不知是什么样子，其安能妄断呢？"说至此，与宗祥大笑了一回。

自鸣钟，上已是十二点零五分。宗祥告别回家，平权也是睡了。次日起来，将那些论说看毕，定了名次，即上班去教授。

光阴迅速，转瞬一年，女学堂学生皆已学习专门科学，师范女学生亦已毕业，又另招了一班新生教授。过了十数年，城里城外皆有好几个女学堂。那时女子状态很是文明，与前时大不相同。做男子的，亦大半数敬爱女子。

平权心内想道：我前时与宗祥立约，本说女界振兴之日，为你我完姻之日。今日女界也可算昌明了。虽宗祥见我时并不将此事提起，但是他也如我的样子，用了心血数十年，竭力把女界洗出光明。今日不与他完姻，未免失信。且我若不婚嫁，国中普通女人必误会我不悦男子。将来愈传愈误，必人人欲为沙雪梅，欲为文洞仁，大伤天地生成之道。安可因区区一身的习惯，为二万万女子的祸根么？

主意已定，渐将此意告知宗祥，宗祥亦很以为是。成亲之日，宗祥对平权作揖道："恭喜妹妹，大事成了！"

平权亦回揖道："这个功劳应该归哥哥的。妹妹近日看世界大势，移风易俗，莫妙于小说。世界上的人，或有不看正书，决无有不看小说的。因正书中深文曲笔，学问稍浅的人决不能看。即使看了，亦是恹恹闷倦。惟小说中句句白话，无人不懂，且又具着嬉笑怒骂各种声口，最能令人解颐。不知不觉，将性质改变起来。哥哥啊，我想你数十年中，对着一盏孤灯，吮着几点残墨，绞脑筋、洒热血，叫醒女人的长梦，痛压男子的强权。今日我们女子香闺前的自由花儿岂不是哥哥一枝妙笔中生出么！"

宗祥道："如此说来，哥哥又要崇拜妹妹了。哥哥前日有一番议论，说一国之中，若没有女国民，决没有男国民的。一个人小的时候，心中皆无定见，只有摹仿的能力。母子之间，最为亲切，则一举一动自然而然学作母的样子。你想前时我们女子有光明正大的举动么？即使幼时出外游学，思想竟能开发起来，到得成亲以后，困于家常琐屑，英气也渐渐消灭。妹妹啊，你怀着菩萨心肠，舍身渡世，将直接之善女人、间接的善男子，从火坑提到金莲座上。非特我们二万万裙钗女子皆当焚香叩首，即我们二万万须眉男儿也当跪食慧果了。"

当日平权夫妇的恩爱自可不言而喻，即普通夫妇亦不像前时的野蛮。那夫妇的爱情如胶似漆，真是说也说不能尽。我记得那个大豪杰还有一首七绝，极描写爱情二字。我且讲出来，结这部《女狱花》。诗曰：

赢得书香胜粉香，文明小史演闺房。
堂前燕子窗前蝶，岂独天台有阮郎。

（选自《女狱花》光绪甲辰刊本，1904 年）

【导读】

小说《女狱花》，又名《红闺泪》《闺阁豪杰谈》，西湖女士王妙如著，共十二回，为光绪甲辰刊本。全书描写两位女子为争取妇女解放所走的不同道路。沙雪梅出身于武术世家，自幼性格豪爽，才貌双全，却嫁了一位迂腐顽固的秀才。其夫待她如奴，夫妻二人口角横生，家翻宅乱，沙雪梅忍无可忍，将他误杀。沙雪梅毅然投案自首，入狱后结识了革命党人，从牢里逃出。一日，遇见主张和平革命的许平权女士，两人话不投机。沙雪梅主张暴力革命，因而组织女革命党，准备起义，“杀尽男贼方罢手”；许平权则主张“教育自救”，认为女性需要通过教育，在思想道德和知识水平上达到和男子相同的程度。小说中二人的结局也截然相反：沙雪梅革命失败，最后与党人自焚而死；许平权则东渡日本学习师范，学成归国后在爱慕者黄宗祥的帮助下，兴女学、开民智，事业轰轰烈烈。在她的努力下，十几年后女界大昌，“女子状态很是文明，与前时大不相同。做男子的，亦大半敬爱女子”（第十二回）。许平权大愿已遂，终与相恋多年的黄宗祥完婚。

本次选取《女狱花》最后一回“论进化欧洲幼稚，讲平等震旦文明”，同样基于女性特有的生理功能和人生经验。王妙如提出，“你想男女交媾，共享欢娱，何以生育子女的苦痛要女子独受呢？文明极顶的时候，做女子的定创出各种避孕之法……其生育子女，雌的决不受一些苦痛，另有神妙的方法”。尽管此处文字简略，但性与生殖等话题的浮现，意义重大。这里值得注意的是“欢娱”“避孕”二词。我们知道，中国古代谈性色变，甚至《金瓶梅》也宣称是“警世惩淫”，而作为女性的王妙如竟然公然从“快乐”的角度诠释两性之爱，不得不说十分大胆。此外，古代女性的重要职责之一就是生儿育女，所谓“不孝有三，无后为大”，而这里作者却借许平权之口公然指出女性应该自主决定是否生育，并要发明出避孕之法，让女性在享受两性之爱的同时避免生育的痛苦。可以说，受过女权学说洗礼的王妙如在面对女性特有处境和经验时，不仅发出了根本性的质疑，而且还提出了超时代的期待。（马勤勤）

▶ 王妙如《女狱花》
拓展阅读

痴人梦

刘韵琴

却说离上海一百多里有个村落，名叫王家堡。堡中居人以王姓为最多，内中有一人叫王憨的，已年逾不惑，只夫妇二人并无儿女。有一姊嫁与吴姓，生了一女就死了。自他姊姊死后，多年不通来往。王憨父亲去世的时候，也遗了几亩薄田。无奈王憨不善经营，又懒于耕种，只好喝酒，所有几亩田早已典质尽了。当这米珠薪桂、年残岁尽的时候，朔风猎猎、腊鼓冬冬、四壁萧条、一筹莫展。夫妇二人日在牛衣中对泣。

他的妻子埋怨他道：“你看东邻张家伯伯、西邻李家叔叔，他们都入甚么筹安会，请愿咧，筹备咧，如今都发了财，做了官，有了好处。我前日看见张家的嫂嫂、李家的姆姆都是穿金戴银、披绸着缎、举止阔绰的了不得。谁似我晦气，嫁着了你这种无用的男人，吃又没得吃，穿又没得穿，终日忍饥受冻，熬到后来不过是个叫化老婆罢了！我何苦来！”说着便呜呜咽咽的哭起来。那王憨被妻子奚落得无话可说，只低头合眼的打算如何弄几个钱过年。

正在想来想去、不得主意的时分，忽听见门外一阵脚步声。接着喊道：“里面有人么？”王憨便睁开眼蹑手蹑脚的走到那破篱笆窟窿内，对外面张看。只见有一顶大轿已经歇在自己门口，后面还跟了多少像是当差的人。王憨心里想道：我穷到这步田地，难道还有做官的人来拜我吗？便开了门问到：“列位到这里找谁？莫是弄错了人家。”说罢，便有一个少年当差的走近前问道：“王憨先生可是在府上？”王憨答道：“我便是王憨，不知找我有何贵干？”

那当差的便在片夹子内拿出一张大红片子来。王憨一看，上面有四个小字、两个大字。王憨认不清楚，只管发怔。半晌方对那当差的说道：“我认不得字，请你念给我听。”那人便大声读道：“一等女官周妈。”

王憨听了满腹狐疑，再要问周妈是何人，

只见那轿夫吆喝道："平轿。"一个廿来岁的妇人打扮得花枝招展、袅袅婷婷的，从轿内走了出来，笑吟吟的对着王憨道："舅舅你老人家就认不得我了吗？我母亲便是吴三嫂，是你的同胞姊姊，难道也忘记了？"

王憨此时才恍然大悟，知道是吴家的外甥女儿。不及招呼，一溜烟抢先跑到屋里喊他妻子道："你不要哭了，我的外甥女儿已经做了一等女官，来拜我们。现在我是舅老太爷了。"他妻子劈面啐了他一口，骂道："你又灌了黄汤，在这里说梦话。你那外甥女已多年没有到我们家里来，只听得人说嫁了一个姓周的，夫妻两口子不大和睦，家中又穷得狠。他赌气跑到上海王公馆做了娘姨。那里会做官哩？"王憨道："连我也不知这个原故。怎么会做起官来！但是他现在已在门口下了轿，你赶快出去接他进来，再细细的问他便明白了。"

他妻子看他这样说，料不是醉话。心里也有几分纳罕，揩干眼泪，走到门前一看，果然有一位华美衣服的女子，面貌和死去的吴家姑子一般。心知便是周妈，就笑嘻嘻的说道："多年不见，姑娘越法出落得美人一样了。外面冷，别吹了风，快请进屋里坐罢。"两人搀着手同进了草堂。

王憨忙着拿了一把黑煤乌嘴的吊子去烧茶。周妈笑道："舅舅不要忙，我轿子上有一把银茶壶，泡的上好龙井茶，是带在路上吃的。叫轿上人拿进来，我们坐下来谈谈心罢。"王憨先请周妈坐在一张矮脚板凳上，自己便坐在门槛上，先问道："姑娘我是个乡下人，到底不懂你怎么就会做了官哩。快些说给我们听听，也好欢喜欢喜。"

周妈叹口气道："说来话长。我去年春天买了一张储蓄票，得了一个头彩，便将这笔款子存在交通银行那个姓周的，你老人家是晓得我不喜欢他的。心想拣一个有体面的人做你的外甥女婿，下半世可以享福。不料拣来拣去，总拣不着。不是大司务，便是西崽、流氓、马夫、戏子。他们这班人，不过想骗我的钱罢了。我那里肯嫁他呢！我想起来也难怪，我本来是当老妈子出身的人，上海那个大老官肯同我结婚？所以我带了这宗款子跑到北京，想去找安静生入女子请愿团，上一个名字请愿，也出出风头。在路上遇着湖南的周妈，原来他同王壬秋混了多年，倒混了一肚子的文才。袁世凯要做皇帝，想王老头子出来帮忙。因要博他的欢心，便派了周妈做了女视学员。一路上有人接送，好不威武！我与他本是同行，又是同姓，所以便去见他。两下说得投机，就拜了姊妹。

"承他的情，留我吃饭。席中谈起我们当先做娘姨的时候，没有一个人瞧得起。就是那各报馆里的人，也与我们作对，寻着我们的根底，做他们的新闻材料，至今想起来还生气。我此番做女视学员，不把各学堂的女学生通通造成奴隶性质，和我们一样，也不算本事！看那些报馆里的人，能批评我们许多？

"我听了便道：'姊姊有这样学问，这样本事，害怕做不到么？就是做妹子的，只可怜不识字，不然也可跟着姊姊沾点光儿，弄个女视学员做做。'湖南周妈道：'妹妹难怪你不知道，你是不认得字、不看报的原故，于今时事，莫说做女视学员，只要有钱，便做一等女官也容易得狠，而且并不要认得字。你不晓得皇帝急于要钱用，税捐已无可加增，外债又不易借到。现已陷于非常困难之境，想仿照前清卖官捐输的法儿募集巨款。凡购公债票，自五百元至千元、万元、数万元者，都奖给各等嘉禾勋章或封爵。妹妹如舍得万把块钱去报效北京政府，怕不是一个崭新的女官吗？'

"我当下听了非常欢喜，就把此番想去找安静生的意思告诉了他。他道：'那安静生本是旗下人，在北京做高等秘密生涯。当他发起女子请愿团的时候，人家并不知道是甚么人发起。及至开会这一天，才晓得就是他，当时人就走了一大半，只剩了四五个人。他脸上狠下不去，胡乱说了几句，也搭讪着走了。后来又受各报纸的攻击，把他的根儿底儿全揭了出来，骂得个不亦乐乎。御用报虽帮他的忙，也辩护不了许多。他讨了个没趣，此时仍理他的旧业去了。'

"我当下听了道：'既是安静生没有什么能力，我也懒得去白找他，就请姊姊替我张罗一切罢。'他点头答应了。

"花了七千多块钱，不几日果然得了个一等女官。哼！我已经做了官，怕没有王孙公子与我结婚么！俗话说得好：亡八有钱鳖大哥。以后谁还敢瞧我不起呢！"

王憨听了，喜欢得手舞足蹈，钦羡不已，便道："我那死去的姊姊，替人洗衣缝穷的，苦了一辈子，于今也做了老太太了！姑娘你可有法子使你舅舅也做一个官儿，在乡里荣耀荣耀么？"

周妈听了把头扭了一扭，说道："这有甚么不能！我在皇后面前很有体面。舅舅是知道的，我们当过娘姨的人讲到应酬，比那些太太夫人们自然是要周到些的，所以皇后很喜欢我。你老人家能到北京见了皇帝，只要我在皇后面前替你吹嘘吹嘘。虽不能封王封侯，怕不是甚么子爵男爵么！”

王憨听了笑道：“姑娘你又来了！他是一位皇帝，我们是个乡下人。他怎么会肯见我呢？不要说是皇帝，便是城内的知事大老爷，我们乡下人也不能去见他。你真说得好容易！如果能够到北京见皇帝，还要求你姑娘吗？”

周妈道：“你老人家还在这里看古皇历呢！如今不比从前了，从前皇帝是百姓拥戴他做的，如今皇帝是自己经营做的。只要有人补助他做皇帝，肯赞成帝制的，莫说是乡下人，便是龟子亡八蛋也是欢迎的。”

王憨道：“原来如此！但是我手中一文没有，怎么去得哩！便去了，又有甚么法子可以见得皇帝哩！”

周妈道：“舅舅这些事都没要紧，我早替你老人家打点好了。钱呢我这里还有几个。”说着打开西洋式的小提包，拿出二百块钱的交通银行的票子，递给王憨手里说道：“拿去买两件衣服，剩下来的做川资，可以够了。”王憨眉花眼笑的接了，交给他老婆收起来。

周妈又道：“舅舅，你不会听见说湖北发现了石龙吗？那里官长打电报到北京庆贺说：‘那石龙是应运而出的，是皇帝登基的祥瑞。’皇帝听了喜欢的了不得。我想你老人家到田里去找一条蚯蚓，便说是真龙出现。先在那些御用报纸上登了出来，吹他一吹。那些御用报的主笔都是我的干儿子。他们到御用报馆当主笔，还是我替他们运动的。你老人家拿我一张名片，就说我教他们登的，他们不敢不登！报上喧传出去了，然后用紫檀盒子将这蚯蚓装在里面，送到北京去。见了皇帝，就说是献瑞来的，皇帝必然欢喜！那时候我自有道理，使你老人家做官发财。”

王憨拍手道：“姑娘你真是福至心灵。这个主意真好！只怕男子也想不出来。那蚯蚓易得，我照你的法子办了就是。”

周妈便站起身来道：“我要走了，皇帝是派我到南京去见冯将军夫人，探听他的口气。因为人说南京不稳，皇帝不放心得狠。来去只限了我半月的工夫。近来新华宫出了炸弹案，与某公子很有关系，娘娘心里很不自在，我今晚就动身先走，不能与你同去了。”

王憨拉着他道：“姑娘，我还要问你，去北京怎么走法？”周妈笑道：“由此地到南京，由南京到天津。”说着匆匆忙忙上轿子去了。王憨欢天喜地照周妈说的如此炮制，丢下一半钱与他老婆安家，自己便动身到了南京，在下关一个大旅馆住下。心里想道：为吃酒不知受了老婆多少气，如今我要做官的人了，难道还受那黄脸婆子的挟制不成？今晚先喝他一个痛快再说！便喊茶房打了五斤高粱酒，一个人喝得醉醺醺的，走出来散步。

心里尚模糊记得是要到北京见皇帝献瑞的，却忘记此地是南京。跄跄踉踉的出了旅馆，逢人便问新华宫在那里？有一少年知他吃醉了，又看他是个乡下人，便哄他道：“朝阳门外便是皇帝住的皇宫。”

王憨听了这话，乘着月色，一路趔趔趄趄的低着头尽走，走到明孝陵，不防一头碰在那个翁仲身上。用手摸摸头皮，已起了个胡桃大的疙答。正要开口骂谁挡老子的路，一抬头看见两个人，又高又大，立在面前，心里吓了一跳。心想幸没骂出口，得罪了他们还了得！这不是皇帝面前的禁卫军么！便把头皮揉了一揉，连忙对那人唱了一个大喏道：“我名字叫王憨，是来献真龙的。请你到皇帝面前通报一声。”

那人理也不理他。心中想道：难怪人家说宰相家人七品官，他不理我，也怪他不得。等我再问他一声，便高声说道：“你不替我通报，我自己就进去了。我是献瑞来的，谅皇帝老子也不能难为我。”两个人仍是不理，想是已经默许了，故此不做声，让我自己进去。便整整衣服，大摇大摆的往里面走去。不觉越走越黑，口里说道：“皇宫真是深远得狠，走了这半天还不见到。”那酒被风一吹，一阵阵的涌了上来，觉得头晕眼花，支持不住，便一歪身子坐在一块大石头上。

想歇歇再走，不觉朦胧睡去。仿佛听得有喝道的声音，又听得有人喊接驾。他知道是皇帝到了，便立身起来，高高的举起那紫檀的真龙盒子，说道：“老王献瑞来了！”说罢又磕了一个头，伏在暗地里偷看。只见许多人扛了一顶黄轿子，前面撑了一把黄伞。那轿子里面有一个须发尽白的老者。头上戴了一顶九旒的冠冕，身上披一件六十四条龙的衮服，脚上穿一双赤舄，也是绣满了的龙。大腹便便，颇有安禄山的风致。右脚微跛，从轿中蹒跚而出。

王憨暗忖道：我在画儿上也曾看见过古时候的皇帝，都是些高大雄伟，那里是这矮敦敦的，走路一颠一跛，倒像个乌龟！莫不是我眼花弄错了。正在胡思乱想，只听得那像乌龟的人说道：“今日开御前会议，他们怎么还不到?”说罢现出那抓耳挠腮、坐立不安的样子。过了一会，忽望着王憨说道：“难为你巴巴的来献瑞！你一个乡下人也知道尊重皇帝，比那一班乱党好多了！难得，难得！你且在一旁暂等，听候封爵。寡人此刻有国家大事，特开御前会议解决。”

话音未了，忽听得一阵风声，接着一阵臊臭的气味钻鼻透脑而来。王憨连忙掩住鼻子。只见一行来了五六个奇形怪状的人，也有羊头人身的，也有拖着狐狸尾巴的，也有矗着两枝牛角的，也有脸上长毛的，也有像猢狲的，都对着那像乌龟的人站着，做出三呼朝见的样子。

那像乌龟的人见了他们，气得甚么似的。两只一长一短的脚只管在地下乱登，口中说道：“都是你们这些东西，害得我偷鸡不着失了米。于今云南贵州反了，第三次警告又来了。新华宫里炸弹几乎送了我的命。我想路易虽说上断头台，拿破仑虽说死于荒岛，他们到底还做了几天皇帝，总算过了一点瘾。像我连皇帝的味儿，一点也不曾尝得。要是白白的送了一条老命，连狗也不如。真是那里来的晦气!”说罢痛哭。

那六个东西俯首帖耳伏在地下，气也不敢吐一声。那像乌龟的人哭了又说，说了又哭，哭出来的那一种怪声，如鸮鸣、如鬼叫，在那万籁俱寂的时候，好不令人听了毛发悚然。王憨正在那里吓得打抖，猛听得西南角上霹雳一声，如山崩地裂。惊起来，定眼一看，那里有什么像乌龟奇形怪状的人呢！揉了一揉眼睛，想道：难道是在这里做梦吗？徒觉得身上凉了，起来看自己的身子却躺在一块冷冰冰的石头上。连忙爬起身来，想回旅馆里去歇息，便拣那有灯光的所在走去。只见远远的来了一个老者，年纪约有六十多岁，身上穿一件蓝布大掛，脚上着一双草鞋。左手拿着竹梆，右手提着鸟笼，笼内放一只大乌龟。不衫不履，疯疯癫癫的走来。口中喊道：“出卖新皇帝。”

王憨没听清楚，只道出来了真皇帝。心中暗想道：起先皇帝是假的，如今真皇帝出来了，这个机会不可错过，我快快上前去接驾。就对着那大乌龟恭恭敬敬磕了一个头，说道：“愿皇帝万岁万万岁。”

那老者哈哈大笑道：“有缘！有缘！恰好老夫今日将皇帝带在身边，尽你朝谒罢！难得你们乡下人，不安心去拍牛屁，却来这里学街上人拍马屁。”

王憨听了心中纳闷，不知他说的话是甚么意思，便问老丈尊姓大名。只见那老者扬着头唱道：

> 老夫名字叫六更，老夫家住在天津。甚么袁公路，分明元绪公。要说乌龟可变龙，你去问问桑树精。
>
> 前面有个安庆绪，后面有个史朝义。皇帝由来做不成，何须要你拍马屁。哇哇哇，还不及早回头，你妻儿正在那儿生气。

那老者唱罢，将左手的竹梆一拍，震天价一声响，把王憨惊出了一身冷汗。睁眼看时，身子却仍是睡在牛衣里面。他妻子正在那里拍着椅子，骂他不去弄钱过年呢！

（选自刘韵琴：《韵琴杂著》，泰东图书局1916年版）

【导读】

刘韵琴本是名门闺秀，但在清末民初民族危亡的环境中，却成长为一名富有革命情怀的女小说家。在1915年至1916年之间，她创作了大量以爱国、启蒙为旨归的反袁小说。时人称赞这些作品“抨击帝制，警惕国人，庄谐杂作，惩劝并施，不求艰深而意自远”，充分肯定了其“以一弱女子而能于春容吟咏外，举不律，与欺罔一世之奸人袁世凯抗”。

刘韵琴曾在其《大公子》的篇前小引里宣称，创作小说的目的在于启发民智和暴露现实，并希望以此来挽救世道人心。她说：“要使我们中华民国的国民知道于今政界种种的黑暗事实，都是由这万恶政府酝酿出来的。”在声讨袁世凯及其操控的军阀政府的同时，刘韵琴对帝制复辟中所显现出的国民性弊端，也毫不留情地予以揭露。《痴人梦》即是这一类作品的代表。

《痴人梦》成功塑造了昏聩村人王憨的形象。他不仅不善经营、懒于耕种，而且好酒。在祖产荡尽之后，他受到妻子的百般埋怨。一日，王憨正在思量如何弄钱过年，忽听门外有人叫门，原来是“一等女官周妈”来访。经其煽动蛊惑，王憨跑到田间，找了一条蚯蚓，谎称真龙现世，并谋划借助御用报馆为之宣传，妄想拿到袁世凯面前献瑞。结果，王憨按照计划先去了南京，因贪杯，误将南京当作北京，逢人便问新华宫在哪里，后遭哄骗至明孝陵，可谓丑态百出，令人忍俊不禁。最终，这其实也只是痴人的一个荒唐梦。

刘韵琴之笔锋常带谐趣。在她创作的小说中，有一套动物化的人物角色体系，其建构的主要方式是谐音。借用“袁”与“鼋”、“杨”与“羊”、“朱”与“猪”等读音的接近，常常以“老鼋”“羊肚”“猪”来指代袁世凯、杨度与朱启钤等谋划和参与复辟帝制诸人。《痴人梦》也绘制了袁世凯及其手下人的“尊容”，说袁世凯“矮敦敦的，走路一颠一跛，倒像个乌龟”，写群臣上朝时更为戏谑，称“也有羊头人身的，也有拖着狐狸尾巴的，也有矗着两枝牛角的，也有脸上长毛的，也有像猢狲的”，直将袁世凯政府丑诋为畜生集聚的动物世界。尽管从艺术创作的角度来看，刘韵琴的小说常常显得不够严肃；但她首先考虑的是社会效果，将小说作为觉世的工具，以谐趣之手段，导民以政见，命意在于匡世。(**马勤勤**)

刘韵琴《痴人梦》
拓展阅读

春去儿家

高剑华

名士坎坷，美人薄命。看官要晓得，在下为什么好端端提起这稀熟稀烂的八个字儿来呢？这也有个原故。听在下慢慢道来。但凡一个人生在世间，能够和禽兽一般的无智无识，过了一生，倒也罢了。老天可恶，生人的时候，偏给他有智有识，多愁善感。这当中最苦的就是那胸罗五斗、倚马万言的才子和那丰神绝世、冰雪聪明的美人了。然而男子不得志了，他便高山流水，歌啸傲游，同闲云野鹤一般；所谓放浪乎形骸之外，逍遥乎宇宙之间，倒也乐得优游卒岁。这种清福，便是那威赫赫的南面皇，还恐不及他呢。至于美人儿呢？可怜从古到今，许多贤母良妻，贞女节妇，他的苦况，真是说也说不尽，数也数不清。大都起初时候，原是好的；到了后来，有的遭逢乱世飘泊，流离不堪其苦，便也香消玉碎的了；也有生不逢辰，被人凌践不过，便奋不顾身，向那渺渺黄泉讨生活去的；更有一般求生不得、求死不能，他心里的惨痛悲哀，却比那几种人加着万倍哩。

咳！在下说到这里，心也酸了，手也颤了，这味儿好似那糖儿、醋儿、盐儿、酱儿倒在一起似的。看官，在下也是一个女子，虽没有美人儿的聪明容貌，谁知这命根儿上，却也要算美人薄命的了，到了今日，回想当年，真是繁华过眼，芳春难再，当初那玉精神、花模样，如今也不知到那里去了。这一颗心，只深深的埋在愁城里。这一双眼，时时的浸在泪珠里。耳根子所听的，只有飕飕的风声、啾啾的虫声和着老婆婆的哭声。眼里所见的，便是我那影里情郎，衬着这凄凄幯幙，有时那烛影摇摇拽拽，好像是我郎君的魂灵回来了。唉！我做了一个女子，一生含辛茹苦，若把我的历史写出来给诸君看，也还有些可惊可叹、可喜可悲的地方。

我还记得我年纪很小的时候，我的父亲，天天坐在书房里，看一回书，写一回字，别的事体，一概不管。我的母亲，却是忙忙碌碌，一天到晚，总不得空儿的。住的地方，就在苏州，叫什么桃花坞，房子虽不甚大，其中纤巧别致，在桃花坞，也可算得好的了。还听得我母亲说，我们家是没有家产的，全靠父亲卖文卖画，母亲做针线赚下的钱，帮着我父亲过日子。还亏得祖父遗下了这所房屋，一家老小，聊避风雨，好在我家也没有几口人，自己住了几间之外，其余的便租给了一家姓石的。这姓石的人家，做过几任小小官儿，倒也积下了好些钱财，所以他家过的日子，比我家里也就丰腴得多了。这石老爷的脾气，却最刻薄的，时时说我父亲是个不会赚钱的傻子，有时候竟当着父亲面前，叫他书呆子。我父亲是听惯了的，不以为奇，我母亲却是气得了不得，说他不过有了几个臭钱，便这样踹下人家的头去了。

那时候我还很小，只知道跟着石家姊妹，在一块儿玩耍。石家也有两个小姐、一个公子。三人的年纪，也不差什么。两位小姐，倒也生得温柔清秀，和我很说得来。那公子却有他父亲的风气，年纪很小，便晓得吃好东西，穿新衣裳，摆架子笑人，自己却生得举止轻躁，面目可憎，看见我和他姊妹两个好，便说我看想他姊姊的好衣裳、好东西了。我听了，便赌气不再过去，却被他两姊妹两个缠不过，又再三的央告我母亲，我母亲笑道：“鬟儿，你也太刚硬些。石家哥哥原是合你开顽笑的。你就认真了。”我被母亲逼不过，仍就过去，天天顽着，倒也快乐。

有一天晚上，我母亲和我说道："你别尽着顽，也帮我做些针线，过两天，我还同你到四姨娘那里去呢。"原来我们家里虽没甚亲戚，但是也有一个姨母，住在金陵，家道狠丰足。我的姨丈，在京里当了几年苦差，后来还出使到外国，却不上几年，便逝世了，留下一个儿子，小名叫做怡哥儿。我母亲当初姊妹也有四个，大姨儿和二姨儿早没了，后人也不大来往，只有四姨娘和我母亲最友爱的，每每有信来，总说惦记着姐姐、要我们到金陵去的话，知道我家度日艰难，连来去的盘缠，也悄悄的寄了来。这种亲戚，也算会体谅人的了。

如今且说我母亲过了几天，果然同我要上金陵去。我便乐得什么似的，忙忙到隔壁辞别了石家姊妹。那石公子站在台阶上，正合丫头们顽笑，听说我要去了，便两眼直瞪着说道："鬟妹子，你到金陵去，有了什么怡哥儿、乐哥儿的，可不要忘记了我。"我见他那种可怕可笑的行状，我也不去理他，管自己跑了回来。我家虽无仆妇，也还有个小丫头，留他在家，伏侍父亲，好在我父亲是从来不出书房的人。这时候是暮春天气，正是绿肥红瘦，那一路美丽的山光水色，自不必说。

不多几日，到了金陵，远远望去，有几个黄家的仆人等着。我母亲便和他们说道："要你家太太费心啊。"那仆人却恭恭敬敬的叫了一声"三姑太太"，问了些一路辛苦，并说主人打发他来迎接的话。说了一遍，便赶了车儿上来。我和母亲坐了。一霎儿到了黄家门口，只见出来了一位三十多岁的妇人，穿的是家常衣服，我就打量这便是我的姨妈。只见那妇人叫了我母亲一声姐姐，扑簌簌吊下泪来。我母亲也拉着他的手哭了一回。我也见过姨妈。姨妈仔细端详一回，又说道："自河梁一别，倏已八载，现在母亲去世，丈夫亡故，我的亲人，就是姐姐，偏又路远山遥的，不得常常相见。"又问我父亲好，我母亲也少不得把度日艰难的话诉说一遍。四姨儿便回转头去，问一个大丫头道："我们怡哥儿，怎么不来见客吓?"那丫头听了，急转身去了。我这时候，便细细的打量着姨妈，看他面貌既美丽，言语举止也极和平，可怜我母亲虽差不多年纪，却老得多了。

停了一刻，闻得外面脚步声响，一息儿，进来了一个眉清目秀的孩子。看官，这孩子便是我未来的可怜的丈夫了。我今日和他见面，真是俗语说的"不是冤家不聚头"。假使我二人这世里不得见面，就没有那些风情月债、颠倒痴迷的事情了，他的性命就不至于生生的断送了，他的前程也不至于为我丢掉了。咳！我如今想起这些事情，我这颗心如同丢在大海里一般，随着风涛巨浪，不时起落，只是有万分说不出的难过。

闲话少说，当下四姨妈向他儿子说道："这便是你苏州陈家的三姨妈，你上去见过了。"怡哥儿听他母亲的话，恭恭敬敬向我母亲拜了几拜。我母亲喜欢得搂在怀里，问长问短，问了一回才放手，四姨儿又指着我说道："这个鬟儿姐姐，与你同年的，他长你一个月，你以后便叫他一声姐姐。"我这时暗地里看他，觉得他容貌举动，处处都长的得人意儿，比那蠢陋不堪的石公子真有天渊之隔了。说也奇怪，在这当儿，那怡哥儿站在他母亲背后，两个灵透不过的小眼儿，也不住的飞到我身上来。我被他看得很没意思，便挨到母亲身边躲去，忽又听得姨妈向怡哥儿说道："你带你姐姐园里玩去。"又说："你姊姊生得单弱，你不要欺侮了姊姊。"说着便又吩咐丫鬟小心照看。

自此我和母亲在四姨儿家中住下了两个多月。这两个多月里边，和我作伴儿，一处吃一处顽的便是怡哥儿。起初呢，我和他还都害着羞。谁知到了后来，竟一天亲密一天起来，真是情投意合，两小无猜。这时天已暑热，我父亲来信，催我们回去，给怡哥儿听见了，便哭起来。可是出外作客，总有分别的时候。这也是没法的事，只得硬着心肠和怡哥儿分手了。

从此一连七八载，我家景况一年难似一年。我母的眼睛，竟渐渐的看不清楚了。父亲的须发已经变了花白。只可恨我自己是个女孩子，虽则已是长成了，究竟没有什么用处。我家的房子也押与石家，到后来，连我们住的几间屋子，也要出租钱了。这石老头子还时时向我父亲分争，说房子既然押与他家，我们就不应该住在里边。可怜我父亲正是走头无路的时候，只得平心静气，和他说情。那石老儿便张着血盆般的大口，大笑道："这书呆子怎么这样胆小。"我父亲虽也生气，却不敢说什么。我家中的日子难过，我四姨妈虽也知道，时常贴补些，可也不是久长之计。我和母亲每日除茶饭之外，日夜做些针线，赚些工钱，拿来贴补家用。我父母看我勤俭，更把我爱得如珍宝一般。在这八年里面，又教给了我许多针线手工、诗词书画和那些做女孩子的大道理，我也学着件件都做得上去。

有一天，我做完了活计，无心走到父亲的书房里，见有大半间房屋，堆的都是些破旧书籍，那桌上也是搁得满满的书。我也无心细看，只向那旧书里乱翻，翻了一阵，也没有什么好看的，谁知一个柜子背后，倒有几本书掉在地下，我便拾起来看时，见是什么《会真记》《红楼梦》《牡丹亭》之类，便随手翻了一页，见写道“宜嗔宜喜春风面”，又有什么“我透骨髓想思病缠，怎当他临去秋波那一转”等艳丽的句子。我心下便暗暗想道：这是怎么一回事呢？谁知越看越有味儿，一时竟舍不得，便拿手帕子包了，回到房里。那时我母亲已经睡着了。我便急急睡下，拿了书在枕边细看，足足的看了一夜。第二天又看，看不到三夜，这书都被我看完了。我心里暗想：父亲原来也爱看这些书，所以紧藏着不给我瞧呢。

说也奇怪，我自从看了这些书，心里好像有什么心事，终日里便手抵着牙儿，痴痴的想那书中的句子。我又常常在镜子里边看我自己两个和秋水般的媚眼，映着芙蓉粉颊，还高耸着两道宫样眉儿，正是樱唇乍启，瓠犀微露，雾鬓风鬟。看官，若说我这模样儿，是天天自己见惯了的，不知何故，今日见了，便吃了一惊。不觉的一声长叹，蓦然想起了“如花美眷，似水流年”这八个字，便呆呆的出神。又想我父亲母亲这般爱我，将来还不知怎生个结果哩。从此我便懒懒的不出房门，跟着母亲做活计，连石家也不去了。到了傍晚，随便往后边小园子里去，看那斜阳暮景，月光花影，却借此排愁洗恨的意思。

谁知不多几日，那石公子知道了，便偷偷的进来，候在那里。我一见了他，便逃开去，我万分的讨厌他。他总时时和混缠，况且现在这石公子，已是比不得从前了。那些狗马声色，无所不能，天天颐指气使，斗他的富贵脾气。这一天，在园子里遇见了我，便硬扯了我的袖子，延着脸说道：“我的亲妹妹，为什么好久不和我相见，教我好想啊。”我此时又急又气，挣又挣不脱，只觉得头里火星直冒，接着他又说道：“妹妹，你可怜我些，我是日日夜夜的想妹妹，可是老天也知道我的苦处，今日凑巧遇着了，我也知道你如今长大了，暗地里一定在那里想我，必是害羞，不肯告诉人。我明日和妈说去，把你配了我，你答应不答应？”可怜一个女孩儿，对着了这可怕的面孔，听了这种粗蠢的话，真正要气得半死。我一边哭，一边厉声说道：“你是什么人，敢对我混说这些话。”他听了我的话，便白瞪着两眼，大声大气的咤道：“怎么？你是不爱我的了？”说着，鼻子里吼了两声，说道：“想必是你有别的情人，所以就看不上我了，你不爱我也罢，可是你以后要留心我的手段。”刚说到这里，我父亲踱了出来，他这才放了手，一溜烟的跑去了。我回到房里，也不敢和我母亲说明，直直哭了三夜。

谁知过了三日，便生出风波来了。这日晚上，我父亲从外面回来，满脸怒气，坐在椅上叹气。我母亲不知就里，问了一声。我父亲便大声说道：“你还问我呢，都是你自己养的好女儿，如今我们清白的门风也坏了，我这张脸也丢了。”说着便一叠连声要赶我出去。那时我也没法，俄延着不肯去。我父亲更拿刀动杖的说：“既不肯去，死在家里，横竖是一样的。”可怜我母亲哭哭喊喊的说道：“要死连我也打死，大家干净，女儿在阴世里，也不至落单了。”说着便搂着我，一声肉一声心肝的哭着。

我明知这事是石家闹的。原来那日石公子从园里回去，便缠着他母亲打发人来向我父亲说媒，我父亲一生爱我，这事如何肯依。石老头子也就罢了，只把个公子气得暴跳如雷，他便想个计策，说我和他私订过终身的，又说我现在私通了别人，就把他忘了。这句话，一传十，十传百。他家那些仆妇丫鬟，不时的提起来当作笑话。

这日合当有事。我父亲从外面回来，巧巧碰着了石家的两个仆人，听他也在那里口讲指画的说这些含血喷人的话。父亲听了，气烘烘跑回家来，恨不得把我一拳打死。可怜我含冤抱屈，又见我母亲那凄凄惨惨的样子，我只得忍气吞声，先安慰着母亲。我母亲口里虽然嗓着，却也心虚，便猛可的把我身子一拉，伸手往前襟上乱扯，连襟上的纽儿都被他拉脱了。原来我从小脖子上有一点小小的守宫砂。这时我母亲见了，依旧通红鲜洁的在上头，心便放下。我又将那日园子里的事，和父亲说了。我父亲便又喜欢起来，说我给他争气。

到了次日，我父亲便去告诉石老头子。石老头子也觉自己儿子太闹得不成样子了，只得把儿子叫了来，很很的骂了一顿。从此石公子恼羞成怒，恨我父亲刺骨。

有一日，午膳的时光，忽的来了三四个穿军服的人，拉着我父亲就去。我父亲问他为什么。那些人说道：“你自己行为不正，交通匪类，还有什么谋反的诗文在那里，你自己去分辩罢。”说着拉了父亲就走，我母亲起初还直瞪着眼呆看，到后来心中一急，就晕了过去。我那时又悲又急，为的是我们家里也没什么亲朋，眼前最近的亲戚；就只有四姨妈，但是四姨儿是个寡妇，虽有怡哥儿，也是个十八九岁的公子哥儿，知道什么呢。幸喜我母亲回过气来了，便啼啼哭哭，也没个计较。可怜刹那间，我们这一家人，便深深的罩入愁云惨雾里边去了。到后来还亏得怡哥儿求着素日的一个知好，千方百计的，好容易将我父亲保了出来，这件事多亏得怡哥儿辛苦张罗，我这时由不得私心感激，恨不能当面慰劳他一番，心里才过得去呢。

到了今日，我这身子虽说已经嫁给了他。他也没享什么福，竟丢了我死去。可怜我已是三秋蒲柳，十月寒蝉，我这心也和死灰一般的了。我现在这种凄凉的景状，倘若怡哥儿活在这里见了，不知要怎生的抚慰我呢。想到这里，我眼前便恍恍惚惚看见怡哥儿站在我面前，耳内好像有怡哥儿和我说话的声音。唉！这都是我心中的幻状，其实那里还能见他的影子呢？只可怜我父亲六十多岁的人了，好容易教养我长大了，只指望得一快婿，也不负了女儿的才情容貌。我想到那里，觉得五中鼎沸，终日以泪洗面罢了。

这是后话。且说我父亲虽从狱中出来，但是已是病得十分利害，回到家里，便沉重不起，不多几日，竟就死了。这个时候，家里既没有一个钱，也没有一个帮手，叫我一个女孩子，如何支撑得这件大事呢。我母亲四处张罗，好容易将我父亲草草殡殓了。我哭得死去活来，恨不得跟了我父亲一块儿去，转念一想，剩下了我母亲，他如何过日子呢？这样说来，我是万万死不得的了，从此以后，我便含悲忍苦，饮泣吞声，伏侍我母亲。

一日，我上父亲的坟去，我想我父亲生前何等抱负，到今日只落得黄土一抔，永永在白杨衰草中做了一生的结果。这时天也渐渐的暗了，那雀儿也在树上啾啾唧唧叫个不住，竹梢风动，霞隐寒山。我愈思愈悲，越想越痛，不由得伏在坟上喊着我父，诉我心里的悲苦。正在这个当儿，猛见远远一个人，急急的跑来，口里说道："姐姐还在这里哭呢，妈妈在家里急的了不得，快叫我来找姊姊呢。"听了他的话，抬起头来一看，只见那人，轻裘缓带，神彩飞扬，却飘飘逸逸的站在我面前。呀！这不是我镇日相思、梦中牵挂的那怡哥儿吗？我当时又惊又喜，却又羞晕满面，半晌我方才问了一声："姨妈好吗？"怡哥儿这时也是腼腆难言，却微微的笑了一笑道："我们回去罢，姨妈等着呢。"原来我四姨妈因为听得我父亲没了，忙打发了怡哥儿并几个家人来苏州帮着料理丧事，还说是料理清楚了，便接我们南京去和四姨儿一起住呢。这也是我姨妈和我母亲手足情重，倒也不便十分推却。

不多几日，我便随母亲到了金陵。芳春无恙，人事已非。幸而四姨妈和我母亲十分要好，待我也和自己的女儿一般。可是一班仆妇丫鬟那一个肯省事的，见我们这样，却背地里嘁嘁喳喳的不知说些什么。我想起今日寄人篱下，受人揶揄，不免又感触愁肠，流着泪往自己房里来。却巧怡哥儿也来了，看见我垂泪，便说道："怎么你又哭了，你这样子，岂不要哭坏了身体？我平日劝你的话，千言万语，你便不全听着，但凡能听我一句，也不该再糟蹋自己身体吓。"说着叹了一口气，点点头儿又说道："我自己也知道，我生得愚蠢，我的说话自然也粗陋不堪的了。"说着又拉我的袖子道："好姐姐，你也是个明白人，我也是个没了父亲的，至于亲兄弟亲姐妹，自然是没有的了，如今好容易有了个姐姐，我就当你是个亲姐姐。我的行为举动，你虽看不上眼，究竟也教导我些，不要尽闷在肚子里生气呀。"一会儿又道："我知道的，我们家里有的是几个钱，这些丫头老婆子们骄纵惯了，背地里不免言三语四的，姐姐也犯不着和他们生气吓。姐姐放心罢，我明天将我家里所有的钱，都撩到海里去，我可不稀罕这牢什子，但愿和姐姐一样的没钱，也免得淘这闲气。"

我那时听了他一番话，又温存又体贴，连我心里所悲伤的，都被他猜着了，我刚才的伤心，也便丢到九霄云外去了，便胡乱答道："你若真有这个心，姨妈也不容你的。"他又道："你若常常这样哭哭啼啼，我还顾得什么呢！"我知道他心里实实的可怜我，不叫我伤心的意思。我意外得了这个知己，心里也便宽慰了许多。

这时候，怡哥儿已在中学堂读书了，每天从学堂里回来，便三步两步赶到我房里，没有事，便和我论文谈字、习图画弄音乐，嬉笑欢乐，连老姐妹两个看了，也欢喜起来。我的学问，也就进益了许多，若使我有些不自在，他便弄这个弄那个，却故意和我胡缠，又说上那一串子甜话儿。我那时虽有万分懊恼，看了他这样低心下气的样儿，心里也万分怜惜他起来，从此以后我便有什么烦恼的去处，也便撩开手，不似先前那些哭泣闷坐的形状了。

说也奇怪，我和怡哥儿，虽这样的亲密，可是在人面前，总是淡淡的，就是背了人时，也便腼腆娇羞，说不出什么话来。面子上看去，我们的交情好像比从前疏远了些，谁知肚子里的快乐，却比从前添了万倍，只是说不出什么道理来罢了。

有一天午后没事，我随手拿了一本书，到芭蕉树底下一块石头上坐着。那蕉叶映了日光，碧森森罩得满地满身，连书上也同浸着绿水一般，觉得头目清凉。这时怡哥儿已歇了暑假，闲着没事，见了我，就走来问我看什么书？我说是闺阁中的文选，我便顺口胡讲道："从古迄今，夫妇一伦，除张敞风流、孟光贤淑之外，那徐淑、秦嘉可也算好的了，但是看徐淑这信上，也有责丈夫薄幸的言语，可见得这天下男子的心怀叵测，竟没有一个有情有义的人，可怜做女子的，倒都是痴心人。"怡哥儿还没听我说完，忽的变了颜色，很很的瞪了我一眼，冷笑说道："照姐姐这样说来，男子也有冤没处诉的了。"我听了他这话，才知道我的话错了；这时却不好和他辨白，暗想他如何将自己比起秦嘉来，我想到这里，我的粉颊竟渐渐红晕起来，又恐他瞧破了，便急急的收了书，往自己房里去。从此我俩竟有好几天不见面，就是见了，也是淡淡的。我既不能辨白，他亦自悔猛浪。所以两边都怀着鬼胎。

光阴容易，转瞬已是两易裘葛。不想我和怡哥儿，依父母之命，媒妁之言，竟是作了夫妇，偎红倚翠，怜我怜卿，闺房之乐，自不必说。最可笑的，这怡哥儿一天到晚，总和我顽笑不休，更不许我离闺房一步，有时不见我，便四处乱找，如同失了一件什么宝贝一般，也不管人家笑话他。有时我在婆婆房中，时候坐的多了，回到房里，只见他和衣睡在床上，合上了眼，屏息静气的故意装睡，凭我什么好笑的话说给他听，好看的东西给他瞧，他总是个不理我。我那时只得扯个谎道："嗳吓！我腰里痛得很吓！"怡哥儿听了却一啃落爬起，跟着急的问道："痛在那里？"我见他星眼朦胧，语言带涩，真是郎痴若云，依柔似水，说不尽的柔情密意，旖旎风光。谁料生成薄命，好事难常，刹那间，已是蘅芜梦断，泪滴潇湘，只落得凄凄惨惨，冷冷清清，度我未亡人之日月。

且说当时我那玉郎，是个爱好天然的人，所以连我簪环衣饰，也天天和我评论较量，不说这个太长，便说那个太短。我的装饰有时华丽起来，便打扮得和新娘娘一般，有时素净起来，竟同寡妇一样。这种种的事儿，都是那玉郎所调理。我虽好笑，也只依着他做去，不是这么着，他便要知我生气了。玉郎又喜出游，过几日，必同我出去游玩一回。那路上的人也都赞叹我们是珠联璧合，一对玉人。我的玉郎听了这些话，却非常得意。

有一天，我早晨起来，就觉得头重身热，很不自在。玉郎见我这样，便登时忙碌得了不得，连两个母亲都被他闹得知道了，不时的过来看我。我心暗暗嗔着他大惊小怪。等母亲去了，我道："玉郎，你太多事了。"玉郎两目圆瞪着道："怎么一个人生病也是瞒得人的么，倘病得利害时，我不在了，你便怎么样，难道尽睡在床上听去不成。"我听了这话，暗暗吃惊，故意发怒道："玉郎，你可疯了么，将来你便出门去，难道我白认了几年字，连个信都不会写了吗？"他见我发怒，也觉得自己话说造次了，忙解说道："你别要多心，我原不是这个意思。"咳！谁知这番无心的戏言，竟成了今日的恶识。玉郎去世，我这身子便缠绵病榻，药炉茶鼎，当日情怀，婉然在目，只是人天永隔，纵有万叠愁肠，千斛痛泪，已是欲寄无从寄的了。

且说当日我的病原也十分利害。医生说，这是个冬瘟。起初时觉得热的心里烦燥，到后来昏昏沉沉的睡去，也不知过了多少时候，慢慢的清醒过来，略一转侧，觉得重沉沉的，有件什么东西压着似的，又好似有人在那里哭。那一阵一阵的热泪，滴滴沥沥，在我颊上流下来。我睁眼一看，只见我的玉郎，伏在被上，两只眼哭得同水桃儿一般；向我直注着，两颧已是通红的，一手攀了床柱，一手按在我身上。看他这样子，就知道有三四五天没有睡的了。我这时才知道，我病的日子多了，禁不住叫了一声"玉郎"。玉郎被我这一声叫，也如梦初觉，忽的跳起来，忙问我怎么了。这时我但觉口中奇苦，便说我要茶。他听我清醒过来了，喜的什么似的，可是他自己也是单弱的身子，熬上了这些辛苦，也就吃不住了，走起路来，便不住的乱幌。我心里万分感激，又是万分怜爱，我一面安慰他，一面嘱他好生睡下，伸手一摸他的脸，已烧得滚热的。幸而没有成什么大病，到了次日，也就好了。

谁知这种幸福是人生不可多得的，只可恨那时为什么昏昏沉沉过的这样快。若早知如此，那甜密的光阴，也不肯占尽了，那满美的恩情，也不肯享完了。这也是韶华过眼，无可奈何的一件事了。

且说不多几日，我的病也大好了。玉郎和我依旧过那种快乐的光阴，有时出游，有时家居，转瞬南风送暖，麦浪凝烟。我的婆婆和我母亲二人约下了要和我们到一个什么地方玩去。这次出游，便是我和玉郎出游的末次了。玉郎这一次也分外高兴。前一日晚上，就商量穿什么衣服。这时是个四月天气，照例那些绸缎已不能穿的了。我二人商量了半天，才检定一件淡鹅黄色的熟罗夹衫，配着弹墨绫裙，襟上簪了很美丽很香的花儿。

次日一早，玉郎帮我弄这个弄那个，好容易装成了，他还赞我是天仙美人儿，又逼着我去见母亲。谁知我婆婆见了我也是笑眯眯，一把拉着我说道："我的儿，怎么生得这样齐整，正不枉做了我们家的媳妇。"当时我回到自己房里，玉郎问我怎么？我故意和他说道："母亲说我难看得狠。"玉郎笑道："我知道你扯谎。"那时我的玉郎也是罗绮翩翩，执扇风摇，那神彩飞扬、轻圆流利的态度，我看了也暗暗叹羡。

这时两个老人家也装扮好了，一齐出去，游了一日，所游的地方很多，酣呼笑乐，加着风清日丽，碧浪飘红，我那玉郎便打桨高歌，我也和声度曲，声声婉转。直至傍晚归来，玉郎便忽的不乐起来，望着丹霞流水，点头叹息道："人世如朝露。"又回过头来向我说道："胜会不常，盛筵难再，我和你做了夫妇，那人世风流也算占尽了，你是个聪明女子，可知道月满则缺、水满则溢的两句话，从此以后，我和你都要敛迹些才好。"

我当时听了这些话，如同半空轰了一个霹雳，万箭攒心一般，说不出的苦，眼中几掉下泪来，后又想着婆婆在前，怎好无端哭泣呢，到了夜里，我便握着玉郎的手，问他为什么说出这些话来？他说不是有心，不过一时感触罢了。从此我和玉郎便真的敛迹起来，为的是留着后步，好达到我们白头到老的目的。

且说是年冬底，我便得一个孩子。这孩子也生得丰颐广额，润脸如花。他面貌与我那俏丽的郎君是一般无二的。我便抱着孩儿，看着玉郎，已是私心窃慰。回想当年潦倒的形状，如同天渊之隔了。这孩子未生之前，有一天，玉郎买了很多的东西回来。我看了不禁好笑道："你买这种东西回来作什么？"原来我玉郎所买的东西，就是衣料玩物，最可笑皮鞋手套书包等物也都买了回来。当时我问他为什么买这些东西，他和我说道："孩子便是我二人爱情的结果，我也不过期望他长大成人的意思，再者他知道父母爱他，他将来一定格外争气了。"我听他说话很近情理，也就不和他多说。

一日，玉郎从外来，在一张椅上坐下。看他脸上大有忧愁之色，我便问道："你病了吗？"玉郎道："我不是病，也没别的事体，只是方才母亲向我说道，我父亲死的时候，我年纪还很小，都是靠着祖宗余荫、父亲心血才抚养了我长大成人，如今既然成家了，也该出去立一番事业，给祖宗争口气，才不枉他抚育一场。母亲的话原是很有道理的，可是我想要是出去，委实舍你不下，要是不去，怎好辜负了我母亲一生的期望，我愁的正是这件事呢。"我当时听了他的话，心想夫妻果然要亲密，只不可以误了他的前程，况且他母亲早年守节，所希望的就是我的丈夫，再回想我到自己也有了孩子了，我便和玉郎说道："母亲说的话很不错，你也出去阅历阅历，长些见识，也好教母亲欢喜。"玉郎听了叹道："你说的意思，我知道了，你不过说母亲的命令不可违背的，我何尝不晓得，只是我和你自从洞房花烛那一夜起，直到如今，一刻也不曾离过，我若出去，叫你寂寞空闺如何过得。"我便随口答道："瞧着罢了，不见得一会子就去了。"

谁知事有凑巧，不多几日，苏州有个朋友，写信来给玉郎，说苏州一个什么学校里缺了一个教席，来请玉郎去。当时玉郎便回了母亲，母亲叫他趁这会子就去，将来就好慢慢的图个立身的事业。玉郎和我却暗暗叫苦，我也只好硬着头皮，给他打点行装。到了动身的这日，我两人好似永别一般，玉郎少不得千万叮嘱我小心家务，身体要保重，并安心抚养那孩子的一番话。咳！这真是一声去也，肠断魂消。当时我便送他上车，临别时还是难舍难分，玉郎握了我的手道："我这一去不知多早晚才能回家，你总要和我在家里一样，不可时时想着我伤感，你如果听了我的话，我便到了天涯海角，我这心也就放得下了。"我那时虽要答应，喉咙却又哽咽住了，正在这时候，忽见一个男子，往玉郎身旁一转，却很很的向玉郎盯了两眼，口里嘘着气，一迳去了。我当时很为诧异，想这人好生面善，一时总想不起什么名姓来。这时车轮已渐渐展动，那男子也一跳上车去了，我心里一阵乱跳，如失了魂的一般，怔怔的看火车往前头走。我那玉郎也是一泡眼泪，站在车窗里，向我点头儿。

看着火车去远了，我觉得头晕身疲，一时

竟站不住，便急急的回去，到了家里，虽不见了我的玉郎，却时时见玉郎的影子，不住的在眼前乱幌，玉郎的声音也时吹到耳朵里，又想着我的玉郎，这时望着乡关，想着妻子，也不知怎生伤感呢。想到这里，便倒在床上昏昏沉沉的睡去，只见一人进来说道："鬟儿妹妹，你好睡呀，为什么不跟了你丈夫一块儿去呢？你们夫妻还有一面之缘，他在那里喘着气等你呢。"我便伸手去拉他的手，谁知被他推倒，心里一跳，便醒了，觉得阴森森的可怕，忽然想起梦里和我说话的就是石家姐姐，他不是已经死了的人吗？想起了石家姐姐，便又想起方才火车站所见的，是他的兄弟，他那副面貌，怪可怕的，偏生此番又同玉郎同车，我想到这里，便觉得心神烦燥，五内沸然，我也顾不得床上的孩子了，便打定主意，等第三次火车，赶到苏州，能见了我的玉郎，便死活拉他回家来，就是被亲戚们知道了，也不过说我是儿女情深罢了，究竟不是什么越礼犯分的事儿。

我一路这样盘算，还私心祝告我郎君无恙，这时天已慢慢的黑下来了。我急急跑到车站，跨上火车，看看车中的搭客，也很稀少。停了一会，车就到了，便下了车，我这时满心想见我的玉郎，也不管路上的石子，急急的走去，看看那些树林子里都是漆黑的，那条路上，除我以外，竟没有人走的，只有远处一盏碧色路灯昏惨惨的，天气又冷，听那远处犬吠唠唠，荒凉异常，路径又忘记了。我这时真是进退两难，心里又害怕，刚才过湾子，猛听得树林子里有呻吟的声音，我便停步细听，隔着二三分钟，又听得狠悲惨直着喉咙叫了一声。我想这样呻吟叫唤总不是歹人，难道有人病倒在这里么？我便随着呻吟所在走来，走到那路灯跟前，却见林子里有个人卧着。我便大声问道："你是什么人？"问了半日，并不答应，我又借着灯光俯身往下一瞧。啊呀！天吓！这不是我的玉郎吗？可怜这时候的玉郎，直直的卧在血泊中，那胸口的血和潮水一般涌出来，却微微的还有些气息。

我当时也没有悲伤痛哭的工夫，忙抱着玉郎乱叫乱喊。玉郎听了我的喊声，也睁起眼来使劲儿的说："姐姐，我是要死的了，我是被人谋害的。"说到这里，身子就发颤了一会儿，又厉声道："这谋害的人是一个姓石的，为了你嫁我的原故，我虽告诉你，可是你切不可起报仇的想头，因为我死之后，我的老母和小孩子都是你一辈子的责任，你依了我的话，我在九泉之下也是感激你的。可恨我自己福薄，不能合你多做几年夫妇，如今是永永不得见面的了，我这时仿佛见我父亲立在那里招手儿叫我……"玉郎说到这里，喉间似有什么梗住了，胸口的血更加涌得利害，口中含含糊糊唤他父亲，又呼着我的名字，这时两眼慢慢的沉下去，微息仅属，一会儿直声叫道："姐姐我要去了，你须保重……"说到"保重"二字，声音渐渐没了。

我这时心中一痛，眼前一黑，身体便栽倒了。这魂灵儿悠悠荡荡好似跟着玉郎去了一般，不知到了什么时候才清醒过来，我还疑是作了一个梦，我便轻声叫了几声玉郎，谁知竟没一个人答应。我睁眼一瞧，只见我的母亲坐在床上，一边哭着和我说道："我的儿，你玉郎是已经死了。"我听了这话，我身子如丢在大海里一般，自知万无生理，略一抬头，便见那飘飘灵帷，茕茕鬼火。我便自己打量着就死，想坐起来告诉玉郎的阴灵，叫他等着我一块儿去，谁知挣扎起来，未曾开口，嗓子里一阵腥血，吐出一口血来。我母亲和几个丫鬟紧守着，我也想起玉郎临终的话，细想起来都是我负了他。我的婆婆终日啼哭，却也可怜，母亲也悲婿伤女，暗中垂泪，还日夜守着我，我又想着孩子，我没了，谁还抚养他呢？我这时虽万分悲苦，却把寻死的念头收拾起了，便将玉郎临终的话告诉了母亲，我婆婆听我如此说，便点头叹道："好孩子，这才是个读书明理的人，就是你丈夫死在阴间，也知道你的这番苦心。"说到这里，又悲伤起来。我当时劝慰了婆婆，从此我侍奉婆婆，抚养孩子，我也并不是慕着那贞女节妇的虚名儿，想玉郎生前何等爱我，到了今日，只剩得壁间小影，还带着笑影含情的解我婺怀，舒我愁恨，我便当他活在世上一般，抱着孩子，教他认父亲哩。

一日，我的丫鬟手里拿着一封信进来。咳！我玉郎已经没了，难倒还有什么故人寄信与他？谁知这信上写的是我的名字，我想这又奇了，我是个女人，谁人和我通信呢？我便随手拆开，上面写道：

玉夫人鉴：此书之达妆阁，必惊芳心。自知秽浊之词，何敢遽辱清听，今以垂死之人，作此最后哀鸣以告夫人者。其实夫人之仇也，玉郎之死，实某杀之。犹忆五年前，卿之绝我，我乃遽以诽言污卿，迩时冀卿见逐于父，则吾得娶卿。嗣又失败，吾乃百计中伤，陷卿父于狱，孰知卿父竟死，卿亦走金陵。某于此时，一腔愤火，遂倾于夫人之玉郎，从此卿之芳踪所印，某必随其后，每于风清日朗，见美丽之芳卿，倚玉郎之臂，袅袅婷婷，徘徊于莫愁湖畔。吾彼时既妒且怒，继复自慰，以卿丽质，自当偶君子，有情成眷，某即亦无妒。未几，卿送玉郎于车站，情态依依，前度刘郎见之，靡复难堪，吾此时妒念复炽，妒心起而杀心亦起。乃踪玉郎后，仇人相对，倍增愤激，吾乃决刃玉郎于车站，旋通电玉郎之家，而故隐其名，吾之所以为此者，亦天良之未泯也，然自杀玉郎后，吾心乃日增忉怛，一言一动，宛若有阴灵之侦吾后者，天夺吾魄，吾今病且死矣，人死则言善，吾乃自道其罪，作最后之忏悔，夫人其赦吾乎？吾死后幽灵犹负罪莫赎也！

石某上

（选自《眉语》第一卷第三号，1915 年 1 月 15 日）

【导读】

高剑华出生在一个商儒之家，但父亲早亡，家境败落，生活艰难，让她早早地体会到了生活的艰辛。迫于生存压力，她投身于通俗文坛，凭借出众的商业眼光，不断调适自我，创作出适合读者趣味的作品。与同期女作家相比，高剑华的小说不仅产量高、速度快，而且“商品化”特征也最为典型，非常接近普通市民的审美和趣味，教诲气息比较淡薄，基本符合民初小说界面向市民阶层、立意消闲娱乐的主导倾向。

高剑华的小说大抵为言情之作，塑造出一批彰显女性意识的女性形象。她擅于使用第一人称特别是女性第一人称来讲述爱情故事，《春去儿家》即为此类小说的代表作。小说讲述了鬟儿幼年在金陵做客时与表兄怡哥相好，归乡后屡遭邻人石公子的欺负调戏，父亲也被其陷害至死，幸有怡哥赶来料理后事，并将鬟儿母女带回金陵，二人感情日笃并结为夫妇。不料，石公子嫉妒心起，先设计害死怡哥，却又因愧疚而至病重。去世前，他致信鬟儿忏悔，并说明了真相。

《春去儿家》除了以女性口吻来讲述人物的悲欢离合，全篇最吸引人的，是女主人公在讲述中不断穿插的内心剖白。在小说中，鬟儿无意读到父亲藏起的《会真记》《红楼梦》《牡丹亭》，“怎当他临去秋波那一转”等句，使她越看越有味道，于是接连阅读三夜。这一幕，几乎可以看作女主人公情欲开启的关键。此后，这些句子几乎每天都在鬟儿头脑中出现，她常常于镜中打量自己。对违禁小说的阅读激发了鬟儿自我意识的觉醒，而小说对鬟儿情爱心理的揭示也显得相当大胆，如讲到她与怡哥长大后的首次会面，称“抬起头来一看，只见那人，轻裘缓带，神彩飞扬，却飘飘逸逸的站在我面前。呀！这不是我镇日相思、梦中牵挂的那怡哥儿吗？我当时又惊又喜，却又羞晕满面”。女性第一人称叙事增强了小说的主观色彩，使女性的情感与欲望被一览无遗，从而激发了读者对女性内心私密的窥探兴致。身为女性的高剑华，对女性心理的把握格外精准，使鬟儿的形象韵味十足。倘若这篇小说改用第三人称来讲述故事，将会失色不少。

高剑华对女性情爱心理的大胆表露，满足了男性读者的窥视欲望；而以女性为中心的情爱世界的建立，又能调动女性读者的兴致，使她们将自我投射到小说的想象空间中，进而获取现实世界中无法得到的心理补偿。这种基于创作主体的女性身份而创造出的具有“商业性”的女性特质，在民初文坛别具一格。（**马勤勤**）

▶ 高剑华《春去儿家》
拓展阅读

劫　后　花

陈翠娜

（一）

矮屋三椽，黯黑如墨，屋瓦零落，蛛丝网屋角几满。阴惨之状，殆类鬼窟。屋主人乃一老媪，年可六十许。时方卧于室中沉沉酣睡。晓风冷然，阵阵自窗入，吹及老媪之发，乃遽然而醒。挼其朦胧之眼，惘然四顾，则申申詈曰：“卢姆愈老悖矣，乃并余之足炉亦忘却耶？天寒若此，老人有孱弱，非火勿暖，安可无此君。”言已，亟缩其手于大袖中，高声呼卢姆。

久之，始见一老妇蹒跚入，应曰：“来矣。主人呼我何为？”媪曰：“吾初以汝为死矣，乃屡唤而不一应。早起即与被邻家佣媪谈笑，不复思治事。今日并予足炉忘之。若明日者，吾当服侍汝矣。”卢姆曰：“嗟乎，冤哉！昨日之日主人不谓明日为礼拜六，女公子当放假归来。今吾候门耶。故吾今日早起，即候于门耶。吾耳聋，乃不闻主母唤耳。”媪闻言，亟掀被起，笑曰：“今日乃礼拜六耶！吾诚老悖，微子言，且忘之。若此，汝速去候门，勿使吾女植立致病。”于是卢姆复蹒跚而去。少顷，铃声铃然。卢姆操作如故，若不闻者。媪呼曰：“卢姆，铃鸣矣，汝勿闻耶？”卢姆闻语，立舍操作，奔而应门。门开，遂有一女郎跚跚入，修蛾笑展，梨涡晕红，宜人之态，蔼然如酿浓春。虽布衣蠢服，而一种温柔娇小之态，辄于无意中流露其天真。向卢姆曰：“姆安乎？吾母已醒未？”卢姆颔之。女郎遂含笑举帘而入。媪见女郎至，则大喜，如获珍宝，亲其额者再。笑曰：“吾亲爱之素儿，汝在校中佳欤？”女郎曰：“佳。”言次则投其阿母之怀而笑。媪乃伸其□指，抚女郎之发，复曰：“素儿，汝之同学，有欺汝者否？”女郎曰：“阿母，儿在校安甚。同学咸爱儿，无欺儿者。”媪乃展其枯白之颊而笑。诸君乎。诸君当知此老媪及女郎，固非生长于陋巷中人者。彼其当时，亦以煊赫之缙绅。过其门者，辄复啧啧称美。当时，媪犹少年，平时衣白绡之衣，凭楼而立，自下望之，俨如天人，非若今之老丑也。只以女郎之父，挥金如土，毫不吝惜。凡人之嗜好无穷，而财力有限，故不数载遂致破产，其父亦郁郁以死。素雪母女无意为生，乃货其余，迁入小屋，赖十指以为生活。素雪有兄曰梦兰。然已远赘他乡，临隔既远，音闻远中绝。然则，素雪之家，竟无其他之戚属，足为素雪母女助者耶？否，否。素雪固明明有舅父，且甚富。特以生性吝啬，爱钱无殊其命。彼因老姊之请，以素雪送之入校，年出二十金，已如割其大肉，况其他耶？

（二）

绯桃初放，碧草如茵，板桥之下，流水淙淙，有类音乐。桥边垂柳，则皆展其如烟之叶，临风而舞，树阴中有儿竟三四，争采草中之果，且采且歌，为状弥乐。忽一儿回首呼曰：“素雪妹，勿更前，前则踹予果矣。”其时有一女郎，偕美少年至于树阴中，喁喁而语。女郎为谁？读者当不待予言，而知其为江素雪也。少年则为素雪之中表兄，曰骆锦云者。至是，素雪乃哭曰：“汝果何在？吾未之见。”锦云乃撅其唇，舍群儿奔至桃花树下，拾其果以示素雪曰：“此果红酣可爱，当供之阿母房中。此果则紫而且绿，当以赠之素妹。”因曰：“素妹，吾赠汝一绿果。”言时，纳其果于女郎手中。既忽诧曰：“妹手何若是之冷耶？今日大寒，乃犹着此薄衣，是又无怪其然矣。妹乎，妹趣归添衣。妹体弱，否则病矣。”素雪乃微喟曰：“明春尚能衣此者，亦殊幸矣。”素雪语时，声至凄然。然已为少年所闻，则羼言曰：“妹乎，昨雨初过，今犹未晞，花露沾君袜矣。”女郎低首，手适触少年指，不禁羞赪。盖女郎苦愁，故少年不敢以慰语进，知慰之者，则女郎必泣矣。天既薄暮，群儿皆散。锦云悄然曰：“妹乎，予将有一语告君，然又恐汝悲，故迟迟弗能道然。兹事至要，终勿能瞒君。盖俟秋季毕业后，吾父命余游学于海外矣。”素雪惊曰：“兄，然则十月间，即当去耶？”曰：“然。吾于此行，都无所念，不能忘者，惟妹耳故……”锦云语至此，以目视女郎。女郎乃俯其首，红潮直晕于颊，如玫瑰初放，初无怒意，乃续曰：“良以吾二人于扶墙学走之时，即已种此情苗。十余年来，辄复形诸梦寐，亦不自知其所以。今者远行，予心碎矣。妹乎，予实爱君，且爱君甚，愿吾妹怜予而许予……”少年至此，无意间执女郎手。女郎初不之拒，则即俯而亲之以吻。素雪羞极，不知所对。久之，始嗫嚅曰：“否。此何可者？吾家贫，君父必不以此事为然。吾若许君，是背君父之旨矣。”锦云曰：“此可不必虑。盖吾父于姑丈未死时，固尝有此意。但吾哀之以词，必能怜而许予。所待者，惟君之诺耳。妹果不予允者，则予亦无所希望。此一泓碧水，即予埋情之窟矣。”

（三）

其时新月色初上，写女郎婷婷之倩影于地。晚云如黛，微露孤星数点。灼灼而窥下界，则此少年者，方以指环加诸女郎纤指之上。桃花之瓣四飞，集女郎额头，一若为女郎添发者。流光如矢，转瞬仲冬。锦云之行期已届。是日，素雪送至江畔，临别依依，不忍遽□，又恐为人笑。然凄黯之色，则皆无可掩也。汽笛一声，舟已离岸，晓云四合，倩影渐渐而没。直至不见。素雪始快快归。其眼帘中犹仿佛见锦云凭舷之影。日复一日，素雪之家计益窘。锦云亦杳无音信。老媪无奈，不得不至母家称贷，乃命卢姆守扉，自与素雪相偕而行。至则其弟妇谢氏方泣，眼角犹含泪痕。媪大诧，询之，则泫然曰：“嗟乎，吾儿死矣。”素雪惊曰：“死耶？何以致死？”言时，力忍其泪，使勿夺眶出。谢氏不语，以案头报纸授之素雪。素雪诵已，心乃大跃，几欲突其顶门而出。其略曰：“太平丸自出发后，至今杳无信息。前日有舟过马哥海峡，得一断板于中流，书为‘平丸’二字。始知此舟触礁而碎尽已久矣。”素雪读已，中心乃如沃醋，但见报上之字，渐晕渐大，幻其眼帘，辘轳而转。久之，忽如黑幕，盖已晕矣。素雪既晕，众乃大惊，媪则已狂哭。谢氏亦失色，亟止媪勿悲。令佣妇灌救。久之，始苏，则复放声而悲，泪珠直被粉颊而下，如梨花之经雨。众不知订婚事，则皆啧啧称其兄妹感情之笃。日既深暮，素雪已渐复原。媪不复可奈，乃以来意告之谢氏。谢氏喟然曰：“老姊，吾亦良知汝窘，特吾家内容亦无殊于尔家，惟外观美耳。实则债台之筑，已较屋顶为高。每欲助姊，终不可得。今且劳姊亲临，殊令予抱歉多矣。”老媪之来也，实挟奢望，至是，乃大失意，冷然曰：“若是，则吾来为徒劳矣。”谢氏曰：“姊，是实出于万不得已，愿老姊恕之。”媪闻言乃起立，忽然欲行。素雪急曰：“阿母，天晚矣。石路崎岖，恐不良于步。”乃向谢氏借提灯一盏，燃烛，别谢氏而行。出屋未数武，忽闻水声淙淙，漱其耳鼓。素雪忽忆及花底求婚之事，今则已成虚愿，泪乃不禁夺眶而出。于斯时也，冷风一阵，直度丛树而来，灯罩已碎，烛乃陡灭。素雪呼曰：“灯灭矣，奈何？”既而曰：“吾几忘之，吾固携有引光奴也，当更燃之。”媪曰：“燃之，亦必复灭，且耗火柴。今去家已迩，为途且稔，暗行亦无碍矣。”素雪曰：“诺。”遂复行。老妪且行，且申申詈其弟妇不情。久之，忽闻有声砰然，发于数步之外。素雪急呼曰母，则已无应者，乃大惊。亟燃其灯，引领四望，乃不见妪影，其旁正临河流，黑波漾作圆晕，似方有巨物自上而堕者。素雪见此，知其母必无幸矣，乃竭声呼救，顾地僻无应者。其时月色黯淡，有如鬼境，杜鹃啼血，凄然似劝人死。素雪乃毅然曰：“素雪，汝生而苦，不如死而乐也。汝母已死，此世界复何可恋。吾其死乎！”又呼曰：“嗟乎吾母！汝且迟行！汝薄命女当侍汝行。”言次以襟自蒙其面，展其足趾，蹈河而下，但闻水声磬然，素雪之倩影遂不见于人间。嗟乎伤哉！素雪其竟死乎？果死者？则吾胸中但余眼泪，无复能书。以下但余白纸矣。

（四）

素雪既入水，久之不省人事，但觉眼前尽为五彩之类，绕身而飞，两耳轰然如雷鸣。久之，大声忽寂，闻有人呼曰：“生矣。”素雪闻语不禁微启其目，则见此身已在船中。上坐者为一中年之妇，年可四十许。女子无数，咸绕其旁而立。虽故为庄重，而艳冶之态辄复飞逸。素雪愕然，意岂世上男女平权，阴间亦复如是，其上坐者，殆世所谓阎罗欤？凝目伫视，而此所谓阎罗者发言矣，曰：“女郎苏耶？睹汝状，似觅死。汝固何如人哉？”素雪闻语，始审其为人，则以夜来之事告知。妇曰：“则汝父在乎？”素雪曰：“嗟乎，吾不幸为畸零之人。阿父早亡，今予家中惟留一佣媪耳。”妇人乃微点其首，展颊而笑，少顷，回首向一女子曰：“夜且午，女郎甫苏，不耐久坐。汝可引至鹃床上睡去。渠床窄，恐不能容两人，则鹃儿可与湘娥同睡也。”其人唯唯，遂领素雪而出。

是夜，素雪辗转不复成寐，其时虽已易燥衣，然为泪痕所渍，湿乃如故。时钟既鸣二下，忽闻隔舱有声喁喁，似为二人私语。其一人曰：“得此尤物，吾家生涯当不虑寂寞矣。”则有一人笑曰：“然，是诚吾母之福。盖其人美且艳，不需身价之资，诚幸事也。”于是二人均笑。素雪听之，则先语者，颇似妇人，后者则即导己之女郎也。素雪乃不禁大愕，以为二人之语，则不伦至是，且适才舟中，除臧获外，无一男子，行状尤复可疑。思之终夜，终不得其解。更听之，则已无声，似入睡矣。次日，头晕目眩，遂卧床不起，亦无存问者。至中午，始有一女郎捧饭具入，袅娜轻盈之态，洵非俗粉可比。既入，乃以饭具置案上，娇声呼曰：“姑娘，饭热矣。食乎？”素雪微喟曰：“嗟乎！吾殊勿思食也。”语至此，复扶头少睡。既忽忆及昨夜之言，乃招女郎前，私以询之。女郎曰：“姑娘犹未知耶？吾家盖妓院。昨为鸨母初度，故买舟至观音寺还愿，途中适见君漂流而来，乃倩舟子援……”素雪不待语毕，即大惊曰：“妓院耶！”既而泣曰：“吾命何薄！复遭此难。然予为良家子，何堪遭此堕溷。吾惟死耳。”语次，以手掩面而泣。女郎睹状亦大感恸，美目莹然，噙泪欲滴，乃低声曰：“姑娘毋悲，余鹃儿，固亦良家子，只以赋命不辰，父母早卒，叔贪金，鬻予妓院中。予初矢志不食，以图死。顾鸨母看守严，乃不得。今为鸨母婢。幸得清白。然而偶一不慎，辄受其笞，且一般龌龊奴，时复逼人不堪，能不为白璧之玷者，盖亦几希。故予未尝不思遁也。今姑娘既若是……”言时，以目视素雪曰：“姑娘有兄弟，或亲属乎？”素雪曰：“虽有寡兄，惟远赘，音闻久寂。亲属则惟舅氏耳。”

（五）

鹃儿诧曰：“仅一兄而又远赘，则君家宗祀奈何岂……”素雪叹曰：“惟吾家贫，无以为食，乃始赘耳。”鹃儿喟然曰：“嗟乎！黄金之祟人，乃能离间人家骨肉，魔力亦云伟矣！然汝既有舅，何不寄一函去，告以近状？”既而曰：“此亦殊难。盖此间咸彼心腹，孰能为君作书寄邮？而予又为鸨母近侍，不可须臾离也，则奈何？”于是俯首沉思者久之。两人各不语。惟闻壁上秒钟的的竞其声响，既而忽鸣一下，鹃儿始觉，乃曰：“姑娘好自珍摄。吾必为姑娘谋佳策也。”素雪突坐凝思，不觉已临薄暮。鹃儿复入，谓：“舟已至岸，母特倩予，邀姑娘上岸。”素雪乃强起着衣，随众人上车。晚风扑面，头痛益剧。尚幸不久已至。门外环以红粉之墙，花枝掩映，时复探墙而出，重廊复阁，咸垂锦幕，富丽无伦。在理，凡人入此当乐，以为此生何幸，乃得居此温柔之乡。然素雪则满腔悲苦，视此高堂大厦，直不啻地狱耳。顾事已至此，亦不得不随众人而入。鸨母以其病未愈也，因命至房内少息。鹃儿应之。遂偕素雪入房。素雪以惫极，乃就榻而卧，辗转反侧，有如芒刺在背。所藉以自解者，则惟望鹃儿决策，冀得遁耳。日复一日，而策终不得。以询鹃儿，亦但含糊应答。素雪乃大悲，疑鹃儿赚己。

（六）

一夕，素雪病少愈，乃拥衾而坐。忽一女子入。女名湘娥，院中之翘楚也。既入，乃曰：“阿姊，母命汝应客去。毋贪睡，常日佯佯如懒蚊。更如此者，阿母之鞭笞至矣！”素雪闻语，忽觉万种辛酸，直溯足踵而上，面色白如死灰，嗫嚅言曰：“愿姊恕吾。吾头痛甚，殊未能离床出。”湘娥闻言，则笑曰：“丑媳妇终须见翁姑。日匿避，亦复奚益。今可去，略言数语，再归寝亦不妨也。”素雪无奈，乃随湘娥而行。其时电灯灿烂，晒如白昼。素雪行于其下，乃益形其美，半面方出宾堂，而众之视线已皆集注于其面。采声四动，轰然如钱塘八月之潮。素雪乃羞极，欲避，则衣角已为湘娥所扯，不可遁。而鸨母大喜，亟为介绍，絮絮而语，若为李君，若为张君，若新分发之知事，喃喃不休，如诵佛号。素雪窘极欲泣，以目视鹃儿。鹃儿但会其急，乃前请曰：“阿母，姑娘病初愈，不宜当风。吾意令趣返室为佳。”鸨母然之。素雪闻语，如得赦诏。亟辞众儿而入。中心辘轳，突突跳勿已，念：“予本良家女，今乃为妓，幸鹃儿为予排解，今日难关虽过，明日又如何耶？噫！吾惟有死而已。”既而念及鹃儿之言，则觉尚有一线希望，萦回于其脑第之间，死念复消。盖人非至愚，亦非至圣，生死关念，恒不忘情。素雪亦如是耳。顾无聊甚，乃手书一卷，藉以自遣。然心有所念，虽一字百诵，终无一字入腹。顷之，忽闻履声跫跫。有一人笑曰：“美人，汝乃知书耶？抑藉此以媚我耶？”素雪大怒，抛书返顾，则所语者，即适才堂上所见之一人，曰金君者是也，耳面皆赪，似已洪醉，酒气扑人欲呕。见素雪抛书勿观，则自对曰：“噫！予诚孟浪，乃高声而语，致惊美人。今则美人书之画卷矣。然而此态亦佳。”素雪至此，遂不复可忍，怒曰：“是何言？汝以堂堂男子，而乃欺一弱女。吾甚为汝羞之。”

（七）

醉人曰：“嘻！吾爱，汝乃娇嗔耶？此态愈善。吾醉滋甚。吾爱，汝趣前。吾将与汝一行欧西之礼。汝之樱唇甜也。”言时，以臀蹶门。门乃砰然而阖。醉人遽前欲抱素雪之颈。素雪大惊，却立，颤声而呼。其时门忽开，一白袷少年偕湘娥入。湘娥见状，醋意顿沸，强笑谓素雪曰：“阿姊恕罪，予乃孟浪，致破若侪好事。”言次，斜睨作冷笑。嗟乎！素雪受此毒蜇，虽百口难辨。是无怪其花容之失色。少年见状，似颇怜之，乃呼醉人曰：“吾友，汝今日非欲至剧场观剧乎？今已九时，更迟则且散矣。”醉人点其首曰：“然。然则吾侪往矣。”谓湘娥曰：“汝偕往乎？”湘娥嗤之曰：“吾不欲往，汝偕素雪往可耳。”言次径去。众亦散出。素雪至是乃不复耐，失声哭矣。月色既斜，寒风习习，素雪始推枕而卧，往事如尘，思之益增悲痛，直至五更，乃始朦胧睡去。顾睡亦不宁，时见其亲爱之阿母，现其和蔼之笑容，揽己于怀而吻其额，忽而景物又易，己身恍在柳树之下，与锦云携手偕行，喁喁情话，见锦云频以目注视己，则又不禁俯首赧然，既而念及其已死，则牵其衣大哭，哭久则闻有人呼曰：“姑娘！姑娘！”素雪异之，张目视，则己身仍在床上，枕函冷然，已为泪痕湿透。鹃儿伏衾而呼。素雪询其何为。鹃儿乃低声曰：“姑娘，今晨后园已开。园丁阿六，适出外购物。母亦尚睡。时机不可失。趣起，随予行，当可乘间逸也。”素雪闻言，惊喜过望，亟披衣起，随鹃儿行。其时，天已平明，园中景至寂寞，暗焉无人，花草带露，微含笑容，似庆素雪之得生者。素雪至是，亦喜不自禁。而鹃儿则曰：“予二人遁后，鸨母必遣人四觅。予有表兄，去此不数米，今可至彼暂住。待其觅少懈，再雇舟往姑娘之舅家可矣。”素雪应曰：“鹃姊，汝诚我再生人矣！”

（八）

行行久之，始抵一宅。鹃儿以手轻扣其扉，门乃呀然而开。应门者，为一雏鬟，见鹃儿乃笑曰：“姑娘来何早耶！吾家主人尚未梳洗也。”鹃儿笑颔之，亦不置答，自与素雪携手入内室，则其表兄方伏而漱面，闻履声，立抬其首。素雪见之，大惊而颤。嗟夫！此所谓表兄者，非即昨夜之醉人乎！观昨夜之行为，即可知其品行之不端；且其衣服华丽，家境自丰，乃置其表妹于不顾，甚且躬临其院为狎邪之游，则其人之全无心肝，又可知矣。由是言之，则吾人至此，直无异于自投罗网中矣。思至此，欲前又却，喘息不宁之态，见于颜色。而其表兄则大呼曰：“噫！此安琪儿者，非即昨夜嗔予之美人耶？”语时，声浪之高，乃可震天，挥其手，面盆立倾，水乃淋漓满身，亦弗顾，且狂笑不已。素雪虽恶其伧俗，顾亦不敢怒。然鹃儿未尝知昨夜事，则复为之介绍。金君乃大乐，以为素雪果然爱我矣，乃絮絮询素雪来意，且问已否早膳。鹃儿一一为之答。金君乃笑骂之曰：“贱婢子，谁欲汝为代表哉！”鹃儿闻语，亦不怒，复曰：“兄，吾辈须在汝家住三四日，再作行计。”金君曰：“然耶？”鹃儿曰：“谁诳汝哉！”金君乃色然喜，顾小鬟曰：“汝趣往，令王媪设床。毋慢客！”小鬟应声出。

（九）

顷之，闻有履声自外而入。金君问曰：“谁欤？”则有一人应曰：“金君，我湘娥也！”鹃儿大惊，急掖素雪登楼上。铺设甫竣，华丽殊绝，三面有窗，窗外一高楼与此楼遥遥相对。素雪至此惫甚，遂就一椅而坐。

光阴如逝，素雪居金家倏已四日，受其秽亵之语，固不待言，特以鹃儿在，乃不敢肆然。素雪亦不敢怒，盖恐其报之妓院中也。今行期既至，素雪乃大喜，如犯人得赦，欣然与鹃儿往辞金君。金君忽发为诧异声曰：“嘻！汝欲行耶？往何所哉？”素雪曰：“往予舅氏家耳。”曰：“何日归？”素雪曰：“否。予不再来矣。”金君曰：“勿来耶？然则汝前者何为又至予家？”素雪曰：“吾辈来时，非已与汝言之，因恐鸨母遣人侦觅，故暂避汝家耳。”曰：“即行乎？”曰：“然。”金君乃柔声曰：“吾亲爱之素妹乎，汝幸怜予而勿行否？则予心碎矣。”语时，故现其和蔼之容。然其人惯以厉色向人，至此，虽貌为蔼然，而狞态乃益甚。素雪亦勿惧，抗声曰：“谁为汝亲爱之素妹？吾胡为永居若家？”金君曰：“汝意决乎？”素雪曰：“然。”金乃勃然而怒，而色立易，两目灼灼如火箭，视素雪勿已凶光毕露。虽令铁人见之，亦且骇而熔化。然素雪已为愤火所烧，略不之畏，挺然而立，不前亦不却。金君曰：“然耶……吾自有法治汝也。”语已，悻悻而出。素雪遂与鹃儿登楼，整理行李。素雪本无行李，所有者，盖即鹃儿临遁时，所挟细软数物耳。少须，履声自楼下而上，一人探首入内曰：“素雪，汝尚在是耶？”素雪回首视之，金君也。则应曰：“然。”金曰：“吾今有以治汝矣。汝可静居此，以思汝过，吾待汝薄未。”复谓鹃儿曰：“表妹，汝当善劝之，否则予必仍送汝归，见汝鸨母。”鹃儿怒曰：“表兄，汝如此行为，吾殊……”金君急止曰：“若毋语，时已午，吾今锁若辈于此而偕湘……”其意盖言偕湘娥往观剧也。既而思此语不可对素雪言，若言之，则素雪必妒，此事之成败，未可知矣；乃即止不言，扃其门且下键，踯躅下楼去。履声震梯，乃作欣然之音。

（十）

红楼一角，素雪凭窗而泣，偶一昂首，见对楼一少年，方倚窗观书。素雪忽得计，向鹃儿索素帕一方，向少年挥之，其意盖思少年援手也。顾玉腕挥折，而少年竟若无睹。素雪乃大失所望，欲呼，则恐为金家仆婢所闻，事且立败。筹思良久，终不得一策。既而念及儿时，初观小说，津津有味，其兄强欲与之行花下、捉蝴蝶去，不之理，则取镜映日，照素雪之目；目糊致不能视，遂抛书勿观。今何不效之？思至此，乃移步至妆台前，取镜，乃倚窗映日，镜受日，回光直照少年之目。时方傍午，日光烈甚，少年果然抛其书，仰视愕然。既而见素雪挥绢作求救状，乃点首若有所悟，下楼，唤其仆至，负梯随己至金家楼下，以梯就楼，招手示意。鹃儿、素雪遂各缘梯而下。少年忽呼曰："噫！君非妓……君非素雪耶？"素雪闻言，亦昂首以视少年，则其人即昨日之白袷少年也。乃应之曰："然。"少年曰："何以至是？"曰："此事甚长，少顷当告先生。"少年颔之，乃肃素雪、鹃儿入内。坐定，素雪乃婉言曰："先生救予，予诚感。余江姓。"少年不答，以目注视素雪。曾不少瞬，鹃儿笑曰："汝痴矣！"少年喟然曰："嗟乎恕之。此君似吾妹耳。"素雪视良久，面忽大赪，因询曰："先生何姓？"少年曰："江。"鹃儿笑曰："汝二人乃同姓耶。"少年曰："女士亦江姓乎？"素雪曰："然，适才言之矣。"曰："女士有兄否？"素雪曰："有一兄，远赘李氏，小字梦兰。"少年乃叹呼："然则必吾妹矣！妹乎，妹乎！不图与汝相见于是也！"

（十一）

言次，泪遽夺眶而出。素雪疑甚，不敢遽前。既曰："汝试以左手示我。"少年诺，伸手示之，则有一般红之痣，微作玫瑰色。素雪乃失声哭曰："果吾兄矣！"于是二人尽哭。鹃儿亦哭，然不自知其涕泪之所从来。少焉，悲渐止。鹃儿乃曰："汝侪既为兄妹，乃不识耶？"梦兰叹曰："吾妹小予十岁。予自幼家，即就傅远出，其时妹方八龄，但以行称，而无小字。今十年不见，微予记忆力佳，安从辨识？"素雪乃询梦兰近状，且问嫂氏安否。梦兰泫然曰："不堪问矣！"素雪惊曰："何为？"梦兰曰："嗟乎！吾人年来音问断绝，是又无怪吾妹之不知。即予曩者，亦未尝梦想及此。当吾辈之归也，挈一狡仆，仆年老矣，事吾家久，发语诚挚，似可恃者。故不之疑。而孰知仆乃与盗通。当吾辈抵皖时，途过丛山中，仆忽嘬口作声。家人方愕，而盗已棼集。家人皆逃散，吾妻及岳父母，竟死于盗。行李亦皆被劫去。幸予身尚有衷衣之饰，指金两许，可作路费。乃露宿破庙中，日藉卖文以为糊口，幸所入尚敷予用。乃辗转来此。居且一月，顾命宫魔蝎多，复撄小极，昨始稍痊。金君强拉予入妓院，谓病后勿宜闷坐。予不能却，乃强从之。然勿料竟遇妹也。"素雪闻梦兰自述，乃始恍然，遂亦历历告以别后之事。梦兰泣曰："吾苦命之母，乃竟死耶？"又自慰曰："否。吾阿妹既能遇救，则吾母安可必其已死？妹乎，予甚拟一返故乡，访吾阿母消息。未识妹意以为如何？"素雪曰："佳！吾亦思归，以慰予舅氏之心。盖彼辈皆以我为死矣。"梦兰点首曰："然。"又谓鹃儿曰："鹃姊，则暂居此可乎？"鹃儿诺。明日，梦兰遂偕素雪起行。

（十二）

白雪未消，红梅乍放，板桥如带，通一穹门。有女郎及一少年立门次，频以手叩扉，若不胜其焦灼者。久之，始闻有人应声。门开则一老媪龙钟出，见女郎大诧，笑曰："女公子耶？抑吾梦耶？"素雪笑曰："卢姆，汝非梦，乃真也。"曰："然则女公子数月以来，竟往何处？主母又何在耶？此少年为谁？"既而笑曰："嗟乎！吾老悖矣！十年不见，乃竟不识小主人矣。"素雪、梦兰二人不禁同声而哭，乃各述前事。卢姆亦泣下，并述曩住小屋因欠赁资，已被屋主逐出，乃依妗氏为应门耳。言次，遂导入内，则其舅母方斜依榻前，微蹙其额，若有所思，而身体则愈较去年为肥。素雪大喜，遽前抱其颈，呼曰："舅母！"谢氏初未之见，及见，则喜不自禁，呼曰："素雪，汝归耶？尔去年失踪之后，真令吾忧煞矣！汝母又何往？随汝来耶？"素雪未及答，忽觉有人拍其肩，唤之曰："表妹。"素雪大异，回首极之，则锦云也。喜极且愕，转不能作一语。久之，始曰："表兄，汝岂为他舟所救欤？"锦云曰："否。"而谢氏已笑曰："素儿，汝误矣。触礁碎者，乃安平丸耳。吾儿所乘之太平丸，则为雾所迷，误入其方向。驶入极北。当时误以安平丸为太平丸耳。"素、梦二人，闻语始悟，各述前事。锦云乃觉悲喜交集，且有千万语言，欲说无从。吾书遂亦不能一一书之。

（十三）

于时，一小鬟进曰："药熟矣。"素雪诧曰："舅母勿适耶？"谢氏曰："否。汝舅父病耳。病且久矣。"素雪曰："然则可偕吾一视乎？"谢氏曰："可。"乃相偕入寝室。既入，则老人方伏枕而喘，骨瘦有如绝食之豺。素雪悲声呼曰："舅父，如何矣？"老人仰视曰："谁欤？"既而曰："素雪！嗟乎，素雪！汝归耶？吾心喜甚！"言已，嗽不止。锦云扶之起，以药进。未过半，乃又大呕。锦云急以手捶其背，询曰："父乎，药味恶耶？"则但点首勿答。锦云乃扶之复捶。顷之，顾梦兰曰："梦儿，汝偕素雪同来乎。吾姊安否？"素雪至此，双行珠泪几欲夺眶而出，然恐言之，重伤老人之心，则力忍不使出声，且频以目视梦兰，盖欲止之，令勿言也。梦兰未觉，直言曰："嗟乎，吾舅！阿母尔日自舅家归，盖已失足堕水死矣。"老人闻言，忽大呼曰："死耶？嗟夫，天乎！吾罪大矣！"素雪泣曰："舅父，此天数耳，安得引为舅父之罪？"老人曰："否。予尔夜苟令一佣妇送之，则又安有此祸？嗟乎，素雪！吾悔矣。吾不应待汝母女如是之薄。吾之待汝，直一路人之不若。而汝不以为忤，且亲予若父。噫！素雪，吾今而知汝实为一温柔娇好之女郎。"

（十四）

素雪曰："舅父曷少睡片时，盖病中宜自珍卫，多语殊非宜也。"老人曰："予不思睡，且予之病，危在旦夕，初非药石之所能医。若不乘此能言时而言，则恐将来且不能言矣。"语时，回视锦云，则泪垂于颊喉，间亦且呜咽有声，见其父视己，则立强为笑容曰："阿父，宜少思。"老人曰："否。予言尚未尽。素雪，汝试近予。"素雪曰："舅父何命？"老人曰："予今有一事，愿汝诺之。盖予欲以汝为吾儿媳也。"素雪至是羞喜交作，嗫嚅良久，始曰："舅父言，儿安敢违……"舅乃搥床大笑，曰："若是者，吾目瞑矣！"言毕，狂喘不已。于时，天已入暮，而其舅父之魂亦随日光以去。

一年以后，锦云遂与素雪成婚。鹃儿亦至。素雪感鹃儿援己之德，乃为作合，为梦兰续弦。惟其母则至今未有消息。有谓其未死者；然吾不能以理想续之也。

著者曰："有志竟成。观此亦可以见一班。吾之著此，所以讽世之临难而易志者。"

（选自《申报·自由谈》1915 年 4 月 30 日至 5 月 13 日连载）

【导读】

陈翠娜出生于一个满门风雅的家庭，其父为近代著名小说家、实业家陈蝶仙，母亲朱嬾云颇擅吟咏，兄长陈小蝶也是文坛名家写手，其弟陈次蝶兼擅诗画，"时人誉之者，辄比为眉山苏氏"。陈翠娜不仅是在充满文人气息的雅致环境中成长，还自小得到家中长辈的深挚之爱，故而养成一种清逸出尘的品格和卓尔不群的闺秀气质。这种闺秀气质正与其小女子天真无邪的品性相融合，在清末民初的女性小说创作中别开生面。

1915 年 4 月，14 岁的陈翠娜在《申报·自由谈》上连载了"哀情小说"《劫后花》，是为其著译小说之始。《劫后花》凡十四节，故事颇为曲折，女主人公江素雪与表兄骆锦云青梅竹马，两情相悦，锦云在出国留学前夕向素雪表白。数日后，素雪同其母至舅父家，却得知锦云所乘之船遭遇不测。返家途中，其母不幸失足落水，素雪万念俱灰亦跳水寻死，为妓院老鸨所救。一日，嫖客金某闯入屋内，对素雪屡番调戏，幸得一位白衣男子相助，素雪才得以保全。翌日，素雪逃出妓院，但又入虎口，被好色的金某锁在楼上，再次为白衣男子所救。言谈中，素雪发现这位男子竟是自己幼时入赘他乡、多年失去音信的兄长梦兰。兄妹二人一同返乡，素雪在舅父家中意外见到表兄锦云。原来，此前的消息不过是一个误会。最终，有情人终成眷属。

故事主线是女主人公江素雪的落难与自救，而这条叙事脉络又被巧妙地嵌套在素雪与锦云的情爱由爆发、受阻乃至最终圆满的线索里。《劫后花》不仅是一则编织巧妙的故事，还具有独特的抒情氛围。小说笔触细腻，注重营造意境，善用融情入景之法，将客观世界与人物的主观情思联系在一起。陈翠娜擅长描写人物的心理活动，通过人物的所见、所想、所感，推进故事情节的发展，而这些对人物意识与潜意识等方面的揭示，使小说的叙述节奏更加柔和舒缓，颇利于情感的流泻与诗性的呈现。陈翠娜的小说蕴含着温柔敦厚的古典美学追求，对哀伤、愤怒、忧愁、欢悦、情欲的展现皆因节制而恰到好处，风格温婉清丽，行文讲求炼字炼意，富于画面感。（**马勤勤**）

▶ 陈翠娜《劫后花》拓展阅读

洛绮思的问题（节选）

陈衡哲

洛绮思得到这封信之后，又是感慨，又是喜悦：她一方面深怜瓦德，一方面又庆幸他们两人的友谊，可以从此继续不断。因为他们此时的交情，真像经过火炼的赤金一样，是什么杂质都没有的了。他们自知已是没有嫌疑可避，除了切磋学问，勉励人格之外，在他们两人中间，是没有别的关系可以发生的了。但他们的朋友们怎能明白这个呢？他们但见瓦德和洛绮思的交情，又经过了一个变化，他们但觉得从前的迷雾，更深一重罢了。

此时洛绮思已经有四十多岁了。她已做了十余年的大学教授，现在她是一个著名女子大学的哲学主任了。她对于哲学的贡献，已是有了国际上的地位；她的著作，也已经译成了许多种的外国文。她少年时的梦想，她少年时的野心和希望，此时都已变成事实。

她的学业，也真能做她的良好伴侣。况且她现在在学界里的名誉，也万万不是那些专慕虚荣的女子所能得到的。是的，她少年时的梦想，都已成为事实了。但她的梦可曾做完吗？

有一次，她又做梦了。她觉得她自己是一个已经结了婚的中年妇人。那天她和她的丈夫——似乎便是瓦德——坐在廊下休息。那时正是夏天的初夜，金银花的香味，自墙角上阵阵的吹来。她的丈夫口中吸着香烟，却抬着头看那如丝如雾的烟气，在月光中轻轻的飘着。她自己坐在一张摇椅子上，身上和心里，都似乎充满了和谐的感觉；又如在炎热的天气，在树荫之下，饮清甜的泉水，但觉得安闲畅适，与天上的明星朗月，空中的花香草味，融合为一。他们两人并不言语，但她觉得他的心中，一定也是这样感觉的。她又觉得她自己已经是两个可爱的小孩的母亲了。他们仿佛有十余岁大，现在却都已安睡在楼上。当她想着这两个聪明小鸟的时候，她不觉欣然笑了。她便觉得要把这个快乐，去分一点给她的丈夫。但她却不知道应该叫他做什么。他似乎是叫做瓦德罢。她恍恍惚惚的站了起来，走到他的面前一看，呵，那里有什么瓦德！那坐着吸烟的，简直是一个素不相识的粗人。他见了她，也不言语，仍旧吸着他的香烟。她心中一震，睁眼一看，原来她却躺在自己廊下的一张摇床上呢。她手中的一本书！她的一本著作，是新近译成德文的——已经抛到地下去了。

她此时虽醒了，却仍懒洋洋的躺着，连那一本抛在地下的书，也懒得去拾起来。一霎时间，她的身世都涌到心上来了。她默自思量，假使那梦中的粗人变为瓦德，那么，那梦中的生活，将怎样的可爱呢？此时她忽然感到她现在生活的孤寂了。她又看看她的成功表记——她的著作——可是奇怪，从前能使她得意快乐，使她心血沸腾的一本书，现在忽然变为一堆废纸，一些儿也不能引起她的兴趣来了。

但她很明白，这不过是一时的情绪，是不会永远留在她的心上的。果然不到一天，她仍旧回复了她原来的感觉，仍旧用了全副精力，全副情绪，去做那大学教授的事务了。

但她可真能忘记这个梦吗？她虽竭力的想把那个梦的鬼赶去，但终归无效。她对自己说道："假使我十余年来的生活，真和那梦中的一样，那我在学业上的成功，又怎会这样大呢？"但那个鬼驳她道："但你在梦中之时，并没有什么不心足呵！"她又斥他道："胡说！若使那梦中的我，是一个一无成就的女子，那我心中的和谐，一定就保不住了，我一定就要觉得不心足了。"那鬼似乎又笑着说道："那么，假使在你现在功成名就之后，再去把那个梦重行做过，你看是怎样？"她听了这话，不觉脸上微微的红了起来，又没有话可以回驳他，但觉得心中充满了惭愧和烦乱。她此时才明白她生命中所缺的是什么了。名誉吗？成功吗？学术和事业吗？不错，这些都是可爱的，都是伟大的，但他们在生命之中，另有他们的位置。他们或者能把灵魂上升至青天，但他们终不能润得灵魂的干燥和枯焦。

但她的已往可容她的反悔吗？她明明知道，她做那个梦的时候，若非在她学业已成之后，她在梦中的感觉，也就决不会那么和谐、那么完美的。她将听了那个梦鬼的劝告，重去做一做那个梦吗？照理想方面看来，这似乎是一个极好的办法。但是重做这一个梦，也许有个条件呵！那梦中的金银花，不妨永远开放，永远香馨，但她自己园中的金银花，却是不待秋风之来，便要零落凋谢的。灭去了金银花的香味，那梦还有什么意思呢？

有一天，她正又坐在廊上这样痴痴的想着，猛抬头看见对面的一带青山，浴着夕阳的反照，金紫相间，彩色万变，说不尽的奇伟美丽。她对着那青山注视了许久，心中忽然如有所悟，她觉得那山也和她的生命一样，总还欠缺了一点什么。她记得她从前在离山数十里的地方，曾见过一个明丽的小湖，那时她曾深惜这两个湖山，不能同在一处，去相成一个美丽的风景，以至安于山的，便得不着水的和乐同安闲，安于水的，便须失却山的巍峨同秀峻。她想到这里，更觉慨然有感于中，以为这真是天公有意给她的一个暗示了。

但是，这个感慨，这个惆怅，除了洛绮思

自己之外，却只有对面的青山，能够了解和领会。就是她的老朋友瓦德——现在已是子女满前的瓦德——也是绝对不容窥见这个神圣的秘密的。

（选自《陈衡哲小说·西风》，上海古籍出版社 1997 年版）

【导读】

作为五四白话文运动的先驱之一、胡适的好友，陈衡哲在白话文运动中的创作功绩已经载入新文学史册——她以笔名“莎菲”发表在《留美学生季报》上的处女作《一日》是中国现代文学革命讨论初期最早的作品。不过，此文还只限于语言形式方面的尝试。如果论及陈衡哲早期在思想和意蕴上体现出“现代性”的作品，《洛绮思的问题》堪为代表。

小说主人公是一个名叫洛绮思的女子。她“最喜欢研究哲学”，人生理想是成为一个满腹经纶的学者。洛绮思与导师瓦德相恋并订了婚约，却由于担心婚姻生活妨碍学术追求而临期反悔，与瓦德约定只做学术和思想上的挚友。此后瓦德很快与别人结婚。十几年后，洛绮思已经成为国际知名的哲学家，独坐书斋的她做了一个梦，在梦里她作了不同的人生选择：与瓦德结婚，生儿育女，过着普通而幸福的生活。梦醒后她怅然若失，领悟到学术和事业虽然神圣伟大，但“终不能润得灵魂的干燥和枯焦”。

年轻的读者可能不解：为什么洛绮思就不能和瓦德结婚，同时也不放弃学术事业呢？现实中作者的婚姻恰恰实践了洛绮思梦中的另一种选择。陈衡哲的丈夫任鸿隽是近代中国著名化学家、中国科学社的发起人之一，对陈衡哲的学术和创作追求十分尊重，两人婚后感情深厚，琴瑟和鸣。但即便如此，陈衡哲仍然在兼顾家庭责任和个人事业时捉襟见肘。她从美国学成回国、在北大教学一年后，就因为怀孕而辞职了。此后的她忙于照顾儿女，尽管在家坚持研究和著述，但即使拥有较为优裕的生活条件和较高的社会地位，仍然没有办法实现她的全部抱负。在写给三姐的信中，她说：“（任鸿隽）欲为我预备一个清静安闲的小家庭，俾我得专心一意地去发达我的天才……现在这个愿望固然不曾完全达到，这是我深自惭愧的一件事。”她为辜负了自己的才华和丈夫的期待而愧疚。另一方面在谈及孩子时，她说：“书书爱哭极了，因为我不能专心带他的缘故……因此常感痛苦。”为自己忙于工作而不能全心全意地照顾孩子而愧疚，这不正是百年来始终困扰着众多职业女性的难题吗？

这篇小说的价值在于作者敏锐揭示的种种矛盾，富于预见性地触及了中国现代女性追求自我价值实现的艰难。小说情节表现的重点是洛绮思决定与瓦德解除婚约时的一场对话。洛绮思理性而缜密地分析了婚姻对女性事业的影响，以及不同思想性格的女性对婚姻的需求，进而得出自己不适合婚姻的结论。瓦德虽欲辩驳，却在洛绮思严密的逻辑推理中节节败退，最终被说服。这段对话既包含理性智慧的机锋，又内蕴含蓄的情感，值得细读。（刘堃）

▶ 陈衡哲《洛绮思的问题》
拓展阅读

棘心（存目）

苏雪林

【导读】

苏雪林给后世读者留下的深刻印象，一是颇具古典气质的才女作家，一是用半生精力批判鲁迅的“反鲁斗士”。抛开其间的是非恩怨，这两种形象所体现出来的某种执着甚至偏执，倒是一种鲜明的精神气质，贯穿于苏雪林的作品之中。像不少五四时期的女作家一样，苏雪林的成名作《棘心》也是自传体小说。在这部长篇小说里，作者念兹在兹、一唱三叹的对慈母的感情，既是真实情感的流露，又在某种程度上成为五四时期女性文学的一个“症候”，颇耐解读。

书名取自《诗经》中的“棘心夭夭，母氏劬劳”（《国风·邶风·凯风》）之句。女主人公醒秋出生于一个旧式封建家庭，在五四新思潮影响下，她不顾家庭的强烈反对远赴法国留学。刚到法国不久，她就被同为留学生的秦风热烈追求。醒秋同情秦风遭人抛弃的不幸过去，但无法违背父母的意志与包办婚姻的未婚夫解除婚约。旧道德沉重的枷锁以及对慈母的孝心，迫使她拒绝秦风的求爱。接着她最爱的大哥病故，醒秋又与在美国留学的未婚夫叔健产生了隔阂。不幸的事接踵而至，醒秋的母亲一病不起。醒秋带着一颗悲伤的心回到母亲身旁。

在苏雪林的作品中，母爱题材占有很大比重，尤以《棘心》为代表。作者坦言："本书真正的主题，杜醒秋的故事尚居其次，首要的实为一位贤孝妇女典型的介绍，这位妇女便是醒秋的母亲杜老夫人。……我以我的血和泪，刻骨的疚心，永久的哀慕，写成这本书，纪念我最爱的母亲。"小说中，醒秋的母亲天性仁厚，性格温顺，出嫁之日便立志要做贤妻良母，把一生都奉献给家庭。作为母亲，她给予儿女无私的爱；作为妻子，她对丈夫温情脉脉；作为儿媳，她对婆母的刁难不予微词，用心侍奉长辈；作为乡里邻人，她慷慨解囊，帮助乡亲。作者高度赞扬了醒秋母亲贤良的妇德和任劳任怨的品质。母爱是醒秋温暖的港湾，陪伴母亲在北京游玩的一个月是"她生命史中最甜美温和的一页"。她平日里也总是"萦念着母亲"。在母亲面前，醒秋永远是一个长不大的小女孩，像炫耀宝贝似的邀请同学到家中见她慈祥和蔼的母亲。然而母爱也是醒秋追求个体解放道路上无形的束缚，由于太过顾恋母亲的感受，她放弃秦风的求爱，接受了包办婚姻。《棘心》主人公心中"母亲的爱"战胜了"情人之爱"，显然与五四时期众多以"娜拉出走"的姿态追求新生活的城市知识女性大相径庭。

在西方女性主义理论关于母女关系的研究中，母职与母爱都被视为父权制度下的一种情感建制。女儿对母亲的依赖、崇拜或者嫉妒、敌意，正是这一建制的产物。艾德丽安·里奇（Adrienne Rich）曾在《女人所生：作为体验与成规的母性》一书中提出"惧母症"概念，认为女儿的潜在愿望就是排除母亲的影响，"彻底肃清母亲所有的束缚，成为个性鲜明的人、自由人"。按照里奇的观点，女儿将她们的母亲看成是"不自由的受害者和殉道者"，"女儿担心自己除继承她母亲的个性特征之外还注定要继承她母亲的身份和命运"。但在《棘心》中，我们却不曾看到"惧母症"。相反，主人公醒秋出于对母亲的爱恋和愧疚，主动扼杀了自己的爱情、自由和幸福，倒像是近于"殉道"。而这个"道"，要求于母亲的是在传统父权制大家庭中的自我压抑和牺牲。作为女儿，醒秋认为自己也是汲取或掠夺母亲生命养料的一分子，于是母爱成为笼罩她心灵的巨大亏欠和负担。

小说反映了五四之后的一部分青年知识女性，在没有完全摆脱传统的负荷、旧观念虽被否定但新观念尚未确立之时的脆弱和迷茫，成为特定历史条件下女性心路历程的时代纪录。（刘堃）

▶ 苏雪林《棘心》
拓展阅读

海滨故人（存目）

庐　隐

【导读】

作为五四时期颇有影响、最早加入文学研究会的女作家，庐隐的作品长于表现五四时期新旧思想冲突下的青年人的困惑，尤其是女青年为追求人生意义而经历的苦闷与挣扎。但是由于英年早逝，她的创作止步于自叙/独白的肤浅形式，囿于自我的狭小天地而未能展现更广阔的时代内容，因此茅盾在《庐隐论》中说她是"五四的产儿"，应五四时代之风气而生，随五四落潮而消逝。

茅盾把庐隐的创作分为三个阶段，第一阶段是1921—1924年，以短篇小说集《海滨故人》为代表。此时她"带着社会运动的热气"，关注社会题材。第二阶段是1927年的第二个短篇小说集《曼丽》，此时她把恋爱问题"当作社会问题提了出来"，表现了"大革命时代一个女子的幻想和失望"。第三阶段是1927年后至1934年病逝，此时创作数量虽有所增加，但表现范围和深度没有超过《海滨故人》时期，主题同样还是觉醒了的女性苦苦追寻人生意义，不同的是她们发现了人生"终究无意义"而陷入虚空和悲哀。茅盾对第一、第二阶段作品的"时代性和社会性"给予肯定，但对庐隐后来的"止步不前"，退缩回自我的小天地、自怜自哀，他是感到不满和痛惜的。茅盾对庐隐作品文学价值的判断，主要标准是对于"时代主题”的“突破”还是“停滞”。以我们今天的眼光来看，茅盾的这一标准并非圭臬，庐隐作品的女性特质，并不因为她的“停滞”而失色，其代表作《海滨故人》即为范例。

小说描写了五个对未来充满美好理想的知识女性走入爱情和婚姻后，理想失落、友谊瓦解的故事。茅盾说庐隐是“五四的产儿”，确为的论。庐隐和她的小说主人公都是五四运动所促生的自我意识觉醒的女性。人生的意义、个性的解放、自由而纯洁的爱情……这些小说女主人公的汲汲追求，既属于知识女性的时代命题又具有超越时空的价值。然而，在庐隐的笔下，它却被一个终极判断所消解，那就是人间的悲哀与无常的生命底色。

由于童年缺少亲情关爱，生活经历坎坷，庐隐对佛教“空苦观”和叔本华哲学服膺至深，同时她又是一个生性天真的人。也许时代给她和她的同时代青年以太高的期许，当五四落潮的时代苦闷袭来的时候，她无法不怀疑、不悲观。庐隐对自己作品的悲观情绪有清醒的认识：“我的努力是打破人们的迷梦，揭开欢乐的假面具……我简直是悲哀的叹美者。”（《庐隐自传》）

鲁迅曾言：“人生最痛苦的是梦醒了无路可走。”（《娜拉走后怎样》）庐隐以一系列觉醒而痛苦的知识女性形象深刻地反映着时代。这些新女性冲出了封建大家庭、进入了新式学校，却发现前途一片茫然。社会并没有给她们预备大展身手的位置和机会，她们执着于人生意义的追寻又苦于无路可走，不得不发出“知识误我”的感慨，而其人生归宿仍然不过是“家庭”。《海滨故人》之外，庐隐的小说《前尘》《胜利以后》《何处是归程》也是以新式家庭为题材，写出了建立在自主婚姻基础上的新式家庭对女性而言仍如同“人间的牢笼”这一沉重感受。杂文《花瓶时代》更是发出警告——女性从封建时代的“工具”变成了新时代的“花瓶”，仍然是可有可无的点缀，可以轻易被男人们厌弃而“打碎”。这一警示在今天仍有其现实意义。

庐隐的作品有着鲜明的个人风格。她常以弱化客观时空、强化主观心境的方式，极力渲染主观情绪，用强烈的抒情独白把内心感情的郁结一泻而出。情节粗糙、结构松散、呓语般无逻辑的行文，是其毋庸讳言的缺憾。不过，正如苏雪林所说，她的悲哀苦闷也好，愤世嫉俗也好，都是“时代病”。五四青年哪个没有体验过她所描写的苦闷？只不过“别人讳莫如深，唯恐人知，庐隐却很坦白地暴露出来，又能从世俗非笑中毅然决然找寻她苦闷的出路，这就是她的天真可爱和伟大处”（《关于庐隐的回忆》）。总之，正是由于庐隐当年的天真与稚拙，让我们今天能够宛若透过琥珀的松香，观察到早已被岁月封存、为五四新青年所独有的生命状态。（刘堃）

庐隐《海滨故人》
拓展阅读

绣　　枕

凌叔华

大小姐正在低头绣一个靠垫，此时天气闷热，小巴狗只有躺在桌底伸出舌头喘气的分儿，苍蝇热昏昏的满玻璃窗上打转。张妈站在背后打扇子，脸上一道一道的汗渍，她不住的用手巾擦，可总擦不干。鼻尖的刚才干了，嘴边的又点点凸了出来。她瞧着她主人的汗虽然没有她那样多，可是脸热的酱红，白细夏布褂汗湿了一背脊，忍不住说道：

“大小姐，歇会儿，凉快凉快吧。老爷虽说明天得送这靠垫去，可是没定规早上或晚上呢。”

“他说了明儿早上十二点以前，必得送去才好，不能不赶了。你站过来扇扇。”小姐答完仍旧低头做活。

张妈走过左边，一面打着扇子，一面不住眼的看着绣的东西，叹口气道：

“我从前听人家讲故事，说那头面长得俊的小姐，一定也是聪明灵巧的，我总想这是说书人信嘴编的，那知道就真有。这样一个水葱儿似的小姐，还会这一手活计！这鸟绣的真爱死人！”大小姐嘴边轻轻的显露一弧笑涡，但刹那便止。张妈话兴不断，接着说：

“哼，这一对靠枕儿送到白总长那里，大家看了，别提有多少人来说亲呢。门也得挤破了。……听说白总长的二少爷二十多岁还没找着合式亲事。唔，我懂得老爷的意思了，上回算命的告诉太太今年你有红鸾星照命主……”

“张妈，少胡扯吧。”大小姐停针打住说，她的脸上微微红晕起来。

此时屋内又是很寂静，只听见绣花针噗噗的一上一下穿缎子的声音和那扇子扶扶轻微的风响，忽然竹帘外边有一个十三四的女孩子叫道：

“妈，我来了。”

“小妞儿吗？这样大热天跑来干么？”张妈赶紧问。小妞儿穿着一身蓝布裤褂，满头满脸的汗珠，一张窝瓜脸热得紫涨，此时已经闪身入到帘内，站在房门口边，只望着大小姐出神。她喘吁吁的说：

“妈，昨儿四嫂子说这里大小姐绣了一对甚么靠垫，已经绣了半年啦，说光是那只鸟已经用了三四十样线，我不信。四嫂子说，不信你赶快去看看，过两天就要送人啦。我今儿吃了饭就进城，妈，我到那边儿看看，行吗？”

张妈听完连忙陪笑问：

“大小姐，你瞧小妞儿多么不自量，想看看你的活计哪！”

大小姐抬头望望小妞儿，见她的衣服很脏，拿住一条灰色手巾不住的擦脸上的汗，大张着嘴，露出两排黄版牙，瞪直了眼望里看，她不觉皱眉答——

“叫她先出去，等会儿再说吧。”

张妈会意这因为嫌她的女儿脏，不愿使她看的话，立刻对小妞儿说：

“瞧瞧你鼻子上的汗，还不擦把脸去。我屋里有脸水。大热天的这汗味儿可别薰着大小姐。”

小妞儿脸上显出非常失望的神气，听她妈说完还不想走出去。张妈见她不动，很不忍的瞪了她一眼，说：

“去我屋洗脸去吧。我就来。”

小妞儿撅着嘴掀帘出去。大小姐换线时偶尔抬起头往窗外看，只见小妞拿起前襟擦额上的汗，大半块衣襟都湿了。院子里盆栽的石榴吐着火红的花，直映着日光，更叫人觉得暑热，她低头看见自己的膈肢窝汗湿了一大片了。

光阴一晃便是两年，大小姐还在深闺做针线活，小妞儿已经长成和她妈一样粗细，衣服也懂得穿干净些了。现在她妈告假回家的当儿，她居然能做替工。

夏天夜上，小妞儿正在下房坐近灯旁缝一对枕头顶儿，忽听见大小姐喊她，便放下针线，跑到上房。

她与大小姐捶腿时，有一搭没一搭的说闲话：

“大小姐，前天干妈送我一对枕头顶儿，顶好看啦，一边是一只翠鸟，一边是一只凤凰。”

“怎么还有绣半只鸟的吗？”大小姐似乎取笑她说。

“说起我这对枕头顶儿，话长哪。咳，为了它，我还和干姐姐呕了回子气。那本来是王二嫂子给我干妈的，她说这是从两个大靠垫子上剪下来的，因为已经弄脏了。新的时候好看极哪。一个绣的是荷花和翠鸟，那一个绣的是一只凤凰站在石山上。头一天，人家送给她们老爷，就放在客厅的椅子上，当晚便被吃醉了的客人吐脏了一大片；另一个给打牌的人，挤掉在地上，便有人拿来当作脚踏垫子用，好好的缎地子，满是泥脚印。少爷看见就叫王二嫂捡了去。干妈后来就和王二嫂要了来给我，那晚上，我拿回家来足足看了好一会子，真爱死人咧，只那凤凰尾巴就用了四十多样线。那翠鸟的眼睛望着池子里的小鱼儿真要绣活了，那眼睛真个发亮，不知用什么线绣的。”

大小姐听到这里忽然心中一动，小妞儿还往下说，

“真可惜，这样好看东西毁了。干妈前天见了我，教我剪去脏的地方拿来缝一对枕头顶儿。那知道干姐姐真小气，说我看见干妈好东西就想法子讨了去。”

大小姐没有理会她们呕气的话，却只在回想她在前年的伏天曾绣过一对很精细的靠垫——上头也有翠鸟与凤凰的。那时白天太热，拿不得针，常常留到晚上绣，完了工，还害了十多天眼病。她想看看这鸟比她的怎样，吩咐小妞儿把那对枕顶儿立刻拿了来。

小妞儿把枕顶片儿拿来说，

“大小姐你看看这样好的黑青云霞缎的地子都脏了。这鸟听说从前都是凸出来的，现在已经踏凹了。您看——这鸟的冠子，这鸟的红嘴，颜色到现在还很鲜亮，王二嫂说那翠鸟的眼珠子，从前还有两颗真珠子镶在里头，这荷花不行了，都成了灰色。荷叶太大，做枕顶儿用不着。……这个山石旁还有小花朵儿……”

大小姐只管对着这两块绣花片子出神，小妞儿末了说的话，一句都听不清了。她只回忆

起她做那鸟冠子曾拆了又绣，足足三次，一次是汗污了嫩黄的线，绣完才发见；一次是配错了石绿的线，晚上认错了色；末一次记不清了。那荷花瓣上的嫩粉色的线她洗完手都不敢拿，还得用爽身粉擦了手，再绣，……荷叶太大块，更难绣，用一样绿色太板滞，足足配了十二色绿线。……做完那对靠垫以后，送了给白家，不少亲戚朋友对她的父母进了许多谀词，她的闺中女伴，取笑了许多话，她听到常常自己红着脸微笑。还有，她夜里也曾梦到她从来未经历过的娇羞傲气，穿戴着此生未有过的衣饰，许多小姑娘追她看，很羡慕她，许多女伴面上显出嫉妒颜色。那种是幻境，不久她也懂得。所以她永远不愿再想起它来撩乱心思。今天却不由得一一想起来。

小妞儿见她默默不言，直着眼，只管看那枕顶片儿。便说道，

“大小姐也喜欢她不是？这样针线活，真爱死人呢。明儿也照样绣一对儿不好吗？”

大小姐没有听见小妞儿问的是什么，只能摇了摇头算答覆了。

（选自《花之寺　女人　小哥儿俩》，人民文学出版社 1986 年版）

【导读】

作为五四新文学的第一代女作家，凌叔华被同时代的女作家誉为“中国的曼殊斐尔（Katherine Mansfield）”（苏雪林语）。她出身于京城的书香门第，是一位典型的“闺秀派”女作家。小说主题多聚焦于中上层女性的婚姻生活，擅长表现男女之间复杂微妙的关系。凌叔华的文字典雅含蓄，既有中国古典文学的底蕴，又借用了不少西方现代派的表现手法，以淡化情节、象征意象的使用与女性内视角的观察而著称，其短篇小说体现出别具一格的艺术特征。

在短篇小说集《花之寺》中，凌叔华塑造了一系列旧式贵族少女形象，如《绣枕》中的大小姐、《吃茶》中的芳影、《茶会之后》中的两姐妹等。她们长于深闺，恪守传统妇道，与五四时代的妇女解放思潮格格不入。不同于庐隐笔下敏感多思的女大学生、丁玲笔下叛逆大胆的莎菲，凌叔华向人们展现了“五四新女性”之外更加多样的女性形象。比如那些生活在豪门深闺、几乎与世隔绝的贵族女性，她们感受不到时代风潮的激荡，却敏感于婚姻和两性关系中的女性处境，发出古典闺秀式的感伤与喟叹。

《绣枕》讲述的是“大小姐”在炎炎夏日不辞辛劳绣出一个绣枕，送去未婚夫家，本以为自己的绣工和用心会得到赞赏，不料绣枕却被人随随便便地放在椅子上，遭到酒醉的客人毫不怜惜的践踏。故事的女主人公“大小姐”是上层阶级的女儿，但她没有权利使用自己的姓名，只有“大小姐”这一身份的指称。她的生活环境是一成不变的闺房，唯一熟悉的技艺是刺绣。

小说中，“绣枕”成为大小姐的象征，其用途是供男性品玩鉴赏，它的唯一价值就是得到男性的悦纳和肯定。大小姐全身心投入绣枕的缝制中，手中的一针一线都融入了对爱情和婚姻的向往，这种渴望让她“做那鸟冠子曾拆了又绣，足足三次”，“完了工，还害了十多天眼病”。然而，忙于吃酒打牌的老爷少爷们根本不在意绣枕的价值，甚至随意践踏。凌叔华用婉曲讽刺的笔法，以“绣枕”暗示男权社会中的女子俯仰由人的命运。脏污后的绣片被仆人剪下，重新呈现在大小姐面前，一下子打破了主人公憧憬的婚姻幻梦，赫然昭示了女性在婚姻中的卑下地位。

凌叔华对笔下的人物饱含同情，运用细腻微妙的心理描写展现了大小姐的少女心事和内在处境。从时空的角度看，这篇小说如同一个“微雕精品”，虽然叙写的只是一杯茶的功夫，只是闺房一角，只是少女的一缕心事，却引领读者从平淡的生活中观察和琢磨事物的趣味。小说对“绣枕”这一象征意象的捕捉尤为妙笔。它生动而形象地暗示了小说的寓意和主题，同时也成为精准地传达人物情绪的契机，并且为整个故事奠定了古典含蓄的审美基调。

凌叔华善于运用敏锐的艺术眼光，发掘平淡的日常生活和时光流逝中所蕴含的性别意味。与此同时，她的灵气也体现于绘画方面的造诣，而“画韵”也渗透在她的文学作品中。《绣枕》的语言富于画面感和色彩美，结构精巧，气韵流畅，叙事高潮处的戛然而止，宛如国画的留白，含义隽永，耐人寻味。（刘堃）

▶ 凌叔华《绣枕》拓展阅读

隔 绝

冯沅君

青霭！再想不到我们计画得那样周密竟被我们的反动的势力战败了。固然我们的精神是绝对融洽的，然形式上竟被隔绝了。这是何等的厄运，对于我们的神圣的爱情！你现在也许悲悲切切的为我们的不幸的命运痛哭，也许在筹画救我出去的方法。如果你是个有为的青年你就走第二条路。

从车站回来就被幽禁在这间小屋内。这间屋内有床，有桌，有茶机，有椅子，及茶碗面盆之类都也粗备。只是连张破纸一枝秃头笔都寻不到。若不是昨晚我求我的表妹给我偷偷的送来几张纸和枝自来水钢笔，恐怕我真要寂寞死了。死了你还不知道我是怎样死的！

今天已是我被幽禁的第二天！我在这小屋内已经孤零零的过了一夜。我的哥哥姐姐们虽然很和我表同情，屡次谏我的母亲不要这般执扭，可是都失败了。她说我们这种行为直同娼识一样，我不但已经丢尽她的面子，并且使祖宗在九泉下为我气愤，为我含羞。假如她们要再帮我，她就不活了。青霭呵！怎的爱情在我们看来是神圣的，高尚的，纯洁的，而他们却看得这样卑鄙污浊！

身命可以牺牲，意志自由不可以牺牲，不得自由我宁死。人们要不知道争恋爱自由，则所有的一切都不必提了。这是我的宣言，也是你常常听见的。我又屡次说道：我们的爱情是绝对的，无限的，万一我们不能抵抗外来的阻力时，我们就同走去看海去。你现在看我已到了这样境地，还是这样偷安苟活着，或者以为我背前约了。唉，若然，你是完全错误了。

世界原是个大牢狱，人生的途中又偏生许多荆棘，我们还留恋些什么。况且万一有了什么意外的变动，你是必殉情的，那末我怎能独生！我所以不在我母亲捉我回来的时候，就往火车轨道中一跳，只待车轮子一动我就和这个恶浊世界长别的原因，就是这样。此刻离那可怕的日子（逼我做刘家的媳妇的一天）还有三天，慕汉现尚未到家，我现在方运动我的表妹和姐姐设法救我出去。假如爱神怜我们的至诚，保佑我们成功，则我们日后或逃往这个世界的别个空间，或径往别个世界去，仍然是相互搀扶着。不然，我怕我现在纵然消灭了，我的母亲或许仍把我这付皮囊送葬在刘家坟内，那是多么可耻的事。

我的姊姊责备我，说我不该回此地来看母亲，不然，则鸿飞冥冥，弋人何慕？我虽不曾同她深辩，我原谅她为我计划的苦心。可是，青霭！我承认她是错了，我爱你，我也爱我的妈妈，世界上的爱情都是神圣的，无论是男女之爱，母子之爱。试想想六十多岁的老母六七年不得见面了，现在有了可以亲近她老人家的机会，而还是一点归志没有，这算人吗？我此次冒险归来的目的是要使爱情在各方面的都满足。不想爱情的根本是只一个，但因为表现出来的方面不同就矛盾得不能两立了。

当我刚被送进这间小屋子的时候，我曾为我不幸的命运痛哭，哭得我的泪也枯了，嗓也哑了。我的母亲向来是何等慈善的性质，此刻不知怎样变得这样残酷，不但不来安慰我，还在隔壁对我的哥哥数我的罪状，说我们的爱情是大逆不道的。我听了更气，气了更哭，哭得倦了，呵！青霭呵！真奇怪，我不知几时室内的一切都变了，都变得和我们在京时一样！仿佛是热天，河中的荷叶密密的将水面盖了起来，好像一面翠色的毯子。红的花儿红得像我的双靥，白的更是清妍。在微波清浅的地方可以看得见游鱼唼喋萍藻，垂柳的条儿因风结了许多不同样的结子，风过处远远的送来阵阵清香，大概是栀子之类。又似乎是早上，荷叶，荷花，柳村，道旁的小草都满带着滚滚的零露。天边残月的光辉映得白色的荷花更显清丽绝伦。我们都穿着极薄的白色衣服，因晨风过凉，相互拥抱着，坐在个石矶上边。你伸手折了个荷叶，当顶帽子往我头上戴。我登时抓了下来放在你的头上时，你夺去丢在一边。我生气了，你来赔罪，把我手紧紧握着，对我微笑。我也就顺势倚在你的怀里，一切自然的美景顷刻都已忘了，只觉爱的甜蜜神妙。天边起块黑云渐渐的长大起来，接着就落下青铜钱大的雨点子，更加着雷声隆隆，电光闪烁。忽然间你失了踪迹，我急得仰天大叫我的爱人那去了？……一急醒来，方知我是方才哭得太狠了，精神虚弱，因有此似梦非梦的幻觉。青霭！过去的一段玫瑰路上的光景比这好的多呢，世间的一切都是梦，也都是真。幻与真究有什么分别，我们暂且多做几个好梦吧！

晚上没有月，星是极稠密的。十一点钟后人都睡了，四围真寂静呵，恐怕是个绣花针儿落在地上也可以听得出声音。黑洞的天空中点缀着的繁星，其间有堆不知叫作什么名字，手扯手作成了个大圆圈；看去同项圈上嵌的一颗一颗的明珠宝石相仿佛。我此刻真不能睡了，我披衣下床来到窗前呆呆的对天空望着，历乱的星光，沉寂的夜景，假如加上个如眉的新月，不和去年冬天我们游中央公园那夜的景色一般吗？

就在这样的夜里，
月瘦如眉，
星光历乱，
一切喧嚣的声音，
都被摒在别个世界了。

就在这样的夜里，
我们相搀扶着，
一会伫立在社稷坛的西侧，
一会散步在小河边的老柏树下，
踏碎了柏子，
惊醒了宿鸦，
听得河冰夜裂的声音。

就在这样的夜里，
我们相拥抱着，
说了平日含羞不敢说的话，
拌了嘴，
又赔了罪，
更深深的了解了彼此的心际。

就在这样的夜里，
我们回想到初次见面的情况，
说着想着，
最后是相视而笑了。
爱的神秘，
夜的神秘，
这时节并在一起！

青霭！这不是我们去年的履迹吗？这不是你所称为极好的写实诗吗？朋友们读了这首诗不是都很羡慕我们的甜蜜的生活吗？当我望着黑而无际的天空，低低的含泪念着的时候，我觉得那天晚上的情景都在我的眼前再现了。但是……但是情形的再现终究和真的差得远，它来得越甜蜜，我的心越觉得酸苦，越觉得痛楚，现在想使我得安慰，除非你把我拥抱在你的怀里，然而事实上怎样能够哟！

青霭！记得吗？在会馆我们初次见面的时候，你从人缝中钻了出来，什么话都不说，先问别人那位是维乃华女士？你记得吗？初秋天气，一个很清爽的早晨，我们趁着“鬼东西”的考试，去游三贝子花园，刚进动物园门，阵阵凉风吹来，树林间都发出一种沙刺的声音。我那时因为穿得过少，支持不了这凉风的势力，就紧紧的靠着你走。你开始敢于握我的手，待走到了畅观楼旁绿树丛里，你左手抱着我的右肩，右手拉着我的左手，在那里踱来踱去，几次试着要接吻我，终归不敢。现在老实告诉你吧，青霭！那时我的心神也已经不能自持了，同“维特”的脚和“绿蒂”的脚接触时所感受的一样。你记得吗？因为在你室里你抱了我，把脸紧紧贴着我的右腮，我生气了回去写信骂你，你约我在东便门外河沿上道歉。刚相逢的时候，两人都是默默无言，虽肚里装了千言万语，眼里充满了热泪。后来还是你勉强嗫嚅地说：“我明知道对于异性的爱恋的本能不应该在你身发展，你的问题是能解决的，我的问题是不能解决的……但是我不明白为什么对于我不爱的人非教我亲近不可，而对于我的爱人略亲近点，他们就视为大逆不道？……”那时我虽然有些害怕，很诧异你怎的为爱情迷到这步田地，怕我们这段爱史得不着幸福的归结，但是听了你的“假如你承认这种举动对于你是失礼的地方，我只有自沉在这小河里；只要我们能永久这样，以后我听信你的话，好好读书。”教我心软了，我牺牲自己完成别人的情感，春草似的生遍了我的心田。我仿佛受了什么尊严的天命，立刻就允许了你的要求。你记得吗？在这桩事发生后，不久我们又去逛二闸，踏遍了秋郊，寻不到个人们的眼光注射不到的地方。后来还是你借事支开了舟子，躲在芦花深处拥抱了一会，Kiss了几下，那时太阳已快要落了，红光与远山的黛色相映，渲染出片紫色的晚霞来。林头水边也还有他的余光依恋着。满目秋色显出一片无限的萧瑟和悲壮的美，更衬得我们的行为的艺术化了。无何苍茫的暮色自远而来，水上的波纹也辨不清晰，雪白的鸭儿更早已被人家唤了回去，我们不得不舍陆登舟，重寻来时的途径。我们并肩坐在船板上，我半身都靠在你的怀里，小舟过处，桨儿拨水的声音和芦荻的叶子发出的声音相和，宛如人们叹息的声气，但是我们心中的愉快，并不为外物所移。我们偎倚得更紧些，有时我想到前途的艰难，我几乎要倒在你怀里哭，你说，“我们的爱情是这样神圣纯洁，你还难受吗?”你说，“我们立志要实现易卜生、托尔斯泰所不敢实现的……”你记得吗?就在那年冬天，万生园内宴春园茶楼上，你在我的面前哭着，说除我而外你什么都不信仰……我就是你的上帝……实行……的请求。我回答你：自此而后我除了你而外不再爱任何一个人，我们永久是这样，待有了相当时机我们再……。你的目的达到了，温柔的微笑登时在你那还含着余泪的眼上涌现出来，你先用手按着我的双肩，低低的叫我声姐姐，并说我们是……。后来你拉我坐在你的怀里。我手摸着你的颈子，你的头部低低垂着，恰恰当我的胸前。你哭诉了你在这个世界上所经历的，所遭逢的，最末一句是“我自略知人事以来，没有碰到一桩满意的事，只有在我的爱人跟前不曾受过一次委曲……”往事怎堪回首呵！爱的种子何啻痛苦烦恼的源泉，在人们未生之前，造物主已把甜蜜的花和痛苦的刺调得均均匀匀的散布在人生的路上。造物主在造爱的糖果的时候，已将其中掺了痛苦的汁儿呵。不说了吧……。我们的甜蜜生活岂是叙述得尽的?这种情景的回忆，已经将我的心撕碎了，怎忍再教它们撕你的心呢?……爱的人儿啊！……

青霭！我的唯一的爱人！不要为我伤心！Hamlet说，“只要我的躯壳属我的时候，我终是你的。”我可以对你说，只要我的灵魂还有一星半点儿知觉，我终不负你。

糊里糊涂地昨天给你写了两大张，此后无论我的精神怎样错乱，我总努力将我每天在这小屋内发生的感想写出来，这种办法我认为是于人无损，于我却有莫大的利益的。因为万一我今生不出这个樊笼，就到别个世界去了，你也可以由此得略知我被拘后的生活情况。我的表妹已自矢奋勇，说将来无论如何总使你看到我这点血泪。唉，我的泪又流了，世间最惨的事，还有过于一个连死在那里的自由都被剥夺了的吗?我现在还不及个已判决死刑而又将就法场的囚徒。因为他可以预先知道在什么时候什么地方死，好教他的亲人看他咽临终一口气。我呢，也许当我咽这口气的时候，在我跟前的是我的不共戴天的仇人。

昨晚从给你写了那几句话后，我就勉强躺在床上，打算平心静气的想法儿逃走，谁知我们的过去的生活——甜蜜的生活，好像水被地心的吸力吸得不能不就下似的，在我心中涌出来了。呵，可惜人类的心太污浊了，最爱拿他们那卑鄙不堪的心，来推测别人。不然我怕没有一个人，只要他们曾听见过我们这回事，不相信并且羡慕我们的爱情的纯洁神圣的。试想以两个爱到生命可以为他们的爱情牺牲的男女青年，相处十几天而除了拥抱和接吻密谈外，没有丝毫其他的关系，算不算古今中外爱史中所仅见的。爱的人儿，我愿我们永久别忘了郑州旅馆中的最神圣的一夜哟！我们俩第一次上最甜蜜的爱的功课的一夜。呵，它的神秘和美妙！我含羞的默默的挨坐在床沿上不肯去睡，你来给我解衣服解到最里的一层，你代我把已解开的衣服掩了起来，低低的说道，“请你自己解吧……”说罢就远远的站在一边，像有什么尊严的什么监督着似的……。当你抱我在你的怀里的时候，我虽说曾想到将来家庭会用再强横没有的手段压迫我们，破坏我们，社会上会怎样非难我们，伏在你怀里哭，可是我真觉得置身在个四无人烟，荆棘塞路，豺虎咆哮的山谷中一样，只有你是可依托的，你真爱我，能救我。……由此我深深的永久的承认人们的灵魂的确是纯洁的。这种纯洁只在绝对的无限的实用时方才表现出来。人之所以能为人也就在这点灵魂的纯洁。

当我这样想时，天忽然下了雨了，淅淅沥沥打在窗外的芭蕉叶上，如怨如慕，如泣如诉。我曾竭诚默然的祝道，快下吧，雨呀，下大了把被人类践踏脏了的地面，好好洗净，重新播自由，高尚，纯洁的爱的种子。

我的一生可说为爱情播弄够了。因为母亲的爱，所以不敢毅然解除和刘家的婚约，所以冒险回来看她老人家。因为情人的爱，所以宁愿牺牲社会上的名誉，天伦的乐趣。这幕惨剧的作者是爱情，扮演给大家看的是我。我真要对上帝起交涉了。以后假如他不能使爱情在各方面都是调和的，我誓要他种一颗爱子，我拔一棵爱苗，决不让爱字在这个世界再发现一次。索性让他们残酷得同野兽一样，你食我的肉，我寝你的皮，倒也痛快。

两天不自由的生活使我对于人间的一切明白了解了许多。我发现人类是自私的，纵然物质上可以牺牲自己以为别人，而精神上不妨因为要实现自己由历史环境得来的成见，置别人于不顾。母女可算是世间最亲爱的了，然而她们也不能逃出这个公例。其他更不用说了。又发现人间的关系无论是谁，你受他的栽培，就要受他的制裁，你说对吗？

今晨天忽晴了，阳光射在我的床上，屋内的一切似乎也都添了些生意。可是我的表妹同我的嫂嫂来看我时都很惊异的说我比昨天憔悴得更多了。我的表妹的大而有光的眼里，更装满了清泪，这也是不足为怪的。好生原是人类的本能，人生的经途中也不尽是毒蛇猛兽，我们这样轻生的心理原是变态的。

她们因为慰藉我的无聊起见，送了一瓶花来，嫣红姹紫，清香扑鼻。不过我心中的难受由此更加几倍。我想到你送我的海棠花映着灯光娇艳的样儿，想到你在你的小花园内海棠树下读书的情形。花原是爱的象征，你送我的花我都用从心坎上流出来的津液浸润着。当你在花下读书的时候，我曾用我的灵魂拥护你。现在呢，送花的人，爱花的人，都为造化小儿播弄到这步田地，眼看爱的花已经快要枯萎了，还说什么慰藉呢？

下午我又听见我的母亲在对我姐姐谈我们去年春天规定的计画，并且痛痛的骂我们……。青霭呵，伊尔文说每种关于爱情的计画都是可以原谅的，他们的见解怎的却和伊氏相反呢？……

谢天谢地！我的表妹把我们的消息传通了，不然，我怕我们连死在一处的希望也没有了。可是再告诉你个怕人的消息：就是刘家的儿子今晚十二点就到家了（我的表妹说的）。我若不于今晚设法脱离此地，一定要像我说的看我咽最后一口气的人就是我的不共戴天之仇的人。但是事实上……不写明白，你总可猜得住。

青霭，虽然我们相见的希望还有一丝存在，但是我觉得穿黑衣的神已来我身旁了，我们的爱史的末一页怕就翻到了。我们统共都只活了廿四五年，学问上不能对于社会有所贡献，但是我们的历史确是我们自己应该珍重的。我们的精神我们自己应该佩服的。无论如何我们总未向过我们良心上所不信任的势力乞怜。我们开了为要求心爱自由而死的血路。我们应将此路的情形指示给青年们，希望他们成功。不遭人忌是庸才，我也不必难受了。我能跑出去同你搬家到大海中住，听悲壮的涛声，看神秘的月色更好，万一不幸我是死了，你千万不要短气，你可以将我们的爱史的前前后后详详细细写出。六百封信，也将他整好发表。……

我的表妹来了，她愿将此信送给你，并告诉我这间房的窗子只隔道墙就是一条僻巷，很可以逾越。今晚十二时你可在墙外候我。

（选自淦女士：《卷葹》，人民文学出版社1983年版）

【导读】

1923年，冯沅君以“淦女士”之名走上文坛，当即以大胆、真切地描写青年男女的恋爱生活而著称。她的小说《隔绝》《旅行》《慈母》《隔绝之后》在内容上相互补充，在情节上具有关联性，共同讲述了一个令人慨叹的恋爱悲剧，真实表现了五四时期追求个性解放、婚恋自由的青年女性的恋爱心理。

在20世纪20年代的中国，从女性之口发出直抒胸臆的爱情表白可谓石破天惊。这是19世纪末以来中国发生的社会思想变动的必然产物。晚清维新运动以降，启蒙思想、科学主义以及浪漫主义等西方思潮传入中国。浪漫主义被视为一种现代文化精神受到推崇，它崇尚个人自由意志和主观精神，改变了西方两千年的理性主义传统，在文学艺术之外还推动了政治与社会领域的革命。浪漫主义争自由、反压制的精神特质，成为中国启蒙运动的思想与情感资源。例如，梁启超借助西方浪漫派推崇的“烟士披里纯”（Inspiration）这一概念，发现了一种与儒家谦逊内敛、道德完善的“君子”人格完全不同、以个人自由为目的的情感本体之“自我”，并以此为建构现代人格的基础。（梁启超《国民十大元气论》）

这种强调个人自由与情感诉求的现代人形象，在冯沅君的小说《隔绝》中是由一个女性主人公来呈现的。纗华在私奔之前冒着危险最后一次回家看望母亲，不料却被母亲幽禁。她在此期间写给情人士轸的一封信，记录了幽禁中的思绪心声。冯沅君通过纗华的这封信，以高度浓缩的形式呈现出处于历史转折期的青年女性的矛盾心理：一方面，纗华深得浪漫主义的神髓，热烈追求自由恋爱，大胆表达对异性的渴慕；另一方面，她又依恋着作为封建婚姻制度维护者的母亲，对于母亲对她施予“爱的隔绝”持有理解之同情。她既想坚持自己的诉求，不愿在母亲的禁锢下让步，又在母女情深的具体情境中无力反抗母亲对传统的维护。这一思想上不可调和的矛盾冲突造成了无法面对的生命困境，最终导致了她的自杀。

《隔绝之后》是《隔绝》的续篇。叙述人

是绷华和士轸爱情故事的知情者和支持者——绷华的表妹，她也是第一个发现绷华自杀的人。青年为了自由意志和爱情而自杀是那个时代特有的悲剧，根源在于时代转换之际新旧思想观念的剧烈冲突。正如绷华留给母亲的遗书所言：“阿母！你也不要怨我，我也不怨你，破坏我们中间的爱情的，是两个不相容的思想冲突，假如以后这样的冲突不消灭，这种惨剧决不能绝迹在人类的舞台上。”

几千年的家族制度和孝道观念，对中国人的精神和心理影响深远。父母和家庭是青年人一道难以逾越的门槛。在当时的作者看来，母女亲情也是“爱情”之一种，在感情的天平上与男女青年的恋爱难分伯仲、难以取舍，所以小说中的绷华陷入道德和情感的两难，既不愿失去自由意志和爱情，又不愿失去母慈女孝的亲情，最终只好以自己的生命为代价来逃避这种艰难的抉择。冯沅君以真实的笔触记录了这段特定的历史以及身在其中的青年人思想观念中的新旧交迭和矛盾冲突。

苏雪林曾引用英国诗人密尔顿描述英国近代史的一段话，来形容发生《隔绝》故事的20年代：“脱去旧衣，回变青春……像神鹫脱换了旧羽毛，炯炯眼光，照耀万里无云的青天，正要一试大雄飞的觉醒状态。”（《蠹鱼生活》）但是，这种青春勃发、激情浪漫的新生人格却不能帮助当事人“揪着自己的头发离开地球”，无法脱离当时仍然顽固的传统思想、制度以及作为旧制度维护者的父辈母辈的钳制。他们所处的困境由是也便成为“中国现代性”的独特表征。（刘堃）

▶ 冯沅君《隔绝》
拓展阅读

超　人

冰　心

何彬是一个冷心肠的青年，从来没有人看见他和人有什么来往。他住的那一座大楼上，同居的人很多，他却都不理人家，也不和人家在一间食堂里吃饭，偶然出入遇见了，轻易也不招呼。邮差来的时候，许多青年欢喜跳跃着去接他们的信；何彬却永远得不着一封信。他除了每天在局里办事，和同事们说几句公事上的话，以及房东程姥姥替他端饭的时候，说几句照例的应酬话，此外就不开口了。

他不但是和人没有交际，凡带一点生气的东西，他都不爱；屋里连一朵花，一根草，都没有，冷阴阴的如同山洞一般。书架上却堆满了书。他从局里低头独步的回来，关上门，摘下帽子，便坐在书桌旁边，随手拿起一本书来，无意识的看着，偶然觉得疲倦了，也站起来在屋里走了几转，或是拉开帘幕望了一望，但不多一会儿，便又闭上了。

程姥姥总算是他另眼看待的一个人；她端进饭去，有时便站在一边，絮絮叨叨的和他说话，也问他为何这样孤零。她问上几十句，何彬偶然答应几句说：“世界是虚空的，人生是无意识的。人和人，和宇宙，和万物的聚合，都不过如同演剧一般：上了台是父子母女，亲密的了不得；下了台，摘了假面具，便各自散了。哭一场也是这么一回事，笑一场也是这么一回事，与其互相牵连，不如互相遗弃；而且尼采说得好，爱和怜悯都是恶……”程姥姥听着虽然不很明白，却也懂得一半，便笑道：“要这样，活在世上有什么意思？死了，灭了，岂不更好，何必穿衣吃饭？”他微笑道：“这样，岂不又太把自己和世界都看重了。不如行云流水似的，随他去就完了。”程姥姥还要往下说话，看见何彬面色冷然，低着头只管吃饭，也便不敢言语。

这一夜他忽然醒了。听得对面楼下凄惨的呻吟着，这痛苦的声音，断断续续的，在这沉寂的黑夜里只管颤动。他虽然毫不动心，却也搅得他一夜睡不着。月光如水，从窗纱外泻将进来，他想起了许多幼年的事情，——慈爱的母亲，天上的繁星，院子里的花……他的脑子累极了，极力的想摈绝这些思想，无奈这些事只管奔凑了来，直到天明，才微微的合一合眼。

他听了三夜的呻吟，看了三夜的月，想了三夜的往事——

眠食都失了次序，眼圈儿也黑了，脸色也惨白了。偶然照了照镜子，自己也微微的吃了一惊，他每天还是机械似的做他的事——然而在他空洞洞的脑子里，凭空添了一个深夜的病人。

第七天早起，他忽然问程姥姥对面楼下的病人是谁？程姥姥一面惊讶着，一面说："那是厨房里跑街的孩子禄儿，那天上街去了，不知道为什么把腿摔坏了，自己买块膏药贴上了，还是不好，每夜呻吟的就是他。这孩子真可怜，今年才十二岁呢，素日他勤勤恳恳极疼人的……"何彬自己只管穿衣戴帽，好像没有听见似的，自己走到门边。程姥姥也住了口，端起碗来，刚要出门，何彬慢慢的从袋里拿出一张钞票来，递给程姥姥说："给那禄儿罢，叫他请大夫治一治。"说完了，头也不回，径自走了。——程姥姥一看那巨大的数目，不禁愕然，何先生也会动起慈悲念头来，这是破天荒的事情呵！她端着碗，站在门口，只管出神。

呻吟的声音，渐渐的轻了，月儿也渐渐的缺了。何彬还是朦朦胧胧的——慈爱的母亲，天上的繁星，院子里的花……他的脑子累极了，竭力的想摈绝这些思想，无奈这些事只管奔凑了来。

过了几天，呻吟的声音住了，夜色依旧沉寂着，何彬依旧"至人无梦"的睡着。前几夜的思想，不过如同晓月的微光，照在冰山的峰尖上，一会儿就过去了。

程姥姥带着禄儿几次来叩他的门，要跟他道谢；他好像忘记了似的，冷冷的抬起头来看了一看，又摇了摇头，仍去看他的书。禄儿仰着黑胖的脸，在门外张着，几乎要哭了出来。

这一天晚饭的时候，何彬告诉程姥姥说他要调到别的局里去了，后天早晨便要起身，请她将房租饭钱，都清算一下。程姥姥觉得很失意，这样清净的住客，是少有的，然而究竟留他不得，便连忙和他道喜。他略略的点一点头，便回身去收拾他的书籍。

他觉得很疲倦，一会儿便睡下了。——忽然听得自己的门钮动了几下，接着又听见似乎有人用手推的样子。他不言不动，只静静的卧着，一会儿也便渺无声息。

第二天他自己又关着门忙了一天，程姥姥要帮助他，他也不肯，只说有事的时候再烦她。程姥姥下楼之后，他忽然想起一件事来，绳子忘了买了。慢慢的开了门，只见人影儿一闪，再看时，禄儿在对面门后藏着呢。他踌躇着四围看了一看，一个仆人都没有，便唤："禄儿，你替我买几根绳子来。"禄儿趑趄的走过来，欢天喜地的接了钱，如飞走下楼去。

不一会儿，禄儿跑的通红的脸，喘息着走上来，一只手拿着绳子，一只手背在身后，微微露着一两点金黄色的星儿。他递过了绳子，仰着头似乎要说话，那只手也渐渐的回过来。何彬却不理会，拿着绳子自己走进去了。

他忙着都收拾好了，握着手周围看了看，屋子空洞洞的——睡下的时候，他觉得热极了，便又起来，将窗户和门，都开了一缝，凉风来回的吹着。

"依旧热得很。脑筋似乎很杂乱，屋子似乎太空沉。——累了两天了，起居上自然有些反常。但是为何又想起深夜的病人。——慈爱的……不想了，烦闷的很！"

微微的风，吹扬着他额前的短发，吹干了他头上的汗珠，也渐渐的将他扇进梦里去。

四面的白壁，一天的微光，屋角几堆的黑影。时间一分一分的过去了。

慈爱的母亲，满天的繁星，院子里的花。不想了——烦闷……闷……

黑影漫上屋顶去，什么都看不见了，时间一分一分的过去了。

风大了，那壁厢放起光明。繁星历乱的飞舞进来。星光中间，缓缓的走进一个白衣的妇女，右手撩着裙子，左手按着额前。走近了，清香随将过来；渐渐的俯下身来看着，静穆不动的看着，——目光里充满了爱。

神经一时都麻木了！起来罢，不能，这是摇篮里，呀！母亲，——慈爱的母亲。

母亲呵！我要起来坐在你的怀里，你抱我起来坐在你的怀里。

母亲呵！我们只是互相牵连，永远不互相遗弃。

渐渐的向后退了，目光仍旧充满了爱。模糊了，星落如雨，横飞着都聚到屋角的黑影上。——

"母亲呵，别走，别走！……"

十几年来隐藏起来的爱的神情，又呈露在何彬的脸上；十几年来不见点滴的泪儿，也珍珠般散落了下来。

清香还在，白衣的人儿还在。微微的睁开眼，四面的白壁，一天的微光，屋角的几堆黑影上，送过清香来。——刚动了一动，忽然觉得有一个小人儿，蹑手蹑脚的走了出去，临到门口，还回过小脸儿来，望了一望。他是深夜的病人——是禄儿。

何彬竭力的坐起来。那边捆好了的书籍上

面，放着一篮金黄色的花儿。他穿着单衣走了过去，花篮底下还压着一张纸，上面大字纵横，借着微光看时，上面是：

> 我也不知道怎样可以报先生的恩德。我在先生门口看了几次，桌子上都没有摆着花儿。——这里有的是卖花的，不知道先生看见过没有？——这篮子里的花，我也不知道是什么名字，是我自己种的，倒是香得很，我最爱他。我想先生也必是爱他。我早就要送给先生了，但是总没有机会。昨天听见先生要走了，所以赶紧送来。
>
> 我想先生一定是不要的。然而我有一个母亲，她因为爱我的缘故，也很感激先生。先生有母亲么？她一定是爱先生的。这样我的母亲和先生的母亲是好朋友了。所以先生必要收母亲的朋友的儿子的东西。
>
> 禄儿叩上

何彬看完了，捧着花儿，回到床前，什么定力都尽了，不禁呜呜咽咽的痛哭起来。

清香还在，母亲走了！窗内窗外，互相辉映的，只有月光，星光，泪光。

早晨程姥姥进来的时候，只见何彬都穿着好了，帽儿戴得很低，背着脸站在窗前。程姥姥陪笑着问他用不用点心，他摇了摇头。——车也来了，箱子也都搬下去了，何彬泪痕满面，静默无声的谢了谢程姥姥，提着一篮的花儿，遂从此上车走了。

禄儿站在程姥姥的旁边，两个人的脸上，都堆着惊讶的颜色。看着车尘远了，程姥姥才回头对禄儿说："你去把那间空屋子收拾收拾，再锁上门罢，钥匙在门上呢。"

屋里空洞洞的，床上却放着一张纸，写着：

> 小朋友禄儿：
>
> 我先要深深的向你谢罪，我的恩德，就是我的罪恶。你说你要报答我，我还不知道我应当怎样的报答你呢！
>
> 你深夜的呻吟，使我想起了许多的往事。头一件就是我的母亲，她的爱可以使我止水似的感情，重要荡漾起来。我这十几年来，错认了世界是虚空的，人生是无意识的，爱和怜悯都是恶德。我给你那医药费，里面不含着丝毫的爱和怜悯，不过是拒绝你的呻吟，拒绝我的母亲，拒绝了宇宙和人生，拒绝了爱和怜悯。上帝呵！这是什么念头呵！
>
> 我再深深的感谢你从天真里指示我的那几句话。小朋友呵！不错的，世界上的母亲和母亲都是好朋友，世界上的儿子和儿子也都是好朋友，都是互相牵连，不是互相遗弃的。
>
> 你送给我那一篮花之先，我母亲已经先来了。她带了你的爱来感动我。我必不忘记你的花和你的爱，也请你不要忘了，你的花和你的爱，是借着你朋友的母亲带了来的！
>
> 我是冒罪丛过的，我是空无所有的，更没有东西配送给你。——然而这时伴着我的，却有悔罪的泪光，半弦的月光，灿烂的星光。宇宙间只有他们是纯洁无疵的。我要用一缕柔丝，将泪珠儿穿起，系在弦月的两端，摘下满天的星儿来盛在弦月的圆凹里，不也是一篮金黄色的花儿么？他的香气，就是悔罪的人呼吁的言词，请你收了罢。只有这一篮花配送给你！
>
> 天已明了，我要走了。没有别的话说了，我只感谢你，小朋友，再见！再见！世界上的儿子和儿子都是好朋友，我们永远是牵连着呵！
>
> 何彬草
>
> 我写了这一大段，你未必都认得都懂得；然而你也用不着都懂得，因为你懂得的，比我多得多了！又及。

"他送给我的那一篮花儿呢？"禄儿仰着黑胖的脸儿，呆呆的望着天上。

（选自《冰心代表作》，黄河文艺出版社 1986 年版）

【导读】

冰心是中国现代最重要的女作家之一。她的创作具有浓烈的个人风格，以女性视角和女性姿态书写世界，语言典雅清丽，风格清新纤柔。其小说作品多为精悍短篇，情节简单，寓意深远。

小说《超人》1921 年发表在《小说月报》第 12 卷第 4 号，被视为新文化运动中"问题小说"的代表作。这篇小说以"问题小说"特有的三段论方式展开：主人公何彬是一位信奉尼采哲学的"超人"，他固执地认为"世界是虚空的，人生是无意识的"；接着，小说通过何彬一个偶然的际遇反驳了这个观点；最后，何彬改变了看法，认识到“世界上的母亲和母亲都是好朋友，世界上的儿子和儿子也都是好朋友”，从此决定以“爱和怜悯”的态度对待世人。通过描写何彬思想意识的转变，作者指出，只有“爱和被爱”才能摆脱个人内心深处的阴暗和孤独，实现己身和世界的光明。

作品所认可的“爱和怜悯”的人生观，正是冰心“爱的哲学”思想的核心内涵。它所要解决的，是五四时期青年的人生观危机问题。这一时期，女大学生冰心感同身受地体会到了青年初涉人世时的精神痛苦，于是，她出于强烈的使命意识，出于自己坚定的“爱与怜悯”的人生信仰，着意要为青年的精神拯救寻找出路。

小说中，促使何彬改变心境的人生际遇是梦中感受到了母亲的爱。何彬梦中的母亲，是个在星光中间缓缓行走、“目光充满了爱”的白衣女子。这个美丽、年轻、慈爱的母亲形象，既说明母爱在冰心“爱的哲学”中占据着核心位置，也显示出基督教圣母形象对冰心母爱思想的影响。这一形象还说明，母性之爱，既是冰心以青年代表人的身份向外寻找的温暖力量，也是冰心作为女性代言人确立女性主体性的重要路径。

小说中，跑街的穷孩子禄儿，是促成何彬认同母爱、认同万物牵联关系的因素。这显示了冰心思想中母爱与儿童之爱的关联性，也显示了冰心思想的平民倾向。何彬的思绪中，“慈爱的母亲”形象是与“天上的繁星，院子里的花”交织在一起的，这也显示了冰心思想中的母爱与自然之爱密切相关。总之，母爱、儿童之爱、自然之爱三者共同构成了冰心的“爱的哲学”，而母爱则是其核心因素。

《超人》撷取现实生活中的一个片段，通过人物的语言和心理活动表露了冰心主张的“爱”的主题。全文清新隽永，具有诗化小说的特点，充分体现了冰心的创作风格。《超人》发表后，在读者中产生了广泛的反响。在众多评论中，茅盾以“冬芬”为笔名写的《〈超人〉附注》影响最大。他说：“谁能看了何彬的信不哭？如果有不哭的啊，他不是‘超人’，他是不懂得吧！”（李玲）

▶ 冰心《超人》拓展阅读

文　珍

——模影零篇之三

林徽因

家里在复杂情形下搬到另一个城市去，自己是多出来的一件行李。大约七岁，似乎已长大了，篁姊同家里商量接我到她处住半年，我便被送过去了。

起初一切都是那么模糊，重叠的一堆新印象乱在一处；老大的旧房子，不知有多少老老少少的人，楼，楼上憧憧的人影，嘈杂陌生的声音，假山，绕着假山的水池，很讲究的大盆子花，菜圃，大石井，红红绿绿小孩子，穿着很好看或粗糙的许多妇人围着四方桌打牌的，在空屋里养蚕的，晒干菜的，生活全是那么混乱繁复和新奇。自己却总是孤单，怯生，寂寞。积渐地在纷乱的周遭中，居然挣扎出一点头绪，认到一个凝固的中心，在寂寞焦心或怯生时便设法寻求这个中心，抓紧它，旋绕着它要求一个孩子所迫切需要的保护，温暖，和慰安。

这凝固的中心便是一个约摸十七岁年龄的女孩子。她有个苗条身材，一根很黑的发辫，扎着大红绒绳；两只灵活真叫人喜欢黑晶似的眼珠；和一双白皙轻柔无所不会的手。她叫做文珍。人人都喊她文珍，不管是梳着油光头的妇女，扶着拐杖的老太太，刚会走路的“孙少”，老妈子或门房里人！

文珍随着喊她的声音转，一会儿在楼上牌桌前张罗，一会儿下楼穿过廊子不见了，又一会儿是哪个孩子在后池钓鱼，喊她去寻钓竿，或是另一个迫她到园角攀摘隔墙的还不熟透的桑葚。一天之中这扎着红绒绳的发辫到处可以看到，跟着便是那灵活的眼珠。本能的，我知道我寻着我所需要的中心，和骆驼在沙漠中望见绿洲一样。清早上寂寞地踱出院子一边望着银红阳光射在藤萝叶上，一边却盼望着那扎着红绒绳的辫子快点出现。凑巧她过来了；花布衫熨得平平的，就有补的地方，也总是剪成如意或桃子等好玩的式样，雪白的袜子，青布的鞋，轻快地走着路，手里持着一些老太太早上需要的东西，开水，脸盆或是水烟袋，看着我，她就和蔼亲切地笑笑：

“怎么不去吃稀饭？”

难为情地，我低下头。

“好吧，我带你去。尽怕生不行的呀！”

感激的我跟着她走。到了正厅后面，（两张八仙桌上已有许多人在吃早饭）她把东西放在一旁，携着我的手到了中间桌边，顺便地喊声：“五少奶，起得真早。”等五少奶转过身来，便更柔声地说：“小客人还在怕生呢，一个人在外边吹着，也不进来吃稀饭！”于是把我放在五少奶旁边方凳上，她自去大锅里盛碗稀饭，从桌心碟子里挟出一把油炸花生，拣了一角有红心的盐鸡蛋放在我面前，笑了一笑走去几步，又回头来，到我耳朵边轻轻地说：

“好好地吃，吃完了，找阿元玩去，他们早上都在后池边看花匠做事，你也去。或是到老太太后廊子找我，你看不看怎样夹燕窝？”

红绒发辮暂时便消失了。

太阳热起来，有天我在水亭子里睡着了，睁开眼正是文珍过来把我拉起来，“不能睡，不能睡，这里又是日头又是风的，快给我进去喝点热茶。”害怕的我跟着她去到小厨房，看着她拿开水冲茶，听她嘴里哼哼地唱着小调。篁姊走过看到我们便喊：“文珍，天这么热你把她带到小厨房里做什么？”我当时真怕文珍生气，文珍却笑嘻嘻地：“三少奶奶，你这位妹妹真怕生，总是一个人闷着，今天又在水亭里睡着了，你给她想想法子解解闷，这里怪难为她的。”

篁姊看看我说：“怎么不找那些孩子玩去？”我没有答应出来，文珍在篁姊背后已对我挤了挤眼，我感激地便不响了。篁姊走去，文珍拉了我的手说：“不要紧，不找那些孩子玩时就来找我好了，我替你想想法子。你喜欢不喜欢拆旧衣衫？我给你一把小剪子，我教你。”

于是面对面我们两人有时便坐在树荫下拆旧衣，我不会时她就叫我帮助她拉着布，她一个人剪，一边还同我讲故事。

指着大石井，她说：“文环比我大两岁长得顶好看了，好看的人没有好命，更可怜！我的命也不好，可是我长得老实样，没有什么人来欺侮我。”文环是跳井死的丫头，这事发生在我未来这家以前，我就知道孩子们到了晚上，便互相逗着说文环的鬼常常在井边来去。

“文环的鬼真来么？”我问文珍。

“这事你得问芳少爷去。”

我怔住不懂，文珍笑了，“小孩子还信鬼么？我告诉你，文环的死都是芳少爷不好，要是有鬼她还不来找他算账，我看，就没有鬼，文环白死了！”我仍然没有懂，文珍也不再往下讲了，自己好像不胜感慨的样子。

过一会儿她忽然说：

“芳少爷讲书倒讲得顶好了，我替你出个主意，等他们早上讲诗的时候，你也去听。背诗挺有意思的，明天我带你去听。”

到了第二天她果然便带了我到东书房去听讲诗。八、九个孩子看到文珍进来，都看着芳哥的脸。文珍满不在乎地坐下，芳哥脸上却有点两样，故作镇定地向着我说：

“小的孩子，要听可不准闹。”我望望文珍，文珍抿紧了嘴不响，打开一个布包，把两本唐诗放在我面前，轻轻地说：“我把书都给你带来了。”

芳哥选了一些诗，叫大的背诵，又叫小的跟着念；又讲李太白怎样会喝酒的故事。文珍看我已经很高兴地在听下去，自己便轻脚轻手地走出去了。此后每天我学了一两首新诗，到晚上就去找文珍背给她听，背错了她必提示我，每背出一首她还替我抄在一个本子里——如此文珍便做了我的老师。

五月节中文珍裹的粽子好，做的香袋更是特别出色，许多人便托她做，有的送她缎面鞋料，有的给她旧布衣衫，她都一脸笑高兴地接收了。有一天在她屋子里玩，我看到她桌子上有个古怪的纸包；我问她里边是些什么，她也很稀奇地说连她都不知道。我们两人好奇地便一同打开看。原来里边裹着是一把精致的折扇，上面画着两三朵菊花，旁边细细地写着两行诗。

“这可怪了，”她喊了起来，接着眼珠子一转，仿佛想起什么了，便轻声地骂着，“鬼送来的！”

听到鬼，我便联想到文环，忽然恍然，有点明白这是谁送来的！我问她可是芳哥？她望着我看看，轻轻拍了我一下，好脾气地说：“你这小孩子家好懂事，可是，”她转了一个口吻，“小孩子家太懂事了，不好的。”过了一会儿，看我好像很难过，又笑逗着我：“好娇气，一句话都吃不下去！轻轻说你一句就值得掀着嘴这半天！以后怎做人家儿媳妇？”我羞红了脸便和她闹，半懂不懂地大声念扇子上的诗。这下她可真急了，把扇子夺在手里说：“你看我稀罕不稀罕爷们的东西！死了一个丫头还不够呀？”一边说一边狠狠地把扇子撕个粉碎，伏在床上哭起来了。

我从来没有想到文珍会哭的，这一来我慌了手脚，爬在她背上摇她，一直到自己也哭了，她才回过头来说："好小姐，这是怎么闹的，快别这样了。"替我擦干了眼泪，又哄了我半天。一共做了两个香包才把我送走。

在夏天有一个薄暮里大家都出来到池边乘凉看荷花，小孩子忙着在后园里捉萤火虫，我把文珍也拉去绕着假山竹林子走，一直到了那扇永远锁闭着的小门前边。阿元说那边住的一个人家是革命党，我们都问革命党是什么样子。要爬在假山上面往那边看。文珍第一个上去，阿元接着把我推上去。等到我的脚自己能立稳的时候，我才看到隔壁院里一个剪发的年轻人，仰着头望着我们笑。文珍急着要下来，阿元却正挡住她的去路。阿元上到山顶冒冒失失地便向着那人问："喂，喂，我问你，你是不是革命党呀?"那人皱一皱眉又笑了笑，问阿元敢不敢下去玩，文珍生气了说阿元太顽皮，自己便先下去把我也接下去走了。

过了些时，我发现这革命党邻居已同阿元成了至交，时常请阿元由墙上过去玩，他自己也越墙过来同孩子们玩过一两次。他是个东洋留学生，放暑假回家的，很自然地我注意到他注意文珍，可是一切事在我当时都是一片模糊，莫明其所以的。文珍一天事又那么多，有时被孩子们纠缠不过，总躲了起来在楼上挑花做鞋去，轻易不见她到花园里来玩的。

可是忽然间全家里空气突然紧张，大点的孩子被二少奶老太太传去问话；我自己也被篁姊询问过两次关于小孩子们爬假山结交革命党的事，但是每次我都咬定了不肯说有文珍在一起。在那种大家庭里厮混了那么久，我也积渐明白做丫头是怎样与我们不同，虽然我却始终没有看到文珍被打过。

经过这次事件以后，文珍渐渐变成沉默，没有先前活泼了。多半时候都在正厅耳房一带，老太太的房里或是南楼上，看少奶奶们打牌。仅在篁姊生孩子时，晚上过来陪我剪花样玩，帮我写两封家信。看她样子好像很不高兴。

中秋前几天阿元过来，报告我说家里要把文珍嫁出去，已经说妥了人家，一个做生意的，长街小钱庄里管账的，听说文珍认得字，很愿意娶她，一过中秋便要她过门，我一面心急文珍要嫁走，却一面高兴这事的新鲜和热闹。

"文珍要出嫁了!"这话在小孩子口里相传着。但是见到文珍我却没有勇气问她。下意识地，我也觉到这桩事的不妙；一种黯淡的情绪笼罩着文珍要被嫁走的新闻上面。我记起文珍撕扇子那一天的哭，我记起我初认识她时她所讲的文环的故事，这些记忆牵牵连连地放在一起，都似乎叫我非常不安。到后来我忍不住了，在中秋前两夜大月亮和桂花香中看文珍正到我们天井外石阶上坐着时，上去坐在她旁边，无暇思索地问她：

"文珍，我同你说。你真要出嫁了么?"

文珍抬头看看树枝中间月亮：

"她们要把我嫁了!"

"你愿意么?"

"什么愿意不愿意的，谁大了都得嫁不是?"

"我说是你愿意嫁给那么一个人家么?"

"为什么不?反正这里人家好，于我怎么着?我还不是个丫头，穿得不好，说我不爱体面，穿得整齐点，便说我闲话，说我好打扮，想男子!……说我……"

她不说下去，我也默然不知道说什么。

"反正，"她接下去说，"丫头小的时候可怜，好容易捱大了，又得遭难!不嫁老在那里磨着，嫁了不知又该受些什么罪!活该我自己命苦，生在凶年……亲爹嬷背了出来卖给人家!"

我以为她又哭了，她可不，忽然立了起来，上个小山坡，颠起脚来连连折下许多桂花枝，拿在手里嗅着。

"我就嫁!"她笑着说，"她们给我说定了谁，我就嫁给谁!管他呢，命要不好，遇到一个醉汉打死了我，不更干脆?反正，文环死在这井里，我不能再在他们家上吊!这个那个都待我好，可是我可伺候够了，谁的事我不做一堆?不待我好，难道还要打我?"

"文珍，谁打过你?"我问。

"好，文环不跳到井里去了么，谁现在还打人?"她这样回答，随着把手里桂花丢过一个墙头，想了想，笑起来。我是完全地莫名其妙。

"现在我也大了，闲话该轮到我了，"她说了又笑，"随他们说去，反正是个丫头，我不怕!……我要跑就跑，跟卖布的，卖糖糕的，卖馄饨的，担臭豆腐挑子沿街喊的，出了门就走了!谁管得了我?"她放声地咭咭呱呱地大笑起来，两只手拿我的额发辫着玩。

我看她高兴，心里舒服起来。寻常女孩子家自己不能提婚姻的事，她竟说要跟卖臭豆腐的跑了，我暗暗稀罕她说话的胆子，自己也跟着说疯话：

“文珍，你跟卖馄饨的跑了，会不会生个小孩子也卖馄饨呀？”

文珍的脸忽然白下来，一声不响。

××钱庄管账的来拜节，有人一直领他到正院里来，小孩们都看见了。

这人穿着一件蓝长衫，罩一件青布马褂，脸色乌黑，看去真像有了四十多岁，背还有点驼，指甲长长的，两只手老筒在袖里，顽皮的大孩子们眼睛骨碌碌地看着他，口上都在轻轻地叫他新郎。

我知道文珍正在房中由窗格子里可以看得见他，我就跑进去找寻，她却转到老太太床后拿东西，我跟着缠住，她总一声不响。忽然她转过头来对我亲热的一笑，轻轻地，附在我耳后说，“我跟卖馄饨的去，生小孩，卖小馄饨给你吃。”说完噗嗤地稍稍大声点笑。我乐极了就跑出去。但所谓“新郎”却已经走了，只听说人还在外客厅旁边喝茶，商谈亲事应用的茶礼，我也没有再出去看。

此后几天，我便常常发现文珍到花园里去，可是几次，我都找不着她，只有一次我看见她从假山后那小路回来。

“文珍你到哪里去？”

她不答应我，仅仅将手里许多杂花放在嘴边嗅，拉着我到池边去说替我打扮个新娘子，我不肯，她就回去了。

又过了些日子我家来人接我回去，晚上文珍过来到我房里替篁姊收拾我的东西。看见房里没有人，她把洋油灯放低了一点，走到床边来同我说：

“我以为我快要走了，现在倒是你先去，回家后可还记得起来文珍？”

我眼泪挂在满脸，抽噎着说不出话来。

“不要紧，不要紧。”她说，“我到你家来看你。”

“真的么？”我伏在她肩上问。

“那谁知道！”

“你是不是要嫁给那钱庄管账的？”

“我不知道。”

“你要嫁给他，一定变成一个有钱的人了，你真能来我家么？”

“我也不知道。”

我又哭了。文珍摇摇我，说：“哭没有用的，我给你写信好不好？”我点点头，就躺下去睡。

回到家后我时常盼望着文珍的信，但是她没有给我信。真的革命了，许多人都跑上海去住，篁姊来我们家说文珍在中秋节后快要出嫁以前逃跑了，始终没有寻着。这消息听到耳里同雷响一样，我说不出的牵挂、担心她。我鼓起勇气地问文珍是不是同一个卖馄饨的跑了，篁姊惊讶地问我：

“她时常同卖馄饨的说话么？”

我摇摇头说没有。

“我看，”篁姊说，“还是同那革命党跑的！”

一年以后，我还在每个革命画册里想发现文珍的情人。文珍却从没有给我写过一封信。

（选自《林徽因文集·文学卷》，百花文艺出版社 1999 年版）

【导读】

1931 年陈梦家编选《新月诗选》，林徽因是入选的 18 位诗人之一，于是林徽因通常被视为“新月派”成员。而林徽因的另一个文学身份，则是由学院派精英组成的“京派作家”。1936 年，她受邀主持编选《大公报·文艺丛刊小说选》（第 1 集），并任朱光潜主编的《文学杂志》编委。京派的后起之秀萧乾甚至称她为“京派的灵魂”。

作为京派小说家的林徽因，留给读者的作品只有六个短篇，即《窘》《九十九度中》以及总题为《模影零篇》的四篇作品：《钟绿》《吉公》《文珍》和《绣绣》。这些作品创作于 20 世纪 30 年代，发表在《新月》《学文》和《大公报·文艺副刊》等刊物上，篇幅合计不足六万字。林徽因的小说虽然在数量和影响上难以与其他京派小说家相比，但在艺术上可圈可点，不失为珍品。

林徽因在《文艺丛刊·小说选题记》中说：“作品最主要处是诚实……需诚实于作者客观所明了，主观所体验的生活。”从这一创作思想出发，她既着笔于自己所熟悉的知识分子圈的生活，又突破局限去关注圈子以外的大千世界，描写自己在理智上能明了，在感情上能体验得出的世态人情。

在《模影零篇》中，林徽因从年少时的生活记忆里撷取零散断片，在追怀和记忆中叙写普通人带有传奇色彩的人生故事，刻画了一个个令人难忘的艺术形象。作品中，以孩子的目光看到的旧式大家庭的生活剪影，体现着鲜明的时代地域特征，透露出老北京日常生活的真实质感。正是借助对具体情景中的生命历程的展示，林徽因传递着京派作家“纯美”的理想追求，发掘和呼唤美好的人性与人情，同时也将对现实的文化批判融入其间。如果说，她的更为知名的小说《九十九度中》在追求艺术完美形式和构架的营造上以“平民生活镜头剪辑”的形式借鉴了西方现代主义文学经验的话，那么，《模影零篇》中的作品则更多地体现出林徽因对中华民族文学传统的承续。她将传统的志人传奇手法与现代的“自叙传”形式相调和，形成了小说的诗化、散文化韵味。

小说以第一人称“我”的叙述者身份追溯童年往事。虽以人物为着笔的起点，甚至作品题目也以主人公的名字命名，却又突破了以故事或人物为主导建构叙事内容的结构定式，而是用“我”的意绪来引领作品的情节自然展开。作者笔下，昔日的印象、生活的断片、追怀的情感仿佛不由自主地流淌。正是在看似随意又充满韵致的抒写中，小说结构形态的“自然”与叙事的“诚实”达到了契合；作者的思想和情感趋向通过文本完整地传达出来，可以说是生动形象地呈现了林徽因的文学观。

这里选录的《模影零篇》中的第三篇作品，讲述了少女文珍的故事。“我”七岁时曾在篁姊家寄居半年多，篁姊家的丫环文珍是一个约摸十七岁的女孩子。在混乱繁复的大家庭生活中，“文珍随着喊她的声音转”，楼上楼下忙个不停。当寄人篱下的“我”感到孤单寂寞时，便视文珍为“我所需要的中心，和骆驼在沙漠中望见绿洲一样”。文珍和蔼亲切地照顾“我”的起居，同“我”面对面地坐在树荫下做针线，带“我”到东书房去听讲诗……她给了我“所迫切需要的保护，温暖，和慰安”。小说以纯粹自然的笔调叙写“我”与文珍的友谊，表现了醇厚、善良、美好的人性。与此同时，作者还以寥寥数笔，间接写出文珍不愿屈从命运安排、勇于抗争的精神：“我”听说家里要把文珍嫁出去，已经说妥了人家，而曾目睹过同伴不堪少爷凌辱而跳井身亡的文珍，对自己的命运有清醒的认识，在快要出嫁以前，她逃跑了。“我”还听说，文珍是同那住在后院的“革命党”跑的。小说以文珍的不知去向作结，故事的讲述戛然而止，令读者感到意犹未尽，怅然若失。这样的描写符合五四觉醒女性抗争所面临的严峻形势，也体现出作者对小说意蕴和技法的经营和思考。

“文珍”形象的塑造，体现出林徽因女性意识的多重性。文珍美丽善良，精于女红，洁身自好，具有中国传统女性的美德，但同时也接受了五四新思想的熏陶，有着反叛、抗争的革命气息，不甘于接受包办婚姻，勇于追求自己的幸福。从她身上，可以看到古典气质和现代反传统思想的融合，也可以体会到林徽因隐藏在含蓄、节制、宁静的叙述背后的情感波澜和思想矛盾。这种“静中有动”，恰是林徽因小说创作的独到之处。（刘堃）

▶ 林徽因《文珍——模影零篇之三》拓展阅读

我在霞村的时候（节选）

丁　玲

在房门口我握住了这并不熟识的人的手了。她的手滚烫，使我不能不略微吃惊。她跟着阿桂爬上炕去时，在她的背上，长长的垂着一条发辫。

这间使我感到非常沉闷的窑洞，在这新来者的眼里，却很新鲜似的，她用满有兴致的眼光环绕地探视着。她身子稍稍向后仰地坐在我的对面，两手分开撑住她坐的铺盖上，并不打算说什么话似的，最后便把眼光安详地落在我的脸上了。阴影把她的眼睛画得很长，下巴很尖。虽在很浓厚的阴影之下的眼睛，那眼珠却被灯光和火光照得很明亮，就像两扇在夏天的野外屋宇里洞开的窗子，是那么坦白，没有尘垢。

我也不知道如何来开始我们的谈话，怎么能不碰着她的伤口，不会损害到她的自尊心。我便先从缸子里倒了一杯已经热了的茶。

“你是南方人吧？我猜你是的，你不像咱们省里的人。”倒是贞贞先说了。

“你见过很多南方人么？”我想最好随她高兴说什么我就跟着说什么。

“不，”她摇着头，仍旧盯着我瞧，“我只见过几个，总是有些不同。我喜欢你们那里人，南方的女人都能念很多很多的书，不像咱们，我愿意跟你学，你教我好么？”

我答应她之后忽的她又说了：“日本的女人也都会念很多很多书，那些鬼子兵都藏得有几封写得漂亮的信：有的是他们的婆姨来的，有的是相好来的，也有不认识的姑娘们写信给他们，还夹上一张照片，写了好些肉麻的话，也不知道她们是不是真心，总哄得那些鬼子当宝贝似的揣在怀里。”

“听说你会说日本话，是么？”

在她脸上轻微地闪露了一下羞赧的颜色，接着又很坦然的说下去：“时间太久了，跑来跑去一年多，多少就会了一点儿，懂得他们说话很有好处。”

“你跟着他们跑了很多地方么？”

“不是老跟着一个队伍跑的，人家总以为我做了鬼子官太太，享富贵荣华，实际我跑回来过两次，连现在这回是第三次了。后来我是被派去的，也是没有办法，我在那里熟，工作重要，一时又找不到别的人。现在他们不再派我去了，要替我治病。也好，我也挂牵我的爹娘，回来看看他们。可是娘真没有办法，没有儿女是哭，有了儿女还是哭。”

“你一定吃了很多的苦吧。”

“她吃的苦真是想也想不到，”阿桂露出一副难受的样子，像要哭似的，“做了女人真倒霉，贞贞你再说吧。”她更挤拢去，紧靠她身边。

“苦么，”贞贞像回忆着一件辽远的事一样，“现在也说不清，有些是当时难受，于今想来也没有什么；有些是当时倒也马马虎虎的过去了，回想起来却实在伤心呢，一年多，日子也就过去了。这次一路回来，好些人都奇怪地望着我。就说这村子的人吧，都把我当一个外路人，也有亲热我的，也有逃避我的。再说家里几个人吧，还不都一样，谁都偷偷地瞧我，没有人把我当原来的贞贞看了。我变了么，想来想去，我一点也没有变，要说，也就心变硬一点罢了。人在那种地方住过，不硬一点心肠还行么，也是因为没有办法，逼得那么做的哪！”

一点有病的样子也没有，她的脸色红润，声音清晰，不显得拘束，也不觉得粗野。她并不含一点夸张，也使人感觉不到她有什么牢骚，或是悲凉的意味，我忍不住要问到她的病了。

“人大约总是这样，哪怕到了更坏的地方，还不是只得这样，硬着头皮挺着腰肢过下去，难道死了不成？后来我同咱们自己人有了联系，就更不怕了。我看见日本鬼子吃败仗，游击队四处活动，人心一天天好起来，我想我吃点苦，也划得来，我总得找活路，还要活得有意思，除非万不得已。所以他们说要替我治病，我想也好，治了总好些。这几天病倒不觉得什么了，路过张家驿时，住了两天，他们替我打了两次药针，又给了一些药我吃。只有今年秋天的时候，那才厉害，人家说我肚子里面烂了，又赶上有一个消息要立刻送回来，找不到一个能代替的人，那晚上摸黑我一个人来回走了三十里，走一步，痛一步，只想坐着不走了。要是别的不关紧要的事，我一定不走回去了，可是这不行哪，唉，又怕被鬼子认出来，又怕误了时间，后来整整睡了一个星期，才又拖着起了身。一条命要死好像也不大容易，你说是么？”

她并没有等我的答复，却又继续说下去了。

有的时候，她停顿下来，在这时间，她也望望我们，也许是在我们脸上找点反应，也许她只是思索着别的。看得出阿桂是比贞贞显得更难受，阿桂大半的时候沉默着，有时说几句话，她说的话总只为的传达出她的无限的同情，但她沉默时，却更显得她为贞贞的话所震慑住了，她的灵魂在被压抑，她感受了贞贞过去所受的那些苦难。

我以为那说话的人丝毫没有想到要博得别人的同情，纵是别人正为她分担了那些罪过，她似乎也没有感觉到，同时也正因为如此，就使人觉得更可同情了。如果她说起她这段历史的时候，并不是像现在这样，心平气和，甚至使你以为她是在说旁人那样，那是宁肯听她哭一场，哪怕你自己也陪着她哭，都是觉得好受些的。

后来阿桂倒哭了，贞贞反来劝她。我本有许多话准备同贞贞说的，也说不出口了，我愿意保持住我的沉默。当她走后，我强制自己在灯下读了一个钟头的书，连睡得那么邻近的阿桂，也不看她一眼，或问她一句，哪怕她老是翻来覆去的睡不着，一声一声地叹息着。

以后贞贞每天都来我这里闲谈，她不只是说她自己，也常常很好奇地问我许多那些不属于她的生活中的事。有时我的话说得很远，她便显得很吃力地听着，却是非常要听的。我们也一同走到村底下去，年轻人都对她很好；自然都是那些活动分子。但像杂货店老板那一类的人，总是铁青着脸孔，冷冷地望着我们，他们嫌厌她，卑视她，而且连我也当着不是同类的人的样子看待了。尤其那一些妇女们，因为有了她才发生对自己的崇敬，才看出自己的圣洁来，因为自己没有被敌人强奸而骄傲了。

阿桂走了之后，我们的关系就更密切了，谁都不能缺少谁似的，一忽儿不见就会彼此挂念。我喜欢那种有热情的，有血肉的，有快乐、有忧愁、又有明朗的性格的人，而她就正是这样。我们的闲谈常常占去了很多时间，我总以为那些谈天，于我的学习和修养，都是非常有帮助的。可是日子一天天过去，贞贞对我并不完全坦白的事，竟被我发觉了；但我绝不会对她有一丝怨恨的，而且我将永远不去触她这秘密，每个人一定有着某些最不愿告诉人的东西深埋在心中，这是指属于私人感情的事，既与旁人毫无关系，也不会有关系于她个人的道德的。

到了我快走的那几天，贞贞忽然显得很烦躁，并没有什么事，也不像打算要同我谈什么的，却很频繁的到我屋子里来，总是心神不宁的，坐立不安的，一会儿又走了。我知道她这几天吃得很少，甚至常常不吃东西。我问过她的病，我清楚她现在所担受的烦扰，决不只是肉体上的。她来了，有时还说几句毫无次序的话；有时似乎要求我说一点什么，做出一副要听的神气。但我也看得出她在想一些别的，那些不愿让人知道的，她是正在掩饰着这种心情，装出无所谓的样子。

有两次，我看见那显得很精悍的年轻小伙子从贞贞母亲的窑中出来，我曾把他给我的印象和贞贞一道比较，我以为我非常同情他，尤其当现在的贞贞被很多人糟蹋过，染上了不名誉的、难医的病症的时候，他还能耐心的来看她，向她的父母提出要求，他不嫌弃她，不怕别人笑骂。他一定觉得她这时更需要他，他明白一个男子在这样的时候对他相好的女人所应有的气概和责任。而贞贞呢，虽说在短短的时间中，找不出她有很多的伤感和怨恨，她从没有表示过她希望有一个男子来要她，或者就说是抚慰吧；但我也以为因为她是受过伤的，正因为她受伤太重，所以才养成她现在的强硬，她就有了一种无所求于人的样子。可是如果有些爱抚，非一般同情可比的怜惜，去温暖她的灵魂是好的。我喜欢她能哭一次，找到一个可以哭的地方去哭一次。我希望我有机会吃到这家人的喜酒，至少我也愿意听到一个喜讯再离开。

“然而贞贞在想着一些什么呢？这是不会拖延好久，也不应成为问题的。”我这样想着，也就不多去思索了。

刘二妈，她的小媳妇、小姑娘也来过我房子，估计她们的目的，无非想来报告些什么，有时也说一两句。但我总不给她们说话的机会，我以为凡是属于我朋友的事，如若朋友不告诉我，我又不直接问她，却在旁人那里去打听，是有损害于我的朋友和我自己，也是有损害于我们的友谊的。

就在那天黄昏的时候，院子里又热闹起来了，人都聚集在那里走来走去，邻舍的人全来了，他们交头接耳的，有的显得悲戚，也有的满感兴趣的样子。天气很冷，他们好奇的心却很热，他们在严寒底下耸着肩，弓着腰，笼着手，他们吹着气，在院子中你看我，我看你，好像在探索着很有趣的事似的。

开始我听见刘大妈的房子里有些吵闹的声音，接着刘大妈哭了。后来还有男人哭的声音，我想是贞贞的父亲吧。接着又有摔碗的声音，我忍不住，分开看热闹的人冲进去了。

“你来的很好，你劝劝咱们贞贞吧。”刘二妈把我扯到里边去。

贞贞把脸藏在一头纷乱的长发里，望得见两颗狰狰的眼睛从里边望着众人。我走到她旁边便站住了。她似乎并没有感觉我的到来，或者也把我当作一个毫不足以介意的敌人之一罢了。她的样子完全变了，几乎使我不能在她的身上回想起一点点那些曾属于她的洒脱、明朗、愉快，她像一个被困的野兽，她像一个复仇的女神，她憎恨着谁呢，为什么要做出那么一副残酷的样子？

“你就这样的狠心，全不为娘老子着想，你全不想想这一年多来我为你受的罪……”刘大妈在炕上一边捶着一边骂，她的眼泪像雨点一样，有的落在炕上，有的落在地上，还有的就顺着脸往下流。

有好几个女人围着她，扯着她，她们不准她下炕来。我以为一个人当失去了自尊心，一任她的性情疯狂下去的时候，真是可怕。我想告诉她，你这样哭是没有用的，同时我也明白在这时是无论什么话都不会有效果的。

老头子显得很衰老的样子，他垂着两手，叹着气。夏大宝坐在他旁边，用无可奈何的眼光望着两个老人。

“你总得说一句呀，你就不可怜可怜你的娘么？……”

“路走到尽头总要转弯的，水流到尽头也要转弯的，你就没有一点弯转么？何苦来呢？……”

一些女人们就这样劝贞贞。

我看出这事是不会如大家所希望的了。贞贞早已表示不要任何人可怜她，她也不可怜任何人。她是早已有决定，没有转弯的，要说赌气，就算赌气吧。她现在是咬紧了牙关要坚持下去的神情。

她们听了我的劝告，请贞贞到我的房里边去休息，一切问题到晚上再谈。于是我便领着贞贞出来了。可是她并没有到我的房中去，她向后山上跑了。

“这娃儿心事大呢！……”

“哼，瞧不起咱乡下人了……”

“这种破铜烂铁，还搭臭架子，活该夏大宝倒霉……”

聚集在院子中的人们纷纷议论着，看看已经没有什么好看的了，便也散去了。

我在院子中踌躇了一会，便决计到后山去。山上有些坟堆，坟周围都是松树，坟前边有些断了的石碑，一个人影也没有，连落叶的声音都没有。我从这边穿到那边，我叫着贞贞的名字，似乎有点回声，来安慰一下我的寂寞，但随即更显得万山的沉静，天边的红霞已经退尽了，四周围浮上一层寂静的、烟似的轻雾，绵延在远近的山的腰边。我焦急，我颓然坐在一块碑上，我盘旋着一个问题：再上山去呢，还是在这里等她呢？我希望我能替她分担些痛苦。

我看见一个影子从底下上来了，很快我便认识出就是夏大宝。我不做声，希望他没有看见我，让他直到上面去吧。但是他却在朝我走来。

“你找了么？我到现在还没有看见她。”我不得不向他打个招呼。

他走到我面前，就在枯草地上坐下去。他沉默着，眼望着远方。

我微微有些局促。他的确还很年轻呢，他有两条细细的长眉，他的眼很大，现在却显得很呆板，他的小小的嘴紧闭着，也许在从前是很有趣的，但现在只充满着烦恼，压抑住痛苦的样子，他的鼻是很忠厚的，然而却有什么用？

“不要难受，也许明天就好了，今天晚上我定要劝她。”我只好安慰他。

“明天，明天，……她永远都会恨我的，我知道她恨我……”他的声音稍稍的有点儿哑，是一个沉郁的低音。

“不，她从没有向我表示过对人有什么恨。”我搜索着我的记忆，我并没有撒谎。

“她不会对你说的，她不会对任何人说的，她到死都不饶恕我的。”

“为什么她要恨你呢？”

“当然罗……”忽的他把脸朝着我，注视着我，“你说，我那时不过是一个穷小子，我能拐着她逃跑么？是不是我的罪？是么？”

他并没有等到我的答复就又说下去了，几乎是自语：“是我不好，还能说是我对么，难道不是我害了她么？假如我能像她那样有胆子，她是不会……”

“她的性格我懂得，她永远都要恨我的。你说，我应该怎样？她愿意我怎样？我如何能使她快乐？我这命是不值什么的，我在她面前也还有点用处么？你能告诉我么？我简直不知我应该怎样才好，唉，这日子真难受呀！还不如让鬼子抓去……”他不断的喃喃下去。

当我邀他一道回家去的时候，他站起来同我走了几步，却又停住了，他说他听见山上有声音。我只好鼓励他上山去，我直望到他的影子没入更厚的松林中去，才踏上回去的路，天色已经快要全黑了。

这天晚上我虽然睡得很迟，却没有得着什么消息，不知道他们怎样过的。

等不到吃早饭，我把行李都收拾好了。马同志答应今天来替我搬家。我已准备回政治部去，并且回到延安去；因为敌人又要大举“扫荡”了，我的身体不准许我再留在这里，莫主任说无论如何要先把这些伤病员送走。我的心却有些空荡荡的，坚持着不回去么？身体又累着别人；回去么？何时再来呢？我正坐在我的铺上沉思着的时候，我觉得有人悄悄的走进我的窑洞。

她一耸身跳上炕来坐在我的对面了，我看见贞贞脸上稍稍的有点浮肿，我去握着那只伸在火上的手，那种特别使我感觉刺激的烫热又使我不安了，我意识到她有着不轻的病症。

“贞贞！我要走了，我们不知何时再能相会，我希望，你能听你娘……”

“我就是来告诉你的，”她一下就打断了我的话，“我明天也要动身了。我恨不得早一天离开这家。”

“真的么？”

“真的！”在她的脸上那种特有的明朗又显出来了。“他们叫我回……去治病”。

“呵！”我想我们也许要同道的，“你娘知道了么？”

"不，还不知道，只说治病，病好了再回来，她一定肯放我走的，在家里不是也没有好处么？"

我觉得她今天显得稀有的平静。我想起头天晚上夏大宝说的话了。我冒昧的便问她道：

"你的婚姻问题解决了么？"

"解决，不就是那么么？"

"是听娘的话么？"我还不敢说出我对她的希望，我不愿想着那年轻人所给我的印象，我希望那年轻人有快乐的一天。

"听她们的话，我为什么要听她们的话，她们听过我的话么？"

"那末，你果真是和她们赌气么？"

"……"

"那末，……你真的恨夏大宝么？"

她半天没有回答我，后来她说了，说得更为平静的："恨他，我也说不上。我觉得我已经是一个有病的人了，我的确被很多鬼子糟蹋过，到底是多少，我也记不清了，总之，是一个不干净的人了。既然已经有了缺憾，就不想再有福气，我觉得活在不认识的人面前，忙忙碌碌的，比活在家里，比活在有亲人的地方好些。这次他们既然答应送我到延安去治病，那我就想留在那里学习，听说那里是大地方，学校多；什么人都可以学习的。大家扯在一堆并不会怎样好，那就还是分开，各奔各的前程。我这样打算是为了我自己；也为了旁人，所以我并不觉得有什么对不住人的地方，也没有什么高兴的地方。而且我想，到了延安，还另有一番新的气象。我还可以再重新作一个人，人也不一定就只是爹娘的，或自己的。别人说我年轻，见识短，脾气别扭，我也不辩，有些事情哪能让人人都知道呢？"

我觉得非常惊诧，新的东西又在她身上表现出来了。我觉得她的话的确值得我们研究，我当时只能说出我赞成她的打算的话。

我走的时候，她的家属在那里送我，只有她到公所里去了，也再没有看见夏大宝。我心里并没有难受，我仿佛看见了她的光明的前途，明天我将又见着她的，定会见着她的，而且还有好一阵时日我们不会分开了。果然，一走出她家的门，马同志便告诉了我关于她的决定，证实了她早上告诉我的话很快便会实现了。

一九四〇年

（选自《丁玲代表作》，黄河文艺出版社1988年版）

【导读】

在中国现代女性文学乃至20世纪文学史上，丁玲以其人生经历和创作历程占据着独特的位置。丁玲的作品中有着鲜明的女性意识，主要通过小说中的女性形象体现出来。正如王蒙所说，"她特别善于写被伤害的被误解的倔强多情多思且孤独的女性"（《我心目中的丁玲》）。

丁玲发表于1928年的成名作《莎菲女士的日记》是一篇日记体小说。作品为现代文学提供了一个全新的女性形象——具有鲜明的性别主体意识的莎菲。在"性"的意义上和"人"的意义上，莎菲追求"灵肉合一"的爱情。与冰心笔下温柔娴静的贤妻良母、庐隐笔下虚无哀伤的文艺青年相比，莎菲的特异在于拥有一种叛逆的反抗精神和积极向上的力量，是"心灵上负着时代苦闷的创伤的青年女性的叛逆的绝叫者"（茅盾《女作家丁玲》）。

但是，莎菲基于个人主义维度对社会、对时代所作的反抗失败了。与此相应，丁玲对她出版的第一个小说集《在黑暗中》的命名，显然具有象征意义。如果说当时的莎菲们仍处于"黑暗中"的时代，那么到了解放区明朗的天空下，女性的生存是否就一片光明了呢？丁玲写于40年代的小说《我在霞村的时候》就此提问并作出了回答。小说讲述一个穷人家的女孩贞贞被日本人抓去做了随军妓女，饱受凌辱。她逃脱之后，八路军又劝说她利用特殊身份重回敌营，替我方刺探情报。于是贞贞以自己的身体为代价，为抗战的胜利尽了微薄之力。然而，当贞贞带着性病重新回到村里时，除了得到原先的恋人夏大宝的同情，村里人包括她的父母都嫌弃她。于是，贞贞决定离开自己的家乡和亲人，到延安治病。

小说通过第一人称"我"来展开叙事，在"我"的所见所闻中引出贞贞的故事。文本中包含着"看"与"被看"的模式——"我"对贞贞的"看"，村里人对贞贞的"看"。此外，还有来自革命阵营内的年轻人马同志的好奇的目光以及阿桂对贞贞的惋惜。

"贞贞"是丁玲给她笔下女主人公取的名字，然而小说中让这个人物饱受困扰的正是传统的"贞节"观念，这便构成了一种强烈的反讽。作品内隐着对女性个体的价值在代表正义的价值体系下受到压抑的同情，触及了女性身体被国家民族大业征用的命运，体现了丁玲的独立思考和越轨的笔致。最终，贞贞去延安接受治病的情节安排，似是作者有意化解文本产生的女性启蒙话语与革命话语的冲突。但是，到了延安之后，难免还会遇到“新的荆棘”。对此，可参看丁玲同期的另一篇小说《在医院中》留给读者的思考。

第二次世界大战爆发前，英国著名女性主义小说家伍尔夫在她的作品《三个旧金币》中写道：“作为一个女人，我没有国家。”她是在反战的特定语境下发出这样的宣言的。伍尔夫指出，一直以来，妇女被排除在缔造民族国家的战争之外，但当战事爆发，国家却以民族大义之名，号召妇女支持。那么，民族国家对妇女来说，究竟意味着什么？她对战争的困惑，针对的是20世纪30年代妇女普遍没有获得全面的公民权利（如投票权、财产继承权等）却要承担全面的公民义务（包括支持战争、保卫国土、参与战地救援等）的矛盾。时至今日，伍尔夫立足于女性立场表达的观点仍显得相当激进，但这些理念有助于我们理解丁玲的这篇小说。也正因为这篇小说女性意识的凸显乃至触碰到民族国家话语的边界，它成为日后丁玲受到批判的“靶子”之一。今天看来，其中暗含的革命话语和女性话语之间的冲突，具有丰富的可解读性。（刘堃）

▶ 丁玲《我在霞村的时候》
拓展阅读

喜筵之后（存目）

沉　樱

【导读】

沉樱在中学和大学时代曾着迷于鲁迅和周作人翻译的日本小说，她的创作也因此受到当时流行的日本私小说的影响。好友赵清阁评价她的作品说：“文字清秀，结构轻松，取材均系人生琐事细节，有日本文学之情趣。”（《无题集》）

1928年11月，她在《大江月刊》发表处女作《回家》，以“沉（谐音陈）樱（美丽的樱花）”作为笔名。她的小说大多取材于个人恋爱婚姻与家庭生活，通过琐碎的小事反映微妙的两性心理，尤其工于对男女主人公稍纵即逝的心灵瞬间的捕捉：大龄女子对爱的渴望和多疑，在两个爱人之间摇摆的少女的情思，夫妇之间的温情与龃龉，婚外异性的相互吸引与追求等。她那简洁而隽永的文字，如一滴松香，将两性恋爱心理的剖面活生生地包裹起来，定格在一瞬间，如琥珀一般玲珑剔透而生动感人，深受当时读者的欢迎。虽然如沈从文所说，因为生活范畴和年龄的局限，她的作品“气派因生活与年龄拘束，无从展开，略嫌窄狭”（《论中国现代创作小说》），但仅凭谋篇布局与心理探查的细腻精致，仍可引人入胜。

《喜筵之后》讲述了一个“错位的爱”的故事。女主人公茜华陷在婚姻的困境中无可挣扎：丈夫对她感情淡漠，满不在乎，甚至在婚外追求别的女人。深爱丈夫的茜华束手无策，不知该如何改变这一局面，只能以怄气来表达自己的不满。一次偶然的婚宴邀请，使得她有了短暂“负气出走”的理由，于是不顾丈夫的反对冒雨前往。婚宴上茜华偶遇昔日恋人，想要勾引他以报复丈夫，无奈这个憨讷的男人实在缺乏男性的魅力，令她感到索然无趣而放弃。对比之下，茜华重新燃起了对丈夫的爱情，满心欢喜回到家，却又被丈夫一句轻佻虚伪的话泼灭了……在这个雨夜，谁也不知道茜华的心理经历多少澎湃起伏，五味杂陈，最终如一潭死水的婚姻又恢复了沉寂。

作者采用内视角观照茜华的内心世界，心理描写细致入微，展现了现代女性婚后的寂寞心境和生存困境。文中对这寂寞的感受有着形象的描述：“这生活像缚着身体的锁链，又像咬着心灵的毒蛇，茜华近来常这样感觉着。生活并非困苦，只是寂寞，寂寞的生活使茜华的心无时间歇地在承受着苦痛。”茜华没有自己的事业，没有社会交往，每天只是呆在家中无所事事，等待丈夫回家。她空虚寂寞，把生活的希望全部寄托在丈夫对她的爱上，却因为丈夫的冷暴力和出轨面临着精神寄托崩塌的危险。

现代婚姻制度在外在形式上是男女平等的一夫一妻制，但在男女两性的实际地位和心灵博弈上，女性往往处于弱势。一旦女性甘于做一个“家中的天使”，在经济上和情感上双重依赖于丈夫，实际上就是把婚姻的主导权完全让渡给了男性。小说中，丈夫肆意取笑茜华，对她没有丝毫的尊重和爱意，正是牢牢把握住了关系主导权的体现。茜华虽然反抗了丈夫，但“声音强硬不起来，头也仍然低着”，不得不把自己置于低下和服从者的地位。有趣的是，小说中设置了“昔日恋人”这样一个男性形象，虚晃一枪，读者以为茜华会跟他发生点什么，最后却发现他是作为丈夫的对比而出现的，藉由他来衬托出丈夫的魅力。于是，这个人物反而成为促使茜华回归家庭、钟情于丈夫的催化剂。

沉樱小说中女性的焦虑很大程度上来自家庭中的男性对爱情缺乏忠诚。丈夫的朝秦暮楚使渴望被爱的妻子缺乏安全感，从而产生情感上的焦虑与屈辱。茜华的丈夫经常不回家，她早就知道丈夫在追求着别的女子，“嫉妒的火焰将她的心焦灼了一般地在燃烧着。在悲恨之中她又不能抑制地对自己的男人热烈地爱着，这使她陷到更深的痛苦中”。明知道男人的欺骗和无耻，却无法停止对他的爱恋，这种爱更像是一种对情感的惯性依赖和自我欺骗的心理安慰剂。一旦爱的幻象破灭，她既没有勇气选择离开，又对现状心有不甘，就必然导致内心的焦虑和抑郁。在沉樱看来，自由的恋爱以及在此基础上建立起来的婚姻家庭，并不足以成为出走的“娜拉”们的归宿，因为这不能改变女性作为男性附属的命运。那么在婚姻制度还未解体之前，现代女性的精神出路又在何方？

沉樱在自己的现实婚姻中给出了答案。她两次经历源自丈夫移情别恋的婚变，都选择了决绝地离开。第二段婚姻结束后，她带着三个儿女出走，在教育和文学翻译事业中找到了心灵的归宿。（刘堃）

▶ 沉樱《喜筵之后》
拓展阅读

生死场（节选）

萧　红

六　刑罚的日子

房后的草堆上，温暖在那里蒸腾起了。全个农村跳跃着泛滥的阳光。小风开始荡漾田禾。夏天又来到人间，叶子上树了！假使树会开花，那么花也上树了！

房后草堆上，狗在那里生产。大狗四肢在颤动，全身抖擞着。经过一个长时间，小狗生出来。

暖和的季节，全村忙着生产。大猪带着成群的小猪喳喳的跑过，也有的母猪肚子那样大，走路时快要接触着地面，它多数的乳房有什么在充实起来。

那是黄昏时候，五姑姑的姐姐她不能再延迟，她到婆婆屋中去说：

“找个老太太来吧！觉着不好。”

回到房中放下窗帘和幔帐。她开始不能坐稳，她把席子卷起来，就在草上爬行。收生婆来时，她乍望见这房中，她就把头扭着。她说：

“我没见过，像你们这样大户人家，把孩子还要养到草上。‘压柴，压柴，不能发财。’”

家中的婆婆把席下的柴草又都卷起来，土炕上扬起灰尘。光着身子的女人，和一条鱼似的，她爬在那里。

黄昏以后，屋中起着烛光。那女人是快生产了，她小声叫号了一阵，收生婆和一个邻居的老太婆架扶着她，让她坐起来，在炕上微微的移动。可是罪恶的孩子，总不能生产，闹着夜半过去，外面鸡叫的时候，女人忽然苦痛得脸色灰白，脸色转黄，全家人不能安定。为她开始预备葬衣，在恐怖的烛光里四下翻寻衣裳，全家为了死的黑影所骚动。

赤身的女人，她一点不能爬动，她不能为生死再挣扎最后的一刻。天渐亮了。恐怖仿佛是僵尸，直伸在家屋。

五姑姑知道姐姐的消息，来了，正在探询：

“不喝一口水吗？她从什么时候起？”

一个男人撞进来，看形象是一个酒疯子。他的半面脸，红而肿起，走到幔帐的地方，他吼叫：

“快给我的靴子！”

女人没有应声，他用手撕扯幔帐，动着他厚肿的嘴唇：

“装死吗？我看看你还装死不装死！”

说着他拿起身边的长烟袋来投向那个死尸。母亲过来把他拖出去。每年是这样，一看见妻子生产他便反对。

日间苦痛减轻了些，使她清明了！她流着

大汗坐在幔帐中，忽然那个红脸鬼，又撞进来，什么也不讲，只见他怕人的手中举起大水盆向着帐子抛来。最后人们拖他出去。

大肚子的女人，仍涨着肚皮，带着满身冷水无言的坐在那里。她几乎一动不敢动，她仿佛是在父权下的孩子一般怕着她的男人。

她又不能再坐住，她受着折磨，产婆给换下她着水的上衣。门响了她又慌张了，要有神经病似的。一点声音不许她哼叫，受罪的女人，身边若有洞，她将跳进去！身边若有毒药，她将吞下去，她仇视着一切，窗台要被她踢翻。她愿意把自己的腿弄断，宛如进了蒸笼，全身将被热力所撕碎一般呀！

产婆用手推她的肚子：

“你再刚强一点，站起来走走，孩子马上就会下来的，到了时候啦！”

走过一个时间，她的腿颤颤得可怜。患着病的马一般，倒了下来。产婆有些失神色，她说：

“媳妇子怕要闹事，再去找一个老太太来吧！”

五姑姑回家去找妈妈。

这边孩子落产了，孩子当时就死去！用人拖着产妇站起来，立刻孩子掉在炕上，像投一块什么东西在炕上响着。女人横在血光中，用肉体来浸着血。

窗外，阳光洒满窗子，屋内妇人为了生产疲乏着。

田庄上绿色的世界里，人们洒着汗滴。

四月里，鸟雀们也孵雏了！常常看见黄嘴的小雀飞下来，在檐下跳跃着啄食。小猪的队伍逐渐肥起来，只有女人在乡村夏季更贫瘦，和耕种的马一般。

刑罚，眼看降临到金枝的身上，使她短的身材，配著那样大的肚子，十分不相称。金枝还不像个妇人，仍和一个小女孩一般。但是肚子膨胀起了！快做妈妈了！妇人们的刑罚快擒着她。

并且她出嫁还不到四个月，就渐渐会诅咒丈夫，渐渐感到男人是严凉的人类！那正和别的村妇一样。

坐在河边沙滩上，金枝在洗衣服。红日斜照着河水，对岸林子的倒影，随逐着红波模糊下去！

成业在后边，站在远远的地方：

“天黑了呀！你洗衣裳，懒老婆，白天你做什么来？”

天还不明，金枝就摸索着穿起衣裳。在厨房，这大肚子的小女人开始弄得厨房蒸着气。太阳出来，铲地的工人肩着锄头回来。堂屋挤满着黑黑的人头，吞饭、吞汤的声音，无纪律地在响。

中午又烧饭；晚间烧饭，金枝过于疲乏了！腿子痛得折断一般。天黑下来卧倒休息一刻。在她迷茫中坐起来，知道成业回来了！努力掀起在睡的眼睛，她问：

“才回来？”

过了几分钟，她没有得到答话。只看男人解脱衣裳，她知道又要挨骂了！正相反，没有骂，金枝感到背后温热一些，男人努力低音向她说话：

“…………”

金枝被男人朦胧着了！

立刻，那和灾难一般，跟着快乐而痛苦追来了。金枝不能烧饭。村中的产婆来了！她在炕角苦痛着脸色，她在那里受着刑罚，王婆来帮助她把孩子生下来。王婆摇着她多经验的头颅：

“危险，昨夜你们必定是不安着的。年青什么也不晓得，肚子大了，是不许那样的。容易丧掉性命！”

十几天以后金枝又行动在院中了！小金枝在屋中哭唤她。

牛或是马在不知觉中忙着栽培自己的痛苦。夜间乘凉的时候，可以听见马或是牛棚做出异样的声音来。牛也许是为了自己的妻子而角斗，从牛棚撞出来了。木杆被撞掉，狂张着，成业去拾了耙子猛打疯牛，于是又安然被赶回棚里。

在乡村，人和动物一起忙着生，忙着死……

二里半的婆子和李二婶子在地端相遇。

“啊呀！你还能弯下腰去？”

“你怎么样？”

“我可不行了呢？”

“你什么时候的日子？”

“就是这几天。”

外面落着毛毛雨。忽然二里半的家屋吵叫起来！傻婆娘一向生孩子是闹惯了的，她大声哭，她怨恨男人：

“我说再不要孩子啦！没有心肝的，这不都是你的吗？我算死在你身上！”

惹得老王婆扭着身子闭住嘴笑。过了一会傻婆娘又滚转着高声嚷叫：

“肚子疼死了，拿刀快把我肚子给割开吧！”

吵叫声中看得见孩子的圆头顶。

在这时候，五姑姑变青脸色，走进门来，她似乎不会说话，两手不住的扭绞：

“没有气了！小产了，李二婶子快死了呀!”

王婆就这样丢下麻面婆赶向打鱼村去。另一个产婆来时，麻面婆的孩子已在土炕上哭着。产婆洗着刚会哭的小孩。

等王婆回来时，窗外墙根下，不知谁家的猪也正在生小猪。

（选自萧红:《生死场》，黑龙江人民出版社1980年版）

【导读】

萧红很年轻时就进入了左翼文艺阵营，受到鲁迅等前辈作家的关爱。但即使是在左翼知识分子内部，男尊女卑的观念仍然顽固，萧红由于坚持独有的文学创作理念和“越轨的笔致”（鲁迅语）而受到压抑。身为女性，她敏感于男权文化对女性的戕害，在作品中多次表现对于受压迫女性的同情。她一生都在逃亡：先是逃脱了父亲的专制家庭，在几个薄情的男人之间辗转，接着逃避日本侵略者的铁蹄，逃避男性话语权在创作上对她的钳制。当同时代大多数左翼作家投奔延安的时候，她却选择了自我流放，独自去了香港。显然，萧红是一个有思想的作家，她由幼稚到成熟，由依靠男人到独立出走，由投身左翼文艺思潮到逐渐独立并有意识地疏离主流意识形态话语，用短暂的一生书写了一部现代女作家创作主体的生成史。

《生死场》写于1934年9月，是抗战时期“为人生”的文学的代表作之一，被鲁迅收入“奴隶丛书”，成为表现时代民族精神的经典文本。《生死场》共十七章，讲述了20世纪二三十年代哈尔滨近郊一个村庄的乡民“生”与“死”的故事。第一章《麦场》至第十章《十年》，描写了东北农民贫苦无告的日常生活。严酷的生存条件使他们连维持最基本的温饱的生理需求都得不到满足，精神世界的荒芜和残缺便成为必然。他们的行为只受自然本能的支配，像牛马一样地生活着，浑浑噩噩地忙着生与死。后七章描述了30年代初期在日寇铁蹄蹂躏下东北农民悲惨的生活状态以及渐渐苏醒的民族意识和反抗情绪。这部小说对人在特定时空中的生存状态、生存意义的思索，超出了同时代的大部分作家。不过，前十章与后七章之间，从哲学层面的生存叩问转向革命前途问题，一定程度上存在着“文本断裂”，显得有些突兀。

其中，第六章采用电影特写镜头一般的细腻笔触，摹写了麻面婆、金枝在怀孕生产时的痛苦与屈辱。章节末尾一句“窗外墙根下，不知谁家的猪也正在生小猪”，暗示着她们和生产的母畜没有任何区别，男人只是“使用”她们的身体，对她们谈不上半点尊重。作为生理功能的“生育”，成为女性唯一的“使用价值”。一旦这一功能丧失注定走向不幸。小说中的另一位女性月英因为患上瘫病无法生育，就被丈夫弃之不顾，以致病饿而死。

鲁迅曾在为《生死场》作的序中，称它是“北方人民的对于生的坚强，对于死的挣扎”的一幅“力透纸背”的图画。这一评价影响深广。不过，萧红为什么会如此着力于描述女性的生育、死亡以及病痛，还需要换一个角度的思考。当年，萧红曾为《生死场》设计了半黑、半红颜色的封面。对此，有批评家认为，触目的红色喻指抗战中人民所流的鲜血，也有评论者将其视为女人生产时流的血。这两种解读都是合理的，女性自身的生育苦难与整个民族国家的苦难，在此形成了隐喻互文的关系。

更进一步说，女性正是以自身的苦难为民族国家纾难，因为“妇女作为生物意义上的民族再生产者和文化意义上的民族价值传递者，直接进入了民族领域”（伊瓦-戴维斯《性别与民族》）。值得注意的是，小说中有金枝被男人强暴的情节；与此同时，日本侵略者正蹂躏着东北的大片土地。在此，女性的身体与民族国家之间同样构成了互喻：当侵略战争发生时，被侵略的国家如同女人的身体，而此时的女人也不再仅仅是个体的女人，而是处于弱势、被侵略者蹂躏之国家的人格化象征。萧红凝视着民族的苦难，也洞察着女性生命的深刻体验，在令人惊叹的直觉与才华的驱使下让两者相互叠加形成共振，从而达到了同时代作家难以企及的思想与艺术高度。

敏锐的女性视角，独特的悲剧性生命体验，成为萧红洞视世界的起点，也构成了她书写世界的方式。忠实于自己的性别身份与性别感觉，使她能以细腻的笔触深入通常人们在写作中难以抵达的生命隐秘之处，观照她所熟悉的乡土社会的生命形态和生存境遇，揭露和批判国民性弱点，抒写人的悲剧、女性的悲剧和具有普遍性的人类生命的悲剧，从而赋予小说浓烈而深沉的悲剧意蕴、独特而丰厚的文化内涵。另一方面，在现代中国文学史上，萧红较早地打破了传统小说单一的叙事模式，创造了一种介于小说、散文和诗之间的边缘文体，并以其个性化的超常规语言、自传式叙事方法、非情节化的结构及诗化风格，形成了别具一格的“萧红体”小说形态。(刘堃)

萧红《生死场》
拓展阅读

结婚十年（存目）

苏　青

【导读】

苏青是20世纪前半叶最受读者欢迎的女作家之一。在沦陷区的上海，与张爱玲各领风骚，双璧齐辉。如果说张爱玲的语言特征是善于营造画面感与精辟的比喻象征，兼具蕴藉之美与一针见血的犀利，那么，苏青与之相比，则更像“皇帝的新衣”故事里那个童言无忌的孩子，出于天真而率真，言人之不敢言不能言，令读者讶异而折服。比如，她在谈论五四新文学时说：“虽然他们也谈到妇女问题，提倡男女平等，替我们要求什么独立啦，自由啦，但代想代说的话能否完全符合我们心底的要求，那可又是一件事了”(《我国的女子教育》)。这说明她有着明确的性别主体意识和强烈的性别自我认同。

但即便如此，苏青也没能逃脱性别的局限性。本来她家境优越、少年聪慧，考上了国立中央大学外文系并以“做外交官”为人生理想，但只念了一年大学就因为谈恋爱、未婚先孕而不得不退学结婚了。新婚的甜蜜随着女儿的降生而一去不复返。在一连生了三个女儿之后，婆婆暗示她把最小的女儿捂死再继续生儿子。苏青闻言深恶痛绝，离开婆家，和丈夫一起去上海生活。失去家庭资助的丈夫总因为钱跟苏青吵闹，一次居然扬手打了她一巴掌，还说：“你也是知识分子，可以自己去赚钱啊!”

就是这一巴掌，打出了一个女作家。苏青积蓄了一肚子的委屈，以自身经历写了《产女》，登上了当时著名的杂志《论语》。从此一发而不可收，走上了卖文求生的道路。结婚十年之后，苏青的婚姻终于以失败告终，但这段人生经历给了她不少馈赠：除了四个孩子之外，还有《结婚十年》这本自传体小说，这是她从不幸的婚姻中磨砺出的一颗带着痛感和心灵光泽的珍珠。作者描绘和倾诉了主人公怀青结婚、求学、怀孕、生产、离婚的整个过程。其中，性爱的初体验、怀孕的惊喜、分娩的阵痛、育儿的艰辛、婚姻的波折、公婆姑嫂的矛盾纠葛，她都一无保留地与读者分享。这是现代文学史上第一次有作家以女性的口吻，细腻描写女性生命历程各个阶段的心理状态和心灵体验。在《结婚十年》里，读者看到的是独属于女性的“围城”。这里有家居生活的琐碎与乐趣，有姑嫂婆媳之间的“同性战争”，有夫妇之间的温情时刻与任性使气，还有主妇的持家之道和知识女性“不安于室”的追求和困惑。苏青把婚姻的真相剖开来给读者看，打碎自由恋爱的乌托邦，代之以令人恼火的一地鸡毛。苏青替在婚姻中苦恼着的女性道出了心声：“我觉得生命渐渐失去了光彩……”或许有太多的读者与苏青感同身受，《结婚十年》不仅成为当年最畅销的书之一，而且在1948年之前先后再版了36次。

苏青作品最鲜明的特征，就是她的女性意识和大胆直率的文风。所谓女性意识，一方面体现在女性对自身作为人，尤其是女人之价值的体悟，关注女性生存状况，多样化地表达女性的生存体验和心理情感；一方面也表现为拒绝接受男权社会对女性的传统定义和刻板规训。然而五四运动所倡导的女性意识，在强调男女平等、同工同酬，体现平权意识的同时，却忽略了性别差异。苏青对此有着清醒的认识。她坦诚地写道：“我敢说一个女子需要选举权、罢免权的程度，决不会比她需要月经期内的休息权更切；一个女人喜爱美术音乐的程度，也决不会比她喜欢孩子的笑容声音更深；……我并不是说女子一世便只好做生理的奴隶，我是希望她们能够先满足自己合理的迫切的生理需要以后，再来享受其他所谓与男人平等的权利吧!”(《第十一等人——谈男女平等》)

这看来似乎不那么“政治正确”的宣言，恰恰道出了很多“新女性”的隐痛和困惑。女性性别的“原罪”不在于生理特征，而在于男权社会对女性生理的工具化、污名化认知；女性应对来自男性的歧视与污名化的正确路径，不是掩盖遮蔽自身的性别特质去勉强充当“花木兰”“铁姑娘”，而是从思想意识、社会文化上揭露和颠覆对女性性别的污名化认知。苏青虽然没能做到这一点，但她至少有着敏锐的性别感觉，认同和尊重女性的性别特质，并用极易引起读者共鸣、通情达理的文字来向大众解释。比如谈到生育问题，她说：“女人生孩子，男人不生孩子，这是男女顶不平等的地方；女人还是要求与男子平等，大家都不生孩子呢？还是希望在生孩子的时候能够多得到些较男子更好的待遇呢？”（《第十一等人——谈男女平等》）。在她笔下，少有一般女作家的缠绵悱恻、含蓄蕴藉的少女情怀，而是有着“熟女”的泼辣精明，往往一针见血。比如她最为著名的一句改编语：“饮食男，女之大欲存焉”。又如“上流女人是痛苦的，因为男子只对她们尊敬”（《谈女人》）。当然，苏青作品的主旨仍然是“男女”。她撕开男女欢爱温情脉脉的面纱，既直指男性自私虚伪的本质，也对现代女性矫饰苍白的内心毫不留情。

客观而言，苏青的写作题材和表现范围是狭窄的。当时有位读者说她“忘了世上除这些只知有己，不知别人的太太小姐们以外，还有广大的妇女群”（溪谷《读了〈论女子交友〉后》）；评论家谭正璧也在《论苏青与张爱玲》一文中把苏、张二人与五四那一代女作家作对比，认为五四一代是向着全社会的压迫要求反抗，她们两位则把抗争限制在很小的范围，即争取个人的有限自由（情欲）方面。这确实是她们的局限，不过也不能不说是沦陷区所处特定时空和情境的产物。（刘堃）

▶ 苏青《结婚十年》
拓展阅读

金锁记（存目）

张爱玲

【导读】

张爱玲小说的艺术生命历久弥新，颇为当代读者所熟知。一方面，她的小说具有视觉化和戏剧化的特征，一些文本被后世改编为影视剧上演，传播甚广；另一方面，她深得小说探究复杂人性的精髓，作品主题和人物刻画具有穿越时空的高度概括力和直击人心的精准洞察力。

张爱玲的笔触大多集中在庸常男女的恋爱与婚姻生活上。她有意与“大时代”的战争以及民族危亡保持距离，转而专注于市民生活的烟火气和众生相，用细腻流利的笔触描画出女性在男性中心社会的夹缝中费尽心机求生的窘迫情态，揭开附在男女关系上的虚伪的温情，道破许多女性为“谋生”而“谋爱”的本质。

20 世纪 40 年代，张爱玲以小说集《传奇》博得大名。首先对张爱玲作品作出评价的是著名翻译家傅雷。他针对新文学中长期存在的忽视文学技巧的倾向，认为张爱玲的出现是个奇迹，并特别指出《金锁记》“颇有《狂人日记》中某些故事的风味，至少也该列为我们文坛最美收获之一”（《论张爱玲的小说》）。“新旧文学的糅合，新旧意境的交错，对意境精心绘制呵出一片苍凉的气氛”，是傅雷最为叹赏的张氏小说技艺。曾与张爱玲共同生活数年的胡兰成说，“她写人生的恐怖与罪恶，残酷与委屈，读她的作品的时候，有一种悲哀，同时是欢喜的，因为你和作者一同饶恕了他们，并且抚爱那受委屈的”（《评张爱玲》）。他首次将张爱玲与鲁迅并论，认为“鲁迅是尖锐地面对政治，所以讽刺谴责”，张爱玲却令“文学从政治回到人间”，一切都在崩毁的时代，“她寻求的是自由，真实而安稳的人生”。这样的评价既是一种辩解，也是“因为懂得，所以慈悲”。相形之下，谭正璧《论苏青与张爱玲》一文作出的评价并不太高。他将两位女作家与五四时代的女作家相对比，认为前辈们喊出的是社会大众的呼声，而她们只是喊出个人偏于情欲的苦闷，因而不能后来居上。尤其是张爱玲，小说题材尽管不同，气氛总是相似，主要人物的一切思想行动，不是出于疯狂的变态心理，就是专为情欲所主宰。不过，在情欲描写的背后，“在技巧方面始终下着极深的功夫”。这也正是后世许多号称“张派传人”的女作家只能约略模仿其情欲主题的皮毛，而难以继得其小说技艺的原因。

《金锁记》是张爱玲小说代表作。小说塑造了在旧式婚姻中彻底毁灭的人物——曹七巧。在新文学创作中，作家表现封建婚姻家庭悲剧时往往对女性充满同情，侧重于控诉旧式婚姻及宗法制度对女性的压抑和迫害，张爱玲却反其道而行之，将曹七巧这个受害的女性塑造成同时又加害于下一代的恶母。小说着力表现外部的生存压力如何激发了一个女人内心的阴暗和邪恶，使之一步一步走向人性的堕落。

有学者认为，张爱玲在作品中塑造了一批“女奴”群像。她笔下的女性，无论其年龄、性格、身份，“骨子里都惊人一致地拥有一颗女奴的灵魂”（于青《论张爱玲》），这一论断开了围绕张爱玲的作品进行女性主义解读之先河。曹七巧是“女奴”的代表，在她身上集中了女性“奴化、物化与兽化”的悲剧。“奴化”是男权社会婚姻制度的结果，曹七巧再聪明能干，也不可能摆脱以婚姻来换取物质生存的女性传统命运。在封建大家族里，她充分意识到金钱的重要，它几乎就是权力的等价物。于是她拼命追求金钱，将自己物化为金钱的奴隶。当人格的异化不断加深之后，她越来越远离“人道”而趋向“兽道”，甚至连“虎毒不食子”的兽道也不如，宁可用“金钱的枷角”劈死自己的儿女。如此深微透彻的刻画，使张爱玲对深不可测的人性本质的探索拥有了空前的力度。不过，学者倪文尖指出，对张爱玲小说进行类似中国传统的小说评点式鉴赏和西方新批评式的文本细读，关注其人性深度乃至人类生存哲学高度的批评，虽然有其价值意义，但也容易掩盖其作为社会历史文本的另一面。“张爱玲现象”只能发生在沦陷区的上海，战争与“败坏、苍凉”的张氏小说审美格调是一个相互生产的关系，而张爱玲对都市通俗小说的贡献，也只有在战争语境下才有其凸显的意义。

从艺术角度看，张爱玲的小说是一种“文学绘画”。她独有的审美天赋和想象力，使之能够把文字的妙思奇想随时转化为“画面”“画意”“画像”，令读者获得“通感”的享受和别样的启悟。这一艺术才能在现代女作家中是极为突出的。传统全知的叙事角度，故事情节的传奇性，参差对照的人物结构，对乱世男女精神世界的准确把握，对人性的深度剖析，繁富意象、语象的运用，为张爱玲的作品赢得了广泛的读者，使《传奇》成为雅俗共赏的艺术精品。其间，比喻和象征的运用之丰富与熟练，构成其重要的美学风格，也体现着中国现代小说艺术的进步。

在张爱玲之前，五四时期女性意识的觉醒，主要体现在女性作为独立的个体与外部世界的关系上，尤其是女性挣脱传统家庭的束缚，实现自我的人格独立和经济独立。而张爱玲在小说中对女性的精神世界作出了更为深刻的剖析。她从女性本位的立场出发，一方面在创作中对女性本体进行自觉的观照，反省女性生命的负面因素，毫不留情地揭穿女性病态的真相，另一方面对造就这种病态的社会制度和传统性别文化进行了含蓄而富于穿透力的揭示。（刘堃）

▶ 张爱玲《金锁记》
拓展阅读

鱼（节选）

梅　娘

我一人躺在床上，狠命的哭了好久，哭够了，洗完脸，便跑到公园去。初秋的太阳晒着我，我木立在池边，池里有人划船，水在船尾不安的跳动着，曳着长长的白线，白线上飘动着一枚黄了的柳叶。追随着那枚颠簸的憔悴的叶子，我仿佛看到自己的缩影，一想到明天它就将全黄而腐蚀的时候，泪便禁不住的涔涔的流出来。

仿佛在园中，爱情给我的兴奋已经一点无余，扮演着悲哀角色的预想，眼前的景况证实了它。想到刚离开的家，家好像退去了残酷的外衣，那外衣披在了两天前我还当神仙供奉的爱人身上。我感到过分的孤独，多么空旷的世界呀！我第一次疑惑了人是感情的东西。

抚摩着残花，搜集着枯草，它们都与我有着同一的命运，不久就会蚀化成泥吧！我呢，时光不久也会带了我去的，我已经从时光的齿轮中转落出来，就要落到沟壕里去的。

日暮了，苍灰的暝色掩到我的心上，瞧着哑哑的寻巢的乌鸦，我觉得家的可爱了，但我失去了它，我没有一个可以让我休息的地方。那个刚筑成的爱巢里是蹲着一只老鹰的，我的自尊心支持着我，我不能屈服的回去。

天逐渐黑了下来，夜无声息的沉重的从我身边掠过，秋凉透过了我的绸衫，在我的皮肤上撒下了冰凉的颗粒，我开始轻轻的颤抖着。

下意识的盼望你来接我，又胡乱的算计着口袋内的钱数，计算着手上的戒指，我想去觅一个旅馆，想象着怎样去度过明天的生活，我寻觅的职业，那一天会发现呢？

幽灵似的踽踽的走出园门来，我想招呼一部车子，一想到去处，一想到钱，我的话从唇边反响回去。望着跟前的灯光，我茫然的握起了小小的口袋。

一部车子急急的驶过来，在园口停住，林急急的跳了下来。

立刻，他搜寻的眼光看到了我，两步便跑了过来。

"唉呀！小亲亲，你可吓坏我了，是你能去的地方都找遍了，这儿若再见不着你，我就要报警察了，明儿府上赖我拐卖，我说破了嘴也洗不清这罪名呀！"

见了他，我已经消失了早上的怒气，剩余的只有哀怨了，我无言的接受了他的安慰。

这样，琳，我们的同居生活延续着，他，不时出去，喝酒，游逛。问急了的时候就说是为我，为了我们的不名誉的结合，人们要挟了他，要他请客。

我呢，琳，那时我才明白了生活是怎样一件艰苦的工作，我的职业一直没有着落，在我的身体中一个小小的生命在开始孕育着。我消遣我的寂寞，贪婪的读着所有的我身边的书籍，因为他的挥霍，经济拮据着，我摒除了一切娱乐，我尽力爱他，我努力做一个好的妻子。

我的身边的人们蔑笑着我，连我的朋友也说："就这么的就算了，多冤，连结婚式都没有。"我只有忍受这些蔑笑，忍受这些非难，爱的时候不容选择，留给我走的只有这一条路，我走了，"诽笑"是他们的权利，我用我的大量安慰着自己，但一想到爱也空虚了的时候，便自己流着泪。

不久，小民生了，我添了许多麻烦的工作，连点看书的时间也被夺去了，从厨房到卧室，从卧室到厨房，我的世界只有抽烟与孩子的啼哭。我的丈夫对我更一天一天的冷淡下去，常常几夜不肯回来。

我把全副的希望放在孩子身上，闷极了的时候便抱着孩子悄悄的哭。

孩子逐渐可爱了，丈夫仿佛安定了一点，他有几天按时回来，引逗着孩子，我们中间再响起了欢笑。我高兴着，在那一点短暂的甜蜜上又放上了我的全部希望。

一天，琳，那是认识你的一天了，多么美丽的初夏呀！那一天是礼拜日，我的丈夫很早的起来，装扮了自己，又帮助我收拾了孩子，他要带我们到许久未去的公园去。

在园里，在那我曾伫立过的池边，你来了，带着愉快的微笑，走近了我们。你们仿佛预先约过，是不是，琳？他介绍了你后，便让你坐在椅上，自己跑了回去。

那时，琳，我正高兴着，我觉得我重新得到了爱，我的丈夫回到了我的身边，我想着怎样去欢乐我的小小的家庭，我的悒郁的心上开放了花朵。

但你沉默着，你只简单的说了你刚到这儿来，将来要打扰的话。

我抱着孩子，孩子用柔软的小手去摸那飘飞着的柳叶，我顺从着他的意思，来回的走着，追随着那摆动的柳枝。

我们愉快的笑着。

你像心里藏了一点什么，时时偷窥我们，又时时把眼光避开去，因为初识，虽然我觉察了你的态度，我只故意的装着并不知道什么。

好久，我的丈夫才回来，他有一点慌张，他说他特意跑出去买了××戏院的票，请你一块去听刚来C城的名角××的戏。

因为有你，我没问询什么，我厌恶听戏，我的丈夫是知道的，尤其孩子是不堪戏院的喧嚣的呀！

在戏院里，你仿佛活泼了一点，你曾两次站起来，和隔着很远的人打着招呼，我的丈夫暧昧的走了出去，又暧昧的走回来，一会，他抱走了孩子。

孩子在那边突然哭了起来，我仔细的注意了孩子的方向，他正被抱在一个年老的女人的手里，我的丈夫站在那女人面前说着什么。

你看到了我脸上的不豫，故意不知道似的侧转了头，我觉到一切你们之间的蹊跷，我猜想着那位老女人，我再仔细的瞧着。

我只能看到她的背影，而且来往的人，扰乱了我的视线，我只觉得那背影我很熟习，其实我并不认识她，但她很像一个我熟识的人儿。

这时我的丈夫回来了，台上正响着大声的锣鼓，你们交换了短暂的我没听明白的话，你便告辞了走去，我的丈夫陪我坐在那儿。

我问着他，他只含糊的回答我，一会，孩子睡了，我们便离开了那喧闹的地方。

那一天晚上，我的丈夫很晚的才回来，他送我们到家之后便匆忙的走开。我的愉快的心上又蒙上了暗影，我听见了一个不好的传说，那传说说是我的丈夫早已有了太太，和家人一块住在P城的家中。我独自的忖度着白天的事情，我想一定是借你来C城的方便，他的家人随了来，叫你在我身边，以便他们看我的，后来你的话证明了我那天忖度得不差。琳，这回的事故都是以那天的事情为近因而爆发的，那个老女人是你的姑姑，我的丈夫的妈妈，她看中了我的儿子，也并不觉得我脸上有下贱相，她还没有孙子，所以愿意把我们收捡回去。

我的丈夫呢？他，他原不是怎样爱我的，琳，你别笑我，我这会才明白，才确切的知道了这件事情。他为了我们的小家庭在经济上也窘得够了，所以他愿意我回到他的家里去，他一方面可以和有权势的爸爸再和好，另一方面也可以得到再去骗一个女人的自由的。

琳，我呢？我叛逆了我的家，自以为是获得了新生，用着细嫩的小姐的手做起了一切粗事，耐心的看护孩子，摒去一切娱乐，在黯淡的灯底下寂寞的等候着丈夫。但我得到的是什么呢？我的爸爸骂我不肖，我的朋友说我胡闹，林家的人以为我不要脸。我的丈夫结过婚家里放着太太，他用他的爱情上的伎俩诱过来我，结果我得随他回去做姨太太，不那样，我就得受着蔑笑，受着责骂。我的丈夫说："细米白肉的就那么白养着你啊！"我说什么呢？女人就只有这样一个吃人家的细米白肉的地位，琳，我说不出来，夫妇的真义是什么呢？

琳，我的丈夫不愿轻易抛开我，也许是可怜我，也许是怕我反赖上他。但他又不肯听我的，我自然不会随他回去，结果就只有吵，这些天我受的剧烈的踢打都是为了这原因的。

我忙着，收拾好了屋子做饭，吃完了又是孩子，孩子睡了洗，一天直到晚，好容易有一点坐着的工夫了，他就吵。琳，我心里的苦我真不知道用怎样的话才能述说给你，我只有怨我自己，怨我自己的轻率，仔细想起来，自己也不该怨，我是人，我需要爱，我的要爱的途径只有这一条路的。

前几天，我心里还有一点光亮，那就是你，我在受尽了欺凌之后，一想到你，我的心便温暖了。我不止一次的重想着那一天，我们初吻的那一天，琳，多么甜蜜的日子呀！记得吗？琳，同样的雨呀！

你来了，那正是在我知道了我的丈夫已经有了太太的时候。那天，我哭了很久，到泪流干了的时候，便抱了孩子傻坐着，我的丈夫正回P城去，我知道没有人会光临到我的小屋子里来，便任兴奋的感情支配着，把屋子搅得一塌糊涂，仅仅扫出来床叫小民睡去。

但我听见了敲门的声音。

虽然想也许是你，但因为听说你那几天到另一个地方去了，我又不敢相信，琳，那时，我实在是盼着你的，只有你一个人没对我洒下了蔑笑，而给与了同情。

我稍稍的清理了自己，开开了门。

当我看见你时，一切的委屈都涌上心来，我是用着怎样的努力才压下去那升上来的泪水呀！

你进来，我羞涩于你看见那样的凌乱，我那时在你面前还端着架子，我竭力装着我是幸福的，我是被爱的妻子。但，那一天，一切都揭开了，在你面前，我已不想再掩饰，我想我们之间的一切，你是比我还明白的。

你站着，瞧着屋里的情况，轻轻的叹了。

"民哥今天回来吗？"站了一会，你硬找出来这样一句话问着。

我摇着我的头。

"已经这样了，珍重自己一点吧！"

好一会，你坐下，脸看着地，像对我又像对自己说。

多么温存的话呀！那久违了的温存的语调翻起了我竭力的忍住的所有悲痛，我把头藏在挂着的衣衫里，印去抑压不住的眼泪。你走过来。

琳，那时我的心是怎样的跳动着啊！我怕又希望，我预感到你会来安慰我的。

你揭开我遮在脸上的衣衫。

"芬！"你第一次叫着我的名字，"不哭了，瞧我，瞧！"你做了一个可笑的鬼脸，同时拉起来我的双手。

你的紧握的双手拂去了我心中所有的悲痛，你直视着我，一点都不动的，那眼中是燃烧着怎样的爱情啊！

那爱暖了我的心，我觉得我心中有一点什么生出来了，那是两次欲投无处的一点爱之芽。躲过你的逼视，我的心开始慌乱着，许多受过的责难和蔑笑踢打着我的神经，想到我的丈夫，心无缘由的痉挛起来。我忍不住的投到你的怀中，尽情的哭了出来。琳，那是我有生以来的最痛快的哭泣，难得的哭泣呀！

你扶起来我的头，温存的吻了我含泪的眼。

琳，就只那一吻，我已经该感激你了，那样温存的，它说给我一切爱情的甜蜜，它启示了我人与人间的温暖的关系，你记得在你的双唇下我是为感激支使得怎样战栗么？

那以后不久，我的丈夫便在我面前揭明了以往一直隐瞒着的一切。他说，他是结过婚，但那并非是他的本意，他说他的父亲是那样的震怒，为了我们的不名誉的结合。他说他后悔于自己的轻率，他应该在没和我发生关系以前遣走他的妻子。但现在晚了，一切都过去了。唯一的方法只有我归到他的家去，用我们的小孩来赎买我们的自作的孽，他的父亲是急于一见孙子的，他的那个妻子没有生育过，他们随便就可以处置了她。总归一句，他不能在外面受苦挨骂，他不能背叛他的父亲。

琳，他的话夺去了我全部的幻想和希望，以往，对他的放荡，我以着女性最大的忍耐原谅着他，我只想他是一时气愤，我并不疑惑我们之间的爱情。但他推开了我心上的窗子，叫我看清楚了外面究竟是怎样一个世界，那窗子外面的阴云，虽然我很早的就知道它是快压到了我，但我骗着我自己，我想那阴云后面就是晴朗的天，只要一阵风来，那阴云就会被吹走的。多么懦怯的我呀！

在他还没说明一切之前，在我们的爱情间，我苦恼着，一面我不能拒绝你所给与的慰藉，一面又谴责着对丈夫的不忠，所以时常在你来的时候，我怔忡着，我不敢接受你的抚慰，以至惹怒了你。

但是，琳，现在我明白了，我试着站到窗前去，我明白一切阻力都是可以抵抗的，我知道了我的丈夫给与我的是什么，我也知道了你的。我想以往我是太珍贵我自己了，在你的爱中，你只是一个富人，并没在意的扔出了你手中的面包，结果饿得要死的我拾得了，便自以为是无比的恩惠，你，琳，你并没有爱我，你只是随手的抛出了你一点闲适的感情而已，我这样说，你生气吗？

我说了许多话，你不讨厌我吗？我知道说出这些来是多么没用，但我说了，我想你是比较知道我一点的，我想解放我一点，我为我自己的自尊束缚得够了。我多傻呀！为什么我要在人前装着我丈夫是爱我的，为什么我要隐瞒着我们是没结婚就有了小孩子的事，为什么我夸耀着事实上早已和我没关系的我的家，为什么我逢人杜撰着理由证明我的丈夫是没结过婚的，我为什么一定要顺从着人们的意思而委屈着自己呢，我为什么要一般人承认我是和他们一样的人呢？

我做的事情并没有错，我需要爱，结果爱了。我要创造我自己的家，那我自然应该走出我爸爸的家，我并没有侵害谁，我并没有给谁不便，我做的，都是只有一条路可走的。我还要我自己，我就只好走这一条路，我为什么要一定依照别人的意思呢？

如果我的家不是那样逼我，我也许不会那么轻率的爱上了林省民；如果林省民不是那么欺凌着我，我也无由接受你的抚慰。但我的家是对的，林省民是对的，你那，你也是对的。不好都是我。那我担起来这不好有什么关系，我为什么斤斤于这些不必要的计较呢？说对就真的对了吗？

我不能随林省民回去做姨太太，我就只好离开他，他不能背叛他的爸爸，我却有背叛他爸爸的自由的。真正的快乐不是依赖别人所能获得的。我不能忍耐目前的生活，那就只好自己去打开另一条生活的路子。你不认为对吗，琳？

琳，今晚，你原谅我，我不否认我是一个多么渴于爱情的女人，我知道你对我的爱，我理解你几次为人蔑笑后生出来的对我关系中止的意念。你原是随意掷出你的面包来的，既然有人说扔得不对，你犯不上为这一点事情惹起公愤，不扔对你也无所谓损失。但人究竟还有感情，感情不是那么说揪就两断的东西，这也就是你今晚所以来了，也就是我迟疑着不能从林省民的怀中离去的原因。

我明白你，我知道我自己，但我不能放你走出去，我知道在暴风雨里一人独坐是什么滋味，我要那温煦的慰藉，我要一个存放我的丰盛的感情的地方。我知道我要的不是你，但我，琳，我身边只有你接近了我，我，琳，你原谅我吗，你生我气吗？你……

三十一年七月

（选自《梅娘作品集》，北方文艺出版社2017年版）

【导读】

在抗战时期的北方沦陷区文坛，梅娘是寥寥晨星之一。与其他沦陷区作家一样，宥于当时的客观环境，以及涉及政治、战争等宏大主题的经验素材匮乏，梅娘把全部注意力放在了观察和记录持久、稳定、琐碎的日常生活上面。她醉心于生活的细节和趣味，同时在作品中表达了强烈的女性意识，用细腻和饱含同情的笔调叙写战争状态下女性命运的悲苦。

梅娘意识到，生活在战乱中的女性遭受着

多重压迫。一方面，她们和底层的男人一样承受民族的屈辱和阶级的压迫，另一方面还要忍受传统根深蒂固的父权/夫权的压迫。梅娘的“水族三部曲”《鱼》《蚌》《蟹》，延续五四女性解放的思路，探讨女性在冲出“父”的家门之后出路究竟何在的问题。一些争得自由婚姻的女性步入“夫”门后，看清了婚姻的真相，选择了又一次反抗和离开，然而其后的环境更加严酷。没有婚姻身份保护的年轻女性往往成为“玩物”，再次落入男权的手掌，或者千辛万苦也难寻立锥之地。

《鱼》是梅娘书写女性生存困境的代表作。小说的女主人公芬是旧式家庭里接受了新式教育的知识女性，有着强烈的反抗意识和个性解放思想。她不甘受旧家庭的束缚，选择了“出走”。然而叛离家庭并未给她带来解放，她不期然间陷入了新的牢笼。芬在林省民的诱骗下失身，与他组建了家庭。婚后才发现，林省民其实是一个虚伪自私、冷酷暴虐的已婚男人。他用“爱情”的障眼法骗取芬的信任，只是为了给家中延续香火。在对婚姻生活绝望之际，芬爱上了有妇之夫琳。但不久就发现，琳对她的感情也只是为了排遣寂寞。面对残酷的现实，芬终于意识到，自己如同一条鱼，无法挣脱旧家庭的禁锢、不幸婚姻的牵绊、社会对妇女的轻蔑，这多方面的合力形成了无形的命运之网。作品写出了女性在不幸婚姻的两难困境中痛苦的精神状态，表现了女性在人格和情欲的双重觉醒后彷徨、压抑的心理状态和无路可走的悲惨命运。

梅娘的身世曲折坎坷。她的父亲是一个善于经营的洋行买办，“母亲”是长春镇守使之女，但其生母却是父亲的一个外室。“母亲”赶走了这个外室，对外宣称梅娘是自己所生，却从没有给小梅娘一点点温情关爱。梅娘度过了寂寞忧伤的童年，女性意识也渐渐萌芽。她十岁报考吉林市女中时，曾在试卷上写下题为《论振兴女权之好处》的作文。虽然幼稚，却是思考性别身份的开始。1937 年，梅娘和几个兄妹一起被送到日本留学，就读于东京女子大学历史系和神户女子大学家政系。但她最大的兴趣是文学，利用业余时间读了大量的日本文学作品。其中，日本近代女作家与谢野晶子对梅娘的思想和创作有着重要的影响，甚至奠定了她一生为女性呐喊的创作主题。梅娘在《我与日本文学》一文中回忆道：“我接触的第一篇日本文学，竟是周作人译成中文的与谢野晶子的《贞操论》。……随着年龄的增长，随着生母不幸一生在我心中烙下的悲惨，我对晶子提倡的贞操应该是两性共守的道德准则非常有同感，拨亮了当时社会中以女方不贞而加害女人的道德迷雾。这是日本文学给予我的第一份营养。”

与谢野晶子是明治时期的一位女诗人，发表了以《乱发》为代表的一系列肯定性爱、鼓励女性解放性爱观念的诗歌。她通过公开表达年轻女性的性爱诉求，表达了反抗男权、希求女性主导自己身体的意识，同时她的一系列关于女性解放的评论文章，也坚定地表达了对传统单方面束缚女性的“贞操观”的质疑。她从要求男女平等、肯定女性欲望合理性与身体主导权的角度，寻求着女性解放之路。

然而，梅娘通过小说《鱼》，证明了与谢野晶子的这份性别启蒙的“养料”在当时的中国“水土不服”，没有用武之地。小说主人公芬颇有几分晶子所讴歌的“情欲自主”的女性的影子。她想要自己做自己的主人，逃离父母之命的婚姻，却上当受骗，被一个有妇之夫占为外室；她想逃脱这个不名誉的婚姻，逃离自私冷漠的丈夫，却又陷于和另一个男人的欢情。表面上看，“芬”做了自己身体的主人，但实质上她没有谋生的能力，离开了男人就会像离开了水的鱼儿一样无法生存。而不离开男人，就只能做男人的玩物。由此，梅娘表达了对与谢野晶子的女性解放观的困惑：情欲的自主就是真正的女性解放吗？

相比于五四时期那些带有爱情乌托邦色彩或只是简单提出问题的小说，梅娘的这一作品显得更为深刻和切中时弊。她通过女性痛苦的心灵独白，说明只有消灭了“养”与“被养”的不平等关系，“地位同等之后，才会有真的男人和女人，才会消失了叹息和痛苦”（鲁迅《关于妇女解放》）。在写作技巧上，梅娘善于以象征手法、寓言形式，进行隐喻和暗示，笔下具有一种新奇和朦胧的诗意；采用精神分析和意识流手法，将女性独特的生理与心理欲望表现得淋漓尽致。大胆的、离经叛道的内心独白和冲突激烈的感情倾诉，是这篇小说在艺术上的突出特色。（刘堃）

▶ 梅娘《鱼》
拓展阅读

工作着是美丽的（存目）

陈学昭

【导读】

长篇小说《工作着是美丽的》是陈学昭最具代表性的作品，它是一部女性投身革命与“旧我”告别的知识分子改造主题的小说，又是一部以作者本人为原型的“自传体”小说，它再现了一位女性知识分子曲折坎坷的人生和情感历程。上卷出版于新中国建立前夕，在20世纪50年代以青年知识分子为主的读者群体中引起十分热烈的反响。

小说主人公李珊裳是一位深受五四思想影响的知识女性，留学法国结婚生子并获博士学位后回国，在抗日战争的烽烟中奔赴延安，经历了情感纠葛和婚姻的不幸后，依然在时代风雨的磨砺中坚守住了自己人生的信念与准则，最终成为一个坚韧执着的革命者。小说的主体部分，正是借李珊裳几段惨痛的情感经历，一方面揭示了男权社会对女性的野蛮索取，从而对残酷的男权社会进行了无情的鞭挞，另一方面也剖析了五四后冲出家庭的“新女性”思想与性格中自信与自卑并存的矛盾，以及想要追求精神独立却又步履蹒跚的现实无奈。如李珊裳作为“新女性”，其身上也因袭着种种“传统”的重负，因家人的干涉和自身的不成熟，嫁给了自己并不爱的男人，与真正的爱情失之交臂，从而铸成了一生大错。但善良而幼稚的李珊裳却认为：“反正一个女子，总要有一个丈夫，有了一个丈夫，就有了一个保镖的人，不至于再引起麻烦、流言和诽谤了。”

让人印象较深的是李珊裳在延安生活时期的“婚变”经历，这是小说中比较动人的部分。作者借李珊裳的婚变表达了属于作者的本人刻骨铭心的惨痛遭遇及对此遭遇的痛彻反省与剖析，从而对“劳动”有了更为深入的领悟，进一步理解了“工作”对于女性的意义和价值所在。在第四十二章里，作者描写了延安大生产运动对于一个人精神的改造，李珊裳从一开始坐在纺车前不知所措地感叹“这本是一双弹钢琴的手呵！”到后来随着坐在纺车边的日子越多，她的思想情感也随着纺纱劳动发生了变化，“当现在体验了一点劳动之后，劳动人民这种细心、耐烦、伟大的牺牲精神，使她只有自惭形秽！她感觉到有一种新的东西在她心灵上生长出来，旧的东西在那里死亡下去！”在经过痛苦的人生磨难与思想改造后，她完成了从一个独立的女性知识分子向虔诚的革命者的转型。她认为：“革命就是我的家，没有了青春，但还有工作，还有革命事业，只要生活着，工作着，总是美丽的！”这句话包含着一个时代新女性对事业和工作的执着，蕴含着一个理想主义者对生活不息的热情。

客观来说，作品有其自身的不足，如文体未充分小说化，尤其是笔涉“思想改造”之部分尚留有一定的传记、速写和总结的痕迹，也不可避免地烙上那个时代的话语痕迹。虽然陈学昭试图以具有社会政治色彩的笔墨来表现重大的、富于时代气息的知识分子改造主题，但同时又以女性特有的细腻和丰富使得作品保持了作家独有的艺术个性。她在时代的“夹缝”中，找到了一种适合自己的独特文学表达方式，也在作品中保留了个人经历中最为真切的生命感受，通过对李珊裳这一形象的塑造，一方面展现了新女性追求精神独立的勇气与执着，另一方面体现了女性遭受侮辱和损害时的困惑与辛酸，更深度剖析了新女性在传统与现代、自信与自卑、坚强与软弱的左冲右突中所遭受的苦痛与挣扎，以及女性挣脱男权藩篱的艰难与无奈。

作为一位受五四精神感召的女作家，陈学昭初涉文坛就表现出对女性命运的极大关注和思考，尤其是其前期作品，写作风格细腻温婉，缠绵而略带感伤，通过记录女性最真实细腻的体验，将鲜明的女性意识融入创作中，对传统男尊女卑的男权社会秩序给予了大胆的质疑和批判。（凌媛媛）

▶ 陈学昭《工作着是美丽的》拓展阅读

姑娘的心事（存目）

草　明

【导读】

短篇小说《姑娘的心事》原载于《人民文学》1960年第3期。小说以“大跃进”为背景，刻画了16岁花季姑娘石玉芝的“心事”，但这石姑娘的心事可不是为大家容易联想到的少女恋爱的心事，而是对于自己的工种不能参与工厂的技术竞赛而烦恼的心事。小说开篇就写到一家三口吃晚餐时的情景，当父亲和哥哥大谈联合技术表演时，在一旁听得愈发心焦的玉芝已经“急的憋不住劲”，而哥哥的一句逗笑更戳到她的痛处，让她难过得差点掉眼泪，“她鼓着腮帮望着父亲说：‘哼，给人家看车，人家把车放好，我动也不敢动。不学技术，表演什么呀？说起来倒挺好听——在炼钢厂工作，原来是个给人看车的！’”。从石玉芝的“心焦”和“不甘”中，作者刻画出了石姑娘倔强、要强、不甘人后的个性特征，同时也反映出当时普通人对“工种有贵贱”的认识问题。石姑娘起先对自己只是在炼钢厂“看车”这种“没出息”的岗位上工作，感到没有自尊，这也构成了姑娘的第一重“心事”。第二天，玉芝溜到平炉车间，险些被装料车撞到，幸好司机预先躲开了她，但还是把她吓了一大跳，她惭愧于自己的冒失，但对于助手的取笑还是一副倔强不服输的神情：“哼，赶明儿我给王主席递个请求书，让我也学开装料车，看你神气什么？”直到亲眼见到炼钢工人的勇猛精神后，玉芝“心里又敬佩又担惊，想到：‘干炼钢的活儿真不简单，火里进，烟里出的，我能为他们看看车子，也不算白活啊。’”。至此，石姑娘的思想开始有了质的转变，于是，她开始发挥自身积极性，利用空闲时间去为工友擦车、给车打气。

小说结尾处还是晚餐时分，由于“这几天，石玉芝又忙擦车，又忙给车打气，真是又累又快活，每天天黑才回家”，家人都担心她“乱搞恋爱”，而石姑娘宁愿受家人误会的委屈，也不愿透露自己的“心事”：瞒着家人为工友们的自行车擦车和打气，“她始终把自己的表演瞒过父亲和哥哥，有意等自己将来做出更大的成绩时，好让他俩吃一惊”。从小说开篇的第一重“心事”到结尾处的第二重“心事”，既是小说矛盾的解决过程，又是石姑娘思想转变成长的过程。从不甘心于给人看车的工种而想学技术，到后来放弃学技术而选择主动给工友擦车，石玉芝终于意识到，给工友看车擦车，并不是丢脸的事，而是和他们一样在为加速建设社会主义出力，是一份值得骄傲的有自尊的工作。

草明是新中国工业文学的拓荒者和专门致力于此题材创作的作家，出于对工人朴素自发的阶级感情，她的作品在政治理念上也存在工人阶级先进性等主题先行的问题，不少人物有脱离生活真实且有概念化倾向。这些不足是她个人的局限，更是特定时代的产物。然而，在描写具体的个体工人形象时，她仍能努力超越概念化，描绘出生动丰富的工人形象。就这篇小说而言，结构上别致精巧，笔墨洗练，细节描写生动，对心理活动的描绘真实细腻。作者所刻画的石姑娘形象，有着强烈的为人民服务、为集体作贡献的参与意识。她从不甘于本职工作到逐渐意识到在平凡的工作岗位上也是在为社会主义作贡献，实现了自我的价值。

草明的一生致力于工人题材的书写，尤其善于以女性独有的细腻笔触深入变动中的现实世界，着力描写草根女性生活的困窘、挣扎以及反抗意识，始终保持了一种社会变革者的姿态。（凌媛媛）

▶ 草明《姑娘的心事》
拓展阅读

青春之歌（节选）

杨　沫

道静早起之后，正像每天的习惯一样，读两小时的理论——此时她正读着“左派幼稚病”。忽然听到门外有个声音在喊：

“有一个姓路的在这儿住吗？”

她跳到院子去。

“江华！”她在心里用力地喊了一声，他们俩的手就握在一块儿了。

“我的信你见到了吗？我在中南海白等了你好久。”在小屋里，道静第一句就说的这个。

江华穿着破旧的呢大衣，黧黑的脸上已经有了风霜和劳累的皱纹。连鬓胡须也特别清楚地显了出来。他搓着手，在屋地上站了一会儿，打量了一下道静，又向寒冷的四壁看看，这才微笑着说：

“道静，这些日子一定很苦吧？”

道静看着他这些习惯的动作，脸上浮现着一种天真的、无可奈何的苦笑。

“其他都好说，领导的人不来找我——这真苦死了！”

江华笑着瞥了她一眼，说：

“你写给我的信真危险——我早不在那儿住了。幸亏还有个同志住在那儿，是他把信转给我。当然过了时间没法践约。以后我想法打听，才知道你住在这里。怎么样？又急哭了吗？”他这句戏谑的话，使道静感到惊奇——他怎么变得比过去活泼了呢？过去，他给她的印象是多么持重而沉稳呵。

道静把到北大之后所经过的一切情形说给了江华，最后她总结了她的经过说：

“来这里不到两个月，可是，老江，这比我一生里所碰到的钉子还要多还要硬。除了小时候、除了受刑时，我也记不清托派打了我多少嘴巴。说起来这个还是比较容易忍受的；而叫我最痛苦、最不好忍受的还是王晓燕——你知道她原来是我最好的朋友，可是现在却成了我最大的敌人。我来北大工作所遭受的一切困难和挫折，多半都是由她一个人引起的。不然我个人不会暴露得这样快，也不致引起某些同学把我看成侦探；而 C.C.、托派也不致于暗算我。……对王晓燕这个人应当怎么办呢？我盼着、等着区委来指示。可是，一个多月不见你们的影子，老江，我又变成没娘的孩子了。”她的脸上又是灼急，又是高兴。黑色的大眼睛因为消瘦显得更大，也更热情。“倒是为什么？”她把手一挥，露着坚决的神气。“区委为什么这久不理我呢？”

因为屋子冷，江华不住地搓着两只大手。他站着听道静说完了，然后在屋里走动着说：

“道静，近来时局变动很大，情况很复杂。大概因为这个，他们没顾得找你。你知道十月底日本人又要求平津当局肃清一次抗日嫌疑分子吗？好的方面是……”他把声音放低用深沉的目光凝视着道静。“长征的红军已经在十月间到达陕北和刘志丹的军队会合了，中国革命的形势就要大大地改变了。这是历史上——不但中国历史上，恐怕也是世界历史上的一次惊人创举。这对于我们整个革命斗争形势的影响是巨大的。敌人吹嘘我们失败了，溃散了，其实呢，这正是新的革命高潮的象征，是我们新的胜利。可是坏的方面——形势也是严重的。日本人的血手接二连三地直接伸到华北来了。十月的‘香河事变’，正在日本驻屯军沿着北宁、津浦两条铁路举行‘秋季大会操’的时候，这时居然有一批‘农民’袭击香河县城，日本说这是‘农民’要求‘自治’，于是华北的‘自治’运动便接连不断地出现了——华北五省‘自治’，冀东防共‘自治’，最近恐怕还要闹起冀察‘自治’来。日本军队就在汉奸们的‘自治’美名下，大批地源源地开到华北和平津各地来。道静，所以说情况是很紧张呵！”他的话停住了，浓黑的眉毛焦灼地紧皱在一起。眼光虽然盯住道静，但却被严重的思路引到别处去。道静凝神听着，他们同时被一种共同的情绪攫住了。——挽救祖国危亡的任务驾凌在一切任务之上了，怎样办呢？共产党人应当怎样领导着中国人民冲破这浓黑的云雾，奔向民族解放的疆场呢？……

道静的眼睛看着江华，心里却在郁闷地想着：多少学生还沉迷在“学士”、“博士”的迷梦里，多少人的思想里只有个人的幸福和兴趣，……这时，她的眼前闪过了李槐英那轻飘飘的漫不在意的微笑，闪过王晓燕那迷惘的不知所措的眼睛。……她坐在床铺上微微愁闷地叹了一口气。

“老江，”她烦闷地说，“请问你，对这些知识分子，大中学生们搞这些工作，费这大力量，究竟有多大用处呢？只要我们武装斗争胜利了，工农劳动人民革起命来，那时，这些秀才举人自然也会跟着造起反来，何必现在就……”她看到江华的眼睛里好像有了一种不以为然的笑意，就闭上嘴不说了。赌气似的抱住了头。

“道静，想不到你一下子糊涂起来了！”江华果真向她开了火。“中国的革命，武装斗争自然是根本问题，所以我们大家那么关心红军的斗争和胜利；工农劳动阶级也自然是斗争的主体，是中国革命的基本队伍，可是，你能说知识分子的工作不重要？没用处？这可是有点奇怪！‘五四’运动掀起了反帝反封建的大浪潮，把中国革命向前大大推进了一步的、你说是从什么人开始的？这不就是秀才举人们吗？”说到这里江华微微笑了。他拿起桌上的一杯凉开水，咕嘟咕嘟一气喝了下去。接着扭过头来瞅着道静又说，不过声音更低了。“同志，你的工作不但有意义，而且很重要。同到工人、农民当中去一样的重要。将来有机会可以到工农当中去，不过目前加把劲就在这块地盘上凑和凑和怎么样？”

道静噗哧笑了。她觉得江华说话比过去风趣了。她笑着说：“不干怎么办？当然要坚守阵地。不过北大的工作进展太慢啦，学生们埋头书案，光作着学者名流的美梦。”

江华坐下来，慢慢地说：

“北平学生缺乏统一健全的组织，又没有一个共同的行动把他们联合起来，这也难怪有些人埋头书案各奔前程。不光北大一个学校是这样，各个学校全有这种情况。十一月十八日北平学生联合会成立了，今后情况可能会好一些。北大不是也有代表参加了吗？”

“参加了。”道静忧郁地说。“北大为参加学联，双方斗争得……干脆说要拼命吧。可是，结果还是只有代表一部分学生的代表参加了学联。”

“你知道吗？我在做学联工作了。”

“啊，你做学联工作了？”道静惊异地说。

可是江华却没理会这些，他继续着说：“‘九一八’事变、南下示威以后，沉积了四年的学生运动，现在，你看，又一天天活跃起来了。‘平津十校自治会宣言’北大学生有多少人看见了？”

“大部分看到了。当然有些学生根本连贴报牌那儿去也不去的。老江，告诉我，你怎么又做起学生工作了？”道静对江华的身世有着一种渴望知道的心理，因此，她又忍不住插问了一句。“是不是你亲自来领导我们了？”

“不是。徐辉就要来帮助你。”

听到徐辉的名字，道静可高兴了：

“她来可真好！她也在做学生工作啦？”

“党抽调了不少干部来加强白区的工作。听说中央还派了人来。”

寥寥数语，可是给了那个白色恐怖时代的地下工作者多么大的鼓励与安慰呵！道静听了江华的话脸都红了，她眉开眼笑地说：

“我想，情况就会改变啦，这沉闷的日子就快过去啦。老江，我真羡慕你，你做学生工作有经验。听说南下示威时，北大的工作作得挺好，怨不得组织上叫你搞学联工作。……我想，你同卢嘉川一定很熟。那时，他是副总指挥对不对？”

“当然很熟。”江华抬起头来，一缕温厚淳朴的笑容仍然掩饰不住他心头的痛伤。“我同他一起搞过许多工作，不但很熟，而且是很好的朋友。”

道静低头不做声了。江华也有一会儿沉默着。

“他有些情况，早想告诉你知道，也是不得机会……我想你一定是很愿意知道的。”过了一会儿，江华说。

“愿意。关于他，我知道得太少了！”道静低声说。她用闪着泪光的眼睛看了江华一眼。

“这样的人，我们是永远不能忘掉的！”江华的声音里也流露着激动的情感。“道静，他是我们光辉的榜样。每当遇到困难挫折和不能忍受的痛苦时，我就想到他——想到那些无数牺牲了的光荣的同志。我的心就安静下来。”

“老江，告诉我他的事情——就是一点小事也好。”道静睁大眼睛恳求着。

“好。先告诉你一件事——我也是从一个狱中出来的同志那里听到的。这件事使我激动得很厉害——我常常想到他处在那种境地的惊人的顽强意志。”江华仿佛沉溺在回忆中，停了一会儿，才接着说。“他的双腿在一次刑讯后被老虎凳轧断了，因为他正领导狱中的绝食斗争，被敌人发觉。……”底下他讲了卢嘉川在北平监狱中最后忍住剧痛、拖着断了的双腿在牢房的墙壁上敲来敲去寻找同志的经过。

道静听完了，看着江华呆住了。然后又趴在桌子上双手蒙着头呆了一会儿。等她抬起头来的时候，她的神色是庄严的，也是冷峻的。她说：

“老江，一想到这样的人，我就更加爱这个世界了！我很惭愧，在我身上还有许多坏意识，许多个人的东西还常常扰乱我。……前些天。在极端困难中，我就动摇过，想同许宁一起去陕北；今天，我又暴露了好多不好的思想。……”

江华没有回答她，却忽然在屋里东瞧西看起来，好像在寻找什么东西。道静不好意思地问他：

“你找什么？水吗？对不起，我混得可穷透了：火炉都升不起，每天只好吃饭买点；喝水就在女房东屋里找点。我就去找点水来，你等一等。”

江华张开两只大手拦住她，“不要去找了。还有煤吗，升起火来，我去买点馒头和菜，咱们在一起吃顿饭好不好？只顾说话，已经快十二点了。”

“好，那可欢迎！”道静喜悦地问道：“你今天怎么这么闲在？能够在我这儿呆多久？”

江华想了想。

“四点以前我都没有事情。可是，你有事吗？”

“没有事。我并不太忙。在北大这些日子，没学到别的，可锻炼了我的耐性。我把《资本论》又重读了一遍了。”

“那很好。就这样——我去买菜，你快升火。”江华说着迈着大步走了出去。

等他抱着一包包的肉、菜和馒头回来的时候，道静已把火炉生好端到屋里来。她一见这些大小包包，不禁奇怪地问：

“买这多干什么？要留着给我过年吗？”

“不是留着过年，但是也该留着给你多吃几天。道静，不要瞒着我，你看你已经饿得多瘦了。”

“老江，一看你抱回包包的情形，我想起了过去的一幕……”道静笑着，露出了洁白的牙齿。

“什么一幕？”

“记得你刚到定县找我那天吗？我叫夫役给你买了一包包的吃的，你也问我为什么买这多。现在，你是来还账吗？”江华听她这样说，忍不住笑起来。还从来没有见他这样开怀畅笑过。道静也笑了。冷清空旷的小屋温暖了，有生气了。道静烧了一壶开水，把馒头烤热；江华熟练地切着肉丝，切着青菜，把小刀在案板上剁得叮叮当当地发出有节奏的响声。道静望着那双敏捷的大手，心中暗暗惊异着：“这个人什么也能干！”但是她没有说出口。

不仅会切菜，江华还会炒菜。他把菜熟练地炒好，道静安排好了碗筷，他们俩就围着火炉热腾腾地吃起饭来。吃完饭他又帮助道静涮干净碗筷，收拾着屋子。他的动作敏捷熟练，做这些事像是一种休息和娱乐似的。因此道静也不拦阻他。当一切整理好了，道静看他还张着两只脏手站在屋地上东瞧西看——看看还有哪儿不够利落的时候，她笑着说：

“老江，我今天才明白——才明白你身上兼有各种成分的原因——因为你就是又像工人、又像知识分子嘛。”

江华望着道静那双湖水一样澄澈的眼睛，望着她苍白的俊美的脸，望着她那坦率而热情的举止和语言，他忽然噤住不说话了。他能说什么呢？他爱她——很久以来，他就爱着这个年轻热情的女同志。随着她一步步的成长，随着她从一个普通同情革命的知识分子变成了坚强而可信的布尔塞维克同志，这种爱情是更加深了，更加纯厚了。但是，长久以来，他却不得不隐藏着这种感情，甚至压制它、排除它。虽然在偶然间，它也曾忍耐不住地流露过。他怎么能够不这样做呢？她和他的战友、同窗，可敬可爱的卢嘉川是有过爱情的联系的，他们是很好的一对儿。开始他希望卢嘉川能够活着出来，那么，他在定县偶然邂逅的一度冲动的热情会随着这一对爱人的幸福生活而自然消逝的。但是不久他却得到了卢嘉川牺牲的消息，他还看到了他写给她的信。这时候，他不是可以表示感情了吗？不，他不愿意这样做。他知道她内心的痛苦，他为她不幸的命运悲悯着。他像一个长兄、像一个真实的朋友那样关心她、照顾她；但是，他又有时为了压抑自己的感情而故意疏远她。两年过去了，今天，他看出来，她不但是一个坚强的同志，而同时她也是一个温柔的需要感情慰藉的女人。从她的眼睛中，他看出了里面的空虚和寂寞。而他自己呢，他自己不是也在痛苦中等待许久了吗？

他双手放在火上烤着，回忆着这一切的经过，依然默然无语。一种激越的青春的热情奔流在他的全身，他感到了一种从未有过的忐忑不安。最后当他抬起头向她脸上深深一瞥想说什么的时候，看看手表，他又把声音变得平静了：

“三点半了，我该走了。明天晚上我想找你来谈点事情，你有时间吗？”

（选自杨沫：《青春之歌》，作家出版社 1958 年版）

【导读】

《青春之歌》是女作家杨沫于 1958 年出版的长篇小说，作为中国当代文学史上第一部描写女性革命知识分子成长的长篇小说，此作一经出版便作为十七年时期的红色经典而流传于世。小说有着浓厚的自传色彩，主人公林道静的经历和作者杨沫的亲身经历极其相似。小说以 1931 年“九一八”事变到 1935 年“一二·九”运动为故事的起止时间，讲述了主人公林道静如何一步步从小资产阶级知识分子成长为坚定的无产阶级革命战士的复杂历程，从一个侧面反映了波澜壮阔的时代变迁。

小说在一定程度上沿用了30年代左翼文学“革命+恋爱”的叙事模式，女性的成长往往与参加革命道路勾连在一起，女性角色的蜕变也常常归结为男性导师的引导扶持，但在成长过程中，林道静作为历史实践主体的自我锻造，又在很大程度上僭越甚至修改了“革命+恋爱”的模式。林道静在成长道路上遇到三位男性，分别是骑士风度兼诗人气息的知识分子余永泽，学生党员卢嘉川以及共产主义革命者江华。余永泽给林道静带来了最初的恋爱体验，这种体验带有五四个性解放的特征，支撑了林道静反抗父权制原生家庭，但另一方面，这种恋爱体验又是高度个人主义也是高度私密化的，很大程度上是以拒绝进入时代、拒绝与社会网络发生关系作为一种指向，这使得林道静很快感受到了类似于《伤逝》中子君的那种在新式家庭中之于新式男性知识分子的依附感，以及新的性别不平等关系的出现。可以说，林道静之所以会再度离家出走，主要还是基于其性别意识的觉醒，想要摆脱余永泽所施与的性别压迫。

在这一前提下，林道静为何会在卢嘉川和江华等共产党员的引导下，选择参加社会革命才能被理解。可以说，林道静对于革命的憧憬和向往，首先是建立在将其当作一种反抗性别压迫的途径基础上的，由此出发，她逐步展开了对于更为平等的社会性别结构的探寻，在此过程中，她渐渐地领悟个人反抗的有限性以及妇女解放与阶级革命链接的必要性，通过参加诸多革命实践，她终于在血雨腥风中成长为优秀的革命工作者，实现了女性主体与革命主体合二为一的同步建构。值得关注的是，林道静最后还与江华携手共进，借助于平等互助的革命“同志”式性别结构，探索了有别于“自然化”的个人与个人结合而更多是建立在阶级认同基础上的无产阶级爱情的诞生可能性。

《青春之歌》尽管打上了特定时代的烙印，但是其对于女性知识分子在时代风雨中的成长、女性主体的历史化锻造以及在社会革命进程中对于更为平等的两性结构的探寻，都为我们今天提供了值得进一步深思与挖掘的性别文化资源。某种意义上可以说，这也是一部有关女性的个人成长史，《青春之歌》也因而成为特定历史时期女性文学的重要代表作之一。（董丽敏、于宁）

▶ 杨沫《青春之歌》
拓展阅读

女人（存目）

韦君宜

【导读】

《女人》是女作家韦君宜创作于1956年的一部作品，后被收入其1980年由四川人民出版社出版的小说集《女人集》中。小说借助女主人公林云所面临的选择困境来反映1949年以后女性所面对的参与社会工作和留守照顾家庭之间的矛盾问题。

研究者常批评这一时期的女性创作“女性意识”淡漠，但该篇小说有所不同，韦君宜所塑造的女主人公林云显然是具备鲜明女性意识的，她不满上级领导对自己的关注和尊重仅仅是因为她丈夫宋诚的身份，而不是出于对自己辛苦从事工作的赞赏；她反驳持有“女人真不如男人”论的好友马素；更不认可持有“女人不行”论的母亲。她努力工作，追求自身经济和精神上的独立，但她的上级却不顾她自身的请求要把她调到她丈夫宋诚的身边当秘书，专门照顾他的起居生活。领导的漠然、好友的劝说、丈夫的不满都没有使林云放弃自己的追求，最后她还是选择坚守自己的工作岗位。

韦君宜先是简练地将林云的经历展示于读者面前：“结婚不到一年她就生了第一个孩子，第一个还不会走又是第二个，一连生了四个。那时候，山沟里条件不高，她就是工作一阵又停顿一阵：小孩找到托儿所了，她就工作一些时，又生下小的了，就又停止工作。孩子大一些，有公务员可以帮忙了，又带着孩子工作一时期。同时又要照顾宋诚的生活，替他纳鞋底，补衣服，在孩子扰乱他工作的时候把孩子哄出去，这样干干歇歇就上十年。”继而从女性的视角出发将林云的心理挣扎与煎熬淋漓尽致地逐层呈现在读者的眼前。林云所抒发的“一个女人忍受一切辛苦，尽所有的气力来工作，和那根本没有工作的，人家看来却仿佛是一样”的感慨，更是道出了许许多多处在工作和家庭两难抉择中女性的心声。

韦君宜认可独立意识在女性自身主体确定过程中的作用。她反对林云的丈夫宋诚把爱情和合理的夫妻关系建立在男/女二元主客体性别论上，把夫妻关系规约为命令者/服从者，亦否定了林云昔日密友马素放弃经济和精神独立的选择。她在批判男性社会权威不尊重女性个人意志、剥夺女性的人生选择权的同时，并没有止步于此，而是进一步提出了对关于“怎样的两性角色和婚姻关系最合理”问题的思考。在《关于〈女人〉》中她写道：“当然，一个妇女应当像男子一样的能独立，有事业心、有理想，这也是写此篇时想到过的，但并不是主要的。主要问题不在于男与女的区别，而在于不同的思想和情操。”作家借助林云最后的反抗表达了这样的认知：“希望领导上不要把我当作一个负责干部的老婆，而当我是同志”。“同志”是同时存在于私人空间和公共空间之中的一种社会主义新型人际关系，在新的婚姻关系中表现为配偶之间互相尊重与平等互助。韦君宜所提出的这种“同志关系”，抛却了两性关系中明确的男/女区隔，打破了传统的性别界限，有助于女性脱离自身“客体”“他者”地位，获得一种对抗男权立场的性别话语力量。

韦君宜是一位目光敏锐、社会责任感极强的作家，她对与日常生活对抗的一系列女性强者的塑造，丰富和扩展了当代文学女性形象谱系，为我们理解国家话语与妇女主体之间的复杂互动提供了个案。（陈闽璐）

▶ 韦君宜《女人》
拓展阅读

女婿（存目）

李　纳

【导读】

《女婿》是当代彝族女作家李纳创作于1957年3月的一篇小说，后收入其1982年由四川人民出版社出版的《李纳小说选》中。在《女婿》中，李纳从婚姻的角度切入，以敏锐的直觉捕捉着社会变革时期女性精神面貌、价值观念的变化，试图重构人与人之间新型的社会关系。

小说讲述纪大娘的女儿秀姐离异后凭借在纱厂的工作维持生计，女儿后半生的幸福成了纪大娘心头最大的担忧。一想起女儿的处境，她就好像“一块乌云遮住了太阳，她的眼前又变得一片昏暗了”。一方面，纪大娘希望女儿能够找到一个真正关心照顾她的好夫婿；另一方面，旧的观念让她总觉得“金杯配玉盏，瓦盆子配粗碗”，离异的女儿很难再遇到合适的人选。所以当女儿带回一个文化程度高又无婚史的男技术员时，她表现出又惊又喜又质疑的复杂心理。她对秀姐说：“人家是‘童男子’，文化又高，自己比不得人家，又有个小栓……自己要把自己认清楚，不要给人家弄得蒙头转向。我瞅着人家是一时高兴，过后翻悔起来……”作者在饱含深情地描写纪大娘与秀姐之间母女情的同时，也将她们分别代表的新旧观念的激烈冲突展示在读者面前。离过婚并有一个孩子的女儿还能找到志同道合称心如意的女婿，这是从旧社会过来的纪大娘所不能想象的。而与此形成鲜明对比的是秀姐对于自身、对于婚姻的认知。面对母亲的担心，她说：“娘！你这是干什么？你以为人家把我扔掉不要了，我就一定要低人一等，我就永远抬不起头了吗？你以为女人除了给人家玩弄糟蹋，就再也没有什么出息了吗？”在秀姐身上，我们看到的不是一位被男性抛弃后自怨自艾的妇女，而是一个拥有自信与乐观精神，力争要做自己命运主人的自立自强的女性。她不屈服于命运，勇敢地摆脱陈腐婚恋观的束缚去追寻自己所爱，并最终赢得了尊重和幸福。

值得注意是，这篇作品写于《中华人民共和国婚姻法》（以下简称《婚姻法》）公布施行后的第三年。《婚姻法》同土地改革一样，是对社会进行全面改造的一部分，政府力图通过改造传统的婚姻家庭制度及其观念，将占人口半数以上的妇女从家庭和社会的双重压迫中解放出来。这篇小说从一个侧面反映了《婚姻法》在保护妇女权益、提高妇女地位和婚姻质量方面所起的积极作用。

李纳喜欢描写女性，曾塑造过许许多多不

同身份的女性。她说："我有幸接触许多平凡岗位上的人，在众多人物中，除少数之外，都各自带着优美的素质走进我的世界。尤其是中国的女性，在旧社会，她们受着比男人更沉重的压迫，一旦觉醒，对于旧生活的抛弃，义无反顾；对新生活的执着，舍生忘死。……有时，她们表现得比男人更勇敢，思想比男人更单纯。"《女婿》中的秀姐就是李纳所赞颂的千千万万勇敢迎接新生活的女性中的一员。20世纪50年代中后期，在广大妇女的意识深处还残留着许多旧社会的印痕之时，《女婿》能从婚姻角度切入并直接触及女性意识觉醒的重大问题，具有很强的社会意义。

李纳从小生活在一个歧视女性的的环境里，童年是在压抑与痛楚中度过的，因此对女性生存处境的思考，一直是其创作的重要命题。她更关注平凡岗位上的普通女性，注意发掘她们心灵深处的美质，她说："我喜欢这样的作品，我觉得写好了，比那惊心动魄的题材打动人。"李纳的作品明快清新，婉约细腻，有较强的感染力。（陈闽璐）

▶ 李纳《女婿》
拓展阅读

万妞（存目）

菡　子

【导读】

《万妞》是作家菡子1959年创作并于1961年发表于《人民文学》的短篇小说。菡子出生于普通的铁匠之家，16岁参加革命，亲历抗日战争和解放战争，先后参加过战地服务队、游击队、整风学习等，1949年以后又参加朝鲜战争和越南战争，革命的血泪早已随着岁月的沉积融进创作者的灵魂。菡子的创作无一不是关乎革命，关乎战争背后的人情冷暖，《万妞》就是作者为纪念新四军战地服务队的老战友而作的。

小说讲述詹家老爹为了让其抚养的革命遗孤小万妞接受教育从而成长为更加有用的人才，决定将万妞送到部队的子弟小学读书，却引来詹大妈的强烈反对，两位老人进行了一场"送与不送"的拉锯战。詹老爹以万妞是革命烈士的子女为由，"既然亲爹妈真的不在，要把她教养成人，对得起国家，就得听部队上的话"，詹大妈则从母亲的角度出发，认为万妞年纪还小，不能很好地照顾自己，"我不问她公家私家，女儿是我喂大的，你不要挑我的疼处碰！""自己还穿不来衣裳的孩子，交给他们我不放心。""一早要上操，孩子醒不来的啊。"在詹家父母的拉锯过程中，父母亲情、爱党爱国之情、老百姓拥军拥属之情等各种情感均从各个维度不同程度地表现出来。詹家二老和小万妞不是亲人却胜似亲人，詹大妈将满腔无私的母爱给予了小万妞，使得这个革命孤儿虽缺失了亲生父母的陪伴却仍然收获了备受关爱的童年时光。在万妞看来，"哪还有比你们好的？"正是对詹家父母浓浓情意的最佳回馈。作者采用小说文体形式形象地描绘了人民军队和普通百姓之间的炽热情谊，作者的军旅经历使得小说在叙述革命部队与人民群众的关系方面，没有丝毫的牵强附和之感，革命军队为人民，人民群众拥军拥属，以万妞为代表的革命烈士后代，也是新中国建设时期的希望。

菡子的文学创作在具备充实的政治内容之余，还以抒情的笔调和细腻的情感著称。《万妞》中詹大妈这一人物形象，既充满了母性的光辉又显现出底层农妇的勤俭持家等诸多中国传统女性的美好品质。在送万妞上学的清晨，"她生火、加柴、添水、调粉，又搓元宵、又泡红枣，还要煮上路的茶叶蛋（一个个都是她肥壮的黑鸡婆生的），你看她抓了多少香菜和芝麻贯心糖啊，提着的，包着的，都得收拾停当。……做好饭大妈才蹑手蹑脚把万妞叫醒，就叫她站在床上把衣服穿好，最后一次替她系好裤带，告诉她怎么打又紧又活的结子，免得出什么意外。"作者通过对现实生活场景的生动描写，将母亲送女儿上学的复杂心情表现得细腻而真实，把詹大妈的形象塑造得自然而生动，丰富而立体，极富艺术感染力。

菡子的小说似乎总能从大历史叙述中体察出细腻的人性光辉，并以独特的视角发掘出独特的诗意："我极盼自己的小说和散文中，在有充实的政治内容的同时，有比较浓郁的抒情的调子，并带一点革命的哲理，追求诗意的境

界。”可以说，菡子的作品在一定程度上丰富了特定历史时期的文坛景象。（于宁）

▶ 菡子《万妞》拓展阅读

我的爱人（存目）

柳　溪

【导读】

《我的爱人》是作家柳溪于1957年发表于《人民文学》上的作品，讲述了护理员淑贞在护理因朝鲜战争而致盲的军人其华的过程中，渐生情愫进而决定与其结婚的故事。“我”（淑贞）在护理其华的岁月中，逐渐对这个对革命事业永远保持热情和责任感的男人产生了无法悖逆的情感，于是“我”主动向其华表达爱意，决定做他终身的护理员，相互陪伴到老。

小说以感情作为故事发展的主线，主人公“我”在爱情这等人生大事面前，并没有因为对方身体残疾而产生任何的犹疑和退缩，始终坚定地认为爱情只与心灵相关，与其他无关，“不应该把你这样的人叫做残废，只有当一个人失去了热爱人民的头脑的时候，他才是一个十足的残废人！”在这段感情中，“我”的勇敢和坚定，打破了传统中国女性置身爱情中的被动地位，回应了五四时期女性独立、自主的追求心中所爱的情感状态。“我愿意做你终身的护理员，永远成为你的眼睛，永远是你的活手杖，永远成为你的一部分！”在“十七年文学”的长廊中，像“我”这样大胆而热烈地表达自我的情感是很少见的。

小说采用第一人称的叙述视角，以细腻的女性口吻将爱情来临时的懵懂、紧张、渴望、沸腾等多重身体感觉淋漓尽致地呈现于读者面前，与此同时，作者熟练地运用对话、心理等描写手法，将人物关系、人物内在的心理活动，准确流畅地表达出来，“我呢，忽而躺在床上，忽而坐在那里叹气，忽而又疾步地在屋里走来走去。就这样，直到深夜我才安定下来，因为我手里在做着一件事”。作者以女性的视角加以呈现，给读者带来强烈的代入感，可以深切感知淑贞和其华的每一次会面、每一场心理活动。此外，柳溪在小说中还多次运用了环境烘托的手法，以充满抒情的笔调，随着人物和故事发展的脉络，适时地添加对周围环境的描绘，例如，“傍晚时我拉着他的手到河边去散步。在落日的余辉里，我们看着晚霞淡淡地溜走，等待着光辉远射的月亮升起来。我向他叙述着周围的景色，直到皎洁的月亮在云空里自由自在地浮泛的时候，我们才走回工厂去。”两个对生活依然充满了渴望和探索的普通人，看落日余辉，看月亮升起，爱情浸润在缓缓流淌的日常场景中，环境描写既烘托出男女主人公情感的发展进程，又为小说增添了浓厚的生活意趣。整篇小说呈现出希望、明朗的基调，这既是柳溪的风格，也是她始终对人生充满希望的体现。

柳溪的创作题材丰富，视野广阔，着力塑造了一批性格鲜明、积极向上的女性形象。她希望在作品里，“给人们以希望，对未来充满信心”。老作家孙犁评价柳溪的作品有着女性作家“不易有的豪放之气”，柳溪的这种写作特点，为中国女性文学的发展增添了不少亮色。（于宁）

▶ 柳溪《我的爱人》拓展阅读

百　合　花

茹志鹃

一九四六年的中秋。

这天打海岸的部队决定晚上总攻。我们文工团创作室的几个同志，就由主攻团的团长分派到各个战斗连去帮助工作。大概因为我是个女同志吧！团长对我抓了半天后脑勺，最后才叫一个通讯员送我到前沿包扎所去。

包扎所就包扎所吧！反正不叫我进保险箱就行。我背上背包，跟通讯员走了。

早上下过一阵小雨，现在虽放了晴，路上还是滑得很，两边地里的秋庄稼，却给雨水冲洗得青翠水绿，珠烁晶莹。空气里也带有一股清鲜湿润的香味。要不是敌人的冷炮，在间歇地盲目地轰响着，我真以为我们是去赶集的呢！

通讯员撒开大步，一直走在我前面。一开始他就把我撩下几丈远。我的脚烂了，路又滑，怎么努力也赶不上他。我想喊他等等我，却又怕他笑我胆小害怕；不叫他，我又真怕一个人摸不到那个包扎所。我开始对这个通讯员生起气来。

嗳！说也怪，他背后好像长了眼睛似的，倒自动在路边站下了。但脸还是朝着前面。没看我一眼。等我紧走慢赶地快要走近他时，他又蹬蹬蹬地自个向前走了，一下又把我甩下几丈远。我实在没力气赶了，索性一个人在后面慢慢晃。不过这一次还好，他没让我撩得太远，但也不让我走近，总和我保持着丈把远的距离。我走快，他在前面大踏步向前；我走慢，他在前面就摇摇摆摆。奇怪的是，我从没见他回头看我一次，我不禁对这通讯员发生了兴趣。

刚才在团部我没注意看他，现在从背后看去，只看到他是高挑挑的个子，块头不大，但从他那副厚实实的肩膀看来，是个挺棒的小伙，他穿了一身洗淡了的黄军装，绑腿直打到膝盖上。肩上的步枪筒里，稀疏地插了几根树枝，这要说是伪装，倒不如算作装饰点缀。

没有赶上他，但双脚胀痛得像火烧似的。我向他提出了休息一会后，自己便在做田界的石头上坐了下来。他也在远远的一块石头上坐下，把枪横搁在腿上，背向着我，好像没我这个人似的。凭经验，我晓得这一定又因为我是个女同志的缘故。女同志下连队，就有这些困难。我着恼的带着一种反抗情绪走过去，面对着他坐下来。这时，我看见他那张十分年轻稚气的圆脸，顶多有十八岁。他见我挨他坐下，立即张惶起来，好像他身边埋下了一颗定时炸弹，局促不安，掉过脸去不好，不掉过去又不行，想站起来又不好意思。我拼命忍住笑，随便地问他是哪里人。他没回答，脸涨得像个关公，讷讷半晌，才说清自己是天目山人。原来他还是我的同乡呢！

“在家时你干什么？”

“帮人拖毛竹。”

我朝他宽宽的两肩望了一下，立即在我眼前出现了一片绿雾似的竹海，海中间，一条窄窄的石级山道，盘旋而上。一个肩膀宽宽的小伙，肩上垫了一块老蓝布，扛了几枝青竹，竹梢长长的拖在他后面，刮打得石级哗哗作响。……这是我多么熟悉的故乡生活啊！我立刻对这位同乡，越加亲热起来。我又问：

“你多大了？”

“十九。”

“参加革命几年了？”

“一年。”

“你怎么参加革命的？”我问到这里自己觉得这不像是谈话，倒有些像审讯。不过我还是禁不住地要问。

“大军北撤时我自己跟来的。”

“家里还有什么人呢？”

“娘，爹，弟弟妹妹，还有一个姑姑也住在我家里。”

“你还没娶媳妇吧？”

“……”他飞红了脸，更加忸怩起来，两只手不停地数摸着腰皮带上的扣眼。半响他才低下了头，憨憨地笑了一下，摇了摇头。我还想问他有没有对象，但看到他这样子，只得把嘴里的话，又咽了下去。

两人闷坐了一会，他开始抬头看看天，又掉过来扫了我一眼，意思是在催我动身。

当我站起来要走的时候，我看见他摘了帽子，偷偷地在用毛巾拭汗。这是我的不是，人家走路都没出一滴汗，为了我跟他说话，却害他出了这一头大汗，这都怪我了。

我们到包扎所，已是下午两点钟了。这里离前沿有三里路，包扎所设在一个小学里，大小六个房子组成品字形，中间一块空地长了许多野草，显然，小学已有多时不开课了。我们到时屋里已有几个卫生员在弄着纱布棉花，满地上都是用砖头垫起来的门板，算作病床。

我们刚到不久，来了一个乡干部，他眼睛熬得通红，用一片硬柏纸插在额前的破毡帽下，低低地遮在眼睛前面挡光。他一肩背枪，一肩挂了一杆秤；左手挎了一篮鸡蛋，右手提了一口大锅，呼哧呼哧的走来。他一边放东西，一边对我们又抱歉又诉苦，一边还喘息地喝着水，同时还从怀里掏出一包饭团来嚼着。我只见他迅速地做着这一切。他说的什么我就没大听清。好像是说什么被子的事，要我们自己去借。我问清了卫生员，原来因为部队上的被子还没发下来，但伤员流了血，非常怕冷，所以就得向老百姓去借。哪怕有一二十条棉絮也好。我这时正愁工作插不上手，便自告奋勇讨了这件差事，怕来不及就顺便也请了我那位同乡，请他帮我动员几家再走。他踌躇了一下，便和我一起去了。

我们先到附近一个村子，进村后他向东，我往西，分头去动员。不一会，我已写了三张借条出去，借到两条棉絮，一条被子，手里抱得满满的，心里十分高兴，正准备送回去再来借时，看见通讯员从对面走来，两手还是空空的。

“怎么，没借到?”我觉得这里老百姓觉悟高，又很开通，怎么会没有借到呢？我有点惊奇地问。

“女同志，你去借吧！……老百姓死封建。……”

“哪一家？你带我去。”我估计一定是他说话不对，说崩了。借不到被子事小，得罪了老百姓影响可不好。我叫他带我去看看。但他执拗地低着头，像钉在地上似的，不肯挪步。我走近他，低声地把群众影响的话对他说了。他听了，果然就松松爽爽地带我走了。

我们走进老乡的院子里，只见堂屋里静静的，里面一间房门上，垂着一块蓝布红额的门帘，门框两边还贴着鲜红的对联。我们只得站在外面向里“大姐、大嫂”的喊，喊了几声，不见有人应，但响动是有了。一会，门帘一挑，露出一个年轻媳妇来。这媳妇长得很好看，高高的鼻梁，弯弯的眉，额前一溜蓬松松的留海。穿的虽是粗布，倒都是新的。我看她头上已硬挠挠的挽了髻，便大嫂长大嫂短的向她道歉，说刚才这个同志来，说话不好别见怪等等。她听着，脸扭向里面，尽咬着嘴唇笑。我说完了，她也不作声，还是低头咬着嘴唇，好像忍了一肚子的笑料没笑完。这一来，我倒有些尴尬了，下面的话怎么说呢！我看通讯员站在一边，眼睛一眨不眨的看着我，好像在看连长做示范动作似的。我只好硬了头皮，讪讪的向她开口借被子了，接着还对她说了一遍共产党的部队，打仗是为了老百姓的道理。这一次，她不笑了，一边听着，一边不断向房里瞅着。我说完了，她看看我，看看通讯员，好像在掂量我刚才那些话的斤两。半晌，她转身进去抱被子了。

通讯员乘这机会，颇不服气地对我说道：

“我刚才也是说的这几句话，她就是不借，你看怪吧！……”

我赶忙白了他一眼，不叫他再说。可是来不及了，那个媳妇抱了被子，已经在房门口了。被子一拿出来，我方才明白她刚才为什么不肯借的道理了。这原来是一条里外全新的新花被子，被面是假洋缎的，枣红底，上面撒满白色百合花。她好像是在故意气通讯员，把被子朝我面前一送，说：“抱去吧。”

我手里已捧满了被子，就一努嘴，叫通讯员来拿。没想到他竟扬起脸，装作没看见。我只好开口叫他，他这才绷了脸，垂着眼皮，上去接过被子，慌慌张张地转身就走。不想他一步还没有走出去，就听见“嘶”的一声，衣服挂住了门钩，在肩膀处，挂下一片布来，口子撕得不小。那媳妇一面笑着，一面赶忙找针拿线，要给他缝上。通讯员却高低不肯，挟了被子就走。

刚走出门不远，就有人告诉我们，刚才那位年轻媳妇，是刚过门三天的新娘子，这条被子就是她唯一的嫁妆。我听了，心里便有些过意不去，通讯员也皱起了眉，默默地看着手里的被子。我想他听了这样的话一定会有同感吧！果然，他一边走，一边跟我嘟哝起来了。

“我们不了解情况，把人家结婚被子也借来了，多不合适呀！……”我忍不住想给他开个玩笑，便故作严肃地说：

“是呀！也许她为了这条被子，在做姑娘时，不知起早熬夜，多干了多少零活，才积起了做被子的钱，或许她曾为了这条花被，睡不着觉呢。可是还有人骂她死封建。……”

他听到这里，突然站住脚，呆了一会，说：

“那！……那我们送回去吧！”

“已经借来了，再送回去，倒叫她多心。”我看他那副认真、为难的样子，又好笑，又觉得可爱。不知怎么的，我已从心底爱上了这个傻呼呼的小同乡。

他听我这么说，也似乎有理，考虑了一下，便下了决心似的说：

“好，算了。用了给她好好洗洗。”他决定以后，就把我抱着的被子，统统抓过去，左一条、右一条的披挂在自己肩上，大踏步地走了。

回到包扎所以后，我就让他回团部去。他精神顿时活泼起来了，向我敬了礼就跑了。走不几步，他又想起了什么，在自己挂包里掏了一阵，摸出两个馒头，朝我扬了扬，顺手放在路边石头上，说：

“给你开饭啦！”说完就脚不点地的走了。我走过去拿起那两个干硬的馒头，看见他背的枪筒里不知在什么时候又多了一枝野菊花，跟那些树枝一起，在他耳边抖抖地颤动着。

他已走远了，但还见他肩上撕挂下来的布片，在风里一飘一飘。我真后悔没给他缝上再走。现在，至少他要裸露一晚上的肩膀了。

包扎所的工作人员很少。乡干部动员了几个妇女，帮我们打水，烧锅，作些零碎活。那位新媳妇也来了，她还是那样，笑眯眯的抿着嘴，偶然从眼角上看我一眼，但她时不时的东张西望，好像在找什么。后来她到底问我说：

“那位同志弟到哪里去了？”我告诉她同志弟不是这里的，他现在到前沿去了。她不好意思地笑了一下说：“刚才借被子，他可受我的气了！”说完又抿了嘴笑着，动手把借来的几十条被子、棉絮，整整齐齐的分铺在门板上、桌子上（两张课桌拼起来，就是一张床）。我看见她把自己那条白百合花的新被，铺在外面屋檐下的一块门板上。

天黑了，天边涌起一轮满月。我们的总攻还没发起。敌人照例是忌怕夜晚的，在地上烧起一堆堆的野火，又盲目地轰炸，照明弹也一个接一个地升起，好像在月亮下面点了无数盏的汽油灯，把地面的一切都赤裸裸地暴露出来了。在这样一个“白夜”里来攻击，有多困难，要付出多大的代价啊！我连那一轮皎洁的月亮，也憎恶起来了。

乡干部又来了，慰劳了我们几个家做的干菜月饼。原来今天是中秋节了。

啊！中秋节，在我的故乡，现在一定又是家家门前放一张竹茶几，上面供一副香烛，几碟瓜果月饼。孩子们急切地盼那炷香快些焚尽，好早些分摊给月亮娘娘享用过的东西，他们在茶几旁边跳着唱着：“月亮堂堂，敲锣买糖，……”或是唱着：“月亮嬷嬷，照你照我，……”我想到这里，又想起我那个小同乡，那个掮毛竹的小伙，也许，几年以前，他还唱过这些歌吧！……我咬了一口美味的家做月饼，想起那个小同乡大概现在正趴在工事里，也许在团指挥所，或者是在那些弯弯曲曲的交通沟里走着哩！……

一会儿，我们的炮响了，天空划过几颗红色的信号弹，攻击开始了。不久，断断续续地有几个伤员下来，包扎所的空气立即紧张起来。

我拿着小本子，去登记他们的姓名、单位，轻伤的问问，重伤的就得拉开他们的符号，或是翻看他们的衣襟。我拉开一个重彩号的符号时，“通讯员”三个字使我突然打了个寒战，心跳起来。我定了下神才看到符号上写着×营的字样。啊！不是，我的同乡他是团部的通讯员。但我又莫名其妙地想问问谁，战地上会不会漏掉伤员。通讯员在战斗时，除了送信，还干什么——我不知道自己为什么要问这些没意思的问题。

战斗开始后的几十分钟里，一切顺利，伤员一次次带下来的消息，都是我们突破第一道鹿砦，第二道铁丝网，占领敌人前沿工事打进街了。但到这里，消息忽然停顿了，下来的伤员，只是简单地回答说：“在打。”或是“在街上巷战。”但从他们满身泥泞，极度疲乏的神色上，甚至从那些似乎刚从泥里掘出来的担架上，大家明白，前面在进行着一场什么样的战斗。

包扎所的担架不够了，好几个重彩号不能及时送后方医院，耽搁下来。我不能解除他们任何痛苦，只得带着那些妇女，给他们拭脸洗手，能吃得的喂他们吃一点，带着背包的，就给他们换一件干净衣裳，有些还得解开他们的衣服，给他们拭洗身上的污泥血迹。

做这种工作，我当然没什么，可那些妇女又羞又怕，就是放不开手来，大家都要抢着去烧锅，特别是那新媳妇。我跟她说了半天，她才红了脸，同意了。不过只答应做我的下手。

前面的枪声，已响得稀落了。感觉上似乎天快亮了，其实还只是半夜。

外边月亮很明，也比平日悬得高。前面又下来一个重伤员。屋里铺位都满了，我就把这位重伤员安排在屋檐下的那块门板上。担架员把伤员抬上门板，但还围在床边不肯走。一个上了年纪的担架员，大概把我当做医生了，一把抓住我的膀子说：“大夫，你可无论如何要想办法治好这位同志呀！你治好他，我……我们全体担架队员给你挂匾！……”他说话的时候，我发现其他的几个担架员也都睁大了眼盯着我，似乎我点一点头，这伤员就立即会好了似的。我心想给他们解释一下，只见新媳妇端着水站在床前，短促地“啊”了一声。我急拨开他们上前一看，我看见了一张十分年轻稚气的圆脸，原来棕红的脸色，现已变得灰黄。他安详地合着眼，军装的肩头上，露着那个大洞，一片布还挂在那里。

“这都是为了我们，……”那个担架员负罪地说道，“我们十多副担架挤在一个小巷子里，准备往前运动，这位同志走在我们后面，可谁知道狗日的反动派不知从哪个屋顶上撂下颗手榴弹来，手榴弹就在我们人缝里冒着烟乱转，这时这位同志叫我们快趴下，他自己就一下扑在那个东西上了。……”

新媳妇又短促地“啊”了一声。我强忍着

眼泪，给那些担架员说了些话，打发他们走了。我回转身看见新媳妇已轻轻移过一盏油灯，解开他的衣服，她刚才那种忸怩羞涩已经完全消失，只是庄严而虔诚地给他拭着身子，这位高大而又年轻的小通讯员无声地躺在那里。……我猛然醒悟地跳起身，磕磕绊绊地跑去找医生，等我和医生拿了针药赶来，新媳妇正侧着身子坐在他旁边。

她低着头，正一针一针地在缝他衣肩上那个破洞。医生听了听通讯员的心脏，默默地站起身说："不用打针了。"我过去一摸，果然手都冰冷了。新媳妇却像什么也没看见，什么也没听到，依然拿着针，细细地、密密地缝着那个破洞。我实在看不下去了，低声地说：

"不要缝了。"她却对我异样地瞟了一眼，低下头，还是一针一针地缝。我想拉开她，我想推开这沉重的氛围，我想看见他坐起来，看见他羞涩的笑。但我无意中碰到了身边一个什么东西，伸手一摸，是他给我开的饭，两个干硬的馒头。……

卫生员让人抬了一口棺材来，动手揭掉他身上的被子，要把他放进棺材去。新媳妇这时脸发白，劈手夺过被子，狠狠地瞪了他们一眼。自己动手把半条被子平展展地铺在棺材底，半条盖在他身上。卫生员为难地说："被子……是借老百姓的。"

"是我的——"她气汹汹地嚷了半句，就扭过脸去。在月光下，我看见她眼里晶莹发亮，我也看见那条枣红底色上洒满白色百合花的被子，这象征纯洁与感情的花，盖上了这位平常的、拖毛竹的青年人的脸。

一九五八年三月

（选自茹志鹃：《高高的白杨树》，上海文艺出版社 1959 年版）

【导读】

《百合花》是女作家茹志鹃 1958 年发表于《延河》杂志上的短篇小说。小说以"清新俊逸"的细腻笔触成功描绘了解放战争时期军民之间"肝胆相照、生死与共"的鱼水情谊，获得了茅盾的肯定，成为"十七年文学"中的经典之作。

小说以女性第一人称视角着重塑造了三个角色：憨厚而富有牺牲精神的年轻通讯员，羞涩而善良的农村新媳妇，以及豪爽而开朗的文工团员"我"。这三者因缘际会，因战争而相识相知，共同组成了特殊的临时小社会。通过行军、借棉被、救伤员等一系列事件的铺陈，这三个没有独立姓名的角色得以在具体情境中鲜活起来，不仅个人或内向、或开朗、或羞涩的性格特征得以逐渐展现，同时也在一定程度上折射了人物所代表的当时社会劳动阶层的精神风貌；小说对于诸如步枪筒里的树枝、肩膀处的破洞、撒满白色百合花的新棉被、干馒头、干菜月饼等诸多细节的精细刻画，不仅以侧面烘托的方式呈现出了人物心灵的微妙变化，展现出了人物多姿多彩的个性特征，而且以艺术的方式透入了特定的战争氛围；小说通过联想、回忆、插叙等方式，通过对小战士、新媳妇日常生活场景的想象和再现，很好地把战争与日常生活进行自然切换而彼此贯通，使隐藏在人物行为背后的那种建立在日常生活人情基础上的革命逻辑得以彰显。

以"百合花"作为小说的标题，显然蕴藏着多重意涵。在这里，"百合花"不仅仅是指棉被上具象的百合花图案，更是借助自然的物象，指向了新媳妇在兵荒马乱的战争时代对自己未来婚姻生活的美好期许："也许她为了这条被子，在做姑娘时，不知起早熬夜，多干了多少零活，才积起了做被子的钱，或许她曾为了这条花被，睡不着觉呢"；"百合花"也不仅仅是指战争中作为工具出现的盖在伤员身上的棉被，更是代表了战争时代军民患难与共、相互扶持的特殊情感；尤其是值得注意的是，"百合花"还担当了可以超越陌生人之间交往障碍的中介物，成为小战士舍己救人与新媳妇贡献百合花被这样最纯粹意义上的情感/道德得以贯通和传递的桥梁："在月光下，我看见她眼里晶莹发亮，我也看见那条枣红底色上洒满白色百合花的被子，这象征纯洁与感情的花，盖上了这位平常的、拖毛竹的青年人的脸"。在这个层面上，"百合花"显然超越了朴素的日常生活伦理，而象征了革命对于传统血缘、亲情、宗族等关系的超越，以及对于建构在革命认同基础上的人与人之间新型关系的想象与重构。由此，"百合花"以指向性别意蕴又突破性别框架的意象设置，在很大程度上具有了超越特定历史情境的普遍性审美价值。

茹志鹃在"十七年"时期的创作并不是很多，主要收在《高高的白杨树》（1959 年）与《静静的产院》（1964 年）这两本小说集内。在小说中，茹志鹃主要聚焦于革命历史变迁中的普通人的喜怒哀乐，充分发挥了其善于进行"静水深流"式描写的特长，无论是刻画人物

还是铺陈日常生活环境，笔触细致入微，感情真挚含蓄，以具有鲜明辨识度的女性叙事风格为我们留下了一个时代的侧影。（刘悦尔）

茹志鹃《百合花》
拓展阅读

红豆（节选）

宗　璞

萧素被捕的消息一下子就把江玫从《咆哮山庄》里拉出来了。江玫跳起来夺门而出，不顾那精心写作的读书报告撒得满地。好些同学跟她一起跑出了西楼，一直跑到学校门口，只看见一条笔直的马路，空荡荡的，望不到头。路边的洋槐上发散着淡淡的香气。江玫手扶着一棵洋槐树，连声问："在哪儿？在哪儿？"一个同学痛心地说："早装上闷子车，这会子到了警察局了。"江玫觉得天旋地转，两腿再没有一点力气，一下子就坐在地上了。大家都拥上来看她，有的同学过来搀扶她。

"你怎么了？"

"打起精神来，江玫！"

大家喊喊喳喳在说着。是谁愤愤的声音特别响："流血，流泪，逮捕，更教人睁开了眼睛！"

是呀！江玫心里说："逮走一个萧素，会让更多的人都长成萧素。"

江玫弄不清楚人群怎样就散开了，而自己却靠在齐虹的手臂上，缓缓走着。

齐虹对她说："我们系里那些进步同学嚷嚷着江玫晕倒了，我就明白是为了那萧素的缘故，连忙赶来。"

"对了。你们不是一起考高等数学吗？听说她是在课堂上被抓走的。"江玫这时多么希望谈谈萧素。

"是在考试时被抓走的。你看，干那些民主活动，有什么好下场！你还要跟着她跑！我劝你多少次——"

"什么！你说什么！"江玫叫了起来，她那会笑的眼睛射出了火光。"你！你真是没有心肝！"她把齐虹扶着她的手臂用力一推，自己向宿舍跑去了。跑得那么快，好像后面有什么妖魔鬼怪在追着她。

她好容易跑到自己房间，一下子扑在床上，半天喘不过气来。这时齐虹的手又轻轻放在她肩上了。齐虹非常吃惊，他不懂江玫为什么会发这么大的脾气，他曲着一膝伏在床前说：

"我又惹了你吗？玫！我不过忌妒着萧素罢了，你太关心她了。你把我放在什么地方？我常常恨她，真的，我觉得就是她在分开咱们俩——"

"不是她分开我们，是我们自己的道路不一样。"江玫抽咽着说。

"什么？为什么不一样？我们有些看法不同，我们常常打架，我的脾气，确实不好。不过，那有什么关系，反正我只知道，没有你就不行。我还没有告诉你，玫，我家里因为近来局势紧张，预备搬到美国去，他们要我也到美国去留学。"

"你！到美国去？"江玫猛然坐了起来。

"是的。还有你，玫。我已经和父亲说到了你，虽然你从来都拒绝到我家里去，他们对你都很熟悉。我常给他们看你的相片。"齐虹得意地拿出他随身携带的小皮夹子，那里面装着江玫的一张照片，是齐虹从她家里偷去的。那是江玫十七岁时照的，一双弯弯的充满了笑意的眼睛，还有那深色的嘴唇微微翘起，像是在和谁赌气。"我对他们说，你是一首最美的诗，一支最美的乐曲——"若说起赞美江玫的话来，那是谁也比不上齐虹的。

"不要说了。"江玫辛酸地止住了他。"不管是什么，可不能把你留在你的祖国呵。"

"可是你是要和我一块儿去的，玫，你可以接着念大学，我们要永远在一起，没有任何东西能分开我们。"

"不要说了，不要说了。"这是江玫唯一能说的话。

心上的重压逼得江玫走投无路。她真怕看萧素留下的那张空床，那白被单刺得她眼睛发痛。没有到礼拜六，她就回家去了。那晚正停电，母亲坐在摇曳的烛光下面缝着什么，在阴影里，她显得那样苍老而且衰弱，江玫心里一阵发痛，无声地唤着"心爱的母亲，可怜的母亲"，眼泪不由自主地流了下来。

"玫儿！"母亲丢了手中的活计。

"妈妈！萧素被捉走了。"

“她被捉走了？”母亲对女儿的好朋友是熟悉的。她也深深爱着那坦率纯朴的姑娘，但她对这个消息竟有些漠然，她好像没有知觉似的沉默着，坐在阴影里。

“萧素被捉走了。”江玫又重复了一遍。她眼前仿佛看见一个殷红的圆圆的面孔。

“早想得到呵。”母亲喃喃地说。

江玫把手中的书包扔到桌上，跑过来抱住母亲的两腿。

“您知道！”

“我不知道但我想得到。”母亲叹了一口气，用她枯瘦的手遮住自己的脸，停了一下，才说：“要知道你的父亲，十五年前，也是这样不明不白地就再没有回来。他从来也没有害过什么肠炎胃炎，只是那些人说他思想有毛病。他脾气倔，不会应酬人，还有些别的什么道理，我不懂，说不明白。他反正没有杀人放火，可我们就这样糊里糊涂地再也看不见他了——”母亲说着，失声痛哭起来。

原来父亲并不是死于什么肠炎！无怪母亲常常说不该有一个人屈死。屈死！父亲正是屈死的！江玫几乎要叫出来。她也放声哭了。母亲抚着她的头，眼泪浇湿了她的头发——

从父亲死后，江玫只看见母亲无言流泪，还从没有看见她这样激动过。衰弱的母亲，心底埋藏了多少悲痛和仇恨！江玫觉得母亲的眼泪滴落在她头上，这眼泪使得她逐渐平静下来了。是的，难道还该要这屈死人的社会么？彷徨挣扎的痛苦离开了她，仿佛有一种大力量支持着她走自己选择的路。她把母亲粗糙的手搁在自己被泪水浸湿的脸颊上，低声唤着：“父亲——我的父亲——”

门轻轻开了，烛光把齐虹的修长的影子投在墙上，母亲吃惊地转过头去。江玫知道是齐虹，仍埋着头不作声。齐虹应酬地唤了一声“伯母”，便对江玫说：

“你怎么今天回家来了？我到处找你找不着。”

江玫没有理他，抬头告诉母亲：“他要到美国去。”

“是要和江玫一块儿去，伯母。”齐虹抢着加了一句。

“孩子，你会去吗？”母亲用颤抖的手摸着女儿的头。

“您说呢？妈妈！”江玫抱住母亲的双膝，抬起了满是泪痕的脸。

“我放心你。”

“您同意她去了，伯母？”人总是照自己所期待的那样理解别人的话，齐虹惊喜万分地走过来。

“母亲放心我自己做决定。她知道我不会去。”江玫站起来，直望着齐虹那张清秀的象牙色的脸。齐虹浑身上下都滴着水，好像他是游过一条大河来到她家似的。

可是齐虹自己一点不觉得淋湿了，他只看见江玫满脸泪痕，连忙拿出手帕来给她擦，一面说：“咱们别再闹别扭了，玫，老打架，有什么意思？”

“是下雨了吗？”母亲包起她的活计，“你们商量罢，玫儿，记住你的父亲。”

“我不知道下雨了没有。”齐虹心不在焉地回答，他没有看见江玫的母亲已经走出房去，他的眼睛一刻都没有离开江玫。

江玫呆呆地瞪着他，尽他拭去了脸上的泪，叹了一口气，说：“看来竟不能不分手了。我们的爱情还没有能让我们舍弃自己的一生。”

“我们一定会过得非常舒适而且快活——为什么提到舍弃，为什么提到分手？”齐虹狂热地吻着他最熟悉的那有着粉红色指甲的小手。

“那你留下来！”江玫还是呆呆地看着他。

“我留下来？我的小姑娘，要我跟着你满街贴标语，到处去游行么？我们是特殊的人，难道要我丢了我的物理音乐，我的生活方式，跟着什么群众瞎跑一气，扔开智慧，去找愚蠢！傻心眼的小姑娘，你还根本不懂生活，你再长大一点，就不会这样天真了。”

“傻心眼？人总还是傻点好！”

“你一定得跟我走！”

“跟你走，什么都扔了。扔开我的祖国，我的道路，扔开我的母亲，还扔开我的父亲！”江玫的声音细若游丝，她自己都听不见自己在说什么。说到父亲两字，她的声音猛然大起来，自己也吃了一惊。

“可是你有我。玫！”齐虹用责备的语气说。他看见江玫眼睛里闪耀一种亮得奇怪的火光，不觉放松了江玫的手。紧接着一阵遏止不住的渴望和激怒，使他抓住了江玫的肩膀。他压低了声音，一字一字的说：“我恨不得杀了你！把你装在棺材里带走！”

江玫回答说：“我宁愿听说你死了，不愿知道你活得不像个人。”

风呼啸着，雨滴急速地落着。疾风骤雨，一阵比一阵紧，忽然哗啦一声响，是什么东西摔碎了。齐虹把江玫搂在胸前，借着闪电的惨白的光辉，看见窗外阶上的夹竹桃被风刮到了阶下。江玫心里又是一阵疼痛，她觉得自己的爱情，正像那粉碎了的花盆一样，像那被吹落的花朵一样，永远不能再重新完整起来，永远不能再重新开在枝头。

这种爱情，就像碎玻璃一样割着人。齐虹和江玫，虽然都把话说得那样决绝，却还是形影相随。花池畔，树林中，不断地增添着他们新的足迹。他们也还是不断地争吵，流泪。——

……

那是那一年冬天的第一个下雪天。路上的雪还没有上冻，灯光照在雪花上，闪闪刺人的眼。江玫一直向北楼走去，她想看一看那正对着一棵白杨树梢的窗子，有没有灯光。那个房间她从没有去过，可是那窗口她却十分熟悉。齐虹常对她讲窗口的白杨树叶的沙沙声怎样伴着他度过多少不眠的夜。透过飞舞着的迷乱的雪花，她一下子就找到那棵白杨树，而那白杨树梢的窗口，漆黑一片，没有灯光。

江玫的心沉了下去。她两腿发软，站在北楼前，一动也不动。

也许他从城里回来太累，已经去睡了？也许他还没有回来？江玫快步走进了北楼，走到齐虹的房间，她敲门又推门，门是锁着的。

“难道再见不着他了！真见不着他了！”江玫走出北楼，心里在大声哭泣。她完全没有看见新诗社的一个同学从她身边走过，也没有听见人家在唤着“小鸟儿”。

好容易走到西楼，江玫真是一点力气都没有了。她想找个地方靠一靠再上楼，一眼看见自己房间里有灯光。那房间，自从萧素被抓去以后，是那样空，那样冷，晚上进去总是黑洞洞的。这时竟点着灯，这灯光温暖了江玫，她三步两步跑上去，在门外就叫着“虹！”

果然是齐虹在房间里等她，满脸的焦急使他看上去苍老了许多。他一看见江玫，连忙迎上来握着她的手，疲倦地、也多少有些安心地说：“你到底回来了！我以为我再也见不着你了。”

江玫没有回答。她怕自己会把刚才那一番焦急向他倾吐，会让他明白她多离不开他。而他却就要走了，永远地走了。

“明天一早的飞机，今晚就要去机场。”齐虹焦躁地说：“一切都已经定了，怎么样？咱们就得分别么？”

“分别？——永远不能再见你——”江玫看着那耶稣受难的像，她仿佛看见那像后的两粒红豆。

“完全可以不分别，永不分别！玫！只要你说一声同我一道走，我的小姑娘。”

“不行。”

“不行！你就不能为我牺牲一点！你说过只愿意跟我在一起！”

“你自己呢？”江玫的目光这样说。

“我么！我走的路是对的。我绝不能忍受看见我爱的人去过那种什么‘人民’的生活！你该跟着我！你知道么！我从来没有这样求过人！玫！你听我说！”

“不行。”

“真的不行么？你就像看见一个临死的人而不肯去救他一样，可他一死去就再也不会活转来了。再也不会活了！走开的人永远也不会再回来。你会后悔的，玫！我的玫！”他摇着江玫的肩，摇得她骨头直响。

“我不后悔。”

齐虹看着她的眼睛，还是那亮得奇怪的火光。他叹了一口气，“好，那么，送我下楼罢。”

江玫温柔地代他系好围巾，拉好了大衣领子，一言不发，送他下楼。

纷飞的雪花在无边的夜里飘荡，夜，是那样静，那样静。他们一出楼门，马上开过来一辆小汽车，从车里跳出一个魁梧的司机。齐虹对司机摇摇手，把江玫领到路灯下，看着她，摇头，说：“我原来预备抢你走的。你知道么？你看，我预备了车。飞机票也买好了。不过，我看了出来，那样做，你会恨我一辈子。你会的，不是么？”他拿出一张飞机票，也许他还希望江玫会忽然同意跟他走，迟疑了一下，然后把它撕成几半。碎纸片混在飞舞的雪花中，不见了。“再见！我的玫。我的女诗人！我的女革命家！”他最后几句话，语气非常尖刻。江玫看见他的脸因为痛苦而变了形，他的眼睛红肿，嘴唇出血，脸上充满了烦躁和不安。江玫忽然想起，第一次看见他时，他脸上那种漠不关心，什么都没看见的神气。

江玫想说点什么，但说不出来，好像有千把刀子插在喉头。她心里想：“我要撑过这一分钟，无论如何要撑过这一分钟。”她觉得齐虹冰凉的嘴唇落在她的额上，然后汽车响了起来。周围只剩了一片白，天旋地转的白，淹没了一切的白——

她最后对齐虹说的一句话就是“我不后悔”。

（选自《人民文学》1957年7月号）

【导读】

《红豆》是女作家宗璞发表于《人民文学》1957 年 7 月号的小说。其时正值“双百”方针提出之后，文坛呈现出对现实主义的多样化探索格局。《红豆》以其对爱情主题的大胆处理、细致入微的心理描写以及温婉内敛的叙事风格，在当时独树一帜，被认为是“文笔细腻，情文并茂”的佳作。但在该作品发表后不久，作者便因为政治风云突变而遭受严厉批评，直到 1979 年才重获肯定。

该文以“红豆”带来的记忆为开端，以相同的红豆发夹被女主人公江玫放下为结束，红豆作为古典文化中与爱情息息相关的意象，由此串联起了整个爱情悲剧，折射了江玫从意识到身份所发生的巨大变化，演绎了那个时代特有的女性青年通过克服小资产阶级化的爱情而成长的故事。与“红豆”意象相伴随的，还有代表女主人公隐秘内心世界的“夹竹桃”意象，其变化从侧面暗示了角色内心觉醒的过程——从刚开场时代表安逸生活的“粉红色夹竹桃”，到母亲重病、好友因“革命”而被捕的在闪电之中被风刮到地上的夹竹桃，小说以物变衬托心变，较为形象地勾勒出了江玫在时代大潮中一步步走向自我蜕变的艰难经历，也较为细致地描绘了其决绝而坚定的革命信念如何克服包括爱情在内的私人性的曲折过程。

从以己为先的带着浪漫主义色彩的齐虹，到乐于助人的为了更多人的利益宁愿牺牲小我的萧素；从沉溺于恋爱中的普通女性到意识到爱情并不是一切的革命者江玫，小说所着力刻画的这三个个性鲜明的角色显然代表了当时社会的不同价值追求；他们彼此之间的冲突，因而不仅仅是性格冲突，而更多是不同价值取向的人们在历史分叉口的不同选择的冲突。作为主人公的江玫显然不仅仅代表青年女性群体，更代表了当时社会中大部分踟蹰的普通人，在将甘愿为了更多人利益牺牲自我的革命者萧素以及代表上流阶层、只顾个人利益的齐虹进行鲜明对比之后，她明白了建立在一己之私基础上的爱情的渺小，从而走出了普通人狭隘的日常生活。小说对这一选择的肯定，不仅仅指向了对女性自我觉醒的一种表扬，更代表了对如江玫一样的普通人最终能够在历史转折中脱胎换骨的一种褒扬。

宗璞的创作多以知识分子尤其是女性知识分子在历史风云变幻中的困惑、挣扎、超越等心路历程为主要描写对象，创作手法以现实主义为主，但也兼及现代主义表现手法的探索；女性叙事的自觉意识较为强烈，具有较为鲜明的女性文学特征。（刘悦尔）

▶ 宗璞《红豆》
拓展阅读

长长的流水（存目）

刘　真

【导读】

《长长的流水》是作者刘真根据自己 1943 年春天在太行山冀南区党委整风大队生活的经历而创作的。小说以第一人称叙述的方式，讲述了在战争环境里，一位最初淘气任性的八路军小战士是如何在县妇联主任李大姐的帮助下快速成长起来的故事。

在这篇小说里，刘真既没有描写弥漫着硝烟的战场，也没有制造激烈的矛盾冲突，而是感性地将看似平常而又动人的革命生活中的细节一一呈现在读者面前。李大姐在整风之余以“润物细无声”的方式送“我”课本，为“我”补习功课，让“我”坚持写作。她无私地照顾、引导着“我”成长，并为“我”所取得的每一份成绩骄傲。刘真从未进过学校，《长长的流水》中“我”的经历，也是她自身的经历。她是在部队革命前辈的帮助下学习文化和从事写作的，他们一笔一画教她识字，教她懂得道理。《长长的流水》中的“李大姐”不仅仅是李云石同志，也是无数个曾经教导过刘真的革命前辈的缩影。不管是生活还是学习，她们都曾给予当时革命队伍里像刘真这样尚未成熟的小辈无微不至的关怀与爱护，也在他们心里留下了终生难忘的温暖回忆。

在人物塑造上，刘真曾说，《长长的流水》不是写给孩子看的，而是通过孩子的故事，写给大人看的。但是既然写孩子，那就必须把活生生的孩子写出来，而不能让人物仅仅成为传声筒，简单地说教，这就需要借助形象本身的力量。当刘真以第一人称叙述的方式，把

“我”从淘气任性到逐渐成长的过程坦诚地展现在读者面前的时候，从小主人公置身环境中表现出来的儿童所特有的天真无邪的情趣便也直接传达到读者的心中，形成一种情真趣浓的意境，引发读者真实而亲切的审美快感。《长长的流水》所透露出的浓郁生活气息，让读者读罢不禁为那美好的人物、善良的心灵所感动，具有很强的艺术感染力。

刘真从小参加革命，积累了丰富的生活阅历。战争的残酷并没有抹灭她对美与善的信仰，相反，她借助儿童的视角来提倡爱与美、真与善，由此切入对战争、革命与军民关系的思考，形成了“十七年文学”中独树一帜的温情与童真相伴的创作风格。(陈闽璐)

▶ 刘真《长长的流水》拓展阅读

方舟（节选）

张　洁

梁倩曾爱他，也愿意被他爱。结婚初期，为了讨白复山的欢喜，梁倩也曾着意地修饰过一阵子。那几件漂亮的连衣裙，如今还像没穿过似的压在箱底。真可惜！但梁倩也不愿意送人，生怕那衣服上的霉气会给人家带来厄运。衣服还没等穿旧，他们就互相看透了。

你会在男人怀里撒娇吗？

不，不会。

你能说清楚德彪西吗？

不，不能。

你知道什么是男人的虚荣？

不，不知道。

你愿意爬上黄山去看始信峰的云吗？

不，我不想爬。

这游戏应该在结婚以前做完。然而那感情来得太快，如同消失得太快一样。像仲夏里的一场骤雨。她太年轻，一个十八、九岁的女孩子，像一块不大的云，载不了太多的雨。

离婚吧！

“离婚？何必呢？咱们不兴离婚这一套。不如来个君子协定，各行其是，互不干涉。我是个极其开通的人。对外还能维持住你我的面子，岂不实惠？”白复山说这些话的时候绝不激动，跟在自由市场上和卖活鱼的小商小贩讨价还价一般。

白复山说得对。梁倩还应考虑她这个家庭的社会地位。然而，这种地位所给予他们的损害是不容易为外人理解的。不是有那么一些趋炎附势的人，像腐蚀剂一样，不知不觉，无声无息地锈蚀着他们的灵魂么？他们在很多方面不是令人侧目而视么？

难道白复山变成今天这种样子，仅仅是他一个人的责任么？她可以不再爱他，但她不可以对他不公正。在这点上，她倒是同情白复山。

除了梁倩自己，谁也不会懂得，这种家庭的地位，是一个多么沉重的负担，就算她不为自己的离婚闹得满城风雨，他们这个家庭，还不够引人注目的吗？父亲的那些老战友，大眼瞪小眼地盯着她，别说父亲，就是他们也决不会允许她为离婚的事闹得满城风雨。这不但会败坏他们梁家的门风，同时也败坏了他们每一个人的门风。他们会拿出维护她父亲的形象，甚至是维护什么什么事业的尊严这样的理由来劝阻她。她知道，白复山透彻理解这一点。他自有自己的生活之道。

好吧，离也罢，不离也罢。大家都这么耗着。反正也没有哪一个爱她的人在等待着她。

“我到处找也找不到你，最近活得怎么样？”他从衣袋里拿出一盒香烟，抽出一支递给梁倩，挺殷勤地给她点上火。自己也抽出一支点上吸着。

“谢谢，不好也不坏。”梁倩眯着眼睛看了看香烟上的商标：三五牌的！他可真会享受！

“戏拍得怎么样？”

“不顺利。”竟然还想着问上这么一句。难得。

“有人从中作梗？”

“哦，没有，是我自己。”梁倩根本不想和白复山多说。她知道，他说的这几句话和一般人说的应酬话没什么两样。于是，她便专心致志地摇晃着脱了一半、还在脚指头尖上挂着的凉鞋。

白复山看见，梁倩的袜套上有一个破洞。怎么会搞到这种地步，她又不缺钱用！他顺着这短袜一路看上去，上面是细得麻杆一样的小腿，再往上是窄小的胯，再往上是瘪的胸，再上，是暗黄的、没有一点光泽的脸。他在梁倩身上，真是再也找不到一点可爱的地方了。她在他心里再也引不起男人对女人的一丁点兴趣了。她怎么活得这么蹩曲、这么窝囊啊？

白复山想不通梁倩为什么要把他拒于千里之外。她从不妒嫉除她之外的任何别人。要是他们之间没有了夫妻之爱，他们可以搭个伙计啊！那样他们就可以互相补足彼此的欠缺。只要她肯在老头那里为他通融，用不着她自己这样挣命，他在外头什么都会给她张罗好，她还不是要什么有什么。她可以安心在家当个太太，养得再胖一点。香港那里有各种各样女人用的化妆品，她可以不致像现在这样不堪入目。像她现在这样拼死拼活，能落下什么好处？前有古人，后有来者，她能折腾出来点什么？白复山看不出梁倩有什么惊人之才，她不过死用功罢了。就算她能折腾出来一点什么，后来的人也会很快地超过她，如同他自己拉琴就是这个下场。要想保持不败的记录，要有奇特的天赋，并且舍得牺牲一切物质的诱惑和享受。那太苦了，划得来么？这是一个竞争的世界，争教育，争吃饭，争就业……

白复山早已在香港存了一笔钱，只要找到个机会，他就会到海外去，或开饭馆，或做丝绸买卖。这里，没有他的位置。白复山并不愿意和梁倩正式离婚。就算老头不在了，他那个身份仍然还会像英国人可以传代的贵族头衔一样，给他带来一定的好处。假如梁倩愿意，他也可以带她一同出去，她可以写点回忆录那样的东西，那她就会赚大钱，然后他们舒舒服服地过完后半生。

想到这里，白复山心里竟也生出一点点温情。他走过去，在梁倩的身旁坐下，肩膀稍稍地挨着她的肩膀，仿佛无意中的。他知道不能太过地贴紧，那梁倩就会立刻躲开去。

“何必那么认真呢！”

哦，他的声音依旧是动人的。梁倩感到他肩膀上那块坚硬的肌肉，和从那块肌肉上传过来的温热。她想起初婚的那个夜晚，他怎样欢喜若狂地抱着她在卧室里打转。他们没有开灯，明亮的月光从落地窗里照进来，包裹着他们。每当她被他旋转到朝向窗口的时候，她就看见浮在月亮旁边的，那一块说不清是金色，或是银色，或是淡紫色的，透明的，亮晶晶的，薄羽似的轻云。她的心仿佛被那块云填满了。满得想要流出来。

“拉琴给我听吧。”她对他耳语。仿佛怕她话里的热情被人偷听。

那大约是她听到过的，他一生中最好的一次演奏。可惜当时她并不知道，她那时以为一切不过是开始。唉，应该录下来，现在再放给他听听，他会怎么样呢？

梁倩微微地向白复山侧过头去。那双布满红丝的眼睛在试探地、警觉地研究着她。那眼睛里再也找不到一点清亮的闪光了。而且昨夜大概又是通宵地喝酒。

一切都是不可追回的。她何必痴心妄想，他早已把自己的灵魂卖给了烧酒。

乏味的感觉向她袭来。现在顶好只剩下她一个人，让她倒在这长沙发上好好睡一觉。那有助于恢复她细腻的感觉。

“找我有什么事？”

白复山知道，梁倩希望他赶快离开。

“能不能带我去看看老头？”

梁倩的眼皮一跳。一般情况下，白复山是不提这种要求的。他在外面，门路多得很。光凭某某人的女婿这个身份就能通行无阻。现在不少事情就是这样，真正要办成点事，有多少是通过正常的组织手续？只要亮一亮谁谁的牌子，比组织介绍信管事。要是不巧撞了车，那就只有比谁的牌子硬了。现在要见老头，一定是有什么非得老头亲自出面的事。

“什么事呢？”

“我想出去！”

他想出去！现在好些人都犯了“出去狂”。梁倩暗笑。好像外面是个大金窟，只要带个口袋出去，往地上一蹲，张着口袋往里拣就是了。

再说，他出去又能干什么？拉琴？他那手琴早已经不行了。除非他上街头去做拉琴的高级乞丐。

可是，他怎么想起要出去的呢？难道他出了什么事，呆不下去了不成？“你想潜逃？女人问题？走私问题？还是里通外国？”

“这是哪儿来的话！”白复山觉得情况不妙，梁倩的情绪已经从冷淡变为刻薄。他尽可能地低声下气，又把右胳膊绕到梁倩身后的沙发靠背上去。梁倩立刻感到自己被包裹在白复山胸前所散发出来的热气之中。她往右挪了挪身子，干巴巴地说：“我不能带你去。他最近身体很不好，连我自已也很久没去打扰他了。”

“那么我自己找他去。”白复山夹着香烟的手指颤抖起来。

像过去许多年一样，他仍然拿她毫无办法。她还是个女人吗？啊？简直是个刀枪不入的巫婆。

“我会打电话给那边，不让你进去。”

她说得出就会做得到。这女人，真狠！

梁倩看见，白复山的腮上，鼓起一道道肉楞。她想提醒他，这不好看。可是给白复山下面紧接着的这句话惹火了。

“你真不管？”

口气里，很有一些威胁的，翻底牌的味道。那意思是：“别跟我假装正经！”

利用父亲的关系，办点事情的情况，梁倩是有的。但那都是为了确实应当解决而又不好解决的问题，并没有过了分寸。再说又有几件事是为了她自己？荆华和柳泉离婚之后没有住处，她能不管吗？谁谁父亲的冤案一直拖着不给人平反对吗？她要拍的这部电影，有什么不好，硬是不给通过？凭什么她这个电影学院导演系毕业的高材生，当了十几年的副导演就不能导一部片子？要按论资排辈的办法哪一年才能轮到她？这要求有什么过份吗？就算她不是某某人的女儿，她也会尽一切力量去奋斗的，但像白复山那样想借着父亲的牌子去做过份的事，她从来没干过。

真不像话！告诉他老头有病，他连问都不问一句，别说是对自己的岳父，就是出于一般人的礼貌，也该说句不花本钱的假话，问问长短。竟连这点面子上的事都不办，他心里只有他自己。

“你想逼死老头？爹上辈子不知倒了什么霉，这辈子要当这么个官，闹得人人都躺在他身上吃他的肉，喝他的血，坑他，拿他的大头。人人都想在他身上捞点什么。现在又惦着让他把你弄出去？你为自己张罗的还少哇？你在外头打着老头的牌子办这办那，捅了漏子就往老头身上一扣，闹得不了解情况的人对他有意见。他整年整年地见不着你，他知道你干了什么？啊？他是吸了你一根烟，还是吃过你一顿饭？……你给我请！”

梁倩跳起来，拉开工作间的门，把门敞得大大的。

白复山看了她一眼。这个歇斯底里的女人！再不说什么，把烟头往地上一扔，像每次独奏完毕，谢幕之后，微微地侧着身子，退向后台那样快步地走出门外。

（选自《收获》1982 年第 2 期）

【导读】

《方舟》是张洁 1982 年发表于《收获》的中篇小说，在当代女性文学创作中具有代表性和广泛影响。作品写的是梁倩、荆华和柳泉三个中年知识女性的生活苦难和精神创痛，以及她们在职场、婚姻和社会中遭遇的种种性别不公与不义。

“方舟”之题，来自《圣经》中记载的“诺亚方舟”的故事。其原初之意是上帝耶和华毁灭与拯救人类的一种工具和手段，后来成为一个文化符码。在张洁的小说中，方舟既是女性逃离男性压迫的避难之地，又是自我救赎、互相慰藉的女性情谊的乌托邦，它是“痛苦的理想主义者”张洁用语言制造的一块女性飞地，最终将三个出身有别、职业各异、性格不同的知识女性连在一起，她们共同的不幸均来自“因为你是女人”。出身高干家庭的导演梁倩，除了丈夫给她精神和情感上带来的创伤外，事业上也郁郁不得志。她辛辛苦苦拍的电影因“那女主角的奶子怎么那么高哇”而被禁演；理论工作者荆华空生了“两条有力的胳膊”，一篇说了几句真话的文章遭到了批判；在外贸部门从事翻译工作的柳泉除了面对离婚、孩子的抚养权等问题，更因小有姿色而不得不面对上司的性骚扰。

张洁似乎将种种女性苦难都加之于这三个中年知识女性身上，但是与一般男性作家制造的女性苦难美学不同，这三个受难的女性形象却并非像她们自嘲的“弱者，你的名字叫女人”，她们既非受苦受难的仁慈地母，也非逆来顺受的传统女性，实际上，相比于那群庸俗、猥琐的市侩男性，她们敢于说真话的勇气、面对苦难的坚韧和尊严，最终确立起的是以强者面目出现的现代女性的主体形象。不过，由于张洁文字间流露的对男性强烈的讥讽和嘲弄，以及关于女性情谊乌托邦的描写等，作品问世后饱受争议。张洁的写作具有鲜明的女性主义立场，其虚妄自私、卑劣猥琐的男性造像，解构了男权社会的文化霸权。张洁早期作品朴素清新，中后期多用反讽与戏拟，语言也走向犀利和嘲弄。（杨海燕）

无字（存目）

张　洁

【导读】

张洁1979年以短篇小说《爱，是不能忘记的》扬名全国后，凭借其对作品题材、技术、风格的不懈探索，成为新时期最为重要的作家之一，并因作品中鲜明的女性意识，被誉为“女性文学的旗手”（陈思和语）。《无字》是其晚年力作，小说因独特的女性视角与磅礴的历史叙事，一经发表便引发了读者的关注，张洁也因这篇作品的成功而第二次获得茅盾文学奖。

作为一部三卷本的长篇巨制，《无字》透过女作家吴为的人生历程，描摹了整个20世纪中国社会的风云激荡。由于其中包含了张洁太过饱满沉重的情感，所以尽管人物刻画复杂深刻，描写力透纸背，作者仍认为有难以言表、言尽之感，故名之为“无字”。小说布局宏伟精妙，以两条脉络串联了人物情节，推动了故事的发展：一条以墨荷、叶莲子、吴为、禅月为中心，讲述了一个家族四代女性的个人际遇；另一条则以顾秋水、胡秉宸两位男性主人公为中心，叙述他们的革命生涯，从而将众多中国革命的重要事件纳入了文本。两条脉络经由叶莲子与顾秋水、吴为与胡秉宸的婚恋相连接，形成了以女性家族叙事为主线、以宏大历史叙事为副线的结构，并生成了两个极具象征意义的情节，即吴为为叶家女人立传以及胡秉宸为自己的革命生涯写传记。两条脉络的并置，既是解构，亦是建构。所谓解构，即从女性视角出发，透过顾秋水与叶莲子、吴为母女，胡秉宸与吴为这两组不同历史时期的人物，揭示以坚毅、忠诚的英雄形象示人的男性们在私人生活中对女性的霸凌、背弃与欺骗及其精神上的怯懦与空虚，颠覆宏大叙事以显露其背面。所谓建构，则是透过吴为一家四代女性，展现女性对于苦难的承担以及女性的代际传承，弥补以往被宏大叙事遮蔽的那一部分。

当然，张洁写《无字》的用意还不止于此。她没有停留于对男性的简单批判，而是尝试从社会、政治、个人际遇等各个方面分析、追寻男性暴力的历史成因，探讨在更大的暴力面前，男性的扭曲及其对暴力的转嫁，从而将小说提升至对历史、对人性的叩问，谱写了一曲20世纪的精神悲歌。（周文晓）

▶ 张洁《方舟》《无字》拓展阅读

四个四十岁的女人（节选）

胡　辛

五年，何止五年！二十年也不过“弹指一挥间”！开头几年，她们尚有书信往来。十年动乱中，也许是各自境遇的变迁，遵循一般凡人的“处世哲学”，她们竟然慢慢地断了音讯！她们的理想付诸实现了吗？

“嗳，干嘛这么沉闷？我们难得相逢，分别说不定又即将来临。说说吧，说说二十年中我们为理想奋斗的境况，哪怕一件小事、一点感触。扣子轮轮转，东南西北中，淑华、叶芸、玲玲、最后我，好吗？”柳青突然以异常活泼轻松的声调对大家说，特别是少年时代的口头禅“扣子轮轮转”，把她仨逗乐了。

“对了，大家都得讲愉快的、幸福的事噢。”玲玲似乎是漫不经心地提出了要求。

“不，认命吧。”不识相的叶芸眼珠一转，随即利索地扯下睡裙口袋上的一枚装饰扣——一根白线摇摇欲坠地吊着它，女主人竟懒得理睬。这是一枚正面色彩缤纷的有机玻璃扣，反面，却是一片死灰色。叶芸潇洒地往上一扔，接住。“掉下来的是正面，当然讲幸福、美满的事；反面呢，就非得讲辛酸痛苦的事不可。不管你们是唯物还是唯心的，这回都得依我。”她不容分说地把扣子塞给了淑华。

淑华憨厚地笑笑，无可无不可地将扣子往上一抛，落下来——反面。

“嗬，奇迹出现了！上有公婆，下有儿女、

夫唱妇随，你可算得上‘全福人’呵。掉在蜜罐里的人上哪去找痛苦辛酸?”叶芸又来了!“还得加一条，每人的开场白都得有段格言、警句什么的，我们可是受过中等、高等教育的女人。”这个叶芸，真叫人啼笑皆非。

“我确实是‘憨人有憨福’，我的生活道路平淡无奇呵。六五年搞社教后，我便抽调到区妇联……”淑华抹抹鼻头上的汗珠，开了头。

“嗳，这可不算格言，俗话俚语而已。”想不到玲玲也不放过她。

“好,”淑华挺认真地想了想，“爱孩子是母鸡也会的，可要做个称职的母亲，就不那么简单了。唔，大意如此，好象是高尔基说的吧。”粗糙的手掌又往鼻头上抹去，“像样啵?”

“像样！说下去吧。”柳青赶快给她解围。

“我们这一代人，嘴边都爱挂这么一句话：‘人到中年万事休，寄希望于下一代。’望子成龙、望女成凤，金光大道好像只有一条：好好读书，考上大学，要不中专也行。我的业余时间几乎把家务事全包了，婆婆有眼病，爱人老杨工作紧，身体又不太好，我打米买煤球，炒菜烧饭，缝补浆洗不停手呵！哪怕倒垃圾，星期天也没叫崽女做过，只要他们学习上去，我就心满意足了。上星期成绩单发下来，你们猜——”

“感动了上帝呗，个个不负慈母心呀。”玲玲热情地接嘴道。

“唉！初二的学军这女崽三门不及格，四年级的学文数学不及格，刚读一年级的学东这小崽子也只凑合着六七十分。我气得饭都吃不下，狠狠地哇了他们一顿。”

“基础一定得打好。你得找找根源，这三个小家伙是不是对学习不感兴趣？兴趣是成功的一半哇。”柳青饶有兴趣地探讨。

“唉，你们不晓得呢，学军眼泪汪汪地把嘴一扁：‘姆妈就晓得哇我们，你看人家雯雯家，特意给她买了台录音机学英语，想听歌子就听歌子；你看人家小燕子的姆妈，专门给她请了个高级老师，星期天就上门给她辅导，她姆妈哇不加小灶拔得了尖呀？你看人家冠萍的姆妈，哪怕是单元测验，也请几天病假陪冠萍，……’学文也摇着两根羊角辫起劲了：‘就是嘛，前个礼拜我们学校考中学，外面站了好多爸爸姆妈，拿着桔子水、果子露、香蕉，还有奶油蛋糕什么的在那里等着。我要是考中学，爸爸姆妈才不会去接送呢。’连老三这小子也咋咋唬唬：‘就是就是，人家小胖，小明早上都有奶粉、白糖糕吃的，就我们家，老是泡饭、泡饭！’天！放排炮啦！我不以为崽女哇的别人的姆妈都是好姆妈，但我心里确确实实堵得慌。”

叶芸却格格地笑了起来：“记住：儿孙自有儿孙福，莫为儿孙做马牛。棍棒底下出孝子，筷子头上出逆子。”

“没正经。”玲玲白了她一眼。

“是啊，近来我也在思索这个问题。‘俯首甘为儿子牛’的精神在城市父母中似乎太强了些，大有包办代替之势。儿女们依赖、依赖，象温室里的花朵，象攀缠着树的藤儿。这样下去不行呵。”柳青激动地发表感慨。

“唉，你们猜，我家老头子在枕头边跟我说什么来着？他说崽女们的话应给我们启发，今后工作上的事过得去就行。还说，不是我教你要刁，党政军工青妇，妇联本来就在末底，你这区妇联，就更小了。再说鸡毛蒜皮的事有居委会管，头破血流交给派出所处理，离婚抢亲上法院好呐，计划生育专门立过了牌子，况且你自己还是‘超指标姆妈’。他劝我实际点，心血要多淌点到自家崽女身上。你们猜，我心里唧个滋味？真是辛酸痛苦！哇老实话，离开织布机，我伤心过，倒做了十六年妇联工作，虽说是婆婆妈妈的工作，但蛮合我的秉性，我喜欢我的工作，我不能容忍人家轻贱它！我不相信，非得做一个不合格的妇联干部才配做及格的姆妈。那夜，我头一次跟老杨正儿八经地吵了起来……完了。东扯葫芦西扯瓢。”淑华嘎然而止，两只粗糙的大手掌不自在地搓了搓。

“象警钟，引我深思。”玲玲叹了口气。

“象鞭子，抽打着我这妄为母亲者的破碎的心。”叶芸半真半假，随即把烟蒂在石桌上一按：“噢，该我了。”

“叶芸叶芸，象一片落叶飘零，象一朵浮云游移。且看命运对我的恩赐。”她一欠身抓起石桌上的钮扣，满不在乎地向上一抛——反面。

“弱者啊，你的名字叫女人。”她的纤细的十指神经质般交叉绞着。“还有：人言可畏！唾沫星子能溺死人，更不用说女人。这些都是百分之百的警句吧。”

玲玲试图打住她，但她不予理睬，又自顾自地说下去：“真人面前不说假。我一次‘出嫁’、两次改嫁，讲时髦一点，也就是三次结婚、两次离婚，怎么说也超过了‘一件事’，按说离题了，但结婚离婚都属婚姻这件大事，所以我又不算离题，对吗?”

玲玲将她的一只手腕捏住，脉膊跳动颇快，玲玲不由得皱起了眉。她却轻轻地推开了玲玲的手。

“在世人眼中，我不过是一个轻薄下贱、水性杨花的女人，有谁知我正是为了追求做一个真正的女人才如此身败名裂呢?”她抬眼望星空，亮晶晶的星星象宝石缀满幽远高深的天幕，二十年前，她展开理想的翅膀起飞时，虽柔嫩幼稚得可笑，但毕竟勇敢大胆得令人羡慕。

“记得头几年，我意气风发，斗志昂扬，居然成了剧团的二牌花旦。事业上的成功叫我踌躇满志，爱神丘比特的矢又射中了我和小孙的心。这位比我早两届的能写能演的校友，被人称为I县的‘小石凌鹤’，他是I县人，独苗。我不想那么早结婚的，我记得文艺学校的老师说过，芭蕾舞大师乌兰诺娃就一辈子不结婚，赵丹也曾要他搞舞蹈的女儿赵青写保证不早结婚。艺术家的青春不能耗费在十月怀胎中呀。小孙可赌咒发誓了：‘结婚不生孩子还不行吗?要生也保证十年后！骗你是小狗。’然而，结婚刚一年，小孙的娘便不断向我开战了。先是‘传宗接代’的正统教育，再是摔盆打钵的指桑骂槐，‘养了只鸡婆不下蛋呀！’‘前世造了什么孽啊，我独门独苗的要断香火啦！’笑话！我自食其力，谁要他们家养了?! 可我还是屈服了，第二年生下了‘让让’这女孩，让步呗，我够意思了。”

“这下总该风平浪静了吧。”淑华息事宁人，好像她参加了调解似的。

“别忘了，中国封建社会有两千多年的历史，生崽生崽，女孩子不是崽!”叶芸轻蔑地扁扁嘴。“调到县委宣传组做事的小孙也压根忘了自己的誓言，一个劲地劝我：‘妈是一番好意，再说一个也是养，两个也是磨。’老二婷婷又出世了。该他家没福份，又是女的。我不想再跟他母子俩没完没了地打‘持久战’，趁‘大串连’回娘家来，搞了张证明结扎了。回剧团后，头牌花旦挂牌子扫厕所去了，我虽然被称为修正主义的苗子，但‘小贩’的出身给了我红五类的外衣，再说李铁梅、阿庆嫂、小常宝总得要人演呀，我又活跃在舞台上了。世上没有不透风的墙，结扎的事终于为小孙母子发觉，自然，家庭九级地震发生了，我才不管呢，我行我素。可偏有不少好事者兴风作浪，说我心术不正，作风腐败，在舞台上都敢与人眉目传情，说得有鼻子有眼，妈呀，连具体细节都编得活灵活现呢。支撑我和小孙感情的柱子——信赖倒塌了，我们上了法院……”叶芸的手又抖抖索索地往睡裙口袋里掏烟，玲玲抓住了她的手腕，柳青赶忙递过一瓶启口的桔子汁，叶芸接过，一仰脖子咕噜咕噜喝了个精光。淑华递给她手绢，她慢慢地揩着嘴角。

（选自《百花洲》1983年第6期）

【导读】

胡辛作品具有自觉的女性意识和强烈的人文主义关怀。《四个四十岁的女人》是她的处女作，最初发表于《百花洲》1983年第6期，获1983年全国优秀短篇小说奖，1984年被改编成同名电视剧。小说以四个四十岁的女人不同的人生故事，提出并试图回应20世纪80年代重新涌现出来的妇女问题。

同窗九载的四个好朋友，在分别二十年后意外邂逅于省妇女保健院门口。曾经的青春与理想被衰老和现实吞噬得面目全非，幸好她们还能再次相遇并重新回顾二十年的时事与人生：嗓音甜美立志成为“小潘凤霞”的钱叶芸，因生了两个女儿不能传宗接代而不容于家庭，更因两次离婚和“女戏子”的身份而失去了女人宝贵的“名声”；热爱纺织想成为“小郝建秀”的蔡淑华，为了家庭离开心爱的织布机而成了一名受人轻视的妇联干部，终日忧心于三个孩子的教育问题；决定“一辈子不结婚，争当第二个林巧稚”的助产士魏玲玲，不得不为了丈夫和儿子改行当了一名“看看报纸聊聊天，结结绒线溜溜街”的女行政人员，把一门心思放在了丈夫的冷暖营养和当好儿子的“家庭教师”上；“圆心尖”柳青虽然坚持理想，成了一名山村女教师，但可怕的病魔和至今孑然一身的孤独仍时时包围着她。

四个四十岁女人的故事里，既有生老病死的超时代的人生问题，也有特定历史政治苦难给人带来的时代悲剧，更有人生里无处不在的性别歧视问题。既要能生育男孩以传宗接代，又要做贤妻良母以支持家庭，在个人事业与家庭职责之间，在自我与历史、情感与道德之间，留给女性个人发展的空间很窄很窄。“中年”“病妇”的形象与故事发生的医院场域，替换了社会主义革命时期的“铁姑娘”形象及其生产场域，在20世纪80年代初期的女性文学中具有相当的普遍性。这种转换既是妇女问题与女性意识复苏的表现，也是时代政治变迁的性

别表征。有关妇女是否已经获得解放的思考，总是关联着中国对于历史的判断以及对未来的想象。（韩颖）

▶ 胡辛《四个四十岁的女人》拓展阅读

隐形伴侣（节选）

张抗抗

离正点开车时间还有一个小时。她无事可做，无处可坐，便靠一扇窗站着，闷闷想着心事。窗玻璃污浊不堪，外面灰蒙蒙什么也看不见。

不远处另一扇窗下，有个人站着在看报纸。

她无意溜了一眼，发现他看的是一张当天的《三江日报》。

她又扫了一眼，发现正对着她的那一版上方，登着一则醒目的标题：《一条河堤，两条路线》。

她的脑子嗡地一热，身子往前倾，凑上去，想看得清楚些。那人转过脸来，有些奇怪地瞅了她一眼。

那报纸忽地搭拉下去。

她抬起头看看那人。

“是你——”那人低声说。

陈旭。她的嘴唇动了动。

——他穿一件破旧的草绿色棉袄，领子上露出些黑乎乎的棉絮。胸前一片油垢。一顶新而脏的狗皮帽夹在腋窝下，露出长而蓬乱的头发，一直压到耳根。人好像没有什么变化，既不显瘦也不显胖，只是腮帮子刮得挺干净，看上去比以前还显得精神些。她平静地打量他，就像打量一个熟人。

“正在拜读你的大作。”他好像也总算反应过来，露出了她熟悉的那种无所谓的神情，扬扬手里的报纸说：“你，蛮会写嘛……”

如果说世界上有一件她最不愿发生的事，也许就是不愿让他看到这张报纸。但恰恰他走过了报亭。

“你怎么晓得是我写的？”她表现出不高兴。

“嗳，不要谦虚嘛，谦虚过头就是虚伪了。”他清清嗓子。“你不是从政治文化室开始，就表现出这种才能了嘛。我连你写的文章也看不出来，白白同你一条炕上住了一年半。”

“你别无赖好不好？”她有些愠怒。平日想象中如果偶尔与他重逢而勾起的旧情全都不翼而飞。“你有啥意见，直说好了。”她不知该怎么摆脱他。

“我晓得你是不欢喜听假话的，”他颇为自信地点点头，“我当然要直说。你和我今朝在这种地方碰到，简直是个奇迹。今生今世，要想再碰到，恐怕不大容易。你要上天，我要入地，各奔前程了。所以，我这几句话如果不说，实在对你不住。”

他摸出一包烟，点上了，舒舒服服吸了一口。

“要说，实在也简单不过。一句话——我看如今你说造话的本事老早超过我了！”

什么东西在她头顶猛击一下。她眼冒金星，冷汗四溢。等开了支，你再来拿好不好……一个黑影在角落窃笑。她口干舌燥。

“不……”她结结巴巴地辩解。“那次借钱的事，我不是故意的……我是真想借给你的……结果家里突然、突然来了电报……”

他哈哈笑起来，指间的烟灰飞散开去。笑得她莫名其妙。

“借钱？你以为我会向你借钱？真是笑话。那是泡泡儿同我打的一个赌，他一定要说你这个人一生一世是不会讲造话的。不过，你编造话，还骗不到我头上。我这个老骗子，还会不知道你说的是真是假？就算你真骗了我，我也无所谓，不会像你那样要死要活的。因为……”他停顿了一下，仰着脸，往污秽的空气中吐着烟圈。“因为人生来就要骗人，也要被人骗的，互相骗来骗去，一笔公平交易。我老早就同你说过。怎么样，我去当个预言家蛮合格呢！”

“我没有骗人。”她用一种坚决的口气说，“不要把你同我混为一谈。”

“岂敢岂敢。”他嘴角上滑过一片冷冷的嘲讽。“你同我当然是不一样的。你只要大笔一挥，什么‘七分场百日大变样’的谎话就全场满天飞。你只要闭上眼睛说什么一条河堤两条路线，乌鸦都变成了喜鹊。你向几千几万个读者不负责任地描绘这种假象、重复这种谎言，你还要受到表扬、重用、提拔，哼，你敢说你没有骗人，没有学会说谎？你，你是骗人有功啊！”

肖潇悚然。他一直在暗中跟踪、观察，并监视着她呀，这个魔鬼！如果他知道，知道了那份公开信上签名的事……她张口结舌。

“而我——”他把烟头扔在地上，用脚踩灭了，又继续踩，踩得稀烂，“我是骗人有罪，罪该万死——你不是不知道当时我为什么那样做。我同你今天的处境恰好相反，但我们的结局，恰恰也正好相反。”

沉默。火车惊天动地吼叫。天花板在颤抖。

恰好相反？也许。不，她没有骗人。那是她的工作，她的职责，她的理想，她的……

他抬手看了看表。

“我是专门从煤窑出来，来接牤子的。”他的口气平和了些，“那年他打死了马，判了两年，刑满了，从汤原监狱出来，打电话给我，不想回家了，想到煤窑去下井多挣点钞票……火车，晚点了……”

她睁大眼睛望着他。牤子？那个破碎的天鹅蛋。什么？朋友？什么时候对位？他原谅了他，就因为她月子里那袋鲫鱼？友谊很简单也很实惠，爱情也很实惠却太复杂。那个天鹅蛋永远不会再有了，天鹅却会年年飞来。人顶可怕的是自己骗自己。真理从来只遇到我而我却从不曾遇见真理……她茫然而疑惑。

“那么，你就打算一直在煤窑……呆下去？”她问。火车为什么还不来？她不知道自己为什么还站在这里。

他摇摇头，又点了一颗烟。

“这么傻？墨汁浇在烟丝上，抽个把月，肺部就会出现阴影。哪一天弄到病退证明，就好打回老家去。我这点本事，骗骗医生足够了。”

她打了一个冷战。

“不要慌。肯说出自己心里的所谓罪恶的人，不会是顶可怕的人。”他直盯盯看着她，目光阴冷而锋利，“承认自己丑恶的坏蛋，同那些自以为高尚的伪君子相比哪个真实？每个人心里的私欲，噢，也叫私心杂念吧，不会因为你不承认它而不存在的！不会因为你想消灭它，它就灭亡的！”

好比我看你，你就不是原来那个你，是另外一个人，一个我也不认识的人，但我晓得这个是你。

她不想听他讲演。火车还不来。她犹豫了一会儿说：“你晓得，邹思竹发神经了……”

“发神经？”他竟完全无动于衷，撇了撇嘴。“你晓得他真疯假疯？现在装疯病退的人多的是，我……”

“你太冷酷了！”她忍无可忍地打断了他。“如果说天下有一个人不会装假，就是邹思竹。”

他嘿嘿地笑起来，狡黠地挤了挤眼。

“他不会装假？他告诉过你说，他爱你吗？”

没有，从来没有。即使爱过，也早已不再爱了，他对我失望……

他用一种无所不知的神气说：“我晓得他是一直想同你好的，只是他不敢想、也不敢说罢了。他亲眼看见了我们在农场安家的结局，他不考上那个大学，不离开农场，那种感情如何实现？压抑也是一种装假，装假就要压抑，压抑的人到头来不发神经才是怪事。说穿了他同我的区别就在于，我是看破红尘而无所不为，以毒攻毒。因为你只有比那些坏蛋更加坏，你才能战胜他们。而邹思竹……”

她的耳膜胀得像要裂开，头皮也要裂开了……

“而邹思竹这个人明明是陷在烂泥塘里，明明也是早早看透了人生，却偏偏还要装清高。他怎么会不苦恼？”他一口气说下去，“这种书呆子想得太多就想出些古怪的念头来折磨自己。所以我说他真疯假疯弄不灵清，历史上许多思想家都是疯子嘛……”

他再说下去，她也要发疯了。

“不过实在是犯不着。人这个东西，就是这样真真假假、好好坏坏的。老子这辈子假如还有出头之日，假如让我来——管人，我就要对现在的这套道理来一个彻底革命。我要让每个人都把心里所谓的那个魔鬼放出来，每天给它们足够的时间和地方让他们去作死。谁也不会因为看见了对方的魔鬼而吃惊害怕；谁也不会因为背着自己的魔鬼而感到沉重。况且，那魔鬼也不会因为关押在瓶内太久而憎恨人类。它们互相残杀的结果，只会是内耗和内损，筋疲力尽就要去休息。休息的时候，天下或许就太平了。当然天下太平是很无聊的，同死亡差不多少。所以太平总是暂时的。但毕竟人们再不需要伪装和撒谎，他们内心的私欲都通过溢洪道排放出去了。你说这不是真正符合人性的么？”

“请你不要再说了！”肖潇忽觉胸腔中涌上一股怒气，脖子上青筋绽出。他多么轻而易举地原谅了自己，他为自己的懦弱和失败创造了这样一套魔鬼的理论，真是厚颜无耻。她决不会被他说服！她也永远不会像他说的那样去做。她要寻找自己的真实。她会找到的。“再见！”

她匆匆说，没有再看他一眼，扭头冲出门去。

她不知道自己是怎么回到七分场的。一路上狂风呜咽天昏地暗。一路上她只是觉得恶心。你向几千几万读者不负责任地描绘这种假象、重复这种谎言，你还要受到表扬、重用、提拔。哼，你是骗人有功啊——翻腾的胃液和血管里，只是翻来覆去旋转着这几句话。如同烧红的钢针烙刺她，穿透骨髓；又如一把尖利的刮刀，将她的皮肉一丝丝剐下，剐得体无完肤，只剩精筋白骨。如果他知道公开信上萝卜头的签名……他实在早已将她看透了。他是唯一能将她看透的一个人！

她走着，没有知觉。她似在一片瘫软的沼泽上行走，一只脚陷下去，陷下去。她挣扎。风撕裂着她，她撕裂着风，田野茫茫。她在一片若有若无的空白中游逛。她填不了这空白，这空白要吞没她。她发现原来自己的心空空，脑子空空，如一片撂荒的土地，如一片从未开垦过的土地。只有一个她不认识的人跟着她。她刚要看见他，他就不见了。好像我不是一个我，好像有两个我。我中有他，他中有我。她感到极度恐惧。她跑起来。如今你说造话的本事老早超过我了。她大口大口地吞咽着风。又吐出来。大风如网。天网恢恢……人最可怕的是自己骗自己。这么看来人是有两个自己的，糟糕的是他们往往谁也不认识谁，她大概就是受了自己的那个自己的骗了！

她拼命地跑。她要追上风，抢在风的前头。免得让风把那个若隐若现若即若离死乞白赖跟着她的家伙又带上！风是猩红色的，由于穿过她的血管而变成冷冰的猩红色；由于穿过了太阳而变成火热的猩红色。太阳马上就要落下去，那风就会冷却会变成黑色。黑色是他喜欢的颜色。她不知道自己喜欢什么颜色，但永远不会喜欢黑色。她穿过这斑斓的世界太短促，她更多的时间将留在黑色中，但愿她喜欢除了黑色之外的所有颜色！风在盘旋，盘旋成一道七彩的虹、一个七彩的环。她从来没有见过这种七色的风、华丽的风、辉煌的风。太阳马上就要落下去，明天升起来的将是另一个陌生的太阳。明天的太阳将不会给她七彩的风，明天的太阳不会原谅她！她要找到萝卜头！

（选自《收获》1986 年第 5 期）

【导读】

《隐形伴侣》是张抗抗在 1986 年发表于《收获》第 4—5 期的长篇小说。小说讲述了两个杭州知青在北大荒结婚又离婚的故事，“尝试了有关潜意识、无意识、梦境、幻觉、隐喻、心理活动等多种写作方法”。张抗抗认为，在自己的创作之路上这部作品“具有里程碑的意义”。

题目“隐形伴侣”内涵深刻，它是个体在历史中对真实自我的寻找和重建，是主体与他者之间交缠关系的具象。“隐形伴侣”既是一个外在的他者，正如小说中的肖潇之于陈旭，或陈旭之于肖潇，同时也是一个“内在的他者”。肖潇一开始将真诚与正义的理想寄托在恋人陈旭身上，但逐渐发现了他的虚假与谎言，于是与之离婚。然而，后来肖潇为了离开北大荒，写了《一条河堤，两条路线》的官样文章，编造了一个更大的谎言，并最终被陈旭点破。原来，被肖潇反感、厌恶、排斥的那个外在他者——陈旭，其实就是她自我之一部分，是伴随其身的一个“内在的他者”，一个“隐形伴侣”。而只有意识到这个终生隐随的虚假、伪善之“恶”，人才能认识自我并克服这恶。小说的特别之处不在于肖潇对陈旭的认识，而在于她终于意识到自身的“隐形伴侣”。所谓单纯、善良、美好的女性外表下，包含着虚假与谎言。小说中一再出现的“谎花”意象正是谎言的象征。

《隐形伴侣》在叙事形式上与当时先锋小说的探索遥相呼应，但其历史观和问题意识延续了张抗抗的一贯特点，即对现实的深度介入与历史批判的诉求。因此，女性主人公对自我的精神分析式探求，实际上是建构在明确的历史政治语境中的。在谎言大行其道的年代，说真话就会受到惩罚，这与北岛的《回答》、巴金的《随想录》提倡的“说真话”等“新时期”的时代文化氛围息息相通。

张抗抗在 20 世纪 70 年代后期开始创作，其作品总是呼应时代的重要问题，具有强烈的现实主义关怀，“两个世界”的提法在 20 世纪 80 年代的女性文学讨论中产生了重要影响。（杨海燕）

▶ 张抗抗《隐形伴侣》拓展阅读

我在哪儿错过了你（存目）

张辛欣

【导读】

《我在哪儿错过了你》是张辛欣发表于《收获》1981年第1期的中篇小说，它的题目直接提出了20世纪80年代出现的两性在爱情、婚姻和自我发展中的冲突问题，以及男性气质与女性气质的问题。小说采用“第一人称”视角叙述，在内心独白和回忆之间不停地切换，深入反映并刻画了女性在传统与现代角色、“自我”与“他者”之间的现实境遇和置身其中的困惑、质疑、自省，提出了当时职业女性普遍存在的社会认识与自我确认问题。

小说中的“我”是一个电车女售票员，同时也在偷偷写话剧。“他”是一名航海系毕业生，却因历史政治问题无法到海上去，受朋友之托做话剧的导演。两人由挤车而相识，因共同喜欢的艺术和排练的话剧而相知。“他”拥有敦实的身体、宽宽的肩膀、丰富的内心、远大的抱负和良好的文艺素养，是“我”心中完美男子汉的形象。但是“我”却把握不住“他”是否喜欢“我”，因为“我知道，尽管男人们对世界的看法各有差异，但一般来说，对标准女性的评价和要求却差不多。你也是一样。而我，一个让你说是有些男子汉气的女子。是不会讨人喜欢的！”于是，“我”将错过的原因归结于“我自己”——“我们彼此相隔的，不是重重山水，不是大海大洋，只是我自己！”也即归结于“女性气质”的缺乏和“太要强”。作者以女主人公由此陷入“原谅我”的说辞进行反讽，引人关注和思考作品所揭示的现象和问题。

可是，“我”需要原谅的是什么呢？是“我”不得不粗鲁的假面还是冷静要强的内心？难道因为“我”是个女人就不能坚持自己的意见？因为“我”喜欢你就得温柔顺从？女主人公内心的困惑与恍惚正是对社会所要求的所谓女性气质的质疑。其实，基于生理上的男女二元性别所对应的男性气质与女性气质区分是刻板化的性别等级结构的体现，它压抑束缚的不仅是那些缺乏女性气质的女性，同样也是那些缺乏男性气质的男性（“我”之所以拒绝李克，很大成分在于其缺乏“他”的那种男子汉气质）。《我在哪儿错过了你》对性别气质的焦虑，是20世纪80年代中国重新自然化性别的体现。

张辛欣在20世纪80年代的小说集中思考了两性在社会与婚姻中的地位、女性气质与个人发展的悖论等问题。她的作品具有强烈的女性意识，表现了一个现代知识女性在转折时代对于自我发展的热切渴望与决绝的姿态。（杨海燕）

▶ 张辛欣《我在哪儿错过了你》拓展阅读

山上的小屋

残　雪

在我家屋后的荒山上，有一座木板搭起来的小屋。

我每天都在家中清理抽屉。当我不清理抽屉的时候，我坐在围椅里，把双手平放在膝头上，听见呼啸声。是北风在凶猛地抽打小屋杉木皮搭成的屋顶，狼的嗥叫在山谷里回荡。

“抽屉永生永世也清理不好，哼。”妈妈说，朝我做出一个虚伪的笑容。

“所有的人的耳朵都出了毛病。”我憋着一口气说下去，“月光下，有那么多的小偷在我们这栋房子周围徘徊。我打开灯，看见窗子上被人用手指捅出数不清的洞眼。隔壁房里，你和父亲的鼾声格外沉重，震得瓶瓶罐罐在碗柜里跳跃起来。我蹬了一脚床板，侧转肿大的头，听见那个被反锁在小屋里的人暴怒地撞着木板门，声音一直持续到天亮。”

“每次你来我房里找东西，总把我吓得直哆嗦。”妈妈小心翼翼地盯着我，向门边退去，我看见她一边脸上的肉在可笑地惊跳。

有一天，我决定到山上去看个究竟。风一

停我就上山，我爬了好久，太阳刺得我头昏眼花，每一块石子都闪动着白色的小火苗。我咳嗽着，在山上辗转。我眉毛上冒出的盐汗滴到眼珠里，我什么也看不见，什么也听不见。我回家时在房门外站了一会，看见镜子里那个人鞋上沾满了湿泥巴，眼圈周围浮着两大团紫晕。

“这是一种病。”听见家人们在黑咕隆咚的地方窃笑。

等我的眼睛适应了屋内的黑暗时，他们已经躲起来了——他们一边笑一边躲。我发现他们趁我不在的时候把我的抽屉翻得乱七八糟，几只死蛾子、死蜻蜓全扔到了地上，他们很清楚那是我心爱的东西。

“他们帮你重新清理了抽屉，你不在的时候。”小妹告诉我，目光直勾勾的，左边的那只眼变成了绿色。

“我听见了狼嗥，”我故意吓唬她，“狼群在外面绕着房子奔来奔去，还把头从门缝里挤进来，天一黑就有这些事。你在睡梦中那么害怕，脚心直出冷汗。这屋里的人睡着了脚心都出冷汗。你看看被子有多么潮就知道了。”

我心里很乱，因为抽屉里的一些东西遗失了。母亲假装什么也不知道，垂着眼。但是她正恶狠狠地盯着我的后脑勺，我感觉得出来。每次她盯着我的后脑勺，我头皮上被她盯的那块地方就发麻，而且肿起来。我知道他们把我的一盒围棋埋在后面的水井边上了，他们已经这样做过无数次，每次都被我在半夜里挖了出来。我挖的时候，他们打开灯，从窗口探出头来。他们对于我的反抗不动声色。

吃饭的时候我对他们说：“在山上，有一座小屋。”

他们全都埋着头稀哩呼噜地喝汤，大概谁也没听到我的话。

“许多大老鼠在风中狂奔。”我提高了嗓子，放下筷子，“山上的砂石轰隆隆地朝我们屋后的墙倒下来，你们全吓得脚心直出冷汗，你们记不记得？只要看一看被子就知道。天一晴，你们就晒被子，外面的绳子上总被你们晒满了被子。”

父亲用一只眼迅速地盯了我一下，我感觉到那是一只熟悉的狼眼。我恍然大悟。原来父亲每天夜里变为狼群中的一只，绕着这栋房子奔跑，发出凄厉的嗥叫。

“到处都是白色在晃动，”我用一只手抠住母亲的肩头摇晃着，“所有的都那么扎眼，搞得眼泪直流。你什么印象也得不到。但是我一回到屋里，坐在围椅里面，把双手平放在膝头上，就清清楚楚地看见了杉木皮搭成的屋顶。那形象隔得十分近，你一定也看到过，实际上，我们家里的人全看到过。的确有一个人蹲在那里面，他的眼眶下也有两大团紫晕，那是熬夜的结果。”

“每次你在井边挖得那块麻石响，我和你妈就被悬到了半空，我们簌簌发抖，用赤脚蹬来蹬去，踩不到地面。”父亲避开我的目光，把脸向窗口转过去。窗玻璃上沾着密密麻麻的蝇屎。“那井底，有我掉下的一把剪刀。我在梦里暗暗下定决心，要把它打捞上来。一醒来，我总发现自己搞错了，原来并不曾掉下什么剪刀，你母亲断言我是搞错了。我不死心，下一次又记起它。我躺着，会忽然觉得很遗憾，因为剪刀沉在井底生锈，我为什么不去打捞。我为这件事苦恼了几十年，脸上的皱纹如刀刻的一般。终于有一回，我到了井边，试着放下吊桶去，绳子又重又滑，我的手一软，木桶发出轰隆一声响，散落在井中。我奔回屋里，朝镜子里一瞥，左边的鬓发全白了。”

“北风真凶，”我缩头缩脑，脸上紫一块蓝一块，“我的胃里面结出了小小的冰块。我坐在围椅里的时候，听见它们叮叮当当响个不停。”

我一直想把抽屉清理好，但妈妈老在暗中与我作对。她在隔壁房里走来走去，弄得踏踏地响，使我胡思乱想。我想忘记那脚步，于是打开一副扑克，口中念着：“一二三四五……”脚步却忽然停下了，母亲从门边伸进来墨绿色的小脸，嗡嗡地说话：“我做了一个很下流的梦，到现在背上还流冷汗。”

“还有脚板心，”我补充说，“大家的脚板心都出冷汗。昨天你又晒了被子。这种事，很平常。”

小妹偷偷跑来告诉我，母亲一直在打主意要弄断我的胳膊，因为我开关抽屉的声音使她发狂，她一听到那声音就痛苦得将脑袋浸在冷水里，直泡得患上重伤风。

“这样的事，可不是偶然的。”小妹的目光永远是直勾勾的，刺得我脖子上长出红色的小疹子来。“比如说父亲吧，我听他说那把剪刀，怕说了有二十年了？不管什么事，都是由来已久的。”

我在抽屉侧面打上油，轻轻地开关，做到毫无声响。我这样试验了好多天，隔壁的脚步没响，她被我蒙蔽了。可见许多事都是可以蒙混过去的，只要你稍微小心一点儿。我很兴奋，起劲地干起通宵来，抽屉眼看就要清理干净一点儿，但是灯泡忽然坏了。母亲在隔壁房里冷笑。

“被你房里的光亮刺激着，我的血管里发出怦怦的响声，像是在打鼓。你看看这里，”她指着自己的太阳穴，那里爬着一条圆鼓鼓的蚯蚓。“我倒宁愿是坏血症。整天有东西在体内捣鼓，这里那里弄得响，这滋味，你没尝过。为了这样的毛病，你父亲动过自杀的念头。”她伸出一只胖手搭在我的肩上，那只手像被冰镇过一样冷，不停地滴下水来。

有一个人在井边捣鬼。我听见他反复不停地将吊桶放下去，在井壁上碰出轰隆隆的响声。天明的时候，他咚地一声扔下水桶，跑掉了。我打开隔壁的房门，看见父亲正在昏睡，一只暴出青筋的手难受地抠紧了床沿，在梦中发出惨烈的呻吟。母亲披头散发，手持一把条帚在地上扑来扑去。她告诉我，在天明的那一瞬间，一大群天牛从窗口飞进来，撞在墙上，落得满地皆是。她起床来收拾，把脚伸进拖鞋，脚趾被藏在拖鞋里的天牛咬了一口，整条腿肿得像根铅柱。

“他，”母亲指了指昏睡的父亲，“梦见被咬的是他自己呢。”

“在山上的小屋里，也有一个人正在呻吟。黑风里夹带着一些山葡萄的叶子。”

“你听到了没有？”母亲在半明半暗里将耳朵聚精会神地贴在地板上，“这些个东西，在地板上摔得痛昏了过去。它们是在天明那一瞬间闯进来的。”

那一天，我的确又上了山，我记得十分清楚。起先我坐在藤椅里，把双手平放在膝头上，然后我打开门，走进白光里面去。我爬上山，满眼都是白石子的火焰，没有山葡萄，也没有小屋。

（选自《人民文学》1985 年第 8 期）

【导读】

残雪的作品极具前卫姿态，她以极端的精神状态、强烈的感官刺激和非逻辑的叙事手法，颠覆了男性中心话语指定的女性文学的审美趣味，开启了先锋叙事的女性主义立场。短篇小说《山上的小屋》最初发表于《人民文学》1985 年第 8 期，作为 20 世纪 80 年代中期“以形式探索为主要特征”的先锋小说代表性作品，它以象征、联想、意象、暗示等手法，呈现人物内心世界的意识流动，多层次的结构对传统小说的叙事逻辑和连续情节进行了彻底颠覆，给人以一种强烈的突兀与不安之感，表达出她对于现实生活个人化的独特把握和另类的审美取向。

小说没有明确的时间背景，人物身份也模糊不清，以“我”“小妹”“爸爸”“妈妈”一家两代人之间的对话构成主要内容，从“我”的视角观察孩童和成人两个对立的世界。对“抽屉”的整理以及对“围棋”“灯光”等不同的态度构成两代人矛盾的焦点，这些具体事物被残雪赋予了象征意义，表现出成人对童年世界的干预破坏；而打捞几十年前遗落在井底的剪刀是“爸爸”“妈妈”唯一的爱好，它体现着成人世界的空虚与病变。山上的小屋，是“我”所向往之处，而它却时而存在，时而消失，它充当了“我”理想中的外部世界或生活环境，反映了“我”对于“家”即现实生活环境的不满和逃离。理想与现实之间的巨大差异，形成了“我”内心世界的敏感，这使得小说在个人感官感受化的叙述中展示的“家”是梦魇般的，所谓的亲情并不存在，有的只是矛盾、窥视、猜忌和互相伤害；以荒诞变形、错乱恐怖的外部环境，反映人物焦虑、阴郁甚至变态的心理，突出了人的生存悲剧和人性的丑陋。这样一种对世界的处理方式影射了残雪曾亲历的“文化大革命”岁月，其父被错划为右派、全家人遭受厄运的惨痛经历使她对人性产生反思，而以卡夫卡为代表的西方现代派对她的影响，则使这种影射和反思在小说中显示出极富冲击力的超现实主义艺术效果。（于安琪）

▶ 残雪《山上的小屋》
拓展阅读

弟兄们（节选）

王安忆

老李尖声叫道：我的孩子！这叫声使老王战栗起来。她看着老李，好像看着一个从不认识的陌生人。老李的脸色铁青，牙关紧咬，眉毛竖了起来，面目竟有些狰狞。她扑到孩子身边，要把他抱起来，可是他半个身体在童车内，且又穿了很厚的棉衣，一下没有抱起来，便有些疯狂。头发披散了，垂下来，沾上了孩子的血，像一个鬼似的。老王过去帮她抱孩子，她却厉声喝道：别碰我的孩子！老王怔住了，她觉得她的心在一片一片撕碎，可是她强忍着心痛，继续帮助扶起了车子。老李将孩子抱在怀里，孩子的血在缓缓流着。他躺在母亲怀里，觉得安全了，就不再哭，安静地看着蓝天。老李脸上沾满了血，她不知孩子什么地方在流血，用手左捂右按，一时上鲜血淋淋，不由嘶声哭嚎起来。游人们围拢过来，纷纷劝她不要着急，并且帮她找到了伤口。她看见了粉红的肌肉里面娇嫩的白骨，拼命地跺了脚哭。有人递给她一条手绢，让她按着伤口，告诉她公园后门口就有一个中心医院，并有路熟的人带了她往那里跑。跑着跑着，那人就从她怀里抢过孩子，以百米冲刺的速度直奔出公园门外。老李跌跌撞撞地跟着，像个乡下女人那样一路哭嚎。路上的行人都朝她看着，心想这个女人大约是疯了。老王拖了童车跟在她后面，心里可怜她，想去搀扶她一把，可是又不敢。她觉得老李在恨她，并且恨之入骨，好像这场事故全是她一手缔造的。她宁愿接受一群陌生人的帮助，让一个陌生人将孩子抱走了，却对她说：别碰我的孩子！老李这一声嘶叫一直在老王耳边回响，使老王觉得自己是一个罪人。她多么想帮助她，好以此赎罪，可是老李却不给她一点机会。过马路时，她见老李直朝一辆卡车轮下冲去，就去拉她，她却挥舞着胳膊，要与她打架一般。老李的力气变得很大，将她推得几乎跌倒。当她站稳了身子，竟见老李神奇地到达了对岸，车辆却像川流不息的河流。她等着汽车过完，望了老李的背影远去，心中充满了绝望的感情。她觉得，她生活中有一桩最最重要的东西在这时候不可挽回地失去了。

等孩子止了血，缝了针，吃了消炎的药粉，安安静静地睡着了，老李才恢复了常态。她颧骨上浮着两块边缘清晰的红晕，像一个到了晚期的结核病患者。她过分频繁地在房间里走来走去，一会儿摸摸晾在窗外的衣服干了没有，一会儿掂掂热水瓶看里面有没有热水了。老王想劝她不要这样无谓的消耗精力，却又不敢出声。她缩在角落里看着老李忙碌。而老李好像根本忘记了屋里还有她在似的，不和她说话，也不看她一眼。这天的太阳特别的好，天也长了，到五点钟的时候，还很亮。孩子睡得很沉，侧着身子，含着一根手指，头上包了绷带，像一名英雄。当楼梯上响起老李男人的脚步声时，她们俩不由地惊恐起来。此时此刻，她们才交换了一下目光，而这目光的相遇却使她们觉得，彼此相隔得很远。她们怦怦地心跳着，绝望地望着房门。她们不知道会发生什么，心里充满了不祥的预感。老李男人走上楼，推开了房门。他走进房间，见家里很整洁，也很安静，桌上放着饭菜，孩子在睡觉。这是多日来没有过的宁馨的景象。他心情很愉快地说道："吃饭吧！"说罢就在桌前坐下，用筷子挟了菜吃。他本想等女人推他去洗手，见女人没动静，只得自己重又站起来去洗手。这点小小的扫兴并没有破坏他的心情，他依然高高兴兴的。回到桌子前，再次招呼她们吃饭，甚至还向老王说：这时候她丈夫正一个人孤伶伶地在吃饭吧。怎么了，为什么不吃饭呢？都给你们盛好了，难道要我喂？他自己先忍不住笑了。她们这才站起来，慢慢向饭桌走去。途中，她们又相视了一眼，互相在眼睛里看见了骇怕。这时候，她们两人都非常怨恨对方，又都不知怨恨些什么。老王一直腰，又一昂头，朗朗地说道：今天闯了一个祸，孩子——老李的男人立即回头去看孩子，看见了孩子头上的绷带。他克制着自己，慢慢地放下筷子，问是怎么回事。老王一口气将事情经过说了出来，然后就那么昂首挺胸地站在老李的男人跟前，要去就义的样子。老李的男人感到一股怨气从心头上升，他火冒三丈。他想：他的好心情原来全是受了她们的骗，中了她们的圈套。他想：她们将什么都破坏了，这一个夜晚和许多同样的夜晚全被她们破坏了！只听"哐啲"一声，他把饭碗扔在地上了，老王一惊，回头去看老李。老李已经退回到床沿，怔怔地坐着，没看见这一切似的。老王忍着性子说道：你扔什么碗！又不是故意的，哪个男孩没有个磕磕碰碰的就长大了？老李的男人冷笑道：照你说，这一跤摔得好，我应当感谢你了。老王也冷笑道：你不必谢我，也不必怨我，又不是我把你们的孩子摔了。说到"你们"这两个字的时候，她觉得一阵心痛，她想老李不会来帮她了。老李一声不响地坐着，漠然地看着他们你一言我一语地争吵。老王又是一阵心寒。老李的男人听她这么说，再也按捺不住他的怒火了，他想自从这个女人加入进他们的生活，就再没有一日的安宁。他伸出手，指着老王的鼻尖，吼道：就怨你！老王冲上前去叫道：这不公平——喉头就噎住了。她恨自已在这时刻却涌上了眼泪，她有许多道理要讲，却一句也讲不出来。她嘴唇抖着，因要忍住眼泪，整个脸都歪斜了。老李的男人觉得这个女人十分丑恶，她为什么老在这里呢？这不是她的家呀！她为什么不走呢？他冲动地嚷道：你走！老王听了这话，眼泪慢慢地回去了，她强笑了一下，颤抖着声音说：我不走，这不是你一个人的家。她说完这话，回身走到沙发上坐下，她瞥了老李一眼。她这句话其实是说给老李听的，她其实是在向老李求援。可是老李什么也没有听见，漠漠地坐着，一只手轻轻在孩子身上拍着。孩子已经醒了，安静地吃着手。老王坐到沙发上，缩成一团，她望着老李的背影，心里嚷着：完了，老李，一切都完了。眼泪从她眼睛里流出，淌了满脸。这一个晚上，她没有上床，缩在沙发里。老李的男人睡那张竹榻，老李和孩子睡在大床上。三个大人都没有睡着，各想各的心思。老李的男人渐渐有点后悔，觉得自己过火了一些。那也是情急之下，失了控制。可是他也绝不打算向她赔罪。老李却好像在一日之内变成一个庸碌的主妇，什么思想都没有，一心只有孩子。一夜无数次地起来给孩子喝水，小便，试体温，吃药。当她起床时，便看见老王的眼睛在黑暗中烁烁发光，像一对猫眼。

第二天早晨，老李的男人吃过早饭走了。老王依然坐在沙发上，老李叫她吃早饭，她很古怪地看了老李一眼，却没有答应，还是坐着。老李看看她，叹了一口气，将饭桌收拾起来，坐在床沿上给孩子钩一件开司米外衣。孩子早已忘了昨天的历险，在床上蹦跳着嬉闹，挥舞着一片木头大刀。太阳照进房间，老王的脸色非常苍白。老李担心地想：她会不会是病了？就故意找话和她说。可她除了点头和摇头，没有一个字的回应。老李知道老王在生自己的气，她渐渐想起出事的当时她对老王嚷的话了，又渐渐想起昨晚上男人和老王的吵嘴，心里觉得非常难过。她几次想开口表达自己的心情，却不知从何谈起。这一日一夜，老李觉得她好像经历了一场极大的变故，她不知道这变故在什么地方，可是她知道，一切都已发生了，她不知道还能不能挽回。她几次走到老王身边，想在她男孩子般的短发上抚摸一下，像她过去常做的那样，可是老王恶狠狠的目光使她又退了回来。中午，她下了点面条，老王没有吃，她也没有心思，只吃了几口就收了起来。下午，孩子睡觉了，她对老王说道：你看一会儿孩子，我出去头点东西，然后不容老王推托，就匆匆逃跑似地出了门，下楼到了街上。她慌慌张张的想不出她该买什么，待到她想要买一卷卫生纸时，又发现连一分钱都没有带出来。她这样做是为她昨天那句话：别碰我的孩子！向老王道歉的。她在阳光普照的大街上走了一圈，回到了家里，推开房门。孩子一动不动地熟睡，老王依然坐在沙发里。她不安地走过去，温柔地说："要不要吃点东西？"老王一扭头，又一摇头，眼睛里有亮晶晶的东西在闪烁。到傍晚的时候，老王才站起来，去梳了头洗了脸，帮着摆好了碗筷，等老李的男人一到家，不经招呼就上桌大嚼起来。晚上，她依然睡沙发上，老李和孩子睡大床，老李的男人睡竹榻。因为对老王的歉意，老李男人很心甘情愿地蹉在那张摆不平的竹榻上。这样的日子一共过了三天。这三天内，老王一直没和老李说话，倒是和老李的男人说了一些话。每逢这种时候，老李的男人便有些受宠若惊的，连连地回答她。到了初十的这一天，老王按原计划要回南京了。老李要去送她，她不说要也不说不要，只沉默着，但当老李来夺她的旅行包时，她也松了手。两人一前一后地走到汽车站，等着车来。上车然后下车，两人自始至终没有一句话，默默地穿过广场，初春的乍暖还寒的风吹拂着，她们共同地想起那一个离别的日子，在南京的车站，老王给老李送行。两人朝不同的方向扭过脸去，不敢正视。老李将老王送至检票口，眼看着她将车票递给检票员就要进去，老李却拉住了她，将她拉出了队伍。放开我！老王哑声叫道，并挣扎着。别人都看着她们，老李不顾别人好奇和揶揄的目光，双手抓住她的胳膊，说道："我是爱你的，真的，我很爱你！"她们之间从来没有说过"爱"这个字，这个字已经被男女媾和的浊流污染了，这时候她却说了。老王的眼泪夺眶而出，她嚷道："晚了，已经晚了！"老李也哭了，她流着泪说："没有晚，没有晚！""不，晚了，太晚了！"老王哭着，眼泪流成了河，"有些东西，非常美好，可是非常脆弱，一旦破坏了，就再不能复原了。"她说罢就挣脱了手，朝检票口冲去，转眼间消失了。

（选自《收获》1989 年第 3 期）

【导读】

王安忆的中篇小说《弟兄们》发表于

1989年《收获》第3期。在创作前期完成以“雯雯系列”为代表的女性成长历程的观照后，王安忆在这篇小说中以论辩式的叙述，对女性主义所涉及的一系列乌托邦议题进行了清醒而深刻的反思。它不仅可视作王安忆创作前期女性自我成长写作的转折，而且可以从中探察女性主义思潮在20世纪80年代后期出现的某种变化。

《弟兄们》讲述了三个普通女性的人生故事。她们因性别意识和自我认同在学校中建立了深厚的姐妹情谊，分别以“老大”“老二”“老三”称呼彼此，并处处比照男性安排自己的生活，以显示对于女性身份的强烈认同，并从中感受一种自我独立的满足。然而当她们走出校园建立家庭后，这种专属于女性的情谊却开始分崩离析。首先打破“同盟”关系的是老三，她追随丈夫而去，原属于自我的个体代之以妻子身份。老大本想通过生一个孩子来实现自我女性身份的救赎，但最终却臣服于母亲的角色，彻底割断了曾经的女性情感认同。而女性主义立场最为坚定的老二，也因女性同盟内部的分裂放弃了对纯粹女性自我的坚守。一度看似坚不可摧的女性情谊由此瓦解。

王安忆以“弟兄们”而非“姐妹们”来命名并讨论女性情谊，文中的三姐妹也处处以兄弟之情的文化传统模仿并戏拟她们之间的情感关系。小说凸显了在一个男权的文化象征秩序中，女性终究无法脱离男性语境而另辟女性苍穹的文化及语言的困境。实际上，建立在戏仿基础上的女性乌托邦，一开始就预示了它必然分崩离析的命运。男性的介入、孩子的出生，轻而易举地粉碎了女性间的情谊，所谓姐妹情谊实际上无法如她们所期许的那样如同“弟兄情谊”般存在。从张洁小说中女性“方舟”的建立，到王安忆笔下女性同盟的瓦解，女性文学对妇女解放命题的思考愈发深入和严峻。妇女解放的阻力不仅来自男权社会的外部现实，更来自社会内部的男权文化象征秩序。

虽然王安忆一再强调“我不是一个女性主义者”，但在多样而丰富的创作中，她却悄然地改变并解构着当代文学思潮中种种男权与父权神话，体现出女性改写历史的冲动与潜能，极大地拓宽了女性文学的边界。（于安琪）

长恨歌（存目）

王安忆

【导读】

《长恨歌》作为王安忆的小说代表作，自2000年获得茅盾文学奖后便引发了多重阐释，其中较具代表性的观点是将之视为传承“海派”传统、再现老上海风华之作，并进一步衍生出大量关于城市文化的研究。但作家本人对此却并不认同，直言“完全离开小说的本意”，并希冀新的阅读可以使其回归初衷。然而个中相悖显然不只是“怀旧”潮流引发的误读误解可以解释的。

《长恨歌》按照时间顺序分三部分讲述了上海女子王琦瑶的传奇人生与上海的风云变幻。正如作家反复提及的，她是借助女人的命运写城市故事，王琦瑶与上海之间具有明显的同构关系。与以个人命运象征社会变迁的创作手法相匹配的是小说笔触细腻灵动，意蕴丰富，关注对人物心理与生活细节的刻画，且叙述有娓娓道来之感，表现出作家极高的艺术修养。但值得注意的是，这种同构性在文本中是不均等的。第一部分如“王琦瑶”一节所示，同构性最为鲜明，王琦瑶就是上海，上海就是王琦瑶。而正像小说开篇所言，“站在一个至高点看上海”。作者对于老上海/王琦瑶是俯视的视角，虽然有同情有体恤，却也有距离有高度，审视着这段历史缝隙中借来的繁华，故而常常语带讥讽：“瑶瑶是小姐样，却是员外家的小姐，祝英台之流的。”说的是王琦瑶，透出的却是作家对老上海以及由此唤起的怀旧潮流的态度。然而随着王琦瑶命运的发展，其与老上海却发生了一定程度的分离。

如果说在第一部分中王琦瑶就是繁华梦的化身，那么第二部分中的她则被还原为一个被弃梦中的悲剧性人物。特别是在她从邬桥返回上海后，作者的视点便从高处降到尘埃里，审视与嘲讽逐渐消隐，一个除历史包袱外近乎一无所有的女性在动荡年代如何生活下去成为叙述的焦点；种种老上海做派，也作为建构个人空间的方法，获得了一种生活美学的价值。而在第三部分中，作者又进一步赋予了王琦瑶一份清醒，以及由这份清醒而产生的活在别人时代的尴尬。原有的审视与嘲讽则放在了老克拉与长脚等拙劣的模仿者身上。直至结尾临终一幕，天空中鸽群再次升起时，岁月流转的老上海似乎又迎来与王琦瑶的重合。

作为一名女性以及作为上海的化身，王琦瑶身份的二重性以及由此引发的作者视点的游移与态度的变化，在文本中既是裂隙又生发了张力，是文本形成复调、产生丰厚内涵的源泉，亦与“误读误解”之间存有一定的联系，而这正是小说的魅力所在。（周文晓）

王安忆《弟兄们》《长恨歌》
拓展阅读

风景（节选）

方　方

七哥在该恋爱的年龄里就自然而然地恋爱了。那女孩比七哥小两岁，长得眉清目秀的。连父亲都诧异万分，说小七子还真有能耐，把这样的姑娘都弄到了手。这是有七哥以来父亲夸奖他的第一句话。女孩教英语，外语学院毕业的。女孩的父亲是大学里的教授。儒雅之家使得女孩天生一股娴静悠然落落大方的风度。这气质使七哥大为倾倒。七哥同她恋爱了两年，便将自己也熏染得如教授之子般温文尔雅。七哥已经同他的女朋友一起商量买家具的事了。但因学校里一直没有房子，买家具和结婚的事就搁了下来。按照工龄和级别，七哥还得等上三年才能有一个小小的单间。这怨不了谁。学校里的老教师也不过如此居所，更何况小字辈。七哥几乎快没了耐心。

暑假里，七哥出了一趟差，到上海去观摩学习了二十天。回来时船逆流而行，时间极枯燥难熬。七哥认识了他的上铺，一个眼角已叠起鱼尾纹的女士。女士穿着很时髦谈吐不凡与七哥的女朋友比又有另外一番大家气派。三天的路程，七哥同她很聊得来。下船时，她给七哥留了地址和她家的电话号码。七哥看着她写下“水果湖”几个字就知道他遇上的不是一个普通人家的女性，及至她写下电话号码时，七哥心里猛然划过一道闪电。这电光刺得他的心有些隐隐作疼而疼过之后蓦地生出许多的兴奋。七哥含笑说去你那里玩儿欢迎吗？女士说大门永向有识之士敞开。

三天后，七哥给女士打了一个电话。她说她一直在等七哥电话。七哥的心陡地动了一动。于是七哥开始约她散步或吃饭她也约七哥看内部电影或看演出。

七哥已经知道了她的父亲是何许人物。她比七哥大八岁，是老三届的学生。她父亲倒霉时她下了乡。她为了赎罪拼命地干活。结果她得了病。她丧失了生育能力。那是一个暴风雨的日子，她不顾月经来临而坚持上大堤抢险。在堤坝有裂缝时她像男人一样跳进水里同大家手挽手地阻止了洪水的冲击。最后她昏倒在了浪里。人们将她拖出来后她住了一个月的医院。出院时医生告诉了她这个对于女人来说最不幸的消息。她当时二十二岁，还没想过找男朋友的事，为此对生育问题更不介意。她只是淡淡地笑了笑。随着年龄的增长，这个问题才显得越来越严重。每次结识一个男朋友她都把这个情况诚实地告诉对方。大多人都叹口气终止了同她的交往。她过了三十五岁后，心灵上的创伤已经无法愈合。她想如果四十岁她还是这样孑然一身地生活那么她就到当年使她丧失她最宝贵东西的大堤上去自杀。就在她把这个问题一遍又一遍地考虑时，她认识了七哥。她愿意同七哥接触的初衷仅仅是像所有女人一样喜欢同外貌漂亮而又显得有知识的男人接触，喜欢同陌生的异性谈自己心里深处的东西。但她万没料到半个月后她遭到七哥猛烈的追求。她在告诉七哥她不能为他生育时七哥连惊异的表示都没有。一如既往地出现在她身边，陪她买东西喝咖啡走亲友，在人烟稀少的地方把手臂揽在她的腰上偶尔还微笑着在她额上留一个吻。在她的充满女性气息的房间里七哥总是拥抱着她使她气都喘不上来。这种充满热烈之情的拥抱使她感到迷醉而她的心底却痛苦不堪。在情绪稍稍平静时就有一个声音警钟似地呼叫这个男人感兴趣的不是你而是你的父亲。她想摆脱这个警钟而这声音却响得愈加频繁。

有一天她终于忍不住了。她问七哥：“如果我父亲是像你父亲一样的人，你会这样追求我吗？”七哥淡淡一笑，说：“何必问这么愚蠢的问题呢？”她说：“我知道你的动机、你的野心。”七哥冷静地直视她几秒，然后说：“如果你还是一个完整的女人你会接受我这样家庭这样地位的人的爱情吗?”她低下了头。

几天后，七哥把她带到了河南棚子，带到了七哥的家。七哥掀开床板指着那潮湿幽暗的地方告诉她他曾在那儿睡到他下乡的前一日。七哥搬开新添的沙发用脚划出一块地盘说那是他的五个哥哥睡觉的地方。七哥说他的大哥因为没有地方住便成年累月上夜班。

屋里除了多出一架长沙发和小方桌上的一台黑白电视机外，一切都还是老样子。小屋的窗子因搭厨房而封死了，为此只剩得屋顶上嵌着的那片玻璃瓦。屋里全部的光线都是由那儿透入。墙壁还是当年的报纸糊的。泛黄的纸上还展示着昔日那些极有趣的文章。七哥说:“你如果在这样的地方生活过一年，你就明白我所做的一切是多么重要。我选择你的确有百分之八十是因为你父亲的权力。而那百分之二十是为了你的诚实和善良。我需要通过你父亲这座桥梁来到达我的目的地。”七哥说:“我还可以告诉你在我认识你之前我有过一个女朋友。她父亲是个大学教授。我同她的关系已经很深了。我在几乎快打结婚证时碰到了你。你和你父亲比她和她父亲对我来说重要得多。”七哥说在中国教授这玩艺儿毫不值钱。“他对我就像这些过时的报纸一样毫无帮助。所以我很果断地同原先那个女友分了手。我是带着百倍的信心和勇气走向你的。我一定要得到。”七哥的话语言之凿凿掷地作金石声。她惊愕得使那张青春已逝的脸如被人扭了一般，歪斜得可怖。她跨了一步给了七哥一个响亮的耳光然后抽身逃去。

七哥淡淡地笑了笑没说什么。七哥怀着无限的自信等待她的回心转意。七哥知道她需要他比他需要她更为强烈。有人写了一部小说叫悲剧比没有剧好。七哥没看过那小说但他觉得那题目起得棒极了。有魔鬼比什么都没有要好。七哥想她最终会得出这么个结论的。

七哥的判断像诸葛亮一样准确无误。三天刚过，她红肿着眼泡来找七哥了。她没有别的男人可找。她只有七哥。况且七哥的确还不是个很差的角色。她对七哥说她是一时冲动，没能从七哥的角度去理解七哥。她请求七哥谅解。七哥一言未发，只是上前吻了吻她。她激动得热泪盈盈。七哥固然利用她达到自己的目的而她也一样地利用七哥去获得全新的生活。七哥当天就把她所渴望的给了她。那种生命最彻底的快感使她衰败下去的容颜又焕发出光彩。当她神采奕奕出现在她的朋友们的面前时，人们几乎没法将她同昔日的形象相比。这是七哥为她创造的青春。由此她对七哥更是死心塌地和严加看管。

其实七哥全然不是寻花问柳之辈。七哥全部的用心不在那上面。如果认识不到这一点那就实在小看了七哥。七哥觉得把情欲看得很重是低能动物的水平。七哥不属于这些。七哥的目的在于进入上层社会，做叱咤风云的人物做世界瞩目的人物做一呼百应的人物。七哥想将他的穷根全部斩断埋葬，让命运完整地翻一个身。七哥想拯救自己。他觉得他有责任使自己像别人一样过上极美好的日子。否则他会因为感到世界亏待了他而死后阴魂不散。

七哥调到了团省委，这是七哥提出的去处。七哥看过一张统计表，那上面记有解放以来历届团干离任后的情况。七哥记不得他们各自都干了些什么具体职业。但他唯一的印象是：从那扇门出来的人几乎全部升上了高处而且还在继续上升着。那些相当级别的职位一个挨一个排列着如一条冰凉的蛇从七哥心头爬过。七哥打了个寒噤然后欣喜若狂。七哥知道他已经找到了他的终南捷径。

七哥分到了很宽敞的房子。在他原先的学校拥有三十年教龄的老师也没资格住上七哥现在的这房子。七哥的房子布置得像宫殿。落地的双层窗帘，先锋的组合音响，遥控的彩色电视还有松软宽大的席梦思。七哥结婚前夕，父亲和母亲相携着去过一次。父亲坚持说那床一定要睡坏骨头的而母亲则生气地说那窗帘浪费了好几件褂子的衣料。

七哥的蜜月是在广州和深圳度过的。七哥住在深圳湾大酒店的那几夜几乎夜夜都失眠。他的全身如火灼一般难受而又如火灼一般兴奋。他在他的妻子睡着之后还忍不住一次次把脸埋进她的胸脯里。七哥对她感激涕零。七哥有一种预感，那就是她给他带来的幸运很可能在某一个日子超出他的想象。

那一段日子七哥纵情享受恣意欢笑如入天堂之门，却有另一个女孩子把眼泪哭干了把嘴唇咬破了。她的老父老母只能咬牙切齿地痛骂几句“小人”之类无伤大雅的话然后陪着伤心欲绝的女儿长长地叹气。

（选自《当代作家》1987年第5期）

【导读】

作为新写实主义的代表，方方的女性意识

隐含在人文主义关怀之中，其对人性困境的书写与对社会垢弊的批判中贯穿着她对女性、底层与历史边缘者的强烈关注。中篇小说《风景》最初发表于《当代作家》1987 年第 5 期，获 1987—1988 年中篇小说奖，被评论界认为是“描摹凡俗人生的新写实小说的代表作”“当代生存意识的经典文本”，2018 年入选“改革开放四十年最具影响力小说”。

《风景》以贫穷落后的河南棚子为背景，以亡婴小八子为叙述视角，讲述了 20 世纪六七十年代一户普通人家蝼蚁般的生活，还原了底层人民地狱般的生存本相，是 21 世纪以来底层写作的先声。小说颠覆了社会主义现实主义的创作方法，它所采用的写实手法，不仅是指不加粉饰的白描与情感的“零度介入”，更是指对底层残酷物语的洞察：生活的磨难和艰辛不仅无法带来相濡以沫的温暖与人性的升华，反而可能是激发粗鄙残暴的人性之恶的温床。

小说讲述的是一个家庭、十一个成员，历时二十几年的故事，荒诞的时代、逼仄的空间、底层的出身，使这些个体的人生故事触目惊心。父亲崇尚暴力，只能以施虐于妻儿来获得人生的满足；母亲美丽风骚，以卖弄姿色赢得乐趣和现实中的蝇头小利；大香和小香姐妹欺辱兄弟、攀附权力；二哥是这个卑贱残暴的底层家庭中的异数，他向往文明，追求美好生活，想要摆脱家庭的生存困厄，却在一系列现实打击下割腕自杀。七哥是小说中最能体现底层残酷人生物语的角色，他从小睡床底，被父亲毒打，被母亲冷落，被姐姐们欺凌，却意外得到了去北京大学深造的机会，从此跻身于知识分子行列。但出人头地的强烈愿望和自小养成的仇恨和阴暗心理，使他在疯狂地追逐地位和权力的同时，也丧失掉为人的根本与原则。

另外值得一提的是，亡婴的视角和声音虽是一个全知的上帝视角，但同时也是一个完全无能的旁观视角，虽充满了悲悯和同情，但对生活于其中的人物命运与历史的拨弄却毫无作为，并不能像五四知识阶层对于底层的启蒙叙事一样，形成一种高高在上的统摄性话语，而这也正是 80 年代的新写实区别于五四现实主义与社会主义现实主义的特质所在。（韩颖）

万箭穿心（节选）

方　方

小宝初八就要上班。初七的晚上，小宝背着李宝莉的公公婆婆对李宝莉说，跟你说个事。李宝莉说，蛮好，跟姆妈一起坐一下。嫁嫁今天在电话里夸了你半天。小宝说，小时候嫁嫁经常带我玩，嫁嫁的恩情我是不会忘记的。

这番话让李宝莉万分开心。李宝莉说，小宝，儿子，你真是长大了，蛮懂事。小宝说，你莫夸早了。我的话还没有说。李宝莉说，你说你说，你说什么我都爱听。

但是小宝的话却让李宝莉倒吸一口冷气，这冷气一直穿透到心。

小宝说他为了让爷爷奶奶过得舒服，贷款在武昌的湖边买了套连体别墅。小区空气蛮好，环境也优雅。特适合老人家居住，他准备让爷爷奶奶搬过去跟他住在一起。

李宝莉心里顿了一下，嘴上还是脱口而出，我呢？小宝说，爷爷奶奶由我来养，你就不用再管了。他们的养老送终也由我来操办，也不消你操心。你去过自己的日子。我不会给你钱的，因为你自己赚钱养活自己，应该一点问题都没有。李宝莉说，我答应过爷爷奶奶，我要对他们负责到底。小宝说，我已经跟爷爷奶奶商量过了，他们都同意跟我，毕竟我是马家的人。李宝莉说，未必我不是马家的人？小宝说，是不是你自己去判断。反正爷爷奶奶的事以后你不用再管。你只当你的这个任务完成了。李宝莉沉默好一阵，方叹了一口气，说你们硬要这样，我也无话可说。

小宝继续说，我买房子的首批款不够，我打算把这处房子卖掉，所以，你得自己到外面找地方住。

心里正被这事刺痛的李宝莉猛然呆住，她望着小宝一时没有转过神来。小宝说，我讲的话你听清楚了没有？要不要我再重复一遍？李宝莉这才反应过来。李宝莉说，你是要赶我走？小宝说，不是。我是在跟你商量。不过，也没有什么可商量的，爸爸死后，我是房主，我有权利处理自己的房子。这屋里的东西，除了爸爸的照片，其他的，你都可以拿走。

李宝莉被小宝的语气所激怒，她想，天啦，这就是我儿子？他真的是我的儿子？李宝莉脱口道，放屁，这房子是我的，你休想卖。小宝说，你不消跟我闹，闹开了也没有好结果。李宝莉说，不管什么结果，我都不得搬出去。小宝说，你爱搬不搬，反正这房子我是要卖的，我有权利处置我自己的财产。

李宝莉气得浑身哆嗦，连夜跑到万小景那里讨主意。万小景也气得肺炸，说这还得了！他只差没有拿刀砍你了。第二天万小景便带着李宝莉去见律师。律师明确说，他无权这么做，你是他的母亲，你有权利住这套房子。这个官司打起来，他肯定输，只是你们母子之间的和气恐怕就伤完了，你要考虑好。也跟你儿子谈一下这个结果。

小宝已经上班去了，李宝莉给他挂了个电话。李宝莉说，你必须回家一趟，否则弄得我们母子两个都难堪。小宝当晚便赶了回来。李宝莉把小宝叫到楼上的平台上，说这是丑事，我不想让爷爷奶奶听到。小宝说，也好。我也觉得丑事只能我们两个人面对面。

李宝莉说，房子的事，我找了律师。律师说了，这个官司打起来，你赢不了，但是我们母子关系恐怕就伤透了。我不希望我们两个变成这样。我们是亲母子，这是人世间最亲的关系。

小宝盯着李宝莉，月光很淡，但小宝的眼睛却贼亮贼亮，亮得让李宝莉心虚。小宝说，我早就跟你没得母子情了。李宝莉说，你说些什么话？我十月怀胎，生你养你，一辈子耗了大半辈子，差不多都是为你而活，你跟我说这话？以前当你是年龄小不懂事，现在你也是成人，将来也要为人父母，说这话你有没得良心？

小宝的表情也变了，他望着李宝莉，嘴唇抖了半天，才说，不要跟我说良心。我小时候，天天看你欺负爸爸。爸爸不管怎么做，你总是骂他吼他。后来他死了，我先以为他是接受不了下岗的事实，去跳了江，觉得他蛮窝囊。只是我一直不明白，为什么爸爸遗书里不给你写一个字，而且，你房里不放爸爸的照片，爸爸的生日和祭日，你都不纪念他。爸爸在世的时候，你对爷爷奶奶几凶呀，还赶他们走。爸爸死了，你却主动要养他们，还要替他们送终。我就是想不通这是怎么回事。高中的时候，爷爷跟我说，是爸爸对不起你，爸爸在外面有个相好。我就去找那个相好，我问她，为什么要破坏我的家。她却告诉我说，爸爸死的那天，跟她打过电话。她告诉爸爸，警察去抓他们，是因为有人电话报案说有色情活动。报案的是个女人。后来，旅馆的老板娘又告诉她，爸爸那天去了人间仙境旅馆，从钱包里拿出张照片问老板娘是不是这个人报的案，老板娘一眼就认了出来，说就是她。爸爸钱包里的照片，就是你！是你害了爸爸，爸爸跳江不是因为下岗，是因为他的老婆让他出尽洋相，丢尽脸面，毁了他的前途，却还装成原谅他包容他的好人。爸爸觉得跟你这样的人生活是他的耻辱！所以他活不下去！是你，都是你。就算爸爸有错，你完全可以换一种方式解决。但是你却要阴谋。你害我爸爸40岁不到就命丧黄泉，你害我刚满10岁就没有父亲。你晓不晓得，我小时候，只有靠在爸爸身上，心里才最踏实。没得爸爸我心里有几苦几痛，你哪里懂得？为了这个，我一生一世都不会原谅你。

小宝说着说着哭了起来，一边哭一边继续说，我晓得这件事后，我恨不得跟你拼了。但是我不想爷爷奶奶再受到伤害。而且，我也不想轻易放过你。你欠爸爸太多，你吃苦受累养我们，这是你应该的。你要了爸爸的命，你就得替他尽责。所以我不想说，我忍着。我已经忍了六年。我本来想一辈子忍下去，让它成为秘密，现在你倒来逼我。那好，我就说给你听。不过你放心，这件事，我不会再说第二遍。因为我不想让爷爷奶奶再伤一回心。官司你要打就去打，谁输谁赢，难得说。

李宝莉呆若木鸡。马学武去世十几年来，小宝对李宝莉说过的话，加起来都没有这一次多。却只这一次，有如排炮，生生将李宝莉摧垮。李宝莉突然知道，人生原来是有报应的。

站在平台上，看楼外万家灯火，李宝莉跳下去的心都有了。远处江边的路灯，比往日更加明亮璀璨，在寒风中散发着橙色的暖意。楼下的花坛转盘不时有汽车环绕，几条马路的灯，光芒四射一样，像是从李宝莉脚下的大楼散发出去的。李宝莉恍然记起十几前年，父亲和母亲过来看房子。父亲说这房子的风水叫作万箭穿心。

是啊，李宝莉连父亲当时说话的神态都记起来了。似乎自住进新房那天起，每一天的日子都是万箭穿心。万箭都由心头穿过，十几年的时间，心里早已满是窟窿。

李宝莉在平台的墙根下坐了下来。冷风飕飕地，将她的头发吹得翻了起来。李宝莉感觉不到寒冷。因为她的心比气温更加冰冷。她就坐在这里，顺着时间，回想每一天每一月每一年发生的事。仿佛将这回忆当作了针，将时间当作了线，她一点一点地缝补着自己心里的箭洞。她一直想到了小宝适才的哭诉。她知道，自己当年在一念之间，改变了许多人的命运和人生，包括她自己。

夜半的时候，李宝莉平静了下来，就仿佛她用这半夜的时间，修补起了自己的洞伤。虽然那上面依然疤痕累累，但到底没有那么疼了。

李宝莉想，人生是自己的，不管是儿孙满堂还是孤家寡人，我总得要走完它。

（选自《北京文学》2007 年第 5 期）

【导读】

方方的作品大致可以分为两类，即知识分子题材与小人物题材。从性别视角出发，后一类作品尤其值得关注，因为这类小说塑造了一系列鲜活生动的底层女性形象。其中中篇小说《万箭穿心》从发表之日起便好评如潮，后经由影视化引发了广泛的社会影响。

《万箭穿心》以武汉为背景，讲述了主人公李宝莉与丈夫马学武因婚姻一向不睦，在搬入新家的当天，马学武提出了离婚。心有不甘的李宝莉发现马学武与情人幽会后，遂以举报嫖娼的名义打电话报警，从而按动了人物的悲剧之钮：马学武因此身败名裂，后跳江自尽；李宝莉依靠做“扁担”艰难维持生计，供儿子上学，不想儿子却因父亲的死无法原谅她，竟在大学毕业后与其断绝关系。小说结尾处，一无所有的李宝莉独自修补好心头万千的“箭洞”，再一次拿起扁担，走向了汉正街。

小说开篇便通过李宝莉的父亲指出新房子“万箭穿心”般的格局，暗示了整个故事的走向与最后的结局。接着以众多标志性的事件，点染出李宝莉从青年到老年的漫长人生，节奏紧凑明快，且语言高度口语化，具有鲜明的地域特色，形象传神地展现了武汉的市井生活与各色人等，描写真实有力。

在讲述李宝莉的悲剧命运时，方方并未延续传统的叙事模式，单纯表达同情与悲悯，或以小人物折射大时代，落脚于宏大命题，而是以写实的手法，聚焦人物本身，展现李宝莉性格的复杂性，并探索这种复杂性与其命运的内在联系。李宝莉出身城市底层，过于艰辛的生活环境造就了其吃苦耐劳、爽利泼辣，却也粗鲁暴躁、刻薄市侩的性格特征，这使其在家庭中虽操持有方，却与丈夫马学武难以沟通，并间接导致了马学武的自杀。而此后的生活亦没有留给其反思的机会，当其靠做苦力扛起全家后，不论是对自己还是对儿子的精神困境，均无暇顾及，直至被扫地出门才恍然大悟。通过李宝莉的故事，方方深刻揭示出底层女性的生存悖论：生存困境导致精神困境，精神困境加剧生存困境，二者恶性循环、连绵不休；同时又合乎逻辑地赋予了人物超越性，“人生是自己的，不管是儿孙满堂还是孤家寡人，我总要走完它”。李宝莉身上固执、强硬等特质，不仅是其命运悲剧的推手，亦是其走向解脱的依傍。

凭借对底层女性生存境遇的深刻体察与对人性中诸多矛盾的细致刻画，方方对历史话语之于“女性”的规约，形成了深刻而有力的颠覆。（周文晓）

▶ 方方《风景》《万箭穿心》拓展阅读

玫瑰门（节选）

铁　凝

眉眉这才有些明白了，明白婆婆刚才的罗列并不是目的，目的是要对她“闹”出点什么。她想到北京人的一句俗话叫“找茬儿”，“找茬儿”就是要闹出点什么的第一步。

“每天不是您买菜吗。”眉眉寻找着正当理由反驳婆婆的找茬儿。

“那也得看情况。”司猗纹对眼前那个本子又加紧了些专注，就像在说：也不看我正在干什么。这是账，是关系着全家开支的账。

眉眉感到婆婆是不准备离开这桌子、这本子了。那么，买菜的任务也将要转移给她。眼前的形势既然不可更改，那么，买吧，去吧，这又有什么了不起，再艰难也不过拎着网兜出门走出曲折的三百米，走进菜店然后指给售货员你要买的品种、数量。售货员为你约好菜，你付给她钱，一个买卖的过程不就完成了吗？几年前我那么小还会去“红卫”给你买“光荣”呢，何况现在。当然，要完成这一切必然先作好请示，一个在早请示之后的又一次关于菜的品种、数量的请示，之后眉眉才能带着由请示得到的部署付诸行动。

眉眉从门后拽下一只专为买菜而用的尼龙网兜，站在司猗纹跟前。

“今天都买什么，您说吧。”她问司猗纹。

司猗纹的眼和笔仍然不离本子，她正在作着计算，综合着支出项目栏内那条红线前后的数字，她算得认真写得仔细。

眉眉作了请示就不再向司猗纹发问了，她就那么站着等待司猗纹的回答。半天，司猗纹的计算告一段落才腾出工夫回答眉眉。

“这要看情况，我每次都看情况。”她说。

“可您……”

“我什么?”司猗纹放下笔，冲眉眉转过脸。

“您是婆婆呀，您是大人!”

“我是大人，可你还以为你是孩子吗?你的事哪点还像个孩子?”司猗纹终于将她为眉眉设置的迂回圈开了一个口，她希望眉眉现在就顺着这个口子往里钻，钻进去才是正式交锋的开始。

眉眉却躲过了这口子。也许她觉出了那口子的存在和婆婆的“诱敌深入”才故意装出一副糊涂相儿，也许她什么也没感觉，只想忍住婆婆的刁难去作一次菜店的冒险，假如那冒险将换来婆婆更激烈更丰富多彩的“找茬儿”的继续，就不如尽快去完成那冒险，那时韭菜、茄子、西红柿、茴香早已不具意义。

“给我钱。”她不加人称地向司猗纹伸过一只手。

司猗纹掏出钱包，从里边挖出几张单角人民币递给眉眉。

眉眉拽过钱，一个急转身出了屋门。司猗纹叫住了她。

“你回来!”她喊。

司猗纹不愿意这场精心设计的不宣而战就这么由于眉眉的急转身出门而告终。她要把她招回，招回她才能使这场不宣而战的战斗继续下去。此刻她就像耳朵发痒之时对于姑爸的需要那样，感到如此地需要眉眉。她需要她的脸涨得更红，她需要她的目光对她更锐利，她需要她的后脖梗冲她更强硬。不，也许这都不是她的需要，她需要她的目光像叶龙北那样从她身上掠过，然后停留或者不停留在她身上。她更需要她指着她的鼻子指名道姓地大喊着：“司猗纹，你想干什么?”那才是她真正的需要，那时她才能带着这需要之后的新鲜感和一种欲望的再次升起，把眼前这个小人驳得体无完肤。那时她的一切证据才能成为证据，她那用眼光从四面八方搜罗来的一切猎获才能成为真正的猎获，她那一切由感觉而来的感觉才能成为有价值的感觉。

眉眉听见呼喊在门口停住。

“回来!”司猗纹说。

眉眉转身迈过门槛，重新站在司猗纹的对立面。她的眼光没有从司猗纹身上掠过，也不曾在她脸上停留，更没有伸出胳膊指向她的鼻子发出质问。她在看地，她看见地上的砖很不平整，有几块砖一定是由于烧制时质地的疏松，已被人的脚底磨去许多，明显地凹陷下去，形成一个个方形的坑洼。她还看见几只蚂蚁正背着几粒比它们身体重大许多的饭粒朝着一个方向猛跑，摔倒了就爬起来，再次背负起硕大的饭粒。

眉眉对砖地的直视打乱了司猗纹的第二次进攻计划，使她不得不重新组织语言，重新开始中断了的方案。

“你去干什么?”司猗纹问眉眉，声音缺乏些必要的底气。

“我去买菜。”眉眉说。

“你就这么走?”

“我去买菜，婆婆。”眉眉说，加上对司猗纹的称谓。

按照惯例，眉眉出门、进门、问话，对司猗纹都要加以称呼，这是司猗纹为眉眉、为所有后代定下的规矩。如果广而究之，那并不是司猗纹的规矩，那是一个北京的规矩，一个民族的规矩，有些地方有些人忽略了它，就像对一个民族的忽略。司猗纹将眉眉招回，使她想起自己刚才的忽略，使她又把那忽略作了补充。

“你准以为我嫌你没叫我，我指的不是这个。”司猗纹说，“叫不叫我那是你的事，无妨。叫一声更好，不叫，新社会了，大人也不该挑你的理儿。”

地上又是什么?眉眉想。她发现几只新蚂蚁。

“你怎么也不问一声北屋的姥姥带东西不带?”北屋的罗大妈，司猗纹让眉眉称姥姥。

眉眉明白婆婆将她招回的理由了。但她又觉得那并不是真正的理由。真正的理由是司猗纹将她的招回，她招回她才能实现这招回的愉悦。而眉眉此刻也需要这种招回，这招回有可能使她不去完成那采买任务。而司猗纹却又给眉眉摆出一个“北屋姥姥”。

眉眉不是司猗纹。司猗纹出门前可以站在

枣树下和颜悦色地去主动要求包揽罗主任家的那些采购，而眉眉从来没有这种打算和举动。几年前司猗纹就提醒过眉眉，眉眉执拗地拒绝了司猗纹的提醒。如今的眉眉又怎么能去对北屋扮演一个新鲜角色呢？眉眉知道这分明是婆婆在激她，激起她对于她的反抗。只有反抗着她才能牢固地纹丝不动地站在司猗纹面前——司猗纹需要她就这么站下去。

“我不问。您知道我不会去问。”眉眉说。

“你不去？”司猗纹说。

“我不去。”眉眉答。

“真不去？”

“当然真不去。”

“为什么不去？”

“什么也不为。”

眉眉的“什么也不为”说得平静随便，脱口而出。她想起在小学和同学发生争吵，别人再三追问她为什么时，她就是用“什么也不为”随便回答着她们。这随便的回答像是专为“气人”而发出的，也许这并不是她的创造，同学们在气人时都这么说：“什么也不为！”现在眉眉的这个“什么也不为”，显然使司猗纹品味到其中那份成色、那份奥秘、那份足能把人气得肝儿疼肺痒痒的威力。此时，眼前的眉眉和她已经不再是什么婆婆与外孙女、长者与少年，而是两个同样的“跳房子”“抓羊拐”的小学生。面对“什么也不为”，司猗纹本来又组织了一些新的语言新的劝人方法，诸如“礼貌待人”“尊老爱幼”“为人民做好事”“见光荣就让、见困难就上”乃至雷锋王杰麦贤得，但她忽然觉得这些对于眉眉已无济于事了。她必须掏出“干货”才能降伏矗立在眼前的这个刚改掉虽城腔不久的、胸脯正在膨胀的、又接人家的“信物”又和西屋那个瘦男人观察黑鸡白鸡的外孙女。

司猗纹忽然变得平静下来。

“来，坐下眉眉。”司猗纹碰碰眉眉的胳膊，随手关上屋门，然后倚上床边。

眉眉不坐，只往前走了一两步。她觉得婆婆重新调整过的语调里带着几分尖酸的热乎劲儿，带着一种玩味对方的热望。

一种不祥的预感笼罩了眉眉。

“你多大了？”司猗纹问眉眉。

眉眉那种将要被玩味的感觉更加强烈起来，像是将要被卖掉，或者刚刚被买来。

“十三岁。您知道。”她说。

“我说哪。”司猗纹向眉眉挑动着一条并不明显的眉毛。

眉眉感到她正在被人扒衣服。

“也是个岁数了。”司猗纹语气里带着感叹。

眉眉感到身上的衣服已被扒去大部。

“那天的事不怪你。这我知道。”司猗纹沉默片刻之后说。

“哪天？”眉眉问，喉头正被什么东西钳紧。

“那天，晚上，有马小思作证。”

眉眉听清了司猗纹的所指。不久前的一个晚上宝妹急需甘油栓，婆婆吩咐眉眉到西单药店去买，眉眉叫了马小思。买完药回来的路上，在盘错的胡同里，在路灯昏暗的一个死角她们碰见一个向她们问路的男人。她们明白地告诉了他，而他却假说这胡同太古怪怕走不出去，非要她俩给他带路不可。她们毫不犹豫地答应了，怀着很好的心情带领那男人向前走。当她们又走过一个死角时那男人却站住不走了。她们问他为什么不走了他说我给你们看一样东西。当她们互相看看又一同把眼光投向那男人时，那男人就在昏黄的路灯照耀下，把自己身体上那足以使她们受到惊吓的部位暴露了出来。最初她们没弄清眼前发生了什么，当她们终于明白这便是人间的最大残忍和最大丑恶时，便拼命模糊着刚才模糊着自己一口气跑回各自的家。眉眉当着全家一头倒在床上大哭起来说碰见了坏人。后来她先把一切告诉竹西，竹西又告诉了司猗纹。

无论那模糊而又清晰的晚上在眉眉心灵上种下了什么，它毕竟是个遥远的意外。眉眉不曾想到司猗纹就运用这遥远的意外作为对她玩味的开端。她不知婆婆为什么重提这人间的残忍——既然“不怪你”既然又有“马小思作证”。这重提使她头脑发胀，太阳穴怦怦跳着，一身的热血就要从那里迸射出来。

“我不知道您为什么又提这件事。”她问。

“我是说天下有坏人。”司猗纹说。

“那是我吗？”眉眉太阳穴跳得更厉害了。

“坏人不是你，可你也不能净背着我做事。”

“怎么背着您？你说！”眉眉质问司猗纹，声音明显地沙哑起来，她不自觉地把“您”变成了“你”。

“你嚷什么？”

“就嚷！”

“不用。”

“怎么不用？”眉眉语无伦次着。

“我问你，近来你还写日记吗？”

"你管不着!"

"怎么管不着?"司猗纹从床上坐直身体。

"就管不着!"

"好，这咱们以后再说。"司猗纹说，"你不写了还有那份政治热情?"

"不写了怎么着吧?"

"我再问你，你那小柜里放的是什么?"

司猗纹到底亮出了"干货"，这"干货"的确把眉眉打了一闷棍，不知为什么，只有当婆婆提到她的小柜时她才哑口无言了。同时她也明白那一向自认为是秘密的小柜，早已是向婆婆敞开的一个展览馆。纵然你每天每天都锁得牢牢靠靠，也挡不住别人有一把同样的钥匙。现在她恨不得扑上去把婆婆咬一口，最好把她的血管咬断让鲜血流个遍地，让这房子这床上出现一番伊万雷帝杀子那样的恐怖情景让那情景骇得所有人四处逃散。但她迈不开步抬不起胳膊张不开嘴。

司猗纹望着眼前这孩子的狼狈这狼狈的孩子，总算得了一种彻底的轻松——应该是解脱。她斜过身子从床头柜上够过一支烟，故意显出舒心地抽起来。她那举着烟的手很美，举得很高。

（选自《文学四季》创刊号，1988 年 9 月）

【导读】

《玫瑰门》是铁凝的代表作，小说发表于 1988 年，标志着铁凝在叙述风格、意象设置、写作诉求等方面的重大转折：从以清新明丽的语言与形象构造一个温情与柔美世界，转向以冷峻严厉的笔触深入历史与人性的黑暗世界，并在其中发现了女性的怪物/自我。

《玫瑰门》以女性代际关系为结构纽带，在时间维度上横跨了从民初到改革开放近百年的现代化历史。小说采用"第三人称"，但主要以苏眉的视角讲述了三代女性的故事：工于算计与表演、虐人并自虐的外婆司绮纹，因新婚丈夫出走而扮身男性、在"文化大革命"中却被一根铁条重新钉死于女性的姑爸，果敢、率真，洋溢着母性与生命力的舅母宋竹西，以及渴望自由成长并顿悟了女性奥秘的外孙女苏眉。小说铺排的是三代女性之间的心机与较量。在这场女人间的玫瑰之战中，男性虽然缺席但并非无足轻重。实际上，正是由于男性的出走与弃绝，才造成女人们在男权社会中的悲剧。

作为 20 世纪 80 年代一部具有标志性意义的作品，《玫瑰门》在女性文学史上的意义在于深度揭示了这样的历史与现实：其一，父权社会的性别文化秩序的实施者不仅是男性，也有可能是内化了这些性别规范的女性。女性之间假借男权社会的性别规范而进行的厮杀有时更为惨烈。其二，女性的悲剧命运在不同的历史境遇中也有不同的表现，姑爸之死就是跨历史的女性悲剧与时代性的历史悲剧的叠映。其三，玫瑰门是生命之门，也是女性欲望之门，小说中的司绮纹与苏眉之间相恨相杀但又互为镜像。也许，只有洞悉了女性的怪物（司绮纹），女性的自我（苏眉）才能被发现。

这里节选的是司绮纹借性骚扰一事来要挟并控制苏眉的一个日常较量的片段。被暴露癖的陌生男子性骚扰，对女孩子来说是无法言说的羞辱与恐怖，但是深谙此道的司绮纹非但不同情与安慰苏眉，反而将之作为要挟的工具。司绮纹本身是男权社会的牺牲者与受虐者，身心饱受男权性别规范的压抑，但她却以此施虐于她人，并在施虐的过程中获得报复的快感。

铁凝作品中的性别意识和社会意识是高度统一的，她在关照女性负面生存状态、透视女性的复杂灵魂的同时，也拓宽了当代小说书写人性的深度。（杨海燕）

▶ 铁凝《玫瑰门》拓展阅读

牵手（存目）

王海鸰

【导读】

王海鸰善以通俗小说的形式写现代婚恋故事，探讨当下婚姻中的问题与困境，且与影视化联系紧密。《牵手》是其较早获得关注与讨论的一部作品，亦是其"婚姻三部曲"中的首部（另两部为《中国式离婚》《大校的女儿》）。

《牵手》以改革开放之初的社会现实为背景，以夏晓雪与钟锐的婚姻危机为主线，讲述了现代都市中各色人等的情感观念与情感状况。晓雪为支持钟锐的工作，放弃了自己的事业，但物质的匮乏、生活的琐碎、沟通的缺失等种种因素，使得两人的婚姻产生了危机；与此同时，钟锐因职业生涯遭遇重挫，愤而辞职。两相夹击之下，钟锐接受了年轻漂亮的王纯的爱，发展出一段婚外情，并与晓雪展开了离婚拉锯战；医生姜学成出现在晓雪的生活中，但权衡利弊之下又选择了回归家庭；富商沈五一痴恋晓雪的妹妹晓冰，并经由晓冰认识了晓雪……一连串的矛盾冲突后，钟锐疲惫不堪，王纯因心理负担过重选择放手，晓冰出国留学，晓雪则在婚恋失败与下岗的双重打击中逐渐清醒、成长，开始了新的学习和工作。小说结尾处，钟锐已有悔意，晓雪接受了沈五一的求婚却难舍旧情。此时恰逢发生意外，唤醒了二人曾经相濡以沫的情感。

小说笔触温婉，叙述舒缓流畅，注重对生活细节的刻画，且涉及了包含婚外情在内的各种复杂的现代婚恋状况，一方面，是通俗小说需以情节取胜的必然要求，另一方面，作者借助种种奇情，深入婚恋内部与日常生活细节，细致探讨了情感危机、婚姻危机产生的原因，显示在特定的变革时代里，全社会的婚恋观念、女性自我意识等面临的挑战与自我成长的可能性，描绘出一幅当代都市女性生活的群像图。（周文晓）

▶ 王海鸰《牵手》
拓展阅读

双鱼星座（节选）

徐小斌

韦这才有些恐慌韦说你刚才说什么你们单位把谁除名了？卜零这才回头看着韦指了指自己的鼻子，卜零说你的老婆从今往后要靠你养活了，韦总你不害怕吧？韦一下子跳起来韦的身体里像装了一条暗簧似的，韦大吼着说你不要处处犯神经病，平时你一点小事就掉眼泪可现在这么大的事你倒不哼不哈了！快把你们老板的电话给我，趁还没有公布之前做做工作还来得及！卜零冷冷地看着他。卜零说你要怎么样？求他吗？韦说当然难道你现在还放不下你的臭架子！现在多少下海的人又折回来找铁饭碗，端个铁饭碗容易吗？你什么都不懂，告诉你你要是想让我养门儿都没有！我没有这个义务我不会给你一分钱的！……别废话了快把电话给我！卜零说我要是不给呢？韦说那我就直接到你们单位去找老板！卜零勃然变色。卜零说你要是迈出这个门一步，我就杀了你！卜零说这话的时候眼睛里又冒出那种绿色的火苗，这种绿色使卜零看上去充满了雌兽的气味。韦有点惊慌但立刻用冷笑掩饰了这种惊慌，韦冷笑着说你不就会窝里横吗？你在你的老板面前怎么什么都说不出来？你看上去挺聪明，其实是个不折不扣的笨蛋！笨蛋笨蛋！……韦就那么长笑着转过头去，但是韦的笑容很快就定格在脸上了，而且是永远刻在脸上。就在韦转身向外走的那一瞬，卜零用一根很长的冰冻里脊击中了他的后脑。

这支冷冻里脊是老板送来的冷冻食品的一部分。冻得很结实，像一根粗大的铁棒。卜零清醒地记起曾经读过一则著名的英语小故事，故事里说有位女士杀了她的先生，用的是一支冻硬的羊腿，在警方来调查的时候，这位女士把羊腿放进烤箱里，待警方搜查一无所获准备离去的时候，她很热情地请警察们享用美味的烤羊腿。这个小故事中表现出的智慧是一种属于女人的独特智慧。这的确是一种通向绝境的智慧。

所以卜零把烤箱打开，把时间定在 50 分钟，把冰冻里脊放了进去。然后卜零盛妆走出大门。

34

卜零在走到这一片街区的时候记忆有些模糊。在她的记忆中好像没有这座宫殿式的建筑。这座建筑的外墙是由一系列长长的画廊组成的。这些古怪的画充满了动人的官能之美。那些淌着血的树林里，有蓝色的鸟羽在飘动，树林的阴影覆盖着湖面，湖里的鱼聚在阴影处吸吮着绿荫的凉意，蝴蝶和蛇在树林里藏匿，它们没有任何隐喻或象征的意义。一个面对画面的女人冷冷地呆立着，还有色彩浓艳的裁缝或小丑在怪笑，他们似乎都处在无生无死的境界，这画廊使人想起一个狭长的活体解剖室。在那树林的深处，好像随时都会有幽灵从里面飞出来。

就在卜零犹豫着的时候，她看见宫殿式建筑里走出来两个人，都穿着白大褂，她这才恍然大悟。原来她要找的医院确实是在这里，不过是改装了一下门面而已。接着她发现那两个人其中之一就是她要找的人。那是她唯一的医生朋友。那医生管理着一种剧毒药品。

那医生把她让了进去。医生的模样没变，仍然留着一绺小八字胡。当医生听到她需要的药品之后并没有任何惊奇的表示，只是简单地问：你用它做什么？卜零说我先生是摄影师他做暗房的时候需要这个。卜零刚刚说完就后悔了她忽然想起前次曾告诉医生先生在公司里工作，但是医生似乎根本没介意卜零的回答，他再没问什么。医生走进里屋拿出了一小瓶药，看上去只有小指甲盖那么一点点，医生说每次只能用百分之一。让你先生一定要戴着胶皮手套操作，事后一定要好好洗手，医生送卜零出门的时候还在叮嘱。但是这话让卜零听起来更像是一种职业性的医嘱。

花非花咖啡厅就在斜对面的街角处，旁边是一个小邮局。卜零像影子一样闪进了邮局，她奇怪的是没有任何人注意她，卜零觉得自己好像已经秘密地穿上了一件隐身衣。卜零在填写汇款单的地方悄悄拿起一瓶墨水，卜零迅速地把那一小包东西倒进去，然后掏出钢笔吸了几下墨水。卜零没有忘记在出门的时候把剩下的墨水洒在外面的土地上。

卜零走进咖啡厅的时候老板已经等候多时了。老板刻意修饰了一番，显得风度翩翩潇洒自如。老板是那样亲切善意地对待她，这真是个迷人的男子，卜零觉得和他谈话真是一件愉快开心的事，他们谈得十分投机，精彩纷呈，很多美丽的语词像肥皂泡一样从他们的嘴里源源不断地喷吐出来，卜零觉得不记录它们真是太可惜了。老板说你是个很有趣的女人，这我没猜错，我希望我们以后可以常常有这样的谈话，并且，不仅仅是谈话。老板说完这话就意味深长地看着卜零。卜零也心领神会地看着老板，眼神既娇羞又有一种妩媚，卜零的表情恰到好处，以至连老板这样的人也感到心旌摇荡。但这并不妨碍卜零在老板去洗手间的时候向老板的杯子里挤出几滴墨水。卜零挤得果断而准确，没有一滴洒在外面。

卜零走出咖啡厅的时候老板已经趴在桌子上了，那样子像是熟睡。卜零走出去的时候仍然没人注意她，因此她觉得这一切真是简单极了，简单得让人觉得乏味。

35

卜零回到家里。卜零依稀记得家里的地毯上应当有一个人，但现在地上空空如也。卜零知道自己的时候不多了，于是她很快拨了石的电话。在听到石声音的时候她战栗了一下。石说姐姐怎么这么长时间没你的消息，你怎么了生病了吗？卜零没有说话，她觉得自己一张嘴似乎就会流下泪来。石在那边说，我给你打电话，没人接，刚刚还打过，我已经好多了，再过两天就能给韦总开车了。卜零的眼泪已经流下来她半张着嘴像鱼一样艰难地喘着气，她手里拿着的水果刀已经滑落在地毯上，但就在这时她闻见了香水和精液混在一起的味道。她闻见这股味道就想作呕，于是她脸上的泪水就那么一下子干涸了。她在电话里对石说：你来吧，来看看我。

石走进来的时候卜零已经重新化好妆。此时正是晚上九点钟。石进门就闻见一股鸡肉的香味他觉得这个家是那么温馨。卜零正在做枸杞炖鸡。卜零走出来的时候石大大地吃了一惊。卜零穿着漂亮的阿拉伯长袍戴着锡制耳环化着浓妆显得明艳逼人。石想起他看过的电影《后宫》。那个美丽的在苏丹后宫浴池里洗浴的女人。那浴池里洒满了鲜花。想起这个石的脸就红了。卜零微笑着给石端来一碗枸杞炖鸡，卜零说我早就想请你来吃我亲手做的饭，你吃吧，以后也许就没机会了。石埋下头来吃，石的眼睛里充满了感激。石问姐姐我托你的那件事怎么样了？卜零看着他，眼里流露出掩饰不住的忧伤。卜零说就是你那个情人的事吗？哦我正在办我认识一个大夫——说到这里卜零忽然哆嗦了一下，她惘然四顾，好像想起了什么，但是很快她便平静了。她微笑了一下，她的微笑异常明媚。石觉得像是一股雪天里的泉水在流动。石说姐姐你怎么变得这么漂亮像个公主似的？石说完这话脸又红了，卜零笑笑说我给你跳个舞吧，你看看公主怎么跳舞，愿意吗？石抬起大眼睛看着卜零，他隐约觉得有点什么不对头的地方，但是还没容他细细思索，卜零就扭动身体跳了起来。卜零跳得的确很美，她双臂上举，身体颤出许多优美的波浪状弧线，但是石很快目瞪口呆地看到，卜零每转动一圈便脱下一件衣服或饰物，卜零脱下它们就远远地扔掉像丢掉什么垃圾似的。

终于卜零全身赤裸着站在他面前了。石捂

住了脸。但指缝里仍能看到他红得要冒血的脸。他的眼睛又出现了那种潮红，潮湿得仿佛要渗出水来。卜零毫不留情把他的手扯开。卜零的眼睛像星星一样在他眼前飘闪聚散，卜零轻轻地问：我美吗？石的潮红的眼睛里全是乞求，石的眼前一片红雾什么也看不清，但卜零并没有放过他，卜零狠狠地一把揪住他的头发：说啊，回答我啊！连这句话都不敢说，你是男人吗?！石像被击中了一样清醒过来，眼前的人不再是老板娘或者其他什么，她不过是个女人，一个充满动感的肉体，比起莲子，这个肉体饱满得快要炸裂，成熟得快要滴出汁水。这肉体的每一根线条都颤动着一种残忍的狞厉之美，那似乎是一种决绝的召唤，一种远古时代的金钺之声的回响。石站起来，像古罗马的斗士一样抓住了这只雌兽，他在抓住她的时候好像吼叫了一声。

事后卜零无数次地回想她是从什么地方找到那把水果刀的，梦中的记忆总是不大清晰。卜零的皮肤像光滑的古绸缎一样呈出淡淡的赭石色，当石的大手触碰到这皮肤的时候卜零打了个寒噤，那是一种长久渴盼之后的逆反，恰如一个饿过头的人见了饭就恶心似的。但是最重要的，是卜零再次闻见了香水和精液混合在一起的味道，从那股味道里她看见了紫葡萄般浓艳的血。这血洗清了她的全部羞耻，她觉得自己比任何时候都清醒。情欲已成为身外之物而遭到弃绝——她不知道这是超越还是更大的不幸。她看见石像一只发情的狗一样匍伏在她的脚边，含糊不清地喘息着，她带着一种不动声色的玩味态度不断地撩拨他却让他无法得逞。她看见石的肉体徒劳地翻滚着，眼睛仿佛要滴出血来。卜零微笑了。卜零的全身心都在享受着复仇的快感。在两性战争中，她觉得战胜对方比实际占有还要令人兴奋得多。

卜零刺向石的时候翻天覆地倒出了那天的话，卜零对他说，我说过你欠我的你得还。现在，你还吧。但是石比那两个男人难对付得多。水果刀深深地扎起向下无限压缩，然后再随着刀尖膨胀起来。卜零惊慌起来她的刀落得又急又快，但是石的身体却像水那样不断变形完全不受伤害。卜零大汗淋漓真希望这不过是一场梦魇。

（选自《大家》1995 年第 2 期）

【导读】

就作品的性别意识以及作家对女性主义理论的自觉征用而言，徐小斌在 20 世纪 90 年代的创作显然可以归于女性主义文学这一范畴。其中篇小说《双鱼星座》常被视为其转向女性主义的重要标志，并为其斩获了首届鲁迅文学奖。

《双鱼星座》讲述了电视台编剧卜零与丈夫韦、丈夫的司机石，以及单位老板三个男人之间的故事。卜零美丽、孤傲且极具艺术天赋，因此与周围的环境格格不入，在单位被老板打压，在家中被丈夫漠视。当其将情感与欲望倾注在司机石身上时，又遭到了欺骗与背叛。最终，被逼至绝境的卜零在梦中向三个男人发起复仇，将之一一杀死，清醒后则选择了逃离，逃向了象征着乌托邦的边地瓦寨。

小说的副标题为“一个女人和三个男人的古老故事”。不过正如徐小斌在访谈中所言，这三个男人分别代表了权力、金钱与性，象征着“这个菲勒斯中心的世界”，因而小说其实是以寓言的形式，表达女性对于男权世界的控诉，是作家的女性意识充分觉醒与成熟的标志。作品以复仇与逃离为主题，彻底颠覆了传统的多角恋故事模式，构思极为精巧。其中作家对瓦寨、梦境的极富想象力的描写，不仅为作品增添了一层神秘色彩，而且通过勾连创世神话与现实，在虚空中为自身创造出一个精神归处，从而向整个男性中心文明说“不”。但诚如戴锦华所言，“徐小斌作品序列所呈现的，与其说是一处女性反叛的不轨路，不如说，是一处女性文化的‘鬼打墙’。……，浮现的是一个痛楚的女性自指”（《自我缠绕的迷幻花园》）。小说中，瓦寨的奇幻与卜零向瓦寨的逃离，映衬的恰恰是现实中女性的无路可退与无处可去，一定程度上揭示了女性的性别困境。（**周文晓**）

▶ 徐小斌《双鱼星座》
拓展阅读

伴你到黎明（节选）

张　欣

阿樱偎在朝野的臂弯里抽烟，时不时地亲他一下。

这场景安妮没试过，一时受不起这么大补，只觉得浑身上下不自在，只得低着头吃菜，装什么也看不见。

心里又着实晦气，仿佛阿樱是没事人，自己正当着她的面跟男人亲热。朝野的神话也就此消失，原以为他是半个高仓健，除了打架，冷面冷心，只认自己眼中的黄手帕，再不会与女人厮混。结果呢，一场殊死之争，他除了认钱，就是贪色，冯肖还说他讲义气，忠在哪里义在何方?!

安妮对乱世英雄的梦幻彻底失望。

她站起身，也没有与朝野和阿樱打个招呼，便离开了旺旺酒楼。

她尽量放慢步子，心里还有一丝希望朝野会跑过来与她道别。然而身后除了猜拳声外，便是杯盏相撞的叮当声，再就是起哄和放肆的笑声……掉进黑窝里来了，她想。

她并不是对朝野一见钟情，而是奇怪为什么她为之潮起潮落、感慨万千的事，他一点都不在意？

圣诞节前夕，冬慧打来好几个电话，嘱安妮圣诞之夜去教堂参加圣乐晚会，听她唱诗。安妮说，我又不信基督教，冬慧反复说，去感受一下宗教的魅力吧。

安妮只好去。

圣诞节的晚上，母亲也在自己的屋里忙不迭地换衣服、配鞋子和手袋。安妮走进来问："你也去教堂吗？"

黎微士道："我去教堂干吗？跟你说过好几次了，电视台主办怀旧影迷联谊晚会，请我去呢，今晚正式录像。"她拿一件黑丝绒的旗袍在身上比着。

安妮有意无意地翻看母亲半床的行头，"妈，我可告诉你，别装神弄鬼的。"

"我不能让观众对我失望，更不能被这个火热的时代淘汰！"母亲抑扬顿挫地说。

安妮无奈地笑笑，欲往外走。

母亲叫住她说："你最近怎么这么憔悴？"

"四处催债，遛也遛成这样了！"安妮脱口而出。

母亲惊道："谁欠咱们债了？"

安妮忙改口说："我说的是感情债……"

"你还跟桑原来往？"

"妈，你管那么多事干吗？"

黎微士走近安妮，小声道："我怎么觉得你上个月好像没来例假？"

安妮叹道："我比你更想当未婚妈妈，可也得有这等好事呵，不瞒你说，我已经一年多没碰过男人了……"说完扭身就走，听见母亲在身后骂她找死！大姑娘家家的说这种混话，还嫁人不！

安妮心想，真正笑话，嫁的好哪那么容易，全靠上帝安排。

第一次进教堂，安妮最大的感觉是新奇。偌大一个地方，人几乎坐满了。她也随便找了个地方坐下，看见台上挂着四个大字：以马内利。也不知是什么意思。

不过她很快就安静下来，因为这里的整个氛围是宁和的，身边的人都虔诚地坐着，默默无语，像是在默诵着什么，想到这里，她不觉又看了一眼身边的人，顿时愣住。

身边便是顾美琴母女。

10岁的孩子乖乖地端坐在母亲身旁，眼中已有了忧郁。半个月前，安妮曾到顾美琴家追债。

到了那里才知道，她有多么不易，她家老人多，顾美琴的姥姥还在，老得像一部历史。她家的兄弟姐妹都陆续出国了，唯一剩下她和丈夫陪伴老人，结果她丈夫在意外的车祸中变成了植物人，如今独在一室遥遥无期地睡着。

顾美琴流着眼泪对安妮说："我知道他为办公司欠了人家不少钱，原指望他做成几笔生意之后就还，谁知他去下面的厂验货竟出了这么大的事……现在公司的账号上没有一分钱，想盘给别人，因为有债务又没人要……"

安妮见顾美琴愁得两鬓斑白，早已忘了自己是来干什么的，无限同情地说，"你们家不是还有人在国外吗？"

顾美琴苦笑道，"他们在国外都是打工，情况又不怎么好，父母亲不许我写信说这些事，怕他们分心出什么意外。他们倒是把退休金都贴了家用了，可是你想想，这么一大家人，再加上我姥姥91岁了，还有病人，每个月的药费都比伙食费高……”

那一天她们谈到很晚，美琴是老实人，硬留安妮吃饭，菜是腌制的辣椒萝卜，把人辣得眼冒金星，还有一小碟咸鱼，已经不像城里人的饮食。

临走时，安妮听见美琴的女儿在她爸爸的房间里念儿歌，一遍一遍的，期盼着父亲醒来。每一个字都像锤子一样，砸在安妮心上。出了顾美琴家，她的眼泪噼里叭啦地掉下来。

第二天去公司，安妮对冯肖说明情况，眼圈又红了。

冯肖却淡淡地说：“这情况我知道。”

安妮奇怪道：“你怎么知道？你又没见过顾美琴？”

“我听客户说了，他们也是见不得这种惨景，实在不愿意做这个恶人。”

“那就雇我们当恶人？！”

“你声音这么大干吗？这有什么不好，人家给我们生意做。我们又不是慈善机构，要是出演《天使在人间》，人家自己就行，用不着我们。”

安妮盯住冯肖的眼睛，好一会儿才说：“冯肖，我正式告诉你，这活儿我不接，佣金我也不要！”说完欲走。

冯肖叫住安妮：“我们大小也是个公司，不是拜把兄弟。公司有公司的规矩，你既然在这儿做，就要有敬业精神，不能耍小姐脾气。”

安妮冷笑道：“我怎样才算敬业？逼人家弱女子抹脖子上吊？！”

冯肖道：“你们女人就是这样，动不动要死要活，其实并没有这么严重。你应该劝顾美琴想尽一切办法还债，然后把她丈夫的公司担起来，你们都是女人，话比较容易说进去……”

“说的容易！”安妮打断他道，“单就还债一项，拿什么还？”

“他们家的房子是有钱时买下的，现在可以用来抵债，他们可以到差一点的地方租房子住，另外顾美琴她妈妈家是书香门第，她姥姥还会写小楷呢，他们家有祖传的墨宝……”

安妮斜了冯肖一眼，“你全惦记着呢！我可说不出口。”

冯肖道：“安妮，你不要搞错，我也希望普天下的劳苦大众都过上幸福的日子，这可能吗？什么是社会？就是差别、悬殊和苦难，我们与顾美琴不同的是暂时还没碰上，碰上了也得硬着头皮顶着。你能欠债不还吗？”

安妮不语，但仍没想过这个理去。

冯肖接着说：“其实我们不追顾美琴的债，公司也死不了。但是，你既然不能帮她还债，仅仅是洒一掬同情之泪，对于她来说，只是小善，实是大恶。”

“你这是什么意思？”安妮警觉地问。

“你想嘛，人只有被逼到那个份上，才会有大出息。你让她觉得她理应该被同情，自然不会想到自救，更谈不上励精图治，终日凄凄惨惨，你这不是害她吗？！如果她能从此振作，将来成了女强人，说不定还会给咱们公司赠送一块金匾呢！”

安妮啐道，“呸！你不过哄着我干活儿罢了。”

冯肖笑道，“真的不是。国民性如此，你这么想也是常理。但是不是还有一句话，叫‘面对现实’嘛。人家借给你钱的人又不是放高利贷，挣的也是血汗钱，没有理由人死债也死嘛！”

最后一次离开顾美琴家时，他们已经合家搬进了一栋普通公寓里没有人愿意住的一楼，阴冷、潮湿。天色已晚，家中的老人仍在昏黄的灯光下干坐着，29寸的画王彩电已经卖掉。

住房证的过户、转让，祖传的古玩、墨宝，均是经安妮之手拿去抵债了。

此时，老人用拐杖敲着地骂道：“你这个妖精怎么还不走？！你把我们一家害成这样，心里舒坦吧？！你年纪轻轻地就做这等缺德事，不怕晚上有恶梦跟着吗？！……男人做不下的事你敢下手，我一看你那面相就知道你好歹毒啊……”

顾美琴就在一旁收拾东西，只管低头收拾，一句话也不劝。丈夫的小屋里，依旧传出女儿一丝不苟地念儿歌的声音，美琴的父母只管坐着长吁短叹。

安妮如丧家之犬一般地离开了顾美琴家，她再也没有勇气回过头去望一眼那昏黄的灯光，那个或许多少年都难再有笑声的家庭。尽管美琴跟她说过，日子的确是更苦了，但是无债一身轻。然而在心底，她毕竟是恨她的，因为艰辛本身就是一样利器，瞬间就能够把喜悦和信念打磨得干干净净。

可悲的是她能为他们做点什么呢？至多是给病人捎一罐鼻食的奶粉，给孩子捎两斤苹果。甚至是给美琴的父亲找一个返聘的机会，看大门或者看仓库，都已经人满为患成为奢望。

……突然，一阵管风琴沉稳的声音响彻了

整个大厅，等到安妮反应过来时，牧师已经证道完毕，司琴在奏乐，台上密密层层地站着唱诗班的歌手，一色雪白的诗袍，黑色的诗夹。

冬慧站在第三排的右侧，苍白的一张脸，披散的长发被一个深色的丝绒发卡卡住。与神学院的学生站在一起，犹如刚刚下凡的安琪儿。

主礼的牧师叫众人起立，与诗班共同合唱《新生王歌》，安妮不会唱，便肃立静听。远在台上的冬慧，这时正捧着诗夹，微低着头轻唱着：

他赐世人新生命，
他消痛苦治创伤；
舍弃荣华离天上，
降生奋斗灭死亡，
消灭死亡赐再生，
再生宏福万古长……

在嗡嗡轰鸣的歌声中，安妮渐渐地感觉到自己的渺小与无助，再就是内心里说不出的孤寂无依。在那一瞬间，她真正相信人来到这个世上是受苦的，既不能拯救自己，也不能帮助别人。

歌毕，她听见顾美琴的女儿悄声问母亲："我们来过之后，爸爸会醒来吗？"

顾美琴的声音已不如她初次见到她时那般温柔，"会的，孩子，主与我们同在。"

安妮心里非常难过，因为她曾单独问过大夫顾美琴丈夫的病情，天真地以为若病人能醒来，仍旧是可以还债的，不必把事情做得那么苍凉。然而大夫说，这么长时间的大脑缺氧，脑内的器官已经部分萎缩，清醒过来几乎没有任何希望。

终场时，安妮慌慌张张地准备离去，她始终没有向顾美琴的方向侧过脸去，并且庆幸她由于专注而没有认出自己。正想着，她听见顾美琴在身后说："你的包。"

她本能地回过头去，果然看见自己的手袋静躺在长条椅面上。她拿起包，正待说出感激的话，却见顾美琴带着女儿，匆匆离去了。

她还是追了过去，抓住顾美琴的一只胳膊，几乎是用哀求的口气说："美琴，原谅我……"

顾美琴凄楚地一笑，"你并没有做错什么。"声音却是冰冷的，拒人于千里之外。

"美琴，你听我说……"

"何必呢，人不能既成为安详死去的耶稣，又成为拒不承认耶稣而负疚终生的彼得。"

安妮无言。是的，她既是追债人，又做出普度众生的样子，岂不滑稽?！在生活中，人们最愿意扮演的是同情者，不但讨喜，自己都会被自己的仁爱之心所感动，却从不为它的于事无补而负疚。

这时的顾美琴母女，已经消失在教堂门外漆黑的夜幕中。此时此刻，安妮绝对做不到心冷如铁，她极冲动地追上她们，她知道只有顾美琴阴冷的讥讽，才能令她安宁。

不等她动作，但见一根修长的手指在她眼前晃动。冬慧不知何时在她身边笑道，"看谁呢，眼都直了。"

安妮怅然地含糊道："碰上一个熟人……"再看冬慧时，只觉她神采飞扬，相比之下，自己倒像个心脏病患者。

黄志民面色温存地在一旁为冬慧穿大衣，那副精心的样子，配上冬慧毫不做作的优雅举止，看上去甚是温馨。

（选自《中国作家》1993 年第 3 期）

【导读】

张欣曾被评论家誉为在文学上最早找到当今城市感觉的人之一（雷达语）。其作品多以南国都市为背景，以男女恋情为主线，探讨市场经济文化语境中都市人的精神困境与出路。《伴你到黎明》是张欣自己有所偏爱的一部作品，曾被其选为代表作。

小说讲述了都市白领安妮因与领导桑原的婚外情，离开了待遇优厚的工作单位，流落至一家追债公司上班，从而开启了一段传奇的都市之旅。借助追债公司这样一个特殊设定，张欣将触角探入都市深处，透过安妮的眼睛，带读者领略了都市浮华外表下的另一面：阔太生活奢靡却锱铢必较，欠钱不还；朝野为了追回黑吃黑的钱常行踪成谜、命悬一线；安妮父亲借助安妮的地下情为新欢贷款且拒不还贷；梁剑平为升官不惜损害老友冯肖的利益但终无所获；黄志民骗取女友冬慧的公款经商却遭遇诈骗……通过对一连串人物与事件的描述，张欣揭示出在现代都市大熔炉中，过溢的欲望是如何一步步侵蚀着人性与道德的边界，使得人人都躁动不安、难获宁静的。

小说情节曲折、引人入胜，但叙述中蕴含诗情与思考，并未流于简单的"讲故事"。尤其值得注意的是，从结构到内容，《伴你到黎明》都颇近于《老残游记》《二十年目睹之怪现状》等晚清小说，但不同于这些小说中主人公仅起到穿针引线的作用，安妮切实地参与了故事，并发生了明显的变化。最初的安妮如姐姐安纳所言是“梦境中人”，她依靠桑原过着安逸的生活却毫不自知，直至经历求职的艰难后才意识到往日的轻浮；而追债公司的工作则不仅使安妮明了生存的不易，更使其逐步体会到社会、人性的复杂与尖锐，对过往菟丝花般的生活有所反省，对亲情、友情和爱情产生新的体悟。就这一角度而言，该作品并未止步于记录世相的谴责小说，而是具有了鲜明的女性成长小说的意味，并试图指出欲海浮沉中都市人的精神归处。

▶ 张欣《伴你到黎明》
拓展阅读

世纪末的华丽（存目）

朱天文

【导读】

台湾作家朱天文的早期创作多抒发少女幽思，风格清丽，后转向摹写世纪末都会的世态人情。短篇小说集《世纪末的华丽》即被视为这一转型的标志，同名小说《世纪末的华丽》更引发广泛关注，入选“20世纪中文小说一百强”榜单。

小说《世纪末的华丽》讲述了时装模特米亚在世纪末的台北，痴迷于格物与耽美的生活。她不仅对服装品牌如数家珍，高度依赖嗅觉、颜色感受世界，且拒绝走入世俗秩序，不论友情还是爱情，都游离于主流社会。整部作品语调华丽，意象绚烂丰赡，虽近乎无情节，却营造出了一个在世纪末都市迷醉沉沦外表下，依然生机勃勃的“物”之世界，渲染了一种现有文明行将毁灭但又必会重生的吊诡感。作品最后一句，“湖泊幽邃无底洞之蓝告诉她，有一天男人用理论与制度建立起的世界会倒塌，她将以嗅觉和颜色的记忆存活，从这里并予之重建”，可视为文眼，点明了作品的主旨，同时也引发了众多批评家从女性主义角度对之作诠释。

不过，正如黄锦树所指出的，尽管就表象而言朱天文的立场近于后现代女性主义，但其根源仍是老师胡兰成。胡兰成曾在多篇文章中宣讲过他的女性创世说，认为世界原初是女性依靠“感”创建的，即一种对现世的直观感受；之后男人把女人发明的东西理论体系化了，推动了世界的进步，但反过来压制了“感”，所以世界今已穷途末路，需要由女人来复兴“感”。两厢对照可以看出，小说中米亚对气味、颜色的敏锐，对服装品牌博物志式的铺陈，均由“感”而发，整部作品都可视为对胡氏观念的发展。在与舞鹤的对谈中，朱天文对此也作了自陈。

值得注意的是，朱天文并未止步于此。4年后的《荒人手记》如其所言一方面是“回答当年胡兰成老师去世时在写着的《女人论》”，但另一方面“小说呈现的完全不是那一回事”。当米亚的灵魂被注入男同性恋的肉身后，尽管胡兰成的影子依旧影影绰绰，生理性别的变化却标志着朱天文最终走出了胡兰成观念中本质主义的桎梏，并将依赖神话、修辞的创世说转化为一种阴性文化的书写，从而打开了更为广阔的讨论空间。（周文晓）

▶ 朱天文《世纪末的华丽》
拓展阅读

一个人的战争（存目）

林　白

【导读】

林白早期作品多聚焦于女性成长历程中种种隐秘的体验、心理与欲望，且青睐自白式、片段式的书写方式，被视为20世纪90年代女性个人化写作的典范。自《妇女闲聊录》起，林白开始关注群体性性别经验；及至《北去来辞》，则将个人经验与群体经验交织在一起，形成了一种开放性的对话空间，表现出一种自我更新的能力（程光炜语）。而细查这种开放性，在《一个人的战争》中已经初现端倪。

《一个人的战争》讲述了女主人公多米的成长历程。由于融合了大量作家的个人经历，故而颇具自传色彩。小说叙述视角独特，第一人称与第三人称交替出现，既丰满了细节的描写，又便于直抒胸臆；并且，小说的语言极富韵味，常能给予女性经验一种诗化的表达，以内在情感统领全篇，因而整体结构虽不紧凑，却予人浑然一体之感。当然，从小说诞生之日起，最为引人注目之处便是作品中有关女性性欲及性经历的大胆表述，小说也因此而被一些评论者加诸女性主义写作、身体写作等标签。林白则自陈，与理论相对隔膜，由于“自然身份是女性”，所以作品“表现了大量的女性经验”，即她是凭借天然的性别敏感进行创作。与此相关，她对性别体验的文学表现具有理论难以涵括的复杂与丰厚。

《一个人的战争》之整体架构，涵盖了多米的童年、下乡、上大学以及孤身漫游大西南的经历，牵扯人物事件众多，情节曲折离奇。与那种向内开掘型的个人化写作不同，林白将多米置放在了一个相当开阔的世界中，并诚实地讲述了身为女性的多米在这一世界探险、与这一世界碰撞、被这一世界拒绝而产生的生命经验，因而其笔下的性别体验并不局限于性体验。正如林白在文本中一再强调的，少年时经由电影唤起的创作欲望是生命之火，处女作剽窃事件的阴影是小说之源，而对女性追求卓越过程中飞翔快感的追忆与坠落恐惧的修复则是叙述的根本动力。因此，文学才是其性别体验的根基。正是借助文学，自闭的多米抵御了孤独与虚无，也品尝了温暖、善意、欺骗、虚伪、恶毒……甚至种种难以名状的世间滋味。

文学作为多米/林白与世界沟通的桥梁，在关注个人经验的同时保留了一个开放的渠道。因而，在某天新的契机来临时，“人世间的一切”才会“汹涌而来”，使其“重新感到山河日月，千湖浩荡”（林白语）。（周文晓）

▶ 林白《一个人的战争》
拓展阅读

小姨多鹤（存目）

严歌苓

【导读】

近年来，严歌苓的作品频获关注，并经由影视化引发了“严歌苓现象”。除了杰出的讲故事能力与娴熟的现代小说技巧外，对于“红色叙事资源”的再创作，亦是其获得成功的一个重要原因。《小姨多鹤》便是一部这样的作品。

《小姨多鹤》讲述的是日本战败投降后，日本为推行长期殖民政策而移民中国东北的垦荒团仓皇溃逃，十六岁的孤女多鹤在逃亡过程中被人贩子论斤卖给了张俭家做传宗接代的工具，从此开启了她与张俭及其妻子小环两个异族男女共处同一屋檐的人生历程。

小说继承了严歌苓一贯的风格，以颇具传奇的情节为框架，以真实细密的日常生活描写为背景，并聚焦于具体的人、人性，进而营造出虚中有实，实中有虚的故事氛围，且语言凝练，叙述极为顺畅，读之令人印象深刻。就结构而言，小说时间跨度颇大，从抗战胜利一直写到改革开放，但既未直接叙写重大历史事件，也未彻底解构或回避革命史，而是以多鹤或者说张俭一家的命运为主线，带出了近半个世纪的风云。这显然与作者的历史观有关。严歌苓曾谈到，“个人的历史从来都不纯粹是个人的”。小说中，国族问题与政治动荡正是以微观的形式凝聚在张俭一家身上。张俭的哥哥据传因抗日被日本人杀害，小环则因日本兵的追赶导致流产，丧失生育能力。民族仇恨以现实的血债横亘在多鹤与张俭夫妻之间，昭示着个人无法彻底超脱于历史阴霾之外。但亦如作者在后半句所言，“国家和民族的历史，从来都属于个人”。面对无从抗拒的历史暴力，严歌苓寄希望普世意义的人性，落笔于个人在承受历史暴力时所迸发出的光芒。多鹤的善良、小环的仁义与张俭的忠厚，逐渐淡化了曾经的仇恨，三个人最终活成了一家人。特别是多鹤与小环，在国仇家恨之外，还是性别暴力的受害者，但二人对生命的宽容与执着，跨越了民族

国家的鸿沟以及性别暴力为女性设置的同性隔阂，从而在时代巨浪面前化被动为主动，于大历史中谱出了自己的生命乐章。（周文晓）

严歌苓《小姨多鹤》
拓展阅读

私人生活（存目）

陈　染

【导读】

陈染是一位有着理论自觉的作家，不论是女性主义还是“个人化写作”，她在20世纪90年代都做出了富有先锋气质的创作实践，而这二者实际上指向了同一个目标，即个体的自由，因而二者常在其文本中相伴相成。《私人生活》正是这样一部具有典型意义的作品。

《私人生活》以第一人称的形式，讲述了名为倪拗拗的“我”，从女孩到女人的成长历程。正如它的名字一样，小说与时代、社会等宏大命题关联不大，而是聚焦于女性的身体经验、内在感受与情感变迁，如“我”对父亲的愤怒、与T老师极为复杂的身心关系、与禾隐秘的同性爱等，且语言高度诗化又极富思辨性，常常出现大量的心灵独白与自我剖析，以最为坦率的方式引起读者的共鸣。因而，小说一经发表，便引发了关于“个人化写作”的热议。陈染亦陆续作了一些阐释，概言之可分为两点，即个体与社会、历史、群体的分离，以及个体的真实性、完整性。也就是说，通过将个体视为价值的源泉，陈染导生出一条彻底向内开掘的叙事路径。如有论者所言，向内转折早已预埋在了个人主义叙事的发展脉络中。那么问题在于，为何是由陈染等女作家引领了这一风潮？面对整个阳性文明，男性显然更容易寻觅到某条精神谱系再建乌托邦，而女性除零星的母系神话外，则只有身体与个体生命经验可供依傍。因此，女作家更趋向于将乌托邦安置在自己身体上，“个人化写作”更多地以“身体写作”呈现。

然而，这一安置亦存有某种裂隙。当思想、意识与肉身紧密相关时，生理决定论便好似乌云一般徘徊不去，使女性在彻底拥抱“自我”的同时往往需要承认，这个“自我”有着某种无法弥补的遗憾。《私人生活》中，倪拗拗从周围人身上不断地体认着性别差异，并最终归因于基因表达，认为这一主体最为致命的残缺是想拥有一个父亲般的男人。以此观照陈染所提出的“超性别意识”，则可视为一种对肉体化性别主体不完整性认知的超越意识，所以小说开篇处那个分离出的“自我”才会是一名无性别者，且“光彩照人”，“拥有了向多种方向发展的可能性”。

对肉体化性别主体匮乏的认同，与对精神层面超越性别局限的渴望，在文本中构成了一种奇特的张力，昭示出女性在确立自身主体性之路上的艰难与曲折。（周文晓）

陈染《私人生活》
拓展阅读

额尔古纳河右岸（节选）

迟子建

我是雨和雪的老熟人了，我有九十岁了。雨雪看老了我，我也把它们给看老了。如今夏季的雨越来越稀疏，冬季的雪也逐年稀薄了。它们就像我身下的已被磨得脱了毛的狍皮褥子，那些浓密的绒毛都随风而逝了，留下的是岁月的累累瘢痕。坐在这样的褥子上，我就像守着一片碱场的猎手，可我等来的不是那些竖着美丽犄角的鹿，而是裹挟着沙尘的狂风。

西班他们刚走，雨就来了。在这之前，连续半个多月，太阳每天早晨都是红着脸出来，晚上黄着脸落山，一整天身上一片云彩都不披。炽热的阳光把河水给舔瘦了，向阳山坡的草也被晒得弯了腰了。我不怕天旱，但我怕玛克辛姆的哭声。柳莎到了月圆的日子会哭泣，而玛克辛姆呢，他一看到大地旱得出现弯曲的裂缝，就会蒙面大哭。好像那裂缝是毒蛇，会要了他的命。可我不怕这样的裂缝，在我眼中它们就是大地的闪电。

安草儿在雨中打扫营地。

我问安草儿，布苏是不是个缺雨的地方，西班下山还得带着雨？

安草儿直了直腰，伸出舌头舔了舔雨滴，冲我笑了。他一笑，眼角和脸颊的皱纹也跟着笑了——眼角笑出的是菊花纹，脸颊笑出的是葵花纹。雨水洒下来，他那如花的皱纹就像是含着露珠。

我们这个乌力楞只剩下我和安草儿了，其他人都在早晨时乘着卡车，带着家当和驯鹿下山了。以往我们也下山，早些年去乌启罗夫，近年来到激流乡，用鹿茸和皮张换来酒、盐、肥皂、糖和茶什么的，然后再回到山上。但这次他们下山却是彻底离开大山了。他们去的那个地方叫布苏，帕日格告诉我，布苏是个大城镇，靠着山，山下建了很多白墙红顶的房子，那就是他们定居的住所。山脚下还有一排鹿圈，用铁丝网拦起，驯鹿从此将被圈养起来。

我不愿意睡在看不到星星的屋子里，我这辈子是伴着星星度过黑夜的。如果午夜梦醒时我望见的是漆黑的屋顶，我的眼睛会瞎的；我的驯鹿没有犯罪，我也不想看到它们蹲进“监狱”。听不到那流水一样的鹿铃声，我一定会耳聋的；我的腿脚习惯了坑坑洼洼的山路，如果让我每天走在城镇平坦的小路上，它们一定会疲软得再也负载不起我的身躯，使我成为一个瘫子；我一直呼吸着山野清新的空气，如果让我去闻布苏的汽车放出的那些“臭屁”，我一定就不会喘气了。我的身体是神灵给予的，我要在山里，把它还给神灵。

两年前，达吉亚娜召集乌力楞的人，让大家对下山做出表决。她发给每人一块白色的裁成方形的桦树皮，同意的就把它放到妮浩遗留下来的神鼓上。神鼓很快就被桦树皮覆盖了，好像老天对着它下了场鹅毛大雪。我是最后一个起身的，不过我不像其他人一样走向神鼓，而是火塘，我把桦树皮投到那里了。它很快就在金色的燃烧中化为灰烬。我走出希楞柱的时候，听见了达吉亚娜的哭声。

我以为西班会把桦树皮吃掉，他从小就喜欢啃树皮吃，离不开森林的，可他最终还是像其他人一样，把它放在神鼓上了。我觉得西班放在神鼓上的，是他的粮食。他就带着这么一点儿粮食走，迟早要饿死的。我想西班一定是为了可怜的拉吉米才同意下山的。

安草儿也把桦树皮放在了神鼓上，但他的举动说明不了什么。谁都知道，他不明白大家在让他做什么事情。他只是想早点把桦树皮打发掉，好出去做他的活计。安草儿喜欢干活，那天有一只驯鹿的眼睛被黄蜂蜇肿了，他正给它敷草药，达吉亚娜唤他去投票。安草儿进了希楞柱，见玛克辛姆和索长林把桦树皮放在了神鼓上，他便也那么做了。那时，他的心里只有驯鹿的那只眼睛。安草儿不像别人那样把桦树皮恭恭敬敬地摆在神鼓上，而是在走出希楞柱时，顺手撒开，就好像一只飞翔的鸟，不经意间遗落下的一片羽毛。

虽然营地只有我和安草儿了，可我一点儿也不觉得孤单。只要我活在山里，哪怕是最后的一个人了，也不会觉得孤单的。

我回到希楞柱，坐在狍皮褥子上，守着火塘喝茶。

以往我们搬迁的时候，总要带着火种。达吉亚娜他们这次下山，却把火种丢在这里了。没有火的日子，是寒冷和黑暗的，我真为他们难过和担心。但他们告诉我，布苏的每座房子里都有火，再也不需要火种了。可我想，布苏的火不是在森林中用火镰对着石头打磨出来的，布苏的火里没有阳光和月光，那样的火又怎么能让人的心和眼睛明亮呢？

我守着的这团火，跟我一样老了。无论是遇到狂风、大雪还是暴雨，我都护卫着它，从来没有让它熄灭过。这团火就是我跳动的心。

我是个不擅长说故事的女人，但在这个时刻，听着“刷刷”的雨声，看着跳动的火光，我特别想跟谁说说话。达吉亚娜走了，西班走了，柳莎和玛克辛姆也走了，我的故事说给谁听呢？安草儿自己不爱说话，也不爱听别人说话。那么就让雨和火来听我的故事吧，我知道这对冤家跟人一样，也长着耳朵呢。

我是个鄂温克女人。

我是我们这个民族最后一个酋长的女人。

我出生在冬天。我的母亲叫达玛拉，父亲叫林克。母亲生我的时候，父亲猎到了一头黑熊。为了能获取上好的熊胆，父亲找到熊“蹲仓”的树洞后，用一根桦木杆挑逗它，把冬眠的熊激怒，才举起猎枪打死它。熊发怒的时候，胆汁旺盛，熊胆就会饱满。父亲那天运气不错，他收获了两样东西：一个圆润的熊胆，还有我。

我初来人间听到的声音，是乌鸦的叫声。不过那不是真的乌鸦发出的叫声。由于猎到了熊，全乌力楞的人聚集在一起吃熊肉。我们崇拜熊，所以吃它的时候要像乌鸦一样“呀呀呀”地叫上一刻，想让熊的魂灵知道，不是人要吃它们的肉，而是乌鸦。

很多出生在冬季的孩子，常由于严寒致病而夭折，我有一个姐姐就是这样死去的。她出生时漫天大雪，父亲去寻找丢失的驯鹿。风很大，母亲专为生产而搭建的希楞柱被狂风掀起了一角姐姐受了风寒，只活了两天就走了。如果是小鹿离开了，它还会把美丽的蹄印留在林地上，可姐姐走得像侵蚀了她的风一样，只叫了那么一刻，就无声无息了。姐姐被装在一条白布口袋里，扔在向阳的山坡上了。这让我母亲很难过。所以生我的时候，母亲把希楞柱的兽皮围子弄得严严实实的，生怕再有一缕寒风伸出吃人的舌头，带走她的孩子。

当然，这些话都是我长大后母亲告诉我的。她说我出生的那天晚上，全乌力楞的人在雪地上点起篝火，吃着熊肉跳舞。尼都萨满跳到火里去了，他的鹿皮靴子和狍皮大衣沾了火星，竟然一点儿都没伤着。

尼都萨满是我父亲的哥哥，是我们乌力楞的族长，我叫他额格都阿玛，就是伯父的意思。我的记忆是由他开始的。

除了死去的姐姐，我还有一个姐姐，叫列娜。那年秋天，列娜病了。她躺在希楞柱的狍皮褥子上，发着高烧，不吃不喝，昏睡着，说着胡话。父亲在希楞柱的东南角搭了一个四柱棚，宰杀了一只白色的驯鹿，请尼都萨满来给列娜跳神。额格都阿玛是个男人，可因为他是萨满，平素的穿着就得跟女人一样。他跳神的时候，胸脯也被垫高了。他很胖，披挂上沉重的神衣神帽后，我想他一定不会转身了。然而他击打着神鼓旋转起来是那么的轻盈。他一边舞蹈一边歌唱着，寻找着列娜的“乌麦”，也就是我们小孩子的灵魂。他从黄昏开始跳，一直跳到星星出来，后来他突然倒在地上。他倒地的一瞬，列娜坐了起来。列娜朝母亲要水喝，还说她饿了。而尼都萨满苏醒后告诉母亲，一只灰色的驯鹿仔代替列娜去一个黑暗的世界了。秋天时驯鹿因贪吃蘑菇而不愿意回到营地，那时我们常把驯鹿仔拴起来，这样驯鹿就会惦记着回来。母亲拉着我的手走出希楞柱，我在星光下看见了先前还是活蹦乱跳的小驯鹿已经一动不动地倒在地上了。我攥紧母亲的手，打了个深深的寒战。我所能记住的最早的事情，就是这个寒战，那年我大约四五岁的光景吧。

我从小看到的房屋就是像伞一样的希楞柱，我们也叫它“仙人柱”。希楞柱很容易建造，砍上二三十根的落叶松杆，锯成两人高的样子，剥了皮，将一头削尖了，让尖头朝向天空，汇集在一起；松木杆的另一端则戳着地，均匀地散布开来，好像无数条跳舞的腿，形成一个大圆圈，外面苫上挡风御寒的围子，希楞柱就建成了。早期我们用桦皮和兽皮做围子，后来很多人用帆布和毛毡了。

我喜欢住在希楞柱里，它的尖顶处有一个小孔，自然而然成了火塘排烟的通道。我常在夜晚时透过这个小孔看星星。从这里看到的星星只有不多的几颗，但它们异常明亮，就像是擎在希楞柱顶上的油灯似的。

尽管我父亲不愿意到尼都萨满那里去，但我爱去。因为那座希楞柱里不光住着人，还住着神。我们的神统称为“玛鲁”，它们被装在一个圆形皮口袋里，供奉在希楞柱入口的正对面。大人们出猎前，常常要在神像前磕头。这使我很好奇，总是央求尼都萨满，让他把皮口袋解下来，让我看看神长得什么样子。神身上有肉吗？神会说话吗？神在深更半夜会像人一样打呼噜吗？尼都萨满每次听到我这样跟他说玛鲁神，都要拿起他跳神用的鼓槌，将我轰出。

尼都萨满和我父亲一点儿也不像亲兄弟。他们很少在一起说话，狩猎时也从不结伴而行。父亲非常清瘦，尼都萨满却很胖。父亲是个打猎高手，尼都萨满行猎时却往往是空手而回。父亲爱说话，而尼都萨满哪怕是召集乌力楞的人商议事情，说出的话也不过是只言片语的。据说只有我出生的那天，尼都萨满因为前一夜梦见了一只白色的小鹿来到我们的营地，对我的降生就表现出无比的欣喜，喝了很多酒，还跳了舞，跳到篝火中去了。

父亲爱和母亲开玩笑。他夏季时常指着她说，达玛拉，伊兰咬着你的裙子啦！伊兰是我们家猎犬的名字。“伊兰”在我们的语言中是“光线”的意思。所以天黑的时候，我特别爱喊伊兰的名字，我以为跑过来的它会携带着光明，可它跟我一样，只是黑暗中的一团影子。母亲太热衷于穿裙子了，所以在我看来，母亲盼夏天来，并不是盼林中的花朵早点开放，而是为了穿裙子。一听说伊兰咬了她的裙子，她就会腾空跳起来，这时父亲就会得意地大笑。母亲喜欢穿灰色的裙子，裙腰上镶着绿色的缝道，前面的缝道宽，后面的缝道窄。

母亲在全乌力楞的女人中是最能干的。她有着浑圆的胳膊，健壮的腿。她宽额头，看人时总笑眯眯的，很温存。别的女人终日在头上包着一块蓝头巾，而她是裸露着头发的。她将那茂密乌黑的发丝绾成一个发髻，上面插着一支乳白色的鹿骨打磨成的簪子。

达玛拉，你过来！父亲常常这样招唤她，就像招唤我们一样。母亲慢吞吞地走到他身边，父亲往往只是笑着扯一下她的衣襟，然后在她的屁股上拍一下，说，没事了，你走吧！母亲努一下嘴，不说什么，接着忙她的活儿去了。

我和列娜从小就跟着母亲学活计，熟皮子，熏肉干，做桦皮篓和桦皮船，缝狍皮靴子和手套，还有烙格列巴饼，挤驯鹿奶，做鞍桥等等。父亲看我和列娜像两只蝴蝶离不开花朵一样绕着母亲飞，就嫉妒地说，达玛拉，你一定得送给我个乌特！“乌特”就是儿子的意思。而我和列娜，像我们这个民族的其他女孩一样，被叫做“乌娜吉”。父亲管列娜叫“大乌娜吉”，我则成了“小乌娜吉”。

深夜，希楞柱外常有风声传来。冬日的风中往往夹杂着野兽的叫声，而夏日的风中常有猫头鹰的叫声和蛙鸣。希楞柱里也有风声，风声中夹杂着父亲的喘息和母亲的呢喃，这种特别的风声是母亲达玛拉和父亲林克制造的。母亲平素从来不叫父亲的名字，而到了深夜他们弄出了风一样响声的时刻，她总是热切地颤抖地呼唤着：林克，林克……父亲呢，他像头濒临死亡的怪兽，沉重地喘息着，让我以为他们害了重病。然而第二天早晨醒来，他们又面色红润地忙着自己的活计了。就在这样的风声中，母亲的肚子一天天大了起来，不久，我的弟弟鲁尼降生了。

父亲有了自己的乌特后，即使狩猎归来一无所获，一看到鲁尼的笑脸，他阴沉的脸也会变得和颜悦色了。达玛拉也喜欢鲁尼，她干活的时候完全可以把他放在桦皮摇车里，可她不，她把鲁尼背在肩头。这时达玛拉的鹿骨簪子就戴不得了，鲁尼老是伸手去抓，抓下来就放到嘴里啃，簪子尖尖的，达玛拉怕扎了鲁尼的嘴，所以就不戴它了。而我喜欢母亲戴着簪子的样子。

我和列娜也喜欢鲁尼，我们抢着抱他，他胖乎乎的，像只可爱的小熊，咿呀叫着，口水流进我们的脖子，就好像钻进了毛毛虫，痒得慌。冬天时我们喜欢用灰鼠皮的尾巴去扫鲁尼的脸，每扫一下他都要咯咯笑个不止。夏天时我们常背他到河边，捉岸边草丛中的蜻蜓给他看。有一次母亲给驯鹿喂盐，我和列娜把鲁尼藏在希楞柱外装粮食的大桦皮桶里。母亲回来发现鲁尼不见了，慌张了，她四处寻找，没有见鲁尼的踪影，问我和列娜，我们都摇头说不知，她哭了起来。看来鲁尼和母亲是连心的，先前他还安静地待在桦皮桶里晒太阳，母亲一哭，他也哭了。鲁尼的哭声对母亲来说就是笑声，她循声而去，抱起他，斥责我和列娜，那是她第一次跟我们发脾气。

鲁尼的出现，使我和列娜改变了对父母的称呼。原来我们规规矩矩地像其他孩子一样，称母亲为“额尼”，称父亲为“阿玛”，因为鲁尼太得宠了，我和列娜起了嫉妒心，私下里就管母亲叫达玛拉，叫父亲为林克。所以现在提到他们的时候，我还有些改不过来。请神饶恕我。

乌力楞的成年男人身边都有女人，比如林克有达玛拉，哈谢有玛利亚，坤德有依芙琳，伊万有蓝眼睛、黄头发的娜杰什卡，可尼都萨满却是孤身一人。我想那狍皮口袋供的神一定是女神，不然他怎么会不要女人呢？我觉得尼都萨满跟女神在一起也没什么，只不过他们生不出小孩子来，有点让人遗憾。一个营地里，如果少了小孩子，就像树木缺了雨水，看上去总是不那么精神的。比如伊万与娜杰什卡，他们常常逗自己的那双儿女——吉兰特和娜拉，并发出哈哈的笑声；坤德与依芙琳的孩子金得，虽然不那么活泼，但他也像盛夏时飘来的一片云彩一样，给坤德与依芙琳带来阴凉，让他们心境平和。相反，哈谢与玛利亚因为没有孩子，脸上就总是弥漫着阴云。一旦罗林斯基来我们的营地了，他带到哈谢的希楞柱里的，就不仅仅是烟酒糖茶了，还有药。可玛利亚吃了那些治疗不孕症的药后，肚子还是老样子，急得哈谢像遭到围猎的驼鹿一样，脸上总是现出茫然的神情，不知道出路在哪里。玛利亚常用头巾遮住脸，低着头去尼都萨满的希楞柱。她去拜见的不是人，而是神。她希望神能赐予她孩子。

依芙琳是我的姑姑，她很爱讲故事。关于我们这个民族的传说以及父亲与尼都萨满之间的恩怨，都是她告诉我的。当然，有关民族的传说故事，是在我年幼时就听到的；而大人们之间的爱恨情仇，是在父亲去世后，母亲和尼都萨满先后变得癫狂后告诉我的，那时我已快做维克特的母亲了。

我这一生见过的河流太多太多了。它们有的狭长，有的宽阔；有的弯曲，有的平直；有的水流急促，有的则风平浪静。它们的名字，基本是我们命名的，比如得尔布尔河、敖鲁古雅河、比斯吹雅河、贝尔茨河以及伊敏河、塔里亚河等。而这些河流，大都是额尔古纳河的支流，或者是支流的支流。

我对额尔古纳河的最早记忆，与冬天有关。

那一年，北部的营地被铺天盖地的大雪覆盖，驯鹿找不到吃的，我们不得不向南迁移。途中，由于连续两天没有打到猎物，骑在驯鹿身上的瘸腿达西咒骂那些长着腿的男人都是没用的东西，声称他已经掉进一个黑暗的世界，要被活活地饿死了。我们不得不靠近额尔古纳河，用冰钎凿开冰面捕鱼来吃。

额尔古纳河是那么的宽阔，冰封的它看上去像是谁开辟出来的雪场。善于捕鱼的哈谢凿了三口冰眼，手持一杆鱼叉守候在旁边。那些久避冰层下的大鱼以为春天又回来了，就摇头摆尾地冲着透出天光的冰眼游来。哈谢一看见冰眼旋起了水涡，就眼疾手快地抛出鱼叉，很快就截上来一条又一条的鱼。有附着黑斑点的狗鱼，还有带着细花纹的蛰罗鱼。哈谢每捕上来一条鱼，我都要跳起来欢呼。列娜不敢看冰眼，吉兰特和金得也不敢看，冒着水汽的冰眼在他们眼里一定跟陷阱一样，他们远远地避开了。我喜欢娜拉，她虽然比我还小几岁，但跟我一样胆大。她弯着腰，将头探向冰眼，哈谢让她离远点，说是万一失足跌进去，就会喂了鱼了。娜拉将头上的狍皮帽子摘下来，甩了甩头，赌咒发誓地跺着脚说，快把我扔进去吧，我天天游在里面，你们想要鱼了，就敲一敲冰面，叫一声娜拉，我就顶破冰层，把鱼给你们送上来！我要是做不到的话，你们就让鱼把我吃了算了！她的话没吓着哈谢，倒把她的母亲娜杰什卡吓着了，她奔向娜拉，在胸口不住地画着十字。娜杰什卡是个俄国人，她跟伊万在一起，不仅生出了黄头发白皮肤的孩子，还把天主教也带来了。所以在乌力楞中娜杰什卡既跟着我们信奉玛鲁神，又朝拜圣母。依芙琳姑姑为此很看不起娜杰什卡。我并不反感娜杰什卡多信几样神，那时神在我眼里是看不见的东西。不过我不喜欢娜杰什卡在胸前画十字，那姿态很像是手执一把尖刀，要剖出自己的心脏。

黄昏时，我们在额尔古纳河上燃起篝火，吃烤鱼。我们把狗鱼喂给猎犬，将大个儿的蛰罗鱼切成段，撒上盐，用桦树枝穿上，放到篝火中旋转着。很快，烤鱼的香味就飘散出来了。大人们边吃鱼边喝酒，我和娜拉在河岸上赛跑。我们像两只兔子，给雪地留下一串串密集的脚印。我还记得当我和娜拉跑到河对岸的时候，被依芙琳给喊了回来。她对我说，对岸是不能随便去的，那已不是我们的领地了。她指着娜拉说，她去可以，那是她的老家，早晚有一天，娜杰什卡会把吉兰特和娜拉带回左岸的。

在我眼里，河流就是河流，不分什么左岸右岸的。你就看河岸上的篝火吧，它虽然燃烧在右岸，但它把左岸的雪野也映红了。我和娜拉不在意依芙琳的话，仍然在左岸与右岸之间跑来跑去，娜拉还特意在左岸解了个手，然后她跑回右岸，大声对依芙琳说，我把我的尿留在老家啦！

依芙琳白了娜拉一眼，就像她看着驯鹿产下畸形仔时的表情一样。

在那个夜晚，依芙琳姑姑告诉我，河流的左岸曾经是我们的领地，那里是我们的故乡，我们曾是那里的主人。

三百多年前，俄军侵入了我们祖先生活的领地，他们挑起战火，抢走了先人们的貂皮和驯鹿，把反抗他们暴行的男人用战刀拦腰砍成两段，对不从他们奸淫的女人给活生生地掐死，宁静的山林就此变得乌烟瘴气，猎物连年减少，祖先们被迫从雅库特州的勒拿河迁徙而来，渡过额尔古纳河，在右岸的森林中开始了新生活。所以也有人把我们称为“雅库特”人。在勒拿河时代，我们有十二个氏族，而到了额尔古纳河右岸时代，只剩下六个氏族了。众多的氏族都在岁月的水流和风中离散了。所以我现在不喜欢说出我们的姓氏，而我故事中的人，也就只有简单的名字了。

勒拿河是一条蓝色的河流，传说它宽阔得连啄木鸟都不能飞过去。在勒拿河的上游，有一个拉穆湖，也就是贝加尔湖。有八条大河注入湖中，湖水也是碧蓝的。拉穆湖中生长着许多碧绿的水草，太阳离湖水很近，湖面上终年漂浮着阳光，还有粉的和白的荷花。拉穆湖周围，是挺拔的高山，我们的祖先——一个梳着长辫子的鄂温克人，就居住在那里。

我问依芙琳，拉穆湖也有冬天吗？她对我说，祖先诞生的地方，是没有冬天的。可我不相信有一个世界永远是春天，永远那么温暖。因为从我出生的时候起，我每年都会经历漫长的冬天和寒冷，所以依芙琳给我讲完拉穆湖的传说后，我就跑到尼都萨满那里，打算问个究竟。尼都萨满没有肯定拉穆湖的传说，但他肯定了我们以前确实可以在额尔古纳河左岸游猎。他还说，那时生活在尼布楚一带的使鹿部，每年还向我们的朝廷进贡貂皮，是那些蓝眼睛、大鼻子的俄军逼迫我们来到右岸的。勒拿河和尼布楚在哪里我并不知道，但我明白这些失地都在额尔古纳河左岸，在一个我们不能再去的地方，这使我幼年时对蓝眼睛、大鼻子的娜杰什卡充满了敌意，总以为她是跟着驯鹿群的一条母狼。

伊万是额格都亚耶的儿子，也就是我伯祖父的孩子。伊万的个子很矮，脸很黑，额头上有一个红痣，像颗耀眼的红豆。黑熊爱吃红豆，打猎的时候，父亲一旦发现了熊的足迹，总是提醒伊万要倍加小心，怕熊袭击了他。父亲的话也不是没有道理的，熊看到伊万比看到其他人容易激动，而伊万有两次从熊的巨掌下死里逃生。伊万的牙齿非常坚固，喜欢吃生肉，所以打不到猎物的时候，最难过的是伊万，他不喜欢吃肉干，对鱼更是嗤之以鼻，认为鱼是小孩子和老人这些牙齿不健全的人吃的。

伊万的手出奇地大，他若是将双手摊开放在膝盖上，那膝盖就像被粗壮而绵长的树根给覆盖缠绕住了。他的手很有力气，能把鹅卵石攥碎，能把搭建希楞柱用的松木“咔——”的一声折断，省却了用斧子去砍。依芙琳说，伊万就是凭借他那双力量非凡的手，使娜杰什卡成了他的女人的。

一百多年前，在额尔古纳河的上游发现了金矿。俄国人知道右岸有了金子，常常越过边界来盗采。那时当朝的皇上是光绪，他怎能眼睁睁地看着大清王朝的金子流入那些蓝眼睛的人手中呢？就让李鸿章想个法子，不能让黄金流失。李鸿章就动了在漠河开办金矿的念头。漠河这地方，每年中有半年飘雪花，荒无人烟，朝廷的重臣是不可能到这里来的。最后，李鸿章选中了因反对慈禧太后而被降罪的吉林候补知府李金镛去开办金矿。漠河金矿一开，商铺也跟着兴起了。就像有了花就要有果子一样，妓院很快就跟着出现了。那些来自关内的终年看不见女人的采金男人，见着女人，眼睛比见着金子还亮。他们为了那片刻的温暖和痛快，把金子撒到女人身上，妓院的生意跟夏季的雨水一样旺盛。被我们称作“安达”的那些商人，看上了妓院的生财之道，于是就有俄商带来他们的女人，将年纪轻轻的她们卖进妓院。

依芙琳说，那年他们在克坡河一带游猎，森林被秋霜染得红一片黄一片的时候，一个俄国安达带着三个姑娘越过额尔古纳河，骑着马，穿过密林，朝漠河方向而去。伊万在打猎的时候碰见了他们。他们打了一只山鸡，笼着火，正在吃肉喝酒。伊万见过那个大胡子安达，他知道凡是安达带来的东西，一定都是要卖的。看来金矿不仅仅需要用的东西和食物，也需要女人了。由于常与俄商打交道，我们中的大多数人都能讲简单的俄语，而俄商也听得懂鄂温克语。那三个姑娘有两个姿色动人，大眼睛，高鼻梁，细腰身，她们喝起酒来发出放纵的笑声，像是早已做熟了妓女这行当的人。另一个小眼睛的姑娘看上去就不一样了，她很安静地喝着酒，目光始终放在自己的灰格裙子上。伊万想，这个姑娘一定是被逼迫去做妓女的，不然她不会那么忧郁。他一想到那灰格裙子会被许多男人撩起，就心疼得牙齿打颤——还从来没有哪个姑娘能让他这么心疼过。

伊万回到乌力楞，将两张水獭皮、一张猞猁皮和十几张灰鼠皮卷到一起，带着它们，骑着驯鹿追赶安达和那三个姑娘。见到安达，他将皮张卸下，指着那个小眼睛姑娘告诉安达，这个女人归他伊万了，而皮张归安达了。安达嫌皮张太少，声言他不能做亏本的买卖。伊万就走到安达面前，伸出他的大手，将安达怀中的酒壶掏出来。那是个铁酒壶，伊万把它放到掌心，用力一握，它就扁了；再用力一攥，随着酒花飞溅，铁壶竟然成了个铁球。这把安达吓得腿都软了，立刻让伊万带走了那个小眼睛姑娘，她就是娜杰什卡。

依芙琳说，我的额格都亚耶就是被伊万给气死的。他早已为伊万定了一门亲，本打算那年冬天就把人家娶过来的，谁想到秋天时伊万自己领回来一个。

伊万的判断没错，娜杰什卡确实是被黑心的继母卖给安达去做妓女的。途中她曾两次试图逃跑，被安达发现后，先把她奸污了，想让她死心塌地地做妓女。所以伊万把她带走，娜杰什卡虽然心甘情愿，但对伊万总有种愧疚。她没有对伊万说安达把她奸污的事，她把此事告诉给了依芙琳。告诉给依芙琳的事，如同讲给了一只爱叫的鸟儿，全乌力楞的人没有不知道的了。伯祖父先前只是反感娜杰什卡的血统，当他知道她还是个不洁的女人时便命令伊万把娜杰什卡逐出山林。伊万没有那么做，他娶了她，转年春天就生下了吉兰特。大家怀疑那个孩子可能是大胡子安达的。蓝眼睛的吉兰特一出世，额格都亚耶吐血不止，三天后就上天了。据说他离世的那天，朝霞把东方映得红彤彤的，想必他把吐出的鲜血也带了去。

娜杰什卡没有山林生活经验，据说她刚来的时候，在希楞柱中睡不着觉，常常在林中游荡。她也不会熟皮子，不会晒肉干，不会揉筋线，就连桦皮篓也做不出来。伊万见我母亲不像依芙琳那样对娜杰什卡满怀敌意，就让她教她做活。所以在乌力楞的女人中，娜杰什卡和达玛拉最亲近。这个爱在胸前画十字的女人是聪明的，只几年的工夫，就学会了我们这个民族的女人会做的活计。她对待伊万格外地好，伊万出猎归来，她总是在营地迎候。她见着伊万，仿佛几个月没见着似的，上前紧紧地抱着他。她比伊万高出一头，她抱伊万，就像一棵大树揽着棵小树，像一头母熊抱着个熊仔，十分好笑。依芙琳很瞧不起娜杰什卡的举动，说那是妓女的做派。

最不喜欢见到额尔古纳河的，就是娜杰什卡了。每次到了那里，依芙琳都要冷言冷语地讥讽她，恨不能让娜杰什卡化成一阵风，飘回左岸。娜杰什卡呢，她望着这条河流，就像望着贪婪的东家，也是一脸的凄惶，生怕它又剥削她。可我们是离不开这条河流的，我们一直以它为中心，在它众多的支流旁生活。如果说这条河流是掌心的话，那么它的支流就是展开的五指，它们伸向不同的方向，像一道又一道的闪电，照亮了我们的生活。

我说了，我的记忆开始于尼都萨满那次为列娜跳神取“乌麦”，一头驯鹿仔代替列娜去了黑暗的世界了。所以我对驯鹿的最早记忆，也是从这头死去的驯鹿仔开始的。记得我拉着母亲的手，看着星光下一动不动的它时，心里是那么的恐惧，又那么的忧伤。母亲把已无气息的它提起，扔到向阳的山坡上了。我们这个民族没有存活下来的孩子，一般都是被装在白布口袋里，扔在向阳的山坡上。那里的草在春天时发芽最早，野花也开得最早。母亲是把驯鹿仔当做自己的孩子了。我还记得第二天鹿群回到营地的时候，那只灰色的母鹿不见了自己的鹿仔，它一直低头望着曾拴着鹿仔的树根，眼里充满了哀伤。从那以后，原本奶汁最旺盛的它奶水就枯竭了。直到后来列娜追寻着它的鹿仔也去了那个黑暗的世界，它的奶汁才又泉水一样涌流而出。

据说在勒拿河时代，我们的祖先就放养驯鹿。那里森林茂盛，被我们称作“恩克”和“拉沃可塔”的苔藓、石蕊遍布，为驯鹿提供了丰富的食物。那时的驯鹿被叫做“索格召”，而现在我们叫它“奥荣”。它有着马一样的头，鹿一样的角，驴一样的身躯和牛一样的蹄子。似马非马，似鹿非鹿，似驴非驴，似牛非牛，所以汉族人叫它“四不像”。我觉得它身上既有马头的威武、鹿角的美丽，又有驴身的健壮和牛蹄的强劲。过去的驯鹿主要是灰色和褐色，现在却有多种颜色——灰褐色、灰黑色、白色和花色等。而我最喜欢白色的，白色的驯鹿在我眼中就是飘拂在大地上的云朵。

我从来没有见过哪种动物会像驯鹿这样性情温顺而富有耐力，它们虽然个头儿大，但非常灵活。负载着很重的东西穿山林，越沼泽，对它们来说是那么的轻松。它浑身是宝，皮毛可御寒，茸角、鹿筋、鹿鞭、鹿心血、鹿胎是安达最愿意收入囊中的名贵药材，可换来我们的生活用品。鹿奶是清晨时流入我们身体的最甘甜的清泉。行猎时，它们是猎人的好帮手，只要你把打到的猎物放到它身上，它就会独自把它们安全地运到营地。搬迁时，它们不仅负载着我们那些吃的和用的东西，妇女、孩子和年老体弱的人还要骑乘它，而它却不需要人过多的照应。它们总是自己寻找食物，森林就是它们的粮仓。除了吃苔藓和石蕊外，春季它们也吃青草、草间荆以及白头翁等。夏季呢，它们也啃桦树和柳树的叶子。到了秋天，鲜美的林间蘑菇是它们最爱吃的东西。它们吃东西很爱惜，它们从草地走过，是一边行走一边轻轻啃着青草的，所以那草地总是毫发未损的样子，该绿还是绿的。它们吃桦树和柳树的叶子，也是啃几口就离开，那树依然枝叶茂盛。它们渴了夏季喝河水，冬季则吃雪。只要你在它们的颈下拴上铃铛，它们走到哪里你都不用担心，狼会被那响声吓走，而你会从风儿送来的鹿铃声中，知道它们在哪里。

驯鹿一定是神赐予我们的，没有它们，就没有我们。虽然它曾经带走了我的亲人，但我还是那么爱它。看不到它们的眼睛，就像白天看不到太阳，夜晚看不到星星一样，会让人在心底发出叹息的。

（选自北京十月文艺出版社2005年版）

【导读】

自20世纪80年代走上文坛以来，迟子建始终保持着对日常生活的理解与热爱，对永恒价值的信仰与追求。这些看似循规蹈矩的理念，一方面促使其创造出众多温润可亲、闪耀人性光芒的作品，另一方面也造就了她颇为独特的历史观与历史书写，获评第七届茅盾文学奖的《额尔古纳河右岸》便是其中的代表作。

这部长篇小说以亲切而又极具诗意的语言，讲述了作为鄂温克族女酋长的“我”所在部族近百年的历史，展现出鄂温克人对于自然的崇敬与面对苦难时的坚韧。就时间而言，小说几乎跨越了整个20世纪；从空间来说，故事发生在行政疆域的边界（自《尼布楚条约》签订以来，中俄两国便以额尔古纳河河道中心为界）。因此，故事的时空本身包含着异常丰厚甚至沉重的政治文化内涵。但迟子建的处理却另辟蹊径，如其所言“历史是日常的”，于是鄂温克部落的日常生活成为小说的演绎对象，一日三餐、打猎迁徙、放养驯鹿、婚丧嫁娶、乞灵敬神，甚至种种植物的形态作用与采集处理过程都得到详尽的呈现，使得小说不啻为一部表现鄂温克族生活的百科全书，而那些重大的政治经济事件则被淡化为背景。“在我眼里，河流就是河流，不分什么左岸右岸的。你就看河面上的篝火吧，它虽然燃烧在右岸，但它把左岸的雪野也映红了。”日常生活因内蕴着大自然的恒常与人类活动的绵延，而获得了一种超越现实的崇高性。迟子建平和舒缓的叙述中，生发出了一种对宏大叙事的严肃批判与解构意识。

正如论者所指出的，重视日常生活的历史意识不仅决定了小说的内容，也影响了小说的结构与叙述节奏，并进一步将批判的锋芒指向了以理性为主导的现代文明。小说被分为清晨、正午、黄昏、半个月亮四部分，对应了“我”从幼年到青年，再到衰老及逝去的生命历程，也对应了“我”的部族从山林间的兴旺到不得不下山去寻求新出路的过程。一种生生不息、周而复始的自然时间，取代了线性进步的时间观，成为小说内在的时间线；作者以“我”的记忆与意识为小说脉络，将日常生活与种种现代理性无法解释的神秘事件交织在一起，建构出一个具有内在一致性的瑰丽奇幻的鄂温克族世界，映衬出现代理性世界的贫乏与干枯。（周文晓）

▶ 迟子建《额尔古纳河右岸》
拓展阅读

厨　　房

徐　坤

厨房是一个女人的出发点和停泊地。

瓷器在厨房里优雅闪亮，它们以各种弯曲的弧度和洁白的形状，在傍晚的昏暗中闪出细腻的密纹瓷光。墙砖和地板平展无沿，一些美妙的联想映上去之后，顷刻之间又会反射回眸子的幽深之处，湿漉漉的。细长瓶颈的红葡萄酒和黑加仑纯酿，总是不失时机地把人的嘴唇染得通红黢紫，连呼吸也不连贯了。灶上的圆火苗在灯光下扑扑闪闪，透明瓦蓝，炖肉的香气时时扑溢到下面的铁圈上，“哧啦”一声，香气醇厚飘散，升腾出一屋子的白烟儿。莴笋和水芹菜烹炒过后它们会荡漾出满眼的浅绿，紫米粥和苞谷羹又会时时飘溢出一室的黑紫和金黄……

厨房里色香味俱全的一切，无不在悄声记叙着女人一生的漫长。女人并不知道厨房为何生来就属于阴性。她并没有去想，时候到了，她便像从前她的母亲那样，自然而然走进了厨房里。

这个夏天的傍晚，在一阵骤然而至的雷阵雨的突袭过后，燠热和喧嚣全被随风吸附而走。大地逐渐静止了。城市一枚火红的斜阳正从容地在立交桥上燃烧，一层层散漫的红光怡然飘落而下，照耀着一个在厨房里忙碌的叫做枝子的女人，女人优美的身体的轮廓被夕阳镶上了一层金边，从远处望去，很是有些耀眼。女人利手利脚无比快活地忙碌，还不断在切洗烹炸的间隙，抬头向西窗外瞟上一眼。夕阳就仿佛跟她有某种默契，含情脉脉地越过一棵临窗的茂盛玉兰树枝头对她俯首回望。

枝子的目光，也便跟着燃烧在一片红辉之中，润润的，柔柔的。

厨房并不是她自己家里的厨房，而是另一个男人的厨房。女人枝子正处心积虑的，在用她的厨房语言向这个男人表示她的真爱。

一条鳜鱼浑身被横横竖竖切了无数刀后，周身码放好了蒜片、葱丝和姜条，然后放进锅屉里热气腾腾地蒸着。卷心菜和河藕也油亮亮地沾着水珠儿洗好，与沙拉酱一起错落有致码放在盘子里边等待搅拌，水气正顺着不锈钢盖子的缝隙慢慢地一点点往上溢起来。枝子停下手，幽幽地喘了一口气，转头偷眼向客厅里望了一眼。透过宽大明亮的钢化玻璃厨门，她看见男人松泽正懒散地蜷坐在沙发上，一张报纸遮住了大半个脸。男人的身子、手、脚都长长大大的，T恤的短袖裸露出他筋肉结实的小臂，套在牛仔裤里的两条长腿疏懒地横斜，大腿弯的部分绷得很紧，衬出大腿内侧十分饱满，很有力度——枝子的脸突然莫名其妙地红了，浑身迸过一阵难以自抑的幸福。她赶紧收回自己潮润润的目光，慌慌转回身去放眼观望窗外斜阳。

夕阳巨大的圆轮现在只剩下半个，它正在被树梢和钢筋水泥的建筑物奋力衔住，一口一口激情地往下吞吻。枝子的脸庞转瞬间又被烧红，周身辉映起一阵盲目的幸福。

我爱这个男人。我爱。

枝子在心里这样迷乱地对自己说。在这样说着的时候她的心里充满了羞涩。

枝子是被称作“女强人”的那种已然不惑的女人。爱情到了她这个年纪并不容易那么轻易来临。经过了岁月风尘的磨洗，枝子早年的一颗多愁善感的心，早就像茧子那样硬厚，那样对一切漠然、无动于衷了。多少年过去，一番刻苦的拼搏摔打，早年柔弱、驯顺、缺乏主见、动辄就泪水长流的枝子，如今已经百炼成钢，成为商界里远近闻名的一名新秀。

她这棵奇葩，将自己的社会身份和地位向上茂盛的茁茁固定之后，却偏偏不愿在那块烂泥塘里长了，一心一意想要躲回温室里，想要回被她当初毅然决然抛弃割舍在身后的家。

不知为什么，就是想回到厨房，回到家。

事业成功后的女人，在一个个孤夜难眠的时刻，真是不由自主地常要想家，怀念那个遥远的家中厨房，厨房里一团橘黄色的温暖灯光。

家中的厨房，绝不会像她如今在外面的酒桌应酬那样累，那样虚伪，那样食不甘味。家里的饭桌上没有算计，没有强颜欢笑，没有尔虞我诈，没有或明或暗、防不掉也躲不开的性骚扰和准性骚扰，更没有讨厌的卡拉 OK 在耳朵边上聒噪，将人的胃口和视听都野蛮地割据强奸。家里的厨房，宁静而温馨。每到黄昏时分，厨房里就会有很大的不锈钢精锅咕嘟咕嘟冒出热气，然后是贴心贴肉的一家人聚拢在一起埋头大快朵颐。

能够与亲人围坐吃上一口家里的饭，多么的好！那才是彻底的放松和休息，可她年轻气盛的时候哪儿懂这些？离异而走的日子，她却只有一个简单的念头：她受够了！实在是受够了！她受够了简单乏味的婚姻生活。她受够了家里毫无新意的厨房。她受够了厨房里的一切摆设。那些锅碗瓢盆油盐酱醋全都让她咬牙切齿地憎恨。正是厨房里这些日复一日的无聊琐碎磨灭了她的灵性，耗损了她的才情，让她一个名牌大学毕业的女才子身手不得施展，她走。她得走。说什么她也得走。她绝不甘心做一辈子的灶下碑。无论如何她得冲出家门，她得向那冥想当中的新生活奔跑。

果真她义无反顾，抛雏别夫，逃离围城，走了。

现在她却偏偏又回来了。回来得又是这么主动，这样心甘情愿，这样急躁冒进，毫无顾虑，挺身便进了一个男人的厨房里。

真正叫人匪夷所思。

假如不是当初的出走，那么她还会有今天的想要回来吗？

她并没有想。

此时她只是很想回到厨房，回到一个与人共享的厨房。她是曾经有过婚姻生活，曾经爱和被爱过的人，比较明了单身和已婚的截然不同。一个人的家不能算家，一个人的厨房也不能叫做厨房。爱上一个人，组成一个家，共同拥有一个厨房，这就是她目前的心愿。她愿意一天天无数次地悠闲地呆在自家的厨房里头，摸摸这，碰碰那，无所事事，随意将厨房里的小摆设碰得叮当乱响，她还愿意将做一顿饭的时间无限地延长，每天要去菜市场挑选最时鲜的蔬菜，回来再将它们的每一片叶子和茎秆儿都认真地洗摘。做每一顿饭之前她都要参照书上的说法，不厌其烦地考虑如何将饭菜营养搭配。慢慢料理这些的时候，她的心情定会像水一样沉稳，绝对不会再以为这是在空耗生命和时间。纤纤素手被洗菜水浸泡得指尖红肿、关节粗大，她也不会再牢骚埋怨。她希望她的心情就那样像水一样，温吞、空泛，温吞、空泛地在厨房里消磨时光，什么外面争斗的事情都不去想。她愿意看见有一两个食客，当然是丈夫和孩子吃着她亲手烧的好菜，连好吃都顾不上说，直顾低头吃得满嘴流油，脑满肠肥。

脑满肠肥？一想到这个词，枝子就不由得偷偷地笑了。

她真的是不想再在外面应酬做事，整天神

经绷紧，跟来来往往形形色色的人虚与委蛇。不知为什么，她有些厌倦人。名利场上各色各样的人：卑鄙的、龌龊的、委琐的、工于心计的、趋利务实的人……看都看得她眼花了。整天的与人打交道也快把她的神经要折磨垮。她想返身逃逸，逃到没有人的地方去，而厨房就是她最后的避难之所。

厨房对她来说从来没像现在这样亲切过。她从来没有像今天这样对厨房充满了深情。

炉上的不锈钢精锅冒出袅袅热气。枝子的想象也随之袅袅。太阳就在她缥缈的想象里一点一点落到树梢下面去，落到她想象的尽头。那个长胳臂长腿的男人松泽看完了报纸，起身抻了一个懒腰，慢慢腾腾挪到厨房里来，再次问枝子需不需要帮什么忙。枝子听到男人满怀关切的问候，赶忙满心欢喜地连连说："不用，不用。"今天是这个男人松泽的生日，她想独立完成整个操作，让他尽情品尝一番她的烹饪手艺。

她为什么要主动向这个男人献艺？献艺完了又将会是什么呢？枝子不愿意想，不情愿这样残酷地拷问自己。她愿意在心里给自己的自尊留有一点余地。该是什么就是什么。枝子在心里说。枝子只希望能是她所想要达到的那个。此时她真是觉着自己对这个男人有些过分俯就，甚至有些低三下四。因为照她素常里的做人态度，以一个商界女星的身份来说，对她前呼后拥献殷勤的男人总是数不胜数。而她的鼻孔总是抬得很高，并且，暗中加着千倍的小心，很怕落入某些勾引利用的圈套。如今却这样巴巴地主动送上门来，可真是有些不好对自己的心解释了呢！

管它呢。随它去吧！反正来也是来了，还费力解释它干什么？

拖着长头发的高个儿男人松泽扎煞着两只手，在枝子身边围前围后转了两转，明白自己也实在帮不上什么。看来枝子对于今天的下厨是有过精心准备的，知道他这个单身汉的厨房里可能会七七八八的不全，所有的素菜、荤菜备料都由她亲自从外面带来。连烧菜用的油和醋等佐料，也全被她准备到了。甚至枝子还带来了围裙，柔软的白细棉布套头裙，腰间勒一根细带子，自上而下洒下一捧捧勿忘我小碎花。绵软的白裙贴在她身上，正好勾勒出枝子腰条的纤细。枝子的头发本来可以戴上与围裙配套的棉布帽，以免熏进油烟味儿。但她想了想，还是将帽子舍弃，将头发挽了几挽，然后向上用一枚鱼型的发卡松松一别，这样，她乌黑发亮的秀发就尽显在男人松泽的视野。

松泽盯着这个体态窈窕的女人，心里怦怦怦乱动了几动。当然，他是艺术家。艺术家面对美没有不动心的，他和她一直都算得上是很亲密的朋友，亲密的最初原因是枝子出资帮他举办个人画展的成功。从合作的愉快到亲密友好的交往，俩人的关系大致上就是走的这样一一个过程。但是，再友好，他也不敢说是劳动她的大驾来给自己庆贺什么生日，尤其是没想到她还要亲自下厨。这该是出乎意外且又让他承受不起的情分。

能有一个漂亮女人主动来家里给自己过生日，真是一个求之不得的美事情。男人一方面惴惴，觉得女人枝子给他的面子太大了；一方面又稍嫌累赘，觉得整夜晚在自己家里吃上一顿饭，太缺乏新意。艺术家，总是爱好推陈出新。就在枝子下厨期间，就有三四个女孩子的电话打来，邀他出去派对。他不得不柔声细语轻声回绝。与呆在家里传统的吃生日饭相比，当然OK包间或派对沙龙里搂搂抱抱的扭捏抚摸更能激发创造力。但若从长远的角度看，比起跟那些小女崇拜者玩玩白相，跟女老板的关系处理好对他将来的用途更大一些。男人在考虑问题时，往往从最实利的目的想。所以他决定还是死心塌地，留在家里与女老板亲近感情。

这样心里边一踏实下来，男人也就专注移情于厨房中的枝子身上，渐渐从忙而不乱的枝子身姿当中体味到另一种情致。枝子的动作，熟练而静美，如一朵桅子花儿开放在氤氲的厨房香气中。植物烹炒的香气中夹杂的成熟女人的体香，熏得男人松泽有些想入非非。在不知道该从哪儿下嘴的情况下，他便懒散地一条腿以另一条腿为重心，倚在厨房门框上，一边静待时机，一边向忙碌的枝子身上乱抛多情的眼神。

枝子意识到了男人的注视，略微有些慌乱，不等春风吹绽，便先兀自欢颜，面若桃花的有些气短。她一面竖起耳根，悉心倾听男人粗长的呼吸，一面竭力命令自己镇定，尽量掩饰住狂乱心跳，将身体动作恢复成正常。她所企望的，不就是这个男人的这样一种目光吗？如今已经等到了，那么她还紧张什么？这么想着，她手里切菜的动作就有了几分表演性质。

厨房不大，容不得俩人同时在里面转身，只要一动，就势必会发生身体上某些部位的接触。所以他们就在各自位置站着，口里还要问或说上几句哼哼哈哈应酬话，身体里却不免都暗暗生出几分紧张。主要是男主人还没有拿摸得好女老板的意图。松泽虽说已是风情老手，但在从来都很端庄的枝子面前，毕竟也是不敢造次，不知道她想要他做什么，要他做到什么程度。他还时时没有忘记她是投资人。所以他只是听之任之，一边散漫无际地调着情，一边还要暂时做出温文尔雅。这种孤男寡女同一屋檐独处的情境，终归还是需要有一些半真半假调情意味的。不然，艺术家就显得太不艺术，太寡淡无味了些。

而女人枝子也还没想好该如何开始。她也很希望能有一些情调，并且，最好由这情调本身给她一个循序渐进、顺理成章、水到渠成的过程。她倒是很希望示爱能由松泽一方主动开始。可一旦他真的主动了，说不定她反而会变得厌恶他，拒斥他。见他站在原地兀自不动，她不禁有些既希望又失望的心理。她看上他，经营他，是看中他的画风里的野气和灵活。后来单相思瞄上他，也是因为在相处过程里发现他已将这野气和灵活全然融合、发挥殆尽，在各种场合都圆熟，灵动，洒脱，很符合她眼里真正艺术家的气质。她以为四周围到处都是被文明过分文明化了的衰人，他的画里未曾泯灭的人类远古的粗犷之气，还有与神明相通的灵性。而这一切，正是她内心所深深需要的。

在女老板的得力赞助经营下，松泽果然就大获成功且声名远扬。而她则以画推人，认为理所当然人如其画，画如其人，她便因此而爱上了自己的经营品。

两个身体持久的紧张让他们都有些承受不住。枝子在男人松泽的目光里已经汗流浃背。假如还没有进一步的动作，却还要这样无谓地僵持下去，枝子的细腰简直就要绷断了。她不停地用眼角余光扫射着身旁男人，脸蛋儿烧得厉害，肢体以一种柔和的弧度微微向他倾斜过去，那种身段中分明表示着一丝丝鼓励、期盼和犹豫不决。男人在承受温软的肉体倾斜过来的弯度同时也同样是犹疑不定、优柔寡断。他的身体不易察觉地晃了两晃，终于什么也没有能够做得出来。

就这样又沉默了一会儿，枝子的手指在水盆里游动时漫不经心地挑起“哗哗”的水声，听起来略微显出了一点烦躁，过分的紧张和犹疑终于把松泽自己调情的兴致破坏了，松泽说了一句：“我去布置餐桌。”借机急忙把自己从厨房打发开。

枝子的身体这才有空隙松弛下来。她抬起胳膊肘悄悄抹了一把头上的细汗，松泽到厅里叮哩当啷地去拿碗筷、摆酒，布置餐桌。餐桌就由一个矮脚茶几临时串演。画家的客厅里一切当然都不正规，几个绣着花儿的软垫子散乱地扔在手工绘绣的波斯地毯上，床铺比正常人的矮去半截，只由一层席梦思垫子铺在地上充当，靠墙的一圈转角水牛皮沙发无比宽大，舒适，倒仿佛画家的一切日常活动都要依靠在沙发里展开似的。

松泽把枝子买来的油蜜蜜的生日蛋糕摆在桌子中央。巧克力奶油在灯下沁出浓浓的甜色，样子极其诱人。松泽盯着蛋糕上的奶油想了几想，终究也没想出个子午卯酉来。到现在为止他的另一股情绪并没有得到完全的调动，行动中仍有一些惯常与枝子交往时候的应酬色彩。“另一股情绪”当然就是他每每见到来为他献身的崇拜艺术的女孩子时的，那种身体内部的骤然启动，那种非要把一个回合进行到底时的狂乱和野性。说来也怪，他这样野气狂生的时候，竟然没有一次是不得逞的。

可现在他的身体里却分明缺乏这种感觉。怎么回事？这究竟是怎么回子事呢？松泽暗暗为自己的身体担忧。他并不明了，一但有了身份和功利的意念，一切就都不好玩了，连一点点肉体的冲动都不容易发生。松泽坐下来开启酒瓶，同时也散漫地回眼向厨房里打量了一眼。玻璃厨门内的枝子似乎也已料到自己的身影会牵动男人的目光，于是，弯腰投臂的动作都尽力跟他欣赏的趣味相暗合，不慌不忙，舒缓有致。光与影当中枝子的柔媚影像，正跟厨房的轮廓形成一个妥帖的默契。那一道剪影仿佛是在说：我跟这个厨房是多么鱼水交融啊！厨房因了我这样一个女人才变得生动起来啊！

而松泽眼睛里却始终是莫衷一是的虚无。

太阳这时已经完全落下去了。晚霞收起她最后一轮艳丽，渐渐沉没于幽暗之中。夜的幕布开启，一切的人与物转眼之间变得朦胧。灶台上的累累成果现在被移到了餐桌上，香气淋漓，色泽也眩目。紧张和等待了大半晌的松泽这会儿真感到体能被消耗得够呛，确实需要补充营养了，可饥饿之后见到琳琅满目的这么一大桌子，却又有了几分惴惴和惶惶，愈发不知嘴从哪里下比较合适。抬眼再望枝子，枝子这会儿已经面目一新地端坐在他对面，脉脉含情地抬头凝望他。忙完了厨房里活计的枝子没忘了到卫生间里隆重地整修了一下自己，她在眼圈周围细心加过了眼影，这样眼中就愈发布满深情，唇线也用唇笔淡描素抹而过。腮影要不要打上橘红呢？枝子思忖了一下，最后决定放弃。等到进入接吻的实质性阶段时，满腮满脸的厮磨，粉影多了容易弄成一团花脸。

脸部修饰完毕，然后枝子又从手提袋里拿出一套真丝晚装，换下了身上一进门来时穿的果绿色白领丽人套服。套服太呆板，僵硬，笨手笨脚，不太使人容易介人，而丝绸可就相对质感，也简捷轻快得多了。这些都是为今晚的爱情特地准备的。虽然烦琐，但在她满心都是甜蜜憧憬之时，也并不觉得有什么费周折。

再从房里出来时，枝子就已经是黑色真丝长裙飘逸，身体上最值得称赞的部位——修长的脖颈和光洁的臂膊全都从领口和袖口裸露出来，它们在灯下泛起象牙色的皮肤光泽。而没有裸露出来的部位正包裹在真丝绸的内部炫耀着它们的初始神秘，诱惑着艺术家修长的手指去一点一点开启。

松泽再怎么上不来情绪，也还是不免为枝子的这一身装扮眼皮跳了几跳。饱览美尔后再将其饱尝，本来就是他作为画家的特长。这时的松泽他赶忙表示惊艳，表情夸张地一手扶杯，一手将握着倒酒的瓶子停在半空，眼含赞许地盯住枝子，仿佛喃喃自语他说：“唔，我的上帝！真漂亮，你真漂亮！”

枝子有些激动，又不好意思流露，只很含蓄地说：“谢谢。”说完便用眼光四下里斜了一下，思忖着自己该落座哪儿。松泽正很舒服地陷落在沙发里，把住了桌子的一方。枝子此刻也很想陷到沙发里去坐，跟松泽并排紧挨着……那样就比较方便多了。枝子脸一红，暗中瞬时一转念：可那样是不显得自己过分主动了呢？她又把眼光偷偷瞟向松泽，可恨松泽那家伙此时并不给她一个在身边坐下的台阶，他若是能拍拍身边的席位，再半开玩笑半正经地说上一句：“此处正虚席以待。”那么她也就顺水推舟地坐下来了。可现在他除了假装惊艳，别的一点表示都不呈现。害得她只好溜溜地错过他的身边，绕到对面去，隔着一张桌子，带着好大的失望装出款款落座。毕竟，在一切没正式开始之前，她不愿意将身份失得太轻率。

红葡萄酒在高脚杯子里幽幽的泛情。顶灯、壁灯、落地灯都被男主人一盏一盏地熄掉，只留下烛台上几支红红的蜡烛闪烁灼灼。隐藏进棚顶四角的音箱放送出柔柔的软歌。那是一种从鼻腔送出来的哼唱，绵绵无骨地含在一管萨克斯里头。枝子姿态软软地给松泽一小块一小块切了生日蛋糕，将带有粉红色玫瑰花的那块儿送进了他的碟子，而自己只留一枚嫩绿色的奶油叶子，祝福的话语一说就落入了俗套，远没有喝酒更能展示出新意。枝子和松泽俩人就频频地碰杯，你一杯，我一杯，你再敬我一杯，我再还你一杯。看架势好像都要成心把自己灌醉。

其实枝子才没想把自己灌醉，她只想借酒壮胆，把自己灌出几分将过程进行到底的勇气来。松泽暂时还没有想到那么多，他一边不辜负枝子的手艺，大快朵颐，一边还要腾出嘴，抽空把枝子的手艺表扬，一些称赞的话语落到枝子的耳垂儿上便款款粘住不下，湿乎乎的受用动听。而枝子手中的筷子却难得一动，一来是厨师从来就吃不下经自己手做出的美味佳肴，二来嘛，枝子的心思也完全不在这上头。枝子的眼睛在酒的滋润下，酒汪汪，直勾勾的，几乎是目不转睛地盯着对面的松泽，盯盯地瞧着他咀嚼时腮帮肌肉的漂亮滚动，看着他对女人说赞美话的时候口吐莲花，满头的艺术家长发一甩一甩的，还有他四十多岁男人刮得铁青的富含魅力的下巴，枝子真是看得又怜又爱，脸蛋儿烧得要起火，连眼珠儿都嗞啦嗞啦的要冒出火星子来。

这个时候的枝子就有些恨，有些爱，有些无奈，有些牙根儿发痒。她就只好又恨又无奈地猛往自己嗓子眼里灌酒。她不知道松泽对她是怎么感觉的，反正，是直到了这会儿他还没有动作。她想他至少应该是提议跳舞，或者是提议做点别的，发挥出这种场合他惯用的技巧和手段，他还要让我怎么样呢？枝子想。该做的我都做了，我再也越不过我这个年纪的矜持和自尊。她想自己无法保持长久期待状态，得不到满足期待是持续不下去的。

枝子就愈发独饮自斟，把自己喝得眼神和身态都酒汪汪的。

松泽没边没沿摇头晃脑夸赞了半天，稍一停顿下来时，才发觉耳朵里却只听见自己的话音，对面枝子连一点回声都没有。他赶忙伸手去给枝子斟酒，借这工夫用心往她脸上觑了一眼。却见枝子那里，正在拼命用她的眼神织网。枝子的眼神都快要不行了，温软粘稠，密密匝匝来来回回缠绕在他身上，直把他锁困在情意里头，只要他一挨上，就休想再挣得脱。松泽的心一软，身体一晃，酒就有点对不准杯子口，“哆”的一下，一大半都洒到了酒杯外头。

枝子端起顺着杯沿儿滴的酒，摇摇晃晃起身，说：“来，我们为今夜晚干杯。”

松泽说：“好，为今晚干杯。”

没等松泽的杯子递过去，枝子的杯子却直伸过来，摇摇欲坠地往他的酒杯上碰。但却因为目标不准，杯子直探向他的怀中而来。松泽下意识伸手一搪，“噗”，一杯酒碰洒，全洒在他的T恤和裤子上。

枝子慌忙说声：“对不起，对不起。”松泽说：“没关系，没关系。”说完回身要找东西去擦。枝子忙说：“我来，我来。”说着就晃晃地伸手把他拦住，又晃晃地起身，慢慢蹩到厨房里，找来抹布和纸巾，欲替他擦拭身上的酒滴。她从厨房径直过到他的身旁，倚在沙发上，不等他客气拒绝，曲下身，半蹲半跪倚下去，伸手替他在裤子上擦。他就姿势艰难的曲在沙发上承受着。她现在已经跟他靠得这样近了，她的头发已经刮着了他的下巴，他们的身体也几乎完全要贴上，她已经闻到了他身上的体香和酒香。她这时在半晕半醒的脑子里划过一瞬间的迟疑和恍惚：要不要就势投到他的怀里去？

但是就在她这样稍一迟疑的时候，那个可以自然而然投怀送抱的两秒钟已倏忽而过。过了这个时间差，再想要投入进去就显得生硬，扭曲，动作之间的衔接就不紧密、不准确。

恋爱真是不可以用脑子的，只听凭本能去行动就行了。她想。恋爱的时候脑子真是多余啊。她想。她这样想着的时候心里边说不出有多么的沮丧，沮丧得简直就要流出眼泪来了。

还好，就在这当口，一双热乎乎的大手终于伸了出来，温情地顺势将她揽了过去。再不将她揽过去，可就真有些说不过去了。松泽想。松泽就这样做了一个顺水人情，顺势揽过了枝子的腰，让她靠在他身上。枝子听到了男人有力的心跳。她将头紧紧贴在他前胸上，闭着眼，两行委屈的泪水顺着眼缝悄悄流出了一点，但她没有顾得上去擦。她的身子这会儿全软了，软得一塌糊涂，什么也动不了。直到这会儿她被男人搂进怀里，这才觉得所有的骨头立刻都酥化，所有的矜持的铠甲也都立即崩塌。这会儿她想，她只想，我爱这个男人，我爱。跟我爱的男人在一起，这就行了。行了。

男人搂着一个没有骨头的酥软肉体，自身也不免迅速膨胀，酒和本能混杂在一块儿，热辣辣地开始发酵起动。他用力抬起紧贴在他胸口的脸，急速地将嘴唇凑了上去。她那滑得像缎子一样的皮肤，嘴唇在哪儿也站不住脚。他忽然觉得有点咸，稍稍睁眼，推开了一点一看，女人流泪了。泪水顺着鼻梁两侧往下流。他忽然受了莫名的感动，重新将嘴唇贴上去，从眼睛一点一点地往下滑，先是吃干了她的泪，然后将吻落实到她的嘴唇。开始她还有几分矜持，昏昏之中还知道把嘴唇结成一条线，不给他以进去的机会。男人见状手段更加老道，一边吻着，托在她后背上的手还在不停地抚摸，一直抚到她在他手掌里马上就要瘫成一汪水。男人见火候已到，这才缓缓将她抱到沙发上，伸出满是触角的舌头，用力压摩触探上去。果然，女人一双滚烫的红唇，立刻蚌一样张开，她不假思索，一口贪婪吸住了他的舌头。

男人立刻就被火辣辣地舔了进去，任凭怎样也抽脱不出来。这时他才晓得了她这一吸的厉害，不是温热，不是柔软，而是一股狠劲，一股不要命的劲，真是恨不能把他的整个生命都吸吮下去，恨不能立即吊在他这棵树上摇晃死。男人领受不住，慌忙将身体稍微挪开，用力摇动出舌头，只剩舌尖在她的口里到处触碰，毛茸茸撩拨，却不敢在一处固定，不再敢让她有踏实吸附的感觉。

这样在肉体上用力调度她的同时，男人脑子里还在先惊后怕地想，不得了，真不得了，这个女人，不要命的女人，简直要把我玩死了。松泽他曾跟无数个女人玩过这种把戏，十分知道吻与吻之间的区别，些微的差异都逃不过他舌尖上敏锐的触觉。好玩好散的那些女人真是没有这个样子接吻的。她们吻得非常轻飘，愉悦，吻得蜻蜓点水，心猿意马，风过水面打个唿哨就走了，接吻通常都是向床上靠拢的过门儿小调。她们哪能像现在这个女人一样玩得沉重，死命，执意，奋不顾身，吊在他的舌头上，拼命想把他抓牢贴紧，生怕他跑掉了一般。他忽然间心中一动：莫非她是很认真，真的是跟他动了真情？她今天的表现，好像有点不大对劲啊！她为他所做的一切，她的所有厨房语言，好像都在向他示意：她愿意做他这个厨房的女主人，她是做他这个房间女主人的最好人选……

一意识到这里，男人火烧着的身体“忽悠”就打了一个激灵，热度瞬间就冷了下来。原来女人是认真了。这会儿他忽然明白了女人今天不是来玩的，女人今天是来认真的。女人今天来的目的性非常明确。她想要的是结果。她可不光光玩的是情调，而是想要一个实实在在的结果。从她的接吻态势上他已经就品味出来了。她的那些厨房用语的艰苦卓绝，无不在表明着一个实实在在真的心迹，直到这会儿他才把她破译开来。

男人突然间感到懊丧。男人的这份懊丧一下子就灌满了他自己的周身，让他刚刚膨胀起来的身体很快就软化了。真不好玩，实在是不好玩。他能领受假意，却要拒绝真情。他不愿意有负担。在这个人人都趋功近利的时代，谁还想着给自己上套，给自己找负担？尤其是对于他一个艺术家来说，更不愿有任何形式的羁绊。家庭责任也好，社会义务也罢，能躲的就躲，能逃的就逃，能推脱的就推脱。他松泽卖画的税单，都是被逼无奈被税务部门找上门来才交的。他难道还会在他事业最火爆的时候，去选择接受她，会把一个女人当老婆娶到屋子里来养吗？那样的话他的自由和无羁还怎么体现？

谁说女人只是情感动物，比男人缺乏理性呢？女人一旦目的起来，比男人一点也不傻，也不逊色。关键是她选错了人，挑错了对象。艺术家松泽他一点都不想有什么负担，一点都不想去对别人负责。白玩可以，动真格的却不行。她想依赖上他。可他偏偏不是个愿意被依赖上的人。他不愿意有负担。男人跟女人的想法不一样，从根本上就不一样。若说假意嘛，他可是随便乱施得多了，还挺自在安全挺幸福的；若论真情的话，他画家松泽除了对他自己，对他自己的名和利以外，就再也没对谁真情过。他不怕玩，他就怕认真，以假对假的玩，玩得心情愉快，彼此没有负担，同时毫无顾忌。以真对假的玩，那就没法子玩了。以真对真就更不能玩了。

但是他又不能猝然把这一场游戏结束，装作冷冰冰的拒绝。得罪一位对他有用的女出资人，怎么说也划不来。况且他一贯以怜香惜玉著称，在一位风姿绰约的女人面前也不能显得太缺乏风度。再说，跟一个漂亮女人做一场稍微有一点危险的游戏，有什么不好？在悬崖边上玩，才会来得过瘾，比平常有刺激。再怎么说，他也不至于被她强奸成婚吧？

等到漫长的拥吻过去，女人感到心力衰竭，停止吸吮睁开眼睛时，见男人却口里噙着她的双唇在注视她。两个人的脸离得这样近，以至于一瞬间都在彼此的眼里变形。女人感到不好意思，急急避开他的打量，低下头，将脸埋在他的胸里。男人就像理顺一条小狗一样抚摸揉搓着她的后背和头发。她也就顺势连人带衣服蜷进他的怀里做小狗依人状。她闭上眼睛，默默享受着吻后余晕，觉得这心情总算有了着落，爱情也有了着落。对女人枝子来说，能够进行到这一步是多么的不容易，不容易啊！她却哪里有暇猜想，这样的逢场作戏，男人松泽他究竟经历了多少。作为一个男性艺术家，他跟周围那些崇拜他的女人滥情滥得简直都快要滥不起来了。

沉浸在自己一厢情愿爱情中的女人枝子并没心思去猜想这些。沉浸在不惑爱情中的女人可真是了不得。女人热情似火，稍微给她一点暗示就可以扑上来，又啃又咬，真正像只发情的猫。男人沉着应付，以手指的圆熟技巧来对抗她的目的性，饶有兴味地应付着这场追逐。一旦明晓了女人的目的性，男人的身体立即褪了激情，但他的另一份兴致却被点燃起来。现在他虽然置身其中，但却又像抽身其外一样观看着一场情戏的上演，有点像一个把持全局的导演在陪练一个女演员。他已将她的真情当作了好玩的事情。他还很有兴致再看一看，再陪练陪练。他发现自己倒也是很能进入角色嘛！

男人松泽暗中就很有些为自己得意。

而女人千娇百媚，女人此刻正沦陷在激情里不能自拔。女人的脸蛋已经燃出了大火，非要把他和她自己焚成灰烬不可。女人将红葡萄酒跟他一口一口嘴对着嘴含喝。女人偎在他的怀里，将紫红的蛇果拦腰横切，又在每一半边上都细细刻出锯齿型的牙边，然后俩人像小老鼠般将锯齿牙边一点一点地啃啮，咬到最后就是嘴唇跟嘴唇的会合，两片肉体贴在一起狂吻热舔。女人的一切小把戏松泽都来者不拒，含情承受。但是他从不主动往下探索，他的手只是隔着衣服揉捏着她的乳房，然后再摩挲在她的细腰上，尽情挑逗撩拨，接着他就停滞不前，决不打探她那开叉很高的绸裙里面的内容，就仿佛他是真正的谦谦君子似的。

这样女人就不知是什么意思。她频频地发动却得不到最终结果，女人简直都快要对自己失去最后的信心。难道是自己的魅力不够吗？女人在焦灼之中困乏地想，只要他一暗示，一有要求，她就会给他的，毫无保留地全部给他。她太想对这场爱情有一个切切实实的体认，太想要一个他和她定情的深入纪念。但是男人却偏偏就不予以满足，让她更百倍的煎熬和难受。情急之中她就更主动，更狂烈，更以丝绸的质感攀附缠绕在他身上，让他动作松懈不得。他也就紧紧用嘴唇将她的唇吻胶住，手掌忙不迭地将她身姿把玩戏耍，极其愉快地观察着她表情的每一点变化，就像一个衔笛起舞的印度耍蛇者。

这样玩着闹着，几个大起大落下去，不知不觉，夜已经深了，当女人又一次滚倒在他的怀中，沉醉于他中音共鸣区的声情并茂时，却听得他咬着她的耳垂，以一种湿漉漉的舌音在耳边叮咛："嗳嗳，你看，已经两点钟了。我该送你回去了！"

女人一愣，像没听清似的，手臂从他脖子上掉下来，呆呆地仰起脸来看着他，两只盈满秋水的大眼睛里露出迷茫。回去？什么回去？为什么要回去？他这是什么意思？是在下逐客令吗？

女人的思绪半天没有回过神儿来。她的自尊与自信受了格外的打击。这是怎么回子事？难道这个样子就算完了？他这个态度表明的是什么？

可是她能说不走吗？她能说主动要求留下来过夜吗？那样她成什么了？

男人却根本不顾女人情绪的空顿，不由分说，起身离开她去衣橱里取外衣。男人的这一动作果断，坚决，不容置疑，不容商量，仿佛在用他的形体语言在提示她：他并无意于接纳她。他已经玩够了，不想再继续玩下去。他对她已经够负责的了，耐心陪了她一个晚上，且还让她囫囵的样子，并没有说对她始乱终弃或者多做别的什么。

女人看着眼前的一切，巨大的失落和自尊，让她的胸脯急遽起伏着，面部表情剧烈扭曲，半句话竟也说不出来。但也就是那么简单的一刹那，她就立刻止住痉挛着的眼底肌肉，突然变得满脸盈笑，用手指撩了撩额前的长发，装作满不在乎的样子，极其大度极其平静地说："好吧，我先来帮你收拾一下碗筷！"说话的语调，就仿佛她已是情场老手，对于这样的逢场作戏已经司空见惯，仿佛她真的纯粹是为给他过这个生日，为他做一顿生日晚餐而来，并且她还要做得善始善终。

不等男人阻拦，女人便大幅度地行动起来。她的动作幅度很大，有些不正常的难以自抑的夸张，大声问这个东西该放哪儿，那个碟子该放哪儿。她手脚麻利地将所有的东西都归拢好。然后又进卫生间补了补脸上被接吻弄乱的晚妆。接着她表情平静地出来，顺手拎起厨房地上的垃圾袋，对着厨房门口那个看得有些发怔的男人平静地说："走吧。"

树叶在夜风中哗哗响着，冷露提醒给人以无法遮掩的幽凉。枝子不由在风里打了一个寒战。男人讨好地上来，又殷勤地搂了搂她的肩膀。枝子不说话，任他殷勤着，浑身木木的，一点感觉都没有。进了车里，男人和她并排坐在后座上，车子一开动，他便无限温存地伸过手，将她搂靠在他的臂膊中。枝子不拒绝，也不回应，仍旧是麻木的，任他这样毫无意义地搂着。此时她才觉得一切都变得毫无意义。

车子悄无声息地在暗夜里滑行，滑得轻飘而又滞重，偶尔能见前面的车尾灯划出几抹窒息人的暗红。夜是干燥的。夜根本就没有潮声。她想。到了小区的楼门口，女人下车，男人也跟下来，假意跟她拥抱握别，握别完了，男人又返身低头钻进出租车，跟着车子往来时的路上走。女人目送着载着他的红色皇冠在夜幕中一点一点远去，毕竟，他还不是个坏人，她这样想，她愿意尽量往好的方面想。毕竟他还是有责任感的。哪怕这责任感只是在他最后护送她回家的这短短的一程。短短一程中的呵护和温暖，也足够她凭吊一生。

夜风猛劲地从楼门口吹了过来。女人的头发又乱了，几丝长发贴到脸上来，遮住了她的双眼。她抬手将发梢掠向脑后，无意间手指触到了脸上潮乎乎的东西。她转回身，扭亮了楼道里的廊灯，准备快速上楼。刚一抬脚，一大包东西碰着了她的腿。她低头一看，原来是厨房里的那一袋垃圾。直到现在她还把它紧紧地提在手里。

眼泪，这时才顺着她的腮帮，无比汹涌地流了下来。

1997 年 5 月 26 日于北京双秀

（选自《作家》1997 年第 8 期）

【导读】

徐坤长于讽刺，曾被戏称为"女版王朔"，但与王朔以消费主义为盾牌躲避崇高不同，徐坤的讽刺具有悲剧的基底，往往起笔于生活表面所呈现的欢乐祥和，却收尾于仿佛从天而降的难堪，颇具戏剧性，忠实而富于机巧地呈现了生活本身的荒谬。《厨房》正是这样的一篇佳作。小说精确地捕捉了两性之间，平凡却又惊心动魄的一幕，且语言机智灵动，叙述从容不迫，使得故事徐徐展开但并不流于平淡，种种转折更犹如神来之笔，令人赞叹，表现出作者优秀的节奏掌控力。

小说开篇，描绘了一幅颇具诗意的景象：傍晚斜阳的浸润下，厨房焕发出迷人的魅力，光洁的瓷器、浅绿的水芹菜、炖肉的香气……生活的色香味交织在一起，为忙碌于其中的枝子镀上了一圈明亮、轻盈甚至饱含希望的光晕。但与之相较耐人寻味的是，同样的生活，曾经的枝子却将之视为痛苦，“正是厨房里这些日复一日的无聊琐碎磨灭了她的灵性，耗损了她的才情”，所以“她得走，说什么她也得走”。如此看来，徐坤似乎讲述了一个“娜拉”回家的故事，再联系小说开篇那一句“厨房是一个女人的出发点和停泊地”，某种本质主义的味道呼之欲出。然而，小说的奥妙之处在于枝子对于家庭生活的再想象以及其所选取的参照物：“家中的厨房，绝不会像她如今在外面的酒桌应酬那样累，那样虚伪，那样食不甘味”。资本逻辑的映衬下，曾经的痛苦已被遗忘，家庭无可避免地幻化为桃花源，催生出了当代女性的“思乡病”。然而更妙的是，徐坤并未让枝子再一次承受理想与现实的差距，而是让其在奔赴理想的半道上就遭遇了滑铁卢：相较于枝子的厌恶与退意，其所爱慕的男人松泽却将自身异化为商品，在种种交易中如鱼得水，乐不思蜀。于是，一出精彩的两性攻防战上演了：一方以美艳为匕首，孤注一掷；另一方却善用理性控制肌肉，防守固若金汤。欲望的钢索荡了几荡，终于将开篇处的静谧与希望砸了个粉碎，仅余垃圾一袋，化为无声而又尖利的讽刺。

在徐坤笔下，当代女性“思乡病”的可悲之处不仅在于“乡”之虚无，也在于“思”之乏人与共，相较于鲁迅预言的“娜拉”堕落或回家的结局，又多了一层关于人类整体命运的悲剧感。（周文晓）

▶ 徐坤《厨房》
拓展阅读

大老郑的女人

魏　微

一

算起来，这是十几年前的事了。

那时候，大老郑不过四十来岁吧，是我家的房客。当时，家里房子多，又是临街，我母亲便腾出几间房来，出租给那些来此地做生意的外地人。也不知从哪一天起，我们这个小城渐渐热闹了起来，看起来，就好像是繁华了。

原来，我们这里是很安静的，街上不大看得见外地人。生意人家也少，即便有，那也是祖上的传统，习惯在家门口摆个小摊位，卖些糖果、干货、茶叶之类的东西。本城的大部分居民，无论是机关的工厂的学校的……都过着闲适、有规律的生活——上班，下班，或有周末领着一家人去逛逛公园，看场电影的。

城又小。一条河流，几座小桥。前街，后街，东关，西关……我们就在这里生活着，出生，长大，慢慢地衰老。

谁家没有那些陈芝麻烂谷子的事，说起来都不是什么新鲜事，不过东家长西家短的，谁家婆媳闹不和了，谁离婚了，谁改嫁了，谁作风不好了，谁家儿子犯了法了……这些事要是轮着自己头上，就扛着，要是轮着别人头上，就传一传，说一说，该叹的叹两声，该笑的笑一通，就完了，各自忙生活去了。

这是一座古城，不记得有多少年的历史了，项羽打刘邦那会儿，它就在着，现在它还在着；项羽打刘邦那会儿，人们是怎么生活的，现在也差不多这样生活着。

有一种时候，时间在这小城走得很慢。一年年地过去了，那些街道和小巷都还在着，可是一回首，人已经老了。也许是，那些街道和小巷都老了，可是人却还活着；如果你不经意走过一户人家的门口，看见这家的门洞里坐着一个小妇人，她在剥毛豆米，她把竹筐放在膝盖上，剥得飞快，满地绿色的毛豆壳子。一个静静的瞬间，她大约是剥累了，或者把手指甲剥疼了，她抬起头来，把手甩了甩，放在嘴唇边咬一咬，哈哈气……可不是，她这一哈气，从前的那个人就活了。所有的她都活在这个小妇人的身体里，她的剥毛豆米的动作里，她抬一抬头，甩一甩手……从前的时光就回来了。

再比如说，你经过一条巷口，看见傍晚的老槐树底下，坐着几个老人，有一搭无一搭地聊着什么。他们在讲古诫。其中一个老人，也有八十了吧，讲着讲着，突然抬起头来，拿手朝后颈处挠了几下，说，日娘的，你个毛辣子。

多少年过去了，我们小城还保留着淳朴的模样，这巷口，老人，俚语，傍晚的槐树花香……有一种古民风的感觉。

另一种时候，我们小城也是活泼的，时代的讯息像风一样地刮过来，以它自己的速度生长，减弱，就变成我们自己的东西了。时代讯息最惊人的变化首先表现在我们小城女子的身上。我们这里的女子多是时髦的。不记得是哪一年了，我在报纸上看到，广州妇女开始化妆了，涂口红，掸眼影，一些窗口单位如商场等还做了硬性规定，违者罚款。广州是什么地方，可是也就一年半载的工夫，化妆这件事就在我们这里流行起来了。

我们小城的女子，远的不说，就从穿列宁装开始，到黄军服，到连衣裙，到超短裙……这里横躺了多少个时代，我们哪一趟没赶上？

我们这里不发达，可是信息并不闭塞。有一阵子，我们这里的人开口闭口就谈改革，下海，经济，因为这些都是新鲜词汇。

后来，外地人就来了。

外地人不知怎么找到了我们这个小城，在这里做起了生意，有的发了财，有的破了产，最后都走了，新的外地人又来了。

最先来此地落脚的是一对温州姐妹。这对姐妹长得好，白皙秀美，说话的声音也温婉曲折，听起来就像唱歌一样。她们的打扮也和本地人有所区别，谈不上哪有区别，就比如说同样的衣服穿在她们身上，就略有不同。她们大约要洋气一些，现代一些；言行淡定，很像是见过世面的样子。总之，她们给我们小城带来了一缕时代的气息，这气息让我们想起诸如开放、沿海、广东这一类的名词。

也许是基于这种考虑，这对姐妹就为她们的发廊取名叫做“广州发廊”。广州发廊开在后街上，这是一条老街，也不知多少年了，这条街上就有了新华书店，老邮局，派出所，文化馆，医院，粮所……后来，就有了这家发廊。

这是我们小城的第一家发廊，起先，谁也没注意它，它只有一间门面，很小。而且，我们这里管发廊不叫发廊，我们叫理发店，或者剃头店。一般是男顾客占多，隔三差五地来理理发，修修面，或者叫人捏捏肩膀、捶捶背。我们小城女子也有来理发店的，差不多就是洗洗头发，剪了，左右看看就行了。那时，我们这里还没有烫发的，若是在街上看见一个自来卷的女子，她的波浪形的头发，那真是能艳羡死很多人的，多洋气啊，像个洋娃娃。

广州发廊给我们小城带来了一场革新。就像一面镜子，有人这样形容道，它是一个时代在我们小城的投影。仅仅从头发上来说，我们知道，生活原来可以这样，花样百出，争奇斗艳。是从这里，我们被告知关于头发的种种常识，根据脸形设计发型，干洗湿洗，修护保养，拉丝拉直，更不要说烫发了。

等我知道了广州发廊，已经是两三年以后的事了。有一天放学，我和一个女同学过来看了，一间不足十米见方的小屋子里，集中了我们城里最时髦漂亮的女子，她们取号排队，也有坐着的，也有站着的，或者手里拿着一本发型书，互相交流着心得体会……我有些目眩，到底因为年纪小，胆怯，踅在门口看了一下就跑出来了。

我听人说，广州发廊之所以生财有道，是因为不单做女人的生意，就连男人的生意也要做的。做男人的生意，当然不是指做头发，而是别的。这“别的”，就有人不懂了，那懂的人就会诡秘一笑，解释给他听：这就是说，白天做女人的生意，夜里做男人的生意。听的人这才似懂非懂，恍然大悟，因为这类事在当时是破天荒的，人的见识里也是没有的。因此都当做一件新奇事，私下里议论得很有劲道。

大老郑是在后些年来到我们小城的，他是福建莆田人，来这里做竹器生意。当时，我们城里已经集聚了相当规模的外地人，就连本城人也有下海做生意的，卖小五金的，卖电器的，开服装店的。

广州发廊不在了，可是更多的发廊冒出来，像温州发廊，深圳发廊……这些发廊也多是外地人开的，照样门庭若市。那温州两姐妹早走了，她们在这里呆了三四年，赚足了钱。关于她们的传言没人再愿意提起了，仿佛它已成了老黄历。总之，传言的真假且不去管它，但有一点却是真的，人们因为这件事被教育了，他们的眼界开阔了，他们接受了这样一个现实。一切已见怪不怪。

大老郑租的是我家临街的一间房子。后来，他三个兄弟也跟过来了，他就在我家院子里又加租了两间房。院子里凭空多了一户人家，起先我们是不习惯的，后来就习惯了，甚至有点喜欢上他们了，因为这四兄弟为人正派乖巧，个性又各不一样，凑在一起实在是很热闹。关键是，他们身上没有生意人的习气，可什么是生意人的习气，我们又一下子说不明白了。

就说大老郑吧，他老实持重，长得也温柔敦厚，一看就是个做兄长的样子。平时话不多，可是做起事来，那真是既有礼节，却又不拘泥于礼节，这大概就是常人所说的的分寸了。当年，我家院子里结了一株葡萄，长得很旺盛，一到夏天，成串的葡萄从架子上挂下来，我母亲便让大老郑兄弟摘着吃。或者她自己摘了，洗净了，放到盘子里，让我弟弟送过去。大老郑先推让一回，便收下了；可是隔一些日子，他就瓜果桃李地买回来，送到我家的桌子上。又会说话，又能体贴人，说的是：是去乡下办事，顺便从瓜田里买回来的，又新鲜，又便宜，不值几个钱的，吃着玩吧……一边说，一边笑，仿佛占了多少便宜似的。

他又是顶勤快的一个人。每天清晨，天蒙蒙亮就起床了，开门第一件事就是扫院子，又为我家的花园浇浇水，除除草……就像待自己家里一样。我奶奶也常夸大老郑懂事，能干，心又细，眼头又活……哪个女人跟了他，怕要享一辈子福呢。

大老郑的女人在家乡，十六岁的时候就嫁到郑家了，跟他生了一双儿女。我们便常常问大老郑，他的女人，还有他的一双儿女。大凡这时候，大老郑总是要笑的，不说好，也不说不好……总之，那样子就是好了。

我们说，大老郑，什么时候把你老婆孩子也接过来吧，一起住一段。

大老郑便说好，说好的时候照样还是笑着的。

有很长一段时间，我们都信了大老郑的话，以为他会在不经意的某天，突然带一个女人和两个少年到院子里来。尤其是我和弟弟，整个暑假就更加盼望着院子里能多出一两个玩伴。他们来自遥远的海边，身体被晒得黝黑发亮，身上能闻见海的气味。他们那儿有高山，还有平原，可以看见大片的竹林。

这些，都是大老郑告诉我们的。大老郑并不常提起他的家乡，我们要是问起了，他就会说一两句，只是他言语朴实，他也很少说他的家乡有多好，多美，但是不知为什么，我的眼前总浮现出一幅和我们小城迥然不同的海边小镇的图景，那儿有青石板小路，月光是蓝色的，女人们穿着蓝印花布衣衫，头上戴着斗笠，背上背着竹筐……和我们小城一样，那儿也有民风淳朴的一瞬间，总有那么一瞬间，人们善良地生活着，善良而且安宁。

我不知道，我为什么会有这样的想像，也许这一切是缘于大老郑吧。一天天的日常相处，我们慢慢对他生出了感情，还有信任，还有很多不合实际的幻想。我们喜欢他。还有他的三个弟弟，也都个个讨人喜欢。就说他的大弟弟吧，我们俗称二老郑的，最是个活泼俏皮的人物，又爱说笑，又会唱歌。唱的是他们家乡的小调：

姑娘啊姑娘
你水桶腰　水桶腰

腔调又怪，词又贫，我们都忍不住要笑起来。有一次，大老郑以半开玩笑的口吻，托我母亲替他的这个弟弟在我们小城里结一门亲事。我母亲说，不回去了？大老郑笑道，他们可以不回去，我是要回去的，是有老婆孩子的人呢。

大老郑出来已有一些年头了，他们莆田的男人，是有外出跑码头的传统的。钱挣多挣少不说，一年到头是难得回几次家的，我母亲便说，不想老婆孩子啊？大老郑挠挠腮说道，有时候想。我母亲说，怎么叫有时候想？大老郑笑道，我这话错了吗？不有时候想，难道是时时刻刻想？我母亲说，那还不赶快回去看看。大老郑说，不回去。我母亲说，这又是为什么？大老郑笑道，都习惯了。他又朝他的几个兄弟努努嘴，道，这一摊子事丢给他们，能行吗？

大老郑爱和我母亲叨唠些家常。这几个兄弟，只有他年纪略长，其余的三个，一个二十六岁，一个二十岁，最小的才十五岁。我母亲说，书也不念了？大老郑说，不念了。都不是念书的人。我母亲说，老三还可以，文弱书生的样子，又不爱说话，又不出门的。大老郑说，他也就闷在屋子里吹吹笛子罢了。

老三吹得一手好笛子，每逢有月亮的晚上，他就把灯灭了，一个人坐在窗前，悠悠地吹笛子去了。难得有那样安静惬意的时刻，我们小城仿佛也不再喧闹了，变得寂静，沉默，离一切好像很远了。

有一阵子，我们仿佛真是生活在一个很远的年代里，尤其是夏天的晚上，我们早早地吃完了饭，我和弟弟把小矮凳搬到院子里，就摆出乘凉的架式了。我们三三两两地坐着，在幽暗的星空底下，一边拍打着蒲扇，一边听我父母讲讲他们从单位听来的趣闻，或者大老郑兄弟会说些他们远在天边的莆田的事情。

或有碰上好的连续剧，我们就把电视机搬到院子里，两家人一起看；要是谈兴甚浓的某个晚上，我们就连电视也不看的，就光顾着聊天了。

我们说一些闲杂的话，吃着不拘是谁家买来的西瓜，困了，就陆续回房睡了。有时候，我和弟弟舍不得回房，就赖在院子里。我们躺在小凉床上，为的就是享受这夏夜安闲的气氛，看天上的繁星，或者月亮光底下梧桐叶打在墙上的影子；听蛐蛐、知了在叫，然后在大人切切的细语中，在郑家兄弟悠扬的笛声和催眠曲一样的歌声中睡去了。

似乎在睡梦之中，还能隐隐听到，我父亲在和大老郑聊些时政方面的事，关于经济体制改革，政企分开，江苏的乡镇企业，浙江的个体经营……那还了得！只听我父亲叹道，时代已发展到什么程度了！

我们两家人，坐在那四方的天底下，关起院门来其实是一个完整的小世界。不管谈的是什么，这世界还是那样的单纯，洁净，古老……使我后来相信，我们其实是生活在一场遥远的梦里面，而这梦，竟是那样的美好。

二

有一天，大老郑带了一个女人回来。

这女人并不美，她是刀削脸，却生得骨胳粗大。人又高又瘦，身材又板，从后面看上去倒像个男人。她穿着一身黑西服，白旅游鞋，这一打眼，就不是我们小城女子的打扮了。说是乡下人吧，也不像。因为我们这里的乡下女子，多是老老实实的庄稼人的打扮，她们不洋气，可是她们朴素自然，即便穿着碎花布袄，方口布鞋，那样子也是得体的，落落大方的。

我们也不认为，这是大老郑的老婆，因为没有哪个男人是这样带老婆进家门的。大老郑把她带进我家的院子里，并不作任何介绍，只朝我们笑笑，就进屋了。隔了一会儿，他又出来了，趄在门口站了会儿，仍旧朝我们笑笑。

我们也只好笑笑。

我母亲把二老郑拉到一边说，该不会是你哥哥雇的保姆吧。二老郑探头看了一眼，说，不像。保姆哪有这样的派头，拎两只皮箱来呢。

我母亲说，看样子要在这里落脚了，你哥哥给你们找个了新嫂子呢。二老郑便吐了一下舌头，笑着跑了。

说话已到了傍晚，天色还未完全暗下来，从那半开着的门窗里，我们就看见了这个女人，她坐在靠床的一张椅子上，略低着头，灯光底下只看见她那张平坦的脸，把眼睛低着，看自己的脚。她大约是坐得无聊了，偶尔就抬起头来朝院子里睃上一眼，没想到和我们其中一个的眼睛碰个正着，她就又重新低下了头，手不知往哪放，先拉拉衣角，然后有点局促的，就摆弄自己的手去了。

她的样子是有点像做新娘子的，害羞，拘谨，生疏。来到一个新环境里，似乎还不能适应。屋里的这个男人，看上去她也不很熟悉，也许见过几次面，留下一个模糊美好的印象，知道他是个老实人，会待她好，她就同意了，跟了他。

那天晚上，她给我们造成了一种婚嫁的感觉，这感觉庄重，正大，还有点羞涩，仿佛是一对少年夫妻的第一次结合，这中间经过媒妁之言，一层层繁杂的手续……终于等来了这一天。而这一天，院子里的气氛是冷淡了些，大家都在观望。只有大老郑兴兴头头的，在屋子里一刻不停地忙碌着，他先是扫地，擦桌子……当这一切都做完的时候，他犹豫了一下，在离她有一拳之隔的床头坐下了。他搓着手，一直微笑着，也许他在跟她说些什么，她抬起头来看他一眼，就笑了。

他起来给她倒了一杯水。

再起来给她搬来一只放杯子的凳子。

那么下面还能做些什么呢？想起来了，应该削个苹果吧，于是他就削苹果了。他把苹果削得很慢很慢，像在玩一样技艺。有时他会看她，但更多的还是看我们，看我和弟弟，还有他家的老四。我们这几个半大不小的孩子，就站在院子正中的花园里，一边说着玩着笑着，一边装做不经意地探头看着……隔着花园里的各种盆盆罐罐，两棵冬青树，我们看见大老郑半恼不恼地瞪着我们，他伸出一只腿来把门轻轻地挡上了。

那天晚上，这女人就在大老郑的房里住下了。原先，大老郑是和老四住一间房，后来，老四被叫进去了，隔了一会儿，我们看见他卷着铺盖从这一间房挪到另一间房，他又嘟着嘴，好像很不情愿的样子，我们就都笑了。

那天的气氛很奇怪，我们一直在笑。按说，这件事本没有什么特别可笑的地方，因为我们小城的风气虽然保守了些，可是在男女之事上，也有它开通豁达的一面。大约这类事在哪里都是免不了的，一个已婚男子，老婆又常不在身边，那么，他偶尔做些偷鸡摸狗的事也是正常的。我父亲有一个朋友，我们唤做李叔叔的，最是个促狭的人物，因常来我们家，和大老郑混熟了，有一次他就拿他开玩笑说，大老郑，给你找个女朋友吧？

大老郑便笑了，嗫嚅着嘴巴，半晌没见他说出什么来。李叔叔说，你看，你长得又好，牙齿又白，还动不动就脸红……

我母亲一旁笑道，你别逗他了，大老郑老实，他不是那种人。可是那天晚上，我母亲也不得不承认道：这个死大老郑，我真是没看出来呢。她坐在沙发上，很笃定地等大老郑过来跟她谈一次。她是房主，院子里突然多出来一个女人，她总得过问一下，了解一些情况吧。

原来，这女人确是我们当地的，虽家在乡下，可是来城里已有很多年了。先是在面粉厂做临时工，后来不知为什么辞了职，在人民剧场一带卖葵花籽。我母亲说，我们也常去人民剧场看电影看戏的，怎么就没见过你？

女人说，我也常回家的——当天晚些时候，大老郑领女人过来拜谒我母亲，两人坐在我家的客厅里，女人不太说什么，只是低着头，拿手指一遍遍地划沙发上的布纹，她划得很认真，那短暂的十几分钟，她的心思都集中到她的手指和布纹上去了吧？大老郑呢，只是一个劲地抽着烟，偶尔，他和我母亲聊些别的事，常常就沉默了。话简直没法说下去了，他抬头看了一眼灯下的蛾虫，就笑了。我母亲说，你笑什么？

大老郑说，我没笑啊。

这么一说，禁不住女人也笑了起来。

女人就这样来到我们的生活里，成为院子里的一个成员。这一类的事，又不便明说的，大家也就睁一只眼闭一只眼的，就此混过去算了。我母亲原是极开明的，可是有一阵子，她也苦恼了，常对我父亲嘀咕道，这叫什么事啊！家妻外妾的，还当真过起小日子来了——又是叹气，又是笑的，说，别人要是知道了，还不知该怎么嚼舌呢，以为我这院子是藏污纳垢的——

其实，这是我母亲多虑了。时间已走到了1987年秋天，我们小城的风气已经很开化了。像暗娼这样古老的职业都慢慢回头了，公安局就常下达“扫黄”文件，我父亲所在的报社也做过几次跟踪报道。当然了，我们谁也没见过暗娼，也不知她们长什么样子，穿什么样的衣裳，有着怎样的言行和作派，所以私下里都很好奇。我母亲因笑道，再怎么着，大老郑带来的这个也不像。我奶奶说，不像，这孩子老实。再则呢，她也不漂亮，吃这行饭的，没个脸蛋身段，那股子浪劲，那还不饿死！我父亲笑道，你们都瞎说什么呢？

总之，那些年，我们的疑心病是重了些，我们是对一切都有好奇、都要猜疑的。那的确是个与众不同的年代吧，人心总是急吼吼的，好像睡觉也睡不安稳。一夜醒来，看到的不过还是那些旧街道和旧楼房，可是你总会感觉到，有什么东西变了，它正在变，它已经变了，它就发生在我们的生活里，而我们是看不见的。

无论如何，女人就在我家的院子里住了下来。起先，我们对她并不友善，我母亲也有点忌讳她和大老郑的姘居关系，可是她又不能赶的，一则和大老郑的交情还不错，二则呢，这女人也着实可怜，没家没道的。乡下还有个八岁的男孩，因离了婚，判给前夫了。

她待大老郑又是极好的，主要是勤快，不惜力气。平时浆洗缝补那是免不了的，几个兄弟回来，哪次吃的不是现成饭？还换着花样，今天吃鱼明天吃肉的，逢着大老郑兴致好了，哥几个咂二两小酒也是有的。他们一家子人，围着饭桌坐着，在日光灯底下，刚擦洗过的地面泛着清冷的光。

有时候，饭是吃得冷清了些，都不太说话，偶尔大老郑会搭讪两句，女人坐在一旁静静地笑。有时却正好相反，许是喝了点酒的缘故吧，气氛就活跃了起来。老二敲着竹筷唱起了歌，他唱得哩哩啦啦的，不成腔调，女人抿嘴一乐道，是喝多了吧？

老三说，别理他，他一会就好了。

两人都愣了一下，可不是，话就这么接上了，连他们自己都不提防。郑家几个兄弟都是老实人，他们对她始终是淡淡的，淡不是冷淡，而是害羞和难堪。就比如说她姓章，可是怎么称呼呢，又不能叫嫂子或姐姐的，于是就叫一声“哎”吧，“哎”了以后再笑笑。

女人很聪明，许是看出我们的态度有点睥睨，所以轻易不出门的。白天她一个人在家，她把衣服洗了，饭做了，卫生打扫了，就坐在沙发上嗑嗑瓜子，看看电视。看见我们，照例会笑笑，抬一下身子，并不多说什么。从她进驻的那一天起，这屋子就变了，新添了沙发、茶几、电视……她还养了一只猫，秋天的下午，猫躺在门洞里睡着了，下午三四点钟的太阳照下来，使整个屋子洋溢着动物皮毛一样的温暖。

有一次，我看见她在织手套，枣红色的，手形小巧而精致，就问，给谁的？织给儿子的吗？她笑道，儿子的手会有这么大？是老四的。她放下手里的活，找来织好的那一只放在我手上比试一下，说，我估计差不多，不会小吧？

几个弟弟中，她是最疼老四的，老四嘴巴甜，又不明事理，有一次就喊她做“姐姐”了，她愣了一下。一旁的老二老三对了对眼色，竟笑了。没人的时候，老四会告诉她莆田的一些事情，他的嫂子，两个侄儿。他们镇上，很多人家都住上小楼了，她就问，那你家呢？老四说，暂时还没有，不过也快了。

她又问，你嫂子漂亮吗？这个让老四为难了，他低着头，把手伸进脖颈处够了够，说，反正是，挺胖的。她就笑了。

她并不太多问什么的，说了一会儿话，就差老四回房，看看他二哥三哥可在，老四把头贴在窗玻璃上说，你呆会来打扫吧，他们在睡觉。她笑道，谁说我要打扫，我要洗被子，顺带把你们的一块洗了。

她虽是个乡下人，却是极爱干净的，和几个兄弟又都处得不错，平时帮衬着替他们做点事情。她说，我就想着，他们挺不容易的，到这千儿八百里的地方来，也没个亲戚朋友的，也没个女人。说着就笑了起来。她的性格是有点淡的，不太爱说话，可是即便一个人在房间里坐着，房间里也到处都是她的气息。就像是，她把房间给撑起来了，她大了，房间小了。

也真是奇怪，原来我们看见的散沙一样的四个男人，从她住进来不久，就不见了，他们被她身上一种奇怪的东西统领着，服从了，慢慢成了一个整体。有一次，我母亲叹道，屋里有个女人，到底不一样些，这就像个家了。

而在这个家里，她并不是自觉的，就扮演了她所能扮演的一切角色，妻子，母亲，佣工，女主人……而她，不过是大老郑的萍水相逢的女人。

她和大老郑算得上是恩爱了。也说不上哪恩爱，在他们居家过日子的生活里，一切都是平平常常的，不过是在一间屋子里吃饭，睡觉。得空大老郑就回来看看，也没什么要紧事，就是陪陪她，一起说说话。她坐在床上，他坐在床对面的沙发上。门也不关。——门一不关，大方就出来了，就像夫妻了。

慢慢地，我们也把她当做大老郑的妻了，竟忘了莆田的那个。我们说话又总是很小心，生怕伤了她。只有一次，莆田的那个来信了，我奶奶对大老郑笑道，信上说什么了？是不是盼着你回去呢？我母亲咳嗽了一声，我奶奶立刻意识到了，讪讪的，很难为情了。女人像是没听见似的，微笑着坐在灯影里，相当安静地削苹果给我们吃。

也许我们不会意识到，时间怎样纠正了我们，半年过去了，我们接受了这女人，并喜欢上了她。我们对她是不敢有一点猜想的，仿佛这样就亵渎了她。我母亲曾戏称他们叫“野鸳鸯”的，她说，她待他好，不过是贪图他那点钱。后来，我母亲就不说了，因为这话没意思透了，在流水一样平淡的日子里，我们看见，这对男女是爱着的。

他们爱得很安静，也许他们是不作兴海誓山盟的那一类，经历了很多事情了，都不天真了。往往是晚饭后，如果天不很冷的话，他们就出去走走，我母亲打趣道，还轧马路？怎么跟年轻人似的。他们就笑笑，女人把围巾挂在大老郑的脖子上，又把他的衣领立起来。有时候他们也会带上老四，老四在院子外玩陀螺，他一边抽着陀螺，一边就跟着他们走远了。

或有碰上他们不出去的，我们两家依旧是要聊聊天的，说一说天气，饮食，时政。老二依在门口，说了一句笑话，我们便“喷”的一声笑了，也是赶巧了，这时候从隔壁的房间里传来了一声清亮的笛音，试探性的，断断续续的，女人说，老三又在吹笛子了。我们便屏住了声息，老三吹得不很熟练，然而听得出来，这是一首忧伤的调子，在寒夜的上空，像云雾一样静静地升起来了。

我家的院子似乎又恢复了从前的样子，甚至比从前还要好的。一个有月亮光的晚上，人们寒缩，久长，温暖。静静地坐在屋子里，知道另一间屋子里有一个女人，她坐在沙发上织毛线衣，猫蜷在她脚下睡着了。冬夜是如此清冷，然而她给我们带来了一种岁月悠长的东西，这东西是安稳，齐整，像冬天里人嘴里哈出来的一口热气，虽然它不久就要冷了，可是那一瞬间，它在着。

她坐在哪儿，哪儿就有小火炉的暖香，烘烘的木屑的气味，整间屋子地弥漫着，然而我们真的要睡了。

有一阵子，我母亲很为他们忧虑，她说，这一对露水夫妻，好成这样子，总得有个结果吧？然而他们却不像有“结果”的样子，看上去，他们是把一天当做一生来过的，所以很沉着，一点都不着急。冬天的午后，我们照例是要午睡的，这一对却坐在门洞里，男人在削竹片，女人搬个矮凳坐在他身后，她把毛线团高高地举起来，逗猫玩。猫爬到她身上去了，她跳起来，一路小跑着，且回头“喵喵”地叫唤着，笑着。

这时候，她身上的孩子气就出来了，非常生动的，俏皮的，像一个可爱的姑娘。她年纪并不大，顶多有二十七八岁吧。有时候她把眼睛抬一抬，眼风里是有那么一点活泼的东西的。——背着许多人，她在大老郑面前，未尝就不是个活色生香的女人。

逢着这时候，大老郑是会笑的，他看她的眼神很奇怪，是一个男人对女人的，又是一个长者对孩子的，他说，你就不能安静会儿。

她重新踅回来坐在他身后，或许是拿手指戳了戳他的腰，他回过头来笑道，你干什么？她说，没干什么。他们不时地总要打量上几眼，笑笑，不说什么，又埋头干活了。看得多了，她就会说，你傻不傻？大老郑笑道，傻。

这时候，轮着他做小孩子了，她像个长者。

三

第二年开春，院子里来了一个男人。这男人大约有四十来岁吧，一身乡下人的打扮，穿着藏青裤子，解放鞋。许是早春时节，天嫌冷了些，他的对襟棉袄还未脱身，袖口又短，穿在身上使他整个人变得寒缩，紧张。

按说，我们也算是见过一些乡下人的，有的甚至比他穿得还要随便，不讲究的，但没有像他这样邋遢、落伍的……他又是一副浑然无知的样子，看上去既愚钝又迂腐，像对一切都要服从，都能妥协的。那些年，我们这里的乡下人也多有活络的，部分时髦人物甚至胆敢到城里来做买卖的，开口闭口就谈钱，经济、回扣，十足见过世面的样子。可这个男人不是，看得出来，他是属于土地的，他固守在那里，摆弄摆弄庄稼……这大概是他第一次进城吧？

他像是要找人的样子，有点怯生生的，先是站在我家院门外略张了张，待进不进的。手里又攥着一张皱巴巴的纸条，不时地朝门牌上对照着。那天是星期天，院子里没什么人，吃完了午饭，大老郑携女人逛街去了，其余的人，或有出去办事的，到澡堂洗澡的，串门的……因此只剩下我和母亲在太阳底下闲坐着。老四和我弟弟伏在地上打玻璃球。

这时候，我们就看见了他，生涩地笑着，瑟缩而谦卑，仿佛怕得罪谁似的。我母亲因勾头问道，你找谁？他低下头，微微弯着身子，把手抄进衣袖里说道，我来找我的女人。我母亲说，你女人叫什么？并向他招招手，他满怀感激地就进来了，轻声说了一个名字，我母亲扭头看了我一眼，噢了一声。

他要找的是大老郑的女人，这就是说，他是女人的前夫了？

我们再也不会想到，这辈子会见到女人的前夫，因此都细细地打量起他来。他长得还算结实，一张红膛脸，五官怕比大老郑还要精致些，只是肤质粗糙，明显能看出风吹日晒的痕迹，那痕迹里有尘土，暴阳，田间劳作的种种辛苦……也不知为什么，这乡下人身上的辛苦是如此多而且沉重，仿佛我们就看见似的，其实也没有。

他一个人站在我家的院子里，孤零零的，显得那样的小，而且苍茫。春天的太阳底下，我们吃饱了饭，温暖，麻木，昏沉，然而看见他，心却一凛，陡地醒过来了。我母亲说，要么，你就等等？他笑笑。我母亲示意我进屋搬个凳子出来，等我把凳子搬出来时，他已贴着墙壁蹲下了，从怀里取出烟斗，在水泥地上磕了磕。

无庸讳言，我们对他是有一点好奇的。就比如说，我们不知道他为什么来找女人，是想重修旧好吗？他们现在还有密切的联系吗？他们又是怎么离的婚？我们对女人是一点都不了解的，只知道她的好，他也是好的……可是两个好人，怎么就不能安安生生的过日子呢？

起先，他是很拘谨的，不太说什么。可是也就一袋烟的工夫，他就和我母亲聊上了。原来，他是极爱说话的，他说话的时候有一种沉稳又活泼的声色，使我们稍稍有些惊诧，又觉得他是可爱的。他说起田里的收成，他家的一头母猪和五头小猪，屋后的树……总之加起来，扣除税和村上的提留，他一年也能挣个几百块钱呢！不过，他又叹道，也没用处，这几百块钱得分开八瓣子用，买化服和农药，孩子的书学费，他寡母的医药费……所以，手里不但落不下什么钱，反倒欠了些债。

我母亲说，这如何是好呢？

他没有答话，把手伸进腋窝里挠了几下，拿出来嗅嗅，就又说起他们村上，有两家万元户的，他们凭什么？不就因着手里有点余钱，承包个果园，鱼塘……他哼了一声，看得出有点不屑了。他们丢了田，他咕哝道，天要罚的。他说这话时有一种平静的声气，很忧伤，而且悲苦。

我母亲打趣道，依我看，你要解放思想，

那田不种也罢。

他打量了我母亲一眼，嗡声嗡气说道，种田好。

我母亲笑道，怎么好了？种田你就当不上万元户。

他的脸都涨红了，急忙申辩道，种田踏实。自从盘古开天以来，哪有农民不种田的，你倒跟我说说！也就是这些年——可这些年怎么了，他一下子又说不出来了——再说，我不当万元户，也照样有饭吃，有衣穿，也能住上新瓦房。不过——他想了想，把手肘压在膝盖上，突然羞涩地笑了。他承认道，造瓦房的钱主要是女人的，她在城里当干部，每月总能挣个三四百，够得上他半年的收入了。

我们都愣了一下，我母亲疑惑道，当干部？当什么干部？我一个月都挣不了三四百，问问这城里，除了做生意的——再说，不是离婚了吗？

离婚？他扶着膝盖站起来了，睁大眼睛说道，你听谁说的？

看他那眉目神情，我们都有点明白了，也许……我们应该怀疑了，什么地方出问题了，我们被蒙蔽了。他不是女人的前夫，他是她的男人。我母亲朝我努努嘴，示意我把老四和弟弟领到院外去，她又笑道，瞧我说的这是哪门子胡话，因不常见着你，小章又一个人住，就以为你们是离了婚的。

男人委屈地叫道，她不让我来呀。再说了，家前屋后的也离不开人，要不是细伢子的书学费……这不，都欠了一个月了。老师下最后通牒了，说是再不交就甭上学了。也是赶巧了，那天二顺子进城，在这门口看见了她，要不我哪找她去？

他絮絮地说着，抱怨起这些年他的生活，又当爹又当妈的，家也不像家了；但凡手里宽绰些，他也不会放她出来。当什么干部？他哧地一声笑了，我还不知道她那点能耐？双手捧不动四两的，也就混在棉织厂，当个临时组长罢了。

我和母亲面面相觑。面粉厂，棉织厂，人民剧场卖葵花籽……这么一说，都是假的了。我母亲且不敢声张，又拐弯抹脚的问了他一些别的。总之，事情渐趋明朗了，它被撕开了面纱，朝我们最不愿意看到的那个方向转弯了。

男人一说竟滑了嘴，收不住了。那天晌午，我们耳旁嗡嗡的全是他的声音。那是怎样的声音啊……一说起他的婆娘，他显得那样的啰嗦，亲切而且忧伤。他时常想她吗？夜深人静的时候，他是否常常就醒过来，看窗格子外的一轮月亮。一天中难得有这样的时刻，能静下来想点事情吧？白天下田劳作，晚上锅前灶后地忙碌，一年年地，他侍候老母，抚养幼子……这简直要了他的命！他的女人在哪？这当儿，她也睡了吧？一想起她在床上的熊样子，他就想笑。想得要命。她是顾家的，哪次回来没给他捎上好的烟叶，给儿子买各式玩具，给婆婆带几样药品？可他不如意，也不知为什么，有时简直想哭。他就想着，等日子好了，他要把她接回来，安派她做份内的事，让家里重新燃起油烟气。

呵，让家里燃起油烟气。那一刻，他坐在正午的太阳底下，慢慢地眯起了眼睛。

他停顿了一下，许是说累了，不愿再说下去了。在那空旷的正午，满地白金的太阳影子，我家的院子突然变得大了，听不到一点声音，人身上要出汗了——再也没有比这更寂寞、荒凉的一瞬间，我们一点点地沉了下去，在太阳地里坐得久了，猛地抬起头来，阳光变成黑色的了。

丈夫最终没能等来他的女人，他兴高采烈的回去了。他知道，隔几天他的女人就会把工资如数上交，他要用这笔钱给细伢子交书学费。他又从门洞里拖出半袋米，托我们转交，说，这是好米，在城里能卖不少的价钱呢，留着她吃吧；我们在家里的，能省些则省些。

女人是在晚上才回的家，她跟在大老郑的后头，手里提着大包小包的。我母亲趋前问道，都买了什么？大老郑笑道，随便给她买了些衣服。女人立在床头，把东西一样样地抖出来，皮鞋，衣裙……又把一件衣料放在膀子上比试一下，问我母亲道，也不知好看不好看？我就嫌它太花哨了，都是他主张要买。大老郑笑道，这几样当中，我就看中这一件，花色好，穿上去人会显得俏丽。

凭心而论，女人的作派和先前没什么两样，可是我们都看出一些别的来了。就比如说她是细长眼睛，大老郑说话的当儿，她把眼睛稍稍往上一抬，慢慢的，又像是不经意的……反正我是怎么也描述不出来，学不出来的。——就这么一抬，我母亲拿手肘抵抵我，耳语道，真像。

原来，我母亲早就听人说过，我们城里有两类卖春的妇女，说起来这都是广州发廊以后的事了。就有一次，有人指着沿街走过的一个女子，告诉她说这是做“那营生”的。那真是天仙似的一个人物，我母亲后来说，年轻且不论，光那打扮我们城里就没见过；我母亲因问道，不是本地人吧？那人淡淡笑道，哪有本地人在本地做生意的？她们敢吗？人有脸，树有皮，再不济也得给亲戚朋友留点颜面，万一做到兄弟、叔伯身上怎么办？

还有一类倒真是我们本地人，像大老郑的女人，操的是半良半娼的职业。对于类似的说法，我母亲一向是不信的，以为是谣言，她的理由是，良就是良，娼就是娼，哪有两边都沾着的？殊不知，这一类的妇女在我们小城竟是有一些的，她们大多是乡下人，又都结过婚，有家室，因此不愿背井离乡。

这类妇女做的多是外地人的生意，她们原本良善，或因家境贫寒，在乡下又手不缚鸡，吃不了苦，耐不了劳；或有是贪图富贵享乐的，也有因家庭不和而离家出走的……凡此种种，不一而足。她们找的多是一些未带家眷的生意人，手里总还有点钱，又老实持重，不寒碜，长得又过得去，天长日久，渐渐生了情意，恋爱上了。

她们用一个妇人该有的细心、整洁和勤快，慰藉这些身在异乡的游子，给他们洗衣做饭，陪他们说话；在他们愁苦的时候，给他们安慰，逗他们开心，替他们谋划；在他们想女人的时候，给他们身体；想家的时候，给他们制造一个临时的安乐窝……她们几乎是全方位的付出，而这，不过是一个妇人性情里该有的，于她们是本色。她们于其中虽是得了报酬的，却也是两情相悦的。

若是脾性合不来的，那自然很快分手了，丝毫不觉得可惜；若是感情好的，那男人最终又要回去的，难免就有麻烦了，总会痛哭几场，缱绻难分，互留了信物，相约日后再见的，不过真走了，也慢慢好了，人总得活下去吧？隔一些日子，待感情慢慢地平淡了，她们就又相中了一个男子，和他一起过日子去了。

做这一路营生的妇人，多由媒人介绍来的，据说和一般的相亲没什么两样，看上两眼，互相满意了，就随主顾一起走了。而这一类的妇人，天性里有一些东西是异于常人的，就比如说，她们多情，很容易就怜惜了一个男子；她们或许是念旧的，但绝不痴情。她们是能生生不息、换不同男子爱着的……或许，这不是职业习性造就的，而是天性。

和我们一样，她们也瞧不起娼妓，大老郑的女人就说过，那多脏，多下流呀！而且，也不卫生。她吃吃地笑起来，那是早些时候，她的“前夫”还未出现。她们和娼妓相比，自然是有区别的，和一般妇女比呢，就有点说不清楚了。照我看来，惟一的区别就在于，在通过恋爱或婚嫁改善境遇方面，她们是说在明处的，而普通妇女是做在暗处的。因此，她们是更爽利，坦白的一类人，值不值得尊敬是另一说了。

我们家对过，有一户姓冯人家的老太太，我们都唤做冯奶奶的，最是个开朗通达的人物。长得又好，皮肤白，头发也白，夏天若是穿上一身白府绸衣褂，真是跟雪人一般。这老太太是颇有点见识的，大概因她儿子在监察局做局长、女儿在人民医院做护士长的缘故吧，她说起天文地理来，那是能让人震一震的。常常是坐在自家门口剥毛豆米，隔着一条马路就朝我奶奶喊过来，你家今天吃什么？两个老太太一递一声地说着话，末了她端着一个竹筐子，一路颠颠地就跑过来了。看见我，就笑道，阿大下学堂了？看见我弟弟，就说，小二子，今天挨没挨先生批？她是很得人缘的一个，凡是认识她的没有不尊敬她的。她的风流事在我们这一带是传遍了的，年轻时因男人跑台湾，单单丢下她娘儿三个，两张嗷嗷待哺的嘴，怎么活呀？就找相好呗，也不知找了多少个，才把这两个孩子拉扯大，出息了，成家了。倘若有人跟她做媒，她大凡是回绝的，说的是，她男人一天不死，她就要等他回来。有人背地里取笑她，这叫什么等？比她男人在时还快活。无论如何，她是抚养了两个孩子，不是含辛茹苦，而是快快乐乐。

我们无论如何也说不清，在大老郑的女人和冯奶奶之间，到底有何不同，可是我们能谅解冯奶奶，而不能谅解大老郑的女人。我母亲很快下了逐客令，当天晚上，她就找大老郑过来摊牌了，大老郑如实招供，和我们了解的情况没什么出入，不过他说，她是个好人。我母亲通情达理地说，我知道。你也是好人，可是这跟好人坏人没关系，我们是体面人家，要面子，别的都好说，单是这方面……你不要让我太为难。

我母亲又说，你是生意人，凡事得有个分寸，别让外人把你的家底给扒光了。大老郑难堪地笑着，隔了一会儿，他搓搓手道，这个，我其实是明白的。

大老郑携女人走了，为眼不见心不烦，我母亲让他的几个兄弟也跟着一起走了。从那以后，我们再也没见过他们，也没听到过他们的任何讯息了。

这一晃，已是十五年过去了，我们也不知道，大老郑和他的女人，他们过得还好吗？他们是不是早分开了？各自回家了？在他们离开院子的最初几个年头，每到夏天，我们乘凉的时候，或是冬天，我们早早缩在被子里取暖的时候，就会想起他们，那是怎样安宁纯朴的时光啊，像我们幻想中的莆田的竹林，在月光底下发出静谧的光……现在，它已经遥不可及了；或许，它压根儿就没存在过？

而这些年来，我们小城是一步步往前走着的，这其中也不知发生了多少事；有一次，我父亲因想起他们，就笑道，这叫怎么说呢，卖笑能卖到这种份上，还搭进了一点感情，好歹是小城特色吧，也算古风未泯。我母亲则说，也不一定，卖身就是卖身，弄到最后把感情也卖了，可见比娼妓还不如。

唉，这些事谁能说得好呢？我们也就私下里瞎议论罢了。

（选自《人民文学》2003 年第 4 期）

【导读】

魏微作品最引人注目之处，是她对时间之流中变与不变的双重把握。她在《一个年龄的性意识》中曾谈到，“我喜欢把一切东西与时代挂钩，找个体后面那博大精深的背景和底子”。时间的注入使其笔下的个体成为了特殊时空中的特殊的存在，于是概念隐退，成长与差异得以凸显，种种深入生活褶皱而又难以名状的真实浮现了出来。但对永恒价值的承认与追求又赋予魏微超越性，使其能够从日常生活中升华出普遍的人生意味，从而对细节的描写保持了克制，颇具古典主义意趣。获得第三届鲁迅文学奖的短篇小说《大老郑的女人》就是这样的一篇佳作。

小说以高度生活化、个性化的语言以及散文式的行文方式，通过对细节的捕捉与描摹，讲述了一个大时代中个体渺小却并不卑微的故事。正如作品开篇关于广州发廊的描写所暗示的，当商业化浪潮滚滚而来的时候，性又一次成为了一种半公开的商品。人们从最初的惊诧迅速沦为麻木，时代的力量太大了，大家似乎只有顺应与接受的份儿。于是，连一向被认为老实持重、有情谊懂分寸的大老郑，也与一位为补贴家用而做暗娼的乡下女人姘居了。这一故事很容易使人联想到张爱玲的作品。二者似乎都在讲述动荡年代普通人的命运与心境俱如孤舟入海，只能随波浮沉。然而，不同于张爱玲的悲凉，魏微的叙述在尘埃中开出了花朵：相隔一拳的距离、削得无比认真的苹果、为老四织的手套、晚饭后的散步……日常细节的刻画，将两人初识时的局促、熟悉后的相濡以沫以及不期而至的浪漫勾勒出来。而看似随性甚至有些松散的语言，则在长久的铺垫之后获得了一种压倒性力量，使得故事内外的人都不得不承认他们是相爱的。纵然开局十分不堪，时代的巨浪终究不曾淹没人性中良善的那一部分。恰如小说开篇描绘的古城，一切人与事都在不动声色地经历一场激变，然而在某个瞬间，过去的时光总会复现，成就永恒。这也许就是魏微认为自己技巧学张爱玲但精神近萧红的原因，即她着意于尝试在“人的真实”与“诗的理想”中取得一种和谐。（周文晓）

▶ 魏微《大老郑的女人》拓展阅读

梧桐（节选）

金仁顺

第二天惠真接到玉莲的短信，她在她们单位附近的“肯德基”。惠真过去找她，两个人对视一眼，玉莲显然也没睡好，眼睛下面发黑，人恹恹地提不起精神。

惠真坐下来。看着袋泡红茶在水里，渗出丝丝缕缕的血红，惠真抬头问玉莲，“你谈恋爱了？”

“你反对？”

“我反对有用吗？”

玉莲没说话，眼角却浮出了泪光。

惠真的心拧起麻花，强笑了一声，“你们才认识几天啊？一见钟情？”

玉莲没说话，叠着手里的纸巾。

“你不爱听我也得说，”惠真说，“这年头儿，知人知面不知心，男人找个人侍候自己，不比子女保姆省心省力？你又有房子又有退休金，人看着也年轻漂亮，他何乐而不为？就算我这是小人之心，想法儿阴暗，朴永浩是个好人，对你也真心实意，那其他方面呢？他孩子孙子一大家子，那些人要是欺负你怎么办？再退一步说，孩子孙子们心地不坏，不会故意为难你，但家常过日子，哪有舌头不碰牙的？到时候烦了，难不成再去离婚？还有啊，你们不老，但也不年轻了，身体方面，总难免有个闪失，你侍候了爸爸那么多年，你自己不都说受够了吗？

玉莲沉默了半天，“——说的也是。”

她想笑笑，没承想眼泪刷拉一下子涌出来。她慌里慌张地想要把叠成方块的纸巾打开，一着急，扯断了。

惠真把自己的那张纸巾递过去，鼻腔里面也酸酸的。

“玉莲——”

“你都是为我好，怕我受委屈。”

玉莲用纸巾挡着脸，闷声闷气地说。过了好一会儿，她擦干了眼泪，抬头看着惠真，“我也跟朴永浩说过，我不会去他家的，我又不是没房子。”

“那他——”惠真的心直坠下去，“是要搬到家里来？”

“——我们当然得征求你的意见。”

“你让我说什么？”惠真噼里啪啦地掉眼泪，“我把你，把家，双手举着送给朴永浩，还得敲锣打鼓、欢天喜地?!”

玉莲张了张嘴，但没说出话来。

“你们要征求我意见，是吧？我不同意！”

惠真起身走开，推开沉重的大门，在街头站了好一会儿，人流车流，熙熙攘攘，交织成网，建筑物则像巨大的蜘蛛，阴森森地看着草芥似的人众。

修彬穿白大褂时，比平时显老成很多。

“又拧起螺丝来了，”修彬叹了口气。

“除了这句，”惠真有些火大，“你没别的话了?!”

“除了这句，我无话可说。”

“要是你妈，你就有话说了。”

“别无理取闹啊。”修彬瞪了惠真一眼，指指走廊里排队看病的病人，“我这儿一大摊子事儿呢。”

“我现在也是病人。”

“你的病这儿治不了。你回家喝杯茶，要么去逛街买东西，放松放松。”修彬轻轻拍惠真一下，转身回门诊室去了。惠真在后面叫他，他头都没回。

惠真一股浊气在胸间风云激荡，下楼填病历挂了修彬的号。赌气倒要问问，他能治什么病?!

她拿着挂号单坐电梯上楼，排在七八个待诊的病人后面，看着那些人愁眉苦脸，有气无力地交流病史，绘声绘色地形容病痛，她的气也泄了，待要离开，偏偏轮到了她，她犹豫了一下，进了门。

没等修彬开口，惠真抢着问了一句：“晚上想不想吃麻辣火锅？”

惠真有两天没去玉莲那里。修彬说得对，她和玉莲都需要时间，玉莲需要消化她的意见，而她应该反省，自己是不是能够提出更好的意见。第三天实在忍不住，惠真回了家，房间里面灯也不开，光线幽暗，玉莲摞起来两个枕头垫在身后，半坐半躺，眼睛里面泪水水，鼻子红通通的。

“生病怎么也不吱一声？”惠真急了，拉玉莲起床，“我带你去医院。”

“别大惊小怪的，”玉莲不肯，“我吃过药了。”

她的手机震动起来，惠真只好放开手。

玉莲拿起来看了一眼号码，没接，任凭它在被子上没腿蛤蟆似的噗噗噗转动。

“我给你做饭——”

“不想吃。”

“就煮个汤——”

“不想喝。”

“——那我扶你去外面晒晒太阳。”

“不想动。”

惠真心里小火苗“噼啪”、“噼啪”闪，忽地就蹿起来，“你跟我生气，就直说——拿生病威胁我?!”

“你说什么胡话？”玉莲嗓子干干的，声音提高时，也冒火星子，“我着凉感冒跟你有什么关系？你是老天爷啊？”

“那你要我怎么办?!”

“你走吧，我想睡一会儿。”

惠真站着没动。

“你回家去吧，”玉莲叹了口气，“你在这儿我心不静，睡不踏实。我吃了感冒药，什么都不想要，只想睡觉。”

惠真抓起背包，一言不发地转身就走。出大门时，看见朴永浩拎着一大袋水果蔬菜，另一只手拿着电话在按号码。

“惠真，”他迎上来，“你在这儿太好了，玉莲不给我开门。”

惠真用钥匙打开门，让他进去。

“放心吧，”朴永浩好像压根儿没注意到她板着扑克脸，他进门后，回头冲她笑笑，“我会照顾她的。”

“我现在是外人了。”惠真回家跟修彬发牢骚。

“嫁出去的女儿，泼出去的水，”修彬笑着说，“你当然是外人了。”

“算了，她爱怎么样就怎么样，”惠真赌气说，“我不管了。”

说不管，心里却放不下。万一玉莲把朴永浩也赶出家门，那现在她形单影只的，又生着病，岂不是太凄惨了。惠真起身又要回家，让修彬给拦住了。第二天，他们带了几样常用药，买了水果点心，一起去看玉莲。

没见到人，桌子上面留了一张纸条，“惠真：我出门几天，回来后跟你们联系。感冒好了，其他也都好，勿念。妈妈。”

惠真掏出电话打玉莲的手机，按键时，手指直抖。

玉莲关机。

“我就说昨天要回来的——”惠真急得跳脚。

“肯定是跟朴永浩一起走的。”修彬说，“放心吧，不会有事儿。”

玉莲走得很从容，东西收拾得井井有条，家里的花刚浇过水，梧桐树下的树根茶几也用塑料布包好，封紧，以防雨淋。

回家的路上，惠真扭脸望着车窗外面，行人，车辆，树木，建筑，都变得轻飘飘的，仿佛都长了脚，拔脚就走似的。

到小区楼下时，修彬叹了口气，“惠真——”

“你不是无话可说吗?”惠真看也不看他，打开车门，用力一摔，“那就别废话了。”

接连好几天，玉莲一点儿音信也没有。惠真跟修彬绝口不提玉莲的事情，修彬试图跟她谈谈，被惠真把话题岔开了。

就仿佛她心里头长着棵院子里那样的梧桐，被人连根拔走了，血肉骨头，直掏到痛处。

她找了搬运工，回家里把树根茶几搬回自己家来。那是她想来想去，唯一能理直气壮搬走的东西。

搬运工离开后，惠真搬把藤椅，在梧桐树下坐了一会儿。园子里的青草被阳光晒得正发困，围墙上面的爬山虎懒洋洋地铺展着，进门后一片盛开的大丽花，姹紫嫣红，阳光下面渗入丝丝缕缕的香气。他们刚搬进这里时，那个地方是厕所，晚上惠真不敢自己出去，玉莲睡衣外面套件棉大衣，陪着她；初中的时候，惠真生胃病，玉莲每天早晨用糯米粉熬粥，不稀不稠，亮浆浆的，里面加一勺蜂蜜，让她吃了上学。多年以后她跟玉莲提起来，她都不记得了。惠真长成少女，玉莲有阵子神经兮兮的，不管惠真多晚下晚自习，她一定风雨无阻地在校门口等她，惠真几次未成形的早恋都因此而破灭。惠真跟修彬定下来以后，玉莲承认，以前惠真谈恋爱时，她还跟踪过他们。

惠真结婚那天，玉莲哭个没完，她自己也跟人家解释，“我是高兴的。”但她显然“高兴”得过了头，惠真迟迟无法出门。

上了婚车，修彬想逗惠真开心，“妈妈变成小孩子了，早知道让她当你嫁妆，一起带回咱们家就得了。”

惠真觉得修彬对玉莲有失尊重，勃然大怒，婚也不要结了，修彬求爷爷告奶奶，只差没在车里下跪磕头了。婚礼上，惠真身着华服，众星捧月，脸绷得紧紧的，表情凛然，修彬赔了十二万分的小心，连她的伴娘也觉得她过分了，悄悄拉她的衣角。

现如今，玉莲倒跟认识不足月的男人拔脚就走，毫无挂碍，直让惠真从牙根痛到心肺。

回到家时，修彬正对着茶几发呆，“你要干吗?”

“看见了还问?”惠真把包扔到一边，坐下来。

茶几在玉莲那儿，屋里，或者梧桐树下，哪哪儿都顺眼，放到这里，跟个章鱼似的，突兀、怪异，张牙舞爪的。

“你明天是不是把树也挖了，装在盆里带回来养啊?”

“好主意，我怎么没想到?”

“惠真啊——”修彬叹了口气，“咱们家就这么大，你把你们家院子搬回来之前，先想想怎么安置。”

搬回茶几才两天，玉莲就上门了，她说她刚从杭州回来，把包一扔，就过来了。一周不见，她瘦了些，也晒黑了不少。

“刚回来您不好好歇着——”修彬放下手里正揉的面团儿，过来请玉莲坐下。

“好几百岁的都走这儿来了，”玉莲看着那

个茶儿说，“我哪好意思歇着？”

“我梦见爸爸了，”惠真对玉莲说，“他让我把这个茶儿拿回来。”

玉莲呆怔了片刻，苦笑了一下，“那我回家去睡觉，等着你爸爸托梦。”

“别别别，别走啊，”修彬拉住了她，解下自己的围裙系到玉莲腰上，把擀面杖顺手塞进她的手里，“你进门前我刚接个电话，急诊，上手术台，人命关天，你帮帮我，也算胜造七级浮屠。”

修彬抓起外衣，回身看了惠真一眼，加重了语气，“一会儿手术完，我回来吃饺子啊。”话说完，人也出门了。

惠真冲了杯茶放到茶几上，“我自己来就行，你喝杯茶，歇会儿吧。”

“车上睡了一天，”玉莲把围裙解开重扎了一遍，走到面案前面，“再不活动活动，关节都锈住了。”

两个人闷头儿干了会儿活。

“旅行怎么样？”

“就那样儿。到处都是人。”

“人怎么样？”

玉莲看一眼惠真，两人脸都板着，然后一起笑了。

“就那样儿。”

两个人又忙活了一会儿。

惠真放下手里的东西，拍了拍手上的面粉，把手机拿了出来。

“给你看这个，”惠真调出前一天在步行街上拍的几张婚纱礼服裙照片。

昨天她心血来潮，跑到繁华的商业街去，那一带婚纱影楼一间接一间，模特儿新郎新娘都是一个模子印出来的，他们含情互望，郎情妾意的表情，也是一个模子印出来的。

“好看吧？”

玉莲笑笑。

惠真定在一张韩式礼服上面，绛紫短上衣，墨绿色的长裙，裙摆处每隔一尺，缀缀着玉块似的刺绣。惠真特意微拍了刺绣图案，龙飞九天，凤栖梧桐。

“我最相中的是这套，你喜欢吗？——我送你。”

“送我这个干吗？”

“你说干吗？”惠真叹口气，“天要下雨，娘要嫁人呗。”

“天气预报说了，最近没雨。农村还要抗旱呢。”

“蜜月都度了，”惠真笑了，嘟囔了一句，“还装模做样。”

“你不也说了，”玉莲轻轻叹口气，“知人知面不知心。”

“怎么回事儿?!”惠真一着急，声调顿时高了好几度，“他不是单身?! 还是存着别的什么坏心眼儿——”

“行了行了行了，你乱叫什么？”玉莲打断惠真，“其实也没什么，就是生活习惯不一样。”

“什么习惯？怎么个不一样？”

“晚上睡觉前，他喜欢挠背？说是以前跟他老婆，天天晚上都挠，互相挠，恨不能从头挠到脚——”

惠真“噗哧”一声笑了。

“每次帮他挠完，他倒是倒头就睡，我就遭罪了，觉得指甲里面脏得不行，一遍遍地洗手——”玉莲说，“天天晚上失眠。”

“那你就不帮他挠呗。”

“有一天我是没帮他挠，他又睡不着了，说是挠了几天，把以前的老习惯挠回来了。他后半夜两点钟起来洗淋浴，我好不容易睡个觉被他吵醒了——还说我毛病多。我说，‘老头乐’没毛病，你跟‘老头乐’过去吧。”

惠真等了一会儿，“然后呢？”

“就回来了呗。”

两个人一时无话，小面团在玉莲的擀面杖下面，三下五下，花一样盛开，被惠真接在掌心，填上馅儿，捏成果实。

（选自《民族文学》2011 年第 1 期）

【导读】

20 世纪 70 年代出生的作家中，金仁顺是为数不多的将自己定位为女性主义者的一个，尽管是有限度的。在一次访谈中她谈到，朝鲜族的文化传统与生活环境使其对两性之间的不平等有着切身的体认，因此在以本民族故事为题材的创作中往往表现出比较强烈的女性主义意识；而在当下题材里，则只想展示都市人的困惑。其实，纵观金仁顺的都市题材作品，大多仍与婚恋相关，且常以女性为叙述中心。在这些作品中，性别意识往往以更为沉潜的方式，化为一种对现代女性心理、情感、意识的细致入微的探索。

金仁顺的小说《梧桐》以女儿的视角讲述了一个“娘要嫁人”的故事。父亲去世后，母亲玉莲一度消沉，后在女儿惠真的鼓励下重新振作了起来。但令惠真没想到的是，玉莲谈起了恋爱并打算再婚，这引发了母女之间的矛盾。几番交战后，玉莲竟离家出走，与男友朴教授旅游去了。小说对于母女关系观察入微，表述却十分含蓄、克制，并未过度渲染二人的纷争，而是将重点放置在对惠真内心情感、意识流变的展现，表现出作者对于女性自我成长等议题的关注。尤其值得注意的是，“出走”一节颇具机锋，与90多年前胡适的《终身大事》遥遥相对，只是将跨出门槛的人从女儿改成了母亲。这一转变显得意味深长。在经历了以对抗封建权威、推动国族发展为终极目的的个人解放后，当代都市人终于来到了一个更为彻底的个人主义时代，不仅要求外在的个人权利，更将“内在自我”视为价值尺度。因而，与父权抗争的外向型女性主义也就逐渐被讲求“认识自己、忠于自己”的内向型女性主义所替代。

小说里，惠真鼓励母亲走出丧夫之痛的首要方式就是直呼其名，通过剥除其身上某某妻子、某某妈妈的外壳，唤醒那个被认为是内在的、本质的“自我”——作为个体的玉莲。很显然，惠真成功了，只是这成功略显苦涩，因为个体的确立同时带来了分离的焦虑，朴教授的出现只是加速了这一过程。不同于《终身大事》中女儿的决绝，玉莲很快就与朴教授分手，回到了惠真身边，理由真实而又喜感——一些关于挠痒痒与洗澡的矛盾。至此，小说戛然而止，但我们知道，玉莲已经跨了出去，惠真必须也只能接受这一点，而这也正是每一位现代女性崇尚“自我”的同时所必须面对的。（周文晓）

▶ 金仁顺《梧桐》
拓展阅读

最慢的是活着（节选）

乔　叶

我们轮流在医院照顾她。大哥的朋友，二哥的朋友，我的朋友，姐姐的亲戚，都来探望，她的病房里总是一番欣欣向荣的景象。大约从来没有以自己为中心这么热闹过，一次，她悄悄地对我说：“生病也是福。没想到。”

总共两个月的术后恢复期。到后一个月，哥哥们忙，就很少去医院了。嫂子们自然也就不见了踪影，医院里值班最多的就是我和姐姐。姐姐的儿子刚刚半岁，三个孩子，比不上我闲，于是我就成了老陪护。

“二妞，”她常常会感叹，“没想到借上你的力了。”

“什么没想到，你早就打算好了。当初不让大哥调我去县里，想把我拴在脚边的，不是你是谁？”我翻着眼看她，“这下子你可遂了心了。”

“死牙臭嘴！”她骂，“这时候还拿话来怄我。”

渐渐的，她能下床了。我就扶她到院子里走走，说些小话。有一次，我问她：“你有没有？”

“有啥？”

“你知道。”

“我知道？”她迷惑，“我知道个啥？”

“那一年，我们吵架。你说有了不能指靠的男人，也是守寡……”

“我胡说呢。”她的脸红了，“没有。”

“别哄我。我可是个狐狸精。”

“还不是你爷爷。”她的脸愈发红了。这说谎的红看起来可爱极了。

“我不信。”我拖长了声音，“你要再不说实话，我可不伺候你了。”

她沉默着，盯着脚下的草。很久，才说：“是个在咱家吃过派饭的干部，姓毛……”

“毛干部。”

“别喊。”她的脸红成了一块布，仿佛那个毛干部就站在了眼前。然后她站了起来，“唉，该吃饭了。”她拍拍肚子，“饿了。”

她是在夜晚关灯之后，接着讲的。

那是在一九五六年底，县里在各乡筹建高级农业生产合作社，派了许多工作组下来。村里人谁都想要工作组到自己家里吃派饭，一是工作组的人都是上头下来的，多少有些面子。自家要是碰到了什么事，好跟他张口。二是工作组的人在哪家吃饭都不白吃，一天要交一斤粮票：早上三两，中午四两，晚上三两。还有四毛钱：早上一毛钱，中午和晚上各一毛五。这些钱粮工作组的人是吃不完的，供派饭的人家就可以把余额落了，赚些小利。

她原来没想去争，只等着轮。“可等来等去发现轮到的总是你小改奶奶那几个强势的人家。我心里就憋屈了。”她说。那天，她在门口，看见村长领着一个戴眼镜的人往村委会走，就知道又要派饭了。她就跟了去，小改已经等在那里了。一见她来，劈头就说：你一个寡妇家，还是别揽这差事吧。

“我一听就恼了。我就说：我一个寡妇家怎么啦？我为啥当的寡妇？我男人是烈士，为革命掉的脑袋！我是烈属！为革命当的寡妇！我行得正，走得端，不怕是非！我就要这派饭！我能完成任务！”

话到这份儿上，他们也只好把这派饭给了她。派饭期是两个月，吃住都在一起。

“有白面让他吃白面，有杂面让他吃杂面。我尽量做得可口些。过三天他就给我交一回账。怕我推辞，他就把粮票和钱压在碗底儿。他也是迂，我咋会不要呢？……开始话也不多，后来我给他浆洗衣裳，他也给我说些家常，慢慢地，心就稠了……”

再后来，县里建了耐火材料厂，捆耐火钢砖的时候需要用稻草绳，正好我们村那一年种了稻，上头让村民们搓稻草绳支援耐火厂，每家每天得交二十斤。那些人口多的家户，搓二十斤松松的，奶奶手边儿没人，交这二十斤就很艰难。

“到了黄昏，他在村里办完了事，就替我把稻草领回来，先洇上水，洇上水草就润了，有韧劲了，不糙了，好搓。吃罢了饭，他就过来帮我搓草绳。到底是男人的手，搓得有劲儿，搓得快……”

“搓着搓着，你们俩就搓成了一根绳？”

“死丫头！”她笑起来。

我问她有没有人发现他们的事，她说有。那时候家家都不装大门，听窗很容易。发现他们秘密的人，就是小改。她记挂着没抢到派饭的仇，就到村干部那里告了他们的黑状。他们自然是异口同声地否认。

“他不慌不忙地对大家伙儿说：你们听我姓毛的一句话，这事绝对没有！你小改奶奶说：你姓毛的有啥了不起！说没有就没有？你就不会犯错误？这可让他逮住了把柄，他红头涨脸地嚷：你说姓毛的有啥了不起？毛主席还姓毛呢！你说毛主席有啥了不起？你说毛主席也会犯错误？我看你就是个现行反革命！一句话把你小改奶奶吓得差点儿跪下，再也不敢提这茬了。”她轻轻地笑出来，“看他文绉绉的，没想到还会以蛮耍蛮。也对。有时候，人不蛮也得蛮呢。”

“还怀过一个。”沉默了很久，她又说。

我怔住。

“那该怎么办啊？”半天，我才问。

“那一年，就说去打探你爷爷的信儿了，出去了一趟。做了。”

原来她说那一年去找爷爷，就是为了这个。

“那他知道不知道？”

“没让他知道。”她说。她也曾想要去告诉他，却听村干部议论，说他因在“大鸣大放”的时候向上头反映说一个月三十斤粮食不够吃，被定性是在攻击国家的粮食统购统销政策，成了右派，正在被批斗。她知道自己不能说了。

“他知道了又咋的？白跟着受惊吓。”

“你就不怕自己有个三长两短？”

“富贵在天，生死由命。不想那么多。”

“你不恨他？”

“不恨。”

“你不想他？”

“不想。”

“要是不想早就忘了，”我说，“还记得这么真。”

“不用想，也忘不掉。”她说，“钉子进了墙，锈也锈到里头了。”

“你们俩要是放到现在……”我试图畅想，忽然又觉得这畅想很难进行下去，就转过脸问她，“是不是觉得我们现在的日子特别好？”

“你们现在的日子是好。”她笑了笑，“我们那时的日子，也好。”

我再次怔住。

12

她去世后的第二年，一天，我去帮婆婆领工资，正赶上一帮老人的工资户头换了代理银行，所有储户都需要重新填详细资料。其实也没几项，但对于那些得戴着花镜才能看清字迹的老人们来说，就很是琐碎辛苦。先是一个老人让我帮着填，我就填了，结果一发而不可收，很多老人都挤过来让我帮忙。在人群中，有个老人也递来了身份证。我一看，他姓毛，一九二〇年出生。

“你当年下过乡吃过派饭？”

“你咋知道？”他说，“你认得我？”

“不认得，冒猜的。”我说，“你在哪里下过乡？”

“高村，马庄，五里源……”

“杨庄去过吗？”

“去过。”

……

我没再问，他也没再说，他看着我的脸。一眼，又一眼。我规规矩矩地给他填好表，双手递给他。

“谢谢。”他说。

“谢谢。”我也在心里说。我就是想感谢他。哪怕就是因为奶奶为他堕过胎，流过产，我也想感谢他。哪怕他不是那个人，仅仅因为他姓毛，我也想感谢他。

（选自《收获》2008 年第 3 期）

【导读】

乔叶的作品多以豫北地区为背景，以城市化急流中普通女性的生活为表现对象，并善于运用日常细节呈现人们在传统与现代夹缝中的生存境遇与精神状态，极具洞察力。获得鲁迅文学奖的中篇小说《最慢的是活着》即是其此类作品中的佳作。

小说从“我”出生写起，以奶奶去世作结，讲述了“我”与奶奶从对立到和解的故事。小说语言颇富豫北特色，且书面语与口语兼具，不失雅致；风格、结构接近散文却又蕴含巧思，给人以外松内紧之感。开篇首先点出“我”与奶奶矛盾的根源：“我”是女孩，且被认为命硬，即使取避让、柔软之意起名为小让也无济于事，我们注定相互不喜欢。小说前半部中关于水曲柳木黄漆大床、左撇子、自行车、对襟毛衣等一系列事件的描写，看似信手拈来，实则颇有章法。透过这些细节，奶奶与“我”的形象逐渐清晰，一个是传统乡村老妪，重男轻女、封建迷信、保守节俭；一个则浪漫、要强，二人之间横亘着时代的河流，似乎永远都无法抵达对方。及至小说借友人之口道出“她对待你的态度就是在对待她自己”，叙述才急转直下：过往的隐秘逐渐浮现，奶奶古板、冷硬的外表下掩盖着同样鲜活、深刻的性别体验。这使得她们不仅走向了和解，更走向了认同；而奶奶身上衰老与死亡的临近则驱使“我”回归生命本身来审视人类。于是，共同的性别以及人性中恒常的一面成为渡河之舟，穿越时代的喧嚣，联结起了“我”与奶奶。

借由奶奶与“我”的故事，乔叶将目光投向了女性群体性的生命经验与代际传承，赋予作品一种女性“心灵小史”的意味，也预示了其自身从关注个体日常生活的“小内”，向关注群体精神生活的“大内”的转折（乔叶语）。（周文晓）

▶ 乔叶《最慢的是活着》拓展阅读

墙上的父亲（节选）

鲁　敏

二

1. 没有父亲的家庭，是被悬空了的，也更加纯粹和散漫。她们的衣服到处乱放，内衣随手搭在椅背上，夜间小解就在床头的痰盂解决。至于家中其他方面的消亡，一时难以说清，有哪些本该属于她们的东西，均成了陪葬品一并入土。有一个倒是确定的——母亲的端庄与柔弱，如同不合时宜的富贵病，即刻不治而愈。她泼辣地用牙齿含着铁钉，在冰箱上面找了块空墙，用锤子往里敲打，用以悬挂父亲的遗像。

十二岁的王蔷和八岁的王薇仰着头在下面看，看得脖子都酸了。觉得那墙真厚啊，母亲动作笨拙，力气用得不在地方，好像总也钉不进去。可等母亲真正钉好挂上，她们又觉得那墙是太单薄了，真的能那么一直把父亲挂下去吗？

母亲从椅子上跳下来，好像她本人也被什么敲过了一样，转眼之间，就粗了一圈。第二天，她就开始抛头了、露面了，用她的方式披荆斩棘，蜿蜒前进，争取她们利益的最大化。

她带着两个孩子坐到父亲厂里的工会办公室，什么也不说，只没声息地低头垂泪。依然浓密乌黑的发根处露出一小截雪白的脖子，叠得齐整的手绢在指头间绕来绕去。类似的场面工会主席见得多了，但母亲这种“无声处听惊雷”的法子，包括她脖子里的白、手绢的那种洁净端正，却见得不多。他坐近些，说着公家的话，抬起私人的手，抚过母亲背部的弧线：节哀顺变……这样，我替你争取争取，这两个孩子，十六岁之前，每学期补助两百块学费好吧？最多这个样子了，毕竟，他不是因工死亡……

瞧工会主席说得多么婉转，回避了父亲的死因。是啊，父亲的死因，人们假装不提，但事情就在那里待着，像巨大的不会吃人的兽，无声无息地蹲着，谁都一清二楚。

表面上，他死于一次车祸，深夜时分，匆匆走在光照不足的街头，与一辆汽车交叉而触……事后，人们在他的口袋里发现了两张蓝色电影票票根：最后一场夜场电影，刘晓庆主演的《神秘的大佛》。那么，另一个同行者是谁？有博闻强记的目击者、另一个夜场电影爱好者，以耳语的方式传道解惑：我好像见过他，跟一个长辫子的女的……

道听途说胜过法庭取证，不管有无其事，父亲对母亲可能存在的背叛在死后得以发掘和传播，这事件新鲜得像刚采摘下来的麝香，一暴露到空气中就散发出强烈的味道，人们闻得直打喷嚏：妈的，原来那家伙是在外面搞腐化，被撞死活该，还知识分子呢……也有些人喜欢那样谈论，带着了不起的悲悯：志不同道不合，难怪呀，听说他老婆很俗气的，没什么文化。嗨，也是场苦情戏！

母亲举止迟钝、沉默寡言，她可能被蒙住了，各种事情均超出了她的理解：他真的有那种事情？到了什么程度？这场交通事故，是他主动？还是汽车主动？

但母亲不会去追究的：两个孩子，照旧得往下过的日子，带着凄凉气息的小房子，这些都够母亲对付的了……但无论如何，父亲生前的一切情状就此都有了顺理成章的解释——他郁郁寡欢，总欲言又止，没有理由地迟迟夜归，神情复杂地远远瞧着两个女儿，或者突如其来地争抢着做些家务……

是宽宥还是痛恨，不重要，亦没意义。他的死亡像一个蹩脚的急刹车，右脚高高提起、狠狠踩下，却忘了同时控制离合器，好了，就此熄火，还翻了车，母亲、王蔷、王薇，整个家，全都被掀下来，一片狼藉。

这年，八岁的王薇还不懂事；但大上四岁的王蔷懂了，也装作不懂。每个懂事的人都明白：不谙世事，那才最好呢。

2. 在其后那么一两年里，三十七八岁的母亲似乎有了“人”的，用邻居们通俗的闲言碎语，叫有了“相好”。但到底是谁，说不好。他们是三个人，在不同的时段以不同的方式在家中露面。

其中一个，个子矮小，心灵手巧，是个电工，但凡家里装个插头，安装微风吊扇，收录机不转了，诸如此类，他便应需而到，背着工具包，爬上爬下。他揩公家的油，带来灯泡、电池、多用插头。他用电线缠出衣服架子，用废塑料板做成防潮垫，什么都不要花钱，收拾得十分漂亮。母亲略略翘起兰花指，送来擦汗的毛巾，毛巾用肥皂打过，味道好闻极了。接着母亲又亲手端来热茶，很烫，在母亲的注视下，他一小口一小口全部喝光。他偶尔会低声地跟母亲提到他自己的家，略有抱怨，大意是，乱得像个鸡窝，女人从不晓得收拾。而在这里，一切都这么高雅……是的，王蔷记得很清楚，那个矮小的男人，迟疑了一下，真诚地说出“高雅”这个高雅的词。

还有一个老而胖的，可能要比母亲大上很多。他喜欢在天黑之后出现，散步似的，手里总拎着东西：盐水板鸭，东北木耳，或一箱罐头莲藕汁。迎入客厅，他沉重的身躯陷在弹簧失灵的沙发里，额角微微出汗，母亲真诚而夸张地搓手：哎呀，怎么还带这许多东西！他阔气地摆摆手，表示不值一提：都是单位发的，单位发的。

这两个人里面，修理工倒是实用的——一个家里，总有着各样意想不到与电、铁、工具有关的各种故障，虽小，但突如其来，足以把日子弄得毛毛拉拉、百般不顺，每当此时，他超人般降临，不声不响地妙手回春，真恰如雪中送炭。而那老而胖的，送来的东西，勉强只能算是锦上添花，并且那“花”实在不怎么样——板鸭咸得惊人，吃一次总要喝许多水；莲藕汁味道古怪；木耳快要过期。

母亲对此感喟不已：他这是拿我们当什么呢……王薇却一个劲儿地替他说情，语气里带着与年龄不相称的世故：人家肯定是瞒着老婆送的，能拿出来、能扛到这里，就不错了。总比什么都没有的好。一边说着，她“吱吱”吮着莲藕汁。反正没人爱喝，现在，她把这些罐头统统堆在姐妹俩合睡的床下，像酒鬼那样，有事没事就摸出一听来在嘴边叼着。

还有第三个人——相对而言，王蔷稍稍中意这位：他身量高大，举止矫健，背影上乍一看，像极了个什么运动员，他大笑时嗓门响亮，好像每一块肌肉都在快活地发抖。他中意自己的男人味，总有意无意从敞开的领口、裸露的下肢来展现他浓厚的体毛。王蔷以为自己会嫌恶心，可是奇怪，她反会抓住一切的机会偷看那些弯曲黑亮的毛发，一闪而过的画面刺激极了……这是王蔷少女时代最色情的秘密。

她曾竭力回忆，在故去父亲的身上，有无相似的体征，但很难求证，父亲文雅、冷淡，似乎连胡子都很少……渺茫的回忆中，王蔷忽然意识到，关于父亲的记忆，没有性别，没有亲昵或撒娇，全然空荡荡，如同寸草不生的盐碱地。

这个强壮多毛的男人总号称他认识市教育局的什么李局长，将来王蔷王薇的升学，“不用烦，包在我身上……”但在他与母亲来往的两年里，王蔷已经升了初中，而王薇才上四年级。总之，这家伙除了给她们的客厅增加一些男性荷尔蒙之外，从没有帮上个什么真正的忙。有一次屋顶上掉下只蜘蛛，他竟然吓得原地直跳。母亲对他的态度忽冷忽热，高兴时也会放松地调侃两句，毕竟，他生得有点样子，又会说好听话儿逗人开心——女人总会需要些不实用的赏心悦目与花言巧语。

3. 自然，众人对母亲与男人们的关系说三道四，一切想当然耳，母亲被定位成一个标准的风流寡妇。他们抓住一切机会相互传播各人所“搜集”到的故事与片断……这种闲话一般都是在L形公寓的公用厨房里说，母亲若在，大家都撅着嘴专心拣菜或炒菜，母亲一走，话语便如鲜花怒放。

母亲深知这其中的玄妙，每当快要走到厨房门口，她会咳嗽或加重脚步……但王蔷姐妹并无经验，经常地，众人在厨房里谈得正热闹，王蔷或王薇，恰巧出现在门口，来煮鸡蛋或烧壶水——这个时候，尴尬的反倒是她们，好像不该在这错误的时间出现在错误的地点，甚至，她们感到，作为女儿，也因母亲而被“连坐”了，她们得面对一些很难对付的眼神与双关语，好像只要母亲如此那般，女儿必定也是有破绽的，不端的……

背地里，出于一种类似报复的情绪，母亲用一种活泼的心态，替那些邻居们取了活灵活现的绰号：个子矮小的叫“地刷子”，皮笑肉不笑的叫做“笑面虎”，胖得走样的叫做“坛子肉”，等等。然后，回到家中，关上门来，她会大声地用绰号嘲弄邻居们：“地刷子”吃过生蒜后的浓烈口臭、“笑面虎”又一次烧通了锅底、“坛子肉”的孩子偷吃猪油渣，等等——她妙语连珠，刻薄而幽默，似乎借此可以获得精神上的胜利。

唉，活着不就是如此，要么你对别人说三道四，要么别人对你说三道四。

（选自《钟山》2008年第1期）

【导读】

2008年，鲁敏发表中篇小说《墙上的父亲》。小说细节描写繁复饱满，心理刻画冷峻深入，语言口语化却非常考究，常能以贴切的比喻令人惊叹，营造出了一种精神层面的荒芜感与荒谬感，受到广泛好评。联系其散文创作可知，小说内容融合了不少作家少年时期的生活细节。借助这些细节，鲁敏不仅向读者展露了她的精神结构，且对这一结构进行了溯源，使得这一作品具有了元叙事的价值，可视为理解鲁敏创作的一把钥匙。

小说起笔于墙上父亲的遗照，收尾于大女儿王蔷与年长自己很多的老温的婚事。乍看之下，很像一部表现恋父情结的作品，鲁敏也确实颇费笔墨地描写了王蔷王薇二人各自的精神隐疾，并利用心理医生K的话点明她们在情感上的匮乏。但其所讲述的父女感情在相当程度上却是反弗洛伊德的。在王蔷的回忆中，父亲对妻女极其冷淡与疏离，仿佛一个孤独的灵魂被困于尘世，出轨、死亡对他而言是一种解脱，因此留给王蔷的印象只有隔阂感与无性别感。而当父亲“不体面”的死亡将这个家庭抛入物质匮乏与流言蜚语之中后，母亲与贫穷的艰难缠斗加剧了她们精神上的困境。因此可以说，王蔷与王薇是孤独地生活在一个充满窥探与非议的世界中，个体与外在环境的紧张贯穿了她们的成长历程。而也正是这种孤独与格格不入之感，使得王蔷在为被父亲抛弃而感到委屈、愤怒的同时，反而在精神上与父亲产生了联系，理解了父亲的逃离。所以于她而言，父亲既是“不幸之身，亦是冷酷之人”。

那么，鲁敏所要表达的是精神上对父亲的向往吗？小说中，王蔷将父亲照片的微缩照放在钱夹里随身携带，充当讲述身世传奇的功能性道具，并认为“她没有父亲，只有父亲的故事”。这个颇具隐喻性的情节，揭示了“父亲”在叙述中的符号意义。相当程度上，“父亲”与生理性别、伦理身份无关，而是承载着王蔷/鲁敏对自由与爱的想象。正如王蔷最终放弃了父亲的照片一样，纵观鲁敏近年的创作，特别是《铁血信鸽》《西天寺》《奔月》等作品，亦在逐渐脱去“父亲的故事”这一家庭伦理的外衣，袒露出其所真正关注的精神核心：现代个体与社会无从化解的矛盾以及由此而生的自由限度问题。（周文晓）

鲁敏《墙上的父亲》
拓展阅读

戏　　剧

女性戏剧创作简介

一直以来，女性戏剧较少受到关注。实际上这一领域同样产生了不少卓有成就的女作家。以下简要介绍古今女性的戏曲、话剧创作。

一

现知最早从事古典戏曲创作的女性是明万历年间的秦淮名妓马守真，她的传奇《三生传》写书生与妓女的三世情债，今仅残存佚曲二套。现存第一部女性创作的完整剧作是叶小纨的《鸳鸯梦》杂剧，该剧抒写女性之细腻心曲，用情沉痛悱恻，其写情的主旨、易装的形式和“下凡”的情节模式对后世女剧作家的创作多有启发。

明末清初这一时期虽然产生了多位女剧作家，如姜玉洁、林以宁、张蘩等，但她们各自创作的戏曲作品大多仅一两种，且佚失十分严重，影响相对有限。

不同于男性传奇、杂剧创作在清中叶之后的式微趋势，女性剧作家直至清乾嘉之后才绽放出最夺目的光彩。例如，乾嘉年间王筠的《繁华梦》和《全福记》是少见的古代妇女的长篇剧作，吴兰征是最早将《红楼梦》改编成戏曲的作家之一；她的《绛蘅秋》可视作早期闺阁红学的重要组成部分，对于研究清代女性对《红楼梦》的接受颇具价值；清道咸时期，女词人吴藻的杂剧《乔影》（一名《饮酒读骚图曲》）曾传遍大江南北。

清光绪年间，刘氏（古越嬴宗季女）以传统戏剧形式表达女性对政治时事的关怀，她因最早将女侠秋瑾的事迹搬上舞台而广受关注。此外，尤为可称者，江苏才媛刘清韵一人作剧24种（现存12种），其作品数量之多、涉猎内容之广堪称明清女剧作家之最。

延至晚清、民国之交，在各种新旧力量激烈交汇的文艺领域，仍有陈小翠钟情传统戏剧样式，以传奇和杂剧创作表达个人在急遽变化的社会现实中对这一转折时代的特殊感受和思索，可以视作明清妇女戏曲创作之尾声。（邓丹）

二

民国时期，中国传统戏曲面临重大的社会变革和审美变迁的冲击，一些接受西式教育的知识女性主要参与的是从西方舶来的现代戏剧类型——话剧的创作。直至20世纪50年代，现代戏曲的女剧作家方始涌现。

第一代现代戏曲女剧作家以安娥、金素秋、周正行和宗华为代表。她们在传统戏曲改编和新戏创作两个领域努力耕耘，开拓进取，留下许多经典的保留剧目。创作上，她们注重在传统艺术韵味的基础上融入现代文化意识，既尊重戏曲原生的民间趣味，又努力赋予其现代品格，推动传统地方戏向现代戏曲转换。

第二代现代戏曲女剧作家的杰出代表是出生于20世纪30年代的徐棻、吴兆芬。作为80年代以来活跃于戏坛的专业剧作家，她们的剧作关注作为个体的“人”的生存境遇，挖掘被历史和文化规约遮蔽的人性的复杂性和多面性，体现出鲜明的时代人文精神的诉求。同时，与戏曲内涵的转向相适应，她们在艺术表现上也进行了大胆的探索和创新，以现代戏剧思维重构情节结构。例如，以精巧自然的结构推动戏剧冲突的内在转向，以意识流手法构筑与现实时空交错的心理空间，在不断地自我悖反中推动戏剧情境等，体现了锐意进取的创作意识。女作家在思想内涵与构剧形态上的协同创新，体现了戏曲艺术面向现代的整体性跨越。

第三代现代戏曲女剧作家以孙月霞、王秀侠和李莉为代表。她们注重向传统戏曲和民间文化学习，更多地从传统题材和丰富的地域民情风俗中汲取营养，曲词典雅优美，融入了古典情韵，折映着中华传统艺术的光辉。（潘超青）

三

中国现代女性话剧创作可追溯到1918年。陈衡哲的独幕新剧《老夫妻》发表于《新青年》第5卷第4号，它比中国话剧史上公认的第一个正式发表的现代剧本胡适的《终身大事》（《新青年》1919年3月第6卷第3期）更早。

在20世纪20年代西风东渐的进程中，白薇成为第一个大量从事戏剧创作的女剧作家。她的代表作是三幕诗剧《琳丽》、三幕四场话剧《打出幽灵塔》。其他几位比较知名的女作家中，濮舜卿此期出版了戏剧集《人间的乐园》，有意识地在剧中提倡女权主义；袁昌英根据古诗《孔雀东南飞》中的故事，改编创作了同名剧作；苏雪林则以唯美主义剧作《鸠那罗的眼睛》闻名。

20世纪30年代至40年代末，在战争环境中，女性话剧呈多元化态势。在江西苏区、西北延安以及后来的解放区，从事话剧创作的有李伯钊、莫耶、颜一烟、丁玲、陈波儿等女作者。在上海，杨绛的两部喜剧《称心如意》《弄真成假》最为著名。此外以戏剧创作著称的还有赵清阁、李曼瑰、沈蔚德、赵慧深。其中李曼瑰于1949年6月赴台，为台湾的话剧事业作出了重要贡献。

50年代至70年代中后期，出自女作家之手的名剧有蓝光的《最后一幕》《姐妹俩》、杨舒慧的《黄花岭》以及王蓓的《杜十娘》等。这一时期，不少女剧作家以创作儿童剧为主，例如柯岩、罗英、熊塞声、风眠、葛翠林和安利。70年代末至80年代末，优秀女剧作者纷纷涌现。颜海平的《秦王李世民》、白峰溪的《女性三部曲》、霍达的《秦皇父子》、沈虹光的《寻找山泉》、李婴宁（北婴）的《捉刀人》、许雁的《裂变》、张明媛的《野草》、何冀平的《天下第一楼》、徐频莉的《芸香》，以及台湾张晓风的《武陵人》《自烹》等，道古论今，风格各异，名动一时。

20世纪90年代至21世纪第一个十年，话剧演出逐渐市场化之际，写实主义、小剧场、商业与主旋律话剧并行，从东北到西南各大剧院剧团以及部队军营，女剧作者佳作层出。例如，张莉莉的《绿色营地的女儿们》、燕燕的《女兵连来了个男家属》、郑天玮的《古玩》、沈虹光的《同船过渡》《临时病房》、何冀平的《德龄与慈禧》《甲子园》、田沁鑫的以《生死场》为代表的多部改编话剧、王海鸰的《洗礼》、廖一梅的《恋爱的犀牛》《琥珀》、张明媛的《风刮卜奎》、万方的《有一种毒药》等。此外，香港的陈尹莹，台湾的汪其楣、周慧玲、王安祈，均是此期杰出的女戏剧人。

中国女性戏剧创作的历史，是女作家采用戏剧的方式传达生活感受，表现女性体验、情感思绪以及社会认知的历史。毫无疑问，中华戏剧艺术的瑰宝中融入了她们的生命智慧和心血。（苏琼）

鸳鸯梦（节选）

〔明〕叶小纨

（正名）三仙子吟赏凤凰台
吕真人点破鸳鸯梦

（西王母引队开上）（云）阆苑仙家白锦袍，海中银阙宴蟠桃。三更月下鸾声远，万里峰头玉树遥。子童乃西王母是也。前者因蟠桃会返，群仙邀游林屋洞天，其时有子童侍女文琴、上元夫人侍女飞玖、碧霞元君侍女茝香，三人偶语相得，松柏绾丝，结为兄弟，指笠泽为盟。虽非同世俗因缘，未免凡心少动。湖神报来，子童遂谪罚三人降生松陵地方，汾水湖滨，以信指水之誓，使他见人寰中离合聚散、悲欢愁恨，有同梦幻泡影。那时子童先将文琴、飞玖摄归瑶京，然后使吕纯阳指点茝香，使恍知前果，不昧本因，使三仙子齐归正道，不负子童一片化导之心也。纯阳须在意勿惮劳者。（吕应云）贫道既领仙旨，索往下方走一遭者。（齐下）

楔　子

（末上）小生姓蕙，名百芳，字茝香，祖贯松陵人氏。幼习儒业，博览群书，奈年已弱冠，功名未遂。雅慕神仙，志希出世，人间一种龌龊富贵，何有于我哉？家住太湖泽畔，门临漪碧，白鸥往来，尽可读书适志。只是人生须得同心好友，上下千古，杯酒论文，庶可以消胸中块垒（编者注：“块垒”原文作“傀儡”）。这几日索居寡伴，情绪无聊，把杯看剑，俱少意味。正是：不如意（编者注：“意”字原脱，今据文意补）事常十八九，可语人无一二三。须索向南窗盹睡一回，与羲皇上人游也。（做睡介）（梦中起行介）呀，前面高台巃嵸，境界异常，小生须索登临咱。（上介）你看台下一池，池中莲花盛开，红妆映日，翠盖擎风。你看那莲中有一朵并蒂者，十分艳冶光辉，更是可爱也！

【仙吕·赏花时】这莲呵，须不是太一飘来海外风，也不是玉女愁窥华井容。你看他相倚笑绿波中。奇怪也，你看莲花池畔，有鸳鸯一双，游戏于莲蕊之间，多少和鸣相得！（内作风起介）呀，一阵狂风将并头莲吹折下来，惊得那两两鸳鸯冲天飞去，只有断红零叶，浮飘碧沼之中，好是凄凉人也！似霓裳仙从，扑剌剌惊散下广寒宫。

（做醒介）此梦好是奇异也！日色卓午，四顾寂寥，小生须索信步行吟，游咏一番也。（行介）呀，前面果有高台一座，登临景色，恍与梦中相似。你看台上标题着“凤凰台”三字，古人豪吟雄句，端的是名胜之所。只是孤游无兴，如何得一二良友临风快谈也？（望介）有二人携手而来，容貌衣服，仙仙霞举，定是异人！（迎介）（昭、琼同上）（昭云）有酒日为乐，无官百不忧。饶他封万户，输我醉乡侯。小生昭綦成是也。（琼云）天才磊落自髫年，斗酒淋漓诗百篇。潇洒临风称玉树，疏狂玩世慕青莲。小生琼龙雕是也。（蕙见介）二位兄长，小生蕙百芳，祗候久矣。（昭、琼云）我二人以诗酒为生，风月为侣，誓不与俗人作缘。今遇子半面无交，倾盖如故，气宇丰神，大是可儿，可儿。我今快友，可得子为三矣。（蕙云）承两兄不弃，愿结为兄弟，乐道倡酬，笑傲于天壤之间，岂不快乎！（昭云）綦成，字文琴，年二十三岁。（琼云）龙雕，字飞玖，年十七岁。（蕙云）百芳，字茝香，年二十岁。如此合拜文琴为兄，飞玖为弟，小生忝居其次矣。（拜介）今日胜地良朋，苦无斗酒。明日中秋佳节，小弟当具杯酒，游高台，琴兄、玖弟幸勿爽约。想人生聚散，好是难期也！

【么篇】喜的是两兄呵，鹤背黄云向天外逢，怕的是雁影红林，可兀那别恨重。山水如有待，佳辰良在兹，觑了这台四列玉芙蓉。小生早间得一梦，见奇花异鸟，醒而起游，遂遇两兄，良非偶也。莫认做仙源春梦。明日两兄早来，期再续这武陵踪。（同下）

第一出

（末上）小生蕙百芳，得遇文琴、飞玖兄弟，洵是千古异人。今日相约游赏凤凰台，小生索先往，此时如何还未见到？正是：风飘黄叶下，疑是故人来。（昭、琼上）（云）昨日相约茝香同到凤凰台玩月，须索走一遭也。（见介）（末云）大哥、三弟真信人也。小弟已备下蔬酒，与哥哥、兄弟高台之上，把酒一问青天如何？（昭、琼云）甚妙。（把酒介）（末云）小弟闲口闲话，想我辈负此才具，不得一显当世，那多少蛙鸣雀噪的，畅好是冷人齿颊也。

【仙吕·点绛唇】数载漂蓬，暮吟朝诵，空磨弄。壮志如虹，命蹇才无用。

（琼云）哥哥，你看彩云飞尽，明月将升，是好秋景也。（末举杯云）哥哥，兄弟对此秋光，开怀畅饮咱。

【混江龙】村醪相奉，笑谈今古月明中。只见那彩云飞画阁，清露滴芳丛。声唧唧惊栖宿鸟，絮叨叨催织寒蛩。今夜连朋共友，对月临风。哥哥，兄弟胡乱饮几杯者，都是些山蔬野菜，那里有炮凤烹龙？只有那磁瓯色淡，那里讨琥珀光红？看扶疏桂影，寂寞秋容，露迷堤柳，霜剪江枫。猛然间愁怀顿起，酒兴偏浓。哥哥，我想半生遭际，真堪叹也！抵多少贾谊远窜，李广难封。可怜英雄拨尽冷炉灰，休休！男儿死守酸虀瓮。枉相思留名麟阁，飞步蟾宫。

（昭云）今夜天晴月朗，把酒临风，是如此欢饮者，更有几人？大家开怀，莫生惆怅。古语有云：“万事不如杯在手，人生几见月当头？”（末）

【油葫芦】此时呵，少妇红楼午夜空，伴嫦娥愁万重，天涯游子未归骢。怨杀那啼螀四壁声相哄，便金樽倾倒和谁共？静悄悄倚栏干听暮钟，冷清清对银缸形影弄。霎时间一片砧声动，准备着修尺素，待征鸿。

【天下乐】又有那旅客家乡信不通，孤蓬睡眼瞢，助凄凉月色如水溶。是书生未遇时，伴孤灯一点红，谁如这啸台高耸？

（昭云）今日登临，本拟散愁，翻多感慨。偶因兴至，乱道几句，幸两弟勿哂。（蕙、琼云）愿洗耳拱听。（昭诗云）登临怀木落，望月想清辉。自谓终丘壑，无缘附帝畿。志同虹贯日，泪与雨俱霏。常恐年岁晚，蹉跎何所归？（蕙云）昭兄真高才也。（昭云）今宵此景，岂可无诗？两弟倚马之才，岂无佳作？休得吝教。（蕙诗云）台迥烟云接，萧疏木叶干。月明山色翠，人寂水声寒。为惜秋代序，空惊日跳丸。可怜临此地，几度泪珠弹。（琼诗云）奇峰插天外，欲涉险难过。地僻行人少，山空古木多。浩歌云没岫，长啸水翻波。慷慨向谁说？西风吹鬓皤。（蕙云）我辈饮酒闲谈，不觉月已西沉也。（琼云）明朝一别，后晤何时？哥哥几时进取功名，俺们相约同行，以为何如？（昭云）男子汉岂不以功名为念？夫致身天衢，而争光日月，亦大丈夫所为。怎奈豺狼当道，志士难施，不如埋踪泉石之为高也。两贤弟以为何如？（末）哥哥，只“功名”两字，好是险也。你待要致身天衢，小弟举几个古人比喻咱。

【那吒令】你羡那上天的邓通，须挣下打方圆的孔兄。（昭云）茫茫宇宙，岂少知音？（末）待觅知音的蔡邕，先做了烂尾额的爨桐。（琼云）古人若终军弃繻，宁无早发的也？（末）待学弃繻的幼童，只如今函谷关将丸泥久封。（琼云）哥哥，目今秋风桂子，正是雕鹗高骞之日也。（末）只渭水波，秋风动，干梦断了非熊。

（琼云）哥哥，若论起世道，真个荆棘铜驼，煞多感慨也！（末）

【鹊踏枝】几遍欲问苍穹，未语价气填胸。满腹经纶，争奈荆棘成丛！谁敢指北极半天蝃蝀，只落得洒西风两袖龙钟。

（昭云）只盖世里“利名”两字，干老了多少人也！（末）

【寄生草】看了些闹获铎，天也则是打冬烘。抵多少，英雄火里消冰冻，繁华草上翻春梦。枉了蠹鱼简内将人送。从今后休题他腌臜两字浪功名。（昭云）大丈夫得志食于钟鼎，不得志隐于山林。（末）我呵，山林钟鼎多无用。

（昭云）光阴易过，圣世难逢。自古道有道则见，无道则隐。到不如潜形林壑之间，寄迹水云之畔，钓游鳞，弋飞鸟，遇冬成岁，花发知春，岂不美哉！（末）

【么】从今后驯麋鹿，靠古松，收拾起心猿意马，离尘冗。受用的山风飒飒泉声送，茶烟袅袅图书供。晚来红日满柴扉，闲时自把黄庭诵。

（末）我想高隐之人，有多少好处也！（昭云）贤弟试说咱。（末）

【后庭花】喜青山处处逢，望丹崖倚瘦筇。惯寻他西岭呼猿洞，谁待听东华朝马钟？每日价送孤鸿，琴心三弄。有时节泛扁舟访钓翁，上危楼眺远峰，和新诗寄碧筩，懒抬头中酒慵，看今日秋，瞥眼冬。兀良吴江上吊落枫，又早灞陵桥梅雪浓。

【柳叶儿】叹人生似醯鸡舞瓮，看光阴似坠露飞蓬，向史书上打算生涯冗。（琼云）看来人生穷通富贵，皆由时也命也。（末）一个咽李的悲陈仲，一个钻核的笑王戎。（琼云）古人云：使我有身后名，不如生前一杯酒。（末）算不如美酒千钟。

（昭、琼云）我三人若有名山佳地，誓同一处，切勿世情相绊者。（末云）我们立志颇坚，岂有相背之事乎？

【煞尾】交情比管鲍深，高让与夷齐共，再不去涉红尘怖恐。今日高台上说尽兴亡，落日拥，抵多少吊前朝晋代吴宫。问天公搔首青空，我三人呵，谁让当年白也风？看冲星剑雄，叫云笛弄，听一声长啸五湖东。（同下）

（选自〔明〕叶天寥纂辑：《午梦堂全集》，贝叶山房张氏藏版）

【导读】

叶小纨的《鸳鸯梦》杂剧是现存明代唯一一部完整的妇女剧作，凡四折加一楔子。崇祯五年（1632），小纨之妹叶小鸾于临嫁前七日患奇病身亡，年仅十七，已出嫁的大姊叶纨纨赶回哭妹，竟因悲恸过度而亡。小纨于两月间骤失姊妹，经历了人生中最为惨痛的变故，故作此剧伤悼姊妹。

《鸳鸯梦》演三位由仙界女子降生为男的结义兄弟昭綦成、蕙百芳、琼龙雕的生死之谊，其中蕙百芳为小纨自况，昭綦成、琼龙雕分别与纨纨、小鸾有明显的对应关系：三角色的姓氏皆取自三姊妹表字的第一个字；昭綦成因哭悼琼龙雕而逝，与叶父绍袁《祭长女昭齐文》所记纨纨死因并无二致。关于姊妹三人生平志趣的描写也可从各人诗文及至亲祭文中觅得端倪。第一出写结拜后的兄弟三人饮酒赋诗，评古论今，多有对世道不平、才人不遇的牢骚和感慨，昭綦成于是有埋踪泉石的倡议，蕙、琼同样有此之志，故三人立下“山林之约”，这一共同的理想和志向在剧中是将兄弟三人牢牢团结在一起的思想、情感基础。在旧传统社会中，生活于深闺之中的小纨姊妹根本没有“仕”的机会，杂剧中“山隐”愿望的表达更多地被认为是一种男性意识的话语体现，是戏拟的代言而非作者之本意。但叶父《祭长女昭齐文》透露出姊妹三人于现实生活中亦曾立有归林之约，与《鸳鸯梦》杂剧所述正同。剧末，蕙百芳在昭綦成、琼龙雕亡后，于悲痛之余外出访道求真，经吕纯阳点化得以解脱，复与琼、昭相聚，这一情节安排昭示小纨创作此剧有着弥补心中缺憾之意，而与马致远以来多取材于历史传说和神仙故事的元明曲坛流行的神仙道化剧比较，《鸳鸯梦》在细节的真实性和生活化方面的特征更为明显。

《鸳鸯梦》取材于作者家事，重在抒写作者对具体生活事件的真实情感，这种自传性的构思方式和写作特点，在明清妇女戏曲史乃至

整个中国戏曲史上都具有创新意义，并对清代妇女剧作家的戏曲创作产生了深远的影响。（邓丹）

▶ 叶小纨《鸳鸯梦》拓展阅读

绛蘅秋（节选）

〔清〕吴兰征

情原

（杂扮仙童八人，持云片，用白绫上绣龙逸、凤起、熊厉、虎战、鸾翔、凤翥、鸿惊、鹤奋字样，合上唱）

【仙吕·点绛唇】叆叇飞旗，白云深处丹青起。门外天涯，人世红尘几？

【混江龙】向仙车遥指轻翔，缥缈并芬菲。玉金呵仰视，锦绣呵私揣，少甚么猛士飞扬加海内。更有那仙人悠远奏瑶池，青天几见乐家姿？西方更有那贤人里，凭你这无端遮盖，人世离奇。

吾等警幻宫中仙使是也。名列帝乡，职司仙驭。今夕王母邀仙子同宴，说不尽云芝瑶笋，麟脯羊珠。你看祥云一片，冉冉而来，想警幻归来也。不免上前迎接者。

【油葫芦】贝阙三千何处是？云气幻之。而覆芝房、翻玉局、凑仙骑，袖惹碧霄低，珮衬天香细。河深鹊自填，浪阔龙须俟。你看许多仙子也。（众向鬼门迎介。场上设假树一株，假山石两旁。旦扮仙子，引仙姬四人，一捧炉，一持剑，二人打羽扇上。合唱）不用那兰香捧带随，飞燕将裙旋，则见那天风遥送珮参差，一向清都紫。

（众云使与仙姬侍立，仙子唱）

【寄生草】人向云中醉，烟从天外起。（四姬绕场合唱）你看那太虚一境黄庭洗，情司几处丹房倚，金钗数直红楼靡。（指石头介）这边是空灵一点三生寄，（指树介）那边是娇羞一朵相思密。（速绕介）极目仙宫，青岛初归。（场上潜将树石移去，小旦扮林黛玉，小生扮贾宝玉暗上，迎警幻入介。众云使下，四姬侍立，仙子唱）瑶房流液，玉宇含滋，呵，散罢归来碧藕丝。盼天宫，恁咫尺，抵多少柏子松脂，伴广寒人独倚。

俺乃太虚幻境警幻仙子是也。脱去红尘，身离苦海，超来碧落，职掌情关。眼前之春月秋花，须臾一瞬；世上之恩山义海，关系三生。俺想情之为义，忠孝廉节，百折不回，寂寞虚无，一览而尽。情裁以义，圣哲所以为儒；情化于忘，空幻斯之谓佛。我仙人调停中立，毋过量，毋不及量。先后同揆，以此始，必以此终。（叹介）太本于虚，何由入幻？幻而能警，遂以名仙。你只看这绛珠，本系一种仙葩，被这茫茫大士、渺渺真人送来青峰梗下的一块灵石头，朝夕浇培，由虚入灵，由灵入幻，竟出落得一种绝世仙姿，是好一对人呵。（瞧科）众仙姬，正好贺他二人，作一回天魔舞者。（众）领仙旨！（四姬舞介唱）

【　　】（编者注：曲牌名原脱）问两人心事谁知？一个是修眉仙史，一个是修文种子。不学那胡麻魏氏，无端的劳他玉女弹丝；玉洞的桃花差是，蓝桥的琼玉堪期。（歇舞仍向前立介）还只怕兰香下嫁，红泪参差，广寒深锁，桂府凄其。

（黛玉、宝玉点头落泪介。旦）绛儿、玉儿！看你默会斯言，情种已兆，则人世注定之离合悲欢，也须历尽也。珠儿心事若何？试说与俺听者。（小旦唱）仙师呵！

【　　】（编者注：曲牌名原脱）缕缕荷丝，丝丝难杀，消受呵谁？芳心自问，痴人不在天涯？（旦）倘有差池奈何？（小旦）我只是冷月梨花莫染泥，夜雨潇湘不画眉。（小生拭泪介。合唱）可也是了一生心意，衰柳长堤。

（旦）玉儿若何？（小生唱）

【前腔】一脉情痴，不信伯劳飞燕东西。慈悲天上，那辜负滋味相思。（旦）倘不如意奈何？（生）我也是抱柱心期只自知，惜玉衷情不少移。（小旦哭介。众合唱）可也是拚半生孤另，不换秋期。

（众仙姬落泪介。旦叹介）两人心事，已兆悲谶。（背介）他那知金玉姻缘，前生已定。但这一对儿红豆秋思，已足千古。珠儿、玉儿，此中岂有汝缘分耶？好随我入幻来！众仙姬，回宫者！（众行。旦）

【尾声】只说道仙人宫里勾了相思，却不道珠

和玉恁的跷蹊。（合唱）从今后将一座警幻宫，定要倩你个双双泪花洗。（同下）

（选自阿英编：《红楼梦戏曲集》上册，中华书局 1978 年版）

【导读】

乾隆末年，120 回的程高本《红楼梦》甫一出现，即引发了红楼戏创作的热潮。因对他人改编的红楼戏不甚满意，同时也为自抒情怀，吴兰征于嘉庆十年（1805）冬开始创作传奇《绛蘅秋》，惜仅撰成二十余出，未终稿而卒，后其夫俞用济补作二出一并刊刻，为阿英所编的《红楼梦戏曲集》收录。

《绛蘅秋》侧重表现宝玉、黛玉、宝钗三人的情感纠葛。《情原》演警幻仙子为黛玉、宝玉的前身讲述二人之因缘，作者借警幻仙子之口，发表了一段关于情的议论，从中可见吴兰征对情的认识带有更多理性色彩，她所理想的情，并不是汤显祖笔下那种不可遏制的、可以超越生死的情，而是一种“适量”（“毋过量，毋不及量”）的、与儒家之理相融的雅正之情。这种试图在情与理之间寻求某种折中和融通的努力倾向，与曹雪芹所描写的建立在共同志趣、爱好基础之上，超出了家族利益和封建伦理规范，具有叛逆色彩的情相比，其进步性显然不及，体现着吴兰征深受传统观念影响的一面。木石前盟之被金玉姻缘替代，是《绛蘅秋》第一出中已预示的悲剧结局，“但这一对儿红豆秋思，已足千古”，可以因情真而不朽，足见吴兰征对至真之情的颂扬。吴兰征在改写红楼故事时虽一再强调情与理、礼的和谐，但在各种理性话语的背后，她将大量自身的情感体验融入剧中，以“慷慨淋漓、声泪交迸”（万荣恩《吴香倩夫人〈绛蘅秋传奇〉叙》）之笔来抒写至真之情，使《绛蘅秋》真正成为一部写情寄恨之作。

作为《红楼梦》的女性读者和红楼戏的女性作者，吴兰征对原著中的女性情感体验和悲剧命运有着特殊的关注，既将黛玉的心理情感描绘得细腻动人，也写出了宝钗与黛玉“境遇不同、伤心则一”（《寄吟》中黛玉语）的惺惺相惜之情，较之其他红楼戏对宝钗简单化、脸谱化的描写，《绛蘅秋》中的宝钗形象显然更为真实、丰满。《绛蘅秋》对曹雪芹原著中大量诗意篇章的采录和化用，也加强了《绛蘅秋》的诗剧气质。（邓丹）

▶ 吴兰征《绛蘅秋》拓展阅读

乔　影

〔清〕吴藻

（小生巾服上）

【北新水令】疏花一树护书巢，镇安排笔床茶灶。随身携玉斝，称体换青袍。裙屐丰标，羞把那蛾眉扫。

（坐介）百炼钢成绕指柔，男儿壮志女儿愁。今朝并入伤心曲，一洗人间粉黛羞。我谢絮才，生长闺门，性耽书史；自惭巾帼，不爱铅华。敢夸紫石镌文，却喜黄衫说剑。若论襟怀可放，何殊绝云表之飞鹏？无奈身世不谐，竟似闭樊笼之病鹤。咳！这也是束缚形骸，只索自悲自叹罢了。但是仔细想来，幻化由天，主持在我，因此日前描成小影一幅，改作男儿衣履，名为《饮酒读骚图》。敢云绝代之佳人，窃诩风流之名士。今日易换闺装，偶到书斋玩阅一番，借消愤懑。（立起，走场角介）

【南步步娇】优孟衣冠凭颠倒，出意翻新巧。闲愁借酒浇，侠气豪情问谁知道？（袖出书介）肘后系《离骚》，更红兰簇簇当阶绕。

（场上先挂画，摆桌椅，放酒杯桌上介）（小生看画介）你看玉树临风，明珠在侧，修眉长爪，乌帽青衫，画得好洒落也！

【北折桂令】你道女书生直甚无聊，赤紧的幻影空花，也算福分当消。恁狂奴样子新描，真个是命如纸薄，再休题心比天高。似这放形骸笼头侧帽，煞强如倦妆梳约体轻绡。为甚粉悴香憔，病永愁饶？只怕画儿中一盏红霞，抵不得镜儿中朝夕红潮。

（饮酒介）昔李青莲诗云：花间一壶酒，独酌无相亲。举杯邀明月，对影成三人。这等看起来，这画上人儿，怕不是我谢絮才第一知己？（走过右边看介）

【南江儿水】细认翩翩态，生成别样娇。你风流貌比莲花好，怕凄凉人被桃花笑，怎不淹煎命似梨花小！絮才，絮才，重把画图痴叫，秀格如卿，除我更谁同调？

啐！想我眼空当世，志轶尘凡，高情不逐梨花，奇气可吞云梦。何必顾影喃喃，作此憨态！且把我平生意气，摹想一番。（立中场做介）

【北雁儿落带得胜令】我待趁烟波泛画桡，我待御天风游蓬岛；我待拨铜琶向江上歌，我待看青萍在灯前啸。呀！我待拂长虹入海钓金鳌，我待吸长鲸贳酒解金貂；我待理朱弦作幽兰操，我待着宫袍把水月捞。我待吹箫，比子晋还年少；我待题糕，笑刘郎空自豪，笑刘郎空自豪。

咳！一派荒唐，真是痴人说梦。知我者尚怜标格清狂，不知我者反谓生涯怪诞。怎知我一种牢骚愤懑之情，是从性天中带来的哟！（泪介）

【南侥侥令】平生矜傲骨，宿世种愁苗。休怪我咄咄书空如殷浩，无非对旁人作解嘲，对旁人作解嘲。

似这等开樽把卷，颇可消愁。怎生再得几个舞袖歌喉，风裙月扇，岂不更是文人韵事！

【北收江南】呀！只少个伴添香红袖呵，相对坐春宵。少不得忍寒半臂一齐抛，定忘却黛螺十斛旧曾调。把乌阑细抄，更红牙漫敲，才显得美人名士最魂销。

（大笑介）快哉！浮一大白！（饮酒介，看书介）我想灵均千古一人，后世谅无人可继。若像这憔悴江潭，行吟泽畔，我谢絮才此时与他也差不多儿。

【南园林好】制荷衣香飘粉飘，望湘江山遥水遥。把一卷骚经吟到，搔首问，碧天寥，搔首问，碧天寥。

（痛哭介）我想灵均，神归天上，名落人间，更有个招魂弟子，泪洒江南，只这死后的风光，可也不小！我谢絮才将来湮没无闻，这点小魂灵飘飘渺渺，究不知作何光景？

【北沽美酒带太平令】黯吟魂若个招，黯吟魂若个招？神欲往，梦空劳。古人有生祭者，有自挽者，我今日里呵，纸上春风有下梢，歌楚些，酌松醪。能几度夕阳芳草，禁多少月残风晓？题不尽断肠词稿，又添上伤心图照。俺呵，收拾起金翘翠翘，整备着诗瓢酒瓢，呀！向花前把影儿频吊。（收画介）

【清江引】黄鸡白日催年老，蝶梦何时觉？长依卷里人，永作迦陵鸟，分不出影和形同化了。

（选自郑振铎辑：《清人杂剧二集》，道光五年莱山吴载功刊本）

【导读】

《乔影》为一折短剧，又称《饮酒读骚图曲》。该剧只有一个人物，既无故事，也无穿插，与抒情诗接近。主人公独自饮酒、对画诉情的情节安排显然是受到清初廖燕杂剧《醉画图》的影响，但《乔影》所表达的情感和思想内容无疑带有吴藻本人浓重的思想印迹。和其他明清才女一样，吴藻嗟叹命运之不济，把怨恨指向性别的差异。她不甘心命运的安排，要做自己的主宰，于是立于舞台中央，一手执《离骚》，一手持酒杯，独自面对观众，畅想平生意气。一曲【北雁儿落带得胜令】借用历史上诸多奇人异事的想象和传说，表达作者对一种极致的自由的向往，可见吴藻的志愿并非少数女作家心目中的男儿梦，也不是传统女性文学中的美满婚姻，而是人格的全面解放和天性的自由发展。一连十个“我待……”句法排比的曲词，令人物的思绪如狂风骤雨般汹涌喷发，与此相对应的，正是作者反抗束缚、发展个性、追求理想的坚决态度。

在《乔影》中，吴藻对屈原有一种认同感，她画“饮酒读骚图”，谢絮才“肘后系《离骚》”出场，并非仅仅出于对名士风流的追慕之情，更因《离骚》中的牢骚愤懑之情引起了她强烈的精神共鸣。屈原经历了“信而见疑，忠而被谤”（《史记·屈原贾生列传》）的现实逆境，但吴藻说：“怎知我一种牢骚愤懑之情，是从天性中带来的哟！”她的牢骚愤懑并非针对一人一事，因具体生活事件而生发，而暗含对施诸女性的所有束缚的沉痛感受，这种感受给吴藻带来的精神苦闷也是持久难灭的。尽管吴藻一度将自己的不得解脱等同于屈原的行吟江畔（“像这憔悴江潭，行吟泽畔，我谢絮才此时与他也差不多”），但她还进一步认识到即使作为士大夫，要想充分施展才能、抱负，要得到精神上的自由解放，在现实生活中也是不可能的，连屈原也只能“憔悴江潭，行吟泽畔”，落得个自沉的下场，可知人世间的幸与不幸、荣达与冷落本是这样的不公。吴藻从一己之悲苦转而审视社会全体成员的命运，将男女置于同病相怜的地位，揭示出全体社会成员的个性遭到压抑的严峻现实，其作品的思想价值和意义较之其他妇女的文学作品显然要深刻、丰富得多。

《乔影》剧末，吴藻通过对屈原声名的观照，透露了自己文名传世的欲望及由此引发的焦虑，但是，在她承受着性别不公和个性受抑双重压迫的残酷现实中，终究是无出路可寻的，只有为自己生祭、吊挽，令绝望的心灵寻得一个安顿。吴藻晚年无奈而自觉地走上奉道之路，与她一生对于女性存在、人的存在的痛苦和绝望的体验之深重是分不开的。（邓丹）

▶ 吴藻《乔影》
拓展阅读

梨花梦（节选）

〔清〕何佩珠

卷五　仙　　会

（场上设绣帏、锦幔、石几、盆花）（小生巾服暗上，坐介）

【北新水令】梨花一簇护幽轩，惯周旋，胆瓶眉砚。乌纱笼粉额，紫绮称香肩。（起行介）玉树风前，谁认得神仙眷？

鹤氅轻寒力不支，通眉长爪细腰肢。他生要作奇男子，憔悴幽闺小女儿。我兰仙为何道此？咳！想我襟怀磊落，本绝云表之飞鹏，其奈身世不谐，似闭樊笼之病鹤。形骸束缚，只索罢休。就是富贵荣华，亦不过空花幻影。但我这一腔热血，总不易消哟！

【南步步娇】尘世繁华皆虚幻，转觉黄金贱。心澄璧月坚，侠气豪情，并刀难剪。吐向碧云天，化长虹万丈当空焰。

咳！想我平生知己，再无逾梦里仙娥。

【北折桂令】最忆步芳丛，可意婵娟。掩映着翠袖云衣，越觉素影翩跹。甚天风漾下飞仙？真个是神寒骨重。却何尝鬓乱钗偏？似这证同心，拈花笑恋，煞强如效齐眉，孽债冤牵。为甚粉褪脂蔫，病怯愁淹？只怕梦儿中一幅红绡，写不尽腹儿中无限红绵。

（作倦态入帏卧介）（生巾服，扮梦中兰仙上）呀！好天色也！一路行来，你看万壑千崖，琪花瑶草，鹤鹿成群，鸾凰作队，一派仙景。

【南江儿水】忽到瑯嬛地，分明别有天。见青峰细叠莲花艳，听香泉流出桃花片，更喜悬崖倒挂藤花颤。兰仙，兰仙！难得有此妙境置你，重把慧眸轻展，似此仙山，除我问谁堪占？

待我登绝顶，将平生意气摹想一番。（立中场做介）

【北雁儿落带得胜令】我待跨青鸾上玉天，我待驾金鳌游蓬苑；我待弄瑶笙向鹤背吹，我待拔吴钩作霜花炫。呀！我待拂宫袍入海捉冰蟾，我待倚银槎直到女牛边；我待理朱琴作幽兰怨，我待着戎衣把黛笔捐。我待参禅，比玉局尤豪迈；我待游仙，笑秦皇空自怜，笑秦皇空自怜。

咳！说来似觉荒唐，细味无非愤懑。清癯标格，何妨自赏孤芳？冷淡生涯，一任人嗤怪诞。山温水软，权为裙屐风流；柳暗花明，岂碍冠裳颠倒！你看那边有两仙姝来了，且听他说什么。（小旦扮梨花仙子，贴扮藕花仙子，各仙装持花上）（同唱介）

【南侥侥令】呼龙耕竹径，督鹤种芝田。休讶我袅袅婷婷离绛殿，无非为知音话旧缘，为知音话旧缘。

（小旦）藕妹，你看兰妹临风不语，倚壁凝愁，一段痴憨，尚如昔日。只索上前相见呵！

【北收江南】呀！独自个靠苍岩丹嶂呵，花鸟共谈天，少不得乱愁俗虑一齐蠲。（小旦、贴与生见介，生惊喜介）两姊从何处来？呀！这是梨仙姊，这又是谁？我未见过，怎又面善得很？（贴笑介）我与卿亦姊妹，何遂忘怀耶？（生迷离介）（小旦、贴同唱）怎忘却蕊宫昔日笑联肩？把金函共编，更珠丸细研，才转瞬美人名士态仙仙。

（生）是呀是呀！我们原是好姊妹，今日幸逢，作何消遣？（小旦）不若携手游玩一番。（生、贴合）妙呵！（作同行介）你看，这是瀛州，这是玉宇，这是强台，这是弱水。那边可不是碧城？这壁正是香国。罗浮、太华、峨眉、黄山，都在指掌间矣。（正游处，忽来彩鸾三只，各跨飞至一石室，万花如绣，瀑布斜飞。小旦、贴出鹿脯、麟肝、胡麻、仙露饫生）（同唱）

【南园林好】制寒词花笺粉笺，望乡关山连水连，把一座瑶台行遍。遥共指九州烟，遥共指九州烟。

（生）敢问二姊，我何得到此？（小旦、贴）你道长在此乎？咳！不知聚首无多，分离在即，请再尽一杯，送妹红尘道上。（生悲介，作强饮起别介）（生、小旦、贴同唱介）

【北沽美酒带太平令】黯离情若个怜，黯离情若个怜？魂欲断，梦空圆。你听山鸟声声，似促人归去，怕听花梢响杜鹃，歌宛转意缠绵。能几度相亲相见？禁多少娇痴娇喘。题不尽梨花诗柬，又瘦了桃花人面。（生）俺呵，都付与眉尖指尖，整备着腰纤臂纤，呀！向虚空洒泪儿成串。

（生、小旦、贴同下）（内作钟声介）（帏中，小生欠伸介）阿哟！原来一场好梦。（作推窗徘徊望介）仔细思量，人生如梦，梦到好时，何苦要醒？似我与两姊正在叙会，又被晓钟惊觉，倍觉凄凉。

【清江引】浮生幻影原如电，漫把鸳鸯羡。优昙本佛花，茉莉归仙佛，分不出女和男同一现。

（选自《津云小草》附刻《梨花梦》，清道光间刻本）

【导读】

《梨花梦》演女子杜兰仙改扮男装，于梦中与一貌美仙子相遇，醒后为之伤情成疾的故事，主人公因梦感情、伤情成疾、对画诉情的情节似模仿《牡丹亭》；与梨、藕二位仙子的梦中聚会则似叶小纨《鸳鸯梦》中姊妹聚首的情节；杜兰仙的唱词与道光间传唱大江南北的吴藻《乔影》中谢絮才的曲词颇为雷同，尤其是卷五《仙会》中的【北雁儿落带得胜令】一曲，从句式到抒写的情怀皆相近。尽管如此，《梨花梦》的创作缘起及所表达的情感内容，仍常常被理解为是本于何佩珠本人的现实生活和情感经历。杜兰仙甫一上场时自言“十龄擅绣，七步成诗”，她对自己的婚姻并不满意（“可恼者，鸾罔有偶”），在随婿北上的途中，心中最难以割舍的是旧日东邻一女伴对自己的知己情谊。杜兰仙倾诉对梦中仙子思念之情的多支曲文，如卷二《忆梦》中的【北寄生草】、卷五《仙会》中的【北折桂令】等，皆极易唤起读者、观众关于才子佳人异性恋的联想，【北折桂令】一曲更将同性知己间的“同心”之恋与夫妻之爱相比，以后者为“孽债冤牵”。故严敦易先生认为：“倘若《梨花梦》有稍为特殊的地方，那就是有较重的同性恋倾向。”（《元明清戏曲论集》）华玮也认为此剧隐含了何佩珠在“男女关系之外的情感渴求”（《明清妇女之戏曲创作与批评》）。孙康宜指出明清以后的女性作家通过各种文学形式以虚构的男性声音来说话，“尤以女剧作家的贡献最大”，叶小纨、吴藻借用男性角色来自我抒情是“女性企图走出‘自我’的性别越界，是勇于参与‘他者’的艺术途径”，“不论是写作还是阅读，她们都希望像男性文人一样，不但有主动虚构的自由，也有文学想象的空间”（《性别的困惑——从传统读者阅读情诗的偏见说起》）。这种创作美学，体现了近代以来中国妇女开始追求的女性主体性。孙康宜的“性别面具”（gender mask）理论，提供了解读《梨花梦》的另一种方法，《梨花梦》是何佩珠带上“性别面具”后的一场表演，一次文学虚构和想象的实践。（邓丹）

▶ 何佩珠《梨花梦》
拓展阅读

望洋叹（存目）

〔清〕刘清韵

【导读】

传奇《望洋叹》是刘清韵《小蓬莱传奇》十种之外的戏曲作品，20世纪90年代始被发现。全剧共六出，署“东海刘清韵古香填词，古僮钱梅坡香岩较订”，今有华玮《明清妇女戏曲集》点校本（台北“中央研究院”中国文哲研究所2003年版）。

《望洋叹》写建陵才子王诩游学朐浦，与一群青年士子同聚于周诒朴门下，“昕夕过从”，共诉报国之志和忧世之念，结下深厚友情。但在“烽烟迭警”的清末乱世中，这一群年少时踌躇满志的文人“强半凋谢”，结局凄惨寂寞，最后剩下退守乡园的王诩独自对景伤情，慨叹人世离索之悲，梦想在仙界重温与诸友欢会的情景。此剧以真人时事入戏，剧中的主角王诩实为刘清韵和丈夫钱梅坡的老师，王诩友人邱履平、王菊龛、张溥斋、周诒朴、周莲亭等亦皆实有其人，在刘清韵写作该剧时，除王诩外，他们大都已逝去。

刘清韵在《小蓬莱传奇》十种中塑造了多位疏狂放旷、沦落不偶之士，如《黄碧签》中的元彪，《鸳鸯梦》中的张灵，《千秋泪》中的沈嵊，《英雄配》中的杜希牧等。《望洋叹》写活跃于海沭一带的近十位边缘文士在清末乱世漂泊沦落、落寞失意的苦情，可以说是对《小蓬莱传奇》十种中失意志士群体形象的延续和深化。刘清韵创作《望洋叹》，并非仅仅着意代老师王诩发抒伤悼友人之情，更有意为一班不名于世的边缘文人留下生存轨迹和生命价值的见证，同时寄托自己对于时代沧桑的感慨和人生浮沉难以自主的怆然感受，可谓奏响了一曲文人志士的末世悲歌。

《望洋叹》蕴含着作者感时忧国的思想情怀及对时代、人生的深入思索与丰富感悟，全剧并无一位女性角色（尽管安排周莲亭由旦角扮演，但并非真正的女性角色），风格苍凉悲慨，表现出对传统观念中“女性笔墨”的背离，无论从题材内容还是书写特征来看，在明清妇女创作的戏曲中都显得十分特殊。（邓丹）

▶ 刘清韵《望洋叹》拓展阅读

焚琴记（节选）

陈小翠

第七出　惨　　诀

（小旦宫装上，贴随上）

【北正宫·端正好】博炉香，灰不尽，蛛丝绣满云屏。恨年时一寸菱花，偏不铸，鸳鸯影。

儿家小玉是也。日前乳娘来宫，得悉琴弟消息。传来青鸟，重约萍踪。感他万斛痴情，倒引起了我十分愁绪。虽则宵行多露，恐来感帨之嫌，只是我两意如冰，也何必有投梭之拒？况十载深情，只成一诀。踌躇再四，终难竟恝。因此已命排下车骑，驾幸祆庙。只是赠来玉玦，只多惆怅之词；焚尽心香，又岂能偿团圆之愿也哪！（内鸣乐介，宫妆侍儿十余执仪仗拥钿车上）（贴）车驾已备，请公主登车者。

【锦缠道】（同唱）珮冬丁，拥钿车花枝成阵，绣帷儿摇漾挂珠灯。沸春声，卷西风一路衣馨。麝兰香喷，络黄金白马嘤嘤。错认做姮娥飞出广寒城也。（旦）我嵌鸾衫天街娇冷，扰回肠，乱丝萦。人被香轮碾损，倚芳裀愁重觉身轻。（同下）

（小生上）

【塞鸿秋】斜阳收了花枝影，早则又钟声古寺烟催暝。徘徊人瘦晚风劲，盼不到青鸾黄鹤伊人信。听何处玉轮声，敢花外香车近。吓，原来是破檐铃语催霜信。

小生琴郎，日前母亲回来，道公主峻颜拒绝，惹我万分悲感。谁想今日祆庙中僧侣们传说，公主宣旨，将来庙拈香，使我闻信之余，喜出望外。一早便同着母亲，在庙中坐俟，希望再见公主一面。只是这般时候，还不见公主车尘，敢又不来也唉。他整冠李下，恐来吉士之疑；我抱柱桥头，空作尾生之守，好无谓也。病体僝僽，十分困倦，且向耳房中休息片时波。（作隐几睡介）（老旦上）绣旆临风一向斜，烟中飘拂五云车。萼华仙子多情甚，竟降羊权处士家。我儿醒醒，外面公主来也。（小生惊醒介）真的么？（老旦）谁来哄你，看那边厢可不是鸾舆来也。（旦原人绕场上）（生搴帷偷视介）吓！

【普天乐】卷香尘，车马近，一队队，簇宫灯。是天孙接下云軿，护春人重重扇影。

（杂上）僧侣们接驾。（贴）起去。（杂下）（小生）这分明是真的了，我好喜也！（贴）已至内殿，请公主下车者。（小生）

猛听得曳鸾裾环佩泠，蓦见那颤云鬟蜻蜓影。步凌波罗袜伶俜。我知他小心儿将喜还惊，我见他小眉儿将笑还颦。

【伴读书】再不道在今生，重见你真真影。喜雾鬓云裳，越衬得庞儿俊。

（贴）请公主拈香者。（鸣钟介，小旦拜介）（小生）

我知他祷慈云，愿替相如病。心香手炷低芳颈，响玉钏冬丁。

（小旦坐介，贴送茶介）（丑）启上公主，奴婢有桩要事，要回宫去一趟，少顷便来侍候，伏乞公主许可。（小旦）使得。（丑）多谢公主。（做鬼脸急下）红儿，（贴）有。（小旦）我要静息片时，你叫他们都退去罢。（贴允，挥众下）（小生搴帷出介）公主。（小旦）吓，琴郎。（同泪介）（老旦、贴陪泪介）

【前腔】（小生小旦同唱）说不出，这凄清，镇酸味，心头梗。泪眼相看灯生晕，算别来两减了芳容润。怕相逢尚在南柯境，愿从今长睡休醒。

（小旦）琴郎年余不见，如何憔悴竟至于此！

【前腔】（小生）他小语，蕴深情，镇羞晕连鸳颈。得公主存问，微臣死也瞑目的了。感谢煞几载相磨愁和病，把泪珠儿买得你芳心肯。敢则是梦儿中天花幻出虚无境，愿从今长睡休醒。

（小旦泪介）见爱之情，深铭肺腑，今生已矣。

【前腔】惟愿取，向来生，同现个，婵娟影。那时节呵，道什么授受嫌疑难相近。（同）又何妨画眉双笑朝临镜，秋荷夜雨凭肩听，一齐把恨海填平。

（小旦）这个玉环，是我从小所佩，今以相赠，用坚来世之约。玉喻吾意之坚，白似两心之洁也。

【刮地风】我聊解琼环表至诚，且留向来世证前盟。便相知原不在形相并，愿从今医可你个病惺惺。

（内作呐喊声）（旦、生同惊介）吓！

蓦地里闹纷纷，人语声，卷波涛车蹄声紧。

（老旦逃上）哎吓，公主不好了，不知是何人走漏消息，万岁大怒，道我儿引诱公主，命黄公公带领许多侍卫前来，要将我们立刻处死也！（小旦惊倒介，小生扶小旦起）（净扮太监带兵冲上）（小旦起立，发颤厉声介）哇，大胆奴才，怎敢胡行？（净跪介）奴婢万死，万岁有旨，请公主即刻回宫，不得延误。（净招手，杂拥车上）（小旦）哎吓！

他仗威风声态狞，好难教我眼睁睁欲语无声。

（净）请公主上车。（众宫娥强拥簇小旦上车介）（小生）公主，莫更以我为念，从此长别了。（小旦大恸介）（净）这奴才还敢饶舌，众侍卫，万岁有旨，将他锁入庙中，放火焚死，不得违误。（小旦大恸介）哎吓！

【尾声】怎、怎、怎不由分，皂与青，猛、猛、猛焦雷一个青天震，不、不、不由我魂魄飞扬五内崩。

（作晕倒车中介）（车下）（众拖老旦行，老旦、小生相抱大哭介）（众强拖老旦倒行下，小生分头跌下）（众作放火介）（净）处置已毕，众侍卫。（众）哦。（净）回复万岁旨意去者。（众呐喊同下）

（选自《栩园丛稿二编》之《翠吟楼词曲稿》，上海著易堂印书局1927年版）

【导读】

《焚琴记》是陈小翠创作的唯一一部传奇，1922年连载于《半月杂志》，后收入《翠楼曲稿》。全剧共十出，演蜀帝之女小玉与乳娘陈氏之子琴郎情缘幻灭事，本事见于《渊鉴类函》卷五十八《公主三·玉环解》引《蜀志》，冯梦龙《情史》卷十一“化火”条所记故事梗概亦与此相类。

在元明俗文学作品中，“火烧祆庙”作为男女情缘不遂之典屡为作家所化用，“祆庙火”多用来形容使相爱者分离之力量。《焚琴记》保留了“火烧祆庙”故事前半部分情节，在后半部分作了较大修改和发挥。原故事写公主与陈氏子私会时，陈氏子沉睡不醒，二人错失见面机会，陈氏子醒后怨气成火而致庙焚；《焚琴记》改为蜀帝得知二人相会的消息，下旨将琴郎锁入庙中放火烧死，而公主被蜀帝锁入南楼，愁病交加，呕血而亡。原故事中，令相爱者情缘难遂的是天意，焚烧祆庙之“火”为陈氏子之欲火、怒火，表明人内心之情愿、欲望具有对抗天神安排的力量；而《焚琴记》中的“火”，则代表了一种否定、破坏人内心情欲的外在力量和人为因素，陈小翠构思蜀帝派人焚庙的情节其实更希望对公主、琴郎的越礼之“情”作出警示，借公主纯洁爱情之悲惨结果来表达否定“情”的意图。

在进入对“火烧祆庙”故事的议论之前，《楔子》中有较长一段作者对当时社会风气及国势时局的议论。陈小翠在她所生活的作为新旧思潮交汇点的上海，看到了过度的自由给青年男女带来的强烈刺激和给传统道德带来的巨大冲击，她认为旧道德的沦丧是社会腐败、落后的根源，喧嚣一时的政治改良并不能真正挽救祖国危亡，反而会给国势带来更多纷争，造成更多混乱。故而以传统戏剧样式演绎这一故事，既希望以古鉴今，令当代青年在处理“情”时抱持慎重态度，同时也基于女性对自我尊严的爱惜和坚守深化了公主形象，赋予这一流传已久的故事新的意涵。（邓丹）

▶ 陈小翠《焚琴记》拓展阅读

追鱼（节选）

安　娥

第六场　剖　　断

人　　物： 假包公（乌龟精）、真包公、金宠、金牡丹、鲤鱼精、张珍、家院、真、假张龙、赵虎、四乌衣。

［二道幕外：假包公、假张龙、赵虎、四乌衣同上。

假包公：（念）为打不平，
龙潭虎穴不辞劳，
说什么阎罗王，讲什么老包，
阎罗，老包，
也得把是非断好，
岂可把萝卜、白菜一锅熬，一锅熬。
老夫乌龟精是也。只因鲤鱼贤妹有难，要我变作包公模样，前去救助于她。你看那包拯往金府去了，待我们先行一步，张龙，赵虎！（假张龙、假赵虎应“有”）快快出来，启道金府。（圆场）

［二道幕启。金府大厅。

众： 来此已是。

假包公： 前去通报。

假张龙： 门上哪位在？

［家院上。

家　　院： 哪一个？

假张龙： 包爷到。

家　　院： 请少待——有请相爷。

［金宠上。

金　　宠：（念）只为希奇事，须烦铁面人。——何事？

家　　院： 禀相爷，包大人到。

金　　宠： 啊！有请。

家　　院： 相爷有请。

金　　宠： 大人。

假包公： 相爷。

金　　宠： 来了。

假包公： 来了，哈哈哈！

［四乌衣下。

［金宠与假包公两人同坐。

金　　宠： 不知大人驾到，有失远迎。

假包公： 好说，来得冲撞，相爷海涵。——老相爷，相邀老包，为了何事？

金　　宠： 大人哪里话来，为了小女之事，烦劳大人前来，老夫已是感恩不尽，但望大人判明真假，除此妖孽。

假包公： 相爷但放宽心，老包自有判断。

金　　宠： 多谢了。

［内呼：“包大人到！”家院惊慌上。

家　　院： 启相爷，又有包大人到。

金　　宠： 请问大人，朝中有几位包大人？

假包公： 只此一包，并无二包。

金　　宠： 刚才众院报道，又有包大人到。

假包公： 那来的只怕是草包。

金　　宠： 包大人，请至别室。

假包公： 好。（下）

金　　宠： 请，有请。

家　　院： 有请，有请。

［真包公、张龙、赵虎、四乌衣同上。

［吹牌子。接客如仪，四乌衣下。

真包公： 老相爷，莫非有慢客之意。

金　　宠： 老夫怎敢慢客，怎奈先来了一位包大人。

真包公： 哦，你府先来了一位包大人。

金　　宠： 正是。

真包公： 包什么？

金　　宠： 包拯。

真包公： 包拯，大宋朝哪来两个包拯。

金　　宠： 老夫也好生奇怪，怎奈这位包大人与大人衣冠面貌，一般无二。

真包公： 竟有此事，请来相见。

金　　宠： 有请包大人。

［假包公上，与真包公相见。

真包公： 噫！

假包公： 噫！

真包公：（唱）一见此妖心头恼，

假包公：（唱）一见老包暗好笑。

真包公：（唱）不由怒发冲九霄，

假包公：（唱）把我的肚子笑痛了。

真包公：（唱）正值辅皇朝，妖孽胆不小，

假包公：（唱）闲事你休管，回家去睡大觉。

真包公：（唱）你竟敢把侯门扰。

假包公：（唱）你何必来寻烦恼。

真包公：（唱）慢说是人间短和长，
就是那地府阴曹我都去管到。

假包公：（唱）你纵然打破砂锅问到底，
这其中奥妙你怎知晓。

真包公：（唱）你是何方妖孽敢称包？

假包公：（唱）我俩是五百年前共一胞。

金　宠：且慢，吾儿事小，请二位大人休伤和气。

真包公：与妖怪有什么和气。

假包公：凡事要平心静气。

真包公：相爷但放宽心，老包自有判断，来呀，升堂！

假包公：升堂！

［真、假包公两边下。金宠跟下。

［灯暗，抢景。

［大堂景。四乌衣先上，真、假张龙、赵虎上，真、假包公两边上，真包公坐左边，假包公坐右边，金宠中间打坐。

真包公：牡丹带上！

假包公：牡丹带上！

张　龙：牡丹上堂！

［金牡丹、鲤鱼精分左右上，金牡丹跪左边，鲤鱼精跪右边。

金牡丹、鲤鱼精：叩见大人。

真包公、假包公：听点，金牡丹。

金牡丹、鲤鱼精：有。

真包公、假包公：啊！一人名字，如何两人应声？

金牡丹、鲤鱼精：学奴家应声的乃是妖怪。

真包公、假包公：唔，正是：
（同念）今日老包坐堂台
张龙、赵虎两边排，
吩咐满堂俱肃静，
且听牡丹诉上来。

金牡丹、鲤鱼精：大人容禀。
（同唱）未开言，泪珠淋，
玉和石，分不真。

真包公、假包公：不要啼哭，从实诉来。

金牡丹、鲤鱼精：大人容禀。
（同唱）我本是相府一千金，
与张珍指腹订婚姻，
只因他父母双亡故，
奴爹爹留他在碧波潭畔攻诗文。
谁知他深夜闯入花园内，
他竟敢与我相会叙衷情，
我爹爹将他赶出府，
等家丁追他转回门，
谁知他带了一个妖怪来……
那妖怪啊。

真包公：这厢带过去。

假包公：那厢带过来。

众乌衣：是

金牡丹、鲤鱼精：（同唱）与奴家一样衣衫一样裙，
丫环使女难分辨，
就连我生身的爹娘也认不清，
她一样到花园，焚宝鼎，占绣楼，走神针。
鱼目竟将珠玉混，
望大人明镜高悬判假真。
望大人明镜高悬判假真。
哎呀，大人呀！

真包公、假包公：相爷。

金　宠：大人。

真包公：她两人俱是一样口供，叫我老包如何判断？

金　宠：老夫分辨不出，还望二位大人一同审问。

真包公：老包自有判断，来，把张珍带上。

假包公：把张珍带上。

［张珍上，向台口跪。

真包公、假包公：张珍！

张　珍：有。

真包公：你知罪不知罪？

假包公：（学）你知罪不知罪？

张　珍：大人，学生不知罪。

真包公：你身为黉门秀才，父母双亡，既蒙老相国收留，就应当埋头苦读，力图上进，怎么闯入花园，做出越礼之事，即被老相国赶出府去，又与牡丹小姐，御街观灯，以致花妖出现，扰乱相府，祸由你起，如何容得，来，将张珍秀才革去，推下去，重责四十！

鲤鱼精：唉，呀……

众：啊！

张　珍：（惧）唉呀！大人，学生有辩。

真包公：讲。

假包公：张珍你快快说来。

张　珍：（唱）望大人，免用刑，
听张珍，说原因，
与牡丹既为夫妇名份定，
花园约会也常情，
相爷说我寡廉鲜耻辱斯文，
分明是他爱富嫌贫欺张珍。

真包公：哇！相爷虽有不是，也是你行止有亏；休得多言。
来，推下去，推下去打。
［真包公故意将刑签抽出，但不丢下；看看两个牡丹，两旁衙役吆喝，金牡丹无动于衷，鲤鱼精焦急，终于奔向张珍，相抱哭泣叫张郎。
鲤鱼精：张郎！
（唱）人家说包拯为清官，
却原来他偏偏不公正。
张　珍：（唱）公堂之上要受刑，
这天大冤屈何处伸！
［两人抱哭。
真包公：呀！
（唱）见此情，暗自忖，
一样貌，两样心，
一个是抱头痛哭，
一个是默默无声，
我看何需再审问，
真和假已自分明。
啊相爷，令媛的真假已然判明了。
金　宠：这个，老夫分辨不出，还望大人指明。
真包公：那哭的是假，不哭的是真。
假包公：不对，不哭的是假，哭的是真。
真包公：嗳，哭的是假，不哭的是真。
假包公：老黑，有道是，情真即真，情假即假，我与你不要争辩，谁是假来谁是真，不问别人问张珍。
真包公：啊，张珍。
张　珍：大人。
真包公：从实说来，哭的是真，还是不哭的是真？
张　珍：启禀二位老大人，学生与小姐书房相见以来，千恩百爱，义重情深，今日学生公堂受责，那哭的是真，不哭的是假。
假包公：却又来，原说哭的是真，你偏说是假，好一个糊涂的老包。
真包公：啊呀！
（唱）听罢言，自思量，
老包倒作了糊涂相，
自从身登龙虎榜，
夜断阴来日断阳。
今朝又遇两姣娘，
一样梳妆两样心肠，
谁真谁假难分辨，
枉在朝中作栋梁。

假包公：老黑。
（接唱）两位姣娘两样心，
其中皂白不难分，
一个原是多情女，
一个爱富又嫌贫。
无情就是假，
多情就是真，
哪有个人间贤小姐，
丈夫挨打她不动心，
你今不管金家事，
满江风浪自然平，
你今若管金家事，
只怕是三缸清水六缸混！
真包公：啊呀！
（唱）莫奈何，我高举斩妖剑，
［金牡丹、鲤鱼精、张珍两边下。金宠惊慌地躲在桌下。
管叫妖孽丧残生。
管叫妖孽丧残生。
照剑！
假包公：（架住）老黑你不要胡砍乱砍，杀了假包公不要紧，杀了真包公那还了得。
真包公：谁是真包？谁是假包？
假包公：案子断得明的是真包，断得不明的就是假包。
真包公：老包哪一件案子断得不明。
假包公：老黑。
（唱）骂老黑，心太偏，
枉被人，叫青天，
嫌贫爱富你不责罚，
情深义重不周全。
你只会乱挥斩妖剑，
把是非弄得颠倒颠。
张龙赵虎一声唤，（假张龙、假赵虎应“有”）
打道回转碧波间。
［假包公、假张龙、赵虎下。
真包公：张、赵二将，妖怪可去了？
张龙、赵虎：去了。
真包公：他讲些什么？
赵　虎：妖怪说：大人心偏，嫌贫爱富的不责罚，情深义重的不周全。
真包公：我明白了。
（唱）小张珍，丧爹娘，
远投亲，到襄阳，
金宠在朝为首相，
哪看得起穷酸潦倒的白衣郎，

碧波潭畔念文章，
引动妖仙化姣娘。
真牡丹爱富嫌贫女，
假牡丹倒有好心肠，
若将真假强分辨，
拆散人间好鸳鸯，
倒不如闭门推出窗前月，
吩咐梅花自主张。
啊相爷！相爷，相爷哪里去了？（向张龙、赵虎）刚才明明在此，怎么不见了。（拍桌，桌动，揭开桌围）

金　宠：（在桌下）大人。

真包公：此案牵涉甚多，老包无能为力，张，赵二将，吩咐启道。

金　宠：（出桌）且慢，闻知大人斩妖剑利害，休教此妖逃走。

真包公：老包宝剑虽利，不斩无罪之妖，告辞。
［真包公、张龙、赵虎、四乌衣同下。

金　宠：包大人不理此案，真假未分，这叫我如何是好。啊！有了，不免奏明圣上，降下诏书，命张天师捉拿此妖便了。（下）

——闭幕

（选自《追鱼》，上海文艺出版社 1959 年版）

【导读】

中国传统戏曲源远流长，其中的神话传奇剧是深受百姓喜爱的题材之一。越剧《追鱼》改编自明代《观世音鱼篮记》。1956 年，安娥由湘剧高腔本改成了越剧，后又经多种剧种改编不断上演。改编后的剧作大胆剔除了古剧中较落后的思想意识，以现代唱词演绎经典故事，呈现出古典情韵和民间俗趣相得益彰的艺术风貌，成为旧剧新编的典范之作。

该剧讲述了秀才张珍与碧波潭鲤鱼精之间一波三折的爱情故事。张珍与相府小姐金牡丹是指腹为婚的未婚夫妻，但张府家道中落，被金家以“三代不招白衣女婿”为由冷落推拒。鲤鱼精倾慕张珍，变为金牡丹的样子与其厮守，不慎被发现。金家将张珍赶出家门，鲤鱼精追随而去，却又双双被相府家丁追回，上演了“闹府”“判断”等颇有喜剧意味的故事桥段。此处节选的是《追鱼》第六场“剖断”，讲述金家追回张珍和鲤鱼精后，发现真假牡丹难以辨别，特请包拯来判断，谁想却来了两个包公，上演了一场真假包公判断真假千金的热闹剧情。“双包断案”作为这出爱情戏中的旁逸之枝，对旧剧作了大胆的改编。戏曲中的包公形象一贯是刚正严明的，在巧施苦肉计判明真假牡丹后，包公照理应该严惩妖孽、维护纲常，但假包公一语点明关键不在于身份真假，而在于感情真假，触动了真包公，使其意识到如今局面皆缘于金家不义，于是不忍揭穿真相，为鲤鱼精留下一线生机。如果说断案中判定真假突显了包公睿智刚正的一面，临了放走假牡丹亦符合人物富有正义感的性格特点，矛盾中又有合理之处，体现了编剧对人物性格和情节走向细致入微的把握。同时，这场戏充分体现了传统戏曲的喜剧方式，真假包公原本为辨真假互不相让，二人唱词文白相间，雅俗并置，真包公义正言辞，巧施计谋，假包公插科打诨，却暗推真相显露，因为过于粗俗时不时遭到当头棒喝，嬉笑怒骂中衬托出两个包公一正一邪却同样秉持正义的形象特点，《追鱼》中的“双包断案”也就以其独特的喜剧意趣成为可与《灰阑记》中的“包拯断狱”相媲美的经典桥段。（潘超青）

▶ 安娥《追鱼》
拓展阅读

田姐与庄周

徐　棻

故事新编①

（一个大男子和一个小妇人无所稽考的荒唐故事）

人　物

田　氏　庄周之妻。二十来岁。

庄　周　（不是历史上实际生活中的庄周）哲人，五十来岁。

楚王孙　（兼演庄周化变的王孙）二十余岁，贵公子。

童　儿　（兼演纸人化变的童儿）十四岁，楚王孙的书童。

丑　姑　（兼演纸人化变的丑姑）十四岁，田氏傻里傻气的邻居。

扇坟妇　二十来岁，新寡。

邻居老妇若干（皆由男角反串老旦）。

风神、火神若干。

第一章

［鸦啼声中，反复出现一句奇特而单调的旋律，并间以奇特的音响。

［幕启。南华堂。

［田氏荆钗布裙，捧着简陋的陶盅走出。

田　氏　（唱）夫修道，
妻捧茶。
清静无为，
淡泊人家。
谨守纲常顺人事，
不问风雨度生涯。
无喜无愁无奢想，
闲来依门数暮鸦。
［一支红杏横空伸到田氏面前。
呀！隔墙红杏入庭院，

幕后唱　拨动心弦一枝花。
［田氏采花插鬓，转身高高兴兴地呼唤。

田　氏　先生，先生……
［庄周上。

庄　周　（不悦）甚么事？

田　氏　请先生用茶。

庄　周　（不耐烦地）为夫修道，饥渴皆忘，何须用茶。去吧。

田　氏　是。（转身走）

庄　周　回来！你那头上戴的甚么？

田　氏　（指）隔墙杏花……

庄　周　你呀，你呀，又把我的话置诸脑后了！（从高台走下）
（唱）杏花长枝头，
摇曳春风前。
吸天地滋养而吐艳，
受日月精华而香甜。
你将它活活折断，
损了本性，失了自然。
岂不知老庄学旨、丈夫心愿？
无为、无求、无伤天！
（伸手要花）拿来！

田　氏　（取花欲给，又舍不得）先生，花儿已经折下，就让为妻戴戴，有何不可？

庄　周　损天然之美而求矫饰之美，非老庄之道。拿来！（取花）待我将它还原枝头。
［魔术：杏花还原枝头。

庄　周　为夫修道，再不要打扰于我！

田　氏　再不敢打扰先生……哦，先生，要是有人来访呢？

庄　周　叫他等着。

田　氏　要是等久了呢？

庄　周　（不耐烦）那就请他出去走走，申时之后再来。（下）

田　氏　是。申时之后。（躬身退下）
［楚王孙上。童儿随上。

楚王孙　（念）奉命请高士，
何惧涉山川。

童　儿　公子，这就是庄先生的府宅。

楚王孙　前去叫门。

童　儿　是。（转身）门内有人否？

---

①　此剧创作于 1986 年，与胡成德合作。1987 年，由成都市川剧院一、二联合团演出。2009 年收入《徐棻剧作精选》。2018 年收入汉英对照《徐棻剧作选》。每次入书均略有修订。

［田氏内应："来了"，上。

田　氏　请问，你们是……

童　儿　我家公子是楚国王孙，特来求见庄周先生。

田　氏　原来贵客到了，请进。

［楚王孙解下披风，落坐。

楚王孙　请问大姐是府中何人，学生也好称呼。

田　氏　贱姓田，在先生跟前侍奉箕帚。

楚王孙　（感到意外）哦？

童　儿　（向王孙）侍奉箕帚是干啥的？

楚王孙　（斥责）嗯！（小声）这就是先生娘子。我要叫师母，你要叫师婆婆。

童　儿　啊？叫她师婆婆？她那个样儿，叫一声大姐就差不多了！

楚王孙　休得无礼，快上前拜过。

童　儿　是。（上前）见过大……师婆婆。（拜）

田　氏　（有些难为情）不必多礼。

楚王孙　请问大……（也觉碍口）师……师母，庄先生可在家中？

田　氏　先生正在修道，要申时之后才能见客。

童　儿　嗨呀！要等那么久呀！

楚王孙　（制止）往下站！

田　氏　让公子久等，还请见谅。

楚王孙　不妨。不妨。

田　氏　公子此来，有何贵干？

童　儿　请先生到我们楚国当丞相。

［丑姑上。

丑　姑　田姐，田姐，赶庙会去呀！

田　氏　丑姑，姐姐这里有客……

丑　姑　有客？（见王孙，上前细看，傻笑着）这个客长得粉嘟粉嘟的，好乖呀！

童　儿　（大怒，跳出）丑女子，爬开些！

丑　姑　瓜娃子，滚远些！

［二人争吵："丑女子……"、"瓜娃子……"。王孙、田氏分别拉开二人。

田　氏　（向丑姑）先生修道，怕人吵闹，赶你的庙会去吧。

丑　姑　那我就先走了。（边跑边说）田姐，你快些来赶庙会呀。（下）

童　儿　赶庙会……嘿嘿，公子，我们在这里等着，白耽误时间，不如去看看这里的庙会是什么样子。

楚王孙　好主意。只是……（示意他告诉田氏）

童　儿　师婆婆，你带我们去看庙会，看到申时再回来，也免得吵闹师爷爷。要得不？

田　氏　（稍加思索）也好。请公子稍候，我更衣便来。（下）

楚王孙　（起而观赏庭园）庄先生真乃名人高士。你看他这府宅也与众不同。真可谓：（吟诵）竹篱茅舍，翠柏青松；古朴幽雅，神韵仙风。

［田氏更衣上，似换了一人。

田　氏　有劳公子久候了。

［王孙转身看见田姐，不觉呆住。

童　儿　啊呀，师婆婆，你好好看啊！就像一个下凡的仙女。公子，你说是不是？（见王孙状）公子，公子，你咋个看傻啰？

［楚王孙与田氏难为情。

童　儿　师婆婆，你样样都好看，就是头上不好看。该戴一朵花嘛。

楚王孙　是呀，是呀。（见杏花）哦，那杏花娇嫩鲜艳，待学生摘来，与师母压鬓。

田　氏　摘不得！

楚王孙　为何摘不得？

田　氏　这……花儿长得好好的，摘下可惜了。

楚王孙　哎，此花能为师母增添风采，也不枉它开得如此鲜艳了。（摘花递上）

幕后唱　花一朵，情两般，
谁是谁非谁能言？
只觉春风吹池水，
荡起了甜也荡起了酸。

［田氏戴花，欣然走去，下。楚王孙与童儿随下。

第二章

［地点转至郊野。春光明媚，桃红柳绿。

［庄周信步走来。

庄　周　（唱）修道毕，伊人无踪影，
步山野，地绿天青旷精神。
超然物外多自在，
逍逍遥遥度光阴。（望见幕内）呀！
荒塚间，为何有人挥纨扇……

［庄周作前行状。一少妇与一坟头慢慢移上。少妇执扇作扇坟状。

庄　周　（走近少妇）小娘子。
（唱）因何故在此扇坟？

少　妇　先生呀。
（唱）结发一年整，
我夫命归阴。
独住山坡地，
孀居似孤魂。

既怕疾病扰，
又怕虎狼侵。
更怕那，松明燃尽衾犹冷，
漫漫长夜望天明。
无奈亡夫有遗训，
坟干始可另嫁人。
我只好，每日挥臂将坟扇，
那顾得，腰酸膀痛汗淋淋。

庄　周　哈哈哈……
（唱）小娘子，欠思忖，
枉自扇坟茔。
岂不知，冬有霜雪夏有露，
还有雨和冰。
你看你，体弱身娇扇儿轻，
喘吁吁，汗涔涔，
只落得，坟头之上草青青。
何日可干坟？
何日可干坟？

少　妇　如此说来，坟干无望了！（哭）喂呀……

庄　周　嗨！
（背唱）人死灵魂升天去，
躯壳入土化为尘。
生生死死自然事，
岂容那，愚夫愚训愚弄人。
可叹此妇也愚钝，
竟把妄言来谨遵。
悲天悯人吾本性，
我何不，施展法力干坟茔。
［庄周施法（身段过场）。
［风神们执巨扇上，围坟作“扇坟之舞”。庄周“配舞”。

庄　周　（唱）天生万物兮，
各有常性。
顺乎自然兮，
勿悖勿绳。
可叹世人兮，
不悟道本。
作茧自缚兮，
哀死哀生。
［歌舞至最后，火神们上。众神煽风吐火。片刻，风火神下。坟头变色。

庄　周　小娘子，你看，坟已干了。

少　妇　（起身看）呀！坟茔当真干了。

庄　周　你可以改嫁了。

少　妇　（连连拜谢）多谢先生……

庄　周　（恢宏大度地）去吧，愿你嫁一个如意郎君。去吧，去吧……
［庄周边挥手边作后退状。少妇在拜谢中与坟头向后移动。双方分下。
［田氏与楚王孙上（二人舞蹈圆场）。

田　氏　（唱）从不知天有这么样的蓝，

楚王孙　（唱）从不知地有这么样的宽。

田　氏　（唱）从不知山有这么样的绿，

楚王孙　（唱）从不知花有这么样的鲜。

田、楚　（唱）地是常见的地，
天是常见的天。
山是常有的绿，
花是常有的鲜。

田　氏　（唱）为甚么今日里令人陶醉？

楚王孙　（唱）为甚么今日里令人缠绵？

田　氏　（唱）为甚么双颊滚烫身轻犹如燕？

楚王孙　（唱）为甚么心似小鹿扑腾在胸间？

田、楚　（唱）为甚么，为甚么——为甚么一切都不似从前?!
［童儿上。

童　儿　（指着田氏的头，惊叫）马蜂！师婆婆头上有只马蜂！

田　氏　（惊怕）啊！马蜂！马蜂！（以手帕赶蜂，躲闪）
［楚王孙以白扇赶蜂。童儿以王孙的披衫赶蜂。
［田氏在躲闪中跌倒，楚王孙相扶，二人不觉相偎在一起。童儿赶蜂下。
［田氏与楚王孙忘情相视，片刻后警觉，赶紧分开。

田、楚　（唱）方才间，相依相偎那一瞬，
那一瞬，似烈火烧沸一腔情。

田　氏　（唱）心跳血也涌，

楚王孙　（唱）手颤眼也昏。

田、楚　（唱）好教我——

田　氏　（唱）酸楚楚地品，

楚王孙　（唱）甜蜜蜜地噙；

田　氏　（唱）苦涩涩地咽，

楚王孙　（唱）软温温地存。

田、楚　（唱）哎呀呀！这滋味，这滋味——

田　氏　（唱）两载夫妻何曾有……

楚王孙　（唱）乍喜乍惊暗销魂。
［楚王孙激动地冲上前。田氏激动地迎上去。
［鸦啼。二人猛止步，慢慢后退。

幕后唱　（唱）鸦啼声声如告警，
惊醒沉沉梦中人。

楚王孙　（背唱）她是师母，

我是学生。
我虽独处，
她有夫君。
不能！不能！
快逃离——爱的深井、情的火坑。

楚王孙 师母，天色不早，学生先走一步了！（匆匆而去，下）

田　氏 （喃喃地）公子……公子……（神情恍惚地跟去，下）

第三章

［地点：南华堂。楚王孙匆匆走来。

楚王孙 （唱）销魂魄，荡心旌，
不敢回头看伊人。
意马心猿，忙把缰绳紧，
快请先生早登程。
（向室内）有请庄先生。
［庄周步出。童儿跑上。

庄　周 （向楚王孙）你是何人？

楚王孙 学生名惠子。奉楚王之命，来请先生前往我邦，入朝拜相。

庄　周 多蒙楚王厚爱。只是庄周喜的清静无为，不愿入朝做官。请转告你家楚王，庄周难以奉命。

楚王孙 庄先生……

庄　周 （打断）吾意已决，勿复多言。

楚王孙 这……先生既执意不允，学生只好回国复命。就此告辞。

庄　周 恕不相送。（一揖而退，下）

童　儿 这个师爷爷，好古怪的脾气。师婆婆跟了他，才倒了霉哟！

楚王孙 啊……唉……人家的事，哪管得了许多……我们走吧……

童　儿 （向外走，忽然惊喜地叫）师婆婆回来了！
［田氏上。

童　儿 （迎上）师婆婆，我们要走了！

田　氏 啊？你们要走了？（注视王孙）

楚王孙 （不敢看她，一揖不起）师母，学生告辞了……

童　儿 （向田氏）师爷爷不肯到我们楚国当丞相，我们只好回去了。

田　氏 （抬头看天）天……就要黑了……

楚王孙 （仍躬身低头）尚可赶到驿站住宿。

田　氏 （向童儿）难道你还不饿？吃了饭再走。

楚王孙 （仍躬身低头）驿站备有晚饭。

田　氏 （拉住童儿）走了半日，你就不想喝一口茶？

童　儿 我就是想喝……

楚王孙 （仍躬身低头）驿站自有清茶。

田　氏 （忍不住上前）你……（忘情地一把抓住王孙手中的白扇）

楚王孙 （鼓起勇气慢慢抬头，迎着田氏的目光）我……（说不出话，发现田氏抓着自己的白扇，松开两手，痛下决心）学生——去了！（转身疾下）

童　儿 公子，公子。咋个说着说着就开跑啊。公子……（追下）

田　氏 他就，去了……（察觉手中白扇，展扇而观）神女楚襄会巫山。楚王孙……（捧扇于胸，喃喃地）楚……王……孙……
（唱）忽觉得心儿空、房儿空、天地皆空，
恍惚间魂也荡、魄也荡、神志迷蒙。
半日欢乐如一梦，
醒来倍觉情意浓。
愿随君去——

幕后唱 愿随君去，愿随君去，愿随君去，
也不枉，出墙杏花向阳红。
［幕后唱中：
［台上灯光转入朦胧状态。田氏迷迷怔怔走去，一束追光罩住她。
［台角出现身着披风的楚王孙。田氏向他扑去，但与他交臂而过。
［田氏回身看见楚王孙，展臂向他奔去，但二人依然擦肩而过。
［田氏顺手一抓，抓住楚王孙披风一角。披风在楚王孙的行去中变得很长很长。王孙去远，隐。
［披风从田氏手中滑出。田氏不舍，向披风追去。披风隐。

田　氏 公子，公子……（追到桌边，碰到桌子，伏于桌上）
［台上灯光大亮。庄周快步走出。

庄　周 （注意地看她）田氏，田氏……你，怎么了？

田　氏 啊？（掩饰）我……有点……头，头晕……（察觉手中白扇，藏入袖中）

庄　周 （过来扶她）春日乍暖还寒，最易染病。莫非衣衫单薄，受了风凉。（拉她的衣袖欲试厚薄）

田　氏 （连忙让开）不，不不，我是……是

有点累了……

庄　周　累了？我正要问你，何处去了许久？

田　氏　（吞吞吐吐）只因楚王孙与童儿在此吵闹先生，为妻便带他们去看了看庙会。

庄　周　原来如此。身累神倦，就不算甚么病。且听我讲一件奇事，与你解一解困乏。

田　氏　有何奇事？

庄　周　方才我信步郊野，遇见一位少妇执扇扇坟。

田　氏　扇坟？

庄　周　只因她的丈夫临终有言，其妻若要改嫁，须待坟干之后。可是坟台久久不干，故而那少妇执扇扇之。

田　氏　（心虚，旁白）少妇扇坟……先生怎会出此奇言怪语……

庄　周　田氏，你在想甚么？

田　氏　我……我想世上那有这种事……

庄　周　扇坟之事虽然少见，可是许多夫妻平时恩恩爱爱，一旦丈夫死去，为妻者便急于改嫁，这样的事倒也很多。看来，你们妇人家多心口不一。你说是也不是？

田　氏　（惊惧）这……

庄　周　你猜，先生我对此事，如何处置？

田　氏　（试探着）听先生之言，莫非责骂了她……

庄　周　哎，口出恶言秽语，非庄周所为。

田　氏　那……先生莫非将那妇人拉去见官？

庄　周　我庄周何曾找过官府。

田　氏　那……先生莫非叫来乡邻，羞辱于她？

庄　周　我庄周从不兴师动众。

田　氏　啊……先生莫非施展法力，召来众仙，将她打入十八层地狱，受苦受难，万劫不回？

庄　周　（自得地）嗯。我确曾施展法力。

田　氏　啊，施展法力！

庄　周　召来众仙。

田　氏　啊，召来众仙！

庄　周　手执飓风宝扇与猛火葫芦……

田　氏　飓风宝扇！猛火葫芦！

庄　周　如此左扇右扇，东扇西扇，再加猛火这么一烧……

田　氏　（骇极）啊！（晕眩）

庄　周　（诧异）田氏，你怎么了？（扶住她）

田　氏　我——怕！

庄　周　怕甚么？

田　氏　十八层地狱，刀山火海……

庄　周　哎，是我召来众仙，烘干坟台，让那少妇改嫁去了。

田　氏　甚……么？

庄　周　人死之后，灵魂升天而去，留下躯壳也化作了灰尘。那少妇既想改嫁，当丈夫的又何必让她悲悲切切地守寡，日日夜夜地怨恨呢。

田　氏　（注视庄周，退至一边，旁白）想先生精通仙术，莫非他用这样的故事来试探于我？（转身）先生，先生，我决不会做那扇坟求嫁的女人……

庄　周　哈哈哈……田氏，此话不要说早了。

田　氏　先生，你……信不过……为妻？

庄　周　甚么信得过，信不过。有朝一日，我庄周死去，你不必扇坟，便可以改嫁。

田　氏　改嫁?! 不不不……先生若有好歹，你妻决不改嫁，决不改嫁！

庄　周　决不改嫁？（不以为然）莫非还要我临终之前，给你一纸休书吗？（拂袖）嗨！（转身自坐）

田　氏　休书！休书！

（背唱）休书两字他出口，

霹雳一声我惊魂。

先生原是半仙体，

明察秋毫本如神。

若不是看透田氏生二意，

也必是疑惑田氏有三心。

倘若他一怒施重惩，

田氏我不免大祸临。（转身）

先生啊……

望夫施恻隐，

隐恶莫扬声。

田氏知妇道，

奉君当至诚。

先生若不信，

盟誓对神灵。（跪）

天地神灵，日月三光。田氏若有二意，五雷轰顶，永不超……生……（田氏叩拜，惊悸慌乱，晕了过去）

庄　周　（惊异）田氏，田氏……（趋前扶起她）你这是怎么了……快歇息去吧……

［庄周扶田氏走。走动中，白扇从田氏袖中落出。二人下。

［鸦啼声声。庄周手执杏花慢步返场。

庄　周　（看着杏花，沉吟；踩着白扇，拾起观看）神女楚襄会巫山。楚王孙……

（回想田氏情况，疑云涌上心头）不好！不好！
（唱）杏花取下又戴上，
王孙扇儿身边藏。
郊游归来多异样，
神志颠倒话反常。
猛想起楚王孙风流倜傥，
怀春妇怎经得蝶浪蜂狂！
莫非她坠入了爱河情网？
莫非她抛出了芳心柔肠？
莫非她失检点山野路上？
莫非她有密约私奔楚乡？
莫非她情急更胜扇坟妇，
盼我死，办我亡，只盼另嫁郎！
嫉恨恼怒似狂浪……
（身段过场，拿定主意）有了！（大叫一声，倒在椅上）
［田氏跑出。

田　氏　先生，先生……

庄　周　（慢慢醒来）娘子，为夫……活不成了……

田　氏　先生何出此言？

庄　周　适才……我的师父前来，说我六根不净，难以成仙……我死之后，只求在南华堂中，停棺……百，日……（死）

田　氏　（大哭）先生！先生……
［老妇们拄杖奔上。

老妇们　（七嘴八舌）出了甚么事？
哎呀，庄先生断气了！
怎么说死就死啊？
快帮忙布置灵堂。布置灵堂。
［老妇们上前围住田氏与庄周，片刻散去。田、庄二人已隐。
［台上垂下灵幡，摆起祭案、香烛。
［老妇们从两旁抬出“纸扎的”童男童女，分置于祭案两侧。
［老妇们向灵位施礼。田氏穿孝服上。

老妇们　田氏，做寡妇有做寡妇的规矩，听我教导于你。
［田氏跪下。老妇们手执拐杖指指戳戳（老妇舞）。

老妇们　（唱）寡妇莫嫌守节苦，
女人生死为丈夫。
夫主在时守夫主，
夫主死了守茅屋。
茅屋垮了守坟土，
坟土平了守枯骨。
不搽胭脂粉，
不穿好衣服。
不照梨花镜，
不露笑面目。
春日不观景，
秋夜不听曲。
紧紧闭门户，
一步也不出。
天天这样做，
百年后，贞节牌坊竖草庐。
［老妇们与田氏分下。
［香烟飘缈，烛光闪烁。突然，由远而近传来一种奇怪的音响。怪响越来越大。轰隆一声，怪响嘎然而止。
［传来庄周的声音（唱）：
施法力百日后庄周显影……
［祭案后，出现庄周。

庄　周　（唱）变一个楚王孙试探真情。
［灯光频闪，庄周与楚王孙在祭案后交替出现。片刻，庄周隐去。
［灯光复原。楚王孙亮相。

楚王孙　（念）心是庄周心，
貌是王孙貌。
欲知田氏情何在，
只得使出这一招。
观看灵位两旁，有纸扎的童男童女，我何不将他们点化成人，也好助我一臂之力。
［庄周施法（身段）。两个纸人原地转圈（去掉假面）。童男变成王孙的童儿，童女变成邻居丑姑。他们用木偶身段载歌载舞。

姑、童　（唱）笑话笑话真笑话，
纸人变成了肉娃娃。
我本是——

童　儿　（唱）篾条编，毛笔画，

丑　姑　（唱）颜色染，浆糊刷。

童　儿　（唱）一无肠肚，二无腰花，

丑　姑　（唱）三无心肝，四无肋巴。

童　儿　（唱）五无儿女，六无爹妈，

丑　姑　（唱）七无媳妇，八无当家。

童　儿　（唱）九不吃喝，十分听话。

丑　姑　（念）不累，不睡，

童　儿　（念）不病，不痛，

丑　姑　（念）不跑，不闹，

童　儿　（念）不哭，不叫，

童、姑　（唱）任人牵来任人挂，

一天到晚笑哈哈。
哈哈哈……
楚王孙 听着！少时我去试探田氏，你们要从旁相助，探明田氏的真情是否还在我的身上。
童 儿 先生既会仙术，何不掐指一算？
丑 姑 对啰。你算出来了，也免得我们费事。
楚王孙 你两个纸扎的人儿那里知道，世上万物，唯有人心难测。就连我老庄半仙之体，也看它不透。
童、姑 （傻笑）嘿嘿……
楚王孙 为何一味地傻笑？
童 儿 先生只给了我们一副人的皮囊。
丑 姑 还没有给我们人的心肠。
童 儿 我们都没有人心肠，
丑 姑 又怎么懂得人心肠？
楚王孙 如此，先生赐你们一副人心。（施法）
姑、童 哈！我们变人了！多谢先生。（施礼，硬着腰打躬）
楚王孙 既要施礼，为何不肯躬腰？
童、姑 背上还有一根篾条。
楚王孙 待先生与你们抽了！（从二人的颈后各抽出一根长长的篾条）
[丑姑与童儿四肢柔软，活蹦乱跳。
楚王孙 嗯！休得胡闹。随定我来。（下）
[童儿与丑姑蹦跳翻滚而下。
[鸡鸣，天亮。传来一声长长的叹息。
[田氏执扫帚上。
田 氏 （唱）夜漫漫，日长长，
秋风无情催叶黄。
黄叶零落无依傍，
飘飘荡荡向何方？
泪眼问叶叶不语，
瑟瑟簌簌泣残阳。
夜漫漫，日长长，
行孤影单好凄凉。
愁似落叶扫不尽，
落叶一片泪一行。
我是落叶叶是我，
眼望脚下路茫茫。
[丑姑风风火火跑来。
丑 姑 田姐，田姐，你家的贵客来了！
田 氏 贵客？我家哪有贵客。
[由庄周化变的楚王孙上。童儿紧随。
楚王孙 师母……
田 氏 （恍如梦中）你……
楚王孙 （转而奔向灵位）庄先生，你怎么就去了……（哭拜）
童 儿 （旁白）咦！装得还像嘛！
丑 姑 （踢童儿一脚）嗯！
童 儿 （明白了）哦，师爷爷呀……（哭拜）
田 氏 （放声大哭）先生呀……
丑 姑 （劝田）田姐，哭啥？一个人还安逸些，免得拿人家管倒……（劝着）
童 儿 （拉王孙衣，让他看田氏）你看人家哭得好伤心。
楚王孙 伤心是伤心，就是不知伤的甚么心。（起身向田）师母，学生仰慕先生道德文章，回国秉明父母，特来求学门下。不料先生竟盍然长逝，叫学生好不伤悲……如今，学生只有一求，不知师母恩准否？
田 氏 所求……何事？
楚王孙 学生欲在府中小住几日，以便拜读先生文章，略慰生平仰慕。师母意下如何？
田 氏 多谢公子盛情。只是……孤男寡女，多有不便……
丑 姑 甚么有便不便，你家前后两院，正好一人一半。瓜娃子陪公子住前院。
童 儿 丑女子陪师婆婆住后院。
田 氏 不可，不可。左邻右舍，会有碎语闲言……
丑 姑 咸盐!？盐多你就多醃些泡菜！（推田）走，我陪你到后院去打瞌睡！（强拉田氏下）
童 儿 先生，下面的戏你又怎么唱呢？
楚王孙 这下面的戏么……唉，下面的戏不好唱啊……
童 儿 那就不唱算了。
楚王孙 哎，我在那棺木之中假死百日，岂能不了了之！
童 儿 那又怎么办呢？
楚王孙 哼，先生我早有成竹在胸。下面的戏，你等着看就是了！（下）
[童儿跟下。

第四章

[地点转至庄家后院。田氏上。
田 氏 （唱）那日里，草茂花鲜艳，
可意人，玉树临风在眼前。
搅动池中水，
拨响心底弦。
谁知他，情如纸薄撒手去，

留与我，悔恨羞愧不堪言。
今日里，草萎花也残，
那人儿，鬼使神差到眼前。
池中是枯水，
心底是断弦。
哪怕他，再入情海涌波涛，
我也要，高筑长堤挡狂澜。
任凭那，寂寞天长难排遣，
我也要，谨守节操度余年。
［丑姑端个很大的空碗，敲着走来。

丑　姑　田姐，吃饭了！

田　氏　姐姐不想吃。

丑　姑　你不吃？我一口气添了五碗。

田　氏　（不禁破颜一笑）吃了那么多？

丑　姑　我头一回吃人间的饭嘛。

田　氏　甚么？

丑　姑　哦，我头一回吃人家的饭，真是好吃。

田　氏　那你就多吃几碗。

丑　姑　我本来还想多吃几碗，可是，一想起前院的那个公子，我就吃不下了。

田　氏　这是为何？

丑　姑　不光吃不下饭，还觉得浑身懒兮兮，软绵绵；心里头又是酸溜溜，又是蜜蜜甜。这个味道真是长啊！

田　氏　你想那公子，他有甚么好？

丑　姑　那个公子呀，好得很啊！
（唱）高高大大活菩萨，
白白生生面娃娃。
温温柔柔糖糍粑，
漂漂亮亮美冤家。
只可惜，
他是一个高人家，
我是一个矮人家。
高人家，矮人家，
高矮不配成不了家。
哎呀呀，想得我——
眼儿花，手儿麻，心里头像猫抓。
田姐，我看你和他倒很般配。你要是喜欢，我就把他让给你。

田　氏　（好笑）真是个傻丫头！
［童儿悄悄从另一边露出面孔。

童　儿　（小声）嗨，丑女子，你咋个紧倒说？（缩回头去）

丑　姑　（旁白）老实话，该让庄先生出来说了。（向田氏）田姐，我再去吃两碗。
［丑姑招手。庄周化变的楚王孙上。丑姑下。

楚王孙　（悄悄走到田氏身后，柔声呼）师母。

田　氏　（惊）公子！（退得很远）你私入后宅，于礼有碍，快快出去！

楚王孙　师母，一别数月，思念若渴。我是专为师母而来。师母呀，当初之约，你就忘了吗？

田　氏　当初之约？我何曾与你有约？何曾有约？

楚王孙　（旁白）她不敢承认。（转而诈之）师母，我曾赠你白扇……

田　氏　（回忆）赠我白扇……

楚王孙　约你神女楚襄会巫山……

田　氏　神女楚襄会巫山……

楚王孙　你为何不肯如约而往呢？

田　氏　我乃先生之妻，怎可随你前往?!

楚王孙　（旁白）原来她的心还是向着我的！（转身）师母，难道你便甘心寡居一生吗？

田　氏　我曾对天盟誓，为先生守节，矢志不移。

楚王孙　（旁白）田氏真不愧我庄周之妻也！哈哈哈……咦，只恐她言不由衷，口是心非。（转身）师母，难道你忘了赶庙会郊游之乐了？

田　氏　（强撑着）甚么郊游之乐！那日陪公子出游，不过是避免吵闹先生修道，略尽主妇之谊罢了。

庄　周　（旁白）只怕未必！（转身）师母，若说只尽主妇之谊，哪有许多的情景。学生尚还记得师母你呀……
（唱）杏花插云鬓，
春色笼秀眉。
忘情天地内，
欢跃如雀飞。
若不是山醉水醉人心醉，
哪能够流连忘返迟暮归?!

田　氏　（又急又怕）你你你……休得胡言乱语呀。（转身避开）
（背唱）只说是我心已如古井水，
又谁知还似大海浪千堆。
多少向往多少畏，
才后退又被往前推。
苍天哪，
莫教他目光如电照心扉。

楚王孙　（旁白）你看她那个样儿哟，真是教人猜不透！（转身）师母呀。
（唱）杏花纨扇两情美，

千里相逢天作媒。
又何必口儿心儿苦相悖，
落得个魂儿梦儿空相随。
倒不如真情直对，
学鸳鸯比翼双飞。
春日里，踏青芳丛拈花蕊，
夏日里，荡舟荷池笑莲肥。
秋日里，饮酒寻觅月中桂，
冬日里，围炉漫赏雪里梅。
你亲我爱如鱼水，
师母呀，我的师母呀，
当品尝——这至醇、至厚、至香、至美，人生甘露酒一杯。

田　氏　（背唱）人生既有甘露美，
谁不希求饮一杯。
想当初，我与先生成婚配，
同食同饮同罗帏。
遵妇道，我毕恭毕敬，
迷仙道，他无欲无为。
寡言常相对，
芳心如死灰。
今有王孙情如水，
龟裂土怎拒雨霏霏!?
只觉得耳烧面热心如醉……（向天而呼）先生，夫啊……
快与你妻解困危!

［田氏陷入痛苦而艰难的自我挣扎中，种种动作与造型。

［庄周化变的楚王孙窥视田氏，思绪如潮。

楚王孙　（旁白）啊，你看她两眼闪光，似秋波荡漾；颜面生辉，似三月桃花；愁眉深锁，似捧心西子；婀娜窈窕；似神女天降……哈哈！这是我的女人哪！庄周呀庄周，你前世积下甚么功德，今生竟娶着这样的绝色女子。真是艳福不浅，艳福不浅呀！哈哈哈……

楚王孙　（突然醒悟，忿怒地走到另一边，旁白）她那明亮的秋波是为王孙而荡漾；她那娇媚的容颜是为王孙而泛彩。在王孙这个风流浪子面前，她春心萌动，光艳照人。她，她就要跟着王孙去了，她就要跟着王孙去了！（猛击自己的头）庄周呀庄周，都怪你这个会使仙术的混蛋！谁叫你变着法儿在她面前唱甚么淫词艳曲，装甚么风流情种。她一个年纪轻轻的女子，怎经得俊俏郎君的引诱！都怪你！都怪你！（捶胸）

楚王孙　（转至另一侧，旁白）不不不。你看她，含泪之眼不见欢乐，凄惶之态哪有喜色。她心里分明还念着我！是倒是啊，那楚王孙算得甚么？不过油头粉面，虚有其表。怎比我庄周德高望重，世人共仰。我何苦疑神疑鬼，试来试去。不试了，不试了。

楚王孙　（转而走向田氏，忽又止步，旁白）啊？她那样地看我一眼……她又这样地看我一眼……她倒底是在留恋我的旧情，还是在贪恋王孙的新爱？庄周，你既要试妻，怎可半途而止！若不弄个明白，又如何放心得下？唉，田氏，妻呀，只要你的情还在我的身上，从今后呀——
（背唱）我一日看你三百回！

楚王孙　师母，你若不允婚，我就长跪不起了！（跪）

［楚王孙跪在地上膝步紧追田氏，田氏绕场回避（二人身段过场）。田氏终于撑持不住，双手扶住楚王孙。

田　氏　公子，我，允了……

楚王孙　允了？

田　氏　（有羞有喜也有愧）我，允……了……（转身疾下）

楚王孙　（失魂落魄地）允了，允了，允了……

［童儿与丑姑上。

童、姑　喂，人家都允了。

楚王孙　（大怒而起）我晓得允了！我晓得允了！

童、姑　发啥脾气!?

楚王孙　（跺脚）她要改嫁了！她要跟着别人去了！（向田氏的去处）田氏，我把你这无情无义的……

童　儿　先生，这件事不能怪先生娘子。

楚王孙　怎么不怪她？

童　儿　当初，你只求她守灵百日，她又没有违背你的遗言。

丑　姑　再说，你又变成了一个美男子去引诱人家。人家还抵挡了好一阵。要是我呀，早就挡不住了。

童　儿　哈！

丑　姑　先生莫着急。她的心这阵变去向着楚王孙，说不定一会儿又会变回来向着先生。

楚王孙 她的心还会变回来向着我？

丑　姑 是嘛。你晓得的：人心爱变。

楚王孙 人心爱变……

童　儿 先生何不再试一下，也免得冤枉了人家。

楚王孙 免得冤枉了人家……

童　儿 这么好的女人，除脱了可惜哟。

楚王孙 我也晓得可惜哟。

童、姑 那就再试一下嘛。

楚王孙 好。再试一下就再试一下。不试个水落石出，我还不晓得拿她怎么办。你二人过来。

［庄周向二人耳语，二人表示明白。

丑　姑 （惊叫）田姐，公子不好了。公子生病了。

［田氏跑上。

楚王孙 （抱头呼痛）哎哟……

田　氏 公子，公子，你怎么了？童儿，你家公子得的甚么病？

童　儿 脑壳里的病，旧疾复发！

田　氏 既是旧疾，该有药方。

童　儿 药方倒有，只是……

田　氏 快说，甚么药方？

童　儿 人脑！

田　氏 甚么？人——脑？

童　儿 以往公子得病，就在大牢内提一死囚，砍头取脑。不然，不出两个时辰，公子就要活活痛死！

田　氏 天哪，天哪。这深山茅屋，平民百姓，到哪里提甚么死囚，取甚么人脑……哦，有了。童儿，为救公子之命，我愿自尽而亡。我死之后，你速将我的脑髓取出，解救公子。（走）

童　儿 （拉住她）要不得！太医说过，女人之脑救不了命。只能用男人之脑。

田　氏 （绝望地）男人之脑！

［王孙呼痛挣扎（身段过场）。田氏心痛不已（随之身段过场）。

丑　姑 田姐，我有一个办法。

田　氏 甚么办法？

丑　姑 庄先生已经死了，何不将他的脑髓取出，解救公子？

田　氏 （大震）先生之脑！

［童儿递来斧头。

田　氏 （惊退）不！不！

楚王孙 （捧头大叫）哎哟！（挣扎，身段过场）

田　氏 （心疼如绞）公子，公子……

丑　姑 公子活不成了！公子活不成了！

童　儿 （递上斧头）快取先生之脑！快取先生之脑！

［田氏拒绝再三，终于接过斧头，奔下。

楚王孙 （还在做样）哎哟……

丑　姑 哎哟，哎哟，人家都砍你的脑壳去了！

楚王孙 （跳起）啊？她当真去了？

童　儿 你要死，人家怎能不去!？

楚王孙 好。我倒要看看，她究竟会不会劈开我的脑壳！

［楚王孙下。童儿与丑姑跟下。

第五章

［地点：灵堂。灵幡飘摇，灯光昏暗，香烟缭绕。

田　氏 （内唱）肝肠断，心痛胆裂……

［田氏两眼发直，高举斧头奔出。

田　氏 （唱）心痛胆裂！
日月无情天地黑。
悲切切先生去也，
喜孜孜良缘初结。
好端端大祸压顶，
眼睁睁亲人永别。
莫不是前世烧了断头香，
莫不是姻缘八字少一撇。
闪得我——
眼未干泪，
心又滴血。
旧恩未了，
新情又迫。
受不完无边苦难重叠叠……哎！
前因后果顾不得，
急往劈棺不敢歇。

［田氏疾奔又止，手松，斧落。

田　氏 （唱）我与他两载夫妻共茅舍，
寒灯相伴度日月。
虽无情爱似甘露，
也曾关心问冷热。
如今他，长眠不知日和夜，
怎忍心，劈棺取脑恩义绝。

［幕后传来王孙呼痛声。田氏拾斧，欲走又停。

田　氏 （唱）忽闻训戒响耳畔，
似见乡邻变脸色。
都说妇人须守礼，
纲常规矩反不得。
改嫁原当受谴责，

岂可劈棺惊尸骸。

［幕后又传楚王孙的呼痛声。田氏踉跄不能自持。

田　氏　（唱）他声声呼痛，似支支利箭把我射，

他颗颗汗珠，似个个鬼魅摄我魄。

他头痛，我心痛，

他受折磨我遭劫。

情难丢，爱难舍，

难将王孙永抛别。

泰山崩，黄河决，

那是我心与我血。

乞天宥，求地赦，

乞求先生莫见责。

你曾施法干坟垒，

为免孤孀久悲切。

你曾讲人死灵魂升天去，

空留下世俗之躯化灰灭。

你如今无知无觉自去也，

他尚且有情有爱在我侧。

求先生救他复救我，

发慈悲，发慈悲容我劈棺免灾厄。

［田氏飞跪，膝行向前，再三叩拜。

［灵幡中露出祭案和棺材头。

［田氏脱衣挽袖，咬发执斧，跳上祭案，浑身颤抖着举斧向棺材劈去。

［极度的紧张与痛苦，使田氏一劈之后晕了过去。她旋转着从祭案上倒下地来。

［静场片刻。庄周缓缓走出，童儿与丑姑轻轻随后。

［灵幡、香烛等隐去。只有桌案尚存。

［庄周注视田氏，若有所思。

［丑姑将田氏扶起。童儿端出椅子。二人让田氏坐在椅上。

童　儿　先生，你试了半天，结果呢？

庄　周　（缓缓地）她这一斧劈下——

丑　姑　怎样？

庄　周　把我劈醒了。

童、姑　啥子醒了？

庄　周　她对我庄周，是纲常道德之夫妻恩情。她对楚王孙，才是自然天性之男女恋情。

童　儿　纲常道德之恩情？自然天性之恋情？

丑　姑　有哪点不同吗？

庄　周　唉，其中奥妙，只可意会而不可言传了。

童、姑　（互语）好深沉啊……先生，还是请你把我们变回去，当个纸娃娃好些。

庄　周　为甚么？

童　儿　才半天我就明白了，做人的日子好难过哟。

丑　姑　（指田）你看她嘛。又想做啥，又不敢做啥。连我都跟着她揪心断肠。做人，真是太难了。

童　儿　再说先生你嘛。你老人家不仅是鼎鼎大名的圣人，还是个哲人。天天说清净呀，无为呀。哪晓得，遇到这些事还是丢不开，放不下。你们这个人哪，太难做了！

庄　周　（震动）啊……

（唱）小人儿几句话醍醐灌顶，

这才是当局者迷旁观者清。

崇尚自然和天性，

诸子百家有我名。

自以为超凡脱俗入仙境，

自以为胸襟磊落无纤尘。

谁知夫妻纠葛起，

那剪不断，理不清，万般爱，千重恨，

又甜又苦又酸又辣难丢难舍的种种情，

把自己的道德文章抛到了九霄云。

（插白）庄周呀庄周！

（唱）枉自你著书立说发宏论，

你算甚么圣贤?！算甚么哲人!?

童、姑　先生，还是请你把我们变回去，当个纸娃娃。

庄　周　（感慨）你呀你呀。你们才做了半天的人，便如此畏惧艰辛。唉，你们也只能做个纸娃娃。好，待先生将你们变回去。（施法）

［童儿和丑姑恢复原来的面孔（变脸）。庄周吹气，童儿与丑姑旋飘下。

庄　周　（注视田氏，爱恋地抚其面颊）早知今日，悔不当初……唉。田氏，苏醒。

田　氏　（慢慢醒来，见庄大惊）鬼！鬼！

庄　周　田氏不必害怕，我是庄周。

田　氏　你，你，你不是死了吗？

庄　周　为夫乃半仙之体，哪能说死便死？以往之事，皆是我施展法力，假装死去，好化变成楚王孙，前来试探于你。

田　氏　（不能明白，懵懵懂懂）试探……

庄　周　此有休书一封。你，你就寻找你的意中人儿楚王孙去吧。（将休书放在椅子上，万分留恋地后退。终于克制住

感情，忍痛奔下）

田　氏　（慢慢清醒过来，低头见椅上之物）这是甚么……（缓缓拾起）休书？（回望庄周的去处）他把我休了？（努力理解）他……假装死去……他，化变成楚王孙来试探于我……（抬头四顾，物是人非）原来，楚王孙并没有回来……楚王孙并没有回来……（开始明白了，感到恐怖）可是，我允婚改嫁！我执斧劈棺！我，我，我是一个坏女人……我是一个坏女人。他，他他他他，他把我休了，休了！

（唱）只恨我经不起情爱引诱，
只恨我受不了寂寞春秋。
只恨我违妇道节操未守，
只恨我把清名一旦抛丢。
从今后——
千人指，万人骂，
苦痛羞辱无尽头。（突然冷静）
回首尘世多荒谬，
不如一死——休便休！

［田氏把椅子拖向桌案旁，登椅上桌，抛出腰绫。

［一根长长的白绫从舞台顶端垂下，构成一条横跨舞台空间的白色弧线。

［田氏面向观众，把白绫放在颌下，踢倒椅子。

［庄周大叫奔出。

庄　周　（痛心疾首）田氏！田氏！我真心放你走，你为何寻死，为何寻死呀！？

［庄周拿出铜盆猛敲，围田氏悲悼起舞。

庄　周　（唱）鼓盆而歌兮，
世路艰辛；
不能胜己兮，
焉能胜人。
庆吾自拔兮，
怜汝不省；
长歌当哭兮，
哀死哀生。

——剧终

（据徐棻女士2018年10月提供的最新版本）

【导读】

《田姐与庄周》是徐棻的代表作，获得曹禺戏剧文学奖、全国优秀剧本奖，并被翻译成法文、英文发行国外。作为一部改编剧，此剧尝试将传统戏曲与现代思想相结合，一经推出就引起巨大反响。

川剧、京剧、昆曲都有以“庄周试妻”为内容的剧目。在现代伦理、道德观念的观照下，旧戏中“鼓盆、思春、扇坟、试妻、劈棺”等核心情节，被剧作者赋予新的内涵，串联成新的情节线索。庄周与田姐是一对平凡夫妻，“闲来倚门数暮鸦”的单调生活，渐渐消磨了生活意趣。看似通脱的庄周无法理解妻子的爱美之心，他以修道之名压抑妻子和自我的情感需求。看似波澜不惊的生活，积蓄着巨变的能量。楚王孙的出现打破了二人原本平静的生活，以礼相待的田姐未能止住内心萌生的情感欲望，引发了庄周的敏感猜测。于是，庄周用一个个极端情境考验妻子——他化成楚王孙，倾诉相思之情，妻子没有逾越男女界限；他用纸娃娃化成丑姑、童子，鼓动妻子再嫁，田姐恪守了不再嫁的承诺；田姐经不住“王孙”的苦求同意改嫁后，他又设计，让她在“男女恋情”和“夫妻恩情”之间艰难选择。

平凡人性在剧中被置于情与礼的熔炉中反复炙烤，田姐备受折磨，终因无法战胜封建礼教的束缚，面对真相崩溃而亡。田姐，这个向往自由生活却又不敢逾越雷池一步的女性，以自身的悲剧展现封建女性的灵魂自限，折射出那个剥夺女性自我意识的文化主体强大的身影。返观男性形象，庄周以一个裁判者的姿态对妻子反复拷问，但试妻的结果却是他再也无法面对自己。因为每一次的步步紧逼，同样暴露出其自私狂妄的虚弱本相，不仅与其自我标榜的通达脱俗背道而驰，而且将男性恣意凌驾于女性之上的霸权彻底暴露出来，最后，他只能面对不堪一试的人生，鼓盆而歌。

女剧作家大胆地破除旧戏所宣扬的伦理观念，在古典情境下融入强烈的现代意识和哲理思辨，以男女关系隐喻更多不对等的权利关系，不断反转的剧情和极端化的情境设置，营造出人性自我诘问的多重困境，把握权力走向的始终是人性。此剧聚焦人物内心的心理冲突，交替出现的现实和幻像扩充了意识空间，古典情境与现代哲思在充满冲突的情节结构中实现了完美的结合。（潘超青）

▶ 徐棻《田姐与庄周》拓展阅读

打出幽灵塔（节选）

白　薇

第一幕

景　城外的西式客厅，五月的阳光，充满室中。室宽大，中央置长方桌，椅子环列。正面壁炉，两旁各一大窗，窗下花台，各放盆花，左壁下沙发，靠右圆圆的小桌，椅子两张。左右上首各一门，左门通内室，右门通外面。壁上许多图画。

一个五十多岁的肥绅，身穿麻灰色的洋服，挺着怒气的肚子在室中走来走去。内室传出钢琴声。

荣生　（往左门口，有气的）喂，阿梁！阿梁！

男仆　（约三十多岁，谨慎的，自左门出）做什么，老爷？

荣生　你去叫少爷莫弹琴了！真吵得不耐烦！

男仆　哦哦。（恭敬地点头退出）

〔少间，郑少梅穿时髦的淡红长衣，风骚的样子走上，她流丽的风情，和一种贵妇人特有的高慢，绝不像个做妾的身份，年约二十七岁。

少梅　他弹琴弹得好好的，你为什么叫他不要弹了呢？（笑指他）我看你这样的怒气，正要他替你弹消呵。（琴声止）

荣生　无非是你要听！（气毒毒地）你就叫他整天整夜地弹给你听吧！可是我的地方，我是不许可的。

少梅　唔！（惊向他）你说话要留意呀！（骄慢地、稍有反感地望着他）

荣生　留意又怎么样？不留意又怎么样？……横直我老了，什么都是你们的天下。

少梅　是啊，青年人自然有青年人的心思。哪能拿你那种老朽来打比呢？（讥笑的调子，室中轻步慢走地）而且我郑少梅是一个很正直的女子，像你那肮脏的脑袋，你是不配管束我的。

荣生　你就可以管束我，我就连说说你的笑话也不能了吗？（笑摸她）

少梅　哎呀！（跳跳地）可以一同而论的吗？……你一天到晚调戏月林，或者在想方法要如何调戏她，这是你一天一天的功课。……我有什么？难道我爱听音乐也有罪吗？还是你想借此加我一个罪名，要和我来抵消么？（睁开眼睛，威迫他面前）

荣生　（怒消魔来，卑屈地拍她玩）我对你说，我实在有点不愿意看你站在他面前听他弹琴。你是我最爱的咧。（攀她的颈）

少梅　（推开他，严正地）啐！你嫉妒么？

荣生　（对她讨好的，巧笑去抱她）哪里，我心里并不曾疑过你。我不过有点讨厌巧鸣那东西。

少梅　（无语）

荣生　巧鸣一天到晚坐在家里，他好像想月林想疯了的。你看他们近来的光景怎么呢？

少梅　我知道的大概你都知道。（淡淡地拖开长桌上方的椅子坐下）

荣生　不然，不然，（热心地搂住她）月林那孩子近来把父亲都忘了，她骗着我进党务学校进了那许久，你是知道的，我却不知道。听说她最近又爱了什么农民协会的委员哪，又是爱巧鸣爱到分不开哪……她们到底是怎么弄的？

少梅　你最好是不要盘问吧！横直那是他们青年们的世界。

荣生　你说！……尽你所知道的说呀！（坐在她旁边，拥抱）

少梅　（摊开他，摇头默笑）

荣生　你怎么不说？你们都合成一块反叛我么？（愤愤的低头默走）哦，（兴奋地）我想出了法子！明天就不许月林去学校里了，对，明天就不许她再进党务学校。（思索）女子也革命，要革到天上去么？女子也讲究革命，看她革掉父亲啊！……（停）对对，我还有个法子！明天就要巧鸣独立去。巧鸣有了这末大，我做父亲的养他养到二十五岁了，现在叫他去谋独立生活该没有错吧？（望望少梅，求她同意状，又无聊地抽烟，独语）巧鸣那孩子真不听话！（恼狠狠地）我好好地叫他去学商业，他偏偏玩什么音乐哪，干什么革命哪！尤其是他前晚上对我说的话，简直是侮辱老子！（怒气顿足，大拍桌子）

少梅　（轻轻立起，讥调冷笑地）他说错了什么话？值得你这样发脾气。

荣生 什么话吗？……他前晚上不是说……他叫我暂为退开，让他去乡下粜谷。并且给他在这里和那些无聊的农工，作个圆满的解决。他不是这样说吧？……你看，这简直是儿子叫老子退位了！

少梅 时势是这样来了，他说的一点也不错。

荣生 嘿！（加怒）我辛辛苦苦弄来的财产，给他来做便宜人情，还说他不错吗？

少梅 不，你不过是个资本家，你的财产，是榨取贫民的膏血得来的。现在的革命，就是被榨取阶级起来，寻着榨取阶级算账的时候哟。

荣生 哎呀呀！无怪乎你们都要搬到省城来学时髦！共产党的口号，你也唱起来了呀！（手舞舞的蛮相）

少梅 二十世纪的思想，二十世纪的战争，是劳动者与资本家的抗争哟。……你要看清现代的潮流，不要做时代的落伍者！

荣生 罢了，罢了！你学得一口的时髦话，莫在我面前摆臭格！（逐出少梅的样子）

〔胡巧鸣自左门碰上来，他是一个阴郁气分很重的青年，穿着很漂亮的黑洋服，低头自左走向右去。

荣生 （兴奋地注视巧鸣，暂不惊动他，忍气让他通过，忽然大声地）巧鸣！

巧鸣 （走到右门处，忽停步回过头来）

荣生 你又哪里去？

巧鸣 （靠在门口，不响也不动）

荣生 我问你哪里去，你的耳呢？

少梅 （柔和的向荣生）是去学校里接他的爱人吧。（向巧鸣微笑）

荣生 怎么？你每天到学校里去接月林吗？

巧鸣 （默认地表示，沉默）

荣生 你不能不和她早点断绝。（横暴地）

巧鸣 那是做得到的事情吗?!（强调地）

荣生 兄妹中间弄出不名誉的事来，你看我的腕力呀！（举臂示巧鸣）

巧鸣 旼，你的腕力有什么用！（冷笑）

荣生 吓，（怒鸣）好大的胆子！要藐视老子了！

巧鸣 我安顿不久就和她结婚。

荣生 反了！造反了！（气煞，大拍桌子）

少梅 你真是个专制魔鬼！婚姻是自由的，他们两个既然那末相爱了，月林又不是你亲生的女儿，他们愿意自由结婚，有什么不可呢？

荣生 月林原来是个丫头，我的儿子是配丫头的吗？

巧鸣 请你不要说那样的破话！那是没有人要听的。我爱她。

荣生 妖孽！（凶指巧鸣）

巧鸣 我要同她结婚的。（很认真的表情）

荣生 你是准备父子革命吗？（迫视巧鸣）

巧鸣 儿子不是生成来革父亲的命吗？（风快地驰退）

荣生 （败气地回向少梅，满肚子的气）生出这样不中用的儿子，我们还置什么家业？不如卖了田地，自己快乐一世好了吧。

少梅 老实说，你置家业，你发财致富，何尝是为子孙计呢？一边是为满足你发财欲望；一边还是为自己的快乐啊。

荣生 为什么你近来说话，总是锋刺刺的？我待你不好么？（抚抱她）

少梅 怎么？我说错了么？你待我自然是再好也没有的了。譬如你那些姨太太和太太，都把她们放在家乡，你随便到哪里去，总是把我带在身边的。我何能说你待我不好呢？……可是我跟你也有十一年了，你爱新恶旧的心思，总不免的。

荣生 我又爱了哪个？我自从讨了你之后，还娶了什么女人么？

少梅 你对于月林，就好像是发狂似了的……

荣生 你不要向我捣乱吧！你有心败坏我的家风，情愿你找别的路去吧。（鼓起眼睛，很凶的样子）

〔男仆自左上。

男仆 老爷！来了好些农民，要会你老人家。

荣生 哦哦……（慌张）你快去回信，说我不在家。

男仆 （点头退场）

〔凌侠率农民五人自右登场同向荣生行礼。

农甲 （向荣生进两步）前天你们家里打伤了我的哥哥，我已经报告了农民协会。

荣生 你现在弄这许多人来，安顿和我怎样办？

凌侠 那是要候农民协会开会讨论了以后才知道，我今天不过是来调查确实的情形。他哥哥到底犯了什么法？你们把他打了得那末厉害。

荣生 他是一个暴徒，怂恿一些农夫和我捣乱。并且还打我家里的仆人，我的仆人回手打了他，那是一辈还一辈的，怎么怪我呢？

农丙 湖涂！怎么不怪呢？（气忿忿跳向荣生）

农丁 混账！简直是你叫他们打的。（同样地）

农甲 你欺负我们，我哥哥当代表说话，你不许他开口，反而叫了许多奴隶出来，捉起我们来打，几个凶一点的，就像一群豺狼扛了一只羊似的，把我哥哥打个半生半死。你想你是多末残暴？

荣生 当时假若不是你们胡闹，如何会闹出事来？

农丁 放屁！你卡死我们工钱，不发谷子给我们。

荣生 发给你们，你们不要，你们要故意寻我捣乱……

农甲 （抢进荣生前）你不要辩！听我向农民协会的委员来申诉。你的田地被大水冲了，你招了许多农夫替你修筑，当时说好了是三角钱一天的工钱，有的领了你的现钱，大多数是来向你兑谷的。可是你狡猾，你看了当时的谷价便宜，老不肯发谷给我们。一直等到谷价贵极了，你才把谷子贵得要命地兑给我们。我们都是一般穷百姓，谁愿意把钱买你的贵谷子呢？所以要求你照欠工钱的时候的谷价发给我们。你不独不肯，而且骂我们瞎闹，赶了我们出去。我们没有法子，只得请求你把工钱发把我们。你又怪我们的要求反复无常，对我们大发雷霆，还要打伤我哥哥，请问是谁没有道理？

凌侠 （豪快爽直地向荣生）他说的有什么不对么？

农丙 （快锐地）简直句句逼真，只欠没有做出他当时候的暴虐。

荣生 （闷气想逃的）

少梅 （从他背后推荣生，给他的暗示）

凌侠 这件事我明白了，（向荣生）请你老人家到农民协会去吧！

荣生 （落胆地）你们的意思要怎么样？（向农甲）我给几块钱把你，替你哥哥请医生吧！

一同 哈哈！哈哈哈……

农乙 我还有几句话讲：我是为一乡两镇做代表来的，外面跟着我来到你（指荣生）府上买谷的人多得很，求你老人家赶快开仓，把谷子快粜出去救济救济乡党邻里的百姓！我们地方上自遭了上次的水灾兵灾，不但谷米几乎烧完了，灾民好几千，都是流离失所，冻的饿的，……现在赈灾会想求你老人家捐出五十石谷。

荣生 你们的意思和百姓的痛苦，我很明白。可是我的谷已经粜空了，剩下的只够自己家里吃。（假笑地）

农戊 我晓得，你的谷还没有粜出十分之一。自去年冬天各乡各市闹饥馑，别人家的谷一块钱粜两斗的，粜一斗八升的；你的谷只粜一斗五升，那时候没有哪个要你的。今年三月水灾以后，到处的谷都粜二斗三升，你们少爷在乡下，各地方的人都赶来要你少爷开仓，你少爷刚刚粜了半天，后来被你老人家阻着了。前两天你自己在乡下粜，只粜一斗四升，除了真怕会饿死的人，其余又是谁都不要你的。你的谷哪里去了？

农丙 既然是这样，何必同他讲那许多道理。头一句问他捐不捐出五十石？其次，由我们农民协会议定，要他便宜粜出就是。

荣生 东西是我的，我有我的主张。（挺起肚子，横气地）

凌侠 财产是国有的，转眼你没有说这话的权利。老老实实请你照我们的话答认吧！

荣生 暴徒！共产党！（大怒跳起来，一边按呼铃）

凌侠 你这样叫有什么意思呢？我们还是和你讲得最文明呀。（好意地）你现在的谷不肯捐也不肯粜，将来把你的都拿去充公你就没有话说了。

荣生 混账！我的财产要你干涉……

农乙 在这里是和他说不清的，还是把他带到农民协会去吧。

一同 赞成！赞成！

〔凌独默想，少梅机敏地自右退场。

〔男女仆人一群，凶头凶脑的自左拥出。农民们见仆人冷笑的，气愤的，彼此相望的。

荣生 （困惑中忽然欢喜，向奴仆）你们快替我赶开他们！（指挥）

农甲 （吹哨，右门外哄哄的应声）

〔仆人们拿赶农民，室中混乱喧喧。

凌侠 拿倒！（擒起荣生）请你和我们同去吧！（拖他走出右门）

〔台上人骚骚攘攘自右退场。舞台暂时空虚。萧月林登场。穿潇洒的长衣，黑绒绒的短发，深厚厚覆在水汪汪的明眸上，天真有魅力的娇颊，浮出神秘味的恬淡，灵秀的长眉，鲜红的娇嘴，配着雪白的肌肤，越显得处女美。风度似藤花的细腻，身材似新竹的苗条。优容的气宇，仿佛有无限缠绵；沉默的神采中，显得多少凄凉味。看来约十八九岁。探求的样子自左门上。女工随月林后背上。

女工 这里空着，就请她到这里来坐吧。

月林 她是来会七姨太太的，把她带到七姨太太楼上不好吗？

女工 七姨太太不在家，她的厅子锁了，房门也锁了。

月林 那末，你去请她进来！

女工 哦。（自右去）

月林 （整顿器物）

女工 （女工引萧森显自右门上）小姐！客来了。（消去）

月林 哦，请进！（径往右门迎接）

〔萧森登场。穿一套极浅的蓝紫色的衣装，短发，戴衣色的帽子，穿肉色的鞋袜，手上抱一个皮包，瘦削的风姿，脸色苍白，英秀的美眼，鼻梁美而极高，是尊严的风度，是热情的心怀。玛瑙般的美齿，一笑还有令人迷离的魅力。看来约三十几岁。一见月林，惊奇的注意她。

萧森 胡太太不在家么？（清脆的音调，流丽的眼光支配月林身上）

月林 是的。（半羞半奇怪的望望萧森）

萧森 就会回来么？

月林 我刚从外面回来，不知道。

萧森 （立门口想进不进的）我约她三点半钟来的，（看表）现在刚刚是三点半。

月林 请坐一会吧！大约她就会回来。（引她同坐在沙发上）

〔二人沉默

萧森 胡太太倒有几分爽快，（取下帽子放在膝上玩弄）她就是小姐的令堂么？（巧妙地窥月林）

月林 她是我的第七个姨妈。

萧森 我……她说她家里有一位小姐，很聪明可爱的。不就是说你吗？

月林 我父亲没有别的女儿，就只有我这一个养女。

萧森 你父亲一定很爱你的。（细看她的表情）

月林 难说哩。（感伤，深深叹气）

〔女工拿茶上。

女工 （又搬一只小桌，通通安放她们面前）请喝茶！（看着萧森，退场）

萧森 （越发用心注视月林，拿着一杯茶要喝不喝的）做别人的养女，总没有在自己的父母面前那样好么？

月林 做自己的父母亲的儿女，到底是怎样的滋味，我并不知道。（倾心萧森的样子，默默喝茶）

萧森 怎么？……你竟不去看你的父母亲么？

月林 我并不知道我的父母亲是哪个。（羞垂着颈）

萧森 哦！（非常难过，沉默一会）

月林 孤女的生涯，写出来真是一本小说。（悲酸，立起走走）

萧森 怎么？（热心地望着她）

月林 我一生下地来，就是一个孤儿。（眼泪要流下的样子，又走）经了许多变化，才做别人的养女。

萧森 一个孤儿做了大家庭的养女，而且简直是一位大家闺秀，这还不幸福么？（强制感情，尊严地）

月林 什么大家庭！这是幽灵塔哟。不知道哪一天，我才可以从幽灵塔下打出来！

萧森 假若你们的家庭真是幽灵塔，你果然有打出幽灵塔的志愿，那不是很容易吗。（走向月林）你们胡太太已经在妇女联合会提起了离婚，做女儿的假若要提起脱离家庭，那更不成问题，我想最容易解决的。

月林 可是我不比七姨太，我在这家里所处的地位，比她还黑暗十倍。

萧森 怎么的呢？……

月林 ……（凄凄悲楚，倒坐中央桌旁椅上）

萧森 （温柔地抚她）看你这样的年华，脸上就刻着许多辛酸的痕迹，不待说也知道你曾有过很可怜的生涯。但是现代的人，不应该被旧环境所苦恼。环境需要我们改造，人生也需要我们去改造。

月林 对，（仿若大悟，微笑向萧森）我一听你的话，就觉得安慰。

萧森 不，（微笑轻摇头）要一边把自己的环境改造了，一边再向改造的路走，才有安慰可说。

月林 （肃然起敬）我心里不知道是感激还是愉快？我二十年来寄人篱下的黑暗生涯，今天遇着先生，仿佛前途才有一点光明。

萧森 我心里也是奇怪，也是快乐：怎么会做梦一般的遇着你？……又好像什么时候，我们曾见过面。（不可解的愉快，沉默瞬间）

月林 （欢喜地，追想）我不曾见过你。

萧森 （阴气地离开桌，静静地）你怎么知道咧？

月林 我若见过了你，一定会有很深的印象。怎么会一点也记不起呢？

萧森 我也不知道是哪一年见过的，也不知道是见过你还是见过你的母亲。只记得像你一个样的少女，很伶俐，很洒落的，但是她从心的深处，总显出些凄凉的意思。（注意看她脸上）

月林 你或者是看过我的母亲，我想我母亲，一定是同我一样的运命。

萧森 你还想你母亲吗？你既然没有看过她，想也没有用呀。

月林 没有母亲的孩子，一看见别人有母亲，心里真是难过！（流泪）

萧森 你不要难过吧！我也是很寂寞的，你若是喜欢和我谈谈玩玩，我非常欢迎你。我看你嘴唇旁边的一颗黑痣，我总觉得是在哪里看过你。（想去扪她，迷惑的样子，退开）

月林 这颗痣我顶讨厌！（自己扪着痣）我小的时候在育婴堂，别人都笑我是一颗好吃痣。

萧森 这好看得很。西洋人画美女，常常要在这里（指痣处）故意画一颗黑痣，点缀雪白的脸部愈显得美。

月林 东洋人的审美同西洋人不一样，我记得育婴堂的阎馥蘅先生，她还叫了个人替我点痣。我被那点痣的人割了一刀，呱的一声哭跑了，到头没有割掉。

萧森 啊，你说的就是阎馥蘅先生的孤儿院么？（惊，痉挛地，往左行，凝视月林）

月林 是，我在那边有六七年。

（郑少梅再登场。）

少梅 （不安的样子自右走上，进来后，欢喜地）啊，萧先生！（行礼）真对不起！来了好久吧？

萧森 刚来不久，胡太太忙吧？（走向右门）

少梅 不忙什么，刚刚农民协会来了几个人，把她爸爸带了去，我也跑到外面走了一趟，害你老等，真对不住！（拖开右方的椅子）请坐！请坐！（自己站着）

萧森 胡先生怎么呢？……哦，你也请坐！

少梅 不要紧的，他太古板，农民委员把他带去说清白就会放他回来。月林！你去泡茶来！（和她对坐）

月林 （拿了茶盆自左退去）

萧森 （自沙发取了皮包，仍来右壁桌前坐下，取出文件）你是要和你丈夫离婚咧？（翻文件看）

少梅 是，我是这末想。

萧森 你要离婚的理由呢？（取出自来水笔，记写）

少梅 不论是精神上，不论是肉体上，我再不能同他做一块了。

萧森 本来有了你这两句话就够了。无奈还要费一趟呈文的手续，请你将你们夫妇的经过说一说吧！

少梅 我们根本就不能说是夫妇，我是他的第七个小。

萧森 那末，自你做他的小的来历，也略略说一点。

少梅 我本是乡下的农家女，十七岁那一年，我在野外采桑，忽然被胡荣生看见，他走近来，说我如何好如何好，就跟着我家里的人，到我家里来求婚，当时我父亲还在，死不肯把我许给他做妾；而且我也曾在高等小学毕过业，我颇有以女学生自负的心理，宁死不愿嫁给他做妾。不久我父亲死了，我的叔父他吸鸦片烟吸得糊里糊涂，他贪了胡家的钱，就强迫我把我嫁来了。（伤怀，自袋中探巾揩泪）

萧森 （在小册上记写，忽停笔，难过地望梅）

少梅 嫁来以后，我是非常得宠爱的。可是胡荣生有七个老婆，我总觉得这是过地狱生活。

萧森 你何以不早和他脱离呢？

少梅 第一，胡荣生比我大三十岁，我那末年轻轻的落到他手里了，他哪里肯放我呢？第二，我既然嫁了他，再出去，又怕不能谋生活。而且那时候女子没有好告状的地方。

萧森 或许是结婚后你喜欢他，现在你嫌他老了。（玩笑地）

少梅 不，不，结婚后我不能说我不喜欢他。但现在是他嫌我了，他别有所爱了。他天天以调戏……（悲恼，停）

萧森 （记写，笑笑的）他调戏别的女人，你好管他呀。你就因为这点事情，要和他脱离吗？

少梅 先生！你不要看得我这样浅薄！（立起抗争的）我是从黑暗的地狱里醒过来的了。头一层我是不愿意再做别人的妾，我想把我这剩余的身子，替革命军的红十字会当看护去；二一层他不论昼夜是那样调戏他的养女，与其日后被他丢弃我，不如及早自己和他脱离。

萧森 怎样！（不思议地惊跳）调戏他的养女?!（惊眼翻转）就是方才和我谈话的那一个么？

少梅 对，那女孩子原来是一个丫头，经了好几卖才卖到这里来，我们太太喜欢她聪明，收上她做养女，还送她读了好些书。不料太太一死，他对于自己的养女，就像畜生似的。

萧森 唔，（很不安，闭着眼睛默想）你的话都说完了咧？

少梅 这就够了，烦萧先生替我早点弄清楚！

萧森 我务必替你办得快，大约个把礼拜，就可以解决吧。（收文件，立起）

（月林和女仆送茶果来）

少梅 你们的茶怎么弄得这样久？（摆茶果）

月林 临时找点心哪。（恋恋不舍的依萧森立）

少梅 （注好茶，先劝萧森喝）请随便吧！（进她点心）

萧森 小姐呢？（让月林坐）

少梅 灵香，你快替小姐拿只茶杯来！

（女仆自左门退去）

萧森 小姐今年几岁了？（和乐乐饮茶）

月林 十九岁。

萧森 进过什么学校呢？

月林 前年在中学毕业了，现在在党务学校。

少梅 她很想做点党务工作……

萧森 我正替她这样想，几时我替你介绍吧。（笑向月林）

月林 费神！

〔女仆拿茶杯来，少梅替月林派茶，一同共饮。

萧森 你没有事可以去找我，我就在省议会后面妇女联合会。（给月林一张名片）你的名字呢？（给她纸笔）

月林 （在她的纸上写着）

萧森 哦！萧……萧月林！（窒息的样子，沉默瞬间，忽立起，离坐）再会！

少梅 请再坐一会儿吧！

萧森 等事情发表了的时候我再来。（自右退场，依依望着月林）

〔少梅月林送出他，同自右门消去。女仆自左来收拾茶点，把点心放在口里大嚼。月林自右折入帮忙，见咀嚼着的女仆，天真的发笑。

月林 快吞！（替女仆敲背）给姨太太看了没有脸皮，赶快吞！

女仆 哎！…（噎噎不下，白了眼睛用劲吞，自左退场）

〔巧鸣自左门跳出，向月林，甜蜜的。

巧鸣 你今天怎么不等我去接，就一个人回来呢？

月林 我是为了避避那老妖精的眼睛，你不知道，他常常探听我们的举动，他嫉妒的火焰，已经达到极点了。

巧鸣 管他做什么！（从背后抱着她）

月林 不避避他的怒锋，是撞祸的哟。

巧鸣 我的想法与你正相反对，我还想今晚上和你一同坐个马车出去看戏。（愉快的携她坐在沙发上，挨近并坐下）

月林 这样一来，他越发要气死。你为什么总要和他作斗？

巧鸣 （慢慢吸烟）不斗，不斗，我们要死在这幽灵塔里吗？

月林 过于反抗，你自己的生命危险；其次……

巧鸣 他会杀我吗？……他要杀我，我也要和他决斗，他纵然打死了我，我也乐得血淋淋地死，……横直我嫌我的生命太长了，我在这丑恶万态的家庭生长了二十五年，简直是在幽灵塔下做了半世的愁鬼！我苦恼，厌倦，厌倦到了极端。（兴奋，忧伤。稍默）假使我没有你，没有你时常给我一些新鲜的意思，替我这垂死的生命上添了许多雨露，我早就自杀了。（间）只因为有了你，（将手搭在月林膝上，悲伤消，渐渐展开欢乐）我还是爱生，执著生，赞美生，将要红火般的热烈地生起来。

月林 对了！你要转过来才好，悲伤是青年的坟墓。我们快快乐乐生吧。（爱娇地握他）

巧鸣 （抱起月林，爱抚一回）我想不久就和你结婚。

月林 哂？……（娇灵的眼望他一下，突如触电般的痉挛，羞羞伏默）

巧鸣 （起立回走）你的意思怎么样？……我想，若不是这样，我怎么也表示不出来我对你这片深奥深奥的爱情。喂，（轻拍她的肩，柔情极度的）你不要总是那副娇嫩嫩、娇嫩嫩的面孔，情势是这末逼来了的咧，喂，（轻摇她）你的意思到底怎样？你这娇羞的样子就能够结局的吗？……你还是执著那神秘的梦幻，老以为我们这种美丽的爱，是不要结的婚咧？

月林 （红潮涨上，迷蒙的羞态，推开巧鸣，凭在沙发的端上，包着头）

巧鸣 从前我也是同你一样神秘，但近来越觉得非把神秘打破不可了，爱情不达到结婚，总感不到相爱的密度。（把她左看右看，热烈地紧抱，接吻）

月林 怎么你的思想变得这样快？（娇灵的样子，双手按在他胸上）

巧鸣 这是我的思想进步了。（愉快的笑）

月林 还说是你的思想进步了咧！……你俗化了哟。（轻轻推开他）

巧鸣 哪里，你还是小孩的想法，从前我也是个尊重梦幻的迷儿，极厌恶现实界的形形色色，凡事一到了现实的境地，就想法子逃避，现在却首先就追就现实了，什么都是非常执著的。觉得愈是执著的里面，愈有生命。

月林 哦！（奇怪的样子，感叹）我只觉得我怪爱你，我的心，真是每一秒钟都在想恋着你哟。（娇美动人的笑）我却不想……

巧鸣 人生不过是几十年，青春的时代飞也似的快。我们何不痛痛快快地生活起来呢？

月林 不，我不想。（骄傲地摇头）

巧鸣 （一边吸烟一边低着头想）你不想，这也没有办法。一句总话，我们不能不在这几天之内，逃出这个幽灵塔。不然，那个老恶魔，不是吃掉你就会吃掉我。

月林 这简直对极了！我也是这样感觉。

巧鸣 你想怎么办呢？

月林 我们都出去干党务工作好么？或者你仍旧到大学里上课去。

巧鸣 那样的破学校，谁还爱进去呢！

月林 你既然那末爱音乐，或者你就到德国留学去。（毅然向他）

巧鸣 （阴郁一会）我怎么能够把爱到不得了的人离开去呢？

月林 为你的学业计，我们不能不暂时分开。也要是这样，你父亲才有钱给你念书咧。（严正的）

巧鸣 月林！（情热的，而有多少悲意）我现在只想你，除了你之外，什么都不能给我安慰。（兴奋地想去抱她，忽沉默）

月林 若是你定要是那样做，包你是自讨失败的啊。

巧鸣 是呀，我的心都裂了！（苦闷）但无论怎么样，我们总要一同逃出去的。纵然暂时实际上不结婚，也要借个结婚的名义，好一同出去。

月林 那不行，我的脸皮没有那末厚。

巧鸣 大饭桶！要不是这样，我父亲那个幽灵，也还会追了来破坏我们的爱哩。（间）

月林 那末，我们要明明白白告诉凌侠。

巧鸣 啊啊！我忘了你还爱他！（酸笑的样子，强作镇定）

月林 我现在虽然不是什么爱他，我总觉得他很可怜。（默靠桌边）

巧鸣 我知道你是想把我们的三角剧延长，再展开多演几幕的。……而结婚的幸福，绝对不是我和你。（忧闷，双手抱着头，伏在桌上）

月林 （跳起来）你这话真是混账极了！我认识他先认识你后，他是我从小当丫头时的最好的朋友，他母亲待我那末利害，若不是他为我救我，我早就死了，……他对我那末诚心，他的心始终不变，我是没有牺牲他的勇气的。

巧鸣 （悲伤地驰向左去）

月林 （激急的追住他，热烈地投在他怀里）

〔凌侠自右门爽快的走上，见状，惊站着。

凌侠 啊！（走向他们）

〔二人急离开

凌侠 我非常羡慕你们，——羡慕你们公子小姐的闲暇。（一只手握一个，俏皮的笑）像我，工作那样忙，简直没有工夫来参加我们的 Romance 的喜剧。（隐隐地难过）

巧鸣 （带些惭愧，诚意地紧握凌）你不要难过吧！我们三个人这出剧，我看悲剧主人公总是归我演的，喜剧一定是你们的了。不过我还活着一天，我不能轻轻地把它放过去。（呆着）

凌侠 说什么感伤话哩！不要总是这副诗人型的苦闷！我们都鼓起勇气把它演下去吧，老弟！（抱着他的肩）我们互相不防害，我们互相爱，只是我因为工作太忙了，不能时常来一块儿玩，这是我难过的呀。（回身握月林）

巧鸣 你知道我父亲那个幽灵，他对于月林是怎样也野心勃勃哩。他把这家庭弄得幽灵塔一样了，我是他幽灵塔下的第一个囚人……

凌侠 现在还怕他做什么？你乘着这机会走呀！（热情地拍他）

巧鸣 我想再等三四天，我要下乡把那些谷便宜粜出去。

凌侠 我特为抽了身来叫你们走的，你们要赶快走出这个屋子！

巧鸣 事实上不可能，乡党的饥荒，那末靠我们的谷救命，我非下乡去粜谷不可，我自己没有一个钱用，也要靠那里的钱。

凌侠 你在做梦！你父亲被农民协会拿去了，你还唧里咕噜不走吗？

巧鸣 嘿！怎么！（如在梦中）

凌侠 就是为前几天的事，这些事倒不要紧，或许即刻就会放他回来。但据调查，你父亲确实私贩鸦片烟，即刻就要派人来搜，还恐怕会弄出暴动，你们暂为避开吧！（挽着月林，迫巧鸣出）

巧鸣 （静静的，又呆又恼）我不走。

凌侠 你要听候别人来捉你么？走呀！（急样）

巧鸣 我不走。这不是根本的办法。（呆立）

月林 你想怎么办呢？走出去说吧。（激迫他走）

巧鸣 你同侠哥去好了，我要在这里等农民协会的人来。

凌侠 你一个人在这里有什么意思呢？你难道敌得住他们那许多人吗？走呀！（迫他）走！（拖他走了两步）

巧鸣 你好好地照顾月林去好了，我是无论如何不会走的。（顽强的）

月林 请你不要发痴！我们一同走。（柔和地拖他）

巧鸣 （古怪地沉默，向左走入里边去）

月林 鸣哥！（追他）

凌侠 （挽着月林，柔和的）不要管他好了。（风快地抱她）我们快点走吧。（推她出）快走！

月林 他不走我也不走。（强站着）

凌侠 他去死你也去死吗？（带忿的）

月林 说不定。（表出强烈的不满，直向左走去）

凌侠 月林！（驰向左门槛拉住她）你很讨厌我了咧？

月林 你刚才这句话是多末讨厌?!……未必他去死你就看着他死么？这句话是害了你自己的人格：你那么爽快的人是不应该说这样的话的。（严重的）

凌侠 愿你恕我！（将头伏她双腕中，再携她走入中央几步）你是我的灵魂，你是我的全世界。七年以前，我就把我一切的心思都交给你了……

月林 但是你母亲把我卖了；我自卖到胡家，便像下了牢狱，假如不是鸣哥那样爱我，我早就被他父亲那个畜生蹂躏了。

凌侠 我那末火一般的爱你，为什么你又不肯同我走呢？（轻抱）

月林 （轻离他）我和鸣哥那末狂了一般地互相爱着，鸣哥劝我逃出去和他结婚，我为什么不答应他呢？（表出魅人的媚眼）

凌侠 （飞跃地抱她，自己指心）你还爱着我？

月林 你是头一次打碎了我的心的人；不过我和鸣哥，格外的陶醉，格外的调和。我一生爱着你们两个。

〔里面巧鸣的哀叫声。

声音 呀！……

月林 不得了！（惊骇骇驰向左，退去）

凌侠 啊！（急追月林后背，消去）

——幕——

（选自黄侯兴主编：《创造社丛书——戏剧卷》，学苑出版社1992年版）

【导读】

白薇的三幕四场悲剧《打出幽灵塔》最初连载于《奔流》1928年第1卷第1、2、4期。这一时期，走出旧式女子的樊篱，做一个自由之人；挣脱旧式家庭的束缚，到社会里求生活，是许多新女性的目标。在一些早期现代女作家淡出文坛之际，白薇以一种革命的姿态走出了创作诗剧《琳丽》时的唯美梦境。

此剧以大革命为背景组织起阶级冲突、父子冲突与两性冲突，用几组恋爱、爱恋故事，串起人物之间的复杂关系，其间穿插社会革命和家庭革命。剧中人都被编进“情”网。几组冲突的中心是胡荣生，他是旧家庭的主宰、恶魔，被称作“幽灵”。在他的家中，每一个成员欲获取自由与新生，都必须反抗这个“幽灵”，打出他控制的旧家庭——“幽灵塔”。

现实生活中的白薇，是一位名副其实的中国“娜拉”。她勇敢地逃出了旧婚姻、旧家庭，到社会中奋斗。此剧写出了她对女性从家庭革命、父子革命中获得解放的殷切期望。这种解放不只是口头上的“我打倒你，我要代你”，而且是“人心的解放”。借女仆之口，她道出对男性统治的不满："男人家总把中国弄不好的，你们男家伙都要退位去！"从而把反抗、革命的矛头对准了男权，"幽灵塔"于此成为封建父权统治的象征。

在女主人公萧森、郑少梅、萧月林身上，白薇寄予了女性反抗男权社会的希望，以及期望女性自觉的心声。20年前被胡荣生伤害过的萧森知道："横直男性中心的社会，女子任是怎样被污辱，社会不会恕她的。"她带着满心创伤赴法，归国后成为妇女联合会的委员，献身于妇女解放事业。胡荣生的妾郑少梅审时度势，认清时势就是女子也讲究革命，"儿子叫老子退位"。在萧森的帮助下，她毅然加入革命队伍，并准备到革命军中做看护妇。救出自己的同时，郑少梅劝说萧月林拿出魄力离开胡荣生。最终，养父贵一的死触动了萧月林，她取枪直指胡荣生；头戴黑纱身着黑衣的萧森和郑少梅，俨然神秘的复仇女神，也持枪入内。三位女性，以集体反抗的形式射杀了"幽灵"。（苏琼）

▶ 白薇《打出幽灵塔》
拓展阅读

弄真成假（存目）

杨　绛

【导读】

李健吾曾评价五幕喜剧《弄真成假》（1945）是中国现代风俗喜剧的第二道纪程碑。此剧与杨绛的另一部剧作《称心如意》（1944），被柯灵誉为孤岛时期"喜剧的双璧"。杨绛的喜剧描摹世态人情，以日常生活里人与人之间的微妙矛盾构建戏剧冲突，对白风趣且机智幽默，貌似轻松却无处不在暗示女主角之艰辛，其特点是含泪的微笑。

《弄真成假》中的职业女性张燕华，与《称心如意》中的孤女李君玉一样，都是独自在社会上奋斗的新女性。只不过，李君玉终于"称心如意"了，张燕华却落了个"弄真成假"的结局。

张燕华跟那种见惯了的正面女主人公不同，她并非品格高尚之人。按照穷教授冯光祖的说法，张燕华既是"一部神秘的书"，也是一个"混账女孩子"，简直"狠毒"，但只要能答应他的求婚"我每天任凭你打，任凭你骂，我也甘心，我也情愿"。她愤恨个人的窘境，一心一意改变现状，而嫁个富人就是一条向上的捷径。工于心计的她，明知张婉如喜欢追求者周大璋，却使用堪称卑鄙的手段破坏两人的关系，如愿以偿地让周大璋与自己私奔。取得情场上胜利的张燕华，发现命运跟她开了一个大玩笑。她的如意丈夫其实是个骗子、穷光蛋，而非像他装出来的那样是富家公子。老道世故的张燕华，只能长叹"天也像后娘似的待我，费尽心机，到头来总是一场空"。

张燕华是个有缺陷的女主人公，然而女剧作家给予她很大的同情，因为生活许多时候并不公平。她瞧不起表妹张婉如像"没脑袋的一头小兔子"，自诩聪明漂亮又能干。但是，"聪明有什么用？好看有什么用？""这个世界是她的，她有爹妈宝贝，我只有人糟蹋我。她要什么有什么，我要什么没什么。她可以不在乎有钱没有钱，我为了几个小钱，得把自己的性命割了一块块出卖。"张燕华的真实的生活态度，坚强的生存意志以及不达目的誓不罢休的气势，令人佩服，而偶尔流露出的善良本性减轻了人们对她的敌意。作为一出现代女性喜剧，《弄真成假》写出女主人公张燕华世俗的奋斗精神，她在男性中心社会的挣扎与失败。她取笑男性和男性社会，更善于自我解嘲。（苏琼）

▶ 杨绛《弄真成假》
拓展阅读

搭　积　木[①]

沈虹光

时　间：傍晚到早晨，任何一天均可，只要是我们生活的这个时代。我们这个时代，人的精神情感经历着比以往强烈得多的震荡，刹那间甚至能完成以往终其生也完成不了的变化。这动荡每天每时都可能在人的内心发生，它使人的内心成为风暴期的海洋。然而表面是平静的，人们吃饭睡觉，匆匆地上班，下班料理俗务，平淡无奇司空见惯。

地　点：人口密度极大的大城市中的一个普通住宅区中的一幢普通楼房的一间普通屋子里。具有客厅、饭厅、卧室、书房、儿童活动室等多种功能。这是我们极为熟悉并且生活其间的拥挤攘扰的空间。为了演员们施展才华的方便，演出组织者可以避实就虚删繁从简。这间屋还附设一厨房一阳台，怎样处理亦可随便。只有窗户必须横在观众与演员之间，它和窗帘、窗扇都是虚拟的，当窗帘拉上后，观众们仍可观赏演员的表演，而窗扇关上后，演员便犹如演哑剧——有形而无声了。

人　物：她——四十岁左右。

他——四十岁左右。

毛毛——她和他的儿子，十一岁。

松松——男孩，十岁。

松松妈——三十五岁。

松松爸——三十五岁。

〔幕启：毛毛正趴在桌上做作业。对面一幢楼的底层有人家在办喜事，由于楼距小，声响显得格外逼近。在各种声响中最突出的是收录机中放出的流行歌曲，有时又换上戏曲音乐，没响几声，流行歌曲又“复辟”。

毛　毛　（边写边大声念叨）四分之一加六分之一，通分，二十四分之六加二十四分之四等于二十四分之十，约分，等于十二分之五……

〔窗外音乐声愈响愈烈。

毛　毛　（情不自禁地和着音乐唱）

做完了一题，

做完了一题，

做完了做完了一题……

（跑到窗边向外看，少顷，掏出些小玩艺往外投掷，击中雀跃，待被击者找寻肇事者，则忙关窗拉帘）

〔她提着旅行包和一网兜刚买的蔬菜上，显出久出方归的模样。她是一个以歌唱为业的演员，在舞台上唱了近二十年。据说她是出色的，可是在歌星新秀层出不穷的今天，知道她的名字的人并不太多。早先她年少貌美而不成熟，如今她艺术上成熟了却又失去了美貌，演员就是这么不幸。她的穿着打扮不能算讲究，可由于职业缘故总有一些与众不同，表情也较丰富夸张，有时还有些做作。演员生活在他人的注视中，久而久之养成注意自己在他人眼中形象的习惯，多多少少有些修饰，她亦如此。但这不是说演员就比旁人虚伪，只是职业特点。而在生活中，有许多人可是比演员更会做戏的。她是一个以演员为职业的普通女人。她在门前踟蹰了一下，仿佛有些忐忑地听了听屋内的动静。

〔毛毛仍是边写边念叨，但因窗扇关着，观众听不见他的声音。

她　　（音量有所控制地）毛毛！毛毛！

毛　毛　妈妈！（开门，欢呼）妈妈！（立即抢过旅行包）妈妈，你出去这么久都不写信。给我买什么啦？

她　　（窥视室内）毛毛，爸爸回来了吗？

毛　毛　他要六点钟才下班。

〔她似乎放了心，轻轻地吁了一口气，走进室内。毛毛已经手快地打开旅行包。

她　　（迅速地拉帘开窗）怎么关得这么严？家里有一股味。（注意到楼下的喧闹）这是什么？

毛　毛　结婚，楼下结婚。

---

① 本剧为无场次话剧。

〔对面楼上有人与她招呼，从她与对方的应对中可感觉楼间距离。

她　哎，回来了。谁说的，我才不想出门呢！出去两个月家里脏得不像话。

〔楼下音乐声响高起。她向交谈者指指下方又指指耳，摇摇头离开窗。

毛毛　（翻弄旅行包）妈妈你买什么了？烟，给爸爸买的？

她　（边脱外衣边打量室内）别乱翻，毛毛。

毛毛　妈妈，你到外地去演出也不给我带点好东西。

她　谁说我到外地演出了？

毛毛　爸爸说的。

她　哦……是，是去演出，不过不是外地。

毛毛　那是什么地方？

她　郊区，不远。

毛毛　不远为什么不回来住？

她　晚上演出，演完了回不来，白天又很忙，回来住很不方便。（坐下换拖鞋）毛毛，我不在家爸爸跟你说什么了？

毛毛　没说什么。不过，也说了一些话。

她　说的什么？

毛毛　不记得了。

她　我的拖鞋呢？

毛毛　妈妈，我们赛足球了。

她　咦，拖鞋哪去了？

毛毛　你先穿爸爸的。我给你拿。

她　（把毛毛拉到身边坐下）我不在家，你功课怎么样？

毛毛　（扭动身子挣脱她的搂抱）妈，我的球鞋破了。

她　噢。功课怎么样？

毛毛　没怎么样。我们赛足球了。今天体育课和外语课活动时候赛的。

她　毛毛，把作业本给我看看。

〔毛毛勉强地交上作业本。

她　（翻阅作业本）不太整洁。

毛毛　都做对了，这么大的红勾勾呢。（忽想起什么）呃，不许翻不许翻。（抢本）

她　（严厉地）毛毛！给我！（拿过本）六题错了四题！

毛毛　很多同学都错了，班长也做错了。

她　那你就有道理了吗？毛毛，妈妈不在家你就这样？爸爸每天检不检查作业？

毛毛　有时候不检查，有时候检查。

她　毛毛，要好好学习！懂不懂？不学习长大了就没本事。没有本事人家就瞧不起！瞧瞧你的作业！唉，男孩子没本事将来连老婆都找不到。

毛毛　这些我早就懂了。

她　什么？

毛毛　我做作业。

她　好，做吧做吧！我也该做饭了。（提着菜进厨房）

毛毛　妈妈，给我买双球鞋好不好？

〔她从厨房探出头。

她　瞧这乱劲！盐罐儿怎么不见了？

毛毛　是爸爸摔的，不是我。

她　多好看的一个小罐儿。还是我在工艺品商店买的。爸爸怎么摔的？

毛毛　不知道。

她　是发脾气摔的？

毛毛　不知道。

她　现在用什么装盐？

毛毛　不知道。

她　我不在家你们是怎么过的？

毛毛　不知道。

她　毛毛，爸爸每天给你做什么吃的？

毛毛　我们天天吃香肠。

她　还有什么？

毛毛　不知道。

她　怎么什么都不知道？

毛毛　爸爸回来你问他。

她　哟，毛毛，快去买瓶醋。

毛毛　我不去。今天的作业多得要命。

她　买了回来再做。妈妈烧鱼要用，给你钱。

毛毛　我不吃鱼。

她　听话，毛毛去。

毛毛　那你给我买鞋。

她　买了醋回来再说。

毛毛　足球鞋啊。

她　足球鞋足球鞋！快去。

〔毛毛下

她　（到窗边向下叮嘱）当心汽车，不要乱跑。（复入厨房）

〔少顷，他上。一看就知道这是个稳当可靠的国家公职人员。四十岁左右的他既没保守到穿灰色干部服又未新潮到穿宽松衫，一件前两年流行过的翻领上装很得体地套在身上。他手上提的是差不多的干部都爱用的黑色人造革包。他相貌端正身材适中但不引人注目。因为缺陷往往是一个人的特点，而他几乎没有什么缺陷。进屋后他打算换拖鞋，发现拖鞋不见了，继而看见了她的旅行包和外衣，听到了她在厨房里弄响的声响，他的脸上闪过一丝不易觉察的惊异的表情后，立即格外地板结起来。

〔她："毛毛，这么快就回来了？毛毛，怎么回事？"未见回答而奇怪地探出头来，发现是他，脸部的肌肉顿时僵硬，迟疑了一下，尴尬地由厨房内走出。她观察着他的神色，小心翼翼地堆出一个微笑。他则目中无人，冷淡而傲慢地脱去外衣，欲换拖鞋，四处寻找。她忙脱下脚上的拖鞋送过去。他又穿上皮鞋，习惯性的摸烟，没有，去提包里摸。她连忙从旅行包中拿出一整条烟。他视而不见，仍在提包中摸找。烟不知被挤到哪个角落，他不耐烦地把包里的东西往外掏，却掏出长长的一串香肠，一截又一截。她赶紧上前把香肠接到手中。他好不容易地掏出了一盒压瘪了的烟盒，取出一枝，点燃。

她　（企图缓解沉闷的空气，找话说）毛毛说，我不在家你们天天吃香肠。刚才路过集贸市场看见有鱼，是活的，就是贵得吓人，好多人一问价钱就伸舌头，我犹豫了好半天才下狠心买的。还买了青菜。这些日子你们大概很少吃青菜。香肠不能天天吃，腊制品里的防腐剂吃多了对人体有害。不过我知道你忙……

他　（打断）糊了！

她　什么？

他　糊了！

她　啊？什么？

他　饭！饭糊了。

她　噢——（急忙跑进厨房，少顷，复出）唉，只顾说话了。还好还好，糊得不厉害。（因为尴尬的见面已过去，略感轻松，便企图以烧饭来延长这轻松，故分外热心地忙碌，同时殷勤地对他）待会儿鱼一烧好咱们就可以吃饭了。（进厨房）

他　（恼火她的轻松，敌视地）你回来干什么？办离婚手续的？

〔她："什么？你说什么？鱼吗？是鲫鱼。"

他　我已经准备好了。

〔她："好了，快烧好了。"

他　装聋作哑！

〔她："什么？"手上拿着一把小葱由厨房出。

她　（小心翼翼地）我没听清。什么？

他　（冷若冰霜地斜视着她）你不是说再也不回来了吗？

她　（挤出一个笑容）那是一时的气话。

他　何必回来呢？只当没有你这个人，我们没有任何关系。

她　（恳求地）别这样好不好？我是想跟你好好谈一谈，心平气和的。

他　（直截了当）你为什么要回来？

她　（不流畅地）……毛毛看见我很高兴。你没有把我们的矛盾告诉他这很好，夫妻之间的矛盾不应当暴露在孩子面前，《家庭百科》那本书上写的有。毛毛说你告诉他我到外地演出去了，我听了很感动，这样处理是为我好。

他　行了行了，别兜圈子了。

她　我没有兜圈子，这都是我心里想的。

他　你心里想的什么骗不了我。少来这一套！直截了当一点，为什么要回来？说，说呀！

她　（终于克制不住，冒火了）说，说！活像是审讯犯人，老实交代坦白从宽。凭什么？我诚心诚意回来跟你和解，买了菜，鱼还是活蹦乱跳的，还给你买了烟，你横眉冷对不理不睬，我一而再再而三地陪笑脸，你还要怎么样？

他　（逼视着她）我要你说清楚，别他妈虚情假意的。

她　谁虚情假意？

他　谁虚情假意谁有数。

〔紧张的对峙。毛毛上，奇怪地看着他们。

她　（急掩饰）眼睛里进了沙，我让爸爸给吹吹。

他　（做吹沙状）好了没有？嗯？

毛　毛　醋买回来了。

〔她拿醋进厨房。

他　（打开房中的灯。在桌上铺开材料、纸、文件等用具，做出准备办公的样子）毛毛，作业做了没有？

毛　毛　做了，没做完。

他　快做。

〔父子二人分头趴在桌上写着。

毛　毛　（又边写边念叨）二十四分之一乘四十八除二分之一等于——十二。

他　（头也未抬）错了。

毛　毛　等于——二十四。

他　错了！等于四！真笨。爸爸上学那会儿，谁管了？哪回不是一百分。

毛　毛　（不以为然）好汉不提当年勇。

他　你这小子。

〔她声："毛毛，收拾桌子。"

〔毛毛收拾自己的书本文具。她端出菜。他毫无反应。

她　毛毛，叫爸爸吃饭。（复入厨房）

毛　毛　爸爸吃饭。

〔他这才不紧不慢地收了材料。

〔她端出饭。毛毛进内去洗手。

她　（压低了声音）咱们在毛毛面前要注意一些。

他　（也不得不收敛声音）你当他没感觉？孩子是最敏感的。

她　那也是模模糊糊的。《家庭百科》上说了，大人吵架对孩子的教育极为不利。

他　那本书是我买回来的！

她　是你买的，你立了一功！我是说咱们要照书上说的做。

他　你照书上说的做了吗？旅行包一挟就走了，完全不考虑会给孩子带来多大的刺激。

〔毛毛上

她
他　（同时转脸色改变话题）洗干净了？

毛　毛　洗干净了。

她
他　（又不约同地）打肥皂了？

毛　毛　打了。

〔三人在桌前坐下。

她　（活跃饭桌上的气氛）妈妈一回来就有好吃的菜，是不是？毛毛。

毛　毛　今天是和一班赛足球，我们和一班。

她　吃青菜。

毛　毛　一班的中锋是王京，他个子很大可是像个笨熊，跑起来两边歪。他在禁区旁边踢了个臭球，臭的呀，臭不可闻。我们高兴得大叫：踢得好踢得好。他那一脚如果不臭，我们就要输了。

她　吃鱼，这里没刺。

毛　毛　我是清道夫，张老师说我头脑冷静，战术意识强。

她　毛毛多吃菜。

他　吃饭不要说话，喋喋不休。

〔沉默，具有压力的沉默

她　（忍不住，打破沉默）吃鱼呀，很鲜，买回来还是活的。

毛　毛　（妈妈一开口又活跃起来）我们刚刚踢进第二个球，时间就到了。

他　鱼里搁醋了？

她　嗯，搁了。怎么？

他　搁醋干什么？

毛　毛　如果打平了就要加时赛，弄不好还要罚点球，不过罚点球我不怕，我的脚头可准了。

她　不是你告诉我烧鱼要搁醋吗？你把报纸上的烹调小常识指给我看，说搁醋可以去腥气提鲜味。

毛　毛　我很会发点球，百发百中。

他　可是你不喜欢搁醋。

她　可是我听了你的话搁了醋。

他　为了迁就你，我改变了自己的口味吃不搁醋的鱼。

她　我是为了迁就你，做鱼才搁醋。

毛　毛　妈妈，爸爸，张老师夸我会踢球呢。

她　（对毛毛）哦，是吗？（转脸对他）你这不是故意闹别扭吗？

他　我怎么是故意闹别扭呢？我明明已经为你改变了自己的口味，吃不搁醋的鱼，你却偏偏要搁醋，还弄得这么酸，这不是成心吗？

她　好心不落好报。我明明是为了让你吃得满意，尽管我不喜欢搁醋也还是搁了醋，怎么叫成心呢？

毛　毛　我本来就不想去买醋。要是不买醋就没事了。

他
她　（同时意识到儿子的存在，立即收敛锋芒）吃饭不要说话。

〔沉默。楼外一阵喧笑，是办喜事的人家来了客人。

毛　毛　楼下在结婚，买了很多鞭炮。

他　你知道什么结婚不结婚的。

〔又是沉默。由于安静，毛毛嘴巴发出的声音显得格外响亮。他和她同时把目光投向毛毛。

她 他 太响了。

〔毛毛嘴里的声音消失，但由此吃得很紧张，少顷，放下碗筷。

她 不吃了？

毛毛 吃饱了。（去做作业）

〔他也放下筷子离开饭桌。她索然无味地站起来，收拾碗筷欲下，又止，走到他的身边。

她 （悄声地）我们得好好谈一谈。

他 （大声地）我有工作。

她 不能就这样。

他 这是我们庞老太婆交下来的材料。

〔毛毛抬起头看他们。她赶紧闪开

她 我去洗碗。

他 （严肃地对毛毛）不要东张西望，做作业。

〔流行歌曲又响起来："你到我身边，带着微笑，带来了我的烦恼……"毛毛条件反射般地跟着哼起来，笔仍在写。

他 怎么唱起来了？什么你的烦恼？你有什么烦恼？

毛毛 今天他老放这支歌，害得我耳朵里嗡嗡的老是——（唱）"带来了我的烦……"

他 又唱，又唱。

〔她由厨房出，极想跟他说话却又碍着毛毛。

她 毛毛，作业还有多少？

毛毛 很多。

她 到松松家去做好不好？跟松松一起做。

毛毛 不想去。

她 怎么了？平时在松松家玩得都不想回来。

毛毛 今天不想去。

她 为什么？

他 打架了。

她 是吗毛毛？

毛毛 是他先打我的。

他 你还有理。打架都不对。

她 去松松家先道歉。松松的爸爸妈妈对你很好的。道了歉再做作业。去。

毛毛 （不情愿地收拾书本文具，嘟嘟囔囔）是他先打我的，他先不对我后不对，应该他先道歉。

她 你比他大。

毛毛 他小就能先动手吗？

她 他有他爸爸妈妈管，不要你管。听话，去。爸爸妈妈有事。啊！（把毛毛推下）

〔他始终用嘲讽的目光看着她，这使她不安。毛毛走后，他埋头写材料，她考虑如何启齿。静场。

〔楼下汽车声、人声掀起一个小高潮。

她 （向外看）哦，嫁妆来了。喝，这么多床被窝，可以开旅馆了。嗨，啧啧啧啧，我的天，你快来看哪。

〔他仍无反应。她搜索枯肠找话题，见他摸烟，忙把那条整烟递上。

她 抽这个。我托人买的。

他 外面三块钱一包还买不到。

她 是啊，我这也是托了好几个人呢。

他 （推开）今天晚上我戒烟。

她 （拆开封纸取了一包）抽了又怎么样呢？会中毒？

他 难说，女人的心思深得很。狡猾狡猾的。

她 那天我们都不冷静，我晚上要去演出，白天还在家洗被子、洗床单，还有四幅窗帘，还有你们父子洗澡换下来的长裤、短裤、袜子、褂子。你不体谅。

他 又不是我要你洗的。你把个脸拉得老长，我早就看出不对头。一个星期七天，六天我在单位看庞老太婆的脸色，一天看你的脸色，我烦透了。

她 我也烦透了！早上你们父子还在呼呼大睡，我就起床去排队买菜、买肉，又去排队买油饼、买豆浆，回来还有一大堆衣裳要洗要涮。

他 你要我下楼提水，得多少水才能喂饱洗衣机？

她 我哪里知道会停水呢？又不是我故意破坏了水管。

他 要干你自己干，你别像工头一样指使人。女人最讨厌的毛病就是指手划脚，自以为是。

她 可你从来不听我的，好像依了我有损男子汉大丈夫的权威似的。

他 如今的女人都被惯坏了，一个比一个厉害，说起丈夫就像说儿子，整个阴阳颠倒，好像家里有个怕老婆的丈夫是她的光荣。

她 我不是这样的。

他　你想这样可我没有让你得逞。

她　你不懂感情。你始终不理解我，你甚至没有想过理解我。我们什么时候谈过心？一开口你就炸，还骂人。我不愿意吵架，也吵不过你。

他　别谦虚，吵起架来你也是一把好手。

她　那是被你逼出来的。本来我并不想走，可是你叫我滚，（伤心动情）我实在受不了……

他　你早就想走了！雄赳赳气昂昂地把门一带，走了！我还以为你再也不会跨进这个门坎了呢。

她　（发窘，舌头也不灵活了）是这样的，我，我现在改变了想法。我们一起生活了十二年，冷静下来想想觉得自己不应该。我们像搭积木一样地搭起了这个小家，很不容易。我记得我们谈恋爱的时候唱过一支歌就叫《搭积木》。

他　简直像在编故事：夫妻吵架，一支浪漫曲唤起了对过去的回忆，于是和好如初。开玩笑，你不觉得做作？

她　不，我是真的想起了《搭积木》。夫妻感情是婚姻的基础，如果彻底破裂自然不必说了，可是我想我们还是有感情的。

他　是吗？

她　（有些心虚）是的，有感情，我对你还有感情。

他　（表情复杂地一笑）不理直气壮。

她　（表白地）不，是有感情的，是真的。我们有和好的基础，所以我回来向你道歉。对不起。

他　没关系。

她　请原谅。

他　不必要。

她　谢谢你。

他　不敢当。

她　咱们可以重新开始。

他　晚了！

〔她愣住。

他　我也改变了当初的想法。当初你提出离婚我不同意，现在我准备同意了。

她　（大出意外，观察他）这两个多月中你变化很大。

他　怎么样呢？

她　你说过决不提离婚两字，怎么突然变了？

他　咱们唱的那支歌不吉利。《搭积木》，不用钢筋水泥光是几块积木，还不一推就垮。

她　我问你到底是怎么变的？

他　怎么变的怎么变的，你知道这些日子我是怎么过的吗？你痛快，提包一挟门一带走了，我怎么过？这间屋子里到处是你的东西，你的衣裳、你的鞋、桌上你的发卡、墙上你的照片、枕头边是你看了一半的书、厨房里有你买的盐罐儿！

她　噢，所以你就把盐罐摔了？

他　是的，我把盐罐摔了，把你的拖鞋扔到垃圾筒里去了。可是房间的空气中有你的气息。毛毛身上有你的影子，那双眼睛跟你一模一样。这遗传真他妈要命！他用这双眼睛看着我，你说我是什么滋味？我骗他说妈妈演出不回来。我还要骗楼上楼下隔壁左右的邻居，我说毛毛的妈妈是演员忙极了。我心里的苦没法说！（抑制着激动又摸烟，只摸出一盒火柴）

〔她再一次地把烟递过去。

他　算是借。（接过烟）明天我买一包还给你。

她　（凄然一笑）好歹做了十二年的夫妻，一包烟的感情还是有的。

他　（一笑）感情？还谈什么感情，只差没有动手打了。

她　已经打过了。

他　没有，我从没打过你。君子动口不动手。

她　打了人还不承认。那次一巴掌搧过来，打得我眼冒金星、头发晕。

他　你们演员就爱夸张。我只是推了一下。好男不跟女斗，我从小就不欺负女孩子。

她　可是你欺负我。摆出一副家长的架式，屁大的事也要我服从你，动不动就板起面孔。好像我是你科里的小科员。

他　你别装出一副受苦受难的样子。你是好欺负的？

她　（脱口而出）我当然不是好欺负的！（压低了嗓子却更加强了语言的力度，尖刻地）想欺负人也得有本事，你有本事吗？

他　（被激怒）我没本事，你去找有本事的呀！去呀！你回来干什么？你不是很高傲吗？今天怎么这样没脸没皮，赖在这儿干什么？

〔她气短语塞、羞恼交加，终于抓起提包冲出家门。

〔一人声：“毛毛妈，又出门啊？”

她　（表情骤换，和悦地）啊，不，我是刚回来。（气馁地退回家中）对不起，我不该那么说，伤了你的自尊心。对不起。

他　不必客气，咱没有自尊心，无所谓伤不伤。（忧伤地感慨）都说要寻找男子汉，说中国没有男子汉。可是中国有女人吗？温柔的女人都上哪里去了？电影上倒有一个，李秀枝，可人家已经有个牧马的丈夫了。许灵钧有福气啊，讨了李秀枝这样又漂亮又温柔的老婆，难怪他不去美国。男人要什么？就是要那么点温柔，一进门她上来接过你手里的包，你坐下她递上来茶，你说饿了她摆好了饭，你困了她给你铺床铺被，夜里乖乖地偎在你身边。这才是女人，有这样的老婆才像个家。

她　这不公平。我在外面和你一样地工作，一样地挣钱一样的苦一样的累，回到家里凭什么就得我侍候你？你要温柔体贴，我就不要？我是女人，不是女奴。

他　不愿当女奴就请走好了，爱上哪儿上哪儿。（突然地）你让开，让开！

她　干什么？

他　把窗帘拉上，对面楼里有人在看我们。

她　（向外看）讨厌，已经盯着咱们看了好半天了。

他　（正要拉上窗帘，看见外面有人跟他打招呼，马上堆出一脸笑）庞主任，吃过了？饭后百步走活到九十九。她吗？她回来了。（对她）老太婆问你呢。

她　就说我在厕所里面。

他　（对外）她在……里面。是啊，刚刚演完回来。（收了笑容拉上窗帘，气氛又紧张了）

她　你打算怎么办？

他　（公事公办地）以后有事电话联系，写信也可以，不必见面了。约好时间去办手续，快刀斩乱麻。

她　不，你听我说。

他　我没有时间奉陪。今天晚上要把材料整出来，明天有一个会议要我主持，我不能在个人私事上花费更多的时间。

她　是个人私事，可不是小事。

他　个人私事再大也是小事，公家的事再小也是大事。不要打扰我了。（准备写材料）

她　（讥诮地）打官腔，我最受不了你这种腔调。这些年来，哪怕你对我体贴一点儿，也不会是今天这样。

他　请走开。

她　偏不。整材料，组织会议！别吓唬我。我知道你有多重要：发通知、写黑板、扫地、抹桌、贴标语，还要放几个茶杯，每个茶杯里抓一撮茶叶，然后撅着屁股去打开水。

他　怎么样呢？为人民服务。

她　是啊，为人民服务，那你就不要在我面前摆架子！不就是个小科长吗？

他　小科长怎么样？小科长也是长！

她　算了吧！下面看你是个长，上面看你不过是个拎草包的。

他　（咬牙切齿）他妈的，我怎么找了你这样恶毒的女人。

她　你说我恶毒，是因为我指出了事实。你在外面点头哈腰忍气吞声，回到家里你就来寻找补偿：我是大丈夫，男子汉，指挥一切，好了不起。何必呢？

他　你不要太过分。

她　我都看透了，一个男子汉只能在老婆面前逞强称霸，我只觉得可笑，可卑！

他　毒蛇！（一巴掌打过去）

她　（惊愕）你终于打了！好了，好了，我还想回来和解，真是愚蠢！

他　离吧离吧！你这样的女人我不敢要，我怕你。你滚吧！

〔她反倒愣住，才意识到自己一番话的后果。

他　走吧，公共汽车九点钟收班。

她　（极度沮丧）我实实在在是想回来和好的。做好了准备，不动气不争吵，骂不还口打不还手。我也不是想有意伤你。

他　不有意就这么厉害，要是有意我还活得了？

她　我刚才的话不对。你虽然有一些缺点，

但本质上还是个好同志，你心地善良工作认真作风朴实，和蔼可亲平易近人联系群众……

他 行了，这些话留着给我写悼词的时候用吧。（打开门）请走吧。

她 （关门）不，我不走，不走！

他 为什么？

她 在这张床上我睡惯了，换了地方睡不着，还做恶梦。

他 那么我走。（倒拎起她的旅行袋往外抖着东西，一个沉甸甸的牛皮纸信袋掉出）这是什么？

她 钱，是我挣的钱，在电台录音挣的，三百五十元。我想把咱们的床换成席梦思。这张床还是结婚的时候买的，已经旧了。

他 买席梦思？还想搭积木？（把信袋重重地摔在桌上，收拾衣物）

她 别走，我求你。

他 已经结束了。

她 可以重新开始。

他 我没有兴趣。

她 兴趣可以培养。

他 别缠着我

她 别拒绝帮助。

他 我顽固到底。

她 我会使你回头。

他 够了够了！告诉你，我已经有人了！

她 （停顿，将信将疑）谁？

他 李秀枝。

她 李秀枝？你开玩笑。

他 我没有开玩笑的心情。（收拾东西）天下的女人没有死绝。我，大学毕业，正科级，工资一百二十五块六毛，才四十岁，走出去还是很抢手的。

她 她，对你很好吗？

他 她是一个李秀枝。

她 明白了。（颓丧地坐下）

〔他望她一眼走出门去。

〔突然响起欢快的鞭炮声和乐声。

她 （望着窗外，无望地）新娘子进门了！穿的是红色丝绒旗袍，戴的是银色的项练，鬓角插了一朵花，新郎站在她身边，非常幸福。

〔他难以举步。突然传来东西的撞击声和孩子的哭声。毛毛拉着哭哭啼啼的松松上。

毛　毛 （意外地发现爸爸）爸爸！爸爸你要上哪儿？他们家打架了。

他 怎么回事？

〔她闻声从家走出。

她 松松，怎么了？

毛　毛 他爸爸妈妈打架。这么大的茶壶从头上飞过去把柜子上的玻璃打破了，是他爸爸扔的。他妈妈就扔板凳，这么大的板凳打在了松松头上。

她 松松，头打破了吗？给阿姨看看。

毛　毛 板凳是塑料的。

松　松 呜呜——塑料的打得也很痛，呜——起了一个大包，呜呜——

她 乖孩子别哭。阿姨给你揉揉，没关系，揉揉就不痛了。

毛　毛 爸爸你上哪儿？

他 有点儿公事，开会。

毛　毛 过几天回来？

〔他不知怎样回答…

她 毛毛，松松，咱们进屋去。

〔她与孩子们进门。他怔怔地站了一会儿，欲下。松松妈哭嚷着上，她身上胡乱地罩着一件男人的大衣裳，泪痕满面披头散发，手握一个小瓶，上来就抓住了他。

松松妈 科长，科长你管不管？管不管？

他 什么事？你先说什么事？

松松妈 你说管不管？你不管？你不管，我今天就死在这儿了。这是敌敌畏。

他 我管，我管。你给我，把瓶子给我。

松松妈 好，你管就好！松松呢？松松，我的乖儿，你在哪儿啊？（进屋）松松！

他 （随进屋，对她）快把她手里的瓶子拿过来。敌敌畏！

她 小李小李，你干什么？

松松妈 松松跟妈走。科长你说话要算话，你要把那个不是东西的东西抓起来。松松，咱们走。

他
她 上哪儿去呀这么晚了？

〔松松爸衣履不整，铁青着脸上。

松松爸 她呢她呢？

他 （忙拦）小张小张，怎么回事呀？有话慢慢说嘛。

松松妈 追到这儿来打啦！好，我们拼了！

她 （拦住松松妈）小李！

他 （拦住松松爸）小张！

松松妈 大姐，你放手放手！

松松爸 科长，你放手放手！

〔她和他使劲地分开松松爸、松松妈，并把他们按在椅上。

她 别别，小李。干吗呀？坐下坐下。

他 小张小张，干吗呀，坐下坐下。

她 毛毛，把门关上。

〔毛毛把爸爸放在门外的旅行袋拿进来，关门。

松松妈 别关门，我们母子俩要走。

〔他示意她拿下松松妈手中的瓶子。

她 小李，想开点，夫妻吵架不记仇。来，喝杯水顺顺气。（想用杯子换下松松妈手中的瓶子）

松松妈 不，不！（紧紧攥着瓶子）

她 去哪儿啊小李？

松松妈 （珠泪滚滚，气咽语塞）你别，别拦我，让我们……娘俩走，我们死了，这个不是东西的东西就快活了。松松走，咱娘儿俩去死，咱们一起去死啊……

〔松松哇哇地大哭起来。

她 小李你胡说些什么，看把孩子吓着。

他 叫毛毛带松松到阳台上去。毛毛。

她 （拿几个苹果递给松松）给。

毛　毛 我还有一点作业。

她 到阳台上去做。松松乖，别哭了，跟毛毛到阳台上去，啊？（把孩子们送到阳台上，返身关好阳台门）

他 小李，再别说什么死不死的了，当着孩子的面影响多不好。

松松爸 科长你放心，那是止咳糖浆。

松松妈 （呻吟着，痛苦万状地）科长，大姐，这个不是东西的东西的话你们都听见了，我今天就死给他看看，我反正是活不成了。（喘不上气，痉挛地揪住自己的胸口，欲倒）

她 小李，你怎么了？是不舒服？小张，她是不是病了？（扶住松松妈）

松松爸 （也有点紧张）不知道。

她 哎呀，我扶不住了。

他 （连忙上前帮忙）好像晕过去了。快弄到床上去。（和她把松松妈扶到床上）快把瓶子拿过来。

她 手指头僵了掰不开。

松松爸 掐人中吧，掐人中就能醒过来。

她 你会掐吗？

松松爸 试试，我看别人掐过。（伸手要掐）

松松妈 （一下子坐起来）你要掐死我呀！（手一松瓶子掉到地上）

她 （忙拾起）看看是不是敌敌畏。

松松爸 是止咳糖浆。

松松妈 那你喝了，喝了！你说是止咳糖浆那你喝呀！

他 （对她）快收起来。

〔她将瓶子放到柜顶上。

松松妈 我反正是活不了几天了。

〔众一惊

松松妈 我这里（指胸口）有一个瘤，是癌。

他 医生诊断了？

松松妈 有这么大一个。（伸出一个拳头）就在这儿，我活不了多久了。科长，大姐，你们给我作证，这个癌是他气出来的。

她 可别这么说呀，且不要说是不是癌还不一定，即使是，那癌形成的原因也是很复杂的。

松松妈 我的癌不复杂。

她 医生怎么说？

松松妈 不用医生说我就知道，是他气出来的。

松松爸 （明白了）这种癌呀，我满身都是，也是你气出来的。

他 都少说一句好不好！听我说，小张，小李，以后闹矛盾，千千万万不要当着孩子的面干，你看刚才把松松吓的！孩子天真单纯，在他们的眼睛里，父母相亲相爱，又爱他，这样他才感到幸福。做父母的怎么能忍心伤害自己的孩子？

她 《家庭百科》这本书读过没有？我们家有，你们可以拿去读一读。

他 大人在孩子面前要保持威信就不能失了体面，要让他感到我们总是正确的。我和毛毛妈就很注意，要干仗了就让毛毛到同学家去做作业或者去打酱油买醋什么的。

〔她提醒地清了一下嗓子。

他 （立即改口）不过，我们不大吵架，这不过是打个比方。为什么要吵呢？

松松妈 岂止是吵，他还打。

松松爸 谁打了？君子动口不动手。

松松妈 打了人还不承认，刚才一巴掌搧过来，打得我眼冒金星头发晕。

松松爸 夸张。我只是推了一下，好男不跟女斗。（对他）她也是找打，三天不打上房揭瓦，她就这么贱。

松松妈　我贱？那糟贱自己老婆的人贱不贱？你骂老婆是婊子，你是什么？

松松爸　你是什么你是什么？

松松妈　你是什么你是什么？

〔两人分别抓起身边的物件要打。

他　住手！都给我放下！砸了你们的家还要砸我的家呀？坐下！坐下！再这样我可就不管了。到底是怎么回事？你们一个一个地说。

松松妈/**松松爸**　（同时）这个男人/女人不是好东西，你看他那张阎王爷/母夜叉的脸，我硬是咬得下他/她一口肉！

他　一个一个地说一个一个地说。小张，你先忍着，让小李先讲。都放平和一点，小李，注意啊。

松松妈　（俨然打官司的劲头）今天科长关心，大姐这样忙的人也在，科长你是领导，大姐你是文艺人，你们公断。我跟他头不顶一块天，脚不踩一块地，来世变猪不跟他同槽，变牛不跟他同栏，我要离婚！我早就要离的。已经摔坏了五套茶杯、两个茶壶、一个暖瓶、一个闹钟，价值二百多元。今天他又摔了一个茶壶。

松松爸　前两套是你摔的啊。

他　（按住）小张，现在是小李讲，等一下有你发言的机会。小李，拣主要问题讲。

松松妈　讲主要的。主要问题是这个茶壶是花了二十块零八角买的，景德镇的，紫花金线盘飞龙，平时我都不让松松摸，摆在柜子上是个装饰。可是这个家伙一下子就抓起来像扔砖头一样地扔出去。

他　到底为什么？

松松妈　为什么？我们要离婚。别人劝我们，说离婚要是能上光荣榜你就离，这事挺丑。我想也是，就又和好，和好了又去买茶壶。他说，干脆买个贵的，吵架的时候要摔想想是花了那么多钱买的就会舍不得。是他说的，可是今天他还是摔了，一摔就是二十块零八角。

他　小李小李，弄了半天到底你们为什么闹矛盾还没说清楚。这样，不要带感情色彩，尽量冷静客观，讲事实。

松松妈　好，讲事实。他是个阎王爷。

松松爸　你是个母夜叉。

他　（按住松松爸，对松松妈）讲事实。

松松妈　这就是事实，铁的事实。

他　（耐心地启发）是这样，小李，事实就是事情发生的实际情况，开始怎么样，后来怎么样，你怎么样，他怎么样。

松松妈　我知道，他怎么样，他是阎王爷，就是这样。

他　不能这么说，阎王爷不过是个结论，要证明这个结论是否正确还必须要有事实，因此你还是讲事实。

松松妈　我讲了呀。

他　那不是。（还准备启发）

松松爸　科长，你别跟她讲这套，她这个人没知识。

松松妈　你有知识你有知识！谈恋爱的时候你给我写信，“小李我爱你”你写成“小李我受你”。你有知识！

松松爸　你呢你呢？“我吻你”写成“我忽你”。

她　好了好了，别翻老账了。（对他）让小张说说吧。

他　好，小张你说。

松松爸　我不会七扯八拉，就是她买了一件衣裳，我说这件衣裳不好看，她就吵起来。

松松妈　你只是说不好看吗？你说我像一头花豹子，还是母的。

他　小李，听他说。小张，你是不是这么说的呀？这可不大好。

松松爸　怎么能怪我呢？你们看像不像花豹子？

松松妈　你说是母花豹。

松松爸　你把外面的衣服脱了，让他们看看。你脱呀。

他　小张，不要这样，这和主要问题无关。

松松爸　怎么无关呢？事情就是由衣服引起的。

松松妈　衣服怎么了？你当我不敢脱，你当人家都和你一样土包子。脱就脱！（脱去男人的上衣露出一件色彩奇艳款式奇特的裙衣）怎么样？这衣服又怎么样呢？还是削价的，便宜。要是不能穿商店里会卖吗？

松松爸 我不说你叫人家说。三十几岁的人了，脸皮儿都起了皱，还穿这样的衣裳。像什么像什么？

松松妈 就是好看就是好看！我一打扮走出去谁不说我像没结婚的姑娘。你就是怕我太漂亮了被别的男人追。

松松爸 别不怕丑了。

他 安静安静！关于服装问题我不太内行。毛毛的妈妈是艺术工作者，对美比较有研究，我们请她谈谈。

她 （郑重地，循循善诱地）小张，我们首先必须肯定一个前提，那就是小李买新衣服并没有错。同意吗？

松松爸 那要看买什么样的新衣。

她 爱美之心人人都有，我们妇女对美丽的服装更是具有特别的兴趣，做丈夫的应当理解这一点。同意吗？

松松爸 谁说我不同意？我还给她买过裙子呢，你问她。

松松妈 你买的裙子丑死了，穿在身上像条母牛。

松松爸 你自己长得像母牛。

松松妈 好哇，一会儿像花豹，一会儿像母牛，你把我当动物园的啦！

她 呃呃呃，不要扯到枝节上去了。其次，说到服装的美和丑这便很难有绝对的标准，俗话说萝卜白菜各有所爱，是说各人的口味不同。比如小李，你喜欢鲜艳热烈，所以你觉得这衣裳美。

松松妈 对对对对。

她 小张呢，喜欢淡雅朴素，所以你就觉得这衣裳丑。

松松爸 就是就是。

她 这就是说你们的审美标准不同。这是正常现像，因此你们的意见都有道理都可以存在，完全没有必要强求一致，更不得要求一方服从另一方。人人都按自己的爱好去装点打扮，我们的世界才会千姿百态生趣盎然，姹紫嫣红美不胜收。

松松爸 （早就耐不住了终于插进来）大姐，你说的都对，可我就是气不顺。我是她丈夫，她穿衣服是给我看的。

她 不，不光是给你看的。

松松爸 可她总该听听我的意见吧？她不但不听，反而说："我是穿给野男人看的。"科长，大姐，你们说说，我听了这话怎么能不动手。

他 小李这是气话。

松松妈 就是。

他 不过这话也不该说，夫妻间吵架最怕说这种伤感情的话。本来事情不大，你一句我一句弄得不可收拾。比方刚才小李穿出这件衣裳，小张你不喜欢，你就不该说什么母花豹。你换换口气，说，这件衣服挺不错的，不过你穿淡雅的衣裳更加美。这不就吵不起来吗？

她 小李你也是，小张给你买一条裙子你怎么能说穿上像母牛呢？那不伤他的心吗？你应当说：只要是你给我买的都好。

松松爸 她哪会说这么甜心的话哟。

松松妈 你会说吗？你会说吗？

她 小李，不是我批评你，女人哪，应该温柔一些。电影《牧马人》里的李秀枝记得吧？（拉到一边体己地）男人们哪，都喜欢李秀枝，有时候倒在怀里撒撒娇发发嗲矛盾就解决了。

松松妈 可是他骂我。

松松爸 你也骂我啦。

他 （严肃地）都不对，骂人是不文明的行为。

她 还有打人，你们打了吧？打人更不文明。（眼睛扫到他脸上）一巴掌也不能打。

他 （哪敢不赞同）对对，一巴掌也不能打。

松松妈 我要离婚。

松松爸 你以为自己是个宝，我要把你搂在怀里含在口里？离就离！

她 离婚的滋味不是好受的，人说离一次婚脱一层皮。

松松爸 我不怕，只要离婚！刀山火海我敢闯。

他 坐下坐下，不要意气用事。离了婚孩子怎么办？松松怎么安排？还有整个社会，家庭是社会的细胞，如果细胞都被破坏了，我们这个社会还怎么能安定。

松松妈 他不让我安定。

松松爸 谁不让谁安定？

他 不要光指责别人，都要严格要求自己。我不同意你们离婚。从你们反映的情况看，都是鸡毛蒜皮的小事，并没有不可调和的矛盾嘛。

松松妈 怎么没有？我要穿这件衣裳，他偏不让我穿，我说好看他说丑，不可调和！

他 不，这不算，这不是人生的大事。

松松爸 大事上谁不调和？前途永远是光明的，共产主义一定要实现，全国人民都调和。可是两口子在家哪有大事，都是小事，小事我们没法调和。

松松妈 以前我穿衣服很素净，是他说女人穿鲜艳点显得年轻。

松松爸 可是你不喜欢鲜艳的衣裳。

松松妈 可是听了你的话我改穿鲜艳的衣裳。

松松爸 可是为了迁就你我要素净的。

松松妈 可是为了迁就你我要鲜艳的。

松松爸 我现在喜欢素净。

松松妈 我现在喜欢鲜艳。

松松爸
松松妈 （无比苦恼地）唉，怎么就踩不到一个点儿上呢？科长/大姐这是怎么回事？（面面相觑，无言以对）

她 （突然地）你们做鱼搁不搁醋？

松松爸
松松妈 （摸不着头脑）搁醋？

他 （已经调整过来，转话题）小张，小李，小事就不必说啦。我问你们，你们是自由恋爱吧？这说明婚姻基础是好的。这是其一。

松松妈 不是的不是的，我当时根本就不愿意结婚。是因为他，他不老实。

松松爸 （气急败坏）我是被你勾引的。我就想结婚吗？你今天说要吃酸话梅，明天说要吐酸水，动不动就"哇——"（做呕吐状）吓得我只有结婚。

他 算了算了，不要算历史的旧账了，要向前看。既然结了婚就应当安定团结。这是其二；第三，要各自多做自我批评，掌握三少三多：少想对方的缺点，多想对方的优点；少想自己的委屈，多想自己的过失；少批评自己多批评别人。

她 （纠正地）少批评别人多批评自己。

他 第四，求大同存小异，从团结的愿望出发；第五，克服困难共同努力，为建立和睦美满的幸福家庭而奋斗！小张小李，不能再做傻事了，明白了？

松松爸
松松妈 明白了。

他 那好，请回去吧。

她 这本书你们拿回去好好学习学习。

松松爸
松松妈 哎。

松松妈 （拉住她的手）大姐，你有科长这么好的丈夫真是太幸福了。

她 嗯，是的，是很幸福。

松松爸 科长，你和大姐是我们的榜样，我们一定向你们学习。

他 哪里，我们做的还很不够。

松松爸
松松妈 我们走了。

〔他和她送松松爸、松松妈出门。突然不约而同地想起，都停住。

四　人 孩子！

她 我去我去。（进屋打开阳台门）松松。哟，都睡着了。

他 快弄进来，当心着凉。

〔四人急忙把两个睡得迷迷糊糊站立不稳的孩子弄进屋。

松松妈 松松，走了，回家去了，咱们走。

松　松 （迷迷糊糊）妈妈，我不去死。

松松爸 （心疼地扑上去）哎呀我的乖儿子，爸爸的心尖子，来，爸爸背你。科长，大姐，我们走了。

松松妈 吵闹你们了。

她 快回去吧。

〔松松一家出门。他与她不约而同地舒了一口气，风波平息后都感到疲倦，坐下。屋外，松松爸与松松妈停下来。

松松爸 他妈的二百五！

松松妈 他妈的大傻帽。

松松爸 对外人怎么能咧着大嘴什么都说呢？

松松妈 你还不是什么都说了。

松松爸 我爱你，我受你，人家要笑我连个爱字都不会写。

松松妈 我呢，你把我忽你也说出去了。

松松爸 还有结婚前的那些事——天老爷，他明天到单位里一说，叫我怎么见人？

〔他和她在屋里不约而同地笑起来。

她 真滑稽。

他 滑稽透了。

她 我们演了一场戏。

他 我也当了一回演员。

她 你演的真不错。

他　你演得也很好。

她　你是主角。

他　你是配角。

她　你居然还一本正经地劝别人不要离婚。

松松爸　他们在笑我们，你听。

他　你还要别人学李秀枝。（学她）“看人家李秀枝多温柔”。

她　你呢，（学他）“你们没有根本的利害冲突应当安定团结”。

他　我是这样儿？

她　一点儿不夸张。

〔两人乐不可支地笑出了眼泪。

松松爸　他们笑得好开心哪！妈的，真后悔！

松松妈　我们是傻子，把什么话都对人讲，给人当笑料。

松松爸　人哪，什么时候也别把真的掏出来。你知道人家怎么看咱们？以后有事咱们在窝里打窝里斗，出了门一致对外。（背着孩子与妻子下）

他　唉，嘴都说干了。（倒水）

她　给我也来一杯。

〔二人喝水，情绪渐渐恢复平静，若有所思，不约而同地叹息，目光相遇，苦笑。

她　我们都很会做假。在外人面前扮演了一对模范夫妻。

他　我们必须得这样，在人家眼里我们是模范夫妻，所以他们才到这里来要求调解。我们是为了别人在演戏。

她　你不觉得不安？

他　难道你这是头一次？（苦涩地一笑）生活中我们经常做假。每个人心中都有不得不隐瞒的一部分真情，有许多事对外人是怎么也说不出口的。

她　岂止是对外人。

他　夫妻间也未必都讲真话，不能说，说了这个家就维持不下去。

她　可是，如果在家中，在夫妻之间都不能坦诚相见，那么做一个人，我们还有多少时间是真实的呢？

他　你要真实。

她　是的，我要真实。

他　那好，我告诉你，我希望你死！

〔她一怔。

他　你一死这个倒霉的婚姻就体面地结束了。

她　（反倒有了兴趣）你没想到过像奥赛罗那样伸出双手掐住我的脖子？

他　掐你的脖子？你明明知道我连鸡脖子也掐不断还掐你的脖子？我真恨你，你想走就走想回就回，我一个男子汉就这么听你的摆布？（骄矜地站起）我想让你尝尝被丈夫甩掉的滋味！（拎起旅行袋）好了，不说了，我该走了。

她　你还没听我说。

他　别说了，真话伤人，还是说几句假话和和气气地分手的好。哦，把那瓶敌敌畏给我。

她　干什么？

他　拿出去扔了。

她　（取小瓶）不，我不给你。

他　你担心我？

她　（嗅了嗅小瓶）这是什么？

他　给我看看。

她　不不，不管是什么，还是扔到垃圾筒里保险。（将瓶子丢到楼下）

他　你好像真怕我出事。

她　你毕竟是孩子的父亲。（见他显出被打动的样子，进一步要求）别走了。（走近他，伸出双臂打算拥抱）

他　别别，别让我起鸡皮疙瘩。

〔她无望地坐下。

他　再见。（开门走出）

她　（突然）回来，回来！

他　我一句也不想听了。

她　我是说公共汽车早就收班了，你看看表。

他　（看表）倒霉！

她　还是回来吧。

〔二人复入室内，对坐，都有些尴尬。

他　（无所谓的样儿）怎么睡？

她　（瞥他一眼）架折叠床。

他　（忿忿地）好，架折叠床！（拿出折叠床，不无讥诮地）要不要在中间拉个帘子？

她　（沉着地）好吧。

〔二人把床单当帘子拉起来。

〔这时响起了敲门声。

他　谁？

〔松松爸的声音：“是我。”

他　（对她）赶紧收起来。

〔二人收床收帘子，开门。

〔穿着短裤背心的松松爸走进屋。

他　又怎么啦？

松松爸　唉。
他　怎么回事？又吵了？
松松爸　（摇头）没有。
她　她把你撵出来了？
松松爸　（摇头）不是。
他　那是怎么啦？
松松爸　唉，还是实话实说吧，她不让我上床。
他　这种事情别人就不好帮忙了，你求求她。
松松爸　我不求她，大丈夫宁死不屈。（一个寒噤打了一个嚏喷）
他　快回去吧，死不了要感冒的。
松松爸　大姐，把你家折叠床借给我。
她　（为难地对他）借给他？
他　夫妻吵架劝和不劝散，我们借床给你不太合适。
松松爸　我不向她投降，与你们无关。给我。（拿起折叠床，又打嚏喷）谢谢了。（下）
她　我们怎么办？
他　睡沙发。
她　帘子呢？
他　拉上。
〔二人重拉帘子。敲门声又起。
他　谁？
〔松松妈的声音："是我。"
〔二人忙收帘子。她开门。
她　怎么了？
松松妈　大姐，完了完了。
她　又怎么了？
松松妈　他在外面有女人了，第三者！
她　是吗？他承认了？
松松妈　这种事他能主动承认？是我看出来的。
她　你怎么看出来的？
松松妈　大姐，他，他不肯上我的床呀！
她　是他不肯上还是你不让他上？
松松妈　是他不肯上。（伤心）他往折叠床上一睡，背对着我。大姐，男人到了这种程度就是有了外心了，一定是有外心了，第三者！
他　小李，不要瞎猜疑，先回去睡觉，明天再好好谈。
松松妈　明天你们去把床要回来，就说你们家要用。
他　行，要回来，我们家真是要用呢。
〔松松妈下。
她　别拉帘子了，说不定待会儿又敲门。
〔他开始为自己安排睡处，颇为难，两个单人小沙发，接拢了像婴儿的摇窝，拉开了中间又空出一档。
她　（递一凳）把这个放中间。
〔他又搁凳，凳立着太高横下太矮。
她　呃，等等。（由书桌里拉出抽屉）这个高度怎么样？（倒扣出其中杂物，将其翻扣于地）行吗？会不会压塌了？
他　（不理睬，兀傲地为自己抓了一条被单）那好，睡吧。（拉窗帘）
〔楼外人声，是那酒意阑珊的告别。
他　新郎新娘在门口送客，他们也要睡了。
〔二人分别躺下，黑暗悄无声息地复盖下来。楼外路上有汽车驰过的声音，显得更寂静。
他　喂，睡着了吗？
〔她轻轻翻转身体，不语。他悄悄地坐了起来，慢慢地走到她的身边，端详着她，正欲伸手去抚摸时，她倏地睁开眼睛坐起来。
她　（严厉地）你要干什么？
他　（被吓了一跳）你没睡着？我，我不想干什么，只是看看，我好像很久没认真看你，已经感到陌生了。
她　现在看清楚了？
他　看清楚了。
她　请回你那边去吧
他　（悲哀地叹息）这哪像个女人！（返回自己的睡处）
她　（后悔）我好像太过份了。（起身，轻手轻脚地走向他）
他　（冷冰冰地）你想干什么？请回你那边去。（给她一个后背）
她　（受挫后返回）怎么会这样怎么会这样！别别扭扭疙里疙瘩怎么就接不通！明明是从良好的愿望出发，却收不到良好的效果。唉，夫妻关系真是一门深奥的学问。恋爱时的新鲜感和激情往往使双方忽略了相互之间的差异，结婚后这差异便使他们格格不入无法和谐。
他　（气恼地坐起来）还让不让人睡了？明天我还要上班！还要去做那些小科长要做的事。
她　好好，不说了。（躺下）
他　哼，把人家弄起来她倒睡了。（不堪烦躁地拉开窗帘，抽烟）楼里的人都睡了，新婚夫妇也睡了，正是最消魂的时刻，如胶似漆如火如荼。（转眼轻瞥自己的妻子，不由得缓步向前，围床慢绕，目不转睛）你仍然很美，这很可怕。好多女人到了这个年龄都发胖了，一身肉滴里嘟噜。

她　我也不行了。（尽量不引他注意地把被单往身上拽）

他　不，还看得过去。

她　是吗？

他　当然不能跟少女比啰。第一次看见你的时候，你全身放射光芒，我几乎被照晕了。

她　是吗？

他　是的。（贴近她，扯开她身上的被单）

她　要不，你睡在这儿，我去睡沙发。

他　（按住她）两个多月七十多个夜晚，我冷清清地独自睡在这张双人床上。我叫毛毛跟我睡，这小子说，跟你睡不舒服，双人床不是给两个男人准备的。

〔她内心斗争了一下，拘谨地挪动身体给他让出半边床。

他　别，没那意思。两个多月的光棍都当了，还熬不过这一夜？

她　那我睡了。（一头倒下）

他　睡得着吗？

她　睡不着也得熬着。

〔何处一声暗响，又传来几下莫名的声音。两人侧耳细听。白天淹没在喧扰中的轻微响动在黑暗中凸现出来，昭示出阒寂宁静掩蔽下的骚动与不安。

他　什么声音？

她　楼上还是楼下？也在吵架？

他　家家都有一本难念的经，把这面墙打开看看，都在搭积木呢。

她　搭积木。（似叹似吁地哼唱起来）

“搭积木咱俩在一起，

红红绿绿多美丽……”

〔他渐渐和入歌声。

他
她　（合唱）“搭什么，搭房子，

小小的门小小的窗，

还有一个尖尖的顶，

拉起手来不说话，

咱俩走进房子里。”

他　你仍唱得不错。这是爱情吗？这只是一个男女二重唱。

她　当初我们认为这就是爱情，毫不怀疑。结婚的那一年，激情仍然很充沛，经常唱歌，连吵架拌嘴都挺好玩。后来是孩子占据了生活的中心，奶瓶子尿片子长痱子长包发烧打针出麻疹百日咳，简直顾不上别的。

他　后来孩子大了，你有闲心了，这个家就箍不住了，是你先在家中制造矛盾。

她　又来了又来了。休战！我们已经吵得够多了。

他　你的责任大。

她　你的责任也不小。

他　二八开。

她　五五开。

他　三七开。

她　四六开。

〔毛毛突然爬了起来，睡眼惺忪脚步踉跄地走到他们中间。

他
她　毛毛。怎么啦？

毛　毛　尿尿。（说着迷迷糊糊地往前走）

他
她　呃——上哪儿尿，小便上这边儿，哎呀，瞧你迷糊的。

〔她把毛毛带入屋内背角。少顷，毛毛闭着眼由她扶着歪歪斜斜地走到床边。

毛　毛　（躺下去之前突然睁开眼）爸爸，你不是说去开会吗？

他　噢，明天去，睡吧。

毛　毛　明天早晨叫我上学。

他　哎。

〔二人把毛毛的被子拉好，刚转身，毛毛唱起来。

毛　毛　（发呓症唱）“带来了我的烦恼——”

她　睡吧，你有什么烦恼。

〔毛毛睡去

她　（百感交集地看着儿子）毛毛都是个小小伙子了，瞧他身上的肉多结实，还是主力队员、清道夫。

他　你舍得他吗？（从背后搂住她的双肩）

她　（僵直了身体）我舍得。

他　我也舍得。（将她往床边带）

她　（欲挣脱）不，我舍不得。

他　我也舍不得。

她　呃，毛毛又醒了？（趁他看毛毛之机，

泥鳅似的从他的怀抱中溜出来，跑向沙发）我喜欢睡在这儿，这儿很舒服。（将身体蜷缩在沙发中）

他　（恼羞成怒，抓起枕头）好，那你就呆在这儿吧！（狠狠地把枕头砸到她身上）

她　（躲闪，身体一歪）哎呀！

〔抽屉被压塌了。她狼狈地倒在地上。他将她从地上拽起。

他　（不无快感地）我要睡了。（上床，暗中观察她的动作）

〔只见她拉开抽屉，把两个沙发拉到一起，然后别别扭扭地把身体塞进去。

他　（苦恼地仰天长叹）唉，这也是夫妻。也就是我跟你过了这么多年，换个人试试。说出去人家不会相信，你连个主动热烈的拥抱和亲吻都没有，哪个男人受得了啊？

她　对不起，我情绪来不了。

他　（起身，激烈地）那你为什么还要跟我做夫妻呢？你回来干什么？这不是活受罪吗？

她　我，在外面，呆不住。这两个多月，我像丧家之犬，这里呆两天那里混几夜，没有落脚的窝。朋友毕竟只是朋友，他们有自己的家自己的事，谁也不可能把别人看得比自己还重。还有人在背后指脊梁骨，那眼光几乎要把我背上的皮给揭下来。

他　你知道厉害了？你知道丈夫和家庭对于一个女人来说是多么重要了吧？

她　我想毛毛，想这间屋子。

他　不想我。

她　不，想的。我想只要有一个丈夫有一个稳定的家庭，我就理直气壮，谁说什么我都不怕，就像在安全岛避风港里一样。

他　（淡淡地一哂）安全岛避风港我还是可以充当的。（很豪壮地）男人嘛，就是以保护女人为天职。我可以尽丈夫的义务。

她　我当然，也会尽妻子的义务的。（仍然避着那张床）可是为什么一定要，别勉强我。

他　我勉强你？哈，你可真能黑白颠倒，咱们是合法夫妻，我的要求是受法律保护的。

她　你不是要离婚吗？

他　现在还没离。

她　可是我不行，这你知道，一直都很勉强。

他　你一直都是这样地折磨我，折磨得让我说不出口。

她　可是你根本不爱我，让我怎么跟你亲热？

他　我不爱你？说出去谁信？

她　你爱不爱我，只有我心里最清楚。我甚至感到你对我怀着恶意，你希望我倒霉希望我碰壁，那样我就可以在你面前伏伏贴贴。我不是个走红的歌唱家，我老了。走到台上，不扭摆吧下面嚷：下去下去。扭摆吧我又做不出。你根本不理解我的苦。我还得争取自己的观众，我没有一天松懈过，没有一次演出疏忽过。当观众向我鼓掌的时候，我自豪极了，我知道我是个有用的人。可是一回到家中所有的光辉都熄灭了，你挑剔我刺激我，这也不是那也不对，在一些琐事上让我无所措手足，丧失自信心。我拿回了钱你也不高兴。

他　这都是你的胡思乱想。

她　不，我清楚极了，你内心深处在嫉妒。

他　嫉妒？嫉妒谁？

她　嫉妒我。

他　笑话，嫉妒，你把我看成了一个小人。不信你出去问一问，我是怎样向外人介绍你的。

她　那只是在口头上，而在内心深处却是另外一回事。你想压我一头，可我偏偏不肯低头。你要我做李秀枝，我偏偏不做李秀枝。我在精神上比你强，你制服不了我，就恼恨我，你用轻蔑的态度伤害我，连钱也得罪了你。

他　（被她激怒）你是用钱来炫耀自己。我不需要它，不需要它，不需要它！（抓过钱包把钱扔到地上）

她　（伤心地）这是凭劳动挣来的！你这样轻贱我的劳动。

他　你处处想显示比我强，我受不了！我不爱你，你又何尝爱我呢？你把我当安全岛避风港，这是你刚才亲口说的，你要我给你丈夫能有的一切，却不付出妻子应当付出的，你连起码的交换意识都没有。

她　（酸楚地艰难地承认）我自私，我是自私，我知道。

他　你从来不体谅自己的丈夫。你不知道我心里有多痛苦。那天，我带毛毛去买衣裳，当我在镜子里看到自己的时候简直大吃一惊，我怎么是这个样子？脸皮松垮垮的，头发稀朗朗的，胸塌着背驼着，活像个大烟鬼。我记得我过去是很英俊的，像达式常，眼睛比达式常还要亮。我这才意识到十二年过去了。这十二年我过得怎么样？我窝囊透了！

她　别说了。

他　不，我现在想说。

她　我现在想睡觉。（毅然地）我现在愿意，来吧，（向他伸出手）来吧。

他　（后退）感情都伤透了才让我上床。你知道你手上拿着什么吗？拿着刀！你是在用刀扎我的心哪！

她　（扑倒在他面前）我对不起你，我说过我对不起你。

他　（仰起头吃力地呼吸）缺氧，空气好像兑了水，氧份不足。其实，无所谓对不起对得起。我看不起自己，好多次我去酒席上陪客，你以为这是他们看得起我吗？不是，那只是因为我能喝几口，让我去是为有冠心病的庞老太婆代酒。喝完了，打着酒嗝，我想哭，我想到自己不过是她的酒囊。酒囊你知道吗？一个盛酒的皮口袋！

她　（无比同情和心痛地抱住他）别这么说别这么说，我了解你，你聪明，有才干，你比那些指使你的人强得多！

他　强又有什么用？我只能是提着包在别人后头转。

她　你为什么不把苦恼对我说？为什么硬要在我面前强撑着。

他　因为我是个男人。

她　不可以改变改变自己的生活？

他　你走出去看看，一切都已定了型，像积木一样，改变形状就装不进盒子里去了。

她　把积木从盒子里倒出来，重新组合。

他　人不是积木。

她　（失望地从他身边走开）现在怎么办？离，还是离吧。好在你还有个李秀枝。

他　那是故意气你的，用你的话说，叫强撑着。不离，不能不离吗？

她　几个钟头前我想和好你想离，现在我想离你又不离。就像小张他们说的，踩不到一个点儿上。

他　如果别人问：你们为什么要离婚？我们怎么回答？

她　（辛酸地戏谑）就说我们烧鱼一个不搁醋一个要搁醋，意见不一致。（尽量理智地）遗憾的是我们失去了最好的年华……不过我们还没有老得走不动路，还有明天，向前看。（唱）“明天，明天，明天比蜜甜——”

他　（无可如何地哀号）结婚的时候不是这样的！那会儿咱俩都很穷，买了二十斤糖，其中主要是很便宜的现在孩子们都不吃的硬块糖，只有两三斤价格贵一点的高级奶糖。新房已经布置好了，头天晚上我们进去摆糖果，擦洗好盘子，把便宜的硬块糖和高级奶糖混在一起往盘子里装。夜深了，我们又冷又饿，我叫你吃块糖，随手拿一块高级奶糖。你不要，你说奶糖这么少，挺寒碜的，留给客人吃吧。

〔《搭积木》的乐曲在他们身边萦回。

她　（边哭边嚷）说这些有什么用？有什么用？我们都不是十二年前的我们了！回不去了！（把他从身边推开）

他　你就是这么讨厌。

她　是的，我就是这么讨厌！睡吧，熬了一夜，我困了。

他　还睡什么，天都亮了。

她　啊，快叫毛毛起床。

他　糟了，庞老太婆要的材料还没整完。

她　啊，快叫毛毛，我去煮牛奶。

他　毛毛，毛毛。

〔毛毛起床

毛　毛　几点了？

他　七点二十。

毛　毛　（急得欲哭）来不及了来不及了。（慌忙地找书包）笔盒呢？笔盒不见了。

他　别急别急，想想搁哪儿啦？

她　昨天做作业之后收了没有？

毛　毛　噢，在阳台上！还有作业本。

〔三人忙乱地冲向阳台。毛毛终于收拾好了书包。

她　　牛奶，牛奶，快喝。

毛　毛　来不及了。

他　　（给钱）到外面买几个包子。

〔毛毛向外跑

她　　毛毛再见。

毛　毛　（突然停住）你们今天在家吗？

〔他、她不解。

毛　毛　你们不是要搭积木吗？

他
她　　……搭积木？

〔毛毛点头不语。

他　　毛毛，快走吧，别迟到了。

〔毛毛出门又止，返身。

他
她　　（诧异地）怎么了毛毛？

〔毛毛认真地、严肃地注视着他和她。

他
她　　（忐忑不安，心中发虚）毛毛，怎么啦？

毛　毛　（清晰地）其实，我什么都知道。

——**剧终**

（选自《剧本》1988 年第 6 期）

【导读】

评论者一般认为沈虹光具有自觉的女性意识，她的剧作写男人与女人之间的普遍情境，表现女人的共同处境。在这种女性境遇剧中，角色的具体命名并不重要，重要的是角色的处境或者境遇。也就是说，剧作不是以塑造独特的“这一个”为旨归。

《搭积木》中的角色就是两组三口之家。一组是“她”“他”和他们十一岁的儿子“毛毛”；一组为“松松妈”“松松爸”和他们的儿子“松松”。剧作在舞台的具体时空上显现出很大的随意性：时间是“傍晚到早晨，任何一天均可”；地点是“人口密度极大的大城市中的一个普通住宅区中的一幢普通楼房的一间普通屋子里”。夫妻之间的日常争吵，构成了剧作的主要情节，分明无法调和，却不得不各自压抑。这里没有“第三者”，但“她”和“他”就是无法在一个空间里和睦相处。这是两个好人，但是这两个好人在一起便彼此折磨。为了面子，为了孩子，婚姻关系又不得不维持。女人走了，再回来；回来了，又想走；她不走，他就要走。这是怎样一种尴尬的关系？第二组人物，松松妈和松松爸的吵吵闹闹，完全是“她”和“他”之间冲突的翻版。维持着良好公共形象的模范夫妻“她”和“他”，无奈地为松松爸妈排忧解难之时，也在尴尬地面对自身无处诉说只能内耗的恶劣的夫妻关系。

剧作者相信，这样的动荡每天每时都可能在人的内心发生，它使人的内心成为风暴期的海洋。剧中人的心理空间阔大，夫与妻的内心博弈激烈。他们无法体面地摆脱对方，共同相处的物理空间已成为禁锢个体的囚牢与密室。彼此成为仇敌，以至于只有对方死去，自身才能彻底解脱。“她”和“他”，是松松妈和松松爸，也是饮食男女。他们之间关系的危机状态带给孩子的是如同搭积木般建立起来的易碎家庭，样子漂亮却不堪一击；然而表面是平静的，吃饭睡觉、上班下班，平凡无奇，司空见惯。戏剧的张力于此产生。

这是一出典型的写实主义戏剧。作者为内质相通的情节设置了两组人物，增强了所揭示现象的普遍性。作品以夹杂着些许幽默的日常化语言，细致入微地描摹生活，风格朴实平淡。（苏琼）

▶ 沈虹光《搭积木》
拓展阅读

德龄与慈禧（节选）

何冀平

第四场　慈宁宫及游廊

〔晨。德龄大声地读着报纸，报纸是外文的，德龄即时翻成中文，四喜在为慈禧梳头。

德　龄　西历一九〇五年七月十日，英国《泰晤士报》引述俄国《圣彼德堡报》，俄皇尼古拉二世颁布宪法，允许选举产生议会，君主受宪法和议会的约束，实行君主立宪。

慈　禧　俄国也实行君主立宪了？

德　龄　现在欧洲许多国家都仿照英国，实行君主御治、议会共议政事的体制。

慈　禧　接着念吧。

德　龄　西历一九〇五年七月，英国《泰晤士报》，英王乔治五世和皇后在白金汉宫举行盛大晚宴，名流齐集，华灯齐放，火树银花……

慈　禧　“华灯”是什么？

德　龄　华灯就是电灯。

慈　禧　电灯有没有咱们的牛角灯亮？

德　龄　亮得多了，一盏电灯比十盏牛角灯还要亮。

慈　禧　“华灯齐放”是什么意思？灯不是一盏一盏点亮的吗？

德　龄　电灯用电来控制，一按开关，几百盏灯一齐亮起来，那景象真是辉煌啊！而且电灯特别明亮，就连地下的砖缝，房间的角落都照得清清楚楚。

〔四喜梳掉慈禧的一根头发，正设法掩饰。

慈　禧　如果我掉在地上一根头发，也能看得见吗？

德　龄　看得见。

慈　禧　咱们虽然没有电灯，可我也看得见！四喜，你梳掉我几根头发啊？

四　喜　（吓坏）奴才该死！

慈　禧　你死了，我的头发也长不上，叫它长上去！

四　喜　这……（极为慌恐，不知所措）

德　龄　老祖宗，掉了的头发怎么长得上去？

慈　禧　他们只知道脑袋掉了，长不上去，哪知道头发掉了，也长不上去?!

〔慈禧目露杀机，四喜已吓坏了，叩头不已。

慈　禧　我最恨人做事不小心。

德　龄　其实四喜做事很小心，人掉头发是正常的自然现象，旧的不脱落，新的就永远长不出来。

〔四喜感激地望着德龄。

慈　禧　这又是洋人的理论。为什么李莲英给我梳头，就一根头发也不掉呢？

德　龄　其实也掉，不过我看见他把掉下的头发都收在袖子里了。

（德龄讲这句话不是告状，而是觉得好玩）

慈　禧　哦？

（李莲英上，刚好听到，他狠狠地瞪了德龄一眼，但很快换上笑容）

李莲英　老佛爷，这是内务府刚送来的洋报纸，奴才不认得这些洋文，还是德龄姑娘看吧。

德　龄　（接过）谢谢。

慈　禧　你用不着跟他们说谢谢，你待他们越好，他们就越想着方儿糊弄你。

李莲英　（听出话音）老佛爷睡着都比我们醒着明白，谁敢糊弄老佛爷？

慈　禧　（不理睬）念吧！

德　龄　美国《华盛顿邮报》报导：伊斯曼公司发明一种小型照相机，这种相机在出售之前就装了能拍三十次的胶卷，用完之后只要把照相机和底片一起送回美国罗彻斯特的伊斯曼公司，那家公司就会将洗好的照片和装上新胶卷的照相机寄回给客人。

慈　禧　这倒是方便，我早就想照相，可是咱们的照片怎么能寄给外国人呢？

德　龄　奴才的哥哥勋龄会照相，也会把照片洗出来。

慈　禧　哦？那叫你哥哥进宫给我照相。

德　龄　是！

慈　禧　叫勋龄带上家伙，立即进宫，我今天就要照相。

德　龄　是，奴才家里有电话，打个电话他马上就能来，只可惜宫里边没有电话。

慈　禧　叫内务府马上给我装！

李莲英　嗻！

慈　禧　德龄，照相穿什么样的衣服好？

德　龄　照片只有黑白两色，老祖宗穿些花色分明，颜色亮丽的衣服，照出相来好看，其实老祖宗现在穿的这件就很好。

慈　禧　小李子，去给我拿一套首饰。

李莲英　喳！（下）

慈　禧　我以前只画过像，那个洋女人把我脸上涂得黑一块、蓝一块的。

德　龄　那是油画的明暗效果，画像没有照片真实。

〔李莲英拿来首饰，替慈禧戴上，慈禧照着镜子，很不满意。

慈　禧　我穿这身葡萄紫的袍子，配这套宝翠蓝的珊瑚首饰不成了个乡下老太太？

德　龄　如果戴上那套梅花形的珍珠花，再配上那串宝石绿玉的蝴蝶璎珞，那才合衬。

慈　禧　嗯，有道理。你能给我拿来吗？

德　龄　（爽快地）我试试！

李莲英 我带姑娘去。

慈　禧 （有意考查）把钥匙给她。

〔李莲英只好把钥匙拿出来，交给德龄。德龄下。

慈　禧 小李子，你过来。

李莲英 嗻。

慈　禧 让我看看你的袖子。

李莲英 （汗下）嗻！

慈　禧 （看）也和别人的没有什么不一样嘛！

李莲英 没……没有。

慈　禧 我以为你外面穿一层，里面套一层，里外不一。

（慈禧望着李的眼睛，一语双关）

李莲英 （吓坏）奴才不敢！

〔德龄拿珠宝上。

德　龄 老祖宗，是不是这一套？

慈　禧 （很高兴）你从来没进过我的珠宝库，怎么一去就拿准了？

德　龄 我常听老祖宗吩咐什么首饰放在什么柜子的第几层，就记住了。

慈　禧 好聪明的孩子，从今天起，由你给我管理珠宝，女人总是知道女人的心意。（对李）把钥匙交给德龄。

李莲英 （心里极不高兴，但不敢表示）嗻！

慈　禧 现在你跟我来，我要把珠宝一样一样交代给你。小李子，这几天我让你记下要更换的东西，都交代了吗？

李莲英 都记下了，只等老佛爷下谕旨。

慈　禧 西洋人男女不分，乱爱乱伦，我受不了，可是他们那些新鲜的玩意儿，咱们不妨利用一下，这叫中学为体，西学为用。告诉内务府，赶紧筹办。

李莲英 遵旨！

慈　禧 咱们走。

〔慈禧拉德龄下。

李莲英 （心中恼火，学着德龄口气）“我试试”，“我试试”，不定哪天就把脑袋给试掉了！（对传旨太监）传太后谕旨。

（传旨太监宣读圣旨）

传旨太监 圣母皇太后上谕：东暖阁的窗户纸改换玻璃，朝堂的牛角灯改换电灯，养心殿的金刚砖改用木地板，御膳房即日起增加西点，养心殿、储秀宫安装电话。着令内务府即刻办理，不得贻误。钦此！

〔官女、太监在李莲英的指挥下，穿梭般忙碌着。场灯变化显示时间的更替。

隆　裕 都给我站住。

〔所有人原地站住。

隆　裕 你们没头苍蝇似的跑什么哪？

（李莲英忙回话）

李莲英 回皇后娘娘，老佛爷一口气下了六道上谕，奴才们正加紧的办呢。

隆　裕 这可是祖制上从来没有的事。东暖阁的窗户纸是御纸库特制的“玉版宣”，养心殿的金刚砖是明朝的遗物，朝堂的牛角灯从祖宗登基的时候挂到如今，这些东西怎么能说换就换呢？

李莲英 娘娘说的是。

隆　裕 那些人蹬高爬低地干什么？

李莲英 回娘娘，装电话电线呢。

隆　裕 装上电话，什么人都能跟皇上、太后随便说话，冒犯了天颜有失国体，谁担待得起？李莲英，这都是老祖宗的主意吗？

李莲英 （不失时机地）是老佛爷听了德龄姑娘的主意。

〔隆裕的脸沉了下来。

李莲英 德龄姑娘弄来不少的外国报纸，每天给老佛爷念，今天讲电灯怎么好，明天说西洋点心怎么好吃，弄得讨厌洋物的老祖宗也变成“洋物迷”了。

〔长寿上。

长　寿 主子，主子，可了不得了，容龄带着个男人，围着老祖宗不知道要干什么？

〔慈禧和容龄、勋龄上，勋龄在为慈禧照相。所有人退下，只剩下隆裕、长寿在舞台的一角。

勋　龄 老祖宗再往前站一点，头再歪一点，好。

〔慈禧随着容龄和勋龄的摆布，作态。

勋　龄 就站在这棵树底下，脸朝上一点，再上一点，眼睛往上看。

容　龄 如果手里拿面小镜子更好。

慈　禧 好，就听你的。

隆　裕 这是谁敢这么指使老祖宗？

长　寿 主子看见了吗？容龄身边是个男人，后宫里怎么有了男人了？

隆　裕 他怎么站着跟老祖宗说话？

长　寿 主子快瞅，他还敢上手动老祖宗呢。

勋　龄 好，头低一点，手里的镜子再高一点，好，别动！（照相）

（闪光灯乍亮，吓了隆裕等一跳）

长　寿　（大叫）有刺客！

〔数名太监冲出来护住慈禧，有的上去就抢勋龄的相机，隆裕等也冲上去。

勋　龄　你们干什么？

隆　裕　把他拿下来！

〔太监冲上去拿勋龄，勋龄情急之下，练起洋式拳击，太监们不知这是何方拳路，一时被他唬住。双方交手，会中国功夫的太监竟不是勋龄的对手。慈禧只在一旁看。

慈　禧　得了，住手吧。

隆裕、长寿　（忙上前）老祖宗受惊了！

慈　禧　受惊个屁。我这儿照得好好的相，你们捣什么乱？（对众）散开，别这么一层一层的围着我。

隆　裕　这个人要行刺老祖宗。

容　龄　（急忙）不……这是奴才的哥哥勋龄。

勋　龄　勋龄拜见皇后娘娘。

隆　裕　又是裕庚家的？

慈　禧　裕庚家的能人多呗。

隆　裕　（固执地）老祖宗，不管他是谁，他犯了宫里的规矩，他竟敢站着跟老祖宗说话。

慈　禧　这是我特许的。

隆　裕　还敢在老祖宗面前戴这样的“光子”（指眼镜）。

长　寿　他还敢上手摆弄老祖宗。

慈　禧　得了，这都是我特许的。

隆　裕　老祖宗近来的特许也太多了。

慈　禧　那你让他跪着，把我照成个有腿没头的怪物？

隆　裕　奴才不敢。

长　寿　奴才听说这照相匣子会摄人的魂。

慈　禧　胡说，这叫照相机，你过去看看。

（长寿过去看照相机，大叫起来）

长　寿　哎哟，可了不得了！

慈　禧　怎么了？

长　寿　奴才不敢说。

慈　禧　说！

长　寿　我在那里面看见的老祖宗头朝下，脚朝上，是个倒着的老祖宗！

隆　裕　嘘——

长　寿　长寿知罪。

慈　禧　（笑）你们真是什么都不懂，有空叫德龄好好给你们上几课。咱们走，我想照一张在湖边上的。

〔慈禧带容龄、勋龄、太监等下。隆裕气得说不出话来。

长　寿　不是奴才在主子面前搬弄是非，再这么下去，不要说主子，就连奴才我都没了位置了！

隆　裕　不能由着德龄她们乱来。

长　寿　（故意挑唆）可是咱们管得了吗？就说万岁爷吧，这么多年奴才也没见万岁爷笑过，可现在见了德龄就有说有笑的。那个高兴劲儿就别提了。主子，您如果再这么忍下去，还说不定出什么事哪！

隆　裕　（怒不可遏，吩咐）给我摆驾瀛台！

（收光）

（选自《天下第一楼——何冀平剧作选》，北京十月文艺出版社2004年版）

【导读】

以三幕话剧《天下第一楼》（1988）蜚声文坛的北京人艺编剧何冀平（笔名晓禾）移居香港后，为香港话剧团创作了多部质量上乘的剧作，历史话剧《德龄与慈禧》（1998年11月首演）可资代表。

清光绪三十一年（1905），古老的东方第一帝国，处于内忧外患、风雨飘摇之中，日俄两国正在中国的东北打仗，河南的黄河水灾造成十万乡民无家可归，人祸天灾，连皇后都无法“睡个安稳觉”“吃顿安生饭”。眼看着大清将亡，是奋起变革旧制度还是故守陈规腐套，大清宫廷内分成两派：以太后慈禧和皇后隆裕为首的保守派势力强大，以光绪皇帝为首的革新派在戊戌变法（1898）失败之后愈发势单力薄。轰轰烈烈的大历史，残酷的政治对决，在女剧作家笔下被冒失而天真开朗的少女德龄改变。

这位在西洋长大的外交官之女，18岁入清宫当慈禧的侍女兼翻译官。她将西洋物品与生活方式带进了宫廷，令原本极端厌恶西方的东方皇太后慈禧，变成了一个“洋物迷”。渐渐地，德龄与慈禧成为忘年之交，德龄不止改变了慈禧的晚年生活，而且打开了她的国际视野，松动了她的政治理念。此戏落幕之时，也是戏中的慈禧人生即将落幕之际，她真诚地向德龄告白：“我知道大清快完了，改制这一步非走不可。我这一步，可比百日维新走得远。不过这件事得我自己做，不能叫他们逼着我做。”她批复了变法奏章，令德龄出宫后，跟她的爸爸裕庚带上一批人出使西洋，考察君主立宪，制定新法，改行新政。如编剧何冀平本人与评论者所言，此剧写出了西洋文化与中国传统文化的冲撞、对抗与交融。

历史剧一向以男性为主体，此剧却将女性塑造成历史的主体，变历史（history）his story（他的故事）为 her story（她的故事），突出了女性在历史中的作用。剧中既有积极地推动历史前进的德龄，也有阻碍历史脚步的隆裕皇后，在变化的角色慈禧身上，还能看到女主人公的自主性。在女剧作家笔下，女性成为历史剧的主角、历史的主导。小到梳头、喝茶、吃烧卖，大到政治外交、国家治理，剧作讲究细节的铺排，情节的生动与场面的戏剧性。剧中角色性格鲜明，达到了历史与艺术、虚构与真实的统一。（苏琮）

▶ 何冀平《德龄与慈禧》拓展阅读

金锁记（节选）

王安祈、赵雪君

第三幕

◎ **场景：**分家后客厅。

［七巧与三爷坐在台上，两人喝着茶，不说话］

三　爷：［喝了一口茶］从半年前分家就没见过二嫂了。

曹七巧：你来干嘛呀？

［三爷苦笑，放下茶杯］

三　爷：二嫂……还为着分家那天的事恼我么？

曹七巧：不敢。是您三爷大人大量不跟我们孤儿寡母计较。

三　爷：你恼着我呢……你恼着我……因为你还想着我。

曹七巧：扯淡。

三　爷：是真是假，你自个儿知道。

曹七巧：你到底来做什么？

三　爷：往常家里人多，要好好说句话都不成，分了家，清静多了。这凤纹耳坠子七巧戴起来真好看。

曹七巧：［唱］

前尘旧事回心绕，
过往云烟何曾消。
还道情字已看薄，
眼前之人乱心潮。

三　爷：你知道我为什么跟家里的那个不好，为什么我拼命的在外头玩，把产业都败光了？你知道这都是为了谁？

曹七巧：我不信。

三　爷：我知道你不会信。［沉默片刻］也罢。这么些日子，你没忘了我，我也不求什么了。你保重。［三爷欲走］

曹七巧：［唱］

真情假戏、怎分晓？
千回百转、百转千回、只恨情锁难逃！

［白］季泽……［音乐骤停。走到舞台边的三爷，停下来。七巧看到三爷停下来，沉静了一会］你又来逗我。这么些年了，我好容易将你看淡了，你又来……

三　爷：我若是逗着你，就叫菩萨罚我。

曹七巧：人都老了，花一般的年岁都过去了，你还来提这些做什么？

三　爷：我不也老了？家里人多眼杂，让人知道了，我是个男子汉，还不打紧，你可了不得。我不得平白的坑坏了你。都是命里安排下的，非得走到这一步才有我们的日子……

曹七巧：［唱］

灯前月下细观瞧，
流年岁华、也印在他眉梢。
他也是、人已老，
人已老、十年了。
岁华悠悠人已老，
依旧是、那潇潇洒洒、透着些儿不耐烦的、姜家三少。
惫懒滑头又波俏，
七分不羁三分刁。
十年了、闪躲避藏难知晓，
真情细剖在今宵。
真情告、人已老，
人已老、花已凋。
红颜已老花已凋，
悲也无泪、喜也带嘲。

灯前对坐如梦杳，
茶香回甘细品嚼。
细品嚼、茶也冽冽，
相对坐、梦也迢迢。

三　爷：[唱]
灯影摇摇，
花影飘飘。
云也悄悄，
风也萧萧。
十年岁月在今宵，
今宵相对如梦杳。
路也迢迢，
梦也迢迢。
[小双上]

小　双：奶奶，[三爷听见小双的声音，推开七巧]跟着三爷来的两个人，闹着说三爷再不出来，他们可就不等了。

曹七巧：[看着三爷，沉默而后再说]什么人？[三爷不语]跟着你来的是什么人？[三爷不语，七巧噙着眼泪，心凉]大哥早说了，若不是为了几个钱，这个家你是一刻也待不住。若不是给要债的逼着……[七巧吸一口气]你哄我——你拿那样的话来哄我——[眼泪还没流下来，情绪逐渐转变成暴怒]你拿我当傻子——

小　双：奶奶，别这样、别这样。

曹七巧：放开我！让我打死他！

三　爷：等白哥儿从学堂回来，叫他替他母亲请个大夫来看看。

小　双：是。

曹七巧：[打小双]你还答应他！你还答应他！滚，都给我滚！
[小双、龙旺、绢儿仓皇逃下，七巧扶着椅子、背对一段时间，而后转过身来，像是想起什么似的，飞奔上楼推窗看]

曹七巧：[唱]
飞奔楼头、再看一眼姜家三少，
清风习习襟裾飘、襟裾飘。
一颗真心、盼不到，
一点真情、早已抛。
一丝丝真意、竟也如梦杳，
一生一世、谁与我、真情换、两心交？
红颜始为金银误，
金银红颜终伴老。
[长白上]

长　白：娘。娘。

曹七巧：[回神]白哥儿，你不会骗娘吧。

长　白：骗娘什么呢？娘方才跟三叔怄气啦。

曹七巧：白哥儿，娘的白哥儿，你答应娘，这辈子绝不骗娘。

长　白：长白绝不骗娘亲。

曹七巧：娘只有你了。娘这辈子只有你一个男人了。娘的钱往后都是你的，你可得紧紧的守着，替娘防着，别让他们姜家骗走，这些钱，白哥儿，你是知道的，是娘半辈子的卖身钱，你可得守紧了。

长　白：娘放心。

曹七巧：安姐儿呢？

长　白：在外头玩呢。

曹七巧：她一个人么？

长　白：还有春熹表哥与我学堂里的学友潘豫临，娘见过的。

曹七巧：潘豫临？他怎么三天两头往咱们家里跑？

长　白：我与他是朋友啊。我不也常往他家里去？

曹七巧：你往他家里去？他家里有妹妹么？

长　白：豫临家只有兄弟，他还夸长安可爱，想有这么个妹妹呢。

曹七巧：你快把长安给我叫进来！

长　白：怎么啦？

曹七巧：你快把长安给我叫进来！还有，以后不许那个潘豫临，也不许你其他的朋友上咱们家。

长　白：这是为何？

曹七巧：拿不准会为了咱们这份家产拐了长安。我绝不允许拿我半辈子换来的钱轻易给人骗了。你快、快把长安给我叫进来。

长　白：好好，娘您坐着歇息，我去、我去。

[长安、春熹一前一后上。一边回头看被赶走的潘豫临，两个人不知发生了什么事]
[春熹突然拉住长安]

曹春熹：安姐儿，等等。脸上沾了泥巴了。[帮长安把泥巴弄干净]
[七巧看了大怒，站起来对曹春熹破口大骂，并且把长安拉到自己身后，长安还因此跌倒]

曹七巧：你放手！我把你这狼心狗肺的东西。

我三茶六饭款待你这狼心狗肺的东西，什么地方亏待了你，你欺负我女儿？你那狼心狗肺，你道我揣摩不出么？你别以为你教坏了我女儿，我就不能不捏着鼻子把她许配给你，你好霸占我们的家产。我看你这混蛋，也还想不出这等主意来，敢情是你爹娘把着手儿教的？我把那两个狼心狗肺忘恩负义的老浑蛋！齐了心想我的钱，一计不成，又生一计。

曹春熹：［大怒］我——

曹七巧：你还有脸顶撞我！还不给我快滚，别等我乱棒打出去！

［曹春熹下］

曹七巧：［手指戳长安头］瞧你那副傻样，怪不得人家想骗你。放精明些，男人有几个是真心的？都是要你的钱。听见没有？

长　安：听见了……［停顿片刻］娘，那春熹表哥往后还能来咱们家么？

曹七巧：气死我了，你长点心眼儿吧。

长　白：长安还小，哪懂得这些，过些年就明白了。

曹七巧：就怕她傻到底。

长　白：娘放心，长安是娘生的女儿，娘不傻，长安会傻么？

［沉默，七巧听见这句话，心中一警，她差点被三爷骗］

曹七巧：安姐儿，娘是为你好，你还不懂外头的人有多坏，娘想照顾你，可娘不能像小时候那样成天地跟在你身后。你又是一双大脚，哪儿不能去？依你的年岁裹脚是嫌晚了些，马上给你裹起来，倒也来得及。

长　安：我不要。

曹七巧：由不得你。

长　安：哥……

长　白：外头不时兴这个了。就别叫长安白吃苦。

小　双：是啊，奶奶，如今小脚不时兴了，只怕将来给姐儿定亲的时候麻烦。

曹七巧：没的扯淡！我不愁我的女儿没人要，真没人要，养活她一辈子，我也还养得起。小双、白哥儿，押着她。

［唱］

九尺素帛掌中转，
手握足尖紧紧缠。
提气屏息使劲扳，

长　安：［唱］魂魄飞出离恨天。

［白］娘！

小　双：［白］奶奶，放了安姐儿吧。

曹七巧：［唱］

一声娘亲娘心软，
头晕目眩十指瘫。
手中素帛暂松缓，
搂儿在胸前、听娘几句肺腑言。
儿不知、世道多艰险，
儿不知、人心多狠贪。
为娘我一生无所有，
只能够、紧守我儿、免受欺瞒。
张开翅羽、将儿揽，
要教儿、寸步不离娘身边。
九尺素帛再紧转——

［长安欲推开七巧站起来逃走，却不小心扯下七巧的耳环］

曹七巧：［唱］

鲜血淋漓满手沾。
钻心痛楚、五内翻转，

小　双：奶奶的耳坠子给安姐儿扯下来了。奶奶，别缠了。

曹七巧：［唱］

凤纹耳坠，将血肉牵。
一霎时、他温存谎言、起自耳畔，
我一身恨骨、恨连天。
岂能教、小娇儿、任人瞒骗——

长　安：［唱］

怒火修罗在眼前！
问天、我将何错犯？
如此遭际、何以堪？
问天、我将何错犯？
亲娘要我一生残？
钻心痛、激起我、满腔恨怨——

曹七巧：［唱］

怒火修罗在眼前！
一见儿双眼，我浑身颤，
好似他父魂归还。
咬紧牙关再紧转，
要叫你、足似弓月、步步难。

［长白倒退两三步准备溜走］

曹七巧：白哥儿，你上哪儿去？

长　白：［逃避似的］我、我上戏园子听戏去。

（中场休息）

（选自《绛唇珠袖两寂寞》，INK印刻出版有限公司2008年版）

【导读】

京剧《金锁记》是王安祈、赵雪君根据张爱玲的小说《金锁记》和《怨女》改编而成，2006年首演之后好评如潮。《金锁记》中的曹七巧、《怨女》中的柴银娣，都是经典的“怨女”形象，虽然人物形象各自独立自足，但两部小说文本互为指涉，为戏曲的跨文体改编奠定了基础。

立足于意蕴丰厚的小说文本，京剧《金锁记》选择了曹七巧人生中几个重大事件，以蒙太奇、意识流的手法在并置、交叉、重叠中形成“虚实交错，时空叠映”的舞台表现。开场时的七巧享受着儿女绕膝的温馨生活，但很快就在苦闷的生活中被磨蚀、被扭曲，陷入与小叔子的偷情畸恋和与婆家人的争权夺利中。两场婚礼和麻将戏，将人物表面的强悍与内在的空虚细致入微地表现出来。转折发生在第三幕，七巧与季泽在家庭分产中恩断义绝，再次相见时七巧内心还残存着一丝幻想，可当她发现季泽的殷勤只是为了算计她的钱时，内心所有的希望瞬间坍塌了，漫长、无望的生活中唯一一点闪光被无情地熄灭了，换来的是更为不堪的欺骗和背叛，多年来的委屈和愤懑被点燃，受害者终究成了加害者。对男性的绝望使她不顾一切要抓住身边的子女，用婚姻和鸦片束缚住儿子，用裹脚和谎言伤害女儿，彻底沦为金钱枷锁下的困兽，走向人性的沦丧。

全剧以不同人生场景的错落对照，最大程度地容纳小说丰厚的表意层面，情节精要舒张，心理逻辑清晰可辨。值得一提的是，剧情的呈现和转折都是以戏剧的方式完成的。全剧的舞台布景以写实为主，但融合唱腔、念白和做工的舞台表现却承袭了中国戏曲的写意特点，如贯穿全场的“空镜子”始终高悬，既见证了七巧的沉沦，也象征虚空世界对人性的吞噬。再如七巧识破季泽的欺骗之时，剧作以七巧和季泽的无伴奏对唱来表现人物内心的挣扎和彷徨，以灯影、风雨自喻，充满人生虚幻的无奈。对整体化戏曲氛围的追求是此剧成功的关键，正如剧作者所言，编剧不只是单纯的台词文案，而是对叙事结构、光影、声曲多种艺术手段的整体把握，京剧《金锁记》为戏曲改编树立了以古典意蕴来表现现代意识的典范。（潘超青）

▶ 王安祈、赵雪君《金锁记》拓展阅读

芸香（节选）

徐频莉

［台上除了葛老太外，没有其他演员出现，以下两束光表示两个演员，但脚步声是实的。

葛老太 你回来了？

阿　果 （画外音）嗯。

葛老太 你带客人回家了？

阿　果 （画外音）没……没有。

葛老太 是说呢，我们种了这一屋子芸香，别人看了像啥？自己的事只有自己知道，这个地方不能带人来。

阿　果 （画外音）我知道，那么多年来，我什么时候带人来过？

葛老太 那……你搬东西进来啦？

阿　果 （画外音）没……没有。

葛老太 你真的一个人？

阿　果 （画外音）嗯。

葛老太 那怎么刚才的门……

阿　果 （画外音）门怎么啦？

葛老太 ……像是关得比平常慢了呢？

［黄光和红光慢慢靠拢。

葛老太 阿果，今天我又在脸盆里种上了芸香了，我早知道，光在桌下和床底下种是根本不够的，你知道，我从不出这道门，不能到外面的土地上去种，那能不在家里想办法吗？家里的世界总是自己的……我担心的就是这个家太小，不够种，上星期才在沙锅里种上，今天只能种在洗脸盆里了。委屈你了，阿果，你洗脸没盆了，不怪我吧，老头儿？［脚步声，黄光照在水瓶上，

［汽压水瓶倒水的声音，那声音是分两个阶段发出的。

葛老太 怎么，还是有客人来了？

阿　果 （画外音）没有呀！

葛老太 你倒了两杯水。

阿　果 （画外音）一杯。

葛老太　两杯！

阿　果　（画外音）嘿嘿，是的，不过，还有一杯是给你的。

葛老太　我不要水，你还是帮我给芸香浇点水吧。种这一屋子芸香，就我一个人在忙，像不关你的事一样。我种这些干什么，还不是为了你，为了你给我的那一箱子信！自从我发现那些信被可恶的、可恨的蠹虫咬了，你倒好，说算了，丢掉，我可怎么舍得？我啊，就用芸香对付它。你看看，我在那放信的箱子里铺满了芸香，我看到底是它把我的信咬了，还是我用芸香把它给杀了……不过，阿果，几十年了，蠹虫咬我的信，我用芸香杀蠹虫，这样闹来闹去，怎么总也没个结果没个了呢？到底是它胜了，还是我胜了？你倒是说说看，哎，你站在中间的位置，不要偏向我，也不要偏向蠹虫，你说说看……

［红光移到卫生间，卫生间门关上，红光消失。

［抽水马桶抽水声，撒尿声。片刻，卫生间门开，红光复上。

葛老太　阿果，阿果，你你……嗨，你带了个女人回来？

阿　果　（画外音）没那事！

葛老太　刚才谁在撒尿？

阿　果　（画外音）我。

葛老太　你？你撒尿不是那声，刚才那声音不对，滴滴答答，要完不完的。

阿　果　（画外音）乱扯！撒尿还规定个声音？

葛老太　（紧追不放）怎么先抽水再撒尿？女人才是先抽水再撒尿的。

阿　果　（画外音）好好好，我不跟你多说。我知道，你一个人在家，整天也没人说话，闷得慌，故意跟我寻开心。我要走了。今晚在电话间值夜班，不回来，再见啊！

葛老太　阿果，你……

［黄光移至门口，门打开又“砰”的一声关上。但是黄光没有消失，黄光和红光慢慢地、悄悄地从两个角度移向床上。

葛老太　（自语）他走了，又留下了我一个人，陪着我的还是他给我的那一箱子信……

［床上，红、黄两道光从不同的角度射出，交织在一起。

葛老太　……一个人来到这世界上，过了一天又一天，哭啊，笑啊，高兴啊，难过啊，到老了，想想，那一天天都到哪里去了？这一天天……很多人没有了，所以他就会说空啊，没意思啊……可我有，我有那个箱子，我的一生都锁着呢！

［忽然，葛老太像听见什么声音，她侧身细听。

［外面雨声渐渐大，不时有汽车开过的声音。

［床轻微的声响。

［葛老太紧张地倾听着。

［床的声响。

［“嘘嘘”葛老太做赶老鼠的动作。

［沉默。

［雨声。

［“咚咚咚”放大的心脏的跳动声。

［阿果的喘气声。

［床声，床声化为快节奏的雨声。

［快节奏的雨声中，两道光交织在一起，一明一暗，一明一暗，快节奏闪烁。

葛老太　（惊叫）阿果，你没走！你在干什么？

［灯光倏地不动，只有淅淅沥沥的雨声。

［葛老太慢慢摸至床边，用手在床上摸。

［两道光从床上移开，移至地上。

葛老太　（又摸向地上）阿果，我们这个年纪，应该是烧香拜菩萨的年纪了，求菩萨让我们来世有个好日子……我们不能在今世作孽了。

［黄光不动了，红光围绕着黄光转圈。

葛老太　（摸向光圈）阿果，你可不能气我。你在干什么？你以为我不知道吗？

［葛老太满地乱摸，红、黄两道光一次次逃开，合拢，又逃开。

葛老太　（边摸边叫）阿果，你不能这样欺辱我，你以为我眼睛看不见就什么都不知道吗？……阿果，天打五雷轰的！阿果，你站住，求求你，站住……阿果，你想想你写给我的那一箱子信，满满一箱子信啊，那是我们有过的一天又一天，阿果！

［静场。

［外面警车声由远而近。

（选自《徐频莉剧作选（一）》，中国戏剧出版社 2001 年版）

【导读】

《芸香》（英文名“*Ye-Zi*”）是一出写意的实验话剧，1989 年上海首演。它讲述了一个耸人听闻的离奇故事：一位种了一屋子芸香的老太太，用斧头砍死了不忠的丈夫。表面看来，此戏诡异、浪漫还带有暴力、情色成分，实则是剧作者对誓言、时间与爱切身体验的寓言式表达，可称之为“女性境遇剧”。

剧中的女人叶子、男人阿果代表恋爱中的青年男女，葛老太是老去了的叶子，“瞎眼”则是一个隐喻。当叶子坠入爱河、相信阿果爱的誓言时，她成了色盲，所有东西都变成了绿色；当她嫁给他时，她的眼睛彻底瞎了。瞎了眼的叶子独自沉浸在爱的气氛里老成了葛老太时，惊觉阿果的不忠及其誓言之虚伪。她果断地将操纵自己生命几十年的阿果砍死了，用这一惨烈的报复对自己几十年的盲目作了交代。而当一切结束，她和他分手，她的眼睛奇迹般地复明。爱是盲目的，陷入爱情轻信诺言的女人如同瞎子，只有与心爱者分手她们才能看清真相。写《芸香》时，剧作者的个人感情遭受波折，她发现“爱”和“爱人”往往不是一回事。爱人会失去，或者会由“爱”到“不爱”，但一个人心中的“爱”却不会因为“爱人”的消灭而泯灭。

《芸香》少有地动用到人类的各种感官，味觉、嗅觉、听觉、触觉、视觉都在推动剧情发展。失明的葛老太守护着丈夫阿果写来的满满一箱子信过了一辈子。当她发现信被蠹虫咬了，就在家里种满芸香杀蠹虫。种了大半个人生的芸香，她住的房里散发着怪怪的芸香味，然而痴心如此也换不来丈夫的忠诚。她瞎了眼，看不见，但是她能听见：开门声、倒水声、脚步声、撒尿声、床声、喘气声、风声、雨声……她在倾听：他带了一个女人回来吗？观众则能看到两道交织在一起的红光与黄光，红光围绕着黄光转圈，两道光遍地翻滚。后头还有更残酷的，那一箱子信，一封又一封，全是白纸。女人笃信的幸福人生，彻底崩溃。

《芸香》融入了女剧作者的感受，其深入骨髓的体验与思考所引发的共鸣是剧作传奇的情节无法掩盖的，它来源于女人自身的悲剧境遇。（苏琼）

▶ 徐频莉《芸香》
拓展阅读

生死场（节选）

田沁鑫

（五）

［蟋蟀声响起

［二爷家院内

［灯光照亮摇扇的二爷，二爷悠闲地跷着一条腿，为二里半读信

［二里半蹲在一旁，侧耳听着

二　爷：……我加的军叫自发军，长官待我还好。可长官就是长官，上马得用人抬，纪律也紧。纪律就是规矩。一次，我只多睡了一会儿，就被长官打了十个枪把子……

［二里半听说儿子挨打，不由得立起了身

二　爷：（没睬他，继续念信）最近，日本来了，长官叫他们鬼子。

二　爷：长官们整夜说话，说打鬼子。

二　爷：这信是我托人写的，为了你们放心。等我挣了大钱就回来，顺便把这信给金枝说说，回来就娶她。跟村里人都说说，金枝是我的人，不兴戳点她。成业。

［二爷合上信

二里半：（发觉没了动静）完了？

二　爷：把信拿走。

二里半：（接信）谢谢二爷。

二　爷：（顺嘴问着）金枝快生了吧？

二里半：嗯哪。

二　爷：你们哪，做事不动个脑子。大姑娘家怀了私孩子，要是在南边，大人孩子都没命：在北边，在我这儿，你们还能逍遥自在……日本要打来了，恐怕

就没我仁义了。

［二里半愣愣地发傻

二　爷：二里半，想啥呢？

二里半：是，二爷。我在想，我跟赵三这仇是到了儿也解不开了。二爷，您说我该咋办？

二　爷：……滚！（二爷站起来）

［二里半愣住

二　爷：不识抬举。去，从后门滚出去，别踏脏了我的门槛。

二里半：你咋了？

［二爷摇扇，溜达起来

［二里半朝与二爷相反的方向走着，他委屈着

二里半：你叫我滚，赵三也坷碜我，全村都不待敬我。（低头看信）加了军，加军有啥好？是能让金枝肚子回去？还是能让你爹我不丢人！

［二里半倚靠在墙角蹲下

［几句日语喧哗声

［两个农民跑上，站在二爷身边

［翻译官同两名日本兵走上

翻译官：老乡，老乡……

二　爷：谁是老乡，我是这村东家。

［舞台上人们停顿住

［字幕出现：日本小分队第二次进村

［字幕光渐收

翻译官：东家，我们是日满亲善的队伍，第二次来你们村儿。走了一天路，没吃东西，想到你这儿讨点吃食，再喝点儿水顺便……（向周围望望）你这儿房子挺宽敞，那就在这儿住两天。

二　爷：带钱了吗？

翻译官：人不多，吃不了你多少。

二　爷：白吃？

翻译官：对。

二　爷：住也是白住了？

翻译官：对。

二　爷：（对手下）轰出去。

翻译官：对亲善的队伍怠慢，可别怪我们不客气。

［翻译官对日军说日语，日军举枪

二　爷：想动武？日本子吧。三乡五里打听打听，谁敢在这儿白吃白住，出去。（见日本兵没有放下枪的意思。向手下）把刀举起来。

［手下举起镰刀，双方对峙着

二　爷：举高高的！

［手下的镰刀举高，日军的枪也举高

二　爷：把枪给我敛过来，上！

［手下举刀向前，日军放枪，手下倒地

［翻译官甚为得意，二爷却愣住

［二里半站了起来，捂住耳朵

二里半：又不过节你可放啥炮？有钱人逍遥啊！

［二爷冲向翻译官，揪住他的衣领，翻译官挣扎着向二爷开枪

［二爷死去

二里半：又一个，有钱人逍遥啊，真逍遥……

［翻译官与两名日本兵将尸体陆续搬下

［山羊“咩咩”叫了起来。

二里半：老瞌，你吃了？吃饱了？哎，饱饱的！别饿着，饿着了你就会瘦，瘦了就不招人待敬。就是在那羊堆里，那壮实的羊不是也得欺负你呀！吃，吃壮壮的跟他们干，用犄角顶他们！老瞌，你清白，给我争口气，啊？

［山羊不做声，二里半等着山羊的反应

二里半：咋啦？你怕了？

［山羊“哼哼”地像在乐

二里半：哎，不怕，不怕老瞌，咱不怕。腿不直咋的！和婆子先有种后成亲咋的！成业和金枝先“做熟了饭”又咋的，能咋的！嘿……

［二里半乐了会儿，揉搓开了手中的信，渐渐地为难起来

二里半：可这信咋跟金枝说？二爷说，在南边，没成亲怀了私孩子，大人孩子都没命！幸亏在二爷这，幸亏还有二爷在……这话我刚才咋没说？二爷一定想听这句话！（寻思着）二爷叫我滚，是为我没说这句话，不识抬举，真就不识个抬举！婆子，你死了消停，可你咋把成业这个孽种东西让我消受。早知是个孽障，生时就给他掐死。天暖了，全村都忙着生。生吧，都生孽障！小孽障变成大孽障，大孽障变成老孽障，生吧，生得全村儿大人们都不识抬举，都跟我一样的不识抬举。

［二里半自嘲地走下

二里半：生，生吧，不识抬举，就不识抬举。

［山羊叫着远去

［灯光照亮王婆，金枝

［金枝脚部被两条绳子挂起
［王婆立在金枝两腿之间，吸着一管长烟

金　枝： 娘……门口那猪生了吗？

王　婆： 还没哪。

金　枝： 猪疼吗？

王　婆： ……不疼。

金　枝： 我咋疼哪？

王　婆： ……你能和猪一样啊？

金　枝： 一样……猪比人好，猪不疼……

王　婆： 咱家的牛死了，咋死的？娘讲给你听，讲完了，你就不疼了……二爷不要了咱家的牛，说那牛老得就快死了，让我牵去屠场卖几个钱。老阳儿高高晒着，树林里一地的光点子，牛渴了，躺在水沟边，我想，这是它最后一次喝水了，没催它。快日午了，可也赶不走，树枝被我打成了两截儿……

［金枝攥住绳子跪转
［王婆与金枝像在受着刑罚

金　枝： 暖和的季节，全村都忙着生。大猪带着小猪闹哄哄地跑，可那大猪的肚子还大着，真大……快要碰着地了，奶子有好多，都圆鼓鼓地撑着……

王　婆： 老牛老了，没用了。为了一张皮，人变得利害了。

金　枝： 猪跑到房后的草堆上生小猪，那胖猪四肢抖着，全身抖着……

王　婆： 出了屠场，我拿了三吊钱，想着充一亩地，再买点儿酒，可后面有人喊；牛跑了。我一回头，老牛跟在后面，牛不知道，牛想回家。没法儿我只能向回走，牛又跟进了屠场。我给牛搔着头顶，它卧在了地上，慢慢地睡着了。我掉头出来，跑到道边，听见一阵关门声。到了村口，二爷手下的人把三吊钱都拿去了。

［二人静止住

［二里半和赵三分别走上，各自在诉说

二里半： 不识抬举，真就不识抬举！里外里的丢人哪！

赵　三： 丢不完的人，丢不完的人！

二里半： 我这辈子还能干啥？还能干啥？

赵　三： 我这人可咋能好？我可咋能好？金枝就大着肚子到了今儿，我亲生的丫头，我能弄死她呀！

二里半： 金枝就大着肚子到了今儿，成业，你就叫你爹我一个人在这替你丢人吧。

赵　三： 我能弄死谁呀！婆子？二爷？……想死咋就这难呢？

二里半： 丢人丢到了家，咋还直不老挺的活着！咋不得个暴病死了呢？死了，谁戳点都听不见了，睡着了，做梦了……

赵　三： 为啥死啊？为二爷，先是仇人后是恩人？为婆子，先是待敬我后是坷碜我？为金枝，先是好闺女后是丢人现眼……为我？为我这窝心脚揣在心坎上，为我想逞能，结果丢了人！为我里里外外做人，不是个人，我咋做人都不能是个人！

［两个男人憋闷着

［王婆燃亮一根火柴，金枝攥住王婆的手

金　枝： 娘，别灭那火！

［火熄灭，金枝疼痛起来。

金　枝： 娘，这小孩咋不出来！（她滚动着）咋不出来呀！

赵　三： 嚎丧啥？骚丫头，咋不憋死你！

金　枝： 娘，我要死了，咋不出来呀！

二里半： 金枝，成业捎信来说他加了军，挣了钱回来娶你。他说，他还抗了日，他有出息……

赵　三： 二里半，滚！

［两个男人相互追寻着

赵　三： 二里半，你出来！

金　枝： 娘，娘！

［王婆木讷着，她突然转身寻出块破布塞到金枝口中，随手拾起把镰刀吼着

王　婆： 金枝！给我忍着，死了也得生！再叫，我就剁了你了！

［两个男人憋闷住
［王婆手握镰刀，怒目圆睁
［乐声响起
［金枝手攥绳子，双脚分岔
［灯光转红
［王婆笑了，随光隐去
［金枝挣扎着，大睁双眼，嘴里依旧叼着破布
［灯光复又照亮王婆，她手中抱着个孩子

二里半： ………咋不哭，生的是啥？

［王婆深吸一口烟，吹向婴儿
［婴儿啼哭起来

王　婆：金枝，你生了个丫头。

赵　三：（实在憋屈了）二里半，滚！
［赵三夺过婴儿，郁闷着，后将婴儿掷出，婴儿啼了两啼，没了声响

二里半：（乐了）赵三，我不欠你了，咱俩两清了！
［舞台静止住。“生老病死”的歌声响起
［灯光渐熄

（选自《田沁鑫的戏剧本》，北京大学出版社 2010 年版）

【导读】

田沁鑫的话剧《生死场》改编自现代女作家萧红的同名小说。胡风在小说“读后记”中提出的三点批评，在话剧中得以修正。剧本重构人物关系与情节，小说“散漫的素描”被凝练成一个个具有戏剧冲突的紧张事件的集合，通过赵三—王婆、二里半—麻婆、成业—金枝两个家庭三组男女的故事，呈现 20 世纪 30 年代初生活在哈尔滨附近一个村庄里的东北农民悲惨生存状态的缩影。剧本扫尽小说的散文化语言，表达纯粹热烈，干脆利落，台词粗野直白，掷地有声。每个角色都个性清晰，丰满鲜活。在舞台上，编剧兼导演田沁鑫遵循表现美学原则，追求朴素粗犷且有力度的造型特征，通过演员所塑造的形象魅力与姿态狂热感染观众，营造富于质感的乡土气息与地域特征。

话剧以“生的愚昧”开端，以“死的重生”结束。贫穷农民对生与死司空见惯的冷漠与麻木被舞台放大，形成强烈的视觉冲击与精神震撼。剧本明确了小说原本含糊多义的主题，把全体村民引到抗日的主线上。原作中面目模糊的日本人于此具象为一个翻译官。地主二爷与农民赵三之间的阶级矛盾，在抗日的国家大义面前冰释。一群凭本能生存不晓得什么叫国家的农民，最后为救国、为不当亡国奴而慷慨赴死。他们如蝼蚁般微不足道的生死轮回，因最后的觉醒而振聋发聩。

改编的剧作与小说原作加以比较可以看到，话剧的主题弱化了女性生之残酷。以金枝为代表，这里的女人都挣扎在死亡线上，体味着生的不易/坚强，死的屈辱/挣扎。小说中的成业只有原始冲动，他先是让金枝未婚先孕，饱受屈辱，继而冲动地摔死了刚满月的婴儿。日本鬼子来了，金枝逃离乡下，躲过了日本男人的毒手，却没有躲过中国都市底层独身汉的魔爪。在话剧中，成业的觉悟被拔高，摔死女婴的举动改由金枝的父亲赵三实施，而宣传抗日则由成业完成。原本附着在愚昧农民身上的对女性的残忍与罪恶，在话剧《生死场》中被国家民族大义的政治正确荡涤干净。（苏琼）

▶ 田沁鑫《生死场》
拓展阅读

国外女性文学

国外女性文学创作简介

女性，作为有史以来以男权文化为中心、以男性话语为主流的社会性别制度规范下的“第二性”，已被注定了“她”有异于“他”的生存环境与生活形态，因此，其文学书写似乎也理所当然、天经地义地呈现出有别于“他”的状态与形态。也因此，我们可以看到，虽然自古以来各个地区的各个民族，似乎从未缺少过女作家文学创作的身影，但她们在这个被规制好的“第二性”位置上，同时也被这种规制多方鼓励出她所需要的“天性”上，只可能是大量地模仿作为“第一性”所需要的书写。但即便如此，还是总有那么一些女才子在这种不断的模仿中“一不小心”崭露出她们思想的锋芒与自我的声音，那是源自她们生命自身真实的感受、真实的欲望、真实的诉求。

随着人类的文明进程，发生在近200多年间的一波波的女权主义思潮与运动，深刻地影响了人们对女性作为独立人的权利与存在的意义、价值的认知，从而使女性在文学中的书写，具有了主体性意识的自觉表现与表达，使她们的书写烙上了属于她们自己的心灵与生命的印迹。世界女性文学书写的这个背景、语境与历程，其实已浓缩在俄罗斯女诗人季·尼·吉皮乌斯的诗作《敲击》里。换而言之，在这首诗里，她们的写作思想与文学历程，有了非常形象而精确的文学言说：

子夜的阴影一片寂静
心的敲击犹如时钟重锤
长夜啊
沉重得难以置信
幽暗得不可思议
但我知道
无力的心灵比茫茫黑夜还要静止
啊，上帝，恳求你给我声音
我爱他人，也爱我自己
但我更爱我的心灵……
哪怕长夜没有尽头
黑暗中终归会诞生出光芒！

本部分选读的，正是可以体现这种鲜明性别意识烙印的、且具有世界性重大影响的女作家经典性作品，包括长、中、短篇小说5篇，散文2篇，诗作2篇，剧作1篇，我们藉此可以管窥浩瀚星河中女性文学精华所绽放出的卓绝光芒。（林丹娅）

简·爱（节选）

［英］夏洛蒂·勃朗特著　黄源深译

芬丁庄园掩藏在林木之中，是一幢相当古老的大楼，面积中等，建筑朴实，我早有所闻。罗切斯特先生常常谈起它，有时还上那儿去。他的父亲为了狩猎购下了这份产业。他本想把它租出去，却因为地点不好，环境欠佳，而找不到租户。结果除了两三间房子装修了一下，供这位乡绅狩猎季节住宿用，整个庄园空关着，也没有布置。

天黑之前，我来到了这座花园。那是个阴霾满天，冷风呼呼，细雨霏霏的黄昏。我守信付了双倍的价钱，打发走了马车和马车夫，步行了最后一英里路。庄园周围的树林枝繁叶茂，郁郁葱葱，即使走得很近，也不见庄园的踪影。两根花岗石柱之间的铁门，才使我明白该从什么地方进去。进门之后，我便立即置身于密林的晦暗之中了。有一条杂草丛生的野径，沿着林荫小道而下，两旁是灰白多节的树干，顶上是枝桠交叉的拱门。我顺着这条路走去，以为很快就会到达住宅。谁知它不断往前延伸，逶迤盘桓，看不见住宅或庭园的痕迹。

我想自己搞错了方向，迷了路。夜色和密林的灰暗同时笼罩着我，我环顾左右，想另找出路。但没有找到，这里只有纵横交织的树枝、圆柱形的树干和夏季浓密的树叶——没有哪儿有出口。

我继续往前走去。这条路终于有了出口，树林也稀疏些了。我立刻看到了一排栏杆。随后是房子——在暗洞洞的光线中，依稀能把它与树木分开。颓败的墙壁阴湿碧绿。我进了一扇只不过上了栓的门，站在围墙之内的一片空地上，那里的树木呈半圆形展开。没有花草，没有苗圃。只有一条宽阔的砂石路绕着一小片草地，藏于茂密的森林之中。房子的正面有两堵突出的山墙。窗子很窄，装有格子，正门也很窄小，一步就到了门口，正如“罗切斯特纹章”的老板所说，整个庄园显得“十分荒凉”，静得像周日的教堂。落在树叶上的哗哗雨声是附近入耳的唯一声音。

“这儿会有生命吗？”我暗自问道。

不错，是存在着某种生命，因为我听见了响动——狭窄的正门打开了，田庄里就要出现某个人影了。

门慢慢地开了。薄暮中一个人影走了出来，站在台阶上。一个没有戴帽子的男人。他伸出手仿佛要感觉一下是不是在下雨。尽管已是黄昏，我还是认出他来了——那不是别人，恰恰就是我主人，爱德华·费尔法克斯·罗切斯特。

我留住脚步，几乎屏住了呼吸，站立着看他——仔细打量他，而不让他看见，呵，他看不见我。这次突然相遇，巨大的喜悦已被痛苦所制约。我毫不费力地压住了我的嗓音，免得喊出声来，控制了我的脚步，免得急乎乎冲上前去。

他的外形依然像往昔那么健壮，腰背依然笔直、头发依然乌黑。他的面容没有改变或者消瘦。任何哀伤都不可能在一年之内消蚀他强劲的力量，或是摧毁他蓬勃的青春。但在他的面部表情上，我看到了变化。他看上去绝望而深沉——令我想起受到虐待和身陷囹圄的野兽或鸟类，在恼怒痛苦之时，走近它是很危险的。一只笼中的鹰，被残酷地割去了金色的双眼，看上去也许就像这位失明的参孙。

读者呀，你们认为，他那么又瞎又凶，我会怕他吗？——要是你认为我怕，那你太不了解我了。伴随着哀痛，我心头浮起了温存的希望，那就是很快就要胆大包天，吻一吻他岩石般的额头和额头下冷峻的封闭的眼睑。但时机未到，我还不想招呼他呢。

他下了那一级台阶，一路摸索着慢慢地朝那块草地走去。他原先大步流星的样子如今哪儿去了？随后他停了下来，仿佛不知道该走哪条路。他抬起头来，张开了眼睑，吃力地、空空地凝视着天空和树荫。你看得出来，对他来说一切都是黑洞洞的虚空。他伸出了右手（截了肢的左臂藏在胸前），似乎想通过触摸知道周围的东西。但他碰到的依然是虚空，因为树木离他站着的地方有几码远。他歇手了，抱着胳膊，静默地站在雨中，这会儿下大了的雨打在他无遮无盖的头上。正在这时，约翰不知从哪里出来，走近了他。

“拉住我的胳膊好吗，先生？”他说，“一阵大雨就要下来了，进屋好吗？”

“别打搅我。”他回答。

约翰走开了，没有瞧见我。这时罗切斯特先生试着想走动走动，却徒劳无功——对周围的一切太没有把握了。他摸回自己的屋子，进去后关了门。

这会儿我走上前去，敲起门来。约翰的妻子开了门。“玛丽，”我说，“你好！”

她吓了一大跳，仿佛见了一个鬼似的。我让她镇静了下来。她急忙问道：“当真是你吗，小姐，这么晚了还到这么偏僻的地方来？”我握着她的手回答了她。随后跟着她走进了厨房，这会儿约翰正坐在熊熊的炉火边。我三言二语向他们作了解释，告诉他们，我离开桑菲尔德后所发生的一切我都已经听说了。这回是来看望罗切斯特先生的。还请约翰到我打发了马车的大路上去一趟，把留在那儿的箱子去取回来。随后我一面脱去帽子和披肩，一面问玛丽能不能在庄园里过夜。后来我知道虽然不容易安排，但还能办到，便告诉她我打算留宿。正在这时客厅的门铃响了。

“你进去的时候，”我说，“告诉你主人，有人想同他谈谈。不过别提我的名字。”

“我想他不会见你，”她回答，“他谁都拒绝。”

她回来时，我问他说了什么。

“你得通报姓名，说明来意。”她回答。接着去倒了一杯水，拿了几根蜡烛，都放进托盘。

“他就为这个按铃？”我问。

“是的，虽然他眼睛看不见，但天黑后总是让人把蜡烛拿进去。”

“把托盘给我吧，我来拿进去。”

我从她手里接过托盘，她向我指了指客厅门。我手中的盘子抖动了一下，水从杯子里溢了出来，我的心砰砰撞击着肋骨。玛丽替我开了门，并随手关上。

客厅显得很阴暗。一小堆乏人照看的火在炉中微微燃着。房间里的瞎眼主人，头靠高高的老式壁炉架，俯身向着火炉。他的那条老狗派洛特躺在一边，离得远远的，卷曲着身子，仿佛担心被人不经意踩着似的。我一进门，派洛特便竖起了耳朵，随后汪汪汪，呜呜呜叫了一通，跳将起来，窜向了我，差一点掀翻我手中的托盘。我把盘子放在桌上，拍了拍它，柔声地说：“躺下！”罗切斯特先生机械地转过身来，想看看那骚动是怎么回事，但他什么也没看见，于是便回过头去，叹了口气。

“把水给我，玛丽。”他说。

我端着现在只剩了半杯的水，走近他，派洛特跟着我，依然兴奋不已。

“怎么回事？”他问。

“躺下，派洛特！”我又说。他没有把水端到嘴边就停了下来，似乎在细听。他喝了水，放下杯子。

“是你吗，玛丽？是不是？”

“玛丽在厨房里。”我回答。

他伸出手，很快挥动了一下，可是看不见我站在那儿，没有碰到我。“谁呀？谁呀？”他问，似乎要用那双失明的眼睛来看——无效而痛苦的尝试！“回答我——再说一遍？”他专横地大声命令道。

“你再要喝一点吗，先生？杯子里的水让我泼掉了一半。”我说。

“谁？什么？谁在说话？”

“派洛特认得我，约翰和玛丽知道我在这里，我今天晚上才来。”我回答。

“天哪！——我是在痴心梦想吗？什么甜蜜的疯狂迷住了我？”

“不是痴心梦想——不是疯狂。先生，你的头脑非常健康，不会陷入痴心梦想；你的身体十分强壮，不会发狂。”

“这位说话人在哪儿？难道只是个声音？呵！我看不见，不过我得摸一摸，不然我的心会停止跳动，我的脑袋要炸裂了。不管是什么——不管你是谁——要让我摸得着，不然我活不下去了！”

他摸了起来。我抓住了他那只摸来摸去的手，双手紧紧握住它。

“就是她的手指！”他叫道，“她纤细的手指！要是这样，一定还有其他部分。”

这只强壮的手从我握着的手里挣脱了。我的胳膊被抓住，还有我的肩膀——脖子——腰——我被搂住了，紧贴着他。

“是简吗？这是什么？她的体形——她的个子——”

“还有她的声音，”我补充说，“她整个儿在这里了，还有她的心。上帝祝福你，先生！我很高兴离你又那么近了。”

“简·爱！简·爱！”他光这么叫着。

“我亲爱的主人，”我回答，“我是简·爱。我找到了你——我回到你身边来了。”

“真的？是她本人？我鲜龙活跳的简·爱？”

“你碰着我，先生——你搂着我，搂得紧紧的。我并不是像尸体一样冷，像空气一般空，是不是？”

“我鲜龙活跳的宝贝！当然这些是她的四肢，那些是她的五官了。不过那番痛苦之后我可没有这福份了。这是一个梦。我夜里常常梦见我又像现在这样，再一次贴心按着她，吻她——觉得她爱我，相信她不会离开我。”

“从今天起，先生，我永远不会离开你了。”

“永远不会，这个影子是这么说的吗？可我一醒来，总发觉原来是白受嘲弄一场空。我凄凉孤独——我的生活黑暗、寂寞，无望——我的灵魂干渴，却不许喝水；我的心儿挨饿，却不给喂食，温存轻柔的梦呀，这会儿你偎依在我的怀里，但你也会飞走的，像早已逃之夭夭的姐妹们一样。可是，吻一下我再走吧——拥抱我一下吧，简。”

“那儿，先生——还有那儿呢！”

我把嘴唇紧贴着当初目光炯炯如今已黯然无光的眼睛上——我拨开了他额上的头发，也吻了一下。他似乎突然醒悟，顿时相信这一切都是事实了。

“是你——是简吗，那么你回到我这儿来啦？”

“是的。”

“你没有死在沟里，淹死在溪水底下吗？你没有憔悴不堪，流落在异乡人中间吗？”“没有，先生。我现在完全独立了。”

“独立！这话怎么讲，简？”

“我马德拉的叔叔去世了，留给了我五千英镑。”

“呵，这可是实在的——是真的！”他喊道：“我决不会做这样的梦。而且，还是她独特的嗓子，那么活泼、调皮，又那么温柔，复活了那颗枯竭的心，给了它生命。什么，简，你成了独立的女人了？有钱的女人了？”

“很有钱了，先生。要是你不让我同你一起生活，我可以紧靠你的门建造一幢房子，晚上你要人作伴的时候，你可以过来，坐在我的客厅里。”

“可是你有钱了，简，不用说，如今你有朋友会照顾你，不会容许你忠实于一个像我这样的瞎眼瘸子？”

“我同你说过我独立了，先生，而且很有钱、我自己可以作主。”

“那你愿意同我呆在一起？”

“当然——除非你反对。我愿当你的邻居，

你的护士，你的管家。我发觉你很孤独，我愿陪伴你——读书给你听，同你一起散步，同你坐在一起，侍候你，成为你的眼睛和双手。别再那么郁郁寡欢了，我的亲爱的主人，只要我还活着，你就不会孤寂了。”

他没有回答，似乎很严肃——散神了。他叹了口气，半张开嘴，仿佛想说话，但又闭上了。我觉得有点儿窘。也许我提议陪伴他，帮助他是自作多情；也许我太轻率了、超越了习俗。而他像圣·约翰一样。从我的粗疏中看到了我说话不得体。其实，我的建议是从这样的思想出发的，就是他希望，也会求我做他的妻子。一种虽然并没有说出口，却十分肯定的期待支持着我，认为他会立刻要求我成为他的人。但是他并没有吐出这一类暗示、他的面部表情越来越阴沉了。我猛地想到，也许自己全搞错了，或许无意中充当了傻瓜。我开始轻轻地从他的怀抱中抽出身来——但是他焦急地把我抓得更紧了。

“不——不——简。你一定不能走。不——我已触摸到你，听你说活，感受到了你在场对我的安慰——你甜蜜的抚慰。我不能放弃这些快乐，因为我身上已所剩无多——我得拥有你。世人会笑话我——会说我荒唐，自私——但这无伤大雅。我的心灵企求你，希望得到满足，不然它会对躯体进行致命的报复。”

“好吧，先生，我愿意与你呆在一起、我已经这么说了。”

“不错——不过，你理解的同我呆在一起是一回事，我理解的是另一回事。也许你可以下决心呆在我身边和椅子旁——像一个好心的小护士那样侍候我（你有一颗热诚的心，慷慨大度的灵魂，让你能为那些你所怜悯的人作出牺牲），对我来说，无疑那应当已经够了。我想我现在只能对你怀着父亲般的感情了，你是这么想的吗？来——告诉我吧。”

“你愿意我怎么想就怎么想吧，先生。我愿意只做你的护士，如果你认为这样更好的话。”

“可你不能老是做我的护士，珍妮特。你还年轻——将来你得结婚。”

“我不在乎结婚不结婚。”

“你应当在乎，珍妮特。如果我还是过去那个样子的话，我会努力使你在乎——可是——一个失去视力的赘物！”

他又沉下脸来一声不吭了。相反，我倒是更高兴了，一下子来了勇气。最后几个字使我窥见了内中的难处，因为困难不在我这边，所以我完全摆脱了刚才的窘态，更加活跃地同他攀谈了起来。

“现在该是有人让你重新变成人的时候了，”我说着，扒开了他又粗又长没有理过的头发；“因为我知道你正蜕变成一头狮子，或是狮子一类的东西。你“fauxair”田野中的尼布甲尼撒。肯定是这样。你的头发使我想起了鹰的羽毛，不过你的手指甲是不是长得像鸟爪了，我可还没有注意到。”

“这只胳膊，既没有手也没有指甲，”他说着，从自己的胸前抽回截了肢的手，伸给我看。“只有那么一截了——看上去真可怕！你说是不是，简？”

“见了这真为你惋惜，见了你的眼睛也一样——还有额上火烫的伤疤。最糟糕的是，就因为这些，便有让人爱抚过分，照料过头把你惯坏的危险。”

“我想你看到我的胳膊和疤痕累累的面孔时会觉得厌恶的。”

“你这样想的吗？别同我说这话——不然我会对你的判断说出不恭的话来。好吧，让我走开一会儿，把火生得旺些，把壁炉清扫一下。火旺的时候，你能辨得出来吗？”

“能，右眼能看到红光——一阵红红的烟雾。”

“你看得见蜡烛光吗？”

“非常模糊——每根蜡烛只是一团发亮的雾。”

“你能看见我吗？”

“不行，我的天使。能够听见你，摸到你已经是够幸运了。”

“你什么时候吃晚饭？”

“我从来不吃晚饭。”

“不过今晚你得吃一点。我饿了，我想你也一样，不过是忘了罢了。”

我把玛丽叫了进来，让她很快把房间收拾得更加令人振奋，同时也为他准备了一顿舒心的晚宴。我的心情也激动起来，晚餐时及晚餐后同他愉快而自在地谈了很久。跟他在一起，不存在那种折磨人的自我克制，不需要把欢快活跃的情绪压下去。同他相处，我无拘无束，因为我知道自己与他很相称。我的一切言行似乎都抚慰着他，给他以新的生命。多么愉快的感觉呀！它唤醒了我全部天性，使它灼灼生辉。在他面前我才尽情地生活着，同样，在我面前，他才尽情地生活着。尽管他瞎了，他脸上还是浮起了笑容，额头映出了欢快，面部表情温柔而激动。

晚饭后他开始问我很多问题，我上哪儿去了呀，在干些什么呀，怎么找到他的呀。不过我回答得很简略，那夜已经太晚，无法细谈了。此外，我不想去拨动那剧烈震颤的心弦——不想在他的心田开掘情感的新泉。我眼下的唯一目的是使他高兴。而如我所说他已很高兴，但反复无常。要是说话间沉默了一会儿，他会坐立不安，碰碰我，随后说，“简。”

“你是十十足足的人吗，简？你肯定是这样的吗？”

“我诚恳地相信是这样。罗切斯特先生。”

“可是，在这样一个悲哀的黑夜，你怎么会突然出现在我冷落的炉边呢？我伸手从一个佣工那儿取一杯水，结果却是你端上来的。我问了个问题，期待着约翰的妻子回答我，我的耳边却响起了你的声音。”

“因为我替玛丽端着盘子进来了。”

“我现在与你一起度过的时刻，让人心驰神迷。谁能料到几个月来我挨过了黑暗、凄凉、无望的生活？什么也不干，什么也不盼，白天和黑夜不分。炉火熄了便感到冷；忘记吃饭便觉得饿。随后是无穷无尽的哀伤，有时就痴心妄想，希望再见见我的简。不错，我渴望再得到她，远胜过渴望恢复失去的视力。简跟我呆着，还说爱我，这怎么可能呢？她会不会突然地来，突然地走呢？我担心明天我再也看不到她了。”

在他这样的心境中，给他一个普普通通、实实在在的回答，同他烦乱的思绪毫无联系，是再好不过了，也最能让他放下心来。我用手指摸了摸他的眉毛，并说眉毛已被烧焦了，我可以敷上点什么，使它长得跟以往的一样粗、一样黑。

“随你怎么做好事对我有什么用处呢，慈善的精灵？反正在关键时刻，你又会抛弃我——像影子一般消失，上哪儿去而又怎么去，我一无所知，而且从此之后，我就再也找不到你了。”

“你身边有小梳子吗，先生？”

“干嘛，简？”

“把乱蓬蓬的黑色鬃毛梳理一下。我凑近你细细打量时，发现你有些可怕。你说我是个精灵，而我相信，你更像一个棕仙。”

“我可怕吗，简？”

“很可怕，先生。你知道，你向来如此。”

“哼！不管你上哪儿呆过一阵子，你还是改不掉那淘气的样子。”

“可是我同很好的人呆过，比你好得多，要好一百倍。这些人的想法和见解，你平生从来没有过。他们比你更文雅，更高尚。”

“你究竟跟谁呆过？”

“要是你那么扭动的话，你会弄得我把你的头发拔下来，那样我想你再也不会怀疑我是实实在在的人了吧。”

“你跟谁呆过一阵子？”

“今天晚上别想从我嘴里把话掏出来了，先生。你得等到明天。你知道，我把故事只讲一半，会保证我出现在你的早餐桌旁把其余的讲完。顺便说一句，我得留意别只端一杯水来到你火炉边，至少得端进一个蛋，不用讲油煎火腿了。”

“你这个爱嘲弄人的丑仙童——算你是仙女生，凡人养的！你让我尝到了一年来从未有过的滋味。要是扫罗能让你当他的大卫，那就不需要弹琴就能把恶魔赶走了。”

“瞧，先生，可把你收拾得整整齐齐，像像样样了。这会儿我得离开你了。最近三天我一直在旅途奔波，想来也够累的。晚安！”

“就说一句话，简，你前一阵子呆的地方光有女士吗？”

我大笑着抽身走掉了，跑上楼梯还笑个不停。“好主意！”我快活地想道。“我看以后的日子我有办法让他急得忘掉忧郁了。”

第二天一早，我听见他起来走动了，从一个房间摸到另一个房间。玛丽一下楼，我就听见他问：“爱小姐在这儿吗？”接着又问：“你把她安排在哪一间？里面干燥吗？她起来了吗？去问问是不是需要什么，什么时候下来？”

我一想到还有一顿早餐，便下楼去了。我轻手轻脚进了房间，他还没有发现我，我就已瞧见他了。说实在目睹那么生龙活虎的人沦为一个恹恹的弱者，真让人心酸。他坐在椅子上——虽然一动不动，却并不安分，显然在企盼着。如今，习惯性的愁容，已镌刻在他富有特色的脸庞上。他的面容令人想起一盏熄灭了的灯，等待着再度点亮——唉！现在他自己已无力恢复生气勃勃、光彩照人的表情了，不得不依赖他人来完成。我本想显得高高兴兴、无忧无虑，但是这个强者那么无能为力的样子，使我心碎了。不过我还是尽可能轻松愉快地跟他打了招呼：

“是个明亮晴朗的早晨呢，先生，”我说，“雨过天晴，你很快可以去走走了。”

我已唤醒了那道亮光，他顿时容光焕发了。

“呵，你真的还在，我的云雀！上我这儿来。你没有走，没有飞得无影无踪呀？一小时之前，我听见你的一个同类在高高的树林里歌唱，可是对我来说，它的歌声没有音乐，就像初升的太阳没有光芒。凡我能听到的世间美妙的音乐，都集中在简的舌头上，凡我能感受到的阳光，都全聚在她身上。”

听完他表示对别人的依赖，我不禁热泪盈眶。他仿佛是被链条锁在栖木上的一头巨鹰，竟不得不企求一只麻雀为它觅食。不过，我不喜欢哭哭啼啼，抹掉带咸味的眼泪，便忙着去准备早餐了。

大半个早上是在户外度过的。我领着他走出潮湿荒凉的林子，到了令人心旷神怡的田野。我向他描绘田野多么苍翠耀眼，花朵和树篱多么生气盎然，天空又多么湛蓝闪亮。我在一个隐蔽可爱的地方，替他找了个座位，那是一个干枯的树桩。坐定以后，我没有拒绝他把我放到他膝头上。既然他和我都觉得紧挨着比分开更愉快，那我又何必要拒绝呢？派洛特躺在我们旁边，四周一片寂静。他正把我紧紧地楼在怀里时突然嚷道：

“狠心呀，狠心的逃跑者！呵，简，我发现你出走桑菲尔德，而又到处找不着你，细看了你的房间，断定你没有带钱，或者当钱派用处的东西，我心里是多么难受呀！我送你的一根珍珠项链，原封不动地留在小盒子里。你的箱子捆好了上了锁，像原先准备结婚旅行时一样。我自问，我的宝贝成了穷光蛋，身边一个子儿也没有，她该怎么办呢？她干了些什么呀？现在讲给我听听吧。”

于是在他的敦促之下，我开始叙述去年的经历了。我大大淡化了三天的流浪和挨饿的情景，因为把什么都告诉他，只会增加他不必要的痛苦。但是我确实告诉他的一丁点儿，也撕碎了他那颗忠实的心，其严重程度超出了我的预料。

他说，我不应该两手空空地离开他，我应该把我的想法跟他说说。我应当同他推心置腹，他决不会强迫我做他的情妇。尽管他绝望时性情暴烈，但事实上，他爱我至深至亲，绝不会变成我的暴君。与其让我把自己举目无亲地抛向茫茫人世，他宁愿送我一半财产，而连吻一下作为回报的要求都不提。他确信，我所忍受的比我说给他听的要严重得多。

“嗯，我受的苦再多，时间都不长。”我回答。随后我告诉他如何被接纳进沼泽居；如何得到教师的职位，以及获得财产，发现亲戚等，按时间顺序，一一叙述。当然随着故事的进展，圣·约翰·里弗斯的名字频频出现。我一讲完自己的经历，这个名字便立即提出来了。

“那么，这位圣·约翰是你的表兄了？”

“是的。”

“你常常提到他，你喜欢他吗？”

“他是个大好人，先生，我不能不喜欢他。”

“一个好人？那意思是不是一个体面而品行好的五十岁男人？不然那是什么意思？”

……

“他求我嫁给他。”

“那是虚构的——胡编乱造来气气我。”

“请你原谅，这是千真万确的事实。他不止一次地求过我，而且在这点上像你一样寸步不让。”

“爱小姐，我再说一遍，你可以离开我了。这句话我说过多少次了？我已经通知你可以走了，为什么硬赖在我膝头上？”

“因为在这儿很舒服。”

“不，简，你在这儿不舒服，因为你的心不在我这里，而在你的这位表兄，圣·约翰那里了，呵，在这之前，我以为我的小简全属于我的，相信她就是离开我了也还是爱我的，这成了无尽的苦涩中的一丝甜味，尽管我们离别了很久，尽管我因为别离而热泪涟涟，我从来没有料到，我为她悲悲泣泣的时候，她却爱着另外一个人！不过，心里难过也毫无用处，简，走吧，去嫁给里弗斯吧！”

“那么，甩掉我吧，先生，把我推开，因为我可不愿意自己离开你。”

“简，我一直喜欢你说话的声调，它仍然唤起新的希望，它听起来又那么真诚。我一听到它，便又回到了一年之前。我忘了你结识了新的关系。不过我不是傻瓜——走吧——”

“我得上哪儿去呢，先生。”

“随你自己便吧——上你看中的丈夫那儿去。”

“谁呀？”

“你知道——这个圣·约翰·里弗斯。”

“他不是我丈夫，也永远不会是，他不爱我，我也不爱他。他爱（他可以爱，跟你的爱不同）一个名叫罗莎蒙德的年轻漂亮小姐。他要娶我只是由于以为我配当一个传教士的妻子，其实我是不行的。他不错，也很了不起，但十分冷峻，对我来说同冰山一般冷。他跟你不一样，先生。在他身边，接近他，或者同他在一起，我都不会愉快。他没有迷恋我——没有溺爱我。在我身上，他看不到吸引人的地方，连青春都看不到——他所看到的只不过心理上的几个有用之处罢了。那么，先生，我得离开你上他那儿去了？”

我不由自主地哆嗦了一下，本能地把我亲爱的瞎眼主人搂得更紧了。他微微一笑。

“什么，简！这是真的吗？这真是你与里弗斯之间的情况吗？”

“绝对如此，先生。呵，你不必嫉妒！我想逗你一下让你少伤心些。我认为愤怒比忧伤要好。不过要是你希望我爱你，你就只要瞧一瞧我确实多么爱你，你就会自豪和满足了。我的整个心儿是你的，先生，它属于你，即使命运让我身体的其余部份永远同你分离，我的心也会依然跟你在一起。”

他吻我的时候，痛苦的想法使他的脸又变得阴沉了。

“我烧毁了的视力！我伤残了的体力！”他遗憾地咕哝着。

我抚摸着他给他以安慰。我知道他心里想些什么，并想替他说出来，但我又不敢。他的脸转开的一刹那，我看到一滴眼泪从封闭着的眼睑滑下来，流到了富有男子气的脸颊上。我的心膨胀起来了。

“我并不比桑菲尔德果园那棵遭雷击的老栗子树好多少，”没有过多久他说，“那些残枝，有什么权利吩咐一棵爆出新芽的忍冬花以自己的鲜艳来掩盖它的腐朽呢？”

“你不是残枝，先生——不是遭雷击的树。你碧绿而茁壮。不管你求不求，花草会在你根子周围长出来，因为它们乐于躲在你慷慨的树荫下。长大了它们会偎依着你，缠绕着你，因为你的力量给了它们可靠的支撑。”

他再次笑了起来，我又给了他安慰。

“你说的是朋友吗，简？”他问。

“是的，是朋友。”我迟迟疑疑地回答。我知道我的意思超出了朋友，但无法判断要用什么字。他帮了我忙。

“呵？简。可是我需要一个妻子。”

“是吗，先生？”

“是的，对你来说是桩新闻吗？”

“当然，先前你对此什么也没说。”

“是一桩不受欢迎的新闻？”

“那就要看情况了，先生——要看你的选择。”

“你替我选择吧，简。我会遵从你的决定。”

“先生，那就挑选最爱你的人。”

“我至少会选择我最爱的人，简。你肯嫁给我吗？”

“肯的，先生。”

“一个可怜的瞎子，你得牵着手领他走的人。”

“是的，先生。”

“一个比你大二十岁的瘸子，你得侍候他的人。”

“是的，先生。”

“当真，简？”

“完全当真，先生。”

“呵，我的宝贝？愿上帝祝福你，报答你！”

“罗切斯特先生，如果我平生做过一件好事——如果我有过一个好的想法——如果我做过一个真诚而没有过错的祷告——如果我曾有过一个正当的心愿——那么现在我得到了酬报。对我来说，做你的妻子是世上最愉快的事了。”

“因为你乐意作出牺牲。”

“牺牲！我牺牲了什么啦？牺牲饥饿而得到食品，牺牲期待而得到满足。享受特权搂抱我珍重的人——亲吻我热爱的人——寄希望于我信赖的人。那能叫牺牲吗？如果说这是牺牲，那当然乐于作出牺牲了。”

“还要忍受我的体弱，简，无视我的缺陷。”

“我毫不在乎，先生。现在我确实对你有所帮助了，所以比起当初你能自豪地独立自主，除了施主与保护人，把什么都不放在眼里时，要更爱你了。”

“我向来讨厌要人帮助——要人领着，但从今起我觉得我不再讨厌了。我不喜欢把手放在雇工的手里，但让简的小小的指头挽着，却很愉快。我不喜欢佣人不停地服侍我，而喜欢绝对孤独。但是简温柔体贴的照应却永远是一种享受。简适合我，而我适合她吗？”

“你与我的天性丝丝入扣。”

“既然如此，就根本没有什么好等的了，我们得马上结婚。”

他的神态和说话都很急切，他焦躁的老脾气又发作了。

“我们必须毫不迟疑地化为一体了，简。只剩下把证书拿到手——随后我们就结婚——”

“罗切斯特先生，我刚发现，日照西斜，太阳早过了子午线。派洛特实际上已经回家去吃饭了，让我看看你的手表。”

“把它别在你腰带上吧，珍妮特，今后你

就留着，反正我用不上。”

“差不多下午四点了，先生。你不感到饿吗?”

“从今天算起第三天，该是我们举行婚礼的日子了，简。现在，别去管豪华衣装和金银首饰了，这些东西都一钱不值。”

“太阳已经晒干了雨露，先生。微风止了，气候很热。”

“你知道吗，简，此刻在领带下面青铜色的脖子上，我戴着你小小的珍珠项链。自从失去仅有的宝贝那天起，我就戴上它了，作为对她的怀念。”

“我们穿过林子回家吧，这条路最荫凉。”

他顺着自己的思路去想，没有理会我。

“简！我想，你以为我是一条不敬神的狗吧，可是这会儿我对世间仁慈的上帝满怀感激之情。他看事物跟人不一样，要清楚得多；他判断事物跟人不一样，而要明智得多。我做错了，我会玷污清白的花朵——把罪孽带给无辜，要不是上帝把它从我这儿抢走的话。我倔强地对抗，险些儿咒骂这种处置方式，我不是俯首听命，而是全不放在眼里。神的审判照旧进行，大祸频频临头。我被迫走过死荫的幽谷。”他的惩罚十分严厉，其中一次惩罚是使我永远甘于谦卑。你知道我曾对自己的力量非常自傲，但如今它算得了什么呢？我不得不依靠他人的指引，就像孩子的孱弱一样。最近，简——只不过是最近——我在厄运中开始看到并承认上帝之手。我开始自责和忏悔，情愿听从造物主。有时我开始祈祷了，祷告很短，但很诚恳。

“已经有几天了，不，我能说出数字来——四天。那是上星期一晚上——我产生了一种奇怪的心情：忧伤，也就是悲哀和阴沉代替了狂乱。我早就想，既然到处找不着你，那你一定已经死了。那天深夜——也许在十一、二点之间——我闷闷不乐地去就寝之前，祈求上帝，要是他觉得这么做妥当的话，可以立刻把我从现世收去，准许我踏进未来的世界，那儿仍有希望与简相聚。”

“我在自己的房间，坐在敞开着的窗边，清香的夜风沁人心脾。尽管我看不见星星，只是凭着一团模糊发亮的雾气，才知道有月亮。我盼着你，珍妮特！呵，无论是肉体还是灵魂，我都盼着你。我既痛苦而又谦卑地问上帝，我那么凄凉、痛苦、备受折磨，是不是已经够久了，会不会很快就再能尝到幸福与平静。我承认我所忍受的一切是应该的——我恳求，我实在不堪忍受了。我内心的全部愿望不由自主地崩出了我的嘴巴，化作这样几个字——‘简！简！简！’”

“你大声说了这几个字吗?”

“我说了，简。谁要是听见了，一定会以为我在发疯，我疯也似地使劲叫着那几个字。”

“而那是星期一晚上，半夜时分!”

“不错，时间倒并不重要，随后发生的事儿才怪呢。你会认为我相信迷信吧——从气质来看，我是有些迷信，而且一直如此。不过，这回倒是真的——我现在说的都是我听到的，至少这一点是真的。”

“我大叫着‘简！简！简！’的时候，不知道哪儿传来了一个声音，但听得出是谁的，这个声音回答道，‘我来了，请等一等我!’过了一会儿，清风送来了悄声细语——‘你在哪儿呀?’”

“要是我能够，我会告诉你这些话在我的心灵中所展示的思想和画面，不过要表达自己的想法并不容易。你知道，芬丁庄园深藏在密林里，这儿的声音很沉闷，没有回荡便会消失。‘你在哪儿呀?’这声音似乎来自于大山中间，因为我听到了山林的回声重复着这几个字。这时空气凉爽清新，风似乎也朝我额头吹来。我会认为我与简在荒僻的野景中相会。我相信，在精神上我们一定已经相会了。毫无疑问，当时你睡得很熟，说不定你的灵魂脱离了它的躯壳来抚慰我的灵魂。因为那正是你的口音——千真万确——是你的!”

读者呀，正是星期一晚上——将近午夜——我也接到了神秘的召唤，而那些也正是我回答的话。我倾听着罗切斯特先生的叙述，却并没有向他吐露什么，我觉得这种巧合太令人畏惧，令人费解了，因而既难以言传，也无法议论。要是我说出什么来，我的经历也必定会在聆听者的心灵中留下深刻的印象，而这饱受痛苦的心灵上容易忧伤了，不需要再笼罩更深沉的超自然阴影了。于是我把这些纵情留在心里，反复思量。

“这会儿你不会奇怪了吧，”我主人继续说，“那天晚上你出乎意外地在我面前冒出来时。我难以相信你不只是一个声音和幻象，不只是某种会销声匿迹的东西，就像以前已经消失的夜半耳语和山间回声那样。现在我感谢上帝，我知道这回可不同了。是的，我感谢上帝!”

他把我从膝头上放下来。虔敬地从额头摘

下帽子，向大地低下了没有视力的眼睛，虔诚地默默站立着，只有最后几句表示崇拜的话隐约可闻。

“我感谢造物主，在审判时还记着慈悲。我谦恭地恳求我的救世主赐予我力量，让我从今以后过一种比以往更纯洁的生活！”

随后他伸出手让我领着，我握住了那只亲爱的手，在我的嘴唇上放了一会儿，随后让它挽住我肩膀，我个子比他矮得多，所以既做了他的支撑，又当了向导。我们进了树林，朝家里走去。

（选自译林出版社 1999 年版）

【导读】

19 世纪的英国文坛出现了一个神话般的奇迹，那就是勃朗特三姐妹与其小说的横空出世。其中，姐姐夏洛蒂写于 1847 年的长篇小说《简·爱》（*Jane Eyre*），尤为引人注目。小说描写一个名叫简·爱的孤女，出身贫寒，貌不惊人，才亦不出众，但苦行僧式的求学生活培养了她自立与自信的能力，她由此得到机会受聘到男主人公罗切斯特家庄园当教师。两人虽然是主雇关系，身份悬殊，但个性之间的相互吸引及其境遇，让他们冲破世俗观念，惺惺相惜，互生好感，最终酿成爱情。在此期间，简·爱不是没有觉察到罗切斯特的古怪脾气以及庄园的诡异气氛。原来腐朽没落家族的联姻方式所结成的蜘蛛网困死了罗切斯特，他的绝望与窒息不可与外人道也。代表新兴小资产阶级形象与力量的简·爱的到来，如清新明洁、热情健康的阳光，照进男主人公死气沉沉、忧郁病态的生活里，带给他重新生活的勇气、希望与生机。用女性来表征正处于上升期的生气勃勃的新生力量，用男性来表征阴滞沉郁的旧生活格局，这种阴阳倒错的设置有种对传统性别规定性的颠覆感。最后，一把烈火烧掉了身受其害之人和固有的空间环境，让幸存者获得了新生。新奇的人物性格、形象与关系，不断反转的故事情节，神秘诡异的空间气氛，熟悉而陌生化的旷野背景，还有潜伏于内在叙述中的强烈求生的理念，产生了扣人心弦的阅读吸引力，使《简·爱》甫一问世便轰动英伦三岛，且在世界范围内传播至今，魅力不减。

英国女作家、文论家伍尔夫曾评价说，这类故事“总是当家庭教师，总是堕入情网”，但其实更应该看到的是，夏洛蒂塑造的这个家庭教师，寄寓着作者在真实生活中求而不得、爱而不能的理想。她一反传统文学塑造中的温柔可人的淑女形象，始终捍卫自己独立的人格，有自信，能自立，会自主，由此才可能使自己成为外来者和拯救者。与之对比，中国即使是在现代化进程中，文学作品中外来拯救者的角色大多仍由男性知识分子来充当，那么，《简·爱》的故事无论是发生在当时的生活中还是出现在文学叙事里，都不能不说是一件很有胆识且意味深远的事。（林丹娅）

▶ 夏洛蒂·勃朗特《简·爱》
拓展阅读

紫颜色（节选）

［美］艾丽斯·沃克著　陶洁译

亲爱的耐蒂，

我告诉莎格我不给上帝写信了，我在给你写信。她听了哈哈大笑。耐蒂不认识这些人，她说。想想我一直在给谁写信，我也觉得挺好笑的。

你看见的那个给市长做佣人的人就是索菲亚。她就是那个你在城里看到的、给白女人拿大包小包东西的人。索菲亚是某某先生的儿子哈波的老婆。警察把她关起来，因为她对市长太太顶嘴，又还手打了市长。她先在监狱里洗衣服，差点没死了。后来我们想办法让她进了市长的家。她得住在阁楼上的一间小屋子里，不过这总比监狱好。阁楼上也许有苍蝇，但是没有耗子。

总之，他们关了她十一年半，因为她表现好，提前六个月把她放了，让她早些回家团聚。她的大孩子都结了婚，离家单过了，她的小的几个不喜欢她，不知道她是谁。觉得她一举一动很可笑，看上去老得很，而且太宠她带大的那个白人女孩。

昨天我们都在奥德莎家吃饭。奥德莎是索菲亚的姐姐。是她把孩子带大的。吃饭的有她跟她的丈夫杰克，哈波的女朋友吱吱叫，还有哈波自己。

索菲亚缩头缩脑地坐在大桌子边上，好像那儿没有她的地方。孩子们隔着她伸手去够桌上的东西，好像没有她这个人。哈波和吱吱叫说话做事都像是一对结婚多年的老夫妻。孩子们都叫奥德莎妈妈。叫吱吱叫小妈妈。叫索菲亚“小姐”。只有哈波和吱吱叫的小女儿苏齐蔻还对她感兴趣。她坐在索菲亚的对面，眯起眼睛看着她。

莎格一吃完饭就把椅子往后一推，点起一支香烟。现在我该告诉你们大家了，她说。

告诉我们什么？哈波问。

我们要走了，她说。

是吗？哈波边说边四处看看找咖啡。后来他看了一眼格雷迪。

我们要走了，莎格又说一遍。某某先生好像挨了一闷棍，莎格一说起她要上别处去，他就是这种神情。他伸手摸摸肚子，转过脸不看她，好像她没说过话。

格雷迪说，你们真是好人哪，我说的是实话。都是些高尚的人。可是——该动身上路了。

吱吱叫一声不吭。她一味地低着脑袋凑在她的盘子上。我也不吭声。我等着吵架呢。

西丽跟我一起走，莎格说。

某某先生的脑袋猛地转了过来。你说什么？他说。

西丽跟我一起去孟菲斯。

休想，除非我死了，某某先生说。

你想要死的话，我保你满意，莎格很冷静地说。

某某先生从椅子里跳了起来，看了莎格一眼又一屁股坐了下去。他看看我说，我以为你总算快活了。现在又怎么啦？

怎么啦！就是你这个卑鄙的混蛋，我说。我现在该离开你去创造新世界了。你死了我最高兴。我可以拿你的尸体当蹭鞋的垫子。

你说什么？他大为吃惊。

桌子四周的人都张大着嘴，目瞪口呆。

你把我妹妹耐蒂从我身边撵走，我说，天底下只有她才爱我。

某某先生气急败坏。但但但——他说，好像马达在响。

但是耐蒂和我的孩子快回来了，我说。等她回来，我们大家要好好揍你一顿。

耐蒂和你的孩子！某某先生说。你胡说八道。

我有孩子的，我说。他们在非洲长大。那儿的学校好，空气新鲜，活动又多。他们比你不想养活的那伙傻瓜要强得多。

等等，你胡说什么，哈波说。

哼，等个屁，我说，当年你如果不是一心要管索菲亚的话，她绝对不会给白人捉走的。

索菲亚对我敢回嘴大为吃惊，她好半天没动嘴吃东西。

撒谎，哈波说。

有点道理，索菲亚说。

大家都看着她，好像他们都很奇怪她居然坐在那儿。她说话的嗓门有气无力，好像是死人在坟墓里说话。

你们都是一帮混账孩子，我说，你们把我搞得好苦。你们的爹连狗屎都不如。

某某先生凑过身子来揍我。我用餐刀扎他的手。

荡妇，他说，你跑到孟菲斯去，好像你没有一家人要照料，旁人会怎么说闲话？

莎格说，艾伯特，你想问题要有点脑子。我真不明白女人干吗要在乎别人怎么想。

噢，格雷迪说，他想把话挑明。要是别人讲闲话，这个女人就找不到丈夫。

莎格看看我，我们嘻嘻地笑了起来。后来我们哈哈大笑。吱吱叫也笑了。索菲亚也笑了。我们笑了又笑。

莎格说，他们真有两下子吧？我们说，嗯，嗯，边说边拍桌子，抹眼泪。

哈波看看吱吱叫。住嘴，吱吱叫！他说，女人笑男人是会带来坏运气的。

她说，好吧。她坐直身子，使劲屏住气，使劲想绷住脸不笑。

他看看索菲亚。她看看他，冲着他哈哈大笑。我已经运气不好了，她说，我的坏运气够我笑一辈子的。

哈波杀气腾腾地望着她，神情跟那天晚上她打倒玛丽·阿格纽斯一样。桌上空气紧张得快冒火星了。

我跟这个疯女人居然生了六个孩子，他咕哝了一句。

五个，她说。

他没有想到她会来这一手，一时连“你说什么？”都说不出来。

他望望最小的孩子。她成天生闷气，小心眼，老淘气，而且倔得不像样子。可他最喜欢她。她叫亨莉埃塔。

亨莉埃塔，他说。

她说，是是是……她学着收音机里的讲话口气答应他。

她的话总使他不知所措。没什么，他说。可接着他又说，去给我倒杯凉水。

她不去。

请给我倒杯水，他说。

她倒了水来，放在他的盘子边上，飞快地在他脸上吻了一下，说了声，可怜的爸爸，又回到自己的坐位坐下。

我的钱你一分也别想要，某某先生对我说，我一文不给。

我向你要过钱吗？我说。我从来没跟你要过东西。我从来没要你这个可怜虫跟我结婚。

莎格这时插嘴了。等一等，她说，别吵了。还有别人要跟我们一起走的，用不着让西丽一个人受这么大压力。

差不多人人都回头看索菲亚。他们不知道该怎么安置索菲亚。她是个陌生人了。

不是我，索菲亚说。她的神情好像在说，去你妈的，你们居然敢有这种想法。她伸手拿起一块饼干，屁股往后挪了一下，好像要坐得更稳，扎下根来。你只要看一眼这个壮实的、灰白头发的、眼神狂乱的大个子女人，你不用问便明白了。什么都不必说了。

为了让你们大家早点心中有数，索菲亚说，我已经待在家里了。就这样。

她的姐姐奥德莎走过来搂住她。杰克把椅子拉得更靠近她。

你当然已经待在家里了，杰克说。

妈妈哭了吗？索菲亚的一个孩子问。

索菲亚小姐也哭了，另一个说。

但索菲亚马上收住眼泪，她做什么事情都麻利。

谁要走？她问。

没人吭声。房间里静得连针掉在地上都听得见。你还听得见炭火落了下来，烧尽了。

末了，吱吱叫低头看了大家一眼。我，她说，我要到北方去。

你上哪儿去？哈波问。他太吃惊了。他结结巴巴，语无伦次，跟他爹一样。他连说话的嗓门都变了。

我要唱歌，吱吱叫说。

唱歌！哈波说。

对，吱吱叫说，唱歌。自从生了裘兰莎以后，我还没有公开唱过歌。她的大名叫裘兰莎。但大家叫她苏齐蔻。

从裘兰莎生下来以后，你就用不着卖唱。你要什么我都给你买的。

我要唱歌，吱吱叫说。

听着，吱吱叫，哈波说，你不能去孟菲斯。你就死了这条心吧。

我叫玛丽·阿格纽斯，吱吱叫说。

吱吱叫，玛丽·阿格纽斯，这两个名字有什么区别？

区别大着呢，吱吱叫说。如果我是玛丽·阿格纽斯，我就可以公开演唱。

这时候有人轻轻敲了一下门。

奥德莎和杰克互相看了一眼。进来，杰克说。

一个瘦瘦的、小个子白女人走进门来。

喔，你们都在吃饭，她说，真对不起。

没关系，奥德莎说，我们快吃完了。不过还有不少饭。你要不要坐下跟我们一起吃一点？要不我给你做一点你在门廊里吃？

天哪，莎格说。

来的人是埃莉诺·简，索菲亚以前侍候的白人姑娘。

她东张西望，找到了索菲亚，她好像松了一口气。不啦，谢谢你，奥德莎，她说，我不饿。我是来找索菲亚的。

索菲亚，她说，我能跟你在门廊里说几句话吗？

可以，埃莉诺小姐，她说着推开椅子站起身。她们走到外边门廊里去。过了一会儿，我们听见埃莉诺小姐抽噎起来。又过了一会儿，她哇哇地哭了起来。

她怎么了？某某先生问。

亨莉埃塔拉长了嗓门，像电台里的人那样说，出问——题——啦。

奥德莎耸耸肩膀说，她总是碍手碍脚的。

这家人太好喝酒，杰克说。他们没办法让那个宝贝儿子好好念大学。他酗酒，惹妹妹生气，追女人，打黑人，还干不少坏事。

这些就够了，莎格说，可怜的索菲亚。

索菲亚很快回屋坐下。

什么事？奥德莎问。

那边家里一团糟，索菲亚说。

你得回那儿去？奥德莎问。

是啊，索菲亚说，我过一会儿就得走。不过我争取在孩子们睡觉以前赶回来。

亨莉埃塔说她不想吃了。她肚子疼。

吱吱叫和哈波的小女儿走过来，仰起头望着索菲亚说，索菲亚小姐，你得走吗？

索菲亚把她抱起来放在腿上。是啊，她说，索菲亚刚被假释。她得表现好一些。

苏齐蔻把脑袋靠在索菲亚的胸口上。可怜

的索菲亚，她学着刚才莎格说话的口气，可怜的索菲亚。

玛丽·阿格纽斯，亲爱的，哈波说，你瞧苏齐蔻多么喜欢索菲亚。

是啊，吱吱叫说，小孩一眼就看出谁好谁坏。她和索菲亚脸对着脸笑了起来。

去演唱吧，索菲亚说，你没回来以前我来照顾这孩子。

你肯吗？吱吱叫说。

当然，索菲亚说。

还要照看哈波，吱吱叫说。请你务必照料好他，太太。

阿门！

亲爱的耐蒂，

唉，你知道哪儿有男人，哪儿就有麻烦。我们去孟菲斯的路上，汽车里好像到处都是格雷迪。不管我们怎样调换位置，他总要坐在吱吱叫旁边。

我和莎格睡觉他开车的时候，他就给吱吱叫讲田纳西州北孟菲斯的情况。他谈到那儿的俱乐部，谈衣服式样和四十九种牌子的啤酒，说得天花乱坠，我简直没法睡觉。他大谈特谈各种喝的饮料，害得我直想撒尿。我们只好找条路开到树丛里去解手。

某某先生装得好像对我的走满不在乎。

你会回来的，他说，北方没有你这样没用的人可待的地方。莎格有才能，他说，她可以唱歌。她有胆量，他说，她对谁都敢讲话。莎格长得漂亮，他说，她有办法站出来吸引大家的注意。可你有什么？你又丑又瘦。要身材没身材。你胆子太小，见人都不敢开口。你在孟菲斯只能给莎格当使唤丫头。给她倒尿盆，也许还可以给她做饭。不过你做饭的本事也不大。我第一个老婆死了以后，这幢房子一直没收拾得干净过，你并不会管家。没有人会糊涂到跟你结婚的。你能干什么？给人当雇工种地？他哈哈大笑。也许有人会用你，让你在铁路上干活。

还有信来吗？我问。

他说，什么？

别装聋作哑了。你明明听见了。耐蒂还有信来吗？

如果有的话，他说，我才不给你呢。你们俩是一路货色。男人待你们好一点，你们就不识抬举了。

我咒你，我说。

什么意思？他问。

我说，你要是待我不好，你碰过的每样东西都马上粉身碎骨。

他哈哈大笑。你别以为你很了不起，他说，你谁都咒不死的。瞧你那模样。你是个黑人，你很穷，你长得难看，你是个女人。他妈的，他说，你一钱不值。

你待我不好的话，我说，你的一切梦想都会失败。话一到我嘴里我就直截了当地说给他听。我的话好像是从树林里来的，源源不断。

谁听见过有这样的事，某某先生说，也许我揍得你还不够。

你打我一下就要加倍受报应，我说。后来我又说，你还是别说话的好。我对你说的话都不是我想出来的，好像我一张嘴，空气冲进我嘴里就变成话了。

放屁，他说，我该把你关起来，只在干活的时候把你放出来。

你打算关我的监狱便是你死后烂掉的地方，我说。

莎格走过来。她一看我的脸色便喊了一声，西丽！她转脸对某某先生说，别说了，艾伯特。别多说了。对你没有好处，你会更难堪的。

看我不收拾她，某某先生说着向我冲了过来。

门廊里扬起一片灰尘，家魔鬼似的在我俩中间飞舞，我满嘴都是土。那土的意思是说，你怎样对待我，我就怎样对待你。

我觉得莎格在使劲摇晃我。西丽，她说。我这才清醒过来。

我穷，我是个黑人，我也许长得难看，还不会做饭，有一个声音在对想听的万物说，不过我就在这里。

阿门！莎格说。阿门，阿门！

亲爱的耐蒂，

在孟菲斯过日子是什么滋味？莎格的房子很大，粉红色的，有点像乡下的牲口棚。不过在我们堆干草的地方，她那儿是卧室、厕所，还有一间大跳舞厅，她和乐队有时就在舞厅里排练。她房子周围还有一大片地，前面有几块纪念碑和一个喷泉。她还有一些我从来没听说过、也从来没打算见到的人的雕像。她还有一大堆大象和乌龟，到处都有，有的大，有的小，有的在喷泉水池里，有的在树底下。乌龟和大象。房间里也有。窗帘上是大象，床罩上是乌龟。

莎格给我在房子后半边安排了一间大卧室，从卧室里可以看到后院和小河边上的树丛。

我知道你离不开早晨的太阳，她说。

她的房间就在我的对面，在背阴的一边。她工作到深夜，睡得很晚，起床也很晚。她卧室的家具上没有大象和乌龟，不过沿墙有几个雕像。她床上铺的盖的都是丝绸，连床单都是。她的床是圆的！

我本来想盖一幢圆的房子，莎格说，不过大家都认为圆房子太落后了。他们说，圆房子里没法定窗户。可我还是拟了几张草图。总有一天……她给我看她画的图样。

图上是座粉红色的、又大又圆的房子，有点像果子。房子上有窗户，有门，周围还有好多树。

这是用什么造的？我问。

用泥巴，她说，不过混凝土也可以。我看每一部分都可以造个模子，把水泥浇进去，等它凝固以后把模子敲掉，再把各部分粘在一起，房子就造好了。

姆，我还是喜欢你现在的房子，我说。画里的这幢看上去有点小。

我现在的房子其实并不坏，莎格说。不过我觉得住在一幢方房子里有点别扭。要是我这个人长得也是方方正正的话，也许我会更喜欢一些，她说。

我们聊了很多关于房子的事情。房子是怎么盖起来的，用什么样的木料。还谈了怎么利用房子的外围，让它也变得有用起来。我在床边坐了下来，在她的水泥圆房子外面画了一圈像木头裙子的东西。你可以在上面坐坐，我说，要是你在屋里呆腻了的话。

对啊，她说，上面还要有凉篷。她拿起笔在木头裙子上加了凉篷。

这儿放花盆，她说着又画了几个花盆。

里面长着天竺葵，我也添上几笔。

这儿放几个石像，她说。

这里得有两个乌龟。

我们怎么知道你也住在这儿？她问。

画几只鸭子！我说。

等我们画完了，这房子好像又会游水，又会飞。

没有人像莎格那样做饭。

她一大清早就起床去菜场。她只买新鲜的东西。她回家坐在后门台阶上哼着歌剥豆、择菜、洗鱼或者收拾她买来的其他东西。接着她打开收音机，把所有的锅都一起放到灶上。一点钟左右全做好了，她叫我们吃饭。有火腿、蔬菜、鸡、玉米面包、小肠、蚕豆、腌肉、咸菜、西瓜、焦糖蛋糕和黑莓排。

我们吃了又吃，还喝一点点甜酒和啤酒。

吃完以后，莎格和我就到她房间去听音乐，让肚子里的东西好慢慢消化。她的房间挺凉快，挺幽暗。她的床软绵绵的，舒服极了。我们于是躺下。有时候莎格大声读报。报上的新闻都有些疯疯癫癫的。人们大惊小怪，又吵又打，指指点点说别人不好，从来不寻找和平。

这些人神经不正常，莎格说，都跟疯子似的。疯子办的事长不了。你听我念，她说。他们在这里筑了一道水坝，想放水淹死自古以来一直在那儿居住的印第安人部落。瞧瞧这条新闻，他们在拍一部电影，讲的是一个男人把女人都杀了。扮杀人凶手的人却又扮演牧师。瞧瞧他们现在做的什么鞋，她说。你穿一双走一里地试试看，她说。准保让你一瘸一拐地回家。你再看看他们怎么处理那个把一对中国人打死的人。他们什么都不管。

是啊，我说，不过还是有些让人高兴的事吧。

对，莎格说着翻过一页。汉密尔桓·胡佛尔梅耶先生和太太十分高兴地宣布他们的女儿琼·苏即将举行婚礼。安多佛路的莫里斯一家积极带头为圣公会教堂组织联欢会。赫伯特·艾登菲尔太太上周去阿迪朗达克探望生病的母亲，前齐奥弗莱·荷德太太。

这些面孔看上去都挺快活的，莎格说。脸盘挺大挺结实的。眼睛明亮纯真，好像他们不知道天下有第一版上登的那些坏家伙。不过他们是同一类人，她说。

没过多久，她做完一顿好饭菜，嚷嚷一通要好好打扫房间，莎格就重新工作。这就是说她再不考虑她吃什么。从来不想一想她住在哪儿。她外出演唱，一去就是几个星期，回来的时候，累得连眼睛都睁不开，嘴巴有臭味，人发胖，浑身油乎乎的。她在路上难得有地方好好歇一歇，洗一洗，尤其没法洗头发。

让我跟你一起去，我说，我可以给你烫衣服，做头发。就像从前一样，你在哈波酒馆演唱的时候那样。

她说，不行。她在一群陌生人面前，一大堆白人面前表演，好像永远不会厌烦的，不过她没有勇气在我面前表演。

而且，她说，你不是我的佣人。我不是把你带到孟菲斯来侍候我的。我把你带来是要爱你，帮你站起来做人。

她又外出演唱了，走了有两个星期，剩下我和格雷迪还有吱吱叫在房子里乱转，想振作起来多少干点事。吱吱叫去过好些俱乐部，格雷迪一直陪着她。他好像还在房后种点地。

我坐在餐厅里做裤子，做了一条又一条。我做了各种颜色、各种尺寸的裤子。从我们在家里开始做裤子以后，我就没停过手。我换着用各种布料，挑各种印花花样，改腰身的尺寸，改口袋的式样，改各种滚边，改裤腿的肥瘦。我做的裤子多极了，莎格拿我逗乐。我真没想到我出的主意引出这样的结果，她笑着说。她的椅子上搭满了裤子，瓷器橱前挂满了裤子。桌子上，地板上到处都是报纸裁的纸样和布料。她回家来，吻吻我，小心地跨过乱七八糟的东西。嗨，她走以前说，你看你这个星期得要多少钱？

有一天，我做了一条十全十美的裤子。当然是给我的甜甜做的。裤子料子是藏蓝色的轻软的平针织物，上面有一小点一小点的红色。不过这裤子穿在身上非常舒服。莎格在巡回演出的路上会吃一大堆乱七八糟的东西，还要喝酒，身子会发胖。所以这条裤子做得既能放又不走样子。她要把衣服打包装箱，最怕把衣服弄皱了；这条裤子又轻柔，又不容易起皱，布料上的小图案总显得挺精神，挺活泼的。裤脚管比较大，她可以穿着演唱，把它当长裙子穿。还有，莎格穿上这条裤子，漂亮得能把你的魂都勾了去。

西丽小姐，她说，你真了不起。

我低下头。她在房子里到处走，到处照镜子。不管她怎么照，她总是很漂亮。

她对着格雷迪和吱吱叫吹嘘她的裤子。我没事干了，你知道这是什么滋味吧。我坐着琢磨我该怎么谋生，不知不觉地我又开始做起裤子来。

这时候吱吱叫看中了一条她喜欢的裤子。哎呀，西丽小姐，她说，能不能让我试试这条裤子？

她穿上一条颜色跟太阳下山时的色彩差不多的裤子。桔黄色带小灰点。她穿上走出屋来，看上去漂亮得很。格雷迪望着她，神情好像要把她一口吞了下去。

莎格摸摸到处挂着的各种布料。它们都是又轻柔又平滑，色彩华丽，富有光泽。这跟我们当初用的硬绷绷的破军服大不一样了，她说，你该专门做一条裤子送给杰克表示感谢。

她真不该说这句话。过了一个星期，我就大店小店走进走出，花了莎格不少钱。我坐在那儿望着庭院那一边，拼命想象杰克的裤子应该是个什么样。杰克个子挺高，心很好，不大爱讲话，他挺喜欢孩子。尊重他的妻子奥德莎和奥德莎的高头大马似的姐妹。不管她想干什么，他都在场帮忙，可从来不多说话。这是最主要的特点。我还记得他有一次碰了我一下，他的手指头好像长着眼睛。他好像对我浑身上下都很了解，其实他只不过拍拍我靠近肩膀的胳膊。

我开始给杰克缝长裤。裤子得是驼色的。料子要又软又结实。口袋要大，他可以装好多孩子们用的东西。弹子绳头啊，钢儿石块啊。这条裤子还得好洗，裤腿要比莎格的收得紧一些，让他去抢救孩子的时候跑起来利落一些。还要让他能很方便地搂着奥德莎躺在火炉前面。还要……

我想了又想，琢磨了又琢磨。又裁又缝，总算做好了，寄走了。

我马上听说，奥德莎也要一条。

后来莎格还要两条跟头一条一模一样的裤子。再后来她的演出队里人人都要几条。这以后，莎格去演唱过的地方都来订货。我很快就有做不完的活儿了。

有一天莎格回家来，我对她说，你知道，我喜欢做裤子，可我总得出去挣钱养活自己啊。这些活有点碍我的事了。

她笑了。我们在报上登几个广告吧，她说。我们再把你的工钱提高一点。咱们干脆放手干起来，把这间餐厅做你的工厂，再找几个女人来裁裁缝缝，而你就坐着设计式样。这下你就可以挣钱了，西丽，她说。姑娘，你干起来就会成功的。

耐蒂，我要给你做几条在炎热的非洲穿的裤子。又轻又薄的白裤子。裤腰用松紧带。你从此不会觉得太热，穿得太厚了。我打算用手缝。针针线线都是我对你的爱。

阿门！

你的姐姐西丽

田纳西州孟菲斯

甜甜·艾弗里大道

大众裤子非有限公司

（选自译林出版社 1998 年版）

【导读】

《紫颜色》（*The Color Purple*）是美国黑人女作家艾丽斯·沃克于1982年出版的长篇小说。一经问世，便引起广泛反响，次年更是一举拿下代表美国文学最高荣誉的三大奖：普利策小说奖、美国国家图书奖和美国全国书评家协会奖。《紫颜色》从此成为美国女性文学之经典。

小说由94封书信构成，经由书信描绘出故事的发生背景，从而凸显出活动于其间的中下层黑人女性的命运。其中有14岁即被继父奸污，生下两个孩子后又不知孩子踪迹的女孩西丽亚，她被迫嫁给一名鳏夫后饱受丈夫虐待；有患病后遭人嫌弃、走投无路的西丽亚丈夫的前情人莎格，她使西丽亚看到了另一种女人的生活与活法；有在西丽亚帮助下挣脱同族男性魔爪逃到远方去的妹妹内蒂，她使西丽亚的视野与感知从美国南方的性别歧视家庭扩展到世界性的种族歧视与殖民；还有生性倔强，不甘屈服，反抗家庭暴力，率先离家出走的西丽亚的儿媳索菲亚等。小说反映了当时美国社会存在的种族压迫与性别歧视等问题，并把美国的黑人问题放在世界范围来考察。尤其突出地表现了黑人男性在白人社会体制与价值标准下所产生的扭曲、愤怒、绝望如何转化成对同族女性更残酷的暴力与摧残，而恃强凌弱的非人道非人性在性别关系方面体现得更是有过之而无不及。小说表现女性如何以边缘人的方式相互友爱，并获得在种族与性别的双重压迫和歧视下的生存智慧。这种智慧发展到艾丽斯·沃克的时代，那就是女性如何获得自由平等的意识，寻求自我确认，从而获得独立自主的人格与生活。

应该说，书信的方式是小说中的女性从不由自主到自主的发声，它意味着作者对以男性为主的叙述方式的改变。不妨比较一下类似于鲁迅《伤逝》这样的叙事，文本中的子君形象的确只能在涓生的单方面叙述中存在。书信方式则意味着女主人公的倾吐、聆听与回应，而书信沟通的境遇似乎也隐喻着女性发声的多种境遇：如对上帝有去无回的自言自语，如姐妹间互为递进的唱和共鸣，如因外界阻碍而各话各说的默契期许等。作者把多种发声状态放在了一起，从而推动了从来都是被蹂躏到尘埃中去的最卑微的女性生命，在无数有色声部的律动中，最终开出高贵的独具一格的紫色之花。因之也可以说，这是一部描绘紫色是怎样形成的小说，也是一部表现女性如何成长的小说。（林丹娅）

▶ 艾丽斯·沃克《紫颜色》
拓展阅读

养家之人（存目）

［加］黛博拉·艾里斯著　黄静雅译

【导读】

加拿大女作家黛博拉·艾里斯在采访阿富汗难民营的基础上，于2001年写成长篇小说《养家之人》（Breadwinner）。该小说主要讲述一个名叫帕瓦娜的11岁女孩，原先和家人住在阿富汗首都喀布尔，父母是知识分子，生活无忧，但塔利班的到来改变了一切，战争使父母失业，家园被毁。而对帕瓦娜这样的女孩来说，战争不仅破坏了和平宁静的生活，更深重的苦难还来自于她们的性别。善良懂事的帕瓦娜时常去市场给失业后摆地摊的父亲帮忙，博学多才的父亲用于填充生意清淡的时光的是给她讲阿富汗古远的历史和迷人的传说。有一天，她父亲因其身份背景被当地组织抓走投入监狱，全家顿时失去可以出外挣钱养家的男人，生活立刻陷入绝境之中。母亲与成年的姐姐因为是女性，出门就是犯法。为了全家生计，年幼的帕瓦娜只好剪掉长发，把自己打扮成男孩出外谋生。在这个过程中，她遇到与她同样境遇的小伙伴，两个女扮男装的孩子互相鼓励、互相帮助，怀揣梦想艰难支撑着养家活口。同时，作者也刻画了帕瓦娜在寻找下落不明的父亲时，得到敌对武装分子的同情和帮助。在如地狱般黑暗绝望的生活中，他们信守善良和希望，在经历人性的沦落残暴时，也感受着人性的良知与温暖。作者写的是孩子的故事，却是呈现给成年人看的。成年人给孩子们带来的是怎样的世界？时至今日，这世界竟然依然发生类似中国古代花木兰女扮男装代父从军这样的事，而事件的起由却是如此黑暗，文明世界体系的脆弱与退步令人触目惊心。成年人制造的战争和性别歧视之暴力，让稚嫩的女孩们不得不超身体与心理负荷担起养家之职，她们的苦难是人类共同的苦难。

《养家之人》甫一问世，即感动无数人，至今被翻译成25种语言畅销全世界。黛博拉用最简单朴素的叙事，在将文明与人性的悲剧撕给世人看的同时，也唤起人类最深切的同情、悲悯乃至自省自救，让帕瓦娜们的坚强与勇敢，善良与希望，可以守候到文明之光的来临。（林丹娅）

▶ 黛博拉·艾里斯《养家之人》拓展阅读

美丽的形象（节选）

［法］西蒙娜·德·波伏瓦著　范荣译

想起班诺埃的一部电影，几乎所有的人都不喜欢它，然而这段日子里，它一直缠绕着我。一些人被关在一只魔圈里，他们下意识地重复着以前的某段生活经历，把时间的线重新接起来，避开陷阱——他们过去曾在不知不觉中掉下去过（事实上，不久之后他们又重新掉下去）。我真希望同他们一样，也能重新生活一次，拆穿种种圈套，赢得我错过的东西。我错过了什么？我不知道。我甚至找不出话来责备自己或表示懊悔。但是，喉咙里堵着的这个东西，让我对一切都难以下咽。

重新开始，我还有很多时间。我拉上窗帘，躺上床，闭上眼睛。我要将这次希腊之行的全部得与失细细咀嚼，从生存的痛苦和欢乐中寻找生命的关键。

当他问我："你愿不愿意和我一起去希腊？"时，我多么高兴。我有过犹豫，但让·夏尔竭力主张我去，他发觉我很消沉。而且，他认为我不在，会使孩子和医生之间的关系变得简单些。他主张让卡特琳娜去看心理分析医生，我同意了。

"乘这种快帆式喷气机到雅典去，太令人遗憾了。"爸爸说，"我喜欢涡轮喷气机。"飞机直升上去钻入蓝天。我活生生地听到它冲垮了我的牢房：我生活在一个被无数人包围着的窄小的天地里，对世界无所知。高楼大厦和低矮的房屋都隐去了，我从沉重的负担下解放出来，飞行在一切禁区之上。头顶上是一望无垠的蓝色宇宙，脚下，一片令人眼花缭乱的白色风光。我在哪儿？不在任何地方，而又无处不在。父亲开始向我介绍将要指给我看的东西，讲我们将共同发现的奇迹。我却一直在想："我要发现的秘密就是你。"

飞机降落了。清新的空气里混合着汽油味和大海、松树的气味。天上没有一丝云彩，远处山峦叠嶂。爸爸给我翻译题在机场大楼正面的字母：进口，出口。站在这陌生的字母前，我又重新领略到孩提时代对于语言的神秘向往。小时候，是他告诉我某个词的意思和它所代表的事物。"别这样看，"在高速公路上，他这样说（高速公路替代了他年轻时期的老土路，他有点失望），"现在别看，神庙的美是与周围的景致融为一体的，欣赏它要有一个适当的距离，太远太近都不行。这不像观看大教堂，远总比近好。"他的这些提醒令我心头阵阵发热。实际上，坐落在半山腰的帕尔塞尼翁神庙很像旅游商店里出售的那种假大理石工艺品，没有半点气派。当然，我的兴趣不在这，对我来说，重要的是和父亲并排坐在桔黄色或灰色的"雪铁龙"出租车里进行二十天的旅行。我走进旅馆的房间，整理随身带的衣物，丝毫感觉不到自己正在一部广告影片里扮演旅游者的角色：我所经历的一切都是真实的。在咖啡馆露天座上，他为我买了一瓶樱桃饮料，清凉可口，沁人心脾。我体验到人们在书中常读到的那个词：幸福。我感到快乐、满足，心中充满柔情和喜悦。但是，蓝天、果味饮料的香甜、那张集中了过去和现在的可爱的面孔、我的内心的宁静，所有这一切中蕴含着的和谐一致却是我当时未曾感受到的。幸福是什么？如同生活就是生活本身的道理一样。当我们坐在一家小酒店里吃烤羊肉时，幸福紧紧包围了我。远远看去，雅典古卫城的城墙沐浴在金色的阳光下，爸爸说这是亵渎圣物，我觉得一切都很美。我喜欢树脂酒的药味。爸爸微笑着说："你是理想的旅游伙伴。"第二天在雅典古卫城的城墙上，他仍是一副微笑的面容。因为他向我解释反曲线、滴水石、檐椰头和圆锥饰时，我很虔诚地听着。天有点儿冷，风徐徐吹着。晴空下，我看到了远处的山丘，大海和色彩各异的小屋。爸爸说话的声音流过我的身体，同样，沁人心脾。

“人们可以在很多事情上指责西方，”他说，“我们犯了个很大的错误。但是，人类还是获得了发展，并以不平等的形式存在着。”

我们自己租了车子出去游览。每天太阳下山前，我们登上雅典古卫城墙或去拉普倪克斯和里加贝特这两座山岗。爸爸不愿意去新雅典城。“那儿没什么可看的。”他说。晚上，他听从一个老朋友的建议，带我去一家“独具风格”的酒吧间：那是海边的一个岩洞，用渔网、贝壳、防风灯装饰起来。“这比你母亲喜欢的大餐馆要有趣多了。”但对我来说，这只不过是给旅游者设下的圈套。缺少优雅、舒适，就拿地方特色和自以为比豪华大饭店吸引人的盲目优越感来赚钱。爸爸同老板讲了几句希腊语——如同所有的顾客一样，爸爸也觉得自己特别受到优待——老板把我们领进厨房，揭开锅盖，他们精心开列了菜单。我吃得有味而又乏味……

玛尔泰的声音：

“洛朗斯，你一定要吃点东西。”

“我睡了，不要打扰我。”

“至少喝一碗汤，我去为你烧。”

她打断了我的思路，我想到什么地方了呢？对！在去特尔斐城的公路上。我喜欢干巴巴和白色的景致，喜欢从海上吹来的劲风。一路上，我只看到石头和水，对父亲所关心的所有的东西，我就像瞎子一样两眼无光（他的眼睛同卡特琳娜一样，能看出各种事物的不同色彩、奇妙和动人之处，而我就在他们身边却视而不见）。“你看，那就是俄狄浦斯杀拉伊俄斯的十字路口。”皮蒂娅的地洞、古希腊运动场、每座神庙，他甚至向我解释每块岩石，我都努力认真去听着，但完全徒劳，过去的故事并没有栩栩如生地出现在我面前，它们仍然是过去那种沉寂的死亡，我已经觉得有点疲倦。一座古希腊的御者铜像矗立在我们面前，“令人震惊，不是吗？”“不错，很漂亮！”我理解人们在这个高大的青铜像上所能发现的东西，但我看不出有什么惊人之处，因此我感到不安甚至内疚。我喜欢这样的时刻：坐在一家小酒巴店里，一面聊天一面饮着乌佐酒。他同我谈过去的旅行，当时他多么希望多米尼克能伴随在旁，当然，我们长大后，也希望我们能同他一道旅行。“你想，她已到过百慕大群岛和美洲，却从未到过希腊和意大利。可能是因为受了这次沉重的打击，她似乎正在转变，比以前更加开朗，成熟，和蔼，头脑更加清楚。”我不想反驳他的话，我不愿剥夺他给予可怜的母亲的那点零星的友谊。

是从特尔斐城开始顺着时间线索往下去吗？我们坐在一家突出于谷地的咖啡屋里，通过装了玻璃的门洞窗来感受寒冷而纯情的夜和天空无数的星星。一支小乐队在演奏。有四个美国男女游客，是两对夫妇，还有一些当地人：情人、小伙子和家庭。一个小姑娘开始跳舞，只有三、四岁左右，瘦瘦小小的。棕色皮肤，黑眼睛，穿一条齐膝的黄色喇叭裙，白袜子。她伸开双臂旋转着，脸上飘满天真的喜悦，像疯了一般。她母亲很胖，正神色安然地和另一个同样胖的女人聊天，一边摇着一个儿童手推车，车上有个婴儿。这女人对音乐和黑夜没有任何反应，只偶然间用阴郁迟钝的目光扫一下正在跳舞的小姑娘。

“你看到那个小姑娘了吗？”

“很可爱。”爸爸无动于衷地说。

一个可爱的小姑娘将要成为她母亲那样的胖妇人。不！我不愿事情会变得那么糟。我喝多了乌佐酒？像小姑娘被音乐左右了一样，我的整个人完全被小姑娘占据了。我多么希望这个令人感叹的时刻永远地停下来，小小的舞蹈家不要长大，就在这永恒之中旋转下去，而我就这样看着她。我不愿再和父亲继续去旅游，我不愿忘掉小姑娘，我不愿有某一天她也变成一个胖胖的母亲，不愿她回想起自己曾是这么个可爱的小疯女。这个被判死刑的小姑娘，可怕的没有尸体的死亡，生活将把她杀害。我想起卡特琳娜，人们正在杀害她。

我突然说：“我不该同意送卡特琳娜去看心理分析医生。”爸爸惊奇地望着我。毫无疑问，此刻他脑子里不会有卡特琳娜的影子。

“你怎么想起这个？”

“我经常这样想，我很担心。他们强迫我同意，我很后悔！”

“我不觉得这对她有什么不好。”爸爸心不在焉地说。

“我要是像卡特琳娜这样，你就会把我送去心理分析医生那儿？”

“哦！不！”

“你看。”

“我不知道。你小时候，我们没碰到这个问题，你是很镇定沉着的。”

“四五年前后，我经常不知所措。”

“那是有原因的。”

“那么今天，就没有原因了吗？”

“有的，我想有的。无疑对整个时代来说，当人们开始揭示这个世界时，恐惧心理是正常的。”

“那么，要使她安心，就要使她变成不正常。”我说。

这一目了然的事，使我感到恐怖。人们将在治疗她的所谓“神经过敏症”的借口下，去肢解，损害她，我起了个念头，第二天就回去，把她从他们手中夺回来。

“我赞成让人们自己解决自己的问题，我认为别再向别人说，免得说我是老落后——所谓心理学不过是江湖骗术。你看着吧，你走的时候卡特琳娜是什么样子，回去的时候，她还是一个样。”

“你这么想？”

“我敢肯定！”

他接着谈起第二天的计划，根本不把我的忧虑当回事。我呢，我对那些使他激动不已的古老石头实际上毫无兴趣，所以，一味抱怨他就不公平了，不，不是这里，思路不是在特尔斐城突然中断的。

迈锡尼？可能是在迈锡尼。到底是什么时间呢？我们爬上一条碎石路，风吹起阵阵尘烟。突然间我看到了那个门和两只斩去脑袋的狮子。我感觉到……就是父亲说的那种“令人震惊”的感受吗？可我更多的感觉是恐惧。我沿着皇家大道走去，看到了平台、城墙，看到了克吕泰斯特拉在窥伺阿伽门农归来时所发现的景致。我恍惚觉得自己离我而去。我在哪儿？我不属于这个时代——人们在这座完整无损的王宫里来来往往，睡觉、吃饭——我不属于它。属于我的生命与这些废墟没有一点关系。废墟是什么？既不是现在，也不是过去，也不是永恒的存在，终于有某一天它会消失。我心里赞叹：“太美了。”随后是一阵眩惑，左右摇晃，被否认、拒绝、缩小为“无”。我真想跑回旅店看一天侦探小说。一群美国人在拍照。“一点没有艺术鉴赏力。”爸爸说，“他们就懒得认真看看。”他和我谈起迈锡尼文化，谈起阿特柔斯家族的故事，谈到珈桑德拉的预言。他手中拿着一份旅游指南，想弄清平台的每一段有什么不同。我在心里想，他和他所嘲笑的美国游客有什么两样呢？他竭力要把不属他那个时代的遗迹引进他的生活中去。他们将把照片放进影集，以后让朋友们来附会他与古希腊文化，而他则将这些遗迹连同它们的传奇故事装进脑子里，然后在他内心的博物馆里加以整理安排。我既没有“影集”，也没有“心的博物馆”，因此我只能观赏，却无法保存美，只能让它匆匆流去。

在回来的路上，我对爸爸说：

“我真羡慕你！”

“为什么？”

“这些东西对你来说有那么多意义。”

“对你没有意义吗？”

他显得很失望，我赶紧说：

“对我也一样，只是我理解得不够，我没有你那么深的文化修养。”

“读读我给你的那本书。”

“我正在读。”

即使读了书，我心里想，也不会使我放荡不羁的心能在卡帕多细亚的书报上看到阿泰的名字。我不会时时为这些我一无所知的故事充满激情。况且这里的知识，人们得读很久荷马的书和希腊神话故事，多次地旅行，才能不会把它们混为一谈。我对这些已经逝去的时代感到非常陌生，它们把我压得喘不过气来。

一个穿黑衣服的女人走出菜园，向我打了个手势。我走近她，她嗫嚅着伸出手，我给了她几个德拉克马①。

“爸爸，你看到了吗？”

“谁？那个乞丐？”

“她不是乞丐，是个乡下人，还不老。真可怕，在这个国家里竟然有乡下人乞讨。”

“是的，希腊还很穷。”爸爸说。

当我们到达一些小镇时，我经常为美和穷的强烈反差感到不自在。爸爸有一天曾说：一些真正贫穷的部落——如撒丁岛和希腊的村庄——会保留我们已经失去的价值观念并达到一种朴实无华的幸福，因为他们对金钱一无所知。但伯罗奔尼撒的村民却看不出一点满意的神态，不管是在路上砸石子的妇女，还是挑着沉重水桶的姑娘。我们到这儿来不是为了布施怜悯，但是我仍然希望爸爸告诉我他以前到底在什么地方碰到了那些贫困到极点的人。

在梯兰特和埃皮扎夫罗斯，我不断感受到在迈锡尼所有过的激动。这一天夜里，我们到达安兹里采纳时，我非常兴奋。已经很晚了，

---

① 德拉克马：希腊货币单位。

我们沐着月光，行驶在一条紧靠悬崖的坎坷不平的小路上。爸爸全神贯注地开着车，我们都疲乏得昏昏欲睡，世界上仿佛只有我们两个人，在黑暗里受到我们这间颠颠簸簸的小屋的保护，车灯为我们在微光中开道，方向盘下的仪表板在暗中闪着亮光。

“有一家很好的旅馆，”爸爸说，“又朴实又干净。”

十一点钟的时候，我们来到一个村庄的小旅店，门已关了。

“这不是克里斯道布罗的旅店。”

“我们再找找。”

我们下了车，在杳无人声的小街上走着。没有一扇窗户亮着灯，也没有别的旅店。我们仍回到原来的旅店，爸爸敲着门喊主人，可没人回答。天太冷，睡在车里冻出病来可不是闹着玩的。我们又开始喊门，从街的另一头突然跑出一个男人：头发胡须乌黑发亮，相比较而言，身上的白衬衫就可以算是白得耀眼。

“你们是法国人？”

“是的。”

“我听到你们讲法语。明天赶集，旅店已经住满了。”

“你法语讲得蛮不错。”

“噢！不好。我喜欢法国。”

他笑起来，满口白牙同他的衬衫一样引人注目。克里斯道布罗的旅店已经不在了，他帮我们去找住的地方。这个意外事件令我兴奋而好奇。和让·夏尔一起是永远碰不上这种事的，他不管到哪儿，总是准时出发，准时到达，而且他总是事先订好旅店房间。

到了一户人家门口，希腊人开始敲门，从窗户里敲出个女人来。她很乐意租给我们两间房。我们向这个热心的向导表示感谢时，他说：

“我很希望明天上午能见到你们，谈谈你们的国家。”

“非常乐意，约个时间吧。”

“广场上有家咖啡馆。”

“好吧，明天上午九点见。”

“一言为定。”

在这间红砖墙的房子里，我盖上好几床被子，一觉睡到爸爸用手摇晃我的肩膀。

“我们碰巧了，今天是赶集，我很喜欢集市，你怎么样？”

“我想我也会喜欢今天的集。”

广场上尽是穿黑衣服的女人，她们坐在一只只篮子面前，地上的篮子里面装着鸡蛋、山羊奶酪、蔬菜；还有几只小瘦鸡。我们的朋友等在咖啡馆门前。天很冷，那些卖东西的女人可能都冻僵了。我们进了咖啡馆，我肚子饿得叽哩咕噜叫，但里面什么吃的也没有，只好借浓浓的纯咖啡香味聊以自慰。

希腊人开始谈论法国。每次碰到法国人，他都非常高兴。他羡慕我们住在一个自由的国度里多么幸运。他喜欢读法国书籍，看法国报纸。他压低声音，带着一种习惯成自然的谨慎：

“在你们那里，不会把政治观点不同的人投进监狱吧？”

爸爸的脸上露出表示理解的神色，这使我大吃惊：他了解事情如此之多。他对人的亲切和蔼使人感到无拘无束。他轻声问：

“这里的气氛还一直很紧张吗？”

希腊人点点头。

“爱伊纳岛的监狱里关得满满的，都是共产党员。唉！要是你们知道他们在里面受到的待遇！”

“同集中营一样可怖吗？”

“一样可怖。但是他们消灭不了我们。”他充满信心地补充了一句。

他向我们打听法国的形势。爸爸意味深长地看了我一眼，就同他谈起工人阶级的困难、希望和取得的成绩。听他的口气，别人一定会以为他是一个共产党员。我觉得很有趣，但我的胃痉挛又发作了。我说：

“我得去找点吃的。”

我在市场上转来转去。买东西的女人也都穿着黑衣服，同卖主讨价还价。“一种朴实无华的幸福”，我从那些冻得通红的朴实无华的脸上看到的却完全不是幸福。爸爸平时看问题很透彻，怎么会在这一点上弄错了呢？可能他以前只在夏天到过这些地方，那时候到处是阳光，鲜花和水果，人也显得精神。

我买了两只鸡蛋，咖啡馆老板替我连壳煮了。我剥开一只，一种可怕的气味扑鼻而来，我剥开另一只，一模一样，希腊人也去买两只回来，结果都是坏蛋。

“怎么会这样？鸡蛋不都是直接从农村来的吗？”

“半个月一次集。碰得巧能买到新鲜的。我忘了告诉你们，应该煮老一点。”

“不能吃了，全扔掉。”

过了一会儿，在去巴赛神庙的路上，我同爸爸说：

“没想到希腊这样穷。”

"战争把这个国家给毁了，尤其是内战。"

"这个希腊人挺不错。你的角色也扮演得很出色，他肯定以为我们是共产党员。"

"我崇敬这里的共产党人，因为他们真正在冒着坐牢甚至杀头的危险。"

"你以前知道希腊有这么多政治犯吗？"

"当然知道。我有一个同事曾缠着我们在一份反对希腊集中营的请愿书上签字。"

"你签了？"

"就那一次。原则上我从不主张签字，因为第一毫无用处；第二，表面上看来，是从人道主义出发，其实在所有的动机背后，总有着政治阴谋。"

我们回到雅典。我坚持要去参观现在的城市。我们绕着奥莫尼亚广场转。街上的人无精打采，衣着也同样无精打采，身上散发出难闻的膻腥味。"你瞧，有什么值得动心的吗？"爸爸对我说。我真想知道这些黯淡无光的面孔后面隐藏着什么。在巴黎也一样，我对那些与我擦肩而过的人一无所知，那是由于太忙顾不上去想这些，在雅典，我没有别的事要做。

"应该认识一些希腊人。"我说。

"我认识几个。但他们几乎没有什么值得注意的地方。再说，现在所有国家的人都差不多。"

"尽管如此，这里同法国的问题并不一样。"

"但都一样普普通通，这是共性。"

在这里，街区的美丽豪华与人们的忧郁愁苦形成鲜明对比，这种对比远比巴黎强烈——至少我认为是这样。

"我想这个地方夏天会令人愉快得多。"

"希腊并不令人愉快，"爸爸的话中好像带有某种批评，"她只是很美！"

科拉伊的女人们是美丽的：嘴角挂着笑，目光专注，神情愉快而又带着点儿憨态。我喜欢她们。我知道我不会忘记她们，在见过她们之后我就想马上离开缪斯神庙。对于别的雕刻品：这些浮雕，这些石碑，我没有半点兴趣。我的身体和精神正在产生一种剥离后的极度疲惫。我真钦佩爸爸，他的专心致志和好奇心令人感动。两天之后我将离开他，我对他的了解并不比来的时候更清楚：一想到这儿——我是从什么时候起产生了这种想法？——被刺伤的感觉又被刺伤。我们走进一间摆满瓶瓶罐罐的大厅，在这里我又看到一些别的同样摆满瓶瓶罐罐的大厅，间间相通。爸爸站在玻璃柜前，向我列举一个个时代的风格、特色。荷马时期的，远古时期的；白底黑色图案，白底红色图案。他向我解释上面的图画都是些什么故事。他站在我旁边，可我觉得他离我很远——在那些相通的大厅的尽头；也或许是我笔直地坠入到一个冷冰冰的深渊。无论如何，在我们之间有一条不可逾越的鸿沟。对于他，色彩的细微差别，画上的小鸟、树叶，都能使他感到惊奇、快乐，唤醒他过去的梦，给予他从前时代的幸福。我呢？这些瓶瓶罐罐使我讨厌。随着一个个橱窗消失，我的厌倦情绪渐渐变成一种痛苦的焦虑，我想："我完了！"我停下脚步，说："我真受不了啦！"

"你都站不住了。怎么不早点告诉我？"

他很难过，以为我差点晕倒是因为女性的脆弱。他把我带回旅店。我喝了一杯赫雪斯的葡萄酒，想和他谈谈科拉伊。但是他好像没听到我的话，很失望的样子。

第二天上午，我让他一个人去雅典古卫城博物馆。

"我还想再看看帕提侬神庙。"

我神色平静地望着天空、神庙，感受着一回无与伦比的颓丧。旅游者们出于礼貌，忍住呵欠，装作很有兴致地听着导游的讲解。几阵自己制造起来的有节制的欢呼又使他们坚信自己在这里品尝到了无法形容的喜悦。回去后没有人敢向别人承认自己其实是无动于衷的。他们又将鼓动他们的朋友去看雅典娜神庙，一连串的谎言就这样永远流传下去。尽管失望、扫兴，美丽的形象未受任何损伤。现在，我又看到这对并不年轻的夫妇和两个妇女，他们慢慢地朝神庙走去，他们谈着，面带微笑，然后停下来观看，脸上是一副安详而幸福的表情。为什么我不能？为什么我明明知道这些事物值得去爱，而我却无法产生爱的感情呢？

玛尔泰走进房间。

"我为你烧了一碗汤。"

"我不想喝。"

"勉强喝一点儿吧。"

为了让他们高兴，洛朗斯把汤喝了下去，她两天没有吃东西。怎么办？她一点不觉得饿，可他们的眼睛里已经露出饥饿以外的不安神色。她喝干杯子，心就开始猛烈地抖起来，出一身大汗。刚跑到洗澡间，就吐了出来，像前天和大前天一样。多舒服！她真想再吐得干净一些，彻底吐完。她漱了口，浑身无力地倒在床上，平静下来。

"你没忍住吗？"玛尔泰问。

“我告诉过你，我不能吃东西。”

“你一定要去看医生。”

“我不愿意！”

医生又能怎么样呢？有什么用？现在她已经吐出来了，感到很舒服。对她来说，夜幕已经降临，她正沉浸在茫茫的黑暗之中。她想起读过的一个故事：一只鼹鼠在地下通道里摸索，终于走出通道，它感到空气非常新鲜，可是它没有想到睁开眼睛。她给换了一个结尾：鼹鼠在地下通道里想到睁开眼睛看看，它看到的是一片黑暗，它重又把眼睛闭上，不再睁开。这有什么意义呢？

让·夏尔在她的床头坐下，握住她的手：

“亲爱的，告诉我哪儿不舒服？我同勒贝尔大夫谈过了，他想你可能是精神不愉快……”

“一切都很好。”

“他谈到厌食症。他一会儿就来。”

“不！”

“那么，你自己摆脱这种状况吧，想一想，找找原因。人不会无缘无故地厌食。”

她抽出手：

“我累了，让我休息！”

精神不愉快？是的。他走出房间后，她这样想，但还没严重到使她不能起床，不能吃喝的地步。在回巴黎的快帆式喷气机上，我心里很难受，我终于没能成功地从我的监狱里逃脱。当飞机钻进云雾之中时，我看到自己又被关进监狱。

让·夏尔在机场接我：

“旅途愉快吗？”

“好极了。”

她没说谎，她也没说实话。像人们所说的一切话！这些话……家门口，孩子们又蹦又叫地迎接我，亲热地吻我，提出一大堆问题。家里所有的花瓶都插上了花。我向她们分送礼物：洋娃娃、裙子、围巾、腰带、画册、照片，还送给她们一个美妙的旅行故事。在我把衣物整理好放进柜子里的时候，我没有感觉到自己是一个出远门刚回到家的年轻女人，没有这种激动，这是更可怕的。我不是一个幻影，但也不是别的什么东西，什么也不是。对我来说，雅典古卫城的石头并不比这套房子更陌生。只是卡特琳娜……

“她怎么样？”

“我觉得她很好。”让·夏尔说，“心理分析医生希望你尽快给她打电话。”

“好吧。”

我同卡特琳娜谈了一会儿。她说布里吉特邀她一起去乡下过复活节，布里吉特家在塞冬湖边上有座房子。我同意吗？同意。她知道我会说同意，她很高兴。她和她的心理分析医生弗罗萨尔太太相处得很好：在她家画画，做游戏，玩得很开心。

母亲和精神病医生的竞争可能是传统的，我也没有逃脱。我已经同费罗萨尔太太见过两次面，对她没有什么特别好感：像常人一样的亲切和蔼以及显示出来的胜任工作的自信心，提问题很巧妙，很快记下回答并加以分类。我第二次离开她时，她对我女儿的了解几乎和我差不多了。在去希腊之前，我给她挂过电话，她什么也没说似乎是要证明治疗才刚刚开始。“那么现在呢？”在按门铃时，我想。我已经采取严密的防卫设施：竖起了带刺的铁丝网。她没有表现出已经看出我的情绪的样子，笑吟吟地同我谈起卡特琳娜的情况。总的来说，卡特琳娜的情感状况很好，心理平衡。她很爱我，也很爱路易丝，对她父亲不是太爱。她对布里吉特的感情并没有超过正常限度，只是布里吉特比她大，比她早熟，她们在一起谈的一些东西使她感到困惑和害怕。

“但是她曾向我保证说一定注意这些，她是个诚实的孩子。”

“不过，亲爱的夫人，您怎么能希望一个十二岁的女孩子能很好地掌握自己说话的分寸呢？她可能对一些东西闭口不谈而同卡特琳娜谈另外的东西，这些东西却恰恰是卡特琳娜忍受不了的。这从她的画、她的联想、她对测验题的回答，她表现出的十分明显的焦虑中都可以看出来。”

事实上我也很清楚，对布里吉特提出的要求她是做不到的：友谊就意味着敞开心扉。唯一保护卡特琳娜的办法是阻止她们两人见面，这是费罗萨尔太太得出的结论。但是在这种情况下，采取粗暴制止的办法是很危险的。如果慢慢减少她们的见面次数，卡特琳娜可能不会感到奇怪和不安。我应该做出安排，从现在起到暑假减少她们见面的次数。下年，应该把她们分到两个班，如果卡特琳娜能找到其他一些朋友——孩子气更多一些的朋友——是最好不过的。

“你看，我说的有道理吧。”让·夏尔得意洋洋地说，“原因就在布里吉特身上。”

我又听到那个声音，我又看到了布里吉特，裙边上别着个大别针：“您好，太太。”我的喉咙干涩得发痛，友谊是多么珍贵。要是我有一个朋友，我就不会这样消沉，我要告诉她一切。

“首先，复活节我们要把她留下来。”

“她会难过的。”

“我们的安排要对她更具有吸引力。”

让·夏尔兴致勃勃：卡特琳娜既然对我从希腊带回的照片着迷，那我们可以带她和路易丝一起上罗马去。回来后，再给她安排其他活动：体育运动、跳舞还有骑马。这真是个绝妙的主意，拿马来代替朋友。我提出异议，但是让·夏尔已决定好了：去罗马和学骑马。

当我把去罗马旅行的事告诉她时，卡特琳娜茫然不知所措：“我已经答应布里吉特了，这样会使她难过的。”

“她会理解的。去罗马旅行的事不是每天都有，你不想去吗？”

“我还是愿意到布里吉特家去。”

她很伤心。但是一到罗马她肯定会因为新奇而忘了这些事，并且几乎想不起她的朋友。第二年，她会完全忘掉布里吉特。

洛朗斯很难过，让·夏尔第二天居然当着大家的面谈卡特琳娜的情况。她认为这既是对自己的背叛又是对别人的侵犯，这种背信的行为使她感到窒息，仿佛现在她就是卡特琳娜，他们的话正深深地震动着她。父亲、玛尔泰、于倍尔、让·夏尔和她自己，他们一起在多米尼克家吃晚饭（妈妈开始爱好起家庭聚会，我把一切都看在眼里，包括爸爸对她的温文尔雅）。

“我妹妹跟我讲过一个类似的情况，”他说，“她的一个学生，上四年级时和一个比她大的女同学结成好朋友，那个好朋友的母亲是马达加斯加人。结果这个小女孩对世界的看法完全变了，她的性格也变了。”

“后来她们被分开了吗？”我问。

“这就不得而知了。”

“我觉得请教专家，就应该接受他的建议，”多米尼克说，“你不觉得应该这样吗？”她转向父亲恭敬地问，好像她很看重他的意见。

我理解她想以她的孤独引起别人的同情：她多么需要尊重和友谊。使我感到局促不安的是他听凭自己让她大献殷勤。

犹豫不决的语气。但在特尔斐城，当我们在看那个随着音乐狂舞的小女孩时，他是赞成我的意见的！

“依我看，问题的关键不在这里。”玛尔泰说。

她反复强调，对一个孩子来讲，在没有上帝的世界里很难生活下去。我们没有权利拒绝卡特琳娜接受宗教安慰。于倍尔默默地吃着，他可能在心中用钥匙圈把各种曲里拐弯的交换串到了一起，这就是他最后的怪念头。

“无论如何，有一个女友对她很重要。”我说。

“你小时候没有女友不是照样很好吗？”多米尼克回答道。

“恐怕并不像你以为的那样好。”

“那么，可以为她重新找一个朋友。”让·夏尔说，“这个小姑娘对她确实不合适。她哭、做恶梦、学习成绩下降，费罗萨尔太太发现她有轻微的精神不正常，都是因为布里吉特。”

“应该帮助她恢复心理平衡，而不是让她离开布里吉特。是吧，爸爸，在特尔斐城你说过当一个人开始发掘世界时，晕头转向是正常的。”

“有些事即使是正常的最好也避免它。比如一个人烫疼了自己，叫喊起来是正常的，但是最好避免烫伤自己。如果心理学家觉得她有点精神不正常……”

“可你并不相信心理学家！”

我感觉到自己的嗓音提高了不少，让·夏尔不满地瞥了我一眼。

“你冷静些。既然卡特琳娜答应和我们一起去罗马，又没惹出什么麻烦，你也用不着这么大惊小怪。”

“她没把这事看得很严重吗？”

“绝对没有。”

“哦？！”

父亲和多米尼克同时发出一声“哦”，于倍尔点点头，一副狡黠的神情。洛朗斯本来就吃不下饭，这一下，她的胃痉挛又开始起动。她知道自己被打败了，她没有理由反对所有的人。她从来不自视甚高，想到如何驳斥别人的意见。那么复活节——她的病那时肯定会好，这只是一段时间的厌食，一些日子过后就会恢复——他们将带卡特琳娜去罗马。洛朗斯的胃在收缩，在去罗马前，她可能很长时间不能吃饭。那位心理学家或许会说她故意让自己生病，因为她不愿接受这次旅行。真是荒唐！要是她真的不愿意，她会拒绝、斗争。他们所有的人将被迫让步！

所有的人都反对她。那个她竭力拒绝，但稍不注意就会出现的影子再次向她扑过来：让·夏尔、爸爸、多米尼克言归于好，他们围在一起笑容满面，就像一幅美国广告画上所画的一样。他们之间本来存在的那条清晰的分界线，已变得模糊不清，最要紧的是家庭生活的快乐和谐。现在，只有她成为多余，被抛弃，没有生活的能力，没有爱的能力。她用两只手紧紧抓住床单，她感受到了比死亡更让她惧怕的东西：某一个时刻，生命的支柱倒塌了，她的身体变成石头，她想叫，但是石头没有声音，也没有眼泪。

我不愿相信多米尼克。这次晚餐后的三天，也就是我们从希腊回来八天之后。她对我说：

“你看，我和你父亲想重新在一起生活。”

“什么？你和爸爸？”

“你感到奇怪吗？为什么？不管怎么说，我们有许多共同的东西。我们有过去的生活；有你和玛尔泰，还有你们的孩子。”

“可你们的兴趣爱好完全不一样。”

“那是过去。现在老了，我们都已经意识到一些东西。”

“冷静”，我对自己说。客厅里已有了春天的花：风信子，报春花。是爸爸送的礼物还是她换了口味？她现在又在模仿谁？她希望成为什么样的女人？她还在说着。她的话只能让它像一阵风从自己面前吹过去，我根本不再相信她，她是经常自己编故事的。她说她需要安全、感情和尊重，他有她需要的这一切。他已认识到他过去对她的评价是不确切的，她对社交的爱好，她的抱负体现了她的生命力。恰好，他需要一个活生生的人在他身旁。他觉得孤独，厌倦，书籍，音乐，文化都是很美的东西，但不是很美的人。应该承认他当初是很吸引人的，后来发生了变化。现在，他懂得了对事物采取否定或拒绝的态度是无用的，鉴于他对国会情况的了解，她已向他建议参加电台的大论辩。“你想象不到这叫他多么高兴。”她侃侃而谈，声音平稳，愉快。然而，就在这个温暖的客厅里，不久前曾响彻着令人可怕的高叫声。“她会受得了，会受得了。”还是吉尔贝说得对。叫喊、哭泣、抽搐，好像在生活中真有值得喊叫、流泪和吵闹的东西。没有什么不能修复，因为根本就没有什么必须以某种方式存在的东西。人为什么不一生都躺在床上呢？

“但是，你想一想，”我说，“你一直觉得爸爸的生活无聊乏味。”

我还是不理解其中奥妙。多米尼克并没有突然改变对爸爸的看法，她没有接受他的世界观也没有甘愿分担她一直称之为平庸的生活。

“哦！我保持我的生活习惯。”她赶紧声明，“关于这一点，我们已达成一致意见，每个人都保留原来的工作和生活环境。”

“一种和平共处？”

“如果你愿意这样说的话。”

“既然如此，经常见面不是最好的方式吗？”

“你还不了解世界，你还没有真正认清这个问题。”多米尼克说。

她沉默了一会儿。看得出来，她满脑子中直打转的东西没有半点是令人愉快的。

“我已经跟你说过，一个女人如果没有男人，就等于失去了社会地位，别人就处处怀疑你。我知道已经有人在指三道四地议论什么小白脸，还有人自动跑来献殷勤。”

“那你为什么找爸爸？你满可以找一个更出色的人。”我的语气中突出了最后一个词。

“出色？和吉尔贝相比，根本就没有出色的人。如果找别人，我还得装出满足于一个替代者的样子。而你父亲完全是另外一回事，他曾经有过报春花般的梦。夫妇两人在长时间分居之后重新共度晚年，人们可能会觉得惊奇，但决不会冷笑。”

我懂了，她现在最需要的是安全、责任。不断换情人，会把她贬到轻浮女人之列，丈夫也不会觉得很自在。我隐约看到她要使自己成为什么样的人了：一个成功的女人，摆脱了轻浮，更加倾情于秘而不宣的、艰难的、内心深处的欢乐。

但是爸爸会同意吗？洛朗斯当天晚上就去看了爸爸。这间他一个人住惯了的房子里面，乱七八糟地堆着报纸、书籍，散发出陈旧的气味，这一切曾给了他多少快乐。她强装笑脸，一进门就问道：

“多米尼克说的都是真的吗？你们两人将重新共同生活？”

“哦！是的。你是不是觉得很奇怪？”

他的神态有点儿尴尬，可能他想起过去是怎样评价多米尼克的。

“不错，我承认这使我感到意外。你过去那么坚持你的孤独。”

“搬去和你母亲一块住，我并不一定要丢掉我的孤独，她的房子很大。在我们这个年纪，我们都需要相对的独立。”

她缓缓地说：

“我想这可能是个好主意。”

“我也这样想。我觉得自己从前过于自省，不管怎么说，应该同社会保持接触。多米尼克已经成熟了，你知道，她对我的理解比过去要深入得多。”

他们谈了很多，又回忆起希腊之行。这天晚上她把晚餐吃的东西全吐出来了。第二天，第三天，她都没起床，脑子里各种形象，各种不同的声音急急忙忙奔出来，相互吵着打着，乱成一团，如同马来人的短剑被关在抽屉的时候（打开抽屉，短剑就又整整齐齐排列成行）。她打开抽屉：我只不过是嫉妒，没有打发掉的俄狄浦斯。我母亲成了我的情敌。瓦莱克特，阿伽门农。就是因为这父女俩，迈锡尼城才使我如此激动吗？不！不！无稽之谈。迈锡尼城很美，是它的美深深打动了我。把抽屉关上，那些马来人的短剑又在里面打斗起来。“我嫉妒，尤其是，尤其是……”她深深地呼吸着，胸脯急速起伏。如此看来，他的明哲和快乐，都不是真实的，他陶醉于自身的光辉也不是真实的。这个秘密——她一直责备自己没能揭开，可能最后并不存在。它不存在：希腊之行，她就知道了。“我非常失望。”“失望”这个词使她痛苦万分。她抓起手帕捂住嘴，仿佛要止住她已无法发出的呼喊：“我很失望，我有理由失望。”“你想象不出这叫他多高兴！”而他则说：“她对我的理解比过去强多了。”他为受到恭维而得意。过去这么多年，他以一种超脱的态度站在高处看世界，他蔑视一切虚荣，他在绝望中找到宁静，如今却回头接受别人的恭维。他不妥协、不让步，现在却要去电台——他一直指责为充斥谎言和奴性的电台参加辩论。原来，他并不是另外一类人。莫娜将会说：“怎么样，同别人完全一模一样。”

她精疲力尽，昏昏欲睡。当她睁开眼睛时，发现让·夏尔在她身旁：

“亲爱的，你绝对需要请医生来看看。”

“为什么？”

“他和你谈谈，会帮助你弄清到底有什么病。”

她惊跳起来：

“不！我不需医生。我决不让别人摆布。”她大声喊道：“不！”

“你冷静一下。”

她重新倒在枕头上。他们将强迫她吃饭，要她把一切都吞下去。一切什么东西？她吐出来的一切，她的生活，其他人的生活连同他们虚假的爱情，他们的金钱故事，他们的谎言。他们将为她医治她的违拗，她的绝望。不，为什么不？这个鼹鼠睁开眼，看到漆黑一片，这对它有什么好处呢？再闭上眼睛。卡特琳娜怎么办？粘住她的眼皮？“不！”她高声大叫。卡特琳娜不能这样。我不允许人们像对我做过的那样来对待卡特琳娜。他们把我变成了什么样的人？这个女人不爱任何人，对世界上的美好事物无动于衷，甚至不会笑，就是我吐出来的这个女人。卡特琳娜呢？相反，应该立刻让她睁开眼睛，或许会有一缕光线照到她的身上，或许她会走出去……走出哪儿？走出这茫茫的黑夜，走出无知，走出冷漠。卡特琳娜……她突然坐起来。

“不能像对待我那样来对待她。”

“你静一静。”

让·夏尔抓住她的手腕，目光里透着惊慌，仿佛要呼救。他平时如此独断独行，自信真理在握，现在只要一点点意外就使他惊恐万状。

“平静不下来。我不要医生。是你们把我搞病了。让我自己一个人呆着会好起来的。对卡特琳娜的事，我决不让步。我是没有希望了，我的生活残缺不全，过去是这样，现在是这样，以后仍然是这样。但是，决不能让她受到损害。我不愿你们把她的朋友夺走，我希望她去布里吉特家过节。不要让她再去见那个心理分析医生。”

洛朗斯掀掉被子，站起来，穿上浴衣，突然瞥见让·夏尔惊慌失措的目光。

“不要叫医生，我不是在说胡话。我说的都是我想的，就这样。哦！别作出这种模样。”

“我一点不懂你在说什么。”

洛朗斯尝试着将声音放平和一些：

“很简单。一直是我在管卡特琳娜的事，而你越来越多地乱插手。我教养她，应该由我来决定她的事。教养一个孩子，不是画一张漂亮的图画……”

洛朗斯的声音不由自主地抬高了，她说呀，说呀，并不确切地知道自己在说些什么，这没什么关系，重要的是要比让·夏尔和所有其他的人叫得更响，要叫那些人都沉默。她的心猛烈地跳着，眼睛在燃烧：

“我已决定好了，我决不让步。”

让·夏尔越来越感到窘迫，他用和缓的语气低低地说：

“为什么你不把这一切早点告诉我？没有必要让你弄成病。我不知道你心里总记着这码事。”

“记在心里？不错，我心里可能不再有什么东西了，可这件事，我要把它拴在心上。”

她的目光正视着他。他转过头去：

“你早该告诉我。”

“可能吧。无论如何，现在是这样定了。”

让·夏尔是个固执的人，不过实际上，他根本没把卡特琳娜和布里吉特的友谊当成回事。他觉得这个问题太简单幼稚，谈不上要认真对待，所以他这种态度并不奇怪。从五年前那次到今天，他不希望我重新崩溃一次，如果我坚持到底，总是我胜。

“如果你希望战争，这就是战争。”

他耸耸肩：

“我们两人之间，战争？你以为在和谁讲话？”

“我不知道。这取决于你。”

“我从来没有惹你生气过。”让·夏尔说。

他思索了一会：

“确实，你关心照料卡特琳娜比我多得多。最后应该由你来作出决定，我从来不想提出反对意见。”他颇有些不满地补充道：“要是你及时把你的意见谈出来，一切都要简单得多。”

她的嘴角浮出一丝淡淡的笑意：

“我错了。我也一样，不愿让你不高兴。”

他们沉默了。

“那么说定了？”她先开口说，“卡特琳娜去布里吉特家过节？”

“如果这是你希望的。”

“是的。”

洛朗斯梳了梳头发，将脸稍微整理了一下。对于我来说，游戏已经结束了。她一面想着一面望着镜子里面自己的形象——苍白、疲倦。但是，孩子们将会有她们的运气。什么运气？她不知道。

（选自安徽文艺出版社 1997 年版）

【导读】

《美丽的形象》（*Les Belles images*）是具有女权主义者、社会活动家、哲学家、剧作家等多重身份，并享有世界性声誉与重大影响的法国女作家西蒙娜·德·波伏瓦于 1966 年出版的中篇小说。小说的主角是一位名叫洛朗斯的为人女、为人妻、为人母的现代中产阶级职业女性。她事业有成，家庭圆满，无论从哪个方面来看，按今天的流行语来说就是一个“人生赢家”。但就是这么一个看上去没有什么缺憾的人生，却在波伏娃的笔下，被呈现出了如张爱玲的“华美锦袍下的虱子”，如刘震云的“一地鸡毛”。当然，这是属于波伏瓦的视角与笔力才能够到达并独具内涵的“虱子与鸡毛”：在社会与家庭、情感与心理多重维度交相缠绕中折射出来的每一种关系中的现代人的孤独、怪诞、失望、隔绝、不可理解、无法沟通……作为人女，洛朗斯无法理解表面看起来十分风光且独具个性的父母之间的关系与相处方式，她在对父母的认知不断被改变中彷徨、困惑、烦恼，最后，她在觉得原来她认为清高脱俗的父亲只不过是徒有其表后陷入深深的痛苦，因为这与其说是对父亲的失望莫如说是对自己的失望；作为人妻，正常平淡的婚姻关系却无法满足她求新变异的爱情需求，当她在情人与丈夫的情感互补生活中感到滋润自得时，却又厌烦了自己为应对这种生活所要付出的精力与时间，尤其是对自己曾十分在意的且是自己这样做的唯一理由“爱情”的怀疑，更构成了对自己根本性的打击；而作为人母，她对两个应该是近乎完美的孩子的教育也是忧心忡忡，她感到自己的家教无法抵御全社会类似“世风日下”环境的影响；作为职业妇女，她从求职时的积极进取，努力成就到对日复一日的职场从技能到伎俩的讨厌，凡此种种，都构成她从生理到心理的疲惫。“痛苦的焦虑”导致她对生活的厌倦，人生的厌倦，失去对生命和生活的热爱，“她明明知道这些事物值得去爱，却无法对它们产生爱的感情”，这是现代人典型的“爱无能”。这种从世俗角度看上去简直无法理解的富贵闲人病，到底是病理性的，还是病因性的，或者是二者兼有、相互浸润成的精神之癌变？这就是作为存在主义者兼女性主义者的波伏瓦的眼光与笔力所在。她穿透了世俗的美丽形象的皮囊，写出来属于女性角色的从女性生活出发的存在感受，它既有女性存在的典型性，又具有人类存在的普遍性。最后，她让经历了种种厌倦感的洛朗斯，有了一次生理上的呕吐，但呕吐者的感受是：“她吐出来的一切，她的生活，其他人的生活，连同他们的虚假与爱情，他们的金钱故事，他们的谎言。”不知是有心还是无意，波伏瓦用她的《美丽的形象》实实在在呼应了萨特所写的中篇小说《恶心》的意旨与意绪。她和他还真不愧为世界文史上最著名的心有灵犀的知己伴侣啊。（林丹娅）

▶ 西蒙娜·德·波伏瓦《美丽的形象》拓展阅读

黄色墙纸

[美] 夏洛特·帕金·吉尔曼著　吴其尧译

这个夏天，为了避暑我和约翰向人家租了几间祖传的厅房，这对我们这样的普通人来说实属十分难得。

这是一幢殖民时代的房子，是世袭的家产。在我看来，这是一幢鬼魂出没的房子，它颇富浪漫色彩，且给人以极大的幸运——但是这也将给人带来多大的灾祸啊！

不过，我还将理直气壮地声明：这幢房子有它奇特之处。否则，它的租金何以如此低廉？而且，何以如此长时间里未被租用呢？

约翰自然对我的问题报之一笑。我早就料到这一点了！

约翰是个十分务实的人。他于信仰不抱耐心，对迷信深怀恐惧，而且公开嘲弄谈论那些没有被感知、被发现和没有用数字记录下来的事情。

约翰是名内科医生，那或许——（我当然不会把这话说给一个活人听，但因这是一张不会说话的纸，所以我也就一吐为快了。）——或许就是我的身体不能更快得以恢复的一个原因吧。

你瞧，他不相信我的身体不适！你拿他怎么办？

如果一位有较高声望的医生，而且他是你的丈夫，确信无疑地向亲朋好友保证你的病无关紧要，仅仅是得了间隙性精神抑郁症——有一点歇斯底里倾向而已——那你将怎么办？

我哥哥也是名内科医生，而且也享有较高的声望，他所说的和约翰毫无二致。

所以我遵医嘱：服用磷酸盐或亚磷酸盐——不论哪一种——和各类补品，呼吸新鲜空气、参加锻炼，外出旅行，而且在我身体恢复前绝对不许“工作”。

就我而言，我并不同意他们的意见。就我而言，我以为适量的工作，既令人兴奋又富于变化，将于“我”的身体不无裨益。

但你将怎么办呢？我不顾他们的反对确确实实的写作过一阵子；但那也确确实实令我感到精疲力竭——写作不得不在暗地里偷偷地进行，不然会遭到强烈反对。

我曾经设想过：如果我身体状态好，遇到较少的反对，与人更多交往并得到更多的鼓励，我又该如何从事写作。但约翰说，对我来说最有害的事是老是考虑自己的身体状态；我承认，每当我念及自己的身体状况不佳，心情就很不舒畅。

所以，我对此不置可否，还是谈谈房子吧！

这是一座最漂亮的房子！它远离公路，距附近村落也有三英里之遥，显得十分冷清僻陋。这里使我想起了你所阅悉的英国的许多地方，因为这儿有篱笆、隔墙和上锁的围墙门，还有不少供园丁和其他人居住的独间小房。

这里有一个怡人的花园！我从未见过这样的花园——规模宏大且绿树成荫，园中到处都是两边植满黄杨树的曲径，头顶上树枝交叉，形成一个个长长的棚架，棚架下还有供人坐的凳子。

这里本来还有几间温室，但如今都成了残垣断壁。

我想，这里还存在着与继承人有关的某些法律问题；但不管怎样，这幢房子多年来一直闲置着。

那恐怕会破坏我的心绪，但我还是要说——这幢房子有些奇异——我能感觉到。

在一个月光皎洁的晚上，我甚至把这一想法告诉了约翰，但他说我感觉到的是一阵风，于是他关上了窗户。

我有时会莫名其妙地对约翰发火。我确信自己以前从不曾这么敏感过。我想这是由于神经不正常的缘故。

但是约翰说既然我这样认为，就会忽略自我控制；所以我煞费苦心地控制自己——至少在他面前。这样做我觉得很累。

我一点也不喜欢我们现在住的房间。我当时要住楼下那间朝阳台、窗台上摆满玫瑰花的房间，那间门窗上挂着精致的老式印花帘子的房间！可是约翰没有听从我的意见。

他说那间房间只有一扇窗，空间太小放不下两张床，而且要是再放一张床，留给他的地方就没有了。

他考虑得细致周到，对我充满爱意，没有他特别的指示，我几乎不能动弹一下。

白天的每个小时我都得遵嘱服药，他不让我操一点心；所以，如果不对他的关怀备加珍视，我绝对就是忘恩负义之辈。

他说他来这里就是因为我的原因，我需要好好休息，尽量多呼吸新鲜空气。

“亲爱的，你的运动量要视你的力气而定，”他说，“而你的饭量也多少得看你的胃口大小；但是新鲜空气你却可以不停地吸入。”所以我们选了顶屋的婴儿室作我们的卧室。

婴儿室既宽敞又通风，差不多占了整整一个层面，房间四周都开有窗户，空气和阳光十分充足。在我看来，这间房先是用作婴儿室，其次是游戏室和体操室，因为窗户都钉上了栅栏，以防小孩掉出窗外，墙上挂满了吊环之类的运动器械。

从油漆和墙纸看，这间房间好像被学校里的男孩用过。墙纸已经被撕落，我床头周围伸手可及处的墙纸已经大块大块地被撕落；房间另一头下方有很大一块地方的墙纸也被撕掉了。我这一生中从未见过比这更差的墙纸。墙纸的图案属于那类散漫而艳丽的风格，这简直就是对艺术的亵渎。

房间要么暗淡得足以使你的跟踪视线模糊不清，要么鲜亮得足以一刻不停地诱你观察使你烦躁。而且，当你的视线跟着摇晃不定的曲线在墙上游动一小段距离时，这些曲线突然间“自杀”了——以疯狂的角度急转直下，在前所未闻的矛盾冲突中毁灭自己。

墙纸的颜色令人反感甚至恶心：沉闷而污秽不堪的黄色在缓慢移动的阳光的照射下，令人奇怪地渐渐暗淡下去。有些地方的颜色显得灰暗且褐黄，另一些地方则是浓烈的硫磺色。

难怪孩子憎恨这种颜色！要是我不得已只好长期在这个房间里住下去，我也会憎恨这种颜色的。

约翰来了，我得把正在写的这张纸藏起来——他可不喜欢我写一个字哩！

我们来这儿已有两个星期了，自从搬到这里来的第一天起我还一直没想要写作。

现在，我坐在窗前，虽身处这间残忍无情的婴儿室，但除了浑身乏力无法创作外，只要我高兴，什么也阻止不了我的创作。

约翰终日不在家，遇到病人的病情严重他甚至晚上也不回来。

我很高兴自己的病情不怎么严重！

但精神上的这些烦恼着实令人悒悒不欢。

约翰不知道我到底经受着多大的痛苦。他只知道我没有理由经受痛苦，这样他就心安理得了。

当然这只是神经过敏。这样终日无所事事确实令我烦恼不已！

我原以为自己能给约翰以帮助，能真正使自己得到很好的休息和安慰，可现在互相反而已经成了一种负担！

说起来简直令人难以置信，即便是做些微不足道的小事——打扮和娱乐，或者整理点东西，我都显得力不从心！

幸好玛丽对婴儿很好，多么可爱的婴儿啊！

但迄今为止，我还不能和他在一起，这使我感到精神紧张，局促不安。

我想约翰平生从来没有这样紧张不安过。他嘲笑我对这房间里的墙纸感到紧张不安！

起初他打算用墙纸重新裱装房间，但后来他又说成天想墙纸想得太多了，而对于一位精神病人来说，没有什么比耽于不着边际的胡思乱想更伤身体的了。

他说更换了墙纸后，接着要更换的就是粗笨的床架，然后是上了闩的窗户，然后是楼梯前的那扇门，等等等等的东西。

“你知道这地方对你的身体有益”，他说，“确实，亲爱的，装修这幢房子只需三个月的租金，这点钱我倒不在乎。”

“那么就让我们住到楼下去吧，”我说，“楼下有些很不错的房间。”

接着他把我揽入怀中，称我是一只幸福的小天鹅，还说如果我愿意，他将搬到地窖去住，而且请人用石灰水将地窖粉刷一新。

但是关于床、窗和其他东西，他说的可对啦！正如人人都希冀的那样，这是一间既通风又舒适的房子，当然，我不至于蠢到如此地步：仅仅因为一时的冲动而使他住得不舒服。

确实，我开始喜欢宽敞的房间了，喜欢房间里的一切，除了那可怕的墙纸。

从房间的一个窗子往外看，我能看到花园——花园里那些浓荫如盖的神秘的棚架，长得发疯似的不合时宜的花卉，以及灌木丛和节瘤横生的树木。

从另一扇窗子往外看，我能领略到港湾的旖旎风光和属于这座庄园的一个私人小码头。有一条秀丽而隐蔽的小巷从这幢房子通往那里。

我总是幻想自己看见了人们在这众多的小径上和棚架下来来往往，但约翰一直告诫我绝对不要沉缅于幻想之中。

他说我编造故事的想象力和习惯必然会把我的神经衰弱引向一种兴奋的幻想状态，而我则必须用我的意志和切合实际的想法去控制这种倾向。我这样尝试了。

我有时想，如果我的身体恢复到哪怕只能写一点点东西，这就能减轻我的思想负担，使我得以休养，恢复精神。

但我发现这很难，稍一尝试便感疲惫不堪。

对我的工作，没有人能给我提出任何建议，也没有人和我作伴，这太令人沮丧了。约翰说，等我完全恢复健康后，我们要请堂弟亨利和堂妹朱丽亚来乡下作长期逗留，但他又说，要是现在就把这两个兴致勃勃的人请来，他宁可在我的枕套里装进火药和鞭炮。

我希望自己能恢复得更快些。

但我一定不能去考虑那事。这墙纸好像知道自己产生的恶劣影响！

墙纸上有一处反复出现的斑点，图案在这里下垂，看上去像被掐断的脖子和两只鼓鼓的眼睛颠倒着死盯住你。

我对它的傲慢无礼和没完没了感到绝对的恼火。它们上下左右四处蔓延，那些荒诞不经、一眨不眨的眼睛无处不在。有处地方两边的宽度极不相称，眼睛在一条线上上下游动，一只眼睛比另一只稍高一些。

我以前从未发现一件没有生命的东西竟会流露出如此丰富的表情，而我们现在都知道它们的表情有多丰富！小时候，我常常睁着眼躺在床上，双眼看着没有装饰的空墙壁和普通的家具，从中得到的乐趣和恐惧比大多数孩子从玩具店里发现的要多得多。

我记得我们那张又大又旧的桌子，它的抽屉把手曾经多么亲切地闪烁着光芒；还有那张椅子，看上去总是像一位坚定可靠的朋友。

我常常觉得，如果其他任何东西都残忍凶悍的对待我，我就一跃跳入那张椅子里，这样就安然无恙了。

这个房间里的家具与周围环境显得很不协调，因为我们是从楼下把它们搬上来的。

我猜想，这个房间被用作儿童游戏室时，人们必须把用于喂养婴儿的器具搬走。原来是这样！我从未看到过哪儿的家具被孩子们糟塌成这个样子的。

正如我前面所说的，墙纸已有多处被扯碎，它和墙粘贴得紧密，其程度甚于一对亲兄弟——孩子们把墙纸撕成这副模样，他们必定是既坚持不懈又充满敌意的。

接着是地板被擦刮、凿开和扯裂得不成样子，嵌缝的胶泥也被挖了出来，撒得遍地都是，还有这张粗笨的床，我们在这个房间里找到的唯一一件东西，看上去像经历过多数战争的磨难。

然而我丝毫不计较这一切——只有墙纸使我耿耿于怀。

约翰的妹妹来了。她是一个多么可爱的女孩啊；对我又是那么地体贴周到！我决不能让她发觉我在写作。

她是一名出色而热情的女管家，她没有其他的奢望，只想做一名称职的女管家。我确信，她肯定认为是写作损坏了我的身体！

但她出去的时候我可以写作，还可以透过窗子目送她远去。

有一扇窗子可以俯瞰道路，一条纡回曲折、隐藏于树丛中的秀丽的道路；还有一扇窗子正好俯瞰稍远处的乡间田野，这也是一处风景秀丽的田野，到处是高大的榆树和天鹅绒般的草地。

墙纸在不同的色调中还能呈现出潜藏在主图案下的次图案，由于你只能在特定光线下才能看见这种潜伏的图案，而且看起来并不清晰，所以特别令人不快。

但是在墙纸没有褪色或阳光正好照到的地方——我可以看到一个奇怪的、惹人生气的、形貌丑陋的人影一类的东西在那荒唐而显眼的正面图案后面躲躲闪闪的走动。

约翰的妹妹站在楼梯上！

7月4日终于过去了！人们都走了，我也感到极度疲劳。约翰认为见见一些人，小范围的接触或许对我的身体不无裨益，所以我们只邀请了母亲，内莉和几个小孩来乡下和我们共同度过了一周。

我当然一件事也没做。约翰的妹妹詹妮现在包揽一切事务。

但我还是感到极度疲劳。

约翰说如果我的身体不能更快恢复，今年秋天他将把我送到大名鼎鼎的精神病专家威尔·米切尔医生那儿接受治疗。

但我坚决不愿去米切尔医生那儿。我有个朋友，她曾在他手里接受过治疗，她告诉我他就像约翰和我哥哥一样，甚至有过之而无不及！

况且，要走那么远实在是件困难的事情。我觉得自己插手所有的事情似乎并不值得，于是我开始变得异常烦恼和爱发脾气。

我无缘无故地哭泣，大部分时间都在哭泣。当然，约翰或其他任何人在这里时我没有哭泣，只有当我孤身一人时才这样。

最近，我有很多时间独自呆着。约翰经常因急诊而呆在城里，詹妮也善解人意，我跟她说我要单独呆会，她总是满足我的要求。

这样我就在花园里闲逛一会或沿着那条秀美的小巷走向深处，走累了便坐在玫瑰花下的走廊上，甚至在这里躺上一会儿。

我真的开始喜欢上这间屋子了，尽管这墙纸有点特别。说不准我正是因为这墙纸的缘故才喜欢上这屋子的。

墙纸就这样深深地印在我的脑海里了！

我躺在这张固定不动的大床上——我想，它已被牢牢钉住了——眼睛追视那图案约有一个小时。我向你保证，这和做体操的效果一样好。我从我们通常所说的底部开始，在那个一直没有被触摸过的角落落下视线；无数次，我决意要追寻那毫无意义的图案，直到得出某种结果。

我对图案设计原则所知甚少。我只知道这图案并非按照什么光线辐射的原理，或按照交替、重复、对称以及我所听说过的任何其他方式设计而成的。图案自然是由横向的重复而形成的，显然不是用其他方式构成的。

从一方面看，每一段横向的幅面都是独立的；曲线和花边都鼓了起来——一种“蹩脚的罗马风格的艺术”，像患了震颤性谵妄症般趔趔趄趄地在队列里来回走动，这队列既孤零零又昏庸不堪。

但从另一方面看，它们又斜对着联接在一起，散乱的线条像斜向飘逸的波纹，形成恐怖的光影，就像无数涌动着的海草在全力追赶着什么。

整张墙纸也有呈平行排列的，至少看上去如此，我竭尽全力意欲辨出墙纸朝那个方向排列的条理。

他们用了一块卧式画幅作中楣的装饰，这更显得奇妙混乱，使我无法辨清。

房间有一端差不多还保持原样，未经任何触动。当两条交叉的光线渐渐消失、夕阳直接照在这里的时候，我几乎能想象到光线辐射究竟是怎么回事了——无休止蔓延的奇形怪状的图案仿佛围成了一个共同的中心，然后以同样的分散力急速地向四周猛冲而出。

双眼不停地追视图案使我感到很累。我想我该打个盹休息一会。

我不明白为什么我得写这个。

我并不想写。

我认为自己没有能力写。而且我知道约翰会认为这很荒诞。但我必须用某种方式说出我的感觉和思想——这是一种解脱和消遣！

但是所耗费的精力显然远甚于消遣所取得的效果。

如今，我有一半时间总是躺在床上，神情显得庸懒不堪。约翰说我不能失去体力，于是他让我服用鱼肝油和大量的补药，还有其他的东西；至于喝浓啤酒、葡萄酒和吃半熟的肉，那就更不用说的了。

亲爱的约翰！他爱我至深，极不愿看到我生病。那天，我试图和他进行一次认真而理智的正式谈话，告诉他我真希望他让我离开这里，到堂弟亨利和堂妹朱丽亚那儿走走。

但他说我的身体太虚弱，去不了；即便到了那儿，我也不堪忍受疾病的折磨。我没有向他摆出很充分的理由，因为我还没有说完话便先哭了出来。

对于我来说，要使思路清晰已变得越发困难，需要付出巨大的努力。我想，这是我的神经衰弱所造成的。

我亲爱的约翰紧紧地抱起我，径直把我抱到楼上，放在床上，然后坐在我身边读些东西给我听，直到我感到烦了累了，他才停下来。

他说我是他的至爱，他的慰藉和他的一切，还说我必须为了他而照料好自己，保持健康的体魄。

他说除了我自己没有人能帮我摆脱病魔，我必须凭借意志和自控力来战胜病疾而不应让任何毫无意义的幻想制伏我。

有一种慰藉——我那婴儿既健康又快乐，他不必住在这间房间里，经受那令人恐怖的墙纸的折磨。

如果我们没有占用这间屋子，那么显而易见那个幸运的孩子就会用它！对于我来说，这是多么幸运的一种逃脱啊！哎，我可无论如何不能让自己的孩子——十分敏感的小东西——住在这样的一间屋子里。

我以前从没考虑过这事，但幸运的是约翰总是把我关在这里；你知道，我可比婴儿更易忍受这里的一切。

当然，我再也不曾向他们提及这个房间的墙纸——我变得极为精明——但我还是密切地注视着它。

除了我没有人知道墙纸里的东西，而且将来也不会有人知道。

在外部图案的后面，模糊不清的外形日益

清楚起来了。通常是相同的外形，只是数量极为可观。其形状就像一个女人在图案后面弯腰爬行的样子。我一点也不喜欢它。我惊讶——我开始想——我希望约翰能把我带走，让我离开此地！

和约翰谈我的病情有多么困难，因为他很聪明，而且因为他很爱我。

但是，昨晚我尝试与他谈了一次。这是个月夜。月光普照大地，就像阳光普照万物一样。

我有时极不愿见到月光，它徐徐爬行着，常常透过这扇或那扇窗户悄悄进入房间。

约翰正在酣睡，我不愿吵醒他，所以我一动不动地注视着月光照在起伏连绵的墙纸上，看着看着，不禁毛骨悚然起来。

后面那个暗淡的人影好像在摇动图案，就像她想挣扎出来的样子。

我悄悄地起了床，走过去摸摸看看墙纸是否真的动了，就在我走回来时，约翰醒了。

“怎么回事，小宝贝？”他说。“不要那样走动——你会着凉的。”

我想这正是谈话的好时机，于是我告诉他在这里我的身体确实没有恢复，并且告诉他我希望他能带我离开这里。

“怎么了？亲爱的！”他说，“三个星期后我们的租期就到了，我不知道在此之前我们该怎样离开此地。

“家里的修缮工作还没有完成，何况我目前也不可能离开这城镇。当然，如果你有任何危险的话，我能够而且将会离开这儿回家的，但你的身体现在确实比以前好多了，亲爱的，不管你是否看到了这一点，事实就是如此。我是医生，亲爱的，所以我知道。你的身体长胖了，面色红润了，胃口也比以前好了，对你的身体我真的感到更放心了。”

“我的体重一点也没有增加，”我说，“可能还减少了一些。晚上你在这里时我的胃口或许还好些，但早上你不在这里时我的胃口就会差些了！”

“上帝保佑我的小宝贝！”他边说边紧紧地抱住我。“她愿意怎么生病就怎么生病吧！但现在让我们抓紧时间睡觉，明天早上再谈吧！”

“那你以后不走啦？”我忧心忡忡地问。

“嘿，亲爱的，我哪能呢？最多只有三个星期我们就要离开这里，然后趁詹妮在收拾房子时我们轻松愉快地进行几天简短的旅行。真的，亲爱的，你现在好多了！”

“或许肉体是好多了——”我刚一开口便打住了，因为他坐直身子，以一种严厉、满含责备的神情看着我，以致于我无法再说一个字。

“亲爱的，”他说，“我乞求你，为了我，为了我们的孩子，也为你自己，你要一刻也不让那个念头再占据你的思想！没有别的什么危险、魅惑会比你的幻想更有害；要有，也就是这种不切实际和愚不可及的幻想。我作为一名内科医生如此对你说，你能信赖我吗？”

既然这样，我也就无话可说了，于是我们不一会便睡了。他起初以为我睡着了，可我没有，我躺在床上，有好几个小时，我试图判断出那墙纸的正面和背面图案是否真的在一起移动，还是在单独移动。

日光照在这样的一个图案上，光线失去了连续性，显得断断续续，这是对自然规律的公然违反，那图案是对人的正常心智的长期刺激。

如果说墙纸的颜色足以令人觉得害怕，使人不可信任、甚至使人万分恼怒的话，那么墙纸的图案简直就是折磨人，使人痛苦不堪了。

你还以为你已经掌握了它，但正当你一切准备就绪开始跟踪它时，它向后翻了个跟斗，而你正好站在它后面。它打了你一记耳光，把你击倒在地，用脚踩住了你的身体。这简直就像是一场恶梦。

墙纸外面的图案是富丽堂皇的阿拉伯风格，这种图案令人想起了伞菌。如果你能想象一种带节的伞菌科菌，一长串的伞菌含苞待放、发芽抽蕊，延绵不断地盘绕着——嘿，那正像是这种图案里的东西。

有时候，那就是这图案。

墙纸有一种明显的奇特，这种奇特看来只有我注意到了，其他人都不知道。这奇特就是：墙纸随着光线的变化而变化。

阳光从东面的窗子射入时——我经常注意观察那第一束长而直的光线——墙纸发生了急剧变化，我简直难以相信这是真的。那就是我为什么总是注视它的原因。

在月光下——有月亮的晚上，月色整夜洒满房子——我简直认不出墙上的墙纸了。

在晚上的任何一种光线下：无论是在曙光，烛光，灯光下，还是在最可怕的月光下，墙纸都将变成一条条的栅栏！我是说外面的图案，图案后面的那个女人则更是清晰可见。

在很长一段时间里，我没有领悟到图案后面那模糊不清的副图案究竟是什么；而现在，我则十分确信地认为，那是一个女人。

在日光下，她显得顺从娴静。我想正是墙

纸的图案使她如此镇静的。这真令人费解。图案也使我长久地保持镇静。

我现在总是这样躺着。约翰说这对我的身体有益，而且要尽可能入睡。

确实，每顿饭后敦促我躺下睡一个小时成了他的习惯。我承认这是一个很坏的习惯，因为你知道我并没有睡着。

而且这使我养成了欺骗的习惯，因为我没有告诉他们我醒着——噢，不，我不能告诉他们！

事实是我开始有点害怕约翰了。

他有时显得很古怪，甚至连詹妮也带着一种莫名其妙的神情。

我有时想，就算是一种科学假说吧，这或许就是墙纸的原因！

在约翰不知道我在看着他的时候，我曾经注意观察过他，我以最单纯的借口突然闯进房间，有好几次我撞见他正紧紧盯着墙纸看！詹妮也是如此。我有一次还撞见詹妮把手放在墙纸上。

她不知道我在房间里，而当我用一种平静，十分平静的声调和克制得不能再克制的态度问她，她正对着墙纸干什么时，她慌乱地转过身来，好像因行窃被人当场捉住一样，她一脸怒容——质问我为什么如此吓唬她！

接着她说任何东西碰到墙纸都会沾上颜色，她还说她已经发现我和约翰所有的衣服上都沾上了黄色污渍，她希望我们更小心些，别让衣服沾上黄色污渍！

那听上去不幼稚可笑吗？但我知道她在琢磨那图案，可我坚信除了我没人能发现图案后的秘密！

如今的生活比以往更令人兴奋不已了。你知道，我现在有更多的东西要期待、盼望和观看。我确实吃得更好了，而且比以前更安静了。

约翰见我的身体恢复得快，高兴极了！那天，他难得露出笑容，他说我正在发福，尽管有那倒霉的墙纸。

我笑了笑，有意引开了这个话题。我无意让他知道这是由于墙纸的原因——他会取笑我的。他甚至会把我带走。

在发现墙纸后面的秘密以前，我不想离开这里。还有一个星期，我想这点时间足够了。

我现在感觉比以前好多了！

晚上我睡得不多，因为观看事态的进展和图案的显现太有趣了！但白天我则睡眠充足。

白天，墙纸显得令人沉闷且困惑。

伞菌不断吐出新芽，而且不断冒出来的黄色阴影始终笼罩着它。我无法一个不漏地数清它们，虽然我十分认真地数过。

墙纸的黄色是最令人奇怪的！它使我想起我见过的所有黄色的东西——但不是像毛茛花那样漂亮的东西，而是破旧的、腐臭的、质地低劣的黄色东西。

但那墙纸还有一样特别的东西——它散发出的气味！我们刚走进这间房间时我就闻到了这气味，但那时由于房间通风而且阳光充足，这气味并不怎么难闻。现在不同了，一个星期来一直是雾气腾腾、阴雨绵绵，不管窗户是关还是开，气味就是滞留在房间里，驱之不去。

气味充溢着整个房间。

我发现这气味在餐厅里徘徊了一阵，躲躲闪闪地走进客厅，隐藏在厅堂里，然后躺在楼梯上等着我的到来。

它潜入了我的头发中。

即便在我去乘车时，一旦我猛一回头就会大吃一惊地发现它——那气味赫然出现在眼前！这也是多么奇特的一种气味！我花了几个小时试图对它作些解析，弄清楚它究竟是什么气味。

它并不难闻——开始时——而且十分清淡；但这是我碰到过的最幽雅耐闻的味道。

在湿润的气候条件下，这种气味煞是可怕。晚上我醒过来时发现它笼罩在我周围。

起初，这气味常常困扰我，使我心神不宁。我曾认真地想过把房子烧了——把气味赶走。

但现在，我对它习惯了。我所能想到的和它相似的唯一的东西就是墙纸的颜色！一种黄色的气味。

墙上有一个非常滑稽的斑点，向下垂得低低的，接近了墙脚的木板条。一道条痕沿墙延伸，从每一件家具后面通过（除了床以外），绕遍了整个房间，有时呈一条长长的直线，污渍斑斑，似乎是无数次的摩擦留下的痕迹。

我不知道它是如何形成的，也不知道是谁干的，他们这样做为了什么。一圈又一圈，一圈又一圈——直转得我头晕目眩！

最后，我真的发现了一些东西。

通过晚上的多次观察，在墙纸图案不断变化时，我终于发现了图案后的秘密。

正面的图案确实在动——难怪！图案后面的女人在摇动图案！

我想，有时图案后面有很多女人，而有时则只有一个，她爬行得很快，正是她的爬行使整个图案摇动起来。

接着，在一些十分亮堂的地方，她静默不动；而在一些十分暗淡的地方，她就抓住栅栏猛烈摇动。

她一直在竭力想从图案里爬出来。但没人能从那图案里爬出来——它堵死了通道；我想那就是为什么图案上有那么多头颅的原因了。

她们想强行通过，然而图案紧紧扼住她们把她们倒转过来，这样就使得她们的眼珠都泛白了！

如果把图案上的那些头颅遮盖住，或把它们去掉，图案就一点也不难看了。

我想那女人在白天常跑了出来！

我会告诉你为什么——私下悄悄地告诉你——因为我看见过她！

我可以透过房间的每一扇窗户看见她！

这是同一个女人，我知道，因为她总是爬行，在蠕动，而大多数女人却不会在光天化日下爬行。

我看到她在树荫下那条又长又暗的小巷里，来回蠕动。我看到她在那些黑暗的葡萄藤架下，围绕整个花园爬行。

我看到她在树底下那条长长的路上，一直爬行着，马车过来时她就在黑莓藤下躲身。

我丝毫没有责备她。光天化日之下被人撞见在地上爬行，她一定会感到羞愧难当的！

我在白天爬行时总是锁上门。晚上我不能这样做，因为我知道约翰会对此产生怀疑的。

约翰现在显得很古怪，所以我不想去惹恼他。我希望他能住另一间房子！另外，除了我自己我不想让任何人晚上把那女人从墙纸后赶出来。

我常常怀疑自己能否同时通过所有窗户看到她。

但是，不管我转得有多快，我在同一时刻只能透过一扇窗户看到她。

而且，虽然我经常看到她，但她可以爬行得更快，比我转身的速度还快！我曾经看着她经常离开这里到开阔的野外，爬行速度奇快，简直像在风中疾驶的云彩。

要是能从下面把那上面的图案剥落下来该有多好啊！我的意思是试着慢慢的一点一点剥。

我还发现了另外一件有趣的东西，但此时此刻我不想讲！太相信别人是要上当的。

要把这张墙纸剥下来仅仅只有两天时间，而且我相信约翰开始注意了。我不喜欢他眼睛中流露出的那种神色。

我听到他问了詹妮有关我的很多专业性问题。詹妮向他作了很详尽的汇报。她说我白天睡得很好很足。

约翰知道我晚上睡得不大好，不管我在晚上是多么地安静！

他也问了我很多问题，并且装出十分慈爱和友善的样子。

好像我没有识破他似的！

他这样做我也不觉得奇怪，在这张墙纸下睡了三个月。

这只是使我感到有趣，但我深信约翰和詹妮被墙纸感染了。

啊哈！这是最后一天了，但一天时间足够了。约翰今晚将在城里过夜，而且要到今天晚上才离开这里。

詹妮要与我睡一起——狡猾的举动；但我告诉她我要是单独睡晚上无疑会睡得更好些。

那是机智而巧妙的托辞，因为事实上我根本不是单独的！一旦月光洒满房间，那可怜的东西开始爬行并摇动图案，我就立即起床跑过去助她一臂之力。

我拉她摇，我摇她拉，黎明前我们就剥掉了好几码墙纸。

我剥掉了一长条，大约有我的身高那么高，绕了半个房间。

接着阳光照进房间，那可恶的图案开始嘲笑我，此时，我宣布今天我将完成此事！

我们明天要离开此地，他们正在把我的家具搬回到楼下，让一切都恢复原状。

詹妮惊奇地看着墙壁，但我愉快地告诉她我这样做纯粹是出于对那个可恶的东西的憎恨。

她笑着说由她来做这事她不会介意的，我千万不能累坏了身体。

当时她说得有多违心啊！

但我现在在这里，除了我自己没人能触摸这张墙纸——不怎么精神抖擞！

她竭力想把我赶出房间——这未免太赤裸裸了！但我说现在房间里安静、空旷和干净，所以我想我该躺下来尽可能地睡上一觉，即使在吃晚饭时也不要叫醒我——我醒过来时会叫她的。

这样她就无奈地走了，所有的佣人都走了，而且所有的东西也都搬走了，除了那个牢牢钉住的床架，房间里的一切东西都搬走了，床架上还放着我们找到的一张帆布席子。

今晚我们将睡在楼下的房间里，明天乘船

回家。

我很喜欢这间房子，现在它又显得空荡荡的了。

那些孩子们确实在这里飞跑过！

这个床架被磨损得够厉害的！

但是我必须得开始工作。

我已经锁上了门并把钥匙扔下去，扔在门前的路上。我不想出去，在约翰回来前我也不想让任何人进来。

我要让他大吃一惊。

我拿了条绳子到这里，我这样做连詹妮也没有发觉。如果那个女人果真想从墙纸里出来，甚至想离开这里，我就用绳子拴住她！

但是我忘记了，没有东西给我垫脚，我够不到那么高！

这张床不会动！

我用尽力气想把床抬起来推过去，但除了把自己的手腿弄得酸痛僵直外一无所获，于是我变得十分恼火，把床的一个角咬下来一小片——可咬伤了自己的牙齿。

接着我站在地板上把够得着的地方的墙纸全撕了下来。墙纸粘贴得很牢很牢，几乎到了可怕的程度，而图案倒恰恰喜欢它这样！所有那些被扼住的头颅和往外鼓起的眼睛还有趔趄着长成的伞菌正好发出嘲弄般的惊叫声！

我开始变得异常愤怒，愤怒得想做出令人绝望的事情：从窗户里往外跳绝对是值得钦佩的一项锻炼，但栅栏实在太坚固了，想试试都不可能。

再说我也不想这样做。当然不想。我心里清楚极了，这一步不合适，而且可能被人误解。

我甚至连看也不想往窗外看——外面有如此众多的女人在蠕动，而且她们爬行得很快。

我不知道她们是否像我一样从那墙纸里跑出来！

但是我现在已用那条藏匿得很好的绳子把自己安全地捆紧——你休想把我拖出去，拽到那条路上去！

我想夜幕降临时我该回到图案后面去，虽然那样做很艰难！

从图案后面走出来到这间宽敞的房间里，我愿意爬到哪就到哪，这是多么快乐的事啊！

我不想出去。即使詹妮叫我，我也不出去。

因为在外面你只得在地上爬行，而且一切都是绿色而不是黄色的。

但在这里我可以顺畅地在地板上爬行，我的肩正好擦着环绕墙壁的那条长长的污渍，所以我不会迷路。

嘿，是约翰在敲门呢！

不管用，年轻人，你打不开门！

他真的边叫喊边乱敲门！

他正叫喊着要詹妮拿一把斧子来。

把那漂亮的门打碎将是件令人遗憾的事！

“约翰，亲爱的，”我用最温柔的声音说，“钥匙扔在前面的台级上，在一张大蕉叶下面！”

他听了，沉默了好一会儿。

然后他十分镇静地说，“开门，亲爱的！”

“我不能开门，”我说，“钥匙扔在前门的一张大蕉叶下！”

然后我又说了一遍，十分温柔和缓慢地重复说了好几遍。说得多了，他只好去看，自然他找到了钥匙，并且进来了。他在门口突然停下来。

“到底是怎么回事？”他叫道，“天哪！你在干什么？”

我只是不停地爬行着，但扭过头来看着他。

“我终于出来了”，我说，“不管你和简怎么阻拦。而且我已经把大部分墙纸都撕了下来，所以你们再也不能把我放回去了！”

那个男人现在为什么昏厥过去了？不过他确实昏过去了，而且正好倒在墙边我的通道上，所以我每次都只得在他身上爬过去！

（选自《名作欣赏》1997 年第 3 期）

【导读】

美国作家夏洛特·帕金·吉尔曼发表于 1892 年的短篇小说《黄色墙纸》（*The Yellow Wallpaper*）是根据作者的亲身经历写的。小说以第一人称“我”开始叙述：“我”身体不适，“我”丈夫和哥哥都是名医，他们认为这不是大病，按照他们的方法治疗肯定能好，那就是让“我”吃喝玩睡，“在我身体恢复前绝对不许工作”。但是，“我”并不同意他们的意见，“就我而言，我以为适量的工作，既令人兴奋又富于变化，将于我的身体不无裨益”。可是丈夫根本不顾“我”的感受和意见，“我”只能服从他的安排，为了尽量减少“外界刺激”，“尽量待在家里”，丈夫带着“我”远避郊外，离群索居，呼吸空气，吃喝睡眠，丈夫是这种“疗法”的制订者与执行者。

“我”住在这样一个大屋子里，镇日神经过敏，疑神疑鬼。“我”不喜欢这又不喜欢那，但每提一件都被丈夫驳回一件。这些看起来似乎都是鸡毛蒜皮的小事，但唯其小，才更显出丈夫对妻子的控制与支配无所不至。这和曹禺《雷雨》中的老爷不顾妻子的抵制硬说她有病要她喝药如出一辙。而这种控制又是以爱之名施行的：他拿她当甜蜜的宝贝，病弱的孩子，好让她所有的想法与主张都在他那里不值一提，而如果她不服从不珍惜，就是“忘恩负义之辈”。于是，作为控制方的他控制得如此合理合情又合法，不仅可以为所欲为还能占据道德制高点。在这种情景下，小说中的主人公几乎与现实中的作者一样：“我”只能形如囚徒般被困在他所指定的生活空间里，无所事事地盯着“我”憎恶的黄色墙纸看。“我”的身体在这样的境遇中慵懒不堪，每况愈下，几近疯癫。最终，“我”终于从壁纸里盯出一个异类来，她好像是另一个“我”，在现实中绝对受控的“我”，再也不受控地从壁纸里爬出来，一个可以不服从于他、不听从于他、不信赖于他，可以吓昏他并在他身上自由地爬过去的“我”。至此，小说若隐若现在黄色墙纸下的反男权话语控制之主旨，终于浮出故事之表。

无独有偶，1919 年英国女作家伍尔夫写出了《墙上的斑点》。这位意识流大师在这篇短篇小说里“意识”出太多的真知灼见，其中之一刚好可以与《黄色墙纸》构成互文：“我想知道现在到底是什么代替了那些真正的、标准的事物？……从男性角度出发的思想支配着我们的生活，它制定了标准，制定出了惠特克尊卑序列表。”是的，这就是问题结症之所在。（林丹娅）

▶ 夏洛特·帕金·吉尔曼《黄色墙纸》
拓展阅读

枕草子（节选）

［日］清少纳言著　周作人译

第二一段　扫兴的事

扫兴的事是白天里叫的狗，春天的鱼箔，三四月时候的红梅的衣服，婴儿已经死去的产室，不生火的火炉和火盆，虐待牛的饲牛人，博士家接连的生下女子来，为避忌方角而去的人家，不肯作东道，特别是在立春的前日，尤其是扫兴。

从地方寄来的信里，一点都没有附寄的东西，本来从京城里去的信，也是一样，但是里边有地方的人想要听的事情写在里头，或是世间的什么新闻，所以倒是还好。特别写的很好的书信，寄给人家，想早点看到回信，现在就要来了吧，焦急的等着，可是送信的人拿着原信，不论是结封，或是立封，弄得乱七八糟很是龌龊的，连封口地方的墨痕也都磨灭了，说是“受信人不在家”，或是“因是适值避忌，所以不收”，拿了回来，这是最为不愉快，也是扫兴的事。

又一定会得来的人，用车子去迎接，却自等着的时候，听见车子进门了，心想必是来了，大家走出去看，只见车子进了屋，车辕砰的放了下来，问使者说怎么样呢，答道：“今天不在家，所以不能来了。”说着只牵了牛走了。

又家中因为有女婿来了，大为惊喜，后来却不见来了，很是扫兴的事。这大概是给在什么人身边出仕的女人所截走了吧，到什么时候还会来吧，这样的等候着，煞是无聊。幼儿的乳母说要暂时告假出外，小儿急着找人，一时哄过去了，便差人去叫，说“早点回来吧”，带来的回信却说“今晚不能回来”，这不但是扫兴，简直还是可恨了。〔乳母尚且如此，〕况且去迎接〔所爱的女〕人前来的男子，将更是怎么样呢？男人等待着，到得夜深的时候，听见轻轻敲门的声音，稍为觉得心乱，叫佣人出去问了，却是别的毫不相干的人，报告姓名进来了，这是扫兴之中最为扫兴的事了。

修验者说要降伏精怪，很是得意的样子，拿出金刚杵和念珠来，叫那神所凭依的童子拿着，用了绞出来的苦恼似的声音，诵读着经咒，可是无论怎么祈祷，妖精没有退去的模样，护法也一点都不显神通。聚集拢来一起祈念着的病家的男女，看着都很觉得奇怪，过了一忽儿念经念得困倦了，对那童子说道：

“神一直不凭附，到那边去吧。”取还了所拿的数珠，自己说道：

“没有灵验呀！”从前额往上掠着头发，打了一个呵欠，好像被什么妖精附着似的，自己先自睡着了。

在除目时得不着官的人家〔，是很扫兴

的〕。听说今年必定可以任官了，以前在这家里做事的人们，以及散出在别处的，还有住在偏僻乡下的人们，都聚集到那旧主人的家里来，出入的车辕一点没有间隙的排列着，〔为主人祈祷得官〕陪着到寺院里去的人，大家争先欲去，预先祝贺，饮酒吃食非常热闹，可是到了仪式终了三日的早晨，一直没有通知任官的人的敲门的声音。这是奇怪了，立起耳朵来听，只听见前驱警跸的声音，列席的公卿都已退出了。出去打听消息的人，从傍晚直到天亮，因寒冷而战抖着的下男，很吃力似地走了回来。当场的人看了这情形，连情形怎样也不再问了。可是从外边聚集拢来的家人还是问道：

"本家老爷任了哪一国的国司了？"下男的答词是：

"什么国的前司。"诚心信赖这主人而来的人，知道了这事就非常的失望。到了第二天早晨，本来挤得动也不能动的人，就一个两个的减少，走了回去了。本来在那里执役的人，自然不能那么的离去，只好等待来年，屈指计算哪一国的国司要交代，在那里走来走去的，那实在是很可怜，也是很扫兴的事。

自己以为做得还好的一首歌，寄到人家那里，不给什么回信〔，觉得是扫兴的事〕。若是情书，〔并不要立即答复，〕这也是没有法子，但是假如应了时节歌咏景物的歌，若是不给回信，这是很讨厌的。在很得时的人那里，出入的人很多的时候，有时势落后的老年人，因为没有事做写了旧式的，别无可取的歌送去〔，也是扫兴的事〕。又有祭礼或是什么仪式当时要用的桧扇，很是重要，知道某人于此颇有心得，托付他画一画，到了日子，画得了却是意外的没有意思。

生产的庆祝，以及饯别的赠送，对于送礼的使者不给报酬〔，这是很扫兴的〕。就是送一点什么香球或是卯槌来的人，也必定须给与报酬。预想不到的收到这种礼物，非常有意思的事。这样就当然可以得到好些报酬，送礼的人正兴头很好的走来，却是得不到什么，那真是扫兴的。

招了女婿，已经过了四五年，还不曾听说有出产〔，这是扫兴的事〕。有些有许多孩子，已经成为大人，或者说不定有孙子都会爬了，做父母的却一同的睡着午觉。旁边看着的别人不必说，就是儿子也是觉得非常扫兴的。午睡起来之后，再去洗澡，这不但是扫兴，简直有点可气了。

十二月三十日从早晨下起的长雨。这可以说："只有一天的精进的懈怠〔，百日千日的精进也归于无效〕。"八月里还穿着白的衣服。不出奶的乳母〔，都是扫兴的〕。

第二二段　容易宽懈的事

容易宽懈的是精进日的修行，离开现在日子甚远的准备，长久住在寺院里的祈祷。

第二三段　人家看不起的事

人家看不起的事，是家的北面，平常被人家称为太老实的人，年老的老翁，又轻浮的女人，土墙的缺处。

第二四段　可憎的事

可憎的事是，有紧要事情的时候，老是讲话不完的客人。假如这是可以随便一点的人，那么说"随后再谈吧"，那么就这样谢绝了，但偏是不得不客气些的人，〔不好这样的说，〕所以很是觉得可憎。

砚台里有头发纠缠了磨着。又墨里面混杂着砂石，磨着轧轧的响。

忽然有人生了病，去迎接修验者来祈祷，可是平常在的地方却找不到，到外边去了，叫人四面寻找，焦急的等待了好久，后来总算等着了，很高兴的请他念咒治疗，可是在这时候大概在别处降服妖怪，已是精疲力尽了的缘故吧，坐下了念经，就是渴睡的声音了，这是很可憎的。

没有什么地方可取的人，独自得意的尽自饶舌的谈话。在火盆围炉的火上，尽把自己的两手烤着手背，并且伸长着皱纹烘火的人。什么时候有年轻的人，做出这种举动的呢？只有年老的才有这种事情，连脚都搁到火炉边上，一面说着话，两脚揉搓着。举动这样没规矩的人，到了人家去，大抵在自己所坐的地方，先把扇子扇一下尘土，也不好好的坐下，就那么草草的，将狩衣的前裾都塞在两膝底下去。像这样没规矩的事的人，以为多是不足道的卑贱的人吧；却不道是稍微有点身份的，例如式部大夫或是骏河前司，也有这样做的。

又，喝了酒要噪闹，擦嘴弄舌，有胡须的用手摸着胡须，一面敬人家的酒，这个样子看了真觉得讨厌。意思是说，"再喝一杯吧"，战抖着身子，摇晃着头，口角往下面挂着，像是小孩子刚要唱"到了国殿府"的样子。这〔在下贱的人那里也罢了，〕在平常很有身份的人这样的做了，真觉得看了不顺眼。

羡慕别人的幸福，嗟叹自身的不遇，喜欢讲人家的事，对于一点事情喜欢打听，不告诉他便生怨谤，又听到了一丁点儿，便觉得是自己所熟知的样子，很有条理的说与他人去听，这都是很可憎的。

正想要听什么话的时候，忽而啼哭起来的婴儿。又有乌鸦许多聚集在一起，往来乱飞乱叫，〔都是可憎的。〕

偷偷的走到这里来的男子，给狗所发见了叫了起来，那狗〔真是可恨，〕想打杀了也罢。又本是男子所不应当来的，给隐藏在很勉强的一个地方的人，却睡着了发出鼾声来。本来秘密出入的地方戴着长的乌帽子，容易给人看见，便加意留心，却不防因为张皇了，撞在什么东西上边，噗哧的一声响，这是很可憎的。在挂着伊豫地方的粗竹帘的地方，揭起帘子来钻过去，发出沙沙的声音，也是可憎的。有帛缘的帘子因为下边有板，进出的时候声响也就愈大。可是这如是轻轻的拉了起来，则出入时也就不会响了。又如拉门什么用力的开闭，也很是可恨。这只要稍微抬起来的去开，哪里会响呢？若是开的不好，障子等便要歪曲了，发出嘎嘎的声音。

渴睡了想要睡觉，蚊子发出细细的声音，好像是报名似的，在脸边飞舞。身子虽然是小，两翅膀的风却也相当大的哩。这也是很可憎的。

坐了轧轧有声的车子走路的人，我想他是没有耳朵的么？觉得很是可憎。我如是坐了借来的车子，轧轧的响的话，我便觉得那车子的主人也是可憎了。

在谈话中间，插嘴说话，独自逞能的饶舌，这是很可憎的。无论大人或是小孩，凡是插嘴来说，都是可恨。在讲古代的故事什么，将自己所知道的事，忽然从旁边打断，把故事弄糟了，实在是可憎的事。

老鼠到处乱跑，甚是可恨。有些偶然来的子女，或者童稚，觉得可爱，给点什么好玩的东西。给他弄的熟了，后来时常进来，把器具什物都散乱了，这是可憎的。

在家里或是公家服务的地方，遇见不想会面的人来访，便假装着睡觉，可是自己这边的佣人却走来叫醒，满脸渴睡相，被叫了起来，很是可憎。后来新到的人，越过了先辈，作出知道的模样来指导，或是多事照管，非常可憎。自己所认识的男子，对于从前有过关系的女人加以称赞，这虽然过去了很久的事情，也煞是可憎。况且，若是现在还有关系，那么这可憎更是不难想象了。可是这也要看情形来说，有时候也并不是那么样的。

打了喷嚏，自己咒诵的人，〔也是可憎的。〕本来在一家里除了男主人以外，凡是高声打喷嚏的人，都是很可憎。跳蚤也很可憎，在衣裳底下跳走，仿佛是把它掀举起来的样子。又狗成群的叫，声音拉得很长，这是不吉之兆，而且可憎。

乳母的男人实在是很可憎的。若是那所养的小孩是女的，他不会得近前来，那还没有什么。假如这是男孩的话，那就好像是他自己的东西，走上前去，拿来照管，有一点事不如少爷意的，便去向主人对这人进谗，把别人不当人看，很是不成事体，但是因为没有人敢于举发他，所以更是摆出了不得的架子，来指挥一切了。

第二五段　小一条院

小一条院就是现在的大内。主上所住的殿是清凉殿，中宫则住在北边的殿里。东西都有厢房，主上时常到北殿去，中宫也是常到清凉殿里来。殿的前面有个院子，种着各样的花木，结着篱笆，很有风趣。二月二十日太阳光很是灿烂而悠闲的照着，在西厢房的廊下，主上吹奏着笛子。太宰大贰高远是笛子的师范，来御前侍候，〔主上自己的笛子和高远所吹的〕别的笛子反复吹奏催马乐里的《高砂》，说吹得非常的出色，也就是世上平常的说法，〔说不尽它的好处。〕高远陈说笛子心得的事，很可佩服，中宫的女官们也都聚集在御帘前面，看着这种情形那时自己觉得心里丝毫没有〔不如意事，〕有如俗语所说的“采芹菜”的事了。

辅尹这人任木工允的职务，是藏人之一，因为举动很粗，殿上人和女官们给他起诨名曰“荒鳄”，且作歌云：

> “粗豪无双的先生，
> 〔那也是难怪的呵，〕
> 因为是尾张的乡下人的种子。”

这是因辅尹乃是尾张的兼时的女儿所生的缘故。主上将这首歌用笛子吹奏，高远在旁助吹，且说道：

“更高声的吹吧，辅尹不会知道是什么事的。”主上答道说：

“这怎么行呢，虽说他不懂，辅尹也会听见的。”仍旧很是低声的吹着，随后到得中宫的那里，说道：

“这里那人不在了，可以高声的吹了吧。”便那样的吹奏了。这是很有意思的事。

第二六段　可憎的事续

信札措辞不客气的人，更是可憎。像是看不起世间似的，随意乱写一起那种文字，实在可憎得没法比喻。可是对于没有什么重要的人，过于恭敬的写了去，也是不对的事情。那种不客气的信札，自己收到不必说了，就是在别人那里收到，也极是可憎的。其实〔这不但是信札，〕对谈的时候也是一样，听着那无礼的言辞，心想这是怎么说出来的，实在觉得心里不痛快。况且更是关于高贵的人说这样无礼的话，尤其荒唐，很可憎恶。说男主人的坏话，也是很坏的事情。自己对于所使用的人，说“在”以及“说话”都用敬语，也是可憎的。这样办还不如自己说“在下”的好吧。即是没有客气，使用文雅的言辞，对话的人和旁边听着的人，也都高兴的笑了。但是觉得是这样，〔便乱用文雅的语言，〕使人家感觉这是出于嘲弄的，那也是不好的。殿上人以及宰相等人，对于他们毫不客气的直呼其名，甚为不敬，可是并不这么说，却是反对的对于在女官房做事的人，也称作什么“君”，〔她们因为向来没有听见过这么称呼，〕听了便觉得高兴难得，对着称呼的人非常的称赞了。称呼殿上人和公卿，除了在主上御前，都称他们的官职名。在御前说话，即使互相谈说，而主上可以听见的时候，〔不说名字，〕自称“本人”，这也是很可憎的。这时候不说“本人”这句话，有什么不方便呢？

没有什么特别可取的男子，用了假装的声音，作出怪样子来。滑不受墨的砚台。女官们的好奇，什么事情都想知道。本来就不讨人喜欢的人，作出讨厌的事情，这都是很可憎的。

一个人坐在车上，观看祭礼什么景物的男子，这是什么样子的人呀！〔同伴的人即使〕不是贵人也罢，少年的男子好奇喜欢看的也有，何不带着他乘车一起的看呢？从车帘里望过去，只有一个人的影子独自摆着架子，一心的看着的那副样子，〔真是可憎啊！〕

天刚破晓，〔从女人那边〕回去的男子，将昨夜里所放着的扇子，怀中纸片，摸索寻找，因为天暗便到处摸索，用于按扑，口中说是“怪事”，及至摸到了以后，悉索悉索的放在怀里，又打开扇来，啪啦啪啦的扇，便告假出去，这却是可憎，还是寻常的批评，简直可以说是一点没有礼貌了。同上面所说的事情一样，在深夜里〔从女人那里〕出去的人，乌帽子的带子系得很坚固的，〔是很可讨厌的事。〕这没有那么系得紧固的必要吧，只需宽宽的戴在头上，也未必会有人责备。非常的懒散，毫不整齐的，穿着直衣和狩衣，也都歪斜着，不见得有人看了会得讥笑的。凡是破晓时候临别的情形，人们觉得最有情趣。大抵是男的总是迟迟不愿意起来，这是女的勉强催促，说：“天已经大亮了，给人看见了怪不好看的。”男的却是叹口气，觉得很是不满足的样子，似乎起来回去也是很勉强的样子。老是坐着连下裳也并不穿，还是靠着女人的方面，将终夜讲了没有说完的话，在女人耳边低声细说，这样的没有特别的事情，〔其时衣裳都已穿好，〕便系上了带子。以后将和合窗打开，又开了房门，两人一同出去，说尽闲等着一定是很不好过吧，这样说着话便轻轻的走去了，一面送着回去的后姿，这种惜别是很有情趣的。但是惜别也要看男子的行动而定。若是赶快就起来，匆匆忙忙的，将下裳的腰间带子紧紧的结了，直衣和外袍以及狩衣都卷着袖子，把自己的东西一切都塞在怀里，再把上边带子切实的系上，那就是很可憎的了。又凡走出去，不把门关上的人，也很可憎。

（选自上海人民出版社 2015 年版）

【导读】

《枕草子》是日本平安时代女作家清少纳言的散文作品，大约完成于 11 世纪初。全书分为 305 段，以散文的形态和笔法，记录了作者在皇宫内为女官时的所见所闻、所触所感、所思所悟。内容涉及各个方面，从自然景物到人文景观，从宫廷生活到风土人情，林林总总，事无巨细。由于作者对事物体察入微，感受细腻，所述文字又清丽又古雅，又柔婉又明快，又绮丽又智性，尤为可喜的是字里行间扑面而来的唐风汉韵，更显其审美趣味的不流凡俗。挟如此笔触穿梭于写景状物、记人叙事、抒情议论之间，真是随心见性，丰盈灵动，洒脱自如，意趣横生，极具鲜明特色。由此而形成的“枕草子”写作风格，不仅奠定了日本散文的基础，而且对后世日本散文的发展产生了巨大而深远的影响。《枕草子》与同时代的另一部文学经典《源氏物语》，被喻为日本平安时代的文学双璧。

作为散文的“枕草子”，最为人惊艳与称道的名篇、名章、名句，莫过于其中饱含情思与情趣的写景状物部分。如四时可玩赏之美景——“春天是破晓的时候最好。渐渐发白的山顶慢慢地亮了起来，山顶上有轻柔的云彩，微微泛着紫光”。而优美的事是——“可爱的童女，特地不穿那裙子，只穿了一件开缝很多的汗衫，挂着香袋，带子拖得长长的，在勾栏旁边，用扇子障着脸站着的样子。年轻美貌的女人，将夏天帷帐的下端搭在帐竿上，穿着白绫单衣，外罩二蓝的薄罗衣，在那里习字。薄纸的本子，用村浓染的丝线，很好看的装订了的。长出嫩芽的柳条上，缚着在青色薄纸上写的书简。在染得很好玩的长须笼里，插着五叶的松树”。所描绘之物无不丝丝入扣，历历在目，画面感极强。试想，有如此这般高品位审美意趣的人，以此来品味审视世间男女那会是什么情形？更兼清少纳言的率真坦荡，恣肆任情，一无深宫女子常有的扭捏作态，所爱所憎所喜所厌所惜所憾所怜所悯乃至无聊的无奈的无谓的无用的……凡此种种，皆看在眼里，记在心里，信手拈来，下笔不讳。此处所节选的便是她所历数可厌之几种。由于字里行间带着颇为自信而平等的气息，竟使她的评议拥有了一种颇为超前、非当时一般文人所能有的俊朗俏脱。或许，这就是清少纳言的散文，之所以能够辟出一条与日本主流文学“物哀”之阴柔传统大不相同之路数的原因所在吧。（林丹娅）

▶ 清少纳言《枕草子》
拓展阅读

一间自己的屋子（节选）

［英］弗吉尼亚·伍尔夫著　王还译

在十六世纪有人会发现一个女人有那样的头脑是显然地绝对不可能。我们只要想想伊丽沙白时代的墓碑上刻的那些小孩子合着手跪在那里；还有她们的夭折；再看看她们的房子里的黑暗，窄狭的屋子就可以明白那时候没有女人能写诗。我们可以希望获得的就是在较迟的一个时期里，也许有一位贵妇利用比别人多一点的自由和安逸，用自己的名字出版一本书，冒着被人认为是怪物的险。男人，自然，并不是势利的，我小心地躲避瑞贝卡·维斯特小姐的“坏得出名的女权主义”。不过他们大半是尊重而且同情一位伯爵夫人写诗的。我们也可以想到在那时候个有爵位的贵妇自然会得到比一个不知名的奥斯汀小姐或是勃朗特小姐可以得的鼓励要大多了。不过我们也可以想到她的心总被切不相干的情感所扰乱，如胆怯和怨恨，而且她的诗一定也显出这种搅扰的痕迹。譬如温澈西夫人，我拿下她的诗集。她生在一六六一年，出身高贵，嫁的也高贵。没有小孩子。她写诗。我们只要打开她的诗集就可以看出她对女人的地位忿忿地发出不平之鸣：

> 我们是如何地堕落！因错误的统治而堕落；
> 是教育成的而不是天生的傻子。
> 一切脑子的改善全不许获得，
> 只要变成无趣，受人支配，任人摆布；
> 若是有一个能胜人一筹，
> 有较热切的幻想，强烈的野心，
> 那反对的党派仍然这样强硬，
> 使前进的希望永远不能胜过胆怯。

我们看得很清楚她的心境绝不是《消除了一切障碍而变得炉火纯青》的。而且正相反，她的心被怨恨愁苦所蹂躏，所搅扰。在她，人类分成两类。男人是那个《反对的党派》；她怕男人，恨男人，因为他们有权利去阻止她想作的事——就是写作。

> 唉，一个尝试写作的女人，
> 被人认为是这么狂妄的东西，
> 以致再没有美德能赎回这个过错。
> 他们说我们错认了性别和为人之道；
> 礼貌，时髦，跳舞，衣着，游玩，
> 才是我们应学的才艺；
> 写作，看书，思想，发问，
> 会遮蔽我们的美貌，靡废我们的时间，
> 而且阻挡我们青春时代的获得，
> 至于卑贱的家务管理
> 有人认为是我们最高的艺术和用途。

真的，她必得先假定她所写的东西永远不会发表，然后拿这个来鼓励她自己去写作；用这种忧郁的歌唱来安慰自己：

对几个朋友和你自己的忧郁唱吧
因为你命中根本不该得诗人的荣誉；
让你的居处相当黑暗，你就该知足了。

但是我们也可以清楚的看出来只要她能把心里的憎恨胆怯除去，而不拿怨忿和愤慨把心填满，她里面的火就会很热的，偶尔她吟出纯正的诗句来：

也不愿用褪色的丝绢作成
仿佛是无双的玫瑰。

——这种诗句摩瑞先生很公正地称赞过的。大家又认为蒲伯记得，甚至引用过别的几句：

现在水仙陶醉了柔弱的脑子；
我们在香气的痛苦下晕倒。

一个能写出这样的诗句的女人，她的心境与自然、与思想是非常调和的，而被逼到发怒，愤慨，实在是真可惜。可是她有什么办法可以不这样呢？我们可以想象得到那种冷讥热讽，那种谄媚的人的曲意奉承，一般职业诗人的怀疑不信。她一定得把自己关在乡下一间屋子里去写作。虽然她的丈夫是最和蔼的他们的婚后生活是最美满的，但是她一定还不免徬徨于忌惮与怨恨之间。我说她“一定是”因为我们若想找一点关于温澈西夫人的生平，总是几乎一点也找不到。她害着很厉害的忧郁病。我们看她告诉我们在这种病中她想些什么就至少可以多少解释一点她这个病：

我的诗句受人讪谤，工作被人认为
是无益的愚行或是狂妄的过错：

这个被人这样非难的工作在我们看来只是一种在田野里漫步和幻想的无害的工作：

我的手喜欢探求不寻常的事物，
离开熟稔普通的道路，
也不愿用退色的丝绢作成
仿佛是无双的玫瑰。

自然喽，如果那样是她的习惯，那样是她所喜爱的，她当然只有等着被人笑，而且因此据说蒲伯或是盖依讽刺过她，说她是“一个女文人因为总想滥写而手发痒。”还据说她因为笑盖依而得罪了他。她说他的《垂维亚》那首诗表明“他不应该坐轿子而该抬轿子。”不过摩瑞先生说这都是“可疑的闲话”而且“毫无意思的”。然而在这一点我不和他同意，因为即使是可疑的闲话，我也很愿意能多有一点，那我就可以看出或是作出这位忧郁的夫人的形象。她爱在田野里漫步，想不寻常的事物，而且不聪明地，卤莽地看不起“卑贱的家务管理。”不过摩瑞先生说她变得很散乱。她的天才里夹杂了许多野草荆棘。她的天才没有机会把它的卓越的原形呈露出来。所以我把她放回书架上去，拿起另外一位贵妇，那位兰姆所爱的公爵夫人，那位轻浮，富幻想的玛格瑞·纽卡索。她比温澈西夫人年岁大然而两人同时。她们两人完全不同，不过在这几点却是相同的，就是两人都生长高贵，都没有小孩子，都嫁了最好的丈夫。对诗都抱有同样的热情，而且都因同样的理由变得畸形歪斜。打开公爵夫人的书就可以看见同样的愤怒的发泄：“女人像蝙蝠或是猫头鹰一样地活着，像畜牲一样地劳碌，像小虫一样地死去——玛格瑞可能变成一个诗人，在我们这时代那种活力一定会推动一种轮子的。不过在那时的情形之下，什么东西能约束、驯服、或是教化那种野性的，强烈的，不曾受过训练的智慧来为人类作一点事呢？那智慧杂乱无章的倒出来，写成韵文、散文、诗、哲学。这些都凝结在对折或四折的草稿里，从来没有人看过。应该有人拿一个显微镜放在她手里。应该有人教她观察星象，教她如何科学地推理。她的智能因孤独，自由而改变了。没有人管她，没有人教她。教授们只奉承她。在宫廷里他们揶揄她。艾格登·勃瑞吉斯爵士对她的粗野大为不满，认为是像她这样的“上等，高贵，又生长在宫廷的女人”所不该有的。她把自己一个人关在维尔贝克。

玛格瑞·卡凡笛虚使人想起多么纷乱，寂寞的景象！好像大架黄瓜爬到花园里的玫瑰、石竹上去把它们都压死了。那是多么可惜的事，一个女人能写“最有家教的女人是头脑最开明的女人”而把时间全耗费在滥写些无意义的东西上面，而且陷在昏昧愚蠢里越来越深，直到后来她每一出门就有很多平民围住她的马车。显然地这个疯颠的公爵夫人变成了一个鬼怪用来恐吓聪明的女孩子。我想起桃罗塞·奥斯彭把公爵夫人拿开，掀开桃罗塞·奥斯彭的信，这是一段她写给潭波的信谈到公爵夫人的新书：“这可怜的女人真有点神经错乱了。她不该会这样地荒谬，居然敢大胆写起书来，而且还用韵文写呢！就是两个星期不睡觉，我也绝不至如此。”

于是，既然没有一个明达知礼的女人会去写书，桃罗塞，敏感而忧郁，在性格上和这公爵夫人正相反，就一个字也没有写过。信是不算数的。一个女人可以坐在她父亲的病榻边上写信。她可以在男人谈话的时候坐在火边写信，一点也不妨碍他们。一面翻着桃罗塞的信，我就想，所可怪的就是这个没有人教过的孤独的女孩子对于句子的结构，情景的形成，会有这么大的天才，你听她说下去：

“吃过午饭我们坐在一起谈天直到谈论到B先生我就走了。白天的炎热在看书、工作中度过了。差不多六七点钟的时候我走出去到房子附近一片公共草地上去，那里有很多女孩子放牛放羊，坐在树阴里唱歌谣。我走到她们那儿，把她们的声音、美丽和书上的古时候的牧羊女相比。我发现其中差别很大，不过，你要相信我，我想这些和那些一定是一样地天真。我和她们谈话，就知道她们是最快乐的人，不缺乏什么，所缺乏的只是他们自己不知道自己是最快乐的人。常常在我们谈话的时候，有一个女孩子转过身去看一看，就看见她的牛正向谷田里走；于是她们全跑过去，好像脚上长了翅膀。我既然不像那样敏捷，就没有随她们跑。等她们赶牛羊回家去的时候，我想我也该回去了。吃过晚饭我走到花园里去，再走到花园旁边条小河边上。我坐在那里，希望你能和我在一起。……”

我可以发誓她有作家的天才。但是“就是两星期不睡觉，我也不至如此”——我们看一个很爱好写作的女人都使她自己相信写书是荒谬的，甚至是表示自己神经错乱。这就可以测出空气中对女人写作有多大的反对情绪。把桃罗塞的一小本书放回书架上去，我们再接着看贝恩太太。

在贝恩太太这里我们就要在路上转一个大弯了。那些寂寞的高贵夫人关在花园里只为娱乐而写作，没有人看也没有人批评。我们要把这些人丢在一边了，而走到城市里来和街上的普通平民接触。贝恩太太是一个中等社会的女人。有一切平民的美德：幽默，活力，勇气。她因为丈夫死了，而且几次自己投机失败只好靠智能谋生。她得和男人完全同样地工作。因为工作很努力，她赚的钱颇足以自活。这个事实比她实在所写的任何东西都重要，甚至比她美妙的作品《我作了一千个殉难者》，或是《爱情坐在奇异的胜利里》都重要，因为思想的自由就由此开始，或是更可以说由此开始思想渐渐会有随心所欲而写作的可能。因为现在阿弗拉·贝恩既已这样作了，女孩子们可以对父母说：你们不用给我月费了，我能用笔来自己赚钱。当然，女孩子们开始对父母说这种话之后若干年内，父母的回答还一定是：对了，像阿弗拉·贝恩那样过日子！还不如去死！门摔得比以前更快了。那个非常有趣的问题，就是男人对女人的贞洁的重视，还有这种重视对女人的教育的影响现在似乎需要讨论了。而且假使格登或是纽南姆的一个学生肯去研究的话，很可以作成一本有趣的书。德得来夫人满身珠钻地坐在苏格兰草原的小虫当中，可以用作这书的封面。那天德得来夫人死了以后《泰晤士报》说：“德得来勋爵，一个有修养，风雅而且多才多艺的人，是非常乐善好施，然而奇怪的专制。就是在苏格兰高地极远的为打猎休憩用的小房子里，他也坚持要他的太太穿礼服。他把大量的炫耀的珠宝加到她身上去。”等等。他什么都给她——永远免去任何责任。”后来德得来勋爵忽然中风了。她一直看护他，而且极其胜任地管理他的田产。那种奇怪的专制还是在十九世纪呢。

现在再说回去。阿弗拉·贝恩证明也许在牺牲某几种可爱的性质之下可以由写作赚钱。于是渐渐地写作不仅变成是代表愚蠢和神经错乱而且在实际上很重要了。作丈夫的很可能会死。家庭也许会碰到什么灾难。十八世纪以来成千的妇女，全靠翻译或是写无数的坏小说，来增加他们的针线钱或是救济她们的家庭。那些小说现在连教科书里都没有了，不过在查令十字街上的四便士一本的书堆里还可以找到。在十八世纪末叶妇女思想显出极度的活跃——谈论，集合，写些文章评论莎士比亚，翻译古典文学——这都起源于妇女能由写作赚钱这个实在的事实。凡是不能赚钱就成为无价值的东西，只要一能赚钱就立刻身价十倍。大家虽然还可以嘲笑“女文人的手因想滥写而作痒”，可是大家不能否认她们能把钱装到钱袋里去。于是在十八世纪末尾有了一个大变化。假使我能重写历史，我一定要把这变化描写的更仔细，认为比十字军，蔷薇战争都重要。这就是中流社会的妇女开始写作了。因为假使《傲慢与偏见》相当重要，《米德马起》，《维来特》，《呼啸山庄》也相当重要，那么不仅那些和书籍，阿谀者一齐关闭在别墅里的寂寞的贵妇，而且普通的妇女，也能写作这件事的重要就绝非我在一点钟的演讲里所能证明的了。若没有那些前驱，贞·奥斯汀，勃朗特姊妹还有乔治·艾略特就不会写作，就像莎士比亚没有马娄就不会写，马娄没有乔叟，乔叟没有那些被人遗忘的诗人就不能写一样，那些诗人替他们开好道路，驯服了语言的天生野蛮的地方。因为杰作并不是单纯独立的产物；它们是多少年来普通思想的结果，是人民集体思想的结果，所以在那一个声音后面是大众的经验。贞·奥斯汀应该放一个花圈在芬尼·勃奈的墓上，乔治·艾略特应该赞扬艾利萨·卡特尔的大影响——那个勇敢的老太太把一个铃拴在床上为的可以早起学希腊文。所有的妇女都应当一起把花撒在阿弗拉·贝恩的墓上，因为是她替她们赢得写出她们思想的权利。她的坟墓位于西敏寺里，这件事虽然常为人诽谤，而其实她的坟墓在这里是最适当不过的。就是她——暧昧而多情——使我觉得今晚向你们说：用你们的智能去每年赚五百镑，并不算太狂妄。

现在，我们讲到十九世纪初叶了。现在，头一次我发现有好几个书架完全装满妇女的著作。不过看一看书架我就没有法子不问，为什么，除了极少数的例外，它们全是小说呢？原始的冲动是向诗那方面的。“诗歌最高的主脑”，是一个女诗人。在英法两国都是女诗人比女小说家先有的。看看那四个著名的姓名，我再进一步想，乔治·艾略特和爱眉利·勃朗特有什么相同的地方？沙洛特·勃朗特不是完全不能了解贞·奥斯汀吗？除了她们之中没有一个人有小孩子，这一个可能有关系的事实而外，再没有四个比这四个更不调和的人能聚集在一间屋子里了她们越是这么不和谐，就越引动我去想象——她们之间来一次谈话和集会。但是在她们要想写作的时候，由一种奇怪的力量，把她们全逼去写小说了。是不是因为她们全是生长于中产阶级社会，还有因为十九世纪初叶中产阶级的家庭只合用一间起居室呢？这合用一间起居室的事实由再晚一点的艾眉利·戴维斯小姐非常显著地证明了。假使一个女人要想写作，她就得在那间公共的起居室里写。而且，像奈丁盖尔小姐那样热烈地抱怨过——“女人从来没有过半点钟……可以算作她自己的”——总有人来搅扰她，在那里写散文野史总比写诗写剧本要容易多了。因为不需要那么专心。贞·奥斯汀一辈子都是那样写作的。她的外甥在回忆录里写：“她怎么能有这些成就真是惊人，因为她自己并没有书房可去。大部分的写作一定都是在那间公共的起居室里完成的，遭受各种不相干的搅扰。她很小心不让佣人，客人，或是家庭以外任何人疑心到她在写作。”贞·奥斯汀把草稿藏起来，或是用一张吸墨纸盖上。还有，在十九世纪初叶一个女人所有的文学上的训练就是训练观察性格，分析情感。她的敏锐的感觉已经受了几百年家庭公共起居室的影响的训练。人的情感深深地印在她心上，人与人的关系总在她眼前。所以，一个中产阶级社会的女人要写作，自然是写小说。爱眉利·白朗台应该写诗剧。艾略特的创作天才若用在历史或是传记上，她广阔的头脑的过多的精力就可以施展开了。不过，她们只写小说。由书架上拿下来《傲慢与偏见》，我说我们可以再进一步说，她们的小说写得很好，不用夸张也不会得罪男人，我们可以说《傲慢与偏见》是一本杰作。无论如何，被人发现在写《傲慢与偏见》该不会觉得可耻。可是贞·奥斯汀很高兴门轴会响，因为那样她就可以在人走进来以前把稿子藏好。对于奥斯汀，写《傲慢与偏见》似乎总是有点不体面的感觉。我就怀疑假使奥斯汀不认为把草稿藏起来是必要的，那《傲慢与偏见》会不会是一本更好一点的小说呢？我看一两页看是不是这样的，可是我完全看不出来她的环境曾有一点危害她的著作。那也许就是最奇怪的事了。这是一个大约一八〇〇年时候的女人。不憎恨，不怨忿，不胆怯，不反抗，不讲道地写作。那就是莎士比亚的写法，我想，看着《安东尼与克利欧拍特拉》。有人拿莎士比亚和贞·奥斯汀相比的时候，他们也许就是说两个人的脑子都是消除了一切障碍的。因为如此，所以我们不懂贞·奥斯汀，不懂莎士比亚。也因为如此，贞·奥斯汀穿透她所写的每一个字，莎士比亚也穿透他写的每一个字。如果贞·奥斯汀由她的环境受了一点阻碍，那就是困住她的狭窄的生活范围。一个女人单独出去根本不可能。她从来没有旅行过。她从来没有坐过公共汽车穿行伦敦或是一个人在饭馆里吃饭。不过也许奥斯汀天生就不想要她所没有的东西。她的天才和她的环境配合的极其完美。可是沙洛特·勃朗特是否也如此，就颇可怀疑了。我打开《简·爱》，放在《傲慢与偏见》旁边。

我掀起第十二章，注意到这一句“随便谁爱责备我，尽管责备。”他们责备沙洛特·勃朗特什么呢？我就奇怪。我看在非而发克斯太太作果冻的时候简·爱怎样走上房顶了望远处的田地。于是她就有一种愿望——就是因为这个他们责备她——“我渴望有一种可以超过那个限制的目力；可以达到那个繁华的世界，城市，富有生命的地带，那都是我听说过而没有见过的。我希望得到比我已经有的还要多的实际经验，还要多的和我的同类的交往，比我可以达到的范围还要多的各种各类的人的认识。我很重视非而发克斯太太的好处，阿戴乐的好处，可是我相信还有许多别种的更强烈的好处。我所相信的，我就想看见。

“谁责备我？没有问题，有很多人责备我。他们一定会说我不知足。可是没有法子，我天生不宁静。有时我因此感到痛苦……

“去说人有了平静就该满足是没有用的：人一定要有活动，假使找不到活动，他们会设法创造出来。千百万的人是注定在比我的还静止的命运上。千百万的人都在暗暗地反抗他们的命运。没有人知道在布满这世界的人群中有多少反抗在那里酝酿。大家都认为女人普遍都是安静的。其实女人的感觉和男人一样。她们和她们的兄弟一样需要练习她们的官能，需要阵地发展她们的力量。她们因为受太严格的限制，太绝对的停滞而痛苦，就像男人会因同样的情形感觉痛苦一样。她们的享受比较多的特权的同类若说她们应该限制自己，只要去作布丁，织袜子，弹琴，绣口袋，那就未免太量窄了。假使因为她们想比习俗上认为她们所该学的要多学一点就责备他们，笑他们，就未免太不替别人着想了。

“在我这样孤独的时候，我时常听见格瑞斯·蒲尔的笑声……”

这截断实在笨拙，我认为。这忽然转到格瑞斯·蒲尔把一切都搅乱了。连续被打断了。把这本书放在《傲慢与偏见》旁边，我就接着想，我们可以说写这本书的女人的天才比贞·奥斯汀要多。不过我们若是看了这本书，注意到那种痉挛，那种愤慨，就可以看出来她永远不能把她的天才完完整整地表现出来。她的书一定都是畸形的，歪扭的。她虽然应该平心静气地写，然而她不能，她一边写一边发怒。她应该聪明地写，然而不成，她很糊涂地写。她应该写小说里的人物，可是她写的是她自己。她和她的命运挣扎。她有什么法子不因抑制挫折而很年轻就死去呢？

我又忍不住要想着玩，想假使沙洛特·勃朗特一年有，假定是，三百镑入款，那就会有什么样子的变化——但是这傻女人把她的小说的一切版权断然地卖了一千五百镑，设法多得到了一点关于繁华的世界，城市，和富有生命的地带的知识，多得到了一点实际经验和与她同类的交游，各种性格的认识。说这几句话的时候她不但正指着她自己站在小说家的立场上的缺憾而且也是她自己那一性的缺憾。没有人再比她自己知道的更清楚，假使她的天才不用在寂寞地了望遥远的田野，假使她能得到经验、交游、旅行，那她的天才该获得多大的益处。可是她得不到，一切都不给她。我们就得承认这个事实，就是所有那些好小说：《维来特》、《爱玛小传》、《呼啸山庄》、《米得马起》都是一般毫无人生经验的女人写的。她们最多只能走进位为人尊敬的教士的家里。那些都是她们在那所为人尊散的房子里的公共起居室里写的。而且那般女人穷到一次只能买得起几帖纸来写《呼啸山庄》或是《简·爱》。她们之间只有一个，乔治·艾略特，倒是在困苦忧患之后逃出去了，不过只能逃到圣约翰森林里一所与人隔绝的别墅里去。在那里她在举世指责之下生活。她写：“我要大家了解，凡是不要我请他来的人，我决不请他来看我。”因为她不是犯着罪和一个结了婚的人住在一起吗？只要看一看她岂不是就污渎了史密斯太太或是任何来看她的人的贞洁了吗？一个人一定要顺从社会的习俗，一定要和“所谓的世界隔绝”。同时在欧洲那一端，有一个年轻的男子和这个吉卜赛女人住两天，和那个贵妇人住两天，跑上前线打两天仗，毫不受阻止和非议地拾得各种的人生经验。他后来写书的时候这些经验都是十分可贵有用的。假使托尔斯泰和一位结了婚的太太孤独的住在修道院里和“所谓的世界隔绝”，那不管是多好的道德教训，我想他恐怕就不会写出《战争与和平》来了。

也许我们可以对写小说与性对小说家的关系这两个问题再深一步讨论。假使闭上眼睛把小说整个的想一想，它就像一样作成的东西，它所反映的人生就有些像一面镜子所反映的人生，不过自然简单得多而且有无数的曲解附会。无论如何，它是一个结构，留下一个形状在人脑子上，有时方的，有时塔形的，有时伸出走廊、厢房，有时又很坚固紧凑还带圆顶，像君士坦丁堡的圣索非亚大教堂。想起看过的几本出名的小说，我就想这些形状总引起适当于它们的不同的情感。不过那种情感总同时掺杂有别的情感，因为这形状不是由一块块的石头之间的关系作成的而是人和人之间的关系作成的。

所以一本小说在我们心中引起各种矛盾，相反的情感。人生和不是人生的一样东西起冲突。因此我们很难对小说有相同的意见，因此我们的偏见对我们有极大的影响。一方面我们觉得“你”——书里主角约翰——一定得活，不然我就会非常失望。另一方面我们又觉得，啊，约翰，你一定得死，因为这书的结构需要你死。人生和不是人生的一样东西起冲突。小说既然有一部分是人生我们就按人生那样去评断它。一个说，詹姆士是我最讨厌的那种人。或是，这简直是一大堆无稽之极的事。我自己可是从来没有过这种感觉。想起任何一本著名的小说，就知道显然地，那整个结构是极其复杂的，因为它是由这么多不同的意见，这么多不同的情感作成的。所可怪的是这样作成的一本书能保存到不止一两年，甚至它对英国人和它对俄国人或中国人的意义是一样的。但是偶尔它们的确保存的很好。保存那些少数的能持久而至遗留到现在的几个例子的东西就是大家所谓的忠直。忠直的意思自然不是指不施欠或是在紧要关头的时候正直行事。按小说家讲，所谓的忠直就是他能使你相信这是真实的。个人觉得：我再也没有想到可以是这样的，我从来没有见过有人有这种行动，不过你使我相信就是这样子，就有这样的事发生了。我们看书的时候把每句话，每个情景都放在亮里照照——因为很奇怪，大自然好像供给我们每个人都有一种内心的光亮可以来评定一个小说家是否忠直。或者也许可以说是大自然，在她最无理性的时候在人脑膜上用看不出的墨水写了一句预言，等那些大艺术家来证实，或是画了一个图画，只要拿到天才之火前面就可以显出来了。在我们把它放在光里看它活起来的时候，我们就大为高兴而喊出来，这不是就是我一直觉得，知道而且盼望的吗？于是因高兴而十分兴奋，把书很恭敬地合上，仿佛它是一件很宝贵的东西，很可信赖的东西，可以一生依靠的，又把它放回书架上去。我就把《战争与和平》拿起来放回原来的地方去了。假使反过来说，这些我们拿起来去试验的可怜的句子，因夺目的光彩，炫耀的形态而立刻引起种迅速而热切的反应，可是就止于此而已；仿佛有什么东西阻止它们发展，或是假使它们只在这里显出一点模糊的字句，那里显出一点涂抹，没有完整的东西显出来，那么我们就因失望而叹口气说：又是一个失败。这本小说在某方面完全不成功。

自然，大体说来，小说都在某方面有点不成功。在过度的紧张之下想象力就会颠覆失措。明察的能力就惶惑了，它不能分辨真伪。它没有力量继续那重大的工作，那是每分钟都需要许多不同的官能的。不过，看看《简·爱》和几本别的，我就想，这个怎么会使小说家受性别的影响呢？一个女作家的性别会不会影响他的忠直？忠直我认为是小说家的背脊骨。在由《简·爱》上摘下来的那几段里就可以看出来在沙洛特·勃朗特写小说的时候，怒气在对她的忠直使坏。她应该全心全意地写小说，但是她离开了小说而去写她私人的悲苦。她记得她得不到她应得的那份经验——她被迫停滞在一个牧师家里补袜子，而她实在想到世界上去游历。她的想象力因愤慨而转出常轨我们可以觉得它在转出。除了愤怒以外还有很多别的力量在拉她的想象力，拖它离开它的正路。譬如愚昧就是一个力量。罗切斯特的像根本就是暗中摸索着画的。我们觉得那里面有胆怯的影响。就像平常在压迫之下我们总感到一种辛酸的结果，同样地，一种隐埋着的痛苦潜伏在情感之下，一种怨仇，把这些虽然很杰出的作品用痛苦的痉挛缩紧。

既然小说在这方面相等于人生，它的价值多少也有一点是真的人生的价值。不过妇女所谓的价值显然地异于男人所作成的价值。很自然就是这样的。但是总是男人的价值占有优势。肤浅一点说吧，足球，运动是“重要的”；崇尚时髦，买衣服就是“小事”。而且这些价值一定是由人生转到小说上去。批评家断定这是一本重要的书，因为它论到战争。这是一本毫无意义的书因为它论到在客厅里的女人的情感。战场上的情景比家铺子里的情景重要——比在实际生活里更微妙一点，可是到处都看得见价值的不同。在十九世纪初叶，如果是女作家，那她的小说的整个结构就是被离开正路的思想建造起来的，而且它很清楚的观点被改变了为了尊敬外界的权威。只要大略看看那些被人忘却的旧小说，听听写那些小说的语调，就可以看出来作者是在那里对付批评，虽然对付的办法或采取挑斗的方式，或采取求和解的方式。她或是承认她“仅是一个女子”或是抗辩她和“男子一样好。”她随自己的脾气来对付批评，或是柔顺谦逊地，或是发怒强烈的，不论哪种都没有关系，反正她不在想小说的本身而在想些别的东西。她的书压到我们头上来，当中必有一个毛病。我就想起散在伦敦旧书店里的许多女人作的小说，好像一个果园里许多有斑痕的小苹果一样。就是当中那个毛病使它们腐烂。她为了尊重别人的意见改变了自己的价值。

不过要让她们真是屹立不动，也实在是不可能。在那种纯族长制度的社会里得需要何等的天才，何等的忠直才能抵得过那些指责，才能毫不畏缩地抓住她们所看见的东西。只有贞·奥斯汀作到了这一点，还有爱眉利·勃朗特。这又是她们可以引为自傲的一件事，也许是最可以自傲的事了。她们像女人那样写，不像男人那样写。在那时候的成千的写小说的妇女中只有她们完全不理会那种迂腐老学究的没完结的谆谆诫告——写这个，想那个。只有她们能不去听那个固执的声音，时而叨唠，时而奖励，时而压制，时而忧怨，时而惊骇，时而发怒，时而有长者之风。那个声音就不肯对女人放松，一定要管教她们，好像一个过于拘谨的保姆，像艾格登·勃瑞吉斯爵士那样严厉命令她们要娴雅；甚至在他批评诗的时候，把对于女性的批评拉进来①；劝谕她们学好而去获得，我想，一种夺目的奖品；不要越过刚才提到的那位先生所认为是恰当的界限——“……女小说家只能由于勇敢地承认她们那一性的能力的有限而希翼达到最高境界”。② 这实在是最简单的解释法。我若告诉你们（你们大概会惊讶），这句话并不是在一八二八年八月里写的，而是在一九二八年八月里写的，那我想你们一定会同意，不论目前我们认为多有趣。在一百年前这句话所代表的大众的意见要比现在有力得多而且常为人谈到得多。（我并不要算那笔旧账，我只不过拾起机会送到我面前来的东西而已）真是要一位非常坚毅的女子才能在一八二八年不顾那些指责，呵叱，还有奖品的诱惑。一个人得差不多得有杀人放火的勇气才能对自己说：他们不能以利来买动文学。文学是大家的。虽然你是警吏，我不能让你把我由草地上赶走。你尽管可以锁上你的图书馆，可是你不能用门、用锁、用门闩把我的思想的自由锁上。

虽然我相信挫折、非难的影响很大，可是它们对她们写作的影响比起在她们把思想写到纸上去的时候所遇到的困难来，还不算很重要（我还是说到那些十九世纪初叶的小说家）这个困难就是她们背后没有传统，或是仅有一个这样短，这样局部的传统，以致毫无用处。我们既是女人，就回想我们的母亲祖母那些前辈。去找伟大的男作家从他们那里得到一点帮助是绝无结果的，虽然我们可以由他们得到很大的乐趣。兰姆、勃朗、塞克雷、纽门、斯特恩、迭肯司、德·逵因塞——不论是谁——从来没有帮助过一个女人，虽然她可以由他们学得一点技巧留为己用。男人思想的重量，步伐，进行都太不像她自己的了，所以她不能由他很成功地取得任何实在的东西。他和她相差太远所以她不能专心致志地模仿。在她拿起笔来要写的时候，第一件事她觉得的大概就是没有一句现成的普通句子可以用。所以大小说家，像塞克雷、迭肯司还有巴尔扎克的文章都很自然迅速而不潦草，善于表达而不过于矫饰，染有他们各自的色彩而还不失为大家的读物。他们的文章全基于当时通行的语法。在十九世纪初叶通行的语法大概是这样的：“他们的著作的伟大在他们是一种主张，不是半途中止的，而是继续前进的。他们最高的快乐与满足就是在运用他们的艺术和不断产生真和美。成功激励努力而习惯简易成功。”这是男人的句子。在它的背后可以看出约翰生、吉本等等。这句话不适于女人用。沙洛特·勃朗特虽然对散文有绝大的天才，但是文章在手还是周转不灵而蹶踬颠覆。乔治·艾略特的文章中的大错几非笔墨所可形容。贞·奥斯汀看看男人的散文，笑一笑，然后自己发明一种完美、自然、形态绝妙的句法，恰合她自己的用途，而且一生不曾放弃过。所以，虽然比沙洛特·勃朗特写作的天才差，而她所表达出来的却多得不知多少。真的，写作的艺术最重要的既是表达的自由和完整，那么这种传统的缺乏，工具的稀少和不合用，自然在女人的写作里可以看出来有极大的影响。再进一步说，一本书不是许多句子连接成的，而是句子组织起来，若用意像来说明我的意思，组织成的文句就像游廊，就像圆顶。这种形式也是男人供自己的需要而发明出来专为自己用的。我们也可以说史诗或是诗剧这种形式对女人和句子对女人一样地合适。不过在她变成作家的时候，文学中比较旧的各种形式已经都早

① “她有一种高妙的目的。那是一种很危险的毛病，特别在女人，因为她们很少有男人那种对修辞的健全的爱好。女性在许多别的方面是比较原始而唯物的，而这方面的缺乏实在是很奇怪的。”——《新标准杂志》，一九二八年六月份。

② “假使，像那个记者一样，你相信女小说家只能由于勇敢地承认她们那性的能力的有限而希翼达到最高境界（贞·奥斯汀已经证明这种办法可以如何优美地作到……。）”《人生与文学》，一九二八年八月份。

就固定而不可变了。只有小说还幼稚得在她手里够软的——这也许是她所以写小说的另一个理由。但是谁能说甚至在现在“小说”（我用引号括起来为表示我认为这名词不适当），甚至这种最柔软的形式是切适地为她的用途而形成的呢？自然，等她能自由运用手足的时候，她就会把那种形式敲打成适合于她自己的形状；而且发明某种新工具，不定是韵文，来供给她的诗的天才的发泄。因为她的诗的天才还仍然得不到发泄。我很怀疑现在一个女人怎样去写一个五幕的诗剧。她用韵文写呢？——还是宁可用散文呢？

不过这些都是出现在将来的曙光里的问题。我现在不谈因为继续谈下去我离题太远了而走到无路的森林里去，迷失了路而很可能被野兽吞食，我不要，而且，你们一定也不要我去钻开那个使人不快的题目：小说的将来。所以我只要在这里稍微停一停使你们注意到在将来，按妇女方面说，物质条件所占的重要地位。书得适应身体。我们可以姑且的说女人的书应该比男人的要短，要集中，而且结构应该是属于不需要很长时间的不受打扰而稳定的写作的那种。因为总是会有搅扰的。还有，那些供养脑子的神经，男女似乎也不同。假使你要使神经能竭力尽善地工作，你们得知道哪种待遇对它们最合式——譬如说像这样几个钟头的演讲（大概是几百年前和尚们想出来的）是否对神经合宜，它们需要哪种工作与休息的互相更迭，休息的意思自然不是不做工作而是换一种工作，而且应该换哪种工作？所有这些都应该讨论出一个结果来。所有这些都是妇女与小说这问题的一部分。但是我又走近书架，我在哪里可以找到一个女人对妇女心理的精湛的研究呢？假使因为女人不能踢足球，就不许她们行医——

侥幸得很，我的思想现在又转了一转。

（选自生活·读书·新知三联书店 1989 年版）

【导读】

《一间自己的屋子》（*A Room of One's Own*）是吉弗尼亚·伍尔夫在 1931 年完成的名著。在这部思想随笔里，本就是意识流大师的伍尔夫让自己的思想进行了一次穿越无数现实荆棘的漫步：如果一个女人具有和男人一样的才华与抱负，和男人一样的行动的勇气和能力，那么她会和男人一样如愿以偿、实现梦想吗？事实上，作为才女的伍尔夫，看到了比自我奋斗更强大的来自外界环境的阻碍，这就是社会对性别的不公平与不公正。因此，在伍尔夫的倾诉中，其实饱含着她对争取女性独立的社会条件和资源的诉求。这个诉求的重点在于她也应该拥有的空间：一间属于女人自己的书房。没有这个空间，就泯灭了女人所可能拥有的一种有意义的生命与生活。这样的空间看起来是物质的，但更是精神的。独立的精神在现实中必须要有所安放，也即需要获得滋育与成长的空间。

作品最尖锐的比较在第三章。作者从满屋子书架上男作家的著作联想到，为什么几乎看不到女作家呢？“假使莎士比亚有一个富有天才的妹妹”，她和他一样大胆，富有想象力，也渴望着去看外边的世界。但她首先没能上学，父母似乎是为她好，有诸多洋派“女子无才便是德”的闺教，即使自学成才也不行。但她不甘心，“天才的力量驱使她”在一个月黑风高之夜离家出走，逃离家乡，进城去寻找她从小就喜欢的戏剧舞台。但她在城里却被嘲笑拨弄，四处碰壁，求告无门，走投无路，最后只好为那位同情她的先生有孕在身，然后就没有然后，因为一切只会与她所向往的生活背道而驰，最后等待她的只能是以终结自己的生命来终结对理想的追求。

作品最核心的话题在第四章。“假使一个女人要想写作，她就得在那间公共的起居室里写……因为她自己并没有书房可去”。她“从来没有过半点钟……可以算作她自己的”，她还得很小心不让人疑心到她是在写作。如写《傲慢与偏见》的简·奥斯汀很高兴门轴会响，“因为那样她就可以在人走进来以前把稿子藏好”。写作对于女人来说似乎是件很不体面的事，以致作者不能不这样猜测：如果简不是老想着要把稿子藏好、不让人觉察到她在写小说，那么她应该会把小说写得更好些。

不过，话说回来，没有书房都能写得这么好，那么女人在艺术上的才气和创造力岂不真的是无可估量！这也算是伍尔夫借物喻意的一箭双雕吧。作为号角，最励志的在最后一段。伍尔夫知道，如果社会不改变对性别的不公平，那么这个社会也绝对不会拥有莎士比亚妹妹的才华，“但是我坚持说，假使我们为她努力，她一定会来，所以去努力，哪怕在穷困落魄中努力呢，总是值得的”。（林丹娅）

▶ 弗吉尼亚·伍尔夫《一间自己的屋子》拓展阅读

只要有一个女人

［美］南希·史密斯著　黄长琦译

只要有一个女人觉得自己坚强，因而讨厌柔弱的伪装，

定有一个男人意识到自己也有脆弱的地方，因而不愿意再伪装坚强。

只要有一个女人讨厌扮演幼稚无知的小姑娘，

定有一个男人想摆脱“无所不晓”的高期望。

只要有一个女人讨厌“情绪化女人”的定型，

定有一个男人可以自由地哭泣和表现柔情。

只要有一个女人在竞技的时候被认为缺乏女性特征，

定有一个男人只能靠对抗来证明他的阳刚。

只要有一个女人厌倦作为一个“性对象”，

定有一个男人担心他的性能力。

只要有一个女人觉得自己为儿女所累，

定有一个男人没有享受为人之父的全部滋味。

只要有一个女人得不到有意义的工作和平等的薪金，

定有一个男人不得不担起对另一个人的全部责任。

只要有一个女人想弄懂汽车的构造而得不到帮助，

定有一个男人想享受烹饪的乐趣却得不到满足。

只要有一个女人向自身的解放迈进一步，

定有一个男人发现自己也更接近自由之路。

（选自《中国妇运》2011 年第 1 期）

【导读】

德国哲学家西美尔于 100 多年前就在他的《性别问题中的相对和绝对》一文中指出：“男性不单比女性占优势，而且成了人的一般性，以同样的规范方式支配具体的男性和具体的女性。”西美尔显然意识到，人类有史以来建构的单性别文化是有缺陷的，当它统领并支配一切的时候，大不幸的就不仅仅是女性。男权制下的性别歧视的确始于歧视女性，但最终受害的却是全人类，所谓覆巢之下安有完卵也。这不能不说是西美尔的高瞻远瞩、真知灼见。然而时至今日，在一波又一波的世界性女性解放思潮或运动中，大多数人却仍很难冲破对自身生理性别的本质化理解，仍会从表面或表层把男性当作男权制度的直接受益者而加以维护或批判，把女性解放当作只有女人是单方面的受益者加以反对或赞成，这种粗暴的理解实际上客观上加固了男权制下的男女二元对立。

可见，有太多人并不知晓或不理解西美尔的这个思想。这首先当然与他的思想在大众中的传播有限有关。好在他有个知音，一个名叫南希·史密斯的美国女诗人，超越时空的阻隔，于 1973 年第二次妇女解放浪潮中，把他的思想以日常生活中司空见惯的男女形象，与男权文化建构的性别刻板印象和角色定规联系起来，在这首题为 *for every woman* 的诗中，用浅显易懂而又言简意赅、充满诗意律动的语言表达出来：只要有一个女人如何如何，就必定会有一个男人如何如何。也即是说，如果女性是性政治压迫中的显性受害者，那么男性也必不能置身于人类这个错误之外独善其身或自得其乐。这个严密的逻辑既打破了性别等级制，也打破了性别二元对立。

这首诗无论是在当时还是在今天，依然可以作为两性携手反思男权文化性政治制度缺陷的人文启蒙书：只要有一个女人向自身的解放迈进一步，定有一个男人发现自己也更接近自由之路。（林丹娅）

▶ 南希·史密斯《只要有一个女人》拓展阅读

给茱莉娅

[波多黎哥] 茱莉娅·德·布尔戈兹著　张讴译

我在诗中向你透露
人们都说我们是冤家

其实他们在胡扯，朱莉娅，他们在胡扯。
从我诗中升起的声音不属于你：这是我的声音；
你是表象而我是实质；
我们之间横着最深的沟壑。

你是社会中虚假的冰冷玩偶，
我是人类真理的铿锵光彩。

你是宫廷里的伪善奉承；
我是袒露在诗中的真诚之心。

你是吝啬鬼，如同你的世界；
我甘愿为事业赌掉一切。

你仅仅是位贵妇人，华丽傲慢；
我是生命，是力量，我是真正的女人。

你属于你的丈夫，你的主人；
我不属于任何人，为了全体；
我献出我的纯情和思考。

你卷曲你的头发，涂抹你的脸蛋；
风卷曲我的头发，太阳涂抹我的脸蛋。

你是家里的夫人，逆来顺受，
被男人的偏见束缚，
我是罗西南特①，仍旧奋力向前，
嗅找公正之神的地平线。

（选自《20世纪世界女诗人作品选》，中国青年出版社1987年版）

【导读】

《给茱莉亚》（*A Julia de Burgos*）为出生于波多黎各，去世后被誉为拉丁美洲最伟大的女诗人朱莉娅·德·布尔戈兹所作。朱莉娅出身贫困，在社会多方资助下完成学业，亲身经历了殖民文化与性别文化下诸种不公平不自由的残酷现实，完成了自我世界观的塑造，成为坚定的反殖民主义者与女权主义者。茱莉娅无疑是一个有政治热情的社会变革行动者，同时也是一位内心极度敏感的抒情者，故此，诗歌，既是她政治理念及为群体诉求的传播渠道，也是她全部思想与内心情感的发声通道。此处选录的这首诗，最能代表茱莉娅把诗歌艺术的表现与其对世界认知的表达相融合的深度与高度。

这首诗的最大特点就在于它用诗的语言精确地表现了作者的自我对话。其实在每个人的“我”里都充满着无数对矛盾着的“我”，它们是在人生不同的时间与空间里被建构的或被自我确认的“我”。茱莉娅在这首诗里用上了一组她生命里最为显著的特质，即“性别”之“我”，用“从我诗中升起的声音不属于你：这是我的声音”，来把另一个被她否认掉的“我”归于“你”：“你是表象而我是实质；/我们之间横着最深的沟壑”，显然作者要和这样的“我”中之“你”作最深的决裂。接下去，我们可以看到，在每一节诗行里，都有一个被否定的曾经的“我之表象”，那就是一个个在男权文化历史中被建构的“我”，也是刻板印象中的女性：你是玩偶、谄媚、自私、虚荣，而我是真理、真诚、公义、献身……她在诗中宣告只有这样的“我”才是“真正的女人”，是自主的生命与力量，与“你”是属于丈夫、属于主人的“第二性”不同，我不属于任何人，我可以为全人类。这首诗每一节都涉及一个关于性别塑造的命题，比如最后二节：“你卷曲你的头发，涂抹你的脸蛋；/风卷曲我的头发，太阳涂抹我的脸蛋”，这就是二者间深壑般的距离，前者隐喻被他文化异化了的女性对自己的塑造，后者则隐喻着回归自然的女性，她要接受的是大自然的造化。最后一节则表明不属于丈夫私有财物的女性，可以冲破历史的偏见与束缚，让自己虽然单薄的生命在明知前程有险阻的情况下，前行不已，寻求公平正义不止。茱莉娅显然认为获得自主的女性生命，是具有寻求光

① 罗西南特，即唐·吉诃德所骑的那匹衰弱之极的马。详见塞万提斯的《唐·吉诃德》。

明的神圣使命的，她用反思、告诫、勉励自己的对话形态，体现女性的自我觉醒、感悟与拯救。在这首诗里，无疑融入了茱莉娅个人的自我生命与思想历程，而这个自我，同时也是女性。如果说每一节的“否定之你”，隐喻着社会规制下的女性，那么每一节的“升起之我”，则体现着反规制之女性，这样尖锐的对置和自我多重的表达形式，使这首诗产生了强烈的张力。这就是茱莉娅所特有的诗风，她把自己对社会变革的热情，对波多黎各故土的热爱，对女性独立的热望，对正义与自由的热切，都融汇进她极其丰富的情感中，隐喻在她的诗歌洪流中喷涌而出。正如有评论者所指出的：“de Burgos（即茱莉娅）在把握历史、身体、政治、爱情、自我否定和女权主义之间的联系方面走在了时代的前列。”而这些联系为后来拉丁裔的杰出作家们提供了极为宝贵的创作启示与思想资源。(**林丹娅**)

▶ 茱莉娅·德·布尔戈兹《给茱莉亚》
拓展阅读

阴道独白（存目）

［美］伊娃·恩斯勒著　喻荣军译

【导读】

《阴道独白》(The Vagina Monologues) 是美国女作家伊娃·恩斯勒在采访200多名不同种族不同阶层的妇女基础上创作的话剧。作家被战争中总被兽性摧残的女性阴道所激发，深刻反省了人类阴道所遭受的非人待遇及被污名化下的际遇，包括女性自身的态度。作者试图解开“阴道”是如何由一个类同于“手臂”“眼睛”的身体器官名词，变成贬义缠身的羞于启齿的禁忌性符号的。人类从那儿来，却被人们意识成污秽、龌龊、腌脏、下流、黄色、桃色的地方，它的苦难、它的悲剧、它的梦想、它的真相就被遮蔽在人们不愿说、不想说、不屑说、不知说什么、不知怎么说之中。作家企图用此剧让人们正视它的存在与真相。

该剧于1996年开始在纽约公演，推出后在国际社会引起巨大反响，随后持续不断地被引进不同国家和地区上演。同时，各地的编排者可以根据本土情况与经验，加入表现本土女性体验和遭际的“阴道独白”。不过似乎是已然预见到“阴道独白”这个词组惊世骇俗的程度和可能碰到的阻碍，虽然作者欢迎编排此剧，却不同意更改剧名，因为它正是作者要使之去污名化的努力与重点所在。

该剧以受访者独白的方式，把人们羞于启齿的关于阴道的身体感受和性经验、人们对待阴道的态度与方式、女性的欲望和诉求等，用当事人的声音表达出来，从而敞开了女性言说自己的深度空间。揭露对妇女的强奸暴力，是该剧主题之一。古往今来的战争总是属于男性的，但阴道总是在战争中作为最易得手的战利品被无情践踏。作者看到报纸上被轮奸的妇女照片，深为震痛。她深入欧洲中部战场去采访她们，感同身受她们内心的改变。这种比照被作者艺术地用不同的字体/声音呈现在文本中；一方面是“我的阴道是绿色的田野，是流水轻盈的粉色田野……可爱的牛郎用柔软的金色稻草轻轻抚摩它”；一方面是士兵们用枪支、棍棒、瓶子、扫帚塞进、挤入和撕裂，让那里发出粪便和腌肉的恶臭，“我变成一条流淌毒液脓汁的河流，所有的庄稼死去，鱼也死去”。在“独白第十一”中，作者让阴道作为一个新生命的通道强烈地敞开，让人们也像她一样从敬畏到崇拜。

作者反对针对妇女身体的性暴力，让女性身体和欲望获得全新的文化表达，让女性看到自己肯定自己，建构主体意识。在西方，每年情人节上演《阴道独白》已成为国际性“女性反暴力”运动的一部分。此剧传进中国后，一些高等院校的师生也根据中国本土经验进行了改编和演出。这一方面是用实际行动呼应“全球消除性别暴力，推进性别平等”的活动，一方面也是为了实现本剧的目的，即如同该剧演出时的副标题——“重新想象妇女的身体”所描述的：“希望没有人在看了《阴道独白》以后，还会以原来的方式看待女人的身体。”(**林丹娅**)

▶ 伊娃·恩斯勒《阴道独白》
拓展阅读

郑重声明